醒世姻缘传

书名题字／弥松颐

插图本

中 国 古 典 小 说 藏 本

醒世姻缘传（上）

西周生 —— 辑著

袁世硕
邹宗良 —— 校注

人民文学出版社

图书在版编目（CIP）数据

醒世姻缘传：全 3 册/（清）西周生辑著；袁世硕，邹宗良校
注.—北京：人民文学出版社，2020（2020.8 重印）
（中国古典小说藏本：插图本）
ISBN 978-7-02-013864-7

Ⅰ.①醒… Ⅱ.①西… ②袁… ③邹… Ⅲ.①章回小说—中国—清代
Ⅳ.①I242.4

中国版本图书馆 CIP 数据核字（2018）第 037697 号

责任编辑　胡文骏
装帧设计　刘　静
责任印制　王重艺

出版发行　人民文学出版社
社　　址　北京市朝内大街 166 号
邮政编码　100705
网　　址　http://www.rw-cn.com

印　　刷　北京新华印刷有限公司
经　　销　全国新华书店等

字　　数　1065 千字
开　　本　787 毫米×1092 毫米　1/32
印　　张　50.75　插页 11
印　　数　6001—11000
版　　次　2015 年 6 月北京第 1 版
印　　次　2020 年 8 月第 2 次印刷

书　　号　978-7-02-013864-7
定　　价　120.00 元（全三册）

如有印装质量问题，请与本社图书销售中心调换。电话:010-65233595

晁思孝　晁夫人　晁源

晁思孝

晁夫人

晁源

狐仙姑　計氏　小珍哥

狐仙

計氏

小珍姑

徐宗师

李大尹

小鸦儿

薛振（起之）　梁生　邢皋门

薛起之

刑皋門

梁生

狄宾梁　程乐宇　相主事

狄梁宾

程樂干

相主事

晁梁

春鸎

連城璧

春鸎　晁梁　连城璧

狄希陳

郭威

胡無醫

薛素姐　童寄姐　童奶奶

薛素姐

童奶奶

童寄姐

汪為露　智姐

調羹

汪为露　智姐　调羹

孙兰姬　镇雄　乌撒

乌撒

镇雄

孙兰姬

出版说明

　　中国古典小说源远流长、佳作如林，是蕴含与传承中华优秀传统文化的重要文学体裁，在中国文学史乃至世界文学史上占有重要地位。人民文学出版社在成立之初即致力于中国古典小说的整理与出版，半个多世纪以来陆续出版了几乎所有重要的中国古典小说作品。这些作品的整理者，均为古典文学研究名家，如聂绀弩、张友鸾、张友鹤、张慧剑、黄肃秋、顾学颉、陈迩冬、戴鸿森、启功、冯其庸、袁世硕、朱其铠、李伯齐等，他们精心的校勘、标点、注释使这些读本成为影响几代读者的经典。

　　此次我们推出"中国古典小说藏本（插图本）"丛书，将这些优秀的经典之作集结在一起，再次进行全面细致的修订和编校，以期更加完善；所选插图为名家绘图或精美绣像，如孙温绘《红楼梦》、孙继芳绘《镜花缘》、金协中绘《三国演义》、程十髪绘《儒林外史》等，以丰富读者的阅读体验。

人民文学出版社编辑部

2020 年 1 月

目　录

＊　惟自缢——同本目录作"唯自缢"，据正文回目校改。

＊　显魂附话——同本目录作"显魂附语"，据正文回目校改。

＊　悬扁——同本目录作"县扁"，据正文回目校改。

----

* 众乡宦——同本目录作"众乡官"。"宦"与"官"盖因形近而讹，据文意酌改。

* 娈物消灾——同本目录作"恐吓渔财"，据正文回目校改。

* 理枉伸冤——同本目录作"理枉申冤"，据正文回目校改。

* 刲股疗亲——同本目录作"割股疗亲"，据正文回目校改。

* 做新妇——同本目录作"作新妇"，据正文回目校改。

* 报村农援例——同本目录作"报村农纳监"，据正文回目校改。

* 乘机取鼎——同本目录作"乘机入彀"，据正文回目校改。

----

　*　怙恶乖伦——同本目录作"忤逆乖伦"，据正文回目校改。

＊　贤妻——同本目录作"监妻"，据正文回目校改。

＊　调出外用——同本目录作"调出外任"，据正文回目校改。

---

* 吴推府——同本目录作"姓推官"，据正文回目校改。

前　言

　　《醒世姻缘传》是《金瓶梅词话》之后又一部用山东方言写成的长篇白话小说,全书一百回,七十七万馀字。

　　与《金瓶梅词话》一样,《醒世姻缘传》是一部写现实人生的书。这部小说写的是一个两世姻缘的故事。前世姻缘叙写的是山东武城县一个官宦子弟晁源,停妻娶妾,纵妾虐妻,致使妻子计氏投缳身死,晁源后来也因为与别人的妻子通奸,被女人的丈夫杀死。后世姻缘,故事地点转移到了山东绣江县。所谓绣江县,实际上指的是济南以东的章丘县。章丘县有一条绣江,源头就在县治以南四十里明水镇的百脉泉。小说写绣江县明水镇一个富家之子狄希陈是晁源的后身,他娶了前世被晁源射死的狐狸变成的女子薛素姐为妻,又娶了晁源妻子计氏转生的京师女子童寄姐为妾,所以,薛素姐、童寄姐这一妻一妾反过来凌虐狄希陈,以报前世被杀被虐之仇。后来被高僧点化,因为虔诵佛经,使得冤孽得释。

　　从情节来看,《醒世姻缘传》不过是一个冤冤相报的因果报应故事。但值得注意的是,这部小说真实地反映了明代末年的社会现实,为我们了解明代的社会生活状况提供了真实可靠的第一手史料。正因为如此,胡适曾在《〈醒世姻缘传〉考证》一文中郑重地推荐这部小说。他说:

我可以预言:将来研究十七世纪中国社会风俗史的学者,必定要研究这部书;将来研究十七世纪中国教育史的学者,必定要研究这部书;将来研究十七世纪中国经济史(如粮食价格、如灾荒、如捐官价格等等)的学者,必定要研究这部书;将来研究十七世纪中国政治腐败、民生苦痛、宗教生活的学者,也必定要研究这部书。[1]

早在二十世纪三十年代,现代诗人徐志摩曾为上海亚东图书馆出版的《醒世姻缘传》写序,其中谈到了自己读这部小说的感受:

我一看入港,连病也忘了,天热也忘了,终日看,通宵看,眼酸也不管,还不时打连珠的哈哈。太太看我这疯样,先是劝,再来是骂,最后简直过来抢书。[2]

徐志摩谈到自己读这部小说爱不释手的原因和理由,主要有以下三点:

第一,它是我们五名内的一部大小说;

第二,它是一个时代的社会写生;

第三,它是以"怕老婆"作主干的一部大书。

志摩先生是从文学鉴赏的角度来评价《醒世姻缘传》的。从小说史的角度看,《醒世姻缘传》同样具有它的重要价值和意义。

在中国小说史上,《金瓶梅词话》是一个伟大的开端。它开启了

---

〔1〕 胡适:《〈醒世姻缘传〉考证》,《醒世姻缘传》附录,亚东图书馆1933年初版;收入胡适著《胡适论学近著》,山东人民出版社1998年版。

〔2〕 徐志摩:《〈醒世姻缘传〉序》,《醒世姻缘传》卷首,亚东图书馆1933年初版。

中国古代长篇小说由历史和神怪故事转向世情内容的新时期。这位不露名姓的兰陵笑笑生笔下的世界，已不再是帝王将相的兴亡图霸，英雄豪杰的义胆侠风，也不再是神仙魔怪的争胜斗法。他施浓墨酣笔于日常习见的世俗生活的铺叙描摹之中，浸淫执著在平淡无奇的现实人生的体味感发之内。兰陵笑笑生在中国十六世纪广阔的社会背景上，向我们展示了一幅以西门庆的家庭生活和经商活动为中心的社会历史的长卷，一幅五光十色的社会风情画卷。

《醒世姻缘传》的创作受到《金瓶梅词话》一书的影响是一个显见的事实，研究者对此多有评述。作为一部后出的长篇白话小说，《醒世姻缘传》更是显著地体现了世情小说的发展与创新。

《金瓶梅词话》的作者立意要写的是一个世俗的"风情故事"。他以百万言的篇幅来展现了这一构思，这可以说是小说创作中一个巨步的前进。与兰陵笑笑生不同的是，西周生已不再满足于一个"风情故事"香艳内容的叙述，他要探索的是一个世俗生活中具有普遍意义的人生问题，即人间的夫妻生活为什么会出现种种"乖离"的现象。《醒世姻缘传》这部小说不仅仅是一种夫妻生活现象的描述，也不止于做出一种道德的劝诫，作者还试图以他所接受的时代观念来解释这一人生现象的真谛。囿于当时的时代意识，作者的答案不免肤浅而且荒唐，但由"描写世情，尽其情伪"的《金瓶梅词话》到自觉探求人生基本问题的《醒世姻缘传》，则反映了世情小说的创作思想逐步深化的过程，表现出了中国长篇白话小说的发展与进步。

就世情小说的发展而言，《醒世姻缘传》里出现了中国文学中中下层普通妇女全新的形象。这部小说所描绘的薛素姐,是一个集泼、悍、妒、恶于一身的女性。摈除作者注于这一形象中的宿命成分之后,我们可以看到她的种种行为偏离都表现出病态人格的特征。作为一个妾出的女性,她的母亲在社会上和家庭中同样地被人轻贱。正由于对生母的地位和自己的出身有着类似阿Q忌谈头上疤痕那样的心理禁忌,她对轻贱自己生母的人怀有一种潜在的仇恨。她对丈夫的种种变态的酷虐又多是由妒而生的,在一个男子可以有多个侍妾而且可以合法地公开地嫖妓,而女子则必须谨守"不妒之德"的社会里,这种女性妒情在某种意义上又表现为对女性禁锢与男性放纵的社会道德的不平与抗争。毋庸讳言,在某些时候,薛素姐的所作所为正体现了一种人类的恶德。正由于社会的、心理的诸种因素汇聚到一起,才塑成了这样一个人性扭曲的变态的人。可以这样说,《醒世姻缘传》中薛素姐、计氏等形象的出现,进一步丰富了古代中国的文学形象画廊,从而创造出了其他作品不可替代的文学价值与审美价值。

美国学者韩南(Patrick Hanan)教授在他的力作《〈金瓶梅〉探源》中,对《金瓶梅词话》引录其他作品的情况做了认真详尽的考察。他指出,《金瓶梅词话》的大多数情节都被"安插在《水浒传》中原本是一个简单故事的框架之内"。不仅如此,即使不算清曲,至少也有二十种以上的作品被引录到小说之中。"作者有时要有相当长的创作才能将某一较早作品的片段引进正文。有时作者只是为了微不足道的描写、人物和事件的细节而求助于早期作品。有关之处极为微细,为了前后衔接又需要费尽心思。常常是这样的情况,自己撰写反而更简捷可行。"韩南对此所作的结论是:"作者仰仗过去文学经验的程度远胜于他自己的个人观察。"[1]

与《金瓶梅词话》借用《水浒传》原有的框架结撰作者时代的故事不同,《醒世姻缘传》虽然也托为明代正统至成化年间的史事,但并不以前代作品作为自己创作的起点。《醒世姻缘传》也有引鉴前人作品的内容,但总的来说,它与《金瓶梅词话》大量引录其他作品来结撰故事的情况已有了根本的不同。二者的区别在于:《金瓶梅词话》是有意识地引录其他作品以丰富小说的内容,而《醒世姻缘传》对于前代作品,则只是兴之所至的偶尔取用。《醒世姻缘传凡例》中有这样的话:"本传其事有据,其人可征";"本传凡懿行淑举,皆用本名";"本传晁源、狄宗[羽]、童姬、薛媪,皆非本姓"。孙楷第先生曾考得小说中的李粹然实有其人,曾任淄川令、济南道[2]。笔者在考证《醒世姻缘传》写作年代的一篇文章中也曾指出,明末清初的史学家谈迁在《枣林杂俎》和集"借尸脱囚"条记载的明崇祯五年(1632)的一件奇闻,正为书中施珍哥故事之所本[3]。以上事实可以说明,中国古代的世情小说由在传统题材的基础上融入现实生活

----

[1] 韩南:《〈金瓶梅〉探源》,徐朔方编选校阅《金瓶梅西方论文集》,第1—48页,上海古籍出版社1987年版。

[2] 孙楷第:《一封考证〈醒世姻缘〉的信》,《醒世姻缘传》附录,亚东图书馆1933年初版;改称《与胡适之论醒世姻缘书》,收入孙楷第著《沧州后集》,中华书局1985年版。

[3] 邹宗良:《〈醒世姻缘传〉康熙成书说驳议》,《社会科学》(甘肃)1989年第6期;收入邹宗良著《蒲松龄研究丛稿》,山东大学出版社2011年版。

结撰新作发展到从现实生活中汲取题材的独立自觉的个人创作，并不始于《金瓶梅词话》以及它的续书《玉娇丽》、《续金瓶梅》，而是以《醒世姻缘传》为之发端。《金瓶梅词话》和《续金瓶梅》等小说的存在，乃是一个由存在前代背景的传统题材型作品向无所依傍的个人独立创作发展的历史性过渡，而《醒世姻缘传》的出现，则标志着世情小说中真正独立的个人创作的开始。从这种意义上说，清代初年问世的《醒世姻缘传》，在整个世情小说的发展史上无疑是一部里程碑式的重要作品。

　　《醒世姻缘传》的成书年代，分别有明末崇祯年间说[1]、清初顺治年间说[2]、清代康熙年间说[3]和清代雍正至乾隆年间说[4]四种说法。与诸说不同，笔者认为这部小说的写作跨越了明清两代，写成于明崇祯至清顺治年间。

　　首先对《醒世姻缘传》的成书问题进行探讨的是胡适先生。他

〔1〕 参见王守义《醒世姻缘的成书年代》，《光明日报》1961 年 5 月 28 日；曹大为《〈醒世姻缘〉的版本源流和成书年代》，《文史》第 23 辑，中华书局 1984 年版；曹大为《〈醒世姻缘传〉作于明末辨》，《北京师范大学学报》（哲社版）1988 年第 4 期；段江丽《〈醒世姻缘传〉研究》，岳麓书社 2003 年版。

〔2〕 参见徐复岭《醒世姻缘传作者和语言考论》，齐鲁书社 1993 年版。

〔3〕 参见胡适《〈醒世姻缘传〉考证》，出处见前；孙楷第《一封考证〈醒世姻缘〉的信》，出处见前；朱燕静《〈醒世姻缘传〉研究》，1978 年作者自印于台北；李永祥《蒲松龄与〈醒世姻缘传〉》，《中华文史论丛》1984 年第 1 辑。

〔4〕 参见林辰《论明末清初小说的历史地位》，《社会科学辑刊》1982 年第 5 期；夏薇《〈醒世姻缘传〉研究》，中华书局 2007 年版。

在一九三一年写成，一九三三年发表的《〈醒世姻缘传〉考证》中提出了这样的看法：《醒世姻缘传》的作者是蒲松龄，它的成书时间在康熙四十三年之后。

胡适之后，孙楷第先生写了《一封考证〈醒世姻缘〉的信》支持胡适的观点，与胡适的论文一同发表。到了七十年代，台湾的一位研究生朱燕静女士印行了她的硕士论文《〈醒世姻缘传〉研究》；八十年代，山东学者李永祥教授写了论文。他们都为胡适提出的《醒世姻缘传》康熙年间成书说补充了新的证据和资料。

笔者因为研究蒲松龄和他的著作，曾对胡适等人康熙年间成书说的各种证据进行考察。我认为他们的观点是不能成立的，因为他们提出的所有证据都不能支持他们的结论。一九八九年，我发表了《〈醒世姻缘传〉康熙成书说驳议》一文，较为全面地考辨了胡适等人提出的证据不能证明他们的观点的问题，指出《醒世姻缘传》康熙年间成书说是难以成立的。二〇一〇年，笔者的一位朋友又举出了一些新的证据，再次主张康熙年间成书说。我因此又写过一篇论文对这位朋友提出的新证据逐一进行辨正，以说明这些新证据同样无一能够证明《醒世姻缘传》康熙年间成书说是可以成立的[1]。

从二十世纪六十年代开始，王守义、曹大为、段江丽等先生先后提出了明末崇祯说，认为《醒世姻缘传》的性质是明人写明事，它的

---

[1] 邹宗良：《"姑奶奶"、"关圣帝君"与"金龙四大王"：再论〈醒世姻缘传〉康熙年间成书说之不能成立》，《蒲松龄研究》2010年第4期、2011年第1期连载；收入邹宗良著《蒲松龄研究丛稿》，山东大学出版社2011年版。

成书应该在明代灭亡之前。

《醒世姻缘传》里确实有较多的明代人写明代事的内容,特别是崇祯一朝的许多时事,这位作者说起来可以说是如数家珍。但是,提出《醒世姻缘传》明末崇祯说的研究者忽略了一个重要的事实,那就是这部小说里存在着凿然可考的清代史实。

徐复岭先生在一九九〇年提出了《醒世姻缘传》成书于清初顺治年间的说法,他关于《醒世姻缘传》的论文,后来汇集成《醒世姻缘传作者和语言考论》一书出版。

徐复岭提出顺治年间成书说,举出的关键的证据有两条。一条是小说第五十七回,有这样一句话:

> 那人惨白胡须,打着辫子。

打着辫子,这是清代人发式的特征,因为明代的男子是束发的,不是辫发。

第二条证据,是他在《颜氏家藏尺牍》中发现的一条《醒世姻缘传》刊刻印行的史料。明末清初的官员兼出版家周亮工的儿子周在浚,写过一封给他的朋友曲阜颜光敏的信札,这封信是这样写的:

> 闻台驾有真州及句曲之行,故未敢走候,此时想已归矣。天气渐爽,稍迟尚期作郊外之游也。《恶姻缘》小说,前呈五册,想已阅毕,幸付来价。因吴门近已梓完,来借一对,欲寄往耳。诸容面教,不一。修翁老先生。晚在浚顿首。

"修翁老先生"指称是康熙年间的进士、先后任职于礼部和吏部的诗人颜光敏,字修来。

信里所说的《恶姻缘》，应该就是《醒世姻缘传》。这部小说几种刻本卷首都载有东岭学道人的《弁言》，这《弁言》里说道：

> 原书本名《恶姻缘》……因书《凡例》之后，劝将来君子开卷便醒，乃名之曰《醒世姻缘传》。

也就是说，《醒世姻缘传》这个书名是写了"弁言"的东岭学道人改的，在他改名之前，《醒世姻缘传》本名《恶姻缘》。

颜光敏卒于康熙二十五年。徐复岭因此推论，这封周在浚写给他的信大约写于康熙二十年前后。

除此之外，我们还可以举出其他证据说明《醒世姻缘传》最后成书于清顺治年间，此事容在后文中详论。

《醒世姻缘传》成书于清代乾隆年间的说法，最早在二十世纪八十年代就有研究者提出，但缺少过硬的证据。后来，夏薇女士在她的《〈醒世姻缘传〉研究》一书中，正式提出了《醒世姻缘传》的成书年代在清雍正四年至乾隆五十七年之间的说法。

有这样一条证据，可以否定《醒世姻缘传》成书于雍正年间之后的说法。

孙楷第先生的《中国通俗小说书目》，在著录《醒世姻缘传》的时候记载了这样一条资料：

> 日本享保十三年（清雍正六年）《舶载书目》有《醒世姻缘传》，所记序跋、凡例与今通行本同。

数十年之后，刘世德也在日本见到了这份《舶载书目》。他在为夏薇的《〈醒世姻缘传〉研究》所写的《序言》中谈到：

　　日本的《商舶载来书目》(日本国会图书馆藏)著录了享保十三年(即雍正六年,1728)进入日本的书籍,其中有《醒世姻缘传》"一部十八本"。

　　这份日本国会图书馆收藏的《商舶载来书目》,是在中国清雍正六年的时候,日本人记载当时图书进口情况的一份书目。既然在清雍正六年《醒世姻缘传》就已经出口到了日本,它自然也就没有在雍正年间或者之后的乾隆年间成书的道理。

　　这个道理应该说是显而易见的。但刘世德先生在为夏薇的书所写的《序言》里说了这样的话:

　　　　这(引者按:指日本《商舶载来书目》所著录的《醒世姻缘传》在清雍正六年已出口日本之事)和夏薇在书中所判断的《醒世姻缘传》成书年代的上限(雍正四年,1726)只差两年,它们毫无矛盾可言。

　　"成书年代的上限"是什么意思?是一部作品开始创作的时间。我们说,第一,雍正六年已经出口到日本,那么《醒世姻缘传》肯定不会成书于夏薇所说的乾隆年间;第二,就成书年代而言,一部一百回、七十七万馀字的长篇小说,能在开始写作两年的时间里就完成、付刻并且出口到日本吗?这同样是不可能的。

　　前面说过,笔者主张《醒世姻缘传》成书于明崇祯至清顺治年间说。下面我们就来考察一下《醒世姻缘传》成书的上限和下限,也就是什么时候开始创作,什么时候创作完成的问题。

　　坚持明崇祯年间成书说的研究者认为,《醒世姻缘传》是"明朝人写明朝事"。从某种意义上说,这样的说法是不错的。这里,我还想补出三条可以确证"明朝人写明朝事"的重要史实。

（1）癸酉除夕雷雨

《醒世姻缘传》第二十七回写道：

> 癸酉十二月的除夕，有二更天气，大雷霹雳，震雹狂风，雨雪交下。

孙楷第在《一封考证〈醒世姻缘〉的信》里说，道光《济南府志》有"（崇祯十六年癸未）除夕，雷雨大作"的记载，他认为"除夕雷雨，事诚怪诞，除崇祯十六年外，别无其事。此虽年代不符，可确认为崇祯癸未事"。

曹大为据此认为："除非西周生是能够呼风唤雨的神仙，否则就不可能在崇祯十七年以前杜撰出这件千百年难遇的怪事，稿成之后不久，又居然得到应验。于此可知最后定稿的时间，不会早于崇祯十七年。"

这里，孙楷第和曹大为都认为，《醒世姻缘传》第二十七回所写到的除夕雷雨，是发生于崇祯十六年癸未除夕这天晚上的历史事实。其实，事实并非如此。

按谈迁《国榷》，"癸酉崇祯六年十二月"下有"丁亥，大风雪雷电"的记载。丁亥，是崇祯六年十二月二十九日。查郑鹤声著《近世中西史日对照表》，崇祯六年是小尽年，十二月没有三十日，十二月二十九日丁亥这天正是除夕。

《国榷》所记载的"癸酉崇祯六年十二月……丁亥，大风雪雷电"的事实，与《醒世姻缘传》第二十七回所写的"癸酉十二月的除夕，有二更天气,大雷霹雳,震雹狂风,雨雪交下"的时事正是同一年的同一天发生的事。孙楷第先生把这件崇祯六年癸酉除夕的时事移到十年之后的崇祯十六年癸未,是缺少确凿的事实依据的。曹大为说《醒世姻缘传》"最后定稿的时间,不会早于崇祯十七年"同样也是缺少了事实依据的。

关于崇祯六年癸酉除夕这一天的雷雨天气,我们还可以举出一条旁证,即明刘敕纂修的《历乘》卷十三《灾祥纪》的记载:

(崇祯)七年初一夜,先雨后雪,有雷声,人甚异之。

冬天出现雷雨天气确实属于罕见天象,应该没有除夕之夜京师地区"大风雪雷电",到了明天也就是崇祯七年的正月初一日夜,济南地区又出现雷雨的道理。所以《历乘》卷十三《灾祥纪》所说的"七年初一夜",笔者认为就是大年夜,也就是除夕晚上交了子时,进入初一之后。

崇祯六年癸酉的除夕之夜有雨雪雷电,《国榷》《历乘》与《醒世姻缘传》的记载正可以相与印证。只是由于人不同地,时有先后,故不同的记载者所见所闻也有所不同。这样也就可以确认,《醒世姻缘传》所说的癸酉正是崇祯六年癸酉,这一年的除夕雷雨也确实是《醒世姻缘传》的作者亲身经历的时事。

(2)借尸脱囚

《醒世姻缘传》第四十三回,写到山东武城县女监失火,将珍哥烧死,验了尸,准家属领埋。至第五十一回,武城县的公人因为犯人逃跑,寻到刑房书手张瑞风的家中,想不到竟然遇见了九年前女监失火时烧死的珍哥。经县官审问，得知张瑞风当年曾买通了女监里的禁子，将一个程捉鳖的老婆烧死顶替了珍哥的尸身，珍哥则趁着救火忙乱躲进张瑞风家，被张瑞风藏起来做了小妾。小说写道："珍哥这事传了开去，做了山东的一件奇闻。"

这一段珍哥借尸脱囚的故事，在历史上是有其本事的，那就是笔者在谈迁的《枣林杂俎》和集中发现的题为"借尸脱囚"的记载：

> 崇祯五年，高平典史张□□，悦囚妇许氏，借丐妇尸为许氏，阴匿于官舍。秩满还富平，隶人发其事。逮张至，抵死。[1]

由谈迁的记载可知，这件事本来发生于山西高平县，作者将其移到了山东武城县，移花接木地结撰出了珍哥的故事。按谈迁《枣林杂俎》的记载，这件事发生于明崇祯五年。

（3）补四衙门清华之职

《醒世姻缘传》第三十回，作者有这样一段议论：

> 也不必甚么中、行、评、博，外边的推、知，留部考选，只论他有好文章做出来，就补了四衙门清华之职的一般。

这段话，需要做一下解释。

中、行、评、博，指的是中书、行人、评事、博士，他们都是京官中的低级官员。

推、知，指的是地方官中职位较低的推官、知县。

"四衙门"指哪四个衙门？指的是翰林院、吏部和科、道衙门。

---

[1] 谈迁：《枣林杂俎》，《笔记小说大观》第 32 册，广陵古籍刻印社 1983 年版。

辞书里没有四衙门的解释,但明代人的笔记里有。沈德符《万历野获编》卷十有《遍历四衙门》条,其文云:

今世呼翰林、吏部、科、道为四衙门,以其极清华之选也。

沈德符的解释,简直就是天造地设的对《醒世姻缘传》的注释。

那么,第三十回作者发的这一通议论是什么意思呢?

我们知道,崇祯一朝,由于皇帝求治心切,不循资格用人之事时有发生。就在所谓"崇祯五十相"中,破格用为阁臣的人也不在少数。

崇祯朝破格用人和四衙门有关的,有崇祯七年开始的考选行取地方官中的推官、知县为翰林院编修、检讨之事,见《明史·职官二》与成勇、王章、汪伟等人传。崇祯十三年,曾有将举人、贡生留用为官,先翰林、科、道,其馀以次序补的"庚辰特用"之旨,见《明会要·选举二》、史惇《恸馀杂记》。

以上所举的几次用人,既非常例又事涉四衙门,但并不是《醒世姻缘传》第三十回这一番议论所指的内容。那么,作者又是由什么时事引发了感慨,要发这样一番议论呢?

首先要说的是,按照明代选官用人的常例,六科的给事中,都察院的十三道监察御史,内由中书、行人、大理评事、太常博士等官升任,外由推官、知县升任。所以,小说第三十回所说的"也不必甚么中、行、评、博,外边的推、知,留部考选,只论他有好文章做出来,就补了四衙门清华之职的一般"这段话,它所指的并不是整个四衙门官员的任职,而只是科、道这两个衙门的任职。

明白了这个前提之后,再请看《明史·陈纯德传》:

> 崇祯十三年成进士,年已六十矣。庄烈帝召诸进士咨以时事,纯德奏称旨,立擢御史,巡按山西。

新科进士中式就升任都察院监察御史,这是当时用人为官的一个特例。《醒世姻缘传》中的这段议论,应该就是为此事而发的。而且,议论中所说的"只论他有好文章做出来"云云,与陈纯德新科进士的身份正相符合。

也就是说,第三十回的这段议论,正是对陈纯德刚刚中了进士就被皇帝任命为都察院监察御史这一用人为官的特例而发的,而这件事正是崇祯十三年发生的时事。

从上面举出的癸酉除夕雷雨、借尸脱囚和补四衙门清华之职这三件崇祯年间发生的时事来看,事件发生的年代不出崇祯五年到崇祯十三年之间的范围。而且,如果这部小说是到了明清易代之后才开始创作的,崇祯年间的时事离现实已远,在时过境迁之后,作者又何必就前代的事情去抒什么感慨,发什么议论呢?

以上的论证说明的是这样一个事实,即《醒世姻缘传》开始创作的时间,应该就在明代崇祯年间。进一步说,小说经常叙及崇祯十一、十二、十三年的时事,那么它开始写作的时间,最晚也应该在崇祯十四年左右。

笔者还注意到小说中这样一个细节,《醒世姻缘传》第一回写道:

> 一日,正是十一月初六日冬至的日子,却好下起雪来。

作者写到了当时的节气、气候的情形，而且言之凿凿，那么这个"十一月初六日冬至的日子"，应该是作者所亲历的一个日子，而且与他开始创作的时间相去不远。

查郑鹤声《近世中西史日对照表》，明崇祯年间恰好有一个十一月初六日冬至的日子，也就是崇祯十年丁丑的冬至日。因为小说写了崇祯年间许多的时事，那么也就可以做出判断，《醒世姻缘传》第一回写到的"十一月初六日冬至的日子"，其实就是崇祯十年的十一月初六日冬至这一天。

这样来看，《醒世姻缘传》创作时间的上限，也就是开始写作的时间，应该在明崇祯十一年，或者就在崇祯十年的岁杪。

那么，《醒世姻缘传》创作时间的下限，也就是创作完成的时间，应该在什么时候呢？

笔者认为，下限在入清以后，具体而言是在清顺治年间。

可以举出两条证据来说明我们的观点。

一是前面提到的徐复岭所举小说第五十七回的"打着辫子"。

束发与辫发，是汉族与北方少数民族在衣冠制度方面的根本区别之一。在元代，汉族士庶遵从蒙古衣冠之制，发式为"辫发椎髻"。但入明之后，衣冠制度立即改变。《明太祖实录》卷三十记载：

> 洪武元年二月……壬子……诏复衣冠如唐制。初，元世祖起自朔漠，以有天下，悉以胡俗变易中国之制。士庶咸辫发椎髻，深襜胡俗，衣服则为袴褶窄袖及辫线腰褶，妇女衣窄袖短衣，下服裙裳，无复中国衣冠之旧。甚者易其姓氏为胡名，习胡语。俗化既久，恬不知

怪。上久厌之。至是悉命复衣冠如唐制,士民皆束发于顶……其辫发椎髻,胡服胡语胡姓,一切禁止。

明代的满族人生活在今辽宁的东北部,他们的发式是"按照其民族习惯,半薙半留,编发作辫"[1],与明人"束发于顶"迥然不同。

据《清世祖实录》记载,清兵入关之后,曾于顺治元年五月初三日、十一日两次发出薙发易服的谕告,即"薙发令",令"故明官员军民人等""俱即薙发"。但因为"甚拂民愿",其事难行,当月二十四日又谕告全国,让天下臣民"照旧束发,悉从其便"。直到顺治二年五月南明弘光政权灭亡之后,清廷又于六月十五日重下薙发令,严令全国官吏、师生、军民人等一律薙发。

《醒世姻缘传》写一个被作者鄙视的人物晁思才"打着辫子",显得与众不同,这里表露的正是一个汉族文人对薙发一事愤恨但又无可奈何的心态。

如果在顺治二年之后,举国士庶都已经薙发,人人都打着辫子,作者也就不会再用"打着辫子"来讥讽这样一个晁氏家族的败类。所以,第五十七回描述晁氏族人晁思才"打着辫子"的形象,其所透露出来的信息是这段文字写成于薙发令刚刚下达的顺治二年,而不会是包括作者在内的汉族百姓已经普遍薙发,而且愤激之情已经渐趋淡漠的顺治朝后期。

---

[1] 王云英:《清代满族服饰》,第4页,辽宁民族出版社1985年版。

第二条证据，是小说中典史的职掌。

典史是明清时期县里的吏员，其位置在知县、县丞和主簿之下。二十世纪八十年代，李永祥先生曾撰文指出，明代的典史"掌文移出纳"，入清后则"掌稽察狱囚"。他举出《醒世姻缘传》第十四回武城县新任知县柘之图查监事、第五十一回张瑞风供称典史李逢春"每日下监"事，认为小说所叙的典史职掌"不合于明制而合于清制"[1]。后来鲁肖雷、曹大为先后提出商榷，认为在明代，很多县里都存在县丞或主簿缺员的情况。在缺少县丞或主簿的情况下，典史即代行县丞或主簿的职责。所以即使在明代，典史管理监狱的事也可能发生，《醒世姻缘传》写到的典史查监并不能坐实为清代的事实。[2]

应该如何从《醒世姻缘传》中的典史职掌考察其具有明代特征还是清代特征呢？

从明末的小说作品反映的历史事实来看，明代的典史在掌管文移出纳之外，确实有管理钱粮和监狱的事发生。如明崇祯年间刊行的小说《型世言》第九回写道：

> 到赈济时，一个典史抬到乡间，出了个晓谕道："极贫银五钱，谷一石；次贫银二钱，谷五斗，照册次序给散。"

----

〔1〕 李永祥：《蒲松龄与〈醒世姻缘传〉》，《中华文史论丛》1984 年第 1 辑。

〔2〕 参见鲁肖雷《〈醒世姻缘传〉中的典史》，《中华文史论丛》1987 年第 1 辑；曹大为《〈醒世姻缘传〉作于明末辨》，《北京师范大学学报》（哲社版）1988 年第 4 期。

　　这种情况,正是明代典史管理钱粮的写照。钱粮本来是由县丞管理的,在县丞缺员的县里,才会出现典史管理钱粮的情况。

　　值得引起重视的是"巡捕"职事在明清易代前后的变化。《明史》卷七十五《职官四》云:"县丞、主簿分掌粮马、巡捕之事。"巡捕在明代为县丞的职掌,这可以从小说反映的事实中得到证明。如《醒世恒言》卷二十九:

　　　　却说浚县有个巡捕县丞,姓董名绅,贡士出身。

　　《醒世恒言》是冯梦龙编辑、撰写的"三言"之一种,最早刊行于明天启七年。

　　另一条史料,见于《二刻拍案惊奇》卷四:

　　　　说话未完,只见新都巡捕县丞已将红花场五个尸首在衙门外着落地方收贮,进司禀知……廉使又问捕官:"相得尸首怎么的?"捕官道:"县丞当时相来,俱是生前被人杀死,身首各离的。"

　　《二刻拍案惊奇》卷首有署为崇祯五年的睡乡居士序,可知它的刊行不早于崇祯五年。这里称县丞为"捕官",县丞也自认自己是捕官,可见在明代的天启、崇祯年间,县里的县丞才是正式负责巡捕事务的吏员。

　　但进入清代以后,情况就发生了改变。蒋良骐《东华录》卷七,顺治十一年四月下有这样一条史料:

　　　　御史高尔位奏:迩来奸徒营谋,委署州县佐贰。昔之衙蠹地棍,今之典史,职虽卑而有父母之呼,兼有巡捕之责,无职而官。非该管道府受贿,因何滥委?如任县典史杨显耀等,概系积蠹快皂,恶棍钻营代捕,小民莫敢谁何。请饬部行督抚确查遴委,违者重处。得旨允行。

文中"兼有巡捕之责"的"兼"字作"又"解。从这位御史的奏章来看,无论是"代捕"还是"兼有"其责,即直接负责巡捕之事,这时候县里的巡捕职责已经由前代的县丞主管改为典史主管,这是清顺治年间普遍存在的事实。

《醒世姻缘传》称典史为"四衙"(第十四回),又直称典史为"捕衙"(第十一、十二、十四、四十三回)、"捕官"(第十二、四十三回),可见在《醒世姻缘传》作者生前,典史负责巡捕之事已经成为当时社会的普遍现象。

特别需要指出的是,《醒世姻缘传》第五十回,叙写绣江县的臧主簿为狄希陈挂匾的时候说道:

> 昨日考童生的卷子,二衙里倒是个恩贡,只分了三百通卷子与他;四衙里连一通也没有;这七八百没取的卷子,通常都叫我拆号。

这里的"二衙"和"四衙",分别指县丞和典史,说明绣江县县丞、主簿、典史俱无缺员。在这样的情况下,第四十八回写到,绣江县的典史"因拿私盐不够起数,蒙盐院戒饬了十板"。

所谓"不够起数",是说巡查缉获的贩私盐的人达不到额定的件数,次数。这可以说明,在县丞、主簿俱全的情况下,绣江县的典史仍然负有巡捕之责。典史在县丞、主簿俱全的情况下以巡捕为职守,这样的事实只能出现在清代初年,而不会是在明代末年。我们例举的明代小说中的史料已经说明,在明代的天启、崇祯年间,负责县里巡捕事务的官吏是县丞,而不是典史。

《清世祖实录》卷二十五有这样一条史料:

> 顺治三年丙戌……夏四月……辛丑,谕吏部:朝廷设官治民,而冗员反致病民……大县设知县、县丞、典史各一员,小县设知县、典史各一员。一切主簿,尽行裁革。原管职事,大县归并县丞,小县归并典史。其裁过推官、主簿,赴部改选。

这条史料进一步说明,进入清代以后县里设主簿一职,只能在顺治三年四月主簿裁革之前。

《醒世姻缘传》第四十八回、第五十回写到绣江县县丞、主簿、典史俱全,而典史又职司巡捕的情况,反映的正是入清以后最初几年的事实,其具体时间是顺治元年至顺治三年四月之间。

由《醒世姻缘传》所反映的清代史实,我们推断它的最后成书大约在清顺治五年左右。

关于《醒世姻缘传》的作者,目前有山东淄川人蒲松龄、兖州人贾凫西、诸城人丁耀亢以及陕西人士、河南人士、山东章丘人士等六种说法。段江丽教授在《〈醒世姻缘传〉研究》一书中评述了以上诸说之后得出的结论是:

> 在花了二万多字的篇幅对各家所提供的材料、结论作了较详细深入的分析研究之后,我们认为,到目前为止,在没有新的有说服力的外证材料的情况下,要解决《醒世姻缘传》的作者问题几乎是不可能的。因此只能得出一个没有结论的结论——"存疑",这似乎有些

让人沮丧。但是,学术研究讲究的是严谨、科学,在证据不足的情况之下,与其牵强附会地误下断语,毋宁老老实实地"存疑"。[1]

我们以为,作者问题的最后解决还是应该从作者地域的考察入手,而小说中大量存在的方言材料则是作者地域研究的基础。从方言学的角度来说,仅仅靠小说中出现的一般方言词来认定一个作家的地域是谈不上科学和严谨的,但特殊的方言语音、只在较小范围内流行的特殊方言词和方言语法等等,却可以作为认定一个作家生活地域的方言依据来使用。

一般认为,《醒世姻缘传》使用的是山东方言,我们认为这是没有疑问的,本书注释中出现的数量极夥的山东方言词同样说明了这样的事实。那么,能不能进一步确认《醒世姻缘传》的作者就是山东人呢?下面我们从小说中出现的特殊方言语音和特殊方言词的角度来作一下具体的论证。

我们先看《醒世姻缘传》中存在的山东方言的特殊语音现象,今举二例。

一个是"从"。在鲁东一带现代方言中,说到"曾经"的时候,方言发音不说"曾经",而说"从经"。因为在方言中"从"、"曾"同音,以"从"代"曾",在《醒世姻缘传》一书中是可以找出不少例证的,如:

> 任直从清早不从吃饭,直等到傍午的时候,只不见出来。(第二

---

[1] 段江丽:《〈醒世姻缘传〉研究》,第44—45页,岳麓书社2003年版。

十二回 359 页)〔1〕

　　狄员外对薛三省说:"你薛爷大我十岁。算命的说我四十四岁方才得子,今刚交过四十四岁,果然得了儿子。你们薛爷对我告诉,也说从有算命的许他五十四上先要开花。不知小夫人有甚喜信?"(第二十五回 393 页)

　　这周龙皋年近五十,守了一个丑妇,又兼悍妒,那从见有甚么美色佳人?(第七十二回 1139 页)

　　这几个例证所反映的,是当代鲁东一带方言中保存下来的一种山东方言的特殊语音现象。

　　第二个例证是山东方言中的语音脱落现象。在山东的博山、淄川及周围地区,很多语词的发音很特别。比如"我不认识他",方言的说法是"我不认得他",博山、淄川一带的发音则是"我不认他",句中的这个"得"字,在话语中发生了语音脱落。《醒世姻缘传》中存在着大量的同类性质的语音脱落现象,如:

　　高氏道:"叫我到了跟前,我说:'晃大婶,咱做女人的人不占个高枝儿,这嘴也说的响,也敢降汉了么?……'"(第十回 160 页)

　　"也敢降汉了么"等于说"也敢降汉子了么"? 此处"子"字在山东方言中语音脱落。

---

〔1〕 引文出自本书正文,括号内某回后的数字为页数,下同。

孔举人娘子也没往外送他。倒又是萧夫人说："还着个人往外送送儿。"孔举人娘子道："家坐客，我不送罢。"（第十一回 171页）

"家坐客"，等于说"家里坐着客（人）"，句中的"里"、"着"二字在山东方言中语音脱落。

(小柳青)说道："……俺爷问：'那个姑子是谁？你可认的么？'他说：'那个姑子我不认得。'俺爷说：'你既不认他，怎便知是个姑子？'……"（第十二回 198页）

"不认他"是山东方言，意为"不认得他，不认识他"。此处为"得"字在语音中脱落。

以上三例，反映的是以今天山东的博山、淄川为中心的方言发音中保存下来的山东方言语音脱落现象。

以上所举的是《醒世姻缘传》所保存的山东方言的特殊语音现象。下面看其保存的山东方言的特殊方言词，我们也举二例。

一是以"从"表示"在"义。如说"我在哪里"，在《醒世姻缘传》中被说成是"我从哪里"，这可以找出多处书证，如：

那珍哥从梦中，分明还是前日家堂上坐的那个太公，举起杖来要打，从梦中惊醒，揭起被，跳下炕来。（第三回 054页）

例文中的两处"从梦中"，前一个"从"字表示的是方言意义的"在"，后一个"从"字表示的是一般意义的"从"。

晁夫人道："……扯过个枕头来，我就睡着了。只见梁师傅进我房来与我磕头，身上就穿着我与他做的那油绿道袍。他说：'我因奶

奶没人,我特来服事奶奶。'我从梦里当真的,说道:'你出家人怎好
进我房来服侍?外边坐去。'他伴长往我里间去了……"(第二十二
回351页)

以"从"表示"在"义,反映的是以今天的济南、泰安为中心的一
些地区仍在使用的山东方言特殊方言词"从"字的使用状况。

二是关于"膝盖"的方言说法。"膝盖"一词,在山东方言中,分
别有"肐拉拜"、"肐娄拜"、"肐了拜"、"磕膝盖"、"护膝盖"、"波拉
盖"等种种不同的说法,在《醒世姻缘传》中,说的则是"跛罗盖
子"。如:

> 高氏正说着这个,忽道:"这话长着哩,隔着层夏布裤子,垫的跛
> 罗盖子慌!我起来说罢?"(第十回159页)

"跛罗盖子"、"跛罗盖"这样的说法,在今天的山东方言中,笔者
调查的结果是从青岛往西一直到淄博、章丘。如果做方言地图的话,
今天淄博市的周村不在这个范围之内,张店人说"跛罗盖",周村人
受长山、桓台方言的影响,说的是"波拉盖";但是再往西去,章丘方
言仍然受到淄川方言的影响,也有说"跛罗盖"的。

这样一些特殊的方言语音和地域色彩极强的特殊方言词,都是
山东方言中某一地域才有的。如果《醒世姻缘传》的作者不是山东
人,那么他既不会在不自觉的写作状态下保存这些山东方言的特殊
语音现象,也不会明白这些特殊方言词所表示的意义。就此而论,虽
然我们目前尚不能据以确认《醒世姻缘传》作者的籍贯是山东一省
中的哪一府哪一县,但据以认定这位作者确实是山东人,这个结论应

该是没有问题的。

《醒世姻缘传》的现代整理工作,始于上海亚东图书馆1933年1月出版的汪乃刚校点本。二十世纪八十年代以来,先后出现了多种校注本和校点本。就此前出版的校注本而论,较为重要的有以下四种:

(1)黄肃秋校注本,上海古籍出版社1981年11月第1版。

(2)童万周校注本,中州书画社(后改称中州古籍出版社)1982年3月第1版。

(3)袁世硕、邹宗良校注本,台北三民书局2000年2月初版。

(4)李国庆校注本,中华书局2005年9月第1版。

这四种校注本共同的特点,是选用底本较为审慎,同时使用了较多的参校本参与文字校订,内容相对较为可靠;注释的文字虽侧重点各有不同,但一般都较为通俗翔实,便于当代读者阅读。存在的问题是或不出校记,或校记甚为简略,读者一般阅读浏览自无障碍,但据以从事相关研究,则既不知某些文字改订的依据何在,也难以得窥其所用底本的历史面貌;注释文字也间有不够准确之处。

此次应人民文学出版社之约重做此书的整理工作,我们选用北京文学古籍刊行社1986年6月影印出版的首都图书馆藏清同德堂刻本为底本,以整理者汇集同德堂本、同治庚午递修同德堂本、黄肃秋校注本、齐鲁书社出版的徐北文校点本而成的原台北三民书局本和李国庆校注本为参校本,并参考了徐复岭、曹大为、段江丽、周志锋等研究者的相关研究成果,力求较为全面地反映出《醒世姻缘传》整理和研究的水平。

考虑到此前的校注本改订文字多不出校记,不便于研究者使用的情况,从既能方便一般读者阅读,同时也为研究者提供可靠版本的目的出发,整理工作采取了以下做法:

一,底本保存了许多当时的通用字,如"胗脉"、"胗视"之"胗"(诊),"耳躲"之"躲"(朵)、"呵"(喝)、"那动"之"那"(挪)、"贤会"之"会"(惠)、"耕芸"之"芸"(耘)、"列趔"之"列"(趔)等。它们都是明清时期文字使用和相关研究的重要史料,整理本俱不作改动,并在注文中说明当时的使用情况。

二,底本保存了较多的俗字,如鞋作"鞵"、稳作"隐"、划作"戬"、缸作"矼"、厅作"所"、舔作"哗"、校作"挍"等。它们都是明清小说俗字使用和研究的重要史料,整理本俱不作改动,并在注文中说明某字为俗字的情况。

三,底本中有较多的异体字,它们同样是明清时期文字使用和相关研究的重要史料。对这些异体字的处理,我们采取了一种变通的办法,即商务印书馆 2011 年第 11 版的《新华字典》明确标示的异体字,以此版《新华字典》为据改为简化汉字;第 11 版《新华字典》未标示的异体字,则一仍其旧,不作改动,并在注文中说明某字为异体字的情况。

四,底本中有较多的避讳字,如照作"炤"、常作"尝"、洛作"雒"、检作"简"、校作"较"、由作"繇"等。避讳现象是版本特征的一个重要方面,故对这些避讳字俱不作改动,并在注文中说明某字避讳的情况。

五,底本中有较多文字的脱衍讹夺,其形成的原因大致有二。一是原本校勘粗疏,二是在写刻上版的过程中因形近而讹。对底本中脱漏的文字,今依据他本或理校补足,并将补入的文字放入"[ ]"号内以示区别;对可以做出准确判断的错字,俱依据上下文或文意酌改;对衍文则予以删除。以上诸种文字的校订,俱在注文中说明改动的原因或依据。

六,底本第五回、第六回、第八回、第十五回、第二十回、第二十四回、第四十九回、第六十四回、第七十九回的回末各有评语,未署批评者姓名。按本书卷首的东岭学道人《题识》曰:"其中有评数则,系葛受之笔,极得此书肯綮。然不知葛君何人也,恐没其姓名,并识之。"知这些评语来自早期刻本的底本,原存批评者葛受之之名,大概就是在把《恶姻缘》改称《醒世姻缘传》的这次写刻中被刊落的。这些评语,今整理本全部保留。

本书的注释侧重于以下三个方面,即明清时期的典章制度、词语典故和方言语词。典章制度的注释是释今典的工作,目的是帮助读者明了当时的时事;词语典故的注释是释古典的工作,目的是帮助读者了解词语的出处;方言语词的注释,则是为了使读者读懂书中大量存在的山东方言。由于整理者是山东人,得地利之便,对书中山东方言的注释下了较多的功夫,着意从语音、词汇、语法几个方面进行辨析和注释,这也可以说是本书整理的特色之一吧。

　　由于知识的浅薄和学识的不足,本书的整理工作还很难说已臻完善。我们期待着广大读者和研究者提出批评和建议。

邹宗良

甲午残冬小寒日于山东大学

醒世姻缘传弁语

五伦有君臣、父子、兄弟、朋友,而夫妇处其中,俱应合重[1]。但从古至今,能得几个忠臣,能得几个孝子,又能得几个相敬相爱的兄弟,几个志同道合的朋友? 倒只恩恩爱爱的夫妻比比皆是。约那不做忠臣、不做孝子,成不得好弟兄、做不来好朋友,都为溺在夫妇一伦去了。

夫人之精神从无两用。夫妇情深,君臣、父子、兄弟、朋友的身上自然义短。把这几伦的全副精神都移在闺房之内、夫妇之私,从那娘子们手中博换[2]得还些恩爱,下些温存,放些体贴,如此折了刚肠,成了绕指[3],这也是不枉了受他的享用,也不枉丧了自己的人品。

可怪有一等人,趱[4]了四处的全力,尽数倾在生菩萨[5]的身中,你和颜悦色的妆那羊声,他擦掌摩拳的作那狮吼;你做那先意承志的孝子,他做那蛆心搅肚的晚娘;你做那勤勤恳恳的[逢]、干[6],

---

〔1〕 合重——相互协调看重。

〔2〕 博换——交换,替换。博,"博"的俗字。

〔3〕 折了刚肠,成了绕指——刚强的性格变得随和软弱。绕指,"绕指柔"的略语。指,同本漫漶不清,据文意酌补。

〔4〕 趱——通"攒"。积聚。

〔5〕 生菩萨——活菩萨。比喻容貌美丽。唐孟棨《本事诗·嘲戏》:"少妙之时,视之如生菩萨。"

〔6〕 逢、干——同本与其他刻本俱脱"逢"字,据文意酌补。逢、干,夏关龙逢和商比干。关龙逢是夏桀时的大臣,比干是商纣王的叔父。二人俱因直谏被杀。

他做那暴虐狠愎的桀、纣;你做那顺条顺绺的良民,他做那至贪至酷的歪吏。舍了人品,换不出他的恩情;折了家私,买不转他的意向。虽天下也不尽然,举世间到处都有。

吾尝终日不食、终夜不寝以思,不得其故。读西周生《姻缘奇传》,始憬然悟,豁然解:原来人世间如狼如虎的女娘,谁知都是前世里被人拦腰射杀、剥皮剔骨的妖狐;如韦如脂、如涎如涕〔1〕的男子,尽都是那世里弯弓搭箭、擎鹰绁狗的猎徒。辏拢一堆〔2〕,睡成一处,白日折磨,夜间挝打,备极丑形,不减披麻勘狱〔3〕。

原来如此如此,这般这般。世间狄友苏甚多,胡无翳〔4〕极少。超脱不到万卷《金刚》,枉教费了饶舌;不若精持戒律,严忌了害命杀生〔5〕,来世里自不撞见素姐此般令正〔6〕。是求人不若求己之良也。

环碧主人题

辛丑清和望后午夜醉中书

---

〔1〕 如韦如脂、如涎如涕——指人的心性、脾气圆转柔软,毫无刚硬之态。韦,去毛柔软的皮革。脂,面脂、唇膏类化妆品。
〔2〕 一堆——山东方言,一起;一处。
〔3〕 披麻勘狱——披麻,用牛皮胶把麻皮贴在人的身体上,粘连皮肉后往下撕扯的酷刑。勘狱,刑讯审问。
〔4〕 胡无翳——同本作"胡无医",据正文校改。
〔5〕 杀生——同本作"教生"。"殺"与"教"盖因形近而讹,据文意酌改。
〔6〕 令正——称呼别人嫡妻的敬辞。

醒世姻缘传凡例

一、本传晁源、狄宗[羽][1]、童姬、薛媼,皆非本姓,不欲以其实迹暴于人也。

一、本传凡懿行淑举,皆用本名;至于荡简[2]败德之夫,名姓皆从捏[3]造。昭戒而隐恶,存事而晦人。

一、本传凡有懿媺[4]扬阐,不敢稍遗;惟有劣迹描绘,多为挂漏,以为赏重而罚轻。

一、本传凡语涉闺门,事关床第[5],略为点缀而止,不以淫哇媟语博人传笑,揭他人帷箔之惭。

一、本传其事有据,其人可征;惟欲针线相联,天衣无缝,不能尽芟傅会。然与凿空硬入者不无径庭。

一、本传间有事不同时,人相异地,第欲与于扢扬[6],不必病其

---

〔1〕 狄宗羽——同本与其他刻本俱脱"羽"字。据第二十一回、八十一回、八十九回正文校补。

〔2〕 荡简——行为放荡,不守礼法。简,同"检"。明末刻书,以避明思宗朱由检讳,易"检"作"简"。本书沿袭了这一写刻习惯。

〔3〕 捏——同"捏"。

〔4〕 懿媺——美善。

〔5〕 床第——同本作"床笫","第"与"笫"盖因形近而讹,据文意酌改。

〔6〕 扢扬——发扬;颂扬。扢,音qì。

牵合。

　　一、本传敲律填词，意专肤浅，不欲使田夫闺媛懵矣面墙，读者无争笑其打油之语。

　　一、本传造句涉俚，用字多鄙，惟用东方土音[1]从事，但亟明其句读，以意逆志，是为得之。

----

[1] 东方土音——山东一带的方言。

题　识

　　大凡稗官野史之书,有裨风化者,方可刊播将来,以昭鉴戒。此书传自武林[1],取正白下[2],多善善恶恶之谈。乍视之似有支离烦杂之病,细观之前后钩锁,彼此照应,无非劝人为善,禁人为恶,闲言冗语,都是筋脉,所云天衣无缝,诚无忝[3]焉。或云:"闲者节之,冗者汰之,可以通俗。"余笑曰:"嘻!画虎不成,画蛇添足,皆非恰当。无多言!无多言!"

　　原书本名《恶姻缘》,盖谓人前世既已造业[4],后世必有果报;既生恶心,便成恶境,生生世世,业报相因,无非从一念中流出。若无解释,将何底止?其实可悲可悯。能于一念之恶禁之于其初,便是圣贤作用,英雄手段[5],此正要人豁然醒悟。若以此供笑谈,资狂僻,罪过愈深,其恶直至于披毛戴角,不醒故也。余[6]愿世人从此开悟,遂使恶念不生,众善奉行,故其为书有裨风化,将何穷乎?因书

　　〔1〕武林——杭州的别称,以武林山而得名。
　　〔2〕白下——古地名,在江苏省南京市西北,后因用为南京的别称。
　　〔3〕无忝——不玷辱;不羞愧。
　　〔4〕造业——作恶;做坏事。佛教认为业分善、不善、非善非不善三种,一般所说的业者指恶业。
　　〔5〕手段——即"手段"。本书段字多作"段"。段,"段"的俗字。
　　〔6〕余——同本作"佘"。"余"与"佘"盖因形近而讹,据文意酌改。

《凡例》之后,劝将来君子开卷便醒,乃名之曰《醒世姻缘传》。其中有评数则,系葛受之笔,极得此书肯綮。然不知葛君何人也,恐没其姓名,并识之。

东岭学道人题

姻缘传引起[1]

《四书》中孟夫子说道:君子有三件至乐的事[2]。即使在那极贫极贱的时候,忽然有人要把一个皇帝禅与他做,这也是从天开地辟以来绝无仅有的奇遇,人生快乐,那得还有过于此者? 不知君子那三件至乐的事,另有心怡神悦形容不到的田地。那忽然得做皇帝的快乐,不过是势分[3]之荣,倏聚倏散的泡影,不在那君子三乐之中。那君子的三乐,凭你甚么大势劫他不来,凭你甚么大钱买他不得。凭是甚么神人、圣人、贤人、哲人,有这三乐固是完全,若不遇这三乐,别的至道盛德、懿行纯修,都可凭得造诣,下得功夫,只是这三乐里边遇不着,便是阙略。所以至圣至神的莫过于唐尧、虞舜、禹、汤、文、武、周公、至圣先师孔子,都不曾尝着那三乐的至趣。这般难到的遭逢,那王天下岂是这个之内?

你道那三件乐?

第一乐是"父母俱存,兄弟无故"。试想一个身子蒙父母生将下来,那婴孩就如草木的萌蘖一样,易于摧折,难于培养。那父母时时刻刻,念

---

〔1〕 "引起"及第一回首题"西周生辑著,然藜子较定"。较,同"校"。明末刻书,以避明熹宗朱由校讳,易"校"为"较"。本书沿袭了这一写刻习惯。

〔2〕 语出《孟子·尽心上》:"君子有三乐,而王天下不与存焉。"

〔3〕 势分——权势;地位。

念心心,只怕那萌芽遇有狂风,遭着骤雨,用尽多少心神,方成保护那不识不知的心性。悲啼疾病,苦父母的忧思;乳哺怀耽,劳父母的鞠育;真是恩同罔极。孩提的时候没有力量,报不得父母深恩;贫贱的时节财力限住,菽水尚且艰难,又不能报其罔极。及至年纪长成,家富身贵,可以报恩的时势,偏那父母不肯等待,或先丧父后丧母,或是先丧母后丧父,或是父母双亡。想到这"子欲养而亲不待"的光景,你总做到王侯帝主,提起那羽泉之魂[1],这个田地是苦是乐?

兄弟本是合爹共娘生的,不过分了个先后,原是一脉同气的,多有为分财不均,争立夺位,以致同气相残。当时势同骑虎,绝义相持,岂无平旦良心?你总做到极品高官,提起那东山之斧[2],这个光景是苦是乐?

若能父母寿而且安,双双俱在堂上,兄弟你爱我敬,和和美美,都在父母膝前,处富贵有那处富贵的光显,处贫贱有那处贫贱的聚顺,这个天伦之乐,真是在侧陋可以傲至尊,在颛蒙[3]可以傲神圣。所以说"父母俱存,兄弟无故,一乐也"。

那第二件的乐处,是"仰不愧于天,俯不怍于人"。若寻常人看起来,

----

[1] 羽泉之魂——相传鲧治水无功,被帝尧杀于羽山,其魂化为黄熊,入于羽渊。这里说鲧的儿子禹后来贵为帝王,想起其父魂归羽渊之事,照样悲痛不已。

[2] 东山之斧——周武王死后,其弟周公旦摄政,辅佐幼主成王。武王诸弟管叔鲜、蔡叔度与纣王之子武庚作乱,周公乃率兵东征,诛杀管叔,流放蔡叔,《诗经·豳风》有《东山》、《破斧》叙周公东征事。这里说周公为国家大义而不顾兄弟之私,杀管放蔡,同样难有"兄弟无故"的快乐。

[3] 颛(zhuān)蒙——质朴蒙昧,无知无识。

怎比那做皇帝的乐处？然想到皇帝动有风雷之儆，雨旸薄蚀[1]之愆，"顾左右而言他"，"吾甚惭于孟子"[2]。想这个仰愧俯怍的光景，虽是做皇帝至尊无对，这个中心忸怩也觉道难受。怎如匹夫独行顾影，独寝顾衾，不蛆心搅肚，不利己害人，不贪财蔑义，不瞒心昧己，不忤逆不忠，种种公平正直，件件正大光明？真是见青天而不惧，闻雷霆而不惊，任你半夜敲门，正好安眠稳睡。试想汉高后[3]鸩死赵王如意，酷杀戚氏夫人，忽然见日食也不由的害怕，不觉得自己说道："此天变盖为我也！"待了不多几月，也就死了。秦桧做到拜相封王，岳武穆万古元功，脱不得死他手内，一见了那风和尚，也便弥缝遮盖，恨不得有一条地缝钻将进去。较量起来，那"仰不愧于天，俯不怍于人"，岂不是第二件的乐处？

那第三件乐，说"得天下英才而教育之"。这是君子以道统为重，势分为轻，虽然[4]还让那第一第二的乐处，必竟还在王天下之先。

但是依我议论，还得再添一乐，居于那三乐之前，方可成就那三乐的事。若不添此一乐，总然父母俱存，搅乱的那父母生不如死；总然兄弟目下无故，将来必竟成了仇雠；也做不得那仰不愧天俯不怍人的品格，也教育不得那天下的英才。

看官听说：你道再添那一件？第一要紧再添一个贤德妻房，可才

〔1〕 雨旸薄蚀——雨旸，雨天和晴天。薄蚀，日月相食。
〔2〕 吾甚惭于孟子——语出《孟子·公孙丑下》，为齐宣王对臣下所说的话。
〔3〕 汉高后——汉高祖刘邦的妻子、孝惠帝之母吕雉。吕雉害死赵王、戚夫人后，遇昼晦、日食，对左右说："此为我也。"事见《史记·吕太后本纪》。
〔4〕 虽然——同本作"虽状"。同本"然"字多刻作"状"，此盖以形近而讹，据文意酌改。

成就那三件乐事。

父母在堂，那儿子必定多在外，少在里，委曲体贴，全要一个孝顺媳妇支持。赵五娘[1]说的好："怕污了他的名儿，左右与他相回护。"岂不是有了贤妻，方可父母俱存得住？

兄弟们日久岁长，那得不言差语错？那贤德的妇人在男子枕傍，不惟不肯乘机挑激，且能委曲调停。那中人[2]的性格，别人说话不肯依，老婆解劝偏肯信，挑一挑固能起火，按一按亦自冰消。孙融妻说得好："无事世人亲，有事兄弟急。"岂不是有了贤妻，方使兄弟无故得成？

男子人[3]做出那无天灭理的事来，外边瞒得众人，家中瞒不得妻子。即使齐人[4]这等登垄乞墦，瞒得妻子铁桶相似，必竟疑他没有富贵人来往，早起跟随，看破了他的行径。若是不贤的妻子，那管他讨饭不讨饭，且只管他醉饱罢了。他却相泣中庭，激语相讪，齐人也就从此不做了这行生意。

陈仲子[5]嫌其兄居室饮食大约从不义中得来，避出于於陵，织

[1] 赵五娘——南戏《琵琶记》中人物。蔡伯喈入京赴试，得中状元，被迫入赘相府。时家乡连遭荒旱，父母相继饿死，妻子赵五娘葬亲之后一路乞讨，进京寻夫，一夫二妇终得团圆，归家庐墓。所引的两句话见剧中《临妆感叹》一出。
[2] 中人——中等资质的人，常人。
[3] 男子人——山东方言，男人，男子汉。
[4] 齐人——齐国有个人，每次外出都吃得醉饱，妻子因为他不曾交结显贵而怀疑他的行径。后来她尾随丈夫出门，发现丈夫原来是到郊外的墓地，向人乞讨残肴剩羹而食。事见《孟子·离娄下》。
[5] 陈仲子——齐国的隐士，因居于於陵，又称"於陵仲子"。事见《孟子》、《荀子》、《韩非子》诸书。

鞋糊口,以求不愧不怍。若是遇着个不贤妻子,嫌贫恶贱,终日闹炒,怕那陈仲子不同食万钟之粟,不同居盖邑之房,怕他不与兄戴同做那愧天怍人的事?那知这等异人,偏偏撞着个异妇,心意相投,同挨贫苦;夫能织屦,他偏会辟纑[1]。一日,齐王玄纁束帛,驷马高车,来聘陈仲子为相。仲子已是辞却去了,其妻负薪方归,见门前许多车马脚迹,问知所以,恐怕复来聘他,同夫连夜往深山逃避。这岂不是有了贤妻,方可做不愧天不怍人的事?

遇着个不贤之妇,今日要衣裳,明日要首饰,少柴没米,称酱打油,激聒得你眼花撩乱,意扰心烦。你就像颜回好学,也不得在书馆中坐得安稳,莫说教不成天下的英才,就是自己的工夫也渐日消月减了。乐羊子[2]出外游学,虑恐家中日用无资,回家看望。其妻正在机中织布,见夫弃学回家,将刀把机上的布来割断,说道:"为学不成,即是此机织不就!"乐羊子奋激读书,后成名士。这岂不是有了贤妻,方得英才教育?

但从古来贤妻不是容易遭着的,这也即如"王者兴,名世出"的道理一般。人只知道夫妻是前生注定,月下老将赤绳把男女的脚暗中牵住,你总然海角天涯,寇仇吴越,不怕你不凑合拢来。依了这等说起来,人间夫妻都该搭配均匀,情谐意美才是,如何十个人中倒有八九个不甚相宜?或是巧拙不同,或是媸妍不一;或做丈夫的憎嫌妻

---

〔1〕 辟纑——绩麻与练麻,把麻析成细缕捻接起来并煮练成白色。
〔2〕 乐羊子——东汉河南人。乐羊子妻停机断织事,见《后汉书·列女传》。

子,或是妻子凌虐丈夫;或是丈夫弃妻包妓,或是妻子背婿淫人;种种乖离,各难枚举。正是:

夫妻本是同林鸟,心变翻为异国人。

看官你试想来,这段因果却是怎地生成?这都尽是前生前世的事,冥冥中暗暗造就,定盘星半点不差。只见某人的妻子善会持家,孝顺翁姑,敬待夫子,和睦妯娌,诸凡处事,井井有条。这等夫妻,乃是前世中或是同心合意的朋友,或是恩爱相合的知己,或是义侠来报我之恩,或是负逋来偿我之债,或前生原是夫妻,或异世本来兄弟。这等匹偶将来,这叫做好姻缘,自然恩情美满,妻淑夫贤,如鱼得水,似漆投胶。又有那前世中以强欺弱,弱者饮恨吞声;以众暴寡,寡者莫敢谁何;或设计以图财,或使奸而陷命。大怨大雠,势不能报,今世皆配为夫妻。

看官你想,如此等冤孽寇雠,反如何配了夫妇?难道夫妇之间没有一些情义,报泄得冤雠不成?不知人世间和好的莫过于夫妇,虽是父母兄弟是天合之亲,其中必竟有许多行不去、说不出的话,不可告父母兄弟,在夫妻间可以曲致。所以人世间和好的莫过于夫妻,又人世仇恨的也莫过于夫妻。

君臣之中,万一有桀纣的皇帝,我不出去做官,他也难为我不着。万一有瞽叟[1]的父母,不过是在日里使我完廪,使我浚井,那夜间也有逃躲的时候。所以冤家相聚,亡论稠人中报复得他不畅快;即是

---

[1] 瞽叟——上古时帝舜的父亲。瞽叟娶后妻而生子象。瞽叟、后母及弟象皆欲杀舜。瞽叟曾让舜上房修补仓廪而在下面纵火,又曾让舜淘井,自己和象却在上面用土填井,舜都设法逃得性命。

那君臣、父子、兄弟、朋友之际，也还报复得他不大快人。唯有那夫妻之中，就如脖项上瘿袋〔1〕一样，去了愈要伤命，留着大是苦人；日间无处可逃，夜间更是难受。官府之法莫加，父母之威不济，兄弟不能相帮，乡里徒操月旦〔2〕。即被他骂死，也无一个来解纷；即便［被］他打死，也无一个劝斗。你说要生，他偏要处置你死；你说要死，他偏要教你生，将一把累世不磨的钝刀在你颈上锯来锯去，教你零敲碎受。这等报复，岂不胜如那阎王〔3〕的刀山、剑树、碓捣、磨挨、十八重阿鼻地狱？

看官，你道为何把这夫妻一事说这许多言语？只因本朝正统年间曾有人家一对夫妻，却是前世伤生害命，结下大仇。那个被杀的托生了女身，杀物的那人托生了男子，配为夫妇。那人间世又宠妾凌妻，其妻也转世托生了女人，今世来反与那人做了妻妾。俱善凌虐夫主，败坏体面，做出奇奇怪怪的事来。若不是被一个有道的真僧从空看出，也只道是人间寻常悍妾恶妻，那知道有如此因由果报？这便是恶姻缘。但要知其中彻底的根原，当细说从先的事故。

妇去夫无家，夫去妇无主。本是赤绳牵，雎述〔4〕相守聚。

----

〔1〕　瘿袋——颈部的囊状肿瘤，即甲状腺肿大。

〔2〕　月旦——品评。《后汉书・许劭传》："劭与靖俱有高名，好共核论乡党人物，每月辄更其品题，故汝南俗有'月旦评'焉。"

〔3〕　阎王——即"阎王"。阎，"阎"的俗字。

〔4〕　雎述——《诗经・周南・关雎》："关关雎鸠，在河之洲。窈窕淑女，君子好述。"旧说指周文王有圣德，又得淑女姒氏与之匹配。此处化用诗意，指匹配，结缡。述，同本作"逑"。"述"与"逑"盖因形近而讹，据文意酌改。

异体合形骸，两心连肺腑。夜则鸳央[1]眠，昼效鸾凤舞。

有等薄幸夫，情乖连理树。终朝起暴风[2]，逐鸡爱野鹜。妇郁处中闺，生嫌逢彼怒[3]。或作《白头吟》[4]，或买《长门赋》[5]。

又有不贤妻，单慕陈门柳[6]。司晨发吼声，行动掣夫肘。恶语侵祖宗，诟谇凌姑舅。去如瘿附身，留则言恐丑。

名虽伉俪缘，实是冤家到。前生怀宿仇，撮合成显报。同床睡大虫，共枕栖强盗。此皆天使令，顺受两毋躁。拈出通俗言，于以醒世道。

又诗曰：

关关匹鸟下河洲，文后当年应好逑。岂特母仪能化国，更兼妇德且开周。情同鱼水谐鸳侣，义切鸾胶叶凤俦。漫道姻缘皆夙契，内多伉俪是仇雠。

---

[1] 鸳央——即"鸳鸯"。央，"鸯"的俗字。

[2] 终朝起暴风——《诗经·邶风·终风》："终风且暴。"这里比喻薄幸丈夫对妻子的凌虐之态。

[3] 生嫌逢彼怒——《诗经·邶风·柏舟》："薄言往诉，逢彼之怒。"

[4] 白头吟——《乐府诗集·相和歌辞》中的楚调曲。宋郭茂倩题解说："《西京杂记》曰：'司马相如将聘茂陵人女为妾，卓文君作《白头吟》以自绝，相如乃止。'"

[5] 长门赋——汉司马相如所作的赋。汉武帝陈皇后曾一度失宠，退居长门宫。她以黄金百两请司马相如写了《长门赋》，武帝读后伤感，陈皇后于是重得亲幸。

[6] 陈门柳——典出明人传奇《狮吼记》。宋苏轼之友陈慥，字季常，妻柳氏，性情悍妒，常责罚陈慥。一日苏轼至其家，闻柳氏怒号，称其为"狮子吼"。

第一回

晁大舍〔1〕围场射猎　狐仙姑被箭伤生

公子豪华性,风流浪学狂。律身无矩度,泽口少文章。选妓黄金贱,呼朋绿蚁〔2〕忙。招摇盘酒肆,叱咤闯围场。冶服貂为饰,军妆豹作裳。调词无雪白,评旦有雌黄。恃壮能欺老,依强惯侮良。放〔3〕利兼渔色,身家指日亡!

圣王之世,和气熏蒸,生出一种麒麟仁兽,雄者为麒,雌者为麟。那麒麟行路的时候,他拣那地上没有生草的去处,没有生虫的所在,方才践了行走,不肯伤害了一茎一草之微,一物一虫之性。

这麒麟虽然是圣王的祥瑞,必竟脱不了禽兽之伦。人为万物之灵,禀赋天之灵根善气而生,天地是我的父母,万物是我的同胞。天地有不能在万物身上遂生复性的,我还要赞天地的化育。所以那样至诚的圣人,不特成己成人,还要陶成万物,务使夭乔蠢动〔4〕,物物

〔1〕　大舍——大少爷,大公子。舍是宋元以后对官僚富家子弟的称呼。
〔2〕　绿蚁——酒面上浮起的绿色泡沫。这里代指酒。
〔3〕　放利——同本作"傲利"。"放"与"傲"盖因同音形近而讹,据文意酌改。
〔4〕　夭乔蠢动——夭乔,草木苗壮生长。借指草木。蠢动,蠕蠕而动。借指各种动物。夭,同本作"大",据文意酌改。

得所,这才是那至诚仁者的心肠。若是看得万物不在我胞与之内,便看得人也就在我一膜之外,那还成个大人?

所以天地间的物,只除了虎狼性恶,恨他吃人;恶蛇毒蝎,尾能螫人;再有老鼠穴墙穿屋,盗物窃粮,咬坏〔1〕人的衣服书籍;再是蝇蚊能嘬〔2〕肤败物。这几般毒物,即使在大慈大悲观世音菩萨面前,也要活活敲死,却也没甚罪过。

若除此这几种恶物,其馀飞禽走兽,鳞介昆虫,无害于人,何故定要把他残害?人看他是异类,天地看来都是一样生机。也不必说道那鸟衔环〔3〕、狗结草〔4〕、马垂缰〔5〕、龟献宝〔6〕的故事;只说君子体天地的好生,此心自应不忍。把这不忍的心扩充开去,由那保禽兽,渐至保妻子,保百姓。若把这忍心扩充开去,杀羊不已,渐至杀牛;杀牛不已,渐至杀人;杀人不已,渐至如晋献公、唐明皇、唐肃宗杀

----

〔1〕 咬坏——同本作"咬壤"。"壤"与"壤"盖以形近而讹,据文意酌改。

〔2〕 嘬——叮咬。

〔3〕 鸟衔环——东汉杨宝九岁时救过一只黄雀,后半夜读书,有黄衣童子来,说曾蒙他见救,赠给他四只玉环。事见《续齐谐记》。

〔4〕 结草——春秋时晋国魏颗与秦国杜回作战,见一老人扎草为结,绊倒杜回,助魏颗将其擒获。夜里魏颗梦见这位老人,说他对自己女儿有救命之恩,所以结草相报。事见《左传》。

〔5〕 马垂缰——前秦苻坚在与慕容冲作战时坠马落涧,他的坐骑跪在涧边,垂下缰绳,苻坚因此爬上来脱险。事见《异苑》。

〔6〕 龟献宝——战国时朔人献给燕昭王一头大猪,已一百二十岁,人称豕仙。群臣以为无用,燕昭王命人杀而食之。猪于是托梦给燕国的丞相,说因其建议,自己终于从猪形中解脱,已经做了鲁津的河神。后来燕相出游鲁津,有赤色大龟口衔夜光珠来献。事见《太平御览》引《苻子》。

到亲生的儿子。不然,君子因甚却远庖厨? 正是要将杀机不触于目,不闻于耳,涵养这方寸不忍的心。所以人家子弟,做父母兄长的务要从小葆养他那不忍的孩心。习久性成,大来自不戕忍,寿命可以延长,福禄可以永久。

当初山东武城县有一个上舍[1],姓晁名源。其父是个名士,名字叫做晁思孝,每遇两考[2],大约不出前第。只是儒素之家,不过舌耕糊口,家道也不甚丰腴。将三十岁生子晁源,因系独子,异常珍爱。渐渐到了十六七岁,出落得唇红齿白,目秀眉清。真是:

何郎[3]傅粉三分白,荀令[4]留裾五日香。

只是读书欠些聪明,性地少些智慧。若肯把他陶镕训诲,这铁杵也可以磨成绣针。无奈其母固是溺爱,这个晁秀才爱子更是甚于妇人。十日内倒有九日不读书;这一日还不曾走到书房,不住的丫头送茶、小厮递果,未晚迎接回家。如此蹉跎,也还喜得晁源伶俐,那"上大人丘乙己"还自己写得出来。后来知识渐开,越发把这本《千字文》丢在九霄云来[5],专一与同班不务实的小朋友游

---

[1]　上舍——监生的别称。

[2]　两考——岁考和科考。明清时的秀才,每三年要参加岁考和科考各一次。

[3]　何郎——三国时魏国的驸马何晏姿容秀美,性喜修饰,平日粉白不去手,人称"傅粉何郎"。

[4]　荀令——荀令君,即后汉荀彧。传说他曾得异香薰衣,到人家去,其坐处馀香三日不散。此句云"五日",盖与上句中的"三分"对仗而言。

[5]　来——山东方言,里。

湖吃酒,套雀钓鱼,打围捉兔。晁秀才夫妇不以为非。幸得秀才家物力有限,不能供晁源挥洒,把他这飞扬泄越的性子倒也制限住几分。

晁秀才连科不中,刚刚[1]挨得岁贡[2]出门。那时去国初不远,秀才出贡,作兴[3]旗匾之类,比[4]如今日所得的多,往京师使费,比如今所用的少。因此,手头也渐从容,随与晁源娶了计处士的女儿计氏为妻。

晁秀才与儿子毕姻以后,自己随即上京廷试。那时礼部大堂缺官,左侍郎署印[5]。这侍郎原做山东提学,晁秀才在他手内考过案首[6]。见了晁秀才,叙了些间阔,慰安了几句,说道:"你虽然不中,如今年纪不甚大,你这仪表断不是个老教授终身的。你如今不要廷试,坐了监,科他一遍科举。中了更好,即不中,考选有司,也定然不在人下。况我也还有几年在京,可以照管着你。"晁秀才听了这篇说话,一一依从。

第二年,进了北场[7],揭了晓,不得中。寻思道:"老师望我中

----

[1] 刚刚——同本作"冈冈",据文意酌改。下同,不再出校记。
[2] 岁贡——即岁贡生。贡生是贡入国子监读书的生员,岁贡生为五贡的一种。
[3] 作兴——资助。
[4] 比——同本作"此","比"与"此"盖因形近而讹,据文意酌改。
[5] 署印——又称摄篆。因正官出缺,派别的官员代行其职,暂时执掌印务,处理衙门事务,叫"署印"。
[6] 案首——秀才考试的第一名;后来岁考、科考的第一名也称案首。这里指后者。
[7] 北场——又称北闱。指在北京举行的顺天乡试。

举,举既不得中,若不趁他在京,急急考就了官,万一待他去了,没了靠山,考一个州县佐贰,读书一场,叫人老爷,磕头参见,这也就苦死人了!"遂与侍郎说了这个实情。侍郎也深以为然。

晁秀才随赴吏部递了呈,投了卷。吏部司官恰好也是侍郎的门生,侍郎预先嘱托了,晁秀才方才同众赴考。出的题目是"有民人焉,有社稷焉"。晁秀才本来原也通得,又有座师的先容,发落出来,高高取中一名知县。晁秀才自家固是欢喜,侍郎也甚有光彩。

晁秀才又思量道:"我虽是考中了知县,缺的美恶,就如天上地下一般。何不趁老师在京,急急寻个好地方选了,又待何时?"随即挖了年〔1〕,上了卯〔2〕。怎当他造化来到,冢宰〔3〕缺员,把礼部左侍郎推了吏部尚书。次年四月大选,晁秀才也不用人情,也不烦央浼,竟把一个南直隶华亭县的签,单单与晁秀才掣着。

这个华亭是天下有名的大县,甲科〔4〕中用许多物力谋不到手的。晁秀才气也不呵一口,轻轻得了。报到家中,亲戚朋友那个肯信? 说:"这个华亭县,自古来都是进士盘踞住的,那有岁贡得的?"报喜人嚷街坊,打门扇,要三百两,闹成一片。不两日见了邸报,却道真不差! 将报子挂了红,送在当日教学的书房内供给,写了一百五

---

〔1〕挖了年——明清时官员铨选,候选补缺者须赴吏部投呈真实履历,按资历排队待选。通过门路虚报资历年限则作"挖年"。

〔2〕上了卯——候选官员赴吏部报到登记,等候选缺,称为"上卯"。

〔3〕冢宰——周代官名,为六卿之首。后因称吏部尚书为冢宰。

〔4〕甲科——指进士出身。

十两的谢票,方才宁贴。

武城县这些势利小人,听见晁秀才选了知县,又得了天下第一个美缺,恨不得将晁大舍的卵脬扯将出来,大家扛在肩上;又恨不得晁大舍的屁股撅将起来,大家餂他的粪门。有等下户人家,央亲傍眷,求荐书,求面托,要投做家人。有那中户人家,情愿将自己的地土、自己的房屋,献与晁大舍,充做管家。那城中开钱桌的,放钱债的,备了大礼,上门馈送。开钱桌的说道:"如宅上要用钱时,不拘多少,发帖来小桌支取。等头〔1〕比别家不敢重,钱数比别家每两多二十文。使下低钱〔2〕,任凭拣换。"那放债的说道:"晁爷新选了官,只怕一时银不凑手。"这家说道:"我家有银二百。"这家说道:"我家有三百,只管取用。利钱任凭赐下。如使的日子不多,连利钱也不敢领。"又有亲眷朋友中,不要利钱,你三十,我五十,络绎而来。

这个晁大舍原是挥霍的人,只因做了穷秀才的儿子,叫他英雄无用武之地。想起昔日向钱铺赊一二百文,千难万难;向人借一二金,百计推脱。如今自己将银钱上门送来,连文约也不敢收领,这也是他生来第一快心的事了。送来的就收,许借的就借。来投充的,也不论好人歹人,来的就收。不十日内,家人有了数十名,银子有了数千两。日费万钱,俱是发票向各钱桌支用。用了二百五十两银买了三匹好马,又用了三百两买了六头走骡,进出骑坐。买绫罗、制器皿。真是

----

〔1〕 等头——等于说秤头、秤上。等,戥子,称金银等物的衡器。

〔2〕 低钱——分量不足或成色低劣的铜钱。

"钱可通神"，不上一月之内，把个晁大舍竟如在槐安国做了驸马[1]的一般。随即差了一个旧小厮晁书，带了四个新家人祝世、高升、曲进才、董重，携了一千两银子，进京伺候晁秀才使用。

晁秀才选了这等美缺，那些放京债的人每日不离门缠扰，指望他使银子，只要一分利钱，本银足色纹银，广法大秤称兑。晁秀才一来新选了官，况且又是极大的县，见部堂，接乡宦，竟无片刻工夫做到借债的事。日用杂费也有一班开钱铺的愿来供给，所以不甚着急。

应酬少有次序，晁书领了四个家人，携了一千两银子，刚刚到京。有了人伺候，又有银子使用，买尺头，打银带，叫裁缝，镶茶盏，叫香匠作香，刻图书，钉幞头[2]革带，做朝祭服，色色完备。对月领了文凭，往东江米巷买了三顶福建头号官轿，算计自己、夫人、大舍乘坐；又买了一乘二号官轿与大舍娘子计氏乘坐。俱做了绒绢帏幔。买了执事[3]，刻了封条，顺便回家到任。家主不在家，家中尚且万分气势；今正经贵人到了，这烜赫是不消说起的了。接风送行，及至任中，宦囊百凡顺意，这都不为烦言碎语。

且说晁大舍随了父亲到任。这样一个风流活泼的心性，关在那县衙里边，如何消遣？到有一个幕宾，姓邢，河南淯川县[4]人，名字

---

[1]　在槐安国做了驸马——唐人李公佐的小说《南柯太守传》说，广陵淳于棼梦梦游大槐安国，被招为驸马，出任南柯郡太守，十分富贵荣华。
[2]　幞头——官员头戴的乌纱帽。
[3]　执事——官员出行的仪仗。
[4]　淯川县——后文言及邢宸籍贯，俱作"淅川县"。

叫做邢宸,字皋门,是个有意思的秀才。为人倜傥不羁,遇着有学问、有道理的人,纵是贫儒寒士,他愈加折节谦恭;若是那等目不识丁的,村气射人的,就是王侯贵戚,他也只是外面怕他,心内却没半分诚敬。晁大舍道自己是个公子,又有了银钱;又道邢生是他家幕客,几乎拿出"伯颜大叔侍文章"的脸来。那邢生后来做到尚书的人品,你道他眼里那里有你这个一丁不识的"佳公子"?所以晁大舍一发无聊,在华亭衙内住了半年光景,卷之万金,往苏州买了些不在行玩器,做了些犯名分的衣裳,置了许多不合款的盆景,另雇了一只民坐船,雇了一班鼓手,同了计氏回家。

　　向日那些旧朋友,都还道是昔日的晁大舍,苦绷苦拽,或当借了银钱,或损折了器服,买了礼,都来与晁大舍接风,希图沾[1]他些资补。谁知晁大舍道这班人肩膀不齐了,虽然也还勉强接待,相见时,大模大样,冷冷落落,全不是向日洽浃的模样;一把椅朝北坐下,一双眼看了鼻尖,拿官腔说了两句淡话,自先起身,往外一拱。众人看了这个光景,"稍瓜打驴——不免去了半截"[2]。那些新进的家人见了主人这个意思,后来这伙人再有上门的,也就"不得其门而入"了。况又六千两银子买了姬尚书家大宅,越发"侯门深似海,怎许故人敲!"

----

〔1〕沾——同本作"沾"。"沾"与"沾"盖因形近而讹,据文意酌改。以下径改,不再出校记。
〔2〕稍瓜打驴,不免去了半截——"稍瓜打驴,去了半截"为歇后语,形容希望大半落空。稍瓜,一种细长形的瓜,质脆,可以生食。

　　这些故友不得上门，这还是"贵易交"的常情；又寻思"富易妻"起来。那个计氏，其父虽然是个不曾进学的生员，却是旧家子弟。那计氏虽身体不甚长大，却也不甚矮小；虽然相貌不甚轩昂，却也不甚寝漏[1]；颜色不甚莹白，却也不甚枯黧；下面虽然不是三寸金莲，却也不是半朝銮驾[2]。那一时，别人看了计氏到也是寻常，晁大舍看那计氏即是天香国色。计氏恃宠作娇，晁大舍倒有七八分惧怕。

　　如今计氏还是向来计氏，晁大舍的眼睛却不是向来的眼睛了。嫌憎计氏鄙琐，说道："这等一个贫相，怎当起这等大家！"又嫌老计父子村贫，说道："不便向高门大宅来往。"内里有了六七分的厌心，外边也便去了二三分的畏敬。那计氏还道是向日的丈夫，动起还要发威作势，开口就骂，起手即打。骂时节，晁大舍虽也不曾还口，也便睁了一双眼怒视。打时节，晁大舍虽也不敢还手，也便不像往时遇杖则受，或使手格，或竟奔避。后来渐渐的计氏骂两句，晁大舍也便得空还一句。计氏赶将来采打，或将计氏乘机推一交，攮[3]两步。渐渐至于两相对骂，两相对打。后来甚至反将计氏打骂起来。往时怕的是计氏行动[4]上吊，动不动就抹颈；轻则不许进房，再不然，不许

　　〔1〕　漏——"陋"的借字。
　　〔2〕　半朝銮驾——形容女性虽缠过但仍很长大的脚。
　　〔3〕　攮——山东方言，抢。收不住脚而急行的样子。
　　〔4〕　行动——山东方言，动不动，动辄。

上床去睡。这几件,如今的晁大舍都不怕了,恨不得叫计氏即时促灭[1]了,再好另娶名门艳女。那怕你真个悬梁刎颈,你就当真死了,那老计的父子也来奈不动他。若说到念经发送,这只当去了他牛身上一根毛尾[2]。他往时外边又没处去,家中只得一间卧房,卧房中只得一床铺盖,不许入房,不许同睡,这也就难为他了。他如今到处书房,书房中匡床罗帐,藤簟纱衾;无非暖阁,暖阁内红炉地炕,锦被牙床。况有一班女戏常远包在家中,投充来清唱龙阳[3],不离门内。不要说你闭门不纳,那计氏就大开了门,地下洒了盐汁,门上挂了竹枝,只怕他的羊车[4]也还不肯留住。所以计氏也只待"张天师抄了手——没法可使"了。

计氏的胆不由的一日怯似一日,晁大舍的心今朝放似明朝。收用了一个丫头,过了两日,嫌不好,弃吊了。又使了六十两银子取了一个辽东指挥的女儿为妾,又嫌他不会奉承,又渐渐厌绝了。每日只与那女戏中一个扮正旦的小珍哥大热。

这个小珍哥,人物也不十分出众,只是唱得几折好戏文。做戏子的妓女甚是活动,所以晁大舍万分宠爱。托人与忘八说,情愿不惜重价,要聘娶珍哥为妾。许说计氏已有五六分的疾病,不久死了,即册

---

〔1〕 促灭——山东方言,即刻死去。

〔2〕 毛尾——山东方言,毛发。尾,方言音 yi,轻声。

〔3〕 龙阳——战国时有龙阳君,为魏王的男宠。后因以龙阳指男色。

〔4〕 羊车——用羊牵引的小车。史载晋武帝常乘羊车在宫内行走,宫人于是以盐汁洒地,竹叶插户,以留住羊车而得临幸。

珍哥为正。珍哥也有十分要嫁晁大舍的真心。只是忘八作势,说道:"我这一班戏,通共也使了三千两本钱,今才教成,还未撰[1]得几百两银子回来。若去了正旦,就如去了全班一样了,到不如全班与了晁大爷,凭晁大爷赏赐罢了。"又着人往来说合。媒人打夹帐[2],家人落背弓[3],陪堂讲谢礼,那"羊毛出在羊身上",做了八百银子,将珍哥娶到家内。

那计氏虽也还敢怒敢言,当不起晁大舍也就敢为敢做。计氏不肯降心,珍哥不肯逊让,晁大舍虽然有财有势,如此家反宅乱,也甚不成人家。听了陪客董仲希计策,另收拾了一处房子,做衣裳,打首饰,拨家人,买婢妾,不日之间,色色齐备,将珍哥居于其内。晁大舍也整月不进计氏内边去了。——渐渐至于缺米少柴,反到珍哥手内讨缺。计氏也只好"哑子吃了黄柏味,难将苦口向人言"。

一日,正是十一月初六日冬至的日子,却好下起雪来。晁大舍叫厨子整了三四桌酒,在留春阁下生了地炉,铺设齐整,请那一班富豪赏雪。渐渐众客齐集拢来,上了座。那一班女子弟俱来斟酒侑觞,这日不曾扮戏。这伙人说的无非是些奸盗诈伪之言,露的无非是些猖狂恣纵之态,脱不了[4]都是些没家教、新发户混帐郎君。席间上了一道儿鲊,因此大家说道:"今冬雉兔甚多,狼虫遍野,甚不是丰年之

---

〔1〕撰——"赚"的同音借字。本书赚字多作"撰"。
〔2〕打夹帐——居间者说合交易时暗中收钱。
〔3〕落背弓——在经手的时候从中落钱。
〔4〕脱不了——山东方言,反正,不过。

兆。"你一言,我一语,说道:"各家都有马匹,又都有鹰犬,我们何不合伙一处,打一个围顽耍一日?"

内中有一个文明说:"要打围,我们竟到晁大哥庄上。一来那雍山前后地方宽阔,野兽甚多;也还得晁大哥作个东道主人方好。"晁大舍遂满口[1]应承。讨出一本历日,拣了十一月十五日宜畋猎的日子。约定大家俱要妆扮得齐整些,像个模样。卯时俱到教场中取齐发脚。也要得一副三牲祭祭山神土地,还得一副三牲祭旗。晁大舍道:"这都不打紧,我自预备。"约期定了。吃至次日五更天气,雪渐下得小了,也有往家去的,也有在晁家暖房内同女戏子睡的。

晁大舍吃了一夜酒,又与珍哥做了点风流事件,一觉直睡到申时方起。前面借宿的朋友也都去了。晁大舍也不曾梳洗,吃了两碗酸辣汤,略坐了一会,掌上灯来,那宿酒也还不得十分清醒,又与珍哥上床睡了。枕头边说起十五日要大家到雍山打围,到庄上住脚,须得预先料理。

珍哥问了详细,遂说道:"打一日,我也要去走一遭,散散我的闷气。"晁大舍说:"你一个女人家,怎好搭在男人队里?且大家骑马,你坐了轿,如何跟得上?"珍哥说:"这伙人,我那一个写不出他的行乐图来!十个人我倒有十一个是我相处过的,我倒也连这伙

---

[1] 口——同本作"日"。"口"与"日"盖因形近而讹,据文意酌改。以下径改,不再出校记。

人都怕来不成！若说骑马，只怕连你们都还骑不过我哩！每次人家出殡，我不去妆扮了马上驰骋？不是'昭君出塞'〔1〕，就是'孟日红〔2〕破贼'。如今当真打围，脱不了也是这个光景，有甚异样不成！"晁大舍说道："你说的有理。得你去，越发觉得有兴趣些。你明日把那一件石青色洒线〔3〕披风寻出来，再取出一匹银红素绫做里，叫陈裁来做了，那日马上好穿。"珍哥笑道："我的不在行的哥儿！穿着厂衣去打围，妆'老儿灯'哩！还问他班里要了我的金勒子、雉鸡翎、蟒挂肩子来，我要戎妆了去。"晁大舍枕头上叫道："妙！妙！妙！咱因甚往他班里去借？淹荠燎菜〔4〕的，赃〔5〕死人罢了！咱自己做齐整的。脱不了也还有这几日工夫哩。"枕头边两个彼此掠掇将起来。

　　晁大舍次早起身，便日日料理打围的事务，要比那一起富家子弟分外齐整，不肯与他们一样。与珍哥新做了一件大红飞鱼窄袖衫，一件石青坐蟒挂肩；三十六两银子买了一把貂皮，做了一个昭君卧

----

〔1〕　昭君出塞——明代戏曲有杂剧《昭君出塞》，又有传奇《王昭君出塞和戎记》。
〔2〕　孟日红——明代戏曲《葵花记》中人物。其夫高彦真得中状元，被宰相梁计逼迫入赘。孟日红入京寻夫，为梁计毒死，埋于后园井内。后九天玄女救孟日红复活，授以兵书，日红征西立功，封五军都督一品夫人，与其夫团圆。"孟日红破贼"为《葵花记》第二十九出《讨虏成功》的故事。
〔3〕　洒线——绣花；刺绣。
〔4〕　淹荠燎菜——形容不干净，不整齐。淹，"蔫"的音变。燎，菜叶因失去水分而干黄的样子。
〔5〕　赃——"脏"的借字。

兔〔1〕;七钱银做了一双羊皮里天青绉丝可脚的鞴鞋〔2〕;定制了一根金黄绒辫韝带;买了一把不长不短的镀银顺刀;选了一匹青色骟马,使人预先调习。又拣选了六个肥胖家人媳妇,四个雄壮丫头,十馀个庄家佃户老婆,每人都是一顶狐皮卧兔,天蓝布夹坐马,油绿布夹挂肩,闷青布皮里鞴鞋,韝带腰刀,左盛右插。又另拣了一个茁壮婆娘,戎妆齐整,要在珍哥马后背标为号。晁大舍自己的行头并家人庄客的衣服一一打点齐备。又预先问镇守刘游击借下三十匹马、二十四名马上细乐。除自己家里的鹰犬,仍向刘游击借了四只猎犬、三连鹰叉。差人往庄上杀了两三口猪、磨了三四石面,准备十五日打围食用。

到得十一月十日卯时前后,那十馀家富户陆续都到了教场,也都尽力打扮,终须不甚在行。未后晁大舍方到,从家中摆了队伍:先是一伙女骑摆对前行,临后珍哥戎妆跨马,后边标旗紧随,标后又有一二十匹女将护后,方是晁大舍队起行。步法整齐,行列不乱。分明是草莽儿戏,到像细柳规模。众人见了,无不喝彩。

下了马,与珍哥同向众人相见。众人虽俱是珍哥的旧日相知,只因从良以后,便也不好十分斗牙拌齿。说了几句正经话,吃了几杯壮行酒。晁大舍恐众人溷了他的精骑,令各自分为队伍,放炮起身。不

---

〔1〕 卧兔——无顶的毛皮帽罩。因覆于前额,状如卧兔,故名。

〔2〕 鞴(wēng)鞋——高勒的靴子。

一时,到了雍山前面,蹛[1]定围场。只见:

马如龙跃,人似熊强。虎翼旗列为前导,荡漾随风;豹尾幡
竖作中坚,飘扬夺目[2]。韝鹰继犬,人疑灌口二郎神;箭羽弓
蛇,众诧桃园三义将。家丁庄客,那管老的、少的、长的、矮的、肥
胖的、瘦怯的,尽出来胁肩谄笑[3],争前簇拥大官人;仆妇养
娘,无论黑的、白的、俊的、丑的、小脚的、歪辣的,都插入争妍取
怜,向上逢迎小阿妈。大官人穿一件鸦翎青袄,浅五色暗绣飞
鱼;小阿妈着一领猩血红袍,细百纳明挑坐蟒。大官人骑追风骏
骊,手持一根浑铁棒,雄赳赳抖擞神威;小阿妈跨耀日骄骢,腰悬
两扇夹皮牌[4],怒狠狠施为把势。谁知侠女兴戎,比不得萧使
君[5]逡巡阑茸,那滕六神那敢涌起彤云?况当凶星临阵,还不
数汉桓侯遏水断桥,若新垣平[6]再中景日。封狼暴虎,逐鹿熏
狐,麇载者欢声动地;品箫炙管,击鼓鸣金,振旅者歌韵喧天。正

----

〔1〕 蹛(xī)——踏勘。
〔2〕 夺目——同本作"夺日"。"目"与"日"盖因形近而讹,据文意酌改。
〔3〕 胁肩谄笑——耸起肩膀,装出媚悦的笑脸。指为讨好别人而故意表现出恭敬
　　 的样子。
〔4〕 夹皮牌——同本作"夹皮脾"。"牌"与"脾"盖因形近而讹,据文意酌改。
〔5〕 萧使君二句——唐人小说《玄怪录·萧志忠》载,萧志忠为晋州刺史,打算外
　　 出行猎。九冥使者对众野兽说:你们中若干将死。一头老鹿跪地求救,有黄
　　 冠道人出主意道:如果祈求雪神滕六降雪,风神巽二刮风,萧使君便不出来打
　　 猎了。次日风雪大起,萧使君果然不出猎了。
〔6〕 新垣平——汉文帝时的方士。《史记·封禅书》记载,新垣平有一天对文帝
　　 说,今天太阳会两居中天。这天果然出现了两次中午。汉文帝因此把这一年
　　 改称后元元年。

是：人生适意贵当时,纵使乐极生悲那足计!

随惊起了许多獐狍麂鹿、雉兔獾狼。大家放狗撒鹰,拈弓搭箭,擒的擒,捉的捉,也拿获了许多。

谁知这雍山洞内,久住有一个年久的牝狐。先时寻常变化,四外迷人;后来到一个周家庄上,托名叫是仙姑,缠住了一个农家的小厮,也便没有工夫再来雍山作孽,不过时常回来自家洞内炤〔1〕管炤管。有时变了绝色的佳人,有时变了衰残的老妪,往往有人撞见。那日恰好从周家庄上回来,正打围场经过,见了这许多人马,猎犬苍鹰,怎敢还不回避?谁知他恃了自己神通广大,又道是既已变了人像,那鹰犬还如何认得?况又他处心不善,久有迷恋晁大舍的心肠,只因晁大舍庄上佛阁内供养一本朱砂印的梵字《金刚经》,却有无数诸神护卫,所以不敢进他家去。今见晁大舍是个好色的邪徒,带领了妓妾打围,不分男女,若不在此处入手,更待何时?随变了一个绝美娇娃,年纪不过二十岁之下,穿了一身缟素,在晁大舍马前不紧不慢的行走。走不上两三步,回头顾盼,引得晁大舍魂不附体,肚里想道:“这雍山前面,我都是认识的人家,那里来这个美女?看他没人跟随,定然不是大家宅眷;一身重孝,必定是寡妇新丧。真是奇货可居。弄得到家,好与珍哥称为二美。左英右皇〔2〕,这也是风流一世。”

正在忖度模拟,谁想这样皮囊幻相,只好哄那愚夫的肉眼。谁知

〔1〕 炤——“照”的异体字。
〔2〕 左英右皇——传说中尧的女儿娥皇、女英,她们都嫁给舜,做了舜的妃子。

那苍鹰猎犬的慧目把这狐精的本相看得分明。猎犬奔向前来,苍鹰飞腾罩定。狐精慌了手脚,还了本形。鹰犬四面旋绕,无隙可藏,随钻在晁大舍马肚下躲避。原要指望晁大舍救他性命,那知晁大舍从来心性是个好杀生害命的人,不惟不肯救拔,反向插袋内扯出雕弓,拈上羽箭,右手上扯,左手下推,焰着马下狐精所在,对镫一箭射去。只听的"嗥"的一声,那狐精四脚登空,从旁一只黄狗向前咬住。眼见的千年妖畜,可怜一旦无常!从狗口里夺将下来,杂在猎获的禽兽队内,收军敛马,同回庄上吃饭。

凯旋回到城内,还都到了晁家宅上。珍哥同一班妇女自回后面去了。搬出果菜,大家吃了一回酒。将所得的野味,大家均分了。将射死的狐精独让与晁大舍收下,各将辞谢回家。

晁大舍送客回来,刚刚跨进大门,恍似被人劈面一掌,通身打了一个冷噤;只道是日间劳碌,也就上床睡了。谁知此夜睡后,没兴头[1]的事日渐生来。且听下回接说。

---

〔1〕 没兴头——提不起兴致;败意,扫兴。

第二回

晁大舍伤狐致病　杨郎中卤莽行医

血气方刚莫恃强，精神惟恐暗消亡。再兼残忍伤生类，总有卢医[1]少医方。

却说晁大舍从晚间送客回来，面上觉得被人重重打了一个巴掌一般，通身打了一个冷噤，头发根根直竖，觉得身子甚不爽快。勉强支持了一会，将那分的几只雉兔并那个射杀的死狐交付家人收了，随即进到珍哥房内，没情没绪，垂了头坐在椅上。

那珍哥狂荡了一日回来，正要数东瓜、道茄子，讲说打围的故事，那大舍没投仰仗[2]的，不大做声，珍哥也就没趣了许多，问道："你回来路上欢欢喜喜的，你如何便恼巴巴起来？你一定又与禹明吾顽恼了。"晁大舍也不答应，只摇了摇头。珍哥又道："你实是为何？你的脸都焦黄土褐色的，多因路上冒了风寒。我叫人做些酸辣汤，你吃他两碗，热炕上发身汗出，情管就好了。"晁大舍说道："你叫丫头暖壶热酒来，我吃两大钟，看他怎的。"

----

〔1〕 卢医——战国时的名医扁鹊。扁鹊是齐国卢地人，故又称"卢医"。

〔2〕 没投仰仗——无精打采，心神恍惚的样子。

丫头看了四碟下酒的小菜,暖了一大壶极热的酒,两只银镶雕漆劝杯[1],两双牙箸,摆在卧房卓[2]上。晁大舍与珍哥没一些[3]兴头,淡淡的吃了几大杯,也就罢了。一面叫丫头扫了炕,铺了被褥,晁大舍与珍哥也都上炕睡了。睡去梦中常常惊醒,口中不住呻吟。睡到二更,身上火热起来,说口苦、叫头疼,又不住的说谵语。珍哥慌了手脚,叫丫头点起灯,生了火,叫起养娘[4],都来看侍。一面差人敲计氏的门,请计氏来看望。

那计氏两三日前听得有人说道,与珍哥做戎衣,买鞓带,要同去庄上打围,又与一伙狐群狗党的朋友同去。计氏闻得这话,口中勉强说道:"打围极好。如今年成作乱,有了杨家女将出世,还怕甚么流贼也先[5]!"心内说道:"这些婆娘,听不得风就是雨! 一个老婆家,虽是娼妓出身,既从了良,怎么穿了戎衣,跟了一伙汉子打围? 这是故意假说要我生气。我倒没有这许多闲气生来! 若是当真同去打围,除了我不养汉罢了,那怕那忘八戴'销金帽'、'绿头巾'不成!"把那听见的话也只当耳边风,丢过一边去了。

及至十五日侵早,计氏方才起来,正在床上缠脚,只听得满家热热闹闹的喧哗,又听得那营中借来的二十四名鼓手动起乐来,又听得

---

〔1〕 劝杯——有长颈可持用以劝酒的杯子。

〔2〕 卓——"桌"的本字。本书桌字多作"卓"。

〔3〕 一些——一点儿。

〔4〕 养娘——婢女的泛称。

〔5〕 流贼也先——流贼,四处流窜的盗寇。也先,又译作"额森",明代瓦剌部首领,曾率兵进犯明大同等地,并在土木之役中将明英宗俘获。

放了三声铳。计氏问道："外面是做甚的？如此放炮吹打？"养娘说道："你前日人说不信，这却是小珍哥同大爷打围去了。"计氏呆了半晌，说："天下怎有这等奇事！如今去了不曾？"养娘说道："如今也将待起身。"计氏说道："待我自己出去看看，果是怎样个行景。"

计氏取了一个帕子裹了头，穿了一双羔皮里的段靴〔1〕，加上了一件半臂〔2〕，单叉裤子，走向前来，恰好珍哥、晁大舍都已上马行了。计氏出到大门上，闭了一扇门，将身掩在门后，将上半截探出去看望，甚是齐整。计氏又是气，又是恼。

那些对门两舍的妇女也都出来看晁大舍与珍哥起身，也有羡慕的，也有数说的，也有笑话的。看见计氏在门首，大家都向前来与计氏相见。计氏说道："我还不曾梳洗，大家都不拜罢。"计氏让他们到家吃茶，众妇人都辞住不肯进去，站定叙了句把〔3〕街坊家套话。

有一个尤大娘说道："晁大婶，你如何不同去走走，却闲在家中闷坐？"计氏说道："我家脸丑脚大，称不起合一伙汉子打围，躲在家中，安我过苦日子的分罢！"有一个高四嫂说道："晁大婶倒也不是脸丑脚大，只有些体沉骨重，只怕马驮不动你。"又说道："大官人也没正经。你要尊敬他，抬举他，只在家中尊他抬他罢了，这是甚么模样！他倒罢了，脱不了往时每日妆扮了昭君，妆扮了孟日红，骑着马，夹在

---

〔1〕 段靴——即"缎靴"。段，"缎"的借字。
〔2〕 半臂——短袖或无袖的上衣。
〔3〕 句把——一两句，几句。

众戏子内与人家送殡。只是大官人僧不僧、俗不俗，不成道理。莫说叫乡里议论，就是叫任里晁爷知道，也不喜欢。"

计氏说道："乡里笑话，这是免不得的。俺公公知道，倒是极喜欢的，说他儿子会顽，会解闷，又会丢钱，不是傻瓜了。俺那旧宅子紧邻着娘娘庙，俺婆婆合我算记，说要拣一个没人上庙的日子，咱到庙里磕个头，也是咱合娘娘做一场邻舍家[1]。他听见了，瓜儿多，子儿少，又道是怎么合人擦肩膀，怎么合人溜眼睛，又是怎么着被人抠屁眼，怎么被人剥鞋。庙到没去得成，倒把俺婆婆气了个挣。不是我气的极了，打了两个嘴巴，他还不知怎么顶撞俺娘哩！"

高四嫂说道："大官人这等顶撞晁奶奶，晁爷就不嗔么?"计氏说道："晁爷还裂着嘴笑哩！还说：'该！该！我说休去。只当叫人说出这话来才罢了！'这就俺公公管教儿的话了。"高四嫂说道："晁奶奶可也好性儿，不敢欺；俺小人家依不的！这若是俺那儿[2]这们败坏我，我情知合他活不成！"计氏说："俺娘没的[3]敢合他强一句么?极的慌，挤着眼，往别处吊两眼泪就是了。只是我看拉不上[4]，倒骂两句打两下子，倒是有的。"

高四嫂说道："你这们会管教，嗔道[5]管教的大官人做了个咬

〔1〕邻舍家——山东方言，邻居。
〔2〕俺那儿——山东方言，等于说我的儿子。
〔3〕没的——山东方言，用以表示反问、否定，等于说难道、真的。
〔4〕看拉不上——看不上，看着不像话。
〔5〕嗔道——山东方言，等于说怪不得，难怪。

脐郎[1]！"众人问说："大官人怎么是个咬脐郎？"一个老鄂说道："哎哟！你们不醒的。咬脐郎打围，井边遇着他娘是李三娘。如今大官人同着小娘子打围，不是咬脐郎么？"众人说道："俺那里晓得。怪道人说鄂嫂子知今道古。"

计氏说道："你还说叫我管教他！我还是常时的我，他还是常时的他哩么？投到[2]婆这私窠子以前，已是与了我两三遭下马威，我已是递了降书降表了。我还敢管他哩！"高四嫂道："晁大婶，你是伶俐人，我说你听，你倒休要赌气。要不拿出纲纪来，信着他胡行乱做，就不成个人家。抛撒了家业，或是淘碌坏了大官人，他撅撅屁股丢了，穷日子是你过，寡是你守。可是说虼蚱[3]秀才的话，'飞不了你，跳不了你'。俺家里那个，常时过好日子时节，有衣裳尽着教他扎括[4]，我一嗔也不嗔。他待和他睡觉，凭他一夜两夜，就是十来宿，我也知不道[5]甚么是争锋吃醋。要是丢风撒脚，妄作妄为，忘八淫妇我可也都不饶。"

计氏说道："他如今红了眼，已是反了，他可不依你管哩！"老鄂

---

〔1〕 咬脐郎——南戏《白兔记》中的人物。五代时刘知远的妻子李三娘受兄嫂虐待，在磨房里生下儿子，自己咬断脐带，给儿子起名叫"咬脐郎"，托人送往投军的刘知远处。十六年后，咬脐郎打猎时追赶一只白兔，与母亲在井边相逢，全家终于团圆。咬脐郎打围的情节，见《白兔记》第三十出《诉猎》。

〔2〕 投到——在……之前。投，同"头"。

〔3〕 虼蚱——即蚂蚱，蝗虫。虼，"蚂"的俗字。

〔4〕 扎括——后文也作"札括"、"扎刮"、"札刮"。山东方言，打扮；装饰。

〔5〕 知不道——后文也作"知不到"。山东方言，不知道。

说道："真是一个同不的一个。他高大爷先鬼头蛤蟆眼,你先虎背雄腰的个婆娘。他要做文王,你就施礼乐;他要做桀纣,你就动干戈。他高大爷先不敢在你手里展爪[1],就是你那七大八[2],像个豆姑娘儿[3]是的,你降他像钟馗降小鬼的一般。你又自家处的正大,恩威并济,他高大爷再又正经,怎么不好? 今大官人像个凶神一般,小娘子登过坛、唱过戏的人,可是说的好:妆出孟日红来,连强盗也征伏了的人。这晁大婶小身薄力,到得他两个那里?"高四嫂笑道:"狗!天鹅倒大,海青[4]倒小,拿得住住的[5]!"一边说,一边大家拜了拜走散。

　　计氏回到房中,寻思起来,不由人不生气,号天搭地哭了一场,头也不梳,饭也不吃,烧了烧炕睡了。到了这半夜,一片声敲得门响。若是往时,计氏有甚害怕? 又是个女人,除了降汉子,别又没有甚么亏心,一发不用惊恐。如今被晁大舍降了两顿,那妇人的阴性就如内官子[6]一般,降怕他一遭,他便只是胆怯,再也不敢逞强。计氏想道:"有甚缘故? 如何把门敲得这等紧急? 这一定有多嘴献浅[7]的人对那强人说我在大门前看他起身,与街坊妇人说话。这是来寻衅

---

〔1〕展爪——不服气,施威风的意思。
〔2〕七大八——歇后语,隐"小"字。小,山东方言指妾。
〔3〕豆姑娘儿——形容人身材瘦小。
〔4〕海青——"海东青"的省称,一种猛禽,属雕类,产于黑龙江下游及附近海岛,故名。
〔5〕住住的——牢牢的,没有腾挪逃走的馀地。
〔6〕内官子——后文也作"内官"。即太监。
〔7〕献浅——献殷勤。

醒世姻缘传

了！我就是到门前与街坊家说几句话，也还强似跟了许多孤老〔1〕打围丢丑！"把床头上那把解手刀〔2〕拔出鞘来，袖在袖内，"看他来意如何，若又似前采打，我便趁势焰他脑前戳他两刀，然后自己抹了头，对了他的命！"算记停当，挺着身，壮着胆，叫起丫头养娘，开了门，问是怎么的。

只见一个家人媳妇慌慌张张的说道："大爷不知怎的，身上大不自在，不省人事，只是谵语。快请大奶奶前去看守！"计氏说道："他已是与我不相干了。如何打围没我去处，病了却来寻我？日里即如凶神一般，合老婆骑在马上，雄赳赳的，如何〔3〕就病的这等快？这是忘八淫妇不知定下了甚么计策，哄我前去，要算计害我。你说道：他也不认我是他老婆，我也没有了汉子！真病也罢，假病也罢，我半夜三更不往前去。若是要处置我，脱不了还有明日。要杀要砍，任你们白日里摆布。若是真病，好了是不消说起；死了时节，他自有他任里爹娘来与淫妇讨命，我也是不管他的。"

那个来请计氏的家人媳妇将计氏的话一五一十学与珍哥。珍哥说道："王皮〔4〕！好了大家造化，死了，割了头碗大的疤！有我这们个婆娘，没帐〔5〕！"虽是口里是这等强，心里也未免几分害怕。晁大

---

〔1〕　孤老——对嫖客、姘夫的称呼。这里指珍哥的相好。
〔2〕　解手刀——即解腕尖刀。一种日常使用的刀具，尖长背厚，刃薄柄短。
〔3〕　如何——同本作"如似"，据文意酌改。
〔4〕　王皮——詈词，骂人的话。
〔5〕　没帐——不要紧，没关系。

舍又愈觉昏沉。珍哥等不得天亮，差了一个家人晁住，去请宣阜街住的杨太医来胗视[1]。

那厚友中，禹明吾在晁家对门住，是个屯院的书办[2]，家里也起了数万家事，与晁大舍近邻，所以更觉的相厚。见晁住请了杨太医先自回来，禹明吾问说："你趁早那里回来？这等忙劫劫的。"晁住说道："我家大爷自从昨晚送了众位进门，似觉被人脸上打了一个巴掌的，身上寒噤。到了半夜，发热起来。如今不省人事，只发谵语。小人适才往宣阜街请杨太医胗视，他还在家梳洗，小人先来回话。"禹明吾说道："你家大爷昨日甚是精爽，怎么就会这等病？"即约了附近同去打围的朋友，一个尹平阳，一个虞凤起，一个赵雒陵，四个同到了晁家厅上坐定。杨太医却好也就进门。大家叙了揖，说起昨日怎样同去打围，怎样回来，怎样走散。还说晁大舍怎样自己射杀了一个妖狐。杨太医都一一听在肚里。

这个杨太医平日原是个有名莽郎中，牙疼下四物汤[3]，肚冷下三黄散[4]的主顾；行止又甚不端方，心性更偏是执拗；往人家走动，惯说人家闺门是非，所以人都远他。偏有晁大舍与他心意相投，请他看病。他心里想道："晁大舍新娶了小珍哥，这个浪婆娘，我是领

[1]　胗视——同本作"眕视"，据下文校改。胗，通"诊"。
[2]　书办——衙门中负责笔札等事的吏员。
[3]　四物——中医汤药名。用当归、生地、白芍、川芎四味药，为理血之剂。
[4]　三黄散——三黄散有多种方剂。黄肃秋先生校注本云此处指以西牛黄、大黄、生地黄、木香、青黛等组方，用来治疗肾疳、崩沙之症。

过他大教的。我向日还服了蛤蚧丸[1]，搽了龟头散[2]，还战他不过。幸得出了一旅奇兵，刚刚打了个平帐。晁大舍虽然少壮，怎禁他昼夜挑战，迭出不休？想被他弄得虚损极了。昨又打了一日猎，未免劳苦了，夜间一定又要云雨，岂得不一败涂地？幸得也还在少年之际，得四贴[3]十全大补汤[4]，包他走起[5]。"又想道："我闻得他与小珍哥另在一院居住，不与他大娘子同居。进入内房看脉，必定珍哥出来相见。"又想道："禹明吾这伙人在此，若同进他房去，只怕珍哥不出来了。"又想道："这伙人也是他的厚朋友，昨日也见在一处打围，想也是不相回避的。只是人多了，情便不专。"于[6]是杨太医心内绝不寻源问病，碌碌动只想如此歪念头。

正似吊桶般一上一下的思量，晁住出来说道："请杨相公进去。"禹明吾等说道："我也要同进去看看。"晁住说："房内无人，请众位一同进去无妨。"转过厅堂，才是回廊，走过回廊，方到房前。只见：

　　绿栏雕砌，猩红锦幔悬门；金漆文几，鹦绿绣裀藉座。北墙

----

〔1〕 蛤蚧丸——以蛤蚧为主药的丸药。蛤蚧，形似壁虎而大，干燥体入药，有治肺疾虚劳，强壮体魄的效用。

〔2〕 龟头散——一种搽涂于男性生殖器部位的春药。

〔3〕 贴——同"帖"。中药汤剂，一剂俗称一帖。

〔4〕 十全大补汤——用"四物汤"中当归、生地、白芍、川芎；"四君子汤"中人参、白术、茯苓、甘草，另加黄芪、肉桂，为"十全大补汤"，主治气血双亏诸症。

〔5〕 走起——山东方言，站起来走的意思。

〔6〕 于——同本作"十"。"于"与"十"盖因形近而讹，据文意酌改。

下着木退光床,翠被层铺锦绣;南窗间磨砖回洞炕,绒条叠代氍
毹[1]。卧榻中,睡着一个病夫,塌跂[2]着两只眼,咭咭咕
咕[3];床横边,立着三个丫头,歪拉[4]着六只脚,唧唧哝哝。
铜火盆兽炭通红;金博炉篆烟碧绿。说不尽许多不在行的摆设,
想不了无数未合款的铺陈。

晁住前面引路,杨太医随后跟行,又有禹明吾、尹平阳、虞凤起、
赵雒陵一同进去。晁住掀起软帘,入到晁大舍榻前,还是禹明吾开口
说道:"咱昨日在围场上,你一跳八丈的,如何就这们不好的快?想
是脱衣裳冻着了。"晁大舍也便不能作声,只点点头儿。杨太医说
道:"这不是外感,脸上一团虚火,这是肾水枯竭的病症。"

五个人都在床前坐定了。杨太医将椅子向床前掇了一掇,看着
旁边侍候的一个盘头丫头说道:"你寻本书来,待我看一看脉。"若说
要元宝,哥哥箱子内或者倒有几个;如今说本书垫着看脉,房中那得
有来?那丫头东看西看,只见晁大舍枕头旁一本寸把厚的册叶,取将
过来,签上写道:《春宵秘戏图》。杨太医说道:"这册叶硬,搁[5]的
手慌。你另寻本软壳的书来。若是大本《缙绅》[6]更好。"

----

〔1〕　氍毹(qú chú)——粗竹席。
〔2〕　塌跂——吴方言,眼睑下垂的样子。跂,吴方言音 sù。
〔3〕　咭咭咕咕——"挤挤眨眨"的借字。挤眨眼,眨眼。
〔4〕　歪拉——横斜。站立或走路时姿势不雅的样子。
〔5〕　搁——"硌"的借字。因身体垫在硬物上而感到难受。
〔6〕　缙绅——即《缙绅录》,书坊刊印的职官录。

那丫头又看了一遍,又从枕头边取过一本书来,签上写是《如意君传》〔1〕。幸得杨太医也不曾掀开看,也不晓得甚么是"如意君",添在那册叶上边,从被中将晁大舍左手取出,搁在书上。杨太医也学歪了头,闭了眼,妆那看脉的模样。一来心里先有成算,二来只寻思说道:"这等齐整,那珍哥落得受用,不知也还想我老杨〔2〕不想?"乱将两只手,也不按寸关尺的穴窍胡乱按了一会,说道:"我说不是外感,纯是内伤。"

禹明吾问道:"这病也还不甚重么?"杨太医说道:"这有甚么正经。遇着庸医错看了脉,拿着当外感,一贴发表的药下去,这汗还止的住哩,不由的'十生九'〔3〕了!如今咱下对症的药,破着四五贴十全大补汤,再加上人参、天麻两样挡戗〔4〕的药,包他到年下〔5〕还起来合咱顽耍。"说毕,大家也就出去,各自散了。

晁住拿着五钱银,跟了杨太医去取药。一路走着,对晁住说道:"您大爷这病,成了八九分病了!你见他这们个胖壮身子哩,里头是空的!通像一堵无根的高墙,使根杠子顶着哩!我听说如今通不往后去,只合小珍哥在前面居住。这就是他两个的住宅么?"晁住也一

---

〔1〕 如意君传——全称《则天皇后如意君传》,文言短篇艳情小说,叙武则天与男宠薛敖曹事。

〔2〕 杨——同本作"惕",据上下文校改。

〔3〕 十生九——歇后语,隐"死"字。《警世通言·金明池吴清逢爱爱》:"小娘子十生九死,官人便要讲亲,也待病瘥。"

〔4〕 挡戗——顶事;管用。

〔5〕 年下——旧历年,即春节。

问一对的回话。

取了药回到家中，将药亲交与珍哥收了，说道："药袋上写的明白，如今就吃。吃了且看投不投〔1〕，再好加减。"珍哥说道："他还说甚么来？他没说你爷的病是怎么样着？"晁住说道："他说俺大爷看着壮实，里头是空空的，通像那墙搜了根〔2〕的一般。'你合你姨说，差不多罢，休要淘碌坏了他！'"珍哥微笑了一笑，骂道："放他家那撅尾巴骡子臭屁！没的〔3〕那砍头的臭声！我淘碌他甚么来？"一面洗药铫〔4〕，切生姜，寻红枣，每贴又加上人参一钱二分。将药煎中〔5〕，打发晁大舍吃将下去。

谁想歪打正着，又是杨太医运好的时节，吃了药就安稳睡了一觉。临晚，又将药滓煎服，夜间微微的出了些汗，也就不甚谵语了。睡倒〔6〕半夜，热也退了四分。次早也便省的人事了。

珍哥将他怎样昏迷，怎样去请计氏不来，杨太医怎样胗脉，禹明吾四人怎样同来看望，一一都对晁大舍说了。又把眼挤了两挤，吊下两点泪来，说道："天爷可怜见，叫你好了罢！你要有些差池，我只好跑到你头里罢了！跑的迟些，你那'秋胡戏'〔7〕待善摆布我哩！"晁

〔1〕　投不投——对不对症。
〔2〕　搜了根——墙的根基因常年剥蚀而难以承重。根，墙基。
〔3〕　没的——山东方言，等于说哪来的这些、真是。
〔4〕　药铫——煎中药用的砂锅。
〔5〕　煎中——煎好。
〔6〕　倒——到。同本"到"、"倒"二字常混同使用。
〔7〕　秋胡戏——歇后语，隐"妻"字。《金瓶梅词话》第二十三回："只嫂子是正名正顶轿子娶将来的，是他的正头老婆——'秋胡戏'。"

大舍拖着声儿说道:"你可也没志气!他恨不的叫我死,见了他的眼,你没要紧可去请他!你要不信,你去看看,他如今正敲着那歪拉骨[1]鞋帮子[2]念佛哩!"珍哥说道:"你且慢说嘴,问问你的心来。夫妻倒底是夫妻,我倒底是二门上门神。"晁大舍说道:"你说的是我大鸡巴!我只认的小珍哥儿,不认的小计大姐!你且起去,还叫人去请了杨古月来看看,好再吃药。"仍叫晁住进到窗下,珍哥分付道:"你还去请了杨古月再来看看你爷,好加减下药。你说吃了药,黑夜[3]安稳睡了一觉,热也退了许多,如今也省的人事,不胡说了。你骑个头口[4]去,快些回来!"

晁住到了杨太医家,一五一十将珍哥分付的话说了一遍。杨太医眉花眼笑的说道:"治病只怕看脉不准。要是看的脉真,何消第二贴药?只是你大爷虚的极了,多服几剂,保养保养。要是时来暂去[5]的病,这也就不消再看了。昨日要是第二个人,看见您家[6]这们大门户,饶使你家一大些银子,还耽阁了'忠则尽'[7]哩!你那珍姨,我治好他这们一个汉子[8],该怎样谢我才是?"晁住说道:"我昨日对俺珍姨说来,说:杨爷叫和你说,差不多罢,少要淘碌坏了俺爷

----

〔1〕 歪拉骨——指妇女缠得不周正的脚。
〔2〕 子——同本作"了",据文意酌改。
〔3〕 黑夜——山东方言,夜里。
〔4〕 头口——牲口,大牲畜。
〔5〕 时来暂去——来得急去得也快的意思。
〔6〕 您家——你家。您,山东方言,你,你们。
〔7〕 忠则尽——歇后语,隐"命"字。
〔8〕 子——同本作"了",据文意酌改。

哩!"杨古月问道:"您珍姨怎样回你?"晁住说:"俺珍姨没说甚么。只说'没的放他那撅尾巴骡子屁! 砍头的那臭声!'"大家笑说了一回。

杨古月鞴了自己的马,同晁住来到门前,到厅上坐下。往里传了,方才请进。晁大舍望着杨古月说道:"夜来〔1〕有劳,我通不大省人事了。吃了药,如今病去三四分了,我的心里也渐明白了。"杨古月裂着嘴,笑的那一双奸诈眼没缝的说道:"有咱这们相厚的手段,还怕甚么!"一边要书看脉。那丫头仍往晁大舍枕旁取那册叶合《如意君传》。晁大舍看见,劈手夺下,说道:"你往东间里另取本书来!"丫头另取了一本《万事不求人》〔2〕书,垫着看了脉,说道:"这病比昨日减动六七分了。今日再一帖下去,情管都好了。"

辞了晁大舍,晁住引着,由东里间窗下经过。珍哥将窗纸挖了一孔,往外张着,看着杨古月走到根前,不重不轻的提着杨古月的小名,说道:"小楞登子! 我叫你多嘴!"杨古月忍着笑,低着头,咳嗽了一声,出去了。晁住另拨了一个小厮小宦童跟了杨太医家去取药回来,炤依药袋上写明煎服,果然就又好了许多。禹明吾这伙厚友也时常来看望,不住的送密罗柑的,酥梨的,薰橘的,荸荠、乌菱的,蜜浸的,也络绎不绝。

晁大舍将息调理,也整待了一个月,至十二月十五日起来梳洗,

----

〔1〕　夜来——山东方言,昨天。

〔2〕　万事不求人——百姓日用的杂纂类书籍。明万历间余文台曾刻《万用正宗不求人全编》,今存。

身上也还虚飘飘的。想是虽然扶病，也还与珍哥断不了枕上姻缘，所以未得复原。天地上[1]磕了头，还了三牲愿心；又走到后边计氏门边说道："姓计的，我害不好，多谢你去看我！我今日怎的也起来了？我如今特来谢你哩！"计氏说道："你没得扯淡！你认得我是谁？我去看你！你往看你的去处谢！你谢我则甚？"隔着门说了两句话，仍回前面来了。没到日头西，也就上床睡了。

次十六日起来，将那打来的野鸡兔子取出来简点了一番。虽是隔了一月，是数九天气，一些也不曾坏动。要添备着年下送礼，又将那只死狐番来覆去看了一会，真是毛深温厚，颜色也将尽数变白了。交付家人剥了，将皮送去皮园硝熟，算计要做马上座褥。因年节近了，在家打点浇蜡烛，煠果子，杀猪，央人写对联，买门神纸马，请香，送年礼，看着人榨酒，打扫家庙，树天灯杆，彩画桃符，谢杨古月，也就没得工夫出门。算计一发等到元旦出去拜节，就兼了谢客。正是日短夜长的时候，不觉的到了除夕，忙乱到三更天气。正是：

　　　玉斝频斟，今夜酒为除夕酒；银缸共照，明朝人是隔年人[2]。

----

[1]　天地上——即天地桌前。北方民间多供奉天地诸神，在桌前墙上张挂天地神祇图像，或立牌位，上书写"供奉天地三界十方万灵真宰之位"，陈设香烛、供品。

[2]　"玉斝"二句——同本脱此二十二字。黄本据周绍良原藏本、李本据连图本校存，今从。

第三回

老学究两番托梦〔1〕　大官人一意投亲

父母惟其疾所愁,守身为大体亲忧。请君但看枯髅骨,犹为儿孙作马牛。

话说晁家有个家人,叫是李成名,胁肢里夹着这张狐皮,正走出门去,要送到皮园里硝熟了,赶出来做成坐褥,新年好放在马上骑坐。谁知出门走了不上数十步,一只极大的鹇鹰从上飞将下来,炤那李成名面上使那右翅子尽力一拍,就如被巨灵神打了一掌,将挟的狐皮抓了,飞在云霄去了。李成名昏了半晌,蕶蕶挣挣〔2〕走到家来,面无人色,将鹇鹰拍面夺了狐皮去的事一一与晁大舍说了。幸得晁大舍家法不甚严整,倒也不曾把李成名难为,只说"可惜了那好皮"几声,丢开罢了。

到了除夕,打叠出几套新衣,叫书办预备拜帖,分付家人刷括马匹,吃了几杯酒,收拾上床睡定。又与珍哥床上辞了辞旧岁,也就搂了脖项睡熟去了。只见一个七八十岁的白须老儿,戴一顶牙色绒巾,

〔1〕 托梦——同本回目作"脱梦",据卷首目录校改。
〔2〕 蕶蕶(mèng)挣挣——刚刚苏醒过来走路站立不稳的样子。

穿一件半新不旧的褐子道袍,说道:"源儿,我是你的公公。你听我说话:你的爹爹与你挣了这样家事,你不肯安分快活,却要胡做。没要紧却领了一伙婆娘,男女混杂的打甚么围?被乡里笑话也还是小事,你却惹下了一件天祸!雍山洞内那个狐姬,他修炼了一千多年,也尽成了气候,泰山元君〔1〕部下,他也第四五个有名的了。你起先见了他,不该便起一个邪心,你既是与他有缘了,他势望你搭救,你不救他也还罢了,却反把他一箭射死,又剥了他的皮,叫人拿去硝熟。你前日送客,劈面打你的也是他,昨日那个鹞鹰使翼拍打李成名脸的也是他。幸得你们父子俱正在兴旺的时候,门神、宅神俱不放他进来。适间你接我来家受供,那狐姬挟了他那张皮坐在马台石〔2〕上,他见我来,将你杀害他的原委备细对我告诉,说你若不是动了邪心,与他留恋,他自然远避开去,你却哄他到跟前,杀害他的性命。他说你明早必定出门,他要且先行报复,待你运退时节,合伙了你着己的人〔3〕,方取你去抵命。"

又说道:"你媳妇计氏虽然不贤惠,倒也还是个正经人。只因前世你是他的妻子,他是你的丈夫,只因你不疼爱他,尝〔4〕将他欺贱,所以转世他来报你。但他只有欺凌丈夫这件不好,除此别的都也还

〔1〕 泰山元君——泰山神碧霞元君。今泰山极顶有碧霞元君祠。
〔2〕 马台石——富贵人家门口踩了上马的条石。
〔3〕 着己的人——亲近的、贴身的人。指晁源之妻计氏。
〔4〕 尝——同"常"。明末刻书,以避明光宗朱常洛讳,易"常"作"尝"。本书沿了这一写刻习惯。

是好人。所以他如今也不曾坏你的门风,败你的家事,烟旧报完了这几年冤孽,也就合好好散了。你如今却又不恕。你前世难为他,他却不曾难为你,他今世难为你,你却更是难为他,只怕冤冤相报,无有了期了!若是再把计氏屈死了,二难齐作,你一发招架不住了。你听公公说,明日切不可出门。家中且躲避两个月,跟了你爹娘都往北京去罢,或可避得灾过。若起身时,将庄上那本朱砂印的梵字《金刚经》取在身边。那狐姬说道,要到你庄上放火,因有这本经在庄,前后有许多神将护卫,所以无处下得手。城中又因你媳妇三世前是他同会上人,恐怕又惊吓了计氏。这等看起来,他必是怕那《金刚经》的。"临行,却将珍哥头上拍了一下,说道:"何物淫妖,致我子孙人亡家破!"

晁大舍即时惊醒,方知是个异梦。珍哥亦从梦中魇叫醒来,觉得在太阳边煞实疼痛。听了更鼓,正打五更四点。晁大舍一面起来穿衣,一面合珍哥说:"咱前日那个狐狸,不该把他射死。我适才做了个梦,甚是古怪。我过两日对你告诉。"心里也就有几分害怕,待要不出门去,又寻思道:"身上已复原了,若不出门,大新正月里,岂不闷死人么?这伙亲朋知我不出门,都来我家打搅,酒席小事,我也没有这些精神陪他。"左思右想,"还是出门,且再看怎生光景?"一面梳洗完备,更了衣,天地、灶前烧了纸,家庙里磕了头,天也就东方发亮了。只见珍哥还在床上害头疼,起不来,身上增寒发热的。晁大舍说道:"你既头疼,慢些起来罢。我出去到庙里磕个头,再到县衙里递个帖,我且回家。咱大家吃了饭,我再出去拜客不迟。"

晁大舍穿了一件荔枝红大树梅杨段道袍,戴了五十五两买的一顶新貂鼠帽套。两个家人打了一对红纱灯,一个家人夹了毡条,两个家人拿了拜匣,又有三四个散手跟的,前呼后拥,走出大门前。上得马台石上,正要上马,通像是有人从马台石上着力推倒在地。那头正在石边,幸得帽套毛厚,止将帽套跌破了碗大一块,头目磕肿,像桃一般,幸面未破。昏去半日,方才抬进家来,与他脱了衣裳,摘了巾帻,在珍哥对床上睡下。方信夜间做梦是真,狐精报冤是实,也就着实害怕。珍哥又头疼得叫苦连天。一个在上面床上,一个在窗下炕上,哼哼唧唧的个不住。

过了元旦,初二早辰,只得又去请杨古月来看病。杨古月来到房内,笑说道:"二位害相思病哩!为甚么才子佳人一齐不好?"一边坐下,叙说了几句节间的闲话。晁大舍告诉了昨早上马被跌的根原,又说:"珍哥除夕三更方睡,五更梦中魇省,便觉头疼,身上发热,初一日也都不曾起来。"杨古月回说:"你两个的病,我连脉也不消看,猜就猜着八九分:都是大家人家,年下事忙,劳苦着了;大官人睡的又晚,起又早,一定又吃了酒多。"又将嘴对了晁大舍的耳躲[1]慢慢说道:"又辞了辞旧岁。所以头眩眼花,上了上马,就跌着了。"一面说,一面把椅子掇到晁大舍床边,将两只手都胗视过了,说道:"方才说的一点不差!"又叫丫头将椅子掇到珍哥炕边。

丫头将炕边帐子揭起半边,挂在钩上。珍哥故妆模样,将被蒙盖

---

〔1〕耳躲——即"耳朵"。躲,同"朵",古典小说、戏曲常用。

了头。杨太医道:"先伸出右手来。"看毕,又说道:"伸出左手来。"又按了一会,乘那丫头转了转面,着实将珍哥的手腕扭了一把。珍哥忍痛不敢做声,也即就势将杨古月的手挖了两道白皮。杨古月自己掇转椅子,说道:"是劳碌着了些,又带些外感。"叫人跟去取药,辞了晁大舍。家人引出厅上,吃了一杯大茶。晁大舍封了一两药金,差了一个家人晁奉山跟去。

须臾,取药回来,养娘刷洗了两个药铫,记了分明,在一个火盆上将药煎中。晁大舍的药脱不了还是"十全大补汤";且原无别的症候,不过是跌了一交,药吃下去倒也相安。珍哥的药是"羌活补中汤",吃下去,也出了些汗,至午后,热也渐渐退了,只是那头更觉疼得紧。

晁奉山媳妇说道:"我去寻本祟书〔1〕来,咱与珍姨送送,情管就好了。"一边说,一边叫人往真武庙陈道士家借了一本祟书来到,查看三十日系"灶神不乐,黄钱纸五张,茶酒糕饼,送至灶下,吉"。晁大舍道:"不是三十日。醒了才觉头疼,已是五更四点,是初一日了。你查初一日。"看初一日,上面写道系"触怒家亲,鬼在家堂正面坐,至诚悔过,祷告,吉"。晁大舍忽然想起梦中公公临去在他头上拍了一下,骂了两句,醒转就觉头疼,祟书上说触怒家亲,这分明是公公计较他,分付晁奉山媳妇道:"你也不必等夜晚,如今就到家堂内老爷爷面前着实与他祷告一祷告,说道放他好了,着他亲自再去谢罪。"

---

〔1〕　祟书——讲述鬼神星命、吉凶祸福的民间书籍。《玉匣记》为其中之一。

　　晁奉山媳妇平素原是能言快语的老婆,走到家堂内晁太公神主面前,一膝跪下,磕了四个头,祝赞道:"新年新节,请你老人家来受供养,你老人家倒不凡百保佑,合人一般见识,拿[1]的人头疼发热。总然就是冲撞了你老人家,你也不该大人见小人的过。你就不看他,也该看你孙子的分上。你拿的他害不好,你孙子还道吃得下饭去哩?"祝罢,回到家来。煞也古怪,珍哥的头也便渐渐不疼了。

　　只是晁大舍的半边脸合左目愈觉肿起,胀痛得紧,左半边身子疼的番不得身。次初三日,又差人去与杨古月说了取药。杨古月挂着珍哥,藉口说道:"还得我自己去看看,方好加减药味。"即使人鞴了马,即同晁家家人来到厅上坐下。

　　家人走到后面,将杨古月要来自己看脉的情节说知。晁大舍这个浑帐无绪官人,不说你家里有一块大大的磁石,那针自然吸得拢来,却说:"杨古月真真合咱相厚,不惮奔驰,必定要来自己亲看。"一面收拾请进。

　　那日珍哥已是痊好了,梳毕头,穿了彻底新衣,天地前叩了首。刚刚磕完,杨古月恰好进内,珍哥避入东间,也被杨古月撞见了一半。杨古月看完了脉,辞了出房,仍经窗前走过,珍哥依旧在窗孔边说道:"小楞登子,我叫你由他!"那杨古月也依旧忍着笑,指着一只金丝哈巴,问那引路的家人道:"你家里几时寻得这等一只乖狗,得空就来咬人?"出到厅上,待茶,封药金,跟去取药,不必絮烦细说。

----

　　〔1〕 拿——挟制。

　　珍哥走到房内说道："请他进来,可也合人说声,冒冒失失的就进来了! 我正在天地上磕完了头,我黑了眼,看不上他,还被他撞见了。"晁大舍取笑道："你是看不上他吃'蛤蚧丸',使'龟头散'。"珍哥把晁大舍拔地〔1〕瞅了一眼,骂道:"这是那里的臭声!"晁大舍笑道:"这是尹平阳书房内梨花轩里的臭声。"珍哥被晁大舍说了个头正〔2〕,也就笑了一笑,不做声,随叫丫头在晁大舍床面前安了卓子。珍哥与晁大舍吃了饭,说道:"你自己睡着,我到家堂内与老公公磕个头,谢谢前日保佑。"晁大舍道:"说得有理。着几个媳妇子跟了你去。"

　　珍哥跨进家堂门内,走到晁太公神主跟前,刚刚跪倒,不曾磕下头去,往上看了一看,大叫了一声,往外就跑。那门槛上又将白秋罗连裙挂住,将珍哥着实绊了一交,将一只裹脚面高底红段鞋都跌在三四步外,吓的面无人色,做声不出。跟去的几个养娘,鞋也不敢拾取,扶了珍哥,飞也似奔到房内。把晁大舍唬了一惊。坐了半日,方才说得话出,才知道鞋都跌吊了。一面叫了小宦童前去寻鞋,一面告诉说道:"我刚才跪倒,正待磕下头去,只见上面坐着一个戴紫绒方巾,穿绒褐袄子,一个八十多岁的老人家,咳嗽了一声,唬我起来就跑,门边又像有人扯住我的裙子一般。"晁大舍说道:"这就是咱们的公公。如何这等灵圣? 前日公公明明白白自来托梦与我,梦中的言语甚是怕人,再三叫我初一日不要出门,说有仇家报复。临行将你头上拍了

----

〔1〕　拔地——后文也作"跋地"。猛地;狠狠地。
〔2〕　头正——山东方言,准确,确凿。

一下，骂了两句，你魇醒转来就害头疼。怎便这等有显应得紧！梦中还有许多话说。这等看起来，都该一一遵守才是。"随先使家人到家堂内烧纸谢罪，许愿心。

珍哥虽还不曾再病，新节间也甚是少魂没识的，不大精采。晁太公虽然是家亲显圣，也毕竟那晁大舍将近时衰运退，其鬼未免有灵。又过了两日，晁大舍跌肿的面目略略有些消动，身上也略略也可以番转，只是春和好景，富贵大官人病在床上，"瘫和尚登宝坐——能说不能行"了。

话分两头。却说计氏在后院里领了几个原使的丫鬟，几个旧日的养娘，自己孤伶仃独处。到了年节，计氏又不下气〔1〕问晁大舍去要东西，晁大舍亦不曾送一些过年的物件到计氏后边，真是一无所有。这些婢女婆娘见了前边珍哥院内万分热闹，后边计氏一伙主仆连个馍馍皮、扁食〔2〕边梦也不曾梦见，哭丧着个脸，墩葫芦摔马杓〔3〕，长吁短气，彼此埋怨，说道："这也是为奴作婢，投靠主人家一场！大年下，就是叫化子也讨人家个馍馍尝尝，也讨个低钱来带带岁！咱就跟着这们样失气的主子，咱可是'八十岁妈妈嫁人家，——却是图生图长'？"又有的说道："谁教你前生不去磨砖〔4〕，今生又

〔1〕 下气——山东方言，降低身份、低声下气屈就的意思。
〔2〕 扁食——水饺。
〔3〕 墩葫芦摔马杓——形容干活的时候故意摔摔打打以发泄心中不满的样子。
〔4〕 磨砖——即"磨砖成镜"故事。《景德传灯录·慧能大师》："开元中，有沙门道一住传法院，常日坐禅。师知是法器，往问曰：'大德坐禅图甚么?'一曰：'图作佛。'师乃取一砖于彼庵前石上磨。一曰：'师作甚么?'师曰：'磨作镜。'一曰：'磨砖岂得成镜邪?'师曰：'坐禅岂得作佛邪?'"这里指入佛门修行。

不肯积福？那前边伺候珍姨的人们，他都是前生修的，咱拿甚么伴〔1〕他？"高声朗诵，也都不怕计氏听见。计氏也只妆耳聋，又是生气，又是悲伤。

正值计老头领了儿子计疤拉，初七日来与计氏拜节。走到计氏院内，只见清锅冷灶，一物也无。女儿泪眼愁眉，养娘婢女胖唇撅嘴，大眼看小眼，说了几句淡话，空茶也拿不出一钟。老计长吁了一口气，说道："谁知他家富贵了，你倒过起这们日子来了！你合他赌甚么气？你也还有衣裳首饰，拿出件来变换了也过过年下。你还指望有甚么出气的老子，有甚么成头〔2〕的兄弟哩！"计氏笑了一笑，说道："谁家的好老婆损折了衣裳首饰换嘴吃！"计老头父子起身作别，说道："你耐心苦过，只怕他姐夫一时间回过心来，您还过好日子。"说着，计老头也就哭了。计氏说道："你爷儿们放心去。我过的去往前过；如过不的，我也好不等俺公公婆婆回来告诉告诉？死也死个明白！"说完，送出计老头去了。

正是前倨后恭，人还好过。晁大舍一向将计氏当菩萨般看待，托在手里，恐怕倒了；噙在口里，恐怕化了；说待打，恐怕闪了计氏的手，直条条的傥下；说声骂，恐怕走去了气着计氏，必定钉子钉住的一般站得住，等的骂完了才去。如今番过天来，倒像似那不由娘老子的大儿一般，不惟没一些惧怕，反倒千势百样，倒把个活菩萨作贱起来。

---

〔1〕　伴——山东方言，比。
〔2〕　成头——即承头。出面承担事情。

总然〔1〕木偶,也难怪他着恼。谁知计氏送了计老头出去,回到房中,思量起晁大舍下得这般薄幸,这些婆娘妮子们又这等炎凉,按不住放声哭出一个"汨罗江暗带巴山虎"来,哭说道:

> 老天! 老天! 你低下些头来,听我祷告:纵着那众生负义忘恩,你老人家就没些显报! 由着人将玎珰响的好人作贱成酆都饿鬼,把一个万人妻臭窠子婆娘尊敬的似显灵神道! 俺每日烧好香为你公平来也,谁知你老人家也合世人般偏向着那强盗! 罢了! 俺明知多大些本事儿,便待要出得他们的圈套! 罢了! 狠一狠死向黄泉,合他到阎王跟前分个青红白皂!

计氏哭到痛处,未免得声也高了。晁大舍侧着耳躲听了一会,说道:"这大新正月里,是谁这们哭! 清门静户,也要个吉利,不省他娘那臭屄事! 叫人替我查去!"珍哥说道:"不消去查,是你'秋胡戏'。从头里就'号啕痛'〔2〕了,怕你心焦,我没做声。数黄道黑,脱不了只多着我! 你不如把我打发了,你老婆还是老婆,汉子还是汉子。却是为我一个,大新正月里叫人恶口凉舌的咒你!"

这话分明是要激恼晁大舍要与计氏更加心冷的意思。晁大舍说道:"没帐! 叫他咒去! '一咒十年旺,神鬼不敢傍!'"一面叫丫头后边说去,"你说:大新正月里,省事着些! 俺爷还病着没起来哩! 等俺爷死了再哭不迟!"

---

〔1〕 总然——纵然。
〔2〕 号啕痛——歇后语,隐"哭"字。

丫头与计氏说了。计氏骂道："没的私窠子浪声！各家门,各家户,你倒也'曹州兵备'[1]！你那里过好日,知道有新正月大节下;我在这地狱里,没有甚么新年节到的！趁着他没死,我哭几声,人知道是我诉冤;等他死了才哭,人知不道,只说是哭他哩!"故意的妆着哭,直着脖子大叫唤了几声。

丫头回去一一学了,晁大舍笑了两声,珍哥红着脸说道："打是疼,骂是爱,极该笑!"瞅了一眼,骂道："涎眉邓眼,没志气的东西!没有下唇,就不该揽着箫吹!"晁大舍道："小珍子,你差不多罢！初一五更里,公公托的梦不好,说咱过的日子也还仗赖着他的点福分哩!"珍哥把自己右手在鼻子间从下往上一推,咄的一声,又随即呕了一口,说道："这可是西门庆家潘金莲说的,'三条腿的蟾希罕,两条腿的骚尿老婆要千取万。'倒仗赖他过日子哩!"

晁大舍睡到正月十四日午间,一来跌的那脸目肿也消去了一半,身上也不甚疼苦,将就也渐好了,对珍哥说道："今日是上灯的日子,我扎挣着起去,叫他们挂上灯,你叫媳妇子看下攒盒,咱看灯放花耍子。我要不起去,一个家[2]没颜落色的。"珍哥也满口撺掇。晁大舍勉强穿衣起来,没梳头,将就洗了手面,坎上了一顶浩然巾[3],头

----

〔1〕　曹州兵备——歇后语,隐"管得宽"。第四十八回:"忒也'曹州兵备——管的恁宽'!"

〔2〕　一个家——山东方言,等于说一个个的。

〔3〕　浩然巾——一种形如风帽的头巾,可以把头发遮在里面。相传因唐孟浩然所戴而得名。

上也还觉得晕晕的。各处挂停当了灯，收拾了坐起[1]，从炕房内抬出来两盆梅花，两盆迎春，摆在卧房明间[2]上面，晚间要与珍哥吃酒。

一连三日，到了十六日晚上，各处俱点上了灯，说道："一个算命的星士前来投我，见在对门禹明吾家住下了，我还没得与他相会。你叫人收拾一付齐整些的攒盒，拿两大尊酒，一盒子点心，一盒杂色果子，且先送与他过节。"珍哥叫人一面收拾，一面说道："来的正好，我正待叫人替我算算命哩。实实的你也该算算，看太岁[3]在那方坐，你好躲着些儿。"一面斗着嘴，一面把盒子交付家人晁住。

晁大舍也随后跟了晁住出来，密密的分付说道："你将这盒酒等物送到后边奶奶那里，你说：'珍姨叫我送来与奶奶过节的。'你送下，来到前边，却说是送到对门禹家下的星士了，休合珍姨说往后边去。"晁住说："小人知道。"端了三个盒子，提了两尊酒，送到计氏后边。

晁住说道："珍姨叫小人送这盒酒点心来与奶奶过节。"计氏彻耳通红的骂道："没廉耻的淫妇！你顶着我的天，躐着我的地，占着我的汉子，倒赏我东西过节！这不是鼻涕往上流的事么？"养娘丫头

---

[1]　坐起——屋里摆设筵席的地方。
[2]　明间——也叫"外间"。从屋宇的外门直接进入的房间，一般在房屋的正中。
[3]　太岁——太岁本是古代天文学中假设的星名。自汉代起，形成了太岁为凶神的说法，认为太岁所在的方位及与之相反的方位均须躲避，不可兴造、移徙、嫁娶或远行等，否则便有灾祸降临。

说道："他好意送了来，你不收他的，教他不羞么？"计氏道："你们没的臭声！他不羞，你们替他羞罢！"说掴住道："你与我快快的拿出去，别要惹我没那好的！"攉〔1〕出掴住去了，计氏自己将腰门〔2〕扑刺的一声关了。

晁住拿了盒子回晁大舍话道："那个星士往外县里去了，没人收。"晁大舍走出中门外边，晁住将计氏的话一一对晁大舍学了。晁大舍笑了一笑，没言语。不意其中详细都被一个丫头听见了，尽情学与珍哥知道。

珍哥不听见便罢，听见了，"怒从心上起，恶向胆边生"，碰〔3〕头撒泼，叫一会，骂一会，说道："浓包忘八！浑帐乌龟！一身怎当二役？你既心里舍不了您娘，就不该又寻我！你待要怎么孝顺，你去孝顺就是了！我又并没曾将猪毛绳捆住了你，你为甚么这们妆乔布跳的？那怕你送一千个攒盒，一万个馍馍，你就待把我送了人，我也拦不住你！又是甚么算命的星士哩道士哩哄我，叫他淫的摮的〔4〕骂我这们一顿！我自头年里进的晁家门来，头顶的就是这天，脚躔的就是这地，守着的就是这个汉子！没听的说是你的天，是你的地，是你的汉子！"千没廉耻，万没廉耻，泼撒的不住。晁大舍那时光景，通相

〔1〕　攉——后文也作"捻"。紧随在身后往外驱赶。
〔2〕　腰门——一进院落正门内的第二重门。
〔3〕　碰——同"碰"。
〔4〕　摮的——即摮拉骨。本指女性缠的不周正的脚，引申指不正经的女人。摮音wǎi，不正的意思。

任伯高在玉门关与班仲升交代一般〔1〕，左陪礼，右服罪，口口说道："我也只愿你两家和美的意思，难道我还有甚么向〔2〕他的心不成？"嚷闹到二更天气，灯也没点得成，家堂上香也不曾烧得，大家嘴谷都〔3〕在床炕上各自睡了。

晁大舍刚刚睡去，只见那初一日五更里那个老儿拄了根拐杖，又走进房来，将晁大舍床上帐面用杖挑起一扇，挂在钩上，说道："晁源孙儿，你不听老人言，定有恓惶处。那日我这样嘱咐了你，你不依我说，定要出去。若不是我拦护得紧，他要一交跌死你哩！总然你的命还不该死，也要半年一年活受。你那冤家伺候得你甚紧，你家里这个妖货又甚是作孽，孙媳妇计氏又起了不善的念头，你若不急急往北去投奔爹娘跟前躲避，我明日又要去了，没人搭救你，苦也！你若去时，千万要把那本《金刚经》自己佩在身上，方可前进，切莫忘记了！"又将珍哥炕上帐子挑起，举起杖来就要劈头打下，一面说道："这等泼恶！你日间是甚么狠毒心肠！"随又缩住了手，道："罢！罢！又只苦了我的孙儿！"

那珍哥从〔4〕梦中，分明还是前日家堂上坐的那个太公，举起杖来要打，从梦中惊醒，揭起被，跳下炕来，精赤着身子，往晁源被里只

〔1〕 "通相"句——明代传奇《投笔记》中故事。东汉班仲升(名超)原为校尉任伯高(名尚)的幕僚，被任尚逐出。后来班超投笔从军，立下战功，封定远侯。任伯高受命总制三边，向班仲升屈节跪拜，接受印绶。通相，完全就像。相，"像"的借字。
〔2〕 向——山东方言，偏袒。
〔3〕 嘴谷都——撅起嘴唇，形容生气的样子。
〔4〕 从——山东方言，在。

一钻,连声说道:"唬死我了!"晁源也从梦中大叫道:"公公! 你莫去,好在家中护我!"两个也不使性了,搂做一块,都出了一身冷汗,齐说梦中之事。晁源说道:"公公两次托梦,甚是分明。若不依了公公,必定就有祸事。我们连忙收拾往爹娘任里去。只是爹娘见在华亭,公公屡次说北去,这又令我不省。我从明日起也不再往外边行走,叫人往庄上取了《金刚经》来,打点行李,选择起身南去。"正是:

　　鬼神自有先知,祸福临期自见。

第四回

童山人胁肩谄笑　施珍哥纵欲崩胎

一字无闻却戴巾,市朝出入号山人。搬挑口舌媒婆嘴,鞠耸腰臀妾妇身。谬称显路为相识,浪说明公[1]是至亲。药线数茎通执贽,轻轻骗去许多银。

又:

房术从来不可闻,莫将性命博红裙。珍哥撺掇将钱买,小产几乎弄断筋!

晁大舍因一连做了这两个梦,又兼病了两场,也就没魂少智的。计氏虽然平素恃娇挟宠,欺压丈夫,其外也无甚大恶。晁大舍只因自己富贵了,便渐渐强梁厌薄起来。后来有了珍哥,益把计氏看同粪土,甚至不得其所。公公屡屡梦中责备,五更头寻思起来,未免也有些良心发见,所以近来也甚雁头鸥劳嘴[2]的不大旺相[3]。

十七日睡到傍午,方才起来。勉强梳了头,到家堂中烧疏送神。

---

〔1〕　明公——有声名、有地位的人。
〔2〕　雁头鸥劳嘴——形容嘴唇紧闭没有笑容的样子。鸥劳,鸥鹰。
〔3〕　旺相——山东方言,指身体健康,精神饱满。

分付家人收拾了灯,与珍哥看牌抢满[1],赢[2]铜钱耍子。晁奉山媳妇、丫头小迎春,都在珍哥背后替他做军师。将近午转,两个吃了饭,方才收了碗盏,家童小典书进来说道:"对门禹大爷合一位戴方巾不识面的来拜爷。"晁大舍道:"那位相公相[3]那里人声音?"典书回说:"爪声不拉气的[4],像北七县里人家。"晁大舍道:"这可是谁?"珍哥道:"这一定是你昨日送攒盒与他的星士,今日来谢你哩。"晁大舍一面笑,一面叫丫头拿道袍[5]来穿。珍哥说:"你还把网巾除了,坎上浩然巾,只推身上还没大好,出不得门。不然,你光梳头净洗面的躲在家里,不出去回拜人,岂不叫人嗔怪?"晁大舍道:"你说的有理。"随把网巾摘下,坎了浩然巾,穿了狐白皮袄,出去接待。走到中门口,站住了,对丫头说道:"你合媳妇子们说,收拾下攒盒果菜,只怕该留坐的。我要,就端出去。"分付了,出到厅上,只见那个戴方巾的汉子:

　　焌黑[6]张飞脸,绯红焦赞头。道袍油粉段,方舄烂红紬。

　　俗气迎人出,村言逐水流。西风梧叶落,光棍好逢秋。

　　禹明吾说道:"这们大节下,你通门也不出,只在家里守着花

---

〔1〕　抢满——一种骨牌游戏。

〔2〕　赢——胜。此义现代汉语仅存于"赢"字之下。

〔3〕　相——同"像"。

〔4〕　爪声不拉气的——山东方言,意思是说所操的方言与本地口音差异较大。爪,同本与其他刻本俱作"瓜",盖为刻之讹,今校改。

〔5〕　道袍——斜领大袖,四周镶边的袍子,为家居常服。

〔6〕　焌黑——山东方言,极黑。焌,义同"黢",形容黑得颜色极深。

罢。"晁大舍道："守着花哩！大初一五更跌了一交，病的不相贼哩！"让进厅内。那个戴方巾的说道："新节，尽晚生来意。大爷请转，容晚生奉揖。"禹明吾接口说道："这是青州童兄，号定宇，善于丹青。闻大名，特来奉拜。"晁大舍道："原来是隔府远客。愚下因贱恙没从梳洗，也且不敢奉揖。"那童定宇道："这个何妨？容晚生奉个揖，也尽晚生晋谒的诚意。"晁大舍不肯。大家拱了手。旁边禹明吾家一个小厮小二月捧着一个拜匣走将过来。童定宇将拜匣揭开，先取出一个古折束礼帖，开道："谨具白丸子[1]一封，拙笔二幅，丝带二副，春线[2]四条，奉申贽敬。青州门下晚生童二陈顿首拜。"将帖掀一掀，递到晁大舍手内。晁大舍将帖用眼转一转，旁边家人接得去了。

晁大舍又向童定宇拱手称谢，分付收了礼，两边苏坐[3]了，叙了寒温。童定宇开言道："晚生原本寒微，学了些须拙笔，也晓得几个海上仙方，所以敝府乡老先[4]合春元[5]公子们也都错爱晚生。就是钱吏部、孙都堂、李侍郎合科[6]里张念东、翰林祁大复，都合晚生似家人父子一般。只因相处的人广了，一个身子也周不过来。到

----

〔1〕 白丸子——即"青州白丸子"。以半夏、南星、白附子、川乌四味药为末，用水浸粉，经日晒夜露后以糯米糊丸，主治风痰瘫痪、小儿惊悸诸症。

〔2〕 春线——一种用春药浸渍过的线，有产生性兴奋的作用。

〔3〕 苏坐——即平坐，不分高下，东西相向而坐。

〔4〕 老先——敬辞，老先生的省称。

〔5〕 春元——对举人的尊称。

〔6〕 科——明代官制中有吏、户、礼、兵、刑、工六科，每科设都给事中和给事中。

了这一家，就留住了，一连几日不放出来，未免人家便不能周到。见了便就念骂，说道你如何炎凉，如何势利，'鹁鸽拣着旺处飞'，奚落个不了。所以连青州府城门也没得出来走一走，真是井底蛤蟆，没见甚么天日。但是逢人都便说道：'武城县里有个乡官晁老爷的公子晁大爷，好客重贤，轻财尚义。投他的就做衣裳，相处的就分钱物；又风流，又倜傥。'所以晚生就如想老子娘的一般，恨不得一时间就在大爷膝下。只是穷忙，这些大老们不肯厮放，那得脱身？钱少宰[1]老先新点了兵部，恨命[2]的央晚生陪他上京。别的老先们听见，那个肯放？都说道：'你如随钱老先去了，我们饭也是吃不下的。你难道下得这等狠心？'钱老先闻知众位乡尊苦留不放，钱老先说：'他们虽是爱童定宇，不过是眼底下烦他相陪取乐；我却替童定宇算记个终身。你看他这们一表人物，又魁伟，又轩昂，本领又好，没的这们个人，止叫他做个老山人罢？可也叫他变化一变化。趁我转了兵部，叫他跟了我去，扶持他做个参游副将；就是总兵挂印，有甚难焉。'"又轻轻说道："他也还不止这一件，也还要晚生与他引引线，扯扯纤儿。所以众人才放晚生来了。"

　　晁大舍见他不称"大爷"不说话，不称"晚生"不开口，又说合许多大老先生来往，倒将转来又有几分奉承他的光景，即分付家人道："后边备酒。"家人领命去了。晁大舍道："如今钱老先生到过任不

---

〔1〕　少宰——吏部侍郎的别称。

〔2〕　恨命——同"狠命"。本书"狠"、"恨"二字多混同使用。

曾?"童定宇道:"已于去年十二月上京去了。晚生若不是专来拜访大爷,也就同钱老先行了。今日果然有幸,就如见了天日一般。"奉承的晁大舍心痒难挠。摆上酒来,吃到起鼓以后方才起身。晁大舍送到二门上,即站住了,说道:"因贱恙也还不敢外去,这边斗胆作别。"童定宇别了出门,禹家的小厮跟了,先到对门去了。

晁大舍又将禹明吾留住说:"久没叙话了,天也还早,再奉三钟。"禹明吾道:"贵恙还不甚全愈,改日再扰罢。"在二门上站住,晁大舍将童定宇的来历向禹明吾扣问。禹明吾说:"我也没合他久处,是因清唱赵奇元说起他有极好的药线,要往省下赶举场说起,才合他相处了没多几日。他又没处安歇,我昨日才让他到后头亭子上住下了。"晁大舍道:"看那人倒是个四海和气〔1〕的朋友,山人清客也尽做得过了。我还没见他画的何如哩。"禹明吾道:"他也不大会画甚么,就只是画几笔柳树合杏花,也还不大好。看来倒只是卖春线罢了。"

晁大舍又问:"他拜我,却是怎么的意思?"禹明吾道:"这有甚么难省?这样人到了一个地方,必定先要打听城里乡宦是谁,富家是谁,某公子好客,某公子小家局〔2〕,拣着高门大户投个拜帖,送些微人事〔3〕。没的他有折了本的?"晁大舍道:"他适才也送了咱那四样

---

〔1〕 四海和气——指性情爽快,交游广泛,与人相处融洽无间。

〔2〕 小家局——不够大方;小家子气。

〔3〕 人事——礼物;礼品。

人事,咱拇量〔1〕着也得甚么礼酬他?"禹明吾道:"他适才送了你几根药线?"晁大舍说:"我没大看真,不知是四根,不知是六根。"禹明吾道:"他那线就卖五分一条哩;一斤白丸子,破着值了一钱;两付带子,值了一钱二分;两幅画,破着值了三钱:通共六钱来的东西。你才又款待了他,破着送他一两银子罢了。"晁大舍道:"我看那人是个大八丈〔2〕,似一两银子拿不出手的。"禹明吾道:"你自己斟酌,多就多些,脱不了是自己体面。"说完,二人作别散了。

晁大舍回进宅内,珍哥迎着坐下,问道:"星士替你算的命准不准?"晁大舍笑道:"他倒没替我算,他倒替你算了一算,说你只一更多天就要大败亏输哩!"随即将他送的礼从头又看了一遍,拿起那封春线,举着向珍哥道:"这不是替你算的命本子? 一年四季四本子。"珍哥夺着要看,晁大舍道:"一个钱的物儿,你可看的!"随藏入袖中去了,说道:"拿茶来,吃了睡觉,休要割拉老鼠嫁女儿〔3〕!"一面吃了茶,一面走到屋头上一间秘室内,将山人送的线依法用上,回来又坐了一回,收拾睡了。枕边光景,不必细说。

次早辰牌时分,两个眉开眼笑的起来,分付厨房预备酒菜,要午间请禹明吾同童山人在迎晖阁下吃酒。差人持了一个通家生白钱帖

〔1〕　拇量——后文也作"模量"。山东方言,掂量;约摸;大概估计。
〔2〕　大八丈——指有身份、见过大世面的人。
〔3〕　割拉老鼠嫁女儿——割拉,山东方言,与自己无关的事而有意参与、无事闲扯等义。这里用的是后一层意思。老鼠嫁女儿,或为当时流传的民间故事,这里比喻没有用处的闲话、闲篇儿。

到对门禹家去,请同禹明吾来吃午饭。禹明吾看着童山人道:"老童,情管你的法灵了!"童山人道:"咱的法再没有不灵的。只怕他闭户不纳,也就没有法了。"一边说笑,一边同到晁家大厅。西边进去,一个花园,园北边朝南一座楼,就叫是迎晖阁。园内也还有团瓢〔1〕亭榭,尽一个宽阔去处。只是俗人安置不来,摆设的像了东乡浑帐骨董铺。

　　三人相见了,晁大舍记[得]昨日〔2〕,甚是殷勤。珍哥自己督厨,肴馔比昨日更加丰盛,童山人比昨日更自奉承。席上三个人各自心里明白,不在话下。头一遭叫是初相识,第二遍相会便是旧相知了;晁大舍也不似昨日拿捏官控,童山人也不似昨日十分谄媚。饮酒中间,也更浃洽了许多。直至二更时分,仍送二门作别。禹明吾复回,密向晁大舍耳边问道:"所言何如?"晁大舍道:"话不虚传!我要问他多求。"禹明吾道:"咱和他说。他也就要起身,要赶二月初二日与田大监上寿哩。"晁大舍道:"你和他说,不拘多少,尽数与我,我焰数酬他。"彼此拱手走散。

　　又隔了一日,童山人递了一个通家门下晚生辞谢全帖,又封了一封春线,下注"计一百条",内面写道:"此物不能耐久,止可随合随用。"晁大舍收了,回说:"明午还要饯行。二十二日吉辰,出行极

〔1〕团瓢——又称"团焦"、"团标",一种圆形的草屋。
〔2〕记得昨日——徐复岭先生《醒世姻缘传作者和语言考论》考察本书中的语音脱落现象,认为此处"记"下脱一"得"字。此说甚确,今校补。今山东淄川、博山等地方言中类此的语音脱落现象仍大量存在。

妙。"即差人下了请帖，又请禹明吾相陪。至期赴席，散了。

二十二日早辰，晁大舍要封五两药金，三两赆仪〔1〕，送与童山人去。珍哥说道："你每次大的去处不算，只在小的去处算计。一个走百家门串乡宦〔2〕宅的个山人，你多送他点子，也好叫他扬名。那五两是还他的药钱，算不得数的。止三两银子，怎么拿的出手？"晁大舍道："禹明吾还只叫我送他一两银子，我如今加两倍了。"珍哥道："休要听他，人是自己做，加十倍也不多。光银子也不好意思的，倒像是赏人的一般。你依我说，封上六两折仪，寻上一匹衣着机纱，一双鞋，一双绫袜，十把金扇，这还成个意思的。"晁大舍笑道："我就依卿所奏！这是算着贵人的命了！"

写了礼帖，差人送了过去。童山人感激不尽，禹明吾也甚是光采。自己又过来千恩万谢的，方才作别，约道："过日遇便，还来奉望。"禹明吾又落后，指着晁大舍笑道："这情管是小珍的手段。你平日虽是大铺腾〔3〕，也还到不的〔4〕这们阔绰。"晁大舍道："这样人就像媒婆子似的，咱不打发他个喜欢，叫他到处去破败咱？"禹明吾道："他指望你有二两银子送他就满足他的愿了，实不敢指望你送他这们些。"晁大舍还让禹明吾厅上坐的，禹明吾说："我到家陪他吃

---

〔1〕　赆仪——送行时赠送的礼物。
〔2〕　乡宦——同本作"乡官"。"宦"与"官"盖因形近而讹，据上下文校改。同本"乡宦"多讹作"乡官"，以下径改，不再出校。
〔3〕　大铺腾——山东方言，铺排，折腾得厉害。
〔4〕　到不的——山东方言，到不了、达不到的意思。

饭,打发他起身。"拱了拱手,去了。

晁大舍从此也就收拾行李,油轿帏,做箱架,买驮轿与养娘丫头坐,要算计将京中买与计氏的那顶二号官轿,另做油绢帏幔与珍哥坐,从新叫匠人收拾;又看定了二月初十日起身;又写[1]了二十四个长骡,自武城到华亭,每头二两五钱银,立了文约,与三两定钱;又每日将各庄事件交付看庄人役。跟去家人并养娘丫头的衣服,还有那日打围做下的,不必再为料理。那时也将正月尽了,看定初二吉辰,差人到雍山庄上迎取《金刚经》进城。

不料初四日饭后,雍山庄上几个庄户荒荒张张跑来报道:"昨夜二更天气,不知甚么缘故,庄上前后火起,厅房楼屋,草垛廪仓,烧成一片白地。掀天的大风,人又拯救不得。火烧到别家,随即折回,并不曾延烧别处。"晁大舍听了,明知道是取了《金刚经》进城,所以狐精敢于下手,叫了几声苦,只得将来报的庄客麻犯了一顿。进去与珍哥说知。想起公公梦中言语,益发害怕起来。

真是"福无双至,祸不单行"。珍哥从去打围一月之前,便就不来洗换[2]了,却有了五个月身孕。童山人送了许多线,虽是叫你缝联,你也还该慢慢做些针黹才是。谁知他不惜劳碌,把五个月胎气动了。听说庄上失了火,未免也唬了一跳。到了初六日午后,觉得腰肚有些酸疼,渐渐疼得紧了。疼到初七日黎明,疼个不住,小产下一个女儿。此时珍哥才

---

〔1〕 写——雇用、租赁车船、骡马等交通工具时,先议定雇赁的时间并立下文约,叫做"写"。

〔2〕 洗换——指女子的月经。

交十九岁,头次生产,血流个不住,人也昏晕去了。等他醒了转来,慢慢的调理倒也是不妨的。晁大舍看了道:"是个八百两银子铸的银人,岂是小可!"急火一般,差人去将杨古月请来胗视。

杨古月名虽是个医官,原不过是个名色而已,何尝见甚么《素问》〔1〕、《难经》〔2〕,晓得甚么王叔和《脉诀》〔3〕? 若说别的症候,除了伤寒,也都还似"没眼先生上钟楼——瞎撞";这个妇人生产,只隔着一层鬼门关,这只脚跨出去就是死,缩进来就是生,岂容得庸医尝试的? 南门外有个专门妇人科姓萧的,却不去请他,单单请了一个杨古月胡治。这个杨古月,你也该自己忖量一忖量,这个小产的生死是间不容发的,岂是你撞太岁的时候? 他心里说:"这有甚干系? 小产不过是气血虚了,'十全大补汤'一贴下去,补旺了气血,自然好了。况我运气好的时节,凭他怎么歪打,只是正着。"他又尝与人说道:"我行医有独得之妙,真是约言不烦:治那富翁子弟,只是消食清火为主;治那姬妾多的人,凭他甚么病,只是'十全大补'为主;治那贫贱的人,只是开郁顺气为主。这是一条正经大路,怕他岔去那里不成?"所以治珍哥的小产,也是一贴"十全大补"兼"归脾汤〔4〕",加一钱六分人参,吃将下去。

谁知那杨古月的时运也就不能替他帮助了。将恶路补住不行,

〔1〕　素问——医书名。与《灵枢》合称《黄帝内经》,是中医学最早出的重要经典。
〔2〕　难经——即《黄帝八十一难经》。旧题战国秦越人撰,为中医学的重要著作。
〔3〕　王叔和脉诀——王叔和,名熙,魏晋间人,曾任太医令。叔和著有《脉经》十卷,是现存最早的脉学专书。又有《脉诀》一卷,也题王叔和撰,《四库全书总目提要》以为后人托名而作。
〔4〕　归脾汤——中医汤药名,为健脾养心、益气补血之剂。

头疼壮热,腹胀如鼓,气喘如牛,把一个画生般的美人只要死,不求生了! 晁大舍慌了手脚,岳庙求签,王府前演禽打卦[1],叫瞎子算命,请巫婆跳神,请磕竹[2]的来磕竹,请圆光[3]的圆光,城隍庙念保安经、许愿心、许叫佛、许拜斗[4]三年、许穿单五载,又要割股煎药,慌成一块。倒还幸得对门禹明吾看见,问知所以,走过来看望。晁大舍备道了所以,禹明吾说道:"杨古月原不通妇女科。你放着南关里萧北川专门妇女科不去请他,以致误事。你如今即刻备马,着人搬[5]他去!"禹明吾仰起头看了看天,道:"这时候,只怕他往醉乡去了。"差家人李成名鞴了一匹快马,飞也似去了。

这萧北川治疗胎前产后,真是手到病除。经他治的,一百个极少也活九十九人。只是有件毛病不好:往人家去,未曾看病先要吃酒,掇了个酒杯,再也不肯进去胗脉。看出病来,又仍要吃酒,恋了个酒杯,又不肯起身回家撮药。若这一日没有人家请去,过了午末未初的时候,摘了门牌,关了铺面,回到家中自斟自酌,必定吃得结合了陈希夷去等候周公来才罢[6],所以也常要误人家事。这等好手段,也做

〔1〕 演禽打卦——演禽,占卜的一种,用星禽来推测人的禄命吉凶。打卦,即问卦,根据《周易》的卦象来推算人的吉凶祸福。

〔2〕 磕竹——占卜的一种,敲击两块瓢形的竹木片以卜吉凶。

〔3〕 圆光——江湖术士对镜子或白纸念咒语后,让童子观察在上面出现的物象,然后据以推断人的吉凶祸福。参见《清稗类钞·方伎·圆光》。

〔4〕 拜斗——道教祈祷方式之一,即礼拜北斗星君。

〔5〕 搬——山东方言,特指备了轿马等交通工具去请。

〔6〕 "必定"句——萧北川必定要吃得大醉不醒,到睡乡去会合了陈希夷等候周公入梦。结合,会合的意思。陈希夷,名抟,宋亳州真源人,太宗时赐号希夷先生。传说陈抟善睡,以睡得仙,元人有《陈抟高卧》杂剧。周公,即周旦。《论语·述而》:"子曰:甚矣吾衰也,久矣吾不复梦见周公!"后因用为入梦之典。

不起家事来。这日将近未末申初了，那时还醒在家里？

走到他门上，只见实秘秘的关着门。李成名下了马，将门用石子敲了一歇，只见一个秃丫头走出来开门。李成名说道："你快进去说，城里晁乡宦家请萧老爹快去看病，牵马在此。"那丫头说道："成不的了！醉倒在床，今日不消指望起来了。"李成名道："说是甚话？救治人命，且说这们宽脾胃的声嗓〔1〕！这极〔2〕不杀人么！"丫头说道："谁说不极？但他醉倒了，就如泥块一般，你就抬了他去，还中甚么用哩？起头叫着也还胡乱答应，再叫几声，就合叫死人的一般了。"李成名道："好大姐！好妹妹！你进去看看。您要叫不醒他，待我自家进去请他，再不然，我顾觅〔3〕四个人连床抬了他去。"丫头说道："你略等等，待我合俺娘说，叫他。"

丫头进去对萧北川的婆子说了。那婆子走到身边，将他摇了两摇，他还睁起眼来看了一看。婆子说道："晁宅请你。"那萧北川哼哼的说道："曹贼……吊在井里？寻人捞他起来。"婆子又高声道："是人家请你看病！"萧北川又道："邻家请你赶饼？你就与他去赶赶不差。"婆子道："这腔儿躁杀我了！丫头子，出去，你请进那管家来自己看看。"李成名自己进到房内，一边对着萧婆子说道："家里放着病人，急等萧老爹去治，这可怎么处？"一边推，一边摇晃，就合团弄烂泥的一般。李成名道："您慢慢叫醒他，待我且到家回声话去，免得家里心焦。"萧婆子随套唐诗两句道：

〔1〕宽脾胃的声嗓——指不关痛痒的腔调、话语。

〔2〕极——"急"的借字。本书急字多作"极"。

〔3〕顾觅——即"雇觅"。顾，通"雇"，古代小说常用。

"他醉欲眠君且去,明朝有意带钱来。"

晁大舍望萧北川来,巴得眼穿。李成名扑了个空,回话萧北川醉倒的光景,又说:"我怕家里等得[不]耐烦,先回来说一声。我还要即刻回去等他,叫人留住城门,不拘时候,只等他醒转就来。"李成名又另换了一匹马,飞也似去了。回到萧家,敲门进去,窗棂上拴了马,问说:"那萧老爹醒未?"他婆子说:"如今他正合一个甚么周公在那里白话,只得等那周公去了,方好请他哩。管家只得在客坐〔1〕里等等。困了也有床在内面。将马且牵到驴棚里喂些草。"

婆子安顿了李成名进去,随即收拾了四碟上菜,一碗豆角干,一碗暴腌肉,一大壶热酒,叫昨日开门的那个秃丫头搬出来与李成名吃。李成名道:"请不将〔2〕萧老爹去,到反取扰。"丫头将酒菜放在卓上,进去又端出一小盆火来,又端出一碟八个饼,两碗水饭来。李成名自斟自酌。家中因珍哥病,忙得不曾吃饭,这却是当厄之惠,就如那漂母待韩信〔3〕一般的。吃完,秃丫头收进器皿去了。李成名到驴棚内喂上了马草回来,那秃丫头又送出一床毡条,一床羊皮褥子,一个席枕头来。李成名铺在床上,吹了灯,和衣睡下,算记略打个盹就要催起萧北川来,同进城去。原来李成名忙乱了一日,又酒醉饭饱的,安下头鼾鼾睡去。那个周公别了萧北川出来,李成名恰好劈头

----

〔1〕 客坐——又叫"客位",四合院中与正房相对的房子,为招待客人的厅室。

〔2〕 请不将——山东方言,等于说请不得家。

〔3〕 漂母待韩信——漂母,淮河边漂洗衣物的老妇。韩信穷困的时候,漂母曾给他饭吃。后来他辅佐刘邦建立汉朝,先后受封齐王、楚王,因以千金报漂母。事见《史记·淮阴侯列传》。

撞见，站住说话，说个不了。

到了五更，萧北川送出周公去了，到有个醒来的光景，呵欠了两声，要冷水吃。婆子将晁家来请的事故一一说了一遍。萧北川道："这样，也等不到天明梳头，你快些热两壶酒来，我投〔1〕他一投，起去与他进城看病。"婆子道："人家有病人等你，像辰勾盼月〔2〕的一般，你却又要投酒。你吃开了头，还有止的时候哩？你依我说，也不要梳头，坎上巾，赶天不明，快到晁家看了脉，攒了药，你却在他家投他几壶。"萧北川道："你说得也是。只是我不投一投，这一头宿酒，怎么当得？"一面也就起来，还洗了一洗脸，坎了巾，穿了一件青彭段夹道袍，走出来唤李成名。谁知那李成名也差不多像了萧北川昨日的光景了，唤了数声方才醒转来。说了话，鞴了马，教人背了药厢〔3〕，同到了宅内，进去说知了。

却说珍哥这一夜胀得肚如鼓大，气闷得紧，真是要死不活。晁大舍极得就如活猴一般，走进走出的乱跳，急忙请萧北川进去。萧北川一边往里走着，一边说道："好管家，你快暖下热酒等着。若不投他一投，这一头宿酒怎么受？"家人回道："伺候下酒了。"入到房内，看了脉，说道："不要害怕，没帐得算。这是闭住恶路了。你情管我吃不完酒就叫他好一半，方显手段。"晁大舍道："全仗赖用心调理，自有重谢。"

回到厅上坐下，取开药厢，撮了一剂汤药，叫拿到后边用水二钟，

〔1〕　投——酒喝多了，过一阵再喝少量的酒解醒叫做"投"。
〔2〕　辰勾盼月——水星盼望月亮与它同时出现。辰勾，天空中极难见到的水星。
〔3〕　厢——通"箱"。

煎八分;又取出圆眼大的丸药一丸,说用温黄酒研开,用煎药乘热送下,收拾了药厢。晁大舍封出二两开厢钱来,萧北川虚让了一声,收了。又赏了背厢子的人一百文钱,随摆上酒来。萧北川道:"大官人,你自进去焐管病人吃药,叫管家伺候,我自己吃酒。这是何处?我难道有作假〔1〕的不成?"晁大舍道:"待我奉一杯,即当依命。"晁大舍递了头杯,也陪了一盏。萧北川将晁大舍让进去了。萧北川道:"管家,你拿个茶杯来我吃几杯罢,这小杯闷的人慌。"

晁大舍进去问道:"煎上药了不曾?"丫头回说:"煎上了。"晁大舍将丸药用银匙研化了,等煎好了汤药灌下。只见珍哥的脸紫胀的说道:"肚子胀饱〔2〕,又使被子蒙了头,被底下又气息〔3〕,那砍头的又怪铺腾酒气,差一点儿就鳖杀我了! 如今还不曾倒过气来哩!"说话中间,那药也煎好了。晁大舍拿到床前,将珍哥扶起,靠了枕头坐定,先将化开的丸药呷在口里,使汤药灌将下去。吃完药,下边一连撒了两个屁,那肚胀就似松了些的。又停了一会,又打了两个嗳,更觉宽松了好些,也掇的气转了。

萧北川口里呷着酒,说道:"管家,到后边问声,吃过了药不曾?吃了药,放两三个屁,打两个嗳,这胀饱就要消动许多。"家人进去问了,回话道:"果是如此。如今觉的肚内稍稍宽空了。"萧北川开了药厢,又取出一丸药,说道:"拿进去用温酒研开,用黑砂糖调黄酒送

----

〔1〕 作假——山东方言,故作客气,不实在。

〔2〕 胀饱——山东方言,胃或腹部饱满发胀。

〔3〕 气息——有气味。

下。我还吃着酒等下落。"珍哥依方吃了。将有半顿饭时，觉得下面湿汰汰的，摸了一把，弄了一手焌紫的血。连忙对萧北川说了。萧北川那时也有二三分酒了，回说："紫血稍停，还要流红血哩。您寻了个马桶伺候着。"珍哥此时腹胀更觉好了许多，下面觉得似小解光景，搊扶起来，坐在净桶上面，夹尿夹血下了有四五升。扶到床上，昏沉了半晌，肚胀也全消了，又要寻思粥吃。回了萧北川话。这时晁大舍的魂灵也回来附在身上了，走到前面，向萧北川说道："北老，你也不是太医，你通似神仙了！真是妙药！"陪了几大杯酒。

吃过饭，萧北川起辞，说道："且睡过一夜，再看怎么光景，差人去取药罢。我也不消自己来看了。"仍叫李成名牵马送去。马上与李成名戏道："我治好了你家一个八百两银子的人，也得减半四百两谢我才是。"李成名道："何止八百两？那珍姨是八百两，俺大爷值不了八千两？俺珍姨死了，俺大爷还活得成哩？想起来还值的多哩！俺老爷没的不值八万两？大爷为珍姨死了，俺老爷也是活不成的。你老人家也不是活了俺家一个人，通是活了俺一家子哩！"萧北川又说："今日收的你家礼多了，明日取药不要再封礼了，止拿一大瓶酒来我吃罢。你那酒好。"李成名道："莫说一瓶，十瓶也有。"一边说，一边将萧北川送到家。回家复了话，将萧北川要酒的言语也说了。珍哥虽不曾走起，晁大舍也着实放心了。但不知初十[1]起身得成否，且听下回分解。

---

〔1〕 着实放心了但不知初十日——同本作"着实放心不下，未定初十日"。此依连图本，据李本校改。

第五回

明府〔1〕行贿典方州〔2〕　戏子恃权驱吏部

儒门莫信便书香，白昼骄人仗孔方。虽是乞夫明入垄〔3〕，胜如优孟〔4〕暗登场。催科勒耗苛于虎，课赎征镪狠似狼。戒石〔5〕当前全不顾，爰书〔6〕议后且相忘。

只要眼中家富贵，不知身殁子灾殃。曲直无分胡立案，是非倒置巧商量。天理岂能为粟米？良心未得作衣裳。呈身景监〔7〕人争笑，且托优人作壁墙。

到了初九日侵早，小珍哥头也不疼，身也不热，肚也不胀饱，下边恶路也都通行，吃饭也不口苦，那标病已都去九分了。只是纵欲的人，又兼去了许多血脉，只身上虚弱的紧。晁大舍又封了一两药金，

〔1〕　明府——本为郡守的尊称，明清时用以尊称知县。
〔2〕　典方州——典，典牧，主管一方政事。方州，州郡。
〔3〕　乞夫明入垄——参见"姻缘传引起""齐人"注。
〔4〕　优孟——春秋时楚国的优人。楚相孙叔敖死后，优孟曾身着他的衣冠为楚庄王上寿，讽劝楚庄王优恤孙叔敖的妻子。这里讽刺苏、刘二锦衣为晁思孝干升一事走大太监王振的关节。
〔5〕　戒石——官署中立的警诫官员的石碑。
〔6〕　爰书——处理刑案的判决书。
〔7〕　景监——大太监。指司礼监秉笔太监王振。

抬了一沙坛好酒,五斗大米,差李成名押着往萧北川家去取药。萧北川见了银子大米,虽是欢喜,却道也还寻常,只是见了那一沙坛酒,即如晁大舍见珍哥好起病的一般,不由的向李成名无可不可的〔1〕作谢,恨命留李成名吃酒饭,高高的封了一钱银子赏他。撮了两帖药,交付回去。

次早初十,七八个骡夫赶了二十四头骡子,来到晁家门首。看门人说道:"家中有病人,今日起身不成。"众脚户说道:"这头口闲一日就空吃草料,谁人包认?"家人传进去了。晁大舍道:"家中奶奶不好,今日起不成身,还得出这二月去,另择吉日起身哩。他若肯等,叫他等着;他若不肯等候,将那定钱交下,叫他另去揽脚〔2〕。咱到临时另顾。"家人传到外边,众骡夫嚷说:"这春月正是生意兴旺时候,许多人来雇生口,只因宅上定了,把人都回话去了。如今却耽误了生意,一日瞎吃许多草料。前日那先支去的三两银子,还不够两三日吃的,其馀耽阁的日子,还要宅上逐日包认。"一家找出,一家又要倒入,两边相持争闹。毕竟亏禹明吾走过来评处,将那三两定钱就算了这几日空闲草料,即使日后再雇头口,这三两银也不要算在里面。又叫宅里再暖出一大瓶酒来与脚户吃,做刚做柔的将脚户打发散去。

却说晁知县在华亭县里,一身的精神命脉,第一用在几家乡宦身

〔1〕　无可不可的——由于高兴而什么都可以答应的样子。
〔2〕　揽脚——山东方言,指招揽雇用骡马等脚力的生意。

上,其次又用在上司身上。待那秀才百姓,即如有宿世冤仇的一般。当不得根脚牢固,下面也都怨他不动。政以贿成,去年六月里考了满〔1〕,十月间领了敕命,各院复命,每次保荐不脱。

九月间,适然有一班苏州戏子,持了一个乡宦赵侍御的书来,托晁知县看顾。晁知县看了书,差人将这一班人送到寺内安歇,叫衙役们轮流管他的饭食。歇了两日,逐日摆酒请乡宦,请举人,请监生,俱来赏新到的戏子。又在大寺内搭了高台,唱《目连救母记》〔2〕与众百姓们玩赏。连唱了半个月,方才唱完。这些请的乡绅举监,挨次独自回席,俱是这班戏子承应。唱过,每乡宦约齐了都是十两,举人都是八两,监生每家三十两,其馀富家大室共凑了五百两,六房皂快〔3〕共合拢二百两,足二千金不止。

十月初一日,晁夫人生日。这班人挑了箱,唤到衙内,扮戏上寿。见了晁知县,千恩万谢不尽,立住问了些外边的光景。别的也都渐渐走开去了,只有一个胡旦、一个梁生还站住白话。因说起晁知县考过满,将升的时候了,晁知县道:"如今的世道,没有路数相通,你就是龚遂、黄霸〔4〕的循良,那吏部也不肯白白把你升转。皇上的法度愈

〔1〕 考了满——任期已满,通过考核。明代官员任期满三年,由上司考核政绩,作为升转或降级的依据。
〔2〕 目连救母记——明人郑之珍所编传奇,全称《目连救母劝善记》,演目连救母故事。剧共一百零二出,所以说"连唱了半个月,方才唱完"。
〔3〕 六房皂快——县衙中吏、户、礼、兵、刑、工六房的书办、胥吏和皂、快、壮三班差役。
〔4〕 龚遂、黄霸——西汉著名的循吏,后世并称"龚黄"。事见《汉书·循吏传》。

严,吏部要钱愈狠。今幸得华亭县也亏[不]了人,多做一日即有多做一日的事体,迟升早升,亦凭吏部罢了。"梁生说道:"老爷到不可这等算计。正是这个县好,所以要早先防备。如今老爷考过满了,又不到部里干升,万一有人将县缺谋生去,只好把个远府不好的同知,或是刁恶的歪州,将老爷推升了去,岂不误了大事? 若老爷要走动,小人们有极好的门路,也费用得不多,包得老爷如意。如今小人们受了老爷这等厚恩,也要借此报效。"晁知县喜道:"你们却是甚么门路?"梁生道:"若老爷肯做时,差两个的当[1]的心腹人,小人两个里边议出一个,同了他去,如探囊取物的容易。明年二月包得有好音来报老爷。"晁知县道:"且过了奶奶生日,我们明日商量。你说得甚是有理,万一冒冒失失推一个歪缺出来,却便进退两难了。"议定。

到了次日,将胡旦、梁生叫到侧边一座僻静书房内。梁生道:"京中当道的老爷们,小人们服事的中意也极多,就是吏部里司官老爷,小人们也多有相识的。这都尽可做事。若老爷还嫌不稳,再有一个稳如铁炮的去处,愈更直捷。只是老爷要假小人便宜行事[2],只管事成;那如何成事,老爷却不要管他。就是跟去的两个人,也只叫他在下处管顾携去物件罢,也不得多管,掣小人们肘。"晁知县笑问道:"你且说这个门路却是何人?"梁生道:"是司礼监王公那里,来

〔1〕 的当——可靠;稳妥。
〔2〕 便宜行事——斟酌情况,自己决定如何处理。

是〔1〕稳当。"晁知县惊问道:"我有多大汤水,且多大官儿,到得那王公跟前?烦得动他照管?"梁生道:"正是如此,所以要老爷假便宜,跟去的人不要来掣肘。老爷只管如意罢了。"

晁知县道:"约得几多物件?"梁生道:"老爷且先定了主意,要那个地方的衙门,方好斟酌数目。"晁知县道:"我这几年做官的名望虽然也好,又保荐过四五次,又才考过满,第一望行取〔2〕。这只怕太难些,做不来。其次是部属。事倒也易做,但如今皇上英明,司官都不容易,除了吏部、礼部,别的兵、刑……四部,那一部是好做的?头一兵部,也先寻常犯边,屡次来撞口子〔3〕,这是第一有干系的。其次刑部,如今大狱烦兴,司官到也热闹,只是动不动就是为民削夺〔4〕,差不多就廷杖〔5〕,这是要拘本钱的去处,是不消提起的了。其馀户、工两部,近来的差也多极难,有利就有害,咱命薄的人担不起。除了部属,就是府同知。这三重大两重小的衙门,又淡薄,又受气,主意不做他。看来也还是转个知州罢,到底还是正印官,凡事由得自己。"

梁生道:"老爷说的极是!但不知要那一方知州?"晁知县道:"那远处咱是去不得的,一来俺北方人离不得家,第二我也有年纪

---

〔1〕 来是——等于说来的是。"的"字在山东方言中语音脱落。
〔2〕 行取——地方官员因政绩卓著调往京城任职,称为"行取"。
〔3〕 撞口子——经由长城上的关口侵犯内地。
〔4〕 为民削夺——免去官职,使成为百姓。
〔5〕 廷杖——在殿阶下当廷杖责朝臣,是明代始有的一种刑罚。

了。这太仓、高邮、南通州倒好，又就近；但地方忒大，近来有了年纪，那精神也照管不来。况近来闻说钱粮也多逋欠，常被参罚，考不的满。不然还是北直，其次河南，两处离俺山东不甚相远。若是北通州，我倒甚喜。离北京只四十里，离俺山东通着河路。又算京官，覃恩考满，差不多就遇着了。你到京再看，若得此缺方好。"

约定十二月十六日吉时起身，议出胡旦同家人晁书、晁凤带着一千两银子，分外又带了二百两盘费，雇了三个长骡，由旱路要赶灯节前到京干事。胡旦心中想道："虽是受了晁爷的厚恩，借此报他一报，可也还要得些利路才好，难道白白辛苦一场？若把事体拿死蛇般做，这一千两银子只怕还不够正经使用。幸得梁生当面进过，便宜行事。待我到京，相机而行便了。"风餐雨宿，走了二十八个日头，正月十四日进了顺城门[1]，在河漕边一个小庵内住了，安顿了行李。

原来司礼监太监王振，原任文安县儒学训导[2]，三年考满无功，被永乐爷阉割了，进内教习宫女。到了正统爷手里，做到司礼监秉笔太监[3]，那权势也就如正统爷差不多了。阁老[4]递他门下晚

〔1〕顺城门——京师九门之一，又称宣武门。
〔2〕儒学训导——府、州、县学的副职。
〔3〕司礼监秉笔太监——司礼监，明代宫中宦官机构，负责掌管宫廷礼仪与管理诸事。秉笔太监，明代皇帝批奏章或下发谕旨，常由司礼监太监先写明事目，因称为秉笔太监。
〔4〕阁老——明代的大学士皆入阁办事，因被敬称为阁老。

生帖子;六部九卿〔1〕见了都行跪礼。他出去巡边,那总制〔2〕巡抚
都披执了道旁迎送;住歇去处,巡抚、总督都换了亵衣,混在厨房内监
灶。他做教官的时节,有两个戏子,是每日答应〔3〕相熟的人。因王
振得了时势,这两人就"致了仕"〔4〕,投充王振门下,做了长随,后又
兼了太师〔5〕,教习梨园子弟,王振甚是喜他;后来也都到了锦衣
卫〔6〕都指挥的官衔,家中那金银宝物也就如粪土一般的多了。这
两个都是下路人,一个姓苏的,却是胡旦的外公;一个姓刘的,乃是梁
生的娘舅。

　　即日晚上,胡旦叫人挑了带来的一篓素火腿,一篓花笋干,一篓
虎丘茶,一篓白鲞,走到外公宅上。门人通报了,请胡旦进来见了,苏
都督甚是欢喜。胡旦的亲外婆死久了,房中止有三四个少姜,也都出
来与胡旦相见。胡旦将那晁知县干升的事备细说了,苏锦衣点了点
头。一面摆上饭来,一面叫人收拾书房与胡旦宿歇。胡旦因还有晁
书、晁凤在下处,那一千两银子也未免是大家干系,要辞了到庵中同

------

〔1〕 六部九卿——六部,明代中央行政机构分吏、户、礼、兵、刑、工六部,长官为尚
　　　书。九卿,六部尚书与都察院都御史、大理寺卿、通政司使的合称。
〔2〕 总制——官名,在本回所写的英宗正统年间称总督,后因武宗自称"总督军
　　　务",因改称总制。
〔3〕 答应——侍应。
〔4〕 致了仕——官员因年老或衰病而辞去官职,叫做致仕。这里是说两人改行不
　　　再唱戏的意思。
〔5〕 兼了太师——古代乐官之长称太师。这里指兼做教人演戏的事。
〔6〕 锦衣卫——明朝设立的负责巡察缉捕和诏狱的特务机构。

寓。苏锦衣道："外甥不在外公家歇，去倒庙角，不成道理。叫人去将他两个一发搬了来家同住。"胡旦吃了饭，也将掌灯的时候，胡旦领了两个虞候[1]，同往庵中搬取行李。晁书二人说道："这个庵到也干净，厨灶又都方便，住也罢了；不然你自己往亲眷家住去，我们自在此间，却也方便。"那两个虞候那里肯依，一边收拾，一边叫了两匹马，将行李驮在马上，两个虞候跟的先行去了。晁书二人因有那一千两银在内，狠命追跟。胡旦说道："叫他先走不妨，我们慢慢行去。"

那正月十四，正是试灯的时节，又当全盛太平的光景，一轮将望的明月，又甚是皎洁得紧。三人一边看，一边走。晁书、晁凤也只道胡旦的外公不过在京中扯纤拉烟，寻常门户罢了，只见走到门首，三间高高的门楼，当中蛮阔的两扇黑漆大门，右边门扇偏贴着一条花红纸印的锦衣卫南堂[2]封条，两边桃符[3]上面贴着一副朱砂红纸对联道："君恩深似海，臣节重如山。"门前柱上又贴一条示道："本堂示谕附近军民人等，不许在此坐卧喧哗，看牌赌博，如违拿究！"晁书二人肚内想道："他如何把我们领到这等个所在来？"又想道："他的外公必定是这宅里的书办，或是长班，家眷就在宅内寄住。"但只见门上的许多人看见他三人将到，都远远站起，垂了手，走到门台下伺候，见了胡旦，说道："大叔，怎得才来？行李来得久了。老爷正等得不

[1] 虞候——这里是侍从、跟班的意思。
[2] 锦衣卫南堂——即后文所说的南镇抚司，是锦衣卫中掌管刑名和军匠事务的机构。
[3] 桃符——钉在大门上的桃木薄板，古人认为可以起到祛灾辟邪的作用。

耐烦哩。"走进大门，晁书向胡旦耳躲边悄悄问道："这是谁家，我们轻易撞入？"胡旦道："这就是我外公家里。"晁凤又悄悄问道："你外公是甚样人，住这等大房，门上有这许多人伺候？"胡旦道："我外公是个一点点锦衣卫都督，因管南镇抚司事，所以有几个人伺候。"

说话中间，进了仪门，承值的将晁书、晁凤送到西边一个书房安顿。那书房内也说不了许多灯火齐整。吃了茶，晁书、晁凤大眼看小眼的道："我们既然来到此处，伺候参见了苏爷，方好叨扰。"胡旦教人传禀。许久出来回话："老爷分付，今日晚了，明日朝里出来见罢。叫当值的陪二位吃饭，请胡大叔到里面去。"胡旦道："二位宽怀自便，我到内边去罢。"晁书二人暗道："常日只说是个唱旦的戏子，谁知他是这样的根器？ 每日叫他小胡儿，奚落他，他也不露一些色相出来。"大家吃了饭，安歇了。

次早吃了早饭，胡旦换了一领佛头青秋罗夹道袍，戴了一顶黑绒方巾，一顶紫貂帽套，红鞋绫袜，走到书房。晁书二人乍见了，还不认得，细看方是胡旦。二人向前相唤了，谢说："搅扰不当。"胡旦打开行李，取出梁生与他母舅的家书，并捎寄的人事，胡旦也有送他的笋鲞等物，同了苏家一个院子〔1〕，要到刘锦衣家，约了晁书二人同往。晁书又只道是个寻常人家，又因梁生常在他面前说道有一个母舅在京，二位到那里，他一定要相款的，所以也就要同去望他。及至到了门上，那个光景又是一个苏府的模样。苏家的人到二门上说了

----

〔1〕 院子——也称家院，家人的意思。

数句,胡旦也不等人通报,竟自大落落走进去了。回头只见晁书二人缩住了脚不进去,胡旦立住让道:"二位请进厅坐。"晁书等道:"我两人且不进去,此处离灯市相近了,我们且往那里走走,到苏宅等候罢。"一边说,一边去了。

原来这刘家是苏锦衣的内侄,是胡旦的表母舅,与梁生也都是表兄弟,所以两个干事都不分彼此。起先出头讲事都是梁生开口。梁生原要自己来,恐怕没了生脚,戏就做不成了。胡旦虽系正旦,扮旦的也还有人,所以叫胡旦来京。脱不了王振门下这两个心腹都也是胡旦的至亲,料也不会误事。那日刘锦衣不在宅内,胡旦进去见了妗母,留吃了饭。刘锦衣回了宅,相见过,说了来京的事故。

胡旦别过,来到苏家。晚间赏灯筵宴,只见晁书等二人也自回来,要禀见苏锦衣。锦衣道:"叫他过来。"苏锦衣方巾姑绒道袍,毡鞋,穿著的甚是庄重,在门槛内朝下站定。晁书不由自己,只得在厅台下跪下,磕了四个头,跪禀道:"胡相公只说同行进京,并不曾说到老爷宅上,所以家主也不曾备得礼,修得书,望老爷恕罪。"苏锦衣道:"胡相公一路都仗赖你两人挈带,家中管待不周,莫怪怠慢。京城也尽有游玩所在,闷了,外边闲走。你二位如今且往书房去赏灯。"又分付了一个承值,拿了许多花炮陪伴晁书吃酒。

十六日早饭后,刘锦衣来苏家回拜胡旦。苏锦衣因灯节放假,闲在家里,就留刘锦衣赏灯过节,甚是繁华。席间说起晁知县指望二人提拔,要升北通州知州。刘锦衣道:"他有几数物事带来?"胡旦道:

"刚得一撇〔1〕。"刘锦衣道："这通州是五千两的缺。叫他再出一千来，看两个外甥分上，让他三千两便宜；不然，叫他别处去做。"说过，也再不提起了。

过了十数日，晁书见了胡旦，也不敢再唤他小胡了，声声唤他胡相公，见了他也极其尊敬，问道："胡相公，我们来了这半月，事体也一些不见动静，银子又不见用费，却是怎生缘故？"胡旦道："二月半后才推升，如今却有甚动静？你们且好住着闲嬉哩。又不用出房钱，又不使饭钱，'先生迷了路——在家也是闲'。"晁凤道："正是无故扰苏老爷，心上不安。"胡旦道："可扰之家，扰一两年也不妨。"

到了二月初十日，傍晚的时节，刘锦衣来到了苏家相访，让他内书房里相待。胡旦却不在跟前。刘锦衣开口道："胡家外甥的事，姑夫算计要怎样与他做？"苏锦衣道："他拿了一千两头，要通州的美缺，怎样做得来？"刘锦衣道："这只好看了胡家外甥的体面，我们爷儿两个拿力量与他做罢了，叫他再添一千两银子，明白也还让他一大半便宜哩。把这二千头，我们爷儿两个分了，就作兴了梁家胡家两个外甥，也是我们做外公做舅舅的一场。就叫他两个也就歇了这行生意，唤他进京来，扶持他做个前程，选个州县佐贰〔2〕，虽是抵搭〔3〕，也还强似戏场上的假官。"苏锦衣道："不然〔4〕等到十三日与老公上

----

〔1〕 一撇——即一千两。"千"字的起笔为一撇，所以用为"一千"的隐语。

〔2〕 州县佐贰——知州、知县的辅佐官员，指州同、县丞等官吏。

〔3〕 抵搭——后文也作"低搭"。卑下、低贱的意思。

〔4〕 不然——商量的口吻，等于说要不、这样如何。

寿的日子,我们两个齐过去与他说说? 量事也不难。"刘锦衣道:"只是还问他要一千两,不知他肯出不肯出,又不知几时拿得来。"苏锦衣道:"这倒不打紧,人非木石,四五千的缺,止问他要二千银子,他岂有不出的? 但则明日,我叫了他的家人,当面与他说说明白。"款待了刘锦衣酒饭,约定十三日与王振上寿,乘便就与晁知县讲情。

次日,苏锦衣衙门回来,到了厅上,脱了冠服,换了便衣,将晁书等唤到面前。晁书等叩了头,垂着手,站在一旁。苏锦衣道:"你二人闲坐着闷的慌,又没甚款待你们。你爷要的这个缺,人家拿着五六千两银子求不到手的,你们拿了一千两银子来,怎干的事? 如今我与你锦衣卫刘老爷两个人的体面,与人讲做了二千银了,这比别人三分便宜二分哩。"晁凤原做过衙门青夫[1]的人,伶俐乖巧,随禀道:"小人们来时,家主也曾分付过了,原也就不敢指定这缺。若是此缺可得,这些微之物怎么得够? 如今老爷主持了'二'数,这是极便宜的了。没有别说,只是家主来报效老爷合刘爷便了。如今只是一面做着,将见有的且先交付与他,待小人们着一人先回去取来补足。昨来的人原不多,又年节近了,路上不好走,所以没敢多带物件。"苏锦衣道:"银子倒不必去取,任凭多少,我这里可以垫发。只这几日,也就有信了。只是一件:如今那通州见有人做哩,昨日叫人查了查,还不够三年俸,怎么打发他? 这到费手哩。"晁书等跑到书房,将带来的一千两银,共二十封,一一交与苏锦衣收进,各回房去了。

----

[1] 衙门青夫——衙门中的皂吏、差役。因身着皂衣,故称青夫。

到了十三日王振的生日,苏、刘二锦衣各备了几件希奇古怪的物件,约齐了同去上寿。只见门上人海人山的拥挤不透,都是三阁下、六部五府、大小九卿、内府二十四监官员,伺候拜寿。远远苏、刘二人喝导到门。巡视人役拿了几根藤条,把拥挤的人尽数辟了开去,让苏、刘二人行走到大门,下了马。把门的也不通报,把门闪开,二人穿着大红绉纱麒麟补服,雪白蛮阔的雕花玉带,拖着牌繐印绶,摇摆进去了,竟到了后边王振的住房外。近侍禀道:"苏掌〔1〕家合刘掌家来了。"王振道:"叫他进里来。"说:"你两个穿着这红衣裳,一定是与我磕头。你挼空磕了头罢,好脱了衣裳助忙。"苏、刘二人就在卧房里跪下,一连磕了八个头,口称:"愿祖爷爷九千岁! 每年四季平安!"起来也没敢作揖,自己跑到前面,将上寿的礼物自己端着,捧到王振跟前。

苏锦衣的一个羊脂玉盆,盆内一株苍古小桃树,树上开着十数朵花,通似鲜花无异,细看是映红宝石妆的。刘锦衣的也是一样的玉盆,却是一株梅树,开的梅花却是指顶大胡珠妆的。王振看了甚是欢喜,说道:"你两个可也能〔2〕! 那里钻钻〔3〕的这门物儿来孝顺我哩?"随分付近侍道:"好生收着。拿罩儿罩住,休要暴上土〔4〕。不久就是万岁爷的圣诞,进了万岁爷罢。"看着苏、刘二人说道:"头已

〔1〕 掌——同本作"长",据下文校改。
〔2〕 能——山东方言,有能耐,有本事。
〔3〕 钻钻——想办法寻找、搜求。
〔4〕 暴上土——山东方言,飞扬的尘土洒落在物件上。

是磕了，礼已是送了，去，去脱了你那红袍，咱大家撺掇着[1]做什么。"

苏、刘二人走到自己班房，脱了衣服，换上小帽两截子[2]，看着人扫厅房，挂画挂灯，铺毡结彩，遮帏屏，搭布棚，抬铜锣鼓架子，摆卓调椅，拴卓帏，铺坐褥：真个是一了百当[3]。王振进了早膳，升了堂，文武众官依次序上过寿，接连着赴了席。苏、刘二人也没出府，乱到四更天，就在各人班房里睡了。

次日起来，仍看人收拾了摆设的物件。只见王振也进了早膳，穿着便衣，走到前厅来闲看。苏、刘二人爬倒地，磕了四个头，说："老祖爷昨日陪客，没觉劳着么?"王振道："也就觉乏困的。"说着闲话，一边看着收拾。二人见王振有个进去的光景，苏、刘二人走向前，也不跪下，旁边站着。苏锦衣先开口道："奴婢二人有件事禀老祖爷。"王振笑嘻嘻的道："你说来我听。"二人道："奴婢二人有个小庄儿，都坐落在松江府华亭县。那华亭县知县晁思孝看祖爷分上，奴婢二人极蒙他照管。他如今考过满，差不多四年俸了，望升转一升转，求祖爷与吏部个帖儿。"王振道："他待往那里升?"二人道："他指望升通州知州，守着祖爷近，好早晚孝敬祖爷。他又要拜认祖爷做父哩。"王振道："这样小事，其实你们合部里说说罢了，也问我要帖儿!也

〔1〕撺掇着——等于说掺杂着。指穿戴整齐，混杂在拜寿的人丛中。
〔2〕两截子——即便服，上下身分开来穿的裤、褂之类。
〔3〕一了百当——事情办得圆满、妥帖。

罢,拿我个知生单帖儿,凭你们怎么去说罢。那认儿子的话别要理他。我要这混帐儿子做甚么?'老婆当军——没的充数哩!'叫他外边打咱们的旗号不好。"

二人方跪下谢了。书房里要了一个知生红单帖,央掌书房的长随使了一个"禁闼近臣"的图书,钤了名字。二人即时差了一个心腹能干事的承值,持了王振的名帖,竟到吏部大堂私宅里备细说了。那吏部钦此钦遵,没等那通州知州俸满,推升了临洮府同知,将晁知县推了通州知州。就如焌灯[1]在火上点的一般,也没有这等快!

晁书二人喜不自胜,叩谢了苏锦衣,央苏宅差了一个人,引了晁书二人又到刘锦衣家叩谢。收拾行李,领了刘锦衣回梁生的书。胡旦因苏锦衣留住了,不得同晁书等回去,也写了一封前后备细的书禀回复晁知县,说叫晁知县速来赴任,西口也先常来犯顺[2],通州是要紧的地方。又说将他外公垫发过的一千两银子交与梁生自己持进京来。那晁书等二人,正是:鞭敲金镫响,齐唱凯歌回。再听下回接说。

评曰:人情世故,宦态朝政,无不描出。精神手笔不止于画生,变换生动,莫可名言。只觉汤海若《牡丹亭记》便同嚼蜡。

---

[1] 焌灯——又称取灯儿、发烛。为一端涂硫黄的小薄木片或细木条,用来引火或点燃灯烛。

[2] 犯顺——侵犯顺天府所属地区。明代的顺天府又称京师,辖境相当于今北京市一带。

第六回

小珍哥在寓私奴　晁大舍赴京纳粟[1]

　　有钱莫弃糟糠妇,贫时患难相依。何须翠绕共珠围? 得饱家常饭,冲寒[2]粗布衣。　　休羡艳姬颜色美,防闲费尽心机。得些闲空便私归。那肯团团转? 只会贴天飞。

——右调《临江仙》

　　痴人爱野鸡,野鸡毛羽好。得隙想飞腾,稻粱饲不饱。家鸡蠢夯材,守人相到老。终夜不贪眠,五更能报晓。

　　野鸡毛好如鲜花,自古冶[3]容多破家。家鸡打鸣好起早,兀坐深闺只绩麻。

　　晁书二人得了喜信,收拾了行李,将带来二百两路费银内留下五十两与胡旦在京搅缠[4],辞谢了苏锦衣,雇了长骡,合了同伴回南

---

〔1〕纳粟——即例监。生员或富户通过出资报捐而取得国子监生的资格。
〔2〕寒——同本作"塞",据文意酌改。
〔3〕冶——同本作"治",据文意酌改。
〔4〕搅缠——山东方言,花费,使用。

去讫。

却说二月十九日是白衣菩萨〔1〕圣诞。珍哥调养的渐觉好些，做了两双鞋，买了香烛纸马，要打发晁住媳妇往庙里去烧香。正待出门，只见外面一片声喧嚷。晁大舍方在梳头，合珍哥都唬了一跳。家人传进说："还是那年报喜的七八个人，来报老爷升了北通州知州。"晁大舍不胜喜欢，又忽想："怪道公公两次托梦叫我往北去投奔爹娘！我想爹娘见在南边，却如何只说北去？原来公公已预先知道了。"晁大舍出去见了报喜众人，差人往铺中买了八匹大桃红拣布与众人挂红，送在东院书房内安歇。次日，摆酒款待，封出一百两喜钱；众人嫌少，渐次又添了五十两。都欢喜，打发散了。众亲朋络绎不绝，都来贺喜。晁大舍只是不敢送出大门。

接说晁知县那里。晁书二人尚未到家，报喜的已先到了十日，见了刊报，送在寺内安歇，也发付的众人心满意足。打叠申文书，造交代册籍，辞院道，写了两只官座船，择四月初一日离任，不到家，一直往通州上任。也果然兑了一千两银子交与梁生，教梁生辞了班里众人，同在船上进京。

晁知县起身之日，倒是那几家乡宦举人送赆送行，到也还成个礼数。那华亭两学秀才〔2〕，四乡百姓，恨晁大尹如蛇蝎一般，恨不得

〔1〕　白衣菩萨——即观世音菩萨。因其身着白衣，坐在白莲花座上，故称。
〔2〕　两学秀才——县学的生员和在府学课读的本县生员。

去了打个醋坛[1]的光景。那两学也并不见举甚么帐词[2]，百姓们也不见说有"脱靴遗爱"的旧规[3]。那些乡绅们说道："这个晁父母，不说自己在士民上刻毒，不知的只说华亭风俗不厚。我们大家做个帐词，教我们各家的子弟为首，写了通学的名字，央教官领了送去；再备个彩亭，寻双靴，也叫我们众家佃户庄客，假妆了百姓与他脱脱靴。"算记停当，至日撮弄[4]着打发上船去了。合县士民，也有买三牲还愿的，也有合分资[5]做庆贺道场的，也有烧素纸的，也有果然打醋坛的，也有只是念佛的，也有念佛中带咒骂的。

这晁大尹去后到也甚是风光，一路顺风顺水。五月端午前到了济宁，老早就泊了船，要上岸买二三十斤胭脂，带到任上送礼；又要差人先到家里报知。

这一夜晁大尹方才睡去，只见他的父亲走进舱来，说道："源儿近来甚是作孽，凭空领了娼妇打围，把个妖狐射杀，被他两次报仇，都是我救护住了，不致伤生。只怕你父子们的运气退动，终不能脱他的手。你可拘束了他同到任去，一来远避了他，二来帝都所在，那妖魂

---

〔1〕　打个醋坛——即打醋炭，后文也作"打个醋炭"。把烧红的木炭投入醋钵，放出蒸气薰屋宇，是民间一种祛除邪祟的方法。这里是说百姓想以此祛除晁思孝的贪邪之气。

〔2〕　帐词——即幛词。在整幅的布帛上题写的表示祝贺的辞句。

〔3〕　脱靴遗爱的旧规——地方官离任时，百姓为其脱去旧靴，换上新靴，以示遗爱或挽留。

〔4〕　撮弄——山东方言，等于说应付，糊弄。

〔5〕　分资——就是份子。众人共同筹办事情时分摊到每个人头上的钱数。

也不敢随去。"晁大尹醒来,却是一梦。唤醒夫人,夫人道:"我正与公公说话,你却将我唤醒。"二人说起梦来都是一样,也甚是诧异了一番。早起写了一封书与大舍,内说:"武城虽是河边,我久客乍归,亲朋往来,就要耽阁费事;因此不到家中,只顺路到坟上祭祭祖,焚了黄[1],事完仍即回到船上。"又说:"公公托梦,甚是奇怪,且是我与你母亲同梦一般。你可急急收拾,同了媳妇计氏随往任中,乘便也好求干功名,不可有误。"

谁知晁大舍弃舍了计氏,用八百两取了珍哥,瞒得两个老浑帐一些不知。虽不住的有家人来往,那些家人寻思,服事老主人的日短,伏事[2]小主人的日长,那个敢说?如今书上要同计氏随任,如何支吾?晁大舍随即收拾了铺盖,雇了八名轿夫,坐了前向[3]京中买来的大轿,带了《金刚经》,跟了六七个家人,贴河迎将上去。走了两三日,迎见了船。见了爹娘,说不了家长里短;又说计氏小产了,不能动履,目下且不能同去,只得爹娘先行,待计氏将息好了,另去不迟。

晁大舍与爹娘同在船上,走了几日,到了武城地方。祭了祖,焚过了黄,晁大尹方知雍山庄上被人放火烧得精光,也去了万把粮食等物。嗟叹了一回,开了船向北而行。晁大舍又送了两站,说定待计氏稍有起色,或是坐船,或是起早,即往任上不题。

----

〔1〕 焚了黄——官员升官或遇恩典等事,用黄纸写了告文到祖墓前祭告焚烧,叫做"焚黄"。
〔2〕 伏事——义同"服事"。服侍,伺候。
〔3〕 前向——山东方言,此前;前一段时间。

　　晁大舍回了家中,对珍哥说道:"爹娘闻知娶你过门,甚是欢喜,要即时[1]搬你上船,同往任内。因我说你小产未起,所以只得迟迟。待你一好,咱都要行了。"

　　到了五月尽头,过了三伏,晁大舍拣了七月初七日从陆路起身。预先雇骡子,雇轿夫,收拾行李停当,只等至日起身。初五日午后,计氏领了四五个养娘走到前边厅内,将公公买与他的那顶轿,带轿围,带扶手,拉的拉,拽的拽,抬到自己后边去了,口里说道:"这是公公买与我的,那个贱骨头奴才敢坐!谁敢出来说话,我将轿打得粉碎,再与拚命不迟!"家人报与晁大舍知道。珍哥气得目瞪口呆,做声不出。晁大舍道:"丢丑罢了!我看没有了这顶轿,看咱去的成去不成!我偏要另买一顶比这强一万倍子的哩!"果然用了二十八两银子,问乡宦家回[2]了一顶全副大轿来,珍哥方才欢喜。

　　晁大舍叫人与计氏说道:"适间用了五十两银子买了轿来,甚是齐整,叫你去看看。"计氏望着那养娘,稠稠的唾沫猛割丁[3]向脸上哕了一口,道:"精扯淡!那怕你五千两买轿,累着我腿疼[4]!却叫我去看看!你只不动我的这顶破轿,就是五万两也不干我事!"哕的那养娘一溜风跑了。

　　到初七日,收拾了当,交付看家的明白了,大家起身往北前进。

----

〔1〕　即时——同本作"即是",据文意酌改。

〔2〕　回——山东方言,把别人以前买下的东西买过来叫"回"。

〔3〕　猛割丁——后文也作"猛吃丁"、"猛哥丁"。猛地、突然的意思。

〔4〕　累着我腿疼——与我无关,不干我事的意思。

一路早行晚住,到了北京。谁想晁大舍且不敢便叫珍哥竟到任内,要慢慢的油嘴滑舌骗得爹娘允了,方好进去,随在沙窝门[1]内,每月三两银赁了一所半大不小的房子,置买了一切器皿煤米等物,停停当当,将珍哥留住里面。跟去的养娘俱留在京中,又留下晁住两口子服侍珍哥。自己还在京中住了两日,方才带了几个家人自到通州任内,说计氏小产,病只管不得好,恐爹娘盼望,所以自己先来了。晁夫人甚是怨恨,说道:"家门口守着河路,上了船直到衙门口,如何不带他同来,丢他在家? 谁是他着己的人,肯用心服事? 亏你也下得狠心! 况且京里有好太医,也好调理他。"埋怨儿子不了,又要差人回去央计亲家送女儿前来。晁大舍也暂时支吾过了。

　　七月二十四日,晁大舍道:"明日二十五日是城隍庙集。我要到庙上走走,就买些甚么东西,也要各处看看,得住几日回来。"晁老依允,与了他六七十两银子,要拨两名快手跟随。晁大舍道:"这么许多家人,要那快手何用?"拨了八名夫,坐了轿,进了沙窝门珍哥宅内住了,对珍哥道:"幸得你没进去! 衙门窄鳖鳖的,屁股也吊不转的,屙屎溺尿的去处也没有。咱住惯了宽房大屋,这们促织匣内,不二日就鳖死了! 亏我有主意,没即时同你进去;若是进去了,衙门规矩,就便出不来了,那时才是小珍子作难哩!"珍哥却也就被哄过了。至二十五日,端了一扶手银子,果然到了庙上,买了些没要紧的东西。回到京中宅子,住了七八日,别了珍哥,仍回通州去了。

----

　　〔1〕 沙窝门——即广渠门。

却说那个晁住原不是从小使久的,做过门子〔1〕,当过兵,约二十四五岁年纪,紫膛色一个胖壮小伙子,是老晁选了官以后,央一个朋友送来投充的。晁大舍喜他伶俐,凡百托他,一向叫伎者,定戏子,出入银钱,掌管礼物,都是他一人支管。珍哥做戏子的时节,晁住整日斗牙磕他嘴〔2〕不了。临买他的时,讲价钱,打夹帐,都是他的首尾〔3〕。两个也可谓"倾盖如故"〔4〕的极了。这个昏大官人,偏偏叫他在京守着一伙团脐〔5〕过日。那晁住媳妇就合珍哥一个鼻孔出气,也没有这等心意相投。晁住夫妇渐渐衣服鞋袜,也便华丽得忒不相〔6〕了,以致那闺门中的琐碎事体,叫人说不出口。那个昏大官人就像耳聋眼瞎的一般,也不十分回避大官人了。只是那旁人的口碑,说得匙箸都捞不起来的。那个晁住受了晁大官人这等厚恩,怎样报得起?所以恨命苦挣了些钱,买了一顶翠绿鹦哥色的万字头巾,还恐不十分齐整,又到金箔胡同买了廿帖〔7〕升底金,送到东江米巷销金铺内,销得转枝莲煞也好看,把与晁大官人戴。

〔1〕门子——衙门中侍茶、捧衣的杂役。
〔2〕斗牙磕他嘴——斗嘴,开玩笑。
〔3〕首尾——后文也作"手尾"。自始至终经办。这里是经办人的意思。
〔4〕倾盖如故——盖,车上伞形的车盖。倾盖,两车相遇,车盖倾侧而互相靠在一起。本用以形容朋友相遇,亲切交谈的情景,这里是说珍哥与晁住关系亲密,逾越了主仆的界限。
〔5〕团脐——雌蟹的腹甲为圆形,故称雌蟹为"团脐"。后因以团脐喻指女人,含有侮漫之意。
〔6〕忒不相——太不像样。相,同"像"。
〔7〕廿帖——同本作"甘帖",据文意酌改。

那晁大官人其实有了这顶好头巾戴上，倒也该罢了，他却辜负了晁住的一片好心，又要另戴一顶什么上舍头巾。合他父亲说了，要起文书，打通状，援例入监。果然依了他，部里递了援例呈子，弄神弄鬼，做了个附学名色[1]。又援引京官事例减了二三十两，费不到三百两银子，就也纳完了。寻了同乡京官的保结，也不消原籍行查，择了好日入监，参见了司业、祭酒[2]，拨了厢，拜了典簿、助教等官。每日也随行逐队的一般戴了儒巾，穿了举人的员领，系了尺把长天青绦子，粉底皂靴，夹在队里升堂画卯。但只是：

平生未读书，那识之乎字？蓝袍冉冉入宫墙，自觉真惶愧！

刚入大成宫，孔孟都回避。争前问道是何人，因甚轻来至？

——右调《卜算子》

晁大舍每日托了坐监为名，却常在京居住。一切日用盘缠[3]，三头两日俱是通州差人送来。近日又搭识[4]了一个监门前住的私窠子，与他使钱犯好，推说监中宿班，整几夜不回下处。幸得珍哥甚不寂寞，正喜他在外边宿监，他却好在家里"宿监"[5]，所以绝不来管他。

---

[1] 附学名色——附学生员的身份。附学生员是明代府、县学中名列廪膳生员、增广生员之后的一类生员。

[2] 司业、祭酒——祭酒是国子监的长官，司业为副长官。下文的典簿、助教，都是祭酒的属官。

[3] 盘缠——花销；使费。

[4] 搭识——结识。山东方言指有同样兴趣爱好的人结识相处。

[5] 宿监——即"宿奸"。监，本指国子监，用为"奸"字的谐音。

　　住过了十二月二十日以后,晁老着人来说道:"就是小学生上学,先生也该放学了。如何年节到了,还在京中做甚?"晁大舍道:"你先回,上复老爷,我爽利赶了二十五日庙上买些物事,方可回去。"那人去了。

　　自此以后,煞实与珍哥置办年节,自头上以至脚下,自口里以至肚中,无一不备。又到庙上与珍哥换了四两雪白大珠,又买了些玉花玉结之类,又买了几套洒线衣裳,又买了一匹大红万寿宫锦。

　　那日庙上卖着两件奇异的活宝,围住了许多人看,只出不起价钱。晁大舍也着人拨开了众人,才入里面去看。只见一个金漆大大的方笼,笼内贴一边安了一张小小朱红漆几卓,卓上一小本磁青纸泥金写的《般若心经》,卓上一个拱线镶边玄色心的芦花垫,垫上坐着一个大红长毛的肥胖狮子猫。那猫吃的饱饱的,闭着眼,朝着那本经睡着打呼卢〔1〕。

　　那卖猫的人说道:"这猫是西竺国如来菩萨家的。只因他不守佛戒,把一个偷琉璃灯油的老鼠咬杀了,如来恼他,要他与那老鼠偿命。亏不尽那八金刚、四菩萨合那十八位罗汉与他再三讨饶,方才救了他性命,叫西洋国进贡的人稍〔2〕到中华,罚他与凡人喂养,待五十年方取他回去。你细听来,他却不是打呼卢,他是念佛,一句句念道'观自在菩萨'不住。他说观音大士是救苦难的,要指望观音老母

<hr>

　　〔1〕　打呼卢——打鼾。
　　〔2〕　稍——同"捎"。本书"捎"字多作"稍"。

<hr>

救他回西天去哩。"

晁大舍侧着耳躲听，真真是像念经的一般，说道："真真奇怪！这一身大红长毛已是世间希奇古怪了，如何又会念经？但那西番原来的人今在何处？我们也见他一见，问个详细。"卖猫人说道："那西番人进完了贡，等不得卖这猫，我与了他二百五十两银子顿下[1]，打发那番人回去了。"晁大舍吃了一惊，道："怎便要这许多银子？可有甚么好处？"

那人道："你看爷说的是甚么话！若是没有好处，拿三四十个钱，放着极好有名色的猫儿不买，却拿着二三百两银子买他？这猫逼鼠是不必说的，但有这猫的去处，周围十里之内，老鼠去的远远的，要个老鼠星儿看看也是没有的。把卖老鼠药的只极的干跳，饿的那口臭牙黄的！这都不为希罕。若有人家养活着这佛猫，有多少天神天将都护卫着哩，凭你甚么妖精鬼怪，狐狸猿猴，成了多大气候，闻着点气儿，死不迭[2]的。说起那张天师来，只干生气罢了。昨日翰林院门口一家子的个女儿，叫一个狐狸精缠的堪堪待死的火势[3]，请了天坛里两个有名的法师去捉他，差一点儿没叫那狐狸精治造[4]了个臭死。后来贴了张天师亲笔画的符。到了黑夜，那符希流刷

----

〔1〕　顿下——囤下。拿钱留住，暂时存在手里待卖的意思。山东方言中"囤"与"顿"同音。
〔2〕　死不迭——山东方言，连死都来不及。
〔3〕　火势——后文也作"虎势"。山东方言，情势、架势、样子的意思。
〔4〕　治造——治作。山东方言，惩治、折磨。

拉〔1〕的怪响。只说是那狐精被天师的符捉住了,谁想不是价〔2〕,可是那符动惮〔3〕。见人去看他,那符口吐人言,说道:'那狐狸精在屋门外头坐着哩,我这泡尿鳖的慌,不敢出去溺。'第二日清早,我滴溜着〔4〕这猫往市上来,打那里经过,正一大些〔5〕人围着讲话哩。教我也站下听听,说的就是这个。谁想那狐狸精不晓的这猫在外边,往外一跑,看见了这猫,'抓'的一声见了本相,死在当面。那家子请我到家,齐整请了我一席酒,谢了我五两银。我把那狐狸剥了皮,硝的熟,做了一条风领。我戴的就是。"

众人到仔细听他说了半日。一人道:"这是笑话儿。是打趣张天师符不灵的话。"卖猫人朋〔6〕着脸说道:"这怎么是笑话?见在翰林院对门子住,是翰林院承差家,有招对的话。"晁大舍听见逼邪,狐精害怕,便有好几分要买的光景,问道:"咱长话短说,真也罢,假也罢,你说实要多少银,我买你的。"那人道:"你看爷的话! 我不图实卖,冷风淘热气的,图卖凉姜哩! 年下来了,该人许多帐,全靠着这个猫。就是前日买这猫,难道二百五十两银子都是我自己的不成?

----

〔1〕 希流刷拉——象声词,形容纸响的声音。
〔2〕 不是价——后文也作"不是家"。山东方言,不是。"价"为语气助词,相当于"呢"。
〔3〕 动惮——即动弹。惮,"弹"的借字。
〔4〕 滴溜着——山东方言,用手提着。滴,"提"的音变。
〔5〕 一大些——山东方言,许多。
〔6〕 朋——同"绷"。

也还问人揭借一半添上，才买了。如今这一家货〔1〕又急忙卖不出去，人家又来讨钱，差不多撽三四个银就发脱了。本等要三百两，让爷十两，只己〔2〕二百九十两罢。"晁大舍道："瞎话！成不的。与你冰光细丝二十九两，天平兑己你，卖不卖，任凭主张。"那人道："好爷！你老人家就从苏州来，可也一半里头也还我一半〔3〕，倒见十抽一起来！"晁大舍道："再添你三两，共三十二两，你可也卖了！"那人道："我只是这年下着急，没银子使。若挨过了年，我留着这猫与人拘邪捉鬼，倒撽他无数的钱。"

晁大舍又听了"拘邪捉鬼"四个字，那里肯打脱？添到三十五、三十八、四十、四十五，那人只是不卖。他那一路上的人恐怕晁大舍使性子，又恐怕旁边人有不帮寸〔4〕的打破头屑〔5〕，做张做智的员成〔6〕着，做了五十两银子卖了。晁大舍从扶手内拿出一锭大银来递与那人。那人说："这银虽是一锭元宝，不知够五十两不够？咱们寻个去处兑兑去。"那个员成的人道："你就没个眼色！这们一位忠诚的爷，难道哄你不成？就差的一二两银子，也没便宜了别人。"一家拿着猫，一家拿着银子，欢天喜地的散了。那人临去，还趴在地下

---

〔1〕 一家货——山东方言，一下子、一会儿的意思。货，同"伙"。
〔2〕 己——"给"的借字。山东方言中，给读 jǐ 音。
〔3〕 还我一半——买东西还价出到一半的价钱。
〔4〕 帮寸——也说"帮衬"。附和凑趣，说对自己一方有利的话。
〔5〕 打破头屑——山东方言，指用语言挑拨破坏，不使事情成功的行为。
〔6〕 员成——后文也作"圆成"。说合，撮合。员，"圆"的借字。

与那猫磕了两个头，说道："我的佛爷！弟子不是一万分着急，也不肯舍了你！"

晁大舍正待走，只见又一个卖鹦哥的人唤道："请爷回来看看我的鹦哥，炤顾了罢。我也是年下着极，要打发人家帐哩。"晁大舍站住看了一看，说道："我家里有好几个哩，不买他。"那人道："鹦哥，爷不肯买你哩。你不自己央央爷，我没有豆子养活你哩。"那鹦哥果然晾了晾翅，说道："爷不买，谁敢买！"说得真真的与人言无异。晁大舍喜的抓耳挠腮的道："真是'不到两京，虚了眼'！怎么人世间有这们希奇物件！"

晁大舍问道："你可实要多少银子？"那人说道："这比不的那猫，能拘捉邪怪的值的钱多，这不过教道的工夫钱。富贵爷们买了家去，当个丫头小厮传话儿罢了，能敢要多少？爷心爱，多赏几两；心里不甚爱，少赏几两。我脱不了是皇城里边鹦哥儿的教师，有数的六个月就要教会一群，也就带出三四个来。爷如今只赏小的三十两银子罢，稍了家里顽去。"晁大舍说："与你十二两银子罢。"那人不肯卖。晁大舍走了一走，那人拿出一把绿豆来，说道："爷去了，不买你，只是饿死了！"那鹦哥晾着翅，连叫道："爷不买，谁敢买！爷不买，谁敢买！"晁大舍回头道："可实作怪！就多使二两银子，也不亏人。"一面开了扶手，取出十两一封，五两一封，递与那人。那人把银解开包看了，道："这十五两，爷赏的不太少些？罢！罢！我看爷也是个不耐烦的，卖与爷去。"一边交割了。

晁大舍上了马，家人们都雇了驴子，一溜烟往下处行走。拿到珍哥面前,就如那外国进了宝来一般,珍哥佯佯不采〔1〕的不理;又拿出买的衣服、锦缎合那珠子、玉花,珍哥倒把玩个不了。晁大舍道:"村孩子! 放着两件活宝贝不看,拿着那两个珠子摆划〔2〕!"珍哥道:"一个混帐狮猫合个鹦哥子,活宝! 倒是狗宝哩!"晁大舍道:"村孩子! 你家里有这们几个混帐狮猫合这们会说话的鹦哥?"珍哥说:"咄,你见什么来!"晁大舍道:"你只强! 休说别的,天下有这们大狮猫? 这没有十五六斤沉么?"珍哥道:"你见甚么来! 北京城里大似狗的猫,小似猫的狗,不知多少哩!"晁大舍道:"咱那里鹦哥尽多,见有这们会说话的来?"珍哥说:"他怎么这一会子没见说话?"晁大舍道:"鹦哥,你说话与奶奶听,我与你豆儿吃。"那鹦哥果然真真的说道:"爷不买,谁敢买!"珍哥道:"果然说的话真。"道:"鹦哥,你再说句话,我与你豆儿吃。"那鹦哥又说:"爷不买,谁敢买!"珍哥看着晁大舍笑道:"我的傻哥儿! 吃了人的亏了! 你再叫他会说第二句话么?"晁大舍又道:"鹦哥,猫来了!"连叫了数声,那鹦哥也连说数声"爷不买,谁敢买!"珍哥瞅了晁大舍一眼,说道:"傻孙! 买这夯杭子〔3〕做什么? 留着这几钱银子,年下买瓜子嗑也是好的。瞎头子〔4〕丢了钱!"晁大舍道:"几钱银! 这是十五两银子哩!"珍哥嗤了一声道:"十五两银子,极少也买四十个!"问晁住道:"是实使了几

----

〔1〕 佯佯不采——大模大样、不予理睬的样子。采,同"睬"。
〔2〕 摆划——摆弄,把玩。
〔3〕 夯杭子——笨货;傻东西。杭子,山东方言,指人或物,等于说"东西"。
〔4〕 瞎头子——白白地;没来由地。

钱银子?"晁住道:"实是十五两银子,少他一分哩!"珍哥道:"呸! 傻忘……"就缩住了口没骂出来。又问:"这猫是几钱银子?"晁住道:"这猫是那一锭元宝买的。"

珍哥道:"你爷儿们不知捣的是那里鬼!"晁住道:"没的这猫也着人哄了不成? 咱这里的猫,从几时有红的来? 从几时会念经来?"珍哥道:"红的! 还有绿的、蓝的、青的、紫的哩! 脱不了是颜色染的,没的是天生的不成?"晁大舍道:"我的强娘娘! 知不到什么,少要梆梆[1]! 你拿指头醮[2]着唾沫,撚撚试试,看落色不落色!"珍哥道:"谁家茜草茜的也会落色来? 没的毡条、羯子、缨子都落色罢?"晁大舍道:"瞎话! 一个活东西,怎么茜?"珍哥道:"人家老头子拿着乌须,没的是死了才乌? 你曾见俺家里那个白狮猫来,原起不是个红猫来? 比这还红的鲜明哩!"晁大舍道:"如今怎么就白了?"珍哥道:"到春里退了毛就白了。"

晁大舍挣[3]了一会,望着晁住道:"咱别要吃了他的亏!"又道:"只是会念经,没的不跷蹊?"珍哥道:"你叫他念卷经咱听。"晁大舍向他脖子下挠了几挠,那猫眯风着眼,呼卢呼卢的起来。晁大舍喜的道:"你听! 你听! 念的真真的'观自在菩萨'、'观自在菩萨'!"珍哥道:"我也没有那好笑的。这经谁家的猫不会念? 丫头,你拿咱家小玳瑁来!"丫头将一个玳瑁猫捧到。珍哥搂在怀里,也替他脖子底

----

[1] 梆梆——后文也作"邦邦"、"帮帮"。山东方言,快嘴快舌,胡说八道。
[2] 醮——"蘸"的俗字。
[3] 挣——同"怔"。发愣。

下挠了几把,那玳瑁猫也眯风了眼,也念起"观自在菩萨"来了。珍哥道:"你听!你那猫值五十两,我这小玳瑁就值六十两!脱不了猫都是这等打呼卢,又是念经不念经哩!北京城不着[1]这们傻孩子,叫那光棍饿杀罢!"与了晁大舍个闭气,晁住也没颜落色的走得去了。

晁大舍道:"脱不了也没使了咱的钱,咱开爹的帐。说这猫常能避鼠,留着当个寻常猫养活,叫他拿老鼠。"叫丫头挝了些绿豆,放在鹦哥罐[2]里。鹦哥见了丫头挝着豆子,飞着连声叫唤"爷不买,谁敢买!"珍哥道:"好鹦哥!极会说话!"又叫丫头将猫笼内红漆几卓合那泥金《心经》取得出来,拌了一碗饭送到笼内。那猫吃不了,还剩了一半在内。正是:贪夫再得儿孙好,天下应无悖出财!再听下回接道。

评曰:一峰未过万峰迎。细想作者之心,不知若何玲珑剔透!

---

[1] 不着——山东方言,等于说多亏了、要不是有。

[2] 罐——同本作"观",据文意酌改。

第七回

老夫人爱子纳娼　大官人弃亲避难

抛子多年，路远三千。倚闾人[1]、赢得衰颜。今才聚首，又为人牵。寸心悬，相撮合，免留连。　　昏辰未定，羽书[2]狎至。猛烽烟、阵鼓遥阗。说无官守，那管忠贤[3]？杜鹃合伴，将野鸳，弃亲还。

——右调《行香子》[4]

晁大舍与珍哥乱闹了一会，丫头在里间将小矮桌安在热炕上，摆上饭来。正吃着，一个丫头慌张张跑来，说道："好几个老鼠，巴着那红猫的笼子偷饭吃哩！"晁大舍道："瞎话！那猫怎么样？"丫头道："那猫不怎么样，塌趿着眼睡觉。"

珍哥道："脚底下老鼠，佛猫不计较。若是十里远的老鼠就死了！"又笑着道："我当时也拿着这红猫当天生的来。那前年，到了蒋

〔1〕倚闾人——《战国策·齐策》载，有位少年出事齐闵王，其母曰："女暮出而不还，则吾倚闾而望。"这里指盼望与儿子一处生活的晁思孝夫妇。

〔2〕羽书——军情文书，上插羽毛以示紧急，取其传递急如飞鸟之意。

〔3〕忠贤——同本作"忠肾"。"賢"与"腎"盖因形近而讹，据文意酌改。

〔4〕行香子——清王奕清等《钦定词谱》云《行香子》双调六十六字、六十八字、六十四字、六十九字，此则为六十五字。

皇亲家,就是看见了俺那个白狮猫跑了来,映着日头,就是血点般红,希诧〔1〕的极了!蒋太太笑道:'你希诧这红猫哩?'蒋太太也哄我,说是外国进的,我可不就信了。后来见了他家姨们,我悄悄的问他。那姨们说:'太太哄你哩!是茜的颜色。你不信,往后头亭子看去,一大群哩!'那周姨说:'你到我后来来。'及至走到亭子上,可不一大群?够十二三个,红的,绿的,天蓝的,月白的,紫的,映着日头怪好看。我说:'周姨,你己我个红的顽。'周姨说:'你等爷出来时,我替你要一个。'

"正说着,蒋皇亲来了。周姨说:'珍哥待〔2〕问爷讨个红猫顽哩。'蒋皇亲说:'这是甚么贱物儿,己他个?一二千两银子东西己人!叫他唱二万出戏我看了,己他一个。'教我说:'不己罢,我买了二分银子茜草,买个白猫茜不的?'蒋皇亲望着周姨笑问道:'是你合他说来?'周姨道:'我闲的慌,合他说!'望着我挤眼道:'你待真个要,你就谢了爷罢!'我磕了个头,拿着个红的往外就走。蒋太太还问,说:'你待怎么?拿着猫飞跑的。'我说:'是俺爷赏的。'拿到外头,叫挑箱的送了家来。人见了的,可不也都希诧的慌?到了年时〔3〕三四月里,退了毛,换了个白狮子猫。头年里〔4〕蒋皇亲见了

〔1〕 希诧——稀奇,奇怪。
〔2〕 待——山东方言,想要、打算。
〔3〕 年时——山东方言,去年。
〔4〕 头年里——山东方言,一般指去年;又特指去年将要过年的时候。这里用的是后一种意思。

我,还说:'你拿的我红猫哩?'我说:'合人家搭换了个白猫来了。'

"说起那鹦哥来,这也是我经过的。花店里使了三钱银子买了一个,嘴还没大退红哩,挂在我住的屋檐底下,每日客来,听着人说:'丫头,姐姐要水哩,姐夫要下房。'他每日听那听的,他就会说了。但见个人来,他叫唤在头里:'丫头,姐姐要水哩,姐夫要下房。'每日说的是这个。那日刘海斋到,他又说:'丫头,姐姐要水哩,姐夫要下房。'把个刘海斋喜的极了,只是缠着问我要。我又不已他。他说:'把我那黑叫驴合你换罢。'我说:'你还搭上些甚?'他说:'我再添上匹生纱罢。'我合他换了。他拿回去,挂在他住房檐下。那日他舅子来家,那鹦哥看见就叫唤:'丫头,姐姐要水哩,姐夫要下房。'躁[1]的他婆子通红的脸,越吃喝,他越叫唤。刘海斋来到,他婆子说:'快把恁答[2]拿到吊远子[3]去!可恶多着哩!'刘海斋叫人挂在客位檐下去。那日该他家司会,见个人来,叫说一阵,惹的那些人呱呱的笑。刘海斋遣人送来已我,还要那驴哩。说生纱送我穿罢。我说:'那驴卖钱使了。'没已他。"晁大舍道:"那鹦哥哩?"珍哥道:"那日我没来家,黑夜没人收进房来,已是冻的死了。杨古月说:'身上还温温,待我治他一治。'煎了一酒钟九味羌活汤[4]灌下去,拿了

---

〔1〕 躁——同"臊",羞的意思。

〔2〕 恁答——山东方言,您达,你爹。恁,您,在方言中为"你"的意思。答,达,方言中对"爹"的称呼。

〔3〕 吊远子——后文也作"窝远子"。山东方言,指远而偏僻的地方。

〔4〕 九味羌活汤——中医汤药名,由羌活、防风、苍术、白芷、川芎、黄芩、生地、甘草、细辛九味药组成,为祛风散寒之剂。

个旧首帕包着,丢在炕上去,也没理论他。到日头西,只见首帕动惮,解开,还醒〔1〕过来了。还待了好几个月,杨古月家熬膏药,呛杀了。"说着吃完了饭,收拾了家伙。

却说晁老指望晁大舍过了二十五庙上,二十六就可回到任内,不想过了二十七还不见到,对着夫人说道:"源儿京中不知干的什么勾当,到了今日二十七,这时节多应又不来了! 休被人拿讹头〔2〕,不是顽的!"晁夫人长吁了一口气道:"别也没有甚么该拿讹头的事,我只风里言风里语的,一像家里取了个唱的,如今通不理媳妇儿,把媳妇儿一气一个死。一似那唱的也来了,没敢叫咱知道,在京住着哩。"晁老道:"你听谁说?"夫人道:"谁肯对咱说? 这是媳妇子们背地插插〔3〕,我绰见点影儿。"晁老道:"有如此等事? 咱那媳妇不是善茬儿,容他做这个? 我信不过及〔4〕!"夫人道:"你倒说的好! 皇帝到利害,百姓到软弱,那百姓反了,皇帝也就没法儿了!"晁老道:"若果真如此,一发接到衙门罢了,叫他外边住着做甚?"夫人道:"你自家算计。只是叫媳妇怪咱。"晁老道:"这也顾不的,叫人已他收拾去处,明日使人接他去。"

次日早,差了晁凤持了一封书,又拿了一百两银子,急往京中。那书写道:

----

〔1〕 还醒——后文也作"还省"、"还性"。山东方言,苏醒;从昏迷中醒过来。
〔2〕 拿讹头——抓住人的短处威胁敲诈、勒索钱财。
〔3〕 插插——同"嚓嚓"。象声词,指小声说话。
〔4〕 信不过及——后文也说"信不及"。不相信。

　　暮年一子，又在天涯，极欲汝朝夕承欢，以娱两人晚景。京城何事，年近岁除，尚复留恋？闻汝来时带有侧室，何不早使我知？侨寓于外，以致汝有两顾之苦。今遣人迎汝并汝侧室，速来任所同住，我不汝咎也。恐有杂费，寄去银一百两，验收。晁凤先着回报。父字与源儿。

　　晁凤持了书物，骑了一匹官马进京。寻到晁大舍行馆，适值不曾关门。晁凤一直走将进去，恰好撞见珍哥穿着油绿云段绵袄、天蓝段背心、大红段裤，也不曾穿裙，与晁住娘子在院子里踢毽子顽。看见晁凤，飞也似跑进屋里去了。晁大舍恰好从后层房出来，晁凤磕了个头。晁大舍道："我正要起身回任上去，你却又来做甚？"晁凤说："因等大爷不回，老爷叫小人来接大爷合珍姨同去。"晁大舍悄声问道："老爷奶奶是怎么知道有了珍姨？是那个说的？"晁凤道："小人也不晓得老爷奶奶是怎样得知的，只今早差了小人来接，说叫大爷即日回去，叫小人先走一步回话。有老爷的书，还有两封银子。"一面交上。

　　晁大舍拆看了书，见书上写得甚是关情，却也有几分自己过意不去。一面叫快些收拾酒饭与晁凤吃，好叫他先去回话。算计收拾雇夫马，要同珍哥次早起身往通州去。晁凤吃了饭，赏了他三百钱，回了晁老的一封书，写道：

　　儿源上禀：儿干的不成人事，岂可叫爹娘知道？今爹娘既不计较，明日即同小媳妇拜见爹娘乎。但儿不在后边住也，要在东院书房住也，可速叫人扫乎。银一百星收讫之。儿源上复。

　　晁凤本日掌灯时候回到衙门，回了老晁公母两个的话，说晁大舍同新取的那位姨明日就来,叫收拾东院的书房住。晁奶奶道:"你见那新姨来不曾?"晁凤道:"小人进去,那新姨又着裤,正合晁住媳妇子踢毽儿,看见小人,往屋里跑进去了。"奶奶问道:"你见他是怎么个人才?"晁凤道:"那人奶奶见过了,就是那女戏班里妆正旦的小珍哥。"晁奶奶问道:"那班里一大些老婆,我不记的是那一个。"晁凤道:"那日吉奶奶与奶奶送行,他没妆红娘?后来点杂戏,他又没妆陈妙常〔1〕么?奶奶还说他唱的好,偏赏他两个汗巾,三钱银子,他没另谢奶奶的赏?"晁奶奶道:"阿,原来就是他!倒也好个人儿!"

老晁听说,道:"苦也!苦也!原来是这个人!"晁奶奶道:"要是他,倒也罢了。好个活动人儿〔2〕!你一定也见他来?"老晁道:"我倒没见他,闻他的名来。你说是谁?这就是那一年接了个新举人死在他身上的!樊库吏包着他,那库吏娘子吊杀了,没告状么?这岂是安静的人?寻他做甚么?"晁夫人道:"只怕进了咱家门自然的好了。"老晁道:"惯就了的性儿,半日家怎么改得过来?"晁夫人道:"那人风流伶俐,怕怎么的?"晁老道:"还要他扮戏哩,用着风流伶俐!嗔道媳妇这们个主子都照不住他〔3〕,被他降伏了!"又说:"快叫人收拾东书房。"连夜传裱背匠糊仰尘〔4〕,糊窗户,传泥水匠收拾火

---

〔1〕 陈妙常——明高濂所作传奇《玉簪记》中的道姑,是戏中的主角。

〔2〕 活动人儿——处事灵活,不呆板的人。

〔3〕 照不住他——山东方言,招架不住,不是对手的意思。照,招架。

〔4〕 仰尘——天棚,天花板。

炕,足足乱哄到次日日西。

　　且说晁大舍见了父亲的家书,也就急忙收拾,要同珍哥回到衙去。那珍哥慢条斯理,怕见起身。晁住又甚是打拦头雷[1],背地里挑唆珍哥不要进往衙去,又对晁大舍道:"衙内窄逼逼的个去处,添上这们些人,怎么住的开? 就是吃碗饭也不方便。依着我说,还是大爷自己去,过了年合灯节再来不迟。"晁大舍道:"说窄是哄你珍姨的话,衙内宽绰多着哩。只怕东书房,咱这些人还住不了的房子。若吃饭嫌不方便,咱另做着吃,咱的人少。"晁住又道:"监里的事还没完,大爷还得在京常住。人都去了,大爷自己也孤恓。珍姨进去了,还指望出得来哩?"珍哥道:"他说的也是。要不你自己去,我不去罢。"晁大舍道:"你说的是什么话! 大年新节,爹娘不来接,咱也该去磕个头儿。如今爹娘差了人,拿了银子做盘缠,可推说什么不去? 咱去住过了灯节,再和你来不迟。这房子也不消退与他,把一应家伙封锁严密,叫看门的守着。"珍哥、晁住虽是心里不愿意,也只得敢怒不敢言的。

　　次早,二十九日,两乘大轿,许多骡马,到了通州,进到衙内。珍哥下了轿,穿着大红通袖衫儿,白绫顾绣[2]连裙,满头珠翠,走到中庭。老晁夫妇[3]居中坐定,晁大舍先行过了礼。珍哥过去四双八

---

〔1〕 打拦头雷——山东方言,当面阻拦。

〔2〕 顾绣——明代民间著名的刺绣工艺品,出自嘉靖间尚宝司丞顾名世家,故名。这里指较为出色的绣品。

〔3〕 夫妇——同本作"去妇"。"夫"与"去"盖因形近而讹,据文意酌改。

拜,磕了头,递了鞋枕。晁老看得那珍哥:

> 仪容窈窕,轻盈三月杨花;性格聪明,透露九华莲藕。总非褒姒临凡,定是媚吴王的西子;即不妲己转世[1],亦应赚董卓的貂婵。你若不信呵,剔起眼睛竖起眉,仔细观渠渠是谁!

老晁夫妇见了这们一个肘头霍撒脑、浑身都动踹[2]的个小媳妇,喜的蹙着眉,沉着脸,长吁短叹,怪喜欢的。珍哥拜完,老晁夫妇伙着与了二两拜钱,同珍哥送回东院里去了。珍哥觉得公婆不甚喜欢,也甚是没趣。

晁大舍到了次年正月初二日,要进京去赶初三日开印[3],与监里老师合苏锦衣、刘锦衣拜节。那时梁生、胡旦也都做了前程,在各部里当该[4],俱与晁大舍似通家[5]兄弟般相处,也要先去拜他。随拨了夫马,起身进了京城,仍到旧宅内住下。晁大舍与珍哥热闹惯了,不惟珍哥不在,连一些丫头养娘都没一个,也甚是寂寞。叫晁住去监前把那个搭识的女人接了来,陪伴晁大舍住了几日。晁大舍但是[6]出外周旋,仍是留晁住在家看守。

到了初十,晁大舍买了礼物,做了两套衣裳,打了四两一副手钏,封了八两银,将那个女人送了回去。自己也即回到通州,挂花灯,放

---

〔1〕 转世——同本作"持世",据文意酌改。

〔2〕 动踹——活动。踹,"弹"的俗字。

〔3〕 开印——官府于年底封印,至次年正月启封用印,照常办事,叫做"开印"。

〔4〕 当该——当值,值班。

〔5〕 通家——世交,几代都有交谊的人家。

〔6〕 但是——只要是。

火炮，与珍哥过了灯节。直到二月花朝[1]以后，要到京完坐监的事，仍要去游耍西山。拣了二月十九日到京，仍把那监前的妇人接了来住。

不料到了二月尽边，那也先的边报一日紧如一日。点城夫，编牌甲，搜奸细；户部措处粮饷；工部料理火器、悬帘[2]、滚木，查理盔甲，莹磨器械，修补城垣；吏、兵二部派拨文武官员守门；戎政、军门操练团营人马；五城兵马[3]合宛、大两县[4]静街道，做栅栏，也甚是戒严，城门早关晚启。那王振原是教官出身，有子有孙的人，狠命撺掇正统爷御驾亲征，指望仗赖着天子洪福，杀退了也先，要叙他的功，好封他儿子做公侯。那些大小群臣，乱纷纷谏阻。

晁大舍原不曾见过事体，又不晓得甚么叫是"忠孝"，只见了这个光景，不要说起君来，连那亲也都不顾，唬得屁滚尿流跑回下处，送回了监门首妇人，收拾了些要紧的行李，城门上使了十数两银子，放了出去，望着通州，一溜风进到衙内。见了爹娘，喘吁吁的就如曹操酒席上来报颜良的探子一般，话也说不俐亮，主意是要弃了爹娘，卷了银两，带了珍哥回去。晁老道："若是这个光景，还顾做

----

〔1〕　花朝——旧俗以农历二月十五日为百花生日，故称这一天为"花朝"或"花朝节"。

〔2〕　悬帘——即累答，悬挂在城墙上用以抵御炮石的软帘。

〔3〕　五城兵马——五城兵马司的省称。明代北京城设中、东、西、南、北五城兵马指挥司，负责治安、街道等事。

〔4〕　宛、大两县——北京城外的宛平、大兴两县。二县辖北京近郊之地，所以知县负有协助五城兵马司管理京城治安的责任。

甚么官？速急递了告致仕文书。若不肯放行，也只有拚了有罪，弃官逃回罢了！"原来晁大舍的意思，又不肯自己舍着身同爹娘在这里，恐怕堵挡不住，将身子陷在柳州城里；又不肯依父亲弃了官，恐怕万一没事，不得撰钱与他使。只要自己回去，走在高岸上观望，拚着那父亲的老性命在这里做孤注，只是口里说不出来。晁老道："仔细寻思，三十六计，走为上计。总是也先不来，我寻出来问军问死，破着使上几千银子，自然没事；再万一银子使不下来，就在刑部里面静坐，也强如把头被也先割去。还是我们大家收拾回去为是。"晁大舍也依允了。

晁老一面唤该房〔1〕做致仕文书，一面走到前面书房与幕宾邢皋门商议，要他做禀帖稿，附在文内。只是邢皋门正与一个袁山人在那里着围棋，见了老晁走到，歇住了手，从容坐定，把日来也先犯边，要御驾亲征的事大家议论。邢皋门道："这几日乾象〔2〕甚不好，圣驾万分不该轻动。我想钦天监〔3〕自然执奏，群臣也自然谏阻，圣驾也定然动不成。"晁老道："如今司礼监王公撺掇得紧，只怕圣驾留不住。"邢皋门道："若天意已定，也是大数〔4〕，没奈何了。"晁老道："连日把个锢病发了，大有性命可虑！决意告致仕，回去罢。已唤该

---

〔1〕 该房——轮值，值班。这里指值班的书吏。

〔2〕 乾象——即天象。乾为《易经》首卦，指天。古人认为日月星辰等天体的运行变化皆与人事有关。

〔3〕 钦天监——明代掌管观察天象、推算节气历法的机构。

〔4〕 大数——定数，不可逆转的事。

房做文书呈稿，文内还得禀帖写出那一段不得已的情来，皋老脱一个稿。事不宜迟，姑待明日发罢。"邢皋门微笑了一笑，道："'如伋去，君谁与守〔1〕?'我仔细看那天文，倒只是圣驾不宜轻出，其馀国中大事，倒是一些没帐的。况岁星正在通州分野，通州是安如磐石的一般。告那致仕则甚? 临难卸肩，不惟行不得，把品都被人看低了。老先生你放心去做，你只来打听我。若我慌张的时节，老先生抽头〔2〕不迟。"晁老那里肯听，见邢皋门不做禀稿，遂着晁大舍做了个不疼不痒的禀帖，说得都是不伦之语，申了顺天府并抚院、关、屯各院，也不令邢皋门得知。这合干上司将文书都批得转来，大约都无甚好音相报。

　　只是那个关院，云南人，姓纪，举人出身，那得如甲科们风力? 批得甚是阘茸。批详道：

　　　　本官以华亭知县升转通州，何所见而来? 平居不言，突称有病，又何所见而去? 得无谓国家多事，寇在门庭，驾说沉疴，脱身规避耶? 设心如此，品行何居? 仰即刻速出视事，勿谓本院之白简〔3〕不灵也! 缴。

　　老邢再不见他说告致仕，只当纳他的谏了。谁知他瞒了老邢，遍

<hr>

〔1〕　如伋去君谁与守——语出《孟子·离娄下》，为子思所言。子思住在卫国，遇齐军来犯，有人劝他避祸逃走，他说："如果我走了，君主与谁来守城呢?"这里用来规劝晁思孝不要弃官而逃。伋，孔伋，字子思，孔子之孙。
〔2〕　抽头——抽身。
〔3〕　白简——为弹劾官员而上的奏章。

申了文书开去。得了关院的这等温旨,自己回去的念头止住了,只是收拾打发晁大舍同珍哥回去。

一日,正同邢皋门、袁山人、儿子晁源坐着白话,衙门上传梆〔1〕,递进一角兵备道的文书来。拆开看时,里面却是半张雪白的连四纸〔2〕,翠蓝的花边,焌黑的楷书字,大大朱红标判,方方的一颗印。读时,上面写道:

> 钦差整饬通州等处兼理漕粮屯田驿传山东按察司副使许,为申饬托故规避,以励官箴事:本年三月初八日,蒙钦差巡按直隶等处,专理关务,综核将领监察御史纪宪牌前事:"照得安常处顺,君子之所深忧;痛痒惊疑,圣贤所以立命。今当边报狪闻,羽书旁午,正忠贞薪胆之会,主臣忧辱之时。闻鸡起舞〔3〕,灭此朝食〔4〕,正当其会。通州知州晁思孝,平居奔栈,若蚁之附膻;遇变脱罗,恍鵔〔5〕之逞狡。昨敢恣情托病,冒昧请休。已将原详严行戒饬去后,合行再为申儆。为此牌行本道,照牌事理,谕令本官打起精神,涤除妄念,用心料理城守,毋致疏虞。

---

〔1〕 传梆——官衙遇有紧急公事向内传报,或集合人役时须敲响梆子,叫做"传梆"。

〔2〕 连四纸——纸的一种,用竹制成,纸质匀薄细致,色白而经久不变,又称"连史纸"。

〔3〕 闻鸡起舞——《晋书·祖逖传》载,祖逖与刘琨同为司州主簿,共一被而寝,在半夜时分因听到鸡鸣而起舞。

〔4〕 灭此朝食——语出《左传·成公二年》:"齐侯曰:'余姑翦灭此而朝食。'"意思是把敌人消灭了再吃早饭。

〔5〕 鵔(jùn)——狡兔。

本院宁惟不念其旧,抑且嘉与其新;若暮气必不可朝,柔情终难于振,本院必先行拿问,然后奏闻。此系膈言[1],毋徒脐噬[2]……"等因到道,奉此合行申饬。为此牌仰本州官吏照牌事理。时直甘泉烽火,急应樽俎折冲;毋再萌拂袖青山,以致文弹白简[3]。本道忠告相规,须至牌者。

晁知州见了这牌,就如"劈开两片顶门骨,倾下一盆冰雪来",唬得软瘫成一堆,半日说不出话来。邢皋门方才知是瞒了他申文书告致仕。老邢倒也丢过一边,倒是老晁着实有些"惭于孟子"[4]。若别的祸福倒不可知,这关院的计较,这心里吊桶一般,怎么放得下?

天下那不快活的事,再没有一件就歇了的。正与晁大舍收拾行装,扎括轿马,拣了三月十六日同珍哥由旱路回去,不料华亭县两个旧役的家属,一个是宋库吏的弟宋其仁,一个是曹快手的子曹希建来到衙门口,说:"特来有事相禀。"老晁父子猜料了一会,开了衙门,放他进见。二人叩见了毕,说道:"正月间,江院在松江下马,百姓上千的把库吏宋其礼、快手曹一佳并老爷的内书房孙商、管家晁书都告在里面。江院准了状,批了苏松道,转批松江理刑陈爷,将宋其礼、曹一

---

〔1〕 膈言——肺腑之言。
〔2〕 脐噬——语出《左传·庄公六年》:"若不早图,后君噬齐,其及图之乎!"齐,同"脐"。这里说自噬腹脐,比喻难以企及。后因用为后悔莫及之典。
〔3〕 白简——同本作"自简"。"白"与"自"盖因形近而讹,据文意酌改。
〔4〕 惭于孟子——语出《孟子·公孙丑下》:"王曰:'吾甚惭于孟子。'"这里是说晁思孝面对邢皋门感到十分羞愧。

佳拿到监了,五日一比,要孙书办、晁管家。虽是他二人极力自己担当,只恐担当不住,要行文见任处所提人,事便也就按捺不下了。"

晁知州听得,那肚里就如雪上加霜的一般不快活,问道:"那些乡宦举人,也没个出来说些公道话的?"宋其仁道:"那百姓们势众了,还说老爷向日在那里难为他们,都是这些乡宦举人唆拨的,唬吓道:'若你们不出来强管,我们只得将就罢了;若你们出来管事说情,我们必定将这几年诈害百姓的恶款,上公愤民本了。'所以这些乡宦举人躲避得还恐怕不干净,怎还敢出头?"

晁知州问说:"秀才们却没有人出来说甚么的?"宋其仁道:"秀才起先也发了传帖,写了公呈,也要在江院递了;亏不尽那两个首贡次贡的生员将众人劝住了,说道:'我们毕竟是读书人,要顾名义。子弟告父母官是薄恶的事,告得动,这个名声已是不好了;若再告不动,越发没趣。前官就是后官的眼,教见在的父母官把我们不做人待。况且有了百姓公状,也就罢了。'众人道:'这是公愤,你二人私情,怎便留得住?'那位喻相公道:'我讲得是大体,有甚私情? 若说起公愤来,把我的地断与了他人去,地内的钱粮逼勒我纳;我不在家,把我家妇女都拿到监内,还要怎样的愤? 就是张兄,他的令尊被光棍辱了,把原被各罚银十五两。那光棍在房里使了几两银子,禀说被告家贫纳不起,他就都并在原告身上追。幸得刑厅巴四府[1]说了分上,免得二十两。不然,那时这样荒年,张兄就卖了身,也纳不起三十

----

[1] 四府——明代的府级衙门,知府以下为同知、通判、推官,所以称推官为"四府"。

两银子哩！'那张相公道：'你不要说起罢了，但一提起，我便心头痛极了！'他两人说到这个田地，众人都说：'喻、张二兄毕竟老成人，见得是。我们只索[1]罢了。'"

晁知州道："不知是那个喻秀才、张秀才?"宋其仁道："这事也不叫做寻常，难道老爷都忘记了?"晁知州道："在你华亭时，不瞒你说，这样的事也尽多，知道是那一起? 但你二人的来意是要如何?"宋其仁道："老爷速急上求了当道的书去。曹一佳与宋其礼两个的罪是不敢求免的，左右在华亭也住不得了，倒不如问个充军，泄了众人的恨，离了众人的眼，也罢了。只是求那问官不要多入赃，不要拷打，免行文提孙书房与晁管家。"晁知州蹙了眉头，不做声。晁大舍道："这事不难! 塌了天，也还有四个金刚抬着哩! 你二人且吃饭安歇，待仔细商量。"打发宋其仁、曹希建走开去了。

老晁道："这事怎说? 只怕江院有题本。即不题本，把宋其礼、曹一佳问了军，招达兵部，咱守着近近的，这风声也就不好了。"晁大舍道："爹你放心，一点帐也没有! 凭我摆划就是了。"随即差了晁住，鞴了自己的走骡，星飞到京，快请胡君宠、梁安期二人速来商量急事。晁住星飞去了。晁大舍回家的行李也将次收拾完了，只等这件事有了商量，即便起身不提。正是：

　　　　使尽满帆风正顺，不防骤雨逆头来。

不知晁大舍三月十六日起身得成起身不成，再听下回续起。

----

〔1〕只索——只好；只得。

第八回

长舌妾狐媚惑主　昏监生鹘突[1]休妻

十四为君妇，含啼拜舅姑。妾门虽处士，夫俗亦寒儒。世阀遥相对，家声近未殊。不说襦非玉，无希珮是珠。执贽方临庙，操匙便入厨。椿萱[2]相悦怿，藁砧[3]亦欢娱。讵知时态改，谁料世情渝？妇德还为妇，夫心未是夫。金长[4]恩情少，身都宠爱枯。昔日原非冶，今朝岂尽嫫[5]？只因肠不定，致使意相徂。木腐虫方入，人疑见始诬。忍教鸠是逐，堪从爵为驱[6]？呼天发浩叹，抢地出长吁。命固红颜薄，缘从赤胆逋。从兹成覆水，何日是还蚨[7]？青天无可问，白日岂能呼？酆都应有镜，当照黑

---

〔1〕　鹘突——同"糊涂"。

〔2〕　椿萱——父母的代称。

〔3〕　藁砧——古代死刑，罪人席藁伏在砧上，以铁斩之。铁、夫谐音，后因以"藁砧"为妇女指称丈夫的隐语。

〔4〕　金长——金钱多。长，音 zhàng，多的意思。

〔5〕　嫫——嫫母，传说为黄帝的妃子，其貌甚丑。

〔6〕　"忍教"二句——上句化用"鹊巢鸠占"的成语，言计氏眼看着晁源娶珍哥取代了自己的位置；下句紧承上句，说计氏不甘心自己像鸟雀那样被人驱赶。爵，通"雀"。

〔7〕　还蚨——晋干宝《搜神记》说，南方有一种叫青蚨的飞虫，捉住子虫，母虫就会自动飞来。将青蚨的血涂在钱上，称为"子母钱"，用其中的钱买了东西，它能飞回来与其他的钱相聚一处。后因以"还蚨"指称分离之后又重新团聚。

心奴！

却说晁住到了京，各处体问，寻到傍晚，止寻见胡旦。那时夜巡甚严，晁住就同胡旦宿了。原来王振主意拿定，要正统爷御驾亲征，文武朝臣都叩马苦留不住。圣驾到了土木地方，声息已是万分紧急，若是速忙奔入城内，也还无事。只因王振有自己辎重一千馀辆落后，赶不上来，不肯叫正统爷急走，以致也先蜂拥一般围将上来，万箭齐发。真是亏不尽万神呵护，那箭似雨点般来，都落在正统爷面前，插在地下，半枝箭也不曾落在正统爷身上。那些也先怪异得紧，近前便认，方知是正统爷御驾亲征。神龙失水，被那一股儿蜂拥卷得去了。随驾的文武百官也被杀了个罄净，王振合苏、刘二锦衣也都杀在数内。大小诸人恨不得灭了王振一万族才好，所以胡旦、梁生都躲得像蛰虫一般。

二人睡到五更起来，胡旦穿了两截破衣，把灰搽黑了脸。因晁住常在苏、刘二家走动，恐被人认得，所以改换了妆束，同到一个僻处寻着了梁生，说晁爷有事商议，特来接取。梁生京中无可潜住，正思量要到晁爷任内躲避些时，来得正好。梁生也换了鹑衣破帽，收拾了些细软之物，驮在晁住骑的骡上。出了城门，雇了驴子，早饭时节到了通州任内。晁老父子见了梁生、胡旦这等褴褛，吃了一惊。说其所以，方知是这等缘故。送到书房梳洗毕，依旧换了时新巾服，从新作了揖，陪着吃饭。说及华亭的事体，原要向苏、刘二锦衣求书，不知有了这等变故出来,今却再有何处门路?梁生道:"这事何难?翰林徐鞓[1]是如今第一时宦,是胡君宠的至相知。叫胡君宠细细写封书,大爷备分礼,自己进京去求他,事无不妥。"晁老父子喜不自胜。

吃了饭,胡旦写完了书,晁大舍收了,备了三十两叶子金,八颗胡珠,即刻到京。次日,走到徐翰林私宅门首,与了门上人十两银子,喜得那人掇凳如马走[2]的一般。请进晁大舍见了,拆开看了胡旦的书,收了晁大舍的金珠,一面留晁大舍吃酒,一面写了两封书:一封是竟与江院的;一封是与松江府刑厅的。说:"宋曹二人的罪不敢辞,只求少入些赃,免他拷责。那孙商、晁书系诡名,免行文提审。"回送了晁大舍一幅白绫条字,一柄真金字扇,一部家刻文集,一匹梅公布。

晁大舍得书,那时三月十二日,正有好月,晁大舍还赶出了城门,将三更天气到了通州。要钥匙开了城门,进入衙内。梁、胡二人已睡久了,走到晁老卧房床沿上坐了,说了详细。晁老不肉痛去了许多东西,倒还象拾了许多东西的一般欢喜。

却说梁生、胡旦因有势要亲眷,晁家父子通以贵客介宾相待,万分钦敬。晁老呼梁生的字为安期,呼胡旦的字为君宠。因与晁大舍结义了兄弟,老晁或呼他为贤侄,一切家人都称呼梁相公、胡相公,晁夫人与珍哥都不回避的。闻说王振与苏、刘两个锦衣都被杀了,正在追论这班奸臣的亲族,晁老父子这日相待梁、胡两个也就冷淡一半。

----

[1] 徐鞓——即徐珵,字元玉,后改名有贞。徐珵时任翰林院侍讲,后因谋划、拥立英宗复辟,官至兵部尚书兼华盖殿大学士,《明史》有传。

[2] 马走——马夫。

虽说还有徐翰林相知，也未必是真。晁大舍见了徐翰林，皆一一如胡旦所说；梁、胡两个与晁老闲叙，说起那锦衣卫各堂多有相知，朝中的显宦也还有亲眷，把梁、胡二人又从新抬敬起来。算计梁、胡两个且在衙内潜住，徐看京中动静。次早，十三日，与了宋其仁、曹希建每人六两路费，交付徐翰林的两封书，叫他依命投下。吃了早饭，打发去了。

　　十五日，衙内摆酒与晁大舍送行，收拾了许多宦赆，带回家去置买产业。老夫人将晁住夫妇叫到后面，分付道："你两个到时，见了大婶，传说是我嘱付：大叔既房里娶了人，这也是人家常事。当初你大婶原该自己拿出主意，立定不肯，大叔也只得罢了；原不该流和〔1〕心性，轻易依他。总然就是寻妾，也只寻清门静户人家女儿才是，怎么寻个登台的戏子老婆？斩眉多梭眼〔2〕的，甚是不成模样！但既生米做成了熟饭，'豆腐吊在灰窝里，——你可吹的？你可弹的？'只得自宽自解，大量着些〔3〕，休要没要紧生气。凡百忍耐，等我到家自然有处。这是五十两碎银子，与你大婶买针头线脑的使用；这是二两珠子，二两叶子金，两匹生纱，一匹金坛葛布，一匹天蓝缎子，一匹水红巴家绢，两条连裙，二斤绵子，你都好好收住，到家都一一交付与大婶。我到家时，要逐件查考哩。若半点稍得不停当，合你两口子算帐。不消献勤合你珍姨说！"晁住夫妇满

---

〔1〕　流和——随和，附从。
〔2〕　斩眉多梭眼——目光流盼撩人，形容轻狂、不庄重的样子。多梭，后文也作"多睃"，意同"哆嗦"，挤弄的意思。
〔3〕　大量着些——山东方言，指不与常人一般见识，为人处事较一般人宽宏、有肚量。

口答应,收的去了。

到了次早,十六日,晁大舍合珍哥与同回的随从男女辞了老晁夫妇,晁大舍又辞了邢皋门、袁山人、梁生、胡旦,到后堂同珍哥上的轿,众人骑上头口,去了。晁大舍真是:

> 相随多白镪,同伴有红妆。行色翩翩壮,扬州是故乡。

到只是难为老晁夫妇,撇得孤恓冷落,大不胜情。

晁大舍携着重资,将着得意心的爱妾,乘着半间屋大的官轿,跟随着狼虎的家人,熟鸭子般[1]的丫头仆妇,暮春天气,融和丰岁,道涂通利,一路行来,甚是得意。谁知天下之事,乐极了便要生悲,顺溜得极了就有些烦恼,大约如此。

晁大舍行了七百多路,到了德州。天色未及晌午,只见从东北上油油动发起云来,细雨下得一阵紧如一阵,只得寻了齐整宽绰客店歇下。吃过了午饭,雨越下得大将起来。从来说"春雨贵如油",这一年油倒少如了雨,一连两日不止。晁大舍叫了人买了嗄饭[2],沽了好酒,与珍哥顽耍解闷。

那晁住媳妇原是个凿木鸟[3]脱生[4]的,舌头伸将出来,比那身子还长一半;又是吴国伯嚭[5]托生的,惯会打勤献浅。天老爷因

---

〔1〕 熟鸭子般——形容丫头仆妇膀阔腰圆、丰肥胖壮的样子。

〔2〕 嗄饭——下酒下饭的菜肴。

〔3〕 凿木鸟——即啄木鸟。鸟,同本与其他刻本俱作"马"。"鳥"与"馬"盖因形近而讹,今校改。

〔4〕 脱生——即托生。迷信说法,指转世。

〔5〕 伯嚭——春秋时吴国的太宰,曾向吴王屡进谗言,致忠臣伍子胥被杀。

他做人不好,见世报,罚他做了个破蒸笼,只会撒气。因连日下雨没事,在晁大舍、珍哥面前无般不搀话接舌[1]。这也便索罢了,他还嫌那屄嘴闲得慌,将那日晁夫人分付的话,稍带的银珠尺头,一五一十向着珍哥、晁大舍学个不了。晁大舍倒也望着他挤眼扭嘴,他学得兴动了,那里闭得口住? 若只依了晁夫人之分付,据实学舌,倒也是"打草惊蛇",他却又增添上了许些,说道:"这样臭烂歪货,总然忘八顶了他跪在街上,白白送来,也怕污了门限,也还该一条棒赶得开去! 为甚的容他使八百两银买这奴才? 我几次要唤他出来,剥了他衣裳,剪了他头发,打一个臭死,唤个花子来赏了他去! 只是衙门里不好行得。叫大奶奶休得生气,等老奶奶回家,自有处置。"

看官试想,他那做戏子妆旦的时节,不拘什么人,持他的毛,捣他的孤拐[2],揣他的眼,恳[3]他的鼻子,淫妇窠子长,烂桃�骨短,他偏受的;如今养成虼蚤性[4]了,怎么受得这话? 随即磕吊了鬏髻,松开了头发,叫皇天骂土地,打滚磕头,撒泼个不了。店家的妇女,邻舍的婆娘,围住了房门看;走堂的过卖[5],提壶的酒生[6],站住了脚在店后边听。亏他自己通说得脚色来历明明白白的,那些听

----

〔1〕　搀话接舌——山东方言,插话,接过别人的话头往下说。含有贬义。
〔2〕　孤拐——一般指颧骨高。这里指颧骨。
〔3〕　恳——同"啃"。
〔4〕　虼蚤性——虼蚤善跳,因把人动不动就急躁发火的性格称为"虼蚤性"。虼蚤,跳蚤。
〔5〕　过卖——客店、酒店里的伙计,跑堂的。
〔6〕　酒生——卖酒的伙计。

的人倒也免得向人打听。晁大舍、晁住都齐向晁住媳妇埋怨。晁住媳妇自己觉得惶恐。

珍哥足足哭叫了半夜。次早住了雨，直一路绪绪〔1〕叨叨的嚷骂到家。那些跟回去的家人合那养娘仆妇，倒也都有去后边见计氏的。晁住将晁夫人嘱付的话一一说了，又将晁夫人稍去的物事一一交付明白。计氏问了公婆的安否，看了那寄去东西，号天搭地的哭了一场，方把那银子、金珠、尺头收进房内去了。

到了次日，珍哥向晁住要稍来与计氏的这些东西。晁住道："从昨日已是送到后边交与大奶奶了。"珍哥虽也是与晁住寻趁了几句，不肯与他着实变脸，只是望着晁大舍沉邓邓的嚷，血沥沥的咒。晁大舍虽极是溺爱，未免心里也有一二分灰心的说道："你好没要紧！咱什么东西没？娘稍了这点子东西与他，你就希罕的慌〔2〕了！"珍哥道："我不为东西，只为一口气。怎么我四双八拜的磕了一顿头，公母两个伙着拿出二两银来丢己人？那天又暖和了，你把那糊窗户的嚣纱着上二匹，叫下人看着也还有体面。如今人在家里，稍这们些东西与他！我有一千两，一万两，是我自家的。我要了来没的我待收着哩？我把金银珠子撒了，尺头裂的碎碎的烧了！"晁大舍道："你'姜五老婆——好小胆'！咱娘稍己他的东西，你洒了裂了！好像你

---

〔1〕绪绪——同"絮絮"。
〔2〕希罕的慌——山东方言，等于说贪图得紧、喜爱得厉害。"……的慌"，应作"……得慌"，相当于程度副词"……得紧"、"……得厉害"。

不敢洒不敢裂的一般！那计老头子爷儿两个不是善茬[1]儿,外头发的话[2]狠大着哩! 就是咱娘的性儿,你别要见他善眉善眼的,他千万只是疼我。他要变下脸来,只怕晃住媳妇子那些话,他老人家也做的出来。你差不多儿做半截汉子儿罢了,只顾一头撞到南墙[3]的!"镇压了几句,珍哥倒渐渐灭贴[4]去了。可见人家丈夫,若庄起身来,在那规矩法度内行动,任你什么恶妻悍妾也难说没些严惮。珍哥这样一个泼货,只晃大舍吐出了几句像人的话来,也未免得的"隔墙撩胳膊——丢开手",只是慢慢截短拳,使低嘴,行狡计罢了。

　　接说城县里有个刘游击。那刘游击的母亲使唤着一个丫头,唤作小青梅,年纪十六岁了,忽然害起干血痨来。这个病,紧七慢八,十个要死十一个。那刘夫人恨命把他救治,他自己也许下若病好了,情愿出家做了姑子。果然"药医不死病,佛度有缘人",一个摇响环的过路郎中,因在大门下避雨,看门人与他闲白话,说到这干血痨病证救不活的。那郎中道:"这病也有两样:若是那禀赋虚怯,气血亏损极了,就如那枯井一般,凭你淘也是没水的;若是偶因气滞,把那血脉闭塞住了,疏通一疏通,自然好了。怎便是都治不得?"看门人因把小青梅的病与他商议。他说:"等我看一看。若治得,我方敢下药。"

----

〔1〕　茬——同本误作"的",据文意酌改。
〔2〕　发的话——山东方言,预先声明自己对某事的态度和将要采取的措施,叫做"发话"。
〔3〕　一头撞到南墙——形容脾气执拗,不回头,没有调和、回旋的馀地。
〔4〕　灭贴——山东方言,平静下来而驯服、服帖的样子。

看门人进去对刘夫人说了,叫青梅走到中门口,与那郎中看视。郎中站了,扯出青梅的手来胗了脉,又见那青梅虽是焦黄的脸,倒不曾瘦的像鬼一般,遂说道:"这病不打紧。一服药下去,就要见效。"那刘夫人在门内说道:"脱不了这丫头没有爹。你若医得好他,我与他替你做一件紫花梭布道袍,一顶罗帽,一双鞋袜。你有老伴没有?若有,再与他做一套梭布衫裙。就认义了你两口子为父母。"那郎中喜得满面添花。刘夫人封出二百钱来做开药箱的利市[1],郎中道:"这位姐姐既要认我为父,怎好收得这礼?"刘夫人道:"不多的帐,发市好开箱。"那郎中方才收了。取出一包丸药来,如绿豆大,数了七丸,用红花、桃仁煎汤,食远服下。一面收拾了饭,在倒座[2]小厅里管待那郎中;一面煎中了药引,打发青梅吃了药。待了一钟热茶的时候,青梅那肚里渐渐疼将起来;末后着实疼了两阵,下了二三升扭黑的臭水;末后下了些微的鲜红活血。与郎中说知,郎中道:"这病已是好了,忌吃冷水、葱蒜、生物。再得内科好名医十贴补元气的煎药,就渐壮盛了。"

从此以后,青梅的面渐觉不黄了,经脉[3]由少而多,也按了月分来了。刘夫人果然备了衣鞋,叫人领了青梅,拜认那郎中做了父母。他因自己发愿好了病要做姑子,所以日日激聒[4]那刘夫人。

---

〔1〕 利市——喜钱。取利于开市、发市之意。

〔2〕 倒座——四合院中与正房相对的房子,也称"客位"、"客次"。

〔3〕 经脉——指女子的月经。

〔4〕 激聒——絮叨、烦扰的意思。

那刘夫人道："那姑子岂是容易做的？你如今不曾做姑子,只道那姑子有甚好处;你做了姑子,嫌他不好,要还俗就难了! 待你调养的壮实些,嫁个女婿去过日子,是一件本等的事。"这刘夫人说得也大有正经,谁知青梅的心里另有高见。

他说:"我每日炤镜,自己的模样也不十分的标致,做不得公子王孙的娇妻艳姿。总然便做了贵人的妾媵,那主人公的心性,宠与不宠;大老婆的心肠,贤与不贤,这个真如孙行者压在太行山底下一般,那里再得观音菩萨走来替我揭了封皮,放我出去? 纵然放出来了,那金箍儿还被他拘束了一生。这做妾的念头是不消提起了。

"其次,还有那娼妓倒也着实该做:穿了极华丽的衣裳,打扮得娇滴滴的,在那公子王孙面前撒娇卖俏,日日新鲜。中意的,多相处几时;不中意的,'头巾吊在水里——就开了交',倒也有趣。只是里边也有不好处:接不着客,老鸨子又要打;接下了客,挲不住他,老鸨子又要打。到了人家,低三下四,叫得奶奶长,奶奶短,磕头像捣蒜一般还不喜欢,恰像似进得进门,就把他汉子哄诱去了一般。所以这娼妓也还不好。

"除了这两行人,只是嫁与人做仆妇,或嫁与觅汉〔1〕做庄家。他管得你牢牢住住的,门也不许走出一步。总然看中两个汉子,也只'赖象磕瓜子'〔2〕罢了。且是生活重大,只怕连自己的老公也还不

---

〔1〕 觅汉——山东方言,雇佣的长工。
〔2〕 赖象磕瓜子——歇后语。本书第十九回:"这可成了'赖象磕瓜子——眼饱肚中饥'的勾当。"赖象,大象。

得搂了睡个整觉哩！

"寻思一遭转来，怎如得做姑子快活？就如那盐鳖户〔1〕一般，见了麒麟，说我是飞鸟；见了凤凰，说我是走兽。岂不就如那六科给事中〔2〕一般，没得人管束？但凡那年小力壮、标致有膂力的和尚，都是我的新郎。周而复始，始而复周，这不中意的，准他轮班当值；拣那中支使〔3〕的，还留他常川答应〔4〕。这还是做尼姑的说话。光着头，那俗家男子多有说道与尼姑相处不大利市，还要从那光头上跨一跨过。若是做了道姑，留着好好的一头黑发，晚间脱了那顶包巾，连那俗家的相公老爹〔5〕、举人秀才、外郎〔6〕快手，凭咱拣用。且是往人家去，进得中门，任你甚么王妃侍长、奶奶姑娘，狠的恶的、贤的善的、妒忌的、吃醋的，见了那姑子，偏生那喜欢不知从那里生将出来：让吃茶、让吃饭、让上热炕坐的、让住二三日不放去的，临行送钱的、送银子的，做衣服的、做包巾的、做鞋袜的，舍幡幢的、舍桌围的、舍粮食的、舍酱醋的，比咱那武城县的四爷〔7〕还热闹哩！还有奶奶们托

〔1〕 盐鳖户——山东方言，蝙蝠。

〔2〕 六科给事中——六科即吏、户、礼、兵、刑、工六科。各科设都给事中、左右给事中和给事中。六科对相应的各部负有稽核监督之责，在明代为独立机构，所以下文说"没得人管束"。

〔3〕 中支使——山东方言，用起来满意的意思。

〔4〕 常川答应——时常侍奉。常川，经常不断的意思。答应，侍奉，伺候。

〔5〕 相公老爹——相公、老爹，都是对官员的泛称。

〔6〕 外郎——衙门中的小吏。

〔7〕 武城县的四爷——指典史。县级衙门除知县为正官，一般设佐贰官县丞和主簿，其下由未入流的典史掌管文书出纳或兼管刑狱。如无县丞或主簿，典史则兼管更多事务。

着买人事,请先生〔1〕,常是十来两银子打背弓〔2〕。我寻思一遭儿,不做姑子,还做什么? 凭奶奶怎么留我,我的主意定了,只是做姑子! 若奶奶必欲不放我做姑子,我只得另做一样罢了。"

众伙伴道:"你还要做甚么?"青梅道:"除了做姑子,我只做鬼罢了!"众人你一言,我一语,都对着刘夫人学了。

刘夫人道:"我就依着这个风妮子,叫他做姑子! 我就看着他要和尚、要道士,叫官拶〔3〕不出屎来哩! 你教他看往咱家走动这些师傅们,那一个是要和尚要道士的? 你叫他指出来!"伙伴道:"俺们也就似奶奶这话问他来,他说:'往咱家来的这些师傅们,那一个是不要和尚不要道士的? 你也指出来!'"刘夫人道:"了不的,了不的,这丫头风了! 毁谤起佛爷的女儿们来了! 不当家〔4〕,不当家,快己他做道袍子,做唐巾,送他往南门上白衣庵里与大师傅做徒弟去!"拿黄历来看,四月八就好,是洗佛的日子。赶着那日,买了袍,办了供,刘夫人自己领了青梅,坐轿到了庵里。大师傅收度做了徒弟。上面还有一个姓桂的师兄,叫做海潮,因此就与青梅起成海会。

谁知自从海会到庵,妨克得大师傅起初是病,后来是死,单与那海潮两兄弟住持过活。海会没了师傅,又遂了做姑子的志向,果然今日尚书府,明朝宰相家,走进走出。那些大家奶奶们见了他,真真与

----

〔1〕 买人事请先生——鹿茸等男性生殖器的替代物,俗称"人事"、"先生"。
〔2〕 打背弓——意同"落背弓",参见第一回注。
〔3〕 拶(zǎn)——施加夹手指的刑罚。
〔4〕 不当家——后文也作"不当家豁拉的"。等于说罪过。

他算记的一些不差。且又不消别人引进,只那刘家十亲九眷,也就够他"周流列国,辙环天下,传食于诸侯"了。晁家新发户人家,走动是不必说了。就是计氏娘家,虽然新经跌落,终是故旧人家。俗话说得好:"富了贫,还穿三年绫。"所以他还不曾堵塞得这姑子的漏洞,这海会也常常走到计家。这将近一年,因晁大舍不在家中,往计氏家走动觉得勤了些,也不过是骗件把衣裳,说些闲话,倒也没有一些分外的歪勾当做出来。

后边又新从景州来了一个尼姑,姓郭,年纪三十多岁,白白胖胖、齐齐整整的一个婆娘,人说他原是个娼妇出家。其人伶俐乖巧,能言会道,下[1]在海会白衣庵里。海会这些熟识的奶奶家,都指引这郭尼姑家家参拜。因海会常往计氏家去,这郭尼姑也就与计氏甚是说得来。

谁说这郭尼姑是个好人,件件做的都是好事?但是这个秃婆娘伶俐得忒甚,看人眉来眼去,占风使帆。到了人家,看得这位奶奶是个邪货,他便有许多巧妙领他走那邪路;若见得这家奶奶是有正经的,他便至至诚诚,妆起河南程氏两夫子[2]的嘴脸来,合你讲正心诚意,说王道迂阔的话,也会讲颜渊请目[3]的那半章书。所以那邪

----

〔1〕 下——歇宿;居停。

〔2〕 河南程氏两夫子——北宋著名理学家程颢、程颐兄弟。二人俱为程朱理学的代表人物,河南洛阳人。

〔3〕 颜渊请目——《论语·颜渊》:"颜渊曰:'请问其目。'子曰:'非礼勿视,非礼勿听,非礼勿言,非礼勿动。'"这是孔子与弟子颜渊讲论仁德的话语。

皮的奶奶满口赞扬他,就是那有道理有正经的奶奶,越发说他是个有道行的真僧,只在这一两日内就要成佛作祖的了。那个计氏只生了一段不贤良、降老公的心性,那狐精虽说他前世是一会上的人,却那些兴妖作怪、争妍取怜、媚惑人的事,一些不会。所以晁大舍略略参商〔1〕即便开手,所以一些想头也是没有的。郭尼姑虽然来往,那邪念头入不进去。

珍哥听了晁住娘子这些话,虽然没了法,不做声了,正还"兜着豆子——只是寻锅要炒"哩。恰好那时六月六日,中门内吊了绳,珍哥看了人正在那里晒衣裳,只见海会在前,郭尼姑在后,从计氏后边出来,往外行走。珍哥大惊小怪叫唤道:"好乡宦人家! 好清门静户! 好有根基的小姐! 大白日赤天晌午,肥头大耳躲的道士,白胖壮实的和尚,一个个从屋里出来! 俺虽是没根基,登台子,养汉接客,俺只拣着那像模样的人接! 像这臭牛鼻子臭秃驴,俺就一万年没汉子,俺也不要他!"嚷乱得不休。

晁大舍正在西边凉亭上昼寝,听得这院里嚷闹,楞楞睁睁趴起来,趿了鞋走来探问。珍哥脱不了还是那些话数骂不了,指着晁大舍的脸,千忘八,万乌龟,还说:"怎么得那老娘娘子〔2〕在家,叫他看看好清门静户的根基媳妇才好! 这要是我做了这事,可实实的剪了头发,剥了衣裳,赏与叫花子去了,还待留我口气哩!"晁大舍道:"是真

---

〔1〕　参商——参星和商星。参星在西,商星在东,此出彼没,永不相见。喻指对立,不相容。

〔2〕　老娘娘子——山东方言,老年妇女的通称。等于说老太婆。

个么？大晌午，什么和尚道士敢打这里大拉拉的[1]出去？"珍哥道："你看这昏君忘八，没的只我一个见来？那些丫头媳妇子们正在天井晒衣裳，谁是没见的？"晁大舍问众人，也有雎着嘴不做声的，也有说道："影影绰绰，可不是个道士和尚出去了？"也有说道："那里是道士？是刘游击家的小青梅。"晁大舍道："小青梅如今做了姑子，长的凶凶的，倒也像个道士。那个和尚可是谁？"回说道："那和尚不得认的，和青梅同走，只怕也只是个姑子。"珍哥道："呸！只怕你家有这们大身量肥头大脑的姑子！"晁大舍："不消说，小青梅这奴才惯替人家做牵头，一定牵了和尚，妆做姑子进来了！快叫门上的来问！"

那日轮该曲九州管门，问他道："一个道士，一个和尚，从多咱[2]进到后头？方才出去，你都见来没有？"曲九州道："什么道士和尚！是刘奶奶家的小青梅和个姑子，从饭时[3]进到大奶奶后边去了，刚才出来。若是道士和尚，我为甚么放他进来？"晁大舍道："那道士是小青梅，不消说了，那姑子可是谁？脱不了咱城里这些秃老婆你都认的，刚才出去的可是谁？"曲九州想了一想道："这个姑子不德认的[4]，从来也没见他。"珍哥又望着曲九州哕了一口，骂道："既不认的他，你怎就知他是个姑子？你摸了他摸！"曲九州道："没的是和尚有这么白净，这们富态？"珍哥道："若黑越越的穷酸乞脸，

---

〔1〕 大拉拉的——大模大样的，大摇大摆的。
〔2〕 多咱——山东方言，什么时候。
〔3〕 饭时——山东方言，指吃早饭的时候。
〔4〕 不德认的——即"不得认的"，不认得。后文常以"德"代"得"。

倒不要他了!"晁大舍跳了两跳,道:"别都罢了! 这忘八我当不成! 快去叫了计老头子爷儿两个来!"

去不多时,把老计父子二人,只说计氏请他说话,诓得来家。晁大舍让进厅房坐定,老计道:"姐夫来家,极待来看看,也没脸来。说小女叫俺父子说话,俺到后边。"晁大舍道:"不是令爱请你,是我请你来,告诉件事。"老计道:"告诉甚么? 只怕小女养了汉了,替姐夫挣上忘八当了?"晁大舍道:"不是这个,可说么? 你倒神猜,一猜一个着。"遂将小青梅牵着个白胖齐整和尚,大饭时进去,大晌午出来,人所共见[的话说了一遍]。——"你女诸凡不贤会〔1〕,这是人间老婆的常事,我捏着鼻子受你的,你越发干起这事来了! 俺虽是取唱的,那唱的入门为正,甚是尊尊贵贵的,可是《大学》上的话:'非礼不看,非礼不听,非礼不走,非礼不说。'〔2〕替我挣不上忘八。你那闺女倒是正经结发,可干这个事! 请了你来商议,当官断已你,也在你〔3〕;你悄悄领了他去,也在你。"

那老计从从容容的说道:"晁大官儿,你消停,别把话桶得紧了,收不进去。小青梅今日清早合景州来的郭尼子从舍侄那院里出来,往东来了,一定是往这里来了。那郭姑子穿着油绿机上纱道袍子,蓝跂〔4〕子,

〔1〕 不贤会——不贤惠。会,同"惠",古典小说戏曲常用。
〔2〕 非礼不看四句——与这段话近似的话出自《论语》而非《大学》,参见本回注。作者在这里故意错引,以见晁源的不学无文。
〔3〕 在你——山东方言,你自己作主张,拿主意。
〔4〕 跂(bǎn)——挣扎。疑为写刻之误。

是也不是？没的那郭姑子是二尾子[1]，除了一个屄，又长出一个屌来了？咱城里王府勋臣，大乡宦家，他谁家没进去？没的都是小青梅牵进和尚去了？你既说出来了，这块瓦儿要落地！你想你要说收兵，你就快收兵。小女也没碍着你做甚么！这二三年，也没叫你添件衣裳，吃的还是俺家折妆奁地内的粮食。你待要合我到官，我就合你到官讲三句话！"

计大舅随口接道："爹，你见不透，他是已把良心死尽了，算记得就就的[2]！你要不就他，他一着高低把个妹子断送了！他说要休，就叫他休！咱家里也有他吃的这碗饭哩！家里住着，等晁大爷、晁大娘可也有个回来的日子，咱合那知书达礼的讲！咱如今和他说出甚么青红皂白来？你说合他到官，如今那个官是包丞相？他央探马、快手送进二三百两银去，再写晁大爷的一封书递上，那才把假事做成真了！'爷儿两个告状——死了儿'，这才死了咱哩！晁大相公，任凭你主张，你待说休俺妹子，你写下休书，我到家拾掇坐[3]屋，接俺妹子家去，这有什么难处的事！你乡宦人家开口就说到官，你不知道俺这光棍小伙子，听说见官就唬得溺醋哩！"老计道："走！咱到后边问声你妹子去！"同到后边。

谁知前边反成一块，后边计氏还像做梦的一般。老计父子告诉

---

〔1〕 二尾子——山东方言，指两性人。尾，音 yǐ。
〔2〕 就就的——牢牢的，十拿九稳的意思。
〔3〕 坐——同"座"。座，山东方言中的量词，用于屋宇等的计数。

了此事，把个计氏气得发昏致命，口闭牙关，几乎死去。待了半晌，方才开口说道："我实养着和尚来！只许他取娟的，没的不许我养和尚？他既然撞见，不该把那和尚一把手拉住？怎么把和尚放的走了？既是没有和尚了，别说我养一个和尚，我就养十个和尚，你也只好干瞪着眼生气罢了！教他写休书！我就走！留恋一留恋不算好老婆！爹和哥你且家去，明日早些来，咱说话。"老计父子就出来了。

到了大门，只见对门禹明吾合县里直堂的杨太玄在门口站着，商量着买李子。看见老计，作揖说道："计老叔，少会。来看晁大哥哩？"计老气得喘吁吁的，怎么长，怎么短，"如今写了休书，要休小女。俺如今到家拾掇座屋，接小女家去。"禹明吾道："这可是见鬼！甚么道士和尚！我正送出客来，看见海会合郭姑子从对门出来。他两个到跟前，打了个问心[1]待去，叫我说：'那海会师傅他有头发，不害[2]晒的慌。郭师傅你光着呼子头[3]，这们赤白大晌午没得晒哩！快进家去吃了晌饭，下下凉走。'如今正在家里吃饭哩！这晁大哥可是听着人张眼露睛的没要紧！"那直堂的杨太玄接说道："大爷[4]一像有些不大自在[5]晁相公一般。"禹明吾道："是因怎么？"

---

〔1〕　问心——"问讯"的音变。问讯，僧、尼向人合掌致敬的动作。
〔2〕　害——山东方言，觉得。
〔3〕　呼子头——瓠子头，葫芦头。形容头上没有毛发的样子。呼子，瓠子、葫子的借音，指瓠瓜、葫芦一类植物的果实。
〔4〕　大爷——这里是对知县的敬称。
〔5〕　不大自在——本意为受拘束，不自然的样子。这里是不以为然、有些反感的意思。

杨太玄道:"若是由学里纳监的相公们,旧规使帖子;若是白衣纳监,旧规使手本[1]。昨日晁相公使帖子拜大爷,大爷看了看,哼了一声,把帖子往卓子底下一推,也没说什么,礼也通没收一点儿。"

正说着,只见计氏蓬松了头,上穿着一件旧天蓝纱衫,里边衬了一件小黄生绢衫,下面穿一条旧白软纱裙,手里拿了一把白晃晃的匕首,从里面高声骂到大门里面,道:"忘八!淫妇!你出来!咱同着对了街坊上讲讲!俺虽是新搬来不久,以先的事,列位街坊不必说了。自忘八领了淫妇到任上去,将近一年,我在家养和尚养道士,有这事没这事,瞒不过列位街坊的眼目!方才那海姑子郭姑子来家走了走,说我大白日养着道士和尚!叫了俺爹合俺哥来,写了休书休我!列位听着!这海姑子郭姑子,咱城里大家小户,他谁家没去?没的都是和尚道士来!我也顾不得甚么体面不体面,同着列位高邻同过往的乡里说个明白,我死了,好替俺那个穷老子、穷哥做做证见!贼忘八,你怎么撞见道士和尚从我屋里出来,你也出来同着街里说个明白!你杀我休我你也有名,你没的缩着头就是了!我不合淫妇对命,我嫌他低搭!我只合贼忘八说个明白,对了命!"还要往街上跑出去。

那个看门的曲九州跪在地下,两只手左拦右遮,叩头央阻。珍哥把中门关顶得铁桶相似,气也不喘一声。晁大舍将身闪在二门里面,只叫道:"曲九州!拦住你大奶奶,休叫他出到街上!"

---

[1] 手本——下官见上司、门生见座师时使用的名帖,纸为六折,前后有硬壳。

那走路的人见了这等一个乡宦大门内一个年少妇女撒泼，也只道是甚么外边的女人，有甚不平，却来上落〔1〕，谁就是晁大舍的娘子，立住了有上万的人。禹明吾道："我们又不好上前劝得，还得计老叔、计大哥去劝晁大嫂回里面去。你两家都是甚么人家？成甚体面？"老计道："看这光景是势不两立了，我有甚么脸嘴去劝他？"那海姑子、郭姑子在禹明吾家里吃了饭，听见了这个缘故，夹了屁股出后门一溜烟去了。

禹明吾跑到高四嫂家说道："对门晁大嫂，家里合气〔2〕罢了，跑出大街上来，甚不成体面！俺男子人又不好去劝他。高四嫂，还得你去劝他进去。别人说不下他了。"高四嫂道："我从头里要出去看看，为使着〔3〕手拐那两个茧，没得去。"一面提了根生绢裙穿着往外走。来到前面，戳了两拜。那计氏生着气，也只得还了两礼。高四嫂道："嗐！好晁大婶，咱做女人的自己不先占个高地步，咱这话也说的响么？凭大官人天天不是，你在家里合他打下天来，没人管的你。一个乡宦人家娘子，住着这们深宅大院，恐怕里边嚷不开，你跑到大街上嚷？他男子人脸上有狗毛，羞着他甚么？咱做女人的可也要顾体面。你听着我说，有话家里去讲，我管叫他两个替你陪礼。我叫他替你磕一百个头，他只磕九十九个，我依他住了，我改了姓不姓高！好晁大婶，你听着我说，快进去！这大街上不住的有官过，看见围着这们些

---

〔1〕　上落——数落；评说。

〔2〕　合气——怄气；吵架。

〔3〕　使着——山东方言，用着，占着。

人，问其所以，那官没见大官人他两个怎么难为你，只见你在街上撒泼，他官官相为的，你也没帐，大官人也没帐，只怕追寻起他计老爷和他计舅来，就越发没体面了。"

计氏听了这话，虽然口里强着，也有些道自己出来街上撒泼的不是，将计就计，被那高四嫂一面说，一面推到后边去了，向着高四嫂通前彻后告诉[1]了一遍。高四嫂道："有数的事，合他家里理论，咱别分了不是来。"悄悄对着计氏耳躲道："只这跑到街上去骂，这件事也就休得过。"说着起来，又拜了两拜，说道："阻并阻并。"去了。

计氏虽然今宵暂且休兵，再看明朝胜负。

评曰：分明百衲成衣，细觅天衣无缝。李小将军万丈生绡，笔笔无有重叠。服，服。

---

[1] 告诉——后文也作"告讼"。山东方言，特指对人剖白事情的原委或数落别人的错处。

第九回

匹妇含冤惟自缢　老鳏报怨狠投词

丧国亡家两样人,家由嬖妾国阉臣。略生巧计新离旧,用点
微言疏间亲。贤作佞,假成真,忠良骨肉等灰尘。被他弄死身无
悔,空教旁人笑断齿断。

高四嫂将晁大婶劝进后边家内,三句甜,两句苦,把计氏劝得不
出街上撒泼了。晁大舍自己心里也明知出去的原非和尚,小珍哥是
瞎神捣鬼,捕影捉风的;但一来不敢别白[1]那珍哥,二来只道那计
氏是降怕了的,乘了这个瑕玷,拿这件事来压住他,休了他,好离门离
户,省得珍哥刺恼[2],好叫他利亮快活,扶他为正。不料老计父子
说出话来,茁茁实实的没些松气。计氏是有性气的妇人,岂是受得这
等冤屈的?所以晁大舍倒"蜡枪头戳石块——卷[3]回半截去了"。

但那计氏岂肯善善干休?算计要把珍哥剁成肉酱,再与晁大舍
对了性命。又转想道:"我这等一个身小力怯的妇人,怎有力量下得

----

〔1〕 别白——发表不同看法,将真相分剖明白。
〔2〕 刺恼——后文也作"刺挠"。山东方言,身上发痒,不舒服。这里指因心里不
　　 舒服而浑身难受,时时想发作出来的精神状态。
〔3〕 卷——同"卷"。弯曲。

这手？总然遂了志，女人杀害丈夫，不是好事。且万一杀了他，自己死不及，落了人手，这苦便受不尽了！但只这个养道士和尚的污名，怎生消受！"展转寻思道："命是毕竟拚他不成的，强活在这里也甚是无为！就等得公婆回来，那公婆怎替我遮蔽得风雨？总不如死了倒也快活。"定了九分九厘的主意。

适值老计爷儿两个先到了前边，传与晁大舍道："休书写了不曾？我来领闺女回去。"晁大舍推说着了气恼，病倒在床，等身子好了再商议罢。老计道："只怕不早决断了这事，不止于和尚道士要来，忘八戏子都要来哩！"一边说着，走进计氏后头去了。计氏问道："昨高四婆子说，我昨日嚷的时节，爷和哥还在对门合禹明吾说话来？"老计道："可不，正合禹明吾说着这件事，你就出去了。"计氏道："禹明吾说什么来？"老计道："海姑子合郭姑子从你这里出去，擦着[1]禹明吾送出客来。禹明吾还说：'这们毒日头，你两个没得晒么？'让到家，歇了凉去。您这里反乱，那两个姑子正还在禹明吾家吃饭哩。"

计氏从房里取出一包袱东西来，解开放在桌上，说道："这是五十两银子，这是二两叶子金，这是二两珠子，俱是昨日俺婆婆稍与我的。爹与我稍的家去，等我到家交与我。这三十两碎银子是我这几年趱的。这是一包子戴不着的首饰：两副镯子合两顶珍珠头箍，合这双金排环。哥与我稍的家去，也替我收着。把这匹蓝段子，快叫裁缝

----

〔1〕 擦着——前后两件事紧接着发生，没有时间空隙。

替我裁件大袖衫子;这一匹水红绢,叫裁缝替我裁个半大袄;剩下的,叫俺嫂子替我做件绵小衣裳,把这二斤丝绵絮上。剩下的,哥也替我收着。明日赶晌午送了我,我好收拾往家去。"老计道:"这们数伏天,你做这冬衣裳做甚么?"计氏道:"你这句话就躁杀我! 你管我做甚么? 我不快着做了衣裳带回家去,你爷儿两个穷拉拉的〔1〕,当了我的使了,我只好告丁官儿罢了! 我别的零碎东西,待我收拾在柜里,您明日着人来抬。做衣裳要紧,不留您吃饭罢。"

打发老计父子去了,在房收收拾拾,恰像真个回去一般。又发出了许多衣裳,一一都分散与伏事的这些养娘。养娘道:"奶奶没要紧,把东西都俵散了。大爷说道要休,也只要快活嘴罢了。老爷、老奶奶明媒正礼与大爷娶的正头妻,上边见放着老爷、老奶奶,谁敢休? 就是大爷休了,大奶奶你也不敢〔2〕回去!"计氏道:"依您这们说起来,凭着人使棍往外撵,没的赖着人家罢?"养娘道:"自然没人敢撵。"计氏又叫丫头从床下拉出那零碎趱的一捆钱来,也都分与那些伏事的女人,说道:"与你们做个思念。"众养娘道:"就是奶奶回去住些时,也只好把这门锁了,我们跟去服事奶奶,难道又留个火烟在这里?"计氏道:"我也不带你们去,你们也自然去不的。"说到中间,一个个都哭了。

天约有辰牌时分,等庄上柴不送到,还不曾做得早饭。计氏自己

---

〔1〕　穷拉拉的——山东方言,形容穷困没有东西的样子。"拉拉",语助辞。
〔2〕　不敢——不要、不能的意思。

把那顶新轿拆下几扇,烧锅做饭,又把那轿杠都用火烧的七断八截的。养娘道:"可惜的。烧了那旧轿,坐这顶新轿却不好么?"计氏道:"我休了,不是晁家人了,怎好坐晁家的轿?"晁大舍打听得计氏收拾要回娘家去,倒也得计的紧,但又不知他几时回去。

到了六月初八日晌午,老计父子果然做了衣裳,一一完备,用包袱包了,送与了计氏。又唤了几个人来抬计氏的厢椷。计氏止挟出四个大包袱稍回,说道:"我想这几件破柜旧箱值得几个铜钱,被街坊上看见,说你抵盗[1]他的东西。不希罕他的罢了!"计老道:"你说的甚是。"计氏道:"我还不曾收拾得完,大约只好明日回去。你爷儿两个明早且不要来,等我有人去唤你,方来接我。天气热,要速速打发我进房里去。等我进了房,你有话再说不迟。昨日稍去那些东西,要用便用,再不可把我卖钱使了!"老计道:"听你这话,你莫非寻思短见?你若果然做出这事来,莫说他财大势大,我敌他不过;就是敌得他过,他终没有偿命的理。你千万听我说!"又再三劝解了一通,去了。又用那轿做[柴烧],吃了午饭。

傍晚,计氏洗了浴,点了盘香,哭了一大场,大家收拾睡了。那些服事的婆娘死猪一般睡去。计氏起来,又使冷水洗了面,紧紧的梳了个头,戴了不多几件簪环戒指,缠得脚手紧紧的;下面穿了新做的银红绵裤,两腰白绣绫裙,着肉穿了一件月白绫机主腰[2],一件天蓝

----

〔1〕 抵盗——家里的人窃取了财物等往外运送。

〔2〕 主腰——后文也作"主腰子"。妇女束胸用的宽布带子,又叫"抹胸"。

小袄，一件银红绢袄，一件月白缎衫，外面方穿了那件新做的天蓝叚大袖衫。将上下一切衣裳鞋脚用针线密密层层的缝着，口里含了一块金子，一块银子，拿了一条桃红鸾带，悄悄的开出门来，走到晁大舍中门底下，在门桄〔1〕上悬梁自缢。消不得两钟热茶时候：

半天闻得步虚声，隔墙送过鞦韆影。

计氏在外面寻死，晁大舍正在枕边与珍哥算计，说："这是天不容他。我倒说休不成了，他却自己没有面目，要回娘家去住。等他去了，把那后边房子开出到〔2〕后门去，赁与人住。一来每月极少也有三四两房钱，二来又严紧些〔3〕。"两个你一言，我一语，说得快活得紧。到了黎明，叫丫头起去开门，好放家人媳妇进宅做饭。那丫头把门一开，大叫了一声，倒在地下，再做声不出了。晁大舍道："小夏景，因甚的大叫？"问了好几声，那丫头慌张张跑来说道："我开了门，一像个媳妇子扳着咱那门桄打滴溜〔4〕哩！"晁大舍道："你就不认得是谁？"丫头道："我只一见就唬杀了，那里认得是谁？"晁大舍道："那媳妇子如今在那里？"丫头道："如今还在门底下没去哩。"晁大舍一箍轳〔5〕扒起来，提上裤，趿了鞋，跑着往外说道："不好！后头计家

〔1〕门桄——门框上面的横木，又叫"门上桯"。
〔2〕到——"道"的同音借字。道，用于门、墙等的量词。
〔3〕紧些——同本此二字为双行小字，作"些紧"，乃"紧些"改版时的写刻之误，据文意酌改。
〔4〕打滴溜——山东方言，用手攀住高处的树枝等物，使身体悬空摆荡的动作。
〔5〕一箍轳——后文也作"一骨碌"。猛地翻身的动作。

的吊杀了!"到跟前看了一看,一点猜得不差。使手摸了摸口,冰凉的嘴,一些油气儿也没了。

晁大舍慌了手脚,连忙叫起家人们来,叫把计氏解下,送到后边停放。七手八脚,正待乱解,倒是家人李成名说道:"不要解! 快请计老爷父子来看过,才好卸尸,不过是吊死。若是解下停放着,昨日好好的个人,怎会今早就死了? 说咱谋死,有口也难分。快着人请计老爷合计大舅! 叫珍姨寻个去处躲躲,休在家里,看他家女人们来番〔1〕着了,吃他的亏。"那时小珍哥平时威风已不知都往那里去了,拢了拢头,坎上个鬏髻,穿着一领家常半新不旧的生纱衫子,拖拉着一条旧月白罗裙,拉拉〔2〕着两只旧鞋。两个养娘敲开了禹明吾的门,把珍哥送进去了。

计老头睡到四更天气,只是心惊肉跳,睡不着。直到五更将尽,方才合眼,只见计氏就穿着这弄〔3〕衣裳,脖子缠着一拖罗〔4〕红带子走到跟前,说道:"爷,我来了。你只是别要饶那淫妇!"老计唬了一身冷汗。方才醒转,只见那计大官跑到老计窗下,说道:"爷,你快起来! 俺妹子一定死了! 做的梦不好!"说起来,合老计的梦半星儿不差。爷儿两个都叫唤了两声。

正梳着头,只见晁家的一个家人,外边敲得门一片声响,说:"大

----

〔1〕 番——同"翻"。搜查。本书"翻"字多作"番"。
〔2〕 拉拉——山东方言,拖拽。
〔3〕 这弄——后文也作"这一弄"。这套,这一套。
〔4〕 一拖罗——蓬松、纷乱的一束;一把子。

奶奶在家中痰〔1〕，请老爷合大舅快去哩！"老计道："方才你大奶奶
穿着天蓝大袖衫子，脖子拖拉着一根红带子，已是到了我家了。我就
去。"火急梳上了头，合计大官两步只作了一步跑到晁家，只见计氏
正在晁大舍住房门上提浮梁线〔2〕哩。父子放开喉咙大叫唤了一
顿，老计扯着晁大舍磕了一顿头。晁大舍这时也没了那些旺气，只是
磕头赔礼，声声说是快刀儿割不断的亲眷，只叫看他爹的分上。计老
头又进去寻那珍哥不着，极得暴跳。

　　谁想到了这个时节，晁大舍相鼻涕一般，是不消说得；连那些狼
虎家人，妖精仆妇，也都没个敢上前支手舞脚的。计大官道："爹，你
早作主〔3〕好来！如今妹子死了你才做主，迟了。枉自伤了亲戚们
的和气。就不为妹夫，也看晁大爷公母两个的分上。你只管这样，是
待怎的？这们大热天，这是只管挂着的！"老计想起计氏嘱咐，说天
气热，叫速速打发他进房去，待进了房说话不迟，晓得儿子是"大轴
子裹小轴子——画里有画"的了，就依了儿子，束住口不骂了，也束
住手不撩东扯西的了。

　　计大官道："这使不的别人上前。妹夫，你来抱着，待我上头解
绳，收拾停放的所在。"晁大舍道："咱可停在那里？不然，还停在他

〔1〕　中痰——中医病证名，也称"痰证"或"痰厥"，表现为突然昏倒或神志不清
　　　　等。这里是请计氏娘家人前来的托辞。
〔2〕　浮梁线——傀儡戏、皮影戏中操纵傀儡或皮影动作的提线。因固定在可以移
　　　　动的横竿上上下扯动，故称。
〔3〕　作主——同本作"你主"，据文意酌改。

住的明间里罢。"计大官道:"妹夫,你没的说[1]! 家有长子哩,是你家的长儿媳妇。停在后头,明日出殡也不好走! 开了正房,快打扫安停泊床[2]! 快叫媳妇子们来抬尸!"果然抬到正房明间,停泊端正。

计大官道:"家里有板[3]没有?"晁大舍道:"家里虽有收下的几付[4],只怕用不过。"计大官道:"妹夫自己忖量。要差不多,就使了也罢;要是念夫妻情分一场,叫人快买去!"晁大舍道:"就央大舅领着人往南关魏家看付好的罢。"正说着,偏那些木匠已都知道,来了。跟到板店,一付八十两的,一付一百七十两的,一付三百两的。计大官道:"俺妹子虽是小人家闺女,却是大人家的娘子,也称的这付好板。"讲了二百二十两银子。八个木匠自己磕了三十两的拐[5],又与计大官员成了三十两谢礼,板店净情[6]一百六十两。雇了十来个人,扛的扛,抬的抬,到了宅内,七手八脚就做起来。晁大舍见计大官说话员通,倚了计大官为靠山一般,莫说这板是二百二十两,就是一千两也是愿情出的。午后做完了,里面挂了沥青。

原来冤屈死的尸首是不坏的,放在傍晚,一些也没有坏动。虽是吊死,舌头也不曾伸出,眼睛也不曾突出,倒比活的时节去了那许多

---

〔1〕 没的说——后文也作"没的家说"。山东方言,意为:"你怎么能这样说话?"
〔2〕 停泊床——死者入棺之前停放尸体用的矮床。
〔3〕 板——棺材的讳称。
〔4〕 付——同"副"。
〔5〕 磕了三十两的拐——磕,同"克"。从中克落、截留叫做"克拐"。三十两,同本作"二十两",据下文校改。
〔6〕 净情——净拿;坐得。情,同"赚",坐受的意思。

的杀气,反是善眉善眼的。计老只因漂荡失了家事,原是旧族人家,三四个亲侄也还都是考起的秀才,房族中也还有许多成体面的人家,这时计家里外的男妇也不下二百多人,都来看计氏入了敛,停在正房明间,挂上白绫帐面,供上香案桌帏。

一切停当,计大官跪下谢了他计家的本族,起来说道:"我的妹子已是入了房了,咱可乱哄一个儿!"外边男人把晁大舍一把揪番,采的采,挦的挦,打桌椅,毁门窗,酒醋米面,作贱了一个肯心〔1〕。一伙女人,挐棒篦的、挐鞭子打的,家前院后,床底下,柴垛上,寻打珍哥不着,把他卧房内打毁了个精光。叫晁大舍同了计家众人,跪在当面,写立服罪求饶文书。写道:

　　　　立伏罪文约晁源,因娶娼妇珍哥儿为妾,听信珍哥谗言,时常凌逼正妻计氏,不与衣食,囚囤冷房,专常殴辱。本月初六日,因计氏容海姑子、郭姑子到家,珍哥诬执计氏与道士和尚有奸,挑唆晁源将计氏逼打休弃。计氏受屈不过,本日夜不知时分,用红鸾带在珍哥门上吊死。今蒙岳父看亲戚情分,免行告官。晁源情愿成礼治丧,不得苟简。六月初八日,晁源亲笔。

将文书同众看过,交付计老收了。计大官道:"且叫他起去!还用着他发送妹子哩!留着咱慢慢的算帐!"摆上酒来,请了对门禹明吾来陪。禹明吾道:"计老叔听我一言:论令爱实死的苦,晁大哥也极有不是。但只令爱已是死了,令爱还要埋在他家坟里。况您与晁

〔1〕 肯心——山东方言,称心。

老叔当初那样的亲家,比哥儿弟儿还不同,千万看他老人家分上,只是叫晁大哥凡百的成礼,替令爱出齐整殡,往后把这打骂的事别要行了。"

计老道:"禹大哥,你要不说俺那亲家倒还罢了,你要说起那刻薄老獾叨的[1]来,天下也少有!他那咱[2]做穷秀才时,我正做着那富贵公子哩!我那以前的周济咱别要提他;只说后来做了亲家起到他做了官止,这几年里,吃是俺的米,穿是俺的绵花,做酒是俺的黄米,年下蒸馍馍、包扁食是俺的麦子,插补房子是俺的稻草,这是刊成板[3],年年进贡不绝的。及至你贡了,娶了小女过门,俺虽是跌落了,我还竭力赔嫁,也不下五六百金的妆奁。我单单剩了四顷地,因小女没了娘母子,怕供备不到他,还赔了一顷地与小女。后来他往京里廷试,没盘缠,我饶这们穷了,还把先母的一顶珠冠换了三十八两银子,我一分也没留下,全封送与他去。他还把小女的地卖了二十亩,又是四十两,才贡出来了。坐监候选也将及一年,他那一家子牙查骨吃的,也都是小女这一顷地里的。如今做了乡宦了,有了无数的钱了,小轻薄就嫌媳妇儿丑,当不起他那大家;老轻薄就嫌亲家穷,玷辱了乡宦,合新亲戚们坐不的。从到华亭,这差不多就是五年,他没有四指大的个帖儿,一分银子的礼物稍来问我一声!"

----

〔1〕 老獾儿叨的——后文也作"老獾叨的"。詈词,形容贪婪刻薄且啰唆的老年人。

〔2〕 那咱——后文也作"那咱"。山东方言,那时候;过去。

〔3〕 刊成板——把文字雕刻上版,比喻不能移易。

禹明吾道:"据计老叔说将起来,难道晁老叔为人果然如此?"计老道:"好禹大哥!我没的因小女没了,就枉口拔舌〔1〕的纂〔2〕他?我同着这些亲戚合他家的这们些管家们,都听着:枉说了人,也不当家!他爷儿们的刻薄也不止在我身上,咱城里他那些旧亲戚,他管甚么有恩没恩,他认的谁来?袁万里家盖房,他一个乡宦家,少什么木头?你没的〔3〕奉承他,送他二十根大松梁。他不收,你再三央及着他!袁万里说:'你要收我的价,我收你的木头;你如不肯收价,这木头我也不好收的。'送了四十两银子,晁大官儿收了〔4〕。论平价,这木头匀滚〔5〕着也值五六两一根。昨日袁万里没了,说他该下木头银,二百两三百两揎把着要,连他夫人合七八岁的个孩子、管家,都使〔6〕呈子呈着。这人做不出来的事,禹大哥,你是知道的。"

禹明吾道:"这件事晁大哥也没得了便宜。叫大爷已了个极没体面。这事晁大叔也不得知道,是晁大哥干的。"

计老道:"这是晁亲家不知道的事,别提。我再说一件晁亲家知道的事。那一年得罪着辛翰林,不应付他夫马,把他的'龙节'都失落了。辛翰林复命要上本参,刚撞着有他快手在京,听见这事,得七

---

〔1〕　枉口拔舌——无中生有、造谣生事的意思。

〔2〕　纂——通"撰"。捏造,编排。

〔3〕　没的——山东方言,十分,极力地。

〔4〕　了——同本作"子"。"了"与"子"盖因形近而讹,据文意酌改。同本"了"字多误作"子",后径改,不再出校记。

〔5〕　匀滚——均匀,平均来算。

〔6〕　使——同本作"是"。"使"与"是"盖因同音而讹,据文意酌改。使,拿、用的意思。

八百两银子按捺。咱县里郑伯龙正在京里做兵马,快手合他商议。郑伯龙道:'亏你打听,这事上了本还了的[1]哩! 一个封王的符节,你撩在水里,这是什么顽! 用银子咱刷括[2]。'那郑伯龙把自家见有的银子、银酒器、首饰,婆子合儿妇的珠箍,刷括了净凑了八百两银子,把事按住了。后来零碎把银子还了,他也没收一厘一分的利钱。后来郑伯龙干升,也向他借八百两银子,写了两张四百两的文约。他把文约诓到手里,银子又没己他。过了一年,晁大官儿拿着文书问他要银子,叫郑伯龙要合他关老爷庙里发牒哩,说誓哩,才丢开手了。京里数起来的东西,什么是不贵的? 这几年差往京去的,一去就是五六个、七八个,都在郑伯龙家管待,一住就是两三月。晁大官儿自己去了两三遭,都在郑伯龙家安歇,每日四碟八碗的款待。待要买什么东西,丢个四指大的帖子与他,一五一十的买了稍将来。昨郑伯龙回到家,晁大官儿连拜也没拜他拜,水也没己他口喝! 他那年京里坐监,害起伤寒来。咱县里黄明庵在京,就似他儿一般,恐怕别人不用心,昼夜伏事了他四十日。新近往通州去看他,送了他大大的二两银,留吃了一顿饭,打发的来了。恼的在家害不好[3]哩!"告诉不了。大家都起来散了。

晁大官被计家的人们采打了一顿,也有好几分吃重,起不来,也

---

〔1〕 了的——山东方言,了不得。指情势发展到无法正常解决的程度。

〔2〕 刷括——山东方言,多方凑集筹措。

〔3〕 害不好——山东方言,生病,害病。

没打门幡〔1〕。珍哥躲在禹明吾家,清早晚上都不敢出门,恐怕计家有人趯〔2〕着要打,幸得与禹明吾都是旧相知,倒也不寂寞。禹明吾的娘子又往庄上看收稯子去了,禹明吾故此也不多着珍哥。

老计与那些族人商议告状。族人说:“这凭你自己主意。你自己忖量着,若罩〔3〕的过他,就告上状;若忖量罩不过他,趁着刚才那个意思,做个半截汉子罢了。若是冬月,咱留着尸别要入敛,和他慢慢讲话;这是什么时月? 只得入了敛。既是入了敛,这事也就松了好几分。”那几个秀才道:“说的什么话! 他拿着咱计家不当人待,生生的把个人逼杀了,就没个人喘口气,也叫人笑下大牙来! 咱也还有闺女在人家哩! 不己个样子,都叫人家掐巴〔4〕杀了罢! 不消三心二意,明日就递上状! 他那立的文书就是供案!”老计道:“咱这状可在那里递好?”那些秀才道:“人命事,离不了县里,好往那里递去? 索且说是珍哥逼勒的吊杀了,不要说是打杀;问虚了,倒不好的。”商议了。

与众人别过,计老父子也不曾往家去,竟到了县门口,寻着了写状的孙野鸡,与了他二钱银子,央他写状。写道:

---

〔1〕 打门幡——门幡,就是门旗,军营门前立的旗子。这里是说没有走出来在门前闲站的意思。

〔2〕 趯(xué)——探察,寻访。

〔3〕 罩——同“照”,招架。

〔4〕 掐巴——后文也作“掐把”。即掐,用手指揿或用手紧紧攥住。这里是虐待、折磨的意思。

告状人计都，年五十九岁，本县人。告为贱妾逼死正妻事：都女计氏自幼嫁与晁源为妻，向来和睦。不幸晁源富享百万，贵为监生，突嫌都女家贫貌丑，用银八百两，另娶女戏班正旦珍哥为妾；将都女囚囿冷房，断绝衣食，不时捏故殴打。今月初六日，偶因师姑海会、郭氏进门，珍哥造言都女奸通僧道，唆靳晁源将都女拷打休弃，致女在珍哥门上吊死。痛女无辜屈死，鸣冤上告。计开被告：晁源、珍哥、小梅红、小杏花、小柳青、小桃红、小夏景、赵氏、杨氏。干证：海会、郭姑子、禹承先、高氏。

于六月初十日，候武城县官升了堂，拿出投文牌来。计老抱了牌，跟进去递了，点过了名，发放外面看牌伺候。十一日，将状准出，差了两个快手，一个伍小川，一个邵次湖，拘唤一干人犯。两个差人先会过了计老父子，方到晁家。门上人见是县里差人，不敢傲慢，请到厅上坐下，传于晁大舍得知。

晁大舍忍了痛，砍了顶孝头巾，穿了一件白生罗道袍，出来相见。差人将出票来看了，就陪着款待了酒饭，坐间告诉了前后事情。差人道："吊死是真，这有甚帐！没的有偿命不成？只是太爷没有正经行款，十条路凭他老人家断哩！晁相公，你自己安排，明日也就该递诉状了。"要作别辞[去]。晁大舍取出二两银来，说："以后还要走哩，这薄礼权当驴钱。明日递过诉状，专意奉屈致敬，再商议别事。"差人虚逊了一逊，叫过他跟马的人来，将银收过，送别去了。

即刻请过禹明吾来商议，一面叫人往县门前请了写状的宋钦吾来到，与他说了缘故，送了他五钱银子，留了他酒饭。宋钦吾写道：

诉状监生晁源,系见任北直通州知州晁思孝子,诉为指命图财事:不幸取刁恶计都女为妻,本妇素性不贤,忤逆背伦,不可悉数。昨因家事小嫌,手持利刀,要杀源对命。源因躲避,随出大街撒泼。禹承先、高氏等劝证。自知理屈,无颜吊死。计都率领虎子计巴拉并合族二百余人蜂拥入家,将源痛殴几死,门窗器皿打毁无存,首饰衣服抢劫一空。仍要诈财,反行刁告。鸣冤上诉。被诉:计都、计巴拉、计氏[1]族棍二百馀人。干证:禹承先、高氏。

于十二日,亦赴武城县递准,金了票,仍给了原差拘唤。晁源虽有钱有势,但甚是孤立。他平时相厚[2]那些人又都不是那老成有识见的人,脱不了都是几个暴发户,初生犊儿。别的倒有许多亲朋,禁不得他父子们刻薄傲慢,那个肯强插来管他? 真是个"亲戚畔之"[3]的人。计老头虽然穷了,族中也还成个体面,只看昨日入敛的时节,不招而来的男妇不下二百多人,所以晁大官人也甚是有些着忙。但俗语说得好:"天大的官司倒将来,使那磨大的银子罨[4]将去,怕天则甚?"只是人心虽要如此,但恐天理或者不然。

且看后来怎生结束。

----

[1] 计氏——同本作"李氏",据上文校改。

[2] 厚——同本作"原"。"厚"与"原"盖因形近而讹,据文意酌改。

[3] 亲戚畔之——语出《孟子·公孙丑下》:"得道者多助,失道者寡助。寡助之至,亲戚畔之。"畔,同"叛"。

[4] 罨(yǎn)——覆盖。

第十回

恃富监生行贿赂　作威县令受苞苴[1]

官有三长,清居首美。恪守四知[2],方成君子。枉法受赃,寡廉鲜耻。罔顾人非,茫昧天理。公论倒颠,是非圮毁。人类鄙夷,士林不齿。盗跖衣冠,书香臭屎。民怨彻心,神恫入髓。恶贯满盈,云何不死。又有愚民,靡所不至。武断椎埋[3],奸盗诈伪。挟势恃财,放僻邪侈。万恶毕居,诸愆咸备。宠妾跳梁,逼妻自缢。身蹈宪刑,善于钻刺。打点衙门,陷官不义。天网不疏,功曹善记。报应自明,殊快人意。

却说计家族里有个计三,是个贪财作恶的小人,还是老计的祖辈。计家合族的人虽是恶他,却又怕他。晁大舍见计老头告准了状,意思要着计三收兵。这日点灯以后,晁大舍封了二十两银子,叫晁住袖了走到计三家去,央他做主讲和,仍与老计一百两银子作向日的妆

奁,又分外与计巴拉三十两,又将赔来的妆奁的地,并晁老卖去的二十亩都赎来退回去。谁知那计三这时却大有气节起来,说道:"你要讲和,自与你计老爷说。我虽是见了银子就似苍蝇见血的一般,但我不肯把自己孙女卖钱使! 我倒不怕恶人,倒有些怕那屈死的鬼!"说了几句,佯长[1]进门去了。晁住来回了话。

晁大舍见事按捺不下,料道瞒不得爹娘,只得差了李成名星夜前往通州报知晁老,要早发书搭救,恐怕输了官司,折了气分。一面下了请帖,摆了齐整酒席请那两个差人吃酒,每人送了四十两银子。跟马的小厮,每人一两;两个的副差,每人五两。买嘱一班人都与晁大舍如一个人相似,约定且不投文,专等通州书到。

直至七月初二日,晁老写了书,又差了晁凤赍了许多银子,同李成名回来打点。次早到了县前,寻见了阴阳生[2]。那阴阳生晓得是为人命说分上的书,故意留难,足足鳖了六两银子,方才与他投下。

县尹拆开书看了,大发雷霆,一片声叫下书的阴阳生进去,尖尖[3]十五个板子。又一片声叫原差。那伍小川、邵次湖见得不是好消息,自己不敢上去,叫了两个外差回话。县尹不由分说,一声就要夹棍,说道:"人命重情,出了票二十日,不拘人赴审,容凶犯到处寻情! 你这两个奴才受了他多少钱? 敢大胆卖法!"两个外差着实强辩,驾说:"晁监生被计都父子纠领了族人,打得伤重,至今不曾起

---

[1] 佯长——即扬长,大模大样、旁若无人的样子。
[2] 阴阳生——明代县里有阴阳学,设训术一人,管星象、占卜诸事,俗称阴阳生。
[3] 尖尖——足足的意思。

床。且是那告的妇女多有诡名,证见禹承先又往院里上班去了,所以耽阁了投文。岂敢受贿容情。"大尹道:"且饶这两个奴才一顿夹棍,限明日投文听审!再敢故违,活活敲死!"真是:

　　得放手时须放手,得饶人处且饶人。

　　那伍小川两个飞也似来见晁大舍。晁大舍已是晓得打了阴阳生,又要夹打原差,正没理会时节,恰好两个心腹差人到了,说道:"晁相公,你闻得说来不曾?可见收你几两银子,都是买命的钱!方才一顿夹死了,连使那银子的人都没了!你快自己拿出主意,不然,这官司要柳柳[1]下去了!"晁大舍道:"脱不了人是吊死的,已是殡敛了,这问出甚么重情来?况且见任乡宦人家,难道不看些体面?"邵次湖道:"怎好不看体面?若果真不看体面时节,适才那阴阳生足足还得十五板哩!"晁大舍道:"我晓得这意思了,却是怎么进去?"伍小川道:"有我两人,怕他什么东西进不去?"晁大舍道:"这约得若干?"伍小川道:"这不得千金?少了拿不下他来!"商量算记,讲到上下使用,通共七百两银子。两个差人去了,约定晚夕回话。

　　两个同到了伍小川家里,用纸一折,写道:

　　快手小的伍圣道、邵强仁叩禀老爷台下:监生晁源一起人犯拘齐,见在听审。

　　上边写了七月,下边写了个日字,中间该标判所在,却小小写"五百"二字。这是那武城县近日过付的暗号。若是官准了,却在那

----

[1] 柳柳——山东方言,向斜刺里滑落。这里形容不再占上风、具有优势。

"五百"二字上面浓浓的使朱笔标一个日子，发将出来，那过付的人自有妙法，人不知，鬼不觉，交得里面。若官看了嫌少，把那丢在一边，不发出去，那讲事的自然会了意，从新另讲。

那日这两个差人打进帖去，虽在那"五百"上面也标了个日子，旁边却又批了一行朱字道：

　　　　速再换叶金六十两，立等妆修圣像应用。即日交进领价。

两个把与晁大舍看了，只得一一应承，差了人各处当铺钱桌，分头寻觅足色足数金银，分文不少，托得二人交付进去。那使用的二百两银子，与了那传递的管家五十两，分与两个外差每人十两，又与那两个跟马的每人一两。其馀的，两人差人都均分了己。

次早拘齐了一干人犯，投了文，随出了牌，第一起就是犯人晁源等一干人等。打了二梆，俱到了县前伺候。晁大舍又拿了一二十吊铜钱，托那伍小川两个在衙门一切上下使用。计家因是原告，虽也略使用些，数却不多。只是那晁大舍里里外外把钱都使得透了，那些衙门里的人把他倒也不像个犯人，恰像是个乡老先生〔1〕去拜县官的一般，让到寅宾馆〔2〕里，一把高背椅子坐了，一个小厮打了扇，许多家人前呼后拥护卫了。两个原差把那些妇女们都让到寅宾馆请益堂后面一座亭子上坐了，不歇的招房来送西瓜，刑房来送果子，看寅宾馆的老人递茶，真是应接不暇。

----

〔1〕　乡老先生——致仕后回乡居住的缙绅。
〔2〕　寅宾馆——就是客馆，县衙内接待客人的处所。

伺候了多时,县尹方才上堂。门子击了云板,库夫击了升堂鼓,开了仪门。晁源等一干人在二门里照牌跪下。上面头一个叫禹承先。原差跪过去回话道:"他屯院书吏,上班去了。"又叫高氏。那高氏:

> 合菜[1]般蓬松头发,东瓜样打折脸皮。穿条夏布蓝裙,着件平机青褂。首帕笼罩一窝丝,袜桶遮藏半篮脚[2]。雄赳赳跪在月台,响亮亮说出天理。若不是贪大尹利令知[3]昏,岂不是歪监生情真罪当?

县尹道:"那高氏,你要实说! 若还偏向,我这拶子是不容情的!"高氏说:"这个老爹可是没要紧! 俺是根基人家的婆娘,你凭什么拶我?"大尹道:"一个官,要拶就拶,管你什么根基不根基!"高氏道:"这也难说,八个金刚抬不动个'礼'字哩!"大尹道:"话是这等说,你实说就罢了,拶你做甚? 那计氏是怎的吊死? 你可说来。"高氏道:"那计氏怎么吊死,我却不晓的。只是他头一日嚷,我曾劝他来。"大尹道:"你就把那嚷的事说详细着。"高氏道:"我合晁家挫对着[4]门住,因他是乡官人家,谁合他低三下四的,也从来没到他家。只前年十一月里,计氏来他大门上看晁大官人去打围,因此见了他一

----

〔1〕 合菜——一种家常素菜,以菠菜、粉条、炸豆腐丝等为原料。这里是形容细长、蓬乱的样子。
〔2〕 半篮脚——指劳动妇女缠裹之后仍显长大的脚。
〔3〕 知——通"智"。
〔4〕 挫对着——错对着,斜对着。挫,同"错"。

面,还合街上几个婆娘到跟前站着,说了一会话,都散了。昨六月初六日,我在家里叉着裤子,手拐着几个茧,只听得街上央央插插〔1〕的嚷。我问孩子们是怎么。孩子们说:'是对门晁相公娘子家里合了气,来大门上嚷哩。那央央插插的,是走路站着看的人。'叫我说:'可是丢丑!这们乡宦人家的媳妇,年小小的〔2〕,也不顾人笑话,这是怎么说!'心里极待出去看看,只为使着手,没得出去。待了一大会,只见邻舍家禹明吾来家说道:'对门晁大嫂家里合气,跑到街上来嚷,成甚么模样!俺男子们又不好上前劝他。高四嫂,你不去劝他进去,别人也劝不下他来。'"

　　高氏正说着这个,忽道:"这话长着哩,隔着层夏布裤子,垫的跛罗盖子〔3〕慌!我起来说罢?"大尹道:"也罢,你就起来旁里站着说。"高氏接说道:"叫我说:'我从头里就待出去看,只为使着这两只手。'一边说着,一边滴溜着裙子,穿着往外走。那街上挤住的人封皮似的,挤得透么。叫我一只手颡〔4〕着,一只手推着,到了他门上。可不是计氏在大门里头,手里拿着刀子,一片声只待合忘八淫妇对命哩。"

　　大尹道:"他骂谁是忘八淫妇?"高氏道:"忘八敢就是晁大官人,淫妇敢就是小珍哥。"大尹道:"小珍哥是甚么人?"高氏道:"是晁大

〔1〕　央央插插——形容人群中发出的嘈杂声音,等于说嚷闹、喧嚷。
〔2〕　年小小的——山东方言,年纪轻轻的意思。
〔3〕　跛罗盖子——山东鲁东、鲁中一带方言,膝盖。
〔4〕　颡——"搡"的借字,用力推。

官人取的唱的。"大尹道:"是那里唱的?"高氏道:"老爹,你又来了!你就没合他吃过酒? 就没看他唱戏?"大尹道:"胡说! 你再说,他骂着,又怎样的?"

高氏道:"叫我到了跟前,我说:'晁大婶,咱做女人的人不占个高枝儿,这嘴也说的响,也敢降汉了〔1〕么? 你是不是〔2〕跑到街上来,这是做女人的事么? 快着进去! 有话家里说。'他对着我待告诉,我说:'这里我不耐烦听,你家里告讼〔3〕去。'他又说:'怎么听着淫妇调唆,要休我!'叫我插插着合他说道:'快进去! 只这在街上撒泼,也就休得过了。'叫我一边说,一边推的进去了。"

大尹道:"那时小珍哥在那里?"高氏道:"那里这们个雄势〔4〕,什么'小珍哥'哩,就是'小假哥'也躲了!"大尹道:"彼时晁源在那里?"高氏道:"晁大官人闪在二门半边往外瞧。"大尹道:"晁源看着怎么说?"高氏道:"晁大官人只合看门的说道:'拦住大奶奶,休要放他往街上去。'没说别的。"大尹道:"这样说起来,那计氏在大门上嚷骂,晁源闪在门后不敢做声,珍哥也躲的不见踪影,这也尽怕他了,还有什么不出的气,又自吊死?"高氏道:"你看这糊涂爷! 比方有人屈枉你怎么要钱,怎么酷,你着极不着极? 没的你已是着极,那屈枉你

---

〔1〕 降汉了——等于说"降汉子了"。此处"子"字在山东方言中语音脱落。
〔2〕 是不是——这里是"动不动"、"行动"、"一遇事就……"的意思。
〔3〕 告讼——山东方言,同"告诉"。
〔4〕 雄势——山东方言,形势,情势。

的人还敢照着〔1〕哩？"

大尹笑了笑，道："胡说！你同合他进去了不曾？"高氏道："我拉进他去了。我这是头一遭往他家去。他让我坐下，叫我说：'你有甚么冤屈的气，你可对着我一五一十的告诉告诉，出出你那么。'他说：'一个连毛姑子〔2〕叫是海会，原是他亲戚家的丫头，后来出了家；又一个景州来的姑子，姓郭，从清早到了他家里，坐到晌午去了，打珍哥门口经过……'"大尹道："那珍哥不与计氏同住？"高氏道："就没的家说〔3〕！这一个槽上也拴的两个叫驴么？珍哥在前头住，计氏在后院住。"大尹道："那晁源同谁住？"高氏道："他要两下里住着倒也好来！通不到后头，只在前边合珍哥同过。"

大尹道："你再说打珍哥门首却是怎样？"高氏接说："珍哥撞见了，就嚷成一块，说海会是个道士，郭姑子是个和尚，屈枉晁大官人娘子养着他，赤白大晌午的，也通不避人，花白〔4〕不了。晁大官人可该拿出个主意来，别要听。他没等听见，已是耳躲里冒出脚来，叫了他爷合他哥来，要休了他家去。一个女人家屈枉别的好受，这养汉是什么事，不叫人着极？"

大尹道："只怕是道士和尚妆着姑子，这也是有的。"高氏道："老爹，你就没的家说！那个连毛姑子原是刘游击家的个丫头，名叫小青

〔1〕照着——山东方言，照面，面对面地对峙。
〔2〕连毛姑子——带发修行的女道士。姑子，尼姑、道姑的俗称。
〔3〕没的家说——山东方言，没的说。
〔4〕花白——山东方言，数落、斥责的意思。

梅。那景州来的郭姑子，这城里大家小户，谁家没到？他就没到咱家走走？"大尹道："他不敢往我家来。"又问："那计氏可是几时吊杀？"高氏道："我劝了他出来了，谁知他是怎么吊杀来？"大尹道："那计氏也曾对着你说要寻死不曾？"高氏道："他没说自己寻死，他只说要与晁大官人和珍哥对命。"大尹道："我晓得了。你过一边去罢。"

就叫一干人都上来。唤道："海会。"又唤："郭姑子。"问说："你是那里人？"回道："是景州人。"问说："你来这里做甚？"回说："景州高尚书太太有书，荐与这蒋皇亲蒋太太家住过夏，赶秋里往泰山顶上烧香。"大尹道："你这们一个胖女人，怎么胸前没见有奶？"郭姑子把手往衫子里边将抹胸往下一扳，突的一声跳出盆大的两只奶，支着那衫子大高的。海会也要去解那抹胸显出奶来与大尹看，大尹道："你倒不消。你这青梅，我闻名的久了。郭姑子，你既来投托蒋太太，你在蒋府里静坐罢了，你却遥地里〔1〕去串人家，致得人家败人亡！这两个该每人一拶一百敲才是！我且饶你，免你问罪，各罚谷二十石。"两个姑子道："出家人问人抄化着吃还赶不上嘴哩，那讨二十石谷来？这就锉了骨头也上不来！"大尹道："呆奴才！便宜你多着哩！你指着这个为由，沿门抄化，你还不知撰多少哩！""神不灵，提的灵"，那两个姑子果然就承认了。

大尹又叫："晁源，你是个宦家子弟，又是个监生，不安分过日子，却取那娼妇做甚？以致正妻缢死！这事略一深求，你两个都该偿

----

〔1〕 遥地里——山东方言，到处，四处。

命的!"晁源道:"监生妻,这本县城内也是第一个不贤之妇,又兼父兄不良,日逐挑唆。监生何敢常凌虐他?"大尹道:"你取娼妇,他还不拦住你,有甚不贤?论你两事,都是行止有亏。免你招部除名,罚银一百两修理文庙。珍哥虽免了他出官,量罚银三十两赈济。"

又叫小梅红、小杏花、小柳青、小桃红、小夏景。又叫赵氏、杨氏,问道:"这两个妇人是晁源甚么人?"赵氏道:"俺两个都是管家娘子。"大尹道:"你这七个女人倒是饶不得的!你们都在那里,凭着主母缢死,也不拦救!拿七把拶子上来,一齐拶起!"两边皂隶一齐纳了声喊,拿着七把拶子呼呼的往上跑,乱扯那丫头们的手,就把拶子往上套,唬的那七八个婆娘鬼哭狼号的叫唤。大尹道:"且都姑饶了,每人罚银五两赈济。"

又叫计都、计巴拉。大尹道:"你这两个奴才,可恶的极了!一个女子在人家,不教道他学好,却挑唆他撒泼不贤,这是怎说?人家取妾取娼,都是常事,那里为正妻的都持着刀往街撒泼?你分明是叫你女儿降的人家怕了,好抵盗东西与你!若是死了,你又好乘机诈财!"一边说,一边就去签筒里抓签。

计老道:"这事老爷也要察访个真实。难道只听了晁源一面之词,也就不顾公论么?晁源家是乡宦,小的虽不才,难道不是乡宦的儿子?城中这些大小乡宦,也都是小的至亲。人家一个女儿嫁与人家,靠夫着主,只指望叫他翁姑喜欢,夫妻和睦,永远过好日子[1],

---

[1] 好日子——同本作"好目子"。"日"与"目"盖因形近而讹,据文意酌改。

岂有挑他不贤的事？谁说取妾取娼的没有？却也有上下之分，嫡庶之别。难道就大小易位，冠履倒置？那贱妾珠锦僭分，鼎食大烹；把正妻囚在冷房，衣不蔽体，食不充肠。一个大年下，连个馍馍皮子也不曾见一个，这也只当是死了的一般。还不肯放松一步，必欲剪草除根，听信那娼妇平地生波，诬枉通奸和尚道士！这个养汉子名，岂是妇人肯屈受的？如今这两个姑子现在，老爷着人验他一验。若果是个和尚道士，就该处计氏；总然计氏死了，却坐罪于小的，小的死也无辞。若验得不是和尚道士，娼妇把舌剑杀人，这也就是谋杀一般。老爷连官也不叫他出一出，甚么是良家妇女，恐怕失他体面不成？"

大尹道："你说囚在冷房，有何凭据？不给他衣食，你那女儿这几年却是怎么过度？"计老道："他使六千银子，新买的是姬尚书府宅，有八层大房：他与娼妇在第二层住，计氏领了两个丫头，一个老媪，在第七层里住。中间隔着两层空房。若不是后边有井，连水也没得吃的。计氏嫁去，小的淡薄妆奁，也不下六百馀金。因他没了母亲，分外又赔了一顷地。如今这连年以来，计氏穿的就是嫁衣，吃的就是这一顷地内所出。——又为晁乡宦上京廷试，卖去了二十亩。"大尹道："看你这个穷花子一片刁词！"计老接道："老爷不要只论眼下。小的是富贵了才贫贱的，他家是贫贱了才富贵的，小的怎便是花子？"

那高四嫂在东边老远的站着，走近前来说道："他说的到是实话哩。他虽是穷了，根基好着哩。俺城里大小人儿，谁不知道计会元家？"大尹道："可恶！砍出去！砍出去！"那皂隶拿着板子，就待往外砍。那高氏道："我出去就是了。火热热的，谁好意在这里哩！你拿红字黑押的请将我来，往外砍人！贼杀的！贼砍头的！"喃喃呐呐的，一边走，一边骂出去了。

大尹又接道："计都、计巴拉都免打，也免问罪，每人量罚大纸四刀。"看官听说，甚么叫是大纸？是那花红毛边纸的名色。虽是罚纸，却是折银。做成了旧规，每刀却是折银六两。计老、计巴拉爷儿两个，六八四十八，共该上纳四十八两银子，库里加二五〔1〕秤收，又得十两往外。老计却不慌忙，禀道："这纸叫谁与小的上？"大尹道："你自己上纳。"老计道："这八刀纸，六十两银搅缠不下来，就是剐了肉，只怕也还没有六十两重哩！那两个姑子好去人家抄化，小的却往那里抄化？"

大尹把眉头蹙了一蹙，道："叫晁源。他的一顷地，原是他女儿的妆奁，他的女儿既殁有了，这地要退与他，好叫他变了上纸价。"晁源道："宗师不要听他胡禀。他穷的饭也没得吃，那有一顷地赔女儿？计氏种的这一顷地，原是监生家自己的。"计老道："是你那一年有的？用了多少价？原地主是何人？原契在那里？实征上是那个的名字？"说得晁源闭口无言，强辩不来。大尹道："不长进！卖过的二十亩罢了，见在的八十亩即日退还！"分付了免供，将一干人犯分付出去了。也有说问得好的，也有怨生恨死的，也有咒骂的，这都是常事，不消提得。

----

〔1〕　加二五——正额之外按二成半的比例加收。

直堂的当时写了一张条示,写道:"一起晁源等人命事免供,并纸价逐讫。"那直掌的又写了一张票道:

> 武城县为贱妾逼死正妻事。计开:晁源罚修文庙银一百两。海会罚谷二十石,折银十两。郭姑子罚谷二十石,折银十两。小梅红、小杏花、小柳青、小桃红、小夏景、赵氏、杨氏各罚银五两,共三十五两赈济。珍哥罚银三十两备赈。计都罚大纸四刀,每刀折价六两。计巴拉罚大纸四刀,每刀折六两。以上纸八刀,共银四十八两。高氏罚谷十石,折价五两,晁源名下追。又晁源下退原地八十亩,还计都收领。计氏着晁源以礼殡葬。七月初九日。差伍圣道、邵强仁。限本月十一日缴。

仍差了两个原差,执了票严催发落。大尹又取了一张纸,写了几句审单。写道:

> 审得晁源自幼娶计氏为妻,中道又复买娼妇珍哥为妾。虽蛾眉起妒,入宫自是生嫌,但晁源不善调停,遂致妾存妻死。小梅红等坐视主母之死而不救,郭姑子等入人家室以兴波,计都、计巴拉不能以家教箴其子妹,致其自裁;高氏不安妇人之分,营谋作证。以上人犯,按法俱应问罪。因念年荒时讪,姑量罚惩,尽免究拟,叠卷存案。

该房叠成了一宗文卷,使印钤记了,安在架上。

却说晁源自从问结了官司,除了天是王大,他那做王二的傲性,依然又是万丈高了。从那县里回来,也就把珍哥从对门接得来家。禹明吾是因懒去见官,只说屯院上班去了,好好的住在家里,自己送珍哥到家。晁大舍出来相见,单只谢禹明吾的扰搅,禹明吾却不谢谢晁大舍的作成。说了些打官司的事体,商量要等收了秋田,方与计氏出殡。

到了次日,两个差人来到晁家。晁大舍千恩万谢,感不尽他的指教,得打了上风官司,盛设款待了。约定了十一日去往县库上纳那罚的银子,除自己那一百两是不必说得,其珍哥的三十两,小桃红七个的三十五两,高氏的五两,脱不了都是晁大舍代上。晁大舍道:"别的都罢了,只替老高婆子这五两银子,气他不过! 替他说公道话,临了还要邦邦。不是大爷教人砍出来,他还不知有多少话淘哩!"差人道:"我拿票子到他家呼卢〔1〕他呼卢!"晁大舍道:"我是这般说。咱惹那母大虫做甚? 你看不见大爷也有几分馋他? 这要换了第二个婆娘,大爷拶不出他的心来哩!"差人道:"晁相公,你见的真。大爷也拇量那老婆不是个善荏儿,故此叫相公替他上了谷价。"

差人又问:"那八十亩地几时退己他? 好叫他变转〔2〕了上纸价。"晁大舍道:"地是己他,只早哩! 他得了地去,贱半头卖了,上完了纸价,他到俐亮! 仗赖二位哥下狠催着他,鳖他鳖儿,出出咱那气!"差人道:"只是地不退己他,取不出领状来,怎么缴票子?"晁大舍道:"这也只十来日的帐,咱没的鳖他半年十个月哩!"说着,也就作别散了。

---

〔1〕 呼卢——"呼隆"的音变。呼隆,山东方言,闹腾、折腾的意思。
〔2〕 变转——变卖,变换成银两。

大凡天下的事都不要做到尽头田地,务要留些路儿。咱赶那人,使那人有些路儿往前跑,赶得他跑去了,就可以歇手。前边若堵塞[1]严严的,后头再追逼的紧,别说是人,就是狗也生出极法来了。其实这几亩地早些退出还了他,叫他把那纸价上完了,若是那两个差人不要去十分难为他,他或者乘兴而来,兴尽而返,捏着鼻子挨一钟也是肯的[2]。只算计要赶尽杀绝,以致:

兵家胜败全难料,卷土重来未可知。

[1] 堵塞——同本作"诸寨"。"塞"与"寨"盖因形近而讹,据文意酌改。

[2] 也是肯的——同本作"也是背的"。"肯"与"背"盖因形近而讹,据文意酌改。

第十一回

晁大嫂显魂附话　贪酷吏见鬼生疮

　　莫说人间没鬼神,鬼神自古人间有。鬼神不在半空中,鬼神只在浑身走。身心与鬼相盛衰,鬼若纵横心自朽。若还信得自家心,那有鬼来开得口?胆先虚,心自丑,所以鬼来相掣肘。既知鬼是自家心,便识祸非天降咎。积善人家庆有馀,作恶之人灾自陡。鬼打脖,神扯手,只为含冤无处剖。我今试问世间人,这般报应人怕否?

　　那珍哥在禹明吾家躲了一个多月,回到家来,见打了得胜官司,又计氏在的时候,虽然就如那后来的周天子一般,那些强悍的诸侯毕竟也还有些拘束。今计氏死了,那珍哥就如没了王的蜜蜂一般,在家里喝神断鬼,骂家人媳妇,打丫头。卖他的那老鸨子都做了亲戚来往,人都称他做“老娘”〔1〕。晁大舍略有触犯着他,便撒泼个不了,比那计氏初年降老公的法度更利害十倍。晁大舍比那起初怕计氏的光景更自不同:先年计氏与婆婆商量了要往紧隔壁娘娘庙里烧烧香,晁大舍也还敢说出两句话拦阻住了不得去,如今珍哥要游湖,合了伴

----

　　〔1〕　老娘——即姥娘,北方地区对外祖母的称呼。

就去游湖;要去游万仙山,就合了去游万仙山;要往十王殿去,呼呼的坐了晁大舍的大轿就去,没人拦得;也还常往鸨子家行走。

适值一个孔举人,原是晁家的亲戚,家里有了丧事。晁家既然计氏没了,便没有堂客[1]去吊孝,也自罢休,那少得珍哥一个?[那珍哥]只因有了许多珠翠首饰,锦绣衣裳,无处去施展,要穿戴了去孔家吊孝。晁大舍便极口依随,收拾了大轿,拨了两个丫头,两个家人娘子。珍哥穿戴的甚是齐整,前呼后拥,到了孔家二门内,下了轿。司门的敲了两下鼓,孔举人娘子忙忙的接出来,认得是珍哥,便缩住了脚,不往前走。等珍哥走到跟前,往灵前行过了礼,孔举人娘子大落落待谢不谢[2]的谢了一谢,也只得勉强让坐吃茶。

孔举人娘子道:"人报说晁大奶奶来了,叫我心里疑惑道:'晁亲家是几时续娶了亲家婆?怎么就有了晁奶奶了?'原来可是你!没的是扶过堂屋[3]了?我替晁亲家算计,还该另娶个正经亲家婆,亲家们好相处。"正说中间,只见又是两下鼓,报是堂客吊孝。孔举人娘子发放[4]道:"看真着些,休得又是晁奶奶来了!"孔举人娘子虽口里说着,身子往外飞跑的迎接。吊过了孝,恭恭敬敬作谢,绝不似待那珍哥的礼数。让进待茶,却是萧乡宦的夫人合儿妇。穿戴的倒也大不如那珍哥,跟从的倒也甚是寥落。见了珍哥,

----

[1] 堂客——正妻,妻室。

[2] 待谢不谢——按照礼节应该答谢但却显出极不情愿的样子。

[3] 扶过堂屋——以妾作妻,扶正。堂屋,即正房,指正妻住的地方。

[4] 发放——这里是发作、发落的意思。

彼此拜了几拜。问孔举人娘子道："这一位是那一们亲家？虽是面善,这会想不起来了。"孔举人娘子道："可道〔1〕面善。这是晁亲家宠夫人。"萧夫人道："呵,发变的我就不认得了！"到底那萧夫人老成,不似那孔举人娘子少年轻薄,随又与珍哥拜了两拜,说道："可是喜你！"

让坐之间,珍哥的脸就如三月的花园,一搭青,一搭紫,一搭绿,一搭红,要别了起身。萧夫人道："你没的是怪我么？ 怎的见我来了就去？"珍哥说："家里事忙,改日再会罢。"孔举人娘子也没往外送他。倒又是萧夫人说："还着个人往外送送儿。"孔举人娘子道："家坐客〔2〕,我不送罢。"另叫了一个助忙的老婆子分咐道："你去送送晁家的奶奶。"珍哥出去了。

萧夫人道："出挑的比往时越发标致,我就不认的他了。想是扶了堂屋了？"孔举人娘子道："晁亲家没正经！ 你老本本等〔3〕另娶个正经亲家婆,叫他出来随人情,当家理纪的。留着他在家里提偶戏弄傀儡罢了,没的叫他出来做甚么！ 叫人家低了不是,高了不是。我等后晌〔4〕合那司鼓的算帐！ 一片声是'晁奶奶来了',叫我说'晁亲家几时续了弦？'慌的我往外跑不迭的,见了可是他！ 我也没大理他。"萧夫人道："司鼓的只见坐着这们大轿,跟随着这们些人,他知

----

〔1〕可道——山东方言,可说是,说的是。有"确实、怎能不"的意思。
〔2〕家坐客——等于说"家里坐着客","里"、"着"在山东方言中语音脱落。
〔3〕老本本等——山东方言,今说"一老本等",实在、本分的意思。
〔4〕后晌——后文也作"后上"。山东方言,晚上。

道是谁？人为咱家来，休管他贵贱，一例待了他去。这是为咱家老的们〔1〕，没的为他哩？"

再说珍哥打扮的神仙一般，指望那孔家大大小小不知怎么相待，却已了个"齐胡子雌了一头灰"〔2〕，夹着屄往家来了，黄着虎脸〔3〕，撅着嘴，倒像那计家的苦主一般。揪拔了头面，卸剥了衣裳，长吁短气，怪恼。晁大舍并不知是甚么缘故，低三下四的相问。珍哥道："人家身上不自在，'怎么来'，'怎么来'，絮叨个不了！想起来，做小老婆的低搭，还是干那旧营生俐亮！"

正没好气，"兜着豆子——寻炒"，那个李成名的娘子一些眉眼高低不识，叫那晁住的娘子来问他量米做晌午饭。那晁住娘子是刘六刘七里革出来〔4〕的婆娘，他肯去撩蜂吃螫？说道："你不好问去？只是指使我！"那李成名娘子合该造化低，撞在他网里，夹着个簸箕，拿着个升，走到跟前，问珍姨晌午量米做饭。那珍哥二目员〔5〕睁，双眉倒竖，恨不得把那一万句的骂做成一句，把那李成名娘子骂的立刻化成了脓血，还像解不过他恨来的骂道："放你家那臭私窠子淫妇

---

〔1〕 老的们——山东方言，长辈，等于说老人们。
〔2〕 "齐胡子"句——自胡子往上溅了一头一脸的灰。比喻受了羞辱，讨了没趣。齐，同"起"，自，从。雌，溅的意思。
〔3〕 脸——同本作"捡"。"脸"与"捡"盖因形近而讹，据文意酌改。
〔4〕 "刘六刘七"句——旧时称农民起义者为"贼"为"寇"，这里即取其义，意思是说晁住的娘子为人极"贼"，十分刁钻精明。刘六、刘七，明代正德年间的农民起义首领。革出来，即赶出来，分出来。
〔5〕 员——"圆"的借字。

搋拉骨接万人的大开门驴子狗臭屁！什么'珍姨''假姨'！你待叫，就叫声'奶奶'；你不待叫，夹着你狗屄嘴鸾远子去！什么是'珍姨'！贼奴才！你家里有这们几个珍姨！常时还说有那死材私窠子哩，你胡叫乱叫的罢了；如今那死材私窠子已是没了，还是'珍姨''珍姨'的！自家奴才淫妇拿着我不当人，怎么叫别人不鄙贱我？——贼忘八！可说你把那肠子收拾的紧紧的，你纵着奴才淫妇们轻慢我，你待指望另寻老婆！可是孔家的那淡嘴私窠子的话么？只怕我搅乱的叫你九祖不得升天！别说你另娶大老婆在我上头，只怕你娶小老婆在我下头我还不依哩！从今后，我不依你叫人叫我'珍姨'！我也不依把那死材私窠子停在正房哩，快叫人替我掀到后头厢房内丢着去！把那白绫帐子拿下来，我待做夹布子〔1〕使哩！"一[片]声叫人掀那计氏棺材。

晁大舍道："你且消停，这事也还没了哩！计老头子爷儿两个外边发的像酱块一般〔2〕，说要在巡道〔3〕告状。他进御本，我不怕他，我只怕他有巡道这一状。他若下狠己你一下子，咱什么银钱是按的下来，什么分上是说的下来？就像包丞相似的待善哩！"珍哥道："没那放屁！我打杀那私窠子来？抖出那私窠子番尸简骨，若有伤，我己

〔1〕 夹布子——月经带的俗称。
〔2〕 "发的像酱块"句——形容人生气、发狠的样子。发，发酵，这里指发作、暴躁。酱块，即酱曲，麦、面、豆子等发酵制作调味品的曲料。
〔3〕 巡道——即分巡道，由各省按察使司的副使或佥事担任，主理一地的刑名等事。

他偿命！若没有伤，我把那私窠子的骨拾[1]烧成灰撒了！"又把自己的嘴上着实打了几个嘴巴，改了声音说道："贼贱淫妇！你掀谁的材？你待把谁的骨拾烧成灰撒了？贼欺心淫妇！我倒说你那祸在眼底下近了，叫你自家作罢！我慢慢等着。忘八淫妇！你倒要掀我的材，烧我的骨拾，把我的帐子做夹布子使！"又刮刮的打了一顿嘴，把那嘴渐渐紫肿起来。

晁住媳妇道："不好！这是大奶奶附下来了！你听，这那是珍姨的声音，这不通是大奶奶的声音么？咱都过来跪着！"珍哥道："他嗔您叫他珍姨，你又叫他珍姨！淫妇不跪着，你替他跪着！替我打五十个嘴瓜！数着打！"珍哥果然走到下面，跪得直挺挺的，自己一，二，三，四，五，六……数着，自己把嘴每边打了二十五下，打得通是那猴狲屁股，尖尖的红将起来。

珍哥又道："挦贼淫妇的毛！"果然自己一把一把将那头发大绺挦将下来。那些丫头媳妇跪了一地，与他嗑头[2]礼拜，只是求饶。珍哥道："你这些欺心的奴才！'晏公老儿[3]下西洋——己身难保'，还敢替别人告饶！"那些丫头媳妇们捣的头澎澎的响，告道："大奶奶，你活着为人，人心里的事，你或者还不知道；你如今死了为神，人心里谁有良心，谁没良心，大奶奶，你没得还不知道哩？自从大奶

<hr />

[1] 骨拾——尸骨，尸骸。拾，同"殖"。

[2] 嗑头——同"磕头"。嗑，古代作品中常与"磕"混同使用。

[3] 晏公老儿——指率领船队七次下西洋的明代太监郑和。晏公，太监。因"晏"与"阉"同音，故称。

<hr />

奶你不在了,俺们那个没替你老人家冤屈,谁敢欺心来?"

珍哥道:"老婆们别要强辩! 怎么我的两个丫头落在你手哩,你大家赶温面,烙火烧吃,你己我那丫头稀米汤呵[1]! 李成名媳妇子拾了我的冠子,为甚么叫你的孩子拿着当球踢? 听了那淫妇的主意,连一口汤饭也不与我供养,奴才主子一样欺心! 把那淫妇的衣裳剥了!"珍哥果然把自己的衣裳上身脱得精光,露着白皑皑的一身肉,两个饱饱的奶。那晁大舍在旁边看了,唬得瘫去了的一般。

珍哥又道:"贼淫妇! 你有甚么廉耻! 把裤子也剥了!"那些媳妇子们乱嗑头祷告:"奶奶,只将就这条裤子罢! 赤条条的跪在奶奶跟前,没的奶奶就好看么?"望着晁大舍道:"大爷,你还站着哩! 快来跪着奶奶,大家替他告告!"珍哥正待脱裤,又自己道:"饶这淫妇不脱裤罢!"

晁大舍也直橛儿似的跪着,说:"我那日误听了句人的话,后来说得明白,我就罢了。你自己没有忍性,寻了无常[2]。我使二三百两银子买板,使白绫做帐子,算计着实齐整发送你哩。"珍哥道:"我希罕你使白绫做帐子! 叫人气不过,要拿下来做布子! 你家里作恶,骂大骂小的罢了,他破口私长窠短的骂孔亲家婆,你听的下去? 你就鼻子里的气儿没一声! 你致死了我还没偿命,又使银子要栽派[3]杀我的爹合我的哥! 那日审官司的时节,不是俺爷爷计会元央了直日功曹救护着,岂不被赃官一顿板子呼杀了?"

晁大舍只是磕头,说:"你既为神,只合这凡人们一般见识做甚?你请退了神,我与你念十个经,还使二百两银子买椁,打灰隔〔1〕甃坟〔2〕,退已他老爷〔3〕的地。我要再敢欺一点心儿,你就附着我。"珍哥道:"我为甚么附着你!有你正经的冤家,不久就来寻你!你能有几日好运哩,我合你做恶人!"

晁大舍道:"我合你夫妻一场,也有好来,你休合我一般见识。你还暗中保护着我,我好与你烧香拨火的。"珍哥道:"快烧纸,灌浆水,送到我中房里去!——就是这奴才,不是欺心的极了,我也只等着别人处置他,也不合他一般见识的!"烧了许多楮锭〔4〕,泼了两瓢浆水,又到灵柩前烧香焚纸。自此一日两餐上供,再不敢怠慢,再也不敢要处置那计老父子〔5〕。

珍哥住了口,一头倒在地下,就如那中恶的一般,打得那脸与温元帅〔6〕相似。也不曾与他穿衣裳,就抬到床上盖了被单,昏迷不省的睡去。直到那掌灯的时节,渐渐的省来,浑身就如捆绑了一月,打了几千的一般痛楚,那脸上胀痛得难受。日间的事一些也不记的,旁

---

〔1〕 灰隔——也作"灰鬲",墓砖四周和墓葬顶部的加固层,以米汤和以熟石灰制成。

〔2〕 甃(zhòu)坟——用砖砌坟。

〔3〕 老爷——即姥爷,外祖父的别称。

〔4〕 楮锭——纸钱。

〔5〕 计老父子——同本作"计老的父子"。"的"字为衍文,今删。

〔6〕 温元帅——道教神名。明《三教搜神大全》云其姓温名琼,东汉人,死后为泰山神。温元帅面青、发赤、身蓝,这里形容珍哥被打得面目青肿。

人一一与他学了。要了镜来，灯下炤了一炤，自己唬了一惊。虽是罢了，心里还有些昏迷，身子就如在半空中驾云的一般。差了人挨出门，问杨古月要一贴"安神宁志定魂汤"来吃了，次日还甚是狼狈。

再说伍小川、邵次湖把晁大舍一班男妇罚的银子，依了限早早的完了。那两个姑子果然依了那县尹的话，沿门抄化，三两的，五两的，那些大人家奶奶布施个不了，除每人上了十两，加了二两五钱火耗〔1〕，每人还剩二三十两入己，替那大尹念佛不尽的。

只是那计都父子八刀大纸，通共得六十两银子方可完事，总然计氏与了那几两银子，怎便好就拿出来使得？单要等晁大官退出地来卖了上官。晁大舍道："大尹只断退地，不曾带断青苗。如今地内黄黑豆未收，等收了豆，十月内交地不迟。"千方百计勒揩。那伍小川两个受了晁大舍的嘱托，那凌辱作贱，一千个也形容不尽那衙役恶处！一日，又到了计家，计都父子〔2〕俱恰不在，那伍小川就要把计巴拉的娘子拿出去见官监比〔3〕。正在那里行凶，计巴拉到了，好央歹央，略略有些软意。计巴拉道："晁家的银子定是完了。那两个姑子的银子一定也还未完。难道只我父子两人相欠？"

伍小川怒恨恨的从袜桶内拿出一个小书夹来，打开书夹，许多票

〔1〕 火耗——原指铸造银锭、铜钱时金属的损耗，这里说的是官吏门加收银两的借口、名色。

〔2〕 计都父子——同本作"计都的父子"，"的"字为衍文，今删。

〔3〕 监比——到堂当官比较。官府催收钱粮诸事，立定了期限催人完纳，至期交不上要当官责打，再限日交纳，叫做"比较"，简称"比"。

内拣出那张发落票来。一干人并那两个姑子的名下都打了"销讫"的字样，只有计都、计巴拉的名字上不曾完纳。与计巴拉看了，说道："若不是单单剩了你父子的，我为甚这等着极？完了事，难道就不是朋友亲戚了？"一边说，一边收起那个书夹，往袜桶里去放。谁想那书夹不曾放进袜内，虚放了一放，吊落地上了。计巴拉把布裙带子解开结，把肚凹了凹，往前走了一步，把布裙吊了，推[1]在地下拾裙，把那书夹拾在袖内。伍小川还乔腔作怪的，约了三日去完银，若再迟延，定然禀了官，拿出家属去监比。送出伍小川去了，拿到自己房内，开了书夹看时，内里牌票不下一百多张，也有拿人的，也有发落的；又有一折拜帖纸，上面写道："晁源一起拘齐，见在听审。"旁边朱笔写道："再换叶子赤金六十两妆修圣像，即日送进领价。"

计巴拉道："如何要换金子却写在这个帖纸上？"又想起那一日在钱桌上换钱，晁住正在那钱桌上换金子，"见我走到跟前，他便说：'我转来讲话，你且打发钱。'我问那钱桌上的人：'晁住在此作甚？'他说：'有两数金子，正在要换，讲价不对，想还要转来哩。'我问道：'他[2]换金子做甚么用？'他说道：'那晓得做甚么用？只见他满城里寻金子，说得五六十两才够，又用得甚急。'谁想是干这个营生！伍圣道这两个狗合的也作贱的我们够了！今日失落了这些官票，且有些不自在哩！"又想道："这伍圣道比邵强仁还凶恶哩，他一定知道是我拾了，回将来索要不得，定是用强搜

----

[1] 推——山东方言，借口；装作。
[2] 他——同本作"你"，误，今改。

简。若被他搜将出来,他赖我是打夺他的官票,事反不美。"看了一看,把眠床掀起一头,揭开了一个砖,掘了个洞,把这书夹放在内,依旧使砖砌好了,把床脚安在砖上,一些也看不出。

刚刚收拾得完,只见伍小川同邵次湖又两个外差,伍小川的老婆、儿媳妇,两个出了嫁的女儿,风火一般赶将进来。伍小川把计巴拉两头碰得发昏,口说:"你推拾布裙,把我袜子割破,取了我的牌夹,你要好好还我!"一面叫他那些女将到计巴拉婆子身上,卧房里,没一处不搜到;外面将计巴拉浑身搜简,那里有一些影响?

计巴拉道:"这不是活活见鬼!你若刚才搜得出来,我只好死在你身上罢了!你既搜不出来,你却如何领了这许多人,不分里外,把妇人身上都仔细摸过?"拿了一面洗脸铜盆,把街门倒扣了,敲起盆来喊道:"快手伍小川,领了男妇,白日抄没人家!"左右邻舍,远近街坊,走路的人,挤住了上千上万,计巴拉一一告诉。那些人说起县里马快,就似活阎罗下界地一般,夹得嘴严严的走开去了。剩了不多几十个人,叫计巴拉开了门,大家进去,果然有十二三个男女作恶搜简。那些人那有个敢说他不该领了许多人,不分内外,往他卧房,又向他妇人身上搜的话?都不过委委曲曲的劝他罢了。

那伍小川在外面各处搜遍,只不曾番转地来。那伙婆娘在计巴拉婆子裤档内,胸前,腿内夹的一块布内,没有一处不摸到;床背后,席底下,箱中,柜中,梳匣中,连那睡鞋合那"陈妈妈"[1]都番将出

----
[1] 陈妈妈——妇女揩拭私处的巾布。

来，只没有甚么牌夹。自己也甚没颜面，燥不搭的[1]，大家都去了。计巴拉道："你这等上门凌辱人家，你莫说是武城的马快，就是武城县大爷，我也告你一状！"那伍小川、邵次湖虽也自知理亏，口里还强着麻犯了几句才去。计巴拉道："想我若不把银子急急的上完了，合他说话也不响！"

那时正是景泰爷登极，下了覃恩，内外各官多有封赠。那珠子贵如药头[2]一般，把那计氏交付的两条珠箍，到古董铺里与他估就了换数。谁知这样货好大行情，乱抢着要换。那陈古董除打了二三十两夹帐，计巴拉还得了七十六两银子。走到县前那马快房内，只见净悄悄一个人也没有。又走到库门口，刚刚[3]只一个张库吏在那里静坐守库。计巴拉与他相唤了，说要交那罚的纸价。张库吏道："只还得同了原差，拿了票来，我炤票内的数目收了，登了收簿，将你票上的名字榻了'销讫'的印。如今原差不来，我倒可以收得，只是你没了凭据。"

计巴拉别了出来，那县里边也是冷冷落落的。从礼房门口经过，只见一个人一只手拿了一张黄表纸写的牒文，一只手拿了把钥匙在那里开门。原来那人是计巴拉的表弟方前山，应充礼房书手。让计巴拉到房坐下，问计巴拉来做甚事。计巴拉道："我拿了银子来上纸

----

〔1〕 燥不搭的——山东方言，羞愧、理亏的样子。燥，同"臊"。"不搭的"为语助词。

〔2〕 药头——药物，中药。山东方言也称"药头子"，取其量少而价格昂贵之意。

〔3〕 刚刚——恰好，正巧。

价。"方前山道："上过了不曾?"计巴拉说："库吏因没有原差,所以不曾收得。"

方前山说："这银子且等待几日,看看光景来上不迟。如今大爷生了发背大痛,病势利害得紧。昨日往鲁府里聘了个外科良医姓晏的来,那外科看了,说是'天报冤业疮',除非至诚祈祷,那下药是不中用的,也便留他不住,去了。外科悄悄的说:'这个疮,消不得十日就烂出心肝五脏来哩。'我适才到了城隍庙,叫崔道官写了疏头〔1〕,送到衙内看过,要打七昼夜'保安祈命醮'哩。"

计巴拉道："我一些也不闻得,是从几时病起的?"方前山道："难道这事你不曾闻见么? 就从问你们的官司那一日觉得就不好起,也还上了三四日堂。这四五日,拿倒动不得了。那日问时,我料的你与计姨夫每人至少得二十五板,后来他挝了挝签,凭计姨夫顶触了一顿,束住了手不打,把众人都诧异的极了。谁知有个缘故:他原来手去挝签的时节,看见一个穿红袍长须的人把他手往下按住。到了衙里,那个穿红袍的神道常常出见。使猪羊祭了,那神道临去,把他背上搭了一下,就觉的口苦身热,背上肿起碗大一块。说那神道有二尺长须,左额角有一块黑计〔2〕。这是家人们悄悄传出来,他里边是瞒人不叫外泄的。"

计巴拉道："据这等说起来,这神道明明是我公公了。我的公公

----

〔1〕 疏头——向鬼神祈祷的祝词。
〔2〕 黑计——皮肤上的黑色胎记。计,同"记"。

三花美髯,足长二尺,飘然就如神仙一般,左边额角上有钱大一块黑计。但不知公公如何便这等显应? 你为甚的料得他那一日要打找我们哩?"方前山道:"难道这样事,你们又不晓得? 那一日,我刚在衙门传桶〔1〕边等稿,一个管家在传桶边往外张了一张,把我不知错认了是谁,叫我到跟前,递出一个帖来,却是伍小川、邵次湖的禀帖,说:'晁源一干人犯都齐到了,见在听审。'大凡是这样的禀帖传进去,定是有话说了。我接来朝了日头亮炤看,那朱判的日子底下有'五百'二字,旁边朱笔又写道:'再换叶子赤金六十两妆修圣像。'这是嫌五百银子少,还要叫他添六十两赤金。晁家那半日内把城中金子都换遍了,轰动的谁是不知道的?"计巴拉道:"那个帖仔么样〔2〕了?"方前山道:"我恰好出来,撞见了伍小川,把与他了。他既受了他的厚贿,说甚么不打你们? 他那日又在皂隶手里大大的使了钱,嘱托他重重加刑。若不是计爷暗中保护,你们不死也定要去层皮的!"

计巴拉道:"贤弟,你既晓得这等详细,如何不透些信息与我,叫我们也准备一准备? 不枉了是我们兄弟一场。"方前山道:"表兄,凡事推不晓得! 你有我这个表弟,你又不晓得;我在礼房,你又不晓得。适间不是我唤你,你到如今还不晓得有你这个表弟哩! 我却往何处寻你说信?"计巴拉问说:"伍小川、邵次湖这三四日不曾到我家来作贱,不知是何缘故?"方前山说:"如今那个伍小川、邵次湖还敢

〔1〕 传桶——为便于内外衙之间传话或传递函件,在内衙的门上开设的小洞。
〔2〕 仔么样——山东方言,怎么样。仔,"怎"的音变。

在外行走？那些行时道〔1〕的马快如今躲得个寂静,恐怕那许多的仇家要报怨倒赃哩!"

两个正说得热闹,只见衙内传出两三张白头票来:一张是叫工房到各板店要寻极好的杉板;一张是叫买平机白布二百匹,白梭布二百匹;一张是要白绫子十匹。又叫礼房快送进牒文去看,明早起建道场:头一日是本官亲属主醮行香;第二日是乡宦举贡;第三日是阖学师生;第四日是六房书吏;第五日是皂快一切衙役;第六日是城内四关厢各行户;第七日是向上百姓们。那第七日,百姓们也不下有二三千人,倒也亏不尽那个署捕的候缺仓官,差了阖捕衙的皂快,抗〔2〕了牌,持了票,不出来的要拿了去打,所以只得三分的,五分的,也攒了有好几十两银子。那仓官与皂快分过了,剩了五六两,与了那些道士做了本日的斋钱。

计巴拉到了家,与老计一一告诉了,方晓得里边有这许多的原委。同计巴拉即时买了纸锭,办了羹饭,叩谢他父亲计会元暗中的保护。那伍小川、邵次湖也从此再不来上门作贱。后来这六七十两纸价大亏了那个礼房表弟的济,不曾丢在水里。

又过了两三日,果然衙里传出来:那个武城县循良至清至公的个父母,果然应了晏外科的口,烂的有钵头大,半尺深,心肝五脏都流将出来。那些仵作行收敛也收敛不得,只得剥了个羊皮圈圈贴在那疮

---

〔1〕　行时道——走时道、赶时势、得时仗势的意思。
〔2〕　抗——通"扛"。以肩承物。

口上,四边连皮连肉的细细缝了,方才装入材内。过了五七〔1〕,追荐了许多的道场,起了勘合〔2〕,同家眷扶柩回家。

那大尹原籍直隶蓟州人。行到永平府地方,刚刚遇着也先拥了正统爷入犯,将一切骡驮马载车运人抬的许多细软,劫了个"惟精惟一"〔3〕,不曾剩一毫人欲之私。幸得人口藏躲得快,所以到都保全,不曾伤损了一个。亏不尽那卢龙知县是他乡里,把灵柩浮葬了,将家眷一个个从城下拔将进去,送在个行司内住了。等也先出了口,备了行李,打发得回蓟州去。这正是:

> 恶人自有恶人磨,窃盗劫来强盗打。可知天算胜人谋,万事塞翁得失马。

---

〔1〕 五七——死后的第三十五天。民间丧俗,人死后头七、五七等日,丧家要上坟或祭祀。

〔2〕 勘合——明代设有驿站制度,在官员出行时负责供应人伕、车船、马匹、给养等事。勘合即官员使用驿站的凭照。

〔3〕 惟精惟一——语出《书·大禹谟》:"惟精惟一,允执厥中。"这里戏指被劫得精光。

第十二回

李观察〔1〕巡行收状　褚推官〔2〕执法翻招

太平时,国运盛。天地清,时令正。风雨调,氛祲净。文官廉,武将劲。吏不贪,民少病。黜奸邪,举德行。士婍修,臣谏诤。杜苞苴,绝奔竞。塞居间,严借倩。恶人藏,善者庆。剪强梁,剔豪横。起春台,平陷阱。此等官,真可敬! 社稷主,斯民命。岂龚黄? 真孔孟。岘山碑〔3〕,《甘棠》颂〔4〕。磬山筠,书德政。告皇天,祝神圣。进勋阶,繁子姓。世枢衡,代揆柄。万斯年,永无竟!

却说那正统爷原是个有道的圣人,盱食宵衣,励精图治,何难措置太平? 外面况且有了于忠肃〔5〕这样巡抚,里面那三杨阁

----

〔1〕 观察——唐代设观察处置使,为一道的行政长官。至明代,因称守道、巡道为"观察"。
〔2〕 推官——府级衙门中掌管司法刑狱的官员。
〔3〕 岘山碑——岘山,又名岘首山,在湖北襄阳县南。晋羊祜任襄阳太守,常登此山。后襄阳百姓追怀他的政绩,在山上建碑立庙,望其碑者无不堕泪。
〔4〕 甘棠颂——《甘棠》,《诗经·召南》篇名。朱熹《诗集传》说:"召伯循行南国,以布文王之政,或舍甘棠之下。其后人思其德,故爱其树而不忍伤也。"后因用为赞美官吏德政的典故。
〔5〕 于忠肃——于谦,浙江钱塘人,永乐间进士。曾任河南、山西巡抚,兵部尚书,加少保。万历间谥忠肃。

老[1]都是贤相,又有一个圣德的太后,这恰似千载奇逢的一般。只是当不起一个内官王振擅权作恶,挫折的那些内外百官,那一个不奴颜婢膝的,把那士气丧尽。虽是这等说,那被他劫得动的,毕竟不是那刚硬的气骨,就如那"银样蜡枪头"一般,非不明晃晃的也好看,若遇着硬去处,略略触他触儿,不觉就拳成一块了。你看那金刚钻这样一件小小的东西,凭他什么硬物,钻得飕飕的响。

那时山东东昌府有一个临清道,是个按察司佥事[2]官衔,姓李,名纯治,河南中牟县人,庚辰进士。初任做知县的时节,遇着那好百姓便爱如儿子一般;有那等守学规有道理的秀才,敬如师友一般;若是那一样歪秀才,顽百姓,他却也不肯松饶轻放。乡宦中有为地方公事兴利除害的,坐在寅宾馆内与他终日讲论也不觉倦怠。若是乡宦的子弟族亲,家人伙计,倚了本官的势力,外面生事作恶的,休想他看些体面,宽容过去罢了。又有来通书启说分上的,他却绝没有成心[3],只当是没有分上的一般,是的还他个是,非的还他个非。就是把那个有不是的人尽法处了,那人也是甘心不怨的。

他又不论甚么"二六"、"三八"的告期,也不避什么准多准少的小节,有状就准,准了就在原状上批了,交付原告自拘,也不挂号、比

---

[1] 三杨阁老——三杨指杨士奇、杨溥、杨荣。明英宗初年,三人均为内阁大学士,同辅朝政。阁老,对内阁大学士的尊称。
[2] 按察司佥事——明代各省设提刑按察使司,长官为按察使,主管一省司法等事。佥事为按察使的佐贰官员,通常分领各道。
[3] 成心——即成人之心,看了别人的情面而成全某事。

件。有肯私下和了的，连状也不须来缴，话也不消来回。有那不肯和息，必定要来见官的，也不论甚么早堂晚堂，也不论甚么投文挂起数，也不拘在衙门，在公所，在酒席上，随到随审。该劝解的，用言语与他们剖断一番；有十分理屈的，酌量打他几下，又不问罪，又不罚纸，当时赶了出去。

但是那京边起存的钱粮，明白每两要三分火耗。他说道："一个县官，自己要吃用，要交际上司，要取无碍官银，过往上司使客要下程〔1〕小饭。我若把你们县里的银子拿到家里买田起屋，这样柳盗跖的事，我决不做他。你若要我卖了自己的地，变了自己的产，拿来使在你县里，我却不做这样陈仲子的勾当。"

他衙内衣食费用却又甚是俭省。不要说是地方上的物力过于暴殄，所得些火耗，除了公费，用不尽的，拣那民间至贱卖不出去的粮食，买米上仓；等那青黄不节的时节，有那穷百姓来借的，都借了与他。那县里民间俗规：借取粮食，俱〔2〕是十分行利，官借却只要五分。有那借了果然还不起的，又有死了的，通融〔3〕折算将来，也实有三分利息。不上二三年，积得那仓里真是陈陈相因，作每月赎谷，给孤贫，给囚粮，助贫穷冠婚丧祭，都在这里边取用。大略他行的美政不止于此，就生出一百副口来也说不尽。难道撇了正传，只管说这

〔1〕　下程——等于说下马、下路。过往官员途经一地稍作停留，地方官惯常须招待酒饭，馈送礼物。这里指馈赠的盘费或礼物。
〔2〕　俱——同本作"惧"，"俱"与"惧"盖因形近而讹，据文意酌改。
〔3〕　通融——通共，拢总。

个不成？

这样一个知县，其实教他进两衙门〔1〕里边，断然是替朝廷兴得利，除得害，拿定是个朝阳鸣凤〔2〕。但这等倔强的人，那个肯教他做科道？一堂和尚，叫你这个俗人在里边咬群！但又是个甲科，又不好挤他下水，只得升了他个礼部主事。印了脚步行去，升了郎中。据了他的学识，与他个学道，绰绰然做过去，却不肯把学道与他，偏与他一个巡道。五年的部俸，连个少参〔3〕也还不肯把与，单单与了个金宪〔4〕。

这东昌巡道衙门住劄临清。因临清是马头所在，有那班油光水滑的光棍，真是天高皇帝远，晓得怕些甚么？奸盗豪横，无日无天。兼那势宦强梁，欺暴孤弱，那善良也甚是难过的紧。自从他到了任，穿了豸服，束了花银带，拖了印绶，冷铁了面孔，说什么是张纲〔5〕，又什么是温造〔6〕，倒恰似包龙图一般。出了告示，再三劝人自新。只除了歇案的人命强盗，其外杂犯，在他到任以前的，俱免追论；但他

〔1〕 两衙门——科、道衙门的通称。科为六科，参见第八回注。道为都察院下设的十三道，科、道两衙门的官员都负有监察、弹劾与建言之责。

〔2〕 朝阳鸣凤——语出《诗经·大雅·卷阿》："凤凰鸣矣，于彼高冈，梧桐生矣，于彼朝阳。"后用来比喻品德出众、正直敢谏的官员。

〔3〕 少参——明代各省设承宣布政使司，长官为布政使，主管一省行政。布政使的佐贰官员有参政、参议，少参即指参议而言。布政司参议为从四品官，而按察使司金事（即下文所说的金宪）仅为正五品。

〔4〕 金宪——明清时候的巡道，例兼按察使司金事衔的称为"金宪"。

〔5〕 张纲——东汉键为武阳人。顺帝时官御史，曾因劾奏大将军梁冀奸恶而名震京师。

〔6〕 温造——唐代人，官侍御史。因上疏劾奏夏州节度使李祐而闻名于世。

到任以后,再有武断暴横的,十个倒有九个不得漏网。那一个漏网的,毕竟是恶还不甚。他又不时戴了顶巾〔1〕,骑了匹骡子,跟了一两个人,在那巡属十八州县里边不歇的私行,制伏得那些州县也不敢十分放肆。

那武城大尹,一来恃了甲科,二来也是死期将到,作的恶一日狠如一日。这巡道来稽察他,也一日密如一日了。那一日闻得那大尹死了,恐怕那些虎狼衙役都逃散了,不发牌,也不发飞票,三不知带了二三十名兵快,巡到武城县来。也不进察院〔2〕,一直径进县堂上坐下,击了三下堂鼓。那些六房衙役渐渐齐拢来。要出卯簿,逐项点了一遍,不相干的人,点过叫他在东边站;有话说的,叫他在西边站。也多有不到的,将那没有过犯的也不叫来销卯,便即罢了;拣那有话说不到的,差兵快同捕衙役番役立刻擒来,分别各重责四五十板不等。那伍小川、邵次湖躲得最是严密,但这巡道法度严的紧,谁敢拿性命去做人情?不一时,也都拿到了。每人也是五十,交付捕官,发下牢固监候,听另牌提审,不许死,又不许放松。把那东边站的教诲了一番,发放开去。然后回了察院,出了一大张告示:

分巡兵备道为剪除衙虎,以泄民恨事:炤得武城县官贪赃乱纪,峻罚虐民,人怨已深,神恫既极。本道已经揭报两台〔3〕,正在参究;不谓恶贯满盈,天殛其魄。虽豺狼已死,而假威煽恶之

〔1〕　巾——同本作"申",盖因形近而讹,据文意酌改。
〔2〕　察院——巡按御史、巡道等巡察州县的驻所。
〔3〕　两台——藩台和臬台,即省级的承宣布政使和提刑按察使。

群凶，法当锄剪。除已经本道面拿监禁外，所有被其荼毒之家，据实赴道陈告。既死之灰，断不使其复灼；在柙之虎，无须虑其反噬，以失报复之机，甘抱终身之辱。特示。

那告状的，挨挨挤挤，不下数百馀张。那计巴拉也写了一张格眼〔1〕，随了牌进去，将状沓在卓上，走到丹墀下听候点名。那巡道看到计巴拉的状上写道：

> 告状人计奇策，年三十五岁，东昌府武城县人。告为人命事：策妹幼嫁晁源为妻，听信娼妾珍哥，合谋诬捏奸情，将妹立逼自缢。虎役伍圣道、邵强仁过付枉赃银七百馀两，黄金六十两，买免珍哥不令出官，妹命无抵，红票证。乞亲提审，或批理刑褚青天究解。上告。计开被告：珍哥、晁源、小夏景、伍圣道、邵强仁、小柳青。干证：高氏、海会、郭姑子。

巡道看完了状，问道："这七百两银子，六十两金子，是过付与谁？"计巴拉道："小的也不知过付与谁。只有他亲笔禀帖朱〔2〕笔为证。"递上与巡道看。巡道看说："那七百两银子有甚凭据？"计巴拉道："在那朱票日子底下暗有脚线。"巡道炤见了"五百"二字。巡道沉吟了一会，点头道："你状上如何说是七百？"计巴拉道："这五百是过送的，那二百是伍小川、邵次湖背工〔3〕。"巡道叹息了两声，说："仔么有这样事！"又问："你那妹子一定奸情是真，不然，因甚自缢？"

---

〔1〕格眼——刻板印制的状纸。这里指状子。
〔2〕朱——同本作"珠"，盖"硃"字写刻之误，据文意酌改。
〔3〕背工——即背弓。参见第一回注。

计巴拉道:"若使妹子奸情是实,死有馀辜,因甚行这般重贿买求?小的告做证见的海会是个连毛的道姑,郭姑子是尼姑,常在妹子家走动。珍哥诬说那海会是道士,郭姑子是和尚,说妹子与和尚道士通奸,迫勒妹夫晁源立逼妹子自尽了。"巡道吩咐在刑厅[1]伺候。次日,将状批发下去。计巴拉往东昌刑厅递了投状。

刑厅姓褚,四川人,新科进士,甚是少年,又是一个强项好官,尽可与那巡道做得副手。看了投词,问了些话,大略与巡道问得相似,计巴拉也就似回巡道的话一般回了。刑厅分付,叫:"不必回去,我速替你结词。"差人下武城县守提一干人犯,务拿珍哥出官,状上有名犯证不许漏脱一名。

那时武城县署官[2]还不曾来到,仰那署捕的仓官依限发人。县厅的差人到了晁源的家里,不说是去拿他的,只说是计都父子上纸价,寻他不着,有人说在宅上躲藏,故来寻访。将晁源哄出厅上,一面三四个胖壮婆娘,又有五六个差人走将进来。晁源不由得唬了一跳。那三四个婆娘,狼虎般跑到后面,拣着穿得齐整生得标致的,料得定是珍哥,上前架住,推了出来。

珍哥自从计氏附在身上采拨了那一顿,终日淹头搭脑[3],甚不

---

〔1〕 刑厅——即推官,府级衙门中掌管司法刑狱的官员。

〔2〕 署官——指正官到任之前代行其职,临时负责衙门事务的官员,又称署印、摄篆。

〔3〕 淹头搭脑——无精打采,精神委顿的样子。淹,同"蔫"。搭,耷拉,下垂的样子。

旺相,又着了这一惊,真是三魂去了两魄。就是那些媳妇子、丫头们也都唬的没了魂。晁源说:"你们明白说与知道,这却是为何?"那先进去的两个差人说:"这是刑厅褚爷奉巡道老爷的状,要请相公合相公娘子相会一面。深宅大院的,相公不肯出来,我们却向何处寻得?所以不得不这样请。这是我们做差人的没奈何处,相公不要怪我们。男子人也不敢近前冲撞娘子,所以叫我们各人的妻室来服事娘子出来。"那珍哥不晓得什么,只道还是前日这样结局,虽是有几分害怕,也还不甚。只是晁源听得说是巡道状,又批了刑厅这个古怪的人,心里想道:"这遭却不好了!凭他甚么天大的官司,只是容人使得银子的去处,怕他则甚!这两个乔人[1],银子进不去,分上又压不倒。命是偿不成,人是要死半截的了!"一面叫后边速备酒饭相待。珍哥被那四五个婆娘伴在厅内西里间坐的。

差人取出票来看了,上面还是小夏景、小柳青一干妇人,着落晁源身上要。晁源道:"这都是几个丫头合家人媳妇,见在家里,行时一同起身就是。"差人道:"褚爷的法度甚严,我们也不敢领饭。到是早些起身,好赶明早厅里投文。"晁源道:"既与人打官司,难道不收拾个铺盖,不刷括个路费?没的列位们都带着锅走哩?"差人道:"若是如此,相公叫人快收拾你自己行李便是,我们倒不消费心。褚爷是什么法度!难道我们敢受一文钱不成?"

说话中间,只见又有六七个差人唤了高氏、海会、郭姑子到了。

----

[1] 乔人——山东方言,怪人,行事与常不同的人。

高氏进得门,喝叫道:"俺的爷爷! 俺的祖宗! 叫你拖累杀俺了! 这是俺合乡宦做邻舍受看顾哩!"晁大舍道:"高四嫂,你千万受些委曲,我自有补报,只是临了教你老人家足了心,喜欢个够。你是百般别拿出那一宠性儿来。就是这二位师父,我也不肯叫他做赔面勉的厨子。"高四嫂道:"县里没有官,一定是四衙〔1〕里审。咱去早些,审了回来,我还要往庄上看看打谷哩!"差人说:"四衙审到好了,这是巡道的状,批刑厅审。咱还要府里走一遭哩。"高四嫂道:"这成不得! 我当是四衙里,跟着您走走罢了。这来回百十里地,我去不成!"往外就走。那差人就往外赶。晁大舍道:"待我去央他,你休要赶。"向前说道:"好四嫂! 你倒强似别人,这官司全仗赖你老人家哩! 这百十里地有甚么远? 四嫂待骑头口,咱家有马有骡,拣稳的四嫂骑,叫人牵着。若四嫂怕见骑头口,咱家里放着轿车,再不坐了抬的轿。脱不了珍哥也去哩,又有女人们服侍你老人家。我叫人送过几吊钱去,乡里打发工钱。我分外另送四嫂两匹丝绸,十匹梭布,三十两银子,如今就先送过去。"谁知"清酒红人面,白财动人心",一顿奉承,一顿响许,把一个燥铁般高四嫂,不觉湿渌渌的软了半截,说道:"你许下这些东西,我去走一遭。我却还是前日那几句话。你要叫我另做话,我却不会另做。"晁源道:"脱不了这也都是实情。难道当真的谁打杀他来?"好劝歹劝,把高四嫂劝的回来。

---

〔1〕 四衙——也叫"捕衙",指县里典史的衙门。

搬上酒饭来，大家吃了。叫人往庄上打点一班人骑的头口，札括〔1〕两辆骡车，装载珍哥、高四嫂并那些妇女，并吃用的米面、铺陈等物。又到对门请禹明吾来作了保，放晁大舍到后面收拾路费行李。又收拾礼出来谢那差人。捕衙众人，共三十两；那四个婆娘，每人四两。刑厅两个差人，晁源自己是八十两；又与高四嫂、海会、郭姑子每人出了五两，共十五两。许那高四嫂的东西，也一分不少都悄地的送了。央禹明吾转说，若肯把珍哥破调〔2〕了不出见官，情愿再出一百两银子相谢。那两个厅差说道："禹师傅，你与我们是上下表里衙门，你说，我们岂有不依的？况晁相公待我们也尽成了礼，不算薄待；况且一百两银子，我们每人分了五十，岂不快活？但褚爷注意要这个人，我们就拚了死，枉耽了罪过，这珍哥终是躲不过的，倒是叫他出去走一遭罢了。我们既得了晁相公这般厚惠，难道还有甚么难为不成？"说着，也就夜了。晁大舍叫人收拾了床铺，预备那些差人宿歇。因差人不肯放珍哥后边去，也在里间里同那些婆娘同睡。

晁源有个胞妹，嫁与一个尹乡宦孙子，原先也有百万家产，只因公公死了，不够四五年间，三四兄弟破荡得无片瓦根椽。晁大舍把他尹妹夫的产业，使得一半价钱，且又七准八折，买了个罄净。因他穷了，待那个妹子也甚无情意。如今要到府里去问官司，那得再有个人与他看家？只得接了妹子回家管顾。

---

〔1〕 札括——山东方言，这里是收拾的意思。
〔2〕 破调——网开一面，免予提审的意思。

次早，一干大众起身，先差了两个家人去府城里寻拣宽阔下处。行到半路，吃了中饭，喂了头口。又行了半日，那日将落山的时节，进了城到下处。那伍小川、邵次湖也都使门板抬了，也同一处安下。晁源也都一样炤管他。

次早，各人吃了早饭，换了衣裳，预备投文。探事的来说："刑厅发了二梆。"一干人都到了厅前伺候。不多时，那褚四府升堂。晁大舍这一起人跟了投文牌进去。原差投了批文，逐名点过，一个也不少。点到珍哥跟前，直堂吏叫道："珍哥。"那珍哥应了一声，真是：

> 洞箫飞越，远磬悠扬。依依弱柳迎风，还是扮崔莺的态度；怯怯娇花着露，浑如妆卓氏的丰神。乌帕罩一朵芙蓉，翠袖笼两株雪藕。真是我见犹怜，未免心猿意马；不识司空惯否？恐为煮鹤焚琴。

那刑厅看了一眼，分付晚堂听审。晁大舍一干人犯仍自回了下处。仍托了两个厅差，拿了银子，打点合衙门的人役。那两个人虽是打许多夹帐，也还打发得那众人欢喜。虽不是在武城县里，问的时节着实有人奉承，却也不曾失了体面。

四府坐了堂，唤进第一起去，却也是吊死人命，奉道详验来问的。原是一个寡妇婆婆，有五十年纪，白白胖胖的个婆娘，养着一个三十多岁的后生，把些家事大半都贴与了他，还恐那后生嫌憎他老，怕拿他不住，恨命要把一个儿妇牵上与他。那儿妇原是旧族人家女儿，思量从了婆，辱了自己的身；违了婆婆，那个淫妇又十分凶恶得紧，只得一索吊死了。那娘家没用，倒也含忍罢了，那些街坊不愤，报了乡约[1]，布了地方，呈到县里。县官糊糊涂涂的罚了许多东西，问了许多罪，尽把本来面目抹杀过了。却被巡道私行，访知了备细，发了刑厅。把一干人犯逐个隔别了研审，把那骨髓里边的事都问出来了。把那淫妇打了四十大鸳鸯板子，一夹棍，二百杠子，问成了抵偿，拖将出来。

第二起就是晁源。四府也不唤证见，也不唤原告，头一个就把晁源叫将上来。问道："计氏是你什么人？"晁源说："是监生的妻。"又问："珍哥是你什么人？"说："是监生的妾。"问说："原是谁家女子？"回说："是施家的女子。"问说："那不像良家女子。"回说："不敢瞒宗师老爷，原是娼妇。"问说："那计氏是怎么死的？"回说："是吊死的。"问说："因甚吊死？"回说："监生因去年带了妾到父亲任上，住到今年四月方回……"问说："你如何不同妻去，却同妾去？"回说："因妻有病，不曾同行。"问说："妻既有病，怎么不留妾在家里服事他？"回说："因父亲差人来接，所以只得同妾去了。"四府说："不来接儿妇，却接了儿子的小去，也是浑帐老儿！你再接了说。"回道："自监生不在家，有一个师姑叫是海会，一个尼姑郭氏，都来监生家里走动。监生同妾回了家，六月初六日，这两个姑子又从计氏后边出来。监生的妾乍撞见了，误认了是道士和尚，说，'怎可青天白日从后面出来？'监生也就误信了，不免说了他几句。他自己抱愧，不料自己吊死。"问说："既不是和尚道士，却因甚原[故]抱愧？那姑子来家，你那妾岂

---

〔1〕乡约——一乡中负责传达政令、调处纠纷等事的人。

不看见,直待他出去了,才误认了是和尚道士?"回说:"计氏另在后边居住。"问说:"你在那里?"回说:"监生也在前面。"

又叫小夏景上来。问:"你唤那珍哥叫甚么?"回说:"叫姨。"问说:"你那姨见了和尚道士是怎么说话?"夏景道:"没说甚么,只说一个道士一个和尚出去了,再没说别的。"问说:"你那主人公说甚么?"回说:"甚么是主人公?"问说:"你叫那晁源是甚么?"回说:"叫爷。"问说:"你那爷说甚么话?"回说:"爷也没说甚么,只说,那里的和尚道士敢来到这里。"问说:"你唤那计氏是奶奶么?"回说:"是叫奶奶。"问说:"你奶奶说甚么?"回说:"奶奶拿着刀子,要合俺爷合俺姨对命,在大门上怪骂的。"问说:"怎么样骂?"回说:"'贼忘八!贼淫妇!我碍着你做甚么来,你要挤排杀我!'"问说:"他骂的时候,你爷合你的姨都在那里?"回说:"俺爷在二门里躲着往外看,俺姨躲在家里顶着门。"问说:"你奶奶吊死在那里?"回说:"吊在俺爷合俺姨的门上。"

又唤小柳青,又似一般的问了,回说的也大约相似。问说:"那珍哥说是和尚道士,还有许多难为那计氏去处,你却如何不说?你说的俱与小夏景说的不同。拿夹棍上来!"两边皂隶齐声吆喝:"讨夹棍!"那禁子拿了一副大粗的夹棍,向月台震天的一声响,丢在地下。两边的皂隶就要拿他下去。

柳青忙说道:"我实说就是,别要夹我罢!"四府叫:"且住!等他说来。若再不实说,着实夹!"回说:"那一日是六月六,正晌午,珍姨看着俺们吊上绳晒衣裳。小青梅领着一个姑子,从俺奶奶后头出

来。"问说："谁是小青梅？两个姑子,如何只说一个?"回说："小青梅
不是一个?"问说："姑子怎是小青梅?"回说："他原是小青梅,后来做
了姑子。"问说："原是谁家小青梅?"回说："是东门里头刘奶奶家
的。"叫晁源,问说："那一个姑子是小青梅?"回话："海会就是。"叫:
"说下边去。"

那小柳青再接着说来,说道："青梅头里走,那个姑子后头跟着。
俺珍姨看见,怪吆喝的说:'好乡宦人家! 好清门静户! 好有根基的
小姐! 大白日赤天晌午,肥头大耳躲的道士,白胖壮实^{〔1〕}的和尚,
一个个从屋里去来! 俺虽是没根基,登台子,养汉接客,俺只拣着像
模样人接;像这臭牛鼻子臭秃驴,俺就一万年没汉子,俺也不要他!'
正嚷着,俺爷从亭子上来。俺姨指着俺爷的脸,骂了一顿臭忘八,臭
龟子;还说:'怎么得那老娘娘子在家,叫他看看好清门静户的根基
媳妇才好!'俺爷说:'真个么? 大赤天晌午的,什么和尚道士敢进来
出去的不避人?'俺姨说:'你看昏君忘八! 难道只我见来? 这些人
谁没看见!'俺爷叫了看门的来,问:'你为什么放进和尚道士来?'他
说:'那是和尚道士! 是刘家小青梅和个姑子出去了。'俺爷问:'那
个姑子是谁? 你可认的么?'他说:'那个姑子我不认得。'俺爷说:
'你既不认^{〔2〕}他,怎便知是个姑子?'他说:'没的小青梅好合个和
尚走么?'俺爷说:'小青梅这奴才惯替人家做牵头,情管是个和尚妆

---

〔1〕 实——同本作"头"。"实"与"头"盖因形近而讹,据文意酌改。
〔2〕 不认——山东方言,不认得,不认识。此处为"得"字在语音中脱落。今山东
淄川、博山一带方言中仍存此类语音脱落现象。

就姑子来家！'跳了两跳，说：'我这忘八当不成！快去叫了计老头子来，休了罢！'待了不多一会，俺计老爷合计舅都来外头。不知说的是甚么，我没听见。待了一会，俺计老爷合俺计舅从后头出来。又待了一会，俺奶奶就拿着一把刀子，骂到前面来了。"

问说："怎么样的骂？"回说："骂道：'贼淫妇！昏忘八！姑子又不是从我手招了来的，一起在你家里走动，谁不认的？你说我养道士，养和尚，赤天大晌午，既是和尚道士打你门口走过，你不该把那和尚道士一手扯住？我凭着你杀，我也没的说！你既是把和尚道士放去了，我就真个养了和尚道士，你也说不响了！你叫了俺爹合我的哥来，要休我回去！忘八！淫妇！你出来！同着街坊邻舍，合你讲理得个明白，我拿了休书就走！'"问说："骂的时节，你爷在那里来？"回说："俺爷闪在二门里边听。"问说："你姨在那里？"回说："俺姨顶着门，家里躲着。"问说："你奶奶骂了一会，怎么就罢了？"回说："是对门子老高婆子劝的进去了。明日，——还隔了一日，到黑夜，不知多咱就吊杀在俺姨那门上。清早小夏景起去开门看见，唬得死过去半日才还醒过来。"说："过去一边。"

又叫高氏。那高氏走到公案前，拜了两拜。皂隶一顿乱喊，叫他跪下了。问了前后的话，一句句都与前日县里说得相同。

又唤海会、郭姑子。问说："你是几时往计氏家去？"回说："是六月初六日。"问说："你往他家做甚？"青梅道："这是俺的姑舅亲，从来走动的。"问说："那珍哥认得你么？"青梅道："他怎么不认得！"问说："这郭姑子也是亲么？"回说："不是。初从北直景州来，方才来了一年。"

叫晁源。问说:"你认得这两个姑子么?"回说:"止认得海会,不认得那郭姑子。"问说:"海会你既已认识的,那一个你还不认得他是姑子?你怎便轻信他是和尚?轻听了妾的话,就要休妻?"回话:"乍闻说是和尚,心头不平。后来晓得实是个姑子,也就罢了。监生的妻素原性气不好,自己不容,所以吊死。"问说:"这是实情。惟其晓得他性气不好,故将此等秽言加之,好教他自尽。计倒也好,只是枉了人命!这计氏的命,要你与珍哥两个人与他偿!"

叫珍哥上来。问说:"你那日看见从计氏后边出来的,果然是和尚道士么?"回说:"只见一个雄赳赳的人,戴了唐巾,穿了道袍,又一个大身材白胖的光头,打我门前走过,一时误认了是和尚、道士,后来方晓得是两个姑子。"问说:"你既然还认不真,却怎便说道乡宦人家,清门静户,好有根基的小姐?又说是赤天晌午,肥大的和尚道士阵阵从屋里出来?你自说登台子,没根基,要接好客,不接和尚道士,你又骂晁源是乌龟忘八。你一面诬执主母奸情,一面又唆激家主。这虽是借了别人的剑杀人,这造谋下手都是你!"回说:"我只说了这几句话,谁知晁源就唤了他的爹来,要休他回去;又谁料他自己就吊死了?他来前边嚷骂,我还把门关上顶了,头也没敢探探,这干我甚事?"问说:"你说得和尚道士从他屋里出来是凿凿有据的,那晁源岂得不信?你既说得真,晁源又信得实,那计氏不得不死了。你说计氏出来前边嚷骂,你却关门躲避了,这即如把那毒药与人吃了,那个服毒的人已是在那里滚跌了,你这个下毒的人还去打他不成?那服毒的人自然是死的了。这计氏的命定要你偿，一万个口也说不去！"

　　叫计奇策上来。说："我已是叫珍哥抵偿你妹子的命了。你状上说伍圣道两个过付枉赃，有甚红票，取上来看。"计奇策将原票并那发落的票递将上来。四府看了票，道："怎么这一干人也不分原告被告，也不分干证牵连，一概都罚这许多东西？都完过了不曾？"回说："都完过了。上面都有'销讫'的印子。"问说："计都是谁？"回说："是小的的父亲。"问说："你两个的纸价怎还不完？"回说："妹子有几亩妆奁地，断了回来，指望卖出上官。晁源不肯退出，差人也不去催他，故意要凌辱小的，每日上门打骂，屡次要拿出妇女去监比。"又看那禀帖，问道："怎么这禀帖上，朱笔却写换金子话？却是何说？"计奇策道："那朱判的日子下面还有'五百'二字，翻面就照出来了。是嫌五百银子少，又添这六十两金子。"问说："你状上是七百两，这却是五百，那二百有甚凭据？"回说："这五百是过付的，那二百是伍小川、邵次湖两人的偏手，不在禀帖上。"四府说："这就是了。他没有肯做干倒包的礼，少了他也不依。但这个票与这禀帖却如何到得你手里？"回说："伍圣道来催小的纸价，说别人的都纳完了，止有小的父子两人未完。因取票与看，收入，却不放在靴内，放在空处了，小的所以拾得。还有这一牌夹哩。"四府都取上去看了，内中倒有四五十张发落票，通共不下万金。四府点了头叹息道："这等一个强盗在地方，怎得那百姓不彻骨穷去，地方不盗贼蜂起哩！"将牌夹收在上面，也就不发下来。

　　又叫伍圣道、邵次湖。有两个人把两个背了上去。问说："你换的金子交了不曾？你那七百两银子交到那去了？"回说："不知换甚么金子，又不知是甚么七百两。"刑厅将他那禀帖递将下去，问说："这是你两个那一个写的？"两个睁了眼，彼此相看，回不出话来，只是磕头。四府问说："这禀帖日子底下的五百两罢了；那其外的二百两，是你几个分？"回说："并不曾有其外的二百两。"四府问道："前日巡道老爷曾打你的脚来不曾？"回说："打了五十大板，不曾打脚。"四府道："这等，脚也还得夹一夹。拿夹棍上来！"一齐两副夹棍，将这伍小川、邵次湖夹起。又说："也还每人敲两棒方好！"又每人敲了二百，放起来。

　　一干人犯都取了供。珍哥绞罪；晁源有力徒罪；伍圣道、邵强仁无力徒罪；海会、郭姑子赎杖；馀人免供带出，领文解道。又说："晁源、珍哥，本还该夹打一顿，留着与道爷行法罢。"一一交付了原差。这晁大舍与珍哥，这才是：

　　　　从前作过事，没兴一齐来；早晚应须报，难逃孽镜台。

第十三回

　　理刑厅成招解审　　兵巡道允罪批详

　　要成家,置两犁。要破家,置两妻。小妻良妇还非可,若是娼门更不宜。试看此折姻缘谱,祸患生来忒杀奇[1]。伸伸舌,皱皱眉,任教镇世成光棍,纸帐梅花[2]独自栖。

　　晁大舍一干人犯,原差押着,仍回了下处。珍哥问了抵偿,方知道那锅是铁铸成的,扯了晁大舍号淘痛哭。晁大舍也悲泣不止。高四嫂道:"你们当初差不多好来,如今哭得晚了!"两个厅里的差人说道:"褚爷虽是如此问,上边还有道爷,还要三次驳审。你知道事体怎么,便这等哭? 你等真个问死了,再哭不迟。"珍哥哭的那里肯住? 声声只叫晁大舍"不要疼钱,务必救我出去"。

　　晁大舍又央差人请了刑厅掌案的书公来到下处,送了他五十两谢礼,央他招上做得不要利害,好指望后来开释。那书办收了银子,应承的去了。那伍小川、邵次湖把四只脚骨都夹打的折了,疼得杀猪

----

[1] 忒杀奇——等于说太也奇。杀,同"煞"。
[2] 纸帐梅花——一种以白纸作帐,饰以梅花等物的卧具。这里说的是像宋人林逋那样不娶妻生子,以梅为伴的意思。

一般叫唤。

次日，那书办做成了招稿，先送与晁大舍看了，将那要紧的去处，都做得宽皮说话〔1〕。还有一两处苗实〔2〕些的，晁大舍俱央他改了，誊真送了进去。四府看了稿，也明知是受了贿，替他留后着，也将就不曾究治，只替他从新改了真实口词，注了参语，放行出来，限次日解道。那招稿：

一口施氏，即珍哥，年一十九岁，北直隶河间府吴桥县人。幼年间失记本宗名姓，被父母受钱，不知的数〔3〕，卖与不在官乐户施良为娼。正统五年，梳栊〔4〕接客，兼学扮戏为旦。次年二月内，施良带领氏等一班乐妇前来濮州临邑赶会生理，随到武城县寄住。有今在官监生晁源，未曾援例之先尝与氏宿歇，后来渐久情浓，两愿嫁娶。有不在官媒人龙舟往来说合，晁源用财礼银八百两买氏为妾。氏只合守分相安，晁源亦只合辨明嫡庶为是。氏遂不合依色作娇，箝制晁源，不许与先存今被氏威逼自缢身死正妻计氏同住；晁源亦不合听信氏唆使，遂将计氏逐在本家尽后一层空房独自居住。计氏原有娘家赔送妆奁地土一百亩，雇人自耕糊口。连年衣食，晁源从未照管。氏犹嫌计氏碍眼，要将计氏谋去，以便扶己为正，向未得便。

---

〔1〕宽皮说话——故意把话说得圆转，有馀地，不切要害。
〔2〕苗实——扎实直中，紧密结实的意思。
〔3〕的数——确数。
〔4〕梳栊——妓女第一次接客留宿。栊，同"拢"。

今年六月初六日,有在官师姑海会,尼姑郭氏,亦不合常在计氏家内行走。偶从氏房门首经过,氏又不合乘机诬嚷,称说"好乡宦人家,好清门静户,好有根基的小姐! 赤天晌午,精壮道士,肥胖和尚,一个个从屋里出来! 俺虽是没根基,登台子,接客养汉,俺拣那有体面的方接;似这[1]臭牛鼻子秃和尚,就是万年没有汉子,也不养他"等语,又将晁源骂说"忘八乌龟",意在激怒。在官丫头小柳青等证。

晁源已经仔细察明,只合将氏喝止为是,又不合亦乘机迎奉,遂将计氏不在官父计都,在官兄计奇策,诱至家内,诬执计氏与僧道通奸,白日往来,绝无顾忌,执称氏亲经撞遇,要将计氏休逐,着计都等领回。计都回说:"海会、郭氏,合城士夫人家,无不出入的,系师尼,不系僧道,人所共知。你既主意休弃,故捏奸情,强住亦无面目,待我回家收拾房屋完日来接回家去;等你父亲晁乡宦回日,与他讲理。"遂往后面与计氏说知。

计氏被诬不甘,将计都、计奇策打发出门,手持解手刀一把,嚷骂前来。氏惧计氏寻闹,将中门关闭。计氏遂嚷至大门内,骂说:"一个汉子,你霸住得牢牢的,成二三年,面也不见! 我还有甚么碍你眼处,你还要铺谋定计,必定叫我远避他乡!

---

[1] 这——同本作"这边"。"边"字为衍文,今删。

两个姑子，又不是在我手走起，一向在你家行动，这武城手掌大[1]城，大家小户，谁人不识得是两个姑子？忘八！淫妇！诬我清天白日和道士和尚有奸，叫了我父兄来，要休我回去！忘八淫妇出来！我们大家同了四邻八舍招对个明白：若果然不是个姑子，真是和尚道士，岂止休逐！你就同了街坊，我情愿伸着脖子，凭你杀剐！若是淫妇忘八定计诬陷我，合你们一递一刀，桶[2]了对命！"等语。有在官邻妪高氏，见计氏在大门内嚷叫，随将计氏拉劝进内。高氏证。

本月初七日，计都仍同计奇策前来接取计氏回家。计氏称说："收拾未完，待初八日早去未迟。"计都等随自回去。计氏于初七日夜，不知时分，妆束齐整，潜至氏房中门上，用带自缢身死。小夏景等证。

眼同计都、计奇策并计门不在官族人，将计氏身尸卸下，于本日申时用棺盛敛讫。计都痛女不甘，遂将氏设计谋害情由，告赴本县。有已故胡知县票差在官快手伍圣道、邵强仁拘拿。伍圣道、邵强仁俱不合向晁源索银二百两，分受入己，卖放不令氏出官，止将晁源等一干原、被、干证，俱罚纸、谷、银两不等，发落讫。

计奇策痛妹计氏冤死不甘，于某年月日，随具状为人命事

---

[1] 手掌大——极言其小的意思。
[2] 桶——通"捅"。

赴分巡东昌道李老爷案下告准,蒙批:"仰东昌理刑厅究招,
解。"该东昌府理刑褚推官将氏等一干人犯拘提到官,逐一隔
别研审前情明白。看得:

施氏,惑主工于九尾,杀人毒于两头。倚新间旧,蛾眉翻
妒于入宫;欺[1]贱凌尊,狡计反行以逐室。乘计氏无自防之
智,窥晁源有可炫之昏。鹿马得以混陈,强师姑为男道;雌雄
可从互指,捏婆塞[2]为优夷[3]。桑濮[4]之秽德以加主母,
帷簿之丑行[5]以激夫君。剑锋自敛,片舌利于干将;拘票深
藏,柔嫚捷于急脚[6]。若不诛心而论,周伯仁[7]之死无由;
第惟据迹以观,吴伯嚭之奸有辨。合律文威逼之条,绞无所
枉;抵匹妇含冤之缢,死有馀辜。

晁源,升斗之器易盈,辘轴之心辄变。盟山誓海,夷凤鸣[8]于

----

[1] 欺——同本作"欲",误。黄本、李本俱改作"欺",今从。
[2] 婆塞——优婆塞,梵语,指在家奉佛修行的居士,这里指和尚。
[3] 优夷——优婆夷,梵语,指在家奉佛的女子或出家的女子。
[4] 桑濮——即桑间濮上。《汉书·地理志下》:"卫地有桑间濮上之阻,男女亦
    亟聚会,声色生焉。"后因用以指称男女间的幽会。
[5] 帷簿之丑行——指家门淫乱。帷簿,帷幕和帘子,引申指门内。
[6] 急脚——迷信说法,指冥府中拘魂的差役。
[7] 周伯仁——晋人周顗,字伯仁。晋元帝时,王导以堂兄王敦反而待罪,周顗
    疏救王导而王导不知。后来王敦问王导如何处置周顗,王导不答,周顗遂
    为王敦所杀。待王导知道周顗救过自己后,痛苦曰:"吾虽不杀伯仁,伯仁
    由我而死。"这里借用此事,说计氏是因受珍哥的诬陷而死的。
[8] 凤鸣——《史记·田敬仲完世家》:"齐懿仲欲妻完,卜之,占曰:'是谓凤皇于蜚,
    和鸣锵锵。'"后因指夫妻和谐,相亲相爱。

脱屣之轻;折柳攀花,垺乌合于挟山之重。因野鹜而逐家鸡,植繁花而摧蒯草。夺宠先为弃置,听谗又欲休离。以致计氏涉淇之枉〔1〕不可居,覆水之惭何以受?无聊自尽,虽妾之由;为从加功,拟徒匪枉。

伍圣道、邵强仁,鼠共猫眠,擒纵惟凭指使;狈因狼突,金钱悉任箕攒。二百两自认无虚,五年徒薄从宽拟。

海会,不守玄虚之戒,引类呼朋;郭氏,抉离清净之关,穿房入屋:致起衅端,酿成祸患;寻源溯委,并合杖惩。

四名口:计奇策年三十五岁,高氏年五十八岁,小柳青年一十七岁,小夏景年一十三岁,各供同。

五名口:晁源年三十岁,伍圣道年六十二岁,邵强仁年三十三岁,海会年二十四岁,郭氏年四十二岁,各招同。

一,议得施氏等所犯:施氏合依威逼期亲尊长〔2〕致死者律,绞,秋后处决。晁源依威逼人致死,为从减等,杖一百,流三千里。伍圣道、邵强仁合依诈欺官私以取财者,计赃以窃盗论,免刺,一百二十〔3〕贯以上,杖一百,流三千里。海会、郭氏合依不应得为而为之事理重者律,杖一百。除施氏死罪不减外,晁源、伍圣道、邵强仁、海会、郭氏有大诰减等。晁源、伍圣道、邵

〔1〕 涉淇之枉——《诗经·卫风·氓》:"淇水汤汤,渐车帷裳。女也不爽,士贰其行。"朱熹《诗集传》说,诗写的是一个淫妇被丈夫休弃而渡淇水回家。
〔2〕 期亲尊长——死后按服叙制度须服丧一年的亲属。
〔3〕 十——同本作"千"。"十"与"千"盖因形近而讹,据文意酌改。

强仁俱杖八十,徒五年。海会、郭氏俱杖七十。晁源系监生有力,海会、郭氏系妇人,俱准收赎;伍圣道、邵强仁系衙役,不准赎折,配发冲驿充徒,依限满放。理合解审施行。

一,照出计奇策告纸银二钱五分,高氏、小柳青、小夏景、伍圣道、邵强仁、海会、郭氏各民纸银二钱,晁源官纸银四钱,又该赎罪,晁源折纳工价银二十五两,海会、郭氏各杖赎银一钱五分,俟详允,追封贮库,作正支销。伍圣道、邵强仁原诈晁源二百两〔1〕,非本主告发之赃,合追入官。晁源监生,报部除名。伍圣道、邵强仁快手,革役另募。计奇策原赔计氏妆奁地一百亩,退还计奇策耕种,通取实收收管,领状缴报。馀无再照。

将详文书册一一写得端正,批上金了花押。次日,原差同一干人犯点了名,珍哥、晁源、伍圣道、邵强仁都钉了手杻,交付原差带去,往巡道解审。

晁源、珍哥到了这个田地,也觉得十分败兴,仍同差人到了下处。晁源央那差人,要他松放了杻镣。差人道:"这杻,相公你不是带得惯的,娘子是越发不消说得了,这是自然要松的;我们蒙相公厚爱,也自然不肯叫相公、娘子带了走路。只是还在城里,且不敢开放。褚爷常要使人出来查的。万一查出,我们大家了不得。待起身行二三十里路方好开得哩。"收拾了行李,鞴了头口,扎缚了车辆。晁源因带了手杻,不好骑得马,雇了一顶二人小轿坐着,妇人上了车辆,伍圣道

---

〔1〕　两——同本作"而"。"两"与"而"盖因形近而讹,据文意酌改。

两个依旧上了板门[1]。

行有二十馀里,晁源又央差人放柤。差人道:"这离临清不上百里多路,爽俐带着走罢;放了,到那里又要从新的钉,大觉费事哩。"这差人指望这松放手柤要起发[2]一大股钱,晁源听了他几句哨话[3],便认要一毛不拔的。到了这个其间[4],那差人才慢慢的一句一句针将出来。晁源每人又送了二十两银子,方才三句苦,两句甜,替他们开放了柤。

那邵次湖夹得恶血攻心,在板门上一阵阵只是发昏。喝了一碗冷水,方不叫唤了。也只说他心定好些,却是"则天毕命之"了。一干人只得俱在路上歇住了脚。差人寻了地方保甲来到,验看了明白[5],取了不扶甘结,寻了一领破席,将尸斜角裹了,用了一根草绳捆住,又拨两个小甲掘了个浅浅的坑,浮土掩埋了,方才起身又走。

天气渐夜上来,寻了下处。那晁源、珍哥就如坎上一万顶愁帽的相似。那伍小川也只挨着疼愁死。只是那些差人欢天喜地,叫杀鸡,要打酒,呼了几个妓姐,叫笑得不了,这都是晁源还帐。睡到明日大亮,方才起来梳洗,又吃刮了一顿酒饭。晁源与他们打发了宿钱,一干人众方又起身前进。进了临清城门,就在道前左近所在寻了下处。

----

〔1〕 板门——就是门板。指临时用门板充作的担架。
〔2〕 起发——寻找理由从别人手里套取钱财。
〔3〕 哨话——哄骗的话。
〔4〕 这个其间——山东方言,等于说这个时候,这个当口。
〔5〕 明白——同本作"明日"。"白"与"日"盖因形近而讹,据文意酌改。

众人吃晚饭,差人仍旧嫖娼嚼酒个不歇,看了那伍小川、邵次湖的好样,也绝没一些儆省,只是作恶骗钱。

次早,各人都草草梳洗,吃了早饭,差人带了一干人犯,赴道投文。即[1]巡道逐名点了批回,原差呈上邵次湖身死的甘结,分付次日早堂听审。回到下处,脱不了还是满堂向隅,只有那些差人欢乐。晁源与珍哥抱了头哭道:"我合你聚散死生,都只有明朝半日定了!"晁源丝毫没有怨恨珍哥起祸的言语,只说:"官司完日,活着的,我漫漫[2]报仇;死了的,我把他的尸首从棺材里倾将出来,烧得他骨拾七零八落,撒在坡里[3],把那二百二十两买的棺材舍了花子!"咬恨得牙辣辣响。倒是珍哥被那日计氏附在身上采打了那一顿,唬碎了胆,从那起,到如今不敢口出乱言。哭了一场,两个勉强吃了几杯酒,千万央了差人,许他两个在一床上睡了。

次早,吃了饭,都到道前。开了门,投文领文毕了,抬出解审牌来,原差将一干人带了进去。晁源、珍哥、伍小川依旧上了手枉,系了铁绳,跪在丹墀下面。那巡道的衙门,说那威风,比刑厅又更不同。只见:

> 居中大大五间厅,公案上猴着一个寡骨面、薄皮腮、哭丧脸弹阁罗天子;两侧小小三间屋,棚底下蚊聚许些泼皮身、鹰嘴鼻、胦凸胸脯混世魔王。升堂鼓三吼狮声,排衙杖廿根狗腿。霜威

---

〔1〕　即——即刻,当时。
〔2〕　漫漫——同"慢慢"。古代戏曲小说常用。
〔3〕　坡里——山东方言,野外,野地里。

六月生寒,直使奸豪冰上立;月色望时呈彩,应教良善镜中行。
十八属草偃风清,百万家恩浓露湛。

那巡道也将一干人犯一个个单叫上去,逐一隔别了研审。当初刑厅审的都是句句真情,这覆审还有甚么岔路?拔了签,将晁源二十大板,珍哥褪衣二十五板,伍小川一拶二百敲,海会、郭姑子每人一拶。原来妇人见官,自己忖量得该去衣吃打的,做下一条短短的小裤绷在臀上,遮住了那不该见人所在,只露出腿来受责。珍哥却不曾预备,那日也甚不成光景。幸得把钱来受了苦,打得不十分狼狈。拶打完了,将回文交付了原差,发了批回。公文上都是东昌府开拆,批上却注人犯带回东昌府收问,方知驳了本府,但不知怎样批详。托了原差,封了二两银子,往道里书房打听。

晁源、珍哥也都打得动弹不得,央了差人在临清住了,请外科看疮。那差人在临清这样繁华所在,又有人供了赌钱,白日里赌钱散闷;又有人供了嫖钱,夜晚间嫖妓忘忧,有甚难为处?一央一个肯,那怕你住上一年。晁源、珍哥疼得在上房床上叫唤,伍小川在西边[1]厢房内炕上哀号,把一所招商客店变做了一座枉死罗城。

那高四嫂只说刑厅问过了,也就好回去,不料还要解道,如今又驳了本府。听的说还要驳三四次,不知在那州那县,那得这些工夫跟了淘气?若是知道眉眼高低的婆娘,见他们打得龇牙裂嘴的光景,料且说得又不中用,且是又受了他这许多东西,也该不做声。他却喃喃

---

[1] 西边——同本作"两边"。"西"与"两"盖因形近而讹,据文意酌改。

呐呐，谷谷农农[1]，暴怨个不了。晁源也是着极的人，发作起来，说道："你说的是我那鸡巴话！我叫你钻干[2]着做证见来？你暴怨着我！我为合你是邻舍家，人既告上你做证见了，我说这事也还要仗赖哩，求面下情的央己你，送你冰光细丝三十两、十匹大梭布、两匹绫机丝绸、六吊黄边钱，人不为淹渴[3]你，怕你咬了人的鸡巴！送这差不多五十两银子己你，指望你到官儿跟前说句美言，反倒证得死拍拍的[4]，有点活泛气儿[5]哩！致的人问成了死罪，打了这们一顿板子！别说我合你是邻舍家，你使了我这许些银钱；你就是世人，见了打的这们个嘴脸，也不忍的慌！狠老尻的！心里有一点慈气儿么！你待去，夹着那臭尻就走！你还想着叫我央你哩！这不是钱？你拿着一吊做盘缠往家跑，从此后你住下不住下，与我不相干了！你往后住下了，我也不能管你的饭，管你的头口了！'秀才旁牛[6]——请行！'"

高四嫂道："该骂！这扯淡的老私窠子，没主意的老私窠子！那日为甚么见他央及央及，就无可无不可[7]的夹着尻跟了他来！官

---

[1] 谷谷农农——后文也作"骨骨农农"。即咕咕曩曩，小声絮叨。这里是说些埋怨的话以发泄不满的意思。

[2] 钻干——钻营。

[3] 淹渴——"淹困"的音变。留下，留身在这件事情上的意思。

[4] 死拍拍的——结结实实，牢牢的，不能活动圆转的意思。

[5] 活泛气儿——圆转，模棱两可的意思。活泛，即活络，不确定。

[6] 秀才旁牛——旁，同"榜"，用耘锄耘地。这里以秀才文雅，不会吆喝、使唤牲口用作歇后语。

[7] 无可无不可——不表示同意，也不表示不同意，态度在依违之间。

儿跟前,我没的添减了个字儿来?贼忘恩负义砍头的!贼强人杀的!明日府里问,再不还打一百板哩!我再见了官,要不证的你也戴上长板,我把高字倒写己你!"一边数说着骂,一边收拾着被套,走到晁源床底下扯了一吊钱,扛上褡套,往外就走。一个差人正在大门底下,坐着板凳在那里修脚,看见高四嫂背了褡套,挂了一吊钱,往外飞跑,脚也没修得完,跶了鞋,赶上拉住,问说:"是甚缘故?"拦阻得回来。差人剖断了一阵,放下了褡套。晁源道:"我已是打发了路费,你已是起身去了。这是差公留回你来,以后只是差公照管你了。你黑夜也不消往这屋里睡,就往差公那屋里睡去!"高氏道:"没的家放屁!叫你那老婆也往差人屋里睡去!"晁源道:"俺老婆往后得合差人睡,还少甚哩!只怕还不得在差人屋里睡哩!"说着,合珍哥都放声叫皇天,大哭了一场,倒是个解劝的住头[1]。

恰好往道里打听批语的差人抄了批语回来,交与小柳青送进与晁大舍看。晁大舍叫把烛移到床前,读那批语道:

若计氏通奸僧道是真,则自缢犹有馀恨;确验与计氏往来者,尼也,非僧也,非道也。而施氏无风生浪,激夫主以兴波;借剑杀人,逼嫡妻以自尽。论其设心造意,谋杀是其本条;拟之威逼绞刑,幸矣。晁源听艳妾之唆使,逼元妇以投缳;伍圣道倚役诈财,卖犯漏网;均配非诬。海会、郭姑子不守空门,入人家室,

---

[1] "倒是"句——倒,疑为"那"字写刻之误。那是,即哪是。住头,山东方言,停止、终了的意思。

并杖允宜。第施氏罪关大辟，不厌详求。仰东昌府再确讯招报。

晁大舍看了批语，大喜道："这批得极是！已是把官司驳的开了！"珍哥也喜欢不了，叫晁大舍念与他听。晁大舍念道："'计氏通奸僧道是真，则自缢犹有馀恨。'——这说计氏与僧道实实有奸，虽已吊死，情犹可恨哩。又说计氏往来的，也有尼，也有道士，也有和尚。——这说的话岂不是说死的不差么？这官司开了！"喜得怪叫唤的。旋使丫头暖上酒，合珍哥在床上大饮，把那愁苦丢开了大半。那些差人在外边说道："晁相公怎么这般喜欢起来？难道是详上批得好了？却怎么道里师父对我说，详上批得十分利害？却是怎生的意思？"

晁大舍与珍哥吃了一更天气的酒，吹灯收拾睡下。到了次早，两个的棒疮俱变坏了，疼得像杀猪般叫唤。又急请了外科来看，说是行了房事，要成顽疮了，必得一两个月的工夫，方可望好。

那伍圣道又夹拶的十分沉重，一日两三次发昏。又住了五六日，那伍圣道凡遇发昏时节，便见邵次湖来面前，叫他同到阴司对理别案的事情。后来不发昏的时节，那邵次湖时刻不离的守在跟前。又过了一两日，不止于邵次湖一个了，大凡被他手里摆布死的人，没有一个不来讨命。有在他棒疮上使脚踢的，拿了半头砖[1]打的，又有在那夹的碎骨头上使大棍敲的，在那被拶的手上使针搔的。千识百样的自己通说受不得的苦，也只愿求个速死。

----

〔1〕　半头砖——山东方言，半截的砖。

又过了五六日,晁大舍合珍哥都调理得不甚痛楚,原差也不敢十分再迟,撺掇要收拾起身,往东昌府去。晁大舍、珍哥怕墩[1]得疮疼,都坐不得骡车,从新买了卧轿,两个同在轿内睡卧,雇了两班十六名夫抬着。别的依旧坐车的坐车,骑骡马的骑了骡马。那伍小川那两根腿上合那两只脚,两只手,白晃晃烂的露着骨头,没奈何了也只得上了板门,也雇了六个人,两班抬着。算还了房钱饭钱,辞谢了店家的搅扰,大家往东昌回转不提。

却说伍小川也明知死在早晚,只指望还得到东昌。一来离家不远,二来府城内也好买材收敛他的尸骸,免似那邵次湖死在路旁,使了一领破席埋了。不料头一日,仍到了前日来的那个旧主人家歇了。伍小川虽是苦不可言,却自说道:"那邵次湖的魂灵与那些讨命的屈鬼都不曾跟来。"

次日起来,大家吃了早饭,依前起身。行到那前日邵次湖死的所在,只见伍小川大叫道:"列位休要打我!——邵兄弟,你拦他们一拦!我合你们同去就是了!"张了张口,不禁几蹬摇[2]就"尚飨"去了。一干人众还在那前日住下的所在歇了轿马车辆。差人依旧寻见了前日的乡约[3]地保,要了甘结,寻了三四片破席,拼得拢来,将尸

----

〔1〕墩——山东方言,把物件重重地往下放。这里是因颠簸而重触了棒疮的意思。

〔2〕蹬摇——蹬腿挣扎。

〔3〕乡约——同本作"乡的"。"的"与"约"盖因形近而讹,据文意酌改。

裹了。就在那邵强仁的旁手〔1〕，也掘了一个浅浅的坑，草草埋了。

　　却待起身，那约保向晁大舍讨几分酒钱，晁大舍不肯与他。人也都说："成几百几十的，不知使费了多少，与他几十文也罢了。两次使了他两领破席，又费了他两张结状。"晁大舍的为人，只是叫人掐住脖项，不拘多少，都拿出来了；你若没个拿手〔2〕，你就问他要一文钱也是不肯的。那约保见他坚意不肯把与，说道："不与罢了！只是你明日回来解道，再要死在此间，休想再问我要席！"一面骂着，回去了。晁住勒回马去，要赶上打他，被那个保正拾起鸡子大的一块石来，打中那马的鼻梁，疼的那马在地上乱滚。只为着几十文钱，当使不使，弄了个大没意思。直至日将落的时分，进了府城，仍旧还在那旧主人［家］住下。

　　次日，往府里投了文，点过名去。又次日领文，方知批了聊城县。聊城审过，转详本府，又改批了冠县。一干人犯又跟到冠县，伺候十多日审过，又详本府，仍未允详，又改批了茌平县。一干人犯又跟到茌平，又伺候了半个月，连人解到本府。虽是三四次驳问，不过是循那故事，要三驳方好成招。一个刑厅问定，本道覆审过的，还指望有甚么开豁！本府分付把人犯带回本县，分别监候、讨保，听候转详。由两道两院一层层上去，又一层层批允下来，尽依了原问的罪名。珍哥武城县监禁，晁源讨保纳赎，伍圣道、邵强仁着落各家属完赃，海

---

〔1〕　旁手——旁边，相邻的地方。
〔2〕　拿手——山东方言，让别人受制于己的事物或情势。

会、郭氏亦准保在外。其馀计奇策、高氏、小柳青、小夏景俱省放宁家[1]。

　　武城县发放了出来,晁源把了珍哥的手,送珍哥到了监门首,抱了头哭得真也是天昏地暗。看的人也都坠泪。公差要缴监牌,不敢停留,催促珍哥进了监去。晁源要叫两个丫头跟进去伏事,那禁子不肯放进。差人说道:"晁相公待人岂是刻薄的?况正要仗赖你们的时节,你放他两个丫头进去不差。"那禁子也就慨允了,番转面来说道:"晁相公,你放心回去。娘子在内,凡百我们炤管,断不叫娘子受一点屈持[2]。但凡传送什么,尽来合我们说,没有不奉承的。"晁大舍称谢不尽,说:"我一回家去,就来奉谢;还送衣服铺盖与他。"作了别,走回家去。这个凄惨光景,想将来也甚是伤悲,却不知怎生排遣。有那旁人替他题四句诗道:

　　　　财散人离可奈何?监生革去妾投罗!早知今日无聊甚,何似当初差不多!

----
　　〔1〕 宁家——回家。
　　〔2〕 屈持——后文也作"曲持"。山东方言,委屈。

第十四回

囹圄中起盖福堂　死囚牢大开寿宴

愚人有横财，量小如贪酒。恰似猢狲戴网巾，丢下多少丑。
将恼看为欢，贪前不顾后。自己脊梁不可知，指倦傍人手。

——右调《卜算子》

晁大舍送了珍哥到监，自己讨了保，灰头土脸，瘸狼渴疾[1]，走
到家中。见了妹子，叙了些打官司的说话，搬上饭来，勉强吃了不多。
开了房门，进入房内，灰尘满地，蛛网牵床。那日又天气浓阴，秋深乍
冷，总铁石人也要悲酸，遂不觉嚎啕大哭。哭得住了，妹子要别了家
去，留不肯住，只得送了出门。一面先着人送了酒饭往监中与珍哥食
用，又送进许多铺陈，该替换的衣服进去。又差了晁住拿了许多银子
到监中打点：刑房公礼五两，提牢的承行十两，禁子头役二十两，小禁
子每人十两，女监牢头五两，同伴囚妇每人五钱。打发得那一干人屁
滚尿流，与他扫地的、收拾房的、铺床的、挂帐子的，极其掇臀捧屁；所
以那牢狱中苦楚，他真一毫也不曾经着。次早，又送进去许多合用的

----

〔1〕瘸狼渴疾——山东方言，形容走了远路或从事重体力劳动之后疲惫不堪的
样子。

家伙什物并桌椅之类。此后，一日三餐，茶水果饼，往里面供送不迭。

那个署捕的仓官已是去了，另一个新典史到任过了一月有馀，陕西人，姓柘，名之图。闻得珍哥一块肥肉，合衙门的人没有一个不啃嚼他的，也要寻思大吃他一顿。一日间，掌灯以后，三不知讨了监钥，自己走下监去，一直先到女监中。别的房里黑暗地洞，就如地狱一般，惟有一间房内，糊得那窗干干净净，明晃晃的灯光，许多妇人在里面说笑。

典史自推开门，一步跨进门去。只见珍哥猱着头，上穿一件油绿绫机小夹袄，一件酱色潞绸小绵坎肩，下面岔着绿绸夹裤，一双天青绉丝女靴，坐着一把学士方椅，椅上一个拱线边青段心蒲绒垫子。地下焰烘烘一个火炉，顿〔1〕着一壶沸滚的茶。两个丫头坐在床下脚踏上，三四个囚妇，有坐矮凳的，有坐草墩的。

典史问说："这是甚么所在，如何这等齐整！这个标致妇人却是何人？"那些禁子只在地下磕头。珍哥逼在墙角边站立，那些囚妇都跪在地下。禁子禀说："此系晁乡宦的儿妇。因乡宦差人分付，小的们不敢把他难为，所以只得将他松放。"典史道："原来是个囚妇，我只道是甚么别样的人！这也不成个监禁，真是天堂了！若有这样受用所在，我老爷也情愿不做那典史，只来这里做囚犯罢了！这些奴才！我且不多打你，打狼狈了不好呈堂〔2〕，每人十五板！"看着把珍

----

〔1〕 顿——同"炖"。烧、煮的意思。
〔2〕 呈堂——呈报知县当堂受审。

哥上了柙床〔1〕，别的囚妇俱各自归了监房，又问："这两个身小的也是囚妇么？"那小柳青道："俺是伏事珍姨的。"那典史道："了不得！怎有这样奇事！"把两个丫头就锁在那间珍哥住的房内，外面判了根封条封了。又就将珍哥的匣床也使封皮封住，处制那珍哥要叫皇天也叫不出了。

典史出了监，随即骑上马，出了大门，要往四城查夜。禁子使了一个心腹的人，把典史下监的事飞忙报知晁大舍，叫他忙来打点，若呈了堂，便事体大不好了。晁大舍因秋夜渐长，孤凄难寐，所以还独自一个在那里挨酒。那人敲开了门，说知此事，唬得晁大舍只紧紧的夹着腿，恐怕唬得从屁股眼里吊出心来。算记打点安排，这深更半夜怎能进得门去？若等明早开了门，他若已呈了堂，便就搭〔2〕救不得了。那传话的家人说道："若要安排，趁如今四爷在外边查夜，大门还不曾关，急急就去不迟。"

晁大舍听见说典史在外查夜，就如叫珍哥得了赦书的一般。又知典史还要从本衙〔3〕经过，机会越发可乘。叫家中快快备办卓盒暖酒，封了六十两雪花白银，又另封了十二两预备。叫家人在厅上明灼灼点了烛，生了火，顿〔4〕下极热的酒，果子按酒〔5〕攒盒，摆得齐齐

---

〔1〕　柙床——后文也作"匣床"。刑具名，一种似床的囚笼。
〔2〕　搭——同本作"荅"，盖写刻之误，今改。
〔3〕　本衙——这里指自己的住宅。
〔4〕　顿——同"炖"。这里指隔了水暖、烫。
〔5〕　按酒——下酒的菜肴。

整整的；又在对面倒厅[1]内也生了火，点了灯，暖下酒，管待下人。自己虽是革了监生，因是公子，也还照常戴了巾，穿了道袍，在大门等候。

果然候不多时，只见前面一对灯笼，一对板子，一个地方拿了一根柳棍前面开路，典史戴着纱帽，穿了一件旧蓝绸道袍，骑在马上。晁家三四个家人走到跟前，两个将马紧紧勒住，一个跪下禀道："家主晁相公闻知老爷寒天查夜，心甚不安，特备了一杯暖酒伺候老爷御寒。——这就是家主的门首，晁相公自己在道旁等候哩。"典史道："查夜公事，况且夜又太深，不便取扰。白日相会罢。"正要歹马[2]前行，晁大舍在街旁深深一躬，道："治生[3]伺候多时了，望老父母略住片时，不敢久留。"那典史见晁大舍这等殷勤，怎肯不将计就计，说道："有罪得紧。不早说晁相公自己在这里？"一面说，一面跳下马与晁大舍谦让作揖。略略辞了一辞，同晁大舍进到厅上。

那时已是十月天气，三更夜深的时候，从那冷风中走了许多寡[4]路，乍到了一个有灯有火有酒又有别样好处的一个天堂里面，也觉得甚有风景。又将他跟从的人都安置在照厅[5]里吃酒向火，晁大舍方与典史递酒接杯。随即又上了许多热菜，也有两三道汤饭。

----

[1] 倒厅——即客位。参见第八回"倒座"注。
[2] 歹马——等于说捉马、控马。歹，同"逮"。
[3] 治生——部属对长官，或治下属民中有功名的人与地方官交往时的自称。
[4] 寡——冷冷清清的意思。
[5] 照厅——与正厅相对的厅堂，即"倒厅"。

晁大舍口里老父母长，老父母短，老父母又怎么清廉，那一个上司不敬重；老父母又怎么慈爱，百姓那一个不感仰；如今朝廷破格用人，行取做科道只在眼前的事。"这都是治生由衷之言，敢有一字虚头奉承，那真真禽兽狗畜生，不是人了！"一片没良心的寡话，奉承得那典史抓耳挠腮，浑身似撒上了一升虱子的，单要等晁源开口，便也要卖个人情与他。晁源却再不提起。

典史只得自己开言说："县里久缺了正官，凡事废弛得极了，所以只得自己下下监，查查夜。谁知蹊跷古怪的事说不尽这许多：适才到了北城下，一个大胡子从那姑子庵里出来。我说：'一个尼僧的所在，怎有个胡子出来？'叫人拿他过来。他若善善的过来理辨，倒也只怕被他支吾过去了；他却听得叫人拿他，放开腿就跑。被人赶上采了一把，将一部落腮胡都净净采将下来。我心里还怪那皂隶，说：'拿他罢了，怎便把他的须都采将下来？'原来不是真须，是那戏子戴的假髯。摘了他的帽子，那里有一根头发？查审起来，却是那关帝庙住持的和尚。说那监里更自稀奇：女监里面一个囚妇，年纪也还不上二十岁，生的也算标致，那房里摆设得就似洞天一般，穿是满身的绸帛，两三个丫头伏事，都不知是怎么样进去的。适才把那些禁子每人打了十五板，把那个囚妇看着上了匣。意思要拶打一顿，明日不好呈堂。"

晁大舍故意做惊道："这只怕是小妾！因有屈官司，问了绞罪，陷在监内，曾着两个丫头进去陪伴他。老父母说的一定就是！原要专央老父母凡百仰仗看顾，实告，因连日要备些孝敬之物，备办未全，所以还不曾敢去奉渎,容明早奉恳。若适间说的果是小妾,还乞老父母青目!"典史满口应承,说:"我回去就查。若果是令宠,我自有处。"

典史就要起身。晁源还要奉酒,典史道:"此酒甚美,不觉饮醉了。"晁源道:"承老父母过称,明早当专奉。老父母当自己开尝,不要托下人开坏了酒。"典史会了这个意思,作谢去了。果然进的大门,歇住了马,叫出那巡更的禁子,分付道:"把那个囚妇开了枷,仍放他回房去罢。标致妇人不禁磕打,一时磕打坏了,上司要人不便。"说了骑着马,开了西角门进去。

那些衙门人埋怨道:"老爷方才不该放他,这是一个极好的拿手!那个晁上舍,这城里是第一个有名的刻薄人。他每次是过了河就拆桥的主子!"典史道:"你们放心,我叫他过了河不惟不拆桥,还倒回头来修桥;我还叫他替你们也搭一座小桥。你老爷没有这个本事,也敢把那妇人上在枷里么?"众人无言而退,都背地骨骨农农的道:"我这不洗了眼看哩!吃了他几杯酒,叫他一顿没下颔的话,哨的把个拿手放了,可惜了这股肥虫蚁〔1〕!"又的说道:"你没的说!曾见那小鬼也敢在阎王手里吊谎〔2〕来?"

谁知到了次日清早,晁大舍恐那典史不放心,起了个绝早,拣了两个圆混大坛,妆了两坛绝好的陈酒。昨晚那六十两银子,原恐怕他

---

〔1〕 虫蚁——猎户对禽兽的称呼,即猎物。

〔2〕 吊谎——后文也作"调谎"。山东方言,蒙骗,耍心眼儿。

乔腔，就要拿出见物来买告，见他有个体面，不好当面亵渎。他随即解开了封，又添上二十两，每个坛内是四十两。又想，要奉承人须要叫他内里喜欢，一个坛内安上了一付五两重的手镯，一个坛里放上每个一钱二分的金戒指十个，使红绒系成一处。又是两石稻米。写了通家治生的礼帖，差了晁住押了酒米。又分外犒从银十两，叫晁住当了典史的面前，分犒他衙门一干人众。众人都大喜欢。典史自己看了，叫人把酒另倒在别的坛内，底下倒出许多物事。

那个四奶奶，见了银子倒还不甚喜欢，见了那副手镯，十个金戒指，又是那徽州匠人打的，甚是精巧，止不住屁股都要笑的光景，撺掇典史把晁住叫到后边衙内管待酒饭，足足赏了一两纹银，再三说道："昨日监中实是不曾晓得，所以误有冲撞。我昨晚回来即刻就叫人放出，仍送进房里宿歇去了。拜上相公，以后凡百事情就来合我说，我没有不照管的。"千恩万谢，打发晁住出来。那些衙门人又都拉了晁住往酒店里吃酒，也都说已后但有事情，他们都肯出力。

自此以后，典史与晁大舍相处得甚是相知。典史但遇下监，定到珍哥房门口站住，叫他出来，说几句好话安慰他；又分付别的囚妇，教他们好生伏事，不许放肆。"我因看施氏的分上，所以把你们都也松放；若有不小心的，我仍旧要上桿了。"这些囚妇见珍哥如此势焰，自从他进监以来，那残茶剩饭，众婆娘吃个不了，把那几个黄病老婆吃得一个个肥肥胖胖的。连那四奶奶也常常教人送吃食进去与他。那个提牢的刑房书办张瑞风见珍哥标致，每日假献殷勤，着实有个算计之意，只是耳目众多，不便下得手。

　　过了年,天气渐渐热了,珍哥住的那一间房虽然收拾干净,终是与众人合在一座房内,又兼臭虫虼蚤一日多如一日,要在那空地上另盖一间居住。晁源与典史商量,典史道:"这事不难。"分付:"把禁子叫来。"教他如何如何,怎的怎的。那禁子领会去了。待县官升了堂,递了一张呈子,说女监房子将倒,乞批捕衙下监估计修理。典史带了工房逐一估计,要从新垒墙翻盖〔1〕,乘机先与珍哥盖了间半大大的向阳房子:一整间拆断了做住屋,半间开了前后门,做过道乘凉。又在那屋后边盖了小小的一间厨房。糊了顶格〔2〕,前后安了精致明窗,北墙下磨砖合缝,打了个隔墙叨火的暖炕〔3〕。另换了帐幔、铺陈、桌椅、器皿之类。恐怕带了臭虫过来,那些褪旧的东西都分与众人。可着屋周围又垒了一圈墙,独自成了院落。那伏事丫头常常的替换,走进走出,通成走自己的场园一般,也绝没个防闲。

　　却说晁大舍自从[与典]〔4〕史相知了,三日两头自己到监里去看望珍哥,或清早进去,晌午出来,或晌午进去,傍晚出来。那些禁子先已受了他的重贿,四时八节又都有赏私,年节间共是一口肥猪,一大坛酒,每人三斗麦,五百钱,刑房书手也有节礼,凡遇晁大舍出入,就是驿丞接老爷也没有这样奉承。自从有了这新房,又甚是干净,又

----

〔1〕 翻盖——后文也作"番盖"。山东方言,指拆掉旧房,在原来的房基上重盖新房。

〔2〕 顶格——顶棚,天花板。

〔3〕 隔墙叨火的暖炕——把炉灶砌在居室之外,烟道经过居室炕内从而取暖的炕。

〔4〕 与典——同本脱此二字,据文意酌补。

有了独自院落,那些囚妇又没处东张西看的来打搅,晁大舍也便成几日不出来,家中凡百丢的不成人家了。

四月初七日是珍哥的生日,晁大舍外面抬了两坛酒,蒸了两石麦的馍馍,做了许多的嗄饭,运到监中,要大犒那合监的囚犯,兼请那些禁子吃酒。将日下山时候,典史接了漕院[1]回来,只听得监中一片声唱曲猜枚,嚷做一团。急急讨了钥匙,开门进去,只见禁子囚犯大家吃得烂醉,连那典史进去,也都不大认得是四爷了。晁大舍躲在房中,不好出来相见。将珍哥唤到院子门前,将好话说了几句,说:"有酒时,宁可零碎与他们吃。若吃醉了,或是火烛,或是反了狱,事就大不好了。"叫皂隶们将那未吃完的酒替他收过了,把那些囚犯都着人守住,等那禁子醒来。

可见那做县官的,这监狱里面极该出其不意,或是拜客回来,或是送客出去,或是才上堂不曾坐定,或是完了事将近退堂,常常下到监里查看一遍。那些禁子牢头,不是受了贿就把囚犯恣意的放松,就是要索贿把囚犯百般凌虐。若武城县里有那正印官常到监里走过两遭,凡事看在眼里,谁敢把那不必修理的女监从新番盖?谁敢把平白空地盖屋筑墙?谁敢把外面无罪的人任意出入?只因那个长发背的老胡只晓得罚银罚纸,罚谷罚砖,此外还晓的管些甚么!后来又是个孟通判署印,连夜里也做了白日,还不够放告问刑的工夫,那里理论到监里的田地?这一日不惹出事来,真也是那狱神救护!又幸得那

---

[1]　漕院——即漕运总督。明代始设,驻淮安。因武城县紧邻运河,故言。

署印的孟通判回去府中,县中寂静无人,所以抹煞过了。晁大舍仍在监内住过了夜。

到了次日饭后,只见曲九州领了晁凤从外边进来。与晁大舍磕了头,说:"老爷、老奶奶见这一向通没信去,不知家中事体怎么样了,叫小人回家看望。说官司结了,请大爷即日起身往任上去,有要紧的事待商量哩。"晁大舍道:"有家书把与我看。"晁凤道:"书在宅里放着哩,没敢带进来。"晁大舍问道:"老爷、老奶奶这向好么?"晁凤道:"老爷这会子极心焦,为家里官司的事,愁的整夜睡不着。如今头发胡子通然莹白了,待不得三四日就乌一遍。如今把胡子乌的绿绿的,怪不好看。老奶奶也瘦的不像[1]了,白日黑夜的哭。如今梁相公、胡相公外边又搜寻得紧,恐怕藏不住他,也急待合大爷商量。"晁大舍说:"你老爷一点事儿也谋派不开,怎么做官! 有咱这们个汉子,怕甚么官司抗不住? 愁他怎么? 没要紧愁的愁,哭的哭,是待怎么? 就是他两人,咱忖量着去,可以为[2]他,咱就为他;若为不得他,咱顾铺拉[3]自己,咱没的还用着他哩!"晁凤道:"老爷作难,全是为他也有好处在咱身上,怎么下攀的[4]这个心?"晁大舍道:"这没的都是瞎屄话! 你不成干家己他银子,他就有好处到你来?

---

〔1〕 不像——不像正常的样子的意思。

〔2〕 为——帮助、救助、相处的意思。

〔3〕 铺拉——山东方言,原意是指从身体上、衣服上拂脱附着之物,引申指开脱干系。

〔4〕 下攀的——等于说下的、动的。

要依着我的主意,还要向他倒着银子哩!"晁凤就没做声,走到小厨屋内,自己妆了壶凉酒,拣了两样嗄饭吃了。

晁大舍穿了衣服,要同晁凤出去。珍哥扯着晁大舍撒娇撒痴的说:"我不放你往任上去!你若不依我说,你前脚去了,我后脚就吊杀!那辈子哩,也还提着你的小名儿咒!"晁大舍道:"我且出去看书,咱再商量。"珍哥又问:"你到几时进来?"晁大舍道:"我到外边看,要今日不得进来,我明日进来罢。"

晁大舍进到家内,晁凤递过书来,又有一搭连[1]拉不动这般沉的不知甚么东西。那晁老知道儿子不大认得字,将那书上写得都是常言俗语,又都圈成了句读,所以晁源还能一句挨一句读得将去。那旁边家人媳妇、丫头小厮,听他念那书上说爷娘怎么样挂心,怎样睡不着,娘把眼都哭肿了,没有一个不叹息的。晁大舍只当耳边风,只说道:"难道不晓得我在家里与人打官司要银子用?稍这一千两当得什么事?这也不见得在那里想我!"口里说着,心里也要算计起身,只是丢珍哥不下。算计托下家人合家人娘子照管,又恐怕他们不肯用心。欲待不去,那良心忒也有些过不去。左右思量,还得去走一遭才是。且是看京师有甚门路,好求分上搭救珍哥。

次日,带了许些任上的吃物,自己又到监中和珍哥商议,珍哥甚是不舍。说道到京好寻分上的事,珍哥也便肯放晁大舍去了。商量

---

[1] 搭连——即褡裢。一种盛钱或物的厚布袋子,两端各有一个口袋,中间开口,盛物后可以搭在肩上。

留下照管的人,晁大舍要留下李成名两口子。珍哥说:"李成名我不知怎么,只合他生生的[1],支使不惯他。不然,还留下晁住两口子罢。"晁大舍道:"要不只得留下他两口子罢,只是我行动又少不得他。"晁大舍在监里住下了,没曾出来。晁凤那日也往乡里尹家看晁大舍的妹子去了,得三日才回来。

晁大舍看定了四月十三日起身。恐旱路天气渐热,不便行走,赁了一只民座船,赁了一班鼓手在船上吹打,通共讲了二十八两赁价,二两折犒赏。又打点随带的行李,又包了横街上一个娼妇小班鸠在船上作伴,住一日是五钱银子,按着日子算,衣裳在外,回来路上的空日子也是按了日子算的,都一一商量收拾停当。

一连几日,晁大舍白日出来打点,夜晚进监宿歇。十二日,自己到四衙里辞了典史,送了十两别敬,托那典史看顾;又与捕衙的人役二两银子折酒饭;又送了典史的奶奶一对玉花、一个玉结、一个玉瓶、一匹一树梅南京段子。典史欢天喜地应承了。又把晁住媳妇安排到里面,叫晁住白日在监里照管,夜晚还到外面看家。

到了十三日早辰,晁大舍与珍哥难割难离的分了手。珍哥送晁大舍到了监门内。晁大舍把那些禁子都唤到跟前,嘱付叫他们看顾,又袖内取出银子来,说:"只怕端午日我不在家,家里没人犒劳你们,这五两银子,你们收着,到节下买杯酒吃。"那些人感谢不尽,都说:"晁相公,你只管放心前去,娘子都在我们众人身上。相公在家,娘

---

[1] 生生的——这里是有生疏感的意思。

子有人照管,我们倒也放心得下;若相公行后,娘子即如我们众人娘
子一般,谁肯不用心?若敢把娘子曲持坏了一点儿,相公回来,把我
们看做狗畜生,不是人养的!"晁大舍叫晁住媳妇子:"你合珍姨进
去罢。"

晁大舍嘁着两只满眼的泪,往外去了。到了家,看着人往船上运
行李,锁前后门,贴了封皮。嘱付了看家的人,坐上轿,往河边下了
船,船头上烧了纸,抛了神福[1],犒赏了船上人的酒饭。送的家人
们都辞别了,上岸站着,看他开船。鼓棚上吹打起来,点了鼓,放了三
个大徽州吉炮。

那日却喜顺风,扯了篷,放船前进。晁大舍搭了小班鸠的肩膀,站在
舱门外,挂了朱红竹帘,朝外看那沿河景致。那正是初夏时节,一片嫩柳
丛中,几间茅屋,挑出一挂蓝布酒帘。河岸下断断续续洗菜的、浣衣的、
淘米的,丑俊不一,老少不等,都是那河边住的村妇,却也有野色撩人。
又行了三四里,岸上一座华丽的庙宇。庙前站着两个少妇,一个穿天蓝
大袖衫子,一个上下俱是素妆。望见晁大舍的船到,两个把了手,慢慢的
迎上前来,朝着舱门口说道:"我姊妹两人不往前边送你了,改日等你回
来与你接风罢。"晁大舍仔细一看,却原来不是别人,那个穿天蓝大袖的
就是计氏,那个穿白的,就是昔年雍山下打猎遇见的那个狐精。晁大舍
唬得头发根根上竖,鸡皮垒[2]粒粒光明,问那班鸠:"见有甚人不曾?"班

---

〔1〕 神福——刊印在纸上的崇福夫人即天妃神像,在开船时祭烧。

〔2〕 鸡皮垒——鸡皮疙瘩,人受到惊吓后因皮肤毛孔收缩而形成的颗粒状突起物。

鸠说:"我并不见有甚人。"晁大舍明明晓得自己见鬼,甚不喜欢,只得壮了胆,往前撞着走。正是:

　　　　青龙白虎同为伴,凶吉灾祥未可知。

　　且看后来怎的。

第十五回

刻薄人焚林拔草　负义汉反面伤情

世态黑沉沉。刻毒机深。恩情用去怨来寻。到处中山狼一只,张牙爪,便相侵。　当日说知心。绵里藏针。险过远水与遥岑。何事腹中方寸地,把刀戟,摆森森?

　　　　　——右调《增字浪淘沙》[1]

话说太监王振虽然作了些弥天的大恶,误国欺君,辱官祸世,难道说是不该食他的肉、寝他的皮么?依我想将起来,王振只得一个王振,就把他的三魂六魄都做了当真的人,连王振也只得十个没卵袋的公公。若是那六科给谏、十三道御史、三阁下、六部尚书、大小九卿、勋臣国戚合天下的义士忠臣,大家竖起眉毛,撅起胡子,光明正大,将出一片忠君报国的心来事奉天子,行得去,便吃他俸粮;行不去,难道家里没有几亩薄地,就便冻饿不成?定要丧了那羞恶的良心,戴了鬼脸,千方百计,争强斗胜的去奉承那王振做甚?大家齐心合力,挺持得住了,难道那王振就有这样大大的密网,竭了流,打得干干净净的

---

〔1〕增字浪淘沙——同本作"增字浪涛沙","淘"与"涛"盖以同音而误,据词牌改。

不成？却不知怎样，那举国就像狂了的一般，也不论甚么尚书阁老，也不论甚么巡抚侍郎，见了他，跪不迭的磕头，认爹爹认祖宗个不了！依了我的村见识，何消得这样奉承！

后来王振恨命的撺掇正统爷御驾亲征，蒙了土木之难。正统爷的龙睛亲看他被也先杀得稀烂，两个亲随的掌家〔1〕刘锦衣、苏都督同时剁成两段〔2〕。依我论将起来，这也就是天理显报了。他的弟侄儿男，荫官封爵的，都一个个追夺了，也杀了个罄尽。又依我论将起来，这也算是国法有灵了。却道当初那些替他恬屁股的义子义孙，翻将转那不识羞的脸来，左手拿了张稀软的折弓，右手拿了几枝没翎花的破箭，望着那支死虎邓邓〔3〕的射。有的说他不死，有的说他顺了也先，有的说他死有馀恨，还该灭他三族，穷搜他的党羽。穷言杂语，激聒个不了。若再依我的村见识，他已落在井中，上不来了，又只管下那石头做甚？

那苏都督、刘锦衣恃了王振的掌家，果然也薰天的富贵了几年。依达人看将起来，不过还似他当初的时节，扮了一本《邯郸梦》、《南柯梦》〔4〕的一般。后来落了个身首异处，抄没了家私，连累了妻子。若说那梁安期，不过是刘锦衣姑表外甥，胡君宠也不过是苏都督闺女

〔1〕掌家——同本作"长家"，据下文改。
〔2〕两段——同本作"两毁"。"段"与"毁"盖因形近而讹，据文意酌改。
〔3〕邓邓——象声词，同"噔噔"。
〔4〕《邯郸梦》、《南柯梦》——即《邯郸记》、《南柯记》，明代汤显祖所著的戏曲，分别演唐人小说《枕中记》和《南柯太守传》的故事。

的儿子。两个原不曾帮了他两家作恶，也不甚指了他两家的名色诈人，不过是每人[1]作兴了千把银子，扶持了个"飞过海"[2]的前程，况还都不曾选出官去，真是狐狸小丑，还寻他做甚？却道那些扒街淘空的小人，你一疏，我一本，又说有甚么未净的遗奸，又说有甚么伏戎的馀孽，所以那梁生、胡旦都在那搜寻缉访的里边。行开了文书，撒开[3]了应捕[4]，悬了一百两的赏格，要拿这一班倚草附木的妖精。渐渐的俱拿得差不多了。

梁生、胡旦藏得这所在甚好，里边没人敢传将出去，外边又没人敢寻将进来，倒也是个铜墙铁壁。争奈那晁家的父子都有一件毛病，好的是学那汉高祖专一杀戮功臣。晁老儿虽是心里狠，外面还也做不出来。见梁生、胡旦没了势力，忖量得他断不能再会干升了，后来因他又与徐翰林相处。他如今自身也难保，还惧怕他做甚？辗转踌躇几番，要首将出去；即不然，也要好好打发他出门。当不得外面一个讲王道的西宾邢皋门，冷言讽语，说甚么病鸟依人，又讲甚么鲁朱家与季布的故事[5]，孔褒与

----

〔1〕　每人——同本作"海人"。"每"与"海"盖因形近而讹，据文意酌改。

〔2〕　飞过海——《醒世恒言》第三十六卷："大凡吏员考满，依次选去，不知等上几年。若用了钱，它选在别人前面，指日便得做官，这谓之'飞过海'。"

〔3〕　撒开——同本作"撒闻"。"开"与"闻"盖因形近而讹，据文意酌改。

〔4〕　应捕——衙门中负责缉捕的吏役。

〔5〕　"鲁朱家"句——朱家，汉初鲁人，以任侠闻名。楚人季布曾佐项羽，后来汉高祖悬赏千金缉捕他。朱家将季布藏匿在自己家中，又托滕公向汉高祖进言，终使季布得到赦免。

张俭的交情〔1〕。晁老怕他议论,不好下得手。

又亏不尽有一个煞狠要丈夫做好人,不肯学那东窗剥柑子吃〔2〕的一个贤德夫人,屡屡在枕边头说道:"我们在华亭,幸得急急离了那里,若再迟得几时,江院按临,若那些百姓一齐告将起来,成得甚么模样?亏不尽他两个撺掇我们早早离了地方,又得这等一个好缺。虽是使了几两银子,我听得人说,我们使了只有一小半钱。如今至少算来,将两年也不下二十万银子,这却有甚么本利?这也都是两个的力量。我们如今在这里受荣华,享富贵,怎好不饮水思源?况他两个,我听说多有亲戚朋友,他却不去投奔,却来投奔我们,他毕竟把我们当他一个好倚靠的泰山。我们不能庇护他罢了,反把他往死路里推将出去,这阿弥陀佛,我却下变不得〔3〕。"

所以晁老听了这些语,那心头屡次被火烧将起来,俱每次被那夫人一瓢水浇将下去。于是这梁生、胡旦也还没奈何容他藏在里边。然虽是说不尽得了夫人解劝的力量,其实得了那跨灶〔4〕干蛊〔5〕的

〔1〕 "孔褒"句——孔褒,后汉人,为孔融之兄。张俭为孔褒旧交,因举奏宦官侯览获罪,到孔家避难,时孔褒不在,孔融将其收留。后来事泄,张俭脱走,孔褒、孔融与其母争任收留之罪,诏书坐罪于孔褒。
〔2〕 东窗剥柑子吃——《朝野遗记》载:岳飞被诬系狱之后,秦桧"独居书室,食柑玩皮"。其妻王氏走进来说:"老汉何一无决耶?捉虎易放虎难也。"遂使秦桧下定了杀害岳飞的决心。
〔3〕 下变不得——等于说不忍心,下不得这个狠。今山东方言作"下意不得"。
〔4〕 跨灶——儿子胜过父亲的意思。
〔5〕 干蛊——"干父之蛊"的略语。语出《易·蛊》,意思是儿子能承继父志,做父亲所不能做的事情。

儿子不在跟前。若这个晁大舍一向住在衙中,你即有夫人的好话,晁老却不敢不听儿子的狂言。别人怕得那晁大舍是一个至奸险、至刻毒的小人,他却看得儿子就如那孔夫子、诸葛亮的圣智!

谁知这胡旦、梁生的难星将到。五月十二日,晁大舍到了张家湾,将船泊住,且不差人衙里报知,要打发小班鸠回去。除了家里预先与过的不算,又封了二十五两银子,沿路零零碎碎也做了许多衣裳,又与了四两重一付手镯、四个金戒指、一副金丁香〔1〕,也还有许多零碎之物。又称了四两银子交与船上的家长〔2〕,作回去的四十日饭钱,叫还在船上带他回去,将那剩的米面等物俱留与用度。跟他的小优儿,另外赏了二两纹银。方才先差了人往衙内通报,随后也就开船前进。临要上岸,又与小班鸠在官舱后面,却不知做了些甚么事件,喘吁吁的出来。岸上拨了许多马匹,抬了老晁坐的大轿,别了班鸠,前呼后拥的进州去了。到后面见了爹娘,说了些家常里短的话。看人搬完了行李,出到书房与邢臯门相见。许久,又走到胡旦、梁生那里叙了寒温。那胡旦、梁生心里算计,有了结义的盟兄到了,一定凡百更是周全,越发有了倚靠。谁知坐不稳龙霄宝殿罢了,还只怕要銮驾过尽哩!

过得两三日,与晁老说起胡旦、梁生的事来。那晁大舍说出那些伤天害理、刻薄不近人情的言语,无所不至,也没有这许多口学他的

---

〔1〕 金丁香——金耳坠。因耳坠的形状与丁香相似,故称。
〔2〕 家长——船家,船主。

说话。晁老听了,就如那山边的顽石听那志公长老讲《法华经》的一般,只是点头[1]。又是晁夫人说道:"小小年纪,要往忠厚处积泊,不要一句非言,折尽平生之福。我刚刚劝住了你爹,你却又发作了。你既知他是戏子小唱,谁叫托他做事,受他的好处? 又谁叫你与他结拜弟兄? 这样用人靠前,不用人靠后的事,孩儿你听我说,再休做他。你一朵花儿才开,正要往上长哩。"那晁大舍驴耳朵内晓得甚么叫是忠言! 旁边又有一个父亲帮助他,怎得不直着个脖子,强说:"娘晓得甚么! 人谁不先为自己? 你如今为了他,这火就要烧着自己屁股哩! 咱如今做着现任有司官,家里窝藏着钦犯,这是甚么小罪犯! 咱己他担着,是违背圣旨,十灭九族,拿着当顽哩!"晁夫人道:"没的家说! 他作反来? 那里放着违背圣旨,十灭九族? 有事我耽着!"晁老道:"你女人晓得甚么! 大官儿说得是。"晁夫人道:"狗! 是什么是! 我只说是爷儿们不看长!"

吃了午饭,打发晁老上了晚堂,晁大舍走到原先住的东书房内,叫了晁书、晁凤到跟前,说道:"你们别要混帐没有主意,听老奶奶的话。那两个戏子是朝廷钦犯,如今到处画影图形的拿他,你敢放在家里藏着? 这要犯出来,丢了官是小事,只怕一家子吃饭家伙都保不住哩。我想起来,他使咱这们些银子,要不按他个嘴啃地,叫他善便去

---

[1] "山边"句——晋无名氏《莲社高贤传·道生法师》:"师……入虎丘山,聚石为徒。讲《涅槃经》……群石皆为点头。"此云志公长老讲《法华经》,盖后世传说。

了,他就展爪。咱头信〔1〕狠他一下子,已他个翻不的身! 如今见悬着赏,首出来的,赏一百两银子哩。你们着一个明日到城上,我写一张首状你拿着,竟往厂卫里递了,带着人回来捉他。只咱知道,休叫老奶奶听见。就是别人跟前也休露撒出一个字来。一百两银子的赏哩! 每人分五十两,做不的个小本钱么?"

晁书看着晁凤说道:"明日你去罢,挣了赏来也都是你的。不知怎么,我往京里走的生生的。"晁凤道:"还是你去,我干不的事。先是一个心下不得狠,怎么成的?"晁大舍望着晁凤哕了一口,道:"见世报! 杭杭子的腔儿! 您怕这一百两银子扎手么?"二人道:"这事大爷再合老爷商议,别要忒冒失了。依小人们的愚见,这不该行。他在咱身上的好处不小,这缺要不着〔2〕他的力量,咱拿四五千两银子还没处寻主儿哩。就是俺两个,在苏都督家住了四五十日,那一日不是四碟八碗的款待? 他认得咱是谁? 他也不过是为小胡儿。他就在咱家住些时,只当是回席他。就是昨日华亭的事,也该感激他;要不是他,咱那里寻徐翰林去? 若不着这一封挡馋的书去,可不就像阴了信的炮燀一般罢了? 咱就按他个嘴唁地,他就爬不起来? 那南人们有根子哩。"

晁大舍道:"你这都像那老奶奶的一样淡话! 开口起来就是甚么天理,就是甚么良心,又是人家的甚么好处,可说如今的世道,儿还

----

〔1〕 头信——后文也作"投信"。索性。
〔2〕 要不着——山东方言,要不是,如果不是。

不认的老子，兄弟还不认的哥哩！且讲甚么天理哩，良心哩！我齐明日[1]不许己你们饭吃，我就看着你们吃那天理合那良心！我生平是这们个性子：该受人掐把的去处，咱就受人的掐把；人该受咱掐把的去处，就要变下脸来掐把人个够！该用着念佛的去处，咱旋烧那香，迟了甚来？你夹着屁股弯远子去墩[2]着。你看我做，你只不要破笼撒了气。透出一点风去，我拧折了你们的腿！"把晁凤、晁书雌了一头灰，撵过一边去了。倒背了手，低着头，在那院子里走过东走过西，肚里思量妙计。

到了次日清早，梳过头，走到梁生两个的房里坐下，问道："二位贤弟没有带得甚么银子么？"二人道："也有几两，不多。是待怎样？"大舍道："本府差下人来，要一万两军饷，不拘何项银两，要即刻借发。可可的把库里银子昨日才解了个罄尽。这军储要紧，咱只得衙里凑借与他，等征上来还咱。"梁生两个道："有几两银子都放手出去了，那日往这里来，谁敢再出去讨要？只将现有的几两银子带了来。两个合将拢来，不知够六百两不够？"一边从皮箱内零零碎碎的兜将拢来，却是六百三十两。梁生二人一封封递将过去，要留下那三十两零头。晁大舍道："连那三十两都凑在里边罢了。"外面总用了包袱包裹的结结实实的，把胡旦的一根天蓝鸾带捆了，叫了人抗到他自己房内。又嘱付教不要与邢皋门、晁凤、晁书知道。

----

〔1〕 齐明日——从明天开始。

〔2〕 墩——同"蹲"。

又过了一日，晁大舍把一本报〔1〕后边空纸内故意写了个厂卫的假本，说访得胡君宠、梁安期躲藏通州知州晁思孝衙内，请旨差人捉拿。故意拿了报，慌张张的走到梁生门房里，故意教人躲开了，说道："事体败露，不好了！如今奉了旨，厂卫就有差人到了！若进来搜简的没有，还好抵赖；若被他搜简出去，你二人是不消说得，我们这一家都被你累死了！"

梁生两个慌做一团，没有计策，只是浑身冷战。晁大舍说："没有别计，火速收拾行李，我着人送你们到香岩寺去，交付与那个住持，藏你们在佛后边那夹墙里面。那个去处是我自己看过的，躲一年也不怕有人寻见。那个和尚新近被强盗扳〔2〕了，是家父开了他出来。他甚感我们的恩，差人去分付他，他没有敢放肆的。事不宜迟，快些出去！"二人急巴巴收拾不迭，行李止妆了个褥套，别样用不着的衣裳也都丢下了。梁生道："有零碎银子且与几两，只怕一时缓急要用。"晁大舍道："也没处用银子，我脱不了不住的差出人去探望，再稍出去不迟。"二人也辞不及邢皋门，说："我们还辞辞奶奶出去。"晁大舍道："略等事体平平，脱不了就要进来，且不辞罢。"开了衙门，外面已有两个衙门的人伺候接着。晁大舍道："我适才已是再三分付详细了。你二人好生与我送去，不可误事。"两个衙门人诺诺连声，替他抗了褥套去了。

----

〔1〕　报——即邸报，朝廷或各省驻京机构刊印的官报。

〔2〕　扳——供述和自己有牵连，被牵涉到案内的意思。

原来香岩寺在通州西门外五里路上。那送去的二人扛了褥套，同梁生、胡旦出了西门，走到旱石桥上，大家站住了歇脚。一人推说往桥下解手，从小路溜之而已。又一个说道："这还有五六里大野路，我到门里边叫两匹马来与二位相公骑了好去。"梁生二人道："路不甚远，我们慢慢走去罢。"那人道："见成有马，门里边走去就牵来了。"将褥套阁在桥栏干上，也就做了一对半贤者〔1〕。

那梁胡二人左等右等，从清早不曾吃饭，直到了晌午。那一个先去解手的是不消说得，已是没有踪迹了，这一个去牵马的又复杳无音信。那时正是六月长天，饿得肚里热腾腾的火起。那旱石桥上到是个闹热所在，卖水果的，卖大米水饭的一行两行的挑过，怎当梁胡二人半个低钱也不曾带了出来，空饿得叫苦连天，却拿甚么买吃？两个心里还恨说道："这两个差人，只见我们两个换了这褴褛衣裳，便却放不在眼里！那晓得我们是晁大舍的义弟。过两日见了晁大舍，定要说了打他！"又想自己耽着一身罪名，要出来避难的，却怎坐在这冲路的桥上？幸喜穿了破碎的衣裳，刚得两薄薄的被套，不大有人物色〔2〕。商量不如自己抗了行李，慢慢的问到香岩寺去。晁大舍曾言已着人合住持说过了，我们自去说得头正，他也自然留住。

各人〔3〕把被套抗在肩头，问了路，走了五六里，倒也果然有座香岩寺，规模也甚是齐整。二人进了山门，又到了佛殿上叩了头，问

---

〔1〕 半贤者——这里是半路上归隐而去的意思。
〔2〕 物色——注目；辨别。
〔3〕 各人——山东方言，自己。

了那住持的方丈。两个径自走进客座里面,只见一个小僧雏走来问道:"你二人是做甚的?"梁胡两个道:"我们是州太爷衙里边出来的亲眷,特来拜投长老。"那僧雏去了一会,只见那长老走将出来。但见:

> 年纪不上五十岁,肉身约重四百斤。鼾鼾动喘似吴牛,赳赳般狠如蜀虎。垂着个安禄山的大肚[1],看外像[2],有似弥勒佛身躯;藏着副董太师[3]的歪肠[4],论里边,无异海陵王[5]色胆。

两个迎到门外,那和尚从新把他两个让到里面,安了坐,略略叙了来意。长老看他两个都才得二十岁的模样,那梁生虽是标致,还有几分像个男子;那个胡旦,娇媚得通似个女人,且是容貌又都光润,不像是受奔波的,却如何外面的衣服又这等破碎?再仔细偷看他们的里面,却也虽不华丽,却都生罗衫裤,甚是济楚[6]。若果是州衙里亲眷,怎又没个人送来?虽说有两个人都从半路里逃去,这又是两头

----

[1] "安禄山"句——安禄山,唐代胡人,玄宗时兼任平卢、范阳、河东节度使,旋起兵叛唐,引发安史之乱,后被其子安庆绪杀死。史载安禄山极肥胖,腹缓及膝,奋两肩若挽牵者乃能行。玄宗尝问他:"胡腹中何所有而大?"禄山回答说:"唯赤心耳!"

[2] 外像——山东方言,人的外表、仪态。

[3] 董太师——后汉董卓,废少帝,立献帝,又挟献帝自洛阳西迁长安,专断朝政,自为太师。后为王允、吕布所杀。

[4] 歪肠——同本作"歪赐"。"肠"与"赐"盖因形近而讹,据文意酌改。

[5] 海陵王——金废帝完颜亮,以荒淫著称,后被部将杀死于瓜洲。金世宗时追废为海陵王。

[6] 济楚——整齐;鲜明。

不见影的话，又怎生不留他在衙里，却又送他往寺里来？只怕果是亲眷，在衙里干了甚么见不得人的勾当。走出来了，又该走去罢了，如何反要住在这里？他说不住使人出来探望，且再看下落。一面叫人收拾斋来吃了。

这寺原是奉皇太后敕建，安藏经焚修的所在，周围有二三十顷赡寺的地。所以这和尚是钦授了度牒来的，甚是有钱，受用得紧。虽是素斋，却倒丰洁。二人吃了斋，和尚收拾了一座净室，叫他两个住歇。等到日夕，掌了灯，何尝有个人来探问？又留吃了晚斋，乘了会凉，终不见个人影。两个还不道是晁大舍用了调虎离山计，只疑道是转了背[1]锦衣卫差人到了，正在衙里乱哄也未可知。但没个凭据，怎好住得安稳？

连住了三四日，和尚径不见有个州里的人出来，一发疑心起来，要送他两个起身。二人道："我们的行李盘缠尽数都在衙里。原说待几日就使人接了进去，所以丝毫也不曾带了出来。每人刚得一个梳匣，两三把钥匙，此外要半个低钱也是没有的，怎么去得？待我写一封书，老师傅使个的当人下到州里，讨个信息出来。"讨了一个折柬，一个封筒，恐怕和尚不信，当了和尚的面写道：

前日匆匆出来，未及辞得老爷奶奶，歉歉！送的两人俱至旱石桥上，一个推说净手，一人推去催马，俱竟去不来。弟等候至午转，只得自肩行李，投托寺内。幸得长老大看仁兄体面，留住

----

〔1〕 转了背——转过身来。指离开州衙的这段时间。

管待。近日来信息不通，弟等进退维谷。或住或行，速乞仁兄方略。手内片文也无，仍乞仁兄留意。知名不具。

写完，用糨粘封了口。长老使了一个常往州里走动的人，叫他到州里内衙门口说："三日前，衙里出来两位相公，住在寺里。等衙里人不出去，叫我送进这封书来。"把衙门的传了进去。晁大舍自己走到传桶跟前，回说："我衙里相公自然在衙里住，却怎的送到寺里？这却是何处光棍指称打诈？即刻驱逐起身！稍迟，连满寺和尚都拿来重处！"唬得那个下书的金命水命〔1〕的往寺里跑，将了原书，同了梁胡二人，回了长老的话。二人听得，都呆了半晌，变了面色，气得说不出话来。那长老便也不肯容留，只是见胡旦生得标致，那个不良的念头未曾割断。随即有两地方来到寺里查问。幸得那长老是奉敕剃度的，那地方也不敢放肆，说了说，去了。

胡旦二人道："我们去，是半步也行不得的。没有分文路费，怎么动身？只好死在这里罢了！左右脱不了是死！"把那前后左右从根至尾的始末，怎样借银子，怎样打发出来，尽情告诉了那和尚。长老道："原来是如此！这是大舍用了计。你那六百两和行李，准还〔2〕那干官的银子。你倒是把实情合老僧说得明白，这事就好处了。你且放心住下，寺里也还有你吃的饭哩。你两个依我说，把头发且剃吊了，暂做些时和尚。不久就要改立东宫，遇了赦书，再留发还

---

〔1〕　金命水命——歇后语，隐"不如逃命"。这里是逃走、离开的意思。

〔2〕　准还——抵偿；折还。

俗不迟。目下且在寺里住着，量他许大的人物，也不敢进我寺里寻人。"胡梁两个道："若得如此，我二人情愿终身拜认长老为师，说甚么还俗的话。况我们两个虽定下了亲，都还不曾娶得过门。若后来结得个善果，也不枉了老师父度脱一场。"且把这胡梁二人削发为僧的事留做后说。

却说那晁大舍用了这个妙计，挤发出梁生、胡旦来了，那晁老钦服得个儿子就如孔明再生，孙庞[1]复出。那日地方回了话，说道："梁胡两个都赶得去了。"晁老喜得就如光身上脱了领蓑衣的一般。只是那晁夫人听见儿子把梁生、胡旦打发得去了，心中甚是不快，恼得整两日不曾吃饭。又怪[2]说："这两个人也奇！你平常是见得我的，你临去的时节，怎便辞也不辞我一声，俒长去了？想是使了性子，连我也怪得了。但不肯略忍一忍，出到外面被人捉了，谁是他着己的人？"老夫人关了房门，痛哭了一个不歇，住了声，却又不见动静。

丫头在窗外边张了一张，一声喊起，连说："不好了！老奶奶在床栏干上吊着哩！"大家慌了手脚，掘门的掘门，拆窗的拆窗，从堂上请了晁老下来，从书房叫了晁源来到，灌救了半晌，刚刚[3]救救转来。

晁老再三体问，丫鬟媳妇们都说："不知为甚，只是整两日不曾吃饭。刚才关了房门，又大哭了一场，后来就不见动静了。从窗孔往

------

〔1〕 孙庞——战国时期的军事家孙膑和庞涓，二人均以谋略著称。

〔2〕 怪——埋怨；责怪。

〔3〕 刚刚——慢慢。

里张了一张,只见老奶奶在床上吊着。"晁老再三又向晁夫人详问:"果真是为何来?"晁夫人道:"我不为甚么。趁着有儿子的时候我早些死了,好叫他披麻带孝,送我到正穴里去。免教死得迟了,被人说我是绝户[1],埋在祖坟外边!"晁老道:"我不晓得这是怎生的说话!这等一个绝好的儿子,我们正要在他手里享福,快活半世哩,为何说这等不祥的言语?"晁夫人道:"我虽是妇人家,不曾读那古本正传,但耳躲内不曾听见有这等刻薄负义没良心的人干这等促狭[2]短命的事,会长命享福的理! 怎如早些闭了口眼,趁着好风好水的时节挺了脚[3]快活? 谁叫你们把我救将转来!"

那晁老的贤乔梓[4]听了晁夫人的话,也不免毛骨悚然。但那晁夫人还不晓得把他的银子劫得分文不剩,衣服一件也不曾带得出去,差了地方赶逐起身这些勾当哩! 大家着实解劝了一番,安慰了晁夫人。事也不免张扬开去,那邢皋门也晓得了。正是:

　　和气致祥,乖气致异。这样人家,那讨福器?

从此后,那没趣的事也渐渐来也。

　　评曰:平空一块白地,生生造作出层峦叠嶂,曲水流觞。花木扶疏,禽鱼出没,隋室之迷楼,秦家之咸阳,不是过也。

---

〔1〕绝户——没有后代的人,又特指没有儿子的人。
〔2〕促狭——也作"促恰"、"促搯"。居心不良,刁钻刻薄。
〔3〕挺了脚——伸直了腿,意谓死去。
〔4〕乔梓——父子。

第十六回

义士必全始全终　哲母能知亡知败

　　乾坤有善气。赋将来、岂得问雌雄? 有须眉仗义,脂粉成仁,青编彤管[1],俱足流风。休单说、穆生能见蚤[2],严母且知终[3]。圣贤识见,君子先几,闺媛后虑,懿躅[4]攸同。

谁说好相逢? 为全交、合受牢笼。牛马任呼即应,一味员通。叹痴人不省,良朋欲避,慈母心悲,兀自推聋。教人爱深莫助,徒切忡忡!

　　　　　　　　　　　　　　——右调《风流子》

　　香岩寺的住持择了剃度的吉日,与梁胡二人落了发。梁生的法

[1] 青编彤管——青编,即书籍。古代书籍常用青色的布帛做封套,故称。彤管,杆身漆朱的毛笔。

[2] 穆生能见蚤——据《汉书·楚元王传》:穆生、白生、申公俱为高祖少弟刘交故人,后刘交封楚王,以穆生等为中大夫。穆生不饮酒,楚王置酒即为他设甜酒。王死后,嗣立者不设甜酒,穆生知其有倦怠意,谢病而去。白生、申公留侍后王,果受其辱。蚤,同"早"。

[3] 严母且知终——据《汉书·酷吏传》:严延年为河南太守,性严酷,论杀囚犯至流血数里,河南号曰"屠伯"。其母来看他,见状不肯入府,对延年说:"我没有想到,在我的晚年会有将见到你遭刑戮的那一天! 我走了,先回家去为你打扫好墓地!"后延年果然被诛杀。

[4] 懿躅——美好的事迹。

名叫做"片云"，胡旦的法名叫做"无翳"。二人都在那住持的名下做了徒弟，随后又都拨与他事管，与那住持甚是相得。

如今且说那邢皋门的行止。这个邢皋门是河南淅川县人，从小小的年纪进了学，头一次岁考补了增〔1〕，第二遍科考补了廪〔2〕。他这八股时文上，倒不用心在上面钻研，只是应付得过去就罢了，倒把那正经工夫多用在典坟子史别样的书上去了，所以倒成了个通才，不象那些守着一部《四书》本经，几篇滥套时文，其外一些不识的盲货。但虽是个参政〔3〕的公子，他的乃父是我朝数得起一个清官，况又去世久了，所以家中也只淡薄过得。自己负了才名，又生了一副天空海阔的心性，洒脱不羁的胸衿，看得那中举人进士即如在他怀袖里的一般。

又兼他那一年往省城科举，到了开封城外，要渡那黄河。他还不曾走到的时节，那船上已有了许多人，又有一个像道士模样的，也同了一个科举的秀才走上船来。那道人把船上的许多人略略的看了一看，扯了那个同来的秀才，道："这船上拥挤的人忒多了，我们缓些再上。"复登了岸去。那个秀才问他的缘故，道士回说："我看满船的人鼻下多有黑气，厄难只在眼下了。"说不了，只见邢皋门先走，一个

----

〔1〕　补了增——递补为增广生员。明代的增广生员名列廪膳生员之后，无权享受廪膳补贴，但可以免除赋税徭役。

〔2〕　补了廪——递补为廪膳生员。秀才取得廪膳生员的资格后可以享受廪膳补贴，故又称"食饩"。

〔3〕　参政——明代各省承宣布政使之下设左右参政，从三品，为布政使的佐贰官员。

小厮挑了行李走来上船。那个道士见邢皋门上在船上，扯了那个秀才道："有大贵人在上面，我们渡河不妨了。"那时正是秋水大涨，天气又不甚晴明，行了不到一半，只见一个遮天映日的旋风从水上扑了船来。船上稍公水手忙了手脚。只听见空中喝道："尚书在船，莫得惊动！"那个旋风登时散开去，一霎时将船渡过。那些在船上的人大半是赶科举的秀才，听了空中的言语，都像汉高祖筑坛拜将，人人都指望要做将军，谁知单只一个韩信。

大家上了岸，那个道人另自与邢皋门叙礼，问了乡贯姓名。临别，说道："千万珍重！空中神语，端属于公，十五年间取验。楚中小蹶，不足为意，应中流之险也。此外尽俱顺境，直登八座〔1〕。"邢皋门逊谢而别。后来果然做到湖广巡抚，为没要紧的事被了论，不久起了侍郎，升了户部尚书。这是后日的结果，不必细说。他指望那科就可中得，果然头场荐了解，二场也看起来，偏偏第三场落了一问策草，誊录所举将出来，监临把来堂贴了。房考等三场不进去，急得只是暴跳，只得中了个副榜〔2〕。想那道士说十五年之间，并不许今科就中，别人到替他烦恼，他却不以为事，依旧是洒洒落落的衿怀。

----

〔1〕 八座——《文选》任昉《齐竟陵文宣王行状》："八座初启，以公补尚书令。"指尚书一类的高官。

〔2〕 副榜——明代科举制度，于正榜之外另取若干名，称为副榜。乡试名列副榜者可准做贡生，称副贡。

有一个陆节推[1]，其父与邢皋门的父亲为同门的年友，最是相知，那个年伯也还见在。陆节推行取进京，考选了兵科给事。因与邢皋门年家兄弟，闻得他家计淡薄，请他到京，意思要作兴他些灯火之资，好叫他免了内顾，可以读书，差了人竟到淅川县来请他。他也说帝王之都，不亲自遍历一遭，这闻见必竟不广，遂收拾了行李，同来人上了路。不半月期程[2]，到了陆给事衙内，相见了，甚是喜欢。连住了三个月，也会过了许多名士，也游遍了香山、碧云各处的名山，也看了许多的奇物，也听了许多的奇闻，也看了许多的异书秘笈，心里甚是得意，道："不负了此行。"

陆给谏旋即管了京营，甚是热闹。陆给谏见他绝没有干预陈乞的光景，又见他动了归意，说道："请了兄来，原是因年伯宦囊萧索，兄为糊口所累，恐误了兄的远大，所以特请兄来，遇有甚么顺理可做的事，不惮效一臂之力，可以济兄灯火。况如今京营里边尽有可图的事，兄可以见教的，无妨相示。"邢皋门道："但凡顺理该做的事，兄自是该做，何须说得？若是那不顺理不该做的，兄自是做不去，我也不好说得，坏了兄的官箴，损了我的人品。况且钱财都有个分定，怎强求得来？蒙兄馆谷[3]了这几时，那真得处不少。那身外的长物，要他做甚？"陆给谏道："兄的高洁，真是可敬。但也要治了生，方可攻

---

〔1〕　节推——即推官。唐代于节度使下置推官，故有此称。明代于各府置推官，为正七品，掌管司法刑狱。
〔2〕　期程——同本作"其程"，据文意酌改。
〔3〕　馆谷——居其馆，食其谷。即食宿款待之意。

苦。"邢皋门道:"也还到不得没饭吃的田地哩。"

又过几日,恰好晁老儿选了华亭知县。陆给谏因是亲临父母官,晁老又因陆给谏是在朝势要,你贵我尊,往来甚密。一日,留晁老在私宅吃酒,席上也有邢皋门相陪。那个邢皋门就是又清又白的醇酒一般,只除了那吃生葱下烧酒的花子不晓得他好,略略有些身分的人没有不沾着就醉的。晁老虽是肉眼凡睛,不甚晓得好歹,毕竟有一条花银带在腰里的造化,便也不大与那生葱下烧酒的花子相同,心里也有几分敬重。

一日,又与陆给谏商量,要请个西宾。陆给谏道:"这西宾的举主[1]却倒难做。若不论好歹,那怕车载斗量;若拣一个有才又有行,这便不可兼得了。又有那才行俱优,却又在那体貌上不肯苟简,未免又恐怕相处不来。眼底下倒有一个全人,是前日会过的邢皋门,不惟才德双全,且是重义气的人,心中绝无城府,极好相处的。若得这等一人,便其妙无穷了。"晁老道:"不知敢借重否?"陆给谏道:"待我探他一探,再去回报。"

送得晁老去了,走到邢皋门的书房,正见桌上摊了一本《十七史》,一边放了碟花笋干,一碟鹰爪虾米,拿了一碗酒,一边看书,一边呷酒。陆给谏坐下,慢慢将晁老请做西宾的事说将入来。邢皋门沉吟了一会,回说道:"这事可以行得。我喜欢仙乡去处,文物山水,甲于天下,无日不是神游。若镇日只在敝乡株守,真也是坐井观天。

----

[1] 举主——推荐者。

再得往南中经游半壁，广广闻见，也是好的。况以舌耕得他些学赀，这倒是士人应得之物。与的不叫是伤惠，受的不叫是伤廉。这倒是件成己成物的勾当。但不知他真心要请否？若他不是真意，兄却万万不可把体面去求他。"陆给谏道："他只不敢相求。若蒙许了，他出自望外，为甚用体面央他！"

傍晚，晁老投了书进来，要讨这个下落。陆给谏将晁老的来书把与邢皋门看了，商量束脩数目，好回他的书。邢皋门[1]道："这又不是用本钱做买卖，怎可讲数厚薄？只是凭他罢了。这个也不要写在回书里面。"陆给谏果然只写了一封应允的书回复将去。

次早，晁老自己来投拜帖，下请柬，下处齐整摆了两席酒，叫了戏文，六两折席，二十四两聘金，请定过了。邢皋门也随即辞了陆给谏，要先自己回去安一安家，从他家里另到华亭。雇了长骡，晁老又送了八两路费，又差了两人伺候到家，仍要伺候往任上去。陆给谏送了一百两银子，二十两赆仪，也差了一个人伴送。晁老到任的那一日，邢皋门傍晚也自到了华亭，穿了微服，进入衙中。

那晁老一个教书的老岁贡，刚才撺吊了"诗云子曰"，就要叫他戴上纱帽，穿了员领，着了皂靴，走在堂上，对了许多六房快皂，看了无数的百姓军民，一句句说出话来，一件件行开事去，也是"庄家老儿读祭文——难"。却亏不尽邢皋门原是个公子，见过仕路上的光

<hr>

[1] 邢皋门——同本作"那皋门"。邢，此下或误作"那"、"刑"，皆据上文校改，不再出校记。

景,况且后来要做尚书的人,他那识见才调自是与人不同。晁老只除了一日两遍上堂,或是迎送上司及各院里考察,这却别人替他不得,也只得自己出去。除了这几样,那生旦净末一本戏文,全全的都是邢皋门自己一个唱了。且甚是光明正大,从不晓得与那些家人们猫鼠同眠,也并不曾到传桶边与外人交头接耳。外边的人也并没有人晓得里面有个邢相公。有了这等一个人品,晁老虽不晓得叫是甚么"无思不服"[1],却也外面不得不致敬尽礼。

可煞作怪,那晁夫人虽是个富翁之女,却是乡间住的世代村老。他的父亲也曾请了一个秀才教[2]他儿子读书,却不晓的称呼甚么先生,或叫甚么师傅,同了别的匠人叫做"学匠"。一日,场内晒了许多麦,倏然云雷大作起来,正值家中盖造,那些泥匠、木匠、砖匠、锯匠、铜匠、铁匠,都歇了本等的生活,拿了扫帚木掀,来帮那些长工庄客救那晒的麦子。幸得把那麦子收拾完了,方才大雨倾将下来。那村老儿说道:"今日幸得诸般匠人都肯来助力,所以不致冲了麦子。"从头一一数算,各匠俱到,只有那学匠不曾来助忙。又一日,与两个亲眷吃酒,合那小厮说道:"你去叫那学匠也来这里吃些罢了,省得又要各自[3]打发。"那个小厮走到书堂,叫道:"学匠,唤你到前边大家吃些饭罢,省得又要另外打发。"惹的那个先生凿骨捣髓的臭骂了

---

[1] 无思不服——语出《诗经·大雅·文王有声》。宋朱熹集传:"无思不服,心服也。"

[2] 教——同本作"叫",盖以同音而误,据文意酌改。

[3] 各自——山东方言,等于说另外。

一场,即刻收拾了书箱去了。却不知怎的,那晁夫人生在这样人家,他却晓得异样尊敬那个西宾,一日三餐的饮食,一年四季的衣裳,大事小节,无不件件周全。若止靠了外边〔1〕的晁老,也就不免有许多的疏节。邢皋门感激那晁老不过二分,感激那夫人倒有八分,所以凡百的事,真真是尽忠竭力,再没有个不尽的心肠。

后来,从晁源到了华亭,虽也不十分敢在邢皋门身上放肆,那蔡胗膀、潘公子、伯颜大官人的俗气也就令人难当。幸得邢皋门有一个处厌物的妙法:那晁源跳到跟前,他也只当他不曾来到;晁源转背去了,他也不知是几时脱离;晁源口里说的是东南,邢皋门心里寻思的却是西北;所以邢皋门到一毫也没有嫌憎他的意思。只是晁源第一是嗔怪爹娘何必将邢皋门这般尊敬,又指望邢皋门不知怎样的奉承,那知他又大落落的,全没些瞅睬。若与他一溜雷〔2〕发狂胡做,倒也是个相知,却又温恭礼智,言不妄发,身不妄动的人。

晁源已是心里敢怒,渐渐的口里也就敢言了。邢皋门又因他爹娘的情面,只不与他相较。后来又陪了晁老来到通州,见晁源弃了自己的结发,同了娼妾来到任中,晓得他不止是个狂徒,且是没有伦理的人了。又知道他与梁生、胡旦结拜弟兄,这又是绝低不高,没有廉耻的人了。又晓得他听了珍哥的说话逼死了嫡妻,又是忍心害理的了。又晓得他把胡旦、梁生的行李银子挤了个干净,用了计策赶将出

----

〔1〕 外边——同本作"外迹"。"边"与"迹"盖因形近而讹,据文意酌改。

〔2〕 一溜雷——山东方言,结为同道、做成一路的意思。

去,这又是要吃东郭先生的狼一般了。"生他的慈母尚且要寻了自尽,羞眼见他,我却如何只管恋在这里? 这样刻毒,祸患不久就到了。我既与他同了安乐,怎好不与同得患难? 若不及早抽头,更待何日?"托了回家科考,要辞了晁老起身。晁老虽算得科考的日子还早,恃了有这个一百当的儿子,也可以不用那个邢皋门。晁源又在父亲跟前恨命怂恿得紧。看了日子,拨了长马,差定了里外送的人,预先摆酒送行,倒也还尽成个礼数。

邢皋门行后,晁大舍就住了邢皋门的衙宇,摄行相事起来。却也该自己想度一想度,这个担子,你揣量担得起担不起? 不多几时,弄得个事体就如乱麻穿〔1〕一般。张三的原告梢在李四的详文,徒罪的科条引到斩罪的律例。本道是个参政的官衔,他却称他是金事。那官衔旁里小字批道:"的系何日降此二级?"一个上司丁了父艰〔2〕,送长夫的禀内说他有"炊臼之变"〔3〕。那上司回将书来,说道:"不孝积愆无状,祸及先君。荆布人幸而无恙,见与不孝同在服丧,何烦存唁!"看了书,还挺着项颈强说:"故事上面〔4〕说,有人梦见'炊臼',一个圆梦的道:'是无父也。'这上司不通故事,还敢驳

----

〔1〕 乱麻穿——即乱麻串,理不清头绪的乱麻。穿,同"串"。

〔2〕 丁了父艰——因父亲去世回家守制。同本作"下了父艰"。"丁"与"下"盖因形近而讹,据文意酌改。

〔3〕 炊臼之变——唐段成式《酉阳杂俎·梦》:"卜人徐道昇,言江淮有王生者,榜言解梦。贾客张瞻将归,梦炊于臼中。问王生,生言:'君归不见妻矣。臼中炊,故无釜也。'"无釜,谐音"无妇",惟丧妻之事。下文说晁源引了这个典故,但却将"无釜"错会成"无父",误将丧妻之典用在上司丧父之事上。

〔4〕 上面——同本作"土面"。"上"与"土"盖因形近而讹,据文意酌改。

人!"晁老儿也不说叫儿子查那故事来看看,也说那上司没文理。这只邢皋门去了不足一月,干出这许多花把戏了,还有许多不大好的光景。

晁夫人又常常梦见他的公公扯了他痛哭,又常梦见计氏脖子[1]里拖了根红带与晁源相打,又梦见一个穿红袍戴金幞头的神道坐在衙内的中厅,旁边许多判官鬼卒,晁源跪在下边,听不见说的是甚话,只见晁源在下面磕几个头,那判官在簿上写许多字,如此者数次。神道临去,将一面小小红旗,一个鬼卒,插在晁源头上,又把一面小黄旗插在自己的窗前。

晁夫人从那日解救下来,只是恶梦颠倒,心神不宁。又兼邢皋门已去,晁源甚是乖张,晁老又绝不救正,好生难过。一日,将晁书叫到跟前,说道:"这城外的香岩寺就是太后娘娘敕建的香火院,里面必有高僧。你将这十两银子去到那里寻着住持师傅,叫他举两位有戒行的,央他念一千卷救苦难观世音菩萨的宝经,这银子与师傅做经钱。念完了,另送钱去圆经。把事干妥当回话。"

晁书领了命,回到自己房里,换了一道新鲜衣帽,自己又另袖了三两银子在手边,骑了衙里自己的头口,跟了一个衙门青夫,竟往香岩寺去。到了住持方丈里边,恰好撞见胡旦,戴了一顶缨纱瓢帽,穿了一领栗色的湖罗道袍,僧鞋净袜,拿了两朵千叶莲花,在佛前上供。

---

〔1〕　脖子——同本作"頸子"。"頯"与"頸"二字盖因形近而讹。"頯"字今改简化汉字。

晁书乍见了个光头,也还恍恍惚惚的,胡旦却认得晁书真切。彼此甚是惊喜,各人说了来的缘故。

恰好那日住持上京城与一个内监上寿去了,不在寺中。梁生也随即出来相见,备了齐整斋筵款待晁书,将晁大舍问他借银子,剩了三十两,还不肯叫他留下,还要了个干净,第二日又怎样看报,"将我们两人立刻打发出来,一分银子也没有,一件衣裳也不曾带得出来。我们要辞一辞奶奶也是不肯的。叫两个公差,说送我们到寺。只到了旱石桥上,一个推净手,一个推说去催马,将我们撇在桥上,竟自去了。我们只得自己来到寺里,蒙长老留住。大官人原说不时差人出来照管,住了三四日,鬼也没个来探头。我们写一封书,长老使了一个人送到衙里。大官人书也不接,自己走到传桶边,千光棍、万光棍,骂不住口,还要拿住那个送书的人。随后差了两个地方,要来驱逐我们两个即时起身。若是我们有五两银子在手边,也就做了路费回南去了。当不得分文没有,怎么动得身?只得把实情告诉了长老。长老道:'你两个一分路费也没有,又都有事在身上,这一出去,定是撞在网内了。不如且落了发,等等赦书再处。'所以我们权在这边。大官人行这样毒计罢了,只难为奶奶是个好人,也依了他干这事!又难为你与凤哥,我们是怎样的相处,连一个气息也不透些与我们。我们出来的时节,你两个故意躲得远远去了!"

晁书听说,呆了半晌,说道:"这些详细,不是你们告诉,莫说奶奶,连我们众人都一些也不晓得。这都是跟他来的曲九州、李成名这般人干的营生。头〔1〕你们出来的两日前边,把我与晁凤叫到跟前,他写了首状,叫我们两个到厂卫里去首你们,受那一百两银子的赏。我们不肯,把我们哕了一顿,自己倒背了手,走来走去的一会,想是想出这个'绝户计'来了。你们说奶奶依他做这事,奶奶那里知道! 他只说外边搜捕得紧,恐被你连累,要十灭九族哩。算记送你们出来,奶奶再三不肯,苦口的说他;他却瞒了奶奶,把你们打发出来了。那一日,连我们也不知道,及至打发早饭,方知你们出去了。后来奶奶知道,自己恼得〔2〕整两日不曾吃饭,哭了一大场,几乎一绳吊死,幸得解救活了。"

梁胡二人吃惊道:"因甚为我们便要吊死?"晁书道:"倒也不是为你们。奶奶说他干这样刻毒短命的事,那有得长命在世的理? 不如趁有他的时节,好叫他发送到正穴里去,省得死在他后边,叫人当绝户看承〔3〕。这奶奶还不晓得把你们的银子、衣裳都挤了个罄净。你那银子共是多少?"胡旦道:"我们两个合拢来,共是六百三十两。那时我们要留下那三十两的零头,他却不叫我们留下。使了一个蓝布包袱,用了一根天蓝鸳带捆了,李成名抗将去了。我们两人四个皮箱里,不算衣裳,也还有许些金珠,值钱的东西也约够七八百两。仗赖你回去,对了老爷、奶奶替我们说声,把那皮箱留下,把银子还我们也便罢了。"晁书道:"你们的这些事情,我回去一字也不敢与老爷说

----

〔1〕 头——去;在。
〔2〕 恼得——同本作"脑得",据文意酌改。
〔3〕 看承——山东方言,看待;对待。

的。他就放出屁来，老爷只当是那里开了桂花了。我这回去，待我就悄悄与奶奶说，奶奶自然有处。你把这经钱留下，待老师傅回来，请人快念完经。圆经的时节，我出来回你的话。"

晁书吃完了斋，依旧骑了马去衙中回过了话。看见没人跟在面前，晁书将寺中遇见梁生、胡旦的事情，从头至尾，对了晁夫人学了个详细。晁夫人听了，就如一桶雪花冷水劈头浇下一般，又想道："这样绝命的事，只除非是那等飞天夜叉，或是狼虎，人类中或是那没了血气的强盗，方才干得出来！难道他果然就有这样事情？只怕是梁胡两个怪得打发他出去，故意诬赖他，也不可知。他空着身，不曾拿出皮箱去，这是不消说得了。只是那银子的事，他说是李成名经手的，不免叫了李成名来悄悄的审问他。"又想："那李成名是他一路的人，他未必肯说。泄了关机，被他追究起那透露的人来，反教那梁胡两个住不稳，晁书也活不停当了。"好生按捺不下。

可可的那日晁源不曾吃午饭，说有些身上不快，睡在床上。晁夫人怀着一肚皮闷气，走到房里看他，只见晁源一阵阵冷颤。晁夫人看了一会，说道："我拿件衣裳来与你盖盖。"只见一床夹被在脚头皮箱上面，晁夫人去扯那床夹被，只见一半压在那个蓝包裹底下，大沉的〔1〕那里拉得动。那包裹恰好是一根天蓝鸾带井字捆得牢牢的，晁夫人方才信得是真。

---

〔1〕 大沉的——山东方言，很重，甚重。也说"大沉沉的"，此处后一"沉"字脱去，为本书常见的语音脱落现象。

　　晁夫人知道儿子当真做了这事，又见他病将起来，只怕是报应得恁〔1〕快，慌做一团，要与晁老说知，赔那两个的衣物。知道晁老的为人，夫人的好话只当耳边之风，但是儿子做出来的，便即钦遵钦此，不违背些儿。"银子衣裳赔他不成，当真差人把他赶了去，或是叫人首到厂卫，这明白是我断送他了。罢！罢！我这几年里边，积得也有些私房，不如够与不够，我留他何用？不如替他还了这股冤债，省得被人在背后咒骂。"

　　次日，又差了晁书，先袖了二百银子，仍到香岩寺内，长老也还不曾回来。晁书依了夫人的吩咐，说道："这事奶奶梦也不知。奶奶有几两私房银子，如数替他偿还，一分也不肯少。这先是二百两交你们，且自收下。别的待我陆续运出来。你的皮箱，如得便，讨出还你，如不便，也索罢了。若如今问他索计，恐怕他又生歹计出来害你们，千万叫你两个看奶奶分上，背后不要咒念他。"梁生二人道："阿弥陀佛，说是什的话！凭他刻毒罢了，我们怎下得毒口咒他！我们背后替奶奶念佛祝赞倒是有的，却没有咒念他道理。"又留晁书齐整的吃了斋回衙去，回复了夫人的话。夫人方才有了几分快活。

　　又过了一日，那住持方才从京里回来，看了梁生胡旦道："你二人恭喜，连恩诏也不消等了。我已会过了管厂的孙公，将捉捕你两个的批文都揳回去，免照提了。如今你两个就出到天外边去，也没人寻你。"胡旦两个倒下头去再三谢了长老;又将晁夫人要念《观音经》的事,并遇见晁书告诉了他前后,老夫人要照数还他的银子,如今先拿出二百两来了,从根至梢,都对着长老说了。长老说道:"这却也古怪的事:怎么这样一个贤德的娘,生下这等一个歪物件来!"着实赞叹了一番。梁胡二人随即与晁夫人立了一个生位,供在自己住房明间内小佛龛的旁边,早晚烧香祝赞,叫他寿福双全。长老也叫人叫拾干净坛场,请了四众有戒行不动荤酒的禅僧,看了吉口,开诵救苦救难大慈大悲观世音菩萨的真经。

迟了一两日,晁夫人又差晁书押了四盒茶饼,四盒点心,二斤天池茶,送到寺内管待那诵经的僧人。长老初次与晁书相见,照旧款待不提。晁书又袖出二百三十两银子,走到他二人的卧室,交付明白,约定七月初一日圆经。晁书又押送了许多供献,并斋僧的物事,出到寺中,不必细说。又将胡旦、梁生的六百三十两银子尽数还完了。

晁书临去,梁生、胡旦各将钥匙二把,梁生钥匙上面拴着一个伽南香牌,胡旦的匙上拴着个二两重一个金寿字钱,说道:"这是我们箱上的钥匙,烦你顺便捎与奶奶。倘得便,叫奶奶开了验验,可见我们不是说谎,且当我们收了银子的凭信。再上覆奶奶说:'我们事体得长老与厂里孙公说过,已将捉捕我们的批文挈回去了,免得奶奶挂心。'"千恩万谢,送了晁书回家。正是:

一叶浮萍归大海,人生何处不相逢?

再看后来结果。

第十七回

病疟汉心虚见鬼　黩货吏褫职还乡

窃盗偷人没饭吃,截路强徒因着极。若教肚饱有衣穿,何事相驱还做贼?　鬼神最忌忘人德,负恩不报犹相逼。病魔侵子父休官,想是良心伤得忒。

——右调《木兰花》

却说晁源从那晌午身上不快,不曾吃午饭就睡了,觉身上就如卧冰的一般冷了一阵,冷过又发起热来,原来变成了疟疾。此后便一日一次,每到日落的时节便发作起来,直待次日早饭以后,出一身大汗,渐渐醒得转来。渐渐觉得见神见鬼,整夜叫人厮守。熬得那母亲两眼一似胶锅儿[1],累得两鬓一似丝窝儿,好生着忙害怕。后来晁大舍又看见前年被他射死的狐精,仍变了一个穿白的妖娆美妇,与计氏把了手,不时到他跟前,或是使扇子扇他,或是使火烘他,或又使滚水泼他。又连那些被他伤害的獐狍[2]雉兔都来咬的咬,啄的啄。这

〔1〕胶锅儿——木匠做家具等物熬胶的锅。形容像熬胶那样发黏生涩,睁不开眼的样子。

〔2〕獐狍——同本作"獐麃"。"麃"为"麅"的讹字,今改。

都从[1]他自己的口里通说出来。胡说了一两日,又看见梁生、胡旦都带了枷锁,领了许多穿青的差人,手执了厂卫的牌票,来他房里起他的银子行李,还要拿他同到厂卫里对证。赤了身子钻在床下面,自己扯将席子来遮盖,整夜的乱哄。极得晁夫人告天拜斗,许猪羊,许愿心,无所不至。

请了一个医学掌印[2]的郑医官与他救治。头一日,那个医官也在家里发疟疾,走不起来。一个门子荐了城隍庙的郎道官,有极好截疟的符水,真是万试万应的。次早请了来到,适值那郑医官却也自己进到衙来,一同请到晁大舍卧房里面。不曾坐定,只见郑医官打得牙把骨[3]一片声响,身上战做一团。人都也晓得他是疟疾举发,到都无甚诧异。只是那个郎道官可怪得紧,刚刚书完了符,穿了法衣,左手捻了雷诀,右手持了剑,正在那里步罡踏斗,口中[4]念念有词,不知怎的,将那把剑丢在地上,斜了眼,颤做一块。连那郑医官都搀扶到一所空书房床上睡了,只等得傍晚略略转头[5],叫人送得家去。

又有一个和尚教道:"房内收拾干净,供一部《金刚经》在内,自然安静。"回他说道:"有一部朱砂印的梵字《金刚经》,一向是他身上

---

〔1〕 从——同本作"徒"。"从"与"徒"盖因形近而讹,据文意酌改。
〔2〕 医学掌印——州衙中的典科,未入流,掌医学等事。
〔3〕 牙把骨——后文也作"牙巴骨"。即牙槽。
〔4〕 口中——同本作"日中"。"口"与"日"盖因形近而讹,据文意酌改。
〔5〕 转头——好转。

佩的,久在房中。"和尚又道:"你再请一部《莲经》供在上面,一定就无事了。"果然叫人到弥陀寺里请了一部《莲经》,房里揩拭净桌,将《莲经》同原先的《金刚经》都齐供养了。晁源依旧见神见鬼,一些没有效验。

你道却是为何?若是果真有甚闲神野鬼,他见了真经,自然是退避的,那护法的诸神自然是不放他进去。晁源见的这许多鬼怪,这是他自己亏心生出来的,原不是当真有甚么鬼去打他。即如那梁生、胡旦,好好的活在那里做和尚,况且晁夫人又替他还了银子,又有甚么梁生、胡旦戴了枷锁[1]来问他讨行李银子?这还是他自己的心神不安,乘着虚火作祟,所以那真经当得甚事?

一时,又在那边叫唤,说梁生、胡旦叫那些差人要拿了铁索套了他去。晁夫人问他:"你果然欠他的银子行李不曾?"晁源从头至尾告诉的详详细细,与晁书学得梁生、胡旦的话一些不差。晁夫人道:"原来如此,怪道他只来缠你!你快把他的原物取出来,我叫人送还与他,你情管[2]就好了。"晁源一骨碌跳将下来,自己把那一包银子,用力[3]强提到晁夫人面前,把那四只皮箱也都抬成一处。晁夫人都着人拿到自己房内。晁源又说他两个合许多差人都跟出去了,从此后那梁胡二人的影也不见了,只剩了狐精合计氏照旧的打搅。晁夫人又许了与他建醮超度,后来也渐渐的不见。

----
〔1〕 枷锁——同本作"枷销"。"鎖"与"銷"盖以形近而讹,据文意酌改。
〔2〕 情管——保准,一定。
〔3〕 用力——同本作"用刀"。"力"与"刀"盖以形近而讹,据文意酌改。

晁源虽是一日一场发疟不止,只没有鬼来打搅,便就算是好了。晁夫人要与计氏合那狐仙建醮,怎好与外人说得?只说仍要念一千卷《观音解难经》,又叫晁书袖了十两银子去寻香岩寺的长老,叫他仍请前日念经的那几位师傅,一则保护见在的人口平安,二则超度那死亡的托化。又要把梁生、胡旦的钥匙寄出还他,说他的皮箱已自奶奶取得出来,遇便稍出与你,叫他不要心焦。"恐怕箱里边有不该奶奶看的东西在内,所以奶奶也不曾开验,只替你用封条封住了。"晁书领了夫人的命,收拾出去。

却说那片云、无翳,这夜半的时节,见一个金盔金甲的神将,手提了一根铁杵,到他两个面前,说道:"你的行李,我已与你取得出来,交与女善人收住。早间就有人来报你知道,你可预备管待他的斋饭。"二人醒来,却是一梦。二人各说梦中所见,一些不差,知是寺中韦陀显圣。清早起来,就与长老说了。长老道:"既是韦陀老爷显应,我们备下斋饭,且看有甚人来。"待不多一会,只见晁书走到方丈。师徒三个彼此看了,又惊又喜。晁书说了念经的来意,又到片云的禅房与他两个说了行李的缘故。二人也把梦里的事情告诉了一遍。

晁书出来告辞要行,说:"大官人身上不快,衙中有事。"长老道:"这是韦陀老爷叫备斋等候,不是小僧相留。"片云、无翳又将晁夫人要出行李的始末,当了晁书告诉长老知道。大家甚是诧异,俱到韦陀殿前叩头祝谢。晁书吃完了斋家去,回了夫人的话。夫人甚是欢喜,到也把梁生两个的这件事放下了去。只是晁大舍病了一个多月,只不见好，瘦的就似个鬼一般的，晁夫人也便累得不似人了。

再说晁老儿自从邢皋门去了，倚了晁源就是个明杖[1]一般。如今连这明杖又都没了，凭那些六房书办胡乱主文，文书十件上去，倒有九件驳将下来。那一件虽不曾明明的批驳，也并不曾爽爽利利的批准。惹得一干上司憎恶得像臭屎一般。

也先又拥了上皇犯边挟赏。发了一百万内帑[2]，散在北直隶一带州县，储积草豆，以备征剿，不许科扰百姓。这是朝廷的浩荡之恩。奉了严旨，通州也派了一万多的银子。晁老儿却听了户房书办的奉承，将那朝廷的内帑一万馀金运的运，搬的搬，都抬进衙里边，把些草豆加倍的俱派在四乡各里，三日一小比，五日一大比。那时年成又好，百姓又不像如今这般穷困，一茎一粒也没有拖欠，除了正数，还有三四千金的剩馀。把那内帑入了私囊，把这羡馀变了价，将一千银子分赏了合衙门的人役，又分送了佐领每人一百两，别的又报了捐助。又在那库吏手里成十成百取用，红票俱要与银子一齐同缴，弄得库吏手里没了凭据，遇着查盘官到，叫那库吏典田卖舍的赔偿，倾家不止一个。那时节的百姓真是淳良，受他恁般的荼毒，扁担也压不出个屁来！若换了如今的百姓，白日没工夫告状，半夜里一定也要告了！就是官手里不告，阎王跟前必定也递上两张状子。他却这般歪做，直等到一个辛阁下来到。

------

〔1〕　明杖——盲人探路用的手杖。

〔2〕　内帑——国库里的银钱。

　　那辛阁下做翰林的时节钦差到江西封王,从他华亭经过。把他的勘合高阁了两日,不应付他的夫马,连下程也不曾送他一个。他把兵房锁了一锁,这个兵房倒纠合了许多河岸上的光棍,撒起泼来,把他的符节都丢在河内。那辛翰林复命的时节要具本[1]参他,幸而机事不密,传闻于外,亏有一个亲戚郑伯龙闻得,随即与他垫发了八百两银子,央了那个翰林的座师,把事弥缝住了。如今辛翰林由南京礼部尚书钦取入阁,到了通州。正是仇人相见,分外眼憎。这一番晁老倒也万分承敬,怎禁得一个阁下有了成心,一毫礼也不收,也不曾相见,也不用通州一夫一马,自己雇了脚力人夫,起早进京,随即分付了一个同乡的御史,将他的事款打听得真真确确,一本论将上去,奉了旨意叫法司提问。抄报的飞蜂也似稍下信来,叫快快打点,说:"揭帖[2]还不曾发抄,人尚不晓得本上说是甚的。"唬得那晁老不住的只是溺那焌黑冲鼻子酽气的尿。叫人闻了闻,却原来溺的不是尿,却是腊脚陈醋。

　　晁夫人一个儿子丝丝两气[3]的病在床上,一个丈夫不日又要去坐天牢,只指望这一会子怎么得一阵大风,像括那梁灏夫人的一般[4],把那邢皋门从淅川县括将来才好。如今举眼无亲,要与个商议的人也

----

〔1〕 具本——同本作"且本"。"具"、"且"盖以形近而讹,据文意酌改。

〔2〕 揭帖——古代公文的一种,相当于今天的通报一类。

〔3〕 丝丝两气——后文也作"丝丝凉气"。形容气息微弱的样子。

〔4〕 梁灏夫人——戏曲《折桂记》中人物。宋人梁灏早年读书于望仙楼,有大风将闺秀薛玉梅吹到楼上,二人遂成夫妻。后梁灏八十二岁得中状元,薛玉梅成诰命夫人。

没有。又思量道："若不把梁生、胡旦挤发出去,若得他两个在这里,也好商议,也是个帮手。如今他又剃了个光头,又行动不得了,真是束手无策!"

差了晁凤到城上报房打听那全本的说话,不知因甚缘故,科里的揭帖偏生不帖出来。只得寻了门路,使了五两银子,仍到那上本的御史宅内,把那本稿抄得出来。看了那稿上的说话,却不知从那里打听去的,就是眼见也没有看得这等真。晁凤持了本稿,星飞跑了回来,递与晁老看道:

> 湖广道监察御史欧阳鸣凤,为击锄污鄙州官,以清畿甸事:《书》云:"民为邦本,本固邦宁。"矧邦畿千里之内,拥黄图而供玉食,惟民是藉;所以长民之吏,必得循良恺悌之人,方不愧于父母之任。且今丑寇跳梁,不时内犯;闾阎供亿烦难,物力堵御不易。百计噢咻,尚恐沟瘠不起;再加贪墨之夫,吸民之髓,括地之皮,在皇上辇毂之下,敢于恣赃以逞。如通州知州晁思孝其人者,空负昂藏之壳,殊无廉耻之心。初叨岩邑,政大愧于烹鲜;再典方州,人则嫌其铜臭。犹曰暧昧之行,无烦吹洗相求;惟将昭彰于耳目,怨毒于人心者,缕析为皇上陈之:结交近侍者有禁。思孝认阉宦王振为之父,大州大邑,不难取与以如携。比交匪类者可羞。思孝与优人梁寿结为亲,阿叔阿咸[1],彼此称呼而若契。倚快手曹铭为线索,百方提掇,大通暮夜之金;平其衡之赃

---

[1] 阿咸——三国魏阮籍之侄阮咸有才名,后因称侄为"阿咸"。

八百,吴兆圣之贿三千,罗经洪之金珠,纳于酒镡[1],而过送者屈指不能悉数。听蠹子晁源为明杖,凡事指陈,尽抉是非之案:封祝龄之责四十,熊起渭之徒五年,桓子维之土田,诬为官物,而自润者更仆难以缕指。告状诉状,手本呈词,无一不为刮金之具;原告被告,干证牵连,有则尽为纳赎之人。牙行斗秤,集租三倍于常时;布帛丝麻,市价再亏于往日。至于军前草豆,皇上恐其扰累民间,以滋重困,特发帑银,颁散畿内,令其平价蓄储。严旨再申,莫不祗惧。思孝敢将原颁公帑尽入私囊,料草尽派里下。原额之外,仍多派三千有奇。将一千俵赏衙官衙役,以称其口;以一千报为节省,转博其名。皇上之金钱攫搏无忌,尚何有于四境之民也!此一官者,龌技本自不长,灵窍又为利塞;狼性生来欠静,鼻孔又被人牵。伏乞皇上大奋宸严,敕下法司审究。若果臣言不谬,如律重处,以雪万家之怨,以明三尺之灵,地方与官箴,两为幸甚!

晁老儿看本稿,把个舌头伸将出来,半日缩不进去。晁夫人问道:"本内却是怎么说话?"晁老儿只是摇头。寻思了半夜,要把这草豆银子散与那些百姓,要他不认科敛。把这一件的大事弭缝得过,别事俱可支吾。连夜将快手曹铭叫进衙内,与他商量。曹铭道:"'兵来将挡,水来土掩!'百姓们把银子收得去了,依旧又不替我们弭缝,

---

〔1〕 酒镡——同"酒坛"。

不过说'起初原是私派,见后来事犯,才把银子散与我们'。这不成了'糟鼻子不吃酒'〔1〕,何济于事? 可惜瞎了许多银子!"晁老道:"依你却如何主意?"曹铭道:"依了小的,'使他的拳头,捣他的眼儿!'拿出这银子来上下打点,一定也还使不尽,还好剩下许些,又把别项的事情都洗刷得干净。若把银子拿出来与了他,这事又依旧掩不住,别的事还要打点,仍要拿出自己的银子来用。小的愚见如此,不知以为何如?"晁老道:"你见得甚是有理。就是你大叔好时,也还不如你这主意。"就依计而行。

到了次日,法司的差人同了道里的差官到州拘拿一干官犯,两三个把晁老儿牢牢守定,不许他片刻相离,别的多去叫那些本内有名人犯,又定要晁源出官。差人开口成千成百的诈银子,送到五百两还不肯留与体面,仍要上绳上锁。

却又遇着一个救星,却是司礼监金公,名英,是我朝第一个贤宦,下到通州查验城池草豆。晁老被差人扭别〔2〕住了,出去迎接不得。他那门下的长随,闻知差人诈到五百两,还要凌辱。金公叫人分付:"晁知州虽然被论,不曾奉旨革职,又非厂卫拿人,何得擅加枢锁? 如差人再敢凌辱,定行参拿。"只因金公分付了这一声,比那霹雳更自不同。差人不说金公是躐那不平的路,只说金公与晁老相知,从此在晁老身上一些也不敢难为。留差人在衙内住歇,收拾了一二日,同

〔1〕 糟鼻子不吃酒——歇后语,隐"枉耽了虚名儿"。
〔2〕 扭别——等于说羁绊。

差人投见了法司，收入刑部监内，先委了山东道御史、山东司主事，大理寺寺副会问。

却说那快手曹铭虽是个衙役，原来是一个大通家〔1〕，绰号叫做"曹钻天"，京中这些势要的权门多与他往来相识。又亏不尽晁源害病，出不来胡乱管事，没人掣得他肘，凭他寻了妥当的门路，他自己认了指官诓骗的五六百两赃，问了个充军。晁老儿止坐了个"不谨"〔2〕，冠带闲住。

那些派他草豆的百姓，内中有几个老成的，主持说道："他虽然侵欺了万把银子，我们大家已是摊认了，你便证出他来，这银子也不过入官，断没有再还我们的理。我们且要跟了随衙听审，不知几时清结，倒误了作庄家的工夫。后来州官又说我们不是淳良百姓。我们大家齐往道里递一张连名公状，说当初草豆是发官银买的，并未私派民间；如今农忙耕麦之际，乞免解京对审。"道里准了状子，与他转了详，晁老儿遂得了大济。这又亏了曹铭。问官呈了堂，又驳问了一番，依旧拟了上去，法司也就允详覆本。那欧阳御史不过是听那辛阁下的指使，原与晁老无仇，参过他一本，就算完他的事了，所以也不来定要深入他罪。奉旨发落下来，俱依了法司的原拟，曹铭问了遵化卫军。这一场事，晁老也通常费过五千馀金，那草豆官银仍落得有大半。回到衙内，晁夫人相见了，也还是喜欢。

----

〔1〕 大通家——大能人、有本领的人的意思。

〔2〕 不谨——本为考核官吏所作的评语，意谓所做之事不合为官的体统。

却又晁源渐觉减了病症,也省得人事了,查问那梁生、胡旦的银子皮箱。人把那见神见鬼,他自己下床来掇银子,搬皮箱,晁夫人祷告许愿心的事,大家都众口一词,学与知道。他说:"那有鬼神! 是我病得昏了。如何却把银子行李要去还他? 这是我费了许多心留下的东西,却如何要轻易还他? 难道他还有甚么锦衣都督不成! 我怕他则甚! 若我把他首将出去,他却不人财两空么? 这点东西是他留下买命的钱,那怕使他一万两何妨!"每日与晁夫人相闹。晁夫人道:"咱家中东西也自不少,你又没有三兄六弟分你的去。纵然有个妹子,他已嫁夫着主去了,我就与他些东西,这是看得见的。你若能安分,守住自己的用,只怕你两三辈子还用不尽哩! 希罕他这点子赃东西做甚! 你若再还不肯,宁可我照数赔你罢了。你不记得你前日那个凶势,几乎唬死我哩!"他又说道:"娘有东西是我应得的,怎么算是赔我? 我只要他两个的东西!"晁夫人道:"他的东西,我已叫人还与他了。"晁源那里肯听? 在那枕头上滚跌叫唤,晁夫人只是点头。

夫人还坐在房内,只见晁源的疟疾又大发将来,比向日更是利害,依旧见神见鬼。梁生、胡旦又仍旧戴着枷锁,说他皮箱里面不见了一根紫金簪,一副映红宝石网圈,梁生皮箱内不见二丸缅铃[1]、四大颗胡珠,说都是御府的东西,押来起取。晁源自问自答的向头上

---

〔1〕 缅铃——一种性工具,铃状,产于印度或缅甸。明谢肇淛《五杂俎》:"滇中又有缅铃,大如龙眼核,得热气则自动不休。"

拔下那支簪来,又掇过一个拜匣开将来,递出那网圈、缅铃、胡珠,送在晁夫人手内。晁夫人接过来看,说道:"别的罢了,这两个金圪搭能值甚么,也还来要?"正看着,那缅铃在晁夫人手内旋旋转将起来,唬得晁夫人往地下一撩,面都变了颜色。晁老叫人拾得起来,包来放在袖内。可煞作怪,这几件物事没有一个人晓得的。就是梁生、胡旦,也并无在晁书面前提起半个字脚,这不又是韦陀显么? 那日自己掇皮箱,搬银子,连晁老也都不信。这一番却是晁老亲眼见的。晁夫人又与他再三祝赞,直到次日五更方才出了一身冷汗,渐渐醒转。直到〔1〕晁老学与他这些光景,他方略略有些转头。一连又重发了五六场,渐渐减退。

晁老专等儿子好起,方定起身。晁源又将息省得人事,恨命搊掇叫晁老寻分上,自己上本,要辩复原官。晁源要了纸笔,放在枕头旁边,要与他父亲做本稿。窝别〔2〕了一日,不曾写出一个字来,极得那脸一造〔3〕红一造白的。恰好一个丫头进房来问他吃饭,他却暴躁起来,说:"文机方才至了,又被这丫头搅得回了!"打那丫头不着,极得只是自己打脸。

晁老被儿子这胡说,算计便要当真上起本来,要复官职。曹快手那时保出在外,变产完赃。晁老叫他进衙,商量上本的事。曹铭听说,惊道:"好老爷! 胡做甚的? 昨日天大的一件事,亏了福神相救,

------

〔1〕 直到——同本作"直得",据文意酌改。
〔2〕 窝别——这里是因写不出来而气闷难受的意思。别,同"憋"。
〔3〕 一造——后文也说"一造子"。一阵,一会儿。

也不枉了小人这苦肉计,保全老爷回家够了,还要起这等念头! 若当真上了辩复的本,这遭惹得两衙门乱参起来,便是汉钟离的仙丹救不活了! 如今趁着小人在家,或是旱路,或是水路,快快收拾起身。只怕小人去后,生出事来,便没再有人调停了。"一篇话说得那晁老儿削骨淡去。

将曹铭的话说与晁源,晁源那里肯伏? 只是说道该做,惟恨他不曾好起,没人会做本稿,又没有得力的人京中干事。若带了晁住来,也还干得事,恰好又都不在,悔说:"这是定数了!"这晁夫人道:"若你爷儿两个肯回去,我们同回更好;若你爷儿两个还要上本复官,且不回去,我自己先回家去住年把再来。"

晁老只得算计起身。行李重大,又兼晁源尚未起来,要由河路回去。叫人雇了两只座船,收拾行李,择了十一月廿八日起身。那日,曹快手还邀了许些他的狐群狗党的朋友,扎缚了个彩楼,安了个果盒,拿了双皂靴,要与晁老脱靴遗爱。那晁老也就腆着脸把两只脚伸将出来,凭他们脱将下来,换了新靴,方才缩进脚去。却被人编了四句口号:

世情真好笑呵呵,三载赃私十万多。喜得西台参劾去,临行也脱一双靴!

晁夫人先两日叫晁书拿了十两银子,两匹改机酱色阔绸,二匹白京绢,送与梁生、胡旦做冬衣。"叫他等我们起身之日,送到十来里外,还他的皮箱等物。"那片云、无翳感谢不尽,又到晁夫人生位跟前叩头作谢。

那日,晁夫人的船到了张家湾,只见岸上摆了许多盒子,两个精致小和尚立在跟前。看见座船到了,叫道:"住了船。"晁夫人看见,心里明白。晁书也晓得这是梁生、胡旦。只是晁老、晁源影也不晓得他在香岩寺做了和尚。若早知道,也不知从几时赶得去了。叫人传到船上,说是梁生、胡旦二人来送。晁老、晁源吃了一惊。既已来到面前,只得叫他上到船来。晁老父子若有个缝,也羞得钻进去了。幸得那梁生、胡旦只是叩头,称谢"一向取扰,多蒙覆庇",再不提些别的事情。也请晁夫人相见,也不过是寻常称谢。

晁源父子虽是指东话西,盖抹[1]得甚是可笑,先是一双"眸子眊焉"[2],便令人看不上了。叫人把那些盒子端到船上,两盒果馅饼,两盒蒸酥,两盒薄脆,两盒骨牌糕,一盒薰豆腐,一盒甜酱瓜茄,一盒五香豆豉,一盒福建梨干,两个金华腌腿,四包天津海味。晁老父子也带着惭愧收了他些。因说投了司礼监金公,受了礼部的度牒,在香岩寺出家。晁老惊道:"香岩寺在通州城外,怎么通没个信息,也绝不进来走走?就忘了昔日的情义?"梁胡二人道:"怎敢相忘!时常要进来望望老爷、奶奶,只是那地方拦住了不叫进见。"说得那晁源的脸就如猴屁股一般。

留他吃了斋,他也并不说起行李,竟要起身。晁老说道:"前日寄下的行李正苦没处相寻,如今顺带了回去罢。"叫人将那四只皮

----

〔1〕 盖抹——山东方言,遮饰,掩盖。

〔2〕 眸子眊焉——语出《孟子·离娄上》:"眸子不能掩其恶。胸中正,则眸子瞭焉;胸中不正,则眸子眊焉。"谓胸中不正的人,眼神难以掩盖其丑恶。

箱，一包裹银子，依旧还是蓝袱裹紧，蓝带井字捆得坚固，又将金簪、网圈、缅铃、四粒胡珠用纸包了，俱送将出来。晁夫人也走到面前。梁胡二人见晁老爷子俱在面前，这包银子好生难处，又不好说夫人已经赔过，又不好收了回来，只得说道："我们只把皮箱收去；这银子原是我们留下孝敬老爷与大官人的，我们断然不肯都将了去。"彼此推让了许久。晁夫人道："你既不肯收得，只当是我们的银子，你拿去，遇有甚么做好事的所在，或是修桥，或是盖庙，你替我们用了，就如送了我们的一般。"那梁胡二人方才都收了回去。晁夫人又叫他把皮箱开锁查验，他苦说钥匙不曾带来，未曾开得。看来也不曾留他甚么东西，若是留了他的，还不够叫韦驮来要的哩！

后来那六百三十两银子，他两个也不曾入己，都籴了谷，囤在空房里。春夏遇有那没谷吃的穷人，俱借与他去，到秋收时节，加三利钱，还到仓来。那借去的人都道是和尚的东西，不肯逋欠。他后来积至十数万不止，遇旱遇灾，通州的百姓全靠了这个过活，并无一个流离失所的人。胡梁二人后日有许多的显应，成了正果，且放在后边再说。这是：

> 屠人才放刀，立便成菩萨。居士变初心，满身披铁甲。请看猁狮王，不出观音法。

第十八回

富家显宦倒提亲　上舍官人双出殡[1]

天下咸憎薄幸才，轻将结发等尘埃。惟知野雉毛堪爱，那识离鸾志可哀！本为糟糠生厌斁，岂真僧道致疑猜？自应妇女闻风避，反要求亲送得来。

晁老儿乍离了那富贵之场，往后面想了一想，说："从此以后，再要出去坐了明轿，四抬四绰的轩昂；在衙门里上了公座，说声打，人就倘[2]在地下，说声罚，人就照数送将入来……"想到此处，不胜寂寞。晁源又恨不得叫晁老儿活一万岁，做九千九百九十九年的官，把那山东的太山都变成挣的银子，移到他住的房内方好，甚是不快。那晁夫人看一看丈夫完完全全的得了冠带闲住，儿子病得九分九厘，谢天地保护好了，约摸自己厢内不消愁得没的用度。十月天气，也还不十分严冷，离冬至还有二十多日，不怕冻了河；那时又当太平时节，沿路又不怕有甚盗贼凶险；回想再得一二十日程途，就回到本乡本土去了，好生快活。头上的白[发]也润泽了许多，脸上的皱文也展开了

〔1〕　双出殡——同本作"双出嫔"。"殡"与"嫔"盖因形近而讹，据文意酌改。
〔2〕　倘——通"躺"。古代戏曲小说常用。

许多，白日里饭也吃得去，夜晚间觉也睡得着。整走了一个多月，赶到了武城家里。六七年不到家的人，一旦衣锦还乡，那亲戚看望，送礼接风，这是形容不尽，不必说起。

那些媒婆知道晁夫人回来了，珍哥已就出不来了，每日阵进阵出，俱来与晁大舍提亲。也不管男女的八字合得来合不来，也不管两家门第攀得及攀不及，也不论班辈〔1〕差与不差，也不论年纪若与不若，只凭媒婆口里说出便是。若是一两家，晁夫人也到容易拣择，多至了几十几家，连外县里都来许亲，到把晁夫人成了"箩里拣瓜"〔2〕，就是晁老儿也通没有个主意，只说："凭晁源自己主持，我们也主他不得。"

一日，又有两个媒婆，一个说是秦参政宅上竟意〔3〕差来，一个说是唐侍郎府中特教来至，俱从临清远来，传要进见。晁夫人恰好与晁老儿同在一处，商量了叫他进来。只见：

> 一个颈摇骨颤，若不发黄脸黑，倒也是个妖娆；一个气喘声哮，使非肉燥皮粗，谁不称为少妇？一个半新不旧青丝帕，斜裹眉端；一个待白不青蓝布裙，横拖胯下。一个说："老相公向来吉庆，待小妇人檐下庭参。"一个说："老夫人近日康宁，真大人家眼前见喜。"一个

〔1〕　班辈——行辈。

〔2〕　箩里拣瓜——歇后语，隐"挑花了眼"。

〔3〕　竟意——后文也作"敬意"，或简作"竟"、"敬"。山东方言，特意。"竟"，亚东本臆改"敬"。

在青布合包〔1〕内取出六庚牌〔2〕,一个从绿绢挽袖中掏出八字帖。一个铺眉苫眼,滔滔口若悬河;一个俐齿伶牙,喋喋舌如干将。一个说:"我题〔3〕的此门小姐,真真闭月羞花,家比石崇豪富。"一个说:"我保的这家院主,实实沉鱼落雁,势同梁冀荣华。"一个说:"这秦家姊妹不多,单单只有媛女,妆奁岂止千金?"一个说:"唐府弟兄更少,谆谆只说馆甥,家业应分万贯!"一个说得天垂宝像乌头白,一个说得地涌金莲马角生〔4〕!

晁老听了两个媒婆的话,悄悄对夫人说:"提亲的虽是极多,这两门我倒都甚喜欢,但不知大官儿心下何如?"那一个秦家使来的媒婆说道:"我临行时,秦老爷合秦奶奶分付我:'既差你题亲,谅你晁爷断没得推故,晁大舍就是你的姑爷了。待姑娘今日过了门,我明日就与你姑爷纳一个中书。'"那唐家使来媒婆也就随口说:"我来时,唐老爷合唐奶奶也曾分付:'我们门当户对的人家,晁爷定然慨允。待你姑爷清晨做了女婿,我赶饭时〔5〕就与他上个知府。'"

---

〔1〕 合包——即荷包,装盛随身物品的囊状小包。
〔2〕 六庚牌——写有姓名、生辰八字、籍贯、祖宗三代等内容的庚帖,即下文的"八字帖"。
〔3〕 题——同"提"。同本"提"字多作"题"。
〔4〕 乌头白马生——语出《燕丹子》卷上:"燕太子丹质于秦,秦王遇之无礼,不得意,欲求归。秦王不听,谬言令乌头白,马生角,乃可许耳。丹仰天叹,乌即白头,马生角。秦王不得已而遣之。"马角生,同本作"马角牛",此依连图本,据李本校改。
〔5〕 饭时——山东方言,吃早饭的时候。

晁老道："胡说！知府那有使［银］子上的理！"媒婆道："只怕是我听错了，说是上个知州。"晁老道："知州也没有使银子上的。"媒婆道："只怕知府使银子上不的，知州从来使银子上的。晁爷你不信，只叫大官人替唐老爷做上女婿，情管待不的〔1〕两日就是个知州。"晁老道："我不是个知州么？ 没的是银子上的不成？"媒婆道："晁爷，你不是银子上的么？"晁老道："你看老婆子胡说！ 我是读书挣的。你见谁家知州知县使银子上来？"媒婆道："我那里晓得？ 我只听见街上人说，晁爷是二千两银子上的。"晁老道："你不要听人的胡说。"叫媳妇子让二位媒婆东屋里吃饭："今日也晚了，你两个就宿了罢。待我合大官儿商议，咱明日定夺。"

叫人请晁大舍讲话，晁大舍不在家中。原来从那日到了家，安不迭行李，就到监里看了珍哥，以后白日只在爹娘跟前打个照面就往监里去了，后上〔2〕老早的推往前头来睡觉，就溜进监去与珍哥宿歇。到了次日，晁大舍方才回家。晁住说："昨日有两个媒婆，从临清州来与大爷提亲，老爷请大爷讲话。我回说，大爷拜客去了。两个媒人还在家里等着哩。"晁大舍后面见了爹娘，备道两家到来提亲：一家是秦参政的女，年十七岁，乙丑十二月初十卯时生；一家是唐侍郎的女，年十六岁，丙寅二月十六日辰时生。

晁大舍看了庚帖，半会子没有做声。晁夫人道："两家都是大人家，

----

〔1〕 待不的——山东方言，等于说等不上。
〔2〕 后上——即后晌。上，"晌"的借字。后晌，山东方言，参见第十一回注。

说闺女都极标致。你主意是怎的？两个媒婆都见等着哩。"晁大舍道：
"这是甚么小事情么？可也容人慢慢的寻思。"原来晁大舍与珍哥火崩崩
算计的要京里寻分上，等过年恤刑的来，指望简[1]了罪放出来，把珍哥
扶了堂屋。珍哥又许着替他寻一个美妾，合珍哥大家取乐，说了死誓，不
许败盟。如今又有这样大乡宦人家到来提亲，临清人家的闺女没有不标
致的，况且大人家小姐，一定越发标致，况且又甚年小。弃了珍哥，到也
罢了，又只怕说的那誓来寻着，所以要费寻思。想了一会，说道："放着这
们大人家的女婿不做，守那个死罪囚犯做甚！若另寻将来果然强似他，
投信不消救他出来，叫他住在监里，十朝半月进去合他睡睡；若另娶的不
如他，再救他出来不迟。但怎么把这两家的都得到手，一个大婆，一个小
婆才好？只乡宦人家，却如何肯与人做妾？这只得两个里头拣选一个，
却又少这一个有眼色的人去相看。"

　　主意定了，回了爹娘的话。对媒婆道："两家都好，只得使人相
看拣择一个，没有两个都要的理。"媒婆道："我们这两家姑娘可是不
怕人相。也难说比那月里红鹅[2]，浑深[3]满临清唱的没有这们个
容颜，只是不好叫大官人自己看的。若官人自己见了，若不吊了魂
灵，我就敢合人赌了。"说的晁大舍抓耳挠腮，恨不的此时就把那秦
小姐、唐小姐娶一个来家，即时就一木掀把那珍哥掀将出去才好。只
是左右思量，没有这们一个妥当人去相看。算计要着晁书媳妇子去，

----

〔1〕　简——"减"的借字。
〔2〕　月里红鹅——"月里姮娥"的讹读，暗讽媒婆没有文化。
〔3〕　浑深——后文也偶作"浑身"。山东方言，横竖、反正的意思。

为人到也老成，只是极没有眼力，又不敢托他。寻思了一遭，想到对门禹明吾的奶母老夏为人直势〔1〕，又有些见识，央他同晁书媳妇合两个媒婆，备了四个头口，跟了两个觅汉，晁书也骑了一个骡子，跟了同去。到了临清，媒婆各自先去回话，晁书寻了一个下处住歇。

次日，老夏同晁书媳妇都扮了这边的媒人，先到了唐侍郎府里，见了夫人，说是晁家差去题亲，请出小姐相见：

> 五短身材，黑参参面弹；两弯眉叶，黄干干云鬓。鼻相不甚高梁，眼睛有些凹塌〔2〕。只是行庄坐稳，大家风度自存；兼之言寡气和，闺秀规模尚在。

众媒婆都见过了礼，说了些长套话，又虚头奉承了一顿。唐夫人叫养娘管待了酒饭，每人赏了一百铜钱。

辞了出来，又合那个媒婆到了秦参政宅内，也照先见了夫人，又请见了小姐。那小姐：

> 无意中家常素服，绝不矜妆；有时间中窾微言，毫无娇饰。举头笼一片乌云，遍体积三冬皑雪。不肥不瘦，诚王夫人林下之风〔3〕；有矩有模，洵顾新妇闺门之秀〔4〕。

---

〔1〕 直势——山东方言，耿直，心口如一。

〔2〕 凹塌——同本作"四榻"。"凹塌"与"四榻"盖因形近而讹，据文意酌改。

〔3〕 "王夫人"句——南朝宋刘义庆《世说新语·贤媛》："王夫人神情散朗，故有林下风气。"王夫人，晋谢遏之姊，其婿王姓，故称。林下之风，指风度闲雅飘逸。

〔4〕 "顾新妇"句——南朝宋刘义庆《世说新语·贤媛》："顾家妇清心玉映，自是闺房之秀。"顾新妇，晋张玄之妹新嫁顾姓，故称"顾家妇"或"顾新妇"。闺门之秀，大户人家有才德的女儿。

众人见了,肚里暗自称扬不了,说世间那有这等绝色女子,叙说了些没要紧说话。秦夫人也着人管待酒饭。门上来通报说:"舅爷来了。"夫人分付:"请进。"

那舅爷约有三十多年纪,戴着方巾,穿一领羊绒肐膝绸袄子,厢鞋绒袜,是临清州学的秀才,在道门前开店治生。进来见了夫人,夫人问道:"武城县一个晁乡宦,见任通州知州。兄弟,你可认得他么?他有个儿子,是个监生,够多大年纪了?"舅爷回说:"我不曾认得那晁乡宦,我止认得那监生。年纪也将近三十多了。"夫人问说:"人材何如?家里也过得么?"舅爷说:"人材齐齐整整的,这是武城县有名的方便主子,那还有第二家不成?姐姐,你问他怎[的]?"夫人道:"他家在这里求亲。"舅爷说:"求那个亲?"夫人道:"就是监生要求外甥为继。"舅爷说:"晁监生这一年多了还没续弦哩?"夫人道:"你怎么合他相识?"舅爷说:"这说起来话长着哩。他正妻是计氏,后来使八百两银娶了一个唱正旦的小珍哥……"

夫人听说,惊道:"阿!原来小珍哥嫁的就是他!"舅爷又说:"自从有了小珍哥,就把那大婆子贬到冷宫里去了。他家里有原走的两个姑子,那日从他大婆子后头出来,小珍哥说是个和尚道士,合计氏有奸,挑唆晁监生要休他。计氏半夜里在珍哥门上吊杀了。计氏哥在咱这道里告准了状,批在刑厅问。后来解道,打的动不的,在我店里养疮,住够四十日。"夫人问:"是谁?养甚么疮?"舅爷说:"是晁监生合珍哥的棒疮。"夫人问道:"连监生都打来么?"舅爷说:"监生打了二十,小珍哥打了二十五,两个姑子俱拶了。革了监生,问了徒罪。

小珍哥问了绞罪。他这官司,连房钱饭钱带别样零零碎碎的,我也使够他百十两银子。"夫人道:"这门亲,咱合他做不做?"舅爷说:"这事我不敢主,只姐姐合姐夫商议。论人家,是头一个财主;论那监生,一似个混帐大官儿。"

晁书媳妇在那厢房吃着饭,听见舅爷合夫人说的话,心里道:"苦哉,苦哉!撞见这个冤家,好事多半不成了!"吃了饭,夫人也没慨许,只说:"老爷往府里拜按院去了,等老爷回来商议停妥,你迟的几日再来讨信。"每人也赏了一百铜钱。

辞了夫人出来,往下外行走,三个妈妈子〔1〕商量说:"唐家的姑娘人材不大出众,这还不如原旧姓计的婶子哩,这是不消提的了。这秦姑娘到是有一无二的个美人,可可的偏撞着这们个舅爷打拦头雷。"说着到了下处,鞴上头口,打发了店钱起身。到家见了晁夫人爷儿们,把两人的人材门第,舅爷合奶奶的话,一一说得明白。晁大舍将唐家小姐丢在九霄云外,行思坐想,把一个秦小姐阁在心窝。

秦参政回了家,夫人说了详细。待要许了亲,又因晁源宠娼妇,逼诬正妻吊死,不是个好人;待要不许,又舍不的这样一门财主亲家,好生决断不下。秦参政道:"他舅的话也不可全信。只怕在他店里住,打发的不喜欢,恼他也不可知。临清离武城不远,咱差秦福去打听个真实,再为定夺。"

---

〔1〕　妈妈子——对媒婆等的俗称,含贬义。

　　这秦福是秦参政得力的管家,凡事都信任他,却都妥当。秦福到了武城,钻头觅缝的打听,也曾问着计巴拉、高四嫂,南门开针铺的老何,间壁的陈裁,说得那晁大官人没有半分好处。秦福家去回了主人的话,秦参政把那许亲的心肠冷了五分,也还不曾决绝,只是因看他"孔方兄"的体面,所以割不断这根膻肠。这边晁大舍也瞒了珍哥,差人几次去央那舅爷在秦夫人面前保举,许过事成,愿出二百两银子为谢。为这件事,倒扯乱得晁大舍寝食不宁,几乎要害出了单思病来。又可恨那晁书媳妇看得晁大舍略略有时放下,他便故意走的跟前,把秦小姐的花容月貌数说一番,说得那晁大舍要死不生。

　　再说晁老儿年纪到了六十三岁,老夫老妻,受用过活罢了,却生出一个过分的念头:晁夫人房内从小使大的一个丫头,叫做春莺,到了十六岁,出洗[1]了一个像模样的女子,也有六七成人材,晁老儿要收[2]他为妾。晁夫人道:"请客吃酒,要量家当。你自己忖量,这个我不好主你的事。"晁老道:"那做秀才时候,有那举业牵缠,倒可以过得日子。后来做了官,忙劫劫的,日子越发容易得过。如今闲在家里,又没有甚么读书的儿孙可以消愁解闷,只得寻个人早晚伏侍,也好替我缝联补绽的。"夫人慨然允了。看了二月初二日吉时,与他做了妆新的衣服,上了头,晚间晁老与他成过了亲。

----

〔1〕 出洗——山东方言,出落。洗,同"息"。

〔2〕 收——同本作"牧"。"收"与"牧"盖因形近而讹,据文意酌改。

　　晁老倒也是有正经的人，这沉湎的事也是没有的。合该悔气[1]，到了三月十一日，家中厅前海棠盛开，摆了两桌酒，请了几个有势力的时人赏花。老人家毕竟是新婚之后，还道是往常壮盛，到了夜深，不曾加得衣服，触了风寒。当夜送得客去，头疼发热起来。若请个明医来看，或者还有救星也不可知，晁源单单要请杨古月救治。杨古月来到，劈头就问："房中有姜没有？"那些家人便把收春莺的事合他说了。那杨古月再没二话，按住那个"十全大补汤"的陈方，贴药吃将下去，不特驴唇对不着马嘴，且是无益而反害之。到了三月二十一日，考终了正寝。

　　晁夫人哭做一团，死而复活，在计氏灵前祝赞了一回，要他让正房停放晁老，把计氏移到第三层楼下。合家挂孝，受吊念经，请知宾管事，请秀才襄礼。

　　晁源在那实事上不做，在那虚文到是肯尚齐整的。画士一面传神，阴阳官[2]写丧榜。晁大舍嫌那"奉直大夫"不冠冕，要写"光禄大夫上柱国先考晁公"。那阴阳官扭他不过，写了贴将出去。但凡来吊孝的，纷纷议论。后边一个陈方伯[3]来吊，见了大怒道："孝子不知事体，怎么相礼的诸兄也都不说一声，陷人有过之地！"吊过孝，晁源出来叩谢。陈方伯叫他站住，问他道："尊翁这'光禄大夫上柱

〔1〕　悔气——即"晦气"，倒霉。悔，通"晦"。元明戏曲常见使用。

〔2〕　阴阳官——即阴阳生，参见第十回注。

〔3〕　方伯——明清时对布政使的称呼。

国'是几时封的?"晁源道:"是前年覃恩封的。"陈方伯道:"这'光禄大夫上柱国'是一品勋阶,知州怎么用得? 快快改了! 只怕县官来吊,不大稳便。"

晁源依旧换了"奉直大夫"贴将出去,又要叫画士把喜神〔1〕画穿攀肩蟒〔2〕、玉带、金幞头。那画士不肯下笔,说:"喜神就是生前品级。令尊在日,曾赐过蟒玉不曾? 且自来不曾见有戴金幞头的官,如何画戴金幞头?"晁源道:"我亲见先父戴金幞头,怎说没有?"画士道:"这又奇了! 这却是怎的说话?"晁源道:"你不信,我去取来你看。我们同了众人赌些甚么?"画士道:"我们赌甚么好?"晁源道:"我若取不出金幞头来,等有人来上祭的大猪,凭你拣一口去。你若输了,干替我画,不许要钱。"两下说定了。

晁源走到后边,取了一顶朝冠出来,说道:"何如? 我是哄你不成!"众人笑道:"这是朝冠,怎么是金幞头!"大家证得他也没得说了。又说:"既不好把这个画在上面,画戴黑丞相帽子罢。我毕竟要另用一个款致,不要与那众人家一般才好。"画士道:"这却不难。我与画了三幅:一幅是朝像;一幅是寻常冠带;一幅是公服像。这三幅,你却要二十五两银子谢我。"晁源也便肯了。

画士不一时写出稿来。众人都道:"有几分相似。"画士道:"揭

---

〔1〕 喜神——遗像。宋元时称人生时的画像为"喜神",死后的遗像为"影神",此乃概一而称。

〔2〕 攀肩蟒——同本作"攀有蟒"。此依连图本,据李本校改。

白〔1〕画的,怎得十分相肖?幸得我还会过晁老先生,所以还有几分光景;若是第二个人,连这个分数也是没有的。"晁源说:"你不必管像与不像。你只画一个白白胖胖,齐齐整整,焌黑的三花长须便是。我们只图好看,那要他像!"画士道:"这个却又奇了!这题目我到容易做,只恐又有陈老先生来责备,我却不管。再要画过,我是另要钱的。"晁源道:"你只依我画,莫要管。除却了陈老先生,别人也不来管那闲帐。"那画士果然替他写了三幅文昌帝君般的三幅喜像。晁源还嫌须不甚长,都各接添了数寸。裱褙完备,把那一幅蟒衣幞头的供在灵前。

乱乱烘烘的开了十三日吊,念了十来个经,暂且闭了丧,以便造坟出殡。思量要把计氏的灵柩一同带了出去,好与秦宅结亲。这十三日之内,晁源也只往监里住了三夜,其外俱着晁住出入炤管。请了阴阳官,择定四月初八日破土,闰四月初六日安葬。晁源也便日逐料理出丧的事体。备了一分表礼,三十两书仪,要求胡翰林的墓志、陈布政〔2〕的书丹、姜副使的篆盖,俱收了礼,应允了。又发帖差人各处道丧,又遍请亲朋出丧坟上助事,叫了石匠磨砻〔3〕志石,又差人往临清买干菜、纸张、磁器、衫篙、孝布、果品之类,又叫匠人刻印志铭抄本,又叫匠人扎彩冥器,灵前坟上各处搭棚,又在临清定了两班女

---

〔1〕　揭白——画遗像时揭去死者面部的白布,称"揭白"。
〔2〕　布政——即承宣布政使司布政使,一般为从三品,为一省的行政长官。
〔3〕　磨砻——磨治、打磨石料。

戏,请了十二位礼生,又请姜副使点主[1],刘游击祀土,诸事俱有了次第。都亏了对门禹明吾凡事过来熰管,幸得晁源还不十分合他拗别。又请了那个传神的画士画了两幅销金红缎铭旌。

到了四月二十四日,开了丧。凡系亲朋都来吊祭,各家亲朋堂客也尽都出来吊丧。晁源又送了三两银子与那武城县的礼房,要他撺掇县官与他上祭,体面好看。二十五日,典史柘之图备了一副三牲祭品,自来吊孝;又拨了四个巡役,抗了四面长柄巡视牌,每日在门看守。晁源恐怕管饭不周,每日每人折钱二百,逐日见支。又差人与柘典史送了两匹白纱孝帛。

二十六日,乡绅来上公祭。先在灵前摆设完备,众乡绅方挨次进到灵前,让出陈方伯诣香案拈香,抬头看见灵前供着一幅戴幞头穿大红蟒衣白面长须的一幅神像,站住了脚,且不拈香,问道:"这供养的是甚么神?"下人禀道:"这就是晁爷的像。"陈方伯道:"胡说!"向着自己的家人说道:"你不往晁爷家摆祭,你哄着我城隍庙来!"把手里的香放在桌上,抽身出来,也不曾回到厅上,坐上轿,气狠狠的回去了。差回一个家人拜上众位乡绅,说:"陈爷撞见了城隍,身上恐怕不好,不得陪众位爷上祭,先自回去了。"又说:"志铭上别要写上陈爷书丹,陈爷从来不会写字。"晁源道:"我已就[2]是这幅喜神! 也不单少了老陈光顾。但志铭上石刻木刻俱已完成,已是改不得了。"

----

〔1〕 点主——丧礼旧俗,填写神主上"主"字上端的一点。

〔2〕 已就——同"依旧"。

众人虽然勉强祭了出来,见陈方伯回去,也是不甚光彩。

却说秦夫人的兄弟,前日说话的那位舅爷,因晁源许了他重谢,随即改过口来,在那秦夫人面前屡屡撺掇。秦夫人到也听了他的前言,不信他的后语。只是"有钱"两个字梗在那秦参政的心头,放丢不下。听见晁老不在了,正在出丧,要假借了与他吊孝,要自己看看他家中光景,又好自己相看晁大舍的人材。晁大舍预先知道了,摆下齐整大酒,请下乡宦姜副使、胡翰林相陪,从新另做新孝衣孝冠,要妆扮的标致。秦参政吊过孝,晁大舍出到灵前叩谢。秦参政故意站定了脚,要端详他的相貌,领略他的言谈,约摸他的年纪。秦参政眼里先有了一堵影壁,件件都看得中意,出到厅上,也肯坐下吃他的酒,点了戏文。回去与夫人商议,有八九分许亲的光景。

那秦小姐知道事要垂成,只得开口对夫人说道:"他家里见放着一个吊死的老婆,监里见坐着一个绞罪老婆,这样人也定不是好东西了。躲了他走,还恐怕撞见,忍得把个女儿嫁了与他! 你们再要提起,我把头发剪了去做姑子出了家!"夫人把女儿的话对秦参政的说〔1〕,方才割断了这根心肠。

晁大舍这里还道事有九分可成了。不觉到了闰四月初六日,将计氏的丧跟了晁老一同出了。晁夫人还请得计家的男妇都来奔丧送葬。一来看晁夫人分上,二来也都成礼,计都合计巴拉也都没有话说。到了坟上,把两个灵柩安在两座棚内,题了主,祀了土,俱安了

---

〔1〕 的说——明确地说。

葬。送殡的亲朋陪了孝子回了灵到家。

晁大舍因麦子将熟,急急的谢了祇,要出庄上去收麦,收完了麦,又要急急题那秦家亲事,也就忙得没有工夫,连珍哥监里也好几日不曾进去。到了初八日,复过三[1],叫阴阳官洒扫了中堂,打点到雍山庄上。谁知这一去,有分叫[2]晁大舍:

猪羊走入屠家,步步却寻死路。

且听下回着落。

---

〔1〕 复过三——丧家在出丧第三日举行的招魂祭奠仪式,叫做"复三"。

〔2〕 分叫——即"分教",回末套语。同本作"令叫",据文意酌改。

第十九回

大官人智奸匹妇　小鸦儿勇割双头

　　　　陌上使君原有妇。贪说红颜,富贵嫌衰朽。另出千金求妙偶。二雌相扼皆珠剖。　　　鸾胶续断从来有。却只钻窥,分外寻堤柳。窃玉偷香还未久,旗杆赢得双标首。

——右调《蝶恋花》

　　晁大舍出完了丧,谢完了祇〔1〕,带领了仆从,出到雍山庄上看人收麦。算计收毕了麦子,即往临清秦家谢孝,就要妥帖了亲事。又兼庄上的厅房楼屋前年被那狐精放火烧了,至今还不敢盖起,所以也要急急回来,免在乡间寂寞。

　　可奈旧年间,有一个皮匠,生得有八尺多长,一双圆眼,两道浓眉,高颧大鼻,有二十四五年纪,一向原在雍山后面居住,人都不呼他的姓名,只叫他乳名"小鸦儿"。寻常挑了皮担,到山前替人做活。虽是个粗人,甚有些直气。雍山庄上的人都与他认识。

　　旧年秋里,连雨了几日,住的一座草房被那山水冲坏。来到前

-----

〔1〕　祇——同本作"纸",据上文校改。

庄,与一家姓耿的上鞋[1],说起冲吊了自己房子,要来山前寻屋居住。姓耿的道:"东边晁家宅内有几座空房,不知有人住了不曾? 你上完了鞋,我合你同去看看。若是没有人赁去,搬到山前居住,做活越发方便。"

小鸦儿上完了鞋,同了姓耿的走到晁家,寻见了管庄的季春江,说道:"小鸦儿要寻座房子居住。"季春江道:"我向日送鞋去上,见你住着自己的房子,且又精致,如何又来前头赁房?"小鸦儿道:"昨因连雨,山水将房子冲去了。不是我背了媳妇爬在一株高杨树上,如今我正在水晶宫快活哩!"季春江道:"原来你吃了这一场亏。房子尽有,我因问房子的都是来历不明的人,所以都不敢许人。得你来住,早晚上鞋又省得耽阁,夜晚又好帮我们看家。一时庄家忙动,仗赖你的娘子又好在厨房撺掇。你自己去拣一座如你意的,锁了门去,看了好日子搬来。"小鸦儿道:"看那日子作甚? 我明日搬来就是好日子。"到了日夕,小鸦儿把那皮匠担寄放在季春江的屋里,自己空了身走回家去。次日早辰,自己挑了一担破残家伙,同了妻子往新屋里来。

那妻子姓唐,也是做皮匠的女儿,年纪只好刚二十岁。起先季春江也只道是个山妇,谁知是个乔才[2]。虽比牡丹少些贵重,比芍药少段妖娆,比海棠少韵,比梅花少香,比莲花欠净,比菊花欠贞,虽然

---

〔1〕 上鞋——即做鞋,把鞋帮和鞋底缝缀在一起。
〔2〕 乔才——等于说好人材,模样不一般的。

没有名色,却是一朵娇艳山葩。但见得:

> 毛青布厂袖[1]长衫,水红纱藏头膝裤。罗裙系得高高,绫
> 袜着来窄窄。虽不比羊脂玉莹白身躯,亦不似狗头金焦黄鬒发。
> 颈上无四瓣甜瓜[2],眼内有一湾秋水。时时顾影,惯好兜鞋;
> 件件撩人,且能提领。

季春江看在眼里,心里想道:"这样一个女人,怎在山中住得?
亏不尽汉子强梁,所以没人欺侮。只怕大官人看见生出事来。但既
已招得来家,怎好叫他又去?"没奈何叫他住了。将近一年,那小鸦
儿异常吃醋,那唐氏也不敢有甚么那心,同院住的人也不敢有甚么戏
弄。季春江也便放心下了。

从晁大舍到了庄上,那唐氏起初也躲躲藏藏,不十分出头露相。
但小人家又没个男女[3]走动,脱不得要自己掏火,自己打水、上
碾子、推豆腐,怎在那一间房里藏躲得住? 晁大舍又曾撞见了两次,
晓得房客里面有这个美人,不出来也出来,不站住也站住,或在井上
看他打水,或在碾房看他推碾,故意与他扳话接舌。那唐氏倒也低了
头,凭他看也不采他,凭他说也不应他。

那唐氏果肯心口如一,内外一般,莫说一个晁大舍,就是十个晁
大舍,当真怕他强奸了不成? 谁想这样邪皮物件,就如那茅厕里的石
头一般,又臭又硬。见了晁大舍,故意躲藏不迭,晁大舍刚才走过,却

---

〔1〕　厂袖——即敞袖,阔袖。厂,同"敞"。
〔2〕　四瓣甜瓜——形容人脖项上的瘿袋、瘰疬。
〔3〕　男女——指家人、丫鬟。

又掩了门缝看他。或是在那里撞见，你就端端正正的立住，那晁大舍也只好看你几眼罢了，却撩着蹶子〔1〕飞跑。既是这等看不上那晁大舍，就该合他水米无交，除了打水掏火，吃了饭便在房里坐着，做鞋缉底，缝衣补裳，那一院子有许多人家，难道晁大舍又敢进房来扯你不成？他却与晁住、李成名的娘子结了义姊妹，打做了一团，只等晁大舍略略转得眼时，溜到厨房里面，帮他们捍薄饼、涝水饭、蒸馍馍、切馂子〔2〕，说说笑笑，狂个不了。

这晁住与李成名的娘子，将大卷的饼，馍馍、馂子，成几十个与他。两口子吃不了，都晒了来做酱。起先小鸦儿倒也常常查考来的东西。他说晁嫂子与李嫂子央他做鞋纳底，又央他厨房助忙，所以送与他的。小鸦儿道："他将东西送你，大官人知道不曾？若是来历不明的东西，我虽是个穷人，不希罕这样赃物！"唐氏道："大人家的饭食有甚么稽查？脱不了凭他们厨房里支拨。大官人没有工夫理论这个小事。"

一日，因起初〔3〕割麦，煮肉、蒸馍馍、犒㹴〔4〕那些佃户。小鸦儿因主顾送了两双鞋来要上，在家里做活，要唐氏在旁边搓麻线，不曾进到厨房。晁住媳妇卷着袖，又着裤子，提了一个柳条篮，里边二

---

〔1〕 撩着蹶子——骡、马等大牲畜后腿用力向后踢，叫做"撩蹶子"。这里是形容人跑起来的样子。撩，同"尥"。

〔2〕 馂(juǎn)子——一种面制品。和面发酵后揉成长条，用刀切成长方形上笼蒸制而成。

〔3〕 起初——开始。这里是开镰的意思。

〔4〕 犒㹴——慰劳。

十多个雪白的大馍馍,一大碗夹精带肥的白切肉,忙劫劫口里骂道:"你折了腿么? 自己不进来,叫我忙忙的送来与你!"走进门去,看见小鸦儿坐着上鞋,唐氏露着一根白腿在那里搓麻线。晃住媳妇道:"嗔道你不去助忙,原来守着他姨夫哩!"

大家说了些闲话,小鸦儿也道了几声生受。送得晃住媳妇子去了,小鸦儿问唐氏道:"他刚才叫谁是他姨夫?"唐氏道:"他敢是叫你哩。"小鸦儿说:"我怎么又是他姨夫了? 你合他有甚亲么?"唐氏道:"俺两个合李成名媳妇认义姊妹了。"小鸦儿呃了一声,说:"偏你这些老婆们,有这们些'胡姑姑''假姨姨'的!"唐氏道:"罢呀怎么〔1〕? 也没有玷辱了你甚么!"

两口子拿着馍馍就着肉,你看他攮颡〔2〕,馋的那同院子住的老婆们过去过来,咽咽儿的咽唾沫。小鸦儿道:"老婆,你听着! 姊妹也许你拜,忙也许你助,只休要把不该助人的东西都助了人! 你休说我吃了这两个馍馍就堵住我的嗓子了! 只休要一点风声儿透到我耳躲里,咱只是白刀子进去,红刀子出来!"唐氏扯脖子带脸的通红,瞅了小鸦儿一眼,道:"你怎么有这们些臭声! 人家的那个都长在额颅盖〔3〕上来! 你到明日就搬到一个四顾无人的所在去住,省得人要你的老婆!"小鸦儿道:"婆娘们只在心正不心正,那在四顾有人无人? 那心正的女人,那怕在教场心住,千人万马,只好空看他两眼罢

〔1〕罢呀怎么——等于说那又怎么了。
〔2〕攮颡——后文也作"攮丧"、"攮嗓"。山东方言,往嘴里塞;往下咽。
〔3〕额颅盖——山东方言,额头。

了。那邪皮子货,就住到四不居邻的去处,他望着块石头也骑拉骑拉〔1〕。"唐氏道:"情管你那辈子就是这们个老婆!"小鸦儿道:"那么我要做个老婆,替那汉子挣的志门〔2〕一坐〔3〕一坐的。"

小鸦儿吃了饭,上了鞋,挑了担子出去了。唐氏锁上门,踅到后边厨房里去了。李成名媳妇子道:"你吃的饱饱的,夹着屄坐着罢,又进来做甚!盆里还有极好的水饭,你再吃些。"唐氏就着蒜苔、香油调的酱瓜,又连汤带饭的吃了三碗。

晁大舍看见唐氏进来,倒背着手跷蹄辇脚〔4〕的走到厨屋门口,故意问说:"这是谁?"晁住娘子道:"这是前头小鸦儿的媳妇。"唐氏就待放下饭碗。晁大舍道:"你既让他吃饭,可也寻根菜与他就吃。这咸瓜蒜苔,也是待客的么?"晁住娘子道:"狗客!脱不了是一家人。他每日进来助忙,倒有些客来待他哩!"

晁大舍转过背来。唐氏道:"我当大官人不知怎样难为人的,却原来这们和气。"李成名媳妇道:"你只休抢〔5〕着他的性子。一会家乔起来,也下老实难服事的。如今没了大奶奶,珍姨又在监里,他才望着俺们和和气气的哩。"唐氏道:"我听的人说,珍姨是八百两银子

〔1〕骑拉骑拉——山东方言,骑一骑。
〔2〕志门——门前树立的贞节牌坊。
〔3〕坐——同"座"。
〔4〕跷蹄辇脚——后文也作"跷蹄捻脚"、"跻蹄蹑脚"。高抬腿脚,轻轻放下。因怕被人听见脚步声而做出的动作。辇,同本作"替",据后文校改。
〔5〕抢——同"呛"。逆,顶。

财礼。却是怎么样个人儿，就值这们些银子？有八百两银子，打不出个银人来么？"李成名娘子道："你看么！那死拍拍的个银人，中做甚么？这人可是活宝哩！"唐氏道："使这们些银子，一定不知怎么标致。"晃住娘子道："狗！脱不了是个人，上头一个嘴，下头一个屄，胸膛上两个奶头。我说他那模样你就知道了。合你一般高，比你白净些，那鼻口儿还不如你俊，那喜溜溜、水汪汪的一双眼合你通没二样，怕不的他那鞋你也穿的。"李成名娘子道："咱这妹子可没有他那本事，会唱哩！"唐氏道："怪道要这们些银子！我就没想到他会唱哩。"

晃大舍又走到厨屋门口，说道："你们休只管魔驼[1]，中[2]收拾做后响的饭，怕短工子散的早。"晃住娘子道："脱不了有助忙的哩。"晃大舍道："这们大热天，你倒舍的叫他替你们助忙。"晃住娘子道："怎么就舍不的？倒吊着他刷井来？"晃大舍道："你们舍的，我可舍不的。"从这日以后，唐氏渐渐的也就合晃大舍熟化[3]了，进来出去只管行走，也不似常时掩掩藏藏的。晃大舍说甚么，唐氏也便搀话接舌的。

晃大舍儿番就要下手，那晃住合李成名的娘子这两个强盗，吃醋捻酸，管得牢牢的，休想放一点松儿。晃大舍叫人在鼻尖上抹上了一块沙糖，只是要去舔吃，也不想往临清去了，也不记挂着珍哥，丢与了

〔1〕魔驼——磨蹭，消磨时间。魔，同"磨"。
〔2〕中——得、应该的意思。
〔3〕熟化——后文也作"熟滑"、"熟话"。山东方言，熟悉，不陌生。熟，同本作"热"。"熟"与"熱"盖因形近而讹，据文意酌改。

晁住,托他早晚照管。可也不知是甚的缘故,晁住也不想想他的老婆往乡里来了,一向也不出到庄上看看;珍哥也不问声晁大舍如何只管住在乡里;晁住的老婆也不想想汉子为甚的通不出来看看。不料晁家的男子妇女倒都是没有挂牵的。

住到将交五月的光景,晁大舍合李成名、晁住两个娘子道:"如今端午到了,小鸦儿媳妇每日进来助忙,咱也与他两匹夏布,教他扎刮扎刮衣裳,好叫他替我们做活。"两个媳妇子道:"有两匹夏布,拿来我们一人一匹做衣服穿,不消与他。我劝你把这根肠子割断了罢。你只除另婆了奶奶,俺两个还不知肯让不肯让哩! 实合你说,如今我还多着李成名媳妇,李成名媳妇还多着我,再要挂搭上他,可说'有了存孝,不显彦章'〔1〕。你可是不会闪人的? 咱浓济〔2〕着住几日,早进城去是本等。"说的晁大舍搭拉〔3〕着头裂着嘴笑。晁大舍肚喃〔4〕着说道:"你看这两个私窠么! 在家里就像巡拦一般,巡的恁谨! 他那院里同住着一大些人,其馀又烧得四通八达的,没个背净去处。这可成了'赖象磕瓜子——眼饱肚中饥'的勾当!"

一日,场里捆住不曾抖开的麦子不见了二十多个。季春江着实查考起来,领了长工到房客家挨门搜简。也有搜出两三个的,也有搜

〔1〕 有了存孝,不显彦章——王彦章,人称"王铁枪",曾败在后唐名将李存孝手下。李存孝死后,王彦章复出,遂无敌于天下。事见《残唐五代史演义》。这里用为晁住媳妇因吃醋而妒的借喻。

〔2〕 浓济——山东方言,将就,凑合。

〔3〕 搭拉——垂下,低下。拉,同本作"抗",据文意酌改。

〔4〕 肚喃——嘟囔,小声自语。

出四五个的，只有小鸦儿家没有搜得出来。一则小鸦儿早出晚归的做生意，二则他也不肯做这样鼠窃狗盗的营生，三则唐氏见成坐了吃还吃不了，何消偷得？传到晁大舍的耳躲，晁大舍喜道："这不是天送姻缘？就是人力，那有这般凑巧？"借了这个名色，把那一院里住的人做刚做柔的立了个伏罪的文约，免了送官，尽情驱赶去了。

晁大舍见没有人了，要走到唐氏房里去，又恐怕小鸦儿还在家中，故意自己拿了一双鞋，走到他那门外叫道："小鸦儿，你把这双鞋与我打个主跟〔1〕。"唐氏道："没在家里，从早出去了。"晁大舍道："我等着要穿，他可几时回来？"唐氏道："今日是集，且不得回来哩。叫管家拿了鞋，集上寻他去罢。"晁大舍道："那里去寻他？放在你家等他罢。"晁大舍拿了鞋走到他房内，看了一看，果然小鸦儿不在房中。晁大舍便这等这等，那唐氏绝不推辞，也就恁般恁般。本等是个陌路之人，倏忽做了同衾之侣。你叮我嘱，只教不许人知。此后凡有问房的，故意嫌生道冷，不肯招住。

晁大舍晓得小鸦儿在家里，故意脚影也不到前边，就是偶然撞见唐氏，正眼也不看他一眼，连唐氏到后边去的时节，晁大舍对了晁住、李成名两人的媳妇，绝也不合他似往时龇牙扮齿。李成名媳妇对了晁住娘子说道："亏了你前日说了他那几句，说得他死心塌地的了。"晁住娘子道："你若不苗苗实实的说与他，狗揽三堆屎，有了和尚，他还有寺哩！甚么是看长的人！咱做这枉耽虚名的勾当！"

----
〔1〕 主跟——山东方言，鞋的后帮。

五月十六日是刘埠街上的集,一去一来有五十里路,小鸦儿每常去做生意,也便就在埠头住下,好次日又赶流红的集上做活,说过是那日不回来了。唐氏进在厨房内,遇便与晁大舍递了手势。晁大舍到了晚上,李成名娘子出去同他汉子睡了,晁大舍将晁住娘子打发了打发,各自去安歇。

晁大舍约摸大家都睡着了,猱了头[1],披了一件汗褂,跐着鞋,悄悄的溜到唐氏房门口,轻轻的嗽了一声。唐氏听见了,慌忙开门出来,接进晁源房去。悉溜刷拉,不知干些甚事。

恰好小鸦儿那日不曾到得集上,只在半路上,一家子要上嫁妆鞋。尽力上了一日,还上不上完,便要留他在那里歇了,次日又好上鞋。小鸦儿道:“既是离家不远,有这样皎天的月亮,夜晚了天又风凉,我慢慢走到家去,明早再来不迟。”漫腾腾的蹭到庄上,约有一更多天,大门久已关闭。小鸦儿叫:“季大叔,开门!”季春江还不曾听见,小鸦儿又不好大惊小怪的叫唤唐氏。晁源听见是小鸦儿回来,慌做一块。待要跑出来,又正从大门里面走过,恐怕劈头撞见。唐氏说:“你不要着忙,头信放了心。你躲在门背后,不要出去,我自有道理。”唐氏穿了裤,赤了上身,把房门闭了。

小鸦儿到了自己门口,推了推门。唐氏道:“甚么人推门?”小鸦儿道:“是我。”唐氏一边开门,道:“你回来的甚好。从头里一个蝎子在这席上爬,我害怕,又不敢出去掏火。你送进担子来,你去掏点火

---
〔1〕 猱了头——头发蓬散、未经梳理的样子。

来,咱焆他焆,好放心睡觉。"又摸了半枝香递与小鸦儿。那时月亮照得屋里明明的,怎晓得门后边躲着一个人?小鸦儿拿着香去点火,晁源人不知鬼不觉走回去了。唐氏把阴沟打扫得干净,恐怕小鸦儿试将出来。

小鸦儿点了香来,点着了灯,在床上再三寻焆,那有个蝎子影儿?只拿了两个虼蚤。亏不尽一个蝎虎在墙上钉着,小鸦儿道:"就是这个孽畜!"脱下鞋来,要塌死他。唐氏拿住了小鸦儿的手,说:"不要害他性命。"小鸦儿道:"为他不打紧,叫我深更半夜的出去掏火!"唐氏道:"又不是甚么冷天,咱照看得明白了睡觉,那样放心。方才困得我前仰后合的,只是不敢睡下。不是你回来,我这一夜也是不得睡的。如今这院里又没有别的人家,我越发害怕得紧,往后我不许你夜晚不回来。"小鸦儿说:"逢六是刘埠集,过七就是流红集,流红离着刘埠只八里地,没的来回好走路哩!"唐氏道:"你明日还往流红去?"小鸦儿道:"那家子还有好些陪嫁的鞋,还得二日,只怕还上不了哩。"两口子说了会话,想必又做了点子营生。

次日早辰,小鸦儿吃了几个冷饼,呵了两碗热水,依旧挑了担子出去。唐氏说:"今日务必早些回来,休教人担惊受怕的。"唐氏打发小鸦儿出去了,也不刷锅做饭,只梳洗了梳洗,走到后面去了。没人去处撞见了晁源,唐氏问说:"你吐苦水不曾?"晁源道:"我怎么吐苦水?"唐氏道:"我恐怕你唬破了胆。"

再说天下的事,若要人不知,除非己莫为。那唐氏自从与晁源有了话说,他那些精神丰采自是发露出来,梳得那头比常日更是光鲜,扎缚得双脚比往日更加窄小，虽是粗布衣服，浆洗得甚是洁净。晁源恨不得要与他做些衣饰，只怕小鸦儿致疑，不敢与得。

一日，晁源与了他七八两银子，故意说是到大门上去失落了，打小厮，骂家人，查那些房客与行走的佃户，嚷得一地都晓得晁大舍失落银子。唐氏悄悄的对小鸦儿说道："大官人的银子被我拾了。"取出来与小鸦儿看，外面是一条半新不旧的余东汗巾包着，汗巾头上还系着一副乌银挑牙，一个香袋。小鸦儿道："人家吊下的东西，怎好拾了人家的不还？我们一个穷皮匠，怎耽得起这些银子。若生出别的事来，连老本都要拐去哩！"不依唐氏计较，竟自把银子连那汗巾送还了晁大舍，说是他媳妇拾得。晁大舍故意说道："我想不曾往别处去，只到大门首看了看牛，回来就失落了银子，原来是他拾得，空教我比较那些小厮。难为你这样穷人，拾了七八两银子不入了己，肯把来还我。天下也没有这样好人。我分一半谢你。"小鸦儿道："我到不全要，我到分一半！我虽是个穷皮匠，不使这样的银钱！"抽身去了。晁大舍收了银子，到第二日，买了一匹洗白夏布，一匹青夏布，四匹蓝梭布，两匹毛青布，叫李成名送与小鸦儿收了。

却说李成名与晁住两个的娘子，虽然看他是个老婆，也会合人溜眼〔1〕，也会合人拿情〔2〕，到那要紧的所在，说起那武城县应捕，只好替他提鞋罢了。唐氏光明正大的把那夏布做了大小衫子，穿在身

〔1〕 溜眼——递媚眼，以眉目传情。
〔2〕 拿情——偷情。

上，小鸦儿也不消查考，晁大舍也不消掩藏，唐氏也不用避讳，只是瞒不过那两个女番子[1]的眼睛，从新又步步隄防起来。

一日，微微的落雨。唐氏送了小鸦儿出去，走进来看见晁住、李成名两个媳妇不在跟前，一溜就溜到晁源的房内。李成名的媳妇从磨房出来，晁大舍屋门口有唐氏的湿脚印直到房门口边。李成名媳妇一手掀开帘子，晁大舍合唐氏正在那里撮把戏，上竿卖解，忙劫不了。这一番晁大舍到不着忙，只是唐氏着实惶恐。

须臾，晁住媳妇也就来到。晁住媳妇道："叫你进来助忙，连这等的忙难道都教你助了不成？你看我等小鸦儿回来，我一盘托出与他！"唐氏道："你要合他说，我也合俺两个姐夫说，咱大家都弄的成不的。"李成名媳妇道："俺们的汉子都管不得俺们的事，俺们都不怕你说。自己的媳妇子养着自己的主人家，问不出甚么罪来！你比不的俺们。"唐氏道："你不怕我对你汉子说，我可对俺汉子说，说是你两个做牵头，把我牵上合大官人有的。我破着活不成，俺那汉子浑深也不饶过你，叫你两个打人命官司。"晁住媳妇道："你看！这不是犯夜的倒拿巡夜的了！"晁源道："你三个听我说，合了局罢！"一边把晁住媳妇子按倒床上，处置了一顿。李成名媳妇子要往外走，晁源叫唐氏拉住他，别要放出他去，随即又发落了李成名媳妇子。晁住、李成名媳妇两个对唐氏道："狠杀我！俺也还个绷儿！"一个搂住唐氏，一个把唐氏剥得上下没根丝儿，立逼着晁源着实的教训了他一顿。晁

---

[1]　番子——后文也作"番子手"。缉捕嫌犯的差役。

源虽也尝是管他,不焵〔1〕这一遭管教的利害。从此以后,四个俱做了通家,绝不用一些回避。

晁源将次收完了麦子,也绝不提起来到庄上已将两月,也不进城去看看母亲,也便不想珍哥还在监里,恋住了三个风狂,再不提起收拾回去。凡是小鸦儿赶集不回来,唐氏就在家里边同晁住娘子三个厮混。李成名娘子倒是每夜出去睡的,夜间没他的帐算。

后来小鸦儿也渐渐有些疑心,也用意觉察这事,常常的用了计策倏然走将回来撞他。谁知凡事的成败,都有个一定的日子,恰好屡次都撞他不着。不是唐氏好好的坐在屋里,就是晁源忙忙的走在外面。直到了六月十三。

小鸦儿的姐姐嫁在山里人家,离这雍山只有三十里路。那日是他姐姐的生日,小鸦儿买了四个鳖鱼、两大枝藕、一瓶烧酒,起了个黎明,去与他姐姐做生日。说过当日不得回来,赶第二日早凉回家,方才挑担〔2〕出去。唐氏送了小鸦儿出门,对晁大舍和晁住娘子说了,要算计夜间白沟河〔3〕三人战吕布。

那日连李成名媳妇也要算计在里边宿歇,恰好那晚上李成名被蝎子螫了一口,痛得杀狼地动〔4〕的叫唤,他的娘子只得出到外边守

〔1〕 不焵——不像,不如。
〔2〕 担——同本作"但"。"担"与"但"盖因形近而讹,据文意酌改。
〔3〕 白沟河——地名,在今河北省。靖难之役,燕王朱棣与明大将军李景隆大战于此,明师败绩。
〔4〕 杀狼地动——等于说狠劲大声地。杀狼,拼命、死命的意思。杀,同"煞"。

他。单只剩了晁住娘子合唐氏在后面。三个收拾了门户,吃了一会酒,对了星月,也不管那亵渎三光、肆无忌惮的狂肆。晁住老婆狂了一会,觉得下面似溺尿一般,摸一把在那月下看一看,原来是月信到了。他便走到自己睡的房内收拾干净,却又酒醉饭饱了,还有甚么挂绊,就便上床睡了。晁大舍把个火炉掇在前面,自己暖了酒,一边吃,一边合唐氏在那明间的当门做生活。做到二更天气,歇了手。吃了酒,又做活辛苦了,两个也就一觉睡熟,不管那天高地下的闲事。

小鸦儿那日与姐姐做了生日,到了日落的时候,要辞了姐姐起身,姐夫与外甥女儿再三留他不住。拿了一根闷棍,放开脚一直回来。看见大门紧紧的关着,站住了脚,想道:“这深更半夜,大惊小怪的敲门,又难为那老季,又叫他起来,且是又叫唐氏好做回避。我那一夜,叫我出去掏火,我后来细想,甚是疑心。我拿出飞檐走壁的本事来,不必由门里进去。”将那棍在地上柱了一柱,把身子往上腾了一腾,上在墙上。狗起先叫了两声,听见是熟人唤他,就随即住了口。

小鸦儿跳下墙来,走到自己房前,摸了摸儿,门是锁的。小鸦儿晓得是往晁源后边去了,想道:“待我爽利走到里面看个分明,也解了这心里的疑惑。李成名老婆是在外边睡的,若他在里边与晁住老婆同睡,这是自己一个在外边害怕,这还罢了。”掇开了自己的房门,从皮担内取出那把切皮的圆刀插在腰里,依先腾身上墙,下到晁源住的所在。

那夜月明如昼。先到了东厢房明间,只见晁住的老婆赤着身,白羊一般的,腿缝里夹着一块布,睡得像死狗一般。回过头来,只见唐氏在门外站住,见了小鸦儿,也不做声,抽身往北屋里去了。小鸦儿道:"这却古怪!为甚的这样夜深了还不睡觉?见了我,一些不说甚么,抽身往北屋去了?"随后跟他进去,那里又有甚么唐氏,只见两个人脱得精光,睡着烂熟〔1〕。

小鸦儿低倒头仔细认看,一个正是晁源,一个正是唐氏。小鸦儿道:"事要详细,不要错杀了人,不是耍〔2〕处。"在那酒炉上点起灯来,拿到跟前看了一看,只见唐氏手里还替晁源拿着那件物事,睡得那样胎孩〔3〕。

小鸦儿从腰里取出皮刀,说道:"且先杀了淫妇,把这个禽兽叫他醒来杀他,莫要叫他不知不觉的便宜了!"把唐氏的头割在床上,方把晁源的头发打开,挽在手内,往上拎了两拎,说道:"晁源,醒转来!拿头与我!"晁源开眼一看,见是小鸦儿,只说道:"饶命!银子就要一万两也有!"小鸦儿道:"那个要你银子!只把狗头与我!"晁源叫了一声"救人!"小鸦儿已将他的头来切吊。把唐氏的头发也取将开来,结成了一处,挂在肩头,依旧插了皮刀,拿了那条闷棍,腾了墙,连夜往城行走。这正叫是:

牡丹花下死,做鬼也风流。

不知这事后来怎生结束,再看后来接说。

------

〔1〕 烂熟——同本作"烂热"。"热"与"熟"盖因形近而讹,据文意酌改。

〔2〕 耍——同本作"要"。"耍"与"要"盖因形近而讹,据文意酌改。

〔3〕 胎孩——山东方言,形容沉睡的状态,等于说酣畅、沉酣。

第二十回

晁上舍[1]回家托梦　徐大尹过路除凶

　　轻生犯难,忘却是、母鳏身独。将彝常五件,条条颠覆。结发长门抛弃了,冶容[2]娼女居金屋。奈杨花、浪性又随风,宣淫黩。　　欢未满,悲生速。阴受谴,横遭戮。致伶仃老母,受欺强族。不是宰官能拔薤[3],后来又生得遗腹,险些使、命妇不终身,遭驱逐。

——右调《满江红》

　　小鸦儿将晁源与唐氏的两颗首级,将发来结成一处,背在肩上,绰了短棍,依旧不开他的门户,还从墙上腾身出去,往城行走不提。

　　却说晁住媳妇一觉睡到黎明时候方才醒转。想到正房的当面有他昨晚狼藉在地下的月信,天明了不好看相,一骨碌起来穿了裤子,赤了上身,拿簸箕掏了些灰,走到上房去垫那地上的血。一脚跨进门

---

〔1〕　晁上舍——同本回目作"晁大舍",据卷首目录校改。

〔2〕　冶容——同本作"治容"。"冶"与"治"盖因形近而讹,据文意酌改。

〔3〕　拔薤——东汉庞参任汉阳太守,郡人任棠因以薤一大本、水一盂置户屏之前,喻太守抑击强宗,以清操自守。事见《后汉书·庞参传》。后因以"拔薤"比喻打击豪强。

去,还说道:"两个睡得好自在!醒了不曾?"又仔细看了一看,把个晁住娘子三魂去了九魄,披了一领布衫,撒着裤脚,往外一跄一趺的跑着,去叫季春江,说道:"不好了!大官人合小鸦儿媳妇都被人杀了!"季春江慌做一堆,进来看见两个男女的死尸,赤条条的还一头倘在床上,两个人头寻不着放在何处,床头上流了一大堆血。季春江慌忙的去叫了乡约保正、地方总甲,一齐来到。看得晁源与小鸦儿的媳妇尸首光光的死在一处,这是为奸情,不必疑了。但小鸦儿这日与他姐姐去做生日,晚上不曾回来;外面大门,里面的宅门,俱照旧紧紧关闭,不曾开动。却是谁来杀了?

大家面面相觑,只看那晁住娘子,说道:"李管家娘子又关在外边睡觉,里边只你一个。杀了人去,岂不知情?且又前后的门户俱不曾开,只怕是你争锋干出来的。"晁住娘子道:"我老早的就进东屋里关门睡了,他上房里干的事,我那里晓得?"季春江道:"那女人的尸首已是没了头,你怎么便晓得是小鸦儿媳妇?"晁住娘子道:"那头虽是没了,难道就认不出脚来么?这庄子上,谁还有这双小脚来!"众人道:"闲话阁起,快着人往城里报去!再着一个迎小鸦儿,叫他快来!"乡约写呈子申县,将晁住娘子交付季春江看守,拾起地下一床单被把两个尸首盖了。众人且都散去。

却说晁源披了头发,赤了身子,一只手掩了下面的所在,浑身是血,从外面嚎啕大哭的跑将进来,扯住晁夫人,道:"狐精领了小鸦儿,杀得我好苦!"晁夫人一声大哭,旁边睡的丫头连忙叫醒转来,却是一梦。晁夫人唬得通身冷汗,心跳得不住,浑身的肉颤得叶叶动不止。看那天气将次黎明，叫人点了灯来，晁夫人也就梳洗。叫起晁凤来，叫他即忙鞴上骡子，快往庄上去看晁源，说："奶奶夜梦甚凶，叫大官人快快收拾进城！"那些养娘丫头都还说道："有甚狐精报仇，每日讲说？这是奶奶心里丢不下这事，不由的做这恶梦。怕他怎的！梦凶是吉，莫要理他！"

须臾，晁凤鞴完了骡子，来到窗下，说道："小人往城门下去等罢，一开城门就好出去。"晁凤到了城门，等了一会，天色已大亮了。开了城门，正往外走，只见一个汉子背了两个人头往城内走。管门夫拦住诘问，说是从雍山庄割的奸夫淫妇的首级。门夫问说："奸夫是谁？"小鸦儿道："是晁源。"

晁凤认了一认，说声："罢了！俺大官人在何处奸你老婆，被你捉得，双双的杀了？"小鸦儿道："在你自己的正房当面，如今两个还精赤了睡哩。"晁凤也不消再往乡去，飞也似跑回来，道："大官人被人杀了！"晁夫人道："你、你、你……听见谁说？"晁凤道："那人自己挑了两个头，往县里出首去了。"晁夫人道："怎么两个头？"晁凤道："一个是他老婆的。"

晁夫人一声哭不转来，几乎死去，亏人扶了半日方才醒转，哭道："儿阿！你一些好事不做，专一干那促掐〔1〕短命的营生，我久知你不得好死！我还承望你〔2〕死在我后头，仗赖你发送我，谁知你白当的〔3〕死在我头里去了！早知如此，那在通州的时节凭我一绳子吊

〔1〕促掐（qiā）——刁钻刻薄。
〔2〕你——同本作"作"，盖因形近而讹，据文意酌改。
〔3〕白当的——后文也作"白当"、"百当"。竟然；终于。

死,闭了眼,那样自在! 没要紧解下我来,叫我柔肠寸断,闪的我临老没了结果! 我的狠心的儿阿!"真是哭的石人堕泪,铁汉点头。正哭着,庄上的人也报得来了。来报的人都还猜是晁住媳妇子争锋杀的,还不知是小鸦儿把来杀了,拿了头,见在县前伺候县官升堂。

晁夫人连忙使人请了闺女尹三嫂来看家,晁夫人自己收拾了,出乡殡殓,带了晁书一干人众出去。留下晁凤在县领头,叫他领了飞风[1]出去,好入殓。喜庄上离马头不远,正是顿放沙板[2]的所在。及至晁夫人出到庄上,已是辰牌时分,脱不了还是痛哭了一场,叫人即时寻板买布,忙忙的收拾。季春江道:"这老婆的尸首没的咱也管他? 叫他自己的汉子收拾罢了!"晁夫人道:"他已把他杀了,还是他甚么汉子哩? 你要靠他收拾,他就拉到坡里喂了狗,不当家的。脱不了俺儿也吃了他的亏,他也吃了俺儿的亏,买一样的两副板,一样的妆裹。既是俺儿为他死了,就教两个并了骨[3],一同发送。"果然慌忙不迭的收拾。那六月半头,正是下火的天气,两个尸首渐渐的发肿起来。及到做完了衣服,胖得穿着甚是烦难。虽勉强穿了衣服,两个没头的孤桩停在一处,单等晁凤领了头来,竟不见到。晁夫人好不心焦。

小鸦儿把两个人头放在县前地上,等候大尹升堂。围住了人山人海的,挤不透缝。知是晁大舍的首级,千人万人,再没有一个人说

---

[1] 飞风——火速,飞快。

[2] 沙板——即杉板,做棺材的上等木料。沙,同"杉"。

[3] 并了骨——山东方言,合葬,同穴埋葬。

声可惜可怜,不该把他杀了。说起来的,不是说他刻薄,就是说他歪
惫[1],你指一件事,我指一件事,须臾可成三寸厚的一本行状。都
说:"小鸦儿是个英雄豪杰! 若换了第二个人,拿着这们个财主,怕
诈不出几千两银子来!"小鸦儿道:"他倒也曾许我一万,我只不要
他的!"

不一时,县官升了堂。小鸦儿挑了人头,随了投文牌进去。那乡
约地方起初的原呈,一口[2]咬定了是晁住媳妇争锋谋害。进了城,
方知是小鸦儿自己杀的,从头又改了呈子,也随投文递了。小鸦儿合
乡约都禀了前后的话。

县官问道:"他是几时通奸起的?"回说:"不知从几时奸起,只是
形迹久已可疑。小人也留意撞了几遭,不曾撞着。昨夜方得眼见是
真。"又问那乡约:"那两个的尸首都在那里?"乡约说:"一座大北房,
当中是一张凉床。床上铺着一床红毡,毡上铺一床天青花缎褥子,褥
上一领藤席,一床月白胡罗单被合一个藤枕都吊在地下。女人尸首
还好好的睡在床上,男人的尸首,上半截在床上,下半截在床下。都
是回头朝北。床头许多血,床前面又有一堆血,不甚多。"问小鸦儿
道:"你却是怎样杀的?"回说:"小人进去,两个睡得正熟。月下看了
一看,已认得是他两个。惟恐错杀了人,在门旁火炉内点起灯来,照
看得分明,只见唐氏手里还替他把了阳物。小人从唐氏梦中切下头

---

〔1〕　歪惫——人品低劣不正。惫,劣坏。
〔2〕　口——同本作"日"。"口"与"日"盖因形近而讹,据文意酌改。

来，晁源依旧不醒。小人说：叫他不知不觉的死了，却便宜了他。所以把他的头发解开，揿在手内，把他的头往上提了两提，他方才醒转。小人说道：'快将狗头来与我！'他灯下认得小人，说道：'只是饶命！银子要一万两也有！'小人即时割下头来。"问说："你是怎样进到他里头去？"回说："越墙过去的。"问说："他里面还有谁？"说："有一个家人媳妇，在东屋里睡。"问说："你怎的晓得？"回说："小人起初先到了东房，看得不是，所以方才又往北屋里去。"又问："下面跪的那一个是甚么人？"晁凤跪上禀道："小人是被杀的晁源尸亲，伺候[1]领头。"

县尹道："把两个头都交付与他，买棺葬埋。断十两银子与这小鸦儿为娶妻之用。押出去，即刻交完回话，快递领状来。"小鸦儿道："小人不希罕这银子。没有名色，小人不要。"大尹道："十两银子哩，可以做生意的本钱，如何不要？快递领状。"小鸦儿道："这银子就逼小人受了，小人也只撩吊[2]了。要这样赃钱那里去使！"县官道："那个当真与你钱，我是试你。你且到监里略坐一坐。"问乡约道："那在他里边睡的媳妇子，是甚么氏？"乡约说："是赵氏。"县尹拔了一枝签，差了一个马快："速拘赵氏，晚堂听审。"差人拿了签，晁凤使包袱裹了两个头，都骑了骡马，飞似走回庄上。差人同了晁住媳妇也骑了一个骡子，一个觅汉跟了，往城中进发。

---

〔1〕 伺候——同本作"同候"。"伺"与"同"盖因形近而讹，据文意酌改。
〔2〕 撩吊——山东方言，扔掉。吊，同"掉"。

晁夫人见了头，又哭了不歇。都用针线缝在颈上。两口棺材都合完了，入了殓，钉了材盖。将唐氏的抬出外边庙里寄放，也日日与他去烧纸，也同了晁源建醮追荐他。晁源的棺木，就停放在他那被害的房内，挂孝受吊不题。

差人拿了晁住的媳妇在县前伺候，晁住就在那边照管。县官坐堂，带到堂上[1]见了。县官说："你将前后始末的事从头说得详细，只教我心里明白了这件事，我也不深究了。你若不实说，我夹打了也还要你招。"叫拿夹棍上来伺候。赵氏当初合计家问官司时见过刑厅夹那伍圣道、邵强仁的利害，恐怕当真夹起来，就便一则一，二则二，说得真真切切的，所以第十九回上叙的那些情节都从赵氏口中说出来的，不然，人却如何晓得？

县尹把赵氏拶了一拶，说："这样无耻，还该去衣打三十板才是！为你自己说了实话，姑免打。"问："有甚么人领他？"回说："他汉子晁住见在。"县尹说："叫上他来！"说道："没廉耻的奴才！你管教的好妻子！"拔了四枝签，打了二十板，将赵氏领了下去。监中提出小鸦儿来，也拔了四枝签，打了二十板，与他披出红去。小鸦儿仍到庄上，挑了皮担，也不管唐氏的身尸，佯长离了这庄。后来有人见他在泰安州做生意。

再说晁家没有甚么近族，不多几个远房的人，因都平日上不得芦苇，所以不大上门。内中有两个泼皮无赖的恶人，一个是晁老的族

---

[1]　堂上——同本作"堂土"。"上"与"土"盖因形近而讹，据文意酌改。

弟,一个晁老的族孙。这是两个出尖〔1〕的光棍,其外也还有几个脓包,倚负这两个凶人。看得晁源死了,不知晁老新收的那个春莺有了五个月遗腹,虽不知是男是女,却也还有指望。以为晁夫人便成了绝户,把这数万家财,看起与晁夫人是绝不相干的,倒都看成他们的囊中之物了。每人出了分把银子,买了一个猪头、一只鸡、一个烂鱼、一陌纸,使两个人抬了。

那个族弟叫做晁思才,那个族孙叫做晁无晏,领了那些脓包都出到庄上,假来吊孝为名,见了晁夫人〔2〕,都直了喉咙,干叫唤了几声。责备晁夫人道:"有夫从夫,无夫从子。如今子又没了,便是我们族中人了。如何知也不教我们知道?难道如今还有乡宦,还有监生?把我们还放不到眼里不成!"晁夫人道:"自我到晁家门上,如今四十四五年了,我并不曾见有个甚么族人来探探头,冬至年下来祖宗跟前拜个节。怎么如今就有了族人,说这些闲话?我也不认得那个是上辈下辈。论起往乡里来吊孝,该管待才是;既是不为吊孝,是为责备来的,我乡里也没预备下管责备人的饭食,这厚礼我也不敢当!"

那晁无晏改口说道:"我还该赶着叫'奶奶'哩。刚才这说话的还是我的一位爷爷,赶着奶奶该叫'嫂子'哩。他老人家从来说话不犯寻思〔3〕,来替大叔吊孝原是取好,不管不顾说这们几句,叫奶奶

----

〔1〕 出尖——超出一般,比别人高出一截。

〔2〕 晁夫人——同本作"晁大人"。"夫"与"大"盖因形近而讹,据文意酌改。

〔3〕 不犯寻思——山东方言,不加考虑,不费斟酌。

心里不自在。刚才不是怪奶奶不说〔1〕,只是说当家子〔2〕就知不道
有这事,叫人笑话。"晁夫人道:"昨日做官的没了,前年大官儿娘子
殁了,及至昨日出殡,您都不怕人笑话,鬼也没个探头的。怎么如今
可怕人笑话?"晁思才说:"这可说甚么来! 两三次通瞒着俺,不叫俺
知道,被外头人笑话的当不起,说:'好一家子〔3〕! 别人倒还送个孝
儿,一家子连半尺的孝布也没见一点子!'俺气不过这话,俺才自己
来了。"晁夫人道:"既说是来吊孝就是好。请外边坐,收拾吃了
饭去。"

各人都到客位坐了,又叫进人来说道:"要孝衣合白布道袍。"晁夫
人道:"前日爷出殡时既然没来穿孝,这小口〔4〕越发不敢劳动。"众人
道:"一定不晓得我们今日来,没曾预备。俺们到打醮的那日再来。你
合奶奶说知,可与我们做下,穿着出去行香也大家好看。我们家里的
也都要来吊孝哩。合奶奶说,该预备的也都替预备下,省得急忙急促
的。"晁夫人道:"这几件衣服能使了几个钱? 只这些人引了头儿就
收救不住,脱不了我这个老婆子,叫他们就把我拆吃了。打哩〔5〕天爷
可怜见,那肚子里的是个小厮〔6〕也不可知,怎么料得我就是绝户?

〔1〕 不说——意谓不将晁源的丧事通知同族的人众。
〔2〕 当家子——等于说一家子,这里是同族本家的意思。同本作"当家了","子"
    与"了"盖因形近而讹,据文意酌改。
〔3〕 一家子——这里是同族的意思。
〔4〕 小口——未成年的人。这里指自己的儿辈。
〔5〕 打哩——山东方言,或者,或许。
〔6〕 小厮——山东方言,男孩子。

我就做了绝户,我也只喂狼不喂狗!"叫人定十二众和尚,十五日念经[1]。

到那日,晁夫人拚着与他们招架。可可的和尚方才坐定,才敲动鼓钹,一阵黑云,倾盆大雨下得个不住。路上都是山水,那些人一个也没有来的。十九日是晁源的"一七"[2],那些人算计恐怕那日又下了雨,要先一日就要出到庄上,可可的晁思才家老婆害急心疼,[疼]的要死不活。却说蛇无头而不行,虽然还有晁无晏这个歪货,毕竟那狼合狈拆开了两处,便就动不得了。这十九日又不曾来得。

晁夫人过了"首七",闭了丧,收拾封锁了门,别的事情尽托付了季春江,晁夫人进城去了。晁思才这两个歪人,再不料晁夫人只在庄上住了"一七"便进城来,老婆心疼住了,邀了那一班虾兵蟹将,带了各人的婆娘,瘸的瘸,瞎的瞎,寻了几个头口,豺狗阵一般赶将出去。晓得晁夫人已进城去了,起先也己了一个嘴谷都。老婆们也都还到了灵前号叫了几声。

季春江连忙收拾饭,管待了里外的众人,又都替他们饲饱了头口。众人还千不是万不是,责备季春江不周全的去处。吃了饭,问季春江要打下的麦子。季春江道:"麦子是有,只不奉了奶奶分付,我颗粒也不敢擅动。"晁思才还到不曾开口,那晁无晏骂道:"放你的狗

---

[1] 念经——同本与其他刻本此下有"此处少了些,太速了"八字,应为作者自注的修改提示,诸本皆误入正文。

[2] 一七——即下文所说的"首七"。人死之后的头一个第七天,丧主依照习俗进行祭祀。

屁！如今你奶奶还是有儿有女，要守得家事？这产业脱不过是我们的。我们若有仁义，己他座房子住，每年己他几石粮食吃用；若我们没有仁义时节，一条棍撵得他离门离户的！"季春江回说："你这话倒不相武城县里人家说的话，通似口外人说的番语。别说他有闺女[1]，也别说他房里还有人怀着肚子，他就是单单的一个老婆子，他丈夫挣下的泼天家业倒不得享用！你倒把他一条棍撵[2]了出去！好似你不敢撵的一般！气杀我！那心里不是看着宅里分上，我就没那好来！"

晁思才[3]走向前把季春江照脸一巴掌，骂说："贼扯淡的奴才！你生气，待敢怎样的！"季春江出其不意，望着晁思才心坎上一头拾[4]将去，把个晁思才拾了个仰百叉[5]地下蹾掾。晁无晏上前就合季春江扭结成一块。晁思才和他的老婆并晁无晏的老婆，男妇一齐上前。众人妆着来劝，其实是来封住季春江的手。那季春江虽平日也有些本事，怎敌的过七手八脚的一群男女？季春江的婆子见丈夫吃了亏，跑到街上大叫："乡约地方救人！强盗白日进院！"拿了面铜锣着实的乱敲。那些邻舍家合本庄的约保都集了许多人进去，只见众人还围住了季春江在那里，采打的鼻子口里流血。那些老婆们，

---

〔1〕　闺女——同本作"闲女"。"闲"与"闺"盖因形近而讹，据文意酌改。
〔2〕　撵——同本作"撞"。"撵"与"撞"盖因形近而讹，据文意酌改。
〔3〕　晁思才——同本作"是思才"。"晁"与"是"盖因形近而讹，据文意酌改。
〔4〕　拾——撞。特指用头撞人，又叫"头锤"、"头肘子"。
〔5〕　仰百叉——后文也作"仰拍叉"。即仰八叉，仰面朝天。

拿了褡套的,脱下布衫来的,扎住了袖口当袋的,开了路团在那里抢麦;又有将晁源供养的香炉[1]烛台躐扁了填在裤裆里的,也有将孝帐扯下几幅藏在身边的。

乡约地方亲见了这个光景,喊说:"清平世界,白昼劫财伤人!"要围了庄擒捉。那晁无晏合晁思才两个头目方才放了季春江,说道:"俺们本家为分家财,与你众人何干!"乡约道:"他家晁奶奶见在,你们分罢了,如何来打抢?如今大爷这等严明,还要比那尝时的混帐,任你们胡行乱做哩!"要写申文报县。有做刚做柔的说着,叫他替季春江立了一张保辜[2]的文约,撺得一班男妇驮了麦子等物回城去了。

季春江要次日用板门抬了赴县告状。众人劝说:"你主人既已不在,你又是个单身,照他这众人不过。便是我们证他的罪名,除不得根,把仇越发深了。你依我们劝说,忍了他的。我想这些人还不肯干休,毕竟还要城里去打抢。守着大爷近近的,犯到手里,叫他自去送死,没得怨怅。"慰安了一顿,各人散了回家。季春江果也打得狼狈,卧床不起,差人报入城来。晁夫人乍闻了,也不免生气,无可奈何。

谁想晁思才这两个凶徒算道:"事不宜迟。莫叫他把家事都抵盗与女儿去了,我们才'屁出了掩臀'。我们合族的人都搬到他家住

------

[1] 香炉——同本作"香爐"。"爐",字书无此字。盖因形近而讹,今酌改。
[2] 保辜——因打人致伤而立下的文约。如受伤者在一定期限内因伤致死,打人者以死罪论;不死则以伤人论。

了，前后管住了老婆子，莫教透露一些东西出去，再逼他拿出银子来均分，然后再把房产东西，任我们两个为头的凡百拣剩了，方搭配开来许你们分去。"众人俱一一应允。即刻俱各领了老婆孩子，各人乱纷纷的占了房子，抢卓椅、抢箱厨、抢粮食，赶打得些丫头养娘、家人小厮哭声震地；又兼他窝里厮咬，喊成一块。晁夫人恐怕春莺遭了毒手，损了胎气，急急撺掇上在看家楼上，锁了楼门，去吊了胡梯。那大门前围住了〔1〕几万人看晁家打抢。

这伙凶棍，若天爷放过了，叫他们得意去，这世间还有甚么报应？不想那日一个钦差官过，徐大尹送到城外回来，恰好在门前经过。听得里面如千军万马的喧嚷，外面又拥集了几万的人，把轿都行动不得。徐大尹倒也吃了一惊。左右禀说："是晁乡宦的族人，因晁源被人杀了，打抢家财的。"徐大尹问："他家还有甚么人见在？"左右说："还有乡宦的夫人。"

徐大尹叫赶开众人，将轿抬到晁家门首，下了轿，进到厅上。那些人打抢得高兴，梦也不晓得县官进到厅前。县官叫把大门关上，又问："有后门没有？"回说："有后门。"叫人把后门把住，放出一个人去重责五十板。

从里面跑出两个人来，披了头，打得满面是血，身上都打得青红紫皂，开染坊的一般，一条裤都扯得粉碎，跪下叫唤着磕头。徐大尹看着晁凤道："这一个人是前日去领头的，你如何也在这里打抢？"晁

〔1〕围住了——同本作"闹住了"。"圍"与"闌"盖因形近而讹，据文意酌改。

凤道："小的是晁乡宦的家人,被人打的伤了。"徐大尹道:"你原来是家人!你主母见在何处?"晁凤道:"奶奶被众人凌逼的将死!"大尹问说:"受过封不曾?"晁凤回说:"都两次封过了。"大尹道:"请宜人相见。"晁凤道:"被一群妇人拦住,不放出来。"

徐大尹叫一个快手,同管家进去请。果然许多泼妇围得个晁夫人封皮一般,那里肯放。快手问道:"那一位是晁奶奶?"晁夫人哭着应了。快手将别的婆娘一阵赶开。晁夫人叫取过孝衫来穿上,系了麻绳,两个打伤的丫头搀扶了,哭将出来,倒身下拜。

徐大尹在门内也跪下回礼,起说:"宜人请把气来平一平,告诉这些始末。"晁夫人道:"近支绝没有人,这是几个远族。从我进门,如今四十馀年,从不曾见他们一面。先年公姑的丧,昨日丈夫的丧,就是一张纸也是不来烧的。昨日不才儿子死了,便都跑得来,要尽得了家事,要赶我出去。昨日出到乡里,抢了个精光,连儿子灵前的香案合孝帐都抢得去了,还把看庄的人打得将死。如今又领了老婆孩子,各人占了屋,要罄身赶我出去,还恐怕我身上带着东西,一伙老婆们把我浑身番过。老父母在这里,他还不肯饶我。差人进去是亲见的。"大尹道:"共有多少人?"夫人道:"八个男人,十四五个婆娘。"大尹道:"这伙人一定有为首的,甚么名字?"夫人道:"一个叫是晁思才,一个是晁无晏。"大尹道:"如今在那里?"夫人道:"如今一伙人全全的都在里面。"大尹道:"且把这八个男子锁出来!"

一群快手赶到里面,锁了六个,少了两人。大尹道:"那两个却从何处逃走?"晁夫人道:"墙高跳不出,一定还在里面藏着哩。"大尹道："仔细再搜!"快手回道："再搜寻不出,只有一座看家楼上面锁着门,下边没有胡梯,只怕是躲在那楼上。"夫人道："那楼上没有人,是一个怀孕的妾在上面。我恐怕这伙强人害了胎气,是我锁了门,掇了梯子,藏他在上面的。"大尹问："这怀孕[的]是那个的妾?"夫人道："就是丈夫的妾。"大尹道："怀孕几月了?"夫人道："如今五个月了。"大尹道："既有怀孕的妾,焉知不生儿子!"又叫："快去锁出那两个来!"

快手又进去番,从佛阁内搜出了一个,只不见了晁无晏一个。小丫头说："我见一个人跑进奶奶房里去了。"差人叫那丫头领着,走进房内,绝无踪迹。差人把床上的被合那些衣裳底下掀了一掀,恰好躲在里面。差人就往脖项[1]上套锁。晁无晏跪在地下,从腰间掏出一大包东西,递与差人,只说："可怜见! 饶命!"他的老婆孙氏也来跪着讨饶,说："你肯饶放了他,我凭你要甚,我都依你。"差人说："我饶了你的命去,大爷却不肯饶我的命了,我还要甚么东西!"竟锁了出去。

大尹道："躲在那边,许久的方才寻见?"差人说："各处寻遍没有。一个小丫头说他跑进晁奶奶卧房去了,小人进去又寻不着,只见他躲在晁奶奶的床上被子底下。他腰里还有一大包东西,掏出来要买告小人放他。"大尹道："这可恶更甚了! 那一包东西那里去了?"差人道："递与他的老婆了。"又叫："把那些妇人都锁了出来!"差人

---

〔1〕 脖项——同本作"鹁项"。"頖"与"鹁"盖因形近而讹。

提了锁,赶到后面。那些婆娘晓得要去拿他,扯着〔1〕家人媳妇叫嫂子的,拉着丫头叫好姐姐的,钻灶突〔2〕的,躲在卓子底下的,妆做仆妇做饭的,端着个马桶往茅厮〔3〕里跑的,倘在炕上吊了鬏髻、盖了被妆害病的,再也不自己想道那些丫头养娘被他打的打了,采的采了,那一个是喜欢你的,肯与你遮盖?指与那些差人,说一个拿一个,比那些汉子们甚觉省事。十四个团脐一个也不少。看官,你道这伙婆娘都是怎生模样?

有的似东瓜白醭脸,有的似南枣紫绡唇。有的把皮袋挂在胸前,有的将绵花帮脚上。有的高高下下的面孔,辨不出甚么鸠茶〔4〕;有的狰狰狞狞的身材,逼真的就如罗刹。有的似狐狸般袅娜娇娆,有的似猢狲般踢天弄井。分明被孙行者从翠微宫赶出一群妖怪,又恰像傅罗卜〔5〕在饿鬼狱走脱满阵冤魂。

大尹问夫人道:"这些妇人全了不曾?"夫人道:"就是这十四个人。"大尹叫本宅的家人媳妇尽都出来,一个家摇摇拉拉来到。大尹叫把这些妇人身上仔细搜简。也还有搜出环子的,丁香的,手镯、钗子的,珠箍的,也还不少。大尹见了数,俱教交付夫人。又叫人快去

〔1〕 扯着——同本作"批着"。"扯"与"批"盖因形近而讹,据文意酌改。
〔2〕 灶突——灶上的烟道。这里指灶下的灰坑。
〔3〕 茅厮——山东方言,厕所。
〔4〕 鸠茶——"鸠盘茶"的省称。佛书中指啖人精气的鬼,也译作瓮形鬼、冬瓜鬼等。常用来比喻丑妇。
〔5〕 傅罗卜——明郑之珍《目连救母劝善戏文》中的人物,后改名大目犍连,即目连。他为救母曾遍游地狱。

左近边叫一个收生妇人来。把些众人心里胡乱疑猜，不晓得是为甚的。那些妇人心里忖道："这一定疑我们产门里边还有藏得甚么物件，好叫老娘婆[1]伸进手去掏取。"面面相觑，慌做一块。

不多时，叫到了一个收生的妇人。大尹问道："你是个蓐妇么？"那妇人不懂得甚么叫是蓐妇，左右说："老爷问你是收生婆不是？"那妇人说："是。"大尹向着晁夫人说："将那个怀孕的女人叫出来，待我一看。"晁夫人袖里取出钥匙，递与晁书媳妇，叫人布上胡梯，唤他出来见大爷。晁书媳妇去不多时，同了春莺从里面走将出来。但见：

虽少妖娆国色，殊多羞涩家风。孝裙掩映金莲，白袖笼藏玉笋。年纪在十六七岁之内，分娩约十一二月之间。

晁夫人道："就在阶下拜谢大爷。"大尹立受了四拜，叫："老娘婆，你同那合族的妇人到个僻静所在验看果有胎气不曾。"晁夫人道："这厅上西边里间内就好。"春莺跟了老娘婆进去，凭他揣摩了一顿，又替他肐了两手的脉出来，大尹叫春莺回到后面去。老娘婆道："极旺的胎气，这差不多是半装的肚子[2]了。替他肐了脉，是个男胎。"大尹说："他那合族的妇人都见不曾？"老娘婆回说："他都见来。"

大尹对晁夫人道："宜人恭喜！我说善人断没有无后之理！约在几时分娩？"晁夫人道："算该十一月，或是腊月初边。"大尹道："晁

----

〔1〕　老娘婆——后文也作"老娘"。山东方言，产婆，以接生为业的妇女。

〔2〕　半装的肚子——怀孕中期，孕妇的腹部隆起近半的样子。

老先生是几时不在的?"夫人道:"这妾是二月初二日收的,丈夫是三月二十一不在的。"大尹肚内算了一算,正合着了日子。大尹说:"这伙奴才可恶!本县不与你验一个明白,做个明府,他们后日就要起弄风波,布散蜚语。到分娩了,报本县知道,就用这个老娘收生。"说完,请宜人回宅。晁夫人仍又叩谢,大尹也仍回了礼。

大尹出到大门口,叫拿过一把椅来坐下,叫把晁思才、晁无晏带到县里发落,其馀六个人,就在大门外每人三十大板,开了锁,赶得去了。叫把这些妇人,五个一排,拿下去每人三十。晁夫人叫晁凤禀说:"主母禀上:若非男子们领着,这女人们能敢如此?既蒙老爷打过了他的男人,望老爷饶恕了这起妇女。主母又不好出到外面来面禀。"大尹道:"全是这伙妇人,领了汉子穿房入户的搜简,宜人怎么倒与他说分上?若是小罪过,每人捹他一捹就罢了;这等平空抄抢人家,我拿出街上来打他,所以儆众。多拜上奶奶,别要管他。拿下去打!"

晁夫人又使了晁书出来再三恳禀。却也是大尹故意要做个开手[1],叫晁夫人做个情在众人身上,若是当真要打,从八秋[2]打得稀烂,可不还阁了板子合人商议哩。回说:"只是便宜了这些泼妇!再要上门抄抢,我还到这街上来打这些泼妇!"又问:"乡约地方怎都不见伺候?"乡约正副,地方总甲,都一齐跪将过去,回说:"在此伺候

---

〔1〕 做个开手——留出馀地。

〔2〕 八秋——后文也作"八秋儿"。等于说早、老早。

久了。"大尹道："你们就是管这街上的么?"回说："正是本管。"大尹说："做得好约正副! 好地方! 城里边容这样恶人横行,自己不能箝束,又不报县! 拿下去,每人二十板!"坐了轿,止带了两个首恶到了县堂,每人四十大板,一夹棍,晁思才一百杠子,晁无晏因躲在夫人床上,加了一百杠,共二百杠子。叫禁子领到监里,限一月全好,不许叫他死。

这分明是天理不容,神差鬼使,叫大尹打他门口经过;又神差鬼使,叫他里面嚷打做鬼哭狼号,外面拥集万把人汹汹的火势〔1〕。事事都是大尹自己目见耳闻,何须又问证见? 替他处治得又周密,又畅快。若不是神差鬼使,就是一百个晁夫人也到不得大尹的跟前,就到了大尹的跟前,这伙狼虫脱不了还使晁夫人的拳头捣晁夫人的眼弹,也定没有叫晁夫人赢了官司的理。

如今那一条街上的居民,拥着的人众,万口一词,那一个不说徐大尹真是个神明,真正是民的父母! 替那子孙干事一般,除了日前的祸患,又防那后日的风波。又都说："真正'万事劝人休碌碌,举头三尺有神明'。"但怎得〔2〕春莺生出一个儿子,不负了大尹的一片苦心才好。

不知何如,只得再看后说。

评曰:是徐大尹一篇循良小传。宰官为民父母,当作是观。

〔1〕 火势——同本作"大势","火"与"大"盖因形近而讹,据文意酌改。火势,参见第六回注。
〔2〕 怎得——同本作"志得",据文意酌改。

第二十一回

片云僧投胎报德　春莺女诞子延宗

人情从说留些好,阴功更是防身宝。不贪不妒不骄嗔,宽容抱,省烦恼。福禄康宁独寿考。　　败子何妨朝露早?自生英物来襁褓。守成干蛊不难兄,循理道,家业保。养志承颜事母老。

　　　　　　　　　　　——右调《天仙子》

却说那伙抄抢家事的凶徒,为从的六个人与那十四个捱拉泼妇,都当时发落去了。晁思才与晁无晏夹打了那一顿,发下监里,果然将息了一个月好了,取出来枷号通衢,两个月满放。从此之后,这伙人的魂灵也不敢再到晁家门上。大尹又因他是寡妇之家,一切差徭尽行优免。其里老什排,都晓得大尹与他做主,不敢上门作贱。晁夫人虽没了丈夫儿子,倒也清闲安静,爱护那春莺就如千百万黄金一般,早晚祝天赞地,望他生个儿子。

九月二十八日,看门的进来说道:"梁片云合胡无翳特从通州来到,要见奶奶。"晁夫人道:"他两个这等远来,有何事件?请到厅上坐下,待我出去相见。"晁夫人一面出去见他两个,一面叫人收拾素斋。只见两个都穿栗色绸夹道袍,玄纻瓢帽,僧鞋净袜,见了晁夫人就倒身下拜,谢说恩德不了。又说起晁老父子相继死亡,两个也甚惨然。又说那后来六百三十两银子尽籴了米谷,出陈入[1]新的放与贫人,如今两年,将及万石。又说这十月初一日是晁夫人的六十寿旦,所以特来与奶奶拜庆,也看看老爷,不料得老爷与大官人俱弃世去了。晁夫人问他下处,他说在真空寺法严长老家安歇。吃了斋,依旧回寺去了。

到了初一日,二人早到厅上,送了几样礼,要与晁夫人拜寿。晁夫人又出去见了。晁夫人因有重孝,都不曾收亲眷们的礼。这日单摆了一桌素筵款待片云、无翳。次日两个就要辞了起身。晁夫人又留他们住了两日,每人替他做了一领油绿绸夹道袍,一顶瓢帽,一双僧鞋,一双绒袜,各十两银子,又摆斋送了行。仍自起身回去。

两个朝起晚住,一路议论。无翳说道:“晁大舍刻薄得异常,晁老爷又不长厚,这怀孕的断不是个儿子。”片云说道:“依我的见识,晁老爷与大舍虽然刻薄,已是死去了,单单剩下了夫人。这夫人却是千百中一个女菩萨。既然留他在世,怎么不生个儿子侍养他? 所以这孕妇必然生儿子,不是女儿。我看老人家的相貌,也还有福有寿哩。我们受了他这样好处,怎得我来托生与他做了儿子,报他的恩德才好。”

不一日,到了通州,师徒相会,甚是欢喜。过了几日,那片云渐渐的没精塌彩,又渐渐的生起病来。一日夜间,梦见韦驮尊者亲与说

----

[1] 入——同本作“人”。“入”与“人”盖因形近而讹,据文意酌改。

道："晁宜人在通州三年,劝他的丈夫省刑薄罚,虽然丈夫不听他的好言,他的好心已是尽了。这六百两的米谷,两年来也活过了许多人,往后边的存济正没有限量哩,不可使他没有儿子侍奉。你自己发心愿与他为子报恩,这是你的善念。出家人打不的诳语,你若不实践了这句说话,犁舌地狱是脱不过的。十二月十六日子时,你去走一遭,回来也误不了你的正果。但不可迷失了本来,堕入轮回之内。"

片云醒转来,记得真真切切的这梦,告诉了长老合无翳都晓得了。从此即淹淹缠缠[1]的再不曾壮起,却只不曾睡倒,每日也还炤常的穿衣洗面。到了十二月十五日的晚间,叫人烧了些汤,在暖房[2]里面洗了浴,换了一套新衣,在菩萨韦驮面前拈了净香,叩头辞谢;又叩辞了长老合无翳,再三嘱付,叫:"把这积谷济贫的功果千万要成个始终。待你年老倦勤[3]的时候,我自来替你的手脚。把我的尸首不要葬了,将龛来垒住,待我自己回来掩埋。"又写了四句偈子道:

知恩报恩,志谐心服。一世片时,无烦多哭。

长老合无翳说道:"虽然做了梦,这梦也虽然灵异,但怎便这等信得真切? 毕竟要等他善终。难道好自尽了不成?"片云收拾完了,

---

[1] 淹淹缠缠——无精打采,精神发顿的样子。

[2] 暖房——同本作"煖房"。字书无"煖"字,盖因与"煖"形近而讹,据文意酌改。

[3] 倦勤——不爱活动,不想动弹。

回到自己静室里边,点了一炷香,上了禅床,趺〔1〕了膝,端端正正的坐在上面。长老合无斁道:"莫去搅混他,且看他怎么死得。只远远的防闲他,不要叫他自尽。"

等到天气大明,日已露红了,众人道:"既然过了这十六的子时,便也不妨了。"进去看他一看,只见他两条玉柱〔2〕挂在膝上,不知从几时圆寂去了。惊动了合寺的僧众,传遍了京城。勋戚太监如蚁的一般下到通州来瞻礼,那布施的堆山积海样多。依他的言语,在寺后园内起了龛,坐在里面。太后都遣了太监出来与他上香,妆修得功果十分齐整。

再说春莺到了十一月半后,晁夫人便日日指望他分娩,就唤了前日大尹荐的收生婆老徐日夜在家守住,不放出去,恐怕一时间寻他不着。另在晁夫人住房重里间内收拾了暖房,打了回洞〔3〕的暖炕,预先寻了两个奶子伺候,恐怕春莺年纪尚小,不会看管孩儿。

从十一月十五日等起,一日一日的过去,不见动静。晁夫人只恐怕过了月分,被人猜疑。直到了十二月十五日晚间,方觉得腰酸肚痛起来。晁夫人也就不曾睡觉,又唤了一个长来走动的算命女先〔4〕,三个都在热炕上坐等。春莺渐渐疼得紧了。仔细听了更

----

〔1〕 趺——盘腿坐。
〔2〕 玉柱——僧人坐化时垂下的鼻涕。
〔3〕 回洞——火炕中往复曲折的烟道,能使炕面暖热。洞,同本作"洞",盖因形近而讹,据文意酌改。
〔4〕 女先——即女先儿,以算命、说唱等为业的妇女。

鼓,交过二更来了。女先道:"放着这戌时极好〔1〕,可不生下来,投信等十六日子时罢。这子时比戌时好许多哩。"还与春莺耍道:"好姐姐,你务必的夹紧着些,可别要在亥时生将下来!"大家笑说:"这是什么东西,也教你夹得住的!"晁夫人打了个呵欠,徐老娘拉过一个枕头来,说:"奶奶你且打个盹儿,等我守着,有信儿请你老人家不迟。"

晁夫人倘下,不一瞬,鼾鼾的睡着了,口中高声说道:"出家人怎好到我卧房里面? 快请出去!"老徐叫醒了夫人。晁夫人道:"片云出去了不曾?"众人道:"深更半夜,有甚么片云敢进这里来?"晁夫人道:"没的是我做梦? 我亲见他穿着我做与他的油绿袄子进这屋里来,还与我磕了两个头。他说:'奶奶没人服事,我来服事奶奶。'我说:'出家人怎好进我的卧房来服事?'他不答应,扬长往里间里去了。"

正说着,春莺疼的怪哭。徐老娘跑不迭的进去,突的一声,生下一个孩儿。徐老娘接在手里,说道:"奶奶大喜! 一位极好的相公!"女先听那更鼓,正打三更二点,却正是子时不差。喜的晁夫人狠命的夹着腿,恐怕喜出屁来。灯下端相了一会,说:"这小厮怎么就像片云的模样?"丫鬟养娘都说与片云模样一般。看着断了脐带,埋了衣胞,打发春莺吃了定心汤,安排到炕上靠着枕头坐的。

〔1〕 极好——山东方言,很好,挺好的。

那个小孩子才下草，也不知道羞明[1]，挣[2]着两个眼狄良突卢[3]的乱看，把众人喜的慌了。大家同徐老娘吃了些饭，晁夫人亲与徐老娘递了一杯喜酒，送了二两喜银，一匹红段，一对银花。徐老娘也与晁夫人回敬了喜酒。也与女先三钱银子。收拾完了，也就交过五更，算计还大家休息一会。

谁知着了喜欢的人也能睡不着觉，晁夫人翻来覆去，心里只是想，说："老天爷可怜见的生了这个孩[4]了，使晁家有了后代，可怎样报答天地才好？"要算计怎样的积福，如何的济贫；又算计那些族人，如今既有了儿子，许他们上门往来，况且止得七八个，每人与他五十亩地[5]，都叫他们大家有饭吃。碌碌动[6]寻思了半夜。天还不曾大亮，一骨碌跳起来，看了春莺，叫人熬了粥，看他吃了。又慢慢的掀开被子，看了娃娃，喜得晁夫人张开口合不拢来。晁夫人道："向日[7]徐大爷亲自分付，说道等分娩了，叫去报他知道，又分付叫就用徐老娘收生。叫人快些打发徐老娘吃了早饭，同了晁凤去县里报喜！"

----

〔1〕　羞明——怕见亮光。

〔2〕　挣——同"睁"，张开。

〔3〕　狄良突卢——山东方言，也说"滴溜骨碌"，形容眼珠转动的样子，等于说滴溜溜。

〔4〕　孩——山东方言，孩子。"子"在方言中语音脱落。

〔5〕　五十亩地——同本作"五十他"。"地"与"他"盖因形近而讹，据文意酌改。

〔6〕　碌碌动——形容心思像车轮一样往复转动，等于说想来想去。

〔7〕　向日——同本作"向目"。"日"与"目"盖因形近而讹，据文意酌改。

恰好那日学里修盖明伦堂，徐大尹〔1〕早去上梁，还不曾回来。老徐合晁凤在大门里等候。珍哥听得人说晁凤在大门里边，走到监门口，扒着那送饭的小方孔叫晁凤走到跟前。晁凤问说："珍姨，这向里边好么？"珍哥道："有甚么得好！自从大爷没了，通没有人焐管！晁住通也不焐常时，粮食柴火每每的送不到。你前向〔2〕提了大爷的头出来，我到正在这门口看见。我一则害怕，二则也恼他杂情，所以也不曾叫住你，看得他一看。你如今来做什么？"晁凤道："今日得了小主人，特来报徐大爷知道。"珍哥道："是谁生的？"晁凤说："是春莺姐生的。"珍哥道："春莺是老奶奶的丫头，他几时收了？"晁凤道："是老爷收了，二月初二日成亲的。"珍哥说："也罢，晁家有了主了。昨日晁思才合晁无晏在监里发的那狠，说：'徐大爷没有做一百年的理！等徐大爷前脚去了，后脚再看哩！'"

正说着，只听得传锣响，徐大尹上完了梁，穿着大红圆领，坐着轿回到县来。晁凤合老徐跟了进去。大尹方才下轿，两个就跪在面前。那徐大尹的眼力，把人见过一遍，就隔了一世也就忘记不了。两个还不曾开口，大尹先问道："生得个儿子么？"二人回说："是。"大尹问："是几时生的？"老徐道："是今日的子时。"大尹道："这个孩子有好处！怎么可可的叫我穿了吉服迎你们的喜报？"叫库吏封二两银，用红套封了，上写"粥米银二两"，叫门子拿个红折来，自己写道"名晁梁"三个字。分付道："这二两是我折粥米的。我也不另差人，你就与我带去，上覆宜人恭喜。我正上梁回来，就名唤晁梁。"又问那老徐道："你手里拿得是甚么？"老徐道："是晁奶奶赏的花红合喜钱。"徐大尹道："便宜你。"叫库吏每人赏他喜钱一百文。

二人千恩万谢的回来，上复了晁夫人的话，说："徐大爷正上了梁，穿了吉服回来，又替起名晁梁。"晁夫人道："这又古怪。我梦见梁和尚进到卧房，他就落地。我肚里算计正要叫他是晁梁，恰好大尹就替起了这个名字。事不偶然，这个小厮定然有些好处。"亲眷家传扬开去，没一个不替晁夫人谢天谢地。

到了三日，送粥米[1]的挨挤不开。预先定了厨子，摆酒待客。叫了庄上的婆娘都来助忙，发面做馍馍，要那一日舍与贫人食用。又叫外面也摆下酒席，要请那晁思才这八个族人，里边也还要请那些打抢的十四个恶妇。先一日都着人去请过了。到了十八日，把徐老娘接得到了，送粥米的那些亲眷渐渐的到齐，都看着与孩子洗了三[2]。

他那东昌的风俗，生子之家把那鸡蛋用红曲[3]连壳煮了，赶了面，亲朋家都要分送。看孩子洗三的亲眷们，也有银子的，也有铜钱的，厚薄不等，都着在盆里，叫做"添盆"。临了都是老娘婆收得去

----

[1]　送粥米——旧俗，在生孩子的一个月内，亲眷到产妇家中送上米、面、面条、鸡蛋等物以示庆贺，叫做"送粥米"，也叫"送米"。

[2]　洗了三——旧俗，婴儿出生后第三日为之洗浴，叫做"洗三"。

[3]　红曲——用粮食发酵制成的曲类，色红，可作染料制作红酒、红腐乳等。

的。那日晁夫人自己安在盆内的二两一个锞子,三钱一只金耳挖,枣栗葱蒜;临后又是五两谢礼,两匹丝绸,一连〔1〕首帕,四条手巾。那日徐老娘带添盆的银钱,约有十五六两。

再说那日晁夫人先使人送了一百个煮熟的红鸡子,两大盒赶就的面与徐大尹,收了,赏了家人二百文铜钱。又分送了亲朋邻舍。族中那八个人,也都有得送去。有回首帕〔2〕汗巾的,有回几绺线的,都各样的不等。

这一日,族中八家子〔3〕的男妇七家都到,只有晁思才一家都不曾来。他说:"我们前日说他没有儿子,去要分他的家事;他如今有了儿,这是要请我们到那里,好当面堵我们的嘴。且前日吃了这一场的亏,还不曾报得仇,还有甚么脸去?"众人道:"就是要堵我们的口,既然请得到家,也毕竟要备个酒席。难道叫我们空出来了不成?况且那日原是我们的不是,分他些甚么罢了,怎么倒要赶他出去?他又不曾自己呈告我们,这是天爷使官来到,吃了这亏,怎么怨得他?他既将礼来请我们,如何好不去?"也有送盒面的,也有送盒芝麻盐〔4〕的,也有送十来个鸡子的,也有送一个猪肚两个猪肘的。晁夫人都一一的收了。

那些族中的婆娘恐怕去得早了,看着孩子洗三,要添盆的银钱,

----

〔1〕 一连——用线穿系的一叠。连,量词。

〔2〕 首帕——同本作"首怕"。"帕"与"怕"盖因形近而讹,据文意酌改。

〔3〕 八家子——山东方言,八家。

〔4〕 芝麻盐———一种佐餐的食品,将炒熟的芝麻和炒过的盐压碎后搅拌而成。

所以都约会齐了，直过了晌午方才来到。里外的男妇，除了晁思才，别的都是晁夫人的下辈，都替晁夫人叩喜。晁夫人都欢欢喜喜的接待他们。众人都说起前日的事来，要与晁夫人陪礼。晁夫人道："前日叫你们吃了这一场亏，我不替你们陪礼罢了，你们倒要替我陪起礼来。如今我们大家都喜，把那往事再不要提他，只往好处看。既是一族的人，人又不多，凡事看长，不要短见。"

那些泼妇们，也有叫大娘婶子的，也有该叫奶奶妗母的，磕头不迭，都说："那一日若不是你老人家积福，两次叫人替俺们讨饶，拿到大街上，当了人千人万的打三四十板，如今怎么见人？"晁无晏老婆说："只是那一日说声叫老娘婆，我那头就轰的一声，说：'这是待怎么处置哩！'七奶奶插插着说：'没帐！他见番出点子甚么来了，一定说咱产门里头有藏着的东西，叫老娘婆伸进手去掏哩！'叫我说：'呀！这是甚么去处，叫人掏嗤掏嗤的？'后来才知道是看春姐。"把晁夫人合众女眷们倒笑了一阵。

正说笑着，一个丫头跑来说道："奶奶，俺小叔阿了一大些焌黑的粘屎，春姨叫请奶奶看看去哩！"晁夫人道："孩子阿的脐屎〔1〕，怎么不黑？"晁夫人进去，众人也都进去看。晁夫人一只手拿着他两条腿替他擦把把〔2〕，他乌楼楼〔3〕的睁着眼，东一眼西一眼的看人，焰着晁夫人的

---

〔1〕　脐屎——婴儿最初几日排出的粪便。因含有脱落的肠道上皮细胞、消化液及胎儿时期吞入的羊水等，质黏稠而呈棕褐色或黑绿色。

〔2〕　把把——北方方言，小儿的粪便。又引申指粪便。

〔3〕　乌楼楼——形容眼珠黑亮的样子。

脸合鼻子,碧清的一泡尿雌将上去,笑的一个家不知怎么样的。

亲眷们都吃完了酒,坐轿的,坐车的,骑头口的,前前后后,七七八八,都告辞了家去。这些前日没得领打的婆娘也要家去,晁夫人都把他们送粥米的盒子里边满满的妆了点心、肉菜之类,每人三尺青布鞋面,一双膝裤,一个头机银花首帕。虽然是一伙泼货,却也吃不得一个甜枣,那头就似在四眼井打水的一般,这个下去,那个起来。这个说:"我纳的好鞋底。"那个〔1〕说:"我做的好鞋帮。"这个说:"我浆洗的衣服极好。"那个说:"我做的衣裳极精。""奶奶——大娘——婶子——妗母——,你只待做什么,我们都来替你老人家助忙。"外边的这七个族人,一个家攮丧的鼾僧儿一般,都进来谢了晁夫人家去。晁夫人道:"你们家去罢。我看头年里不知有工夫没有,要不就是过了年,我还有话与你们讲。"众人齐说:"奶奶——大娘——,但〔2〕有甚么分付,只叫人传一声,我们即时就来,不敢迟误。"晁夫人又谢说:"紧仔〔3〕年下没钱,又叫你们费礼。"众人去了。

晁夫人进到春莺房内,上了炕上坐着,派了晁书、晁凤两个的娘子专一在屋里答应,焰管奶子,分付说:"你要答应的好,孩子满月,我赏你们;要答应得不好,一个人嘴里抹一派〔4〕狗屎〔5〕。"

〔1〕 那个——同本作"这个",据文意酌改。
〔2〕 但——同本作"佀"。"但"与"佀"盖因形近而讹,据文意酌改。
〔3〕 紧仔——后文也作"紧子"、"紧则"。山东方言,等于说本来,本来就……。
〔4〕 派——山东方言中称数粪便的量词。
〔5〕 狗屎——同本作"狗尿",据文意酌改。

那腊月短天,容易的过,不觉的就是年下。晁老合晁大舍虽新经没了,得了这件喜事,晁夫人倒也甚不孤恓。瞬眼之间,过了年。忙着孩子的满月,也没理论甚么灯节。十六日,春莺起来梳洗,出了暗房[1]。晁夫人也早早梳洗完备,在天地上烧了纸,又在家庙里祭祀,春莺也跟在后面嗑头,方才一家大小人口都与晁夫人道了喜。春莺先与晁夫人叩了头。晁夫人分付家下众人都称呼春莺为"沈姨",因他原是沈裁的女儿,所以称他娘家的本姓。又与小娃娃起了个乳名,叫是"小和尚"。

吃过了早饭,可可的那十六日是个上好的吉日,"煞贡"、"八[2]专"、"明堂"、"黄道"、"天贵"、"凤辇",都在这一日里边,正正的一个剃头的日子,又是甚晴明和暖,就唤了一个平日长剃头的主顾来与小和尚剃胎头。先赏了五百文铜钱,一个首帕,一条大花手巾;剃完了头,又管待他的酒饭。渐次先是那些族里的婆娘们,又是众亲戚的女眷,都送了礼来与小和尚满月[3],都有与小和尚的东西。连那本族妇人,也有五六分重的银钱、银铃不等。

前日晁思才只道是晁夫人要请来堵他的嘴,谁知晁夫人请得他们到的,都相待得甚是厚,临去时还有回答那些老婆们的礼,所以着实后悔。今日不曾请他,他却买了两盒茶饼,打了一个银铃,领了他那个老摇拉来到。先进去见了晁夫人,那嘴就像蜜钵一般,连忙说道:"嫂子请上,受我个头儿;可是磕一万个头也不亏。那日要不是

〔1〕　暗房——产妇坐月子的卧房。
〔2〕　八专——同本作"人专",据文意酌改。
〔3〕　满月——同本作"满日"。"月"与"日"盖因形近而讹,据文意酌改。

嫂子救落着,拿到大街上一顿板子,打不出我这老私窠子屎来哩! 这事瞒不过嫂子,这实吃了晁无晏那贼天杀的亏。今日鼓弄,明日挑唆,把俺那老矽头的挑唆转了,叫他像哨狗的一般望着狂咬!"

谁知晁无晏的老婆已来到屋里,句句听得真切,凶神一般赶将出来。晁思才老婆见了,连忙说道:"嗳呀! 你从多咱来了?"晁无晏老婆也没答应,只说:"呃! 你拍拍你那良心! 这事是晁无晏那天杀的不是? 您一日两三次家来寻,说凡事有你上前,惹出事来您担着。后来您只捣了一百杠子,俺倒打了二百杠子! 倒是人哨着你那老矽头的来? 天老爷听着,谁烁〔1〕谁,叫谁再遭这们一顿!"晁夫人道:"今日是孩子的好日子,请将您来是图喜欢,叫你都鬼炒〔2〕来? 您待炒,夹着屁股明日往各人家里炒去! 我这里是叫人炒够了的了!"

人进来传说:"七爷要见奶奶哩。"晁夫人道:"请进来。"晁思才也没等进房,就在天井里跪下嗑头。晁夫人也跪下回礼。晁思才说:"嫂子可是大喜! 我那日听见说了声添了侄儿,把俺两口子喜的就像风了的一般,只是跳,足足的跳有八尺高! 俺住的那屋是也叫矮些,我跳一跳触着屋子顶,跳一跳触着屋子顶,后来只觉的头顶生疼,忘了是那屋子顶磁的。亏了俺那老婆倒还想着,说:'你忘了么? 你夜来喜的往上跳,是屋子顶磁的!'罢! 罢! 老天爷够了咱的! 只有这个侄儿,咱就有几千几万两的物业,人只好使眼瞟咱两眼罢了,正

----

〔1〕 烁——"哨"的音变,同"哨"。唆使的意思。
〔2〕 炒——同"吵"。古代著作中常见使用。

眼也不敢看咱！昨日这伙子斫头的们只是不听我说，白当的叫他带累的我吃这们一顿亏！"晁夫人道："旧事休题，外边请坐去。又叫你费礼。又替孩子打生活。"

晁思才道："嫂子可是没的说，穷叔遮噐〔1〕罢了！昨日侄儿洗三，俺两口子收拾着正待来，一个客到了，要留他坐坐，就没得来替侄儿做三日〔2〕。"他老婆道："嗳约，你是也有了几岁年纪，怎么忘事？你可是喜的往上跳，磕的头肿得像没揽的柿子〔3〕一般，疼得叫我替你揉蹉〔4〕，可就没的来，又扯上那一遭有客哩！"晁思才道："是！是！还是你记的真！"晁夫人道："真也罢，假也罢，外边请坐。"叫小厮们："外边流水〔5〕端果子咸案〔6〕，中上座了。"晁思才外面去了。

晁无晏老婆要到外边去合他汉子说话。晁夫人道："不出去罢，料想没有别的话说，也只是招对方才那两句舌头。里头也中上座哩。"把些女客都请到席上，晁夫人逐位递了酒，安了席，依次序坐下。十来个女先弹起琵琶、弦子〔7〕、琥珀词〔8〕，放开刺叭喉咙，你

〔1〕 遮噐——山东方言，遮羞。羞，方言读"噐"音。

〔2〕 做三日——庆贺"洗三"的意思。

〔3〕 没揽的柿子——形容青肿的样子。揽，通"漤"，一种水果催熟的方法。柿子在未漤之前呈青白色，漤后黄熟。

〔4〕 蹉——同"搓"。

〔5〕 流水——山东方言，赶快，赶紧。

〔6〕 咸案——咸味的案酒。指腌菜、酱菜之类的下酒小菜。

〔7〕 弦子——一般指弹拨乐器三弦。山东方言中，属拉弦乐器的二胡也称"弦子"。

〔8〕 琥珀词——乐器名，又叫胡拨思、浑不似、火不思、考姆慈。其制如琵琶，弹弦作声。

强我胜的拽脖子争着往前唱。徐老娘抱着小和尚来到,说:"且住了唱罢,俺那小师傅儿要来参见哩。"

徐老娘把小和尚抱到跟前,月白脑搭[1]上边顶着个瓢帽子,穿着浅月白袄,下边使蓝布绵褥子裹着,端详着也不怎么个孩子:

> 红馥馥的腮颊,蓝郁郁的头皮。两眼秋水为神,遍体春山作骨。一条紫线,从肾囊直贯肛门;满片伏犀,自鼻梁分开额角。两耳虽不垂肩,却厚敦敦的轮廓;双手未能过膝,亦长鬖鬖的指尖。这个贼模样,若不是个佛子临凡,必然是个善人转世。

可是喜的一个家挝耳挠腮,也怪不得晁思才跳的磕着屋顶。那日皎天月色,又有满路花灯,晁夫人着实挽留,那些堂客们都坐到二更天气,方才大家散席。

正是"一人有福,拖带满屋"。若不是晁夫人是善知识[2],怎能够把将绝的衰门从新又延了宗祀?虽然才满月的孩子,怎便晓得后来养得大养不大?但只看了他母亲的行事,便料得定他儿子的收成。

再看下回,或知分晓。

---

〔1〕 脑搭——一种小儿戴的帽子,下幅很长,将头和脖子遮蔽,只露出脸蛋。搭,同本作"塔",盖因形近而讹,据文意酌改。

〔2〕 善知识——佛教指善友、善人。

第二十二回

晁宜人分田睦族　徐大尹悬扁旌贤

范文丞相〔1〕能敦睦。置买公田,散布诸亲族。真是一人能享福,全家食得君王禄。　此段高风千古属。上下诸贤,未见芳踪续。单得妇人能步躅,分田仗义超流俗。

——右调《蝶恋花》

过了小和尚的满月,正月十九日,晁夫人分付叫人发面蒸馍馍,秤肉做下菜,要二十日用。晁书娘子问道:"奶奶待做甚么? 做菜蒸馍馍的?"晁夫人道:"我待把族里那八个人,叫他们来,每人分给他几亩地,叫他们自己耕种着吃,也是你爷做官一场,看顾看顾族里人。若是人多,就说不的了;脱不了指头似的排着七八个人,一个个穷的嗤骡子气〔2〕。咱过着这们的日子,死了去,有甚么脸儿见祖宗!"晁书娘子道:"奶奶可是没的说。咱有地,宁可舍给别人,也不给那伙

〔1〕 范文丞相——宋范仲淹,字希文,谥文正,仁宗时任参知政事。他乐善好施,曾置买义田以赡养族人。
〔2〕 嗤骡子气——嗤骡子,赶骡子时大声吆喝。形容冬天冻得口中直冒白气,等于说嗤嗤哈哈的。

子矻头的！'八十年不下雨——记他的好晴[1]儿'！那一日不亏了徐大爷自己来到,如今咱娘儿们正鳖的不知在那里哩!"

晃夫人道:"他怎么没鳖动咱?他还自家鳖的夹了这们一顿夹棍,打了这们一顿板子哩。这伙子矻头的们也只觉狠了点子,劈头子没给人句好话!我起为头[2]也恨的我不知怎么样的,教我慢慢儿的想,咱也有不是。那新婆我的一二年,晃老七合晃溥年下也来了两遭。咱过的穷日子,清灰冷灶的,连钟凉水也没给他们吃。那咱我又才来,上头有婆婆,敢主的事[3]么?见咱不瞅不采的,以后这们些年通不上门了。这可是他们嫌咱穷。后来你爷做了官,他们又有来的。紧则你爷甚么[4],又搭上你大叔长长团团[5]的:'怎么咱做穷秀才时,连鬼也没个来探头的?就是贡了,还只说咱选个老教官,没甚么大出产[6],也还不礼[7]!如今见咱选了知县,都才来奉承咱!这穷的像贼一般,玷辱杀人罢了!'爷儿两个没一个儿肯出去陪他们陪。我这们说着,叫留他们吃顿饭,甚么是依!后来做了官,别说没有一个钱的东西给他们,连昨日回来祭祖,也没叫他们到跟前吃个馍馍。这也是户族里有人做官一场!他们昨日得空儿就使,怎么

---

〔1〕 晴——谐"情"字,情分的意思。

〔2〕 起为头——山东方言,等于说开始、开始的时候。

〔3〕 主的事——山东方言,拿得主张;做得决定。

〔4〕 甚么——晃夫人讳言丈夫行止的话。本意应为嫌憎他们、瞧不起他们。

〔5〕 长长团团——评说人的短长、不是,等于说这个那个。

〔6〕 出产——山东方言,出息。

〔7〕 礼——"理"的借字。

怪的？我想咱揽的物业也忒多了，如今不知那些结着大爷的缘法，一
应的差徭都免了咱的。要是大爷升了，后来的大户收头累命的下来，
这才罢了咱哩。雍山的十六顷，是咱起为头置庄〔1〕子买的，把这个
放着；靠坟的四顷是动不得的；把那老官屯使见钱买的那四顷，分给
那伙斫头的们；其馀那八顷多地，这都是你大叔一半钱一半赖图人家
的，我都叫了原主儿来，叫他领了去。"

　　晁书娘子道："奶奶把地都打发了，叫小叔叔大了吃甚么？"晁夫
人道："天老爷可怜见养活大了，就讨吃也罢。别说还有二十顷地，
够他吃的哩。"晁书娘子道："奶奶就不分些与俺众人们么？"晁夫人
道："你们都有一两顷地了，还待揽多少？你家里有甚么秀才乡宦遮
影着差使〔2〕哩？"晁书娘子道："俺有是俺的，没的是奶奶分给俺
的？"晁夫人道："你看老婆混话！你是那里做贼偷的？脱不了也是
跟着你爷做官挣的。算着你那两顷地，连城里房子算着，差不多值着
一千二三百两银子哩。你要只守住了，还少甚么哩？你去外头叫他
们一个来，我分付他请去。"晁书娘子往外去叫了曲九州来到。晁夫
人分付说："你去请那户族里那八个，明日到这里，我有话合他们
说。"曲九州遂去挨门请到了，都说："明日就去。"曲九州回了晁夫人
的话。

　　次日清早，众人都到了晁思才家。大家都商量说："宅里请咱，

〔1〕　庄子——同本作"主子"。"庄"与"主"盖因形近而讹，据文意酌改。
〔2〕　遮影着差使——支撑着门户，在差役课税的摊派上不受人欺侮的意思。遮
影，支应的音变。

却是为甚么？从头年里对着家里的[1]说，待合咱讲甚么话，说年下不得闲，过了年也罢。"晁无晏道："我一猜一个着，再没有二话，情管是那几亩坟地，叫咱众人摊粮。"晁思才说："不是为这个。虽是大家的坟地，咱谁去种来？叫咱认粮！他家在坟上立蛟龙碑、盖牌坊的，他不纳粮，叫咱认？这也说不响。这老婆子要说这个，我就没那好！"内里一个晁邦邦说："七叔，你前日对着三婶子说，那些事都吃了一伙子斫头的亏，你今日又说没那好？"晁思才道："三官儿，你就知不道我的为人！我有个脸么？你当我嘴上长的是胡子哩，都是些狗毛。"

晁思才老婆跑将出来说道："你们不消胡猜乱猜的，情管是为你昨日卖了坟上的两科柏树，他知道了，叫了众人去数落哩。"晁无晏道："七爷，你多咱卖了树？咱大家的坟，你自家卖树使[2]，别说宅里三奶奶不依，我也不依！"晁思才望着晁无晏一头碰将去，说道："你待不依！你不依，怎的我？如今宅里做官的没了，我就是咱家里坐头一把金交椅的了！卖科坟上的树你不依，我如今待卖您的老婆哩，您也拦不住我！"晁无晏道："你这话不怕熏的人慌！你要是正明公道的人，没的敢说你不是个大的们[3]！人干不出来的事，你干出来了，还要卖人的老婆！你卖坟上的树，卖老婆使不得么？"晁思

----

[1] 家里的——指自己的妻子。

[2] 使——山东方言，这里是用钱、得钱来用的意思。

[3] 大的们——家庭中的长辈。这里指家族中辈分最高、遇事做主的人。

才就挞挠〔1〕,晁无晏就招架。晁思才就要拉着声冤〔2〕。晁无晏道:"咱就去,怕一怕的也不是人! 脱不了咱两个都在大爷跟前失了德行的人,咱再齐头子〔3〕来挨一顿,丢在监里,叫俺老婆养汉,挣着供牢食! 你还没个老婆挣钱哩!"倒拉着晁思才往外去吃喝。

晁思才老婆赶出来,拉扯成一堆:"贼斫头的! 你那老婆年小,又标致,养的汉,挣的钱! 我这们大老婆子,倘在十字街上,来往的人正眼也不看哩!"晁无晏也不理他,只拉着晁思才往县门口去。晁思才见降不倒他,软了半截,骂自己的老婆道:"老窠子! 你休逞脸多嘴多舌的! 你见我卖坟上的树来? 二官儿,你撒了手,咱户里还有几个人哩。窝子里反反〔4〕,我的不是也罢,你的不是也罢,休叫外人笑话。"众人又拉拉扯扯的劝着,说道:"宅里请咱,咱要去,咱如今就该去了;要不去,咱大家各自回家,弄碗稀黏粥在肚里,干正经营生去。从日头没出来,就炒到如今了!"晁思才道:"二官儿,他们说得是。你放了手,咱们往那里去来。咱还义和着要烂别人哩。"

晁无晏也便收了兵,一齐望着晁宅行走。曲九州看见,进去说了。晁夫人出到厅上相见。晁思才等开口说道:"昨日嫂子差了人去,说合俺们说甚么,叫我们早来,不知嫂子有甚么分付?"晁夫人道:"我昨日没了儿,我这物业,您说都该是你们的,连我都要一条棍

---

〔1〕 挞挠——用手抓人、搃人的动作。
〔2〕 声冤——这里是见官评理的意思。
〔3〕 齐头子——这里是不分曲直,你我一齐的意思。
〔4〕 反反——山东方言,反乱;翻腾。

撺的出去……"晁思才没等说完,接着说道:"那里的话! 谁敢兴这个心? 嫂子别要听人说话。"晁夫人又说:"如今天老爷可怜见,虽不知道是仰着合着,我目下且有儿了。既有了儿,这家业可是我的了……"那晁思才又没等晁夫人说完,接道:"嫂子叫了俺来,是说这个么?"又不知待要说甚么,晁无晏道:"七爷,你有话,且等三奶奶说了,你再说不迟。"把晁思才的话头截住了。

晁夫人又接道:"如今既成了我的家业,我可不独享,看祖宗传下来的一脉,咱大家都有饭吃,才足我的心……"晁思才又没等晁夫人说完,接道:"嫂子是为俺赤春头里〔1〕,待每人给俺石粮食吃? 昨日〔2〕人去请我,我就说嫂子有这个好意,果不其然! 这只是给嫂子磕头就是了!"晁无晏道:"七爷,你只是拦三奶奶的话! 咱等三奶奶把前后的话说完了,该有甚么说的再说,该磕头的磕头,迟了甚么来!"晁夫人又接道:"我意思待把老官屯可可的是四顷地,每人五十亩,分给你八家子耕种着吃,也是俺这一枝有人做官一场。我总里是四顷地,该怎么搭配着分,您自家分去。一家还与你五两银子,五石杂粮,好接着做庄家。"

晁思才把两个耳躲垂子掐了两掐,说道:"这话,我听得是梦是真哩? 这老官屯的地,一扯着〔3〕值四两银子一亩,这四顷地,值一千六七百两银子哩! 嫂子肯就干给了俺罢?"晁夫人道:"你看! 不

---

〔1〕 赤春头里——刚刚开春,尚无收成可望的时节。
〔2〕 昨日——同本作"昨口"。"日"与"口"盖因形近而讹,据文意酌改。
〔3〕 一扯着——允扯,平均。

干给您,您待我给钱哩?"晁思才道:"阿弥陀佛! 嫂子,你也不是那世上的凡人! 你不知是观音奶奶就是顶上奶奶[1]托生的,通是个菩萨! 就是一千岁也叫你活不住!"晁无晏道:"你看七爷! 活了你的么? 就叫俺三奶奶活一万岁算多哩?"

晁夫人道:"别要掏瞎话[2],且说正经事。这得立个字儿给您才好。可叫谁写?"晁思才道:"二官儿就写的极好,叫他写罢。"晁夫人道:"你看糊涂! 您自己写了,还自己收着,有甚么凭据哩?"晁思才道:"我还有一句话,可极不该开口,我试说一说,只在[3]嫂子。这如今俺三哥没了,我也就算个大的们了,嫂子把那庄上的房子都给了我罢。"晁夫人道:"谁这里说你不是大的们哩? 只是晚生下辈的看着你是大的们,在那祖宗往下看着,您都是一样的儿孙们。可说这房子,我都不给你们,留着去上坟,除的家[4]阴天下雨,好歇脚打中火[5]。论这几间房倒也不值甚,您这一伙子没有一个往大处看的人,鬼扯腿儿分不匀,把我这场好事,倒叫您争差违碍不好。您各人自家燕儿垒窝的一般,慢慢的收拾罢。这只天老爷叫收可[6],您都用不尽的哩。"晁无晏道:"奶奶说得有理。咱且下来先谢谢奶奶再讲。"晁夫人道:"消停,等完事可,咱大家行个礼儿不迟。"晁思才

----

〔1〕 顶上奶奶——即泰山神碧霞元君,参见第三回"泰山元君"注。

〔2〕 掏瞎话——扯闲话,说漫无边际的话。

〔3〕 在——这里是"任凭……主张"的意思。

〔4〕 除的家——山东方言,除了。这里是偶尔、或者的意思。

〔5〕 打中火——中午做饭。

〔6〕 可——山东方言,等于说"……的时候"。

道:"等完了事,再磕有多了的么?"晁夫人道:"天忒晚了,大家且吃了饭再说。"叫人摆上菜,端上嗄饭,大盘子往上端馍馍粉汤。

晁夫人此时暂往后边去了,忽然李成名进来,说道:"胡师傅从通州下来,敬意〔1〕看奶奶。"晁夫人道:"梁师傅没来么?"李成名道:"我问他来,他说梁师傅从头年里坐化了。"晁夫人诧异的了不得:"的真〔2〕小和尚是梁片云托生的了!"晁夫人叫:"请他到东厅里坐,待我出去见他。"须臾,晁夫人走到厅上。胡无翳跪下叩了四首,晁夫人站着受了他的礼,说:"这们些路,大冷天,又叫你来看我。梁师傅怎么就没了?"

胡无翳道:"贫僧一则来与奶奶拜节;二则挂念着,不知添了小相公不曾;三则也为梁片云死的蹊跷,所以也要自己来看看。他从这里回去,一路上只是感奶奶的恩。他知道小奶奶怀着孕,他说怎么得托生来做儿子,好报奶奶。一到家就没得精神,每日淹淹缠缠的。一日,梦见韦驮尊者合他说:'晁宜人在通州三年,劝他丈夫省刑薄罚,虽然他丈夫不听他的好话,他的好心已是尽了。这六百多银子也济活了许多人,往后的济度还没有限哩,不可使他无子侍奉。你说与他为子,是你自己发的愿,出家人是打不得诳语的,那犁舌地狱不是耍处。你十二月十六日子时,你去走一遭,回来也误不了你的正果。'他醒转来,即时都对着长老合小僧说了。我们说他虽不似常时这般

---

〔1〕 敬意——山东方言,特意。参见第十八回"竟意"注。

〔2〕 的真——确确实实;真真切切。的,音 dí。

精爽,却又没有甚病,怎么就会死哩？他到了十二月十五日酉时,候烧汤洗了浴,换了新衣,外面就着了奶奶与他做的油绿绸道袍,辞了各殿上的菩萨,又到韦驮面前叩了头。辞别了长老,又再三的嘱咐小僧,叫把那积谷的事别懈怠了。走进自己静室,拈了香,上在禅床上,蟠膝坐了。长老说:'这等好好的一个人,怎便就会死了？不要自己寻了短见。我们远远的防备他,只不要进他的房去搅乱。'等到十六日天大明了,长老道:'这已过了子时,料应没事了,进去看他一看。'走进去,只见鼻子里拖下两根玉柱,直拄着膝上,不知那个时辰就圆寂了。"

晁夫人道:"怎么有这样的奇事！十二月十五日的清早,孕妇也就知觉了。等到二鼓多,那老娘婆说:'只怕还早,奶奶且略盹一盹儿。'扯过个枕头来,我就睡着了。只见梁师傅进我房来与我磕头,身上就穿着我与他做的那油绿道袍。他说:'我因奶奶没人,我特来服事奶奶。'我从〔1〕梦里当真的,说道:'你出家人怎好进我房来服侍？外边坐去。'他佯长往我里间去了。他们见我梦里说话,叫醒我来,即刻就落地了,正正的是十二月十六日子时。"彼此说得毛骨耸然。

晁夫人道:"还有奇处。我口里不曾说出,心里想道:'生他的时节,既是梦见梁片云进房来,就叫他是晁梁罢。'可可的那日去县里报喜,适遇着县公穿了红员领,从学里上了梁回来。报喜的禀了,县

---

〔1〕 从——山东方言,在。

公说：'这个孩子有些造化,怎么叫我穿了吉服迎你们的喜报。我从学里上梁回来,名字就叫做晁梁罢。'你还不曾看见他的模样,就合梁片云一个相似。如今梁片云出过殡了不曾？"

胡无翳道："他说叫不要葬了,抬到后园,垒在龛内,等他自己回来葬他。如今果然垒在后园龛内。京城里面,多少勋臣太监都来瞻拜,皇太后都差了司礼监下来上香,修盖的好不齐整！如今等二月初二,还要着实大兴工哩。"晁夫人道："你吃完了斋,叫人抱他出来你看。"晁夫人也自往后边吃饭去了。端上斋来,胡无翳自己享用。

那晁思才一干人狼吞虎咽的吃完了饭,说与晁夫人知道了。晁夫人道："便宜这伙人。正没人给他们立个字,这胡和尚来的正好。"晁夫人吃完了饭,又走到晁思才那里,问说："你们都吃饱了不曾？怎便收拾得恁快？"晁思才道："饱了,饱了！这是那里,敢作假[1]不成？"

却说胡无翳也吃完了斋,叫人来说,要暂辞了回真空寺去。晁夫人道："略停一停,还有件仗赖的事哩。"合晁思才道："从通州下来了一位门僧胡师傅,央他写个字给你们罢。"晁思才道："这极好！在那里哩？请来相见一见。"晁夫人分付叫人请胡师傅来。众人望见胡无翳唇红齿白,就似个标致尼姑一般,都着实相敬。彼此行了礼。晁夫人道："这是俺族的几个人。我因我们做官一场,受了朝廷俸禄,买了几亩地,如今要分几亩与他们众人,正没人立个字。你来的极

----

[1] 作假——山东方言,客套,不实在。

好,就仗赖罢。"胡无翳道:"只怕写的不好。有脱下的稿么?"晁夫人
道:"没有稿,待我念着,你写出个稿来,再另外誊真。"叫人揩试了净
桌,拿过笔砚纸墨来。晁夫人念道:

> 诰封宜人[1]晁门郑氏同男晁梁,因先夫蒙朝廷恩典,知
> 县四年,知州三载,积得俸禄,买有薄田。念本族晁某等八人
> 俱系祖宗儿孙,俱见贫寒,氏与男不忍独享富贵,今将坐落老
> 官屯地方民地四百亩,原使价银一千六百两,分与某等八人,
> 各五十亩,永远为业,以见氏睦族之意。业当世守,不许卖与
> 外姓。粮差俱种地之人一切承管。此系母命,梁儿长成之日
> 不得相争。此外再每人分给杂粮五石,银五两,为种地工本之
> 费。立此为炤。

胡无翳听着,写完了稿,又从首至尾读了一遍与众人听,问道:
"就是这等写罢?"众人道:"这就极好,就仗赖替写一写。"晁无晏道:
"一客不烦二主。俺们既做庄家,难道不使个头口?爽利每人分个
牛与我们,一发成全了奶奶这件好事。"晁思才道:"嫂子在上,二官
儿这句话也说的有理。"旁边一个晁近仁说道:"嗳[2]!为个人只是
不知足!再不想每人五十亩地值着多少银子哩!奶奶给咱的那银子
合粮食是做甚么使的?又问奶奶要牛!这七爷怪不的起个名字就叫
做'晁思才',二哥就叫'晁无晏'。可是名称其实!"晁无晏瞪着一双

---

〔1〕诰封宜人——皇帝推恩授官爵品级于官员的父、祖和妻子,称为诰命。其
　　中在世者曰封,死去者曰赠。明清时期,五品官的母、妻可封为宜人。
〔2〕嗳——同本作"爱",据文意酌改。

贼眼,恨不得吃了晁近仁的火势,说道:"你不希罕罢了!你说人待怎的!"晁夫人道:"就是晁近仁不说这话,这牛我也是不给你们的,我也还要留着做庄家哩。"

晁无晏合晁思才起初乍听了给他每人五十亩,也喜了一喜,后来渐渐的待要烤火;烤了火,又待上炕;上了炕,又待要捞豆儿吃;没得捞着豆子,心里就有些不足的慌了。二人的心里又待要比别人偏些甚么,不待合众人都是一样。他一个说是族长,一个又说是族霸。两个走到外边,恓恓插插〔1〕的商量了一会,进来又合晁夫人道:"俺两个又有一句话合嫂子说:凡事也有个头领,就是忘八也有个忘八头儿,贼也有个贼头儿,没的这户族中也没个长幼,都是一例的?俺寻思着不动嫂子的东西,把他六家子的银子,每家子减下两来,粮食也每家子减下一石来,把这六两银子合这六石粮食,我情〔2〕四分,二官儿情两分。就比别人偏一个钱,也体面上好看。"

晁夫人道:"你两个的体面好看了,难为他六家子的体面就不好看哩。没的只你两家子是正子正孙,他们六家子是刘封义子〔3〕么?胡师傅,你别管他,你还往东厅里闩上门写去,写完了,拿来我画押。这里你一言,我一语,混的慌。"晁夫人随即也抽身往后去了。晁思才对着众人说道:"我说的倒是正经话言,过粮过草的,俺两上县里

---

〔1〕恓恓插插——后文也作"悽悽插插"。象声词,窃窃私语,小声说话。

〔2〕情——"婧"的借字,受让、坐得的意思。

〔3〕刘封义子——刘封,三国故事中刘备的义子。后刘备称汉中王,刘封因不得立为太子而叛去。

还认的人，您们也还用的着俺。俺倒是好意取和的道理，为甚的不听呢？"

没多一会，胡无翳把那八张合同都写得一字不差，大家都对过了。请出晁夫人来，胡无翳又念了一遍与晁夫人听。晁夫人把那八张合同都画了押，焙着填就的各人名字，分散与他收执〔1〕。晁夫人把那张稿来自己收了，叫丫头后边端出一个竹丝拜匣，内中封就的五两重八封银子，每人领了一封，约二十二日出乡交割土地，就着〔2〕与他们的粮食。众人都与晁夫人磕了头。晁思才恨命的让晁夫人受礼，晁夫人道："嫂子没有受小叔礼的事，同起罢。"那些小辈们又另与晁夫人磕头。晁夫人道："刚才不是我不依您的话，天下的事，惟公平正直合秤一般，你要偏了，不是往这头子搭拉，就是往那头子搭拉。您即是分了这几亩子地，守着鼻子摸着腮的，老七，你别怪我说你。你既说是个族长，凡百的公平，才好叫众人服你。你承头的不公道，开口就讲甚么偏，我虽是女人家，知不道甚么，一像这个'偏'字是个不好的字儿。我见那拜帖子上都写个'正'字，一像这'正'定是好字眼。这乡里人家极会欺生，您是知道的。您打伙子〔3〕义义合合的，他为您势众，还惧怕些儿；您再要窝子里反起来，还够不着外人掐把的哩。"众人都道晁夫人说的是。大家都辞了回家。

晁夫人只留胡无翳吃了午斋，送了一应的供给合一千钱与真空

---

〔1〕　收执——同本作"故执"。"收"与"故"盖因形近而讹，据文意酌改。

〔2〕　就着——山东方言，趁便。

〔3〕　打伙子——山东方言，大家，大伙儿。

寺的长老,叫供备胡师傅的饭。又说:"叫人将那卖八顷地的原业主都叫的来,趁着胡师傅在这里,只怕还要写甚么。"不一时,果把那许多的原地主都叫得来。晁夫人仍自己出到厅上,也有该作揖的,也有该磕头的,都见过了。晁夫人道:"您们都是卖地给俺的么?"众人应说:"都是。"晁夫人道:"这些顷的地,都是我在任上,是我儿子手里买的。可不知那时都是实钱实契的不曾?若你们有甚么冤屈就说,我自有处。"

这些众人们各人说各人的,大约都是先借几两银子与人使了,一二十分利上加利,待不的十来个月,连本钱三四倍的算将上来,一百两的地,使不上二三十两实在的银子。就是后来找[1]些甚,又多有准折:或者甚么老马老驴老牛老骡的,成几十两几两家算;或是那浑帐酒一坛,值不的三四钱银子,成八九钱的算帐;三钱银买将一匹青布来,就算人家四钱五分一匹;一两银换一千四五百的低钱,成垛家换了来放着,一吊算一两银子给人。人有说声不依的,立逼着本利全要,没奈何的捏着鼻子挨。"昨日晁爷没了,俺众人也都要算计着两院手里告状。不料大官人又被人杀死了,俺倒不好说甚么了:显见的俺们为家里没了男子人,欺负寡妇的一般。"

晁夫人道:"我也听的说,这几顷地买的不甚公平,人多有怨的。我尽有地种,我种这没天理的地,是替这点小孩子堞业哩!我如今合

---

[1] 找——同本作"我",盖因形近而讹,据文意酌改。同本"找"字多误作"我",此后径改,不再出校记。

你们商议：您都拿原价来赎了这地去，各人还安家乐业的。"众人说：
"论如今的地倒也香亮。俺那里去弄这原价？ 实说：俺有了原价，那
里买不出地来，又好费事的赎地哩？"晁夫人道："不问你要文书上的
原价，只问你要当日实借的银子本儿。把那算上的利钱、就是那准折
的东西，都不问您要。"众人道："要是如此，又忒难为奶奶了。俺情
愿一本一利的算上，把那准折的东西也都算成公道的，把那利上加的
利免了俺的，俺们还便宜着许多哩。"晁夫人道："罢了。我既然说
了，也只是还本钱就是。"

　　众人道："既是奶奶的好心，俺们众人都去变转银子去，再来回
奶奶的话。"晁夫人道："你且不消就去。我如今就拿出原文书来，你
众人领了去罢。"内中有两个，一个叫是靳时韶，一个叫是任直，说
道："还是等银子到了再给文书不迟。如今的年成不好，人皮里包着
狗骨头，休把晁奶奶的一场好心辜负了，叫低人带累坏了好人。"众
人齐道："您两个就没的家说！ 十分的人就这们没良心了？"任直道：
"如今的人有良心么？ 这会子的嘴都像蜜钵儿，转过背去再看！"晁
夫人道："论理，您两个说的极是。但我又许了口，不好打诳语的。
将文书给他们去罢。我怕亏着人垛下了业，没的他们就不怕垛业
的？"任直、靳时韶道："也罢，奶奶把这文书总里交给俺两个。俺两
人，一个是约正，一个是约副。俺如今立个收地欠银的帖儿，奶奶收
着，我替奶奶催赶出这银子来。不出十日之内，就要完事。有昧心
的，俺两个自有法儿处他。"果然立了帖，收了文书，众人谢了晁夫
人，出到门外。任直合靳时韶说道："阿弥陀佛！ 真是女菩萨！ 我只

说这新添的小孩子是他老人家积下来的！咱们紧着收拾银子给他，千万别要事〔1〕了人的好心。"

这乙二十人，此等便宜的事有甚难处？有了地土顶着，问人借银子，也有得借与；或将地转卖与人，除了还的仍有许多剩下。果然不出十日之内，同了任〔2〕直、靳时韶，陆陆续续的交与了晁夫人；总将上来，差不多也还有一千多两银子。这样赖图人的事，当初晁大舍都与晁住两个干的，今据晁住报的与众人还的，无甚大差。

内中只有一个麦其心、一个武义、一个傅惠，三个合成一伙去哄骗那靳时韶合任直两个，说道："我们向人家借取银子，人家都不信，说：'一个女人做这等的好事？'都要文书看了方才作准。你可把我们的文书借与，暂时煔一煔，即刻交还与你。别人的都有了，只剩了我们三个人，显见的是行止不好的人。一时羞愧起来，恨不得自己一绳吊死！"靳时韶道："你三个的银子分文没有，怎便把文书交与你？况我们平日又不甚么久相处，这个不便。"任直道："他也说得是，文书不与他看，银子又借不出来，这个局几时结得？与他拿了去看一看，就叫他交还我们。不然，待我跟了他去。"靳时韶道："这也使得。你便跟他一跟。"随将三个的文书拿出来，交付他三个手里。

任直跟了，同到了长春观新开的一个后门，说："财主在这里面，是个辽东的参将。我们既要求借，只得小心些，与他磕个头儿，央浼

---

〔1〕　事——"食"的借音，辜负的意思。

〔2〕　任——同本作"在"，盖因形近而讹，据文意酌改。以下径改，不再出校记。

他才好。"任直说："我又不借他的银子，为甚求面下情的？"傅惠道："这只是圆成我们的事罢了。"任直道："你们三个进去罢，我在这门前石上坐了等你们。"三个说道："也罢，只得你进去替我们撺掇一撺掇，更觉容易些。"傅惠望着麦其心道："把那门上的礼儿拿出来送了与他，要央他传进去。"麦其心故意往袖里摸了一摸，说道："方才害热，脱下了夹袄，忘在那夹袄袖内了。"傅惠道："这做事要个顺溜。方才要这文书，被靳时韶天杀的千方百计的留难，果然就忘记了银子来！我见任老哥的袖内汗巾包有银子，你借我们二钱，省得又回去，耽阁了工夫。我们转去就将那封起的银子奉还。"任直是个爽快的人，那用第二句开口，袖内取出汗巾，打开银包，从袜筒抽出等子来，高高的秤了二钱银子，递到傅惠手里。傅惠道："得块纸来包包才好。"任直又从袖里摸〔1〕出一块纸来。傅惠包了银子，从后门里进去，还说："你若等得心焦，可自进到门上催我们一声，省得他只滚〔2〕长谈，误了正经事。"

　　任直从清早不从〔3〕吃饭，直等到傍午的时候，只不见出来。肚里又甚饥饿起来，看见卖抹糕〔4〕的挑过，买了一碗吃到肚里，又等了个不耐烦。晌午大转了，只不见三个出来，只得自己慢慢走将进

----

〔1〕　摸——同本作"模"，盖因形近而讹，据文意酌改。

〔2〕　滚——"管"的音变。

〔3〕　从——"曾"的借音。山东鲁东方言读"曾"作"从"。

〔4〕　抹糕——一种黏糕，用黍米或糯米加红枣蒸制而成，吃时须用木片抹起，故称。

去。那有甚么看门的？又走了一走，只见一个半老的姑子在那磨豆腐。忽然想起："这不是长春观的后殿？一定那个辽东参将歇在这里。"那个姑子道："施主请里面坐，待我看茶。"任直道："那位参将老爷下在那个房头？清早曾见有三个人进来么？"姑子道："从大清早的时候，傅惠合麦其心，又一个不认得的走来，每人吃了我们的两碗粥去了。"任直道："从那里出去的？"姑子道："从前门出去了。"任直道："他们见过了那个辽东参将不曾？"姑子道："这观里自来不歇客，那有甚么辽东参将？"任直问："他们三个还说甚么不曾？"姑子道："他们说：'若有人来寻我们，说我们在乌牛村里等他，叫他快些来。'"任直想："那里有甚么乌牛村？呵！这伙狗骨头，叫我往'乌牛村'〔1〕去寻他！这等奚落人，可恶！"不胜懊悔，怎回去见靳时韶？只得回去把前后的事告诉了一遍。两个又是可恼，又是好笑。

靳时韶道："不怕他走到那里，我们寻他去！"走到鼓楼前，只见三个吃得醉醺醺的，从酒铺里出来。傅惠望着任直拱一拱，道："多扰，多扰，不着你这二钱银子，俺们屁雌寡淡的，怎么回去？"任直道："你这三个杭杭子〔2〕也不是人！"武义道："是人，肯揞住人的文书么？我把这扯淡的妈来使驴子合！"傅惠道："打那贼驴合的！打杀了，我对着他！"他那边是三个人，这边止得两个人，他那边又兼吃了酒，怎敌当得住？被他打了个不亦乐乎。亏了地方总甲，见打了乡

〔1〕 乌牛村——谐"乌有村"。山东方言中，"牛"字有时读 yóu 音。
〔2〕 杭杭子——山东方言，等于说家伙。随语境、感情色彩的不同而寓褒贬二义，此处含贬义。

约,恨命的拦救。一个小甲跑到县里禀了。

县官正坐着堂,拔了三枝签,差了三个马快,带领了十来个番役走到鼓楼前,三个凶徒还在那里作恶哩。靳时韶、任直打得血糊淋拉的倘在地下。快手把三个上了锁,扶搋了靳时韶、任直两个来见大尹。叫上靳时韶、任直去,禀了前前后后的始末。又叫了长春观的姑子来审问真了。又从傅惠身边搜出了三张文约。大尹诧异的极了,每人三十大板、一夹棍、一百杠子。三张文书共是八十亩地,约上的价银三百二十两,今该实还晁夫人的银子一百二十两。大尹道:"叫库吏把那前日拆封的馀银兑一百二十两来,交付靳时韶等送还晁夫人〔1〕。把这八十亩地官买了,养赡儒学的贫生,原约存卷。把这三个歪畜生拖出大门外去!"

靳时韶、任直将了银子,叫人扶了,送还与晁夫人,告诉了前后〔2〕的事。晁夫人道:"本等是件好事,叫这三个人搅乱的这们样!大爷既把这地入官做了学田,这是极好的事,把这银子缴与大爷,把这地当我买在学里的罢。"留下靳时韶、任直待了酒饭,后来又每人送了他一石小米、一石麦子,以为酬劳养痛的谢礼。两个同了晁凤,拿了那一百二十两银子,缴还县尹。那县尹道:"也罢,你奶奶是做好事的,这八十亩学田就当是你奶奶买的,后就在学里立一通碑传后,我明日还与奶奶挂扁。回家多拜上奶奶。"打发晁凤三个来了。

----

〔1〕 夫人——同本作"大人",盖因形近而讹,据文意酌改。

〔2〕 前后——同本作"剪后"。"前"与"剪"盖因形近而讹,据文意酌改。

叫上礼房来,分付做齐整门扁,上书"女中义士"四字。拣择吉日,置办喜酒羊果,彩楼鼓乐,听候与晁夫人悬挂不提。

胡无翳住了一个多月,晁夫人与他制备了春衣,送了路费,摆了斋与他送行。小和尚将近三个月了,着实醒得人事,晁夫人叫人抱出来与胡师傅看看。可煞作怪,那小和尚看见胡无翳,把手往前扑两扑,张着口大笑。把胡无翳异样的慌了,端详着可不就合梁片云那有二样。胡无翳道:"小相公无灾无难,易长易大的侍奉奶奶,我到十月初一日来与奶奶庆寿,再来望你。"小和尚只是扑着要胡无翳抱。胡无翳接过来抱了一会,奶子方才接了回去,还着实有个顾恋的光景。可见这因果报应的事确然有据,人切不可说天地鬼神是看不见的,便要作恶。正是:

　　　种瓜得瓜,种粟得粟。一点不差,舍浆种玉。

第二十三回

绣江县无偿薄俗　明水镇有古淳风

　　去国初淳庞未远,沐先皇陶淑綦深。人以孝弟忠信是敦,家惟礼义廉耻为尚。贵而不骄,入里门必式;富而好礼,以法度是遵。食非先荐而不尝,财未输公而不用。妇女惕三从之制,丈夫操百行之源。家有三世不分之产,交多一心相炤之朋。情洽而成婚姻,道遵而为师弟。党庠家塾,书韵作于朝昏;火耨水耕,农力彻于寒燠。民怀常业,士守恒心。宾朋过从而饮食不流,鬼神祷祀而牲牷[1]必洁。不御鲜华之服,疏布为裳;不入僭制之居,剪茆为屋。大有不止于小康,雍变几臻于至道。

　　晁源这伙人物都是武城县的故事,如何又说到绣江县去? 原来这伙死去的人又都转世,聚集在绣江县里结成冤家,后边遇着一个有道的禅僧,一一的点化出来,所以又要说绣江县的这些事故。

　　这绣江县是济南府的外县,离府城一百一十里路,是山东有数的大地方,四境多有名山胜水。那最有名的,第一是那会仙山,原是古

---

〔1〕 牲牷——祭祀用的纯色全牲。牷,色纯而完整的祭牲。

时节第九处洞天福地。

唐德宗贞元二十一年,太子顺宗即位,夜间梦见一个奇形怪像的人,说是东海的龙君,拿了一丸药与唐顺宗吞了下去。梦中觉得喉咙中甚是苦楚,醒转来叫那直宿的宫女,要他茶吃,便一字也说不出来。从此就成了一个哑子,便不能坐朝,有甚么章奏都在宫中批答[1]出来。

皇后想道:"东海龙神既来梦中下药,哑了皇帝的喉咙,若不是宿冤,必定因有甚么得罪,这都可以忏悔得的。"差了近侍太监李言忠赍了敕书,带了御府的名香宝烛,苏杭织就的龙袍,钦差前往山东登、莱两府海神庙祈祷。凡经过的名山大川俱即祈祷,务求圣音炤常。

李言忠领了敕旨,驰驿进发。经过绣江地方,访知这会仙山是天下的名胜,遵旨置办了牲牷,先一日上山斋宿,次早五更致祭。这时恰值九月重阳,李言忠四更起来,梳洗毕了,交了五更一点。正待行礼,只听见山顶上一派乐声嘹亮。举目一看,灯火明如白日,见无数的羽衣道流在上面周旋。待了许久,方见有骑虎骑鹿与骑鸾鹤的望空而起。李言忠复命时节奏知其事,所以改为会仙山。

这会仙山上有无数的流泉,或汇为瀑布,或汇为水帘,灌泻成一片白云湖。遇着天旱的时节,这湖里的水不见有甚消涸;遇着天潦的

---

〔1〕 批答——同本作"低答"。印本据文意改作"批答",今从。

时节,这湖里的水不见有甚么泛溢。

离这绣江县四十里一个明水镇,有坐[1]龙王庙。这庙基底下发源出来滔滔滚滚极清极美的甘泉,也灌在白云湖内。有了如此的灵地,怎得不生杰人?况且去太祖高皇帝的时节刚刚六七十年,正是那淳庞朝气的时候,生出来的都是好人,夭折去的都是些丑驴歪货。大家小户都不晓得甚么是念佛吃素,叫佛烧香;四时八节止知道祭了祖宗便是孝顺父母。虽也没有像大舜、曾、闵的这样奇行,若说那"忤逆"二字,这耳内是绝不闻见的。自己的伯叔兄长,这是不必说的。即便是父辈的朋友,乡党中有那不认得的高年老者,那少年们遇着的,大有逊让,不敢轻薄侮慢。

人家有一碗饭吃的,必定腾那出半碗来供给先生。差不多的人家,三四个、五六个合了伙,就便延一个师长;至不济的,才送到乡学社学里去读几年。摸量着读得书的,便教他习举业;读不得的,或是务农,或是习甚么手艺,再没有一个游手好闲的人,也再没有人是一字不识的。就是挑葱卖菜的,他也会演个之乎者也。从来要个偷鸡吊狗的,也是没有。监里从来没有死罪犯人,凭你甚么小人家的妇女,从不曾有出头露面游街串市的。

惧内怕老婆,这倒是古今来的常事,惟独这绣江,夫是夫,妇是妇,那样阴阳倒置、刚柔失宜、雌鸡报晓的事绝少。百姓们春耕夏耘、

----

〔1〕 坐——同"座"。

秋收冬藏完毕,必定先纳了粮,剩下的方才食用。里长只是分散由帖[1]的时节到到人家门上,其外并不晓得甚么叫是"追呼",甚么叫是"比较"。这里长只是送这由帖到人家,杀鸡做饭,可也吃个不了。秀才们抱了几本书,就如绣女一般,除了学里见见县官,多有整世不进县门去的。这个明水离了县里四十里路,越发成了个避世的桃源一般。这一村的人更是质朴,个个通是那前代的古人。只略举他一两件事,真是这晚近[2]的人眼也不敢睁的。

一位杨乡宦,官到了宫保尚书,赐了全俸,告老在家。他却不进城里去住,依旧还在明水庄上,略略的将祖居修盖了修盖,规模通不似个宫保尚书的府第,他却住在里边。把县里送来的青夫门皂,尽数都辞了不用。或到那里游玩,或到田间去,路远的所在,坐了个两人的肩舆,叫庄客抬了;近的所在,自己拖了根竹杖,跟了个奚童,慢慢的踏了前去。遇着古老街坊、社中田叟,或在庙前树下,或就门口石上,坐住了成半日的白话。若拿出甚么村酒家常饭来,便放在石上大家就吃,那里有一点乡宦的气儿? 那些庄上的乡亲也不把他当个尚书相待,仍是伯叔兄弟的称呼。人家有甚喜庆丧亡的事儿,他没有自己不到的。冬里一领粗褐子道袍,夏里一领粗葛布道袍,春秋一领浆洗过的白布道袍,这是他三件华服了。村中有甚么社会[3],他比别

----

[1] 由帖——即易知由帖,征收田赋的通知单。帖上开列田地等级、人口多少、应征款额和起交存留等项,以便田户按期完纳。

[2] 晚近——同本作"轶近"。"晚"与"轶"盖因形近而讹,据文意酌改。

[3] 社会——指因兴办某事而召集的村社集会。

人定是先到,定是临后才回。

有一个邻县的刘方伯特来望他,他留那方伯住了几日,遍看了绣江景致。一日,正陪刘方伯早饭,有一个老头子,猱了头,穿了一件破布夹袄,一双破趿鞋〔1〕,手里提了一根布袋,走到厅来。杨尚书见了,连忙放下了箸,自己出去迎到阶前,手扯了那个人,恨命让他到厅。那人见有客在上面,决意不肯进去,只说要换几斗谷种,要乘雨后耩地〔2〕。杨尚书连忙叫人量了与他。临去,必定自己送他到门外,叫人与他驮了谷,送到家中。那刘〔3〕方伯问道:"适才却是何人? 怎么老年翁如此敬重?"尚书道:"是族中一位家兄,来换几斗谷种。"方伯道:"不过农夫而已,何烦如此?"尚书道:"小弟若不遭逢圣主,也就如家兄一般。小弟的官虽比家兄大,家兄的地却比小弟的还多好几十亩哩。"说得刘方伯甚觉失言。

再说他那村外边就是他的一个小庄,庄前一道古堤,堤下一溪活水。他把那边边又帮阔了丈许,上面盖了五间茅屋,沿堤都种了桃柳。不上二十年,那桃柳都合抱了。暮春桃花开得灿烂如锦。溪上一座平阔的板桥渡到堤上,从树里挑出一个蓝布酒帘,屋内安下卓凳,置了酒炉,叫了一个家人在那里卖酒。两三个钱一大壶,分外还有菜碟。虽是太平丰盛年成,凡百米面都贱,他这卖酒原是恐怕有来游玩的人没钟酒吃,便杀了风景。若但凡来的都要管待,一来也不胜其烦,二来人便不好常来取

---

〔1〕 趿鞋——没有后帮的鞋。

〔2〕 耩(jiǎng)地——用耩耧播种。

〔3〕 刘——同本作"到",盖因形近而讹,据文意酌改。

扰,所以将卖酒为名,其实酒价还不勾[1]一半的本钱。但只有一件不好:只许在铺中任凭多少只管吃去,只不教把酒庄[2]了别处去。有来赊吃的也不计论,凭你吃去,也不计帐,也不去讨,人也从没有不还的。尚书自己时尝走到铺中作乐。

一日,铺中没有过酒的菜蔬,叫人家去取来[3]。有两个过路的客人过了桥走上堤来,进到铺中坐下,叫说:"暖两壶酒来我们吃。"尚书道:"酒倒尽有,只是没有过酒的菜,所以掌柜的往家里取去了,央我在这里替他暂时焰管。你二位略等一等。"那二人道:"我们酱斗内自己有菜,央你与我暖暖酒罢。"杨尚书果然自己装了两大壶酒,在炉上汤内暖热了,自己提了送到两个的卓上,又将来两付钟箸送去。二人从酱斗内取出的豆豉腌鸡,盛了两碟,斟上酒,[看]着尚书道:"请这边同吃一钟如何?"尚书说:"请自方便,我从不用酒的。"

那两个问说:"如今这杨老爷有多少年纪了? 也还壮实[4]么?"尚书道:"约摸[5]有八十多了,还壮实着哩。"两人道:"阿弥陀佛!得他老人家活二百岁才好。"尚书道:"你二位愿他活这们些年纪做甚么?"二人道:"我们好常来吃酒。我们是邹平县的公差,一年从这

----

〔1〕 勾——同"够"。

〔2〕 庄——同"装"。

〔3〕 叫人家去取来——印本多改作"叫家人去取来"。按,"家去"是山东方言词,意为回家。

〔4〕 壮实——山东方言,健康。

〔5〕 约摸——同本作"约模"。"摸"与"模"盖因形近而讹,据文意酌改。

里经过,至少也有十数遭,那一次不扰他老人家几壶?"尚书道:"你二位吃了他的酒,难道是不与他钱的? 这等的感激。"二人说:"若说起钱来,也甚惶恐;十壶的酒钱还不够别铺的五壶价钱哩。他老人家只不好说是舍酒,故意要几文钱耍子罢了。"又问尚书说:"你这位老者今年有五十岁了? 在那里住?"尚书道:"我也在这村里住,今年五十岁略多些了。"二人又问:"你这老者也常见杨老爷么?"尚书道:"我是他的紧邻,他是我的房主,俺两个甚是相厚,行动就合影不离身一般。"一个道:"你两个怎么今日就离开了?"尚书道:"只这会就来了。"二人问:"往那里来?"尚书说:"就往这边〔1〕来。"二人道:"若是就来,我们在此搅乱不便,该预先回避去罢。"

尚书道:"适才感激他,也是你二位;如今要预先躲了去的,也是你二位。脱不了那杨尚书也是一个鼻子,两个眼睛,你怕他做甚么?"二人道:"虽然是一个鼻子两个眼,天子大臣,回家还吃着全俸,地方大小官员都还该朔望参见哩! 好小小的人,你看轻了他!"尚书道:"我合他尝在一处,并没有见个公祖父母〔2〕来这里参见的。"二人道:"起初也来了几遭,杨老爷着实的辞不脱。后来凡有官员来参见的,摆下大酒席相待,人才不好来了。尝时我们吃了这两壶没事的,今日的酒利害,这两壶有些吃他不了。"尚书道:"天已正午,日色正热着哩,你们慢慢的吃,等掌柜的取了新菜来,再吃一壶去。若是

〔1〕 这边——同本作"这还"。"边"与"还"盖因形近而讹,据文意酌改。
〔2〕 公祖父母——对地方长官的尊称。一般称巡抚、巡按、司道官员为公祖,称州县长官为父母。

肚饿了,也就有见成的饭,随便吃些。"二人道:"酒便罢了,饭怎么好取扰?"尚书道:"你不好扰,也留下饭钱就是了。"

正话中间,只见掌柜的提了一大篮菜,后边两个小童一个掇了两个盆子,一个提了个锡罐,走近前来。掌柜的道:"有客吃酒哩! 这是谁暖的?"尚书道:"是我暖的。"掌柜的道:"你二位甚么福分? 敢劳动老爷与你们暖酒哩!"二人道:"这莫非就是杨老爷么?"掌柜的道:"你们却原来不认得么?"二人连忙跪下,磕不迭的头。尚书一手扯着一个,笑道:"适间多承你二位奖许我这们一顿,多谢,多谢。我说等新菜来再吃一壶,如今却有新菜到了,家常饭也来了。"叫人掀开,"我看看是甚么。"原来一大碗豆豉肉酱阑的小豆腐,一碗腊肉,一碗粉皮合菜,一楪甜瓜,一楪蒜苔,一大箸薄饼,一大楪生菜,一楪甜酱,一大罐菉豆小米水饭。尚书合掌柜的说道:"把咱两个的让给这二位客吃罢,我往家里吃去。你的饭,我叫人另送来你吃。"一边拖着竹杖,一个小厮打了一柄小布伞,起身家去,对二人道:"这荒村野坡的,可是没有甚么您吃,胡乱点点心罢了。"二人道:"冒犯了老爷,无故又敢讨扰。"尚书道:"头一次是生人,再来就相识了。"两个还送尚书下了堤,从新又到铺内。

掌柜的摆上饭,让他两个吃。二人道:"这饭多着哩,只怕咱三人还不能吃得了。"让掌柜的也一同吃饭,你说我道的,议论杨尚书的盛德。两个道:"做到这样大官,还不似个有钱的百姓哩! 真是从古来罕有的事! 这要在俺们县里,有这们一位大乡宦,把天也胀[1]

---

〔1〕 胀——同本作"伥",盖因形近而讹,据文意酌改。

开了,还够不着那些管家的们作恶哩!"掌柜的道:"俺这宅里大大小小也有一二十个管家,连领长布衫也不敢穿,敢作恶哩!"二人道:"却是怎的? 难道是做不起么?"掌柜的道:"倒不因穷做不起,就是做十领绸道袍也做起了。一则老爷自己穿的是一件旧白布道袍,我们还敢穿甚么? 二则老爷也不许我们穿道袍,恐怕我们管家穿了道袍,不论好歹就要与人作揖,所以禁止的。"二人说:"我适才见老爷善模善样,不是个利害的人。"掌柜的道:"若是利害,禁了人的身子,禁不住人的心,人倒还有展脱;他全是拿德来感人。人做些欺心的事,他老人家倒也妆聋作哑的罢了。倒是各人自己的心神下老实不依起来,更觉得难为人子。"一边说,一边要打发酒钱。掌柜的说:"大凡吃酒遇着老爷自己在这里看见的,旧规不留酒钱。"二人道:"饭是老爷当面赏的罢了,怎好又白吃了酒去? 留下与掌柜的自己用了,不开帐与老爷看就罢了。"掌柜的道:"刚才说过,凡事不敢欺心的,你们不曾听见么?"二人道:"正是,正是。我们只朝上谢了老爷罢。"又与掌柜的作了十来个"重皮惹",方才下堤过桥去了。

这是明水的头一位乡宦如此。再说一个教书先生的行止,也是世间绝没有的事。

这本村里有一个大财主人家,姓李,从祖上传流来,只是极有银钱,要个秀才种子看看也是没有的。到这一辈子,叫做李大郎,小时候也请了先生教书,说到种地做庄家,那心里便玲珑剔透的;一说到书上边去,就如使二十斤牛皮胶把那心窍都胶住了的一般。读到十七八岁,一些也读不进去。即如一块顽石丢在水里,浸一二千年也是浸不透的。

但这个李大郎有一件人不及他的好处:听见说这个肯读书,或是见了那读书的人,他便异常的相敬。谁想天也就不肯负他的美意,二十岁上,便就生了一个儿子;二十二岁,又生了次子。长子八岁,名希白;次子六岁,名希裕。便请了一个先生,姓舒,名字叫做舒忠。这是明水村有名的好人,却是绣江县一个半瓶醋的廪膳。这李大郎请到家教这两个孩子,恐怕先生不肯用心教得,要把脩仪十分加厚,好买转先生尽心教道,每年除了四十两束脩,那四季节礼,冬夏的衣裳,真是致敬尽礼的相待。

那个舒秀才感李大郎的相待,恨不得把那吃奶的气力都使将出来。这两个孩子又煞作怪,谁想把他父亲的料气,尽数都得来与了这两个儿子,真是过目成诵。讲与他的书,印板般刻在心里;读过的书,牢牢的,挖也挖不吊的。教了三年,那舒秀才的伎俩尽了。

这样的馆,若换了个没品行的秀才,那管甚么耽误不耽误?就拿条蛮棒,你待赶得出他去哩!这舒秀才说道:"这两个学生将来是两个大器,正该请一个极好的明师剔拨他方好。我如今教他不过了,决要辞去,免得耽阁人家子弟。"李大郎道:"好好的正在相处,怎便辞去?大的才得十二岁,小的新年才交得十岁,难道就教他不过?这一定是管待的不周,先生推故要去。"舒秀才道:"你若是管待得不周备,我倒是不去的;因你管待得忒周备了,所以我不忍负了你的美意,误了你的儿子。你的这两个儿子是两块美玉在那顽石里边,用寻一个绝会琢玉的好匠人,方琢成得美器。若只顾叫那混帐匠人摆弄,可

惜伤坏了这等美才。你道是十来岁的孩子,这正是做酒的一般:好酒
酵方才做得出好酒来,那样酸臭的酒酵,做出来的酒自然也是酸臭
的。若是读在肚里的、听在耳躲里的会得忘记倒也还好,大的时节撩
吊了这陈腐,再受新奇的未为不可;他这两个,凡是到了他的心里,牢
牢的记住了,所以更要防他。我如今另荐一个先生与你。"李大郎只
得依他辞了。

舒秀才果然另荐了一个名士杨先生。教了两年,那大学生刚得
十四岁就进了学。又隔得两年,大的考了一等第十,挨补了廪。第二
的也是十四岁进了学。那些富贵人家都要与他结亲。

李大郎因服舒秀才的为人,知他有两个女儿,一个十五岁,一个
十三岁;舒秀才虽是寒素之家,却是世代儒门,妻家也是名族。央了
人,再三求他两个女儿与两个儿子为妇。舒忠道:"我这样的寒士,
怎与他富家结得亲? 论这两个学生,倒是我极敬爱的。"舒秀才再三
推辞,李大郎再三求恳,后来只得许了亲。这两亲家后来相处,说甚
么同胞兄弟,好不一心相契的紧。李大官后来官到了布政,李二官官
到户部郎中〔1〕。舒秀才贡了出学,选了训导〔2〕,升了通判〔3〕。
杨先生官到工部尚书。李大郎受了二品的封诰。

这两件还说是乡绅士林中的人物。再说那村里还有一个小户农
夫,也煞实可敬。这人姓祝,名字叫做其嵩,家中止得十来亩田,门前

〔1〕　郎中——六部中掌管各司事务的官员。
〔2〕　训导——即儒学训导,参见第五回注。
〔3〕　通判——知府的属官,掌管农田、水利、牧马、督粮等事。

开了住客的店儿。一个妻,一个儿子约有三十岁年纪,白白胖胖的人物,只弄成了个半身不遂的痹症,倒有一妻一妾。虽没有甚么多馀,却也没有不足。

这祝其嵩一日进城去纳钱粮,只见一家酒铺门口一个粮道的书办,长山县人,往道里去上班,歇在绣江县城内,天气尚早,走到这酒铺来吃酒。临行,袖里不见了银包,说是外面一条白罗汗巾裹住,内里系一个油绿包儿,牙签内中是七两六钱银子,说是吊落酒铺里面,看见是那掌柜的拾了不还,把那掌柜的一顶细缨子帽扯得粉碎,一部极长的胡须大绺采将下来,大巴掌搧到脸上。那掌柜的因他是道里书办,教他似钟馗降小鬼的一般,那里敢动弹一动?围住了许多人看,见他说得真真切切的,都还道是那掌柜的欺心。

这祝其嵩说道:"事也要仔细再想,不要十分冒失了,只怕吊在别处。"那个书办放了卖酒的,焰着那祝其嵩的脸糯稠〔1〕的唾沫哕将过去,说道:"呸!村屄养的!那里这山根子底下的杭杭子,也来到这城里帮帮!狠〔2〕杀我了!"就劈脸一巴掌。看的众人说道:"你这个人可也扯淡!他不见了银子发极,你管他做甚么?"祝其嵩道:"'道路不平旁人躧。'打哩不是他拾得可,为甚么就扯破人家的帽子,采人家的胡子?我刚才到在四牌坊底下拾了一个白罗汗巾,

---

〔1〕 糯稠——山东方言,极稠,极浓。
〔2〕 狠——同"恨",怨恨。

颠[1]着重重的,不知里面是些甚么。同了众人取开来看看,若是合得着你刚才说的,便就是你的了。"那书办说道:"我是刘和斋,银包的衬布上面还有'和斋'二字。"众人道:"这越发有凭据了。"

祝其嵩从袖中取出汗巾,解开来,果然是个油绿潞绸银包,一个牙签销住。解开,那衬布上果有"和斋"二字。称那银子,果是七两六钱高高的。众人道:"亏了这个好人拾了,要不是,那庙里没有屈死的鬼? 这卖酒的赔银子罢了,难为这们长胡子都采净了!"那书办道:"这银子少着一大些哩! 我是十七两六钱,还有五两重的两个锞子哩!"扭住了祝其嵩不放。祝其嵩道:"我好意拾了银子,封也不解的还了你,你倒撒起赖来! 你把我当那卖酒的不成? 那卖酒的怕你,我这'山戾养的'不怕你! 这守着县口门近近的,我合你去见见大爷! 你倚了道里的书办,来我绣江县打诈不成?"

那书办凶神一般,岂是受人说这话的? 扭了祝其嵩,喊将进去。县官正坐晚堂,两个各自一条舌头说了,又叫进卖酒的与旁边看的人问了端的。县官道:"你把那银子拿来,我亲自称一称,只怕是你称错了。"那书办递出银子。县官叫库吏称了数目,报说:"是七两六钱。"县官将银包合汗巾俱仔细看验了一会,说道:"你的银子是十七两六钱,这是七两六钱,这银子不是你的,你另去找寻。这银子还叫那拾银子的拿了去。"书办道:"这银子并汗巾银包[2]俱是小人的原

---

[1] 颠——"掂"的借字。
[2] 银包——同本作"银钱",据上下文改。

物,只是少了两锭的十两。"县官道:"你那十两放在那里?"书办道:"都在银包里面。"

县官叫库吏取五两的两锭银子来,递与那书办,说:"你就把这两锭银子包在里面我看一看。"原来银包不大,止那七两多银子已是包得满满当当的了,那里又包得这十两银子去?书办随又改口道:"我这十两银子是另包在汗巾〔1〕上的。"县官道:"你汗巾上包这十两银子的绉痕在那里?"叫:"赶出去!"祝其嵩道:"此等不义的东西,小人不要他,老爷做别用罢了。"县官道:"你拾得银子,你自拿去。你如不用,你自去舍与了贫人。"祝其嵩只得拿了这银子出来。恰好遇着养济院的孤贫〔2〕来县中领粮,祝其嵩连汗巾银包都递与了众贫人分去。那书办只干瞪了瞪眼。

那个卖酒的哭诉一部长须都被他采净了。县官道:"我自教道里爷赔你的须便自罢了。"县官密密的写了一个始末的禀帖,禀知了粮道。那道尊把这个书办打了三十板子,革了役。后来这书办选了四川彰明县典史,正在那里作恶害民,可可的绣江县官行取了御史,点了四川巡按。考察的时节,二十个大板,即时驱逐了离任。可见:

万事到头终有报,善人自有鬼神知。

---

〔1〕 汗巾——同本作"汗中"。"巾"与"中"盖因形近而讹,据文意酌改。

〔2〕 孤贫——同本作"狐贫"。"孤"与"狐"盖因形近而讹,据文意酌改。

第二十四回

善气世回芳淑景　好人天报太平时

　　官清吏洁,神仙。魂清梦稳,安眠。夜户不关,无偿。道不拾遗,有钱。风调雨顺,不愆。五谷咸登,丰年。骨肉厮守,团圆。灾难不侵,保全。教子一经,尚贤。婚姻以时,良缘。室庐田里,世传。清平世界,谢天。

　　且单说那明水村的居民,淳庞质朴,赤心不漓,闷闷淳淳,富贵的不晓得欺那贫贱,强梁的不肯暴那孤寒,却都像些无用的愚民一般。若依了那世人的识见看将起来,这等守株待兔的,个个都不该饿死么?谁知天老爷他自另有乘除,别有耳目,使出那居高听卑的公道,不惟不憎嫌那方的百姓,倒越发看顾保佑起来。若似如今这等年成,把那会仙山上的泉源旱得干了,还有甚么水帘瀑布流得到那白云湖里来?若是淫雨不止,山上发起洪水来,不止那白云湖要四溢泛涨,这些水乡的百姓也还要冲去的哩。

　　却道数十年[先],真是五日一风,十日一雨,风不鸣条,雨不破块,夜湿昼晴,信是太平有象。一片仙山上边,满满的都是材木,大家小户,都有占下[1]的山坡。这湖中的鱼蟹菱芡,任人取之不竭,用

----
　　〔1〕 占下——同本作"估下"。"估"与"估"盖因形近而讹,据文意酌改。

之无禁。把这湖中的水引决将去,灌稻池,灌旱地,浇菜园,供厨井,竟自成了个极乐的世界。

第一件老天在清虚碧落的上面,张了两只荸荠[1]大的眼睛,使出那万丈长的手段,拣选那一等极清廉、极慈爱、极循良的善人,来做这绣江县的知县。从古来的道理,这善恶两机,感应如响。若是地方中遇着一个魔君持世,便有那些魔神魔鬼、魔风魔雨、魔日月、魔星辰、魔雷魔露、魔雪魔霜、魔雹魔电,旋又生出一班魔外郎、魔书办、魔皂隶、魔快手,渐渐门子民壮、甲首青夫、舆人番役、库子禁兵,尽是一伙魔头助虐。这几个软弱黎民,个个都是这伙魔人的唐僧、猪八戒、悟净、孙行者,镇日的要蒸吃煮吃。若得遇着一个善神持世,那些恶魔自然消灭去了,另有一番善人相助赞成。怎这绣江县一连几个好官!若是如今这样加派了又增添,捐输了又助赈;除了米麦,又要草豆;除了正供,又要练饷[2];件件入了考成[3],时时便要参罚,这好官又便难做了。

那时正是英宗复辟年成,轻徭薄赋,功令舒宽,田土[4]中大大的收成,朝廷上轻轻的租税。教百姓们纳粮罢了,那相如今要加三加二的羡馀。词讼里边问个罪,问分纸罢了,也不似如今问了罪,问了纸,分外又要罚谷罚银。待那些富家的大姓,就如那明医蓄那丹砂灵

----

〔1〕 荸荠——一种盛具,约三尺见方,用去皮的柳条制成。

〔2〕 练饷——明代末年,因练兵需用军饷向民间加派的一种赋税。

〔3〕 考成——指考核官吏政绩的内容。

〔4〕 田土——同本作"田上"。"土"与"上"盖因形近而讹,据文意酌改。

药一般,留着救人的急症,养人的元气,那像如今听见那乡里有个富家,定要寻件事按着葫芦抠子[1],定要挤他个精光。这样的苦恶滋味,当出[2]明水镇的人家那里得有梦着?所以家家富足,男有馀粮;户户丰饶,女多馀布,即如住在那华胥城[3]里一般。

且说那山中的光景。有一只《满江红》词单道这明水的景像:

四面山屏,烟雾里、翠浓欲滴。时物换、景色相随,浅红深碧。涧水几条寒似玉,晶帘一片尘凡隔。古今来、总汇白云湖,流不息。　　屋鱼鳞,人蚁迹[4]。事不烦,境常寂。遍桑麻禾黍,临渊鲤鲫。胥吏追呼门不扰,老翁华发无徭役。听松涛、鸟语读书声,尽耕织。

有山水的去处,又兼之风雨调和,天气下降,地气上升,山光映水,水色连山,一片都是缊缊缊缊的色象。日月俱有光华,星辰绝无愆伏,立了春,出了九,便一日暖如一日,草芽树叶渐渐发青,从无乍寒乍热的变幻。大家小户,男子收拾耕田,妇人浴蚕做茧。渐次的春社花朝,清明寒食。亡论各家,俱有株把紫荆、海棠、蔷薇、丁香、牡丹、芍药,节次开来,只这湖边周匝的桃柳,山上千奇百怪的山花,

---

[1]　按着葫芦抠子——后文也作"按着葫芦抠子儿"。比喻用强迫手段把钱财搜刮一空。子、子儿,谐音指铜子儿,即铜钱。

[2]　当出——即"当初"。

[3]　华胥城——《列子·黄帝》云黄帝昼寝,梦游华胥氏之国。后因以华胥国、华胥城代指理想的安乐和平之境。

[4]　蚁迹——同本作"蟥迹","蟥"与"蚁"盖因形近而讹,据文意酌改。

开〔1〕的就如锦城的金谷一般。再要行甚么山阴道上,只这也就够人应接不暇了。所以又有人做《满江红》词一阕,单道这明水的春天景象:

> 夭桃蕊嫩,柳飔轻、风摇浅碧。草侵天、千林莺啭,满山红白。寒食清明旋过了,稻畦抢种藏鸦麦。刚昨宵、雨过趁初晴,晒袯襫〔2〕。　　晓耕夫〔3〕,遍垅陌。春馌女,行似织〔4〕。遇上巳〔5〕赛社,少长咸集。前后东西都坐了,野翁没个来争席。直吃得〔6〕、头重脚跟高,忘主客。

挨次种完了绵花穄秫、黍稷谷粱,种了稻秧,已是四月半后天气,又忙劫劫打草苫、拧绳索,收拾割麦。妇人也收拾簇蚕。割完了麦,水地里要急忙种稻,旱地里又要急忙种豆。那春时急忙种下的秋苗,又要锄治,割菜子、打蒜苔。此〔7〕边的这三个夏月,下人固忙的没有一刻的工夫,就是以上大人,虽是身子不动,也是要起早睡晚,操心照管。所以又有人做《满江红》词一阕,单道的明水夏天景象:

> 高厂茅檐,要甚么、绮窗华屋? 近山岩、水帘瀑布,驱除暑

---

〔1〕　开——同本作"間",盖与"開"形近而讹,据文意酌改。
〔2〕　袯襫(bó shì)——雨天披戴的蓑衣。
〔3〕　耕夫——同本作"耕天"。"夫"与"天"盖因形近而讹,据文意酌改。
〔4〕　行似织——同本作"行似识"。"织"与"识"盖因形近而讹,据文意酌改。
〔5〕　上巳——同本作"土王",印本俱作"上巳"。"土王"二字盖因形近而讹,从印本改。
〔6〕　直吃得——同本后有"大家"二字,当为衍文,今删。
〔7〕　此——同本作"比",据文意酌改。

伏。庭际娟娟竹几个，门前树树浓阴绿。把闲书、一本趁风凉，高枕读。　倦来时，书且束。睡迷离，将息目。待黑甜醒后，家常饭熟。食了斜阳炎气转，披襟散步清流曲。拣柳阴、底下有温泉，沐且浴。

才交过七月来，签穄秫〔1〕，割黍稷，拾绵花，割谷钐谷〔2〕，秋耕地，种麦子，割黄黑豆，打一切粮食，垛秸秆〔3〕，摔〔4〕稻子，接续了昼夜，也还忙个不了。所以这个三秋，最是农家忙苦的时月。只是太平〔5〕丰盛的时候，人虽是手胼足胝，他心里快活，外面便不觉辛苦。所以又有人做一只《满江红》词，单道那明水的秋天景象：

黄叶丹枫，满平山、万千〔6〕紫绿。映湖光、玻璃一片，落霞孤鹜。沆瀣天风驱剩暑，涟漪霜月清于浴。直告成、万宝美田畴，秋税足。　篱落下，丛丛菊。困窖内，陈陈粟。看当前场圃，又登新谷。鱼蟹肥甜刚稻熟，床头新酒才堪漉。遇宾朋、大醉始方休，讴野曲。

说便是十月初一日谢了土神，辞了场圃，是个庄家完备的节候。且这样满收的风景，也依不得这个常期，还得半个月工夫。到了十月

〔1〕签穄秫——用剷刀把高粱的穗子割下来。签，"剷"的借字。穄秫，高粱。
〔2〕钐谷——用大镰刀把谷穗割下。
〔3〕秸秆——同本作"楷秆"。"稭"与"楷"盖因形近而讹，据文意酌改。
〔4〕摔——同本作"捧"，盖因形近而讹，据文意酌改。
〔5〕太平——同本作"太乎"。"平"与"乎"盖因形近而讹，据文意酌改。本书"平"多讹作"乎"，以下径改，不再出校记。
〔6〕万千——同本作"万于"。"千"与"于"盖因形近而讹，据文意酌改。

半以后,这便是农家受用为仙的时节。大囤家收运的粮食,大瓮家做下的酒,大阑养的猪,大群的羊。成几十几百养的鹅鸭,又不用自己喂他,清早放将出去,都到湖中去了;到晚些,着一个人走到湖边一声唤,那些鹅鸭都是养熟的,听惯的声音,拖拖的都跟了回家。数点一番,一个也不少。那惯养鹅鸭的所在,看得有那个该生子[1]的,关在家里一会,待他生过了子,方又赶了出去。家家都有腊肉、腌鸡、咸鱼、腌鸭蛋、螃蟹、虾米;那栗子、核桃、枣儿、柿饼、桃干、软枣之类,这都是各人山峪里生的。茄子、南瓜、葫芦、冬瓜、豆角、椿牙、蕨菜、黄花,大囤子晒[2]了干,放着过冬。拣那不成才料[3]的树木[4],伐来烧成木炭,大堆的放在个空屋里面。

　　清早睡到日头露红的时候,起来梳洗了,吃得早酒的,吃杯暖酒在肚。那溪中甜水做的菉豆小米黏粥,黄暖暖的拿到面前,一阵喷鼻的香,雪白的连浆小豆腐,饱饱的吃了。穿了厚厚的绵袄走到外边,遇了亲朋邻舍,两两三三,向了日色,讲甚么"孙行者大闹天宫"、"李逵大闹师师府",又甚么"唐王游地狱"。闲言乱语,讲到转午的时候,走散回家。吃了中饭,将次日色下山,有儿孙读书的,等着放了学。收了牛羊入阑,关了前后门,吃几杯酒,早早的上了炕。怀中抱子,脚头登妻,鬏髻帽子,放成一处。那不好的年成,还怕有甚么不好

------

〔1〕 生子——生蛋,下蛋。

〔2〕 晒——同本作"晒",盖因形近而讹,据文意酌改。

〔3〕 才料——同本作"才科"。"料"与"科"盖因形近而讹,据文意酌改。

〔4〕 树木——同本作"树水"。"木"与"水"盖因形近而讹,据文意酌改。

的强盗进院,仇人放火;这样大同之世,真是大门也不消闭的。若再遇着甚么歪官,还怕有甚飞殃走祸,从天吊将下来;那时的知县,真是自己父母一般。任有来半夜敲门的,也不过是那懒惰的邻家不曾种得火,遇着生产,或是肚疼来掏火的,任凭怎么敲,也是不心惊的。鼾鼾睡去,半夜里遇着有尿,溺他一泡;若没有尿,也只道第二日早辰算帐了。

且不要说那富贵大人家受享那太平的福分,只说一个姓游的秀才,名字叫做游希酢,年纪也将四十岁了。一个妻骆氏,年纪约三十五六岁的光景,也识得几个字,也吃得几杯酒,也下得几着围棋。一个大儿子名询,年十六岁;一个女儿名淑姑,年十四岁;一个小儿子名詠,年十二岁;挨肩〔1〕的三个儿女。房中使一个十三岁的丫头茗儿,厨房中一个仆妇。家中止得六七十亩地,住着一所茆房。宅东面套出一个菜园,也有些四时的花木。东南上盖了一所书房,这书房倒也收拾的有致,比住房反倒齐整。游秀才自己在里面读书,每日也定了个书程。那园中两株大垂杨树,树下一张石卓,四面都有石凳。

从三月起,八月中秋止,这几个月,日间的时节,游秀才只在书房完那定下的工课,连饭也是送去吃的。凡百的家事,倒都是他的细君照管。那日间,他的细君除一面料理家事,一面教导女儿习学针指。到日斜的时候,游秀才也住了工,细君也歇了手,儿子们也都放了学回家,合家俱到那园中石凳上坐下,摆上几碟精致下酒小菜,旁边生

---

〔1〕　挨肩——一个挨一个。形容几个孩子出生时间挨得很近。

了火炉,有数是量就的一尊酒,团头聚面的说说笑笑,或是与儿子讲说些读过的书文,或是与女儿说些甚么贤孝的古记,再不然,与细君下局围棋。吃完了酒,收拾了家生[1],日以为常。到了冬里的时节,晚上围了炉,点了灯烛,儿子读夜书,自己也做些工夫,细君合女儿也做生活,总在这张方卓之上,两枝蜡烛之下。大家完了公事,照常的备了酒菜吃酒,完了收拾安寝。除了岁科两考进到城里走走,不然,整年整月要见他一面也是难的。所以又有人做《满江红》词一阕,单道那明水冬天的景象:

> 雪封林麓,看冰针、簌簌遍悬茆屋。无底事、絮袍毡帽,负墙迎旭。闲数周瑜和鲁肃,或说宋江三十六。转夕阳、西下看寒鸦,投古木。　　掩篱门,餐晚粥。剔书灯,子夜读。饮新醪数盏,脱巾[2]归宿。山里太平无事扰,安眠高枕何妨熟?待明朝、红日上三竿,才睡足。

就是昼夜阴晴,月风雪雨,件件都有佳趣。那昼间看了四面焌青的山,翠绿的树,如镜面湖水,鱼鳞马齿挨去的人家,所以多有人题那胜概的诗。且只单取他两句道:

> 百丈霞明文五色,双岩树合翠千层。

到了晚间,山寺钟鸣之后,柴门尽掩,鸡犬无声;砧杵相闻,伊吾[3]彻耳。偶在高头下望:

---

[1] 家生——即家什,用具。

[2] 脱巾——同本作"脱中"。"巾"与"中"盖因形近而讹,据文意酌改。

[3] 伊吾——"咿唔"的借字,指读书声。

四合爨烟浓似雨，周遭灯火密于星。

四合阴云，清风徐起，雷声隐隐，电火拖金。登楼四瞰：牛羊下山，禽鸟奔树；樵者负薪，络绎而返；渔人携鲤，接踵而归。急雨则峰峰瀑布，壑壑川流；细雨则烟雾濛濛，潇湘三月。也有两句诗道：

奔涛混杂黄河声，琉璃掩映青山色。

拖虹歇雨，止电收雷，相送归云，非风不可。瑚声闻于竹圃，篴〔1〕韵出于松林；拂面不寒，吹花有致。有两句诗道：

鸟语叶声相杂响，溪流松韵总和鸣。

说那月夜，四时皆有佳致。万籁无声，四虚咸寂。疏林玉镜悬空，湖畔金轮浴水；悠扬〔2〕笛韵，不知何处飞来；缥缈钟声，应自上方递至。也有两句诗道：

山遭四面沙为堞，树绕千家玉是林。

说到雪的景致，比这雨晴风月更又不同。推想这一片山河大地，通前彻后，成了一个粉妆玉琢的乾坤。就是那险溪恶岭的所在，也还遮盖的如通衢平坦的一般，何况又是这般胜迹所在？通是在广寒宫阙、冰玉壶中的光景，令人逸骨仙仙，澄空彻底。也有两句诗道：

湖成珠海三千顷，山作蓝田百万层。

山东六府，泰山、东海，这是天下的奇观，固要让他罢了。至如济南的华不注、函山、鹊山、鲍山、黄山、夹谷、长白、孝堂、紫榆、徂徕、梁

〔1〕　篴——"笛"的古字。
〔2〕　悠扬——同本作"悠杨"。"扬"与"杨"盖因形近而讹，据文意酌改。

父、大石、平原、大明、跑突、文卫、濯缨，这都说是名胜，写在那志书上面。这都有甚么强如这会仙山、白云湖的好处？

再如兖州的尼山，虽不是大观，但圣母颜氏祷此而生孔子，到如今颜氏所生之谷，草木之叶皆上起；所降之谷，草木之叶皆下垂。这孔圣人发迹的所在，那较得甚么优劣？雷泽，相传有神主之，龙身人头，鼓其腹作雷声。《史记》"舜渔于雷泽"，就是此处。这圣地经历的所在，也不消论甚好歹。至于〔1〕甚么防山、龟山、峄山、君山、昌平、南武、澹台、太白、栖霞、谷城、马陵、南武，这都是兖州属内名山。会、济、汶、氾、洙、泗，这是兖州属内的古河。范蠡湖、蜀山湖、桃花涧、沧浪渊、南池、阿井、泽华池，这都是兖州属内的胜水。还有梁山泺，这藏贼的所在，上不得数的。这些水也都不如那明水的风光。

再说东昌也有甚么峚山、陶山、历山、箕山，这都卑卑不足数。恨命争说当初舜耕的所在就是这个历山，许由隐的所在就是这个箕山。舜是山西平阳府蒲州人，却因甚的跑到东昌去耕地？许由〔2〕放着本处这样首阳、中条的大山不隐，也跟了那大舜跑到东昌去隐？倒只有那鸣石山有些好景。那山岩有百馀丈的高，扣之，声就是钟磬一般响。昔有人隐居岩下，尝见一人白单衣徘徊岩上，及晓方去，时尝遇见。一日扯住他的袖子，问他来历。他说："姓王，字中伦。周宣王时入少室山修道，往来经过，爱此石清响，常来留听。"用力求他养生

---

〔1〕 至于——同本作"至千"。"于"与"千"盖因形近而讹，据文意酌改。

〔2〕 许由——同本作"许出"。"由"与"出"盖因形近而讹，据文意酌改。

的法术，遂留下雀卵大的一个石子，忽然不见。把石子含在口内，终日不饥。如此等的山，也可以与那会仙山称得兄弟，可又没甚出产。其水有漳河、鸣犊河、卫河、瓠子河、漯川、鹤渚，这都是东昌的水。还有那濮水岸上，有庄周的钓台。古时有一个乐官，叫作师延，与纣做那淫哇委靡之乐。武王伐纣，恐怕武王杀他，自己投入濮水而死。后卫灵公夜宿濮水之上，听见鼓琴之声，召乐官师涓细听，要习他的曲调。师涓听了一会，说道："此亡国之音，习他何用！"不知此等的水也都载入志书。

　　青州府有云门山、牛山，是齐景公流涕的所在〔1〕。孤山、沂山、灵山、大岘山、琅琊山、九仙山、浮莱山、大弁山、三柱山、淄渑水、白河、康浪水、葛陂水，这都是寻常的名迹。只有范公泉在府城西。范仲淹做太守时有善政，忽涌醴泉，遂以范公为名。今医家汲泉丸药，号"青州白丸子"〔2〕。此药在本地不灵，出了省，治那痰症甚效。

　　再数，就是登州的丹崖山、田横山、羽山、莱山、之罘山、昆嵛山〔3〕、文登山、召石山。除了海，有一个祖洲〔4〕，在海中间，相传生

----

〔1〕　"齐景公"句——《晏子春秋·谏上十七》："景公游于牛山，北临其国城而流涕，曰：'若何滂滂去此而死乎？'"牛山，在今淄博市临淄区，北距齐国故城二十馀里。

〔2〕　青州白丸子——参见第四回注。

〔3〕　昆嵛山——同本作"昆仑山"，盖"昆嵛山"之误，今改。

〔4〕　祖洲——古代传说中的十洲之一。《海内十洲记·祖洲》："祖洲近在东海之中，地方五百里，去西岸七万里。上有不死之草，草形如菰苗，长三四尺，人已死三日者，以草覆之，皆当时活也。服之令人长生。"此盖本书所本。

"不死草"，叶似菰苗，藂[1]生，一株可活一人。秦始皇时，曾遣道士徐福，发童男女各五百人入洲采药，后竟不知下落。这又是虚无不经的谎话。

尽头，还有莱州的黄山、之莱山、天柱山、孤山、陆山、大珠山、不其山。汉时有一个童恢，做这不其县的知县，有虎食人。童恢祷告了山神，要捉那食人的老虎。不两日，果然猎户捉了两只虎到。童恢分付了那两只虎道："吃人的垂首伏罪，不食人的仰首自明。"一虎垂头不动。童恢叫把那个仰首的放到山去，那个垂首的杀了抵命。后又改为"驯虎山"。其水也，除了海，有那掖河、胶河、潍水、芙蓉池，这都不如那明水。

这些的山水都是人去妆点他，这明水的山水尽是山水来养活人。我所以谆谆的夸说不尽，形容有馀。但得天地常生好人，愿人常行好事，培养得这元气坚牢，葆挏[2]得这灵秀不泄才好。但只是古今来没有百年不变的气运，亦没有常久浑厚的民风。

再看后回结束。

评曰：布景写生，王龟龄《会稽》三赋，当拜下风。

----

[1] 藂——同"丛"。

[2] 挏——同"摄"。

第二十五回

薛教授山中占籍　狄员外店内联姻

买邻十里,仁者应如是。况逢此等佳山水,更有何方是美?

无烦绛阙瑶台,只须此便蓬莱。且有女儿缘在,赤绳暗地牵来。

——右调《清平乐》

却说明水镇有一个也上贵的富家,姓狄,名宗羽,号宾梁。虽是读书无成,肚里也有半瓶之醋,滉滉荡荡的,尝要雌将出来。因家事过得,颇也有些侠气,人也有些古风。隔壁也开一个精致的店,招接东三府[1]往来的仕宦。饭钱草料,些微有些撰手[2]就罢,不似别处的店家,拿住了"死蛇",定要取个肯心。遇有甚么贵重的客人,通像宾客一般款待,不留饭钱,都成了相知。往来的人都称他为狄员外。

一日间,有一顶抬轿,一乘卧轿,几头骡子,老早的安下店内。狄

---

[1] 东三府——明水镇以东的山东登州、莱州、青州三府。

[2] 撰手——山东方言,所得的利润,等于说赚头。撰,"赚"的借字。

员外问那指使的人[1]道:"说店内歇下的是甚么官人?"回道:"是一位老爷,一位奶奶,一位小夫人,一个使女,两房家人媳妇,三个管家。是河南卫辉府人,姓薛,原任兖州府学的教授,如今升了青州衡府的纪善[2],前来到任。"狄员外又问:"这官人约有了多少年纪了?"回说:"也将近五十来的岁,极和气的好人。"狄员外自己走过店去,与薛教授相见了,叙了些履历。狄员外教家里另取过茶去吃了。讲话中间,倒像似旧日的相知一般。狄员外别了回家来,分付教人好生答应。薛教授也随了来狄员外家回拜,狄员外随设小酌相款,留吃了晚饭。说了更把天的话,薛教授方别了回到下处。

第二日清早,薛教授送了四包糖缠、二斤莴笋。狄员外收了,赏了管家五十文钱;又备了一个手盒,请过薛教授来送行。薛教授封了五钱银饭钱送来,狄员外再三不肯收,薛教授只索罢了。只见天气渐渐阴来,就要下雨的光景,狄员外苦留,说:"前去二十里方是二十里铺,都是小店,歇不得轿马。再二十里方是县城。这雨即刻就下,不如暂候片时。如天色渐次开朗,这自然不敢久留;若是下雨,这里房舍草料俱还方便,家常饭也还供得起几顿。"一边挽留,一边雨果然下了,薛教授只得解了行李,等那天晴。

从来说"开门雨,饭了晴",偏这一日阴阳却是不准,不紧不慢,

---

[1] 指使的人——听店主吩咐做事的人,客店的伙计。指使,"支使"的借字。

[2] 衡府的纪善——衡府,明代藩王府。弘治十三年,明宪宗第七子朱祐楎封衡王,就藩青州。至清顺治二年,清廷将末代衡王朱由橺押送京师,衡王之嗣遂绝。纪善,明代藩王的属官,负责讲授之事。

只是不止。看看傍午,狄员外又备了午饭送去。薛教授合他浑家商议道:"看来雨不肯住,今日是走不成了。闷闷的坐在这里,不如也收拾些甚么,沽些酒来与狄东家闲坐一会。"薛奶奶道:"酱斗内有煮熟的腊肉腌鸡,济南带来的肉鲊,还有甜虾米、豆豉、莴笋,再着人去买几件鲜嘎饭来。"也做了好些品物,携到店尽后一层楼上,寻了一大瓶极好的清酒,请过狄员外来白话赏雨。真是"一遭生,两遭熟",越发成了相知。

这番并不说闲话,叙起两个的家常。薛教授自说是卫辉府胙城县人,名字叫做薛振,字起之,十七岁补了廪,四十四岁出了贡。头一任选金乡的训导,第二任升了河南杞县的教谕,第三任升了兖州府的教授,刚八个月,升了衡府的纪善。这几年积下些微束脩,倒苟且过的日子。只因家中有一个庶母弟,极是个恶人,专一要杀兄为事的。今五十二岁,尚无子女,所以只得要回避他;不然,也还可以不来做这个官的。

狄员外问:"还是有子不举? 还是从来不生?"薛教授道:"自荆人过门,从来不曾生长。"狄员外说道:"何不纳宠?"薛教授说:"昨临来的时节,也只得娶了一人,但不晓天意如何哩。"又问狄员外:"有几位子女? 尊庚〔1〕几何?"狄员外道:"小老丈十年,今年整四十二岁,也是男女俱无。"薛教授问道:"有尊宠不曾?"狄员外道:"老丈到

----

〔1〕　尊庚——同本作"尊庚"。字书无"庚"字,盖因与"庚"形近而讹,据上下文酌改。

了五十二岁方才纳宠,可见这婆妾是不容易讲的。千个算命都说,在下必定要到四十四上方可见子。"薛教授说:"若依了算命的口,也说在下五十四上方开花,到五十六上方才结子,且说还有三子送终。"又说:"这明水的土厚民醇,风恬俗美,真是仙乡乐土。"狄员外道:"往时这敝镇的所在,老丈所称许的这八个字倒是不敢辞的,如今渐渐的大不似往年了。这些新发的后生,那里还有上世的一些质朴!"

薛教授道:"虽不比往时,也还胜如别处。若说起敝乡的光景,越发不成道理了。不知贵处这里也许外人来住么?"狄员外道:"敝处到不欺生。只是地土没有卖的,成几辈传流下去,真是世业。但这东三府的大路,除了种地,也尽有生意可做。这里极少一个布铺。要用布,不是府里去买,就是县里去买,甚不方便。"薛教授道:"或是卖不行[1],怎么没个开铺的?"狄员外道:"别处的人,谁肯离了家来这里开铺?敝处本土的人,只晓得种几亩地就完了他的本事,这撰钱的营生是一些也不会的。即如舍下开这个客店,不是徒[2]在饭食里边撰钱,只为歇那些头口,撰他的粪来上地。贱贱的饮食草料,只刚卖本钱,哄那赶脚的[3]住下。"薛教授说:"怪道的,昨日刚才午转,从济南到这里只走了七十里地,便苦苦的定要住了。"说着饮酒,不觉一更有馀,雨还不止。狄员外打了伞,穿了泥屐[4],别了薛教授

---

[1] 卖不行——卖不动,买卖不兴盛。行,同"兴"。

[2] 徒——"图"的借字。

[3] 赶脚的——即脚户,以赶牲口驮载人、货挣钱为生的人。

[4] 泥屐——又叫"雨屐"。下雨天绑在鞋下以便在泥泞中行走的木屐。

回家,分付安排早饭伺候。

次早,天色渐次开朗。薛教授收拾起身,见狄员外不以过客相待,倒不好再送饭钱,再三的作谢相别,许说屈人来谢。薛教授赴青州到了任,那王府官的营生,且那衡府又是天下有名的淡薄去处,只好农口〔1〕而已。年节将近,果然差了一个家人薛三槐,带了二十斤糖球,两匹寿光出的土绢,写了一封书,专来狄家致谢。狄员外将薛三槐留住了两日,写了回书,封了两匹自己织的绵绸、两只腊肘回礼。又送了薛三槐三钱银子。从此之后,两个时常往来,彼此馈送不止。一年二月间,薛教授又差了一个家人薛三省,要赶清明回胙城去上坟,这明水是必由之路,顺便又有与狄员外的书礼。

却说狄员外正月二十日生了一个儿子,举家就如得了异宝的一般。薛三省到的这一日,正是这儿子的满月,亲朋都来举贺,治酒款待,甚是的匆忙。狄员外对薛三省说:"你薛爷大我十岁。算命的说我四十四岁方才得子,今刚交过四十四岁,果然得了儿子。你们薛爷对我告诉,也说从有算命的许他五十四上先要开花。不知小夫人有甚喜信?"薛三省道:"小夫人昨日二月十六日添了一位小姐。我来的那日,刚是第二日了。"狄员外道:"若据了两件事这等说得着,这命又是该算的了。"将薛三省留过了夜,次日打发去了。

狄员外于三月十一日因薛教授常着人来通问,两年间并不曾回差一个人去,要趁这三月十六日是他小姐的满月,与他送个贺礼,也

---

〔1〕 农口——糊口,将就着够吃。

要报他说生了儿子。随即备了一个五钱重的银钱，一副一两重的手镯，外又几样吃食之物，差了家人狄周，骑了个骡子前去。到了薛教授家，拆看了书，收了礼，留款狄周住了两日，打发了回书，也回答了贺礼。

两家相处，愈久愈厚，不觉已是八年。因考察王官，薛教授因上〔1〕长史〔2〕合气，被他暗地里开了个"老疾"〔3〕，准了致仕。薛教授道："住在这里八年，一些也没有出产，到不如丢吊了自在。但回家去，当不起这个恶弟要来算计，不如顺路住在明水那里。果然五十六上得了个儿子，五十八上又添了一个次子，等这两个儿子略长的大些，回家不迟。"一面收拾行李，一面先差家人薛三槐持了书，央狄员外预先寻下房子，要在明水久住。

狄员外看过了书，与薛三槐说："请你薛爷只管来。且在隔壁店中住下，从容待我陪伴了，慢慢的自己寻那像意〔4〕的房子。我在这里专等。"一边将薛三槐先打发他去回话，一边看了人在那店后边房子扫地糊窗，另换了洁净床席，重新安了锅灶，铺设了器皿桌椅之类，预备了米面柴薪、油盐酱醋，诸色完备。

不一日，薛教授带了家眷，在三四十里路上先差了薛三省来看下处。知得凡事齐整，飞也似去回了话，薛教授甚是欢喜。狄员外忙教

〔1〕 因上——疑为"因与"。上，或因"與"字简写作"与"而讹。
〔2〕 长史——王府中总管府内事务的官员。
〔3〕 老疾——对官员进行考察后所作的评语之一，意思是年老有病。
〔4〕 像意——中意，合意。

家中整治饭食相待。不一时,薛教授同家眷到了,进入后去,比那前日来的时节更是周全,比到自己家里也没有这等方便。狄员外随即过去拜了,亲自送了小饭,辞了回家。薛教授随即过来回拜。

次日,狄员外的娘子备了一桌酒,过去望那薛教授的夫人。初次相见,甚是和气,领出女儿合两个儿子来相见。女儿六岁,生他的时节,梦见一个穿素衣的仙女进他房去,就生他下地,所以起名素姐。大的儿子四岁,叫春哥。第二的儿子二岁,叫冬哥。看那素姐:

> 焌青的[是]头皮,乌黑的是头发。白的是脸,红的是唇。纤纤的一双玉腕,小小的两只金莲。虽然是豆蔻含苞,后必定芙蓉出色。

就是那两个儿子,也都不是那穷腮乞脸的模样。又请出小夫人来相见:

> 戴一顶矮矮的尖头鬏髻,穿两只弯弯的跷脚弓鞋。紫棠色[1]的面皮,人物也还在下等;细了身姚[2]的体段,身材到可居上中。虽然芝草无根,只怕骅骝有种。

相见过,大家叙了半日话,各自散了。

次日,薛教授的夫人[3]也叫人称了五斤猪肉、两只鸡、两尾大鲫鱼、二十只鲜蟹、两枝莲藕、六斤山药、两盘点心,过来回望。狄员外的娘子叫人置办了齐整款待,叫出儿子狄希陈见那薛夫人。因说

---

〔1〕　紫棠色——同本作"紫堂色"。"棠"与"堂"盖因形近而讹,据文意酌改。

〔2〕　细了姚(tiǎo)——身材细长。明焦竑《俗书刊误·俗用杂字》:"长身曰姚。"

〔3〕　夫人——同本作"大人"。"夫"与"大"盖因形近而讹,据文意酌改。

起与薛素姐都是同年六岁,狄学生是正月二十日寅时生,素姐是二月十六日巳时生,狄学生比薛素姐大一个月。狄学生虽不十分生得标致,却也明眉大眼,敦敦实实[1]的。在那薛教授的夫人心里想道:"若不是我们还回河南去,我就把素姐许与他做媳妇。"在那狄员外的娘子肚中算计:"他若肯在这里住下,我就把陈儿与他做了女婿。"两个夫人的心肠[2],各人回去都对着自己的丈夫闲说,却也丢过一边。

过了几日,薛教授央狄员外陪了拜那明水镇的人家,就带着[3]寻看房子。薛教授因与狄员外商量,算计要开一个梭布店,房子要寻前面有店面的。看了许多,再没有恰好的,不是铺面好了后面的住房不够,后边的住房够了就是前面的铺面不好。

正没理会,恰好一个单教官的儿子单豹,当初他的父亲叫做单于民,做南阳府学训导。虽是一个冰冷的教官衙门,他贪酷将起来,人也就当他不起。缺了教授,轮该是他署印。那时新进了些秀才,往时该送一两的,如今三两也打发他不下来。他要了堂上的常规,又要自己斋里的旧例,家人又要小包[4],儿子又要梯己,鳖的些新秀才叫苦连天,典田卖地。内中一个程生,叫做程法汤,从幼无了父母,入赘

[1] 敦敦实实——形容身体粗短结实。
[2] 心肠——同本作"心旸"。"肠"与"旸"盖因形近而讹,据文意酌改。
[3] 带着——捎带着,顺便。
[4] 小包——等于说门包,家人为登门拜谒者传话时讨索的赏钱。

在一个寡妇丈母家内，巴结〔1〕叫他读书。因府考没有银子寻分上，每次不得进道，这一次不知怎的得闯进道去，高高的进了第二。这单于民恨命问他要钱，上了比较，一五一十的打了几遭，把丈母合媳妇的首饰也烧化〔2〕了，几件衣服也典卖了。丈母还有几亩地，算计卖来送了他，连女婿的两家人口却吃甚么？待不卖了送去，恐被他捉住便打个臭死。

正在苦楚，恰是八月丁祭。祭完了，取过那簿查点那些秀才，但有不到的懒人，都是他的纳户，每人五六钱的鳖银子。程法汤点过名去，恭恭敬敬的答应了。他叫程法汤跪下，说道："那忘八的头目也有个色长，强盗的头目也有个大王，难道你这秀才们就便没个头目？看山的也就要烧那山里的柴，管河的也就要吃那河里的水！都像你这个畜生，进了一场学，只送得我两数银子，就要拱手〔3〕！我没的是来管忘八乐工哩！"抬过凳来，叫门子着实的打了二十五板，打的程法汤上天无路，下地无门，一条单裤打得稀烂，两只腿打得了黑一块。心里气恼，进学原是图荣，如今把丈母、媳妇的首饰衣裳损折得精光，还打发得不欢喜，被他痛打这一顿。如今棒疮又大发疼痛，着了恼，变了伤寒，不上四五日之间死了。

〔1〕　巴结——因生活窘迫而节衣缩食，等于说凑合、勉勉强强。
〔2〕　烧化——即销化，把散碎银子熔铸成锭。这里是变卖的意思。
〔3〕　拱手——生员见官员，按例拱手作揖，不行跪拜之礼。这里是完了进学的程序，成为府学生员的意思。

有一个孙乡宦,做了兵部主事[1],因景皇帝要废英宗太子,谏言得罪回来,在家闲住。闻得说有这一件事,心中大不平起来了,自己来与程法汤吊孝,必定验看了程法汤的臀,一只腿打得焌青,一只腿割得稀烂,看了大哭一场。随与单于民抵死做起对来,自己走到省下,两院司道都递了呈子。两院行了学道,后来把这单于民照贪酷例问了河间卫的军,追了七百银子的赃,零碎也打够二百多板子。把那行杖的两个门斗都问了冲驲[2]的徒。这单于民虽不曾抖得他个精光,却也算[3]得一败涂地的回家。

这单豹是单于民的个独子,少年时人物生得极是标致,身材不甚长大,白面长须,大有一段仙气。十八岁进了学,补过廪,每次都考在优等。在外与人相处,真是言不妄发,身不妄动。也吃得几杯酒,却从不晓得撒甚么酒风。那花柳门中,任你甚么三朋四友,哄他不去。在家且是孝顺,要一点忤逆的气儿也是没有的。

自从单于民做了教官,单豹长了三十多岁,渐渐的把气质改变坏了,也还像个人。自从打杀了程法汤,这单豹越发病狂起来,先把自己的媳妇今日一顿,明日一顿,不上两个月,吊死了。见了单于民的踪影,便瞪起一双眼来小喝大骂,还捏起拳来要打;也不晓得呼唤甚么爹娘,叫单于民是"老牛",叫单于民的婆子是"老狗",自己称呼是

---

[1] 主事——各部司官中最低的一级,位在郎中、员外郎之下。

[2] 驲(rì)——驿站。

[3] 算——同本作"美"。"筭"与"美"盖因形近而讹,据文意酌改。

"我程老爷"。后来不止把气质变了，就是把那模样声音，变得一些也不似那旧日的光景。一只左眼吊了上去，一个鼻子却又歪过右边，脸上的肉都横生了，一部长须都卷得像西番回子一般。间或日把[1]眼睛也不上吊，鼻子也不歪邪，见了爹娘，宛若就如平日驯顺。问他向日所为的事，他再也不信，说是旁人哄他。

正好好的，三不知又变坏了。进去岁考，他却不做文章，把通卷子密密写的都是程法汤诉冤说苦的情节，叙得甚是详细。学道喜欢他做得好，就高高的取了一个六等第一，还行在县里查究。县里回说："他是心病。"那宗师说："这不是心病，这还是有甚么冤业报应。"自从县详上去，宗师也就罢了。

后来他父亲死了，决不肯使棺木盛殓，要光光的拉了出去。族中的人勉强入了材，他常要使狼头[2]打开来看。一日防他不及，连材带凳推倒地下，把材底打开，臭得那一村人家怨天恨地，要捉他去送官。他母亲瞒了他，从新叫匠人灰布[3]了，起了个四更，顶门穿心杠子抬去埋了。

自从单于民埋[4]过以后，那心病渐渐的转头，改变得吃了酒撒酒风；遇着赌钱的去处，不论甚么光棍花子，坐下就赌。人赢了他的，照数与了人去；他若赢了人的，却又不问人要。遇有甚么娼妓，好的

----

〔1〕　日把——等于说一天左右、有那么一天。
〔2〕　狼头——即"榔头"，一种用于击打的农具。
〔3〕　灰布——用油灰将棺材林缝密封。
〔4〕　埋——同本作"理"，盖因形近而讹，据文意酌改。

也嫖,歹的也嫖,后又生出一身"天报疮"〔1〕来。

单于民新买添的产业,卖的精空,只有祖遗的一所房子,与杨尚书家对门,前面三间铺面,后面两进住房,客厅书舍,件件都全。薛教授极是欢喜,只是杨家的对过,外人怎么插得进去?只得让杨尚书的孙子买了。央狄员外去说,薛教授要租他的房住。杨家满口应承,说:"这房子只为紧邻,不得不买,其实用他不着,任凭来住不妨。我这价钱使了一百五十两银子,每月也只一两五钱赁价罢了。"狄员外回来和薛教授说了,就封了半年的赁价九两银子,又分外封了一两八钱管家的常例,同狄员外送上门去。杨官人收了,说:"该有甚修整所在,你们自己随便修罢,记了帐,算做房钱就是。"薛教授急忙修理齐整,拣了吉日,移徙了过去。狄员外敛了些街坊与他去送锅,狄员外的娘子也过日办了礼,去与薛教授的夫人温居。薛教授自从搬进去,人口甚是平安。狄员外两个时常一处的白话,商量要开布店。

一日,有一伙青州的布客从临清贩下布来。往时这明水不是个住处,从临清起身,三日宿济南城东二十五里王舍店,第四日赶绣江县住。这一日因有了雨,只得在明水宿了。狄员外与那些客人说起话来,讲说那布行的生意,那些客人从头至尾说了个透彻。因说有一

---

〔1〕 天报疮——上天报应而生的恶疮。后文也作"天疱疮",指因嫖妓而传染的梅毒。

个亲戚要在这里开个布铺,客人说:"这有何难? 我们三日两头是不断有人走的,叫他收拾停当,等我们回来的时节,就了〔1〕他同去。这是大行大市的生意,到我们青州,稳稳的有二分利息;若止到这里,三分利钱是不用讲的。这梭布行又没有一些落脚货〔2〕,半尺几寸都是卖得出钱来的。可也要妥当的人做。若在路上大吃大用,嫖两夜;若在铺子里卖些低银,走了眼卖块假银子,这就不的〔3〕了。你只叫他跟着俺走,再没有岔了的路。"狄员外问:"你们赶〔4〕几时回来? 我这里好叫他伺候。"客人道:"俺有数二十日走一遭,时刻不爽的;就是阴天下雨,差不了半日工夫。"

那日众人吃的饭钱,狄员外也再三不肯收他的。打发起身去了,方与薛教授说知,叫他收拾下银子,差下人,等他们来到就好同行;收拾停当铺面,货到就好开铺。薛教授兑足了五百两买布的本钱,又五十两买首帕、汗巾、暑袜、麻布、手巾零碎等货,差了薛三槐、薛三省两个同去,往后好叫他轮替着走。

到日期,那些客人果然回来,就领去见了薛教授,管待了酒饭,即时叫薛三槐两个一同起身。不日,同了那些人买了许多布,驴子驮了回来,拣了日子开张布铺。这样一个大去处,做这独行生意,一日整二三十两的卖银子。薛三槐两个轮着,一个掌柜,一个走水〔5〕。薛

〔1〕 就了——纠合了,合伙了。
〔2〕 落脚货——指剩头,卖剩的布头。
〔3〕 就不的——损失补不回来。就,"救"的借字。
〔4〕 赶——山东方言,到,等到。
〔5〕 走水——外出进货。

教授没的事做，镇日坐在铺里看做生意。狄员外凡是空闲，便走到薛教授店里坐了，半日的说话。

后来两家越发通家得紧，里边堂客也都时常往来。狄希陈也常跟了狄员外到薛教授铺中顽耍，也往他后边去。只是那薛[1]家素姐听见狄希陈来到，便关门闭户的躲藏不迭。他的母亲说："你又还不曾留发，都是小孩子们，正好在一处顽耍，为甚么用这样躲避？"素姐说："我不知怎么，但看见他，我便要生起气来，所以我不耐烦见他。"母亲笑道："小家子丫头！你见与他些果子吃，嫌他夺了你的口分？明日还要叫他与你做女婿哩！"素姐道："那么[2]？他要做了我的女婿，我白日里不打死他，我夜晚间也必定打死他，出我这一口气！"母亲笑道："这丫头，不要胡说！"这样闲话，只当是耳边风，时常有的。

又迟了两年光景，薛教授见得生意兴头，这样鱼米所在，一心要在这里入了籍，不回河南去了。尝与狄员外商议，狄员外道："既是心爱的去处，便入了籍何妨？这里如今也同不得往年，尽有了卖房子合地土的。我明日与经纪说，遇着甚么相应[3]的房产，叫他来说。"

这一年，狄员外又生了一个女儿，因是七月七日生的，叫是巧姐[4]。薛教授又生了一个儿子，十月立冬的日子生的，叫是再冬。

----

[1] 薛——同本作"出"，据文意酌改。
[2] 那么——山东方言，等于说"如果这样"。
[3] 相应——合适，与自己的心意相合。
[4] 巧姐——同本作"功姐"，"巧"与"功"盖因形近而讹，据下文校改。

彼此狄、薛两家俱送粥米来往。

一日,薛教授使了个媒婆老田到狄家,要求巧姐与冬哥[1]做媳妇。狄员外同他娘子说道:"我们相处了整整的十年,也再没有这等相契的了。但只恐怕他还要回去,所以不敢便许。"老田照依回了话。薛教授道:"我之意要在这里入籍[2],昨日已央过狄员外与我打听房产了。若再不相信,我先把素姐许了希哥,我们大家换个亲罢。"老田又照依与狄员外说了。狄员外道:"若是如此,再没得说了。"老田领了分付,回了薛教授的话。择了吉日,彼此来往通了婚书,又落了插戴[3]。

那薛教授的夫人向着素姐取笑说:"你道看了他生气,如今可怎么果然做了你的女婿了?"素姐道:"再没有别的话说,只是看我报仇便了!"他母亲说:"这等胡说,以后再不与你说话!"素姐说:"我倒说得是正经,娘倒恼将起来哩。"两家原是厚交,今又成了至亲,你恭我敬,真如胶漆一般。一个河南人,一个山东人,隔着两千里地结了婚姻,岂不是"有缘千里能相会"?但只是素姐谶语不好。

后来不知怎生结果,再看下回接说。

〔1〕 冬哥——同本作"再冬",据后文校改。
〔2〕 入籍——同本作"入藉",据上文酌改。
〔3〕 落了插戴——落,经过,指经过媒人之手递送。插戴,用作聘礼的簪环等首饰。

第二十六回

作孽众生填恶贯　轻狂物类凿良心

　　风气淳淳不自由，中天浑噩至春秋。真诚日渐沦于伪，忠厚时侵变作偷。父子君臣皆是幻，弟兄朋友总如仇。炎凉势利兼凌弱，谄富欺贫愧末流。

　　天下的风俗也只晓得是一定的厚薄，谁知要因时变坏。那薄恶的去处，这是再没有复转淳庞；且是那极敦厚之乡，也就如那淋醋[1]的一般，一淋薄如一淋。这明水镇的地方，若依了数十年先，或者不敢比得唐虞，断亦不亚西周的风景。不料那些前辈的老成渐渐的死去，那忠厚遗风渐渐的浇漓，那些行薄轻儇的子弟渐渐生将出来，那些刻薄没良心的事体渐渐行将开去。习染成风，惯行成性，那还似旧日的半分明水！

　　那有势力的人家广布了鹰犬，专一四散开去，钻头觅缝，打听那家有了败子，先把那败子引到家内，与他假做相知，叫他瞒了父兄，指定了产业，扣住了月分，几十分行利的数目借些银子与他。到了临期，本利还不上来，又把那利银作了本钱，利上加利。譬如一百两的

----

　　〔1〕　淋醋——做醋时滤出醋汁的工序。

本，不消十个月，累算起来就是五百两。当初那一百两的本又没有净银子与你，带〔1〕准折、带保钱、带成色、带家人抽头，极好有七十两上手。若是这一个败子只有一个势豪算计，也还好叫他专心酬应，却又有许多大户，就如地下有了一个死鸡死鸭，无数的鹞鹰在上面旋绕的一般。这是以强欺弱，硬拿威势去降人的。

又有那一等不是败子，家里或是有所精致书房，或是有甚亭榭花园，或是有好庄院地土，那人又不肯卖，这人又要垂涎他的，只得与他结了儿女婚姻，就中取事。取得来便罢，取不来便纠合了外人发他阴事。家鬼弄那家神，钩他一个罄净！

若是有饭吃的人家，只有一个女儿，没有儿子的，也不与他论甚么辈数，也不与他论甚么高低，必定硬要把儿子与他做了女婿，好图骗他的家私。甚至于丈人也还有子，只是那舅子有些浓包，丈人死了，把丈人的家事抬个丝毫不剩，连那舅子的媳妇都明明白白的夺来做了妾的。得做就做，得为就为，不管甚么是同类，也不晓得甚么叫是至亲。

侥幸进了个学，自己书旨也还不明，句读也还不辨，住起几间书房，贴出一个开学的招子，就要教道学生。不论甚么好歹，来的就收。自己又照管不来，大学生背小学生的书，张学生把李学生的字。也不管那书背得来背不来，仿写得好写得不好，把书上号的〔2〕日子，仿

----
〔1〕　带——加上。
〔2〕　号的——标了，写了。

上判的朱头，书上的字也不晓得与他正一正，仿上的字也不晓得与他改一改。看了一本讲章，坐在上面，把那些学生，大的小的、通的不通的，都走拢一处，把那讲章上的说话读一遍与他们听，不管人省得不省得，这便叫是讲过书了！

有那做文章的，也并不晓得先与他讲讲这个题目，该断做，该顺做，该先断后顺，该议论带叙事，或两截，或门扇，怎样起，怎样提，大股怎的立意，后比怎样照管，后边怎样收束。只晓得丢个题目与你，凭他乱话，胡乱点几点，抹两抹，驴唇对不着马嘴的批两个字在上面。

有那肯问的学生去问他些甚么，妆起[1]一个模样来吆喝道："你难道在场里也敢去问那宗师么？"这是支调[2]之言，其实是应不出来。如今的时文纯是用五经、用苏文的，间有用秦汉《左》、《史》等传的。他自己连一部《通鉴》梦也不曾梦着，学生们买部坊刻叫他选择，把些好的尽数选吊，单单把些陈腐浅近的选将出来！

要起束脩来，比那钱粮更紧！有那天分高的学生，自家崛起进了学，定住了数目，一二十两的要谢。应得不甚爽快，私下打了，还要递呈子。若是误投了一个先生，你就要抽头去了，就如拿逃军一般，也定要清勾你转来。除非变了脸，结了仇便罢，再不然，后来不读了书。你若还要读书，后来进了学，你只跟他读一句"赵钱孙李"，他也要诈你个肯心，再没有不成仇敌的。

----

〔1〕 妆起——装出。妆，通"装"。同本作"桩起"。"桩"与"桩"盖因形近而讹，据文意酌改。

〔2〕 支调——支吾，搪塞。

间或有个把好先生不似这等的,那学生又歪憋起来了!进了学,拜也不拜一拜,甚至撞见,揖也不作一个的。后生们见了八九十岁的老人家,有得好的,不过躲了开去,笑他弯腰屈背,倒四颠三的;还有那样轻薄的东西,走到跟前,扑头撞脸,当把戏撮弄的!但那老人家里边,也不照依往时个个都是那先朝法物,内中也有那等倚老卖老、老而无德的人。

　　那些后生们戴出那跷蹊古怪的巾帽,不知是甚么式样,甚么名色。十八九岁一个孩子,戴了一顶翠蓝绉纱嵌金线的云长巾,穿了一领鹅黄纱道袍,大红段猪嘴鞋,有时穿一领高丽纸面红杭绌[1]里子的道袍,那道袍的身倒只打到[2]膝盖上,那两只大袖倒拖到脚面。口里说得都不知是那里的俚言市语,也不管甚么父兄叔伯,也不管甚么舅舅外公,动不动把一个大指合那中指在人前搣[3]一搣,口说:"哟!我儿的哥阿!"这句说相习成风。昼夜牛饮,成两三日不回家去;有不吃酒的,不管是甚么长者不长者,或一只手拧了耳躲,或使手捏住鼻子,照嘴带衣裳大碗家灌将下去。有一二老成不狂肆的,叫是怪物,扭腔支架子,弃吊了不来理的,这就唤是便宜;不然,统了人还来征伐。

　　前辈的乡绅长者,背地里开口就呼他的名字。绝不晓得甚么是亲是眷,甚么是朋友,一味只晓得叫是钱而已矣!你只有了钱,不论

---

〔1〕　绌——同"绸"。同本作"细"。"绌"与"细"盖因形近而讹,据文意酌改。

〔2〕　打到——山东方言,达到,与……齐平的意思。

〔3〕　搣(miè)——摩擦。指打榧子的动作。

平日根基不根基,认得不认得,相厚得不知怎样。你要清早跌落了,那平日极至的至亲,极相厚的朋友,就是平日极受过你恩惠的,到了饭后,就不与你往来;到了日中,就不与你说话;到了日落的时候,你就与他劈头撞见,他把脸扭一扭,连揖也不与你作一个。若骑着匹马或骑了头骡子,把那个尻脸腆的高高的,又不带个眼罩,撞着你竟走。若讲甚么故人,若说甚么旧友,要拿出一个钱半升米来助他一助,梦也不消做的。你不周济他也罢了,还要许多指戳,许多笑话,生出许多的诬谤。这样的衣服,这样的房子,也不管该穿不该穿,该住不该住,若有几个村钱,那庶民百姓穿了厂衣,戴了五六十两的帽套,把尚书侍郎的府第都买了住起,宠得那四条街上的娼妇都戴了金线梁冠,骑了大马,街中心撞了人竟走!

一日间,四五个乐工身上穿了绝齐整的色衣,跟了从人往东走去。过了一歇,只见前边鼓乐喧天,抬了几个彩楼,里面许多轴帐、果酒、手盒。那四五个乐工都换了斩新双丝的屯绢圆领,蓝绢衬摆,头上戴了没翼翅的外郎头巾,脚上穿了官长举人一样的皂靴,腰里系了举贡生员一样的儒绦,巾上簪了黄烁烁的银花,肩上披了血红的花段。后边跟了许多举人相公,叫是迎贺色长。迎到院里边演乐,厅上摆酒作贺。把些七八十岁的老人家怪异得呼天叫地,都说不惟眼里不曾看见,就是两只耳躲里也从来不曾听见有这等奇事!

一个秀才叫是麻从吾,不要说那六府里边数他第一个没有行止,只怕古今以来的歪货也只好是他第一个了!且姑举他一两件事。人说"吃了僧道一粒米,千载万代还不起",这道士的饭是好吃他的?

况是个廪膳,又说不得穷起,他却指了读书为名,走到一个张仙庙去,昼夜住将起来。先时也还跟道士吃饭。道士吃粥,他也就便随了吃粥;道士吃饼,他也随了吃饼。后来渐渐的越发作梗起来,嫌粥吃了不耐饥,定要道士再捍上几个饼;嫌光吃饼躁的慌,别那道士再添几碗饭。后来不特吃饭,且要吃酒;不特吃饼,且要吃肉! 道士应承得略略懒怠,就要〔1〕拳庄脚踢一顿!

道士师徒两个,往时出去与人家念一日经,分的那供献馍馍、点心,灯斗里的粮食,师徒两个的衬钱,藏在袖里的茶饼,辛苦一日,三四日还快活不了。自从有了这麻从吾,"大风里吊了下巴——嘴也赶不上"的。起初师徒齐去撰钱还好,都去了几遭,那房里有斗把米豆,麻从吾拿了回家去与自己的老婆儿子吃了;几件衣掌,拿去当了他的;单单剩下一床棉被,又夺了盖在自己身上。致得那道士的师徒不敢一齐走出,定要留下一个看家。少了一人撰钱,反多了一人吃饭,怎生支拽得来? 也受他作害了一年零三个月,那道士师徒只得"三十六计"〔2〕!

麻从吾等了一日,至二更天气,不见两道士回来,好生痛恨。等到次日巳牌时分,等他回来做饭,那里有个踪影? 算计弄开他的房门,凭他甚么东西,且拿来换食吃在肚里。走到跟前,把那锁〔3〕托

〔1〕 就要——同本作"是要"。此依连图本,据李本校改。
〔2〕 三十六计——歇后语,隐"走为上"三字。
〔3〕 锁——同本作"销"。"镇"与"销"盖因形近而讹,据下文酌改。

了一托，豁喇一声吊在地上，原来是一把没有黄[1]的锁皮。开进房去一看，连炕上的一领芦席都不知从几时揭得去了。口里骂道："这两个狠牛鼻子！亏他下得这们狠，抛撒我去了！我这一日多不曾吃饭，走回家去才吃，叫老婆孩子也笑话。没奈何的，且把那个铁磬拿去换些饭吃。"走进大殿上去，往四下一看，莫说铁磬，连那面大皮鼓也都没了！

麻从吾发恨，咬得牙关刺刺价响，发咒要处置他师徒两个。过了两日，写了一张呈子，呈为拐盗事。称说：

在张仙庙读书，因托道人杨玄择并贼徒凌冲霄看守书房，供伊饭食一年有馀。今月十八日，因生会课他出，玄择率徒将生铺陈衣服、古董玩器、名画手卷、书籍琴剑盗拐无踪。伏乞尊师差人严缉追偿，上呈。

赴绣江县递准，差了两个应捕四下捉拿。倒是那两个差人有些见识，说："这个麻相公是有名没德行的个人，啃和尚吃道士的，他有甚么铺陈衣服叫道士偷去？这样瞎头子的营生，那里去与他缉捕？"丢在一边。

麻从吾见两个差人不去拿那道士，一日跟了投文，又上去禀那县官道："生员所失的东西，不下千金，都是可舍得过的。若不急急追捕，只恐怕把许多藏书名画失落无存，不为小可。两个差人受了那两

---

〔1〕 黄——通"簧"。

个道士的重贿,不肯拿他见官。"县官拔了一枝签,即拘原差回话。拿了两个差人来到,禀说:"他说失了许多东西,叫他开个失单,他又抵死的不肯开。没些衅隙,那里去与他缉访?"县官说:"你就当面开出单来,好叫他四处蹰访。"麻从吾拿了一枝笔,铺了一张纸,想了半日,写道:

> 蓝布褥子一件,蓝布棉被一床,席枕头二个,蓝布道袍二件,白布裙二腰,青布夹袄二件,青布夹裤一腰,蓝布单裤一腰,毡袜二双,新旧鞋数双,唐巾二顶,锡香案五件,锡茶壶一把,锡酒壶二把,锡灯台一个,铁锅一口,铁鳌、铁勺各一把,磁器一百馀件,神像大小二十馀轴,《灶经》一部,《三官经》一部,剑一口,铁磬一个,大鼓一面,笙一攒,云锣一架。

县官把单前后看了一遍,咄的喝了一声:"怎么你失去的都是道士的物件! 可恶,赶出去! 原差拿原票来销了!"他又禀道:"这有个原故,容生员再禀:这张仙庙,生员因在里面读书,托那两个道人在那里替我管书房,所以替他制办[1]了这许多的衣物。他如今都拐得去了,怎是失得道士的东西?"县官道:"看来这是你在庙里作践,累得两个道士住不得,逃了。"取票上来,批了"原告自拘"四个字。"你自己去拿那两个道士来审。拿不来,行学三日一比;审虚了,候岁考时开送'行劣'!"

这是他的一端。他凡百干出来的事,都与这大同小异,不甚相

---

〔1〕 制办——置买。

远。后来歇了两年，钻干了教官〔1〕，岁考发落，头一个举了德行。诧异得那合学生员，街上的百姓，通国的乡绅面面相觑，当做件异闻传说！

这个妖物不曾殄灭得他去，又添出一个更希奇更作恶的。一个秀才叫是严列星，行状多端，说不尽这许多，也只姑举他一事。拿出那哄、赖、骗、诈四件本事，弄得人家几亩地种，他却自己一些不动工本，耕锄耩割，子种牛粮，都是拣那几家〔2〕软弱的邻舍与他做佃户。他却像种公田的一般，那些人家必定要等公事毕了，然后敢治私事。若是该雨不雨，该晴不晴，或是甚么蝗虫生发，他走去那庄头上一座土地庙里，指了土地的脸，无般不识的骂到。再不就拿了一张弓，挟了几枝箭，常常把那土地射一顿，射得那土地的身上七孔八穿的箭眼！

看官试想：一个神圣，原是塑在那里儆惕那些顽梗的凶民，说是你就逃了官法，断乎逃不过那神灵。他如今连一个神灵都不歇的骂，时常的使箭射他，还有得甚么忌惮？一座关圣帝君，他虽不照〔3〕那土地去作践，也便有十分的侮慢。

再其次，就是人家的管家娘子、管家、觅汉、短工这四样人。那管家娘子在那大人家，拣那头一分好菜好肉吃在自己肚里，拣第二分留

---

〔1〕 钻干了教官——钻营着求得学官情面的意思。

〔2〕 几家——同本作"几件"，据文意酌改。

〔3〕 照——比照。

与自己的孩子老公,背了家主,烙火烧、捍油饼、蒸汤面、包扁食,大家吃那梯己〔1〕,这不过叫是为嘴。虽是那主人家黑汗白流挣了来,自己掂斤播两的不舍得用,你却这样澈泼,也叫是罪过。这还不甚,第一伤天害理,除大家吃了,还要成群合伙瞒了主人,成斗成石的偷将出去卖铜钱,换酒食!你自己吃了不算,偷了不算,若在厨灶上把那东西爱惜一爱惜,这不也还免得些罪孽?却又大大的铺滕〔2〕。本等下三升米就够了,却下上四五升;恐怕便宜了主人家,多多的下上米,少少的使上水,做得那粥就如干饭一般!做水饭分明是把米煮得略烂些儿好吃,又怕替主人省了,把那米刚在滚水里面绰一绰就撩将出来,口里嚼得那白水往两个口角里流。捍饼的时节,惟怕替主人省下了面,在那盛面的簸箕里头使手按了又按,哄那主人家的眼目。剩下的饭食,下次热来吃了,这又叫是积福;再不然,把与那穷人担了出去,吃在〔3〕人的肚里,也还是好;他却不肯,大盆的饭都倒在泔水瓮里!还有恐怕喂了猪,便宜了主人,都倒在阳沟〔4〕里流了出去!

　　这样堕业的婆娘,那天地看了已是甚怒;若是外面的汉子教道那老婆,或是老婆不听教诲,自己有些良心,这罪愆不也消除一半?却又天生天化的一对,还恐怕老婆作的业不甚,还要骂说:"扯淡的私窠子!倒包老婆!吃了你的不成?要你与他减省!你今日离了他的

----

〔1〕　梯己——私下。这里指私自落下的东西。

〔2〕　铺滕——即"铺腾",浪费。

〔3〕　在——同本作"任"。"在"与"任"盖因形近而讹,据文意酌改。

〔4〕　阳沟——山东方言,院墙墙基部位留下的孔洞,为庭院中排水的通道。

门,还想明日吃得着他的哩!"外面多多的盛出饭去,吃不了的,大盆倾在草里喂马。或是伺候主人吃饭,或是待客,那桌上有吊下的甚么东西,碗里有残剩的甚么汤饭,从不晓得拾在口里吃了,恐怕污了他的尊嘴,拿布往地下一绰。主人便叫他使手[1]接了出去,也是拿到外边一撩。

再是那些觅汉,雇与人家做活,把那饭食嫌生道冷,千方百计的作梗。该与他的工粮,定住了要那麦子菉豆,其次才是谷黍,再其次冤冤屈屈[2]的要石把黄豆。若要搭些稬秫黑豆在内,他说:"这样喂畜生的东西,怎么把与人吃?"不是故意打死你的牛,就是使坏你的骡马,伤损你的农器,还要纠合了佃户合你着己的家人,几石家抵盗你的粮食!

又说那些替人做短工的人,若说这数伏天气,赤日当空的时候,那有钱的富家,便多与他个把钱也不为过。只是可恨他齐了行,千方百计的勒揩。到了地里,锄不成锄,割不成割。送饭来的迟些,大家便歇了手坐在地上。饶你不做活也罢了,还要言三语四的声颡。水饭要吃那精硬的生米,两个碗扣住,逼得一点汤也没有才吃。那饭桶里面,必定要剩下许多方叫是够。若是没得剩下,本等吃得够了,他说才得半饱,定要鳖你重新另做饭添,他却又恨命的也吃不去了。打发他的工钱,故意挑死挑活的个不了,好乘机使低钱换你的好钱,又

----

〔1〕 使手——同本作"便手"。"使"与"便"盖因形近而讹,据文意酌改。

〔2〕 冤冤屈屈——形容像吃了亏一样不情愿、不愿意接受的样子。

要重支冒领。

再是那样手艺的匠人,有些甚么要紧生活叫他来做做,自在得他也不知怎样。"这两日怕见作活,你家又把我不当个客待";或是"你家又不与我三顿酒吃"。投一张犁[1],用不得一歇工夫,成千文要钱。你若与他讲讲价钱,他就使个性子去了,任你怎样再去央他,他不勒掯你个够,还多要了钱仍要留一个后手[2],叫你知道他的手段!

这是木匠如此。凡百样匠人没有一个不是[3]如此!银匠打些生活,明白落你两钱还好,他却搀些铜在里面,叫你都成了没用东西。裁缝做件衣服,如今的尺头已是窄短的了,他又落你二尺,替你做了"神仙摆",真是掣衿露肘。头一水[4]穿将出去,已是绑在身上的一般;若说还复出洗,这是不消指望的了。

凡百卖的东西,都替你搀上假。极瘦的鸡,拿来杀了,用吹筒[5]吹得胀胀的,用猪脂使槐花染黄了,挂在那鸡的屁眼外边,妆汤鸡哄人。一个山上出那一样雪白的泥土,吃在口里绝不沙涩,把来搀在面里,哄人买了去捍饼吃在肚内,往下坠得手都解不出来! 又搀面躧了酒曲,哄人买去做在酒内,把人家的好米都做成酸臭白色的

〔1〕 投一张犁——耕犁上的犁评和犁建有调节耕地浅深的作用,在耕地之前调整犁评、犁建,叫做"投犁"。投,同本作"没",盖因形近而讹,据文意酌改。

〔2〕 留一个后手——这里指故意留置隐患,以待出现问题时仍须请他予以排除。

〔3〕 不是——同本作"了是"。"不"与"了"盖因形近而讹,据文意酌改。

〔4〕 头一水——第一次浆洗。

〔5〕 吹筒——同本作"吹的",据文意酌改。

浓泔。

那乡宦举人的家人,倚藉了主人的声势在外边作恶害人,已是极可恶的。连那有几个村钱的人家使个小厮,他也妆模作样。坐在门口,看见亲朋走过,立也不晓得立一立起;骑了头口,撞见主人的亲朋,下也不知下一下。日渐月渍,起初只是欺慢外人,后来连自己的主人也都忘怀了,使出那骄蹇凌悍的态度,看得自己身分天也似高的,主人都值不得使他一般!

当初古风的时节,一个宫保尚书的管家,连一领布道袍都不许穿;如今玄叚纱罗,镶鞋云履,穿成一片,把这等一个忠厚朴茂之乡,变幻得成了这样一个所在!且是大家没贵没贱,没富没贫,没老没少,没男没女,每人都做一根小小的矮板凳,四寸见方的小夹褥子,当中留了一孔,都做这个营生!此事只好看官自悟罢了,怎好说得出口,捉了笔写在纸上?还有那大[1]纲节目的所在,都不照管,都是叫人不忍说的,怎不叫那天地不怒,神鬼包容?只恐不止变坏民风,还要激成天变!

且听下回,再看结局。

---

〔1〕 大——同本作"太",据文意酌改。

第二十七回

　祸患无突如之理　　鬼神有先泄之机

　　朴茂美封疆,家给人恬汔小康[1]。富贵不骄贫守分,徜
祥。四序咸和五谷昌。　挟富有儿郎,暴殄恣睢犯不祥。孽贯
满盈神鬼怒,昭彰。灾眚[2]频仍降百殃。

　　　　　　　　　　　　　　——右调《南乡子》

　　单说这明水地方,亡论那以先的风景,只从我太祖爷到天顺爷末
年,这百年之内,在上的有那秉礼尚义的君子,在下又有那奉公守法
的小人,在天也就有那风调雨顺、国泰民安的日子相报。只因安享富
贵的久了,后边生出来的儿孙,一来也是秉赋了那浇漓的薄气,二来
又离了忠厚的祖宗,耳染目濡,习就了那轻薄的态度,由刻薄而轻狂,
由轻狂而恣肆,由恣肆则犯法违条,伤天害理,愈出愈奇,无所不至。
以致虚空过往神祇,年月日时当直功曹,本家的司命灶君[3],本人

----

〔1〕汔小康——《诗经·大雅·民劳》:"民亦劳止,汔可小康。"意思是差不多可
　　以过上中等水平的生活。汔,庶几,差不多。
〔2〕灾眚(shěng)——灾殃,祸患。眚,同本作"青",据文意酌改。
〔3〕司命灶君——即灶神。

的三尸[1]六相[2]，把这些众生的罪孽奏闻了玉帝，致得玉帝大怒，把土神掣还了天位，谷神复位了天仓，雨师也不按了日期下雨，或先或后，或多或少；风伯也没有甚么轻飏清籁，不是摧山，就是拔木。七八月就先下了霜，十一二月还要打雷震电。往时一亩收五六石的地，收不上一两石；往时一年两收的所在，如今一季也还不得全收。若这些孽种晓得是获罪于天，大家改过祈祷，那天心仁爱，自然也便赦罪消灾。他却挺了个项颈，大家与玉皇大帝[3]相傲，却再不寻思，你这点点子浊骨凡胎，怎能傲得天过？天要处置你，只当是人去处置那蝼蚁的一般，有甚难处？谁知那天老爷还不肯就下毒手，还要屡屡的傲醒众生。

那丙辰夏里，薄薄也还收了一季麦子，此后便就一点雨也不下，直旱到六月二十以后方才下了雨，哄得人都种上了晚田。那年七月十六日立秋，若依了节气，这晚田也是可以指望得的。谁知到了八月初十日边，连下了几日秋雨，刮起西北风来，冻得人叶叶的颤，陨了厚厚的一阵严霜，将那地里的晚苗冻得稀烂，小米小麦渐渐涨[4]到二两一石。

论起理来，这等连年收成，刚刚的一季没有收得，也便到不得那

---

〔1〕 三尸——道教认为人身体中有三尸神，名彭倨、彭质、彭矫，常在庚申日向天帝奏闻本人的过恶，以减其禄命。
〔2〕 六相——佛教语，指总相、别相、同相、异相、成相、坏相。
〔3〕 玉皇大帝——同本作"玉是大帝"，盖因形近而讹，据文意酌改。
〔4〕 涨——同本作"长"，据文意酌改。

已甚的所在。却是这些人恃了节年[1]的收成,不晓得有甚么荒年,多的粮食,大铺大滕,贱贱粜了,买嘴吃,买衣穿。卒然遇了荒年,大人家有粮食的看了这个凶荒景象,藏住了不肯将出粜;小人家又没有粮食得吃,说甚么不刮树皮、搂树叶、扫草子、掘草根?吃尽了这四样东西,遂将苫房[2]的烂草拿来磨成了面,水调了吃在肚内,不惟充不得饥,结涩了肠胃,有十个死十个,再没有滕那[3]。又有得将山上出的那白土烙了饼吃下去的,也是涩住了,解不下手来,若有十个,这却只死五双。除了这两样东西吃不得了,只得将那死人的肉割了来吃,渐至于吃活人,渐至于骨肉相戕起来。这却口里不忍细说,只此微微的点过罢了。这些吃人肉怪兽,到了次年春里,发起瘟疫来,挨了门,死得百不剩一。这可不是天老爷着实的儆戒人了?这人好了创疤又不害疼[4],依旧照常作孽。

　　庚申[5]十月天气,却好早饭时节,又没有云气,又没有雾气,似风非风,似霾非霾,晦暗得对面不见了人。待了一个时辰,方才渐渐的开朗。癸酉十二月的除夕,有二更天气,大雷霹雳,震霅狂风,雨雪交下。丙子七月初三日,预先冷了两日,忽然东北黑云骤起,冰雹如碗如拳石者,积地尺许。

----

[1] 节年——积年;历年。
[2] 苫房——遮盖房顶。苫,同本作"苦",盖因形近而讹,据文意酌改。
[3] 滕那——即"腾挪",这里是脱离、避免这样的结果的意思。
[4] 害疼——山东方言,觉得疼痛。
[5] 庚申——同本作"庚巾"。"申"与"巾"盖因形近而讹,据文意酌改。

一位孟参政的夫人害了个奇病，但是耳内听见打银打铁声及听有"徐"字，即举身战栗，几至于死。有一个丫头，使唤了五六年，甚是喜爱，将议出嫁。问："其人作何生理？"媒人回话："打银。"前疾大作。

又有一个戏子，叫是刁俊朝，其妻有几分姿色，忽项中生出一瘿。初如鹅蛋，渐渐如个大柳斗一般，后来瘿里边有琴瑟笙磬之声。一日间，那瘿豁的声裂破，跳出一个猴来。那猴说道："我是老猴精，能呼风唤雨。因与汉江鬼愁潭一个老蛟相处，结党害人，天丁将蛟诛殛，搜捕馀党，所以逃匿于此。南堤空柳树中有银一锭酬谢。可吃海粉〔1〕一斤，脖项如故。"刁俊朝果然到那柳树里边取出五十两一个元宝，上面凿字，系贞观七年内库之物。陆续吃完了一斤海粉，果然项脖复旧如初，一些痕记也没有。

又一个张南轩，老年来患了走阳的病，昼夜无度，也还活了三年方死。入殓的时节，通身透明，脏腑筋骨，历历可数，通是水晶一般。

那二十六回里边的麻从吾与那严列星更又希奇。麻从吾占住了张仙庙，逼得两个道士都逃走了。他却又生出一个妙法，打听得明水东南上十五里路沈黄庄有一个丁利国，自来卖豆腐为生，只有一妻，从不曾见有儿女。后来积至有数百两家私，自己置了一所小小巧巧的房子，买了一个驴儿推那豆腐的磨。因有了家私，两口人便也吃那好的；虽不穿甚么绸绢，布衣也甚齐楚。因没有子女，凡那修桥补路、

----

〔1〕 海粉——一种含碘的海产品，即干燥之后的刺海兔卵。

爱老济贫的事,煞实肯做。虽是个卖豆腐的人,乡里中到却敬他。也有人常常的问他借银子使,他也要二三分利钱。人怜他是克苦挣来的钱,有借有还,倒从不曾有坑骗他的。

麻从吾知道这丁利国是个肯周济人的好人,打听了他卖豆腐必由的道路,他先在那林子边等着,看得丁利国将近走到,他却哀哀的痛哭,要往林子内上吊。丁利国看见,随歇住了豆腐担子,问道:“你这位相公,年纪还壮盛的时候,因有甚事这等痛哭,要去寻死?”麻从吾说:“你管我不得,莫要相问。”丁利国道:“你说是甚话? 便看见一个异类的禽兽将死,也要救他,何况是个人? 你头上戴了方巾,一定也是个相公,岂就不问你一声? 你有甚不得已的事,或者我的力量可以与你出得力也不可知。”

麻从吾说:“我是绣江县学一个廪生,家里有一妻一子,单靠这廪银过活。如今又把这廪银半扣了,这一半又不能按时支给。教了几个学生,又因年荒都散了。三口人镇日忍饥不过,寻思再没别策,只得寻个自尽。”丁利国道:“亏我再三问你,不然,岂不可惜枉死了? 我只道有甚难处的事,原来不过为此。你可到我沈黄庄住么?”麻从吾道:“我又没有一定的房屋,何处不可去得?”丁利国又问:“你可肯教书么?”回说:“教书是我本等的营生,怎的不肯?”丁利国道:“你又肯到我庄上,又肯教书,你这三口人过日也不甚难。”从豆腐筐内取出二百多钱递与他,“你且到家买几升米做饭吃了,待我先回去与你收拾一所书房,招几个学生,一年包你十二两束脩。再要不够你搅用,我再贴补你的。”麻从吾说:“你不过是个做生意的人,怎照管得我许多?"利国道:"我既许出了口,你却不要管我。你若来时,只问做豆腐的丁善人,人都晓得。我后日做下你三个人的饭等你。"麻从吾道:"果真如此,你就是我重生父母一般,我就认你是我的爹娘。"丁利国道:"阿弥陀佛!罪过人子!我虽是子女俱无,怎消受得起?"说着,约定了,分手而别。

丁利国回去,告诉了老婆子。老婆子说:"我们又没儿女,他又没有爹娘,况又是个廪膳相公,照管得他有个好处,也是我们两个的结果。"

到了后日,老婆子家里做下了饭,丁利国老早的出去卖了豆腐回家相等。只见麻从吾领了自己妻、子,三个来到家中。除了三口〔1〕光身,也别再没有行李。

其妻约在四十岁之外,蓬头垢面,大脚粗唇。若只论他皮相,必然是个儡儸〔2〕歪人,麻布裙衫不整。其子只好七八周之内,顽皮泼性,掩口钝腮。如还依我形容,或倒是个长进孩子,补丁鞋,袜伶俐。

进得门来,望着丁利国两口子倒头就拜,满口的叫爹叫娘。却也丁利国两口子当真不辞,将那房子截了后半层与他住,多的与他做书房教书。人家有子弟的,丁利国都上门去绰揽来从学。出不起学钱的,丁利国都与他代出束脩。许过一十二两的额数,还有多馀不止。丁利国时常还有帮贴。其妻其子,一个月三十日,倒有二十五日吃丁

---

〔1〕 口——同本作"日",盖因形近而讹,据文意酌改。

〔2〕 儡儸(liè sà)——恶貌。儸,同本作"得",据文意酌改。

家的饭。

这麻从吾倒也即如那五星内的天毛刑刃[1]一般，入了垣，也便不甚作祟[2]。一住十年，渐渐的真像了父子一般。住到十一年上，麻从吾出了贡。丁利国教他把那所得作兴银子一分不动，买了十来亩地；其上京的盘费，京中坐监的日用，俱是丁利国拿出银子来照管。又与他的儿[3]麻中桂娶了媳妇。

麻从吾坐完监，考中了通判。丁利国管顾得有了功劳，拚了性命，把那数十年积趱的东西差不多都填还[4]了他。点了两卯，选了淮安府管粮通判，同了妻子四口亲人，招了两个家人合几个养娘仆妇。其一切打银带、做衣裳、买礼物、做盘缠，都是丁利国这碗死水里舀，却也当真舀得干上来了。丁利国道："一来连年的积蓄也都使尽，二则两口子都有年纪上身，婆子也做不得豆腐，老儿也挑不动担子，幸得有了这个干儿子，靠他养老过活，也用不着那家事。"约过麻从吾挈家先去，丁利国变卖了那房子合些家伙什物，随后起身。麻从吾到了任，料得丁利国将到，预先分付了把门的人，如家中有个姓丁的夫妇来到，不许传禀。

不多几日，丁利国携了老婆，一个太爷太奶奶，岂可没个人跟随？又雇觅了一人扮了家人。既到儿子任内，岂可不穿件衣裳？又都收

〔1〕　天毛刑刃——同本作"天毛行切"。此依连图本，据李本校改。
〔2〕　作祟——同本作"作崇"。"祟"与"崇"该因形近而讹，据文意酌改。
〔3〕　儿——同本作"见"。"兒"与"見"盖因形近而讹，据文意酌改。
〔4〕　填还——找补；偿还。

拾了身命。将那几两变产的银，除了用去的，刚刚的只勾〔1〕了去的盘缠。离淮安二十里外，寻了个主店住下，叫那跟来的人先到衙门上报知，好叫他抬出轿来迎接。

那跟去的人到了衙门口，一来是山里人家，原也不知事体；二来当真道是跟太爷的家人，走到衙门口大喝小叫。那把门的问了来历，知道是姓丁的两口子来了，把那跟的人揪了脖子往外一颡〔2〕，足足的颡了够二十步远。那人说道："你通反了！我是老爷家里跟太老爷太奶奶来的，你敢大胆放肆！"那皂隶不惟不怕，一发拿起一根哭丧棒来一顿赶打，打得那"金命水命，走头没命"。

丁利国坐在店内呆等轿马人夫。店主果道是粮厅老爷的爹娘，杀鸡买肉，奉承不了。跟的人回去学了那个光景，许多人大眼看小眼的不了。店主道："这淮安的衙役有些撒野，见他是外路来的生人，不问个详细就发起粗来。这管家见他不逊，也就不与他慢慢的详说，就跑回来了。待小人自去，自有分晓。"

那店主人恃了与衙门人熟识，走到那里问说："今日是那位兄管门？怎么老爷的爹娘到了，住在我家，差了管家先来通报，你们却把他一顿棍赶回去，打了？这是怎说？如今太爷合太奶奶怒得紧，我所以特来与你们解救，还不快些通报哩！"把门皂隶说道："老爷从两三日前就分付了，说：'只这两日，如家中有两个姓丁的男女来，不许通

报.'适我问那人,果是姓丁的两口子,甚么叫是太爷太奶奶！你也不要容留他,惹老爷计较,不是当耍！"说得那店主败兴而归,问说："老爷姓麻,太爷怎么又姓丁了？"丁利国道："实不瞒你说。"如此如此,这般这般。"他所以认我们是他的父母。"店家说："嗔道,原来脚根不正。老爷预先分付过了,待你们到此,门上不许妄禀。禀了要重责革役哩！"

丁利国听了这话,气得目瞪口呆。想道："明日是初五日,他一定到总漕军门〔1〕去作揖。我走去,当街见了他,看他怎的。"过了一晚,清早起来梳洗了,雇了一只船坐到城外,进了城,恰好府官出来,都上〔2〕军门作揖。头一顶轿是太守,第二顶轿是同知,第三是麻从吾合推官的两顶轿,左右并行。麻从吾穿了翠蓝六云锦绣,雪白的银带;因署山阳县印,拖了印绶;张了翠盖,坐了骨花明轿,好不轩昂。丁利国正要跑将过去,待扯住他的轿子与他说话,被他先看见了,望着丁利国笑了一笑,把嘴扭了一扭,丁利国随即缩住了脚。麻从吾叫过一个快手去,分付道："那一个穿紫花道袍戴本色绒鬶子巾的,是我家乡的个邻舍,你问他下处在那里,叫他先回下处去,待我回衙去有处。"那人把丁利国让得回了下处。

麻从吾作揖回来,进到衙内,合他老婆说了,要封出十两银子,打

<hr>

〔1〕　总漕军门——后文也称"漕抚",即驻淮安的漕运总督,负责漕粮的取齐、上缴和监运,兼巡抚凤阳等处。这里指漕运总督的衙门。

〔2〕　上——山东方言,去。同本作"土"。"上"与"土"盖因形近而讹,据文意酌改。

发他起身。老婆说道:"你做了几日的官,把银子当粪土〔1〕一般使?这银子甚么东西,也是成十来两家送人的!"麻从吾道:"依你送他多少?"老婆说:"少是一两,至多不过二两!"麻从吾道:"也要够他盘缠回去才好。"老婆说:"是我们请他来的? 管他盘缠够与不够!"

两口子正在商量,恰好儿子麻中桂走到,问说:"爹娘说些甚么?"老婆道:"家里姓丁的两口子来了,你爹要送他十两银子,我说怎么把银子当了粪土? 主意送他二两够了。"麻中桂问说:"是那个姓丁的两口子?"老婆说:"呸! 家里还有第二个姓丁的哩!"麻中桂道:"莫不就是丁爷丁奶奶么?"老婆说:"可不是他,可是谁来!"麻中桂问说:"如今来在那里? 怎么还不差人接进衙来? 慢慢打发饭钱不迟,何必先送银子出去?"老婆道:"呸! 这合你说忽〔2〕哩! 送二两银子与他,就打发他起身! 接他进衙里来,你还打发得他去哩!"麻中桂道:"你还待要打发他那里去? 他养活着咱一家子这么些年,咱还席〔3〕也该养活他! 下意的〔4〕送二两银子,也不叫他住二日,就打发他家去! 怎么来! 没的做一千年官,不家去见人么?"老婆说:"你看这小厮,倒好叫你做证见! 他养活咱甚么来? 你爹教那学,使得〔5〕那口角子上焦黄的屎末子,他顾赡咱一点儿来!"

〔1〕 粪土——同本作"粪上"。"土"与"上"盖因形近而讹,据文意酌改。
〔2〕 说忽——等于说说诳话,开玩笑。
〔3〕 还席——回复对方情分的意思。
〔4〕 下意的——山东方言,忍心。
〔5〕 使得——山东方言,累得。

麻中桂道:"他只怕没顾瞻爹和娘,我只知道从八岁吃他的饭,穿他的衣裳,他还替娶了媳妇子。他可着实的顾瞻我来!"麻从吾道:"依你怎么处罢!"麻中桂道:"依了我,接他公母两个老人家进衙来住着,好茶好饭的补报他那恩。死了,咱发送他。"老婆说:"他姓丁,咱姓麻,僧不僧,俗不俗,可是咱的甚么人? 养活着他!"麻中桂道:"他姓丁,咱姓麻,咱是他甚么人? 他成十一二年家养活着咱,还供备咱使银子娶老婆的!"老婆说:"我的主意定了,你们都别三心两意,七嘴八舌的乱了我的主意! 快叫人封二两银子来,打发他快走!"麻从吾道:"打哩他嫌少不肯去,在外头嚷嚷刮刮的。这如今做了官,还同的那咱做没皮子光棍哩?"老婆照着麻从吾的脸唠了一口屎臭的唾沫,骂道:"见世报的老斫头的! 做秀才时不怕天不怕地的,做了官倒怕起人来了! 他嚷嚷刮刮的,你那夹棍板子封皮封着哩?"麻从吾道:"没的好来他打他不成?"

麻中桂呆了半晌,跌了跺脚,哭着皇天往屋里去了。把那二两银子封了,叫了路上的那个快手,分付道:"适间在那路上看见的老头子,他姓丁,你叫他老丁,你对他说:'我老爷到任未久,一无所入,又与军门本道同城,耳目不便。'把这二两银子与他做盘缠,叫他即忙回去。你就同那歇家[1]即刻打发他起了身来回话。"

那个快手寻到他的下处,说了麻从吾分付的话,同了主人家催他起身。那丁利国不由得着极,说道:"我千金的产业,都净净的搅缠

---

[1] 歇家——歇脚、住宿的人家,即店家。

在他身上！几间房子，也因往这里来，都卖吊做了盘缠！如今这二两银子，再打发了这两日的饭钱，怎么勾得盘缠回去！"那快手合主人家岂有不怕本官上司，倒奉承你这两个外来的穷老[的理]？原道他真是个太爷太奶奶，三顿饭食，鸡鱼酒肉，极其奉承。如今按了本利算钱，该银一两四钱五分，要了个足数，刚只剩了五钱五分银子。夫妇抗了褥套，大哭着离了店家。快手看他走得远了，方才去回了话。虽是麻从吾干了这件刻薄事，淮安城里城外，大大小小，没有一个不晓得唾骂的。

却说丁利国夫妇来时还有路费多馀，雇了头口骑坐，又有雇的那人相伴。如今雇的那人看了这个景象，怨声聒耳。丁利国只得将那剩的五钱五分银子，又将那领紫花布道袍都与了他，叫他先自回去。丁利国刚走得到了宿迁，婆子的银簪、银丁香也吃尽了，脚也走不动了。人着了恼，两口子前后都病倒了。主人家又要赶他出去，店主婆道："在家投爷娘，出家投主人。他病得这等重了，赶他往那里去？万一死得不知去向，他家里有人来寻，怎样答应他？况且他说从淮安粮厅里来，这一发不好赶他别去。"店家听了老婆的好话，只得[听他]病在店里。过了两日，夫妇同日双双亡了。店家报了县里，差捕官来相视了，将他那两件破褥卖了，买了两领大席卷了，抬到乱葬冈内埋[1]了。剩了几分银子，买了些钱纸与他烧化。店家落得赔了

---

〔1〕 埋——同本作"理"，盖因形近而讹，据文意酌改。本回下文"埋"多误作"理"，酌改，不再出校记。

两日的粥汤，又出了阴阳生洒扫的利市。

再说麻从吾从打发了丁利国起身之日，儿子麻中桂恼得哭了一场，就如害了心病的一般，胡言乱语，裸体发狂。又自从丁利国夫妇死的那日，衙中器皿自动，门窗自闭自开，狗戴了麻从吾的纱帽学人走，乌鸦飞进，到他床上去叫。过了几日，饭锅里撒上狗粪，或是做饭方熟，从空中坠下砖石，把饭锅打得粉碎。两口子睡在床上，把床脚飕飕的锯断，把床塌在地下。又过了两日，这丁利国的夫妇都附了[1]，说起从前以往的事来，或骂、或咒、或大哭。除了麻中桂的夫妇，其馀的人，没有一个不附了作孽的。

作祟一日紧如一日。请了法官来镇，那鬼附了生人，或附在麻从吾两口子自己的身上，告诉那法官的始末根由。屡次禁制，无法可处，又去扬州琼花观里请了一位法师来到。那丁利国夫妇的鬼魂起初也还附了人诉说。法师道："人鬼各有分处，你有甚冤情，只合去阴司理告，怎来人世兴妖？混乱阴阳，法难轻纵！"叫："取两个坛来！"法师仗剑念咒，将令牌拍了一下，叫："快入坛去！"只听那两个鬼号淘痛哭，进入坛内。法师用猪脬将坛口札住，上面用朱砂书了黄纸符咒，贴了封条，叫四个人抬了两个坛，到城外西北十字路中埋在地内。虽是空坛，有鬼在内，谁知那两个坛都下老实的重。走路的看了，不知是甚么物件在内。从此之后，衙内照常安静。

---

[1]　**附了**——鬼魂附在生人的身体上，是一种迷信的说法。

过了半月,下了一日多雨,这两个鬼忽然又大发作起来,比先作祟[1]得更是利害。他说:"你下毒手,要我永世不得出见,我如何又出来了!"问他说:"你已入在坛内,安静了半月,却是如何又得出世?"鬼说:"你那日抬了去埋,人见那坛重,只说里面有甚东西,每日[2]有人要掘。只因有人巡视,不敢下手。昨晚下雨,巡夜的不出来,所以被人掘开,我们以得跑出。你断然还要去请那法师来制我,我们两个如今躲在你两口子的肚里,凭我摆布,那法师也无奈我何!"只见麻从吾合他老婆的肚里扯肠子、揪心肝,疼得磕头打滚的叫唤,只哀告饶命,口里似"救月"[3]一般,无所不许。鬼在肚里说道:"这肚里热得紧,住不得。你张开口,待我出去。你也还有几日命限,我两个且离却这里,先到猫儿窝等你两个去罢。"自此衙内又复安稳。

到了次年正月,麻从吾被漕抚参劾[4]回籍。想那鬼说猫儿窝相等,要得回避,问那衙门人,都说:"如走旱路,离桃源二十里有个猫儿窝;如走水路,离邳州三十里有个毛儿窝。"麻从吾主意要由水路,回避那猫儿窝的所在。

坐了本厅的官船,过了邳州以北三十里上,只见丁利国夫妇站在

---

〔1〕 作祟——同本作"作崇"。"崇"与"祟"盖因形近而讹,据文意酌改。

〔2〕 日——同本作"目",据文意酌改。

〔3〕 救月——后文也作"救月儿"。古人认为月食是月亮被天狗吞食,故遇月食则敲锣打鼓,呐喊救助,这样的做法叫做"救月"。

〔4〕 参劾——同本作"参劾"。"劾"与"劾"盖因形近而讹,据文意酌改。

岸上。麻从吾刚只说得一声"不好"，只见那两个鬼魂一阵旋风刮到船上。麻从吾合他老婆一齐的都自己采头发，把四个眼乌珠都一个个自己抠将出来，拿了铁火箸往自己耳内钉将进去，七窍里流血不止。麻中桂跪了哀求，鬼说："我儿，你是好人，不难为你。你爹娘做人太毒，我奉了天符，方来见世报应。"麻从吾合老婆，须臾之间，同时暴死。麻中桂买板殡殓，不消说得。扶了柩回到明水，亏不尽两个月前，使了三百七十两银子，买得人家一所房子，麻中桂就把爹娘的棺木停在正寝，建了几个醮。到清明那日，双棺出殡。麻中桂满了服，也便低低的进了学。

麻从吾做了八个月通判，倒在山阳县署了六个月印，被他刮地皮，剔骨髓，弄得有八千银子净净的回家。麻中桂买许些地土，成了个富翁。后来遭水劫的时候，也同那几家良善之人不到冲没，想必因那一点不忍负丁利国的善心所致。若论麻从吾两口子的行事，不当有子，岂得有家？可见虽说是远在儿孙，若是那儿孙能自己修身立命，天地又有别样安排。若因他父祖作恶，不论他子孙为人好歹，一味的恶报，这报应又不分明了。

再说那严列星的果报，更是希奇。且说了他两件小事，把那件古今未有的奇闻留在后回详说。他初次生了个儿子，七八日阿不下屎来，胀得那小孩子的肚就如面小鼓一般，昼夜的啼哭。仔细看视，原来那孩子没有粪门。这有甚法处得？只得看他死便罢了。第二年又生了个儿子，到了七八日，又是如此。一个游方的道人教他使秤稍头戳开。依了戳将进去，登时死了。第三年又生了个儿子，粪门倒是有的,那浑身无数的血孔往外流血,就如他使箭射的那土地身上一般。这等显应,他作恶依旧作恶,不知叫是甚么省改,只等后来尽头的异报才罢。真真是:

善恶到头终有报,只争来早与来迟。

第二十八回

关大帝泥胎显圣　　许真君撮土救人

善恶自中分,邪蹊[1]与正路。规矩遵循合冥行,神鬼能纠护。　　旌阳岂木雕?壮缪非泥塑。彰瘅明明当面施,人自茫无据。

——右调《卜算子》

严列星有一个胞弟,叫是严列宿,与严列星同居过活,长了二十一岁还不曾娶有妻室。那严列宿自己做些小买卖,农忙时月与人家做些短工,积趱了几两银子,定了一个庄户人家周基的女儿周氏,择了三月十五日娶亲过门。那明水的风俗,女婿是要亲迎的。严列宿巴拽[2]做了一领明青布道袍,盉了顶罗帽,买了双暑袜、镶鞋,穿着了去迎娶媳妇。到了丈人家,与他把了盏,披了一匹红布,簪了一对绒花。也借了人家一匹瘦马骑了,顶[3]了媳妇的轿子起身。

----

〔1〕蹊——同本作"豀",盖因形近而讹,据文意酌改。

〔2〕巴拽——义同"巴结",参见第二十五回注。

〔3〕顶——紧随的意思。

谁知严列星那种的几亩地,牛粮子种、收割耕锄,威劫那邻舍家与他代力,这地中的钱粮万万不好叫那邻家与他代纳。但邻舍家既是不与他代纳,他难道肯自己纳粮不成? 遂把朝廷这十来亩的正供钱粮阁在半空中。若是那里长支吾得过,把这宗钱粮破调[1]了;如支吾不过,只得与他赔上。这一年,换了里长,还不曾经着他的利害,遂把他久抗不纳粮的素行开了手本递准,叫里长同了差人拘审。差人赵三说道:"这严列星是个有名的恶人,倚了秀才,官又不好打他。那一年也为不纳钱粮,差人去叫他叫,倒不曾叫得他来,反把那个差人的一根[2]腿打折了。我是不敢惹他的。"里长说:"既是大爷准了手本,咱说不的[3],去叫他一回再处。"赵三说:"这到那里,来回七八十里地,可是谁给咱顿饭吃,咱可好扑了去[4]。"里长道:"这饭小事,我就管你的。"

两人走到半路,只见一个婆亲的来了。走到跟前,却是严列星的弟严列宿。赵三说:"咱定要拿他的哥做甚么? 大爷又不好打他的。你敢啃他吃他不成? 枉合他为冤计仇,不如拿了他的兄弟去好。"里长道:"你这倒说得有理。"赶上前,一个歹住马,一个扯住腿往下拉。严列宿认得是里长,只说:"俺哥的粮,你拿我待怎么?"里长说:"你

---

[1] 破调——原意为人犯免予传讯提审,这里是寻找借口让县里免征田赋的意思。

[2] 根——同本作"很",盖因形近而讹,据文意酌改。

[3] 说不的——即"说不得",没什么可说的。

[4] 扑了去——山东方言,以……为目标、为落脚之地的意思。

弟兄们没曾分居,那个是你哥的?"不由分说,鹰撮脚[1]拿得去了。

　　新媳妇只得自己到家,天地上拜了两拜。他嫂子给他揭了盖头,送他到了房内。到了起鼓以后,严列星指充是严列宿,走进房内。新人问说:"我在轿内看见把你捉将去了,你却怎得回来?"严列星假意说道:"你看么! 咱哥种了地不纳粮,可拿了我去! 我到了县里,回说不是我欠粮,我今日娶亲,从路上拿将我来。那大爷把差人打了十板,将我放的来了。将那布衫、帽子都当了钱,打发了差人。"说着,替新人摘了头,脱衣裳。新人还要做假,他说:"窄鳖鳖的去处,看咱哥合嫂子听见,悄悄的睡罢!"新人不敢做声,凡百的事都惟命是听了。

　　再说严列宿拿到了县里,晚堂见了官。他回说是他哥名下的钱粮,他不当家主事。官问说:"分居不曾?"里长回说:"不曾分居。"官说:"不曾分居,怎说不干[2]你事?"抽了三枝签拿下去打。剥他的裤子,从腰里吊出一匹红布、两朵绒花出来。官问说:"是甚么东西?"他回说:"是披的花红。因今日娶亲,从路上被人拿住。"官问说:"是方去娶,却是娶过回来?"回说:"是娶了亲走到半路。"官说:"放起来!"说那里长:"你平日不去催他,适当他娶亲,你却与他个不吉利,其心可恶!"把那里长打了十板,把严列宿释放回家,限三日

----

〔1〕　鹰撮脚——后文也作"鹰左脚"。像鹰抓猎物那样紧紧地抓着。下文也引申为紧紧地盯着。

〔2〕　干——同本作"于",盖因形近而讹,据文意酌改。

完粮。

严列宿因天已夜了,寻了下处,住了一夜。次早回到家中,走进房去,好好的还穿了新海青〔1〕、新鞋、新帽,不是昨夜成亲的那个新郎。新人肚里明白,晓得吃了人亏,口里一字也不曾说破,只问:"还欠多少钱粮?"新郎说:"得二两五六钱方勾。"新人将自己的簪环首饰拿了几件,教他丈夫即刻回去完了钱粮,不可再迟。新郎果然持了首饰,回到县里换银纳粮。新人到一更天气,等人睡尽了,穿着得齐整,用带在自己房里吊死了。次日方知。

严列星心里明白,严列宿那里晓得这个原故?就是神仙也猜不着。请了丈人丈母来到,都猜不着一个第二日的新人,新郎又两夜不曾在家,连亲也还未成,怎就吊死?这必定是宿世的冤业。这没帐的官司,就告状也告不出甚来,徒自费钱费事,不如安静为便。打了材,念了个经,第三日起了五更抬到严家坟内葬了。

晚间,严列星与老婆赛东窗〔2〕商议:"可惜新人头上带了好些首饰,身上穿了许多衣裳,埋在地里中甚么用?我们趁这有月色的时候,掘开他的坟,把那首饰衣服脱剥了他的,也值个把银子。"老婆深以为然。

等到二更天气,两口子拿了掀〔3〕锄斧头,乘着月亮,从家到那

---

〔1〕 海青——本为吴方言,指大袖的道袍。

〔2〕 赛东窗——绰号,意思是堪与秦桧的妻子王氏相比。参见第十五回"东窗剥柑子吃"注。

〔3〕 掀——同"锨",铁锨。

坟上，不上两箭地远。严列星使镢头掘，老婆使铁掀除。一时掘出材来。一顿打开材盖，掀出尸来，身上剥得精光，头上摘得罄尽，教老婆卷了先回家去，严列星还要把那尸首放在材内，依旧要掩埋好了回去。

谁知他来的那路口，有小小的一间关圣庙。那庙往日也有些灵圣，那明水镇的人几次要扩充另盖，都托梦只愿仍旧。这晚，关圣的泥身拿了周仓手内的泥刀，走出庙来，把赛东窗腰斩在那路上，把严列星在坟上也剁为两段。把材内的尸首渐渐的活将转来，递了一领青布海青与他穿了，指与他回家的路道。

新人走到半路，看见一个女人剁成两块，倘在地里，唬得往家飞奔。走到门口，门却是掩的，里边不曾关闩[1]，一直到了自己房门叫门。新郎唬得话都说不出口，只说："我与你素日无仇，枉做夫妻一场，亲也不曾成得，累得好苦！葬过你罢了，你鬼魂又回来作祟？"新人说："我不是鬼，我是活人。是一个红脸的人，通似关老爷模样一般，救我活了。但我身上的衣裳寸丝也没有了，他递了领青布道袍穿在这里。他把一个人杀在坟上，一个人杀在路上，都是两半截子。我来的时候，那个红脸的人拿了把大刀，还在坟上站着哩。"新郎说："有这等奇事！"大声的叫他哥嫂，那有人应？只得开了门，放他进来。仔细辨认[2]，可不是活人！穿的道袍原来就是他自己的。

---

[1]　闩——同本作"门"，据文意酌改。

[2]　认——同本作"諰"，盖因形近而讹，据文意酌改。

点起灯来,去到他哥嫂窗下叫唤,那里有个人答应?推进门去,连踪影也是没有的。心里疑道:"莫非杀的那两个人,就是他两口子不成?他却往坟上去做甚?难道好做劫坟的勾当?"叫起两边紧邻来,又央了两个女人相伴了他的媳妇,又唤起乡约地方,一同往坟上去看,把众人都还不信。走到半路,只见两半截人死在道上,肠子肝花流了一地,旁边一大卷衣裳。仔细认看,果真是他嫂嫂赛东窗,一点不差。

严列宿拾起那卷衣裳抱了,又到坟上,望见一个人怒狠狠站在那里。众人缩住了脚,不敢前进,问说:"那站着的是个甚么人?"凭你怎么吆喝,那里肯答应一声?又前进了几步,仔细再看,不是人却是甚的?众人又缩住了脚,拾了一块石子,说道:"你不答应,我撩石头打中,却不要怪!"又不做声。将那石子刚刚打在身上,只听梆的一声,绝不动惮。众人说:"我们有十来个人,手里又都有兵器,他总然就是个人,难道照不过他?着一个回去再调些人来!"

谁知人也就都晓得,渐渐的又来了好几个人,都有器械,齐纳了一声喊,扑〔1〕到跟前。仔细一看,却是庄头上庙里的关老爷,手内提了那把大刀,刀上血糊淋拉的。地上倘着两半截人,倒下头去细看,真真的严列星,有甚岔路?斧子、掀、镢撂在身旁,材盖、材身丢在两处。众人都跪下磕了关老爷的头。严列宿要收那尸首回去,众人

----

〔1〕 扑——同本作"橷"。"撲"与"橷"盖因形近而讹,据文意酌改。

说："这样异常的事，还要报官相验尸首，且不要那动〔1〕，这一夜且轮流守住了。"有回去的，进到庙中，神坐上果然不见了关老爷。看那周仓，手内的刀却没了，也走到庙门槛内，一只手扳了那门框，半截身子扑出门外，往那里张看。

乡约〔2〕地方连夜挨门进城，传梆报了县官。即时催办夫马，县官亲来仔细验看。用猪羊祭了，依旧将那泥像两个人轻轻的请进庙去，站在神位上边。哄动了远近的人，起盖了绝大的庙宇。那新妇周氏，方将被骗的原委仔细说出，县官与挂了烈妇的牌匾。严列宿也还置了棺〔3〕木，埋葬了四段臭尸。这等奇事，岂不是从洪濛开辟以来的创见？若不是新近湖广蕲州城隍庙内的泥身鬼判白日青天都跑到街上行走，上在通报，天下皆知的事，这关圣帝君显灵，与那闻见不广的说，他也不肯相信。

只看当初那明水的居民，村里边有这样一位活活的关老爷在那里显灵显圣，这也不止于"如在其上"〔4〕，明明看见坐在上边了；不止于"如在其左右"，显然立在那左右的一般。那些不忠不孝、无礼无义、没廉没耻的顽民，看了这严列星与那老婆赛东窗的恶报，也当急急的改行从善，革去歪心。关老爷是个正直广大的神，岂止于不追

---

〔1〕　那动——同"挪动"。
〔2〕　乡约——同本作"乡的"。"约"与"的"盖因形近而讹，据文意酌改。
〔3〕　棺——同本作"官"，据文意酌改。
〔4〕　如在其上——与下文的"如在其左右"皆出自《中庸》。

旧恶,定然且保佑新祥。谁知那些恚[1]物,闻见了严列星两口子这等的报应,一些也没有怕惧,伤天害理的依旧伤天害理,奸盗诈伪的越发奸盗诈伪,一年狠似一年,一日狠似一日。说起"天地"两字,只当是耳边风;说到关帝、城隍、太山圣母,都只当对牛弹琴的一般。

当初只有一个麻从吾跷蹊古怪,后来又只一个严列星无所不为,人也只说得有数,天也报应得快人。到了这几年之后,百姓们的作孽,乡宦们的豪强,这都且不要提起,单且只说读书的学校中,如那虞际唐、尼集孔、祁伯常、张报国、吴溯流、陈骅这班禽兽,个个都伤败彝伦起来。若要一一的指说他那事款,一来污人的口舌,二来赃[2]人的耳朵,三则也伤于雅道,四则又恐未必都是那一方的人,所以不忍暴扬出来。但这班异类,后来都报应得分毫不爽,不得不微微点缀[3]。那些普面的妖魔鬼怪,酿得那毒气直触天门,熏饧得玉皇大帝也几乎坐不稳九霄凌虚宝殿,倒下天旨,到了勘校院普光大圣,详确议罚。

谁知这人生在世,原来不止于一饮一啄都有前定,就是烧一根柴,使一碗水,也都有一定的分数,连这清水都有神祇司管,算定你这个人,量你的福分厚薄,每日该用水几斗,或用水几升,用够就罢了,若还洒泼过了定住的额数,都是要折禄减算,罪过也非同小可。可见

----

[1] 恚——同"蠢"。

[2] 赃——"脏"的借字。

[3] 点缀——同本作"点掇"。"缀"与"掇"盖因形近而讹,据文意酌改。

这人生在那有水的去处,把水看得是容易不值钱的东西,这那孟夫子也说是"昏暮叩人之门户求水火,无弗与者,至足矣"[1],你却不知道那水也是件至宝的东西,原该与五谷并重的,也不是普天地下都一样滔滔不竭的源流。

就是山东,古称十二山河,济南如跑突、芙蓉等七十二泉[2],这等一个水国,河润也该十里。西南五十里内便有一个炒米店,那周围有四五十里之内,你就掘一二万丈,一滴水泉也是没有的,往来百里,使驴骡驮运。这个所在又是通泰安的大路,春秋两季,往泰安进香的一日成几十万人经过,到了这个地方,不要说起洗脸,就要口凉水呷呷救暑,也是绝没有的。

就是济南的合属中,如海丰、乐陵、利津、蒲台、滨州、武定,那井泉都是盐卤一般的咸苦。合伙砌了池塘,夏秋积上雨水,冬里扫上雪,开春化了冻,发得那水绿威威的浓浊,头口也在里面饮水,人也在里边汲用。有那仕宦大家,空园中放了几百只大瓮,接那夏秋的雨水,也是发得那水碧绿的青苔,血红色米粒大的跟斗虫[3],可以手拿。到霜降以后,那水渐渐澄清将来,另用别瓮逐瓮折澄过去,如此折澄两三遍,澄得没有一些滓渣,却用煤炭如拳头大的,烧得红透,乘热投在水中,每瓮一块,将瓮口封严,其水经夏不坏,烹茶也不甚恶,

---

[1] "昏暮"句——语出《孟子·尽心上》,意思是说,黄昏夜晚敲别人的门求水和火,没有不给予的,因为水和火极多。

[2] 七十二泉——同本作"此十二泉",据文意校改。

[3] 跟斗虫——孑孓的俗称,即蚊子的幼虫。这里指一般所说的鱼虫。

做极好的清酒,交头〔1〕吃这一年。

如河南路上甚么五吉、石泊、徘徊、冶陶、猛虎这几个镇店,都是砌池积水。从远处驮两桶水,到值二钱银子;饮一个头口,成五六分的要银子。冶陶有个店家婆,年纪只好二十多岁,脏得那脸就如鬼画胡〔2〕一般,手背与手上的泥土积得足足有寸把厚。那泥积得厚了,间或有脱下块来的,露出来的皮肤却甚是白嫩。细端详他那模样,眼耳鼻舌身,煞实的不丑。叫了他丈夫来到,问他说:"那个妇人这等渥泥〔3〕,擀饼和面,做饭淘米,我们眼见,这饭怎么吃得下去?"那人说道:"这个地方,谁家是有水来洗脸的? 就是等得下雨,可以接得的水,也还要接来收住。只是那地凹里收不起的,这才是大小男妇洗脸洗手的时候哩!"只得加了二分银子与他,逼住了叫他洗脸洗手,方才许他和面淘米。谁知把那脸洗将出来,有红有白,即如一朵芙蓉一般;两只胳膊,嫩如花下的莲藕,通是一个不衫不履淡妆的美人。

再如山西,像这样没水的去处比比都是。单说一个平顺县,离潞安府一百里路,离城五里外,止有浅井一孔,一日止出得五桶水。有数:县官是两桶,典史、教官各一桶,便也就浑浊了。这是那夏秋有雨水的时节,方得如此;若是旱天,连这数也是没有的。上面盖了井庭,

<hr>

〔1〕 交头——前后相接,以旧接新的意思。
〔2〕 鬼画胡——形容脸上的污垢像小鬼拿了笔乱画的一般。
〔3〕 渥泥——同"龌龊"。

四面排了栏栅,专设了一名井夫昼夜防守,严加了封锁。其馀的乡绅庶士,休想尝尝那井泉的滋味,吃的都是那池中的雨雪。若是旱得久了,连那池中都枯竭了,只得走到黎城县地方,往来一百六十里路。大人家还有头口驮运,那小人家那得头口,只得用人去挑。不知怎样的风俗,挑水的都尽是女人。虽是那妇人都也似牛头马面一般,却也该叫他挑水,毕竟也甚可怜。

　　看了这等干燥的去处,这水岂是好任意洒泼的东西?说起那明水的会仙山上数十道飞泉,两三挂水帘,龙王庙基的源头,白云湖浩渺无际,谁还顾说这水是不该作践的,作践了要罪过人子如此等念头?且是大家小户都把水引到家内,也不顾〔1〕触犯了龙王,也不顾污浊了水伯,也不顾这水人家还要做饭烹茶,也不顾这水人家还有取去敬天供佛。你任意滥用罢了,甚至于男子女人有那极不该在这河渠里边洗的东西,无所不洗。致得那龙王时时奏报,河伯日日声冤,水官大帝极是个解厄救罪的神灵,也替这些作祸的男女弥缝不去,天符行来查勘,也只得直奏了天廷。所以这明水的地方,众生诸恶,同于天下,独又偏背了这一件作践泉水的罪愆。于是勘校院〔2〕普光大圣会集了三十〔3〕天曹,公议确报的罪案。

　　那三十曹官里面多有说这明水的居民敢于奢纵淫佚,是恃了那富强的豪势;那富强却是藉了这一股水利:别处夏旱,他这地方有水浇田;别处忧涝,他这地方有湖受水。蒙了水的如此大利,大家不知报功,反倒与水作起仇来。况且从古以来事体,受了他的利,再没有不被他害的,循环反覆,适当其时。

却是玉帝檄召江西南昌府铁树宫许旌阳真君[1]放出神蛟,泻那邻郡南旺、漏泽、范阳、跑突诸泉,协济白云水吏,于辛亥七月初十日子时决水淹那些恶人,回奏了玉帝。那玉帝允了所奏,颁敕许真君覆勘施行,但不得玉石俱焚,株连善类。许真君接了天旨,放出慧眼的灵光,炤见那明水的恶孽,俱与那天符上面说的一点不差,善人百中一二,恶者十常八九。

到了五月一日,真君扮了一个道士,云游到绣江县。渐次来到明水地方,歇在吕祖阁上,白日出来沿门化斋,夜晚回到阁上,与那住持的道士张水云宿歇。那张道士是一个贪财好色、吃酒宿娼、极是个无赖的恶少,也就是地方中一个臭虫。每日家大盘撕了狗肉,提了烧酒,拾了胡饼,吃得酒醉饭饱。间或阴天下雨,真君偶然不出化斋,他就一碗稀汤水饭也不晓得虚让一声。几番家吃醉了,言三语四,要撵真君出去,说:"我这清净仙家,岂容游方浊骨混扰玄宫!"真君也凭

----

〔1〕许旌阳真君——即传说中的仙人许逊。《太平广记》卷十四引唐无名氏《十二真君传·许真君》云,许逊为晋道士,汝南人,曾为旌阳令,于东晋孝武帝太康年间举家拔宅飞升。

他啰唣，不去理他。他坐了一把醉翁椅子，仰天跷脚的坐在上面，见真君出入，身子从来不晓得欠一欠〔1〕。

一日，把那椅子掇在当门，背了吕祖的神像，坐在上面鼾鼾的睡着。真君要出去化斋，他把那殿门〔2〕挡〔3〕得缝也没有。真君叹息〔4〕说道：“‘指佛穿衣，赖佛吃饭。’你单靠了纯阳，住这样干净凉爽的所在，享用十方这样的布施，怎就忍得把屁股朝了他面前，这般的亵渎？我待要教训他一番，一则他的死期不远，二则我却为甚管那纯阳的人？”筹蹰了半会，真君从他的旁首擦出去了。

真君每日化吃了斋，或到人家门上诵经一卷，或到市上卖药一回。卖的那丸药，就在那面前地下的泥土取些起来，吐些唾沫在内，调合匀了，搓成丸药，随病救疗。他又不曾避人，当了众人的面前把那吐沫和泥，人岂有信他是仙丹的理？不惟不买他的药，见他这等，连斋也都不肯化与他了。

一个人慌张张从真君面前走过。真君说道：“汉子，你住下〔5〕！你的娘子产难，别人是没有药的。你把我这一丸药急急拿回去，使温

〔1〕　欠一欠——同本作“矢一矢”，据文意酌改。
〔2〕　门——同本作“曰”，据文意酌改。
〔3〕　挡——同本作“档”，据文意酌改。
〔4〕　叹息——同本作“欢息”，据文意酌改。
〔5〕　住下——山东方言，站住，停下。

水送下。这药还在儿手中带出,却要取来还我。"那人大惊:"娘子生产不下,看着要死,他却如何晓得?但这泥丸如何得有效验?他既未卜先知,或者有些效验也不可知。"持了药跑得回去,那娘子正在那里磕头打滚。他倒了些温水,把那药送了下去,即时肚里响了两声,开了产门,易易的生下一个白胖的小厮,左手里握了他那一丸药。那人喜得暴跳,拿了这药,忙到他卖药的所在,真君还在那里坐着。这人千恩[1]万谢,传扬开去。

人偏是这样羊性,你若一个说好,大家都说起好来;若一个说是不好,大家也齐说不好。这泥丸催产原也希奇,那人又更神其说,围拢了无数的人,乱要买将起来。真君说道:"你们且不要留钱,只管把药取去,炤症对了引子吃下。我这药也全要遇那缘法:若有缘的吃下去,就如拿手把那病抓了去的一般;你若是没有缘的,吃也没用。所以你们吃了药,有效验的,送钱还我不迟。"那些有病吃药的,果如真君所说,有吃下即好的,有吃了没帐的,果然是"药医不死病,佛度有缘人"。从此后真君卖药大行,当了人,旋和泥,旋搓药。卖药的钱,也有舍与贫人的,或遇甚么生物,买来放了的。忽然后来不卖了丸药,卖起散药来。那散药也不是甚么地黄、白术、甘草、茯苓合的,也是那地中的干土,随抓随卖。拿去治病,那效验的,与丸药的功用一般。

----

[1] 恩——同本作"思",盖因形近而讹,据文意酌改。

到了七月七日，真君说道："我与你们众人缘法尽了，初十日我就要回我家山去。趁我在此，要药的快些来要！不止治病，即遇有甚么劫难的时候，你把我这药界〔1〕在门限外边，就如泰山一般的安稳〔2〕。"只是那些读书的半瓶醋，别的事体一些理也不省，偏到这个去处，他却要信起理来，说道："世间那得有这等事来？成几两子买了参著金石，按了佐使君臣，修合㕮咀〔3〕丸散，拿去治那病症，还是一些不效；如今地下的泥土，当面和了哄人，成几百几千的骗钱！又说什么劫难的时候，把药界门前可以逃难。如此妖言惑众，可恶那地方总甲容留这等妖人在此惑世诬民！"大家诽谤。只是那些愚民百姓信从得紧，每人成两三服的买去，每服多不过两三茶匙。从初七卖到初九日晚上，真君也不曾回到吕祖阁去，霎时不见了踪影。那些百姓买得药的，有得至诚收藏，也有当顽当耍，虽然要了来家，丢在一边的。

却说那吕祖阁的住持张道士见真君夜晚了不来，喜得说："这个野道，足足得搅乱了我两个月零四日。此时不来，想是别处去了。待我看看他的睡处，还有遗下的甚么东西没有。"叫徒弟陈鹤翔持了烛，自己跟了，看得一些也没有甚么别物，只他睡觉的屋里，山墙上面写有四句诗，细看那墨迹淋漓，还未曾干。那首诗道：

---

〔1〕 界——把里外阻隔开来的意思。

〔2〕 安稳——同本作"安偃"，据文意酌改。

〔3〕 㕮(fǔ)咀——中药加工用语，将中药原料切片、捣碎或研末。

　　箬冠芒履致翩翩,来往鄱阳路八千。不说铁宫当日事[1],
恐人识得是神仙。

　　那张水云合陈鹤翔见了,不胜诧异,只是不晓得那诗中义理,不
知说得是甚,但只心里也知道不是个野道士,必定是个神仙。两月来
许多傲慢于他,自己也甚是过意不去。懊悔了一歇,收拾睡了。从此
睡去,有分教张水云:

　　不做仙宫调鹤客,改为水府守鲛人。

　　且看下回消缴。

---

〔1〕 铁宫当日事——许旌阳铁树镇妖事,见说部中明邓志谟撰《新镌晋代许旌阳
　　得道擒蛟铁树记》、明冯梦龙编《警世通言》卷四十《旌阳宫铁树镇妖》。铁
　　宫,即许旌阳所居的铁树宫。

第二十九回

冯夷[1]神受符放水　六甲将按部巡堤

洪波浩渺,滔滔若塞外九河[2];矗浪奔腾,滚滚似巴中三峡。建瓴之势依然,瀑布之形允若。隋杨柳[3]刚露青梢,佛浮图止留白顶。广厦变为鱼鳖国,妇男填塞鲛宫;高堂转做水晶乡,老稚漂流海藏。总教神禹再随刊[4],还得八年于外;即使白圭重筑堰[5],也应四海为邻。

却说那年节气极旱,六月二十头[6]就立了秋,也就渐次风凉了。到了七月初旬,反又热将起来,热得比那中伏天气更是难过。七月初九这一日,晴得万里无云,一轮烈日如火镜一般。申牌时候,只

----

〔1〕　冯夷——传说中的河神,即河伯。
〔2〕　九河——禹时黄河的九条支流,后因泛指黄河。
〔3〕　隋杨柳——即隋堤柳,隋炀帝时沿通济渠、邗沟河岸栽种的柳树。这里借指明水一带的村树。
〔4〕　神禹再随刊——语出《书·禹贡》:"禹敷土,随山刊木,奠高山大川。"随刊,随山之势斩伐树木以通道路。相传大禹治水,八年于外,三过家门而不入。
〔5〕　白圭重筑堰——白圭,战国时人,曾相魏,善筑堤堰以治理水患。孟子曾称赞大禹治水以四海为壑,使水流注于四海;批评白圭治水以邻为壑,使水流入邻国,见《孟子·告子上》。
〔6〕　头——左右。

见西北上一片乌云接了日头下去,渐渐的乌云涌将起来,顷刻间风雨骤来,雷电交作。那急雨就如倾盆注溜一般,下了二个时辰不止,街上的水滔滔滚滚,汹涌得如江河一般。

看看这水已是要流进人家门里,人家里面的水又泄不出去,多有想起真君那药,曾说遇有劫难,叫界在门限外边可以逃躲,急急寻将出来。也有果然依法奉行的,也有解开是个空包,里边没有药的,也有着了忙,连纸包不见了的,也有不以为事,忘记了的。

那雨愈下愈大,下到初十日子时,那雨紧了一阵,打得那霹雳震天的响,电光就如白昼一般,山上震了几声,洪水如山崩海倒飞奔下来,平地上水头有两丈的高。只是将真君灵药界了门限的,那水比别家的门面还高几尺,却如有甚么重堤高堰、铁壁铜墙挡住了的一般。其馀那些人家,浑如大锅里下匾食的一般。一村十万馀人家,禁不得一阵雨水,十分里面足足的去了七分。

那会仙山白鹤观的个道士苏步虚,上在后面道藏楼上,从电光中看见无数的神将,都骑了奇形怪状的鸟兽,在那波涛巨浪之内,一出一入,东指西画,齐喊说道:“炤了天符册籍,逐门淹没,不得脱漏取罪!”后面又随有许多戎妆天将,都乘了龙马,也齐喊说:“丁甲神将,用心查看! 但有真君的堤堰及真君亲到过的人家,都要仔细防护,毋得缺坏,有违法旨!”到了天明,四望无际,那里还有平日的人家,向时的茆屋! 尸骸随波上下,不可计数。

到了次日,那水才渐渐的消去。那夜有逃在树上的,有躲在楼上的,看见那电光中神灵的模样,叫喊的说话,都与那道士苏步虚说的丝毫无异。那三分存剩的人家，不惟房屋一些不动，就是囤放的粮食一些也不曾着水，器皿一件也不曾冲去，人口大小完全。彼此推想他的为人，都有件把好处。

却说那些被水淹死的人，总然都是一死，那死的千态万状，种种不一。

吕祖阁那个住持道士张水云，那一日等真君不见回去，煞实的喜了个够。因见了那壁上的诗，又不觉的愧悔了一番。因那晚暴热得异样，叫了徒弟陈鹤翔，将那张醉翁椅子抬到阁下大殿当中檐下，跣剥得精光，四脚拉叉睡在上面。须臾，雷雨发作起来，陈鹤翔不见师父动静，只待打了把伞走到面前，才把他叫得醒来。谁知那两脚两手，连身子都长在那椅子上的一般，休想要移动分毫。他的身躯[1]又重，陈鹤翔的身躯又小，又是一把夯做的榆木粗椅，那里动得？张水云只是叫苦。雨又下得越大起来，陈鹤翔也没奈何可处，只得将自己那把雨伞递与他手内，叫他拿了遮盖，自己冒了雨跑到阁上去了。雨又下得异样，师父又有如此的奇事，难道又睡了的不成？

后来发水的时候，那陈鹤翔只见一个黄巾力士说道："这个道人不在死数内的，如何却在这里等死？"又有一个力士说道："奉吕纯阳祖师法旨，着他添在劫内，见有仙符为据。"那个黄巾力士说："既有仙符，当另册开报。"陈鹤翔见他带椅带人，逐浪随波，荡漾而去。后

---

〔1〕　身躯——同本作"身驱"。"躯"与"驱"盖因形近而讹，据文意酌改；下句同此。

来水消下去，那张水云的尸首还好好的倘在那椅上，阁在一株大白杨顶尖头上。人又上不去取得下来，集了无数的鹞鹰老鸦[1]，啄吃了三四日，然后被风吹得下来，依旧还粘在椅上。陈鹤翔只得掘了个大坑，连那椅子埋了。

虞际唐、尼集孔都与他亲嫂抱成一处；张报国与他叔母，吴溯流与他的亲妹，也是对面合抱拢来。幸得不是骤然发水，那样暴雨震雷，山崩地裂，所以人人都不敢睡觉，身上都穿得衣裳。

那祁伯常三年前做了一梦，梦见到他一个久死的姑娘家里。正在那里与他姑娘坐了白话，只见从外面一个丑恶的判官走了进来，口里说道："是那里来的这样生野人气？"祁伯常的姑娘迎将出去，回说："是侄儿在此。"那判官说："该早令我知。被他看了本形，是何道理？"躲进一间房内。待了一顿饭的时候，只见一个戴乌纱唐巾，穿翠蓝绉纱道袍，朱鞋绫袜，一个极美的少年。他姑娘说道："这就是你的姑夫，你可拜见。"美少年道："不知贤侄下顾，致将丑形相犯，使贤侄有百日之灾；我自保护，不致贤侄伤生。"一面叫人备酒相款。待茶之间，一个虞候般的人禀说："有西司判爷暂请会议。"美少年辞说："贤侄与姑娘且坐，顷刻即回。"

祁伯常因乘隙闲步，进入一座书房，明窗净几，琴书古玩，旁列一架，架上俱大簿册籍。祁伯常偶抽一本揭视，俱是世人注死的名字。

---

[1] 鹞鹰老鸦——同本本回叶三下，第二行第十字为"陈"，作"陈鹰老鸦"；第三行第十字为"鹞"，作"鹞鹤翔"。此并列二字刻误，今校改。

揭到第二叶上，明明白白的上面写"祁伯常"三字，细注："由制科[1]官按察司，禄三品，寿七十八岁。妻某氏，一人偕老。子三人。"祁伯常看见，喜不自胜。又看有前件二事，下注："某年月日，用字纸作炮[2]，被风吹入厕坑，削官二级；某年月日，诬谤某人闺门是非，削官三级；某年月日，因教书误人子弟，削官三级；某年月日，出继伯父，因伯死，图产归宗，官禄削尽。某年月日，通奸胞姊，致姊家败人亡，夺算五纪，于辛亥七月初十日子时，与姊祁氏合死于水。"那时己酉七月，算到辛亥七月，整还有三年。他把那通奸胞姊的实情隐匿了不说，只说："我适才到了姑夫书房，因见一本册上注定侄儿在上，辛亥年七月初十日子时该死于水。岂有姑娘在上，姑夫又掌生死簿子，不能与自己侄儿挽回？"苦死哀求。姑娘说道："稍停等你姑夫吃酒中间，我慢慢与你央说。"

停了片时，那美少年回来，与祁伯常安坐递盏。酒至数巡，祁伯常自知死期将到，还有甚么心绪，只是闷闷无聊。少年说道："适才贤侄见了欢喜乐笑，怎么如今愁容可掬？只怕到我书房，曾见甚么来？"姑娘说道："侄儿果真到你的书房，见那簿上有他的名字，注他到辛亥七月初十日子时该死于水，所以忧愁，要央你与他挽回生死哩。"少年说道："这个所在是我的秘室，偶然因贤侄在此，忙迫忘记了锁门，如何便轻自窥视？这是会同功曹，奉了天旨，知会了地藏菩

----

〔1〕制科——即科举。
〔2〕炮——炮仗，爆竹。用多层纸密卷火药，前置引信制成。

萨,牒转了南北二斗星君,方才注簿施行,怎么那移?"祁伯常跪了,苦死哀求。姑娘又说:"你掌管天下人的生死簿子,难道自家的一个侄儿也不能炤管一炤管?却要甚么亲戚!你是不图相见罢了,我却有何面孔见得娘家的人?"少年说:"你且莫要烦恼,待我再去查他的食品还有多少,再作商议。"

少年回来说道:"幸得还有处法。那官禄是久已削净,不必提起了。你还有七百只田鸡不曾吃尽。你从此忌了田鸡。这食品不尽,也还好稍延。"却原来祁伯常素性酷好那田鸡,成十朝半月没有肉吃,不放在心上,只是有了田鸡的时候,就是揭借了钱债,买一斤半斤,或煎或炒,买半壶烧酒,吃在肚里才罢。这是他生平的食性。

那时醒了转来,这梦的前后记得一些也不差。从此后果然忌了不吃田鸡,虽是在人家席上有田鸡做肴品的,街头有田鸡卖的,馋得谷谷叫,咽唾沫,只是忌了不敢吃。他时刻只想着辛亥的七月初十日子时的劫数。待了一年,一日在朋友家赴席,席上炒得极好的田鸡,喷香的气味钻进他鼻孔内去,他的主意到也定了不肯吃,可恨他肚里馋虫狠命劝他破了这戒。他被这些馋虫苦劝不过,只得依他吃了。从这一日以后,无日不吃,要补那一年不吃的缺数,心里想道:"梦中之事,未必可信。况姑娘早死,见有姑夫活在此间,难道阴司里又嫁了别的不成?"虽是这等自解,那辛亥的死期时刻不敢忘记。

光阴易过,转眼到了那年六月尽边,祁伯常真是挨一刻似一夏的难过。到了七月初八日，越发内心着慌，心里想道："注我该死于水，我第一不要过那桥，但是湖边、溪边、河边、井边，且把脚步做忌这几日。再不然，我先期走上会仙山顶紫阳庵秦伯猷书房，和他伴住两日，过了这日期。总数就是怀山襄陵〔1〕，必定也还露个山顶，难道有这样大水，没了山顶不成？"

从初八日吃了早饭，坐了顶扒山虎小轿走上山去，到了秦伯猷书房。秦伯猷笑道："你一定是来我这山顶上躲水灾了。你住在这里，且看甚么大水没过山来。"同秦伯猷过了一夜。

次早，秦伯猷家使一个小厮说："学里师爷奉县里委了修志，请相公急去商议，门子见在家中等候。"秦伯猷对祁伯常说："你来得甚好，且好与我管管书房。这庵里的道士下山去看他妹子去了，米面柴火，也都还够这几日用的哩。"秦伯猷作了别，慢慢的步下山来，同了门子，备了头口往城中学里去了。祁伯常住在庵内，甚为得计。

初九日掌灯时候，下得大雨与山下一些无异。谁知那洪水正是从这山顶上发源，到了初十日子时，那紫阳庵上就如天河泻下来的一般，连人带屋，通似顺流中飘木叶，那有止住的时候？别人被水冲去，还是平水冲激罢了，这祁伯常从山上冲下，夹石带人，不惟被水，更兼那石头磕撞得骨碎肉糜，搁在一枝枣树枝上。秦伯猷那日宿在城内，

----

〔1〕　怀山襄陵——洪水滔滔，溢上山陵。语出《书·尧典》："汤汤洪水方割，荡荡怀山襄陵，浩浩滔天。"

一些也无恙。

又说那个陈骅,初九日上城去与他丈人做生日,媳妇也同了他去。那天[1]丈人家因人客不齐,上得坐甚晚。他吃酒不上三钟,就要起席[2]。丈人舅子再三的留他不住,定要起身。进去别他的丈母,那丈母又苦留。媳妇也说:"家中没有别事,天色又将晚了,又西晒炎热得紧,你又不曾吃得甚么。你可在此宿过了夜,明日我与你同回,岂不甚便?"谁知他心里正要乘他娘子不在,要赶回去与他一个父妾上阵相战,所以抵死要回家去。离家还有十里之外,天色又就黑了,打了头口飞跑。还有五六里路,冒了大雨,赶到家中。也亏他这等迅雷猛雨的时候,还两下里鸣金擂鼓,大杀了一场,方才罢战息兵。海龙王怕他两个又动刀兵,双双的请到水晶宫里,治办了太羹玄酒[3],与他两个讲和。因水晶宫里快活,两个就在那里长住了,不肯回家。

再说那狄员外。真君自五月初五日到了明水,先到狄家门上坐了化斋,适值狄员外从里边出来,问说:"师傅从那里来的?我这里从不曾见你。"真君道:"贫道在江西南昌府许真君铁树宫里修行,闻贵处会仙山白云湖的胜景,特云游到此,造府敬化一斋。"狄员外忙教人进去备斋管待,问说:"师傅还是就行,还要久住?"真君说:"天

气炎热,且住过夏再看。"狄员外又问:"在何处作寓?"真君说:"今暂投吕仙阁内。"狄员外说:"那吕仙阁的住持张道人,他容不得人,只怕管待不周,你不能在那边久住。既是方上的师傅,必定会甚么仙术了?"真君说:"从不晓得甚么仙术,只是募化〔1〕斋饭充饥。再则不按甚么真方,但只卖些假药,度日济贫而已。"狄员外笑说:"师傅,你自己说是假药,必定就是妙药。倒是那自己夸说灵丹的,那药倒未必真哩。"

叙话之间,狄周出来问说:"斋已完备,在那边吃?"狄员外叫摆在客次〔2〕里边。真君说:"就搬到外面,反觉方便些。游方野人,不可招呼进内。"狄员外说:"这街上不是待客的所在。游方的人,正是远客,不可怠慢。虽仓卒不成个斋供,还是到客次请坐。"真君随了狄员外进去,让了坐。端上斋来,四碟小菜、一碗炒豆腐、一碗黄瓜调面筋、一碗熟白菜、一碗拌黄瓜、一碟薄饼、小米菉豆水饭,一双箸。狄员外道:"再取一双箸来,待我陪了师傅吃罢。"

狄周背后唧哝说:"没见这个大官人,不拘甚人就招他进来,就陪了他吃饭!如今又同不得往时的年成,多少强盗都是扮了僧道,先往人家哄出主人家来,挐住了才打劫哩!"真君说:"蒙员外赐斋,还是搬到外面,待贫道自己用罢。员外请自尊重,不劳相陪。管家恐怕有强盗妆扮了僧道哄执主人,却虑得有理。"狄员外道:

----

〔1〕 募化——同本作"夯化","募"与"夯"盖因形近而讹,据文意酌改。

〔2〕 客次——即客位、倒座、倒厅。参见第四回"客坐"注。

"不要理他！师傅请坐。"又心里想说："我一步不曾相离，狄周是何处说他甚来？"

狄周又添了饭来。狄员外说："你在那里说师傅甚来？师傅计较你哩。"狄周说道："我并不曾说师傅甚的。"真君笑道："你再要说甚么，我还叫大蜂子螫你那左边的嘴哩。"狄周笑道："原来是师傅的法术！大官人说陪了吃饭，我悄悄的自己说道：'官人不拘甚人就招他进来，就陪了吃饭！如今又不是往日的好年成，多有扮了僧道，先往人家哄出主人家来，拿住了打劫的哩！'刚刚说得，一个小小土蜂，焰这右嘴角上螫了一口，飞了。"狄员外道："你在那里说的？"狄周道："我在厨房门口说的。"狄员外道："厨房离这里差不多有一箭地，我一些不知，偏师傅知道，这不是异事么？蜂果然螫了嘴角，怎不见有甚红肿？"真君道："螫好人不过意思[1]罢了，有甚红肿。你近前来，我爽利教你连那些微微的麻痒都好了罢。"使手在他右嘴角上一抹，果然那麻痒也立刻止了。狄周在后边，对了狄员外的娘子夸说不了，说道："必定是个神仙！"

狄员外的娘子自从生了女儿巧姐以后，坐了凉地，患了个白带下的痼病，寒了肚子，年来就不坐了胎气，一条裤子穿不上两三日，就是涂了一裤裆糨子[2]的一般，夏月且甚是腥臭。肚里想说："这等异人，必定有甚海上仙方。"口里只不好对狄周说得。

----

[1] 意思——象征性地有所表示。
[2] 糨子——浆糊。

真君吃完了饭，从地上撮了一捻〔1〕的土，吐了一些唾沫，丸了菉〔2〕豆粒大的三丸药，袖中取出一片纸来包了。临去，谢过斋，将那药递与狄员外道："女施主要问你得药，不曾说得，可使黄酒送下即愈。"狄员外收了，谢说："师傅若要用斋时候，只管下顾。那张水云是指他不得的。这街上的居民也没有甚么肯供斋饭的。"送出大门去了。

狄员外回到后面，向娘子说："你要问道人讨药，不曾说得。道人如今留下药了，叫使黄酒送下。但不知你要治甚么病的?"娘子道："我还有甚么第二件病来？这是我心举了一举意〔3〕，他怎么就便晓得?"解开包看，那药如菉豆大，金箔为衣，异香喷鼻。狄员外道："这又奇了！我亲见他把地上的土捻在手心内，吐了一滴唾沫合了，搓成三丸粗糙的泥丸，如何变成了这样的金丹?"热了酒，送在肚里，觉得满肚中发热，小便下了许多白白的粘物，从此除了病根。从这一日以后，真君也自己常来，狄员外也常常请他来吃斋，大大小小，背地里也没个唤他是道士的，都称为神仙。

一日，棉花地里带〔4〕的青豆将熟，叫狄周去看了人，拣那熟的先剪了来家。狄周领了人，不管生熟，一概叫人割了来家。狄员外说道："这一半生的都尽数割来，这是秕了，不成用的。"狄周强辩道：

〔1〕　一捻——一撮，用手指撮起的少许。

〔2〕　菉——同本作"录"，盖因形近而讹，据下文酌改。

〔3〕　举了一举意——转了一下念头。

〔4〕　带——间作，在一种作物的行间套种另一种作物。

"原只说叫我割豆,又不曾说道把那熟的先割,生的且留在那边。浑浑帐帐的说不明白,倒还要怨人!"狄员外道:"这何消用人说得?你难道自己不带眼睛?"狄周口里不言,心里骂道:"这样浑帐杭杭子!明日等有强盗进门割杀的时候,我若向前救一救,也不是人!就是错割了这几根豆,便有甚么大事?只管琐碎不了!"一边心里咒念,一边往处走了出来。只见三不知在那心坎上叮了一下,虽然不十分疼,也便觉得甚痛。解开布衫来,只见小指顶大一个蝎子。抖在地上,赶去要使脚来拓〔1〕他,那蝎子已钻进壁缝去了。狄周喃喃呐呐的道:"这不是真悔气!为了几根豆子,被人琐碎了一顿,还造化低的不穀,又被蝎子螫了一口!可恨又不曾拓死他,叫他又爬得去了!"

次日,狄员外叫他请真君来家吃斋。看见狄周,真君笑道:"昨日蝎子螫得也有些〔2〕痛么?"狄周方才省得昨日的蝎子又是神仙的手段,随口应说:"甚是疼得难忍!"真君笑说:"这样疼顾下边的主人,以后心里边再不要起那不好念头咒骂他!"从袖里摸出两个蝎子来,一个大的,约有三寸馀长;一个小的,只有小指顶大。真君笑说:"这样小蝎子没有甚么疼,只是这大蝎子叮人一口,才是要死哩!"说着,又把那大小两个〔3〕蝎子取在袖里去了,与狄周说笑着,到了家。

狄员外正陪了真君吃斋,薛教授走到客次,与真君合狄员外都叙了礼,也让薛教授坐了吃斋。薛教授口里吃饭,心里想说:"这个道

〔1〕 拓——音 tà,"踏"的借字。
〔2〕 些——同本作"此",盖因形近而讹,据文意酌改。
〔3〕 两个——同本作"那个",据文意酌改。

人常在狄亲家宅上,缘何再不到我家里? 我明日也备一斋邀他家去。"就要开口,又心里想道:"且不要冒失,等我再想家中有甚么东西。"忽然想道:"没有大米,小米又不好待客,早些家去叫人去籴几升大米来。"吃了斋,要辞了起身,问说:"师傅明早无事,候过寒家一斋。"真君说道:"贫道明早即去领斋,只是施主千万不要去籴稻米。贫道又不用,施主又要坏一双鞋,可惜了的。"薛教授笑道〔1〕:"师傅必是神仙! 家中果然没了大米。我这回去,正要去籴大米奉敬哩!"

　　走回家去,原要自己管了店,叫薛三槐去买米,不料铺中围了许多人在那里买布。天又看看的晚了,只得拿了几十文钱,叫冬哥提着篮跟了,到米店去籴了五升稻米回来。走到一家门首,一个妇人拿了一把铁掀,除了一泡孩子的屎,从门里撩将出来,不端不正,可可的撩在薛教授只鞋上。次早,真君同着狄员外来到薛教授家,看见薛教授,笑说:"施主不信贫道的言语,必定污了一只好鞋。用米泔洗去,也还看不出的。"后边使米泔洗了,果然一些也没有痕迹。此后也常到薛家去。

　　一日,寻见薛教授,要问薛教授化两匹蓝布做道袍。薛教授道:"这等暑天,那绵布怎么穿得? 待一两日新货到了,送师傅两匹蓝夏布,做道衣还凉快些。"真君说:"夏布虽是目下图他凉快,天冷了就用他不着。绵布〔2〕虽是目下热些,天凉时甚得他济。"薛教授道:

---

　　〔1〕　笑道——同本作"笑这"。"道"与"这"盖因形近而讹,据文意酌改。
　　〔2〕　绵布——同本作"绵衣",据上下文酌改。

"等那天凉的时节，我再送师傅棉布不难。"过了两日，果然夏货到了，薛教授拣了两匹极好的腰机[1]，送到染店染了蓝，叫裁缝做成了道袍，送与真君。次日自己来谢，又留他吃了饭。过了几日，又问薛教授化了一件布衫，一件单裤。薛教授又一一备完送去。

到了七月初九日，又到薛教授家，先说要回山去，特来辞谢，还要化三两银子路费。薛教授一些也不作难，留了斋，封了三两银子，又送了一双蒲鞋、五百铜钱，还说："许过师傅两匹蓝棉布，不曾送得。"真君吃完了斋，只是端详了薛教授，长吁短叹的不动。又说："贫道受了施主的许多布施，分别在即。贫道略通相法，凡家中的人都请出来，待贫道概相一相。"薛教授果把两个婆子、四个儿女俱叫到跟前。真君从头看过，都只点了点头，要了一张黄纸，裁成了小方，用笔画了几笔，教众人各将一张戴在头上，惟独不与素姐[2]。薛教授说："小女也求一符。"真君说："惟独令爱不消戴得。"收了银物作别。

到了狄员外家，也说即日[3]要行，又说："薛施主一个极好的人，可惜除了他的令爱，合家都该遭难，只在刻下。"狄员外留真君吃了斋，也送出五两银子、鞋袜布匹之类。真君说："我孑然云水，无处可用，不要累我的行李。"

送了真君出门，狄员外走到薛教授家里说了来意，薛教授也告诉

---

[1] 腰机——一种一人操作的手工织机。这里指腰机织出的布匹。

[2] 素姐——同本作"素相"。"姐"与"相"盖因形近而讹，据文意酌改。

[3] 即日——同本作"即且"，据文意酌改。

了戴符相面的事。狄员外别了回家。薛教授收拾箱子，只见与真君做道袍的夏布合做布衫的一匹白棉布、做单裤的一匹蓝棉布、一双蒲鞋、三两银子、五百铜钱，好好都在那箱内。又有一个帖子写道：

莫惧莫惧，天兵管顾；大难来时，合家上树！

薛教授见了这等神奇古怪的，确信是神仙。既是神仙说有灾难，且在眼下，却猜不着是甚么的劫数。

薛教授收拾停当，又自到狄家告诉留布、留银并那帖子上的说话。狄员外道："天机不肯预泄。既说有天兵管顾，又教合家上树，想就是有甚祸患，也是解救得的。"送别薛教授家去。

后边发水的时节，那狄员外家里，除了下的雨，那山上发的水[1]，一些也不曾流得进去。薛教授见那雨大得紧，晓得是要发水了，大家扎缚衣裳，寻了梯子[2]，一等水到，合家都爬在院子内那株大槐树上。果然到了子时，一片声外边嚷说："大水发了！"薛教授登了梯子，爬在树上，恍惚都似有人在下边往上撮拥[3]的一般。在那树上看见许多神将，都说："这是薛振家里，除了女儿素姐，其馀全家都该溺死。赶下水去了不曾？"树下有许多神将说道："奉许旌阳真君法旨，全家俱免，差得我等在此防护。"那上边的神将问说："有甚凭据？"树下的神将回说："见有真君亲笔敕令，不得有违！"那上面的神将方才往别处去了。

----

〔1〕"那山上"句——同本作"与那山上发的水"，衍一"与"字，据文意删。

〔2〕梯子——同本作"佛子"。"梯"与"佛"盖因形近而讹，据下文校改。

〔3〕撮拥——推举。

　　狄希陈时常往他母姨家去,成两三日在那里贪顽不回家来,那日可可的又在那里。发水的时节,同了他母姨的一家人口到了水中。狄希陈扯了一只箱环,水里冲荡。只见一个戴黄巾骑鱼的喊道:"不要淹死了成都府经历[1]! 快快找寻!"又有一个戴金冠骑龙的回说:"不知混在何处去了,那里找寻? 看来也不是甚么大禄位的人,死了也没甚查考。"戴黄巾[2]的人说道:"这却了不得! 那一年湖广沙市里放火,烧死了一个巴水驿的驿丞[3],火德星君都罚了俸。我们这六丁神,到如今还有两个坐天牢不曾放出哩!"可可的狄希陈扳了箱环,泅[4]到面前。又一个神灵喊道:"有了! 有了! 这不是他么? 送到他家去。"

　　狄希陈依旧扯了那只箱环,泅到一株树叉里,连箱阁住。天明时节,狄周上在看家楼上四外张看,见那外面的水,比自己的屋檐还高起数尺,又见门前树梢上面挂住了一只箱子,一个孩子扯住厢环不放,细看就是狄希陈。狄周喊说:"陈官有了! 在门前树上哩!"狄员外也上楼去看望,果然是狄希陈,只是且没法救他下来。喊说与他,叫他牢固扯住厢子,不可放手。到了午后,水消去[5]了,方才救得下来,学说那些神灵救护的原委。

------

　　[1] 经历——各省布政司、府都设经历之职。府经历为正八品,掌文书出纳等事。
　　[2] 黄巾——同本作"黄中"。"巾"与"中"盖因形近而讹,据上文校改。
　　[3] 巴水驿的驿丞——同本作"巳水馹的馹丞",据文意酌改。同本"驿"字多作"馹",后径改,不再出校记。
　　[4] 泅(tǔn)——同"氽",漂浮。
　　[5] 去——同本作"法",据文意酌改。

可见人的生死都有大数。一个成都府经历，便有神祇指引。其薛教授的住房器皿，店里的布匹，冲得一些也没有存下。明白听得神灵说道："薛振全家都该溺死，赶下水去了不曾？"别的神明回说道："奉许旌阳真君法旨，全家免死。"说见奉真君亲笔符验，原来道人是许真君托化。若那时薛教授把他当个寻常游方的野道，呼喝傲慢了他，那真君一定也不肯尽力搭救。所以说那君子要无众寡、无小大、无敢慢。这正是：

凡人不可貌相，尘埃中都有英雄。

第三十回

计氏托姑求度脱　宝光遇鬼报冤仇

求死非难，何必伤寒？伐性斧、日夜追欢。酒池沉溺，误却加餐。更兼暴怒，多计算，少安眠。　病骨难痊，死者谁旋？卧床头、长梦黄泉。时光有限，无计延年。还骑劣马，服毒药，打秋千。

——右调《行香子》

再说晁源的娘子计氏，从那一年受屈吊死了，到如今不觉又是十二个年头。原来那好死的鬼魂，随死随即托生去了。若是那样投河、跳井、服毒、悬梁的，内中又有分别。

若是那样忠臣，或是有甚么贼寇围了城，望那救兵不到，看看的城要破了；或是已被贼人拿住，逼勒了要他投降，他却不肯顺从，乘空或是投河、跳井，或是上吊、抹头。这样的男子，不惟[1]托生，还要用他为神。

那伍子胥不是使牛皮裹了撩在江里死的？屈原也是自己赴江淹

---

[1] 不惟——同本作"不推"。"惟"与"推"盖因形近而讹，据文意酌改。

死,一个做了江神,一个做了河伯。那于忠肃合岳鹏举[1]都不是被人砍了头的?一个做了都城隍,一个做了伽蓝菩萨。就是文文山丞相[2],元朝极要拜他为相,他抗节不屈,住在一间楼上,饮食便溺都不走下楼来,只是叫杀了他罢。那元朝[3]傲他不过,只得依了他的心志,绑到市上杀了。死后他为了神,做了山东布政司的土地。

一年间,有一位方伯久任不升,又因一个爱子生了个眼瘤,意思要请告[4]回去。请了一个术士扶鸾[5],焚诵了符咒,请得仙来降了坛,自写是本司土地宋丞相文天祥,详悉写出自己许多履历,与史上也不甚相远。叫方伯不要请告,不出一月之内,自转本省巡抚,又写了一个治眼瘤的方。果然歇不得几日,山东巡抚升了南京兵部尚书,方伯就顶了巡抚坐位。依了他方修合成汤药,煎来洗眼,不两日,那眼瘤通长好了。再说那张巡、许远[6]都是自刎了头寻死,都做了神灵。若是那关老爷,这是人所皆知,更不必絮烦说得。

如那妇人中,守节为重,性命为轻,惟恐落在人手污了身体,或割或吊,或投崖,或赴井,立志要完名全节。如岳家的银瓶小姐,父兄被那奸贼秦桧诬枉杀了,恐怕还要连累家属,赴井而亡。那时小姐才得

〔1〕 岳鹏举——即南宋抗金名将岳飞,鹏举是他的字。
〔2〕 文文山——南宋末年的右丞相文天祥,号文山。
〔3〕 那元朝——同本"元朝"下两字空白,当系挖改。
〔4〕 请告——请求辞职,告老还乡。
〔5〕 扶鸾——即扶乩。因传说所请的神仙来时驾凤乘鸾,故称。
〔6〕 张巡、许远——唐代安史之乱时守卫睢阳,叛军破城后不屈而死的两位英雄。

一十三岁，上帝怜他的节孝，册封了青城山主夫人。一个夏侯
氏[1]，是曹文叔的妻，成亲不上两年，曹文叔害病死了。夏侯氏的
亲叔说他年小，又没有儿子，守满了孝，要他改嫁。他哭了一昼夜，蒙
被而卧。不见他起来，揭被一看，他将刀刺死在内。上帝封了礼宗夫
人，协同天仙圣母主管泰山。一个王贞妇[2]，临海县人，被贼拿住，
过青风岭，他乘间投崖而死。上帝册封为青风山夫人。

像这样的男子妇人，虽然死于非命，却那英风正气比那死于正命
的更自不同。上天尊重他的品行，所以不必往那闫王[3]跟前托生
人世，竟自超凡入圣，为佛为神。就如朝廷破格用人一般，不必中举
中进士，竟与他做个给事中[4]；也不必甚么中、行、评、博[5]，外边
的推、知[6]，留部考选，只论他有好文章做出来，就补了四衙门[7]
清华之职[8]的一般。

若是有那一等的泼皮的光棍、无赖的凶人，动不起拿了那[9]不

----

〔1〕 夏侯氏——三国时期魏国人，事见《三国志·曹爽传》。
〔2〕 王贞妇——宋代人，事见《宋史·列女传》。
〔3〕 闫王——同本作"闻王"。"闫"与"闻"盖因形近而讹，据文意酌改。
〔4〕 给事中——朝廷中负责抄发章疏、稽察违误的官员，一般尊称"给谏"。参见
　　　第四回"科"注。
〔5〕 中、行、评、博——中书、行人、评事、博士，都是京官中的低级官员。
〔6〕 推、知——外官中职位较低的推官、知县。
〔7〕 四衙门——指吏部、翰林院和科、道衙门。明沈德符《万历野获编·遍历四衙
　　　门》："今世呼翰林、吏部、科、道为四衙门，以其极清华之选也。"
〔8〕 清华之职——职位清高显贵的意思。
〔9〕 那——同本作"邦"，盖因形近而讹，据文意酌改。

值钱的狗命图赖人家,本等是妆虎吓人,不料神鬼不容,弄假成真。原是假意抹头,无意中便就抹死;假意上吊,无意中便就缢死;跳河跳井,原是望人拯救,不意救得起来,已是灌进水去,自已救不转来了。

那等[1]悍妻泼妾、泼妇悍姑,或与婆婆合气,或与丈夫反目,或是妯娌们言错语差,或是姑嫂们竞短争长,或因偏护孩子,或因讲说舌头,打街骂巷,恶舍闹邻。那一等假要死的,原是要人害怕,往后再不敢惹他,好凭他上天入地的作恶,通似没有王子的蜜蜂一般,又与那没有猫管的老鼠相似。就是那一等真个寻死的,也不过自恃了有强兄恶父、狠弟凶儿,借了他的人命为由,好去打他的家私,毁他的房屋,尸场中好锥子札他,打官司耗散他的财物。怀了此等念头,所以犯了鬼神之怒。

凡有这等死去的鬼魂,不许他托生为人,常常叫他做鬼。如吊死的,脖子拖了那根送命的绳;自刎的,血糊般搭拉着个头;投崖的,拖拉着少七没八的骨拾;跳河跳井的,自己抱着个瓮大的肚子行动不得;在那阴司里不见天日。只除有了替代,方许托生,且还不知托生得好与不好。若是没有替代,这是整几辈何得出世!

却说那计氏虽是晁源弃旧怜新的,情也难忍,但人家的寡妇没了汉子,难道都要死了不成? 我也只当晁源死了守寡的一样! 人家[2]寡妇没倚没靠,没柴没米,都也还要苦守。计氏不少饭吃,不

---

[1]　那等——同本作"卯等"。"那"与"卯"盖因形近而讹,据文意酌改。

[2]　人家——同本作"大家"。"人"与"大"盖因形近而讹,据文意酌改。

少衣穿,不久婆婆回来,又有得倚靠:观其有人回家,婆婆叫人寄银子、寄金珠、寄首饰尺头与你,可见又是疼爱媳妇的婆婆。就是小珍哥合晁源谤说你通奸和尚道士,要写休书,又被你嚷到街上,对了街邻骂了个不亦乐乎,分晰得甚是明白,人人都晓得是珍哥的狡计,个个都说晁源的薄情,就是晁源也自知理亏,躲在门后边像缩头的死鳖一般,那珍哥也软做一块,顶得门铁桶一般,也就可以不死。只图要那珍哥偿命,不顾了先自轻生。若不是遇见了李金宪[1]、褚四府这样执法的好官,单即靠了武城县那个长搭背疮[2]的胡大爷,不惟你这命没人偿你的,还几乎弄一顿板子放在你爷和哥哥[3]的臀上。珍哥虽然说是问了抵偿,他还好好的在监里快活,没见有甚难为他。

只是计氏在那阴司中悠悠荡荡,不得托生。若是有晁源的时候,他还放僻邪侈,作孽非为。有了这等主人,自然就有这等的一般辅佐。既是有了如此的主仆,自然家堂香火都换了凶神,变成乖气,生出异事。你那鬼在家里,便好倚草附木,作浪兴波,使他做个替身,即好托生去了。如今却是这等一个有道理有正经有仁义的一位晁夫人当了家事。小主人虽是个孩子,又是一个高僧转世。当初那些投充的狐群狗党,有见没了雄势[4]自己辞了去的,有拐了房钱租钱逃走了的,又有如高升、曲进才、董重,吃醉打了秀才,逐出去的,也有晁夫

----

〔1〕 金宪——例有按察使司佥事衔的道员。

〔2〕 搭背疮——生在肩背部的疽。因用自己的两手搭于背可触及,故名。

〔3〕 你爷和哥哥——同本作"你爷爷哥哥",显误。据文意酌改。

〔4〕 雄势——壮盛的气势、气派。

人好好打发回家的。剩下的几个都是奉公守法的人。几个丫鬟养娘，都是晁夫人着己的亲随。春莺，晁夫人看他就如自己亲生女子。那里有个与你做得替身的？况且家宅六神都换了一班吉星善曜，守护得家中铁桶一般，这计氏的阴灵，可怜何日是出头的日子！想是别再没有方法，只得托梦与那婆婆，求广做道场，仗佛超度。

　　一夜，晁夫人睡去，梦见计氏穿了天蓝段大袖衫子，白罗地洒线连裙，光头净面，只是项上拖了一根红带，望着晁夫人四双八拜，说他想家得紧，要晁夫人送他回去。晁夫人醒来，也只当是寻常的夜梦，丢[1]过一边。过了几日，又梦见计氏还穿了那套衣裳，说他十二年不得家去，又等不出替身，明说叫晁夫人与他超度。晁夫人道："他死去一十二年，我那年在通州的时节，曾央香岩寺长老选了高僧，替他诵了一千卷救苦难的《观世音经》。难道他不曾托生，还在家里？这六月初八日是他的忌辰，待我自己到坟上嘱赞他一番，再看如何。"

　　到了忌日，晁夫人叫了人备了祭品，自己坐了轿，跟了家人媳妇，到坟上化了纸。晁夫人还着实痛哭一场，嘱说："你两次托梦，我是个老实人，不会家[2]参详，又不知你待要如何。你如果不曾托生，还在家里，你待要如何，今日晚夜你明明白白托梦与我，我好依了你行，不得仍旧含糊。所以你的忌日，我特来与你烧纸。"晁夫人焚了

　　〔1〕　丢——同本作"去"，盖因形近而讹，据文意酌改。
　　〔2〕　不会家——山东方言，不会。"家"为语气助辞，无义。

纸,奠过了酒,一个旋风,只管跟了晁夫人转个不了。

晁夫人回了家,夜间果又梦见计氏,还穿是前日的衣裳,谢晁夫人与他上坟烧纸,说他这十二年时刻还在那门楼底下等守,要寻一个替身相代。"来往出入的人都是有着实的旺气,我又不敢近他;略有些晦气的,我刚要上前,那宅神又拦阻,不许我动手。我只得央那宅神,诉我的冤苦,求他容我寻个替代,好去出世。他说:'你不消寻人相替,你只消央你的婆婆。你婆婆曾在通州香岩寺里念了一千卷《救苦观音经》,虽然举意〔1〕是为你合那狐仙念的,不曾明说,没有疏文达到佛前,如今那一千卷经还悬在那边。若或是《金刚经》,或是《莲华经》,再得二千五百卷,连你应分的这五百卷《观音经》,通共三千卷,念完了,你便好托生。'"说完,又再三的拜谢。

晁夫人从梦中哭醒,记得真切,醒来对着丫头们说了一会。到黎明起来,拣了六月十三日,央真空寺智虚长老拣选二十四众有德行的真僧,建三昼夜道场。不用别样经,止诵《金刚》、《法华经》二千卷,《观音经》五百卷,连前次通州诵的共一千卷,三部真经共是三千卷,超度自缢身亡儿媳计氏。先送二两银子做写法〔2〕,差了晁书前去。

晁书见了智虚和尚,回说:"银子送到了。他说在那里建醮,写大奶奶的生时八字合死的日子,合领斋的名字,他好填榜写疏。"晁夫人道:"你看我混帐,我都没想到这里! 我只记的他生日是二月十

----

〔1〕 举意——心中所想,心里的意思。

〔2〕 做写法——作为撰作、书写疏榜的使费。做,同"作",当作的意思。

一日,不知甚么时,记不真了。你还得请声你计舅来问他。主斋就是你二叔。就在寺里打醮,咱叫三个厨子去那里做斋。"晁书道:"奶奶不得〔1〕自己到那里去看着些儿?"晁夫人道:"要你们是做甚么的?叫我往那寺里去! 你跟着二叔再合计舅去罢。"

晁书去将计巴拉请得来到,见了。晁夫人说道:"你妹妹还不曾托生,连次托梦,叫我超度他。我已定了这十三日,做个三昼夜道场。我就忘了他生的时辰。"计巴拉说:"他是二月十一日卯时生。"晁夫人道:"到那日,仗赖你将着〔2〕小和尚到那里领斋,就合他说罢,省得又写造帖子。"计巴拉问说:"是在那里念经? 不在家里么?"晁夫人道:"日子忒久了,家里不便,就着在寺里罢。"留计巴拉吃了晌饭,辞了晁夫人去了。晁夫人叫人打单买菜,磨面蒸馍馍,伺候十三日打醮。

计巴拉到了十三日黎明,领着儿子小闰哥来就〔3〕小和尚。晁夫人叫人往书房里师傅跟前与小和尚给了三日假,扎括穿着细葛布道袍、凉鞋、暑袜,叫晁凤、李成名跟着,同了计巴拉合小闰哥三个到真空寺去。那和尚们将已到齐,都穿了袈裟,将待上坛。三个斋主到了,拈香参佛,又与众僧见过了礼。和尚登坛宣咒,动起响器,旋即摆了六桌果子茶饼,请和尚吃茶过了,写了文疏。上写:

----

〔1〕 不得——山东方言,表示一种推测或不肯定判断的语气,等于说"可能得"、"可能要"。
〔2〕 将着——山东方言,手牵着手。这里含有照料着、照看着的意思。
〔3〕 就——随,依从。

南赡部洲[1]大明国山东布政使司东昌府武城县真空寺秉教法事沙门[2],切念人生若梦,石火以同光;时日如沤,镜花而并采。使非寿考永终,谓是夭亡非命。兹者:本县富有村无忧里五图一甲晁门计氏,生于永乐二十一年二月十一日卯时,享年二十九岁。因妾诬奸,义动不平之气;愤夫休逐,谋甘自尺之心。于景泰三年六月初八日失记的时自经身故。诚恐沉沦夜海,未出人天;久绝明期,尚羁鬼道。是据同母孝兄计奇策、夫家孝弟晁梁、孝侄计书香,延请本寺禅僧二十四众,启建超度道场三昼夜,虔诵《法华》、《金刚经》各一千卷,《观音救苦经》合景泰三年九月二十八日通州香岩寺诵过五百卷共[3]一千卷,合力投诚,仰干洪造。锡振鬼门关,出慈航则接引;幡迎佛子国,将舍利以依皈。永离鬼趣之因,急就人间之乐。如牒奉行。

计巴拉、小和尚同晁书、晁凤、李成名五个人轮流监守。那些和尚果也至至诚诚的讽诵真经。一日三顿上斋,两次茶饼,还有亲眷家去点茶[4]的,管待得那些和尚屁滚尿流,喜不自胜。到了第三日午后,三样宝经将次念完,收拾了新手巾、新梳笼、新簸箕苕帚,伺候"破狱"的用;又说要搭金桥银桥,起发了一匹黄绢,一匹白绢;还要"撒钺",又起发了六尺新布;又三日要了三个灯斗;又蒸了大大的米

---

[1] 南赡部洲——也称"南阎浮提",佛教所说的四大部洲之一。
[2] 沙门——梵语,出家修行的人。
[3] 共——同本作"去",盖因形近而讹,据文意酌改。
[4] 点茶——送茶水点心。亲戚间分扰助忙的礼节性表示。

斛面斛，准备大放施食。这半日挤了人山人海，满满的一寺看做法事。

不期这等一个极好的道场，已是完成九分九厘的时候，却生出一件事来。那一个登坛放施食的和尚，法名叫宝光，原是北京隆福寺住持长老，在少师姚广孝[1]手下做小沙弥，甚是驯谨。姚少师甚是喜他。少师请了名师，教他儒释道三教之书。那宝光前世必定是个宿儒老学，转辈今世为僧，凭[2]你甚么三坟五典，内外典章，凡经他目，无不通晓。谁知人的才气全要有德量的担承，若是没有这样福量担承，这个单"才"字就与那贝字傍[3]的"财"字一样，会作祟害人的。

这宝光恃了自己的才，又倚了姚少师的势，那目中那里还看见有甚么翰林科道，国戚勋臣。又忘记自己是个和尚，吃起珍羞百味，穿起锦绣绫罗，渐渐蓄起姬妾，放纵淫荡，绝不怕有甚么僧行佛戒、国法王章。姚少师明知他后来不得善终，只是溺爱了，不忍说破。得罪的那些当道大僚，人人切齿，个个伤心，只碍了姚少师的体面，不好下手。后来姚少师死了，他那惯成的心性，怎么卒急变得过来？被那科道衙门将那年来作过的恶行，又说娶妻蓄妾，污浊佛地，交章论劾，都说该立付市曹，布告天下。上将本去，仁宗皇帝说道："据他不过是

---

[1] 姚广孝——苏州长洲人，十四岁出家为僧，法名道衍。自明成祖为燕王时即用为心腹谋士。后成祖即位，复其姓，赐名广孝，授太子少师。

[2] 凭——同本作"平"，盖因同音而讹，据文意酌改。

[3] 傍——音 páng，同"旁"。

个和尚，容他作这等的恶贯，两衙门缄口不言。直待国师去世，方才射那死虎，科道的风力何居？宝光姑不深究，削了职，追了度牒，发回原籍还俗为民。妻妾听其完聚。"起先那些官员个个都要候了旨意下来，致他于死，后见圣恩宽宥，经过圣上处分，反不动手他了。

宝光得了赦诏，领了妻妾，卷了金珠，戴了巾帻，骡驮车载，张家湾上了船，回他常州府原籍去做富翁。一路行去，说那神仙也没有他的快活。谁知[1]天理不容，船过了宿迁，入了黄河，卒然大风括将出来，船家把捉不住，顷刻间把那船帮做了船底，除了宝光水中遇着一个水手揪得上来，其馀妻妾资财，休想有半分存剩。宝光哇出一肚子水，前不巴村，后不着店，那上半生的富贵，只当做了个春梦。穿了精湿的衣裳，垂头丧气，走了四五里路，一座龙王庙里，问那住持的和尚要了些火烘焙衣裳，又搬出饭来与他吃了。才经逃出难来，心里也还像做梦的一般，晚间就在那庙中睡了，梦见师傅姚少师与他说道："你那害身的财色，我都与你断送了，只还有文才不除，终是杀身之剑！你将那枝彩笔纳付与我，你可仍旧为僧，且逃数年性命。"宝光从口中吐出一枝笔来，五色鲜妍，许多光焰，姚少师纳入袖中。

宝光醒来，却是一梦。寻思："师傅叫我还做和尚，我如今单子只身，资斧皆罄，虽欲不做和尚也不可得。"番来覆去，再睡不着，心里焦道："这等愁闷的心肠，不知不觉，像死的一般！睡熟去了还好过得，如今青醒白醒，这万箭攒心，怎生消遣？待我做诗一首，使那心

---

〔1〕 谁知——同本作"难知"。"谁"与"难"盖因形近而讹，据文意酌改。

里不想了别的事情,一定也就睡着。"主意要做一首排律,方写得尽这半世行藏。想来想去,一字也道不出来,钻出一句,都是那臭气薰人的说话。自己想道:"我往时立写万言,如今便一句也做不出口?排律既然不能,做首律诗。"左推右敲,那得一句? 五言的改做七字,七字的减做五言;有了出句,无了对句。又想:"律诗既又不成,聊且口号首绝句志闷。"谁想绝句更绝是没有的。不料那管彩笔被姚少师取将去了,便是如此。可见那江淹才尽,不是虚言。他又想:"南方风俗嚣薄,我这样落拓回去,素日甚有一个骄惰的虚名,那个寺里肯容我住下? 二来我也没有面目见那江东。不如仍回北去,看有甚么僻静的寺院可以容身的,聊且苟延度日。"沿了河岸,遇寺求斋,遇庙借宿。游了个把月,到这武城县真空寺来。

这真空寺原是个有名的道场,建在运河岸上,往来的布施,养活有百十多僧。宝光到了寺中,见了智虚长老,拨了房屋与他居住。他虽是没了那枝彩笔,毕竟见过大光景的人,况又是个南僧,到底比那真空寺的和尚强十万八千倍,所以但凡有甚疏榜,都是他拟撰,也都是他书写,都另有个道理,不比寻常乱话。凡是做法事、破狱、放斛〔1〕,都是他主行。

那日刚刚放完了施食,忽然脱了形,自己附话起来,说他叫是惠达,是虎丘寺和尚,云游到京,下在隆福寺〔2〕里。有一串一百单八

〔1〕　斛——同本作"儸",字书无此字,据上文校改。

〔2〕　隆福寺——同本作"龙福寺"。"隆"与"龙",盖因同音而讹,据上文校改。

颗红玛瑙念珠,宝光强要他的,惠达因这串念珠是他[1]师祖传留,不肯与他,惠达也就不好在他寺里,移到白塔寺里安歇。宝光嘱付了厂卫,说他妖僧潜住京师,诬他妖术惑众,把他非刑拷死,仍得了他那一串玛瑙的念珠。寻了他十数多年,方才从这里经过,来领施食,得遇着他。自己捻了拳头,捣眼睛、锤鼻子,登时七窍流血。合棚僧众都跪了与他祷祝,许做道场超度。他说:"杀人者死,以命填命,再无别说!"顷刻把一个宝光师傅升了天,把这样一个极好的醮事,临了被那一个歪和尚弄得没有光彩。

晁书先跟了小和尚回家,对着晁夫人一一的学说[2]了。待了一会,晁凤合李成名才看着人收拾了合用的家伙来家,计巴拉也来谢晁夫人超度他的妹妹。留他吃饭,不肯住下。晁夫人叫人收拾了一大盒麻花馓子,又一大盒点心,叫人跟了闰哥[3]家去,叫他零碎好吃,都打发的去了。

晁夫人对着春莺还合媳妇子们说道:"叫我费了这们一场的事,也不知果然度脱了没有?怎么得他有灵有圣的,还托个梦叫我知道才好。"晁书娘子说道:"观其大婶诸般灵圣,情管来托梦叫奶奶知道。"那是六月十五日后响,晁夫人说:"咱早些收拾睡罢。这人们也都磨了这几昼夜,都也乏了。"又合小和尚说:"你明日多睡造子[4]

---

〔1〕 他——同本作"也",盖因形近而讹,据文意酌改。

〔2〕 学说——同本作"学诡"。"说"与"诡"盖因形近而讹,据文意酌改。

〔3〕 闰哥——同本作"润哥",据上文校改。

〔4〕 造子——后文也说"遭子"。等于说一会儿。

起来，你可在家里歇息一日，后日往书房去罢。"各人收拾睡了。

　　晁夫人夜间梦见计氏还穿的是那一套衣裳，扎括得标标致致，只项中没有了那条红带，来望着晁夫人磕头，说他前世是个狐狸托生了人家的丫头，因他不肯作践残茶剩饭，卓子上合地下有吊下的饭粒、饼花子〔1〕，都拾在口里吃了，所以这辈子托生又高了一等，与人家做正经娘子。性气不好，凌虐丈夫，转世还该托生狐狸。因念了三千卷宝经超度，仍得托生女身，在北京平子门〔2〕里，打乌银的童七家的女儿，长至十八岁，仍配晁源为妾。晁夫人道："我做三昼夜道场，超度不得你托生个男身，还托生了个女子，又还要做妾。要不你再消停托生，待我再替你诵几卷经，务必托生个富贵男子。"计氏说："这托生女身，已是再加不上去了。若诵了经只管往好处去，那有钱的人请几千几百的僧，诵几千万卷宝经，甚么地位托生不了去？这就没有甚么善恶了。"

　　晁夫人又问："你为甚么又替晁源为妾？"计氏说："我若不替他做妾，我合他这辈子的冤仇可往那里去报？"晁夫人说："你何不替他做妻？单等做了妾才报得么？"计氏说："他已有被他射死的那狐精与他为妻了。"晁夫人问说："狐精既是被他射死，如何到要与他为妻？"计氏说："做了他的妻妾，才好下手报仇，叫他没处逃，没处躲，言语不得，哭笑不得，经不得官，动不得府，白日黑夜风流活受，这仇

　　〔1〕　饼花子——油饼、煎饼等吃时掉落的碎片。
　　〔2〕　平子门——即平则门，今称阜成门。平，同本作"乎"，据下文校改。下同。

才报的苗实！叫他'大粪的打了牙，往自家〔1〕肚子里咽'哩！"晁夫人梦中想道："我那苦命的娇儿，只说你死便罢了，谁知你转辈子去还要受这两个人的大亏哩！"从梦中痛哭醒来。春莺合丫头们都也醒了。

晁夫人对着一一的告诉了，冤冤屈屈〔2〕的不大自在。清早梳了头，只见计巴拉来到，见了晁夫人，问说："晁大娘黑夜没做甚么梦？"晁夫人说："做的梦蹊跷多着哩！"计巴拉说："曾梦见俺妹妹不曾？"晁夫人说："梦见的就是你妹妹，可这里再说甚么蹊跷哩。"计巴拉道："俺妹妹没说他往北京平子门打乌银的童七家里托生？"晁夫人说："这又古怪！你也做梦来么？"计巴拉一五一十告诉他做的那梦，合晁夫人梦的一点儿不差。大家都诧异的极了。

计巴拉又替他爹爹上复晁夫人，谢替他女儿做斋超度，又不得自家来谢。晁夫人问说："亲家这些时较好些么？"计巴拉说："好甚么！那些时扶着个杌子〔3〕还动的，如今连床也下不来了。昨日黑夜也梦见俺妹妹，醒过来哭了一场，越发动不得，看来也只是等日子的勾当。"晁夫人说："这天忒热，你豫备豫备，只当替亲家冲冲喜。"计巴拉说："也算计寻下副板，偏这紧溜子里〔4〕没了钱。"晁夫人说："咱家里还有你妹夫当下的几副板哩。你不嫌不好，拣一副去豫备亲家

〔1〕 自家——同本作"自众"。"家"与"衆"盖因形近而讹，据文意酌改。
〔2〕 冤冤屈屈——这里是形容悲伤忧愁的样子。
〔3〕 杌子——没有靠背的单人坐具，又分为方杌、圆杌等形制。
〔4〕 紧溜子里——本意为湍急的水流之中。引申指紧要的当口、紧急的时候。

也罢。"计巴拉说:"这到极好! 我看凑处〔1〕出银子来,再来合晁大娘说。"晁夫人说:"你看! 你要有银子,就不消说了。正说这会子且没银子的话,恐怕天热,一时怕来不及。"

计巴拉作谢不尽,只说:"怎么好的意思〔2〕?"晁夫人说:"你这会子没钱,咱家见放着板,这有甚么不好意思? 你要有银子,凭你三百两二百两别处买去,我也不好把这浑质木头亵渎亲家,这是咱迁就一步的话。"计巴拉说:"这几副板我都见来,也都不相上下。我就有钱,也只好使十来两银子买副板罢了,咱家这们的木头,我还买不起哩。既是晁大娘有这们好意,叫人不拘抬一副来就好。"晁夫人说:"既是与亲家做寿木,还得你自家经经眼才好。"叫人拿黄历来看,说:"今日就是个极好的黄道日子,你趁着在这里,就着拣出来,叫人抬了去省事。"

晁夫人叫晁凤同了计巴拉〔3〕开了库房。计巴拉从那一年计氏死的时节,这几副木头都是他看过的,好歹记得极真,进去手到擒来拣了一副,独帮独底,两块整堵头〔4〕。雇了十来个人,抬得去了。计巴拉进去磕了晁夫人的头,谢了回去。

晁凤说:"这副板是大爷在日使了二十一两银子当的,说平值四

〔1〕　凑处——凑拢。凑,同本作"奏",盖因形近而讹,据文意酌改。

〔2〕　怎么好的意思——即不好意思、难为情。

〔3〕　计巴拉——同本作"计把拉",据上下文校改。

〔4〕　"独帮独底"二句——整副棺材的帮、底面和堵头都是用整块的板材做成的。堵头,棺材前后两头的挡板。

五十两银子哩。新近晁住从乡里来还说了造子,奶奶就轻意的[1]给了他。”晁夫人说:“我也不是拿着东西胡乱给人的。那咱你爷往京里去选官,他曾卖了老计奶奶一顶珠冠,十八两银子,他没留下一分,都给爷使了。我感他这情[2],寻思着补复[3]他补复。”晁凤说:“这们些年,俺爷做着官,只怕也回他过了。”晁夫人说:“我倒不知道?回复他个屁来!这们些年,他何尝提个字儿?显的咱倒成了小人。”晁凤说:“要是这们,咱也就有些不是。”晁夫人道:“有些不是。你呵是倒好了。”

计老头得了这板,不惟济了大用,在那枕头上与晁夫人不知念够了几千几万的“阿弥[4]陀佛”。可见:

　　负义男儿真狗彘,知恩女子胜英雄。

----

　　〔1〕轻意的——轻易地,随随便便地。
　　〔2〕感他这情——记着欠了他这份人情。
　　〔3〕补复——补还、回复的意思。今山东方言仍说“复情”。
　　〔4〕弥——同本作“沵”,盖因形近而讹,据文意酌改。

第三十一回

县大夫沿门持钵　守钱虏闭户封财

　　众生丛业，天心仁爱无穷；诸理乖和，帝德戒惩有警。惕〔1〕以告灾而不悟，示之变异以非常。奈黔黎必怙冥顽，致碧落顿垂降鉴。收回五谷善神，敕玄夷而滋水溢；愆薄三辰景曜，遣赤魃以逞旱干。本以水乡，致为火国。白云湖汪洋万顷，底坼〔2〕龟纹；会仙山停住千流，溪无蜗角。螟蝗蔽日遮天，蟊贼〔3〕乘风扑地。平野根株尽净，山原枝茎咸空。钟鸣鼎食者，已嗟庾釜之藏；数米计薪者，何有斗升之望？恩爱夫妻抛弃，孝慈父子分离。渐至生人交食，后来骨肉相残。顾大嫂擦背挨肩，要吃武都头的，人人如是；牛魔王成群作队，谋蒸猪元帅的，处处皆然。空有造命之君师，干瞪着一双极眼；岂无素封之乡宦，紧关着两扇牢门。这也是老天收捕奸顽，不教那大家拯援〔4〕饿殍。

〔1〕惕——同本作"赐"，据文意酌改。
〔2〕坼——开裂。同本作"拆"，盖因形近而讹，据文意酌改。
〔3〕蟊（máo）贼——食禾稼的两种害虫。古人称食禾根者为蟊，食禾节者为贼。
〔4〕拯援——同本作"極援"。"拯"与"極"盖因形近而讹，据文意酌改。

却说绣江县明水一带地方,那辛亥七月初十日的时候,正是满坡谷黍,到处秋田,忽然被那一场雨水淹没得寸草不遗。若是寻常的旱涝,那大家巨姓,平日岂无积下的馀粮?这骤然滚进水来,连屋也冲得去了,还有甚么剩下的粮食?人且淹得死了,还讲甚么房屋?水消了下去,地里上了淤泥,耩得麦子,这年成却不还是好的?谁知从这一场水后,一点雨也不下,直旱到壬子,整整一年。癸丑、甲寅、丙辰、丁巳,连年荒去。小米先卖一两二钱一石,极得那穷百姓叫苦连天;后来长到二两不已,到了三两一石;三两不已,到了四两;不多几日,就长五两;后更长至六两七两。黄黑豆、穄秫,都在六两之上。麦子、菉豆,都在七八两之间。起先还有处去买,渐至有了银没有卖的。糠都卖到二钱一斗。树皮草根,都刮掘得一些不剩。

偏偏得这年冬里冷得异样泛常[1]。不要数那乡村野外,止说那城里边,每清早四城门出去的死人,每门上极少也不下七八十个,真是死得十室九空!存剩的几个孑遗,身上又没衣裳,肚里又没饭吃,通像那一副水陆画[2]的饿鬼饥魂。莫说那老媪病媪,那丈夫弃了就跑;就是少妇娇娃,丈夫也只得顾他不着。小男碎女,丢弃了的满路都是。起初不过把那死了的尸骸割了去吃,后来以强凌弱,以众暴寡,明目张胆的把那活人杀吃。起初也只互相吃那异姓,后来骨肉天亲,即父子兄弟、夫妇亲戚,得空杀了就吃。他说:"与其被外人吃

-----

〔1〕 泛常——反常。泛,"反"的借字。

〔2〕 水陆画——做水陆法会时张挂的鬼神图像。

了,不如济救了自己亲人。"那该吃的人也就愿情许人杀吃,说:"总然不杀,脱不过也要饿死。不如早死了,免得活受,又搭救了人。"相习成风,你那官法也行不将去。

一个都御史[1]出巡,住在察院。那察院后边就把两个人杀了,剐得身上精光。

一个张秀才单单止得一个儿子,有十七八岁的年纪,拿了两数银子,赶了一个驴儿,一只布袋,合了几家邻舍往三十里外籴米。赶了集回家,离家还有十里多路,驴子乏了,卧在地上,任你怎样也打他不起。只得寻了一个熟识人家歇了,烦那同来的邻舍稍信与他爹娘,说是驴子乏了,只得在某人家宿下,明日清早等他到家。只见到了明日,等到清早,将及晌午,那里有些影响?爹娘料得不好,纠合昨日同去的那些人,又叫了地方乡约,一同赶到那家。刚刚的一张驴皮还在那里,儿子与驴肉煮成一锅,抬出去卖了一半,还有一半热滕滕的熟在锅里。虽然拿到县前,绑到十字街心,同他下手的儿子都一顿板子打死,却也救不转那张秀才的儿子回来。更有奇处:打到十来板上,无数饥民齐来遮住了,叫不要打坏了他的两根腿肉,好叫饥民割吃。

一个四十多岁的妇人进县里告状,方递上状走出去,到县前牌坊底下,被人挤了一挤,跌倒了爬不起来。即时围了许多人,割腿的割腿,砍胳膊的砍胳膊。倒也有地方总甲拿了棍子乱打,也有巡视的拿了麻绳来吊。你那打不尽许多,吊不了这大众,拣那跑不动的,拿进

----

[1]　都御史——指巡抚。明清时期的巡抚例兼都察院左副都御史衔。

一个去,即时发出来打死了号令,左右又只饱了饥民。

一个先生叫是吴学周,教了十来个学生,都只有十一二岁,半月里边不见了三个,家中也都道是被人哄去吃了。后来一个开面店的儿子,年纪才得十岁,白白胖胖的个小厮,吃了清早饭,他的父亲恐怕路上被人哄去,每次都是送他到了学堂门口,方得自己转去。放学的时节,有同路的学生,便也不来接他。

那一日,明白把儿子送进学堂门去,撞见了一个相知,还在那学堂门口站住,说了许久的一会话,方才回去。只见晌午不见儿子回去吃饭,走到学里寻他。先生说:"他从早饭后没见他来。"问别的学生,也都说:"与他同回家去,不见他回到书房。"他那父亲说道:"这许多时回去吃饭,叫他合了别的学生同走。吃了饭,我每次都是自己送他来到,看他进了学门,我方才回去。今日他进去了,我因撞见一个相知,在书房门口还站住说了许久的一会话,我方才回去。怎么说没来?"极得那老子在书房里嚷跳。

吴学周说:"你的儿子又不是个不会说话的小物件儿,我藏他过了!你可问别的学生,自从吃了早饭,曾来学里不曾?不作急的外边去寻,没要紧且在这里胡嚷!"那人说:"我自己送他进了书房,何消又往外边去寻?"

正在嚷闹,只见那个学生在他先生家里探出头来一张,往里流水的缩了进去。那人说:"何如?我说送进来的,你却藏住了,唬我这一个臭死!"吴学周道:"你是那里的鬼话!甚么是我藏过了唬你?"那人说:"我已看见他张了一张,缩进去了。"吴学周还抵死的相赖。

那人说："脱不了你也只有一个老婆子，又没有甚么的姣妻嫩妾，说我强奸不成！"一边说，一边竟自闯将进去。

吴学周慌了手脚，恨命拉他不住。那人走进家去，叫了两声，那有儿子答应？说道："这也古怪！我明明白白[1]看见他张了一张缩进来了，怎又没了踪影？"东看西看。吴学周说："人家也有里外，我看你寻不出儿子来怎样结局！"只见吴学周的老婆挠了个头，乱砍了个鬏髻，叉了一条裤子，逼在门后边筛糠抖战，灶前锅里煮的热气腾腾，扑鼻腥气。那人掀开锅盖，满满的一锅人肉！吴学周强说："我适间打了一只狗煮在锅内，怎么是人？"那人撩起来说："谁家的狗也是人手人脚？"又撩了一撩，说道："连人头也有了！"嚷得那别的学生都赶了进去。那人搜了一搜，他的儿子的衣裳鞋袜，并前向不见的那三四个的衣裳，都尽数搜出。叫了地方，拴了这两个雌雄妖怪，拿了那颗煮熟的人头，同到县里审问。

原来他不曾久于教学。自从荒了年，他说："这样凶年，人家都没有力量读书，可惜误了人家子弟。我不论束脩有无，但肯来读书的，只管来从。成就了英才，又好自己温习书旨。"有这等爱便宜的人家，把儿子都送到他的虎口。但是学生有那先一个到书房的，只除非是疮头疥肚、羸瘦伶仃[2]的，这倒是个长命的物件；若是肥泽有

---

〔1〕　明明白白——同本作"明明自自"。"白"与"自"盖因形近而讹，据文意酌改。

〔2〕　伶仃——同本作"伶付"。"仃"与"付"盖因形近而讹，据文意酌改。

肉的孩子，头一个到的，哄他进去，两口子用一条绳套在那学生项上，一边一个紧拽，登时勒死，卸剥衣裳煮吃。吃完了，又是一个。带〔1〕这一个孩子，接连就是四人。

县官取了口词明白，拿到市口，两口子每人打了四十板，分付叫不要打死，拖到城外壕边丢弃。这饥民跟了无数的出去，趁活时节霎时割得个罄净。如此等事，难道也还不算古来的奇闻？

这些孽种，那未荒以前，作得那恶无所不至，遭了这样奇荒，不惟不悔罪思过，更要与天作起对来。其实这样魔头，一发把天混沌混沌，叫他尽数遭了灰劫〔2〕，再待十二万年，从新天开地辟，另生出些好人来，也未为不可。谁知那天地的心肠，就如人家的父母一样，有那样歪憋儿子，分明是一世不成人的，他那指望他做好人改过的心肠到底不死，还要指望有甚么好名师将他教诲转来，所以又差了两尊慈悲菩萨变生了凡人，又来救度这些凶星恶曜。一位是守道副使〔3〕李粹然〔4〕，是河南怀庆府

〔1〕 带——山东方言，算上。

〔2〕 灰劫——佛教语，指火劫之后的馀灰。

〔3〕 守道副使——按明代职官，当为"巡道副使"之误。孙楷第先生云："明时巡道以按察使(司)副使、佥事任之，守道以布政司参政、参议任之，无副使任守道之事也。"

〔4〕 李粹然——据孙楷第先生考证，李粹然实有其人。《河内县志》卷二十六《先贤传》："李政修，字粹然，万历丙辰进士。授介休令，丁内艰。起复补淄川……调滋阳令，擢礼部郎中，迁济南道，视左辖篆……迁嘉湖道。再迁济南道，未任乞休。顷之，起冀南道。岁祲，多乞儿，修慈幼局收鞠之。国初荐补天津道，升淮海道，卒于官。"

河内县人,丙辰进士;一个是巡按御史〔1〕,那个巡按叫杨无山〔2〕,湖广常德府武陵县人,辛未进士。这两位菩萨,且不必说他那洁己爱民、忘家为国的好处,单只说他那救荒的善政。

那李粹然先在地方把他的赎银〔3〕搜括了个罄净,把衙内的几副酒器杯盘,多的两条银带,都拿来煎化了赈济贫民。但贫民就是大海一般,一把沙撒在里面,那里去显?四关厢立了四个保婴局,每局里养了十数个妇人,凡是道路上有弃撇的孩子,都拾了送与那局内的妇人收养。每月与他粮食二斗,按月支给;从八月里起,直到次年五月麦熟的时候才止。不止一处,他道属十三州县,处处皆是,只是多少不等。这也实实的救活了千数孩提。

那按院从八月初一日到了地方,见了这个景象,说:"这秋成的时候尚且如此,若到了冬春,这些饥民若不设法救济,必定半个不存。"也是把那纸赎搜括得罄尽,将自己的公费都捐出来放在里边。前院裁汰了许多承差,他开了一个恩,叫他每名纳银五十两,准他复役。共是二十名,捐了一千两。共凑了三千五百两银子,差了中军承差,分头往那收熟的地方籴了五百石米来。

这杨代巡从九月二十日起,预先叫乡约地方报了贫民的姓名,登了册籍,方才把四城四厢分为八日,逐日自己亲到那里,逐名覆审,给了吃粥的信票,以十月初一日为始,到次年二月终为止。又有那二百多名贫生,也要入在饥民队里吃粥。按院说:"士民岂可没有分别?"将四门贫士另在儒学设立粥厂,崇待那些贫生。四门的粥厂又分男女两处,收拾得甚有条理。

可恨有一个为富不仁的光棍,叫是薛崇礼,家中开一个杂粮铺,又贩官盐,不止中人之产,叫他老婆同他两个都出来冒领粥票,被乡约举首出来,发县审究,拟了有力杖罪,呈详解院。杨按院免了他罪责,罚了他三石小米,添了赈饥。

这一日一顿稀粥,若说要饱,怎得能彀?但一日有这一顿稀粥吃在肚里,便可以不死。又在那各寺庙里收拾了暖房,夜晚安顿那没有家室的穷人。得他这样搭救,方才存剩了十分中两分的孑遗。

那按院他原籍湖广的地方天气和暖,交了正月,过了二月以后,麦子也将熟了,满地都有野菜,尽就可以度日。他把这北边山东的地方也只当是他那湖广,所以要从三月初一停了煮粥,自己也便于二月初六出巡去了。

那绣江县官想道:"这北边的三月,正是那青黄不接的时候。正吃了这五个月粥,忽然止住,野外又无青草,树头尚无新叶,可惜把按院这一段功德泯没了!"但库中久不征了,钱粮分文也不能设处[1]。尚有守道存养弃孩剩的十四两银,盐院赈济贫生剩的十三两银,刑厅捐助的二十两银,自己设处了二十两银,共有六十七两。想道:"这煮了五个月的粥,都是按院自己设处,并不靠他乡绅大姓的一料一柴。如今再得一百石米,便可以度这三月。把这个三月过了,坡中也就有了野菜苜蓿,树上有了杨叶榆钱[2],方可过得。没奈何,把这一个月的功果,央那乡绅大姓完成了罢。况城中的乡宦富家,虽是连年不曾收成,却不曾被水冲去,甚有那大富财主的人家。"

砌[3]了一本缘簿,里边使了连四白纸,上面都排列了红签,外边用蓝绢做了壳叶,签[4]上标了"万民饱德"四个楷字。自己做了一篇疏引,说道:

造塔者犹贵于合尖,救溺者务期于登岸。嗟下民造孽罙[5]深,惕上天降割已甚。溯惟绣江之版籍,洊当饥岁之殍亡。按台老大人谓天灾固已流行,或人力可图挽救;于是百方济度,万苦那移。不动公帑分文,未敛私家颗粒。先则计口授糈,后则按人给粥。原定冬三月为始,拟满春正月为终。复念青黄不接之际,未及新陈交禅之期,殚精竭虑,细栝[6]穷搜,拮据又

---

〔1〕 设处——措置,料理。
〔2〕 榆钱——榆树的果实,初春先叶而生,联缀成串。因形似铜钱,故称。
〔3〕 砌——"缉"的借字,山东方言音 qì,订、装订的意思。
〔4〕 签——同本作"笺",盖因形近而讹,据文意酌改。
〔5〕 罙——音 mí,同"罙"。更、愈。
〔6〕 栝——"括"的借字,刮。

延一月。转计春令虽深,相去麦秋[1]尚远。木叶为羹,未有垂青之叶;草茎作食,尚无拖绿之茎。使非度此荒春,胡以望臻长夏?第按台之力,已罄竭而无馀;问县帑之存,又釜悬而莫济。于是与按台相向踌躇,互为辗转,不得不告助于乡先生[2]、各孝廉[3]、诸秀孝[4]、素封大贾、义士善人者:米豆秫粟之类,取其有者是捐;斗升庾釜之区,量其力而相济。多则固为大德,少亦籍为细流。时止三十日为期,数得一百石为率。庶前养不止于后弃,救死终得以生全。伏望乡先生、各孝廉、诸秀孝、素封大贾、义士善人者:念夭乔纤悉之众,仁者且欲其生;矧井闾桑梓之民,宁忍坐视其死?诚知地方荐饥有日,诸人储蓄无几。捐盆头之米,亦是推恩;分盂内之饘,宁非续命?则累仁积德,福祥自高施主之门;而持钵乞哀,功德何有脚夫之力。斯言不爽,请观范丞相[5]之孙谋;此理非诬,幸质宋尚书[6]之子姓。

县官委了典史持着缘簿,又夹了一个官衔名帖,凡是乡宦举人,叫典史亲自到门;学里富生,烦教官募化;百姓富民,就教典史劝输。

----

〔1〕 麦秋——小麦成熟。
〔2〕 乡先生——意同"乡老先生",参见第十回注。
〔3〕 孝廉——本为汉代选拔官吏的科目之一,明清时用为对举人的称呼。
〔4〕 秀孝——秀才与孝廉的并称。这里指秀才。
〔5〕 范丞相——指宋范仲淹。他曾散绢三千匹与闾里亲朋故旧,又置田数千亩为义庄。后来其子孙后代富贵为官者甚多,故人认为是其行善之报。
〔6〕 宋尚书——宋宋祁,字子京,累官知制诰、工部尚书、翰林学士承旨,卒谥景文,生前多有济贫之举。

那时城内的乡宦大小有十八位，举元有十一人。典史持了这本缘簿，顺了路，先到那乡宦的门前。一连走了几家，有竟回说不在，关了门不容典史进去的；有回话出，说晓得了；有与典史相见，说合大家商议的。走了半日，到了数家，那有一个肯拿起笔来登上一两、五钱？

又到了一位姚乡宦家，名万涵，己未科进士，原任湖广按察使，请进典史待茶。他说："赈荒恤患，虽是地方公祖父母的德政，也全要乡宦大家赞成。不动民间颗粒，施了一个月米，煮了五个月粥；如今这一个月的美政，要地方人完成，再有甚么推得？但这一个起头开簿的也难，如今就是治生写起，自己量力，多亦不能。"写了二十两数，说把缘簿留下与他，他转与众位乡宦好说，要完这一件美事。

典史辞了回来，姚乡绅沿门代化。一个泼天大富、两代方面[1]的人家，人人都知他蓄有十万馀粮，起先一粒不肯，当不过姚乡绅再三开说，写了输谷二石。那时的谷原不贱，两石谷就也值银十两。又有一位曹乡宦，原任户部郎中；一位张太守，一位刘主事，一位万主事，各也出了多少不等。其馀那十来多位，莫说姚乡宦劝他不肯，就是个"姚神仙"，也休想拔他一毛！

姚乡宦的伎俩穷了，把缘簿仍旧交还了典史。典史又持了缘簿，到各举人家去。乡宦如此，那举人还有甚么指望？内中还有几位说出不中听的话来，说道："这凶年饥岁，是上天堕罚那顽民，那个强你

----

〔1〕　方面——指总督、巡抚等负责一省军政事务的地方最高长官。

赈济？你力量来得，多赈几〔1〕时；自己力量若来不得了，止住就罢。何必勉强要别人的东西，慨自己的恩惠？我们做举人在家，做公祖父母的不作兴我们罢了，反倒要我们的赈济，这也可发一大笑！"说得那典史满面羞惭。临了到一位吕春元家，名字叫吕崇烈，因二六日每与那杨按台在洪善书院里讲学，看了大大的体面，写上了二两，这就是十一位举人中的空谷足音。

典史又把缘簿送与教官，烦他化那富家士子。过了几日，教官叫道郭如磐，山西霍州人，自己出了五两。两个生员，一个是尚义，一个是施大才，都是富宦〔2〕公子，每人出了三钱，那又完帐了学里的指望。

那些百姓富豪，你除非锥子剜他的脊筋，他才肯把些与你；但你曾见化人的布施，有使锥子剜人肉筋的没有？所以百姓们又是成空。

及至到了三月，如何煮得粥成？只得把那按院、守道那几宗银子俱并将上来，凑了一百五十两，封了三千封，给散了贫人。前边五个月，靠了杨按台的养活，幸而存济；如今骤然止了，难道别处又有饭吃不成？那些苟延在这里的，可怜又死了许多！

幸得杨按台出巡了四十日，到了三月十四日回来，只得又问抚院〔3〕借了二百石谷子，于三月十七日从新煮粥，再赈一月。

〔1〕 几——同本作"儗"。"幾"与"儗"盖因形近而讹，据文意酌改。
〔2〕 富宦——同本作"富官"。"宦"与"官"盖因形近而讹，据文意酌改。
〔3〕 抚院——巡抚的别称。明代自宪宗年间始，各省巡抚例兼都察院职衔，故称。

　　那时节又当春旱，杨按台惟恐麦再不收成，越发不能搭救，行文到县里祈祷。县官果然斋戒竭诚，于二月初七日赴城隍庙里焚了牒。初十日下了一场大硝，颜色就是霜雪一般白的，滋味苦咸螫口，有半寸多厚。十一日下了一场小雨，幸得〔1〕把那硝来洗得干净。等到十三日又投了一牒，十六日下了一场小雪。等到二十二日，又复〔2〕投了一牒文，竭诚祈恳，到了二月二十七日清明，从黎明下起大雨，下了一昼夜。二十八日，县官备了猪羊，又叫了台戏，谢那城隍与龙王的雨泽。每日跟了祈雨的礼生分了胙肉，县官又每名送了四钱书资。

　　到了三月初九，又下了一场大雨。杨按台出巡回来，又备牲牢自己专谢。那些礼生扯住了杨按台，说："那次谢雨，曾每人有四钱的旧例。"按了规矩定要，惹得杨按台甚不喜欢。县官又把那神胙都分散与那乡绅人等，写了六幅的全帖送去。内中有几个乡宦，还嫌送得胙肉不多，心里不自在，就把那送胙的礼帖后裁下两幅，潦潦草草写了个古折回帖。到了三月二十三日，又是一场透地的大雨，把那年成变得转头。

　　杨按台感那神功保佑，要盖一座龙王庙侍奉香火。原有个旧基，只还要扩充开去几步，邻着一个乡宦的土地，毕竟多多的问杨按台勒了一大块银子，方才回〔3〕了一亩多地。创造了个大大的规模，分了表忠祠的两个僧人看守，拨了二十亩官地赡庙。

〔1〕　幸得——同本作"辛得"。"幸"与"辛"盖因形近而讹，据文意酌改。
〔2〕　又复——同本作"又後"。"復"与"後"盖因形近而讹，据文意酌改。
〔3〕　回——先收了价银，再把土地出让。

　　县官恐怕那饥民饿得久了，乍有了新麦，那饭食若不渐渐加增，骤然吃饱，壅塞住了胃口，这是十个定死九个的，预先刊了条示，各处晓谕。但这些贫胎饿鬼，那好年成的时候，人家觅做短工，恨不得吃那主人家一个尽饱，吃得那饭从口里满出才住。如今饿了六七个月，见了那大大的馍馍、厚厚的单饼，谁肯束住了嘴，只吃了半饱哩？肯信那条示的说话？恨不得再生一个口[1]来连吃才好。多有吃得太饱，把那胃气填塞住了转不过来，张了张口，瞪几瞪眼，登时"则天毕命之"！

　　谁知好了年成，把人又死了一半，以致做短工的人都没有。更兼这些贫人，年成不好的时节，赖在人家，与人家做活情愿不要工钱，情愿只吃两顿稀粥。如今年成略好得一好，就千方百计勒掯起来，一日八九十文要钱，先与你讲论饭食，晌午要吃馍馍、蒜面，清早后晌[2]俱要吃菜豆水饭。略略的饭不像意，打一声号，哄的散去。不曾日头下山，大家歇手住功。你依了他还好，若说是日色见在，如何便要歇手？他把生活故意不替你做完，或把田禾散在坡上，或捆了挑在半路，游游衍衍[3]，等那日色一落，都说："日色落了，你难道还好叫做不成？"大家哄得一齐走散，极得那主人只是叫苦。正是：

　　　　才好疮口就忘疼，猪咬狗拖无足惜。任凭以后遇荒年，切莫怜他没得吃。

----

〔1〕　口——同本作"日"，盖因形近而讹，据文意酌改。
〔2〕　后晌——同本作"后响"。"晌"与"响"盖因形近而讹，据文意酌改。
〔3〕　游游衍衍——悠悠荡荡、磨磨蹭蹭的意思。

第三十二回

女菩萨贱籴〔1〕赈饥　众乡宦〔2〕愧心慕义

歉岁叹无辰，万室艰辛。突门〔3〕蛛网釜生尘。炊桂为薪，颗粒米、价重如珍。　施济有钗裙，义切乡邻。发兴〔4〕平籴救饥贫。义侠远谋，甄后〔5〕似、冯宝夫人〔6〕。

——右调《浪淘沙》

从辛亥这一年水旱，谁想不止绣江县一处。也是天下太平日久，普天地下大约都是些〔7〕骄纵淫佚之人，做得也都是越礼犯义的事，所以上天都一视同仁的降了灾罚。但别处的灾荒俱有搭救，或是乡

---

〔1〕　贱籴——同本作"贱雅"。"籴"与"雅"盖因形近而讹，据文意酌改。
〔2〕　众乡宦——同本作"众乡官"。"宦"与"官"盖因形近而讹，据文意酌改。
〔3〕　突门——灶突开口处，往灶里添柴的地方。
〔4〕　发兴——打定主意并带头的意思。
〔5〕　甄后——东汉中山甄逸之女，后归曹操长子曹丕。丕即帝位，立为皇后，以遭谗赐死。《三国志·魏志》："文昭甄皇后，年十馀岁，白母曰：'人世乱而多买宝物，匹夫无罪，怀宝其罪。又左右皆饥乏，不如以谷赈给亲族乡里，广为恩惠也。'举家称善，即从后言。"
〔6〕　冯宝夫人——南朝、隋代岭南少数民族首领，姓冼氏，统率部落十馀万家。后嫁梁高凉太守冯宝，隋文帝时封谯国夫人。史载冯宝夫人"每劝宗族为善"，以信善结于本乡。
〔7〕　些——同本作"此"。"些"与"此"盖因形近而讹，据文意酌改。

宦举监里边，银子成几百两拿出来赈济，米谷几百石家拿出来煮粥；乡宦们肯上公本，求圣恩浩荡，将钱粮或是蠲免，或暂停征，还有发了内帑救济灾黎。即乡宦不肯上本，百姓们也有上公疏的；就是乡宦们自己不肯上本，也还到两院[1]府道上个公呈，求他代奏。只有这武城县，在京师的也没有甚么见任乡宦可以上得本，在家中几家乡宦，你就看了那乡里在那滚汤烈火里头受罪，只当不曾看见，要一点慈悲气儿也是没有的。那百姓们，你就使扁担揶他肚子，这是屁也放不出一个来。

那个循良的徐大尹又行取离任去了。这样人也没得吃的年成，把那钱粮按了分数，定了限期，三四十板打了比较。小米买到八两一石，那漕粮还不肯上本乞恩改了折色[2]，把人家孩童儿女都拿了监追。这还说是正供钱粮，由不得自己，但这等荒年，那词讼里边，这却可以减省得的。一张状递将上去，不管有理没理，准将出来，差人拘唤要钱；听审的时候，各样人役要钱；审状的时候，或指了修理衙宇，竟是三四十两罚银；或是罚米折钱、罚谷折钱、罚纸折钱、罚木头折钱、罚砖瓦折钱、罚土坯[3]折钱。注限了三日要，你就要到第四日去纳，也是不依。卖得房产地土出去，虽说值十个的卖不上一个的

---

[1] 两院——抚院和按院。因巡抚例兼都察院衔，巡按御史为都察院派出的官员，故称。

[2] 折色——征收税粮以米麦为本色，将其按市价折为银两、布帛等征收，叫做"折色"。

[3] 土坯——用潮湿的泥土在模具中夯打而成，或合成草泥后经模具成形的砌体，干后用来盘灶、盘炕或砌墙。

钱,也还救了性命;再若房屋地土卖不出去,这只得把性命上纳罢了[1]。把一个当家的人逼死了,愁那寡妇孤儿不接连了死去? 死得干净,又把他的家事估了绝产,限定了价钱,派与那四邻上价。每因一件小事,不知要干连多少人家。人到了这个田地,也怪不得他恨地怨天、咒生望死。看看的把些百姓死了十分中的八分。

却说晁夫人见这样饥荒,心中十分不忍。把那节年积住的粮食,夜晚睡不着觉的时候,料算了一算,差不多有两万的光景。从老早的唤了雍山庄上的季春江、坟上管庄的晁住,分付他两庄上的居民,一家也不许他移徙;查了他一家几口,记了口数与他谷吃,五日一支。凡庄上一家有事,众家护卫,不许坐视。这等时候,那个庄上不打家劫舍? 那个庄上不鼠窃狗偷? 那个庄上不饿莩枕藉? 惟晁家这两个庄上,也不下六七百人家,没有一家流移外去的,没有一人饿死的。本处人有得吃了,不用做贼;外庄人要来他庄上做贼的,合庄的老婆汉子就如豺狗阵的一般,虽然没有甚么坚甲利兵,只一顿叉[2]把扫帚,撵得那贼老官兔子就是他儿[3]。那邻庄人见他这庄上人心坚固,所用者少,所保者大,那大姓人家也只得跟了他学,所以也存住了许多庄户。倒只是那城里的居民,禁不得日日消磨,弄得那通衢闹市几乎没了人烟。更兼这样荒年时候,人间的乖气上升,天上的沴气下

---

〔1〕 罢了——同本作"罢子"。"了"与"子"盖因形近而讹,据文意酌改。

〔2〕 叉——同本作"又",盖因形近而讹,据文意酌改。

〔3〕 兔子就是他儿——儿,儿子。形容跑得比兔子还要快。

降,掩翳得那日月不阴不晴,不红不白,通似有纱厨[1]罗帐罩住的,久[2]没有一些光彩。

晁夫人起先等那官府有甚赈济的良方,杳无影响;又等那乡宦富室有甚么捐输,又绝无音信。只得发出五千谷子来零粜与人,每人每日止许一升。脱不了剩下的那几个残民也是有数的人,人也是认得的了,所以也不用甚么记名给票,防那些衙役豪势冒粜的人。

那时谷价四钱八分一斗,他只要一分二厘一升,折算铜钱十二个。有人说道:"四十八个钱的谷,只问人要十二个钱,何不连这几个钱也不要,爽利济了贫,也好图那钦奖。如今岂不是名利俱无了?"晁夫人道:"我两次受了朝廷的恩典,还要那钦奖做甚?父母公祖,乡宦大家,俱不肯捐出些来赈济,我一个老寡妇,难道好形容[3]他们不成?我也不过是碗死水,舀得干了,还有甚么指望?卖几个钱在这里,等好了年成,我还要粜补原数,预备荒年哩。"人都说晁夫人说得有理。

定了日子,叫晁凤、晁书两个管粜,一个看钱,一个发谷。起先也多有粜了又来,要转卖营利的,认住了不与他粜去,后来渐渐的也就没了。又有说家口人多,一升不足用的,要多粜升数。说道:"你家果是人多,叫他自己来粜,以便查认。"这些饥民有了贱谷,便可以吃

----

〔1〕 纱厨——纱帐。
〔2〕 久——同本作"夂",盖因形近而讹,据文意酌改。
〔3〕 形容——通过比照使其显现的意思。

得饱饭;吃了饱饭,便有了气力可以替人家做得活,佣得工,便有了这一日籴谷的钱,不用费力措处。又有那真正疲癃〔1〕残疾的人,他却那里有一日十二个钱来买谷?只得托了两个乡约靳时韶、任直合族人晁近仁、晁邦邦,分了东西两个粥厂,一日一顿,每人一大杓,也有足足的四碗。亏了这四个人都有良心,能体贴晁夫人的好意,不肯在里边刮削东西。大约每人止得两合足米,便也尽敷用的。行了不足十日,不特消弭了那汹汹之势,且是那街上却有了人走动,似有了几分太平的光景。

城中一个举人乡宦,曾做陕西富平知县,叫是武乡云,听见晁夫人这般义举,说道:"此等美举,我们峨冠博带的人一些也不做,反教一个三绺梳头、两截穿衣的女人做去,还要这须眉做甚?这也可羞!"也搜括了几百石谷,一边平粜,一边煮粥。

晁夫人知道,差人与他去说:"晁奶奶那边极没有人手,又要粜谷,又要煮粥,两下里通焰管不来,也没有这许多米粮。今得武爷这一帮助,成了这一场好事。两边都煮粥,两边都卖谷,只怕这边买了谷的又往那边去买,那边吃了粥的又往这边来吃,稽查不得,可惜负了这段好心。今叫来禀武爷商议:我们与武爷这边,或是一边专只粜谷,或只一边专管舍粥,人又不得冒支,又省得两下焰管。"

武乡宦喜道:"你奶奶虑的极是,我还没想这里! 不然,还是你奶奶那里粜谷,我这里舍粥罢。我听得人说,你那里舍的粥极有方

〔1〕 疲癃——一种曲腰高背的病。泛指残疾老病的人。

略。是甚么人管理?"差去的人晁凤说道:"因没得力的人,只得央了俺那里两个乡约,一个叫是任直,一个叫是靳时韶,还合自己族里的两位。"武乡宦问说:"这四个人,他家里都过的〔1〕么?肯干〔2〕来替咱支使?"晁凤说:"奶奶先合他说来,叫他:'这粥里头莫要枯刻〔3〕他们的,我另酬谢你罢。'说过,见一月每人送他五斗米。这四个人可也好。一个贫人一顿合着两合米,也就稠稠的四满碗粥。"武乡宦说:"我要煮粥,不然也还在你厂里,也还仗赖那两个乡约,每月每人也送他五斗米。只怕那两位族人,我不好烦他的,另着两个人去看着。多拜上奶奶,明日是十月初一日,就是我这里煮粥罢。"

晁凤回了话,晁夫人着实喜欢。叫了晁近仁、晁邦邦回来,二人一递五日,轮流帮着籴谷,替下晁凤、晁书一个来家里走动。别的乡宦见〔4〕武乡宦举了这事,也都算计做这事,俱说:"晁夫人说得是。"大家合并在武乡宦那里,一递十日煮粥,俱是任直、靳时韶两个煏管。后来那些富家大姓渐渐的都出来捐米捐柴,附在各人亲戚乡宦之处。从头年十月初一为始,直到来年五月初一为止,通共七个月,也只用了二千七百六十七石米。晁夫人是九月十五日籴谷起,至来年四月十五日止,也是七个月,共籴过谷八千四百石。可喜收了麦子,拿住

----
〔1〕 过的——生活过得去,不至饥贫的意思。
〔2〕 干——白白地,不要报偿地。
〔3〕 枯刻——后文也作"枯克"、"酷刻"。克扣,刻剥。
〔4〕 见——同本作"是"。"見"与"是"盖因形近而讹,据文意酌改。

了秋苗〔1〕,完成了这一片救人的心肠,成就了这一段赈荒的美事。

看官听说,但凡人做好事的,就如那苦行修行的一般。那修行的人修到那将次得道的时候,千状百态,不知有多少魔头出来琐碎。你只是要明心见性,任他甚么蛇虫毒蟒、恶鬼豺狼、刀兵水火,认得都是幻景,只坚忍了不要理他,这就是得道的根器。

那唱《昙花记》〔2〕的木清泰,被宾头卢祖师、山玄卿仙伯哄到一座古庙,独自一人过夜,群魔历试他。凭他怎的,只是一个不理,这才成了佛祖。若到其间,略有个怯惧的心肠,却不把弃家修道几年苦行〔3〕的工夫可惜丢吊了?这人要干件好事,也就有无数的妖魔鬼怪出来打搅。你若把事体见得明白,心性耐得坚牢,凭他甚么挠乱,这一件好事,我决要做成,这事便没有不成之理。你若正这件事做得兴头,忽然钻出个人来,像那九良星打搅蔡兴宗造洛阳桥〔4〕的一般,灰一灰心,懈一懈志,前功尽弃。晁夫人一个女流之辈,罄囊拿出一万四五千谷赈济那乡里饥民,这只怕那慷慨的男子也还做不出的事,他却轻省做了。却不知道也受了多少的闲气。若是没有耐性的人,从那八秋的时节,也使个性子,粜不成这谷了。

----

〔1〕 拿住了秋苗——即保住了秋苗。指麦收之后大秋作物长势喜人的样子。
〔2〕 昙花记——明屠隆撰写的戏曲,叙木清泰等事。全剧五十五出,今存明万历间武林天绘楼刊本等多种刻本。
〔3〕 苦行——同本作"若行"。"苦"与"若"盖因形近而讹,据文意酌改。
〔4〕 "九良星"句——事见明初戏曲《四美记》,一名《洛阳桥》。惟戏曲演建造洛阳桥者为蔡兴宗之子蔡襄,此处所云或为作者记忆之误。

晁无晏走来说道:"三奶奶,这桌万把石谷不系小事,如何不托孙子,倒托两个家人? 我情愿来与三奶奶效劳。"晁夫人说:"晁书、晁凤左右都是闲人,叫他自己两人桌罢,不要误了你们的正事。"晁无晏道:"只怕他两个存心不善。这样贵谷,三奶奶你只要十二个钱一升,他每升多要四五文,就每升多要二三文、一二文,这就该多少钱哩? 或将一石里边挽上四五升秕谷、或是精糠,三奶奶你都那里查帐? 若是我在里面,这事那个敢做! 三奶奶你桌一斗,是你老人家一斗的福;你桌一石,是你老人家一石的福;如今为甚么丢了这们些粮食,你老人家又没积了福,叫别人撰了钱去?"晁夫人道:"这两个狗头,我恩养着他,干这事,他就不怕我,没的也不怕那神灵么? 一个救人命的东西,干这事,他也不待活哩!"晁无晏道:"既三奶奶不用我桌谷,我替三奶奶看着煮粥罢。"晁夫人道:"你早说好来[1]。我已是叫了晁近仁合晁淳他两个分管去了。"晁无晏道:"这三奶奶别要管他,你只许了口叫我去看,他两个我管打发他去,不用三奶奶费心。"晁夫人说:"我即叫了他来,他正[2]看得好好的,为甚么打发他去? 叫他看着罢了。"晁无晏雌了一头子灰[3],没颜落色[4]的往家去了。

----

〔1〕 好来——等于说好了、就好办了。

〔2〕 正——同本作"止",盖因形近而讹,据文意酌改。

〔3〕 雌了一头子灰——形容被拒绝,脸上没有光彩的样子。雌,"呲"的借字,申斥、斥责。

〔4〕 没颜落色——形容没有脸面、灰溜溜的神态。

后来武乡宦家煮了粥，晁近仁合晁邦邦辞了回来，晁夫人又叫他一递五日帮着晁书们粜谷[1]。晁无晏心中怀恨，故意的妆[2]了两壶薄熬烧酒吃在肚子里，盖着那尻脸弹子猴屁股一般，踉踉跄跄走到粜谷所在。恰好晁近仁、晁邦邦都在那里，合晁书、晁凤算那一日粜出去的谷数。晁无晏涎瞪着一双贼眼，望着晁近仁两个说道："怎么你两个就是孔圣人，有德行的，看着煮粥，又看着粜谷！偏俺就是柳盗跖，是强盗，是贼！拿着俺不当人，当贼待，看着煮粥就落[3]米，看着粜谷就偷谷！呃！你两个吃的也够了，也该略退一步儿，让别人也呵点汤！看撑出薄屎劳[4]来，没人替您浆裤子！贼狗头！我把那没良心的妈拿驴子鸡巴合他的眼！"

晁近仁还没做声，晁邦邦恃着是他的叔辈，又恃着有点气力，出来问说："晁无晏小二子！谁是贼狗头没良心？你待合谁妈的眼？你每日架落[5]着七叔降人[6]，你在旁里戳短拳[7]！你如今越发自己出来降人哩！"晁无晏道："仔么[8]？我自己单身降不起你么？单只架落着七叔降人！今日七叔没在这里，咱两个就见个高低，怕一

[1] 粜谷——同本作"籴谷"。"糶"与"糴"盖因形近而讹，据文意酌改。
[2] 妆——同"装"。山东方言，打、买、盛的意思。
[3] 落——暗中克扣。
[4] 薄屎劳——指因暴饮暴食，消化不良而拉稀的症状。
[5] 架落——山东方言，有扶掖、怂恿、在背后唆使等义。
[6] 降人——恃了地位、武力等压制别人，使人服从。
[7] 戳短拳——站在从属的位置上附和、帮腔、助阵的意思。
[8] 仔么——等于说"怎么"。仔，"怎"的音变。

怕的不是那人屄里生的!"一边就摘了帽子,陆[1]了网子,脱了布衫子,口里骂说:"你要今日不打杀我的,就是那指甲盖大的鳖羔儿[2]!晁邦邦是好汉,你就打杀我!"晁邦邦把一条板凳掀倒,跺[3]下一条腿来,说道:"我就打杀你这臭虫,替户族里除了一害,咱也驰驰名!"要撑着往外出来。

晁近仁合晁书、晁凤恨命的将晁邦邦拉住,不叫他出来,说:"你看不见他吃了酒哩?理他做甚么?等他醒了酒,你是叔,他是侄儿,他自然与你赔理。"晁无晏说:"扯淡的屄养们!你希罕你拉他!我这里巴着南墙望他打死我哩!再要拉他的,我合他妈那眼!我吃了酒,我吃了你妈那屄酒来!"

晁凤说:"淳叔,你听我说,你别合他一般见识。他红了眼睛,情管就作下[4]。你就待打帐[5],改日别处打去;您在这门口打帐,打下祸来,这是来补报奶奶的好处哩?"晁邦邦说:"我齐头里不是为这个忖着,我怕他么?你看他赶尽杀绝的往前撑!"那时街上围住了无数的人看。

他正在那人围的圈子里头,光着脊梁,猱着头,那里跳搭,那郯城驿驿丞姓夏,叫是夏少坡,极是个性气的人,从河上接了官回来,打那

---

〔1〕 陆——"掳"的借字。扯、扯下。
〔2〕 鳖羔儿——山东方言中的詈词,等于说王八的后代、小王八。
〔3〕 跺——用脚踹的动作。
〔4〕 作下——做下事、惹出祸来的意思。
〔5〕 打帐——即打仗。帐,"仗"的借字。

里经过。头里拿板子的说："顺着〔1〕！顺着！"晁无晏只当是典史，略让了一让。抬头认是驿丞，从新跳到街心，骂道："仔么，我是马夫么？你驿丞管着我鸡巴哩！哈儿晦儿〔2〕的！"

夏驿丞句句听得甚真，自己把马歹将回来，说道："你拦着街撒泼，我怕括着你，叫你顺顺。我没冲撞你甚么，我没曾说我管的着你那鸡巴。但〔3〕你也管不着我驿丞，你为甚么降我？"晁无晏说："怎么一个官儿〔4〕！只许你行走，没的不许俺骂骂街！俺是马夫？俺是徒夫？鳌俺些么送你？没有钱！你打我哩！"夏驿丞说："我怎么只打马夫徒夫？我就且打你这光棍何妨！"叫出那门里头的人来问说："他为甚么在这里骂〔5〕？他骂的是谁？"

晁邦邦出去，还没开口，晁无晏说："我骂的谁？我自身！不骂着郯城驿的驿丞！"晁邦邦将从前以往的事告诉了详细。夏驿丞说："这们可恶！替我拿下去打！打出祸来我夏驿丞耽着，往您下人推一推的也不是人！着实打！"两个拿板子的起先他不倒，添上那个打伞的，一个牵马的，一个背拜匣的，五个人服事他一位，按倒在地，剥了裤，他还口里不干不净的胡骂。

----

〔1〕　顺着——转一转身子，即让开路的意思。

〔2〕　哈儿晦儿——形容吆喝的声音。哈，同"嗨"。

〔3〕　但——同本作"世"，盖为误字，据文意酌改。

〔4〕　怎么一个官儿——驿丞是知县的属官，未入流。这里是什么样的一个官儿、多么大的一个官儿的意思，含有轻蔑之意。

〔5〕　骂——同本作"马"，盖因形近而讹，据文意酌改。

　　夏驿丞说:"咱不打就别要打。咱既是打了,就蒯[1]他两蒯,他也只说咱打来。咱不如就像模样的打他两下子罢!"喝着数,打到五板,他还说:"由他!我待不见打你哩!只怕打了担不下来,你悔!"驿丞也不理他。打到十板,他才说:"我是吃了两钟酒,老爹合我一般见识待怎么?"打到十五板,口里叫爷不住,说:"小的瞎了眼,不认的爷,小的该死!"夏驿丞只是喝了叫打,足足的[2]二十五个大板,叫人:"带到驿里来!等你先告状,不如我先申了文书做原告好。"晁无晏说:"小的敢告甚么状?老爷可怜见,超生狗命罢!"夏驿丞只是不理,带到驿里,叫人写了公文,说他拦街辱骂,脱剥了衣裳,扯罗[3]驿丞的员领。他那媳妇子知道,慌了,央了许多街邻合乡约、公正,都齐去央那驿丞,做了个开手[4],叫他立了个服罪的文约,放他去了。

　　晁邦邦们进去告诉了晁夫人。晁夫人说:"你看我通是做梦!外头这们乱烘,我家里一点儿也不晓的。这不是自作自受的么?别人还说甚么着极,我听说他家里还有好些粮食哩。放着安稳日子不过,这们作孽哩!"晁邦邦道:"你可说么[5]!也可要他消受。年时这们年成,别人没收一粒粮食,偏他还打了十一二石荍麦,见囤着五

----

〔1〕 蒯——"抎"的借字。用指甲抓搔。这里是轻轻地挠的意思。
〔2〕 足足的——同本作"是是的"。"足"与"是"盖因形近而讹,据文意酌改。
〔3〕 扯罗——扯,撕扯。
〔4〕 开手——这里指放人的理由、借口。
〔5〕 你可说么——山东方言,等于说不是这样又是什么?带有极强的赞同语气。

六十石谷。他今年的麦子又好,二十亩麦子算计打三十石哩!这可亏了他三个,死乞白赖的拉住我,不教我打他,说他红了眼,像心风〔1〕的一般,不久就惹下。说着够多大一会? 自己撞这二十五板子在臀上。"

晁夫人说:"这驿丞可也硬帮〔2〕!尝时没听的驿丞敢打人。"晁邦邦说:"有名的,人叫他夏猛子。他恃着他的姑夫是杨阁老,如今县上还怕他哩!"晁夫人说:"嗔道!你可没要紧的惹他做甚?"晁书娘子插口说:"也是那一年这街上打了众人,没打他。他如今来补数儿哩。"晁邦邦说:"人们没说么? 可可的就是那一年打俺的那个去处。"晁书娘子又说道:"呃!叫七爷仔细!只剩下他没在这街上打哩。"晁邦邦说:"休忙!只怕也是看不透〔3〕的事哩。"

再说晁思才,一日里叫人抗着三布袋大头秕子〔4〕,来到粜谷的去处,叫晁邦邦合晁凤挽在谷里出粜与人,要换三布袋好谷与他。晁凤说:"这事俺不敢做。前日二哥还对奶奶说俺多卖了钱,谷里挽秕子合糠哩。这要干这个,可是他说的是真了。"晁思才说:"这没帐〔5〕。您这粜几千谷哩,一石挽不的一升,就带出去了。您不合奶奶说,奶奶有耳报么?"晁凤说:"这族里就只七爷一位,别说挽在谷

----

〔1〕　心风——即"心疯"。山东方言,指对某事念兹在兹,时刻想去做成,或以极大的热情去做某事的异常精神状态。
〔2〕　硬帮——形容态度强硬、无所畏惧的样子。
〔3〕　看不透——等于说说不准、有可能。
〔4〕　大头秕子——带壳的瘪谷。大头,同本作"人头",据下文校改。
〔5〕　没帐——没事,没有关系。

里,就不捵合,俺也送得起两石谷与七爷吃。难为除了七爷,还有七家子哩!不消别人,只叫二哥知道,我吃不了他的,只好兜着罢了。七爷,你就怪我些也罢,不敢奉承。"晁思才说:"你替我放着,我自家合您奶奶说去。"要见晁夫人。

看门的进去说了,请他进去。他见了晁夫人,把那话来说的细声妾气的道:"嫂子,你是也使了些谷,浑身替你念佛的也够一千万人。如今四山五岳,那一处没传了去?光只俺两口子,这一日不知替嫂子念多少佛,愿谓侄儿多少。一日两顿饭,没端碗,先打着问心,替嫂子念一千声佛,这碗饭才敢往口里拨拉。"

晁夫人道:"你老七没的家说!你吃你那饭罢,你嚼说我待怎么!我往后只面红耳热的,都是你两口子念诵的。"晁思才道:"这没的是嫂子强着谁来?只是嫂子的好处在人心里。嫂子,你说:'晁思才,你变个狗填还我!'我要难一难儿,不变个狗,这狗还是人养的哩?"晁夫人道:"你待说甚么正经话,你说罢,别要没要紧的瞎淘淘〔1〕!"晁思才道:"嫂子,你只不信我的这一个狗心,只说是淘瞎话,把我的心屈也屈死了!"晁夫人道:"谁这里说你是假心哩?可只是有甚么正经话,请说罢!"晁思才道:"你看嫂子!我这就是正经话。"晁夫人道:"再还有别的话没有?若没话了,外边请坐,我叫人收拾饭你吃。"就待往里进去。

晁思才赶上一步说:"还有一事合嫂子说哩。我有三布袋谷,够

---
〔1〕 瞎淘淘——胡扯,瞎说。淘,"啕"的借字。

两石，我嫌他黄米做不的水饭，换咱那粜的白谷，好撩〔1〕水饭割麦子吃。"晁夫人说："你那谷哩？"晁思才说："抗在咱前头哩。"晁夫人说："脱不了是粜给人，黄谷没的是不好的么？你叫他们换给你去。"晁思才说："我这里就谢嫂子的作成〔2〕。"作揖不迭。晁夫人说："黄谷换白谷，谢甚么作成？"

晁思才也没等吃饭，出去对着晁凤合晁邦邦道："我合你三婶说了，叫焰着数儿换给我哩！快些倒下换上，家里还等着碾了吃晌饭哩！"晁凤说："淳叔，你看着，且消停，等我到家再问声奶奶去，省得做下不是，惹的奶奶心里不自在。"晁思才说："我没的有说谎的？你问何妨？只是怕耽搁了工夫。"晁凤道："我问声奶奶不差，也耽阁不了甚么。"

进去问说："奶奶分付把七爷的那秕子换谷给他？"晁夫人说："甚么秕子？你七爷说他的是黄米，不好撩水饭，要换咱的白谷。我说：'脱不了是粜给人，黄米怕怎么？没的人家籴了去，都撩水饭哩？'怎么你说是秕子？"晁凤道："甚么黄谷？是糠里扬出来的大头秕子，叫我搀在谷里粜给人家，可换好谷给他。俺没敢依他，说来合奶奶说。说奶奶分付，叫焰着数把给他哩！"晁夫人扯脖子带脸通红的说道："怎么来！谁焰烤着我粜谷？我拿秕子搀着哄人！要是秕子，不消换，各人守着各人的！"

----

〔1〕　撩——同"捞"。
〔2〕　作成——成全、分外照顾的意思。

晁凤出去说道："亏我进去问声。要不,这不又做下不是了？奶奶说:'我的乃是黄谷换白谷。'这是谷换秕子。"晁思才老羞变成怒的骂道:"扯淡的奴才！俺换了俺晁家的谷去,没换了你这扯淡的奴才的谷！"千捣包,万捣包,骂个不住。又说:"忘恩负义！没良心！没天理！晁无晏那伙子人待来抢你的屋业,我左拦右拦的,不叫他们动手。如今叫你守着万贯家财,两石谷不换给我,我教你由他！你说有了儿子么？'牡丹虽好,全凭绿叶扶持！'你如今已是七十多的老婆子,十来岁的孩子,只怕也还用着我老七相帮！就使铁箍子箍住了头么？"叫人:"抗着咱那谷,不希罕使他的！看我饿杀不！留着咱秋里荫枣麸[1],也浑身[2]丢不了。晁淳！晁凤！咱留着慢慢的算帐,再看本事！"

晁凤冤冤屈屈的对着晁夫人学那晁思才说的那话。晁夫人道:"王皮！随他们怎么的罢,我只听天由命的！倒没的这些前怕狼后怕虎哩！"晁书娘子说:"何如？我说不该招惹他。没的舍了四顷地,好几十石粮食,四五十两银子,惹的人家撒骚放屁的！"晁夫人道:"狗！没的我做得不是来？您只顾抱怨我！"晁书娘子方才不做声了。

再说县官,那乡宦们后来也都出米煮粥,都不去问他借,偏偏来问晁夫人借谷五百石,与孤贫、囚犯的月粮。晁夫人也只得应付去

----

〔1〕　荫枣麸——放置在阴暗的地方,经发酵制成酿酒的红曲。枣麸,即红曲,因其颜色暗红如同枣色,故称。

〔2〕　浑身——横竖,反正。

了。那邵强仁的老婆，伍小川的儿子，说是被晁源的事把他累死，上门指了籴谷，每家赖了一石。又武义、麦其心、傅惠也来籴谷为繇〔1〕，都赖得谷去。虽然山鬼伎俩无穷，亦幸得老僧的不睹不闻也莫尽，所以也不曾落他的魔障，毕竟成就了正果。

　　[再听]后回结束。

---

〔1〕　繇——同"由"。明末刻书，以避明熹宗朱由校、明思宗朱由检讳，易"由"为"繇"。同本沿袭了这一写刻习惯。

第三十三回

劣书生厕上修^{〔1〕}桩　程学究裈中遗便

乐得英才为教育,先知羽翼斯文。淑陶席上可为珍。案列凌云策,门罗立雪人^{〔2〕}。　　惟虑冥顽能败塾,嬉游荒业离群。一隅徒举枉^{〔3〕}艰辛。师劳功不倍,弟怨道非尊。

——右调《临江仙》

圣贤千言万语,叫那读书人乐道安贫,所以说:"饭疏食饮水,曲肱而枕之,乐亦在其中"^{〔4〕};"一箪食,一瓢饮,……不改其乐"^{〔5〕};"泌之洋洋,可以乐饥"^{〔6〕};"并日而食,易衣而出,其仕进必不可苟"^{〔7〕}。我想

------

〔1〕　修——同本作"脩",盖因形近而讹,据文意酌改。

〔2〕　门罗立雪人——宋代杨时、游酢程门立雪的故事。《宋史·道学传二·杨时》:"见程颐于洛,时盖年四十矣。一日见颐,颐偶瞑坐,时与游酢侍立不去。颐既觉,则门外雪深一尺矣。"后因用为尊师重道的典故。

〔3〕　枉——同本作"柱",盖因形近而讹,据文意酌改。

〔4〕　"饭疏食饮水"三句——语出《论语·述而》。疏食,粗粮。水,指冷水。

〔5〕　"一箪食"数句——语出《论语·雍也》,是孔子称赞颜回安贫乐道的话。

〔6〕　"泌之洋洋"二句——语出《诗经·陈风·衡门》。泌,泉水。乐,"疗"的借字,同"疗"。之,同本作"水",据《诗经》校改。

〔7〕　"并日而食"三句——语出《礼记·儒行》,原文是:"易衣而出,并日而食……其仕有如此者。"易衣,换上体面些的衣服。并日,两天;同本作"并口",盖因形近而讹,据《礼记》校改。

说这样话的圣贤,毕竟自己处的地位也还挨的过得日子,所以安得贫,乐得道。但多有连那一亩之宫、环堵之室、负郭之田半亩也没有的,这连稀粥汤也没得一口呷在肚里,那讨疏食箪瓢?这也只好挨到井边一瓢饮罢了,那里还有乐处?孔夫子在陈,刚绝得两三日粮,那从者也都病了,连这等一个刚毅不屈的仲由老官尚且努唇胀嘴,使性傍气,嘴舌先生[1]。孔夫子虽然勉强说道:"君子固穷,小人穷斯滥矣。"我想那时的光景一定也没有甚么乐处。倒还是后来的人说得平易,道是"学必先于治生"。

但这穷秀才有什么治生的方法?只有一个书铺好开。拿上几百两本钱,搭上一个在行的好人伙计,自己身子亲到苏、杭买了书,附在船上,一路看了书来。到了地头[2],又好撰得先看。沿路又不怕横征税钱,到了淮上,又不怕那钞关主事[3]拿去拦腰截断了平分,却不是一股极好的生意?但里边又有许多不好处在内。第一件,你先没这几百银子的本钱。第二件,同窗会友,亲戚相知,成几部的要赊去。这言赊即骗,禁不起骗去不还。第三件,官府虽不叫你纳税,他却问你要书。你有的应付得去,倒也不论甚么本钱罢了。只怕你没有的书,不怕你不问乡宦家使那重价回他,又不怕你不往远处马头

[1]　嘴舌先生——这里是埋怨孔子的意思。《论语·卫灵公》说,孔子在陈国绝了粮,子路很不高兴地来见孔子,说道:"君子也有穷得没有办法的时候吗?"
[2]　地头——山东方言,目的地。这里指自己的家乡。
[3]　钞关主事——明代在运河沿岸的临清、济宁、淮安等地设有征税的钞关,由户部主事负责监收。

上去买。买得回来，还不知中意不中意。这一件是秀才可以做得生意，做不得了。至于甚么段铺、布铺、绸铺、当铺，不要说没这许多本钱，即使有了本钱，撰来的利息还不够与官府赔垫。这个生意又是秀才们做不得的。

除了这个，只得去拾大粪。整担家挑将回来，晒干轧成了末，七八分一石卖与人家去上地〔1〕，细丝白银、黄边钱，弄在腰里。且是官府离得家里庄田甚远，这粪且运不回去，他除了上地，难道怕他取去吃在肚里不成？但这等好生意，里面又有不好在里边。第一件，人从坑厕边走一走过，熏得你要死不活。被窝中自己放个屁，熏得还要恶心头疼，撞见一个粪担，还要跑不及的回避。如今自己挑了黄忽忽〔2〕的一担把把，这臭气怎生受得？若像往时不用本钱，将了力气营利，倒也不管他遗臭罢了。如今那拉屎的所在，都是乡先生、孝廉公问官讨去为糊口之资的，那拾粪的必定先在那讨厂的人家纳了租税，方许你在那厂里拾晒。为甚么用了本钱不做那干净营生，却干这恶臭的勾当？这件营运又是秀才们治不得生的。

又想出一件生意，却只也用本钱。但凡人家有卖甚么柳树枣树的，买了来，叫解匠〔3〕锯成薄板，叫木匠合了棺材，卖与小户贫家殡埋亡者，人说有合子利钱〔4〕。那官府有死了人的，他用的都是沙

〔1〕 上地——使用粪肥以提高地力，叫"上地"。
〔2〕 忽忽——同本作"忽忽"。"忽"与"忽"盖因形近而讹，据文意酌改。
〔3〕 解匠——又叫"拉锯的"，以为人锯解木料为生的木工。
〔4〕 合子利钱——本钱与利钱相等，即一本一利。

板,不要这等薄皮物件,所以不用当行[1],也不怕他白白拿去。但这样好生意,里面又生出不好的来。第一件不好,一个好好的人家,干干净净的房屋,层层叠叠的都放了这等凶器,看了渗人[2]。二件,新近又添了当行,凡是官府送那乡宦举人的牌扁,衙门里边做甚么断间版槅,提学按临棚里边铺的地平板,出决重囚木驴桩橛,这都是棺材铺里备办。为甚拿了本钱,当了行户,做这样忖害人不利市[3]的买卖? 所以这卖棺材,又不是秀才治生的本等[4]。

除了这几样,想有一件极好的生意出来。看官! 你猜说这是件甚么生意? 却是结交官府。起头且先与他做贺序、做祭文、做四六启,渐渐的与他贺节令、庆生辰。成了熟识,或遇观风[5],或遇岁考,或遇类试[6],都可以仗他的力量考在前边,瞒了乡人的耳目浪得虚名。或遇考童生[7],或遇有公事,乘机属托,可以徼幸厚利,且可以夸耀闾里,震压乡民。如此白手求财,利名兼尽,岂不美哉?

却不知这等好事之中,大有不好之处。第一件,你要"未去朝天

---

[1] 当行——应付官府差派下来的工役。也指应付官府差役的行业。
[2] 渗人——使人感到可怕,心里不舒服。渗,同"瘆",同本作"惨"。"渗"与"惨"盖因形近而讹,据文意酌改。
[3] 利市——吉祥。
[4] 本等——同本作"木等"。"本"与"木"盖因形近而讹,据文意酌改。
[5] 观风——学道或地方官到任时出题课试生员,叫做"观风"。
[6] 类试——宋代科举考试名目,又称类省试,即尚书省礼部考试,其规格相当于明清时的会试。这里所说的类试则只是取类试之名,当即学道在省城主持的生员科考。
[7] 童生——凡参加取得生员资格考试的考生,无论年龄大小,都称为"童生"。

子,先来谒相公"。你要结识官府,先要与那衙役猫鼠同眠,你兄我弟,支不得那相公架子,拿不出那秀才体段。要打迭[1]一派市井的言谈,熬炼一副涎皮顽钝的嘴脸,苗实处还要拿出钱把钞来,时尝的请他吃酒吃面。听事吏是兄,门子是弟,礼房先生是朋友,直堂书办是至亲,皂隶快手,都是相识。把这些关节打通,你才得与那官府讲话。第二件,如今的官府,你若有甚么士气,又说有甚么士节,你就有韩、柳、欧、苏的文学,苏、黄、米、蔡的临池,且请你一边去闲坐[2]。必定有那齐人般的一副面孔,赵师𧮃[3]般的一副腰骨,祝鮀[4]般的一副舌头,娄师德[5]的一副忍性,还得那"铁杵磨针"的一段工夫,煞后更得祈禹狄[6]的一派缘法,你便农济些的字,差不多些的文章,他也便将就容纳你了。既然结识了官府,你便走到衙门口、传桶边,那些把门的皂隶、直宿的门公,倒也落得没人拦阻,得以与那些管家相见。但这第三件,更要赔出小心,拿出和气,费些本钱,服些低小,也不是要他在官府面前赞扬,只是求他不在官府面前谤毁。有了

----

〔1〕 打迭——收拾,准备。

〔2〕 闲坐——同本作"闭坐"。"闲"与"闭"盖因形近而讹,据文意酌改。

〔3〕 赵师𧮃——南宋人,官工部侍郎,谄媚权相韩侂胄无所不至。韩游南园,过山庄,因说道:这里的风景极具田园风味,只是少了鸡犬之声。不一会儿,师𧮃便躲进树丛学起狗叫。

〔4〕 祝鮀——春秋卫国人,字子鱼,有口辩之才,善谀佞。

〔5〕 娄师德——唐郑州原武人,总边要、为将相达三十年,世称长者,以忍耐著闻。《新唐书·娄师德传》:"其弟守代州,辞之官,教之耐事。师曰:'人有唾面,絜之乃已。'师德曰:'未也。絜之是违其怒,正使自干耳。'"

〔6〕 祈禹狄——清佚名小说《奇缘记》中人物,名作"祈羽狄"。书叙祈羽狄与十二女子结缘之事,本明代小说《天缘奇遇》、传奇《玉香记》。

这三件实落[1]的工夫,便是那扳高接贵的成仙得道之期。但神仙又有五百年一劫哩,毕竟要过了这一劫,神仙才是神仙。若这个大劫过不去,目下虽然是个神仙,犯了劫数,打在地狱天牢里受罪,比那别的鬼魂受苦更自不同。

看官!你再猜说是甚么劫数?却是要保佑祝赞得那官府功名显达,一些也没有跌磕。使那护法天尊成了佛祖,这演法的才得做了伽蓝。若是那相处的官蹭蹬一蹭蹬,这便是"孙行者陷在火焰山——大家俱着"。怕的是那弹章里面带上一个尊名,总然不做钦犯干连,这个麟阁标名、御览相批、传闻天下,妙不可言。又有吃了那官亏的百姓,恼得我的仇人都来归罪,架说报冤,这才关系着身家性命!想到这利少害多、荣轻辱重、得暂失久,这等经营又不是秀才的长策。

夜晚寻思千条路,惟[2]有开垦几亩砚田,以笔为犁,以舌作耒,自耕自凿的过度。雨少不怕旱干,雨多不怕水溢,不特[3]饱了八口之家,自己且还要心广体胖,手舞足蹈的快活。且更度脱多少凡人成仙作佛,次者亦见性明心。使那有利没害的钱,据那由己不由人的势,处那有荣无辱的尊。那官府衙役、大叔管家,除非他寻上我的门来算计作贱,这是说不得的,却不是我寻上他的门去求他凌辱。所以千回万转,总然只是一个教书,这便是秀才治生之本。

----

〔1〕 实落——实实在在,切切实实。
〔2〕 惟——同本作"推",盖因形近而讹,据文意酌改。
〔3〕 不特——同本作"不持"。"特"与"持"盖因形近而讹,据文意酌改。

　　但这教书[1]又要晓得才好。你只是自己开馆，不要叫人请去。若是自己开的书堂，人家要送学生来到，好的我便收他，不好的我委曲将言辞去。我要多教几人，就收一百个也没人拦阻得；我若要少教几人，就一个不收，也没人强我收得。师弟相处得好，来者我也不拒；师弟相处不来，去者我也不追。就是十个学生去了两个，也还有四双；即使去了八个，也还剩一对。我慢慢的再招，自然还有来学。

　　若是人家请去，教了一年，又不知他次年请与不请；傍年逼节被人家辞了回来，别家的馆已都预先请定了人，只得在家闲坐，就要坐食一年。且是往人家去，又要与那东家相处。若是东家尊师重友，成了好好相知，全始全终，好合好散，这便叫是上等。若再得几个好率教的学生，不枉了父兄请师的好意，不负了先生教训的功劳，名曰师生，情同父子，这又是上上等。若是那父兄村俗熏人，轻慢师友，相待不成相待，礼文不成礼文，只那学生都是英才，这也还可曲就，此是二等。若是东家致敬尽礼，情文交至，学生却是顽皮，"生铁必难成金，化龙定是鳅鳝"，使了东家的学赀，不见教导的功劳。目下不见超凡，已为惶恐；后日堕为异类，寻源更是羞人；这是教劣等的学了。若是自己处馆，遇有这般劣货，好好的辞他回去，岂不妙哉？人家请去的门馆，撞见此等的冤家，还有甚么得说？你不捏了鼻子受他一年？

　　狄员外的儿子狄希陈起先都是附在人家学堂里读书，从八岁上

---

[1]　教书——同本作"教言"。"书"与"言"盖因形近而讹，据文意酌改。

学,读到这一年,长成了十二岁,长长大大、标标致致的一个好学生,凡百事情,无般不识的伶俐;只到了这"诗云"、"子曰",就如糨糊一般。从八岁到十二岁,首尾五年,自"赵钱孙李"[1]读起,倒也读到那"则亦无有乎尔"[2],却是读过的书,一句也背不出;读过的字,一画也写不来。一来也是先生不好,书不管你背与不背,判上一个号帖,就完了一日的工夫。三日判个"温"字,并完了三日的工夫。砌了一本仿,叫大学生起个影格,丢把[3]与你,凭他倒下画、竖下画。没人指教,写便胡涂乱抹,完了三四十张的纸,你要他把那写过的字认得一个,也是不能的。若说甚对课调平仄[4]、讲故事、读古文,这是不用提起的了。这一年十二月十五,早早的放了年下的学。回到家中,叫人捏炮仗[5],买鬼脸[6],寻琉璃喇叭[7],踢天弄井,无所不至。

狄员外自己原不大识字,凡是甚么礼束请帖,与人通问的套语,都是央一个秀才赵鹤松代笔。因年节要与薛教授家素姐追节[8],

----

〔1〕 赵钱孙李——《百家姓》的第一句。儿童入学,先自《百家姓》读起,也即开蒙。

〔2〕 则亦无有乎尔——《孟子》一书的最后一句。读完《孟子》,标志着《四书》已全部读完。

〔3〕 丢把——就是丢。把,语助辞,无义。

〔4〕 平仄——同本作"平歹"。"仄"与"歹"盖因形近而讹,据文意酌改。

〔5〕 捏炮仗——炮仗,即炮仗、爆竹。捏,用纸卷。

〔6〕 鬼脸——后文也作"鬼脸儿"。仿照戏曲人物的脸相制作的面具。

〔7〕 琉璃喇叭——俗称"咕铛子",一种用琉璃吹制而成的响器,器体状如馒头,平底,背部有吹管,吹时底部乒乓作声。

〔8〕 追节——定亲之后,男方逢节序向女方馈送礼物,叫做"追节"。

备了衣服花粉、果品腥肴，停停当当的，只等赵鹤松写帖。却好赵鹤松摇会〔1〕去了，不在家里。狄员外正在极躁，只见狄希陈戴了一个回回鼻子，拿了一根木斫的关刀，赶了一只鹿尾的黄狗，吆天喝地的跑将过来。狄员外倒也不曾理论，倒是狄希陈的母亲看见，说道："陈儿，过来！你读了五年之书，一年认十个字，你也该认得五十个字了。头长身大的学生，戴着回回鼻跳搭！极的个老子像猴似的，这帖子你不该写么？"狄希陈也不答应他娘，狐哨了一声，在他娘面前跳了一跳，一阵的去了。直等赵鹤松回来，方才写了帖子，日西时分才打发送了礼去。

薛家收了礼，回了枕顶、男女鞋脚。回来到了灯下，狄员外娘子又指着狄希陈说道："这们大小，读了五六年书，一个送礼的帖子还叫个老子求面下情的央及人写，你也知个羞么？"狄希陈雌牙裂嘴，把两只手望着他娘舞哩，被他娘变了脸，一手扯将过来，胳膊上扭了两把，他就撇着嘴待哭。他娘说："好小厮！你仔敢〔2〕哭，我就一顿结果了你！你好好的拿那读过的书来认字我看！"他还不动，他娘在胳膊上又是两把。狄员外说："你还不快着取书去哩？惹起你娘的性子来，你是知道的，我还敢扯哩？说我不管教你，只怕连我还打，没个人拉他哩！"

狄希陈才敦蹄刷脚的取了才读的一本下《孟子》来。他娘掀开

〔1〕 摇会——民间一种信用互助形式。参会者每次交出一定数量的钱，以摇骰的方式决定交由其中某人使用，直到参会者轮完为止。
〔2〕 仔敢——山东方言，只要敢。

一张,指着一个一个的叫他认。他指着那书道:"天字、上字、明字、星字、滴字、溜字、转字。"他娘劈脖根一巴掌。狄希陈说:"怎么呀?我认字罢,你又打我呀?"他娘说:"好小厮! 我起你的皮! 你哄你那傻爹罢了,你连我这不戴帽儿的汉子也哄起来了! 谁家这圣人爷的书上,也有'天上明星滴溜溜转'来?"狄员外道:"这是怎么说? 我倒还没听出来哩。"他妈说:"了不的! 了不的! 这是你寻的好先生教的好孩子! 没天理的男盗女娼! 万劫不得人身的臭忘八杂种羔子! 把人家孩子耽误得这们样的! 罢,罢! 我这饭吃不成,宁可省下来请个先生来家教他! 你明日就去合他丈人商议,另请一个有些天理、吃人饭的秀才,我宁可三茶六饭服事他!"

狄员外说:"自家的孩子不出气,你只抱怨先生。你不信,另寻一个也不怎的〔1〕。脱不了那年发水,神灵说他有个成都府经历的造化哩。随他去做成都府经历罢。"他娘道:"你说的通是屁话! 好叫你教孩子! 成都府经历可也要认的个字,没的就不标个票子? 他听见你这话,他还想待读书哩? 我不管! 另请了好先生,他不用心读书,我只合你算帐! 你要明日不合他丈人去说,我就自己合他丈母去说! 只怕他丈人听说这们个杭杭子,只怕还退亲哩!"狄希陈说:"罢,退亲才好哩! 我还不待要那小薛妮子哩! 住房子的小菊姐,不标致呀?"他妈说:"好! 好! 好长进的话! 你爹信了那神灵的话,只怕还哄杀你不偿命哩!"乱哄一后响。

〔1〕 不怎么的——山东方言,不怎么样,意思是也好不到哪里去。的,音 dí。

　　睡到次日清早,狄员外娘子催着狄员外起来,梳了头,去拜薛教授,商量又另请先生。薛教授说:"这是极该。就是俺薛如下,过了年也是十一了,通也不成个读书。小冬哥也过了年九岁,也是该读书的时候。不然,我请个先生教女婿合两个儿罢。"狄员外道:"亲家说那里话。亲家被那下水冲了,还不大方便。亲家只替我留心躧访个好学问的,咱请了他来家,管他的饭,束脩厚着些儿,只图他用心教孩子们。薛大哥合女婿都请过去读书,都是我焥管,亲家别要费事。"

　　薛教授说:"要不我合亲家伙着也罢。只是书房我可没有,只得独累亲家。"狄员外道:"书房不打紧。咱新要的杨春那地铺子[1],咱家有见成的木头干草,盖上两三坐房,是都不打紧的事。到其间,还有个妻侄,也是十一二了,叫他四个在一堆读书。"薛教授说:"我合亲家都察听着。"留狄员外吃早饭,没坐,来了。

　　有一个程乐宇,名字叫是程英才,是个增广生员。原在水寨唐家教了二年学,年终辞了来家,嫌水寨离的家远,要就近寻一个馆。狄员外与薛教授商议,要请他教书。狄员外说:"程乐宇为人,合他相处了这些年,倒也没有见他有甚么难相处的事。每次也都考在前头。"薛教授说:"为人既好相处,又没考不去,这就好。咱也还得个人先通一通儿,讲讲束脩。讲妥了,咱可去拜他。"狄员外道:"亲家说的是。我就教人合他说。"

　　狄员外使了一个投犁的沈木匠,是程乐宇的亲戚,央他去说:

----

　　〔1〕 地铺子——地基,可以盖房子的村中空地。

"共是十一二、十三四的四个学生,管先生的饭,一年二十四两束脩,三十驴柴火〔1〕,四季节礼在外,厚薄凭人送罢。"沈木匠一一的说了。程乐宇一些也没有争论,慨然允了。沈木匠回了狄员外的话。狄员外说:"既是请先生,还得旋盖〔2〕书房哩,就仗赖沈把总你来拾掇拾掇罢。这头年里也还有十来日的工夫,你先来收拾着木料,咱擦过节去就动土。赶过了灯节,好教学生上学。"沈木匠应承了。与薛教授商议,择了十二月二十二日,同了狄员外的妻弟相朝,号栋宇,备了三个眷生全帖,一个公请启,同到程乐宇家拜过,递了请启。程乐宇也即日都回拜了。

狄员外看着沈木匠刷括梁栋、户闼、门窗。转眼到了正月初三吉日,兴功修盖。有钱的大家凡百方便,不足二十日盖完了书房。那年立的春早,天又暖和,连墙都泥得干净。选了正月二十六日入学的吉日,请程乐宇到馆。三个东家领了四个学生:狄希陈学问不济,序齿他却是个学长;第二是相栋宇的儿子相于廷;第三是薛如卞;第四是薛如兼。送了贽礼,每个三星。拜了四拜,三个东家递了酒,坐了一会,别了回家。

先生上了公座,与他们上书。狄希陈读的还是下《孟》,相于廷读的是《小雅》,薛如卞读的是《国风》,薛如兼读的是《孝经》。别的都易易的正了字下去,惟狄希陈一个字也不认得,把着口教,他眼又

---

〔1〕　三十驴柴火——三十驴,即三十驮,一驴为一头驴所能驮动的柴火的数量。柴火,这里指做饭用的庄稼秸秆之类。

〔2〕　旋盖——现盖。旋,"见"的音变,同"现"。

不看着字,两只手在袖子里不知舞旋[1]的是甚么,教了一二十遍,如教木头的一般。先生教,他口里挨哼,先生住了口,他也就不做声。先生没奈何的把那四五行书分为两截教他,教了二三十遍,如对牛弹琴[2]的一般。后又分为四截,又逐句的教他,那里有一点记性?先生口里教他的书,他却说:"先生先生,你看两个雀子打帐!"先生说:"呃!你管读那书,看甚么雀子!"又待不多一会,又说:"先生先生,我待看吹打的[3]去哩!"先生说:"这教着你书,这样胡说!"一句书,教了百把遍方才会了,又教第二句,又是一百多遍。会了第二句,叫那带了前头那一句读,谁知前头那句已是忘了。提与他前头那句,第二句又不记的。先生说:"我使的慌了[4],你且拿下去想想,待我还惺还惺[5]再教!"

却好放吃晌饭,狄希陈回去对着狄员外道:"这先生合我有仇。别的学生教一两遍,就教他上了位坐着自家读,偏只把我别在卓头子上站着,只是教站的腿肚子生疼,没等人说句话就嗔。我待还跟着汪先生去读书哩。"狄员外说:"快悄悄儿的!叫你娘听见,扭二十把下

---

〔1〕 舞旋——摆弄,耍弄。

〔2〕 对牛弹琴——同本作"对生弹琴"。"牛"与"生"盖因形近而讹,据文意酌改。

〔3〕 吹打的——吹奏、击打乐器的。乡村中遇婚丧等事,例请"吹手"即吹鼓手奏乐迎送。

〔4〕 使的慌了——山东方言,等于说觉得累了。"的(得)慌"习用于动词、形容词之后表示人的感受,也常在动词、形容词前加"没的"、"着实"等词表示感受的程度。

〔5〕 还惺还惺——山东方言,缓一缓、恢复恢复的意思。

不来哩!"相于廷说:"四五行书,先生总教了他够三十遍,他一句也念不上来;又分成两节儿教他,又念不上来;又分了四节子,他只是看雀子,又待去看门口吹打的。先生吆喝了两句。"狄员外说:"你三个叫先生教了几遍就会了?"相于廷说:"我合薛如卞没教,只正了正字。薛如兼教了三遍,就自家念上来了。"狄员外说:"这先生同不的汪先生,利害多着哩。你还像在汪先生手里撒津〔1〕,别说先生打你,只怕你娘那没牙虎儿难受。"狄希陈说:"打呀怎么! 井合河里有盖子么? 厨屋里不是刀? 咱家没放着绳么? 另托生托生才新鲜哩。"狄员外长吁了两口气。

他娘从厨屋里看着人送了先生的饭,来打发狄希陈合相于廷吃了饭,两个往学里去了。先生又直着脖子教了半日,那里教得会一句? 将又天晚上来,只得放学;排了班〔2〕,先生要出对子,对完了,才许作一个揖回去。先生问说:"你一向都对的是几个字的?"相于廷合薛如卞说:"对四个字的。"薛如兼不言语。狄希陈说:"汪先生手里从来没对对子。"先生把相于廷合薛如卞〔3〕出了一个四字课"穿花蛱蝶",相于廷对了个"激水蛟龙",薛如卞对了"点水蜻蜓"。先生都喜,说:"对的极好!"又出了一个两字对"薄雾",薛如兼对了"轻风"。狄希陈等了半日,对了个"稠粥",先生替他改了"长虹"。

〔1〕撒津——放任自己不仔细,不认真。津,"清"的音变。清,山东方言音qūn,清楚;仔细;认真。

〔2〕排了班——这里是站了队、列队的意思。

〔3〕卞——同本作"下",盖因形近而讹,据上下文校改。

作揖辞了回去。

狄希陈到了家里,跳天唉地,抱怨先生琐碎,要辞了先生。次早,睡了不肯起来,把被来蒙了头,推说身上有病,口里唧唧哼哼的叫唤。狄员外慌做一团。他母亲摸得他身上凉凉爽爽的,又不发热,骂道:"不长进的孽种!不流水起来往学里去,你看我掀了被子,趁着光腚上〔1〕打顿〔2〕鞋底给你!"

狄希陈使性谤气,一顿穿了袄裤,系上袜子。也只说他穿完衣服要往书房里去,他原来怕他娘当真揭被去打,所以穿上衣裳。穿了衣裳,仍自盖了被子睡觉,说肚子、太阳、腰腿一齐都疼起来。又是他娘走去揭过被,拿了他的一只鞋,掀开他的绵袄,脊梁上两鞋底,打得杀狠地动的叫唤。狄员外说:"你打他怎么?只怕他真个是害那里疼可〔3〕哩!"他娘拿着鞋底,望着狄员外肩膀上结实实的打了一下,骂道:"我把你这个老虔婆,我就合你对了!——你待几日,我也气得过!刚子〔4〕昨日上了学,今日就妆病!守着你两个舅子,又是妹夫,学给你丈人,叫丈人丈母恼不死么!"

狄员外左哄右哄,哄的穿上道袍子,叫了狄周送到他书房里去。

----

〔1〕 光腚上——光着屁股的时候。腚,山东方言,臀,屁股;同本作"定",据文意酌改。同本"腚"多写作"定",此后径改,不再出校记。
〔2〕 顿——同本作"头"。"顿"与"头"盖因形近而讹,据文意酌改。
〔3〕 可——山东方言,等于说"着"。
〔4〕 刚子——山东方言,刚刚的。

别人拿上书去,汤汤的[1]背了,号上书,正了字,好不省事。只是这个"成都府经历老官",从此以后,先生在外边费嘴,他令尊令堂在家里磨牙。若不会读书,也不会顽,这也还叫人可怜而不可怒,恰又亘古以来的奇怪顽皮之事,都是他干将出来。

一日夏天,先生白日睡个晌觉。约摸先生睡浓的时候,他把那染指甲的凤仙花敲了一块,加了些白矾,恐那敲碎的凤仙花冷,惊醒了,却又在日色里晒温了,轻轻的放在先生鼻尖上面,又慢慢的按得结实。先生睡起一大觉来,那花已荫得干燥,吊在一边,连先生晓也不晓得,只是染得一个血红的鼻子。先生炤镜,见好好的把个鼻子韲了,闷闷可可的不快活,那晓得是他弄的神通?

茅坑边一根树橛,先生每日扳了那根树橛,在坑岸厥了屁股解手。他看在肚里。一日,他却起了个早走到书房,拿了刀,把那树橛着根的所在周围削得细细的,止剩了小指粗的个蒂系,仍旧把土遮了。先生吃过了早饭,仍旧又上坑解手,三不知把那树橛一扳,脑栽葱跌得四马攒蹄,仰在那茅坑里面。自己又挣不起来,小学生又没本事拉他,只得跑去狄家叫了两个觅汉,不顾龌龊拉了出来。脱了一身衣裳,借了狄员外上下衣巾鞋袜走了家去。把那粪浸透的衣裳足足在河里泡洗了三日,这臭气那里洗得他去?看那树橛,却是被人削细

----

[1]　汤汤的——喤喤的。象声词,形容音调铿锵。汤,"喤"的借字。

了那根脚。追究起来，再没有别人，单单的就是狄希陈一个，告诉了狄员外。只得再三与先生赔礼，将那借穿的一桄[1]衣裳赔了先生。

一日，有一个朋友来寻程乐宇说话，程乐宇同他出去。狄希陈见先生去了，爬在院子里一株大槐树上顽耍。忽然先生走了回来，热得通身的汗，解了衣服，叫学生掇了一把椅子，放在树下乘凉。他见先生坐在树下，又不敢走得下来，急了尿，从树上呼呼的溺了下来。先生伸了头正在那里打盹，可可的灌了先生一口，淋得先生醒来，唤下来，打了十来板子。

一日，放了晚学，走到那山溪里边洗澡。远远看见程乐宇走到，他把河底里的沙泥带头带脸涂抹得遍身都是。程乐宇乍然看见，也还吃了一惊，仔细认得是人，又细看方知就是狄希陈。问说："你洗澡便了，却为何满身都涂抹了泥沙？"他说："我若不涂了脸面，恐怕水里钻出龟鳖来，要认得我哩！"程乐宇适然撞见薛教授正立在门前，告讼这事，又是可恼，又是可笑。

一日里，见先生坐在那里看书，他不好睡觉，妆了解手，摘了出恭牌[2]，走到茅厕门面，把茅厕门里边闩了，在门底铺了自己一条夏布裙子，头垫了门枕，在那里"梦见周公"。先生觉得肚中微痛，有个解手之情，拿了茅纸走到那边推门，那门里边是闩的，只道有学生解手，走得回来。肚内渐疼得紧，又走了去，依旧不曾开门，只得又走回

----

〔1〕 一桄——后文也作"一弄"。一套。

〔2〕 出恭牌——科举考试的考场上设有"出恭"、"入敬"牌，士子如厕须先领牌。后私塾中也多仿此制，以防止学生借口大小便逃学。

来。等了又一大会，茅厕门仍旧不开，查系谁个在内，人人不少，单只不见了一个狄希陈。先生之肚又愈疼难忍，觉得那把把已钻出屁眼来的一般，叫人去推那厕门，他也妆起肚疼，不肯拔了闩关，且把那肩头抗得那门樊哙〔1〕也撞不进去。人说："先生要进去出恭，你可开了门。"他说："哄我开了门，好教先生打我！"程乐宇说："你快开了门，我不打你。"他说："果真不打我？先生，你发个誓，我才开门。"先生又不肯说誓，他又不肯开门，间不容发的时候，只听得先生裤内澎的一声响亮，稠稠的一脬大屎尽撒在那腰裤裆之内。极得那先生跥〔2〕了跥脚，自己咒骂道："教这样书的人，比那忘八还是不如！"相于廷只得回去与他姑娘说了，拿了狄员外的一腰洗白夏裤，又叫狄周来伺候先生洗刮换上。薛如卞口号一首，诗道：

> 孔门三千徒弟，谁知狄姓希陈？染鼻溺尿拔橛，专一侮弄西宾。

---

〔1〕　樊哙——西汉开国功臣。项羽在鸿门设宴，席间项庄拔剑起舞，意在沛公刘邦。樊哙时在门外，乃带剑拥盾，撞倒卫士，进门为刘邦解围。事见《史记·项羽本纪》。

〔2〕　跥——同"跺"，顿足。

醒世姻缘传

书名题字／弥松颐

插图本

中　国　古　典　小　说　藏　本

醒世姻缘传（中）

西周生　辑著

袁世硕
邹宗良　校注

人民文学出版社

第三十四回

狄义士掘金还主　贪乡约婪物消灾

> 身世百年中,泛泛飘蓬。床头堆积总成空。惟有达观知止足,清白家风。　　可笑嗜财翁,心有钱虫。营营征逐意忡忡。觅缝寻头钻鸭子,不放些松。
>
> ——右调《浪淘沙》

那求仙学佛的人虽说下苦修行,要紧处先在戒那酒、色、财、气。这四件之内,莫把那“财”字看做第三,切戒处还当看做第一。我见世上的人为那“酒”、“色”、“气”还有勉强忍得住的,一犯着个“财”字,把那孝、弟、忠、信、礼、义、廉、耻八个字且都丢吊一边。人生最要紧的是那性命,往往人为了这“财”,便就不顾了性命,且莫说管那遗臭万年,千人咒骂。若是这“财”,丧了良心,涂抹了面孔,如果求得他来,便也只图目下的快活,不管那人品节概的高低,倒也罢了。谁知这件“财”字的东西忒煞作怪,冥漠之中差了一个财神掌管,你那命限八字之中该有几千几万,你就要推却一分也推却不去,你那命里边不是你应得之物,你就要强求分厘毫忽,他也不肯叫你招来。你就勉强求了他来,他不是挑拨那病鬼来缠你[1],乘机逃在那医人家去,或是勾引孽神琐碎,他好投充势要之家,叫你分文不剩,空落一身狼狈。

当初尉迟敬德[2]在那隋末的时候,还做那打铁的匠人。空负了满肚的英雄,时运不来,且要受那凄凉落拓。一日五更起来,生了炉火,正要打铁,只见一个人长身阔膀,黑面虬髯,好似西洋贾胡一般,走来要尉迟敬德配一把锁匙。尉迟敬德认了他一认,问说:"我侧近边曾不见有你这人。若是外来的远人,如何得来的恁蚤?"那人说道:"我是财神,掌管天下人的财帛。因失落了库上钥匙,烦你配就。"尉迟敬德说道:"我如此一条猛汉,这样贫困,在此打铁为生,口也糊他不足。你既系财神,何不相济?"财神说道:"你是大富大贵的人,但时还未至。我见与你看守一库铜钱。你若要用,约得若干济事,你可写个支帖交我,我明日送到这村东柳树下堆垛,你五更去取便得。"尉迟敬德取过一张纸来,正待要写,那神说道:"帖上不必书名,你只写鄂公支钱若干即是。"尉迟敬德问说:"你可以与我多少?"神说:"脱不了是你应得之物,多少任意。"尉迟敬德说:"我只取三百万。"写完帖,交与了那神,作别而去。

次夜五更,尉迟敬德起来走到村东柳树底下,只见山也似的一大堆钱。尉迟敬德每边肩上先自己抗了二三十吊,走到家来,叫起四邻

---

〔1〕 你——同本作"他",据文意酌改。
〔2〕 尉迟敬德——尉迟恭,字敬德,唐代开国元勋之一。

八舍同去与他抗钱。内中有乘机窃取的,或是缠在腰里,或是藏在袖中,那钱都变了青竹蛇儿,乱钻乱咬;也有偷了家去的,都变成了蛇,自己走到敬德家中。惟其成了活钱,所以连看守也是不必的。敬德得了这股财帛,才有力量辅佐唐太宗东荡西除,做了元勋世胄,封了鄂公,赐了先隋的一库铜钱。开库查点,按了库中旧册,刚刚的少了三百万。又掀到册的后面,当日敬德写的张票都在上边。

看官听到此处,你说这财帛岂可强求?所以古来达人义士,看得那仁义就似泰山般重,看得财物就如粪土般轻,不肯蒙面丧心,寡廉鲜耻,害理伤天,苟求那不义的财帛。至于遇着甚么失落的遗金,这是那人一家性命相关,身家所系,得了他的未必成用,断是人祸天灾。人到这个关头,确乎要拿出主意,不要错了念头,说“可以无取,可以取”的乱念,务必要做那江夏的冯商[1]。若说尝有人家起楼盖屋,穿井打墙,成窖的掘出金银钱钞,这其实又无失主,不知何年何月、何代何朝迷留到此,这倒可以取用无妨,不叫是伤廉犯义。

有那样廉士,不肯苟求。管宁合华歆锄地,锄出一锭金子。管宁只当是瓦砾一般,正眼也不曾看,用锄拨过一边。华歆后来锄着,用手拾起,看是金子,然后撩在一边。旁人就看定了他两人的品行。果然华歆后来附了曹操,杀伏皇后,废汉献帝;管宁清风高节,浊世不污。

----

〔1〕　冯商——戏曲人物,江夏人。明沈寿卿《三元记》、佚名《四德记》皆演其事。《四德记》今佚,《三元记》中有冯商在祥符县客店中捡得药商赵甲所遗银包,在店中坐等数日,终将银包还给赵甲的情节。

　　一个羊裘翁，五月热天，没有衣裳穿得，着了一领破羊皮袄，打柴度日。路上一锭遗金，有一个高人走过，把那锭[1]金子踢了一踢，叫那羊裘翁拾了去用。羊裘翁说："你曾见五月里穿羊裘的人，是肯拾人金子的么？"他的意思说道，既是肯拾金子的人，实是无所不为、蝇营狗苟的了。既是无所不为、蝇营狗苟，这五荒六月，断然就有纱衫[2]、纱裤、纱服、纱裙、纱鞋、纱袜的穿了，何消还着了羊皮打柴受苦哩？

　　这都也还是须眉男子，烈气的丈夫，不足为异。还有那妇人之中，大有不凡识见。一个李尚书，名字叫是李景让。两个弟弟，一个叫是李景温，一个叫是李景庄。三个小的时候，死了父亲。他的母亲还在中年以下，守了三个儿子过日，家事甚是萧条。一年夏里，连雨濯倒两堵高墙。止了雨，叫人整理，墙脚掘出一只船来，船中满满的都是铜钱，请了那李夫人去看。夫人说道："这是上天怜我母子孤寡，以此相周；但系地中掘出，所用无名，终是不义。若上天见怜孤寡，三子见在读书，使各自成名，把此钱作为后日俸禄。"仍叫人依旧掩埋，上面垒了墙界。后来果然李景让做到尚书，景温、景庄官居方面。

　　看官听说，你道我说许多话头作甚？如今要单表狄员外掘藏还金的事情。

----

〔1〕锭——同本作"定"，盖因形近而讹，据文意酌改。
〔2〕衫（zhěn）——单衣。

却说狄员外与薛教授合请了程乐宇教他两家子弟,在他间壁新买的一所闲空地基盖造书舍,俱已盖完。狄员外看了人在那里打扫,恰好正冲书房门口,一株玫瑰花半枯不活的。狄员外说:"这株朽坏的花木不宜正冲了书房。移到他井池边去,日日浇灌,或者还有生机。"叫人掘到根下,只听的耆然一声,掘将起来,原来是一个小小的沙坛,坛内满满的都是铜钱,钱下边又是大小块锭不等的银子。

狄员外道:"早教杨春自己掘得,这房基也不消卖了。我想人谋不如天算。那一年发水,家家都被了水患,偏我得了许真君的护佑,家财房屋,一些也没曾冲去。受了这样的护持,还不做那好人,图那不义之财作甚? 我这有饭吃的人家,得这点子东西也显不出甚么富;若是杨春这穷鬼得了,这全[1]就是他富家哩。使了不上八两银子买了这地铺,刚刚的才五六个月,得这望外的浮财,一定不好。"主意拿定不要他的,使人叫了杨春来到。

杨春说:"狄官人,我听见人说你在地铺子上掘了些东西,你使人叫了我来,莫非要分些与我么?"狄员外领了他看,说道:"这不够你方便的么?"杨春说:"有了这些,自然方便,但我那里有这造化?这株玫瑰花是我种的,我难道没垉[2]这地? 却怎么掘他不着,偏是狄官人你就掘着了? 可见这是你的造化。"狄员外说:"这原是你的地铺里东西,你自拿去买几亩地,过日子去。那年水不冲我的,就是

---

〔1〕　全——当为"权"的借字,权且、且。

〔2〕　垉——同"刨"。

龙天看顾,还希图这个做甚?"杨春道:"你说的甚么话?我一个钱卖己你,清早写了文书,后响就是你的物业,你掘几千几万,也就不与我相干。况且文书写的明白,土上土下尽系买主。如今待了这许多时,连房子[1]也都盖了,掘出东西,叫我拿去,也没有这理。你老人家有仁义,为我的穷,你分几吊钱己我,我替你老人家念佛;你一个钱不分己我,这是本等,我也只好说我没造化罢了,也没有怨你老人家的事体。"狄员外道:"这东西是我自己掘出来的,又没有外人看见,我藏过了不说,谁人晓得?我既叫了你来,这是我真心与你,我决意不要的,你快些收拾了回去。"

杨春只是求分,狄员外只是全与。杨春说道:"我这一个穷人,骤得了这许多银钱,就是无灾,一定有祸。不如你这有福气的得了去,些微分点与我,倒是安稳的营生。"狄员外道:"你得了这个,就是造化到了,那里就担架不起?你得了这个,只是往好处里想,行好事,感激天老爷,神灵自然就保护你了。你若只往不好处想:'我曾问某人借二升粮食,他不给我;曾问人借件衣裳,他没应承。我如今怎么也有了钱!'指望就要堵人家嘴,穿好的,吃好的,这可就是你说的那话,没灾也有祸了。"杨春道:"你老人家教诲的极是!只是我怎好都拿了去?也要消受。"

狄员外就叫掘地的那个觅汉:"你就与他抬去。"又对杨春说:"这是他掘出来的。你待谢他些甚么,这却在你,这个我不拦阻。"杨

----

〔1〕 房子——同本作"房千"。"子"与"千"盖因形近而讹,据文意酌改。

春方才与狄员外叩头作谢，说道："如今世上的人，谁是你老人家这心！人只说是天爷偏心，那年发水留下的，都是几家方便主子。我掐着指头儿算，那留下的，都不是小主子们歪哩。像你老人家这心肠，天爷怎么不保护？"狄员外说："你得了这点子东西，白日黑夜的谨慎。如今咱这里人都极眼浅，不知有多少气不上的哩。还有一件，那乡约秦继楼合李云庵，这两个歪人，他也只怕要琐碎你。你可招架着他。"杨春道："大官人，你说的极是！我仔细着就是。"

那个觅汉寻了绳杠[1]，络住那坛，合杨春抬到家去。杨春的母亲合他媳妇见抬了一个坛去，说道："怎么？叫了你去，分与了一坛酒么？"杨春说："可不什么？叫我说着没极奈何[2]的，给了我一坛薄酒来了。"二人抬到屋里，他娘合媳妇子方才知是银钱，说："他掘了多少？就分这些给你？"杨春说："就只这个，都给咱来了。"拿了一个小荸箩，倒在里面，也只好有二三十来吊的钱，二百两多银子罢了。

杨春臿[3]了七八臿钱放在那觅汉袖里，又拣了两块够十来两的银子与那觅汉。那汉又自己在荸箩里拿了又够十来两的两块，说："这直当的[4]买二亩地种！你给我的那点子，当的什么事？"说着，

----

〔1〕　绳杠——绳子和杠子。同本作"绳扛"。"杠"与"扛"盖因形近而讹，据文意酌改。

〔2〕　没极奈何——后文也作"没及奈何"。即无其奈何，无可奈何。

〔3〕　臿——音 nuò，山东方言音 qiā，张开手指抓拿。下文"七八臿"的臿为量词，等于说把、一大把，指一只手能拿起的数量。

〔4〕　直当的——即值当的。山东方言，值得。直，"值"的借字。

往外就跑。杨春往外赶着说道："你怎么就去了？沽一壶咱吃钟！"觅汉说："大官人还等着我做甚么哩，改日扰你罢。"家去回了狄员外的话。

狄员外道："他分了些给你？"觅汉说："给了我七八串钱，够十来两银子。叫我又自己拿了他两块，也够十来两。"把那银子钱都倒在地下，数得钱是二千五百三十四文，银子共秤了二十一两四钱。狄员外说："便宜你这狗头！这就是你一生过日子的本儿。你拿来，我替你收着，到了你手里就打伙子〔1〕胡做。也罢，把那钱的零头儿给了你罢。"那觅汉彼时喜喜欢欢的谢过去了。

再说杨春得了这些物件，倒也恨命的听那狄员外的教训，着实的谨慎。但小人家的过活，浅房浅屋的去处，家里又有两个不知好歹的孩子，遥地里〔2〕对了人家告讼，说他家有一坛银钱。那日觅汉与他抬了回家，多有人看见；又兼狄家的觅汉伙伴不曾分得银钱的，心里气他不过，到处去彰扬，不止他本村扬说的一天一地，就是邻庄外县，都当了一件异事传说。一个说成十个，瞎话说是真言。果不然动了那二位乡约的膻心，使人与他说道："如今朝廷因年岁饥荒，到处要人捐赈。杨春是甚么人！掘了这几十万的金银，不报了官，却都入了私己！每人分与我们千把两便罢，不然，我们具呈报县，大家不得！"

杨春听见，慌做了一团，悄悄的去与狄员外商议。狄员外道：

----

〔1〕 打伙子——山东方言，大伙儿，大家。
〔2〕 遥地里——参见第十回注。同本作"摇地里"，据前后文校改。

"我说这两个不是好人，果不其然！论我倒也合他两人相知。他如今待吃肉哩，就是他老子一巴掌打了他的碗，他待依哩？你若说输个己给他些什么，少了又拿不住他，多了，这又是'大年五更呵粘粥——不如不年下'了。且是一个降动了，大家都要指望。要不，你只推我，你说：'我得的是甚么，你只问狄宾梁去。'你叫他问我，我自有话答对他。"

乡约等不见杨春回话，又叫人传了话来，说："你叫他到城里去打听这大爷的性儿。只听见乡约放个屁，他流水就说'好香，好香'，往鼻子里抽不迭的。我申着你掘了一万，你就认了九千九百九十九两，只怕这一两也还要你认。你叫他仔细寻思，别要后悔！"杨春道："我的个地铺子，已是卖出去够半年了，从那些年俺爹手里埋了一小坛子钱，迷胡了寻不着，上在卖契里边讲过，掘着了，仍还原主。昨日狄官人移玫瑰花寻着，还了我，脱不了那坛子合钱都见在。要是几千几万，可也要屋盛他！我除了这两间草房，还有甚么四房八扢拉〔1〕哩？要说叫我摆个东道请他二位吃三杯，我这倒还也擎架的起；成千家开口，甚么土拉块〔2〕么？"来传话的人把他的话回了乡约。那乡约说道："你叫他长话短说。若说每人一千，这是唬虎〔3〕他的话。我听的他实得了三四十吊钱，够二百多两银子。叫他每人送俺五十

---

〔1〕　扢拉——后文也作"扢拉子"。扢晃，角落。扢、扢，俱同"旮"。《汉语大词典》引此句释作"土块"，显误。

〔2〕　土拉块——耕地起垡后结成的土块。这里是极言不值钱、不缺少的意思。

〔3〕　唬虎——唬，同"嚇"，即"吓"；虎，同"唬"。就是吓唬。

两,这是银子合俺平分,那钱,叫他自家得了罢。若再不依,这就叫他休怪了。"

杨春听见,又去与狄员外商议。狄员外沉思了一会,说:"这事按不下。这两个人,你就打发了去,后边还有人挟制。不如他的意思,毕竟还要到官。如今爽利合他决绝了罢。"杨春说:"他打哩真个申到县里,那官按着葫芦抠子儿,可怎么处?"狄员外说:"你昨日说这钱是你爹埋下的,文书上写的明白。这话回他好。你往外不拘到那里,都依着这话答对就好。"

杨春听了这话回去,自家先到了秦继楼[家],说:"你要紧费[心]。那年俺爹埋了罐子钱,迷胡了寻不着。昨日卖这地铺子,文书上写的明白。狄官人移玫瑰花掘出来,还了我,这都是仗赖二位约长的洪福。我明日治一根菜儿,家里也没去处,就在前头庙里请二位约长吃三钟。要肯光降,我就好预备。我还没去见李约长哩。"秦继楼说:"你没要紧,费这们大事做甚么? 留着添上好使。俺吃你两钟酒,堵着颡子,还开的口哩? 你得的你爹的钱,又没得了别人的,罢呀待怎么! 只是这们大事,俺不敢不报,这大爷的耳朵长多着哩! 你请李云庵,请与不请,他去与不去,我可不好管的,你可别为我费事。我到[不]为没工夫,实是不敢枉法骗人酒食。"杨春说:"你老人家是个约正,我不与你讲通了,可怎么去合李约长说?"秦继楼说:"你只管合他说去,怕怎么的? 各人的主意不同,打哩他没有[1]甚么话说,

[1]　没有——同本作"有没"。二字倒文,据文意酌改。

我没的好合你为仇？落得河水不洗船哩。"杨春说："我再去见李约
长，看他有甚么话，我再回来。"

杨春又到了李云庵家，李云庵说："贵人踏贱地呀！可是喜你平
地就得这万两的财帛。流水买地，我替你分种地去。"杨春说："甚么
万两的财帛？坏块〔1〕么？万两财帛！那狄官人怕银子咬手，他不
留下，都给了我？我治了根素菜，明日在前头庙里曲持〔2〕二位约长
到那里吃三杯。我刚才到了秦约长那里，他说他没有主意，单等着你
老人家口里的话。你老人家只吐了口〔3〕，肯去光降，他没有不去
的。"李云庵说："你看这秦继楼的混话！他倒是约正，倒说等着我！
你会做好人，把恶人推给我做。我合你实说：他合我算计来，开口每
人问你要五十两，实望你一共四十两银子也就罢了。你要不依，俺申
到县里，就完了俺乡约的事了。只看你的造化，大爷信你的话，说这
是你爹埋的，不问你要，也是有的；按着葫芦抠子儿，这也是定不住的
事。一似这摆酒的话，不消提。"

杨春领了一肚子闷气回去，仍去合狄员外商议。狄员外说："你
去了，我又寻思，百动不如一静的。叫他弄到官儿手里，没等见官，那
差人先说你掘了银钱，肯你一个够。官说你得的不止这个，掐着一五
一十的要。你没的给他，刑拷起来也是有的。要不然，你出些甚么给
他也罢，难得只叫乡约堵住颡子不言语，别的旁人也不怕他再有闲

----

〔1〕　坏块——即土坯。一般称断为两截的土坯。

〔2〕　曲持——山东方言，委屈。

〔3〕　吐了口——说了话。这里是应允、答应的意思。

话。那乡约为自己,他自然的照管他。可知得多少打发的下来?"杨春说:"刚才李云庵的口气,说要两个共指望四十两银子。"狄员外说:"这就有拇量〔1〕了,看来三十两银打发下他来了。要是这个,还得我到跟前替你处处〔2〕。你家去,爽俐狠狠给他三十两,打发他个喜欢。你去拿了银子来,我着人请他两个到我家里合他讲话。"杨春流水回去取银。狄员外还差了前日的觅汉李九强,去请二位乡约来家讲话。

李九强先到了秦继楼家,说:"主人家请到家中说话。"秦继楼问:"待合俺说甚么?"李九强说:"怕不的〔3〕是为杨春的事哩?"秦继楼说:"你主人家怕钱压的手慌么?一万多银子都平白地干给了人,是风是气哩?"李九强说:"主人家也不是风,也不是气,只说那一年发水没冲了,凡百往那好处走,补报天老爷。"秦继楼说:"既是自家不希罕,我给他一少半,把一半给了官,也落个名声。"李九强说:"多少哩!浑同〔4〕一小沙坛子钱,没多些银子,有了百十两罢了。"秦继楼道:"你知不到,多着哩!"李九强道:"我掘出来的,我合他送去,我倒还〔5〕不知道哩?我合他送到家,他还给了我两吊三四百钱,够十两多银子。"秦继楼说:"走,合你去。"李九强说:"我还去

〔1〕 有拇量——等于说有大致的数,有可以估计出的数。拇量,参见第四回注。
〔2〕 处处——出面斡旋一下。
〔3〕 怕不的——一种推测的语气,大概可能的意思。怕,恐怕,可能。不的,即"不得",大概。
〔4〕 浑同——拢共,全部。同,同"统"。
〔5〕 还——同本作"道",据文意酌改。

请李约长哩。"秦继楼说："我合你就过他家去罢。"二人同到了李云庵家。秦继楼说："狄宾梁叫人请咱，不知合咱说什么，咱到他那里。"又说："李九强，你先去。我听说你家新烧了酒，俺去扰三钟。"李九强道："也罢，我先往家里说去。"

狄员外叫家里定下菜，留他们酒饭，狄员外娘子说："没廉耻砍头的们，不看咱一点体面！别人家的钱，给他酒吃饭吃哩！"狄员外说："这们的钱，他不使几个，没的干做乡约挨板子么？"说着，秦继楼合李云庵都到了，让进作了揖，坐下。狄员外开口说："杨春屡次央我在二位跟前说分上，我说：'这干分上说不的。'我没理他。他刚才又来皮缠，我说：'你肯依我破费些什么，我替你管；你要一毛不拔，这我就不好管的。'我叫他家去处些什么去了。二位凡事看我的分上，将就他，不合他一般见识罢。"秦继楼说："宾梁有甚么分付，俺没有不依的。可是这一年家，大事小节，不知仗赖多少，正没的补报哩。"说着，杨春也就到了。狄员外问说："取来了没，是那数儿？"杨春说："是。"狄员外接过来看了一看，又自己拿到后边秤了一秤，高高的不少，拿出来说道："三十两薄礼，二位买件衣裳穿罢。本等该叫他多送，他得的原也不多，只是看薄面。"

李云庵只是看秦继楼，秦继楼说："既是宾梁分付了，屁也不许再放！论起理来，看着宾梁的体面，一厘也不该要；只是这乡约的苦，宾梁是知道的。这们的钱不使几个，只是喝风了。"狄员外又说："还有一事奉央：再有甚么人说闲话可，要仗赖二位的力量压伏哩。"秦继楼道："好宾梁，何用分付？'要人钱财，与人消灾。'没的只管自己使了钱,就不管别的了?"狄员外一面叫人揩桌子端菜。秦继楼说:"没的好真个取扰不成?"狄员外说:"实[1]告,早有这个意思,好预备;这是这一会儿起的意思,可是一些什么没有,新烧酒三杯。"秦继楼说:"这酒烧的,不沾早[2]些?"狄员外说:"这是几瓮尝酒酵子,那几日狠暖和,我怕他过了,开开,还正好。"

正说,一面四碟小菜,四碟案酒,四碟油果,斟上烧酒。二位乡约不惟与狄员外叙说家常,且是合杨春亦甚亲热,说:"合令兄极是相厚。令兄待我,就如待自己的儿女一般,俺可也没敢错待令兄,就如待奉自己娘老子一般。你若先说令兄来可,俺也没有这些闲屁,也不消又劳宾梁费这些事。"

杨春又要次日奉请,又请狄员外陪。这倒是李云庵说道:"罢,俺既是看了你令兄的分上,这就是了。咱这里小人口面多,俺摇旗打鼓的吃了你的酒,再有人撒骚放屁的,俺不便出头管你。"狄员外道:"云庵说的有理,你有心不在近里,改日有日子哩。"一面说话,一面上了两碗摊鸡蛋,两碗腊肉,两碗干豆角,一尾大鲜鱼,两碗韭菜酾[3]豆腐,两碗煎的藕,两碗肉鲊,鸡汤、锅饼、大米薄豆子,吃了个醉饱。

杨春先辞了回家,秦继楼说:"俺这几两银子,俺没使着杨春的,

---

〔1〕 实——同本作"宾",盖因形近而讹,据文意酌改。

〔2〕 沾早——山东方言,稍微有点儿早。沾,同本作"沾",盖因形近而讹,据文意酌改。

〔3〕 酾——"烩"的同音借字。

这明白是宾梁给了俺几两银子。俺也想来，这白拾的银子，只许他使么？俺当乡约，白日黑夜的耽惊受怕，为甚么来？"狄员外说："这使他几两银子也不差。我那起初掘着，心里想待要舍在那庙里，或是济贫，我想，这也无为。既是他的地铺子地的，还给了他罢。看来也不多的帐，李九强得了他够两吊多钱，十来两多银子，这刚才又去了三十，剩的也看得见了。要后有甚么人的闲话，你二位给他招架招架，这就安稳了。"两个亦别了回去。

后来那小人妒忌的口嘴，怎能杜得没有人说话？果然亏了两个乡约出头与他拦护，人也就敢怒而不敢言。他倚托了两个乡约成了相知，又有狄员外凡百照管，那得的银钱，从此也就敢拿出来使用，买了四十亩好地，盖了紧凑凑的一块草房。他一向有些好与人赌博，所以把一个小小过活弄得一空，连一点空地铺也都卖吊。他合该造化来到，手上就如生了丁疮一般，平日那些赌友，知他得了白财，千方百计的哄他，他如生定了根，八个金刚也抬他不动。就是那觅汉李九强得了那两吊钱、二十多两银子，也成了个过活。

虽说是"黄河尚有澄清日，岂可人无得运时"，毕竟还得那"贵人提掇起，才是运通时"。

第三十五回

无行生赖墙争馆　明县令理枉伸冤

瞿潭栈道,剑阁羊肠,从来险路应嗟。蜂针似箭,虿尾如枪,恼人声恶乌鸦。鬼蜮会含沙,豺虎相为暴,野寺黎闉。此般异类,这样穷奇[1],岂愁他!　　惟有一种凶邪,宫墙托迹,诵读名家。负嵎据器,时时扰乱官衙。生事强争差。捏无情呓语,费嘴磨牙。等得神明法吏,方杀两头蛇。

——右调《望海潮》

却说往日与人做先生的人,毕竟要那学富道高,具那胸中的抱负,可以任人叩之不穷,问之即对;也还不止于学问上可以为师,最要有德、有行、有气节、有人品,成一个模范,叫那学生们取法看样。学生们里边有富厚的,便多送些束脩,供备先生,就如那子弟们孝顺父兄一般,收他的不以为过;有那家里寒的,实实的办不起束脩,我又不曾使了本钱,便白教他成器,有何妨碍?"一日为师,终身为父",可

----

〔1〕　穷奇——古代恶人的称号,因代指恶人。《左传·文公十八年》:"少皞氏有不才子,毁信废忠,崇饰恶言,靖谮庸回,服谗搜慝,以诬盛德,天下之民谓之穷奇。"

见这师弟的情分也不是可以薄得的。

但如今的先生就如今日做官的心肠一样。往时做官的原为致君泽民，如今做官的不过是为剥民肥己，所以不得于君，不觉便自热中。往日的先生原为继往开来，如今做先生的不过是为学钱糊口，所以束脩送不到，就如那州县官恨那纳粮不起的百姓一般。学生另择了先生，就如那将官处那叛逃的兵士一样。若是果真有些教法，果然有些功劳，这也还气他得过，却是一毫也没有帐算。

不止一个先生为然，个个先生大约如此。不似那南边的先生，真真实实的背书，真真看了字教你背，还要连三连五的带号，背了，还要看着你当面默写。写字，真真看你一笔一画，不许你潦草，写得不好的，逐个与你改正，写一个就要认一个。讲书的时节，发出自己的性灵，立了章旨，分了节意，有不明白的，就把那人情世故体贴了譬喻与你，务要把这节书发透明白才罢。讲完了，任你多少徒弟，各人把出自己的识见，大家辨难，果有甚么卓识，不难舍己从人。凡是会课，先生必定先要自做一首程文[1]，又要把众学生的文字随了他本人的才调与他删改，又还要寻一首极好的刊文与他们印正。这样日渐月磨，循序化诲，及门的弟子，怎得不是成才？怎得不发科发第？所以这南边的士子尽都是先生人力的工夫。北人见那南人的文字另是一段虚灵，学问另是一般颖秀，都说是那名山秀水，地灵人杰，所以中这样文人；从古以来，再没有一个人晓得，这北人的天资颖异大过于南

----

〔1〕　程文——即范文。

方,真真不愧于生知。

看官自想,我这话不是过激的言语。北边每一乡科,每省也中七八十个举人;每一会场,一省也成二三十中了进士。比那南方,也没有甚么争差。那南方中的举人进士,不知费了先生多少陶成、多少指点,铁杵磨针,才成正果〔1〕;这北方中的举人进士,何尝有那先生的一点功劳,一些成就?全是靠了自己的八字,生成是个贵人。有几个淹贯的文人,毕竟前生是个宿学悟性,绝不由人。若把这样北人换他到南方去,叫那南方的先生像弄猢狲一般的教导,你想,这伙异人岂不个个都是孙行者七十二变化的神通?若把那南人换到北边,被北方先生的赚误,这伙凡人岂不个个都是猪八戒只有攮饭的伎俩?这分明不是自己的人工不到,却说甚么南北异宜?

当日明水有一个先生,姓汪,名字叫是汪为露,号叫是汪澄宇,倒也补了个增广生员。他的父亲在日,也是个学究秀才,教了一生的寡学。谁知这北边教学的固是无功受禄,却也还要运气亨通。这老儿教了一世书,不曾教成一个秀才。有几个自己挺拔可以进得学的,只为先生时运驳杂,财乡不旺,你就一连十数遍进道〔2〕,休想躐那泮水池〔3〕边。辞了下去,从了别的先生,今日才去从起,明日遇着考

〔1〕 正果——同本作"止果"。"正"与"止"该因形近而讹,据文意酌改。

〔2〕 进道——参加由提学道主持的考试。明清时期,童生先经县试、府试,最后通过道试才能取得生员的资格。

〔3〕 泮水池——学宫前的半月形水池,上建有桥。进入学宫要经过泮水池,所以童生入学成为生员称做"入泮"。

试,高高的就是一个生员,成五成十的银子谢那新教的先生。

后来这个老先生宾了天,汪为露进了学,袭了他令尊大人的宝座。谁知把他父亲的蹭蹬都转了他的亨通,学生们阵阵的都来从学,凡是别人家的书堂,有那积年不进的老童,你只来跟了他,遇考就进,再不用第二次出考的事。凡值科岁两考,成百金家收那谢礼。人再不说他邪运好,财神旺相,四下传扬开去,都说他是第一个有教法的明师,倍[1]了旧日的先生,都来趁他的好运。他即教学起家,买田置屋。起先讲书的时节,也还自己关了门,读那讲章;看课的时节,也还胡批乱抹,写那不相干的批语。后来师怠于财威,连那关门读讲章的工夫都那了去求田问舍,成半月不读那讲章,连那胡批乱抹也就捉笔如椽,成一两会的学课尘封在那案上,不与学生发落。

只因手里有了钱钞,不止于管家,且添了放利,收长落,放钱债,合了人摇会。你道这几件事岂是容易做的?这都是要脚奔波,足不沾地的勾当,岂是教书人所为?失了魂的一般东磕西撞,打听甚么货贱,该拿银子收下;甚么货贵,该去寻经纪来发脱。买那贱货,便要与人争行相竞;卖那贵货,未免就有赊欠等情,自要递呈告状。有那穷人败子,都来几两几十两的取。取钱的时候,花甜蜜嘴,讲过按月按时,十来分重的利钱,不劳一些费力,定了时刻,自己送上门来。头一两个月果然不肯爽信,真真的自家送到。喜得那汪为露对他妻子说道:"有银子不该买地,费了人工,利钱且又淡薄,只该放债。这十分

---

〔1〕 倍——同"背",离开,告辞。

重的利息,不消费一些人力,按着日子送来,那里还有这样撰钱的生意?"叫他婆子看小菜,留那送利钱的人吃酒,有留他不坐的,便是两杯头脑〔1〕。到了第二三个月上,有那样好的,过五六日、七八日自己还送到,其馀的也便要人上他门去催讨,然后付与来人。渐渐的那自己送来之事,这是绝无未有的了。至于上门催讨得来的,十无一二,未免要劳动汪相公大驾亲征,又渐渐的烦劳〔2〕汪相公文星坐守;又甚至〔3〕于兴词告状,把那县门只当了自家的居室,一月三十日,倒有二十日出入衙门。

凡有人家起会,都要插在里边。既是有会友,就多了交际。今日与李四温居,明日与张三庆寿;今日赵甲请去尝酒,明日钱乙请去看花。若说在书房静坐片刻的工夫,这是那梦想之所不到。但只是端午、中秋、重阳、冬至与夫年下这五大节的节仪,春、夏、秋、冬这一年四季的学贶,上在考成,你要少他一分,他赶到你门上足足也骂十顿。有那学生的父兄略知些好歹,嫌憎先生荒废了子弟的学业,掇了桌凳,推个事故辞回家去,他却与你抵死为仇,赖那学生,说他骑了头口,撞见先生不肯下来;又说他在人面前怎样破败〔4〕;又说还欠几季束脩不完。自己采打了学生,还要叫他父兄亲来赔礼;又说他倚了

〔1〕 头脑——一种与肉及杂味混合的酒。明朱国桢《涌幢小品·头脑酒》:"凡冬月客到,以肉及杂味置大碗中,注热酒递客,名曰头脑酒,盖以避风寒也。"
〔2〕 烦劳——同本作"烦劳动"。"动"字当为衍字,据文意删去。
〔3〕 甚至——同本作"扶至",据文意酌改。
〔4〕 破败——这里指败坏声誉。

新先生的势力，又去征伐那新去从学的先生。

　　且是更有那不长进的行止。有几亩坟地，与一个刘乡宦的地相邻，他把树都在自己地上促边促岸的种了。后来成了大树，一边长到刘家地内，他便也就种到那树根之旁。刘乡宦也绝不与他较量，后来越发种出那树的外边。刘家看庄的人与他讲理，说道："你树侵了我的地，已是不顺理了，你却又种出树外。"他说："我当初种树的时节，你家是肯教我不留馀地，种在促边的么？"看庄人告讼刘乡宦，刘乡宦说道："不幸才与这样人为邻，你可奈得他何？你只依他耕到的所在立了石至〔1〕罢了。"看庄人叫石匠凿了两根石柱，正在那里埋，他恰好在乡，说碍了他行犁，不许埋那石柱。

　　一个侯小槐开个小小药铺，与他相邻。他把侯〔2〕小槐的一堵界墙作了自己的，后面盖了五间披厦〔3〕，侯小槐也不敢与他争强。过了几年，说那墙后面还有他的基址，要垒一条夹道，领了一阵秀才徒弟，等县公下学行香，拿了一张呈子跪将过去，说侯小槐侵他的地基。县官接了呈子，问说："后面跪的诸生是做甚的？"他说："都是门徒，为公愤故来相伴生员的。"县官说："若有理的事，'一夔足矣〔4〕'，何庸公愤？"回去出了票，齐人听审。

----

〔1〕　石至——用作地界标志的至石。
〔2〕　侯——同本作"候"。"侯"与"候"盖因形近而讹，据上下文校改。同本"侯小槐"的"侯"字多误作"候"，此后径改，不再出校记。
〔3〕　披厦——依墙而建，房顶为一面斜坡的小屋。
〔4〕　一夔足矣——意思是一个人就足够了。夔，相传为尧时的乐正。

侯小槐也递了诉状,说他的房子住了两世,汪秀才是新买的,只问他的卖主果然墙是谁的。县官问说:"汪生员买的时候,这所在是屋是墙?"侯小槐说:"从来是墙,汪生员买到手里,才起上了屋。"县官说道:"侯小槐,你把他的房基画出我看。"侯小槐在那地上用手画道:"他那房子原是一座北房、一座南房、一座西房,如今他方盖上了一座披厦。这后墙是小人自己的界墙。"

汪为露说:"这墙是生员的,墙后还有一步的地基,文书明白。他欺生员新到,故此丧了良心图赖。"县公笑道:"你把这墙拆了,坐[1]出东边一步去,盖一座深大的东房,做了四合的爻象,委实也好。这也怪不得你起这个念头,我也该作成你这件好事,只是那侯小槐不肯依。"汪为露说:"若是尊师断了,他怎敢不依?"县官道:"你这个也说得是。"指着自己的心道:"可奈他又不依!你那些徒弟今在那里?"汪为露说:"都在外面,一个也不少。"县官说:"怎么都不进来抱公愤?"汪为露说:"因遵宗师的法度,不敢进来。待生员出去叫他们去。"县官说:"也不消去叫。"拿起笔来,在那审单上面写道:

审得生员汪为露,三年前买屋一所,与侯小槐为邻。汪有北屋、南屋、西屋,而独东无东房,以东房之地隘也。私将侯小槐之西壁以为后墙,上盖东厦三间,以成四合之象。见侯小槐日久不言,先发箝制,不特认墙为己物,且诬墙东尚有馀地。果尔,汪生

----

[1] 坐——山东方言,将建筑物的基址按其朝向向后挪移,叫做"坐"。

未住之先，不知已经几人几世，留此缺陷以待亡赖生之妄求哉？妇人孺子，谁其信之！无行劣生，法应申黜。姑行学责二十五板，押将厦屋拆去，原墙退还侯小槐收领。再若不悛，岁考开送劣简[1]。馀俱免供。

县官写完，说道："我已判断了。我读你听。"汪为露方才垂首丧气，禀道："既蒙宗师明断，生员也不敢再言。只求叫他依旧借墙，免拆这厦屋罢。"县官说："借墙与你盖屋，原是为情。你今呈告到官，这情字讲不得，全要论法了。况你这样歪人，谁还敢再与你缠帐？我劝你快快的拆了那房，把墙退与他去。若抗断不服，目下岁考的行简，一个也就是你！我明白开送，不是瞒人。饶你罚米罢！出去！"叫原差："押到学里戒饬过，拆完了房，取了侯小槐的领状，同来回话。"

出到大门外边，汪为露还撺拳拢袖要打那侯小槐，又嗔那些徒弟不帮了他出力。差人说道："他上边又没有拿话丁你，是大爷自己断的，你打他则甚？我是好话，相公你莫要后悔！"那徒弟里边，都七嘴八舌发作那个侯小槐。独有一个宗昭，字光伯，也是个名士，只问说："县公怎样断了？"差人拿出那审单来看。宗光伯看了点头说："有理的事慢讲，不必动粗。"都同了汪为露到了学里。

学师升了明伦堂，看了县公的亲笔审语，叫门子抬过凳来，要照

[1]　开送劣简——将生员的劣迹条陈开列，申报学道予以降级或褫革生员身份的处分。

数的戒饬。这却得了那徒弟们的大力,再三央恳,那学官方才准了免责,说道:"你却要出一两谢礼与那县里的公差,好央他去回话。"公差说道:"这个却不敢受,只说是师爷看了众位相公的情面,不曾戒饬就是了。"学师道:"瞒上不瞒下的,你何苦来?等他不谢你一两银,凭你怎么回话,我也不好怪你了。"出到外面,汪为露一个钱也不肯与那差人,只看那些徒弟。那些徒弟又众目只看那先生。内中有一个金亮公说道:"我们见在的十二个人,每人拿出一钱来,把一两谢原差,把二钱与学里门子。我有银在此,出了去,你们攒了还我。"汪为露道:"劳动陪也罢了,怎好又叫你们出银?"虚谦了一谦,看着金亮公秤出一两二钱银子,打点了差人门子开去。

差人又押了去交墙。汪为露撒赖道:"这要叫我拆房,我只是合他对命,把毛挦的罄净,啃了鼻子抠眼!我就自家照不过你,我还有许多徒弟,断不输与这光棍奴才!"又是宗光伯悄悄的说道:"先生既是还问他借墙,合他好说。这失口骂他,他岂没个火星?这事就难讲了。"他听了宗光伯的话方不做声。各人且回家去。

侯小槐因受了他一肚酽气,气出一场病来,卧床不起。差人又催他拆房,侯小槐又病的不省人事。汪为露揉了头,脱了光脊梁,倘在侯小槐门前的臭泥沟内,浑身上下,头发胡须,眼耳鼻舌,都是粪泥染透,口里辱骂那侯小槐。后来必定不肯拆房。他平日假妆了老成,把那眼睛瞅了鼻子,口里说着蛮不蛮、侉不侉的官话,做作那道学的猱腔。自从这一遭丢德,被人窥见了肺肝。

谁知他还有一件的隐恶,每到了定更以后,悄悄的走到那住邻街屋的小姓人家,听人家梆声〔1〕。一日,听到一个屠户人家两口子正在那里行房,他听得高兴,不觉的咳嗽了一声。屠户穿了衣裳,开出门来,他已跑得老远,赶他不上,罢了。谁知他第二日又去听他,那屠子却不曾云雨,觉得外面有人响动,知道是又有人听他,悄悄的把他媳妇子身上捵了捵,故意又要干事。媳妇故意先妆不肯,后来方肯依从。媳妇子自己故意着实淫声浪语起来。屠户悄悄的穿了衣裳,着了可脚〔2〕的鞋,拿了那打猪的挺杖,三不知开出门来,撞了个满怀。拿出那缚猪的手段,一手揪番,用那挺杖从脊梁打到脚后跟,打得爬了回去,惊出许多邻舍家来。有认得是汪为露的,都说:"汪相公,你平日那等老诚,又教着这们些徒弟,却干这个营生!"次日,屠户写状子要到提学道里去告他。央了许多的人再三央求,方才歇了。

　　旧时的徒弟宗昭中了举。迎举人那一日,汪为露先走到他家等候。宗举人的父亲宗杰只道他为徒弟中举喜欢,煞实地陪了他酒饭。等到宗昭迎了回来,布政司差吏送了八十两两锭坊银。他取过一锭看了一会,放在袖中,说道:"这也是我教徒弟中举一场,作谢礼罢了。"众人也还只道他是作戏。他老了脸,坐了首位,赴了席,点了一本《四德记》〔3〕。同众人散了席,袖了一锭四十两的元宝,说了一声

----

〔1〕　听人家梆声——在人新婚之夜偷听新婚夫妻的言谈动静,叫做"听房",也叫　　　　"听梆声"。梆,同本作"挷",盖因形近而讹,据文意酌改。同本多有"梆"误作"挷"之处,此后径改,不再出校记。
〔2〕　可脚——不松不紧,与脚的大小正相适宜。
〔3〕　四德记——参见第三十四回"冯商"注。《四德记》演冯商阴骘积善诸事,此　　　　处用以讽刺汪为露的无行。

"多谢",拱了一拱手,佯长而去,真是千人打罕,万人称奇。

宗昭原是寒素之家,中了举,百务齐作的时候,去了这四十两银,弄得手里掣襟露肘,没钱使,极得眼里插柴[1]一般。到了十月,要收拾上京会试,百方措处,那里得有盘缠? 喜得提学道开了一个新恩,说这新中的春元都是他嫡亲的门人,许每人说一个寄学的秀才,约有一百二三十两之得,以为会试之资。这汪为露自己去兜揽了一个,封起了一百二十两银,逼住了宗昭,定要他与提学去讲。最苦是宗昭自己先定了一个,封起的银子,陆续把他用了许多,只得再三央告那先生,说:"师弟之情就如父子一样,门生徼幸了一步,报恩的日子正长。如今且只当济助一般,万一会试再有前进,这一发是先生的玉成。"他把那头摇得落的一般,那里肯听! 后来见央得紧了,越发说出大不好听的话来。他说:"甚么年成! 今日不知明日的事! 你知道后来有你有我? 既中了举,你还可别处腾那,这个当是你作兴我的罢了。"

宗昭见了他拿定主意,再说也徒有变脸而已,没奈何只得应承。但这秀才的恩典,除了不得罢了,但他自己那一个,封起的银子使动了一半,却要凑足了退还与他,那里得又有? 只得再去央他,只当问他借五六十两银子的一般,添了还人。他大撒起赖来,发作说道:"我看你断不肯慨然做个人情叫我知感! 你将来必定人也做不着、鬼也做不着才罢。我实对你说,你若把这个秀才,或是临时开了你自

----

[1] 眼里插柴——形容万分焦急,难以等待的样子。

己的那个名字上去,或是与我弄不停当,你也休想要去会试!我合你到京中棋盘街上,礼部门前,我出上〔1〕这个老秀才,你出上你的小举人,我们大家了当!"唬得宗昭流水陪罪不迭,闭了口跑的回家。他父亲把几亩水田典了与人,又揭了重利钱债,除还了人,剩下的打发儿子上京。可可的又不中进士,揭了晓,落第回来。

这汪为露常常的绰揽了分上,自己收了银钱,不管事体顺理不顺理,麻虮〔2〕丁腿一般,逼住了教宗昭写书,被那府县把一个少年举子看做了个极没行止的顽皮,那知道都是汪为露干的勾当?后来越发替宗昭刊了图书〔3〕,凡有公事,也不来与宗昭通会,自己竟写了宗昭的伪札〔4〕。恐怕那官府不允,写得都是不伦之语,文理又甚不通,也常有触怒了官府,把那下书的打几板子,连宗昭做梦一般,那里晓得?

渐渐的宗昭风声大是不雅,巡按有个动本参论的声口。亏不尽宗昭的姑夫骆所闻在按院书吏,禀说:"这宗昭是书吏内侄,年纪才十八九岁,是个少年有德的举人。外边做的这些事件,宗昭闻也不闻,都是他先生汪为露干的勾当。"按院方才歇了。宗昭晓得这话,收拾了行李书籍,辞了府县,往他河南座师家里同了他的公子读书。

后来中了进士，仍旧被他所累，一个小小的行人〔1〕，与了个"不谨"〔2〕闲住。宗昭往河南去后，汪为露还写了他的假书，与一件人命关说，被县官查将出来，几乎把一个秀才问坏，从此方才洗了那一双贼手。

其实家里有了钱钞，身子又没了工夫，把那误赚人家子弟的这件阴鸷勾当不干，也自罢了，他却贪得者无厌。教了狄员外的儿子狄希陈整整五年，节里不算，五四二十，使了廿两束脩〔3〕，他娘叫他认字，单单只记得"天上明星滴溜溜转"一句。见狄希陈不来上学，另请了程乐宇坐馆，对了人面前发作，要在路上截打狄宾梁父子，要截打程乐宇。又说薛教授也不该合狄家伙请先生，有子弟只该送与他教。狄宾梁是个不识字的长者，看长的好人，不因那儿子不跟他读书，便绝了来往。只除了脩仪不送，其馀寻常的馈遗，该请的酒席，都照旧合他往来。他虽是一肚的不平，没有可寻的衅隙。就是薛教授，皓然了须眉，衣冠言动就合个古人一般，也便不好把他殴打。看来罗皂程乐宇是真。

一日，程乐宇放了晚学回家，这汪为露领了他的儿子小献宝，雇了两个光棍朱国器、冯子用，伏在路上，待程乐宇走过，一把采番，众

---

〔1〕 行人——明代行人司的官职，掌管传旨、册封等事。

〔2〕 不谨——考核官吏所下的考语之一，指所作的事不合为官的体统。清周亮工《书影》卷八："明初旧制，吏部考察，但老疾、罢软、贪酷、不谨四条。"

〔3〕 廿两束脩——同本作"甘两束脩"。"甘"、"東"二字盖因与"廿"、"束"形近而讹，据文意酌改。

人齐上，把一个德行之儒做了[1]个胯下之客，打得鼻青眼肿。恐怕程乐宇告状，他先起了五更，跑到绣江县里递了无影虚呈，番说程乐宇纠人抢夺。程乐宇也随即赴县递呈。

县官验得他面目俱有重伤，又久晓得汪为露的行止，都准了呈子，差了快手拘人。攒出[2]他几个党羽：一个龙见田，一个周于东，一个周于西，一个景成，就中取事，要与他讲和。程乐宇起先不允。众人叫汪为露[3]出了三两贿赂，备了一桌东道，央出无耻的教官闵善请了程乐宇去，硬要与他和处。程乐宇作难，闵教官煞实做起对来[4]。程乐宇畏势，准了和息，投文见官。汪为露与景成抬了和息牌上去。

县官头一个叫上程英才去，问说："你情愿和息么？"程英才说："生员被打得这般重伤，岂愿和息？迫于众势，不敢不从。"周于东一干人众齐说："你在外面已是讲和停妥，方来和息；见了尊师，却又说这般反覆！"县官说道："你们党恶，倚恶要盟，倚众迫胁，怎倒是他反覆？'兔死狐悲，物伤其类'，一个秀才被人打得这般伤重，倒不同仇，还出来与人和息！"周于东等辩说："若是平人百姓殴辱了斯文，生员们岂无公愤？但二生互殴，所以诸生只得与他调停。"

县官说："小献宝、朱国器、冯子用，都上来！这三个奴才都是秀

---

〔1〕做了——同本作"做下了"。"下"字为衍文，据文意删去。

〔2〕攒出——山东方言，钻出。

〔3〕汪为露——同本作"江为露"。"汪"与"江"盖因形近而讹，据上下文校改。

〔4〕做起对来——同本作"做对对来"，前一"对"字误，据文意酌改。

才么？"周于东等说道："这小献宝就是汪生员的儿子，朱国器的父亲
也是生员。"县官道："你说秀才的儿子就可以打得秀才，难道知县的
儿子就可以打知县，教官的儿子可以打教官么？把这小献宝这三个
光棍拿下去，使大板子打！"喝了数，五板一换，每人三十板。取枷上
来，写道："枷号通衢，殴打生员群虎一名某人示众，两个月满放。汪
为露罚砖五万，送学修尊经阁应用。龙见田、周于东、周于西、景成押
学，每人戒饬二十板。原差押汪为露在原旧行殴处所，同众与程相公
陪礼。"

发落了出去，将到二门，县官又把一干人犯叫回，问说："汪为
露，你前年占住那侯小槐的墙基，拆〔1〕了退与他不曾？"他流水答应
道："自从尊师断过，生员即刻拆还与他了。"县官说："你一干人且在
西边略站一站。"拔了一枝签〔2〕，差了一个皂隶："快叫侯小槐回话！
如侯小槐不在，叫他妻子来亦可。"

差人去不多会，叫了侯小槐来。县官问说："他退还了墙不曾？"
侯小槐只是磕头。汪为露在傍叫他说道："我出去就退还与你，可回
话。"县官说："你还不曾退还与他么？"问侯小槐："你那领状是谁写
的？"侯小槐道："小人也没写领状。他从问了出去，只到了大门外
边，就要将人揪毛挦髻〔3〕，百般辱骂。他那些徒弟们也都上前凌
辱，亏了宗举人拦救住了。小人受了这口怨气，即时害了夹气伤寒，

---

〔1〕 拆——同本作"折"。"拆"与"折"盖因形近而讹，据文意酌改。
〔2〕 签——同本作"籖"。"籖"与"籖"盖因形近而讹，据文意酌改。
〔3〕 髻——同"鬓"。

三个月才起床,不知谁人写的领状,小人不知。"汪为露说:"你同了众人情愿借墙与我,你对了老爷又是这般说话!"

县公叫原差,该房叫察号簿。县官说:"不消查号,原差是刘宦。"叫了一会,回话:"刘宦出差去了。"县官说:"你图赖人的地基,本应问罪。你既抗断,连这五万砖也不问你要罢。出去!"他晓得不罚他的砖是要送他劣行,免了冠[1],苦死哀缠。又是他许多徒弟再四央求,方才仍旧罚了五万砖,又加了三万,方才叫人押了拆那墙西盖的厦屋,还了侯小槐的原墙。刘宦差回,尖尖打了十五个老板。也着实的不直[2]那个闵教官,大计[3]赠了一个"贪"字。汪为露才觉得没趣。可见:

> 半截汉子好做,为人莫太[4]刚强;若是见机不早,终来撞倒南墙。

<hr>

〔1〕 免了冠——褫革生员资格。
〔2〕 不直——不肯肯其为人行事,鄙视、鄙夷的意思。
〔3〕 大计——明清时期,每三年一次对地方官进行的考核,叫做"大计"。
〔4〕 太——同本作"大","太"与"大"盖因形近而讹,据文意酌改。

第三十六回

沈节妇操心守志　晁孝子刲股疗亲

凶门孽贯已将盈,转祸为亨赖女英。广出腴田赒族子,多将
嘉谷济苍生。义方开塾儿知孝,慈静宜家妾有贞。偶尔违和聊
作楚,虚空保护有神明。

人间的妇女,在[1]那丈夫亡后,肯守不肯守,全要凭他自己的
心肠。只有本人甘心守节,立志不回的,或被人逼迫,或听人解劝,回
转了初心还嫁了人去;再没有本人不愿守节,你那旁边的人拦得住
他。你就拦住了他的身子,也断乎拦不住他的心肠,倒也只听他本人
自便为妙。

有那等妇人心口如一,不愿守节,开口明白说道:"守节事难,与
其有始无终,不若慎终于始。"明明白白没有子女,更是不消说得。
若有子女,把来交付了公婆,或是交付了伯叔,又不把他产业带去,自
己静静的嫁了人家。那局外旁人就有多口的,也只好说的一声:"某
家妇人见有子女,不肯守节,嫁人去了。"也再讲不出别的是非[2]。

----

〔1〕 在——同本作"有"。"在"与"有"盖因形近而讹,据文意酌改。

〔2〕 是非——同本作"是井"。"非"与"井"盖因形近而讹,据文意酌改。

这是那样上等的好人，虽不与夫家立甚么气节，也不曾败坏了丈夫的门风。

又有一等有儿有女，家事又尽可过活，心里极待嫁人，口里不肯说出，定要坐一个不好的名目与人。有翁姑的，便说翁姑因儿子身故，把媳妇看做外人，凡百偏心，衣食都不照管。或有大伯小叔的，就说那妯娌怎样难为，伯叔护了自己的妻妾，欺侮孤孀。还有那上没了翁姑，中间又无伯叔，放着身长力大、亲生被肚的儿子，体贴勤顺的媳妇，只要自己嫁人，还要忍了心说那儿子忤逆，媳妇不贤，寻事讨口牙。家里嚷骂，还怕没有凭据，拿首帕搔了头，穿了领布衫，跑到稠人闹市，称说儿子合媳妇不孝，要到官府送他，围了许多人留劝回来。一连弄上几次，方才说道："儿子媳妇不孝，家里存身不住。没奈何，只得嫁人了逃命求生！"卷了细软东西，留下些㑰抗[1]物件，自己守着新夫团圆快活，致得那儿子媳妇一世做不得人。这样的，也还要算他是第二等好人。

再有那一样摇拉邪货，心里边即与那打圈[2]的猪、走草[3]的狗、起骡[4]的驴马一样，口里说着那王道的假言，不管甚么丈夫的门风，与他挣一顶"绿头巾"的封赠；又不管甚么儿子的体面，与他荫

---

〔1〕 㑰抗——后文也作"㑰康"。粗笨沉重。㑰，音 láng。
〔2〕 打圈——母猪在排卵期出现的不思进食、情绪焦虑等寻偶征状，叫做"打圈"。
〔3〕 走草——指母狗发情。
〔4〕 起骡——草驴、骡马等雌性大牲畜发情，叫做"起骡"。

"忘八羔子"四个字的衔名。就与那征舒的母亲〔1〕一样,又与卫灵公家的南子〔2〕一般。儿子又不好管他,旁人又只管耻笑他。又比了那唐朝武太后的旧例,明目张胆的横行;天地又扶助了他作恶,保佑他淫兴不衰,长命百岁,致得儿女们真是"豆腐吊在灰窝——吹掸〔3〕不得!"

这三样是人家大老婆干的勾当。还有那等人家姬妾,更是希奇。男子汉多有那宠妾弃妻的人,难道他不晓得妻是不该弃的,妾是不应宠的?当不得那做妾的人刚刚授了这个官职,不由得做此官便会行此礼,在汉子跟前虚头奉承,假妆老实,故作勤俭,哄得那昏君老者就是狄希陈认字一般,"天上明星滴溜溜的转"。汉子要与他要要,妆腔捏诀:"我身上不大自在,我又这会子怕见如此,我又怕劳了你的身体。"哄得汉子牢牢的信他是志诚老实的妇人,一些也不防闲,他却背后踢天弄井。又是《两世姻缘记》上说道:用那血点烧酒,哄那老垂。听见有那嫁了人的寡妇、养了汉的女人,他偏千淫万摇、斧剁刀披,扯了淡信口咒骂。

昏君老者不防他灯台不照自己,却喜他是正气的女人,观他耻笑别人,他后来断不如此,敬他就是神明,信他就如金石,爱他就如珍宝,事奉他就如父母。看得那结发正妻即是仇人寇敌,恨不得立时消

-----

〔1〕 征舒的母亲——即夏姬,春秋时陈国大夫御叔之妻,史载其淫荡无行。

〔2〕 南子——春秋时卫灵公夫人,有淫行。

〔3〕 吹掸——同本作"吹担",据文意酌改。

化，让了他这爱妾为王。看得那正出子女，无异冤家债主，只愿死亡都尽，叫他爱妾另自生儿。再不想自己七老八十的个棺材楦子[1]，他那身强火盛的妖精，却是恋你那些好处？不揣自己的力量，与他[2]枕头上誓海盟山，订那终身不二的迂话。这样痴老，你百般的奉承，谆谆的叫他与你守节，他难道好说："你这话我是决不依的，你死了，我必要嫁人。再不然，也须养汉。"就是傻瓜呆子也断乎说不出口，只得说道："你但放心，这样嫁人养汉的歪事，岂是吃人饭做出来的？我是断乎不的[3]。就是万分极处，井上没有盖子，家中又有麻绳。宁可死了，也不做这不长进的勾当！倒只是你的大老婆不肯容我，你那儿子们问我要你遗下的东西，你死去又与我做不的主！"哭哭啼啼的不住。

有那正经的男子，晓得那正妻不是这般的毒货，儿子们不是歪人，凭他激聒，不要理他。有那等没正经的昏人，当真信以为真，与他千方百计防御那正经的妻子。还有写了遗嘱，把他收执，日后任他所为，不许那儿子说他。他有了这个丹书铁券，天地也是不怕的了，也不消等他甚么日后，只要你把腿一伸，他就把翅膀一晾，他当初骂别人的那些事件，他一件件都要扮演了出来。若是家里大老婆还在，这也还容易好处：或是叫他娘家领去，或是做主教他嫁人，他手里的东

[1] 棺材楦子——山东方言，今说"棺材瓢子"。填塞棺材的东西，指行将就木的人。楦子，填塞物体中空部分的东西。
[2] 他——同本作"也"。"他"与"也"盖因形近而讹，据文意酌改。
[3] 不的——山东方言，等于说不这样做的。

西，也不要留下他的，与他拿了出去，这就叫是"破财脱祸"。只是那没有大老婆的人家，在那大儿子们手里。若是那儿子们都是不顾体面的光棍，这事也又好处。只怕上面没嫡妻，儿子们又都是戴头识脸的人物，家中留了这等没主管的野蜂，拿了那死昏君的乱命，真真学那武曌的作为，儿子们也只好白瞪了眼睛干看。世上又没有甚么纲纪风化的官员与人除害，到了官手里，相撮弄猢狲一样，叫他做把戏他看。这样的事，万分中形容不出一二分来，天下多有如此，今古亦略相同。

奉劝那有姬妾的官人，把那恩爱毕竟要留些与自己的嫡妻，把那情义留些与自己家的儿子，断不可做得十分绝义。若是有那大识见的人，约得〔1〕自己要升天的时节，打发了他们出门，然后自己发驾，这是上等。其次倒先写了遗嘱与那儿子，托他好好从厚发嫁，不得留在家中作孽。后日那姬妾们果然有真心守志的，儿子们断不是那狗彘，赶〔2〕他定要嫁人；若是他作起孽来，可以执了父亲的遗嘱，容人措处，不许他自己零碎〔3〕嫁人。所以说那嫁与不嫁，只凭那本人为妙，旁人不要强他。

只因要说晁家春莺守节故事，不觉引出这许多的话来。这春莺原是一个裁缝的女儿，那裁缝叫是沈善乐，原是江西人，在武城成衣生理。因与武城县县官做了一套大红纻丝员领，县官央人十二月二

---

〔1〕 约得——自忖着，估计得。

〔2〕 赶——同本作"起"。"赶"与"起"盖因形近而讹，据文意酌改。

〔3〕 零碎——同本作"雲碎"。"零"与"雲"盖因形近而讹，据文意酌改。

十四日方从南京使了十七两银子连补子[1]买得回来,要赶出来新节穿着,叫了沈裁去裁。县官因自己心爱的衣服,亲自看他下剪。

那沈裁他便没得落去,不过下剪的时候不十分扯紧,松松的下剪罢了。但看了这般猩血红的好尺头,不曾一些得手,怎肯便自干休?恨命的喷了水,把熨斗着力的熨开,定要得他些油水。但这红绉丝只是宜做女鞋,但那女鞋极小也得三寸,连脱缝便得三寸五分。他便把那四叶身一叶大衿[2],共足足偷了一尺七寸;二尺二寸的大袖,替他小了三寸,又共偷了尺半有零;后边摆上,每边替他打下二寸阔的一条;每只袖又都替他短了三寸。下狠要把熨斗熨的长添,却又在那大襟前面熨黄了碗大的一块。二十六日做起,直等到二十九日晚上方才催完交进。

次日元旦,县官拜过了牌,脱了朝服,要换了红员领各庙行香。门子抖将开来与官穿在身上,底下的道袍长得拖出来了半截,两只手往外一伸,露出半截臂来。看看袖子,刚得一尺九寸。两个摆,裂开了半尺,道袍全全的露出外边。一个元辰五鼓的时候,大吉大利,把一个大爷气得做声不出,叫差人:"快拿裁缝!"一面且穿了旧时的吉服,各庙里行过了香。回到县里,那裁缝还不曾拿到,只得退了回衙。

家中拜岁饮酒,外面传梆报说:"裁缝拿到。"他夫人问说:"这新年初一,为甚的拿裁缝?"县官把那员领的事情对了夫人告诉,一面

---

[1]　补子——官服上标示品级的图饰,分别缀于前胸和后背。
[2]　衿——同"襟"。衣服的前幅,即衣襟。

叫人取那员领进去,穿上与夫人看。大家俱笑将起来,倒把那一肚皮的气恼笑退了八分。夫人问说:"衣服已做坏了,你拿他来,却要怎生发落?"县官说:"且打四十板子,赔了员领,再赶他出境。"夫人说道:"新年新节,人家还要买物放生。你只当听我个分上,不要打他,也不要赶他出境,只叫他赔这员领罢了。"县官道:"夫人的分上倒也该听,只是气他不过。"夫人说道:"这样小人,你把手略略的一抬就放他过去了,有甚么气他不过?"

夫人做了主张,叫人把这套员领发出与他,叫他把别的员领比样,押着他火速赔来。家人到传桶边分付,他还有许多的分理。家人说道:"你还要强辩!适间不是夫人再三与你讨饶,四十个大板,赶逐你出境哩!你还不快些赔来,定要惹打!"他拿了这套做坏的员领走到家中,也过不出甚么好年,低了头纳闷。

他想出一个法来。恩县有一位乡宦,姓公,名亮,号燮寰,兵部车驾司员外[1],养病在家,身长刚得三尺,短短的两根手臂。这沈裁原也曾答应过他,记得他是正月初七日生日。他把员领底下爽利截短了一尺有零,从新做过,照了公爷的身材,做了一套齐整吉服,又寻一副上好的白鹇金补缀在上面,又办了几样食品,赶初七早辰,走到公家门上,说:"闻得公爷有起官的喜信,特地做了一套吉服,特来贺寿,兼报升官。"

----

〔1〕 员外——员外郎的省称。职位在郎中之下,主事之上。

　　门上人传了进去。这公乡宦原是宦情[1]极浓的人,当他的生日,报他起官,又送吉服,着实的喜欢。叫那沈裁进去,他把一个红毡包托了那套员领,看了甚是齐整,又有几品精致食物,喜得公乡宦极其优待,留住了两日,足足的送了二十两纹银,打发他吃饭起身。

　　他却不往家来,拿了这银子竟上临清,要买南京红绐丝赔那县官的员领。走到段店,看中了表里两匹,讲定了十六两银包,那里有甚银子?从道袍一条大缝,直透到着肉的布衫,方知是过浮桥的时节被人割了绺去。只落得叫了一声"好苦",红段也不曾买成,当吊了那穿的道袍,做了路赀,就如那焦文用赔了人银子回去的一般。

　　差人又正来催逼。幸得县官上东昌、临清与府道拜节事忙,夫人又时时的解劝。差人因是熟识的裁缝,也还不十分作贱。两口子算计,把这一股财帛没了,还那里再有这股总财赔得起这套员领?若是拷打一顿,免了这赔,倒也把命去挨罢了;但拷打了依旧又赔,这却再有甚么方法?

　　正苦没处理会,恰好一个人拿了一只天鹅绒皮,插了草走过。他叫到跟前,看那个皮又大又有绒头,够做两个帽套的材料,讲做了四钱银子买了,又到段铺里面买了几尺镜面白[2]绫,唤了一个毛毛匠〔1〕，做了两顶极冠冕的帽套。他想到那乡宦胡翰林冬间故了，有两个公子甚不晓得世务，每日戴那貂鼠帽套惯的，这丁忧〔2〕怎好戴得？春初又甚寒冷。他倚了平日的主顾，甜言蜜语，送这两顶天鹅绒帽套与他。那两位胡公子戴惯了帽套，偏又春寒得异样，一个做了个白布面白绫里的幅巾，一个做了个表里布的围领脖。正苦那不齐整，一见了这雪白厚毛的暖耳〔3〕，喜不自胜，每人五两银奉酬，酒饭还是分外。

他有了此物，也解了一半愁烦，但此外便再没有一些方法。差人渐渐的催促紧将上来，无可奈何，只得把自己一个十一岁的女儿喜姐卖了完官。叫了媒婆老魏、老邹领到人家去卖，足足要银七两。领了几家，出到四两的便是上等的足数，再也不添上去。适值晁夫人要买个使女随任，晁夫人看得中意，先出四两，添到五两，媒钱在外。讲允肯了，媒婆叫他父母收银立约。

临别的时节，母子扯了痛哭，不肯分离。他母亲嘱付道："你既卖在人家，比不得在自己爹娘手里，务要听奶奶指使。若不听教道，要打要骂，做娘的便管你不着。梳头洗面，务要学好。第一不要偷馋抹嘴，第二不要松放了脚。你若听说听道〔4〕，我常来看你；如你不肯争气，我也只当舍你一般。"真是哭得千人堕泪，连那晁夫人也眼

---

〔1〕 毛毛匠——以缝制毛皮衣物为生的工匠。

〔2〕 丁忧——因父母之丧在家守制称"丁忧"，又称"丁艰"。

〔3〕 暖耳——寒冷季节外出时戴在耳朵上的耳套。这里指帽套。

〔4〕 听说听道——山东方言，听话。

泪汪汪,问说:"你等难舍难离,年成又不是甚么不好,有甚急事卖他?"

这裁缝婆子不说自己老公可恶,只说:"与县官做了一套员领,县官性子乔[1],嫌员领做得不好,立了限要赔,得银十六两才够。恩县乡宦公爷济助了二十两,拿到临清去买叚子,浮桥上被人割了。昨日又蒙胡爷家二位相公助了十两,还少一半,没奈何,只得卖了孩子赔了他。"晁夫人说:"既是胡相公助了十两,难道那做坏的员领卖[2]不出一半钱来?何须卖这孩子?"他说:"那做的员领又不发出,分外还要另赔。"晁夫人道:"阿弥陀佛!酷刻这穷汉的东西,叫人卖儿卖女的!你有了十两,又是这卖孩子的五两,这才十五两了。你说得十六两才够,别的哩?"沈裁婆子道:"有了这个,还要得二两才够搅缠的。昨临清讲住的[3]一套大红云纻就是十六两,这来往的盘缠、衬摆、纱补子,二两还不够,上下还差着二两哩。"晁夫人说:"你这二两可往那里操兑?"他说:"到家里看,还有几件破衣裳,几件破烂家伙,都损折[4]了添上。"

晁夫人甚是惨伤,叫他吃饭。临去,晁夫人说:"也罢,我再给你二两银,完成了这件事罢,省得你又别处滕那。"那妇人千恩万谢,与

〔1〕性子乔——脾气古怪。指挑剔、动不动就找碴儿的性格。
〔2〕卖——同本作"买"。"賣"与"買"盖因形近而讹,据文意酌改。
〔3〕讲住的——讲定了价格要买的。
〔4〕损折——损失。这里是拿出去变卖的意思。折,同本作"拆"。"折"与"拆"盖因形近而讹,据文意酌改。

晁夫人念佛不了。晁夫人又道："你放心自去，我不是作贱人家孩子的人。你得闲就来看，我也不嗔。看这孩子爽爽利利的，一定也不溺床，我另给他做被子盖。"

那妇人拿了银子去了。晁夫人摩弄着[1]他，哄他吃饭，又给他果子吃，黑夜叫他在炕脚头[2]睡，叫他起来溺尿。扎括的红绢夹袄，绿绢裙子，家常的绿布小棉袄，青布棉裤，绰蓝布棉背心子，青布棉鞴鞋，青绸子脑搭，打扮的好不干净！又不叫做甚么大活[3]。带到华亭，又到通州，回到家长了一十六岁，越发出跳[4]得一个好人。晁知州要收他为妾，从新又叫了他爹娘来到，与了他十二两财礼。做了妆新[5]的衣服，打了首饰上头。沈裁缝两口子也就来往。

晁知州不在了，沈裁缝两口子极有个叫他女儿嫁人家的意思。知道女儿有了五个月身孕，方才没好做声。到冬里生了儿子，晁夫人把他女儿看得似珍宝一般，又便不好开口。意思要等他满了晁知州的孝，再慢慢的与晁夫人讲。

到了三年，晁知州将待脱服，晁夫人一来也为他生了儿子，二则又为他脱服，到正三月天气，与春莺做了一套石青绉纱衫、一套枝红

----

〔1〕 摩弄着——用手抚弄。这里是哄的意思。着，同本作"看"。"着"与"看"盖因形近而讹，据文意酌改。

〔2〕 炕脚头——睡觉时土炕放脚的一头叫"炕脚头"，也叫"脚头"。

〔3〕 大活——指较重的体力劳动。

〔4〕 出跳——后文也作"出条"。即出挑。出落，体态、容貌发育得美丽。

〔5〕 妆新——因做新人而妆扮。妆，同本作"桩"。"桩"与"妆"盖因形近而讹，据文意酌改。

拱纱衫、一套水红湖罗衫、一套玄色冰纱衫，穿了一条珠箍，打了一双
金珠拼珠、一副小金七凤，许多小金折枝花、四个金戒指、一副四两重
的银镯。也与小和尚做的一领栗子色偏衫、缨纱瓢帽、红段子僧鞋、
黄绢小褂子。奶子也做了衣裳，丫头养娘、家人合家人媳妇，也都有
那脱服的赏赐。

到了三年的忌日，请了真空寺智虚长老做满孝的道场。各门的
亲戚，晁思才这班内外族人，沈裁的一家子，都送了脱服礼来，后响散
斋管待。完了醮事，春莺换了色衣，打扮的娇娇滴滴个美人，从头都
见了礼，大家方散。

待了一月，沈裁的婆子拿了一盒樱桃、半盒子碾转〔1〕、半盒子
菀豆来看晁夫人，再三谢前日打扰。坐了许久，与晁夫人说道："有
一件事，特来〔2〕与奶奶商议。也不是强定奶奶必然要做，我也不曾
与喜姐说知，该与不该，只在奶奶与闺女娘儿两个自己的主意。人家
有那缺少儿女，无米无柴的，也都还要守志，何况闺女守着奶奶这等
恩养，跟前守着哥哥，住着花落天宫的房子，穿的吃的是那样的享用，
可放着那些不该守？但只是年纪太小，今年整才二十岁了，往后的日
子长着哩。奶奶合他商议，他的主意看是怎么，省得他后日抱怨娘
老子。"

春莺道："我见你端着两个盒子来，只道你说甚么好话，原来是

〔1〕　碾转——将未全熟的麦子带穗煮熟搓粒，磨制而成的一种条状食品。
〔2〕　特来——同本作"持来"。"特"与"持"盖因形近而讹，据文意酌改。

说这个！你已是把我卖了两番钱使用了,没的你又卖第三番么? 这是三四年里头供备的你肥风[1]了。只怕我另嫁人去,别人家没有似这样供备你的! 奶奶有了年纪,哥哥这们一点子,叫我嫁了人去! 你这话是风是傻?"他娘说道:"你看么! 我没说叫奶奶合你商议么? 我也没曾逼住叫你嫁,这是做娘老子来尽你[2]的话。你自己愿意守志,没的倒不是好? 从此说定,往后就再不消提了。"

晁夫人说道:"你娘也该有这一尽。他知道你心里是怎么? 万一你心里不愿住下[3],不趁着这年小合你说,到有了年纪又迟了。你既说不嫁,这是你看长。我六七十的人了,能待几年? 守着孩子,这们的大物业,你受用的日子长着哩。这不[4]今年你二十岁了,破着我再替你当四五年家,你浑身也历练的好了,交付给你,也叫我闲[5]二年,自在自在。"

说话中间,小和尚拿着他奶母子的一只鞋,飞也似的跑了来。奶子跻着一只脚,割蹬[6]着赶。晁夫人说:"你是怎么?"奶子说:"我刚在那里缠缠脚,哥哥拿着我一只鞋跑了来了。"小和尚拿着鞋,把手逼在脊梁后头,扑在晁夫人怀里,把那鞋照着他奶子一撩,说:"娘,你看俺妈妈的'运粮船'呃!"惹的一家子呱呱的大笑。又问晁

----

[1] 肥风——这里是家境好转,不愁吃穿的意思。
[2] 尽你——特意提出来凭你主张的意思。
[3] 住下——同本作"任下"。"住"与"任"盖因形近而讹,据文意酌改。
[4] 这不——山东方言,用在句首表示大家都看到的目前如此的情况。
[5] 闲——同本作"門"。"閑"与"門"盖因形近而讹,据文意酌改。
[6] 割蹬——单腿一跳一跳地发出的声音,借指一条腿跳着走的样子。

夫人要了几点子〔1〕纱罗，叫他沈姐〔2〕与他做"豆姑娘"。春莺说："我不做，我待嫁人家去哩〔3〕。"小和尚又跑到晁夫人怀里，问说："俺沈姐说他要嫁人家去哩。怎么是嫁人家？"晁夫人说："他嫌咱没饭给他吃，又嗔你叫他做这个做那个的，不在咱家，另往人家去哩。"小和尚地下打滚，说："我不要他往人家去！我去打那人家！"晁夫人说："你起来，别要打滚。等他真个要去，我合你说，你可打那人家去。"小和尚从此以后，凡遇吃饭，就问说："娘，给沈姐饭吃了没有？看他又要嫁人家。"晁夫人道："咱往后只是给他饭吃，你再休题了。这嫁人家可不是好话。"小和尚说："这不是好话么？"谁知他极有记性，果然从此以后就便再也不说，也就再不叫他扎媳妇、剪人儿诸般的琐碎。沈裁两口子合晁夫人、春莺自此都相安无事，再也不题此事。

　　光阴似箭，日月如梭。春莺年长三十岁。晁夫人七十四岁。小和尚长了十四岁，留了头发，变了个唇红齿白的好齐整学生。读书甚是聪明，做的文章有了五六分的光景，定了姜副使的老生女儿〔4〕。

　　这年二月尽边，晁夫人因雍山庄上盖房上梁，季春江请晁夫人出去看看，原算计不两日就回，穿的也还是棉衣。不料到了庄上，天气

〔1〕几点子——同本作"几点于"。"子"与"于"盖因形近而讹，据文意酌改。
〔2〕沈姐——清郝懿行《证俗文》卷四："今妾子亦呼其母为姐。"
〔3〕哩——同本作"里"。"哩"与"里"盖因形近而讹，据文意酌改。
〔4〕老生女儿——山东方言，今也称"老生闺女"，指晚年所生的女儿。

暴热〔1〕起来，又没带得夹袄，只得脱了棉衣，光穿着两个绵绸衫子，感冒了风寒，着实病将起来。稍信到城，春莺叫了人合尹三嫂说了，即时锁了门，叫晁书、晁凤两个媳妇子好生看着，同了尹三嫂、小和尚即刻奔出乡去。晁夫人甚是沉重。春莺和小和尚万分着忙，请人调理。到了七日，发表不出汗来，只是极躁。

小和尚想道："我听的人说：'父母有病，医药治不好的，儿女们把手臂上的肉割下来，熬了汤灌了下去就好。'这叫是割股救亲。娘病得如此沉重，或者使那股汤灌下，必定就有汗出。又听得说：'这割股不可令父母知道。如知道了，更反不好。'"算计往那里下手，又寻下了刀疮药并札缚〔2〕的布绢，拿了一把风快的裁刀，要到那场园里边一座土地庙内，那里僻静无人，可以动手。

走到庙前开进门去，只见地下一折帖子。拾起来看，上面写道："汝母不过十二日浮灾，今晚三更出汗。孝子不必割股，反使母悲痛。"小和尚见了这帖，想道："这个事是我自己心里举念，再没有人知，如何有此帖在地？只怕是土地显神，也不可知。既说今夜三更出汗，不免再等这半日。"神前磕了头，许说："母亲好了，神前挂袍，吃三年长素。"许毕，袖了刀子回家。

晁夫人越发跑躁得异样，春莺、尹三嫂、小和尚三人不住的悲啼。一连七夜，眼也不曾得合。看看二更将尽，晁夫人躁得见神见鬼。交

----

〔1〕 暴热——同本作"暴执"。"热"与"执"盖因形近而讹，据文意酌改。

〔2〕 札缚——捆扎。札，同"扎"。

了三更,躁出一身冷汗,晁夫人渐渐安稳,昏昏的睡熟了去。三个着己的人轮班看守。直到次早日出醒来,想吃蜜水,呷了两三口;停了一会,想要粥吃,又吃了一钟米汤。一日一日,渐渐到了十二日,果然好了。又将息了几日,恐家中没人,札挣着都进了城。小和尚方与母亲说知土地庙显灵,要去挂袍。晁夫人都与他置办完备,亦即吃了素。

晁夫人待要不依他吃,他又对神前许过的;依了他吃素,心里又甚是疼爱得紧,也甚觉难为。小和尚又取出帖子来看,止剩下一张空纸,并没有一些字迹。晁夫人说:"你等黑了,灯下看一定有字。"果然真真的字在上面,众人看了,甚是希奇。可见:

> 孝顺既有天知,忤逆岂无神鉴?恶人急急回头,莫待灾来悔忏!

第三十七回

连春元论文择婿　　孙兰姬爱俊招郎

　　愚夫择配论田庄,计量牛羊合困仓。那怕喑聋兼跛躄[1],只图首饰与衣裳。豪杰定人惟骨相,英雄论世只文章。谁知倚市风尘女,尚识俦中拔俊郎。

　　人家的子弟,固是有上智下愚的品格,毕竟由于性习[2]的甚多。若教他身子亲近的都是些好人,眼耳闻见的都是些好话,即是那火炮一样,你没有人去点他的药线,他那一肚子的火药也毕竟响不出来。即如那新城县[3]里有一个大家,他上世的时候,凡是生下儿女,雇了奶子看养。那大人家深宅大院如海一般,那奶母抱着娃娃,怎得出到外面? 及至娃娃长到五六岁的时候,就送到家塾里边,早晚俱由家中便门出入。直到考童生的时候,方才出到街头,乍然见了驴、马、牛、羊,还不认得是甚么物件。这样的教法,怎得不把那举人、进士科科不四五个与他中去? 且是出来的子弟,那市井嚣浮的习气

---

　　〔1〕跛躄——两腿不能行走的人。
　　〔2〕性习——习性,习惯。这里指后天的濡染教育。
　　〔3〕新城县——今山东淄博市桓台县。

一些也不曾染在身上,所以又都忠厚善长,全不见有甚么贵介凌岸态度。

后来人家富贵的久了,大地的淳庞之气都也不肯敛藏,做父兄的便也没有这等的严教,那做子弟的也便不肯遵你这般拘束。如今虽然也还不曾断了书香,只是不像先年这样蝉联甲第。到了那大司马〔1〕手里,一个十一二岁的儿子,说他是该袭锦衣的人,便与他做了一顶小暖轿,选了八个小轿夫,做了一把小黄伞,终日叫他抬了街上行走,出拜府县。你道这样童子心肠,当如此的世故,教他葆摄初心,还要照依他家上世人品,能与不能?

这狄希陈读书的本事不会,除了这一件,其余的心性就如生猿野鹿一般。先时跟了那汪为露这等一个无赖的先生,又看了许多青出于蓝的同类,除了母亲有些家教,那父亲又甚溺爱不明,已是不成了个赤子。幸得另换了这程乐宇,一来程乐宇的为人不似那汪为露的没天理,还有些教法;二件也当不起那狄宾梁夫妇〔2〕的管待,不得不尽力的教他。把那"铁杵磨针",《四书》上面也就认得了许多字。出一个"雨过山增翠",他也能对"风来水作花";出一个"子见南子,子路不悦"的题,他也能破"圣人慕少艾,贤者戒之在色焉";看了人

---

〔1〕　大司马——明清时兵部尚书的别称。这里指新城王氏家族中的王象乾。象乾字子廊,号霁宇,累官至兵部尚书,明思宗朱由检称之为"三朝元老",卒赠太师。

〔2〕　夫妇——同本作"大妇"。"夫"与"大"盖因形近而讹,据文意酌改。

家的束帖样子，也能照了式与他父亲写拜帖、写请启。只是有些悖晦〔1〕处，人家送"窗禽〔2〕四翼"的，他看了人家的礼帖，说"窗禽"不是鸡，定问那送礼的来人要甚么禽鸟；定说"四翼"不是两只，决是二双。如这等事，不止一件。

狄宾梁见儿子长了学问，极其欢喜。他母亲又说亏了他择师教子，所以得到这一步的工夫。提学道行文岁考，各州县出了告示考试童生。狄宾梁也要叫儿子出去观场〔3〕。程英才道："他还心地不明，不成文理，出考不得。遇着那忠厚的县官还好，若是遇着个风力〔4〕的官府，把卷子贴将出来，提那先生究责，不当耍处。"狄宾梁说："他薛家的舅子〔5〕，相家的表弟，比他都小两岁，俱已出考，偏他躲在家里，岂不羞人？没奈何，只得叫他出来去走走〔6〕。"程乐宇道："且再商量。"与狄宾梁别了。

薛如卞与相于廷说道："我们同学读书，我们都出去考，只留他

〔1〕 悖晦——山东方言，不明事理，固执己见。也指明明是对的、符合事理的，却偏要将其说成是错的。

〔2〕 窗禽——宋刘义庆《幽明录》云："晋兖州刺史沛国宋处宗，尝买得一长鸣鸡，爱养甚至，恒笼着窗间。鸡遂作人语，与处宗谈论，极有言智，终日不辍。"后因称鸡为"窗禽"。

〔3〕 观场——意思是进入考场了解、熟悉考试的情况，为日后正式参加考试作准备。童生出应童子试，生员参加乡试，也称"观场"。

〔4〕 风力——有魄力，敢任事的意思。

〔5〕 舅子——妻子、未婚妻的兄弟。子，同本作"了"。"子"与"了"盖因形近而讹，据文意酌改。

〔6〕 走走——走一趟、参加一次的意思。

在家，委实体面也不好看。脱不了府县虽然编号，是任人坐的，我们两个每人管他一篇，也到不得贴出提先生的田地。我们再与先生商议，看是如何。"禀知了程乐宇。程乐宇道："这却甚好。只是你两个这一番出考，我们都要指望你进学，你却不可为了别人，耽误了自己的正事。"薛如卞道："这等长天，难道三篇怕也做不完的？每人替他做一篇，不为难事。"程乐宇准了他，投卷听候县里考试。

薛如卞入籍不久，童生中要攻他冒籍，势甚汹汹。程乐宇的妻兄连举人，叫是连才，常到程乐宇书房，看得薛如卞清秀聪明，甚有爱敬之意。家中有一个小他两岁的女儿，久要许他为妇，也只恐他家去，所以不曾开口，只背后与程乐宇说了几遭。这连春元的儿子连城璧，是县学廪生，程乐宇将这几个徒弟托他出保。连城璧见薛如卞有人攻他冒籍，虽不好当面拒绝了姑夫，回家与他父亲连才商议。连春元想道："这保他不妨。他已经入籍当差，赤历〔1〕上有他父亲纳粮〔2〕实户的名字，怕人怎的？就与宗师讲明，也是不怕。我原要把你妹子许他，惟恐他家去。他若进学在此，这便回去不成，可以招他为婿，倒也是个门楣。不然，爽利许过了亲，可以出头炤管。"叫人去请了程乐宇来家商议此事，程乐宇甚是赞成。

连春元的夫人要自己看过方好。程乐宇道："这事不难。我叫

---

〔1〕　赤历——将纳户所纳钱粮等事登记造册，留作案底以备稽核的簿册。

〔2〕　纳粮——同本作"绁粮"。"纳"与"绁"盖因形近而讹，据文意酌改。

他送结状来与内侄，嫂嫂你相看〔1〕就是了。"程乐宇回到书房，叫薛如卞，说道："外边攻冒籍的甚紧，连赵完又[有]不肯出保的意思，我再三央他，你可将这结状送到他家。"

薛如卞拿了结状走到连家。门上人通报了，说叫请他到后面书房里去。进入中门，连春元的夫妇他也不曾回避，薛如卞作了揖。连夫人故意问说："这是谁家的学生？"连春元道："是薛家的，见从程姑夫念书，如今要出考哩。"叫他坐了吃茶。伸出两只雪白的长长尖手，声音员满，相貌端方，齿白唇红，发才及额，紫花布大袖道袍，红鞋净袜。连赵完出来相见，他留了结状。连春元自进书房，取了一柄诗扇，一匣香墨，送他出来。他作揖称谢，甚有矩度。连夫人亦甚喜欢，就托了程乐宇作伐。薛教授喜不自胜，择日下定，不必烦讲。薛如卞有了这等茁实的保结，那些千百年取不中的老童，也便不敢攻讦。

县官点完名进去，四个人都坐成了一处。出下题来，一个《论语》题是"从者见之"，一个《孟子》题是"相泣于中庭，而良人未之知也，施施从外来"。薛如卞先与狄希陈做了头篇，相于廷也先与狄希陈做了二篇，方才做自己的文字。薛如兼才得十二岁，他也不管长，不管短，拿了一管笔飕飕的写起，不一顿饭时，起完了草稿，就要誊真。薛如卞说："这天色甚早，你不要忙，待我与你看看，再誊不迟。"

----

〔1〕 相看——山东方言，特指通过谈话、端详等看对方合不合自己心意，用于择偶、择婿等场合。

他那里肯等？霎时间上完了真[1]。刚好巳牌时候，头一个递上卷去。

县官看了这等一个俊俊的光头，揭开卷子，满满的一卷子字。又是头一个交卷，求那县官面试。县官把他的卷子齐头看了一遍，笑道："你今年几岁了？"回说："十二岁了。"县官笑说："你这文章还早哩！回去用心读书，到十四岁出来考，我取你。"这薛如兼只是胡缠。县官说："我出一对考你罢：'大器贵在晚成。'"他对"长才屈于短驭"。县官笑道："你对还取得，取了你罢。你去旧位上坐在那边，等再有几人交卷，放你出去。"

等了一会，狄希陈也抄完了卷子，送上去面试。虽也不是幼童，却也还是个标致披发。《论语》破题道："从者为之将命，鉴其诚而已。"《孟子》破题："齐妇丑其夫，而齐人不自丑焉。"县官把那第二个破题圈了，以下的文字单点到底，卷面上写了个"可"字。又等了二三十个交卷的，狄希陈与薛如兼都头一牌放了出去。都是县官面试取中，欢喜的跳了回家。

薛如卞等了相于廷一齐完了，上去交卷。两个都方一十四岁，新才留发，清清秀秀的一对学生，跪了求县官面试。县官把那两通卷子都齐头看了，都圈点了许多，都在卷面上发了个大圈，问说："两个都几岁了？"回说："都是十四岁了。"又问："先生是谁？"回说："是程英

---

［1］上完了真——科举考试时，将修改后的草稿誊录到正式的试卷上，叫做"上真"，也叫"誊真"。

才。"问说："你两个是同窗么?"回说："是。"县官说："回家快去读书,这一次是要进的了。"两个谢了县官,领了照出的牌,开门放出。各家父兄接着,都说蒙县官面试取中。天还甚早,程乐宇叫他吃了饭,写出那考的文章,都比那窗下的更加鲜艳。

程乐宇把去与连春元父子看,甚是称赏。大家估那两人的文字,程乐宇与连赵完说:"薛如卞在十名里,相于廷在十名外。"连春元说:"这两个都在十名里。相于廷在前,薛女婿在后。"程乐宇又把狄希陈的文字也叫他誊了出来,把与连春元看。连春元说:"这卷子也取的不远。据头一篇只是必取,若第二篇,只怕还不出二十名去。"程乐宇笑道:"头一篇是薛女婿做的,第二篇是相学生做的。"

过了十数日,县里发出案来,共取了二百一十二名。相于廷第四,薛如卞第九,都在覆试之数;狄希陈第二十一名,薛如兼第一百九十名。四个全全取出,各家俱甚喜欢。

连春元夸他认得文章,见了程乐宇,说:"薛如卞合相于廷必然高进。"连夫人取笑说道:"薛家女婿进了,只是少了姑夫的一分谢礼。难道好受侄女女婿的么?"连春元道:"女婿进了学,咱还该另一分礼谢他姑夫哩。"程乐宇道:"岂止这个?那做媒的礼没的好不送么?"

不两日,县里造了册,要送府学考。因四个都尚年幼无知,乍到府城,放心不下,还央程先生押了他们同去,米面吃食等物都是狄员外办的。济南府东门里鹊华桥东,有连春元亲戚的房子,问他借了做下处。一行师徒五人,又狄周、薛三槐、相家的小厮随童,连家拨了家人毕进跟随薛如卞、厨子尤聪，共是十人。清早都在狄家吃了早饭，各家的父兄并连春元父子都到狄家，看着送他们起身。狄希陈问他娘要银子，好到府里买什么。他娘给了他四两银子，他嫌少，使性子又问他爹要。他爹又给了他六两，叫他买书纸笔墨，别要分外胡使。

明水到府不足百里，早发晚到。次日，礼房投了文。听候考试的日期尚早，程先生要拘住他们在下处读书。这班后生，外州下县的人，又生在乡村之内，乍到了省城，就如上在天上的一般，怎拘束得住？先生道："我就管住你的身子，你那心已外驰，也是不中用的。凭你外边走走，畅畅文机，只是不可生事，往别处胡走。"

这四个人得了这道赦书，"海阔从鱼跃，天空任鸟飞"，从鹊华桥发脚，由黑虎庙到了贡院里边，毕进指点着前后看了一遍。又到了府学里边看了铁牛山，从守道门前四牌坊到了布政司里面，由布政司大街各家书铺里看过书，去出西门，到跑突泉上顽耍了一大会，方才回步。

狄希陈走在跑突泉西边一所花园前，扯开裤小解。谁知那亭子栏干前站着一个十六七岁的磐头[1]闺女，生得也甚是齐整，穿的也甚济楚。见了狄希陈在那里溺尿，那闺女朝了庭内说道："娘，你来看！不知谁家的学生朝了我溺尿！"只见里面走出一个半老女人来，说道："好读书的小相公！人家这么大闺女在此，你却押出赍子[2]

----

〔1〕磐头——同本作"磐匪"，据上下文校改。

〔2〕赍子——山东方言，人和某些雄性动物的阴茎。今淄博一带方言中仍存。赍，同"鸡"。

来对着溺尿!"唬的狄希陈尿也不曾溺完,夹了半泡,提了裤子就跑,羞的绯红的脸,赶上薛如卞等,说道:"您也不等我一等,刚才差一点儿没惹下了祸!一个大磐头闺女在那西边亭子[1]上,看不曾看见,朝着他溺了一泡尿,惹的他娘怪说不是的。这要被他打几下子[2],那里告了官去!"大家问说:"有多大的闺女?"狄希陈说:"磐起头了,标致多着哩!穿的也极齐整。"

毕进道:"这里谁家有这齐整闺女?待我回去看看。"毕进跑去不多一会,回来说:"是两个唱的。"薛如卞[3]说:"唱的也敢嗔人么?"狄希陈说:"瞎话!谁家有这们唱的!磐着头,打着鬏髻[4],带着坠子,是好人家的个闺女!"毕进问说:"狄大哥,你见的是那穿蜜合罗的?"狄希陈说:"就是。"毕进说:"那就是个唱的。"狄希陈说:"咱都回去看看可是唱的不是。"

一班学生都走到跟前,缩住了脚,站着往里瞧。那个半老女人说道:"那位溺尿的相公照着闺女溺尿罢了,还敢回来看人?都请进来吃茶。"这班学生待[5]要进去,又都怕羞不敢进去;待不进去,却又舍不的离了他门。你推我让,正在那里逡巡,可是那个穿蜜合的小姐走到跟前,猛可的将狄希陈一手扯,一边说道:"你对着我溺了尿去,

---

〔1〕 亭子——同本作"享子",据上文校改。
〔2〕 几下子——同本作"几下了"。"子"与"了"盖因形近而讹,据文意酌改。
〔3〕 卞——同本作"下",据上下文校改。
〔4〕 鬏髻——梳在两边的发髻。
〔5〕 待——同本作"苟",据文意酌改。

我倒罢了,你又上门来看人!"一边往家就拉。狄希陈往外就挣,唬的薛如卞、相于廷怪嚷,叫人上前。毕进笑道:"他合狄大哥顽哩,进去歇歇凉走。"拉到屋里板凳上坐下,端上茶来吃了,又切了个瓜来。有吃一块的,有做假不吃的。

那个闺女拿着一块瓜,往狄希陈口里填,说:"怎么来上门子怪人? 溺尿唬着你来么? 原来还没梳椤的个相公,就唬他这们一跳〔1〕。"打伙子〔2〕顽了一会,方才起身。那个闺女也送出门来,又对〔3〕狄希陈说:"呃! 你极了尿,可再来这里溺罢,我可不嗔了。"同来到了江家池上,吃了凉粉、烧饼,进西门回下处来。路上嘱付,叫薛如兼休对先生胡说往唱的家去。

程乐宇见了他们,问:"从何处回来?"回说:"走到了跑突泉上,又往江家池吃凉粉〔4〕、烧饼。"狄周看得程乐宇说到凉粉、烧饼的跟前〔5〕,有个咽咽的咽唾沫之情,遂问那主人家借了一个盒子、一个赤壁赋大磁碗〔6〕,自己跑到江家池上下了两碗凉粉,拾〔7〕了十个烧饼,悄悄的端到下处,定了四碟小菜,与程乐宇做了晌饭。程乐宇甚喜狄周最可人意。四个学生也吃了午饭,读了半日书。

----

〔1〕 跳——同本作"踓",据文意酌改。

〔2〕 打伙子——同本作"仔夥了"。"仔"与"打"、"子"与"了"盖因形近而讹,据文意酌改。

〔3〕 对——同本作"到"。"對"与"到"盖因形近而讹,据文意酌改。

〔4〕 凉粉——同本作"京粉",据上下文校改。

〔5〕 跟前——等于说时候。

〔6〕 赤壁赋大磁碗——绘有苏东坡游赤壁故事的瓷碗。

〔7〕 拾——山东方言,买。取从店铺的烧饼筲箩中拾取之意。

次日，又禀了先生，要到千佛寺去。出了南门，拾的烧饼，下处拿的腊肉、蒜苔，先到了下院，歇了一会，才到山上，都在尘飞不到上面吃了带去的饼肉[1]。过了正午，方才下山。又在教场将台上顽了半会，从王府门口回到下处，仍又吃了些米饭，天也渐次晚了。

次早，向先生给了假，要到湖上。叫狄周五荤铺里买了一个十五格攒盒，自己带的酒；叫毕进先去定了一只船，在学道门首上船，沿湖里游玩。到在北极庙台上顽了半日，从新又下了船，在学道前五荤铺内拾的烧饼、大米水饭、粉皮合菜、黄瓜调面筋，吃得响饱。

要撑到西湖里去，只见先有两只船，也在那里游湖，船上也脱不了都是听考的童生。船上都有呼的妓者[2]，内中正有那个穿蜜合罗衫的闺女，换了一件翠蓝小衫，白纱连裙。那船正与狄希陈的船往来擦过，把狄希陈身上略捏了一把，笑道："你怎么不再去我家溺尿哩？"狄希陈羞得不曾做声，倒是那个闺女对着他那船上的人告诉，大家乱笑。后晌在学道门口下船的时候，恰好又都同在那里上岸。临别后，彼此都甚留情。原来从那日狄希陈在他家吃茶回来，心里着实有个留恋之意。一来怕羞，二来自己偷去，又怕先生查考，心里真是千般摩拟，万回辗转，寻思不出一个好计，想道："没有别法，只是夯干罢了。"

次日，众人又出去到那杂货铺内闲看。他在那人丛里面转了一个人背，一溜风跑到那前日溺尿的所在，只见门前一个人牵着一匹马在那里

---

〔1〕 饼肉——同本作"饼内"。"肉"与"内"盖因形近而讹，据文意酌改。

〔2〕 妓者——同本作"妓猪"。"者"与"猪"盖因形近而讹，据文意酌改。

等候。狄希陈想道："苦哉！门口有马，一定里边有人在内，我却怎好进去？且是许多亲戚都在城里，万一里面的是个熟人，不好看相。"在那门前走来走去的相转灯一般。却好一个卖菜的讴过〔1〕，有一个小丫头出来买菜，狄希陈认是〔2〕那前日掇茶的丫头。那丫头看了狄希陈也笑，买了两把菜进去。

不多一时，只见那个闺女手里挽着头发，头上勒着绊头带子，身上穿着一件小生纱大襟褂子，底下又着一条月白秋罗裤、白花膝裤，高底小小红鞋，跑将出来，正见狄希陈在那里张望，用手把狄希陈招呼前去，说道："你这腔儿疼杀人！"一只手挽发，一只手扯着狄希陈到他卧房，说："床上坐着，等着我梳头。"狄希陈说："你猜我姓甚么？"那闺女说："我猜你是狄家的傻孩子！"狄希陈说："跷蹊！你怎么就知道我姓狄？"那闺女说："我是神仙，你那心里，我都猜的是是的，希罕这姓猜不着！"狄希陈说："你猜我这心里待怎的？"那闺女说："我猜你待要欺心，又没那胆，是呀不是？"狄希陈不言语，只是笑。

那闺女说："你也猜我姓甚么？"狄希陈想了一想，看见他房里贴着一幅画，上面写道"为孙兰姬写"，想道："这孙兰姬一定就是他。"说道："我怎么猜不着？只是不说。"那闺女道："你怎么就不说？我只是叫你说。"

两个斗着嘴，那闺女可也梳完了头，盆里洗了手，使手巾擦了，走

〔1〕讴过——吆喝着走过。
〔2〕认是——认得是。"得"字在山东方言中语音脱落。

到狄希陈跟前,把狄希陈搂到怀里,问道:"你说不说?"狄希陈忙应:"我说! 我说! 你是孙兰姬。"那闺女又问道:"你怎么知道?"狄希陈说:"那画上不是么?"

两个绕圈子,那外边牵马的催说:"梳完了头不曾? 等的久了。咱走罢。"那闺女说:"不好! 不好! 快着! 快着! 我奶奶我这孩子〔1〕我这孩子待去哩!"关了房门,要合狄希陈上阵。

谁知那闺女虽也不是那冲锋陷阵的名将,却也还见过阵来。那狄希陈还是一个"齐东的外甥",没等披挂上马,口里连叫"舅舅"不迭。才一交锋,败了阵就跑。那闺女笑道:"哥儿,我且饶你去着,改日你壮壮胆再来。"又亲了个嘴,说道:"我的小哥! 你可是我替你梳栊的,你可别忘了我!"

那闺女待要留他吃饭,外边那牵马的又催。两个吃了两杯寡酒,送出狄希陈行了,他方上了马,也进城来。狄希陈头里走,他骑着马后面慢跟,却好都是同路。看着狄希陈进去,知道是他的下处。

狄希陈到了家,他们还没回来哩。程乐宇问说:"他三个哩?"狄希陈知他三人未回,甚是得计,说道:"到了布政司街上,被人挤散了,再没找着他们。我在书铺里看了会子书,等不见他们,我就来了。"哄过了先生。从此以后,得空就去,也有五六次的光景。

府里挨次考到绣江县。外边商议停当,四人还是连号,薛如卞专

---

〔1〕 奶奶我这孩子——山东方言,妇女给孩子喂奶叫做"奶孩子",也叠称"奶奶孩子"。这里是和狄希陈打情骂俏的话。

管薛如兼,相于廷专管狄希陈。程乐宇说:"你两个全以自家要紧,不要误了正事。他两个不过意思〔1〕罢了,脱不了到道里饶不得进,还要提先生,追究出代笔的情节,不是顽处。"

那日济南府却在贡院里考,《论语》题:"文不在兹乎?"《孟子》题是:"王欲行王政,则勿毁之矣。"相于廷道:"一个题目做两篇,毕竟得两个主意才好。"他说那"文不在兹乎"不是夫子自信,却是夫子自疑,破题就是"文值其变,圣人亦自疑也"。第二个题,说不是叫齐王自行王政,是教他辅周天子的王政,留明堂还天子,破道:"王政可辅,王迹正可存也。"他把这两个偏锋主意,信手拈了两篇,递与狄希陈誊录,他却慢慢的自己推敲。薛如卞先把自己的文字做完,方才把薛如兼的文字替他删改了。

狄希陈早早的递了卷子〔2〕,头一牌就出去了,家里的人都还不曾接着。他看见没人,正中其计,兔子般窜到孙兰姬家。适值孙兰姬正在家里,流水做饭与他吃了,到了房中,合他做了些事件。说道:"今日考过,明日便要回家。"两人甚难割舍。闻得绣江县一案要调省城,倘缘法不断,府案取得有名,再来进道,这倒有许久的相处,但不知因缘何如。恐怕先生查考,只得辞回下处,说着晚上还使人与他送礼。正是:"流泪眼观流泪眼,断肠人别断肠人。"回到下处,又将言语支吾过了。

---

〔1〕 意思——山东方言,有那么回事。指进场参加了府试。

〔2〕 卷子——同本作"卷于"。"子"与"于"盖因形近而讹,据文意酌改。

都把考的文章写了出来。程乐宇看了薛如卞、相于廷的文字,许说还是十名之内。看了狄希陈的,笑说:"这差了书旨,定是不取的了。"又看了薛如兼的,说道:"你面试不曾?"他说:"官不在堂上,没有面试。"程乐宇说:"若是当面交卷,看见是个孩子,倒也可取。可惜了的!"打发都吃了饭,果然家里的头口都来迎接。

众人因在府城住了二十多日,听说家去,都甚喜欢。惟有狄希陈听说家去,倒似吊了魂的一般。灯下秤了二两银子,把自己的一个旧汗巾包了,放在床头,起了个五更,悄悄的拿了银子,推说往街上出恭,一阵风跑到西门上。刚刚的开了城门,急忙到了那闺女家内。可恨那个闺女傍晚的时节被人接了进城,不在家里。他垂首丧气,把那汗巾银子留与了他的母亲。要留他吃饭,他急忙不肯住下,又覆番身跑了回来。走到贡院门口,正撞见孙兰姬骑了马,一个人牵了,送他回去。知他才从家里空来,好生难过。一个大街上,有甚么事做?只好下了马,对面站着,扯了手,说了几句可怜人的话,俱流了几点伤情的眼泪。孙兰姬从头上拔一枝金耳挖与了他,狄希陈方打发孙兰姬上了马。狄希陈更自难为。

回到下处,大家方才起来梳洗。狄周已是与他收拾完了行李,只等他不见回来。他说:"撞见郡王们进朝,站着看了一会。只说后边还有来的,谁想只有那过去的一位,叫我空等了这们一日。"大家都吃完了饭,鞴上了头口,交付那借用的家伙,赏了那看房子的人三钱银子。一行人众出了东门,望东行走,倒也是:

> 鞭敲金镫响,齐唱凯歌回。独有含情子,回头泪满腮。

第三十八回

连举人拟题入彀　狄学生唾手游庠

谁把莲花妆俊颊？前身应是龙阳。披眉绿发映红妆。面傅
何郎粉[1]，裾留荀令香。　　直此美人应掷果[2]，何烦韩柳
文章？蓝袍冉冉入宫墙。宋朝[3]来艺圃，弥子[4]在胶庠。

——右调《临江仙》

却说程乐宇领着四个徒弟、五个仆人，从济南回家。相于
廷、薛如卞兄弟离了父母二十多日，乍得回家，又因先生许说文字甚佳，可
取十名之内，一路上喜地欢天，恨不得一步跨到家内。惟有狄希陈眉
头不展，笑语俱无。到了龙山，大家住下吃饭，撒活头口[5]，独他连
饭也不吃。狄周怕他身上不好，摸他头上不热，方才放心。程乐宇疑
心因是说他文章不好，故此着恼，遂说："你今才十六岁，正是读书的

---

[1] 何郎粉——同本作"郎粉粉"，据文意酌改。
[2] 掷果——《晋书·潘岳传》："岳美姿仪……少时常挟弹出洛阳道，妇人遇之
　　者，皆连手萦绕，投之以果，遂满载而归。"后因以"掷果"表示妇女对美男子
　　的爱慕。
[3] 宋朝——春秋时宋国的公子，貌美而恋女色。
[4] 弥子——即弥子瑕，春秋时人，因貌美而成为卫灵公的男宠。
[5] 撒活头口——卸下鞍鞯，让牲口得以歇息。

时节,没有都一箭上垛〔1〕罢?你若奋力读书,这能待几个月不科考哩?你十七进学,还是掐出水来的个小秀才哩。你愁甚么,放着饭不吃?倒只怕你过了这一会,你又不愁了,依旧仍不读书。他两个这一遭又都进了,可再没有人合你同考。童生场里没有人照管,这才可恼哩!"这程乐宇劝的话句句都是正经,但只不曾说着他的心事。吃完饭,上了路,赶日西时到了家,各人都回本家去了。

连春元先到了程乐宇家,却好薛教授也来看望程乐宇,彼此叙礼作揖。连春元问程乐宇道:"四位高徒的文字想都得意,有写出来的么?"程乐宇说:"都有写出的。薛大学生合相学生的,只怕也还不出十名去;薛二学生的,他没得面试,那在取不取之间;狄学生的,把书旨差了,这是没有指望的。"连春元说:"怎么差了?四个同窗都齐齐的进道才好哩。叫他们把写出的文字都送来我看看。"

次早,程乐宇领着四位徒弟都到了连春元家,各人都拿着文字递与连春元看。连春元虽然妆着有养〔2〕,不免先把薛如卞的文字看了,说道:"文字做得好!"其次又看相于廷的,也说道:"这文字比县卷还沉细!"又看了狄希陈的,没言语,只笑。又看了薛如兼的,说:"这也好,定是取的。"看过,都递与连赵完看。看完了,连春元问说:"你看这四位的文章何如?"连赵完说:"姑夫评品的不差。"连春元说:"那三卷评的也是。依我看,狄学生的这文字要取第二。"连赵完

----

〔1〕 上垛——射中箭靶。

〔2〕 养——涵养。

笑,没有言语。连春元说:"你笑,是不信么? 你合姑夫敢与我赌些
甚么?"连赵完合程乐宇说:"只怕童生文字论才气,说是小学生的文
章,取了也是有的。取第二或者未必。"连春元说:"你爷儿两个敢合
我赌? 若取在第三,也算我输。"连赵完说:"爹说这取第二的意思是
怎么? 我不省的。"连春元说:"我为甚么先泄了这机? 你只赌便罢
了。"连赵完对着程乐宇道:"姑夫合爹赌下,姑夫输了,我合姑夫伙
着;爹输了,是自家出。"连春元说:"同着四位学生,狄学生取在第三
以下,我输一两;若取第二,您爷儿两个伙出一两东道。就是咱这七
个,还请上薛亲家、狄亲家、相亲家共十人,吃个合家欢乐。"程乐宇
说:"极好! 就是如此。"连春元道:"还有一说,若狄学生取了案首,
也还是我输。"程乐宇道:"若取了第一,这还算哥赢。"连春元说:"岂
有此理! 这还算眼色么? 若取了第一,只估第二,我出二两。狄学生
家去流水读书,打点进道。"薛如卞见了连夫人出来,都起身作辞。
连春元留吃早饭,方才放行。连春元拟了十个经题,十个《四书》题,
叫他四个料理进道。

　　学道兖州考完,回到省下,发了吊牌,果然绣江一案吊到省城。济南
府拆了号,有人报来:薛如卞第一,狄希陈第二,相于廷还是第四,薛如兼
第十九。各家从厚打发报喜的人,都各管待酒饭。倒不说一个书房四个
学生出考,全全的取出可喜,只服连春元的眼色怎么一点不差。程乐宇
喜道:"我服他好眼力,卖亩地也输这五钱银子[1]!"

----

〔1〕 银子——同本作"银了",据文意酌改。

大家见了连春元，问说："怎么就必定第二？果然就一些不差，却是怎说？"连春元说："这也易见。童生里面有如此见识，又有才气，待取案首，终是偏锋，毕竟取一个纯正的冠军。不是第二是甚么？况又不是悖谬，其实匡人围的甚紧，吉凶未料，夫子且说大话？说自疑极有理。《孟子》题，上头见有周天子，却叫齐王行王政，坐明堂。如今这一圆成[1]极好。快把输的银子送来给我置办东道，吃了好往府里考去。"算定第三日起身，还是前日那十个人，一个不少，也还是那下处。狄员外家备的食用。

狄希陈下了头口，转转眼就不见了，谁知三脚两步已跑到孙兰姬家里。孙兰姬被人接了出去，没在家里。狄希陈偷了娘的一匹绵绸送了他。老鸨子留他吃饭，没住。回来假说外头溺尿，撞见旧同窗刘毛，合他说了这会话。薛如卞说："你这瞎话！咱来时，刘毛还在家里没起身，你合刘毛的魂灵说话来？你背着俺干的不知甚么营生！"相于廷说："也只是偷买点子东西抹抹嘴。"打伙子说着，买了见成饭来吃了。

程乐宇说："这同不的那一遭。这是紧溜子里，都着实读书，不许再出去闲走。况府里的景致，你们已都看过了，有本事进了学，可有日子顽哩。"程乐宇也因要岁考，扯头的先读起书来，徒弟们怎好不读？狄希陈惟有起五更推出去解手，往孙兰姬家赶热被窝。先生

----

〔1〕 圆成——这里指通融的解释。参见第六回注"员成"。

查考他,自家又会支吾,狄周又与他盖抹[1],从未败露。

连城璧因在他丈人华尚书家住,不同下处,来看程乐宇。留吃了饭,送出门来,恰好孙兰姬骑着马往东去。狄希陈看见他揭眼罩,恐怕孙兰姬叫他,流水挤眼。孙兰姬把他看了一眼,过去了。相于廷到了后边,说:"刚才过去的,不是那嗔你溺尿的他么?"狄希陈说:"那是他?这一个有年纪了。"相于廷说:"亏了他那日让你吃瓜,你还不认得他哩!"

说话中间,毕进从学道门口来,说:"咱县里通还没投文,一像[2]还早哩。"连春元叫人送了吃用之物:腊肉、响皮肉、羊羔酒[3]、米、面、炒的碁子[4]、焦饼[5]。又拟了六个经题、六个《四书》题来,叫学生打点。

一连在下处住了十九日,方考绣江的童生。至日,起了五更,连赵完[6]也来到下处,好往道里认保。吃完了饭,放过了头炮,一齐才往道门口去,挨次点名而入。

这学道里是要认号坐的,一些不许紊乱,狄希陈第二个就点着

---

〔1〕 盖抹——山东方言,掩饰。

〔2〕 一像——好像;大概。

〔3〕 羊羔酒——酒名。元宋伯仁《酒小史》:"汾州乾和酒,山西羊羔酒。"宋朱肱《北山酒经》载白羊酒制法,当与此约略相同。

〔4〕 碁子——一种面食。将和好的面擀成圆饼后切成菱形小块,在汤中煮食。

〔5〕 焦饼——一种烙干食用的面饼。一般在和面的水中放入食盐,烙制前在表层撒一层芝麻。

〔6〕 连赵完——同本作"连完赵",据上下文校改。

他，坐了"玄"字八号。他头进来的时候，程英才嘱付他说："天下的事定不得，或者再合他两个撞在一堆也是有的，或是这拟的题目撞着也是有的，这就是造化到了。要是撞不见他们，再题目不省得，这就是不好的机会，宁可告了病出来，千万休要胡说。你是第二，查出来不是顽的！"所以他坐在号里望他两个邻号，就如"辰勾盼月"一样。

薛如卞头一个，已是坐到远处，第四相于廷坐了"地"字七号。看着薛如兼，学道叫另拿卓子，合一伙光头孩子都在堂上公座旁边坐。弄得个狄希陈四顾无朋，单单只在打点的二十六个题目里面妄想撞岁，想是这会心里或者也且不想孙兰姬了。

点完了名，学道下来自己看着封门，站堂吏拿上书去出题，旁边府里礼房过在长柄牌上。《四书》题："不图为乐之至于斯也。"狄希陈看了题目，就是见了孙兰姬也没有这样欢喜！原来这个题目，连春元在上面发了五个圈，又拟了一首文字单与狄希陈读，把"斯"字当做"齐"字看，好完成与府卷一样偏锋；又亏不尽程乐宇管着，读了默，默了读，他一字不改，誊在卷上。有了头篇做主，只不知经题何如。

稍刻，又拿下牌来叫童生看题。狄希陈看那《诗经》题目，是"宛在水中央"。他肚里说道："感谢皇天，恰好正着！"此题上面，连春元也是五圈。狄希陈又一字不改，誊在卷上。依了先生分付，后面也写了草稿。心里得意，把那卷上的字[1]虽然写得不好，却也清楚，无

---

〔1〕 字——同本作"宇"。"字"与"宇"盖因形近而讹，据文意酌改。

有涂抹。写完,头一个交卷。

宗师把那卷子看了,问道:"你府考取在那里?"回说:"取在第二。"问说:"是甚么题?"回说:"'文不在兹乎。'"宗师说:"破题怎样破?"回说:"文值其衰,圣人亦自疑也。""第二题〔1〕哩?"回说:"第二题:'王欲行王政,则勿毁之矣。'"宗师说:"破题哩?"回说:"王政可辅,王迹正可存也。"宗师问说:"你先生是谁?"回说:"是程英才。"宗师问说:"这书是你先生这等讲与你的么?"狄希陈心里想道:"这问的意思不好,是要提先生了。"回说:"这不是先生讲的,是个举人连才讲的主意。"宗师又问:"你今年几岁了?"他又想道:"我说得小些,打时也还好将就。若说是十六岁,便就打得多了;若说十四岁,这头发又太长些。"回说:"十五岁了。"宗师说:"你这样小年纪,文章怎就带老气? 准你进学。出去。"随把卷面上边一点。领了照出的牌,等了三十个人,头一牌放出。天还未午,东西望了一望,不见有接的家人,青衣也不及脱换,放开两脚,金命水命的箭也似跑到孙兰姬家。

恰好孙兰姬正在家里,料他今日必定要到他家,定了小菜,做了四碗嘎饭〔2〕,包了扁食,专在那里等他。流水的打发他吃了,他还嫌肚子不饱,又与孙兰姬房中梯己〔3〕吃了一个小面,方才又回到学道门口。只见狄周一班管家,连程先生、连赵完都在那里等候。他过去相见了,先生问说:"你几时出来了?"他说:"出来也有老大一会

---

〔1〕　第二题——同本作"第三题",据上下文校改。

〔2〕　嘎饭——同本作"嘎破",据文意校改。

〔3〕　梯己——贴心、亲密的意思。

了，因在此等他们一等，所以还不曾回去。刚才面试，已蒙宗师取准进学。"又把宗师问答的说话说了一遍，大家都甚是欢喜。

接次薛如兼，再次相于廷[1]，又次薛如卞，都已出尽，都说是面试都蒙宗师取准。宗师见他们俊秀幼童，都问他们先生是谁，他们都回说是从程先生读书。师徒们并连赵完满面生花，回到下处，大家吃了酒饭。天气还早，先生叫他各人都写出文章看了。家中头口接到，程先生要次早打发四个学生回去。只有薛如兼想他母亲，流水答应，又甚喜欢。那三个大的都说："且不回家，要在此陪侍先生，直等先生考过，方才一同回去。"程乐宇道："这也有理。你们来考，我都陪着你们。岂有先生在此，你们都丢下我家去？也无此理。薛如兼还小，叫他同薛三槐先去罢。"

各人都写了喜信家去，又将写出的文字寄与连春元看。从此，先生不曾考过，到是个忙人，学生到做了散诞神仙。小孩子们父母没有家教，多与了他的银钱，胡买乱买，镇日街头闲荡。狄希陈每每与他们同走出门，只是千方百计转眼就不见了，都是在孙兰姬家鬼混。却也古怪，从来老鸨子是[2]填不满的坑，娼妇是活活的骗贼，不知怎样，这鸨子与孙兰姬自来不曾骗他甚么。他间或与他两把银子，都还问了又问，恐他瞒了爹娘偷出来的。

一连十馀日，程先生尚无考信，绣江的童生倒抬出卷来拆号，取

----

〔1〕 相于廷——同本作"相不廷"，据上下文校改。

〔2〕 是——同本作"定"，据文意酌改。

了三十八名。第一是相于廷,第三是薛如卞,第七是狄希陈,第十六是薛如兼,四个全全排在案上。报到下处,喜得程乐宇抓耳挠腮,连赵完也来下处道喜。报喜的又都报到各人家去。各家都差了人来省下打银花、买红、做蓝衫、定儒巾靴绦、买南菜等物,各自匆忙。

又过了两日,方考绣江县生员。狄希陈四个同窗,各出了分资,叫厨子尤聪办了两桌齐整酒席,与程先生、连赵完两个接场。狄希陈这一日天未午就从孙兰姬家辞了回来,说要与先生接场。于是三个徒弟全的都在学道门前伺候,等接先生合连赵完出道。

恰好[1]汪为露考了出来,狄希陈过去作了揖。汪为露道:"你这进学,甚得了我五年教导的工夫。你要比程先生加倍的谢我便罢,如不然,你就休想要做秀才! 你比宗昭何如? 他中了举,我还奈何的他躲到河南去了。只怕你没有个座师在河南! 你合你父亲商议,休听程英才的主谋,看误了你的事!"发作了一顿,去了。

又顿[2]了一会,却好程乐宇合连赵完一同出来,三个小新秀才接着,邀连赵完同程先生都到下处。连赵完要辞他丈人,华府里又有人来接。因程先生撺掇,方才换了衣裳,同了程先生回去赴席。狄希陈说撞见了汪先生,述了那说的话。程乐宇道:"只怕我也还不好受谢哩,他就索谢!"连赵完道:"此等没头脸的人,你合他讲甚么理? 不消等他开口,也备个酌中的礼谢他谢,或者他也就没的说了。你要

---

〔1〕 恰好——同本作"洽好"。"恰"与"洽"盖因形近而讹,据文意酌改。

〔2〕 顿——待;过。

不然,他也鬼混得叫你成不的。"说话之间,汤饭上完,连赵完辞了回他丈人家去。

学道挂出牌来,叫考过的诸生都听候发落,不许私回。如发落不到者,除名为民。

程先生考过无事,也便不在下处闲坐,或是去寻朋友,或是朋友寻他,未免也在各处闲串。一日,同了朋友也走到孙兰姬家内。那日孙兰姬有人接他,刚要出门,因狄希陈走到,留恋住了,不曾去得。适值这伙朋友又来,狄希陈张见内中有他先生,躲在卧房里面。孙兰姬将房门扣了,用锁锁住。内中一个郑就吾发作道:"我们来到,你且不来招接我们,且连忙锁门!莫非我们是贼,怕我们偷了你的东西不成?你快快的开了门便罢,不然,我把这门两脚踢下来!"

孙兰姬笑容可掬的说道:"我刚才正待出门,换下的破衣烂裳都在床上堆着哩,怕你们看见,拆了我的架子。倒不怕你偷我的东西,我只怕你看我的东西哩。"众人说:"他说的是实话,你待往他屋里去做甚么?"那郑就吾不依,就待使脚跺门,一片声叫小厮挦毛、砸家伙。众人都劝他,说:"咱原为散闷来这里走走,你可没要紧的生气。咱要来了几遭,他认得咱,连忙锁了门,这就是他的不是。咱一遭也没来,人生面不熟的,怎么怪他锁门?或者里头有人,也是不可知的。咱往江家池吃凉粉去罢。"扯着郑就吾往外去了。孙兰姬往外赶着说道:"茶待顿熟,请吃杯茶去!跑不迭的待怎么?"程乐宇说:"你还待出门,过日闲着再来扰茶罢。"拱拱手散了。

程乐宇路上说道:"这郑就吾极不知趣,这们个喜洽和气的姐儿，也亏你放的下脸来哩！"郑就吾说："你不知道。见咱进去，且不出来接咱，慌不迭的且锁门，这不讪人〔1〕么？"程乐宇说："也不是怕咱看他的破衣烂裳，情管屋里有人，正做着甚么，咱去冲开了。你没见他那颜色都黄黄的，待了半会子才变过来？"

再说郑就吾们去了，孙兰姬开门进去，看了一看，不见狄希陈的影儿。问说："你在那里哩？"他才从床底下伸出头来，问说："都去了不曾？唬杀我了！"孙兰姬拍着胯骨怪笑："怎么来，唬的这们样的？没有胆子，你别来怎么！"狄希陈说："这里头有俺先生，当顽哩！"孙兰姬把他扯到跟前，替他身上担括〔2〕了土，又替他梳了梳头，说道："好儿，学里去罢。还知道怕先生！早背了书来家吃饭。"两个顽了一会，各自散了。

待了几日，绣江县生员也拆了号，连赵完是一等第十三，程乐宇是一等第十一。新秀才也都覆试过了，狄希陈第七，该拨县学。他因恋着孙兰姬，悄悄的覆试过了，故意落在后边，等薛如卞三个都出去了，他才交卷，递出一张呈来，愿改府学。宗师轻轻易易的准了。后来倒下案去，薛如卞、相于廷两个县学，狄希陈、薛me兼两个府学。都说府学不便，狄员外合薛教授商议要写呈子，叫他两个递呈改学，又说："狄姐夫第七，原该拨县学的，今想是误拨了府学，这再没有不准的。"稍了信来。

----

〔1〕　讪人——侮慢别人，使人感到难为情，下不来台。
〔2〕　担括——掸去。担，"掸"的借字。

谁知这府学原是他自己递呈改的,怎还又敢递呈?左支右吾的不肯去递。只得薛如兼自己递了呈,说他年小,来往路远,父母不放心,愿改县学。宗师慨然依了。这狄希陈,先生也没奈他何。别人都回到家去,单单只剩下他在府里等候送学。先生回去,同窗又都不在,他却一些也不消顾忌,每日起来就到孙兰姬家缠帐,连夜晚也不回来,叫狄周合尤厨子整夜的等。

再说狄员外两口子见儿子进了学,喜不自胜。后来别的三个都回到家中,送学之日,大家好不热闹,只有他家这一门清门静户。还亏不尽女婿薛如兼进了,这日也还披红作贺,往县里奔驰,还可消遣。狄希陈在府里送过了学,学官领着参见院道,学中升堂画卯。

过了几日,别人都告了假回家,偏生他不肯回家。狄周再三的催促,那里肯听?家中来了两三遍头口,只推学府琐碎,要送过了束脩方准放回。狄员外备了学官的礼,两斋[1]各自五两银,鞋袜尺头在外。学官欢喜收了。从此也绝不升堂,绝不画卯,他依旧又不回去。

一日,家中又叫了头口来接。家中亲友合他丈人薛教授都刻期等他回去作贺,叫了鼓乐,家中摆了酒席。狄周这里与他收拾了行李,催他起身,算定这日走七十里,宿了龙山;次日走三十里,早到便于迎贺。谁知他三不知没有影了。狄周遥地里寻,那里有他的影响?忽然想道:"他这向专常出去,近日多常是整夜不回,必定是在那个

[1] 两斋——指府学的教授和训导两处。

娼妇家里。这一定没有别处,必定在那跑突泉西向日溺尿的所在。待我去那里寻他。"

　　狄周悄悄地走将进去,不当不正与他撞了个满怀。狄周说道:"你这干的甚么营生?下处行李都备上了,家里摆下了好多少酒席,城里都下来多少亲戚,等着明日晌午迎贺,你却跑了这里来了,这极躁不杀人么?你这位大姐可也不是,这是甚么事情?你却留住他在这里混!"狄希陈见狄周把话来激他,又见老鸨子合孙兰姬再三劝他,说:"我不是嫌你。你进了学,也流水该到家,祖宗父母前磕个头儿。况且家里摆下酒〔1〕,亲戚们等着贺你,你不去,这事怎么销缴〔2〕?你听我说,你流水到家。脱不了你是府学,不时可以来往。路又不远,只当走南屋北屋的一样。往后的日子长着哩。你这不去,惹的大的们恼了,这才'漫墙撩胳膊——丢开手〔3〕'了。"他摇头不摔脑〔4〕的,那里肯听?倒抹〔5〕到日头待没的火势,方才同着狄周回到下处,又还待卸了行李住下,要明日走罢。狄周说:"一百里路,明日赶多咱到家?可叫人怎么迎贺?咱出城去,明日好早走。"他才没极奈何的骑上头口。出了东门,依着狄周还要赶到王舍店住宿,他

----

〔1〕　酒——同本作"洒"。"酒"与"洒"盖因形近而讹,据文意酌改。
〔2〕　销缴——交代。
〔3〕　漫墙撩胳膊——丢开手——歇后语,意思是把胳膊越过墙头扔到外面去。漫,山东方言,越过;从上面掠过。手,同本作"于"。"手"与"于"盖因形近而讹,据文意酌改。
〔4〕　摇头不摔脑——摇头摆脑。摔,"摆"的分读。
〔5〕　倒抹——后文也作"倒沫"。磨蹭,支吾拖延。

只到了关里，就怕见待走，就寻下处住了。若不是狄周死鳔白缠，他还要搂空子〔1〕待跑。

次早五鼓，狄周起来点上灯，叫着他，甚么是肯起来？推心忙、推头晕。狄周说："心忙头晕，情管是饥困〔2〕了。我打和包鸡子〔3〕，你起来吃几个，情管就好了。咱早到家，我听说家里叫下的步戏，城里叫了三四个姐儿，等待这二日了。"狄周望着牵头口的挤眼。牵头口的道："可不怎么？新来的几个兖州府姐儿，通似神仙一般，好不标致哩！"狄希陈说："你哄我哩！那里唱的？在那里住着哩？"牵头口的接着口气说道："这是狄周说起来，我也多嘴说几句，为甚么哄你？你家去待不见哩？三个姐儿，在咱西院里楼上不是？这几日，每日合连大爷、相舅爷吃酒。"狄希陈听见，方才笑了一笑，说道："好意思！咱可快着走罢！"

离家五六里地，寻了个所在，狄希陈下了头口，从新梳洗，换上了新衣。又行了二三里，离家不足四五里之程，亲朋都在文昌祠等候。狄希陈换了儒巾，穿了蓝衫，薛教授与他簪上花，披了一匹红罗，把了酒。亲友中又有簪花披红的。前边抬着彩楼，都是轴帐、果酒。摆着十二对五色彩旗，上面都是连春元做的新艳对联。乐人鼓手，引导前

---

〔1〕 搂空子——瞅空子，找机会。
〔2〕 饥困——山东方言，饥饿。同本作"饿困"。"馑"与"餓"盖因形近而讹，据文意酌改。
〔3〕 和包鸡子——即荷包鸡蛋。生鸡蛋开壳放入将开的水中，煮熟后呈扁圆形，状如荷包，故称。

行。无数亲朋都乘着雕鞍骡马,后边陪从。到了家中,大吹大打。狄员外合程乐宇、相栋宇俱在门首迎宾,让进客去。

狄希陈天地上拜了四拜,又到后面见了祖先与他父母,都行过了礼。出到前面,先见过了程先生,才与众亲友行礼,又另与连春元叩谢[1]。又谢连赵完保结,又另谢薛教授父子,又与他母舅相栋宇又另磕头。同窗们也都另行了礼,方才狄宾梁逐位递酒,叙齿坐了。

狄希陈两个眼东张西瞭,那里有甚么步戏? 连偶戏也是没的。还指望有妓者出来,等得吃了五六巡酒,上了[2]两道饭,又没有妓者踪影。他[3]推故跑下席来,寻着狄周问说:"你说有步戏,又有三四个妓者,怎么都没见出来?"狄周道:"咱都在府里,我那里见来? 我是听见牵头口的严爽说的。"狄希陈又来[4]寻着严爽,问道:"步戏哩?"严爽说:"你早到好来。步戏被县上[5]今早叫去了。"狄希陈又问:"兖州府姐儿哩?"严爽说:"呃! 我没说像神仙似的么? 谁家这神仙也久在凡间? 只一阵风就过去了,等到如今哩!"狄希陈恨的在那严爽的[6]脸上[7]把拳头晃了两晃,仍回席上[8]去了。到

[1] 叩谢——同本作"即谢"。"叩"与"即"盖因形近而讹,据文意酌改。
[2] 上了——同本作"土了"。"上"与"土"盖因形近而讹,据文意酌改。
[3] 他——同本作"也"。"他"与"也"盖因形近而讹,据文意酌改。
[4] 来——同本作"未"。"来"与"未"盖因形近而讹,据文意酌改。
[5] 上——同本作"土"。"上"与"土"盖因形近而讹,据文意酌改。
[6] 的——同本作"句"。"的"与"句"盖因形近而讹,据文意酌改。
[7] 脸上——同本作"脸主",据文意酌改。
[8] 席上——同本作"席主",据文意酌改。

了掌灯以后,众宾都起席散了,留着相栋宇到后边合他姐姐、狄员外、狄希陈又吃了会子酒,方才辞去。

且看狄希陈这一回来,未知〔1〕后日何如,只怕后回还有话说。

---

〔1〕 未知——同本作"木知"。"未"与"木"盖因形近而讹,据文意酌改。

第三十九回

劣秀才天夺其魄　忤逆子孽报于亲

穷奇泼恶，帝远天高恣暴虐。性习苍鹰贪攫搏。话言不省，一味强欺弱。　果然孽贯非天作，诸凡莽闯良心凿。业身一病无灵药。倘生令子，果报应还错。

——右调《醉落魄》

迎贺的次日清早，狄希陈衣巾完毕，先到了程先生家，次到连春元家，又次到相栋宇家，又次到汪为露家，又次到薛教授家，然后遍到亲朋邻里门上递帖。汪为露也使三分银子买了一个蓝纸边古色纸心的小轴，写了四句诗，送到狄家作贺。诗曰：

少年才子冠三场，县府宗师共六篇。不是汪生勤教训，如何得到泮池边？

狄员外收了轴子，赏了来人二十文黄边[1]。狄员外也将这幅轴子挂在客厅上面，凡有来拜往的宾客见了，没有人不喜[2]的，满镇上人都当是李太白唐诗一般传诵。

----

〔1〕　黄边——成色纯的铜钱。

〔2〕　喜——这里是觉得好笑的意思。

却说这汪为露自从听了人家梆声[1]，赖了人家墙脚，写假书累得宗举人逃避河南，争学生欧打程乐宇，这许多有德行的好事，渐致得人像老虎一般怕他，学生是久已[2]没有一个。这明水虽然不比那往时的古道，那遗风也尚未尽泯，民间也还有那好恶的公道。见了他远远的走来，大人们得躲的躲过，撞见的，得扭脸处扭了脸，连揖也没人合他作一个。有那不知好歹的孩子，见了他都吆喝道："听梆声的来了！"他虽也站住脚与那孩子的大人寻闹，但不胜其多，自己也觉得没趣。可奈又把一个结发妻来死了，家中没了主人婆，那汤里来的东西，繇不得不水里要去，只得唤了媒婆要娶继室。

有一个乡约魏才的女儿，年方一十六岁，要许聘人家。这魏才因他是个土豪学霸，家里又有几贯村钱，愿把女儿许他，好借了他的财势做乡约，可以诈人[3]。媒婆题亲，这魏才一说就许，再也不曾作难。择了吉日，娶了过门。虽然没有那沉鱼落雁之姿，却也有几分颜色。

汪为露乍有了这年小新人，不免弄得像个猢狲模样，两只眼睛吊在深深坑里，肾水消竭，弄得一张焌黑的脸皮贴在两边颧骨上面，咯咯叫的咳嗽。狠命怕那新人嫌他衰老，凡是鬓上有了白发，嘴上有了白须，拿了一把鹰嘴镊子，拣着那白的一根一根的拔了。

----

〔1〕 梆声——同本作"帮声"，据上下文校改。
〔2〕 已——同本作"以"，据文意酌改。
〔3〕 诈人——同本作"许人"。"詐"与"許"盖因形近而讹，据文意酌改。

扫来扫去,扫得那个模样通像了那鄚州、雄县、献县、阜城京路上那些赶脚讨饭的内官一般。人人也都知道他死期不远,巴了南墙望他,倘得他一旦无常,可得合村安净。只是他自己不知,作恶为非,甚于平日。

见程乐宇四个门生全全的进学,定有好几十金谢礼,他心里就如蛆搅的一般气他不过,千方百计的寻衅。说狄希陈进学全是他的功劳,狄宾梁不先自上他门去叩谢;又怒狄希陈次早不先到他家,且先往程英才家去,又先往连举人众人家里,许多责备。又说谢礼成个模样便罢,若礼再菲薄,定要先打了学生,然后再打狄宾梁合程乐宇;连薛如卞、薛如兼也要私下打了,学道攻他冒籍。叫人把话传到各家。

狄员外与薛教授原是老实的人,倒也有几分害怕。连赵完听见,对那传话的人说:"你多拜上汪澄宇:他晓得薛如卞是俺家女婿么?曾少欠他甚么?他要打他!他若果然要打,家父举人不好打得秀才,我谅自己也还打得过汪澄宇!秀才打秀才,没有帐算!他若调徒弟上阵,我也敛亲戚对兵!你叫他不如饶了薛如卞弟兄两个,是他便宜!"

那人把这话对他学了,他也不免欺软怕硬,再也不提"薛"字,单单只与程乐宇、狄宾梁说话。狄宾梁平日原是从厚的人,又因他是个歪货,为甚么与他一般见识?遂备了八样荤素[1]的礼、一匹纱、一

---

〔1〕荤素——同本作"晕素"。"荤"与"晕"盖因形近而讹,据文意酌改。

匹罗、一双云履、一双自己赶的绒袜、四根余东手巾、四把川扇、五两纹银，写了礼帖，叫儿子穿了衣巾，自己领了送到门上。

传进帖去，他里边高声大骂，说："这贼村光棍奴才！他知道是甚么读书！你问他：自他祖宗三代以来，曾摸着个秀才影儿不曾？亏我把了口教，把那吃奶的气力都使尽了，教成了文理。你算计待进了学好赖我的谢礼，故意请了程英才教学，好推说不是我手里进的么？如今拿这点子来戏弄，这还不够赏我的小厮哩！"把帖子叫人撩在门外，把门关上，进去了。

狄员外道："儿子进学原是为荣，倒惹的叫人这样凌辱！"叫人把那地下的帖子拾起，抬了礼回去，说道："我礼已送到，便进了御本下来，料也无甚罪过，凭他罢了！"择了吉日，发了请启，专请程乐宇、连春元、连赵完三位正宾，又请薛教授、相栋宇相陪。至日共摆了六席酒，鼓手乐人吹打，一样三分看席，甚是齐整。

这汪为露若不打过程乐宇，经官到府，这两个先生，狄宾梁自是请成一处。既是变过脸的，怎好同请？原是算计两个先生各自请开，只因他吃不得慢酒，所以先送了他礼，再请不迟，不想送出这等一个没意思来。他知道这日如此酒席盛款程乐宇，几乎把那肚皮像吃了苜蓿的牛一般，几次要到狄家掀卓子，门前叫骂。他也不免有些鬼怕恶人，席上有他内侄连赵完在内，那个主子一团性气，料得也不是个善查。又想要还在路上等程英才家去的时节截住打他。他又想道："前日打了他那一顿，连赵完说打了他的姑夫，发作成酱块一样。若不是县官处得叫他畅快，他毕竟要报仇的。"所以空自生气，辗转不敢动手。

气到次日，又打听得狄员外备了四币靴袜扇帕之类〔1〕，二十两书仪，连酒上的看席，连春元、连赵完也是这样两分，一齐都亲自送上门去。程乐宇都尽数收了，家中预备了酒席款待，厚赏了送礼的使人。连春元父子的礼一些不受，再三相让，只是坚却。后来薛、相两家也都大同小异，仿佛〔2〕了狄家谢那程乐宇，也都不甚淡薄。只是叫汪为露看之气死，叫人传话与〔3〕狄宾梁知道，叫他炤依谢程英才的数目，一些也不许短少，不必请酒，折银二两，图两家便宜。狄员外说："我为甚么拿了礼，走上他家门去领他的辱骂？这礼是送不成了！"

那人回了他。干等了几时，不见狄家这里动静，又只得使了人来催促。见屡催不理，情愿炤程乐宇的礼数只要一半。等了几日，又不见说起，使了儿子小献宝来唤狄希陈说话。狄员外恐他难为儿子，不叫他去。他无可奈何，又叫人说，还把那前日送去的原礼补去罢了。狄员外说："那里还有原礼？四样荤礼〔4〕，岂是放得这一向〔5〕的东西？四样果品拿到家中，见说汪先生不收，只道是白拾的东西，大

---

〔1〕　类——同本作"颣"。"类"与"颣"盖因形近而讹，据文意酌改。同本"类"字多误作"颣"，此后径改，不再出校记。

〔2〕　仿佛——山东方言，一样，差不多相同。这里是大体上比照的意思。

〔3〕　与——同本作"典"。"舆"与"典"盖因形近而讹，据文意酌改。同本多有误"舆"为"典"之处，后径改，不再出校记。

〔4〕　荤礼——同本作"晕礼"。"荤"与"晕"盖因形近而讹，据文意酌改。

〔5〕　一向——同本作"一何"。"向"与"何"盖因形近而讹，据文意酌改。

家都吃在肚子里了。尺头鞋袜,都添送了程先生。他又不肯作一作假,送去就收了。那五两银子回将转来,到了这样'村光棍奴才'手里,就如冷手抓着热馒头的一般,那里还有放着的哩!多拜上汪相公:叫他略宽心等一等,万一学生再得徼幸中了举,叫他也像宗相公似的孝顺他罢了。"

那人又一一的回复了。他说,那腥素的礼免送,只把那纱罗等物合那五两折仪送去,也就大家不言语了。狄员外道:"此时正当乏手〔1〕,等到好年成的时候补去罢。"那人道:"你这是不送的话说了。诓着只管叫我来往的走。"狄员外道:"你这倒也猜着了,九分有个不送的光景。"那人回绝了汪为露的话。他着了这个气恼,又着了这个懊悔,夜晚又当差,越发弄得不像个人模样起来。肝火胜了的人,那性气日甚一日的乖方,真是千人唾骂,骨肉畔离。

宗师考完了省下,发牌要到青州,正从他绣江经过。他写了一张呈子,怀在袖中,同众人接了宗师进到察院。作过揖,诸生正待打躬走散,他却跪将过去,掏出一张呈来,上面写道:

绣江县儒学增广生员汪为露,呈为逆徒倍师殴辱事:有徒狄希陈,自幼从生读书。生尽心教诲,业底于成。昨蒙考取第七,拨送府学。希陈不思报本,倚父狄宗禹家富不仁,分文不谢。生与理讲,父子不念师徒名分,拔鬓捋须,乡约救证。窃思教徒成

---

〔1〕 乏手——手边没有东西可以往外拿,即缺钱。

器,未免倚靠终身;乃为杀羿逢蒙〔1〕,世风可惧! 伏乞仁明宗师法究正罪。恩感上呈。

宗师看毕,说道:"这弟子谢师的礼,也要称人家的力量,若他十分来不得,也就罢了。你这为争谢礼厚薄,至于动呈,这也不是雅道。"汪为露道:"生员倒也不为谢礼。那谢礼有无,倒也不放在生员心上。只为他从生员读书十年,教他进了学,连拜也不拜生员一拜,偶然路上撞见,果然说了他两句,父子上前一齐下手,把生员两鬓挦得精光,一部长须拔得半根也不剩。市朝之挞,人所难甘,况子弟挞师? 望宗师扶持名教!"

宗师问说:"你那鬓发胡须,都是他拔去的么?"回说:"都被他拔净了。"宗师问:"是几时拔的?"回说:"是这本月十四日拔的。"宗师说:"我记得省城发落的时候,你这鬓发胡须已是没有的了,怎是十四日拔的?"他说:"一定宗师错记了,不是生员。若是长长的两道水鬓,一部焌黑的长须,那个便是生员。"宗师说:"我记得你这个模样。那时我心里想道:'这人须鬓俱无,一定是生了杨梅疮〔2〕的。'我也还待查问,又转念罢了。你这个模样,我也还宛然在目。起去。我批到县里去查。"他禀说:"望宗师批到学里去罢。县官因生员不善逢迎〔3〕,极不喜生员的。他人是富

---

〔1〕 杀羿逢蒙——羿是夏代有穷国的君主,善射。逢蒙从羿学射,在尽得羿的本领之后,认为天下的人只有羿比自己高强,便把羿杀死了。事见《孟子·离娄上》。

〔2〕 杨梅疮——即梅毒。因患者所发之疮色红如杨梅,故称。

〔3〕 逢迎——同本作"逢迎"。"逢"与"逢"盖因形近而讹,据文意酌改。

豪,平日都与官府结识得极好。"宗师说道:"一个提调官[1],这等胡说,可恶!快扶出去!"诸生旁边看了,恨不得吐些唾沫淹死了这个败群畜类。

恰好县官、教官都报门进见。掩了门,先待县官茶。宗师问说:"一个秀才汪为露,是个怎模样的人?"县官回说:"平日也不甚端方,也甚健讼,也还武断。"宗师问道:"他的须鬓怎都没有的?"县官说:"也不晓是怎样,但也久了。"宗师说:"不然。他方才说是十四日被门人拔去的。"县官说:"从知县到任,见他便是没有须鬓,不系近日拔去的。"宗师问说:"昨日发落的时候,是没有须鬓的么?"县官回说:"是久没有了。"宗师说:"他适间递了一呈,说是一个狄希陈从他读书十年,昨日新进了学,不惟不谢他,连拜也不拜他一拜。偶然途遇,责备了他两句,父子把他两鬓并须都拔尽了。本道前日发落时,他这个模样宛然在目,正是暗中摸索也是认得的,他说不是他。他说他是两道长长的水鬓,一部焌黑的美髯。那呈子也只得准了他的,与他查一查上来。"

县官说:"此生向来教书。这狄希陈原从他读书,教了五年,读过的书不惟一字也不记得,连一字也不认得。只得另请了一个先生,是程英才。他怒程英才抢了他的馆,纠领了儿子,又雇了两个光棍,路上把程英才截住,殴成重伤。他倒先把程英才告为打夺,使出几个

---

[1] 提调官——负责管理、调处一方事务的官员。这里指知县。

徒弟党羽强和。知县也不曾准他和，也还量处了他一番。一个宗举人是他的门人，他绰揽了公事，强逼叫他出书，不管分上可依不可依，且把银子使了，往往的叫人与宗举人寻闹。后来爽利替宗举人刻了图书，竟自己替宗举人写了假书，每日到县里投递。知县薄这宗举人的为人，有那大不顺理的事，也还把下书的人打了两遭。后来不知怎样，按台老大人也有所闻，宗举人只得避居河南去了，至今不曾回。他不晓得宗举人临去还来辞了知县，他又拿了假书来递。查将出来，方晓得都是他的假书，宗举人不得不与他受过。这也算是学中第一个没行止的。"

宗师说："把他呈子与他据实问上来，如虚，问他反坐[1]。"县官说："他的呈子再没个不虚的。但师呈弟子，把师来问了招回，却又分义上不便，老大人只是不准他罢了。"宗师说："见教的有理[2]。科考时开了他行劣，留这败群做甚！"县官说："近来也甚脱形，也不过是游魂了。"

县官辞了出去，又掩门待举人教官的茶。宗师又问："一个汪为露，是学里秀才么？"教官应说："是。"宗师问："他的行止何如？"教官说："教官到任两年，只除了春秋两丁[3]，他自己到学中强要胙肉；到学中一年两次，也只向书办门斗手中强要，也从不曾来见教官一

----

〔1〕　反坐——即诬告。

〔2〕　有理——同本作"有礼"。"理"与"礼"盖因同音而讹，据文意酌改。

〔3〕　两丁——春秋两季的丁祭。儒学中每年二月、八月第一个丁日祭祀至圣先师孔子，叫做"丁祭"。

面。只昨日点名发落的时候，方才认得是他。"宗师问道："是那浓鬓长须的么？"教官说："没有鬓发，也没有胡须，想是生杨梅疮脱落久了。"宗师问说："这样人怎么不送他行劣？"教官说："因他一向也还考起，所以也还怜他的才。"宗师说："他昨日考在那里？"教官说："昨日考在二等。"宗师说："这样无赖的人，倒不可怜他的才。万一徼幸去了，贻害世道不小！这是杀两头蛇一般，出去叫他改过，还可姑容。"教官道："这人想是顽冥不灵，也不晓得宗师的美意。"教官辞出，宗师掩了门。

次日，起马的时节，把他那呈子上面批道：

> 须鬓生疮脱落，本道发落时面记甚真。刁辞诳语，姑免究。不准。

将这张呈子贴在察院前炤壁墙上。他因宗师许他准呈批县，外面对了人造作出宗师的许多说话，学宗师说道："世间怎有这等忘恩背本的畜物！才方进学，就忘了这等的恩师！我与你批到县去。他若从厚谢你，也还可恕；他若谢礼不成模样，黜退[1]他的秀才，把他父亲以殴辱斯文问罪！"对了人佯佯得意，也不管递呈的时候，相于廷、薛如卞、薛如兼都在旁边听见，宗师何尝有此等的胡言？后边待县官、教官的茶，却是沈木匠的儿子沈献古当行司门子，正在那里端茶，宗师与县官、教官与他的这许多奖励，句句听得甚真。他却不揆

---

[1] 黜退——褫革、除名。黜，同本作"点"。"黜"与"點"盖因形近而讹，据文意酌改。

鼻子，信口胡言。若是果然准到县里，官司赢与不赢，也还好看，这对人对众把一张刁呈贴示炤壁，岂不羞死人？又羞又恼，垂了头，骑了一个骡子，心里碌碌动算计："私下打又不可，当官呈又不行，五两银、两匹纱罗，扯脱了不可复得，怎生是处？"愈思愈恼，只觉得喉咙里面就如被那草叶来往擦得涩疼。待了一会，咳嗽了几声，砉的吐了几碗鲜血，从骡子上一个头晕，倒栽葱跌在地上，昏迷不省人事。

牵骡子的小厮守在旁边瞪眼。亏了撞见便人家去，传信到家。他的儿子正拿了几百钱在庙门口与人赌博，听得老子吐了鲜血，昏在路上，他那里放在心上！毕竟倒是他的老婆拿出几百钱来，央了个邻舍，教他迎到那里，雇人用板门抬他回来。及至回家，那贼模样越发不似个人，通似个鬼。只说，他若死了，别要饶了狄宗禹合程英才两个，叫儿子务必告状。那小献宝背后咽农[1]，说道："那狄宗禹合程英才怎的你来？叫我告状！你是个秀才，告谎状还可；我这光棍告了谎状，叫官再打第二顿，打不出屎来哩！人家好好的尺头鞋袜、金扇手巾、五两银子、两三抬食盒，爷儿两个自己送上门来，就是见在跟你读书，也不过如此。把他一顿'光棍奴才'，骂得他狗血喷了头的一般，如今可后悔！"

却说汪为露病倒在床，一来他也舍不的钱去取药吃，二则他那小献宝赌钱要紧，也没有工夫与他去取药。那虚病的人，渐渐的成了

---

[1]　咽农——后文也作"咕哝"、"哈哝"。即嘟囔，小声说话。参见第十三回"谷谷农农"注。

"金枪不倒",整夜不肯暂停,越发一日重如一日。后来日里都少不得妇人。那十六七岁的少妇,难道就不顾些体面,怎依得他这胡做?胀痛得牛也般的叫唤。只得三钱一日,雇那唱插秧歌的老婆坐在上面。据那老婆说道:"起初倒也觉美,渐渐就不甚美,以至于不知美的田地。再后内中像火烧一般焦痛。"待了一日,第二日便再也不肯复来。只得雇了三个老婆,轮班上去,昼夜不辍。那小献宝又舍不得一日使九钱银,三个人一日吃九顿饭,还要作梗吃肉,终日嚷闹,要打发那老婆出去。说他这后娘闲着屄做甚,不肯救[1]他父亲,却使银子雇用别人;又说他父亲病到这等模样,还一日三四个的老婆日夜嫖耍。这话都也嚷得汪为露句句听得,气的要死不活。

亘耐这汪为露病到这样地位,时时刻刻不肯放松狄宾梁、程乐宇两人。每到晚上,便逼住小献宝,叫他拿了麻绳裹脚到狄家门口上吊,图赖他的人命。小献宝说:"我这样一个精壮小伙子,过好日子正长着哩,为甚么便轻易就吊死了?"汪为露在床上发躁,道:"傻砍头的!谁教你真个吊死不成!这是唬虎他的意思,好叫他害怕,送了那礼来与咱。我已是病的待死,这银子要了来,没的我拿了去哩?也脱不了是你使。"小献宝说:"人有了命才好使银子。万一没人来救,一条绳挂拉杀了,连老本拘去了,还得使银子哩!"汪为露说:"你既不肯去,你去雇个人来把我抬到他家,教他发送我,死活由我去!"小献宝说:"你要去自去,我是不敢抬你去的。你没见县里贴的告示?

---

[1] 救——同本作"收"。"救"与"收"盖因形近而讹,据文意酌改。

抬尸上门图赖人者,先将尸亲重责四十板才问哩! 我没要紧寻这顿板子在屁股上做甚么!"

汪为露上边合小献宝斗嘴,下边那阳物胀得火热,如棒槌一般。唱插秧歌的妇人又都被小献宝嚷骂得去了,只得叫小献宝出去,强那媳妇魏氏上坐。那魏氏见了这等一个薛敖曹[1]的形状,那里还敢招架? 你就强死他也不肯应承。汪为露胀疼得杀猪般叫唤,魏氏只得叫他兄弟魏运各处去寻那三个妇人。

找寻了半日,方才寻见。起初哄他,只说是唤他来唱,他不认得魏运,跟了便走。直来到汪家门首,晓得又是干这个营生,折身[2]就跑。魏运赶上拉住[3]了他再三央恳,那三个老婆是尝过恶味的,怎还肯来? 魏运说道:"我与你三个一钱银子折饭,你与我另外举荐一人何如?"那老婆们说道:"这还使得。只是有年纪些的也罢。"魏运道:"只是个妇人罢了,还论甚么老少!"那三个人中有一个年少的说道:"我们寻李五去。但只他一个,你要包他三个的钱,每日与九钱银子,三顿与他肉吃。"这魏运只要替下他的姐姐,那论多少,满口就许。

三个同了魏运走到一个酒馆,正在那里扭着屁股,打着锣,唱得发兴。三个等他唱完,要了钱,方合他在一僻静所在讲这个事情。花

---

〔1〕 薛敖曹——小说《如意君传》中武则天的男宠,参见第二回注。

〔2〕 折身——同本作"揾身"。"揾"与"揾"盖因形近而讹,据文意酌改。

〔3〕 拉住——同本作"拉柱"。"住"与"柱"盖因形近而讹,据文意酌改。

言巧语,把个李五说得慨然应允[1],方来见了魏运。年纪约有五十八九,倒也还白胖的老婆。又与魏运当面讲过了银数,领到汪家。汪为露正在那里要死不活的时候,巴不得有个人到,就是他的救命星君。打发了魏运出去,叫那李五赴席。那李五看了这样齐整盛馔,就要变色而作,但又贪图他的重资,舍不得走脱,只得勉强承纳。过了半日,怎生受得,起来就要辞去。又强留他一会,留他不住,去了。

正在苦恼,听得一个摇响环的郎中走过。魏氏叫他兄弟魏运将那郎中唤住,合他讲这个缘故。郎中说:"这除了妇人,再没有别的方法。没奈何,寻那样失了时的老娼,或是那没廉耻的媒婆、淫滥的姑子,或是唱插秧歌的妇人,多与他些银子。命是救不得的,且只救日下苦楚而已。"魏运道:"这虽不曾叫那老妓尼姑,这唱插秧歌的已换过四个,每人每日也与了他三钱银子,还管他三顿酒饭。他待不多一会,便就不肯在上面了。"那郎中道:"你送我二两银子,我传你一方,救他一时的苦楚。"魏运问他姐姐要了二两银子,央他传方。他说:"这药你也没处去寻,幸喜我还带得有在这里。"他东扯西撮,放在一个小药碾内,碾得为末,使纸包了,叫他用水五碗,熬三滚,晾温,将阳物泡在里面。如水冷了,再换温水。每药一贴,可用一日。

魏氏依方煎水,两头使铺盖垫起,居中放了水盆,扶他扑番睡了,将阳物泡在水内。虽也比不得妇人,痛楚也还好禁受。他最苦的是

每次小便，那马口里面就如上刀山一般的割痛。那郎中叫他就在那汤药里边小解，果然就不甚疼。不受了妇人的揎勒，又不苦于溺尿，魏氏倒也感激，管待了他的酒饭，与了他那二两银子，他也还留下了两剂药。魏运还要问他多求，他说："我迟两日再来便是，这药不是多有的。"

但阳物虽是略可，只是一个病重将危的人，怎能终日终夜合转睡得？翻身转动，小献宝是影也不见，只有一个魏氏，年纪又不甚老成，也怪不得他那怨怅。他做闺女时节，闻说愿那病人速死，拿一把笊篱[1]放在锅下烧了便就快当。那魏氏悄悄的寻了一把笊篱，去了柄，做饭的时节暗放火里烧去。谁知这魇镇不甚有效。

汪为露只是活受罪，不见爽利就死。奄奄待尽的时候，魏氏要与小献宝商量，与他预备衣衾棺椁。小献宝因输了钱，正极得似贼一般。着人各处寻了他来，与他计议此事。他正发极的时候，乍听了这话，便发起躁来，说道："一个人谁没有些病？那里病病便就会死！大惊小怪的寻了人来，唬人这样一跳！"随又转念道："我正赌输了，没有本钱，且只说与他置办后事，借这个银子做做本钱，赢撺些回来，岂不是两美？"转口说道："你虑得也是。论这虎势，也像似快了，只是我下意不得[2]指望他死。"

魏氏道："你看，谁这里指望着他死哩？只怕与他冲冲喜倒好了，也

---

〔1〕　笊篱——捞物沥水的器具。山东一带多用细柳条去皮编制而成。

〔2〕　下意不得——山东方言，下不得狠心；不忍心。

不可知的。如今且先买几匹细布与他做寿衣要紧，再先买下木头，其外便临期也还不迟。不知大约得多少银子？"小献宝说："那布是有模子〔1〕的营生，只是那板有甚么定价？大人家几千几百也是他。你模量着买甚样的就是。"魏氏说："我手中无银，刚刚收着一封银子，也不知多少。咱还问他一声，拿出来用罢。"小献宝说："人也病得这般沉重，还要问他做甚？若是死了，这是不消问了。若是好了时节，布是家中用得着的。木头买下，只有撺钱，没有折本，卖出来还他。"

魏氏走进房去，取出那封银来拆开，只二十二两银子。小献宝道："这当得什么？他为人挣家一场，难道不用四五十金买付板与他妆裹？这去了买布，只好买个柳木薄皮的材。"魏氏说："他有银没银，并不在我手里，单单只交了这封银子与我。我连封也不敢动他，连数也不知是多少。"小献宝道："且不要说别的起〔2〕，那半月前李指挥还得七十两哩？这是我晓得的，那里去了？"魏氏道："我连影也不曾看见，那晓得甚么七十两八十两？等他略略醒转，咱再当面问他。"小献宝说："你且把这二十两银子拿来，先买布，好做衣裳。剩下的寻着木头定下，临时再找与他。"魏氏说："这也是。我叫魏运合你做去，只怕你一个人乱哄不过来。"小献宝把那银子沉沉的放在魏氏面前，说道："叫俺舅自己买罢。我这不长进的杭子，只怕拐了银子走了。"魏氏见他不是好话，随即改口说道："我没的是怕你拐了银

---

〔1〕 有模子——这里是有常价的意思。子，同本作"子"。"子"与"子"盖因形近而讹，据文意酌改。

〔2〕 起——量词，件、次。

子不成？只说你自家一个人，顾了这头顾不的那头，好叫他替手垫脚的与你做个走卒，敢说是监你不成？你要拐银子走，就是十个魏运也不敢拦你。这病鬼一口气不来，甚么待不由你哩？希罕这点子，就不托你么？连我这身子都要托付给你哩！”一顿抚恤，把个小献宝转怒为喜，拿着银子去了。

　　魏氏在家等他买了布来[1]，还要趁好日子与他下剪。一日二日，那有踪影？前日提了一声魏运，惹了个大没意思，这还敢叫魏运寻他？只得呆着脸呆等。阎王[2]又甚不留情，一替[3]一替的差了牛头马面、急脚无常，拿着花栏[4]印的束帖，请他到阴司里去，央他做《白玉楼记》[5]。他也等不得与小献宝作别，洒手[6]伴长去了。魏氏只是极的待死，那里抓将小献宝来？寻到傍晚，并没有小献宝踪迹。魏才只得赊了几匹布，叫了裁缝与他赶做衣裳，各处去寻了一副枣木板，雇人抬了来家，叫了木匠合做。这汪为露一生作恶，更在财上欺心，也无非只为与小献宝作牛作马。谁知那牛马的主人忍心害理到这个地位！正是：

　　　　恶人魔世虽堪恶，逆子乖伦亦可伤！

　　只怕后回还有话说。

---

〔1〕　来——同本作“求”。“来”与“求”盖因形近而讹，据文意酌改。
〔2〕　阎王——同本作“闻王”。“阎”与“闻”盖因形近而讹，据文意酌改。
〔3〕　一替——一遍，一次。
〔4〕　花栏——同本作“花攔”。“栏”与“攔”盖因形近而讹，据文意酌改。
〔5〕　做白玉楼记——唐李商隐《李长吉小传》说，诗人李贺昼见绯衣人，说玉帝造白玉楼成，请他去作一篇记，遂卒。后因用为文人去世的典故。
〔6〕　洒手——即撒手。洒，“撒”的借字。

第四十回

义方母督临爱子　募铜尼备说前因

情种欢逢，娇娃偶合，岂关人力安排？前缘宿定，赤绳[1]系将来。不是三生石上[2]，相逢处、喜笑盈腮。那有今生乍会，金屋等闲开？　第佳期有限，好事靡常，后约难猜。幸慈帏意转，怜爱金钗。谁料沙家吒利[3]，闯门关、硬夺章台[4]。空归去，雕鞍萧索，那不九肠回？

——右调《满庭芳》

大略人家子弟在那十五六岁之时，正是那可善可恶之际。父亲

---

[1]　赤绳——传说中月下老人将夫妻系于一处的赤绳子。

[2]　三生石上——唐袁郊《甘泽谣·圆观》记载：僧人圆观与李源友善，同游三峡，见有妇人汲水，圆观说："其中孕妇姓王者，是某托身之所。"并约十二年后在杭州天竺寺外相会。日夕圆观殁而孕妇生子。及期，李源赴约，有牧童歌曰："三生石上旧精魂，赏月吟风不要论。惭愧情人远相访，此身虽异性长存。"因知牧童即圆观后身。后因用为有前世夙缘的典故。

[3]　沙家吒利——即沙吒利，唐时番将。韩翊有妾柳氏，艳绝一时。后遇乱，柳氏为沙吒利劫去。左仆射侯希逸、虞候许俊因设计将柳氏夺回，使韩柳复得团圆。事见唐许尧佐所撰《柳氏传》。

[4]　章台——指唐韩翊之妾柳氏。韩翊寄柳氏诗曰："章台柳，章台柳，昔日青青今在否？纵使长条似旧垂，亦应攀折他人手。"。

固是要严,若是那母亲阘茸[1],再兼溺爱,那儿子百般的作怪,与他遮掩得铁桶一般,父亲虽严何用? 反不如得一个有正经的母亲,儿子倒实有益处。

狄希陈那日在孙兰姬家被狄周催促了回来,起初家中贺客匆忙,后来又拜客不暇,这忙中的日月还好过得。后来诸事俱完,程先生又从头拘禁,这心猿放了一向,卒急怎易收得回来? 况且情欲已开,怎生抑遏得住? 心心念念,只指望要到济南府去,只苦没个因由。

一日,恰好有个府学的门斗拿了教官的红票下到明水,因本府太守升了河南兵道,要合学做帐词举贺,旧秀才每人五分,新秀才每人分资一钱。狄希陈名字正在票上。门斗走到他家,管待了他酒饭,留他住了一晚。次日吃了早饭,与了他一钱分资,又分与他四十文驴钱。

狄希陈指了这个为由,时刻在薛如卞、相于廷两个面前唆拨。他道:"我们三人都是蒙他取在五名之内,他是我们的知己老师。他如今荣升,我们俱应专去拜贺才是。怎么你们都也再没人说起? 若你两人不去,我是自己去,不等你们了。"

相于廷、薛如卞都回去与父亲说知。相栋宇说:"你只看他众人,若是该去,你也收拾了同行。"薛教授说:"这极该去的。你狄姐夫他是府学,还出过了分资,帐词上也还列有名字。你们连个名字

---

〔1〕 阘(tà)茸——卑贱;低劣。同本作"阘苴"。"茸"与"苴"盖因形近而讹,据文意酌改。

没得列在上面,怎好不自去一贺?向来凡事都是狄亲家那边照管,把这件事我们做罢。或是裱个手卷,或是册叶,分外再得几样套礼。你三个大些的去,薛如兼不去也罢。你再合狄大叔商议如何。"薛如卞合狄希陈说了,狄希陈回去与他父亲说知,说道:"礼物都是薛大爷家置办。"狄员外道:"既是你丈人说该做的,你就收拾。等住会[1],我还见见你丈人去。"

薛教授自己到了城里,使了五钱银裱了一个齐整手卷,又用了三钱银央了时山人画了《文经武纬图》。央连春元做了一首引,前边题了"文经武纬"四个字;又代薛如卞、薛如兼、狄希陈、相于廷做了四首诗,连城璧做了后跋。备了八大十二小的套礼,择了日子,跟了狄周、薛三省、尤厨子。正待起身,小冬哥家里叫唤,说道:"俺就不是个人么?只不叫俺去!他三个是秀才,俺没的是白丁么?脱不了都是门生,偏只披砍[2]俺。我不依,我只是待去!"薛教授正在狄家打发他们起身,薛三槐[3]来学了这话。狄员外笑道:"别要嗔他,他说的委实有理。咱家里有头口,我叫他再备上一个,你叫他都走走去。"薛教授也笑说:"这小厮没家教,只是惯了他。"叫薛三槐说:"也罢。你叫他流水来,替他拿着大衣服[4]去。"待不多会,只见小冬哥一跳八丈的跑了来。狄员外让他吃饭,他也没吃。大家都骑上头口

---

〔1〕 住会——后文也作"住会儿"。山东方言,过一会儿。

〔2〕 披砍——山东方言,从一把、一缕中分离部分出来,叫做"披砍"。

〔3〕 薛三槐——同本作"薛三愧"。"槐"与"愧"盖因形近而讹,据上下文校改。

〔4〕 大衣服——长衫。指标示其秀才身份的蓝衫、儒巾、靴绦等衣物。

往府进发，仍到原先下处住下。

狄希陈没等卸完行李，一溜烟没了踪影。尤厨子做完饭，那里有处寻他？狄周口里不肯说出，心里明白，晓得他往孙兰姬家去了。直到后晌，挨了城门进来，支调了几句，也没吃饭，睡了。

次早起来，收拾了礼，早吃了饭，拿着手本公服，四个都到了府里，与了听事吏二钱银子。府尊坐过堂，完了堂事，听事吏过去禀了，四个小秀才齐齐过去参见，禀贺禀拜，又递了礼单。府尊甚是喜欢，立着待了一钟茶，分付教他们照常从师读书，不可放荡，还说了好些教诲的言语，叫他们即日辞了回去。点收了一个手卷，回送了二两书资。

依了薛、相两人的主意，除了这一日，第二日再住一日，第三日绝早起身。因天色渐短，要赶一日到家。狄希陈起初口里也只管答应，到了临期，说他还要住得几日，叫他三个先回，他落后自去。见大家强他回去，他爽利躲过一边。那三个寻他不见，只得止带了薛三省一人回家，留下尤厨子、狄周在府。他放心大度一连在孙兰姬家住了两日，狄周寻向那里催他起身，他那里肯走？

一日清早，东门里当铺秦家接孙兰姬去游湖。狄希陈就约了孙兰姬，叫他晚夕下船的时节就到他下处甚便。叫狄周买了东西，叫尤厨子做了肴馔，等候孙兰姬来。到了日晚[1]，当铺极要孙兰姬过

---

〔1〕　晚——同本作"挽"。"晚"与"挽"盖因形近而讹，据文意酌改。

宿,孙兰姬说:"有个远客特来[1]探望,今日[2]初来,不好孤了他的意思。我们同在一城,相处的日子甚久,你今日且让了生客罢。他的下处就在这鹊华桥上,你着人送我到那边去。"客伙中有作好作歹的怂恿着放孙兰姬来了。二人乍到了那下处,幽静所在,如鱼得水,你恩我爱,乐不可言。

狄周见事体不像[3],只得悄悄背了他,走到东关雇骡市上,寻见往家去的熟人,烦他稍信到家,说他小官人相处了一个唱的孙兰姬,起先偷往他家里去,如今接来下处,屡次催他不肯起身,千万稍个信与大官人知道。那个人果然与他稍信回去,见了狄员外,把狄周所托的言语,不敢增减,一一上闻。

狄员外倒也一些不恼,只说了一句道:"小厮这等作业,你可晓得什么是嫖? 成精作怪!"谢了那传信的,回去对他的浑家说知其事。他浑家说道:"多大的羔子? 就这等可恶! 从那一遭去考,我就疑他不停当。你只说他老实,白当叫他做出来才罢! 万一长出一身疮来,这辈子还成个人哩!"

狄员外说:"明日起个早,待我自家叫他去;别人去,他也不来。"他母亲说:"你去倒没的替他长志[4]哩! 你敢把他当着那老婆着实挺给他一顿,把那老婆也给他的个无体面,叫他再没脸儿去才好! 你

---

[1] 特来——同本作"时来"。"特"与"时"盖因形近而讹,据文意酌改。
[2] 今日——同本作"今月"。"日"与"月"盖因形近而讹,据文意酌改。
[3] 不像——不像样子,不成体统。
[4] 长志——山东方言,等于说增添气势、充作后盾。

见了他还放的出个屁来哩！再见了那老婆，越发瘫化了似的，还待动弹么？"狄员外说："你既说我去不的，你可叫谁去？"他母亲说："待我明日〔1〕起个五更，自家征他去。我捞着他不打一个够也不算！把那老婆，我也择他半边毛！"狄员外道："这不是悖晦？你儿不动弹，那老婆就知道明水有个狄大官待嫖哩，我寻上门去？再不怨自家的人，只是怨别人。"他母亲说："你与我夹着那张屎嘴！你要严着些，那孩子敢么？你当世人似的待他，你不知安着什么低心哩！叫狄周媳妇子拾掇，跟我明日五更上府里！叫李九强拣两个快头口，好生喂着！"又叫："煮着块腊肉，烙着几个油饼，拿着路上吃！"睡了半夜，到四更就起来梳洗，吃了饭。

　　狄员外惟恐他娘子到了府里，没轻没重的打他，又怕他打那老婆打出事来，絮絮叨叨的只管嘱付，只叫他："唬虎着他来罢，休要当真的打他，别要后悔。"说过又说，嘱付个不了。他娘说："你休只管狂气！我待打杀那后娘孩子，我自家另生哩？厌气〔2〕杀人！没的人是傻么？"狄员外道："我只怕你尊性发了，合顾大嫂〔3〕似的，谁敢上前哩？"说着，打发婆子上了骡子，给他抠上〔4〕衣裳，跳上了镫；又嘱付李九强好生牵着头口。狄员外说："我赶明日后响等你。"他婆儿道："你后日等我！我初到府里，我还要上上北极庙合岳庙哩。"狄

〔1〕　明日——同本作"明目"。"日"与"目"盖因形近而讹，据文意酌改。
〔2〕　厌气——讨厌，厌烦。
〔3〕　顾大嫂——《水浒传》中人物，绰号母大虫，性格风风火火。
〔4〕　抠上——掀起。

员外心里想道:"也罢,也罢。宁可叫他上上庙去。既是自己上庙,也不好十分的打孩子了。"

不说狄员外娘子在路上行走。却说孙兰姬从那日游了湖,一连三日都在狄希陈下处,两个厮守着顽耍。当铺里每日往他家去接,只说还在城里未回。那日吃了午饭,狄希陈把那右眼拍了两下,说道:"这只怪尿眼,从头里只管跳!是那个天杀的左道〔1〕我哩!我想再没别人,就是狄周那砍头的!"正说着,只听孙兰姬一连打了几个涕喷〔2〕,说道:"呃!这意思有些话说。你的眼跳,我又打涕喷,这是待怎么?我先合你讲开,要是管家来冲撞你,可不许你合他一般见识。你要合他一般见识,我去再也不来了。"

正说着话,只听得外边乱轰。狄希陈伸出头去看了一看,往里就跑,唬得脸黄菜叶子一般,只说:"不好了!不好了!娘来了!"孙兰姬起初见他这个模样,也唬了一跳,后边听说"娘来了",他说:"呸!我当怎么哩,却是娘来了。一个娘来倒不喜,倒害怕哩!"一边拉过裙子穿着,一边往外跑着迎接。老狄婆子看了他两眼,也还没有做声。孙兰姬替婆子解了眼罩,身上担了尘土〔3〕,倒身磕了四个头。狄婆子看那孙兰姬的模样:

> 焌黑一头绿发,髻挽磐龙;雪白两颊红颜,腮凝粉蝶。十步

---

〔1〕 左道——山东方言,数说,议论。

〔2〕 涕喷——山东方言,喷嚏。

〔3〕 尘土——同本作"尘上"。"土"与"上"盖因形近而讹,据文意酌改。

外香气撩人，一室中清扬〔1〕夺目。即使市人习见，尚夸为阆苑飞琼；况当村媪初逢，岂不是瑶台弄玉？雄心化为冰雪，可知我见犹怜〔2〕；刚肠变作恩情，何怪小奴不尔〔3〕！

狄婆子见了孙兰姬如此娇媚，又如此活动〔4〕，把那一肚皮家里怀来的恶意，如滚汤浇雪一般；又见狄希陈唬得焦黄的脸，躲躲藏藏的不敢前来，心中把那恼怒都又变了可怜，说道："你既是这们害怕，谁强着叫你这们胡做来？你多大点羔子，掐了头没有疤的，知道做这个勾当！你来时合你怎样说来？你汪先生待出殡，你爹说不去与他烧纸，等你去与他上祭。你两个舅子合兄弟都去了，你敢自家在这里住〔5〕着？"孙兰姬在旁嗤嗤的笑。狄婆子说："你别笑！我刚才不为你也是个孩子，我连你还打哩！"

正还没发落停当，只见走进一个六十多岁的尼姑，说道："我是泰安州后石坞奶奶庙的住持，要与奶奶另换金身，妆修圣像。随心布施，不拘多少，不论银钱。福是你的福，贫僧是挑脚汉。你修的比那

〔1〕　清扬——《诗经·郑风·野有蔓草》："有美一人，清扬婉兮。"朱熹《集传》："清扬，眉目之间婉然美也。"
〔2〕　我见犹怜——东晋明帝之婿桓温平蜀，娶李势之妹为妾，其妻南康长公主知道后大怒，带着刀要去砍她，"见李在窗梳头，姿貌端丽，徐徐结发，敛手向主……主于是掷刀前抱之：'阿子，我见汝犹怜，何况老奴！'"后因以"我见犹怜"为形容女性美丽之辞。事见《世说新语》刘孝标注引虞通之《妒记》。
〔3〕　小奴不尔——晋桓温纳妾，其妻南康长公主曾笑诋之为"老奴"，见"我见犹怜"注。这里用其事，因狄希陈年少而以"小奴"称之。不尔，不这样。
〔4〕　活动——处事机灵，遂人心意，能招人喜爱的意思。
〔5〕　住——同本作"仕"。"住"与"仕"盖因形近而讹，据文意酌改。

辈子已是强了十倍,今辈子你为人又好,转辈子就转男身,长享富贵哩。阿弥陀佛,女菩萨随心舍些,积那好儿好女的。"狄婆子道:"我可是积那好儿好女的! 女还不知怎模样[1],儿已是极好了,从一百里外跑到这里嫖老婆,累的娘母子自己千乡百里的来找他!"

那姑子把狄希陈合孙兰姬上下[2]看了两眼,说道:"他两个是前世少欠下的姻缘,这世里补还。还不够,他也不去;还够了,你扯着他也不住。但凡人世主[3]偷情养汉,总然不是无因,都是前生注定。这二人来路都也不远,离这里不上三百里路。这位小相公前世的母亲尚在,正享福哩。这位大姐前世家下没有人了。这小相公睡觉常好落枕,猛回头又好转脖筋。"

说到这两件处,一点不差。狄婆子便也怪异,问道:"这落枕转脖子的筋,可是怎说?"姑子说:"也是为不老实,偷人家的老婆,吃了那本夫的亏了。"狄婆子问说:"怎么吃了亏? 是被那汉子杀了?"姑子点了点头。狄婆子指着孙兰姬道:"情管这就是那世里的老婆。"姑子说:"不相干。这个大姐,那辈子里也是个姐儿,同在船上,欢喜中订了盟,不曾完得,两个这辈子来还帐哩。"狄婆子道:"他听见你这话,他往后[4]还肯开交哩?"姑子道:"不相干,不相干。只有二日的缘法就尽了,三年后还得见一面,话也不得说一句了。"

---

〔1〕 模样——同本作"摸样",据文意酌改。
〔2〕 上下——同本作"士下"。"上"与"士"盖因形近而讹,据文意酌改。
〔3〕 主——预示。这里是该当的意思。
〔4〕 往后——同本作"住后"。"往"与"住"盖因形近而讹,据文意酌改。

孙兰姬说:"我那辈子是多大年纪? 是怎么死来?"姑子说:"你那辈子活的也不多,只刚刚的二十一岁,跟了人往泰山烧香,路上被冰雹打了一顿,得病身亡。如今但遇着下雹子,你浑身东一块疼,西一块疼,拿手去摸,又像不疼的一般,离了手又似疼的。"孙兰姬道:"你说得是是的,一点不差。那一年夏里下雹了,可不就是这们疼?"狄婆子指着孙兰姬道:"我看这孩子有些造化似的,不像个门里人〔1〕,我替俺这个种子娶了他罢。"姑子说:"成不上来。小相公自有他的冤家,这位大姐自有他的夫主。待二日,各人开交。"

狄婆子道:"你说别人是是的,你说说我是怎么?"姑子说:"你这位女菩萨,你的偏性儿我倒难说。大凡女人,只是偏向人家的大妇,不向人家的小妻。你却是倒将过来的。"狄婆子笑道:"可是,我实是不平。人家那大婆子作践小老婆,那没的小婆子不是十个月生的么?"姑子说:"女菩萨,你还有一件站不得的病。略站一会,这腿就要肿了哩。"狄婆子道:"这是怎么说? 就没本事站?"姑子说:"这敢是你那一辈子与人家做妾,整夜的伺候那大老婆,站伤了。因你这般折堕,你从无暴怨之言,你那前世的嫡妻托生,见与你做了女儿,你后来大得他的孝顺哩。你今生享这等富足,又因前生从不抵生盗熟,抛米撒面。你今世为人又好,转世更往好处去了。"

狄婆子问道:"你再说说俺这个种子后来成个什么东西?"姑子

〔1〕 门里人——门户中人,妓者。

说:"那一年发水,已是有人合你说了。"狄婆子又道:"这眼底下要与他娶媳妇哩,这媳妇后来也孝顺么?"姑子说:"别要指望得太过了,你这望得太过,你看得就不如你的意了。你淡淡的指望,只是个媳妇罢了。这位小相公,他天不怕地不怕,他也单单的只怕了他的媳妇。饶他这样害怕,还不得安稳哩。同岁的,也是十六岁了。"狄婆子说:"这话我又信不及了。好不一个安静的女儿哩,知道有句狂言语么?"指着孙兰姬道:"模样生的也合这孩子争不多。"姑子说:"你忙他怎么? 进你门来,他自然就不安静,就有了狂言语。"

狄周媳妇问道:"我那辈子是个什么托生的?"姑子笑说:"你拿耳躲来,我与你说。"狄周媳妇果然歪倒头去听。他在耳边悄悄的说了一句,狄周媳妇扯脖子带耳根的通红,跑的去了。

看看天色将晚,狄婆子说:"你在那里住?"姑子说:"我住的不远,就在这后宰门〔1〕上娘娘庙里歇脚。"狄婆子道:"既在城里不远,你再说会子话去。"问说:"做中了饭〔2〕没? 做中了拿来吃。"狄周媳妇拿了四碟小菜、一碗腊肉、一碗煎鸡子、捍的油饼、白大米连汤饭,两双乌木箸,摆在桌上。狄婆子说:"你叫我合谁吃?"狄周媳妇说:"合陈哥吃罢,这位师傅合这位大姐一堆儿吃罢。"狄婆子说:"你是有菜么? 爽利再添两碗来,再添两双箸来,一处〔3〕吃罢。"狄周媳

---

〔1〕 后宰门——周志锋《明清小说俗字俗语研究》云为帝王宫殿的后门,是。济南后宰门在明德王府的北面,故称。

〔2〕 做中了饭——同本作"做了中饭",据文意酌改。

〔3〕 一处——同本作"二处",据文意酌改。

妇又忙添了两双箸[1]、两碗饭、一碟子饼[2],安下坐儿。

狄希陈站在门边,什么是肯动。狄周媳妇说:"等着你吃饭哩,去吃罢!"他把那脚在地上跺两跺,又不动。又催了他声,他方咽农着说道:"我不合那姑子一卓子上吃。"狄周媳妇笑着合狄婆子插插了声。狄婆子说道:"把这饭分开,另添菜,拿到里间里叫他两个吃去,我合师傅在这里吃。"孙兰姬也巴不得[3]这声,往屋里去了,把个指头放到牙上咬着,摇了摇头,说道:"唬杀我了! 这吃了饭不关城门了? 怎么出城哩?"

吃过饭,天就着实的黑了。狄婆子道:"师傅,你庙里没有事,在这里睡罢。脱不了我也是才来。"又向孙兰姬说道:"脱不了这师傅说你两个只有二日的缘法了,你爽利完成了这缘法罢,省得转辈子又要找零。两个还往里间里睡去,俺三个在这外间里睡。"狄周媳妇说道:"东房里极干净,糊得雪洞似的,见成的床,见成的炕,十个也睡开了。"狄婆子说:"这就极好,我只道没有房了。那屋里点灯,咱收拾睡觉。"

孙兰姬也跟往那屋里去了,在狄婆子旁里站着,见狄婆子脱衣裳,流水就接,合狄周媳妇就替狄婆子收拾铺。奶奶长,奶奶短,倒像是整日守着的也没有这样熟滑[4],就是自己的儿媳妇也没有这样

----

〔1〕 添了两双箸——同本作"添子一双箸",据文意酌改。

〔2〕 饼——同本作"饭",据文意酌改。

〔3〕 巴不得——同本作"巴不得"。"巴"与"巳"盖因形近而讹,据文意酌改。

〔4〕 熟滑——后文也作"熟化"、"熟话"。山东方言,熟稔,熟悉。

亲热。狄希陈也到屋里,突突摸摸[1]的在他娘跟前转转。狄希陈看着孙兰姬,那眼睛也不转,拨不出来的一般。姑子说道:"这个缘法好容易! 你要是投不着,说那夫妻生气;若是有那应该的缘法,凭你隔着多远,绳子扯的一般,你待挣的开哩!"

狄婆子问孙兰姬道:"你两个起为头是怎么就认的了?"孙兰姬说:"俺在跑突泉西那花园子里住着,那园子倒了围墙,我正在那亭子上栏杆里头。他没看见我,扯下裤子望着我就溺尿。叫我说:'娘,你看不知谁家的个学生,望着我溺尿!'俺娘从里头出来说:'好读书的小相公! 人家放着这们大的闺女,照着他扯出赁子[2]来溺尿!'他那尿也没溺了,夹着半泡,提裤子就跑。俺那里正说着,算他一伙子带他四个学生,都来到俺门上,又不敢进去,你推我,我推你,只是巴着头往里瞧。叫俺娘说:'照着闺女溺尿罢了,还敢又来看俺闺女哩!'叫我走到门前把他一把扯着,说:'你照着我溺尿,我没赶着你,你又来看我!'叫我往里拉,他往外挣,唬的那一位小相公怪吃喝的,叫那管家们上前来夺。管家说:'他合狄大哥顽哩,进去歇歇凉走。'俺顿的茶,切的瓜,这三位大相公认生不吃,那一位光头小相公老辣[3],吃了两块。"

狄婆子说:"那小相公就是他的妹夫,那两个大的,一个是他小

---

〔1〕 突突摸摸——后文也作"突突抹抹"。山东方言,蹭来蹭去,欲前不前的样子。也指磨蹭、拖延时间。

〔2〕 赁子——同本作"赛子"。"赁"与"赛"盖因形近而讹,据上文校改。

〔3〕 老辣——这里指不在乎,不难为情。

舅子，一个是他姑表兄弟。一定那三个起身，他就住下了。"孙兰姬说："这遭他倒没住下哩。他过了两日，不知怎么，一日大清早，我正勒着带子梳头，叫丫头子出去买菜，回来说：'那日溺尿的那位相公，在咱门间过去过来的只管走。'叫我挽着头发出去，可不是他？我叫过他来，我说：'看着你这腔儿疼不杀人么！'叫我扯着往家来了。从就这一日走开，除的家白日里去顽会子就来了，那里黑夜住下来？有数的只这才住了够六七夜。"狄婆子说："天够老昝晚[1]的了，睡去罢！我也待睡哩。"

狄婆子在上面床上，姑子合狄周媳妇在窗下炕上，收拾着待睡。狄婆子说："可也怪不的这种子，这们个美女似的，连我见了也爱。我当是个有年纪的老婆来，也是一般大的孩子。我路上算计，进的门，先把这种子打给一顿，再把老婆也打顿给他。见了他，不知那生的气都往那里去了！"姑子说："这不是缘法么？若是你老人家生了气，一顿打骂起来，这两日的缘法不又断了？合该有这两日的缘法，神差鬼使的叫你老人家不生气哩。"

狄婆子问："你才说他媳妇不大调贴[2]，是怎么？"姑子说："这机也别要泄他，到其间就罢了。他前辈子已是吃了他的亏来，今辈子又来寻着了。"狄婆子说："这亲也还退的么？"姑子说："好女菩萨！说是甚么话？这是劫数造就的，阎王差遣了来脱生的，怎么躲的

----

〔1〕　老昝晚——山东方言，很晚，十分晚。

〔2〕　调贴——山东方言，驯服、温顺的意思。

过?"狄婆子道:"害不了他的命,只是怕他罢了?"姑子说:"命是不伤,只是叫怕的利害些。"狄婆子说:"既不害命,凭他罢。好便好,不么,叫他另娶个妾过日子。"姑子说:"他也有妾,妾也生了,远着哩。这妾也就合他娘子差不多是一对,够他招架的哩。"狄婆子说:"这可怎么受哩?"姑子说:"这妾的气,女菩萨你受不着他的,受大媳妇几年气罢了。"

狄婆子又问说:"你刚才合媳妇子插插甚么?叫他扯脖子带脸的通红。"姑子道:"我没说他甚么。只合他顽了顽。"待了一会,狄周媳妇出去小解。姑子悄悄的对狄婆子道:"这位嫂子是个羊脱生的,腚尾巴骨稍上还有一根羊尾子〔1〕哩。他敢是背人,不叫人知的。"

狄婆子问说:"我那辈子〔2〕是怎么死来?"姑子说:"是折堕的小产了死的。"狄婆子道:"你说我今年多大年纪?我的生日是几时?"姑子说:"你今年五十七岁,小员外三岁哩。四月二十辰时是你生日。"狄婆子说:"可不是怎么!你怎么就都晓得?"

又问他来了几时。他说:"不时常来,这一番来够一月了。因后石坞娘娘圣像原是泥胎,今要布施银钱,叫人往杭州府请白檀像,得三百多金,如今也差不多了。如多化的出来,连两位站的女官都请成一样;如化不出来,且只请娘娘圣像。"狄婆子说:"我没拿甚么银子来,你到我家去走走,住会子〔3〕去,我叫人拿头口来接你。"姑子说:

---

〔1〕 子——同本作"了"。"子"与"了"盖因形近而讹,据文意酌改。

〔2〕 那辈子——同本作"那背子"。"辈"与"背"盖因同音而讹,据文意酌改。

〔3〕 住会子——住几日,住一阵子。

"若来接我，爽利到十月罢。杨奶奶到那咎许着给我布施，替我做冬衣哩。"狄婆子问："那杨奶奶?"姑子说："咱明水街上杨尚书府里。"狄婆子〔1〕说："这就越发便了。你看我，空合你说了这半宿话，也没问声你姓什么。"姑子说："我姓李，名字是白云。"

狄婆子道："咱睡罢，明日早起来吃了饭，李师傅跟着我上庙去。"姑子说："上那个庙?"狄婆子说："咱先上北极庙，回来上岳庙。"姑子说："咱赶早骑着头口上了岳庙回来，咱可到学道门口上了船，坐到北极庙上，再到水面亭上看看，湖里游遭子可回来。"狄婆子说："这也好，就是这们样。"

各人睡了一宿，清晨起来，孙兰姬要辞了家去。狄婆子说："你头信再住一日，等我明日起身送你家去罢。"狄希陈听见这话，就是起先报他进学也没这样欢喜。狄婆子叫李九强备三个头口，要往岳庙去。狄希陈主意待叫他娘："今日先到北极庙上，明日再到岳庙山下院，上千佛山，再到大佛头看看，后日咱可起身。"狄婆子说："我来时合你爹约下，明日赶〔2〕后晌押解着你到家。明日不到，你爹不放心，只说我这里把你打不中了〔3〕。"姑子说："小相公说的也是。既来到府里，这千佛山、大佛头也是个胜景，看看也好。"狄婆子叫狄周："你就找个便人稍个信回去，省得家里记挂；没有便人，你就只得自己跑一遭，再稍二两银子我使。"狄周备了个走骡，骑得去了。恰

---

〔1〕　子——同本作"了"。"子"与"了"盖因形近而讹，据文意酌改。
〔2〕　赶——山东方言，到。
〔3〕　打不中了——打得不中用了，不行了。"得"字为方言中的语音脱落。

好到了东关撞见往家去的人，稍了信回家，狄周依旧回来了。

狄希陈待要合孙兰姬也跟往北极庙去。狄婆子说："你两个在下处看家罢。我合李师傅、狄周媳妇俺三个去。叫李九强岸上看头口〔1〕，狄周跟在船上。"狄希陈不依，缠着待去，狄周媳妇又撺掇。狄婆子说："您都混帐！叫人看着，敢说这是谁家没家教的种子，带着姐儿游船罢了，连老鸨子合烧火的丫头都带出来了！叫他两个看家，苦着他甚么来？"没听他，往北极庙去。狄婆子在船上说："这们没主意就听他，他是待教我还住一日，他好合孙兰姬再多混遭子。"姑子说："只好今日一日的缘法了。你看明日成的成不的就是了。"众人也还不信他的话。晌午以后，上了北极庙回来，留下李姑子又过了一宿。

次日，吃了早饭，正待收拾上岳庙，到山上去，却好孙兰姬的母亲寻到下处，知道是狄老婆子，跪下磕了两个头。狄婆子说："我是来找儿，你来找闺女哩。这们两个孩子，不知好歹哩。"鸨子说："当铺里今日有酒席，定下这几日了，叫他去陪陪。赶后晌用他，再叫他来不迟。"催着孙兰姬收拾去了。

狄婆子上山回来，看着狄希陈没投仰仗的，说："这可不干我事，我可没撺他呀！"封了三两银子、一匹绵绸，叫狄周送到他家，说："要后晌回来，头信叫他来再过这一宿也罢。"姑子没做声，掐指寻文的算了一会，点了点头。

----

〔1〕 头口——同本作"头目"。"口"与"目"盖因形近而讹，据文意酌改。

谁知那当铺里出了一百两银子,取他做两头大[1],连鸨子也收在家中养活。狄周送银去的时候,孙兰姬正换了红衫上轿,门口鼓乐齐鸣。看见狄周走到,眼里吊下泪来,从头上拔下一枝金耳挖来,叫稍与狄希陈,说:"合前日那枝原是一对,不要撩了,留为思念。"

狄周回去说了。大家敬那姑子就是活佛一般。公道说来,这时节的光景叫狄希陈也实是难过。他还有些不信,自己走到他家,方知是实。过了一晚,跟了母亲回去。姑子也暂且回家,约在十月初四日差人来接他。这真真的是:

有缘千里能相会,无缘对面不相逢。

---

〔1〕 两头大——即外室。将在外地后娶的妾视同妻子一般对待,不在名分上分出高低,叫做"两头大"。

第四十一回

陈哥思妓哭亡师　魏氏出丧做新妇

叫皇天，怨皇天。已知不是好姻缘，今方罢却缠。　脱花
钿，戴花钿。活人那得伴长眠，琵琶过别船。

——右调《长相思》

狄婆子带着狄希陈一行人众从济南府鹊华桥下处起身，路上闲
话。狄周说起孙兰姬，道："昨日我若去得再迟一步，已就不看见他
了。他已是穿了衣裳，正待出来上轿哩。我迎到他亭子根前，他见我
去就站住了，眼里吊泪，头上拔下这枝金簪子递给我，叫我与陈哥，好
生收着[1]做思念，说合前日那一枝是一对儿。"

狄婆子说狄希陈道："你这个扯谎的小厮！前日那枝金耳挖子，
我问你，你对着我说是二两银子换的，这今日不对出谎来了？"狄希
陈说："谁扯谎来呀？我给了他二两银子，他给了我一枝耳挖，不是
二两银子换的可是甚么？"狄婆子说："你别调嘴[2]！这府里可也没
你那前世的娘子，我可也再不叫你往府里来了！我这一到家，我就叫

〔1〕 收着——同本作"牧着"。"收"与"牧"盖因形近而讹，据文意酌改。

〔2〕 调嘴——山东方言，找理由强辩的意思。

人炸果子给你下礼,替你娶了媳妇子。你这杭杭子要不着个老婆管着,你就上天!"

狄周媳妇说:"这陈哥,怕不的大嫂也管不下他来哩。这得一位利害嫂子,像娘管爹似的,才管出个好人来哩。"狄希陈说:"他管不下我来,你替他管我罢么!"狄婆子说:"我管我爹甚么来? 好叫你做证见?"狄周媳妇说:"怎么没管? 只是娘管的有正经。夜来北极庙上那个穿茄花色的婆娘,情管也是个会管教汉子的魔王。"狄婆子问:"你怎么知道?"

狄周媳妇说:"娘就没看见么? 他在礓礤子〔1〕上朝东站着,那下边请纸马的情管是他汉子,穿着穰青布衫,罗帽子,草镶鞋。那卖纸马的只顾挑钱,那老婆没吆喝道:'你换几个好的给他罢! 你看不见我这晒着哩么!'他流水给了那卖纸马的好钱,滴溜着纸马往这里飞跑。着了忙的人,没看见脚底下一块石头,绊了个番张跟斗,把只草镶鞋摔在阳沟里。那老婆瞪着眼骂说:'你没带着眼么? 不看着走! 这鞋可怎么穿哩? 狠杀我! 狠杀我! 这在家里可……'这们一个大身量的汉子,叫他唬的只筛糠抖战。"

狄婆子说:"我见来。那汉子情管是他儿。"狄周媳妇说:"这娘就没看真。那婆娘有二十二三罢了,那汉子浑身也有二十七八。——要不就是后娘? 要是亲娘可,也舍不的这们降发〔2〕那儿,

---

〔1〕　礓礤子——台阶。指大明湖北极庙前的石头台阶。
〔2〕　降发——后文也作"降罚"。训斥,斥责。

那儿可也不依那亲娘这们降发。就是前窝里〔1〕这们大儿，也不依那后娘这们降发。情管只是汉子！"狄婆子说："那汉子我没看真，情管是个脓包。好汉子也依老婆降发么？"狄周媳妇说："倒不脓包哩。迭暴着两个眼，黑杀神似的，好不凶恶哩！正那里使低钱〔2〕，惴那卖纸马的为看人，听见了媳妇子吆喝了两声，通像老鼠见了猫的一般，不由的就滩化成一堆了。"

原来这走路的道理〔3〕，若是自己一两个人，心里有不如意的事，家里有放不下的人，口里没有说的话，路费带的短少，天又待中〔4〕下雨，这本等是十里地，就顶二十里走。要是同走着好几个人，心里没事，家里妥贴，路费宽快〔5〕，口里说着话，眼里看着景致，再走着那铺路〔6〕，本等是十里，只当得五里地走。到龙山吃了饭，撒喂了头口，不到日落时分，到了明水。

狄员外家里叫人做了饭预备着，从那日西时便就在大门上走进走出，又叫两个觅汉迎将上去。等见婆子领了狄希陈来到门上，看见婆子没甚怒意，见儿子无甚愁容，方才放下了这条肚肠。

狄婆子洗了脸，换了衣裳，正待吃饭，只见薛教授婆子因亲家婆

----

〔1〕　前窝里——山东方言，前妻遗下的，前妻生的。
〔2〕　使低钱——用掺了铅、锡的劣质铜钱买东西。
〔3〕　道理——同本作"道礼"。"理"与"礼"盖因同音而讹，据文意酌改。
〔4〕　待中——山东方言，等于说"差不多就要"。
〔5〕　宽快——山东方言，充裕。
〔6〕　铺路——设有驿站或递铺的官道。

自己去寻女婿,家中也不放心,打听亲家母寻了女婿回来,自己特来看望。留住小坐,把那溺尿相遇,那李姑子说的事情,并孙兰姬叫去嫁与当铺的前后,对着薛亲家婆告诉了一遍。大家又笑又喜,又说姑子有这等的先知。坐到掌灯以后,方送薛亲家母回家。

狄员外催着狄希陈出去见他丈母,那里催得他动?只得叫人合他娘说,叫来唤他出去。娘说:"你也叫他有脸来见丈母!委实的我也替他害羞!"他丈母流水说道:"罢,罢,休要催他。我也改日见姐夫罢。"送得他丈母去了,才又从新大家吃了晚饭。

再说汪为露自从那日死后,各处去找寻小献宝,再没踪影。还亏了魏氏的父亲魏才赊了两匹白布与他做了衣裳,又讲就了二两八钱银子赊了一付枣木材板,就唤了三四个木匠合了材,单等小献宝回家入殓。直至次日晚上,他方才从城里赌输了回来。还有两个人押来取稍[1],知他老子死了,方才暂去。

小献宝有叫无泪的假哭了两声,嗔说不买杉木合材,又嗔衣服妆裹得不好,又嗔不着人去寻他回家,一片声发作,只问说是谁的主意,口里胡言乱语的卷骂。唬得魏氏再也不敢出声,只在旁里啼哭。

恰好魏才来到,听见他里边嚷骂,站住了脚,句句闻在耳内。一脚跨进门来,说道:"我把这个忤逆禽兽!你老子病了这两三个月,你是通不到跟前问他一声!病重了,给了你二三十两银子,叫你买布

----
[1] 稍——赌本,赌资。这里指欠下的赌债。

妆裹，买板预备，你布也不买，板也不买，连人也不见，弄得你老子死了，连件衣裳也没得穿在身上！偏偏的这两日又热，我与你赊了这付板来，寻的匠人做了，这那见得我与你主坏了事？你在背地里骂我，降的娘母子怪哭！如今又不曾妆在里面，你嫌不好，几百几千你另买好板就是，把这枣木材我与他银子，留着我用！"叫人要抬到他自己家去。

这小献宝甚么是肯服善，一句句顶撞那个魏才。因彼此嚷闹，魏才又不与他这枣木材使，这晚竟又不曾入殓，胀得那死尸肚子就如个死牛一般。霜降已过了十数多日，将近要立冬的时节，忽然狂风暴雨，大雷霹雳，把个汪为露的尸骸震得烂泥一样。

次日清早，魏才领了四五个人，要抬那棺材去庙里寄放。亏不尽徒弟金亮公来奔丧，知道小献宝昨晚方回，汪为露的尸首半夜里被雷震碎，合成的棺材，魏才又要抬去，魏才又告讼他这些嚷骂的话说。金亮公把小献宝着实数落了一顿，又再三向魏才面前委曲解劝，留下这口材，雇了几个土工，把那震烂的尸首收拾在那材里，看了他钉括灰布停当，做了顶三幅布的孝帐挂在材头。依了金亮公主意，教他趁热赶一七出了丧，他又再三不肯，举了五日的幡。倒也还亏魏才家四五个亲戚与几个不记仇恨只为体面的学生，还来吊孝点缀。闭了丧，要收完了秋田出殡。

这小献宝从闭丧以后，日夜出去赌钱，输了就来拷逼这个后母。魏氏听了魏才教道，一分也不肯拿出与他，只说："我与他夫妻不久，他把我事事看做外人，银钱分文也不肯托付。单单的只交付了前日的那封银子，我看也不敢看他一眼，原封取与你了。以外还那里再有银子？"小献宝说："这几年，学生送的束脩，进了学送的谢礼，与人扛帮〔1〕作证、受贿讲和、攘夺经纪、诈骗拿讹，匀扯来〔2〕，那一日没有两数银子进门？这都不论。只是写了宗昭的假书，得过那总数的银子，难道没有五六百金？一月前那李指挥还的本利七十两，孟长子还的那五十五两，褚南峰还的那四十两，这三宗银子都是经我眼的，这都那里去了？"

魏氏道："这三宗银子却是都经过你的眼，却是我的耳躲也不曾经过。他断气的时候，谁教你不在跟前？想是他把这银子不知寄在那里，望你不见，极得那眼像牛眼一般，只骂你杂种羔子没有造化，可惜把这银子不知迷失那里去了！你怨的我中甚么用？我如今同了你到我房中，我把随身的衣服与鞋鞋脚脚的收拾出来，另在一间房子住着，你把这原旧的卧房封锁住了。咱此时就把这件事来做完。"

小献宝说："你不知从几时就估倒〔3〕干净，交给我这空房做甚么？"魏氏说："我没的有耳报，是你肚子的蛔虫，就知道你要来逼拷〔4〕我的银子，我就预先估倒了不成？我使的是我陪嫁的两个柜，你娘的两个柜，我连看也没看，连钥匙我还没见哩！倒是咱如今同着

〔1〕　扛帮——结帮。
〔2〕　匀扯来——平均开来。
〔3〕　估倒——山东方言，即抵盗，将家中的财物窃取了运送出去。估倒，同本作"佑倒"。"估"与"佑"盖因形近而讹，据文意酌改。下文同此，不再出校记。
〔4〕　逼拷——究逼追问。拷，同本作"栲"。"拷"与"栲"盖因形近而讹，据文意酌改。

你进去看看极好。"

小献宝依允，就待进去。魏氏说："这不好。你去请了金亮公来，咱屋里查点，叫他外头上单子，也是个明府[1]。"小献宝果就去请了金亮公来，合他说了所以。窗外与他设了一张卓、一把椅、笔砚纸张。魏氏同小献宝进到房里，将汪为露的衣服并那两个锁着的柜，都把锁来拧了，脱不了他娘的些簪棒衣裳，里边也还有两三吊钱，并房里的灯台、锡盆之类，都一一叫金亮公登在单上。魏氏方把自己的衣裳、首饰、鞋脚之物，另搬到小东屋里居住，汪家的东西尽情交付与小献宝，叫他锁了门，贴了封皮。

小献宝心里，起初也还指望要寻出些银子来，谁知一分银子也不曾寻的出来。刚刚他娘的柜里有三千多钱，小献宝要拿了去做赌博的本钱，魏氏又要留着与汪为露出殡。小献宝说："就是出殡，没的这两三千钱就够了么？头信我使了，我再[2]另去刷刮。"魏氏说："要靠着你另去刷刮，这殡就出不成了！且留这钱，不够可，把我几件首饰添上；再要不够，我问徒弟们家告助，高低[3]赶五七出了这殡，看耽误下了。这钱我也不收，央金大哥收着。"

金亮公道："师娘这主的是，该把先生这殡出了。天下的事定的就么？昨日要入了殓，怎么被雷把先生震的稀烂？师娘也且休要折损首饰，待我合同窗们说去。要敛不上来，师娘再花首饰不迟。听说

----

[1] 明府——后文也作"明甫"。见证人。

[2] 再——同本作"在"。"再"与"在"盖因同音而讹，据文意酌改。

[3] 高低——山东方言，无论如何。

宗光伯也只这几日回来呀,得他来更好。"魏氏家里料理,金亮公外边传帖,小献宝依旧赌钱。

过几日,宗举人从河南回到家来,听知汪为露已死,次日变了服,拿了纸锞来到灵前吊孝,痛哭了一大场。请见了魏氏,叙说了些正经话。魏氏说:"要赶五七出殡,止有三吊多钱做主,别的要仗赖徒弟们助济。"宗举人说:"这也易处。粮食是家里有的,师娘且把这三吊多钱拣要紧的置办,别的到临期待俺们处。开坟也用不多钱,脱不了有前边师娘的见成洞子〔1〕。可只是先生手里有钱,可往那里去了?只在我手里刷刮了就够三四百两。"

魏氏说:"他怎么没有钱? 他也为我才来,又为我年小,凡是银钱出入,拿着我当贼似的防备。瞒着我,爷儿两个估倒。昨日病重了,不知谁家给了一封银子,从前以往,就只递了这封银子到我手里。我见他着实病重了,遥地里寻了他儿来,叫他买几匹布、买付板预备他。他儿还说我见神见鬼的,谁家没个病? 没的病病就死么? 后来不知怎么又转了念头,说我说的是。我还待把这封银子问他声给他,他儿说:'人已病的这们样了,还问他做甚么?'我原封没动,拿出来给了他,同着拆开秤了,二十二两。他拿了这银子一溜烟去了,布也没买,板也没买,又没处寻他。只得俺爹遥地里赊了两匹布,替他做了两件衣裳,做了这点帐子,赊了这个枣木材。那几日天又倒过来

〔1〕 洞子——墓穴。山东一带的夫妻合葬墓,一般在修坟时砌就两孔,后死者入葬时打开顶,即可把棺材放进砌就的墓穴。

热,等不见他来,又不敢入了殓[1],发变的满街满巷的气息[2]。等到第二日掌上灯,从那里来了,叫唤了两声,一片声的说不去寻他,做的衣裳又不齐整,买的板又不好,只是问谁主的事。可可的俺爹来到,听见了,说了他几句,说:'嫌材不好,脱不了还没入殓,你另买好材,把这材抬了去,留着我用!'又没入成殓。到了半夜里,促风暴雨,那雷只做了一声的响,把那尸震的稀烂。亏了清早他金大哥来,员成着入了殓。一个老子病的这们样着,你可也守他守,他可也有句话嘱付你,跑的山南海北的没影子。临那断气,等不将他来,只见他极的眼像牛一般,情管待合他说甚么。如今有点子东西,不知汝唆[3]在那里迷糊门[4]了。"

宗举人辞了魏氏回家,金亮公拜他,商议问同窗告助的事。宗光伯说:"这先生待徒弟,也感不出叫人助来。只是当咱两个敛他们罢了。师娘一个年小的女人,小献宝又当不的人数,咱两个就替他主丧,把先生这殡出了也好。要蹉跎下了,那小献宝是倚不就的,看师娘这光景也是不肯守的,——其实这们一个小献宝,可也守不的。把同窗都开出名来,厚薄在人,别要拘住了数。只是举丧的那日都要齐到,上公祭,送私礼。"算计停妥,也传知了狄宾梁。那狄宾梁把那送礼被骂、学道递呈的事,对着宗光伯告诉了一遍。宗光伯说:"昨日

----

〔1〕 入了殓——同本作"入了脸"。"殓"与"脸"盖因形近同音而误,据文意酌改。

〔2〕 气息——气味。

〔3〕 汝唆——山东方言,塞、藏掖。

〔4〕 迷糊门——这里是别人不知道的地方的意思。

会着金亮公,他也说来。先生已是死了,合他计较甚么? 只是存厚道罢了。"相别回家。

　　算计到了举丧的那日,宗光伯、金亮公两个学长且先自己代出银子来办了公祭,写了祭轴,只是空了名字,随到随填。这些徒弟们虽然名是师徒,生前那一个不受过他的毒害? 比束脩、比谢礼,狠似学官一般,谁是喜欢他的? 只因宗昭是个举人,金亮公平日是个好人,所以一呼翕应,传帖上面都打了"知"字,只等至期举行。

　　再说魏才自从那日与小献宝嚷闹以后,便再也不来上门,只有魏氏的弟魏运与魏氏的母亲戴氏时常往来。魏氏手里的东西,其那细软的物件,都陆续与那戴氏带了回家,其那食康的物件日逐都与魏运运了家去,有的不过是两件随身衣服留在跟前。

　　原来那个侯小槐因向年与汪为露争墙脚结了仇怨,怎还敢与这个老虎做得紧邻? 只得把这住了三世的祖房贱价典了与人,自己远远的另买了一所房子居住,避了这个恶人开去。后来也还指了清阳沟,沟水流上他门去,作践了几番。一来也亏侯小槐会让得紧,二来也亏了他渐渐的病得恶不将来。这侯小槐可可的断了弦,正要续亲。这魏才夫妇背后与女儿商议亭妥,出了丧就要嫁人。媒婆来往提说,这魏才因侯小槐为人资本[1],家事也好,主意定了许他。只是侯小槐被汪为露降怕了的,虽是做了鬼,也还怕他活将转来被他打脖,不敢应允。无奈被那媒婆撺掇,说得乱坠天花,便就慨然允诺了,择了

　　[1]　资本——后文也作"仔本"。山东方言,老实本分。

个吉日,悄悄的下了些聘礼。原说算计等魏氏出过丧,回到娘家择期[1]嫁娶。谁知这魏家机事不密,传到了小献宝的耳躲。小献宝说道:"继母待嫁,这也是留他不得,但一丝寸缕不许带去。"要收财礼银二十两,又要在汪为露坟上使猪羊大祭,方许他嫁人。谁知这些说话又有人传与魏家,未免就"八仙过海,各使神通"。

看定十二月二十五日是汪为露五七的日子,那一日出殡。十九日开丧受吊,宗光伯、金亮公二人绝早的穿了孝衣,先到汪为露家奔丧,料理丧事。果然预备了一付三牲,齐整祭品,祭轴上写了祭文,空了名字。早饭以后,这些传帖上画了"知"字的门人都也换了素服,除了各自助丧的银子,五钱、一两,也还有二两、三两的好几人。狄希陈他父亲与他封了八两银子,分外又同众人各出祭资一星[2]。宗昭助银六两,金亮公四两。总算不料有五十两出头的银子。宗光伯两人甚是欢喜。将祭[3]摆在灵前,徒弟们序齿排成了班次,学长上了香,献了酒,行了五拜礼,举哀而哭。

哀止起来,看那别人眼内都是干号,独宗光伯、狄希陈两个哭得悲痛,涕泪滂沱,起来还哭得不止。小献宝出来谢了众人,魏氏又出来独谢宗、金二人,让众人前边待茶。把众人送的助丧银子,二人炤帖点收,不肯交与小献宝去,恐他又拿去赌博,仍自不成了丧仪。众

---

〔1〕 择期——同本作"拆期",据文意酌改。
〔2〕 一星——称时戥子上标示为一个小星,即一钱银子。
〔3〕 祭——祭品的省称。

人说道："宗兄哭得这等悲痛,或者为是先生成就了他的功名,想起先生有甚好处,所以悲伤。这狄贤弟辞先生的时节也还甚小,却为何也这等痛哭? 我们非不欲也真哭一场,只因没这副急泪。"

宗举人道："我忽然想起那一年徼幸的时节,蒙宗师作兴了一个秀才。先生替我私自揽了一个人,收了一百二十两银子。我又不知,又收了人的钱,又使了他一半,先生才说。我单指这银子做会试的路费,先生给了我个绝命丹。我再三央恳先生,只当借一半给我,凑着退银子还人,先生一毛不拔。我说:'玉成学生上京,万一再有寸进,孝敬先生日子正长。'越发惹出先生不中听的话来,说:'知道后日事体怎么? 知道有你有我? 我且挽〔1〕到篮里是菜。'又说要合我到礼部门前棋盘街上,拿老秀才搒对我这小举人。人家嗔怒没给他说成秀才,催还银子如火似的。几亩地又卖不出去,极的只待上吊,只恨多中了一个举。后来为那写书说分上的事,按院火绷绷的待要拿问,家父又正害身上不好,顾不的,只得舍了家父往河南逃避。回想能几何时,而先生安在哉! 思及于此,不由人不伤感。"众人说:"宗兄原来为想这个痛哭,这也痛哭的过。"

内中有一个姓纪,名时中,极是个顽皮,说道:"宗兄的哭是感激先生有这些好处,他见鞍思马,睹物伤人,这哭的有理。这狄贤弟之哭师也更痛,小子之惑也滋甚。请无问其详,愿闻其略。"狄希陈说:"一个师死了,怎么不哭? 甚么详不详、略不略的!"纪时中又戏道:

---

〔1〕 挽——"剜"的同音借字。把菜从地里剜出。

"先生之死也,冠者、童子之门人未有出涕者,而子独为哭失声。斯子也,必多旷于礼矣夫!"众人笑向狄希陈道:"他说你合先生有别的勾当,你才是这等痛哭哩。"狄希陈红了脸道:"我辞下去的时节,年纪方得十二岁,我就合先生有勾当来? 我那一日早到,你在先生里间内计〔1〕了裤子出来,是做甚么?"纪时中道:"这也说不通。我是几时冠巾? 难道这么个大汉,还有别的勾当么?"狄希陈说:"难道冠了巾就做不得勾当? 我见人家女人因做勾当才戴鬏髻哩。曾点还说冠者得五六人才好。"纪时中拍掌笑道:"这是他自己供的,可见是童子六七人,这十二岁辞去的话说不过了!"

众人说:"狄贤弟,你倒把那痛哭的心肠似宗兄一般实落说了,解了众人的疑心便罢。你不肯实说,岂但纪兄,连众人也都要疑的。"狄希陈说:"我哭也有所为。"众人齐道:"这不必说了。你却为何?"狄希陈道:"我因如今程先生恁般琐碎,想起从了汪先生,五年不曾叫我背一句书、认一个字、打我一板,神仙一般散诞,因此感激先生,已是要哭了;又想起昨在府城与孙兰姬正顽得热闹〔2〕,被家母自己赶到城中把我押将回来,孙兰姬被当铺里蛮子娶了家去,只待要痛哭一场,方才出气。先在府城,后在路上,守了家母,怎么敢哭? 到家一发不敢哭了。不指了哭先生,还待那里哭去?"众人也不管甚么先生灵前,拍手大笑,说完走散。

----

〔1〕 计——"系"的借字,扎。
〔2〕 热闹——同本作"热阑"。"闹"与"阑"盖因形近而讹,据文意酌改。

　　凡这7日之内，建醮行香，出丧担祭，有了这宗光伯、金亮公两个倡义，这些人也所以都来尽礼。到了二十五日，宗、金两个自己原有体面，又有这五拾两银子，于是百凡都尽像一个丧仪，不必烦说。街坊上人多有看宗、金两人分上，没奈何也有许多人与他送殡的。狄员外也还要来送葬，狄婆子说："被他'村光棍奴才'骂不够么？还有嘴脸去与他送殡！不是我看理的分上，连陈儿也不许去哩！"狄员外道："这也说得有理。"送葬的人有送出村去的，有送两步摸〔1〕回家去的，只有这些徒弟，魏才、魏运，魏氏的母亲戴氏、妗母扶氏同到坟头。众人只见坟上有一顶四人青轿，又有两个女人，又见有几桌祭品，又见侯小槐也穿了素衣在那坟上。宗举人对金亮公道："这是侯小槐，因是处过紧邻，所以还来坟上致祭，这不显得先生越发是个小人了！"一边忙忙的收拾。下完了葬，侯小槐叫人抬过祭〔2〕去，行了礼，奠过了酒。小献宝谢了他。侯小槐脱了上面素服，两个妇人掇过毡包盒子，取出红衣簪饰，戴氏、扶氏叫魏氏在汪为露坟上哭了一场，拜了四拜，与他换了吉服，叫他将缟素衣裳都脱了放在坟上。

　　小献宝看了，呆呆的站着，一声也做不出来。那些徒弟们从葬毕，辞过了坟，各已走散。止剩得小献宝一人，待了半响，方问道："你是嫁与何人，也该先说与我知道。难道一毛不拔，就干干的去了不成？在这坟上嫁了人去，连灵也不回，是何道理？"魏才说道："我

---

〔1〕　摸——同"磨"。故意落后不往前行。

〔2〕　祭——同本作"发"。"祭"与"发"盖因形近而讹，据文意酌改。

女儿年纪太小,在你家里,你又没个媳妇,虽是母子,体面不好看相。我家又难养活,只得嫁与侯小槐了。本该与你先说,因你要留他寸丝不许带去,所以不与你知。你说要财礼二十两,也莫说我当初原不曾收你家的财礼;就原有财礼,你儿子卖不得母亲。况我与你赊的布共银八钱四分,材板二两八钱,我都与你还了银子,这也只当是你得过财礼了。"

魏才这里与小献宝说话,戴氏们撮拥[1]着魏氏上了轿,轿上结了彩,远处来了八个鼓手。侯小槐一干男妇跟随了家去,魏才然后也自行了。那小献宝垂头搭脑,蹭到家中,却好宗、金二人先在他家等候,交那同窗们助丧使剩的银子,还有十四两七钱,与了小献宝去。小献宝说他继母坟上就嫁了侯小槐去了,嗔宗、金二人来得早了,没了帮手,只得听他去了。宗、金二人方晓得侯小槐坟上设祭原是为此,说道:"便是我们在那里,师母自己情愿嫁人,我们也不好上前留得他。前日已自把家资交付与你,还有甚说?只得忍气罢了。只是先生在日:

'凡百不留跬步地,尽教没趣在儿孙。只此送师泉下去,便是吾侪已报恩。'"

第四十二回

妖狐假恶鬼行凶　乡约报村农援例

人死已灯销，无复提傀儡。多少强梁死即休，何得仍有鬼？

据屋搂人妻，疑心怀愧悔。惹得妖精报不平，累着汪生腿[1]。

——右调《卜算子》

汪为露出殡，狄宾梁叫儿子送了八两银助丧，没有一人不在背后议论狄宾梁用财太侈。都说："汪为露若是生前相处得好，果然教得那儿子益，这厚赠何妨？读了五六年书，一个瞎字也不曾教会，这功劳是没有的了。起先打程乐宇，叫他辱骂得不够？还在学道递呈。这等相处，还合他有甚情分？为宗光伯、金亮公两个的体面不好空了，一两银便是极厚的了。这银子是甚么东西，可轻易八两家与人？且宗光伯一个举人止得六两，金亮公这等世家止于四两。"狄宾梁说："我粜了十二石粮食，方才凑足了这八两银子，岂是容易？但前日儿子进学，送他的那谢礼，原不应与他那许多。我一为实是怕他无赖，二为敬奉先生不嫌过厚。不料被他大骂一顿，将帖撩出门来。我

---

〔1〕累着汪生腿——不该汪生的事，与汪为露无关。

既以礼待他,他这等非礼加我,我的理直,他的理屈,我所以把原礼收回。后来他使了人三番两次来说,还要那原礼回去,我只不理他。他如今既然死了,我所以借助丧的名色,还是与他那前日的谢礼。为他死了,倒不与他一般见识的合那死人较量。"于是乡里中有那见识的人都说狄宾梁不像个村老,行事合于古人。

却说那侯小槐明明白白的墙基被他赖了去,经官断回。我如此有理的事,怕他则甚?返又怕他〔1〕起来,那墙基毕竟不敢认回。直待了一年后,打了程乐宇〔2〕,去呈告到官,县官想起这事,叫了侯小槐去,问知界墙不曾退还,差人押了立刻拆去厦屋,方才结了前件。这是经官断过的事,又怕他做甚?虽是合他紧邻,我"各人自扫门前雪,不管他人瓦上霜",他便敢奈得我何?这侯小槐却又没有这般胆量,急急的把自家祖屋减了贱价出典与人,典的时节,还受了他许多勒掯。那典屋的人贪价贱便宜,不肯豁脱〔3〕,送了他一分厚礼,他方才不出来作业,许人典了这房。

侯小槐得了典价,另往别处买了一处小房居住。后来汪为露死了,却倒将转来,逢人说起汪为露的名字来,开口就骂。媒婆说起汪为露的老婆嫁人,起初还有良心发见,惟恐汪为露的强魂还会作业,不敢应承。后来媒婆撺掇,魏才慨许,又自己转念说:"汪为露存日,恃了凶暴,又恃了徒弟人多,白白的赖我界墙,经官断了出来,还把我

---
〔1〕 他——同本作"地"。"他"与"地"盖因形近而讹,据文意酌改。
〔2〕 宇——同本作"字"。"宇"与"字"盖因形近而讹,据上下文校改。
〔3〕 豁脱——丢开手、放弃的意思。

再三打骂。那里晓得自家的个老婆不能自保,就要嫁人? 我娶了他老婆来家,足可以泄恨!"这等发心已是不善。即使你就要娶他,必竟也还要他送葬完事,回到家中,另择吉日,使他成了礼数,辞了汪为露的坟茔,脱服从吉,有何不可? 偏生要在出殡那日,坟上当了众人取了他来。就是这魏氏,你虽与他夫妻不久,即是娼妇,子弟暂嫖两夜,往往有那心意相投、死生契结的。也不知那汪为露在魏氏身上果否曾有好处,只是汪为露一个蠢胖夜叉身子,不两三个月弄得他似地狱中饿鬼一般的模样;只为要魏氏爱他少年,把那两边的白鬓、一嘴白须,镊拔得像临死的内官一般。感他这两件好处,你也不该这等恩断义绝。他那强盗般打劫来的银子,岂是当真不知去向? 你抵盗了个罄尽,这也还该留点情义。怎么好只听了魏才、戴氏的主谋,扶氏、魏运的帮助,把那麻绳孝衣、纸匣白髻摘脱将下来丢在坟上? 戴了焌黑的金线梁冠,穿了血红的妆花红袄,插了花钿,施了脂粉,走到坟上号了数号,拜了两拜,临去时秋波也不转一转,洋洋得意上了轿子,鼓乐喧天的导引而去,只怕心里也有些过意不去。

　　到了侯家,那侯小槐搂〔1〕了汪为露的老婆,使了汪为露的银子,口里还一回得意,一回畅快,一回恶骂,尽使出那市嚣恶态,日日如此。这其间也还亏了魏氏说道:"他已死了,你只管对了我这般啰唣,却是为何? 你再要如此,我一索吊死,只图耳内不听得这等厌声!"这侯小槐方才不十分絮叨。

----
〔1〕 搂——同本作"楼"。"搂"与"楼"盖因形近同音而误,据上文校改。

　　过了几月之后,小献宝赌钱日甚。起先把宗、金两人交与他的助丧银子翻来复去做了赌本,过了一月,渐渐的卖衣裳、卖家伙,还有几亩地也卖与了别人。止剩了那所房子,因与侯小槐紧邻,叫经纪来尽侯小槐买。原价是四十五两,因与汪为露住了几年不曾修整,减了八两,做了三十七两。脱不了还是魏氏带来的银子,兑出来买成了他的。那屋中已是一无所有,真是一手交钱,一手交货。

　　侯小槐买了这汪为露的房子,却把那见住的房屋卖出银来赎了他的原屋,与汪为露的房子通成一块,搬了回来居住。因汪为露原做卧房的三间是纸糊的墙,砖铺的地,木头做的仰尘,方格子的窗牖,侯小槐随同魏氏仍在里边做房。不多两日,或是灯前,或是月下,或黄昏半夜,或风雨连朝,不是魏氏,就是侯小槐,影影绰绰看见汪为露的形影。那明间原是停放汪为露所在,恍惚还见一个棺材停在那里。汪为露的尸首被暴雷震碎,久已没了气息,从新又发起臭来。那当面砖上宛然一个人的形迹,天晴这迹是湿的,天雨这迹是干的。

　　侯小槐与魏氏害怕,不敢在内居住,仍旧那到自己的原房,把这房子只是顿放粮食,安置家伙,无事也[1]没人过去。若是有人过来,定看见汪为露不在那当面地上躺卧,定是从房里走将出来。小胆的唬得丧胆忘魂的乱跑,倒是那大胆的踏住不动,看他的下落,他又三不知没了踪迹。所以连那粮食家伙也都不敢放在那边,腾空了屋,将那新开便门用土坯垒塞坚固,门上贴了帖子,招人赁住。有人传了

----

　　〔1〕　无事也——以下同本缺半叶文字,至"飞来打在桌"处据印本补。

开去,说汪为露白日出见,所以没人敢来惹那恶鬼。锁了街门,久已闲空。因久没人过去,不见甚么形迹,只闻的作起声来,或猛然听的汪为露咳嗽,或是椎帛的砧声乱响,或是像几把刀剁的砧板乱鸣。魏氏每到茅厕解手,常见汪为露巴了墙头看他,再看又忽不见。如此待了好几个月。

一日,侯小槐正与魏氏在那里吃饭,只见一个整砖劈面飞来打在桌上,山崩似的响了一声。幸得不曾中人,连那盛菜饭的碗也不曾打破,唬得侯小槐合魏氏魂飞魄散,从此口鼻里边连汪为露的字脚气也不敢吐的。自此以后,丢砖撩瓦,锯房梁,砍门扇,夜夜替你开了街门,夜壶底都替钻了孔洞,饭里边都撒上粪土。侯小槐不免得讨饶祷告、许愿烧钱,一毫不应。魏氏躲去娘家,也还稍稍安静,只是魏氏脚步刚才进门,不知有甚么耳报,即时就发动起来。

一日,魏氏正收拾往家去,侯小槐正在那边打发他起身,只见魏氏把脸霎时间变的雪白,自己采打,叙说房帏中许多秽亵之语,学他不出口来。又责备他将银子尽数抵盗家去,一宗宗说的款项分明。说玉帝因他做人端正,封他为“天下游奕大将军”,掌管天下善恶,能知世人的过去未来之事。叫魏氏画他的形像,戴金幞头、红蟒衣、玉带,出队入队的仪从,供养在家。叫魏氏擎了他的精魄做了师婆,出往人家去降神说休咎,方准安静饶免。将他的原屋做了供养他的佛堂。不然,还要把魏氏拿去做“天下游奕夫人”。侯小槐跪在下面祷告哀求。附了魏氏,责备侯小槐许多可恶。又说:“这明水一镇的,只有狄宾梁一个君子。其次金亮公还是个好人，宗光伯凡事倒也亏他，只不该对了众人揭我这些短处。"又说："我且暂退，限你三日〔1〕画像擎神，我来到任。如违了我的钦限，决不轻饶！"

魏氏方渐渐醒转，还了人色。问他原故，茫然不觉，只苦通身疼痛。请了魏才、戴氏前来商议。魏才因叫他女儿擎神出马，做那师婆勾当，怎肯愿意？只说："等到三日，再作区处。他若再来，我们大家向他再三哀求，只怕他也饶恕。"坐了一歇，议论不定，戴氏领了魏氏同且回家。侯小槐觉得甚是没趣，门也不出，藏在家中。

到了三日，魏氏在娘家不敢回来，只见侯小槐厨房上面登时火起，照得满天烟火。魏氏听知，只得叫他娘跟了，跑得回来。因水方便，街坊上救得火灭，却不甚利害，刚得烧了个屋角。谢了众人回去，戴氏也还正在，只见魏氏照依前日发作起来，采鬓捋毛，揣腮打脸，骂："大胆的淫妇！负义的私窠！我到说不与你一般见识，姑准你出马擎神，不惟不叫你死，还照顾你撰钱养后汉子，限你三日。你听那魏才老牛主意，不与我画神，不许你出马，如此大胆！我可也不要你出马，也不用你做夫人，我只拿了你去，贬你到十八层地狱层层受罪，追还抵盗的银钱！"侯小槐合戴氏跪在下面只是磕头。把魏氏作践一个不住才罢，许神许愿的方才歇手。

歇不得两三日，又是一场。侯小槐情愿许他画像，叫魏氏擎他出

---

〔1〕 三日——同本作"二日"，据下文校改。

马。拣了吉日，请了时山人来，依他画了戴金幞头、红蟒衣、玉带、皂靴，坐着八人轿，打着黄罗三檐凉伞，前后摆着队伍。择了个进神的吉日，唤了几个师婆跳神喜乐，杀了猪羊祭祀，供养他在原住的明间上面，做了红绢帐子。

这侯小槐原是个清门净户的人家，虽然擎了邪神，谁就好来他家求神问卜？他又附魏氏叫他挂出招牌，要与人家报说休咎，也只得依他。挂出招牌，未免也就有问福祸的人至。这魏氏不曾做惯，也还顾那廉耻，先是没有那副口嘴起发的人，有留几十文香钱的，也不晓得嫌低争少，凭人留下，回答的那话又甚是艰涩。又嫌魏氏不善擎神，往往作践。

大凡事体只怕不做，不怕不会。这魏氏一遭生，两遭熟，三遭就会，四遭也就成了惯家。人有问甚么的，本等神说一句，他就附会出两三句来。有来问病的，他就说道："这病有十分难为，阎王那里已是上过牌了。我与你去再三搭救。搭救得转，这是你的造化；若搭救不转，这也只得信命罢了。"或是来问走失、问失盗的，他说："这拐带的人，或是这盗物的人，我都晓得，只我不肯与人为仇。你只急急往东南追寻便得；如东南不着，急往西北追寻，再没有不遇之理。若再追寻不着，不是还藏躲未动，就是逃逸无踪。看你造化。"若有问那怀孕的是男是女，他就说："是女胎。你多与我这香钱，我与你到子孙娘娘面前说去，叫他与你转女为男。但不知他依与不依。若他果然依了，后来生了儿子，不惟你要谢那娘娘，还要另来谢我。"

凡来问甚么的,大约都是这等活络说话。有那等愚人信他哨哄[1],一些听他不出。传扬开去,都说是汪相公还魂显圣,做了"天下游奕大将军",就是他媳妇魏氏擎着,有问祸福的,其应如响。又因魏氏是个少妇人,又有指了问卜,多往他家来的,一日也就有许多香钱。他额定每日要三十个白煮鸡子,一斤极酽[2]的烧酒供献,转眼都不知何处去了。后来在魏氏跟前常常现形,有时是汪为露的形状,有时或是个皤然的老者,有时又是个嫣然的少年。后来不止于见形,渐且至于奸宿。起先也还许侯小槐走到跟前,后来他倒占住,反不许侯小槐摸一摸。

这边侯小槐发话要到城隍手里告他,又算计要央他那些徒弟们来劝他。他说:"我这'游奕大将军'的官衔,城隍都是听我提调的,那怕你告!那徒弟们没有个长进的人,我先不怕他德来感动,又不怕他势来相挟,我理他们则甚!你倒夺了我的老婆,反要告我!"呵呵的大笑。他或有时不在,魏氏与侯小槐偷做些勾当,他回来偏生晓得,把魏氏下狠的凌虐,后来连话也不敢与侯小槐私说一声。

金亮公与宗光伯、纪时中这伙门人,听说汪为露这般灵异,约齐了同来到侯家。他对魏氏说道:"学生们要来见我,你先出去迎接他们。"金亮公等先见了魏氏,说道:"闻得先生显魂说话,特来看看先生。"魏氏引他们到神厨边去,都刚才跪下磕头,只听得神厨内说道:

----

[1] 哨哄——哄骗。
[2] 酽——口味浓烈,度数甚高。

"有劳，有劳。前向若非诸贤弟济助，我的骨殖几乎归不成土。幸得诸贤弟的力量，还出了这等一个齐整大殡。只是那不贤之妻把我的银子尽数都抵盗了回去，又在我坟上嫁人。玉皇说我在阳世为人公平正直，孝弟忠信，利不苟取，色不苟贪，和睦乡里，教训子孙，尊敬长上，不作非为，正要补我做个太子太师，后报说'天下游奕大将军'缺了官，要选这等一个正人君子。没有，只得把我补了这个官职。不止管南赡部洲的生死，还兼管那四大部洲〔1〕的善恶。虽也威风，却只苦忙冗得紧。因与魏氏前缘未尽，时常暂在人间。"

金亮公道："先生管摄那四大部洲的事体，有多少侍从？"他说："掌管三千名纪善灵童，一万名纪恶童子，一百万巡察天兵。"纪时中问道："先生这天上的衙门，是添设的，是原来有的？"他说："从天地开辟就有这个衙门。"纪时中问说："那个原旧的将军那里去了，却又补了先生？"他说："那原旧的将军，玉皇怪他旷了职事，罚他下界托生去了。"

纪时中道："先生既掌管普天下的事体，又掌管这数百万的天兵，怎不见先生暂离这里一时，只时刻与师娘缠帐？"他说："我神通广大，眼观千万里，日赴九千坛，这法身不消行动，便能照管。"纪时中道："先生存日〔2〕见不曾有这等本事，如何死了却又有这等本事起来？"他说："神人自是各别。既做了神，自然就有神通。"纪时中

----

〔1〕　四大部洲——佛教认为，须弥山四方咸海中有四大部洲，即东胜神洲、南赡部洲、西牛货洲、北俱卢洲。

〔2〕　存日——同本作"存目"。"日"与"目"盖因形近而讹，据文意酌改。

道："既是做了神就有神通，怎么那原旧的将军便又神通不济，旷了职业，贬到下界托生？"他说："你依旧还是这等佞嘴〔1〕！我不合你皮缠。"

金亮公道："先生说玉皇要补先生太子太师，这太子太师却是怎么样的官职？"他说："这太子太师是教太子的先生。"金亮公道："玉皇也有太子么？"他说："玉皇就如下边皇帝一样，怎得没有太子？如今见有三四个太子哩。"金亮公说："皇帝的太子后来还做皇帝，这玉皇又不死，从天地开辟不知多少年代，这些太子，这却做些甚么？安放在那里？"他说："那大太子托生下来做皇帝，其馀的都托生下方来做亲王、做郡王。"

宗光伯问说："这读书的人死了去，这读过的书也还记得么？"他说："怎不记得？若不记得，怎做得太子太师？"宗光伯问道："如今先生读过的书，难道都还记得不成？"他说："玉皇因我书熟，故聘我做太子太师。我若记不的了那书，那玉皇还要我做甚？"宗光伯道："就先生在日曾讲'鬼神之为德'这章书，讲得极透。学生因日久遗忘了，幸得先生有这等灵响，还望先生再讲一讲。"他寂然再不做声。金亮公道："先生既不肯赐教这一章书，把'狐狸食之'的一句讲一讲。"只见帐子里面大喝一声道："被人看破行藏，不可再住，我去也！"突地跳下一只绝大的狐狸，冲人而去。

魏氏就如久醉方醒，把那"游奕将军"的神像扯去烧了，神厨拆

---

〔1〕 佞嘴——强嘴，强辩。

毁,绢帐出洗来做了衣服里子。白日黑夜也绝不见有汪为露的影响,当面砖上也没了汪为露的形迹,也从此不听的再有甚么棒槌声、砧板响。只是那房子,侯小槐再也不复敢去居住。安静过了几时,但这魏氏抵盗了汪为露的几百两银子回去,传将开去,一人吠影,百人吠声,说他不知得了多少。

适值朝廷开了事例,叫人纳监〔1〕。绣江是个大县,额定要十六个监生。县里贴了告示,招人援例,告示贴了一个多月,鬼也没个探头。若是那监生见了官府,待的也有个礼貌;见了秀才贡举,也都入得伙去;杂役差徭可以免的,这绣江县莫说要十六个,就要一百六十个只怕也还纳不了。无奈那朝廷的事例只管要开,那下边的官府不体朝廷的德意,把那援例的人千方百计的凌辱。做个富民还可躲闪,一做了监生,到像是做了歇案〔2〕的强盗一样,见了不拘甚人却要怕他。凡遇地方有甚上司经过,就向他请帏屏、借桌椅、借古董、借铺盖,借的不了。借了有还,已是支不住的;说虽借,其实都是"马扁"〔3〕。有上司自己拿去的,有县官留用的。上司拿剩,县官用剩,又有那工房、礼房催事快手朋伙分去,一件也没的剩还与你。或遇甚么军荒马乱,通要你定住的数目出米出豆;遇着荒年,定住数叫他捐赈;遇有甚么紧急的钱粮,强要向你借贷;遇着打甚么官司,几百几千

〔1〕　纳监——通过捐纳而取得监生的资格。参见第六回"纳粟"注。
〔2〕　歇案——有罪行在身而尚未到案。歇,同本作"歌"。"歇"与"歌"盖因形近而讹,据文意改。
〔3〕　马扁——"骗"字的拆写。

的官要诈贿赂,差人要多诈使用,又不与你留些体面,还要比平人百姓多打板子。

这监生不惟遮不得风,避不得雨,且还要招风惹雨,却那个肯去做此监生? 没人肯纳。户部行了布政司[1],催这纳监的银子急如星火,只得叫那各里里长报那富家的俊秀。后来也不拘俊秀,只论有钱的便报。

但那真正有钱的大户,不是结识的人好,就是人怕他的财势,不敢报他。只是那样二不破[2]妈妈头主子[3]开了名字。若是肯使几两银子与了里长,他便把你名字去吊,另报一人。直诈到临了[4]一个没有银子使的,方才当真报将上去。昏天黑地,那个官是肯听你辩的? 追赃赎的一般,叫你讨了保,一两限不完,上了比较;再比较不完,拿来家属寄监。纳银子的时节,加三重的火耗,三四十两的要纸红。十个纳监的倒有九个监不曾纳完,卖的那房产一些没有,讨饭穷生的苦楚!

这明水镇的里长乡约诈来诈去,诈到侯小槐的跟前。这侯小槐得了横财的名望传布四邻,诈到二十两银不肯住手,坚执要五十两方罢。这侯小槐那里这一时便有这五十两见成银子? 这乡约见他蔷

---

[1] 布政司——同本作"布取可",盖因形近而讹,据文意酌改。
[2] 二不破——山东方言,不成规模,勉强凑合。
[3] 妈妈头主子——指没有势力、无所依仗。被人视为勒索对象的人家。妈妈头,山东方言,奶头。
[4] 临了——最终。

畜,又素知他欺软怕硬,可以降的动他,单单的把他名字报到县中。差了快手,拿了红票,捉他去上纳监生。

来到侯小槐家,杀鸡置酒,款待差人,临行送了三两纹银,许他投状告辞。侯小槐忙了手脚,拿了几两[1]银子进城,到县门口寻人写了辩状,说他世代务农,眼中不识一字,祖遗地土不上四十亩,无力援例。又先到事例房科打点停当。次日投文,递了辩豁[2]的状子。

县官看了状子,点名唤他上去。他说:"小人是个种田的农夫,一个'十'字也画不上来。乡约有仇,报小人上来。"县官说:"乡约报你别的事情,这是合你有仇。如今报你纳监,往斯文路上引你,你纳了监就可以戴儒巾、着员领,见了府县院道都是作揖,唤大宗师。这往青云路上引你,怎是乡约合你有仇?"侯小槐说:"小人可以认得个瞎字,好戴那头巾,穿那员领。如今一字不识,似盲牛一般,怎么做得监生?"县官说:"因你不识一字,所以报你纳监。若是认几个字,就该报你做农民了。"侯小槐又说:"小人只有四十亩地,赤历可查。这四十亩地卖不上一百两银子,小人拿什么纳监?"县官说:"谁叫你卖地? 你把你媳妇子抵盗汪为露的银子纳监还使不尽哩! 快出去凑银完纳! 纳完了银子,我还与你挂旗扁。若抗拒延捱,打了你自己,还拿你家属送监!"叫原差押下去讨保。

侯小槐还待要辩,旁边皂隶一顿赶喝出来。他乡间的人,离城

---

〔1〕 几两——同本作"巳两"。"巳"为同本中"己"字惯常写法。"几"与"己"盖因同音而讹,据文意酌改。

〔2〕 辩豁——辩求免除。

四十里路,城中那有熟人保他? 差人只得押了出乡,如狼似虎,吃酒饭、诈银子,这都不算,还受许多作贱。毕竟还亏了魏才是个别里的乡约,再三央浼〔1〕那公差容他措手。又与他算计使了六十两银子,寻了县公相处的一个山人说了分上。亏了县官做主,那乡约只得罢了。

魏才与他说道:"才收了原票,那原报的乡约还有许多话说,道:'那个狗攮的! 原要啃你一大块肉,不能遂愿,只得报了官,只指望叫你倾家荡产,你如今又寻分上免了!'他仇恨愈深,这眼下就要举报农民。这监生不止于倾家,若是被他报了农民,就要管库、管仓、管支应、管下程、管铺设、管中火。若赔了,倾家不算,徒罪充军,这是再没有走滚〔2〕。你趁个空〔3〕,这火速的刷括三十多两银子,跑到布政司里纳了司吏,就可以免纳农民。"

侯小槐听说,又向魏氏抠索出三十多两银子,同了魏才来到省城布政司〔4〕里递了援例状子。三八日收了银,首领行头,正数二十两,明加四两;吏房诸凡使用,去了五两。行文本县取结,乡约里排、该房书吏,去了四两;心红〔5〕去了五两;来往路费,做屯绢大摆、皂靴儒绦,去了二两多;通共也费了四十多银子。那魏氏盗去的银子留

〔1〕 央浼——央求。同本作"央挽"。"浼"与"挽"盖因形近而讹,据文意酌改。
〔2〕 走滚——山东方言,滑脱、脱卸。
〔3〕 趁个空——同本作"起个空"。"趁"与"起"盖因形近而讹,据文意酌改。
〔4〕 布政司——同本作"布致司"。"政"与"致"盖因形近而讹,据上文校改。
〔5〕 心红——朱红色印泥。这里指盖印。

给了魏才一百多两,其馀带来的也是有数的光景,添着买房子、画神像、还愿、跳神、求分上、纳外郎,差不多那汤里得来的东西,将次也就水里去净了。单只落了一个老婆,又被假汪为露的鬼魂睡了个心满意足。可见:

　　凡事俱有天算,不在人谋;辗转[1]相还,急须从中割断。

---

　　[1]　辗转——同本作"捱转"。"辗"与"捱"盖因形近同音而误,据上文校改。

第四十三回

提牢书办火烧监　大辟[1]囚姬蝉脱壳

做官第一是精详,吃紧监牢要紧防。岂止虎兕能出柙[2]?
应知驴马惯溜缰[3]。押衙道士茅山药[4],处士仙人海上方。
而今更有金蝉计,暗欲偷桃李代僵[5]。

再说小珍哥从那未嫁晁源之先,在戏班中做正旦的时节,凡是晁
源定戏、送戏钱,叫了来家照管饮食,都是晁住经手,所以那全班女子
弟,连珍哥倒有一大半是与晁住有手尾[6]的。晁源在京中坐监的
时节,瞒了爹娘,偷把他住在下处,偏生留那晁住在那里看守,自己却
到通州衙内久住。及至珍哥入到监中,自己又往通州随任,又留下晁

---

〔1〕 大辟——即死刑。

〔2〕 虎兕能出柙——《论语·季氏》:"虎兕出于柙……是谁之过与?"意思是老虎
　　　和犀牛从槛里逃出来,责任应在看守的人。

〔3〕 溜缰——脱缰。

〔4〕 押衙道士茅山药——押衙,指侠客古押衙。唐王仙客与表妹刘无双相爱,后
　　　无双入于掖庭,仙客乃求助于古押衙。古从茅山道士处得死后复生之药,
　　　将无双从宫中赚出,使与王仙客偕隐以老。事见唐薛调《无双传》。

〔5〕 偷桃李代僵——《乐府诗集·相和歌辞三·鸡鸣》:"桃生露井上,李树在桃
　　　旁,虫来啮桃根,李树代桃僵。树木自相代,兄弟还相忘。"此指有囚妇代珍哥
　　　受死而珍哥脱囚之事。

〔6〕 手尾——即首尾。接触,过从。这里指不正当的亲昵行为,即男女关系。

住两口子在家焰管珍哥。那时节晁源见在,禁卒刑房,没有一个不受他的重贿。一个捕官柘典史,又是他的护法喜神。小珍哥名虽是个囚妇,在监里一些不受苦楚。晁住爽利把媳妇子做了影身草[1],指称在里面伏事珍哥,这晁住也就好在里面连夜住宿。那大丫头小柳青,小丫头小夏景,年纪也都不小,都大家一伙子持了卧单,教那禁子牢头人人都要蹑狗尾,只碍着[2]晁源的赏赉[3],不便下手。至于那刑房书手张瑞风,时时刻刻的要勾引上手,也只恐晁源手段利害,柘典史扯淡防闲,所以落的叫晁住享用独分东西。及到晁源随了爹娘从任上回家,那监中禁子人等,典史该房,又都送一番重贿,所以只有来奉承的,那有扯淡管闲事的?

　　虽是晁源在家,这晁住的姻缘依然不断。晁源往雍山收麦,带了晁住的老婆出到庄上,恋了小鸦的妻子两三个月,就似与晁住兑换了的一样。这晁住出入监中,无所不至。后来晁源被小鸦儿杀了,小珍哥也就没了香主。晁夫人说道:"他自作自受的罢了,怎么把两个没罪的丫头同被监禁?且小柳青十八九的大妮子[4]了,在你那边也甚是不便。"都尽数唤了出来。晁夫人见两个丫头凸了一个大屁股,高了两个大奶胖[5],好生气恼,连忙都与他寻了汉子,打发出门。

---

〔1〕　影身草——山东方言,指借口、理由。
〔2〕　碍着——同本作"得着",据文意酌改。
〔3〕　赏赉——赏赐。同本作"赏赍"。"赍"与"赉"盖因形近而讹,据文意酌改。
〔4〕　大妮子——大姑娘。
〔5〕　奶胖——乳房。

禁住了晁住再也不许进到监中,两口子都撵到乡里管庄。叫珍哥监内雇一个囚妇伏事,每月支与五十斤麦面、一斗大米、三斗小米、十驴柴火、四百五十文买菜钱。家中凡遇有甚么事情,那点心嘎饭,送的不在数内。也冬夏与他添补衣裳。

却说那刑房书手张瑞风,起先那县官叫他往监里提牢,就是"牵瘸驴上窟窿桥"〔1〕的一样,推故告假,攀扯〔2〕轮班,再三着极。听得晁源死了,两个丫头俱已唤回家去,晁住也久不进监,柘典史又升了仓官离任,他却道〔3〕指了提牢名色宿在监中,在珍哥面前作威作福,要把来上桚吊拷,说:"晁相公在日,四时八节的与我送礼,又柘四爷屡屡托我看顾,凡事从宽罢了。今晁相公不在,四爷已升,这许多时,谁见个礼的模样!"那禁子们做刚做柔的解劝,说到:"张师傅,你是刑房掌案,这满监的囚犯,俱是你掌着生死簿子。你高抬些手,这就是与人的活路。你老人家不肯抬起手来,你叫人三更死,俺们也不敢留到四更。但只是你老人家那里不是积福?一来咱也还看晁相公的分上,他活时没有错待了咱;二来留着他,往后张师傅进来宿监,除的家替张师傅缀带子、补补丁,张师傅闷了,可合张师傅说话儿。他屋里爇茶爇水〔4〕,又都方便。"张瑞风道:"我且看你们的分上,姑且宽着他再看。"降了一顿去,也降得小珍哥擦眼抹泪的哭。

----

〔1〕 "牵瘸驴"句——歇后语,隐"什么是肯走"一语。
〔2〕 攀扯——山东方言,攀比计较。
〔3〕 道——"倒"的借字。
〔4〕 爇茶爇水——烧茶烧水。爇,用火烧。

　　那雇着伏事的囚妇说道：“你哭他怎么？你就听不出那禁子的话来？这是他给你的下马威，好叫你依他，省得到了跟前扭手扭脚的。”珍哥说：“什么话？我是个傻瓜，听不出甚么来！”那囚妇说道：“是待合你睡觉！什么话，什么话！你没的真个心昏么？”珍哥说：“就待合我睡觉，可也好讲。这们降发人，还有甚么兴头子合他睡觉？这们强人似的，也睡不出甚么好来！”囚妇说：“这倒不论哩。他谁没这们降？他只得了手就好了。俺们都不是样子么？”珍哥说：“瞎话！我怎么就知不到他合你们睡觉哩？”囚妇说：“那起初进来，身上也还干净，模样也还看的。如今作索〔1〕像鬼似的，他还理你哩！”珍哥说：“那么〔2〕？这们没情的人，我理他么。”囚妇说：“你可比不得俺。你吃着好的，穿着好的，住着这们干净去处，齐整床铺，他还摸不着的哩。”珍哥说：“本事何如？”囚妇说：“这有二年没经着〔3〕了。要是那二年前的本事，也够你招架的哩。”

　　只见掌灯以后，一个禁子走到珍哥门上讨火。那囚妇递火与他，他与那囚妇悄悄的插插两句去了。囚妇自到小厨屋炕上睡觉去了，就假睡等他叫下〔4〕睡觉，梦寐之中也还不知反门。囚妇因禁子递了脚线〔5〕，不曾闩上外门。人多睡得静了，张瑞风下边止穿了一条

----

〔1〕　作索——即“作索得”，“得”字在方言中语音脱落。山东方言，等于说折腾得、打熬得。

〔2〕　那么——山东方言，等于说吗、如果这样。

〔3〕　经着——山东方言，经历过。着，相当于普通话的时态助词“过”。

〔4〕　叫下——疑为“趄下”之误刻误读。趄下，山东方言，躺下。

〔5〕　递了脚线——等于说说了关窍。指传了留门的话。

裤,上边穿了一个小褂,悄悄的推了推门,见门是开的,他走进门来,反把门来闩了。走到珍哥床边,月光之下,看见珍哥白羊似的脱得精光,侧着身,卷着一只腿,伸着一只腿,睡得烂熟。张瑞风把他身上抚摩了一会,又使手往他那所以然处挖了一顿,也还不省。他方脱了衣裳上去,如此如此,这般这般。待了许久,珍哥方才醒来,说道:"再没有别人,我猜就是张师傅。"张瑞风说:"你倒也神猜。"珍哥使起架势,两个在白沟河大战一场。

天将明的时候,张瑞风方才到他提牢厅上。众禁子们有提壶酒的,煮两个鸡子的,都拿去与张瑞风扶头[1],都说:"张师傅,喜你好个杭货[2]么?"张瑞风道:"实是仗赖。该领工食,我早早的撙掇,一分常例也不要。"清早,那囚妇看见[3]珍哥,问说:"我的话也还不差么?"珍哥点头儿没言语。

这张瑞风从此以后,凡遇值宿,即与珍哥相通。论该别人上宿,他每次情愿替人。原来这提牢人役奸淫囚妇,若犯出来是该问死罪的,所以别的同房也还知道畏法,虽也都有这个歹心,只是不敢行这歹事。只有他为了色就不顾命,放胆胡做,不止一日。

十月初一日,晁夫人生日。小珍哥替晁夫人做了一双寿鞋,叫人送了出来。晁夫人看了,倒也恓惶[4]了一会。到了午后,晁夫

----

〔1〕 扶头——新婚次日清早,请新郎饮酒以贺叫做"扶头",也叫"饮扶头酒"。
〔2〕 杭货——即行货。男性生殖器的隐语。
〔3〕 看见——同本作"着见"。"看"与"着"盖因形近而讹,据文意酌改。
〔4〕 恓惶——伤感,悲伤。

人叫晁凤媳妇拾了一大盒馍馍、一大盒杂样的果子，又八大碗嘎饭、一只熟鸡、半边熟猪头、大瓶陈酒，叫人送与珍哥。因晁夫人生日，所以晁住夫妇都从庄上进来与晁夫人磕头，听见要送东西进去，他借了这个便差，要进监去看珍哥一面，也不与晁夫人说知，竟自挑得去了。

　　见了珍哥，这晁住绨袍恋恋[1]，尚有故人之情，那知珍哥弃旧迎新，绝无往日之意。不疼不热的话说了几句，把那送的嘎饭拣了两碗，暖了壶酒，让晁住吃了。没及奈何，那晁住乜乜踅踅[2]的不肯动身，只得三薄两点，打发了打发。指望叫晁住去了，好叫人去约了张瑞风来同享东道，谁知这晁住还要想那旧梦，要在里边过夜。

　　这珍哥厌常喜新的心性，看了这晁住就如芒刺在背的一般，催他说道："你趁早快些出去。如今比不得往时，有钱送人，有势降人。自从官人没了，就如那出了气的尿泡一般，还有谁理？那典史常来下监，刑房也不时来查夜，好不严紧！你在这里，万一叫他查出，甚不稳便，碍了你的路，我又吃了亏。你且暂出去罢。你今日一定也且不往庄去，你明日再来看我不迟。"那个雇的囚妇也解得珍哥的意思，在

----

〔1〕　绨袍恋恋——战国时范雎事魏中大夫须贾，遭其笞辱几死，后入秦为相。须贾出使秦国，范雎乔装后敝衣往见，须怜其寒，赠以绨袍。范雎因其有赠袍之情而释之。事见《史记·范雎蔡泽列传》。这里是眷恋旧情的意思。

〔2〕　乜乜踅踅——后文也作"乜乜屑屑"、"乜乜斜斜"、"乜乜泄泄"。眯着眼睛斜视，一种色眯眯的情态。

旁委曲[1]的撺掇。

这晁住假酒三分醉的啰唣那个囚妇，一边口里说道："我知道你们有了别人，反多着我哩！要吃烂肉，只怕也不可恼着火头！我把这狗脸放下来，'和尚死老婆——咱大家没'！"一边把那囚妇撮着胸脯的衣裳，往珍哥床上一推。那囚妇只道是打他，怪叫起来。这晁住把那囚妇裤子剥将下来，如此这般，那囚妇方才闭了口嘴，只自家说道："怨不得别人，该合这私窠子！没要紧的多嘴，就一顿合杀也不亏！"他口里自己骂，身子自己擤。晁住一边捣巢，一边说道："你还敢多嘴多舌的么？"

这晁住心里只说把这件来买住了那囚妇的口，便就可以住下。不想他在房里合那囚妇估捣，小珍哥走出门外与禁子递了局[2]。那日本不该张瑞风值夜，只因有些进来的肴馔，要他来吃，又要驱遣晁住出去，待不多时，只听得张瑞风汹汹而来。晁住迎将出去，说道："张师傅拜揖。这向张师傅好么？"

这张瑞风平日与晁住你兄我弟，极其相厚，这日见了晁住，把脸扬得大高的。晁住作揖，他把手略兜了一兜，说道："这天是多咱了，你还在这里不出去？"麻犯着那些禁子道："这如今同不的常时，大爷不是常时的大爷，四爷也不是常时的四爷了，你们还放闲人来做什么？你们再要不听，我明日回封就禀到大爷手里！"禁子们说："张师

---

〔1〕 委曲——婉转，委婉。
〔2〕 递了局——报了信，说了情况。

傅别要计较。俺们叫他出去,再不放他来就是了。"往外就撺。珍哥来到跟前,故意说道:"今日是俺婆婆生日,叫他送了几碗菜[1]来与我。要没事的,他来这里做什么? 什么好过日子的去处,他恋着哩! 叫他去罢,你撺他怎么?"张瑞风说:"你也别要多嘴! 送菜给你,外头没放着小方门么? 为什么放人进来?"

晁住说:"呃! 张师傅,你怎么来? 你睁开眼看看,是我呀!"张瑞风睁起眼来道:"我眼花么! 我连晁源家里倒包奴才也不认的了? 叫我睁起眼来哩!"晁住说:"你骂我罢了,你提名抖姓的叫晁源待怎么? 那晁源的银子,一五一十的送你的不是了? 你[2]做刑房,也许你霸占着囚犯老婆么? 你没的绝了人的牢食不成!"张瑞风说:"你见我霸占了那个囚犯老婆? 这杂种忘八羔子,合他说甚么! 替我把他上了杻镣,送到栅上,明日合他大爷上讲话! 你这禁子们都是合他通同[3]! 这不大爷才退了[4]? 我也等不到明日,你们要不上他在栅里,我如今就往衙门口传梆禀去!"

八个禁子做好做歹的劝着,打发晁住出去。张瑞风对着众人笑道:"好个札手[5]的人! 刚才不是咱,这们些人也撺不动他。"流水的点了风[6],封锁了监门,房里点上灯,暖了酒,热了菜,与张瑞风

〔1〕 菜——同本此字不清,据下文校补。
〔2〕 你——同本作"他",据文意酌改。
〔3〕 通同——串通、勾结在一起。
〔4〕 退了——指退了堂。
〔5〕 札手——即"扎手"。棘手,不易对付。
〔6〕 点了风——即收风,将在院子里活动的人犯按名查点后关回监房。

和睦消饮。把那半边猪头、四十个馒头,倒了许多酒,与了那八个禁子。合张瑞风吃剩的东西酒饭,叫那雇的囚妇拿到邻房与那别的囚妇同吃。

珍哥因说:"晁住不识好歹,只是怕见出去,躁的人心里不知怎么样的。我见你这们降他,我可又心里不忍的慌了。"张瑞风道:"你没的家说! 你倒吃着碟子看着碗的罢了,这一个槽上也拴的两个叫驴么? 那贼狗头,情管抽了个头儿去了!"珍哥笑说:"他倒没抽着我的头儿,倒把老张婆子的头儿抽了下子去了。"

张瑞风问说:"是怎么?"珍哥说:"我说叫他出去罢,咱如今同不得常时,又没了钱,又没了势,官儿又严紧,专常的下监来查。老张婆子见我说他,也旁边帮着我说。他凶神似的跑了来,撮着他胸前的衣裳。我说是怎么,没的是待打他? 把他一推,推在我那床沿上,倒了裤就干。"张瑞风笑说:"老张婆子说什么?"珍哥说:"老张婆子自家骂,自家说:'该合这淡嘴的私窠子! 合杀那淡嘴的私窠子也不亏!'"张瑞风呱呱的大笑。那囚妇说:"还笑哩! 不是为你,吃人家这们一顿亏么?"张瑞风说:"哟,你听这话呀! 怎么得你每日为我吃这们顿亏才好哩!"张瑞风又问珍哥:"他两个干事,你在那里[1]来?"珍哥说:"我可得了这空出来吊兵哩么!"说笑了一会,与珍哥睡了。

再说晁住到了家中,因珍哥硼了情,吃了张瑞风的凌辱,对着晁

---

〔1〕 那里——用本作"那哩"。"里"与"哩"盖因形近同音而误,据文意酌改。

夫人学舌道:"刚才奶奶叫人送什么与珍姨去,没有人去,我说:'我走荡[1]去罢。'到了那里,通成不得[2]了,里头乱多着哩!合那刑房张瑞风明铺夜盖的皮缠。敢是那刑房不进去,就合那禁子们鬼混。通身不成道理!"晁夫人问:"你听见谁说? 你才进去见来么?"晁住说:"谁没说? 只是不好对着奶奶学那话,使匙儿撩的起来么? 我正待出来,撞见张瑞风正进去。我说:'我且站站,看他怎么样着。'他说我[3]看他哩,降了我个眼红,待把我送到柙上。他倒说我是什么人,进来做什么。叫我说:'怎么,不许家里人送饭么?'叫我说:'你别欺了心! 你看看《大明律》,提牢的奸了囚妇,该什么罪哩!'我待合他禀大爷,他才央及了我一顿,出来了。珍姨也央及我,叫我千万别合奶奶说。"晁夫人长吁了口气,说道:"挺着脚子去了,还留下这们个祸害,可怎么处!"

次日,晁住两口子依旧庄上去了。晁夫人叫人送十月的米粮等物与珍哥,又叫晁凤进去,合他说:"叫他好生安分,不要替死的妆幌子[4],我还诸物的照管他。这不我又替他做着冬衣裳哩? 我可为什么来? 千万只为着死的。他既不为死的,我因何的为他! 我就从此一粒米、一根柴火、一绺线,也休想我管他,凭他里头合人过去罢!

---

〔1〕荡——同"趟"。
〔2〕成不得——不成样子。
〔3〕我——同本作"成"。"我"与"成"盖因形近而误,据文意酌改。
〔4〕替死的妆幌子——幌子,招牌、标识。意思是不要做出来,让人人都知道晁源的妾在监里行为不轨。

叫他也不消对人说是晁源的小老婆。他要好么好〔1〕,再不好,我等巡按来审录,我锥上一张状,还送了他哩! 你合他说去,休要吊下话。"

晁凤跟着米面进去,把晁夫人的话一句句都说了。珍哥道:"这再没有别人,这是晁住那砍头的瞎话! 奶奶可也查访查访,就听他的说话? 他夜来到了这里,我为奶奶差了他来,我流水的叫张老婆子暖了壶酒,就把那菜——我没动着,拾了两碗,还拾的点心,打发的他吃了。我说:'你吃了可早些出去回奶奶的话,看奶奶家里不放心。'他乜乜屑屑的不动惮。他看着我说:'珍姨,我有句话合你说:大爷已是死了,你已是出不去了,你还守那什么贞节哩? 这监门口也盖不得那贞节牌坊。像我这们个汉子,也辱没不了你什么。'叫我说:'你这话通是反了! 我就守你爷一日,也是你个小主人家,你就这们欺心!'他就待下手强奸我,叫我吆喝说:'奴才欺心! 待强奸主人家哩!'禁子听说,才跑了来说他。他什么是怕? 禁子去请了刑房来到,做刚做柔的才劝的他去了。他说:'我叫你由他! 只许你养刑房、养禁子,不许你养我么!'晁凤,你是明白的人。别说我不肯养汉,我处心〔2〕待与咱晁家争口气! 叫人说:'你看多少人家名门大族的娘子,汉子方伸了腿就走作〔3〕了,这

----

〔1〕 好么好——往好的方面做,事情还好商量的意思。
〔2〕 处心——拿定主意,定了念头。
〔3〕 走作——改了初衷;变了样。

晁源的小老婆虽是唱的,又问了死罪,你看他这们正气!'我务必要争这口气! 我就不长进,浪的慌了,待要养汉,这里头这汉可怎么养? 在那里养? 外头守着鼻子摸着腮的都是人,我住的这点去处子〔1〕连腔也掉不过来,这老张婆子影不离灯的一般,又不是外头宽快去处,支了他那里去? 没的好说:'老张,你且出去,我待养汉哩。'又没的当着人就养? 可也详个情,就信他的话? 你也把我这话就合奶奶说。 我这里过的是甚么日子哩! 若奶奶不听人的话,照常的照管我,也在奶奶。 万一我还得出去到咱家,我伏事奶奶二年,也是我在晁家一场。 若奶奶信人的话,不照管我,我恋什么哩? 一条绳子吊杀!"说着,便放声的大哭。

晁凤说:"奶奶也待信不信的〔2〕,所以叫我来嘱咐珍姨。 若奶奶信的真了,如今也就不送供备来了。 这如今替珍姨染着绵绸合绢做冬衣。 珍姨的话,我到家合奶奶说。 珍姨,你也要自己拿出主意来,像刚才说的那话才是。"

晁凤辞了珍哥,回了晁夫人的话。 晁夫人问说:"你看那意思,可是他两个的话那个是真?"晁凤道:"人心隔肚皮的,这怎么定的? 依着珍姨的话,像似有理的。 据着晁住昨日说的,又像是有理似的。"晁夫人说:"拿饭养活你们,通似世人一般,肯打听点信儿! 要是晁住这贼狗头实是欺心,我也不饶他!"晁凤说:"这晁住从珍姨来

〔1〕　去处子——山东方言,去处,地方。
〔2〕　待信不信的——将信将疑。

到咱家,这欺心不欺心倒知不真,只是珍姨没到咱家时,可一像那班里几个老婆,他没有一个不挂拉[1]上的。"晁夫人问说:"那老婆们都偏要要他,是待怎么?"晁凤道:"那咱叫戏、送戏钱、拿东西与他们吃,都是他手里讨缺,敢不依他么?"晁夫人道:"我昨日原没差他,他可钻了进去,这们可恶!"

再说一日冬至,县官拜过牌,往东昌与知府贺冬,留着待饭,晚上没回县来。典史又是一过路运粮把总请在衙门里吃酒。天有一鼓时候,霎时监内火起。人去报了典史,那典史策马回县,进了大门,报说女监失火。典史进入监内,正见刑房书办张瑞风两截子[2]在那里章章徨徨的督人救火。幸得是西北风,往东南刮是空去处,不曾延烧。典史问:"是怎么起火?"都回说:"是珍哥房内火扑了门,不曾救出,不知是怎么起火。"不一时,将那珍哥住房烧成灰烬。火灭了,掀开,火内烧死一个妇人。用席遮盖。

次日,县官回来,递了失火呈子,把张瑞风打了十五板,禁子每人都是二十,委典史验了尸,准家属领埋。晁书听见这信,回去与晁夫人说了。晁夫人连吊几点眼泪,说道:"也罢,也罢。死了也完了这股子帐,只是死得苦些。"当即叫晁凤:"你到监里看看,该怎么算计,咱好铺排。"

晁凤进到监内,寻着值日的。禁子说道:"这娘娘子起头进来,

---

〔1〕 挂拉——本义为接触、触及,这里指有了肌肤之亲,发生了不正当的关系。
〔2〕 两截子——只着裤褂,没穿外面的长衣。

俺可也得了他的好处,临了就给了俺这们个结果。"晁凤问说:"他是怎么起的火来?"禁子说:"他关着门,火起就扑了门。人又进去救不的,谁知他是怎么起的?"晁凤揭开席子看了一看,也认不出一点甚么来,只像个炭将军似的倘在那里。晁凤长吁了口气,说道:"这么个画生般的人,弄成这们个模样!"托禁子:"好生看着,我到家拿衣裳来装裹他。"

晁凤来家回话。晁夫人连夜给他赶的白梭布裤,白梭布着身的布衫、小袄、大衫、白梭布裙、膝裤、包头,无一不备。封了五钱银子,叫那囚妇们与他穿衣裳。叫晁凤也只在旁边看着,不必到跟前。又封出三两二钱银子,与禁子们八个暖痛,叫把尸从天秤出来,别要从那牢门里拉。再稍床被去裹着好秤。又叫晁书用二十两子银买了一副沙木,叫人在真空寺合材,就把尸抬到那寺里入殓,借法严的房停泊,就央法严领斋念经。若法严没有房,智虚家也罢。各自分投[1]去了。

晁凤拿着衣裳到了监里,先把那三两二钱银子给了禁子。那禁子感激不尽,事事用心。又与了囚妇们五钱银子,果然与他七手八脚的穿了衣裳。外面使红被紧紧裹住,用布条缚了,用了桔槔[2]秤出墙来。那些囚妇都送到墙下,说:"这些年,自有他进监,都吃他的残茶剩饭,不曾受的饥饿。"都也痛哭。

----

〔1〕　投——"头"的借字。

〔2〕　桔槔(gāo)——利用杠杆原理制成的工具。压住一头,可以把另一头的物体抬起。

晁凤叫人把尸板门抬了送到真空寺,借的法严闲房。晁梁也还持了服,到跟前看着入了殓。次日,请了十二位和尚与他建醮。停了三日,用三两银买了一亩五分地,给他出殡葬了。晁夫人说是断了这条祸根,虽是惨伤之中,又是欢喜。三日,又叫晁书去他坟上烧纸,按节令也都差人与他上坟。

从古至今,这人死了的,从没有个再活之理。但这等妖精怪物,或与寻常的凡人不同,或者再待几年重新出世,波及无辜,也不可知。

再听后回,且看怎生结果。正是:

好人不长寿,祸害几千年。再说还魂日,应知话更长。

第四十四回

梦换心方成恶妇　听撒帐早是痴郎

才子佳人都十七。并蒂芙蓉,着露娇如滴。相携素手花前立,教人莫状丹青笔。　　出水鸳鸯相比翼。玉女金童,烛影摇红色。名悬金榜欢何极?相提只愿偕琴瑟。

——右调《蝶恋花》

古人男子三十而娶,女子二十而嫁,使其气血充足,然后行其人道,所以古人往往多寿。但古人生在淳庞之世,未凋未凿之时,物诱不牵,情窦不起,这一定的昏娶之期所以行得将去。如今处在这轻儇泄越的世界,生出来的都是些刁钻古怪的人才,这些男女,偏那爱亲敬长的良知与世俱没,偏是这些情欲之窍,十一二岁的时节,都无所不知,便要成精作怪。

即狄希陈,母亲管的也算严紧,年纪刚才一十六岁,见了孙兰姬便怎么知道就慕少艾,生出许多计策,钻头觅缝的私通?他母亲自己往府城寻他的初念,原是乍闻了这个信心中发恨,算计赶到下处,带他连那妓者采拔一顿,与他做个没体面,使他也再不好往那妓者家去,使那妓者也便再不招他。及至过了一夜,又走了一百里路,又因丈夫再三的嘱付,那发恨的心肠十分去了七分,那疼爱他的心肠七分倒添了三分。若使走到下处，或是狄希陈弩骜不驯，或是那妓者虎背熊腰、年纪长大、撅嘴胖唇、撩牙扮齿、黄毛大脚，再若昂昂不采，这又不免"怒从心上起，恶向胆边生"。

怎禁乍时[1]到了，先一个狄希陈唬的鬼也相似，躲躲藏藏，先叫那做娘的可怜而不可怒；一个十六七岁的美女，娇娇滴滴的迎将出来，喜笑花生[2]的连忙与他接衣裳、解眼罩、问安请坐、行礼磕头[3]，这一副笑脸，那严婆的辣手怎忍下的在他脸上？所以不惟不恶，且越可爱起来。又亏不尽适遇一个姑子来到，说："前世已定的姻缘，割他不断；往后将断的姻缘，留挽不牢。"狄婆子于是把那[4]发恶的排遣尽数丢开，算道："爽利留他两日，等我上完了庙，送他二三两银子，好好送他回去，带了儿子归家。倘或处得过激，孩子生性恼出病来，悔就晚了。"谁知那姑子说得一些不爽，第二日轻轻省省，不用推辞，自然走散。

狄希陈饶是这等开交，还怀了一肚皮怨气，借了哭汪为露的名头，叫唤了个不住。这样作业的孩子，你定要叫他三十而娶，这十四年里头不知作出多少业来，这古礼怎生依的？于是他母亲拿定主意，择在十一月过聘，过年二月十六日完婚。唤了银匠在家中打造首饰，即托薛教授买货的家人往临清顺买尺头等物，自己喂蚕织的绢，发与

----

[1] 乍时——猛然；突然。
[2] 喜笑花生——山东方言，满面笑容，一副笑脸的意思。
[3] 磕头——同本作"盍头"。"磕"与"盍"盖因形近而讹，据文意酌改。
[4] 那——同本作"罪"，据印本酌改。

染坊染着,自己麦子磨的白面、蜂窝里割的蜜[1]、芝麻打的香油,叫厨子炸炸喜果,到府城里买的桂圆[2],羊群里拣了两只[3]牝牡大羊,鹅、鸭、鸡、鸽,都是乡中自有,唤了乐人鼓手,于十一月初十日备了一个齐整大聘。

管家狄周、媒婆老田,押了礼送到薛家。管待了狄周、老田的酒饭,赏了每人一千钱、一匹大红布。回了两只银镶碗、两双银镶箸、一面银打的庚牌、四副绣枕、四双男鞋、四双女鞋;狄希陈的一顶儒巾、一匹青线绢、一匹蓝线绢、一根儒绦、一双皂鞾[4]、一双绒袜、一部《五经旁训》、一部《四书大全》、两封湖笔、两匣徽墨、一对龙尾砚、几样果品,打发回礼来家。两家各往各门亲戚分送喜果。

次日,薛教授亲到狄家来谢,说:"费这许多厚礼,后日我与令爱过聘,怎么照样回得起?"狄宾梁料他要自己来谢,预先叫家中备下肴馔,留他款待。从此狄家每日料理婆亲勾当。嫌那东边一座北房低,拆了另盖,糊墙铺地,极其齐整。薛家也叫匠人彩漆装奁,打造首饰,裁制衣裳,镟刮[5]锡器。

----

〔1〕 蜜——同本作"密"。"蜜"与"密"盖因形近而讹,据文意酌改。
〔2〕 桂圆——同本作"板圆",据文意酌改。
〔3〕 只——同本作"枝"。"只"与"枝"盖因同音而讹,据文意酌改。
〔4〕 鞾——"鞋"的俗字。
〔5〕 镟刮——打制。镟,在倾铸的锡板上划线裁割。

时光易过,转眼就是明年。霎时交了二月初十日,狄婆子自去上头〔1〕,先送了两只活鸡、两尾鲜鱼、一方猪肉、一方羊肉、四盘果子、两尊酒。薛家叫了厨子,置酒相候。狄婆子吃过茶,坐了一会,到了吉时,请素姐出去,穿着大红装花吉服、官绿装花绣裙,环佩七事,恍如仙女临凡。见了婆婆的礼,面向东南,朝了喜神的方位,坐在一只水桶上面。狄婆子把他脸上十字缴了两线〔2〕,上了鬏髻,戴了排环首饰。又与婆婆四双八拜行礼。

狄婆子看了他那模样,好不温柔雅致、娇媚妖娆,心中暗自欢喜,想道:"这媳妇的标致不在孙兰姬之下,这陈儿的野心定是束缚住了。只是李姑子说这媳妇要改变心肠,夫妇不睦,忤逆公婆,这话我确然信他不过。那里有这等的美人会这等的歪憋?"薛婆子殷勤让酒,他那心里且碌碌动寻思这个。薛婆子道:"亲家,我见你那意思倒不是怪我,一像心中有甚么事的一般。"狄婆子笑道:"亲[家],你怎么就看出〔3〕我来?我心中实是想着件事来。"薛婆子道:"亲家想甚么事?对着我说说。"狄婆子道:"对着亲家说不得的事。"薛婆子取笑道:"说不得的事,情管就不是好事。亲家且吃酒,有事黑夜做就是了,不消预先的想。"

两亲家笑了一会,狄婆子要请小亲家婆相会。薛婆子说:"他看

〔1〕 上头——女子初婚,将头发在脑后挽成鬏儿,叫做"上头"。
〔2〕 十字缴了两线——女子出嫁前,用细线绞去脸上的汗毛。也叫"开脸"、"绞脸"。
〔3〕 看出——同本作"着出"。"看"与"着"盖因形近而讹,据文意酌改。

着人做菜待亲家哩。等亲家临行,叫他出来相见。"薛家叫了两个女瞎子,一个谢先,一个张先,各人唱了几套喜曲。狄婆子吃过了汤饭,赏赐两个女先并厨子一应下人。

薛婆子说:"闺女有几件不堪的妆奁,有张粗造的床,十五日先送到府上。"狄婆子道:"那日有几位客下顾?好伺候。"薛婆子道:"这里别再没门亲戚,又不好单着,只是里头央连亲家婆,合我是两个;外头也只得央连亲家公,同他爹也是两个。"狄婆子说:"哥哥们闲着做甚么,不叫他同去走走?二位大哥哥,叫他外边随着二位亲家翁,三哥叫他跟着亲家在后头。一个姐姐的大喜,都叫他们顽糙子去。"

薛如兼光着个头,站站着往前,戴着顶方巾,穿了一领紫花布道袍,出来见他丈母。狄婆子甚是喜悦,拜匣内预备的一方月白丝绸汗巾,一个洒线合包,内中盛着五钱银子,送与薛如兼做拜见。薛婆子道:"你专常的见,专常的叫你娘费礼。这遭不收罢。"薛如兼也没虚让一让,沉沉的接将过来,放在袖内,朝又与丈母作了两揖。他娘笑道:"好脱气的小厮,你倒忒也不做假哩!"狄婆子说:"是别人么?作假!"薛婆子送出狄婆子去回来,素姐又与他爹娘合他生母从头行礼。薛婆子说:"再待四五日就往人家去,回来就是客了。"

倏忽又是十五,狄家门上结了彩,里外摆下酒席。外头请了相栋宇、相于廷合狄婆子的妹夫崔近塘四个相陪,里边请的相栋宇婆子、崔近塘婆子。外头叫的是四个小唱,里头叫的还是张先、谢先。一一完备,伺候铺床。

这薛家也从清早门上吊了彩[1]，摆设妆奁。虽也不十分齐整，但是那老教官的力量，也就叫是竭力无馀的了。将近傍午，叫了许多人，抬了桌子，前边鼓乐引导，家人薛三省、薛三槐压礼，老田夹着一匹红布，吃的憨憨的[2]，跟着送到狄宅。狄家也照依款待，照礼单点查了一应奁具，收到房中，赏赐了来人。

连举人娘子合薛婆子两顶轿子先到。狄婆子迎到里面，见过礼，让过了茶。狄希陈出来见丈母，巧姐出来见婆婆，又都见了连亲家母，相婆子、崔婆子都相见过了。薛婆子合连婆子都往狄希陈屋里与他铺床、摆设。外边薛教授、连春元、薛如卞、薛如兼四位已到，狄宾梁领着狄希陈，同着相栋宇父子、崔近塘迎接进去，安坐献茶，递酒赴席。鼓乐和鸣，歌讴迭唱，觥筹交错，肴馔丰腴。虽是新亲，都原旧友，开怀畅乐，尽兴而归。

送了客去，狄家又送催妆食盒一盘、粉一盘、面一盘、猪肉一盘，簪髻盖袱，一套过门[3]的礼衣，先送到薛宅，看就十六日卯时过门。狄家的婆女客是相栋宇的婆子，四对灯笼、二个披红童子、十二名鼓手、十二名乐人，都伺候临时听用。扎刮了齐整喜轿，结彩挂红，极其鲜艳。与狄希陈做的青线绢圆领、蓝线绢衬摆，打的银花，买的红纱，鞴了鞍马，打点亲迎。

却说十五日晚上，薛教授夫妇从狄家铺床回来，叫人置了一桌

----

〔1〕 吊了彩——扎了彩，悬挂彩绸。吊，悬挂。
〔2〕 憨憨的——形容饮酒之后微醺，脸色发红的样子。
〔3〕 过门——女子嫁到男家时举行的婚礼仪式。

酒,要合家大小同女儿团坐一会。说起:"狄宾梁良善务本,像那还杨春的银、送汪为露的助丧,种种的好事,这都是人所难能的。狄亲家婆虽是有些辣躁[1],却是个正经的妇人,不是那等没道理的歪憋。女婿虽是气宇殊欠沉潜,文理也大欠通顺,但也年纪还小,尽有变化的时候。狄亲家房中又没有七大八小,膝下又没有三窝两块[2],只有一男一女,两个老人家年纪也都是望七的时候。你过门去,第一要夫妻和睦,这便叫是孝顺。你小两口儿和和气气的似兄妹一般,那翁姑看了,自是喜欢。每日早起,光梳头、净洗面,催着女婿早往书房读书,使那父母宽心,便是做媳妇的孝顺。虽是公婆在上,百凡的也该替公婆照管。小姑的衣裳鞋脚,婆婆有了年纪,你都该照管他的。况且又是你的弟妇,不是别人,你大他小,千万不要合他合气。翁婆有甚言语,务要顺受,不可当面使性、背后咽咳,这都是极罪过的事。

"女婿叫是夫主,就合凡人仰仗天的一般,是做女人的终身倚靠。做丈夫的十分宠爱,那做女人的拿出十分的敬重,两好相合,这等夫妻便是终身到老,再没有那参商的事体,我与母亲便是样子。若是恃了丈夫的恩爱,依了自己的心性,逞了自己的骄嗔,那男子的性格有甚么正经? 变了脸,就没有体面,一连几次,把心渐渐的就冷了。就是丈夫外边有些胡做,这是做男子的常事。只怕夫妻的情义不深,

〔1〕　辣躁——性情泼辣。
〔2〕　三窝两块——家庭中有嫡有庶,或娶继室,子女分别由前后妻或妻妾所生。

若夫妻的情义既深,凭他有甚么外遇,被他摇夺不去的。

"往往男子们有那弃妻宠妾的,也都是那做女人们的量窄心褊激出来的,岂是那做男人的没个良心,岂不知有个嫡庶?无奈的做大的容不得人,终日里把那妾来打骂,再也没个休止。就是那不相干的邻舍家听了也是厌烦,何况是他妾,难道没些疼爱?况且又不光止打骂那妾,毕竟也还把自己丈夫牵扯在里头;也还不止于牵扯丈夫,还要把那家中使数的人[1]都说他欺心、胆大、抱粗腿、惯炎凉,满河的鱼一网打尽,家反宅乱。既是像了凶神,汉子自然回避,大的屋里没了投奔,自然投奔到小的屋里去了。大的见他往小的屋里去了,越发的日远日疏;小的见他不往大的屋里去,越发日亲日近。那做丈夫的先时还是赌气,中间也还自己不安,后来老羞变成了怒,习为当得的一般。若做大老婆的再往前赶,越发成了寇仇。

"所以那会做女人的,拿出那道理来束缚那丈夫,那丈夫自然心服;若倚了泼悍,那丈夫岂是不会泼悍的么?你还不晓的那林大舅,就是你娘的弟,娶了你后来这个妗母,拿着当天神一般敬重,怕这个妗母。说那怕,你外婆只好生气罢了,也形容不出那些小心的形状。如此待了这们几年,你妗母陪嫁的一个丫头,叫是小荷香,你大舅就合他偷上了。待了几时,你大妗子打听出来,其实与他做了妾也可,或是嫁了他出去也可。又不与他,又不嫁他,无休无歇的对了他打那丫头。打得手酸了口骂,骂一声'臭窠子',就带上一声'贼忘八'!

----
[1] 使数的人——在使唤、支使之数的人。指丫鬟养娘、家人夫妻之类。

致的你大舅赔礼告饶,烧香设誓,甚么是肯罢兵?像酗酒的凶徒一般,越扶越醉。你外婆劝劝,连把外婆也顶撞起来。叫你大舅指着顶撞婆婆为名,说:'罢,罢!为甚么因这丫头致得你冲撞娘?我寻个人来把丫头赏了他去,省得你这们作闹!'谁知他另收拾了一所房子,里头收拾的齐齐整整,买的丫头小厮、家人媳妇,调了个湾子,把小荷香弄到那里,上上头,彻底换了绸帛。乡里的米面柴火,只往那里供备,通不往家中送;家中的器皿什物,陆续往那头搬运,成几日不来到家。你妗子合他嚷,他说:'你不许我要丫头罢了,没的也不许我嫖么?'家里人都晓的,只为他性气不好,没一个人敢合他说。后来人都知道他另有个家,那亲戚朋友们都往那里寻他,通也没人再往这里傍影〔1〕。你大妗子的兄弟,叫你大舅大酒大肉的,只合他一条腿〔2〕,不合你妗子一条腿。

"后来你妗子自己打听出来,赶到那里,你大舅把小荷香藏在一边,说:'我实是怕你,我情愿打光棍躲出你来了!为娘在上,收拾了这个去处,还没完哩;等收拾完了,请娘来这里住,离了你的眼,省的受你的气,被你顶触!我可也再不寻甚么老婆,你只当是死了汉子的寡妇,我只当是没有你的一般!咱"将军不下马,各自奔前程"!'你妗母说:'咱为甚么?我只是为这丫头,气他不过。既是丫头没在这里,咱还是咱,咱同的世人么?'你大舅说:'哟,这话么!说那世人,

---

〔1〕　傍影——山东方言,现身,露面。
〔2〕　合他一条腿——附合他的主张,赞同他的做法的意思。

你比仇人还狠哩！请！请！你爱这个去处，我同娘还往那里住去。'你妗母说：'你不家去罢了，好似我不放娘来的一般。'你大舅说：'我待怎么？要是光〔1〕我可，我死活受你的。我全是为只有一个娘，怕被你气杀了，叫娘躲了你出来。你不放？你不放，咱同着官儿讲，看谁是谁不是！'他可其自数〔2〕黄道黑道的哭。叫那邻舍家听了，把他那哭的话采将出来，编了一个《黄莺儿》：

> 好个狠天杀！数强人，不似他！狼心狗肺真忘八！为着那歪辣，弃了俺结发！你当初说的是甚么话？恼杀咱将头砍吊，碗口大巴拉！

"你大舅凭他哭，只不理他。他待了会子，又只得往那头去了。后来他越发红了眼，到如今合你妗母如世人一般。可也有报应，宠的那小荷香上头铺脸〔3〕，叫他像降贼的一般，打了牙，肚里咽。"

薛婆子说："这天够老昝晚的了，叫闺女睡会子好起来，改日说罢。"打发素姐睡了。

一家子俱还没睡觉，各自忙乱，只见素姐从睡梦中高声怪叫。唬得薛婆子流水跑进去，他跳起来，只往他娘的怀里钻，只说是："唬杀我了！"怪哭的不止。他娘说："我儿，你是怎么？你是做梦哩，你醒醒儿就好了。"醒了一大会子，才说的出话来。

他娘说："我儿，你梦见什么来？唬的我这们着。"素姐说："我梦

---

〔1〕 光——只是；只有。

〔2〕 可其自数——放开嗓子、尽着性子的意思。

〔3〕 上头铺脸——形容恃骄作宠、任性而为的样子。铺，"扑"的借字。

见一个人,像凶神似的,一只手提着个心,一只手拿着把刀,望着我说:'你明日待往他家去呀,用不着这好心了,还换给你这心去。'把我胸膛割开,换了我的心去了!"薛婆子说:"梦凶是吉,好梦。我儿,别害怕!"乱轰着也就鸡叫,人便都没睡觉,替他梳头插戴、穿衣裳,伺候待女婿的酒席,又伺候婆女客的茶饭,又请连春元的夫人来做送女客。

百凡事务,足足忙到五更。只见外边鼓乐到门,薛教授即忙戴了二尺高够怐头的纱帽[1],穿了粉红色编裂缝的一领屯绢圆领、一条骨镶的玳瑁带、水耳皂靴出去,大门外接了女婿到家。

酒过五巡,看陈三道,吉辰已到,请催新人上舆。狄希陈簪花挂红,乘马前导,素姐彩轿紧随,连夫人合相栋宇娘子二轿随后。薛如卞、薛如兼都公服乘马,送他姐姐。

新人到门,狄家门上挂彩、地下铺毡。新人到了香案前面,狄婆子用箸揭挑了盖头。那六亲八眷,左右对门,来了多少妇人观看。只见素姐:

> 柳叶眉弯弯两道,杏子眼炯炯双眸。适短适长体段,不肥不瘦身材。彩罗袄下,烟笼一朵芙蓉;锦绣裙边,地涌两勾莲瓣。若使雄风不露,争夸洛浦明妃[2];如能英气终藏,尽道河洲

---

[1] 够怐头的纱帽——指纱帽的顶部突起,状如鸲鹆的鼻羽。够怐,"鸲鹆"的借字,今山东方言音变读作 gùgū。鸲鹆即八哥,鼻羽呈冠状。今山东方言称鸡的头部有突起者为"鸲鹆头"。

[2] 洛浦明妃——曹植《洛神赋》中的洛神。

淑女。

那宾相在旁赞着礼,狄希陈与素姐拜了天地,牵了红引进洞房。宾相赞教:"坐床合卺!"又赞:"狄希陈拜床公床母!"素姐看那宾相:

> 年纪五十之上,短短的竖着几茎黄须;身躯六尺之间,粗粗的张着一双黑手。老人巾插戴绒花,外郎袍拖悬红布。把贼眼上下偷瞧,用狗口高低喝唱。才子闺房之内,原不应非族相参;士女卧室之中,岂可叫野人轻到?

素姐看了这个形状,厌的一肚闷气,只是不好说得。只见那宾相手里拿了个盒底,里面盛了五谷、栗子、枣儿、荔枝、圆眼[1],口里念道:

> 阴阳肇位,二仪开天地之机;内外乘时,两姓启夫妻之义。

凤凰且协于雌雄,麒麟占吉于牝牡。兹者:狄郎凤卜,得淑女于河洲;薛姐莺詹,配才人于璧府。庆天缘之凑合,喜月老之奇逢;夫妇登床,宾相撒帐——

将手连果子带五谷抓了满满的一把,往东一撒,说道:

> 撒帐东,新人齐捧合欢钟。才子佳人乘酒力,大家今夜好降龙。

念毕,又抓了果子五谷往南一撒,说道:

> 撒帐南,从今翠被不生寒。春罗几点桃花雨,携向灯前仔细看。

---

[1] 圆眼——龙眼、桂圆的别称。

念毕,又将果子五谷居中撒,说道:

撒帐中,管教新妇脚朝空。含苞未惯风和雨,且到巫山第一峰。

念毕,又把五谷果子往西一撒,念道:

撒帐西,窈窈淑女出香闺。厮守万年谐白发,狼行狈负不相离。

念毕,又把五谷果子往北一撒,念道:

撒帐北,名花自是开金谷。宾人休得枉垂涎,刺猬想吃天鹅肉。

念毕,又把五谷果子往上撒,念道:

撒帐上,新人莫得妆模样。晚间上得合欢床,老僧就把钟来撞。

念毕,又把五谷果子往下撒,念道:

撒帐下,新人整顿蛟绡[1]帕。须臾待得雨云收,武陵一树桃花谢。

那宾相这些撒帐诗,狄希陈那里懂得,倒也凭他胡念罢了。只是那相于廷听了,掩了嘴只是笑。薛如卞听了,气得那脸上红了白、白了红的,只是不好当面发作,勉强的含忍。

原来素姐虽不认的字,那诗中义理到也解得出来,心中甚是恼闷。听他念到"撒帐北"那诗底下那两句,甚是不平,就要思量发作

---

[1]　蛟绡——传说鲛人所织的丝织品。蛟,通"鲛"。

起来,轩〔1〕他出去。又想道:"既是撒到北了,这也就是完事,可以不言。"谁知他又撒帐上下的不了,愈觉取笑起来。素姐怕他还有甚么念将出来,再忍不住,将薛三省娘子跋地瞅了一眼,骂道:"你们耳躲不聋,任凭叫这个野牛在我房里胡说白道的,是何道理?替我掐了那野牛的脖子搡他出去!"薛三省的媳妇道:"好姐姐,你从几时来〔2〕家里要句高声言语也没有,如今做新媳妇,是怎么来,这们等的?"

那宾相也甚没意思,丢下盒底,往外就飞跑,说道:"好俺妈!我宾相做到老了,没见这们一位烈燥的性子!"薛如卞说:"你别要多话!你那些诗,这也是在新人面前说的么? 我慢慢的合你算帐!"宾相说:"好薛相公! 我说咱是读书人家,敢把那陈年古代的旧话来搪塞不成? 我费了二三日的整工夫,从新都编了新诗来这里撒帐,好图个主顾,谁知倒惹出不是来了。薛相公,你这眼下不娶连小姐哩? 我可也再不另做新诗,我只念那旧的就是。——再不,薛相公你就自己做。"

正说着,只见狄希陈坐完了帐,出来陪他舅子。那宾相吃完酒饭未去,仍把刚才那些话又对了狄希陈辨白。相于廷笑,薛如卞恼,狄宾梁合薛如兼不理论。狄希陈说:"这也罢了。你那诗上倒也都是些实话,没伤犯着什么,怎么该计较?"相于廷听了,笑的前仰后合,

---

〔1〕 轩——"掀"的音变,轰,赶。

〔2〕 来——山东鲁中一带方言,在。

薛如卞气的把狄希陈看了两眼。狄宾梁封了五钱银子,送的宾相去
了,方才递酒行礼,让如卞兄弟上坐。家中也摆上酒,款待连春元
夫人。

薛家随即送了早饭来到,要就着连夫人在此,就充了一次送饭的
女客。连夫人叫人把那送来的饭,一桌摆在新人房内,一桌送到上房
与公婆同用。连夫人叫人请狄希陈进房吃饭,彼此认生,俱不肯吃。
连夫人又再三让他,他只是不用。素姐说:"他吃的那成? 这饭难道
臭了? 叫人收了去罢!"连夫人笑说:"你先不吃,怎么请狄姐夫吃
哩? 我回去,薛亲家自己来送晌饭,您就吃了。"一边辞了回去。

狄婆子再三谢他有劳。送了上轿回来,薛家两个舅子也起席回
去,进房来辞素姐,说道:"姐姐,俺两个家去罢。"素姐说:"没的你也
嫁了他罢? 不回去!"雌的薛如卞兄弟两个一头灰,往外跑。狄宾梁
赶着,每位送了一柄真金蜀扇、一枚桂花香牌、一个月白秋罗汗巾、一
个白玉巾结,送出大门,看上了马。回家,收拾叫狄希陈去薛家谢亲,
一对果盒,用彩楼招〔1〕着;一副桌面、五方定肉,用食盒抬了,先用
鼓乐导引,后面狄希陈衣巾乘马,迎到丈人家里。薛教授仍旧穿了那
套行头,接进客舍。狄希陈见过了礼,拜了祖先,上席饮酒。

薛夫人一边自己押了食盒来与女儿送午饭。相见了狄婆子,吃
完茶,进到女儿房内,悄悄的说道:"你家中的那温克〔2〕都往那里去

---

〔1〕 招——"罩"的借字。
〔2〕 温克——温柔和顺。

了？谁家一个没折至[1]的新媳妇就开口骂人,雌答[2]女婿？这是
你爹那半夜教道你的？快别如此！看婆婆女婿说什么!"素姐说:
"狗！他家有长锅[3]呼吃[4]了我罢！我不知怎么由的我,只是
生气哩!"薛夫人道:"诌[5]孩子！那里的气？快别要胡说！后晌女
婿进屋里来,顺条顺理的,头上抹下[6],要取吉利。"素姐说:"后晌
我老早的关了门,不叫进屋里来！他要敲门打户的,惹的我不耐烦
了,我开了门,爽俐打几下子给他!"薛夫人道:"胡说的甚么？看人
听见！快来吃饭罢。"他守着他娘吃了两个馒头、一碗大米水饭。

薛夫人还没回去,狄希陈已是谢过了亲回家。回送了一匹红段、
一对银花、一顶方巾、一件银红巴家绢道袍、一双坛鞋、一双绫袜、
一部《文章正宗》、一部《汉书》、两封湖笔、两匣徽墨、一对徽砚、两副枕
顶、男鞋两双、女鞋两双。将这些回礼收到家中,狄婆子再三谢了薛
夫人的重礼。狄希陈也到房里见了丈母,说了几句闲话,辞别家去。

不多一时,又早黄昏时候。差了薛三省娘子送的晚饭,让着狄希
陈吃了两个火烧、一碗水饭,摸摸[7]了造子出去了。薛三省娘子让

----

〔1〕 没折至——初来乍到,没有在婆家生活的经历。折至,皱痕,引申为经历、阅
　　　　历。
〔2〕 雌答——后文也作"雌搭"。申斥、斥责。"答"为语气助词。
〔3〕 长锅——虚拟出的一种长长的煮人用的锅。
〔4〕 呼吃——开锅之后蒸汽升腾的声音。这里是煮的意思。
〔5〕 诌——山东方言,傻;不通世故。音 chǎo,方言音 chǎo。
〔6〕 头上抹下——头一回,第一次。
〔7〕 摸摸——后文也作"磨磨"。磨蹭。摸,"磨"的借字。

素姐吃饭,素姐说:"我黑了不吃饭,你明早煮两个鸡子我吃罢。"薛三省娘子又悄悄对他说道:"娘叫我悄悄的对姐姐说,叫你后晌和姐夫好好的睡觉,别要扭手扭脚的。头一日,取个和美的意思。你要听说[1],咱娘明日早来替你送饭;要姐姐不听说,明日咱娘也不来了,三日可也不来接你。"素姐说:"哟! 我是'鼓楼上小雀'[2],唬杀了我!"薛三省娘子说:"我是正经话,姐姐,你别当顽耍[3]的。俺待家里去哩。"素姐说:"你去罢,叫娘早来看我。"

那狄希陈眼巴巴的看那天,只愿黑了,好洞房花烛夜,巫峡雨云期。

但不知佳期果如愿否? 只看下回分解,再看其详。

---

〔1〕 听说——山东方言,听话;按别人的吩咐去做。

〔2〕 鼓楼上小雀——歇后语,隐"耐惊耐怕"四字。

〔3〕 顽耍——同本作"玩耍"。"耍"与"要"盖因形近而讹,据文意酌改。

第四十五回

薛素姐酒醉疏防　狄希陈乘机取鼎

情知宿恨非良伴,配作夫妻,业报才无限。阃政[1]好教严
似茧,烦苛束湿无条款。　　时有香温和玉软,雨云方罢,放下
鸠茶脸。痴汉猩醪挥不断,枭娘厌道丁生眼[2]。

　　　　　　　　　　　　　　——右调《蝶恋花》

　　却说素姐打发了薛三省娘子家去,渐至掌灯时节。狄希陈还在
他娘屋里,他娘说:"这天老昝晚的了,你往屋里去合媳妇做伴去
罢。"狄希陈都都摸摸[3]的怕见去。他娘又催了他两遍,他说:"我
不知怎么,只见了他,身上渗渗的[4]。"他娘说:"你既见了他渗渗
的,你往屋里去就且好生睡觉,别要就生生的惹他。你听我说,
去罢。"

　　狄希陈方才回自己房来,推那房门,门是闩的。狄希陈推门,不
听得里边动静,狄希陈着实推叫。那陪嫁来丫头小玉兰问说:"姑夫

---

〔1〕　阃政——同本作"捆政"。"阃"与"捆"盖因同音而讹,据文意酌改。

〔2〕　丁生眼——像眼里有钉子一样不舒服。丁,"钉"的借字。

〔3〕　都都摸摸——后文也作"都都磨磨"、"都都抹抹"。磨磨蹭蹭。

〔4〕　渗渗的——因害怕而毛发直竖的感觉。渗,同"瘆"。

在外头推门叫唤哩,咱开了门放他进来罢?"素姐说:"你仔敢开! 放他进来了,我合你算帐!"

狄希陈听说,越发把那门推幌起来。狄婆子听见,从房里出来,问说:"这深更半夜,你爹在那房里守着近近的,你不〔1〕进屋里去,在这天井里跳挞〔2〕甚么?"狄希陈说:"他把房门闩子〔3〕,不放我进去哩!"狄婆子走到跟前,叫:"小玉兰,你过来开了门,放进你姑夫去。这深更半夜的,你关了他外头是怎么说?"小玉兰说:"我待开,俺姑不许我开哩。"狄婆子说:"我在这里哩! 你过来开开! 舔他?!"

那小玉兰才待〔4〕过来开门,素姐跑下床来,把小玉兰一巴掌打到傍边,他依旧又往床上去了。狄婆子说:"他既不放进你去,你就往我屋里睡去。这孩子可不有些攘业〔5〕? 怎么一个头一日,就闩了门不叫女婿进去? 我从来也没见这们事! 你听着我说,过来开开门。"那素姐甚么是理? 声也不做,给了婆婆个大没意思〔6〕,只得叫了儿子往自己外间睡觉去了。

狄婆子到了自家房内,对着丈夫说道:"这媳妇儿有些不调贴,别要叫那姑子说着了可。这是怎么说? 把门闩得紧紧的,我这们外

〔1〕　不——同本作"下"。"不"与"下"盖因形近而讹,据文意酌改。
〔2〕　跳挞——蹦跳。这里指顿足捶门而弄出声响。
〔3〕　闩子——山东方言,从里面插着门闩。子,山东济南一带方言,义同"着"。闩,同本作"门",据上下文校改。
〔4〕　才待——山东方言,刚要。
〔5〕　攘业——淘气;别扭。
〔6〕　大没意思——没趣,十分没有脸面。

头站着叫,他里头什么是理!"狄员外说:"家里娇养惯的孩子,知不道好歹,随他罢。"

狄婆子女人见识,说这个成亲的吉日,两口子不在一处恐有不利市的一般,又走到他那边去,指望叫他开门。谁知狄婆子合狄希陈刚刚转背,他叫小玉兰连那院落的门都关了。狄婆子又只得自己回来,长吁了两口气,吹灯睡了。

到了次日清早,薛三槐的娘子提了一锡罐脸水送来。走到他那院里,只见院子的门尚未开,叫了两声,没人答应。薛三槐娘子恐怕冷了脸水,带罐提到厨房,与他温暖。狄周娘子把那晚上关门不放陈哥进去,娘自己来说两次,他里边不应,又打丫头,嗔他开门,前前后后告诉了薛三槐娘子。

薛三槐娘子说:"昨日娘怕他这们等的,已是叫薛三省媳妇着实的嘱咐了他。必欲还是这们,这是怎么? 不叫狄大娘心里不自在么? 我还只说姐夫在屋里,这昝晚[1]还没起来哩,原起是如此! 狄大爷合狄大娘起来了没?"狄周媳妇道:"等到如今哩! 夜猫子似的,从八秋儿梳了头,爹待中往坡里看着耕回地来,娘待中也络[2]出两个越子[3]来了。"

薛三槐娘子惊讶道:"好俺小姐! 婆婆梳了头这一日,还关着门哩! 待我叫他去!"跑到他那门前,又怕狄婆子听见,不敢大叫他。

---

〔1〕 这昝晚——山东方言,这么晚了,这时候了。

〔2〕 络——用纺车纺绩。

〔3〕 越子——即"籰子",络丝、线的木制工具。

又是那十五黑夜一夜没得睡觉,又净悄悄的没人骚扰,睡熟不醒。睡梦中听得是薛三槐媳妇声音,睡梦中唤起小玉兰出来开了门。

薛三槐娘子骂小玉兰道:"小臭肉! 你不老早的请起姑来,你倒扯头的睡!"进去,见素姐才挠着头慢条斯理的缠脚,说道:"好俺姐姐! 你家里的那勤力〔1〕往那里去了? 你撵出姐夫去,你可睡到如今还不起来? 狄大娘梳完了头,已是络出两个越子来了,咱娘也就来了。"素姐说:"怎么? 来赶集哩么? 起这们五更!"薛三槐媳妇说:"这是五更? 待中大饭时〔2〕了!"说着,只见外头说道:"薛大娘到了。"狄婆子接住,送到素姐门口,站住了,让薛夫人自己到素姐房中。见素姐还挠着头,没缠了脚,心里也还道是合女婿同在房中。

薛夫人把薛三槐娘子数说:"叫你先来了这们一日,你可不催着你姐姐起来! 如今还没下床,怪道你狄大娘门口就站住了! 躁煞我! 这是怎么说?"薛三槐娘子说:"我来到,这天井里的门关得紧紧的。我只说姐夫还睡着哩,没敢大叫。我到了厨屋里,狄周媳妇告诉说:'昨日后晌,姐姐把姐夫撵出去了,关着门自家睡哩。'我问:'狄大爷合狄大娘哩?'他说:'爹往坡里待中看着耕回来哩,娘待中络出两个越子来了。'叫我慌了,才去叫门,又怕乔声怪气的教狄大娘听见。这小玉兰甚么是肯开!"薛夫人把手指着小玉兰骂了两句。

薛夫人问说:"狄周媳妇怎么对着你说姐姐撵出姐夫去?"薛三

---

〔1〕　勤力——山东方言,懒惰的反义,即勤快。
〔2〕　大饭时——山东方言,一般人家吃早饭的时候。

槐娘子道："他说姐姐只后晌就把屋门关了,狄大娘催着姐夫来屋里,姐夫推叫不开门。狄大娘听见了,自己也来叫,姐姐只是不答应。狄大娘叫小玉兰开门,小玉兰才待去开,姐姐又打了他一巴掌。狄大娘又叫了遭子,见只是不开,只得叫了姐夫往狄大娘屋里去了。狄大娘又复回身来叫门,越发把这天井的门也关了。"

薛夫人发躁说："好闺女! 好闺女! 我自己合你说了,恐怕你不依,又叫薛三省媳妇来嘱咐。你必欲不依,我可有甚么颜面见亲家合姐夫哩!"叫薛三槐娘子："你去看轿! 我也不好在这里的,趁着没见你姐夫,我家去罢!"薛三槐娘子道："怕怎么的? 姐姐年小不知好歹,娘教道他。使性子往家去,没的就是了么?"薛夫人道："你说的是混话! 人家娶一个媳妇儿进门,不知指望怎么喜欢哩。这头一日就叫个婆婆努着嘴、女婿撅着唇,这是甚么道理?"

适值狄婆子走到,笑说："亲家,我到没努[1]着嘴,你女婿实有些撅着唇,大清早起来,不知往那里去了。亲家请外边坐,这里教孩子梳头。"薛婆子道："这们样的孩子! 我自家悄悄的合他说了,又叫了薛三省媳妇子来嘱咐他,他必欲不依大的们说! 你家里那声说声应的,不是你来? 情管是你爹不该教道那二三更来! 亲家请便,待我打发他梳完头出去。"狄婆子又暂且去了。

素姐梳完头,换了衣裳。薛夫人道："这们个玉天仙似的人,怎

<hr/>

〔1〕 努——同本作"弩",据上文校改。

<hr/>

么[1]只不听说！"收拾了桌子，摆上饭，叫人去请狄希陈进房吃饭。寻到他园子里头，他正看着人摭椿芽[2]。人一连请了两遍，他也没理。第三遍又使人请，说："薛大娘等着哩。"狄希陈说："怎么？俺家是花子么？没有碗饭吃，单等着吃他的碗饭！我是他甚么人？我吃他的饭！你说俺家有饭，不吃他的饭！"随即看着人提着椿芽回到家里，也没进他媳妇房去，竟到了他娘屋里，要合他爹一处吃饭。

他娘说："你丈母在屋里摆着饭等着你哩，你往屋里合你媳妇儿吃去。"狄希陈说："我是他甚么人？连屋里也不叫我进去，我吃他的饭哩！他破着今日再送两顿饭，我这教花子可没的再有指望了！"狄婆子说："你媳妇儿关你在外头，没的是你丈母教他关你在外头来，你恼你丈母？"狄希陈说："我不该恼丈母，他不该教道他么？快快的别教巧妹妹往他屋里去，学上了不贤会[3]不好！"狄婆子道："我倒教道你来，你听么？"狄希陈说："娘教道我，甚么我没听来？我正好好的在府里住着，娘只去，我没等的娘张口，我就跟着娘来了，还等怎么才是听说哩？好不好我到府里递上张呈子，把那当铺里秦蛮子呈着，我还夺回孙兰姬来哩！"狄婆子说："我教这孩子们笑杀我了！你就递呈子去罢。"这狄希陈百当不曾进房吃饭。

薛婆子也甚是不好意思，看着素姐吃了两碗面，雌没答样[4]的

----

[1] 怎么——同本作"怎應"。"麽"与"應"盖因形近而讹，据文意酌改。

[2] 椿芽——香椿的嫩芽，山东内陆地区在清明后谷雨前采摘，可腌制或炒食。

[3] 不贤会——即"不贤惠"。会，同"惠"，小说戏曲中常见通用。

[4] 雌没答样——形容尴尬、情绪低落的样子。

家去了。对着薛教授道："你没事的那后晌教道,教道的孩子这们样的!"把那撺女婿、拒婆婆、不起早,对着薛教授告诉。薛教授长吁了两口气,说道："他前日黑夜那个梦,我极心影〔1〕。他如今似变化了的一般,这不是着人换了心去么? 这合他做闺女通是两个人了!"薛教授的妾龙氏说道："怕怎么? 谁家的坐家闺女〔2〕起初就怎么样的来? 再待几日熟滑〔3〕下来,只怕你留他住下,他还不住下哩!"

晌午送饭,薛婆子也没自己去,差了薛三槐娘子送去。狄希陈依旧不曾进房去吃。后晌又叫薛三省娘子送去晚饭,狄希陈又不肯进去。薛三省娘子说："姐夫在那里哩? 待我自家请他去。"素姐说："你不好疢〔4〕? 我不要他,你要了他罢!"薛三省娘子说："姐姐,你只再说,我就要他怎么,辱没了人么?"听见说狄希陈在葡萄架底下石凳上坐着,他跑到那里,说道："姐夫,姐姐请你吃饭去哩。"狄希陈说："俺家里有饭。我吃过饭了。看又叫人撺出来,不好看的!"薛三省娘子道："姐夫,你听我说,你进去吃了饭,坐着别要出来。他好掐出你来么?"又悄悄的说道："又是独院落,关上天井的门,黑夜可凭着你摆划,可也没人替的他。"

狄希陈心里想道："这倒也是个高见。"将计就计的跟了薛三省

〔1〕 心影——山东方言,心里别扭,不舒服。
〔2〕 坐家闺女——未出嫁的姑娘。
〔3〕 熟滑——同本作"热滑"。"熟"与"热"盖因形近而讹,据文意酌改。
〔4〕 疢(chèn)——同"磣"。山东方言,有因十分不堪而让人恶心、难以启齿或感到极不舒服等义。这里是因说的话不堪入耳而使人恶心的意思。

娘子进房。谁知素姐见了狄希陈进去，那屁股坐在床上就如生根的一般，甚么是肯下来。狄希陈等他不来同吃，心里有了那薛三省娘子的锦囊，想道："他便一顿不吃饭，也就饿不坏人。我且吃饱，有力气可以制人。他且不吃饭，没气力，教他招不住。"正是得计，把饭吃得饱饱的，叫薛三省娘子收了家伙回去。

薛三省娘子道："姐姐，我家去哩，你可休再似夜来，我赶五更就来接你。"素姐点了点头，见狄希陈坐着不动，知道他是不肯出去的主意。住了一会，听见狄婆子屋里关的门响。素姐说："你去关了天井门罢，你还坐着怎么？"狄希陈只道他是真意，果然出去关门。素姐等他前脚出去，就跑下床来自己把房门闩上，又合小玉兰抬过一张桌子把门紧紧顶住。狄希陈把那门先使手推，后用脚踢，又用砖石打那窗户。

狄婆子听见，又只得开门出来，问说："陈儿，你待怎么？"狄希陈说："他哄我出来关门，他又把房门闩了！"狄婆子说："这真也是个怪孩子了！那里有这们样的事？小玉兰，你快着来开门！我明日不起你的皮！"没见动静，又说："小玉兰，你不开门么？"小玉兰说："俺姑这里搂着我不叫我开哩！"狄婆子说："这也就琐碎少有的事！陈儿，你还往我屋里睡去罢！他明日情管就合我熟化了。"狄希陈仗着他娘的力量，还待要踢门，狄婆子说："这半夜三更的，不成道理。你跟着我那屋里去罢。"狄希陈只得跟着他娘去了。

到了五更，薛三省娘子果然就来接他，叫开门，知道狄希陈又没在屋里睡觉。问小玉兰，知道是诓他出去关了门，没教他进来。狄大

娘还自己来到叫门,素姐搂着小玉兰,不许他去与狄大娘开门。薛三
省娘子恼的沉着脸,怂恿[1]着素姐没梳头,趔着首帕,小玉兰跟着,
待往家去。

依着素姐要锁上房门,薛三省娘子说:"家里放着姐夫,你可锁
门哩!"走到狄婆子窗户底下,说道:"狄大娘,我接了姐姐家去哩。
屋门没锁,叫人看门。"狄婆子说:"我知道了,你们去罢。住会有几
位客来送他? 我好预备。"薛三省娘子说:"脱不了是俺娘合连大娘
二位,再那里还有别人?"狄婆子答应:"知道了。"叫起狄希陈来,往
他屋里去看家。待不多一会,也就收拾将明,公母两个都起来收拾
待客。

却说素姐回家,薛婆子知道他又把女婿撵在门外,婆婆叫门不
理,着实的数落着说他。他说:"我不知怎么,见了他,我那心里的气
不知从那里来,恨不的一口吃了他的火势!"薛婆子说:"你可是为他
那些生气?"素姐说:"我自家也不知道是为甚么恼他。这如今说起
他来,你看我这肚子气得相鼓似的!"薛婆子说:"人生一世,还再有
好似那两口子的么? 你以后拿出主意来,见了他亲亲热热的,只是别
要生气。"

素姐开了脸,越发标致的异样。连举人娘子来到看见,喜得荒
了,心里想说:"自己闺女老姐那赶上他的模样?"薛教授外面备了酒
席,邀请女婿。狄希陈使性子,叫他爹娘降发着来了,心里不大喜欢,

----
〔1〕 怂恿——这里是催促的意思。

吃了没多大会子就辞往家去。薛夫人、连夫人送了素姐回去,狄宅请的他妗母相栋宇娘子、姨娘崔近塘娘子、张先、谢先,正在家唱着吃酒。素姐也在席上坐着,正喜笑的,只看见狄希陈来到,把那脸来一沉。众人看着,都也诧异的极了。

狄希陈从头作过了揖,回到自己房内静坐。只见薛三省娘子端着个小盒,提着一尊烧酒送到屋里。狄希陈说:"这是甚么?"薛三省娘子说:"是鸡蛋合烧酒,姐姐待吃的。"狄希陈说:"他吃酒么?"薛三省娘子说:"可是这们古怪的事:常时只喝一口黄酒就醉得不知怎样的,这烧酒是闻也不闻。他虎辣八〔1〕的从前日只待吃烧酒合白鸡蛋哩,没好送他吃。他今日到家,吃了够六七个煮的鸡子,喝了够两碗烧酒。还待吃,怕他醉了,他吃了没试没试的〔2〕。姐夫,你今日可别叫他再哄出去关了门。凭他怎么样的,你只是别动。你先铺个铺,早先另睡,让己他那床,哄他睡了,等各处都关上门,没人听见,你可动手。没的你这们个小伙子,就治不犯他?你打哩得空子。撞着这们个美人,你就没治处治他罢?"

狄希陈说:"怎么处治?叫我动甚么手?我知不道甚么。这里又没人来,你教给我试试。"薛三省娘子说:"府里孙兰姬没教给你?等着我教哩!"狄希陈说:"只怕各人有各人的本事,那本事有不同可哩。"薛三省娘子道:"本事都是一样,没有不同的。"狄希陈起来说

〔1〕　虎辣八——亦作"忽剌八"。突然;平白无故的。
〔2〕　没试没试的——山东方言,等于说感觉并未吃够,没有尽兴。

道:"你来教我教试试。"薛三省娘子说:"你等着,我看看人来教给你。"哄的狄希陈坐着,他一溜烟去了。

狄希陈等他不来,只见小玉兰进屋里来。狄希陈说:"你叫了薛三省娘子来,把你姑的这些衣裳替他叠叠。"玉兰见了他说道:"省嫂子,姑夫叫你去替姑叠叠衣裳哩。"薛三省娘子道:"你先对姑夫说去,你说:'他那里看人哩,看了人就来叠。'"混混着天待中黑上来,薛、连二位夫人又到了素姐屋里,大家又劝说了他一会,方才去了。接次着他姨娘、妗母也都起身,又打发了两个女先家去。

外头乱哄,狄希陈在屋里摘了巾,脱了道袍子。素姐想道:"这意思,可哄不出他去了。"正寻思计策,要脱离他开去,明见他把那张吃饭卓端在那抽斗卓边,帮成一处,开了箱,拿出一副铺盖,下面铺了一床毡,床上掇了一个枕头,把那尊烧酒倒了一茶钟冷吃在肚里,脱了袜子,脱了裤,脱了衫袄,钻在卓上睡了。素姐见无计可施,喜得他不来缠帐,也便罢了,只得关了门,换了鞋脚,穿了小衣裳。

收拾停当,那月色正照南窗。狄希陈假做睡着,渐渐的打起鼾睡[1]来,其实[2]眯瞪[3]了一双眼看他。只见素姐只道狄希陈果真睡着,叫玉兰拿过那尊烧酒,剥着鸡子,喝茶钟酒,吃个鸡蛋,吃的甚是甜美。吃完了那一尊酒,方才和衣钻进被去睡。不多时,鼾鼾的睡着去了。

狄希陈又等了一会,见他睡得更浓,还恐怕他是假妆,扬说道:

---

〔1〕 鼾睡——山东方言,鼾,呼噜。

〔2〕 其实——同本作"具实"。"其"与"具"盖因形近而讹,据文意酌改。

〔3〕 眯瞪——眼皮合拢而不全闭。

"这卓上冷,我待要床上睡去!"一谷碌坐起来,也不见他动惮。走下卓来,披了个小袄,跐了鞋走到床边,闻得满床酒香。他把手伸进被去,在他身上浑身上下无不摸到,就如那温暖的香玉一般。他悄悄的上了床,把被子轻轻的揭了,慢慢的拨他仰面睡着,与他解了裤带,渐渐的褪了下来,把两只白腿阁在自己的肩上,所以然处多加了那要紧开路的东西,认就了门,猛力往里一闯,直进无馀。

素姐梦中醒转,心里晓得着了人手,那身子醉的那里动得?狄希陈见他不能扎挣,放心大战。素姐说:"我自不小心,被你算计了。你只是慢些,我醒来还好将就;你若不肯轻放,我起来也断不饶你。"狄希陈说:"你若后来与我亲热,我这遭便慢慢的施为;你若依旧还是这般生冷,我如今还要加力起来。"一边说,一边直冲直进,甚是勇猛。素姐再三求饶,他方才慢慢的彻了大兵,使那游兵巡徼。直待素姐安定了阵势,方才又两下交兵,毕竟后来把狄希陈战败方歇。

两个睡在床上,都如芒刺在背的一般,番来覆去,再睡不熟。狄希陈仍来卓上睡了,素姐就不曾穿衣,又复睡去。狄希陈打了个盹起来,又走到床上,又从梦中把素姐干了一下。只见素姐醒来,比初次略略的有些温柔,不似前番倔强。事完,又仍各自睡觉,狄希陈方才称心遂意。清早起来,狄希陈看着素姐笑。素姐瞅了狄希陈两眼,说道:"往后要合我说知,才许如此。再要睡梦里啰唣人,我还撵出你去!"

小玉兰往厨屋里舀洗面水,狄周媳妇问说:"你姑娘合姑夫一处睡来?"玉兰说:"俺姑夫在卓子上睡,没在床上去。"狄周媳妇又问说:"你就没看见怎么样的么?"玉兰说:"我见来,俺姑可吃大亏了!

待我送下水，我可对着你说。"连忙的端进水去，等着素姐洗了脸，又端出盆来与狄希陈舀进水去。

小玉兰出到厨房，对着狄周媳妇，将那夜间干的勾当告讼的一些不差。狄周媳妇说："他两个干事，你在那里来，看的这们真？"玉兰说："那月亮照得屋里合白日的一般，叫我妆睡着了，我可看着。看姑夫慢慢的起来，摸到床上去了。"狄周媳妇问说："你姑就没醒么？"玉兰说："待了老大一会子才醒。"狄周媳妇问说："醒了怎么样着？他说害疼来没？"玉兰说："我没听的他说害疼，他就只说：'慢拉，慢拉！消停着我就没那好！'"狄周媳妇问说："弄了多大一会子？"玉兰说："弄了够一大会子。姑夫又回到卓上睡了一造子，又到床上又弄，比那头一遭弄得还久。"

狄周媳妇问说："你见你姑夫的赘子来没？够多大？有毛没毛？"玉兰说："我怎么没见？他后晌没脱裤子？"玉兰使手比着，也有四五寸长，也有个小鸡蛋粗。狄周媳妇问说："你没的一宿也没睡觉么，单单的看着他？"玉兰说："我后晌见姑夫那挺硬的赘子，我这心里痒痒刷刷的睡不着。看着弄俺姑，我越发这心里不知是怎么样的，也说不上来，只这屄屎里头像待溺尿似的，只发热。"狄周媳妇问说："热的流水来没？"玉兰说："一大些水，这腿上精湿的。"狄周媳妇说："你多大点子人，知道浪！你实指望叫你姑夫也合你一下子才好！"玉兰说："是实得合我下子才好。"狄周媳妇说："小浪货！像你刚才比的这们大小，一下子还合杀你哩！"玉兰说："怎么没合杀俺姑哩？"狄周媳妇说："你姑多大，你多大了？"

正说着，狄婆子来到厨房，小玉兰跑的去了。狄婆子问说："你笑甚么？"狄周媳妇说："陈哥今日黑夜得了手了！"狄婆子道："是小玉兰说来？"狄周媳妇把玉兰的话一字不遗对着狄婆子学说。狄婆子道："这丫头，这们可恶！后响叫出他外头来睡。你可也好问他？那孩子知道甚么？叫他再休对着人胡说白道〔1〕的！"

再说薛夫人因素姐跷蹊作怪，又大吃烧酒鸡蛋，心中甚是牵挂，叫了薛三省娘子来，说道："你梳上头看看姐姐去，看他今日黑夜作怪来没。"薛三省娘子来到薛家，因知狄希陈在房里，没就进去。先到厨房内与狄周媳妇拜了拜，问说："夜来姐夫往屋里睡来？"狄周媳妇笑说："你该叫着个拘盆钉碗的来才好。"薛三省媳妇笑说："怎么？姐姐的家伙没的破了？"狄周媳妇笑说："打了两下子，有个没打破的么？"薛三省媳妇笑说："可不知是怎么就依了？"狄周媳妇说："他两个在两下里睡，大嫂就没隄防，吃了那烧酒醉了。陈哥可悄悄的到他床上，替他脱了裤，抗起腿来。依着小玉兰说，弄得四杭多着哩！扯了一大会子才醒。醒是醒了，那身上醉的还动惮不的。"薛三省媳妇笑道："敢子〔2〕也就顾不得疼了。"狄周媳妇说："一声的只叫'慢拉！慢拉！'一定是疼。"薛三省媳妇说："俺小哥不知取了喜不曾？"狄周媳妇说："谁知道？我倒没问小玉兰哩。"薛三省媳妇说："我来了这一会子，情管也梳上头了，待我进屋里去罢。"

----

〔1〕　胡说白道——同本作"胡说三道"，据文意酌改。

〔2〕　敢子——后文也作"敢仔"、"敢只"。山东方言，自然，当然。

素姐问说:"你来做甚么哩?"薛三省娘子说:"娘怕姐姐还作业,不放心,叫我来看看哩。"一边把素姐的被抖了一抖,三折起来,又刷那绿段褥子,说道:"呀!怎么这们些血在上头?"素姐红了脸,说道:"罢么!替我叠在里头。"薛三省娘子说:"姐姐,可娘给你的那个哩?放着不使,这可怎么收着哩?"

薛三省娘子叠着铺盖,适值狄婆子进来。薛三省娘子把那褥子又抖将开来,说道:"狄大娘,你看〔1〕俺姐姐展污的褥子这们等的!"狄婆子看着笑:"罢呀怎么!你还替他叠起来。"留下薛三省娘子吃了饭。可可的老田也来打听要喜钱,狄婆子赏了薛三省娘子合老田每人二百钱、三尺红布、一条五柳堂织的大手巾。

薛三省娘子谢了回去,把素姐成亲的事从头至尾说了一遍,又说:"把那褥子我都与狄大娘看了。狄大娘喜欢,赏了我二百钱、这布合手巾〔2〕。老田也到了那里,也赏的合我一样。姐夫见了我,不是那夜来的脸了,满脸的带着那笑。"薛婆子说:"你赶日西些再去走遭,叫你姐姐把小玉兰抑到厨房里睡去,这们可恶!"薛三省娘子说:"不消〔3〕去了。狄大娘,后晌待叫他外头睡哩。"龙氏道:"我说的是甚么话?这也消替他愁么?往后他女婿只怕待往外边睡觉,他还不依哩!"薛夫人方才放了这根肠子。

但不知后来何如,且再看后回解说。

----

〔1〕 看——同本作"着"。"看"与"着"盖因形近而讹,据文意酌改。
〔2〕 手巾——同本作"手中"。"巾"与"中"盖因形近而讹,据文意酌改。
〔3〕 不消——不用。

第四十六回

徐宗师岁考东昌　邢中丞[1]赐环[2]北部

　　世路尽茫茫,关河各一方。数封疆、吴楚齐梁。一似别离难
再合,嗟卯酉,叹参商。　　恩多偏易见,怨广每相偿。是相遭、
都在羊肠。只劝人情留好处,访故旧,遇他乡。

　　　　　　　　　　　　　　　　——右调《唐多令》

　　却说晁夫人从晁梁七岁的时候就请武城学的一个名士尹克任教
他开蒙读书,直教到十六岁。那晁梁的资性也不甚聪明,这尹克任的
教法也没有甚么善诱,首尾十年,把晁梁也教了个半瓶醋的学问。宗
师行文岁考,晁梁初次应试,县里也取了名字。府考是他丈人姜副
宪[3]的人情,也取在三四十名之内。

　　学道将次按临东昌。原来那学道宗师姓徐,名文山,江西吉水县
人,甲戌进士,原任武城县知县,十六年前打那晁思才与晁无晏、替晁

---

〔1〕　中丞——巡抚的别称。汉代御史大夫的佐官为中丞,明代巡抚兼有都察院副
　　　都御史衔,职责略同于御史中丞,故称。
〔2〕　赐环——《荀子·大略》:"绝人以玦,反绝以环。"杨倞注:"古者臣有罪待放
　　　于境,三年不敢去,与之环则还,与之玦则绝。"后因指有罪谪遣的官员遇赦召
　　　还为"赐环"。
〔3〕　副宪——提刑按察使司副使的别称。

梁起名字的都是他。由武城知县行取工科给事中,因谏言削职为民,又丁了两遍艰,奉恩诏起了原官,升了参政兼副使,提督山东学政。他未曾按临,心里也就想道:"那武城晁家的孩子,我与他取名晁梁,今已十六岁矣。那孩子像是有些造化,只怕已是进过学了。"

及到了东昌,看那府里呈送的童生文册,武城县童生第三十八名正是晁梁名字。徐宗师看了,晓得他未曾进学,叹惜时光易过,不觉又是一十六年。又叹:"凡事有数,只知替他保全家事,又替他取名,那知又来与他成就功名。"到了考试的日期,点到晁梁跟前,宗师见是个披发童生,眉清目秀,知是逼真晁梁无疑。宗师问说:"你是那晁乡宦的儿子么?"晁梁应说:"是。"宗师问说:"你的名字是谁起的?"晁梁回说:"是宗师老爷起的。"宗师又问:"你那嫡母与生母都还在么?"晁梁回说:"都在。"宗师说:"下去就号,用心做文。"那童生们见宗师问了他这许多家常说话,都说:"这是不消讲得,稳稳的一个秀才了。"出的题目是"故旧不遗"〔1〕、"取二三策而已矣"〔2〕。

晁梁早早做完,交了卷子,送上宗师面试。宗师问说:"你从的先生是谁?"晁梁回说:"是尹克任〔3〕。"宗师问说:"是我行后进〔4〕的么?"晁梁应说:"是。"宗师说:"这先生不教你做文的法律?你这

〔1〕 故旧不遗——语出《论语·泰伯》。
〔2〕 取二三策而已矣——语出《孟子·尽心下》。
〔3〕 尹克任——同本作"夫克任"。据上文校改。
〔4〕 进——进学,考取秀才。

文字也还未成,我取你进学,你却要用心读书,不可说是进了学就懈了志,便辞了先生,你就终世无成了。那些晁思才这班歪憨族人也还上门来欺侮你家么?"晁梁说:"每人都与他五十亩地、几两银子,又是几石粮食,如今也都相安了。"宗师说:"与他地的时候,我还在那边。你且暂回家去,待四五日来看案。"晁梁谢了宗师。

回到下处,欢欢喜喜备了头口,晁凤、小宦童——起名晁鸾、厨子张重仪跟了,暂且回家,说:"徐宗师再三致问,许了进学。"晁夫人甚是喜欢。丈人姜副使也来看望,问晁梁要腾出的文章看了。姜副使说:"这文字就没有情也是进的。"献过茶,欢喜而去。过了四五日,晁梁仍往东昌,等候出案。过了两日,抬出武城县童生卷来,晁梁进了第四。晁夫人赏了报喜的人。晁梁谢了宗师,告辞回家,送学,不必烦言。

再说武城县有个光棍,叫是魏三,年纪约四十上下,专一在县前做保人、替比较。后来撰了些不明白的钱,又在县前开了个酒店,又在间壁开了个小杂粮铺,家中也尽可过得日子。一日,走到晁家门上,撞见晁凤,彼此作了揖。晁凤因常往县前勾当,每次都在他酒店借坐饮酒,彼此都相识。晁凤问道:"呀!魏明泉,你是个忙人,有甚事到这里?"魏三说:"我特来寻小相公,合他有句话说。"晁凤道:"这事蹊跷!俺家小相公家事是一些不管的,你又不是书铺笔铺,寻他何干?况他正在书房,也没在家里。你合他说甚,你把话留下在这里,即是一般。"魏三说:"这事你也尽是晓得的,小相公是我的儿子,我因贫难度日,悄悄的收了你家三两银子,你家使老娘婆老徐抱了来家。这是我的个头首孩子[1]，那穷就说不得了。我如今也有碗饭吃，怎舍的把个孩子放在人家？我情愿用二十两银赎他回去。我就是来说这个。"

晁凤道："你胡说甚么哩？小相公是沈奶奶生的，徐大爷还自家看了，叫老娘婆验过，生了还报与大爷知道。大爷起的名字，大爷还送的粥米，这谁是不知道的？如今徐大爷不见做学道哩？到徐爷跟前就知事的真假。"魏三道："徐大爷只见有个大肚子就是了，没的徐大爷自家使手摸了一摸不成？您家里做的弄儿[2]，没的徐大爷是你家灶神么？"晁凤说："你休胡说！若真个来历不明，还不够叫俺族里的几个强盗掀腾[3]哩！"魏三说："你看这话！不是为堵挡那族里的嘴，要俺这孩子做甚么？要不是有这点绕弯[4]，晁奶奶可不就轻易的一家给他五六十亩地呀？你到家合奶奶说，奶奶心里明白。奶奶使孩子如今就跟了我家去极好，要奶奶舍不的，叫他且养活奶奶老了可，——这话合我另讲。要说是合我混赖，倒趁着徐爷在这里，讲个明白倒好。"晁凤道："你且去着，待我合奶奶说。"魏三道："我往那去？你进去说声，或长或短的，咱好各人干营生。"晁凤道："你等等，待我进去说看。"

晁凤对着晁夫人从头说了一遍。晁夫人道："这奇呀！这话是

---

〔1〕 头首孩子——第一胎，第一个孩子。
〔2〕 做的弄儿——山东方言，设置圈套，制造骗局叫"做弄儿"。
〔3〕 掀腾——揭开。这里是揭发的意思。
〔4〕 绕弯——等于说不宜公开的曲隐之事，隐私。

那里吊下来的？你去书房里请了你二叔来。"晁凤从便门请了晁梁来到，晁夫人说："外头有个人说你是他的儿，他来认你家去哩。"晁梁说："真个么？"晁夫人说："真个倒不诧异的慌了！"晁梁道："这话可是从那里来的哩？"晁夫人叫晁凤："你从后门出去，到姜爷家把前后的事对着姜爷告讼告讼，看姜爷怎么说。"

　　晁凤见了姜副使，说了前后的事情。姜副使沉吟道："只怕是真个。"晁凤道："甚么真个？不知他待怎么，只自个听了恶囊的人荒[1]！到其间，这真的事也假得的么？二叔是通州香岩寺梁和尚脱生的，他那里坐化，这里落草，那模样合梁和尚再无二样，这都是有招对的。那咱爷两只手上两道天关文[2]，文里头都有一根毛，挦了又长。姜爷计的？如今这二叔的手上，合爷一些不差。"姜副使说："是，你爷那两只手上两道横文，文里头两根焌黑的毛，拔了待不多两日，又长得大长的。如今你二叔也是这们的么？"晁凤说："可不是怎么？姜爷不信，看看就知道了。"姜副使说："要是这等，再没的话说了。如今那光棍哩？"晁凤道："他叫我进去合奶奶说，我从后门来了，他还等着哩。"姜副使说："待我自己[3]到那里。"叫了轿夫伺候。晁凤仍先从后门到家，回了晁夫人的话，出去见了魏三，说道："我合奶奶说了，叫你等等，合你说甚么哩。"

　　不多一会，只见姜副使来到晁家。门上人报知，晁梁接待，献过

----

〔1〕　恶囊的人荒——山东方言，使人感到堵心、憋气，心情极不舒畅。荒，同"慌"。

〔2〕　天关文——贯通手心的纹路。文，同"纹"。

〔3〕　自己——同本作"目己"。"自"与"目"盖因形近而讹，据文意酌改。

茶,晁夫人出来相见,诉说了前后事情。姜副使说:"这是那光棍绰着点口气来诈银子,这事看来必定得合他到官才好。只是这县里断事全不在理上,这事都定不的。"说话之间,只见魏三外面吆喝道:"怎么着哩!或长或短,分付我去,叫我把这们一日门,也不当家!"姜副使说:"这就是那人么?"晁凤说:"就是他。"姜副使说:"你叫他进来,我问他。"

晁夫人辞别往后去了,晁凤将他叫到厅前。他待指望姜副使与他为礼,还让他坐下,那姜副使见他进来,坐在上面不动。他只得说道:"姜爷,我不敢作揖了。"姜副使问:"你叫甚么名字?"他说:"我没有名字,我是魏三。"姜副使说:"那个孩子是你的?"他说:"就是这新进的小相公,是我的儿。那年这宅里因合族里人合气,知道家里〔1〕怀着肚子,叫徐老娘去合我说:若生的是儿,要买了来当是自家生的。这宅里女人妆着怀孕等着。后来俺家果然生了是儿,徐老娘拿了三两银子来,没断脐就抱的去了。"姜副使说:"有甚么凭据哩?"他说:"徐老娘见在,与我的三两〔2〕银子也原封没动,这都不是证见么?"姜副使说:"你那孩子是几时生下来的? 徐老娘是几时去抱?"他说:"是景泰四年十二月十六日酉时。徐老娘收了生,接下来,就使布子裹着,揣在怀里来了。"

姜副使说:"你知道我就是这小相公的丈人么? 我当初原只把

----

〔1〕 家里——北方方言,妻子。这里指自己的妻子。
〔2〕 三两——同本作"二两",据上下文校改。

闺女许晁公子,若是你的儿,我没有合你做亲家的理,我只的[1]要退亲。刚才据你说的话,有几分真哩。但这里晁奶奶若使不肯叫你认回去,你却怎处?"他说:"我对着姜爷说实话,这里晁奶奶从小儿的雇奶子奶的大了,请先生教他读书,才进了学,合姜爷府上结了亲,压伏的族里人屁也不敢放个。听说晁奶奶又极疼他,我冒冒实实[2]的来认孩子,岂肯善便就教我认了去的? 但不瞒姜爷说,尝时是穷光棍,自己吊着锅子底,认他回去,与他甚么吃? 如今托赖龙天看顾,卖着几壶酒,扭那壶瓶嘴子;又开着个杂粮铺,日求升合的;如今也颇颇的过得日子。人只是没及奈何才卖孩子,既有碗饭吃,谁肯把孩子卖给人家? 看来不是晁奶奶这里送我到官,就是只得我往县里告状,再没别话。"

姜副使说:"看来你晁奶奶也不送你到官,这只是你要告状。如你必欲告状,你把说的那些情节,你就写一个与我,我执了你这个凭据,我好退亲。你兴词告状,可不许你带我一个字脚。"他说:"我不会写字,我刚才说的就是了。"

姜副使道:"你口里的话怎当的凭据? 你待不告状哩? 你就合状一般写一纸与我,我好作据。倒也亏不尽你把这事早掀腾了,要待闺女过了门,可怎么处? 这保亲的这们可恶哩!"他说:"我也还等晁奶奶的分付看。晁奶奶与我好讲,我也还且消停。"姜副使说:"你也

---

〔1〕 只的——只得。
〔2〕 冒冒实实——即"冒冒失失"。

不消等晁奶奶的话，要做就做。晁奶奶刚才在这里合我说来，没有甚么好话与你说！"

姜副使对着晁凤说道："你多拜上奶奶，这踏脚的营生[1]，将来哄不住人。我岂肯把一个闺女许与买得小厮？我这到家，就着原起保亲的送回聘礼来。合奶奶说，就把我的婚书回礼也都查了回去，再不必又往反多事。"晁凤说："这事从天上吊下来瞎话！姜爷怎么就听他？"望着晁梁说："二叔，你可也把前后的事对着姜爷说说，怎么一声也不言语？"姜副使道："他那里晓的这个缘故，你叫他说？"一边悻悻的上轿，也没合晁梁拱手作别；一面叫家人跟了魏三，炤依他说的话：徐老娘合原银为证，将孩子的生时八字写真；一面着人唤保亲的媒人到宅，着实发作，说他将买的小厮骗他的闺女，叫他拿了原定退与晁家。

那媒人指天说地，叫屈称冤。姜副使说："他的亲老子，县门口卖酒的魏三见在这里认他，你倒还替他赖哩！"那媒人说："魏三是我妹子的外甥，我认的他，我合那砍头的讲！"毡包端着晁家的原定，气狠狠的走到魏三家里。魏三不在，说他在间壁孙野鸡家写状哩。媒人寻到那里，合他拾头[2]打滚，说他没天理，凭空毁人亲事。魏三也合他嚷了一场。拿着定礼走到晁家，对着晁夫人说了前后，气得春莺并一家大小只是要死。惟晁夫人一些也不发躁，只说："退亲就

[1] 踏脚的营生——比喻摆不上台面的事。踏脚，摆置在炕前供上下炕踩踏的矮脚木凳。
[2] 拾头——用头撞人。

退！我有这个学生，怕寻不出这们亲来！"取出定礼来看，虽有几匹尺头、钗钏，都不是原物。

　　晁夫人心里明白，晓得姜副使另有主意，也另寻了几匹尺头，当是〔1〕原礼回去，姜家也就收了。媒人到家，家人同了魏三拿了一个揭帖回来。那揭帖上面写道：

　　　　具禀人魏镜，禀为强夺亲子事：已故晁乡宦妻郑氏因恐族人分夺绝产，故使妾假妆怀孕，于景泰四年十二月十六日酉时知镜生有一男，使老娘婆徐氏付银三两，强夺为子，欺压族人。镜畏势不敢言喘。徐氏原银存证。今镜颇可过活，镜男应断归宗。镜情愿出银二十两为谢。上禀。

　　姜副使看了，说道："你这禀帖写的极明白，他自是没的说。你要告状就该早告，别要待他告上状，做了被告就不好了。"

　　魏三辞了出去，又到晁家寻见了晁凤，说道："我已写下状子，刚才也递了一个禀帖与了姜爷。你再与奶奶商议，若奶奶必欲舍不得教我领去，与我几百两银子，我明日写个合同，教他就永世千年做晁家的人，奉晁家的香火，我也就割断了这根肠子。要是不依，只是给我孩子将去。再不，我只是告上状，凭大爷断罢。"晁凤说："叫你鬼混的着姜爷家把亲都退了，你还说这个！你等着，我与奶奶讯去。"晁凤从里边出来说道："叫你流水快走！要再上门胡说，叫人把毛捋了，打你个臭死哩！"魏三说："罢呀怎么！咱待不见哩么？"伴伴的

------

〔1〕　当是——同本作"当日"，据文意酌改。

去了。

晁梁问晁夫人道:"娘,我真个是三两银子买的么?"晁夫人说:"诌孩子! 要是银子买的,就合晁鸾似的了! 他才是买的哩!"

却说次日清辰,魏三持着状,跟进投文的去递在案上,告着徐氏为证。次日准出状来,差了民壮齐人。姜副使差人往直堂房里打听状上的话说,与禀帖上果然一字无差。姜副使说:"这光棍也不知听谁调唆了,我见他说的话离了母[1],我恐怕他后来改了口,所以哄他叫写个禀帖给我,做了凭据,叫他改不得口。只这他自己的状上好些别脚[2],'一字入[3]公门,九牛拔不出'哩。他说为穷卖孩子,怎么有原银为证? 子时生的,早堂就往县里去报,徐县公从学里上梁回来,起名晁梁。那梁上见有建造年月日时,他没打听真就说是酉时。只这两三个叉股子[4],问不杀他哩!"晁夫人急着待合他见官,自己用诰封宜人的呈子。徐氏的诉状,姜副使也有公呈,都准了出来,伺候听审。

那县官姓谷,名器,江西新淦[5]人,二甲进士。坐了堂,先唤上魏三去。魏三说:"小人那时甚穷,有妻怀孕。这收生婆老徐说道:

----

〔1〕 离了母——即离谱,与事实相差太远。母,"谱"的音变。

〔2〕 别脚——等于说绊子。指难以说通的地方。

〔3〕 入——同本作"大",据文意酌改。

〔4〕 叉股子——岔子,错处。同本作"叉股了"。"子"与"了"盖因形近而讹,据文意酌改。

〔5〕 新淦——同本作"新涂"。按江西有新淦县而无新涂县,据李校本改。

'晁乡宦无子,族里人欺[1]他,要当绝产分他的家事。把一个妾装做怀孕,要寻一个孩子当是自己生的。你家又穷,就生个孩子也没得给他吃。若你生的是个儿子,叫他给你三两银子,你把儿子与他罢。'小人因穷,也就应承了。到了临月的时候,这徐氏日夜守着。到了景泰四年十二月十六日酉时,果然生的是儿。连脐也没断,徐氏就抱得去了。小人因穷,故卖儿子;如今挣得有碗饭吃,怎么舍的卖孩子[2]?他那原银三两,小人原封见在。小人情愿加上二十两银子谢他养育之恩。"

谷大尹道:"你既受他三两银子,他抚养已成,又教他读书进学,这也难认回去了。我叫他再与你二十两银子罢。"魏三说:"如今小人见在无子,老爷就断二千两与小人也是无用,只断还儿子便是天恩。"

谷县公又叫徐氏。问道:"这晁梁果然是你抱了去的么?"徐氏道:"我若起先曾看见这魏三,就滴瞎了双眼!若曾到他家,就挫折了双腿!这是晁乡宦妾沈氏所生,因合族人争产,前任徐大爷亲到他家,叫了我来胗脉,果真有胎,就着我等候收生。还说生的是男是女,还报徐大爷知道。等至十二月十六日子时落草,见是个小厮,清早就往县里来报。徐大爷往学里上梁去了,等得徐大爷回来,因此徐大爷替起的名字是晁梁,还送了二两折粥米银子。何尝是他的儿子!"

---

〔1〕　欺——同本作"歇",据文意酌改。
〔2〕　孩子——同本作"慈别",据文意酌改。

谷大尹说:"这是你们做的脚子〔1〕哄那徐大爷。这也是常事,我那边就极多。只是你不该刚才发那两个咒,该捘一捘子。"叫晁梁:"你明白是魏三的儿子,你愿回去么?"晁梁说:"生员有嫡母、有生母,俱还见在。若生员果是买的,只嫡母也便罢了,如何生母才十六岁就因生员守节?既说生员是他儿子,他知生员身上有甚暗记?"魏三说:"你方才生下,徐氏就抱得你去了,谁得细看?"徐氏道:"我若从你家抱了他去,把这双手折了!"谷大尹说:"你还要发咒!可恶!"魏三说:"只记得他右臂上有朱砂癍记〔2〕一块,够折字钱大,合朱砂一般红的。"

晁梁把右手伸将出来,说道:"这右臂何尝有甚朱砂癍记?你是那日在我家见我端茶,手臂上因夜间被蝎蜇了一口,抹的麝香胭脂,你就当是朱砂癍了!"谷大尹道:"读书人不要忘本。你虽在晁家,一定你那嫡母也恩养得你好,但毕竟不是你真正的根本〔3〕。况这魏三他说也没儿子,你怎可不归宗去?"魏三也说:"儿,你别要恋着富贵伤了天理,我如今也够你过的哩。"晁凤禀说:"老爷听他的瞎话!他家见放着三个儿子!都叫了他来,与这小主人比一比,看是果否一般不是!"谷大尹道:"又不曾叫你,你却上来多话!"拔了四枝签〔4〕,把晁凤尖尖的打了二十。叫上一干人来,谷大尹写审单道:

---

〔1〕 脚子——手脚。指骗人的圈套。
〔2〕 朱砂癍记——朱红色的胎记。
〔3〕 根本——同本作"根木"。"本"与"木"盖因形近而讹,据文意酌改。
〔4〕 签——同本作"金"。"签"与"金"盖因形近音同而误,据文意酌改。

审得晁乡官于景泰四年身故,族人因其无子,抢夺家财。本官妻宜人郑氏,将妾假妆怀孕,用银三两买魏三之子,于分娩之时螟蛉[1]诳众。抱去者蓐妇徐氏也,活口见在。今此子十六岁,进学矣。魏镜欲十倍其价赎回,但魏镜仍有三子,若晁梁断回,则晁宦为若敖[2]矣。留养养母终身,俟晁梁生子,留一子奉晁氏香火,方许复姓归宗。落房存卷。免供。

谷大尹读了审单。晁梁大哭,说是:"光棍明说诈银,离间母子,望尊师再断!"谷大尹道:"连你自己也不晓得,这也难怪你。我断得不差。"傍边人役不容回话,一顿赶了下来。除了魏三得意,这晁思才、晁无晏甚是猖狂,说:"怪道每人给四五十亩地、四五两银子、几石粮食,原来有这些原故!"算记要从新说话。连那姜副使也垂首丧气。

晁夫人只是叫屈呼天,每日早晚烧了香祝赞天地,愿求显报。又说:"他爹在华亭时候,曾问这样一件事情,问的与这丝毫不差,后来却是假的,被一个道里问明。这明白是天理不容,现世报应,这也非是县官与我们有仇。"

晁夫人要自己出官,赴道告状。只见县里礼房拿了一张纸牌,上面写道:

兵部右侍郎邢,为公务事,票仰武城县官吏照票事理,即将

---

〔1〕　螟蛉——同本作"螟蛉"。"螟"与"螟"盖因形近而讹,据文意酌改。
〔2〕　若敖——复姓,为楚国氏族,因族灭而无人祭祀。

发去官银六两置办单开祭品，听候本部经临之日，亲诣该县已故
乡宦晁墓次致祭。事完，开的数报查。须至票者。

粘单一纸，计开汤猪一口、汤羊一腔、神食一卓、祭糖一卓、油果
一卓、树果一卓、攒合一卓、汤饭一卓、油烛一对、降香一炷、奠酒一
尊、楮锭。

将牌送到晁家来，问："这邢老爷是与府上致祭不是？恐错了不
便。如果与宅上致祭，好预先往坟上伺候。探马来报，明晚座船就到
河下。"晁凤进去说了。

晁夫人道："这一定就是河南的邢爷。你问打听邢爷是甚么名
字，是那里人。"礼房说："《缙绅》上刻的是邢宸，号皋门，河南淅川
人。"晁凤说："原来是旧日的西宾邢爷。他来这里做甚么？"礼房说：
"他原是湖广巡抚，合陵上太监合气，被太监参了一本。查的太监说
谎，把太监处了。邢爷告病回家，没等得回籍，路上闻了报，升了北京
兵部侍郎。朝廷差官守催赴任，走的好不紧哩！"晁凤说："起动到
家，请坐吃茶。"礼房说："你认的我不？我是方前山，合咱家都有亲。
我是你故了的计大婶表兄哩。"晁凤说："原来是方大叔，就不得认
的。坟上该怎么伺候，早说咱好预备。"方前山说："您不消费事罢，
我叫那里的地方催去。得一坐三间的祭棚，一大间与邢老爷更衣的
棚，一间伺候大爷，一间伺候邢老爷的中军〔1〕。"晁凤说："若教地方
催办，这就越发省事。"因邢皋门将到，忙乱接待，又要坟上伺候，又

〔1〕 中军——总督、巡抚的侍从武官。

要河下送下程小饭,又请姜副使到坟庄上陪县官合邢皋门,倒也把官司的事情丢待[1]脑后。

果然次日晚上,邢皋门三只大座船,带着家眷从湖广上京。晁夫人送的两石大米、四石小米、四石面、一石菉豆[2]、六大镡酒、四个腊腿、油酱等物不可悉数。晁书领着晁梁,衣巾齐整候见。邢皋门即忙让到船上见了,又喜又悲,感不尽晁夫人数年相待周全,将送的礼尽都收了。天够二更,方送下船来。

次早,自到晁家回拜。选了两匹南京段子、两匹松绫、两匹绉纱、两匹生罗、两领蕲簟、两篓糟鱼、六十两银子,又送晁梁书资二十两、贺仪十两,又赏晁书、晁凤、晁鸾向日服事过的旧人共银十两。晁夫人也自己出来相见,置酒相待。去请姜副使来陪,已往坟上去了,止晁梁自己陪着吃酒。邢侍郎还要赶到坟上致祭,即日起身,别了上船,晁夫人合晁梁急急的又赶到坟上,好照管迎接。大家忙的恨不得像孙行者一般,一个分为四五个才好。谁知:

　　　　贵人一到,福曜旋临;多少阴祸,立刻潜消。

再听下回接说。

〔1〕　待——山东方言,"在"的音变。
〔2〕　菉豆——同本作"录豆"。"菉"与"录"盖因形近而讹,据文意酌改。

第四十七回

因诈钱牛栏认犊　　为剪恶犀烛降魔

　　九疑凶,人更险。方寸区区,层叠皆坑坎。柔舌为锋意剑惨。一言祸败,几致人宗斩!　　鬼难欺,天有眼。宪台[1]犀火明于闪,霹雳当空回梦魇。端人确证,惊破妖狐胆。

　　　　　　　　　　　　　　　　——右调《苏幕遮》

　　接说晁梁被那光棍魏三的搅乱,谷大尹的胡断,致得那晁思才、晁无晏俱算计要大动干戈,就是晁梁也自生疑虑。晁夫人和春莺气的只是哭。你说这样光棍,叫他昌盛过好日子,岂不天爷没眼?晁夫人发恨,要自出去,趁着徐宗师按临夏津,亲自递状申冤,望求明断。适值邢侍郎经过,忙乱了几日。

　　邢侍郎在城中回拜,匆匆的赴了一席,连忙的上船,要往晁乡宦坟上致祭,祭完还要连夜开船。到了坟上,武城县官接着,相见过,辞了开去。却是姜副使迎接入棚,更衣上祭。祭完,让至庄上筵

----

〔1〕宪台——司刑狱的官员,这里指山东提学道徐文山。因徐有山东布政使司参政、按察使司副使兼衔,故称。

晏[1]，姜副使备说魏三冒认告状，县官绝不详情[2]，立了文卷，勒令养母终身，改姓归宗。邢侍郎说："这事一定有个因由[3]，不然，这个光棍凭何起这风波？"姜副使又把当日晁知州死后族人怎样打抢，徐县公经过，怎样问断，亲自叫老娘婆验看，叫人报喜起名，前后细说了一遍。

邢侍郎说："这个县官也可谓缜密之极，后来谁知还有此等浮议！"姜副使说："这徐父母就是如今敝省的见任学道。"邢侍郎说："原来如此。有他见在，这就是极真的确见了。"姜副使说："正是，所以晁夫人算要自己出告。不然，留这疑端在后，甚是不妥。魏三的状上，他说因贫卖子，又说卖子的原银三两，现在为证。这小婿是十二月十六日子时生，黎明即往县里报徐父母知道。适值那十六日早辰徐父母往儒学上梁回来，还穿着吉服，还说：'此子定有造化，叫我穿了吉服迎你们的喜信。我上梁回来，就起名晁梁。'如今那光棍打听不真，说是十六日酉时。如此的矛盾，县公也绝不推究，只以光棍之言为主。"

晁凤说道："俺爷两只手上天关文，文里长的毛。邢爷记得不曾？"邢侍郎说："这我记的么，我还常对着人说。"晁凤说："如今俺二叔两只手上合爷的一样。二叔，你伸出手来与邢爷看看。"晁梁伸开手掌，邢侍郎道："可不奇怪？与尊翁的一些无异！"

----

〔1〕　筵晏——宴席。晏，通"宴"。
〔2〕　详情——审察事情的原委。
〔3〕　因由——同本作"囚由"。"因"与"囚"盖因形近而讹，据文意酌改。

晁凤又说:"昔日梁生的模样,邢爷还记得么?"侍郎道:"我记的么。"晁凤说:"俺二叔这模样,邢爷看像似谁?"邢侍郎说:"你说像谁?"晁凤说:"别人没见梁生,邢爷是见过的。这二叔合梁生的模样有二样么?"邢侍郎说:"我昨日相见,就说合梁生一个模样。这却是怎说?"晁凤说:"这二叔可是梁生脱生的。"邢侍郎说:"这奇!你细说说我听。"

晁凤把那晁源从邢侍郎行后怎么发疟疾,发的怎样见鬼,奶奶差晁书香岩寺请僧保安,撞见梁生、胡旦在寺出家;怎样晁源留他行李,骗他银子,晁夫人替晁源赔了梁生、胡旦的六百三十两银;梁生胡旦怎样常来山东看望;梁生发愿要托生与奶奶为子,到了十二月十六夜子时,他那里坐化,这里奶奶做梦梦见他进屋里来与奶奶叩头,说奶奶没人,他愿来伏侍;奶奶刚醒,沈姨就生二叔,落草也是子时;奶奶说梦见梁和尚生的,算计待起名"晁梁",可可的大爷就起了个名字〔备细说了一遍〕。又说:"梁和尚至今未葬,肉身垒在龛内等他自己葬他。奉敕修建的坟茔,好不齐整。明日邢爷船过,待不见哩?胡和尚知道邢爷[1]船到,他自然来接邢爷的。"邢侍郎着实嗟叹,说:"停会[2]等县官来送我,叫他把这事断明,立案防后。"

姜副使说:"这个谷父母性极偏执。老先生到这里,他心里必定说是告诉老先生了。若老先生不题还可,若老先生说一说,这事就不

〔1〕 邢爷——同本作"那爷"。"邢"与"那"盖因形近而讹,据上下文校改。
〔2〕 停会——过一会儿。

可知了。"邢侍郎说："既晃夫人要往学道告状,学道正在这里送礼,我回书中写与学道罢。"姜副使说："这舍亲就拨云见日。晚生代舍亲叩谢。"姜副使要出席去叩,邢侍郎止住,罢了。

邢侍郎要起席上船,晃夫人又自己出来再三致谢。邢侍郎说去京不远,凡有难处之事,俱许照管。又说："那光棍诬告,我就有书与学道,老夫人这一状是少不得的,速急该递。"晃夫人说："这山里荒村,通没有甚么相待,该叫学生到船上送一两程才好,他又一步不肯离我。昨日两次往府里考去,我都跟了他去,通像个吃奶的孩子一般。"邢侍郎说："这正是见赤子的天性。不劳送,就这边别过。"

邢侍郎上轿到船,放了三个炮,点鼓起身。晃凤、晃书、晃鸾三个伏侍过的都送到船上,叩别而回。行了数里,县官禀送,邢侍郎叫拢船相见,请到官舱待茶。谷县公必料邢侍郎替晃家讲这件事,心里想道："若邢侍郎不讲便罢,若是讲时,要着实番起招来,把晃梁立刻断了回去。"幸喜姜副使嘱付过了,邢侍郎绝口不言,只说："这晃老先生在日,原是旧东家,极蒙相爱,经临其地,到他墓上一奠。喜得还有一子,也令人悲喜交集。凡他家中之事,望都推分垂青。"谷县公说道："是。拳拳[1]谨领。"邢侍郎亦再无别言而去。谷县公对着左右说道："便宜他!我说邢爷一定替他讲这事,谁想一字不题。"县公坐船回去。

邢侍郎把魏三冒认之事,自己晃家相处之情,说晃夫人要自己出

---

〔1〕　拳拳——诚挚,诚恳。

官告状，备细写在学道回书之内。徐宗师拆开看书，不胜诧异。过了两日〔1〕，只见一人跪门递状，徐宗师唤入。方到台口，徐宗师问说："你是晁乡宦的家人晁凤？告的是甚么事？"晁凤说："告的冤苦事。老爷看呈子就明白了。"呈上写道：

> 诰封宜人郑氏，系已故原任北直隶通州知州晁思孝妻，呈为积棍冒认孤子吓诈人财事：氏夫于景泰三年〔2〕三月二十一日病故，有妾沈氏怀孕五月，因族人打抢家财，蒙老公祖亲临氏家，即唤蓐妇徐氏公同合族妇女，验得沈氏之孕是真，蒙谕徐氏看守收生。生时驰报，又蒙赐礼赐名。氏上自祖宗感戴延祀天恩，不可名状。今被积恶棍徒魏三突至氏家，称言氏子晁梁系伊亲子，景泰三年十二月十六日酉时，因贫难度，受氏银三两，将子分娩之时即卖与氏，原银与徐氏抱证，谎状告县。县官信以为真，断令氏子晁梁养氏终身，即许改姓回去，止着晁梁留下一子奉晁氏香火。似此以真作假〔3〕，起衅族人，离间母子，斩人血祀〔4〕，绝鬼蒸尝〔5〕，冤恨难伸〔6〕，伏望神明老公祖详察！晁梁生于十六日子时，老公祖儒学上梁回县，时方正卯，氏已差人报闻。今伊言十六日酉时，相去已远。既称因贫卖子，何得又有原银三

〔1〕 两日——同本作"两口"。"日"与"口"盖因形近而讹，据文意酌改。
〔2〕 景泰三年——同本作"景泰二年"，据下文校改。
〔3〕 以真作假——同本作"以真符假"，据李校本改。
〔4〕 血祀——同本作"皿祀"。"血"与"皿"盖因形近而讹，据文意酌改。
〔5〕 蒸尝——秋冬二祭。因泛指祭祀。
〔6〕 难伸——同本作"虽伸"。"難"与"雖"盖因形近而讹，据文意酌改。

两存于十六年之久？种种不情,自相矛盾。伏望老公祖少拨片刻之冗[1],亲提魏三并徐氏质审,自见真情。投天呼吁上呈。

宗师看了呈子,问道:"你主母在那里?"晁凤说:"见在门外。"宗师说:"请回下处,我提人亲审。"晁夫人合晁梁都回到下处。

徐宗师次早即佥[2]了牌,差人提魏三、徐氏、晁思才、晁无晏,限次日投文听审。牌上朱批:"如违限一日,县差与原差各重责二十板,革役。"晁夫人又差晁书家去照管徐老娘婆的头口[3]。

学道文书下在县里,谷县公恨得咬牙切齿,只得与他出了票拘人。这魏三恃着县公问过,倒不放在心上,倒是这晁思才、晁无晏两个是领过徐宗师大教的,倒觉有不胜恐惧之至,都面面相觑,说道:"这可是没要紧! 这事与我两个何干,把我们呈在里面? 这不有屈难伸么?"晁无晏道:"这再无二话,这一定[4]是七爷你前日陪着审官司的时候,说了那几句闲话[5],有人传到他耳朵里,所以把咱都呈上了。"晁思才道:"二官儿,你没说么? 没的光我说来?"晁无晏道:"你看七爷[6],我要没说,他到不呈上我了[7]。"差人拘齐了人,佥了批,众人打发了差人的常例,连夜回到夏津,依限次早投了

---

〔1〕伏望老公祖少拨片刻之冗——同本作"伏乞清天爷台暂停片刻之冗",据李校本改。

〔2〕佥——同"签",签发。

〔3〕头口——同本作"头日"。"口"与"日"盖因形近而讹,据文意酌改。

〔4〕一定——同本作"一位",据文意酌改。

〔5〕闲话——同本作"闲指",据文意酌改。

〔6〕七爷——同本作"匕爷",据文意酌改。

〔7〕呈上我了——同本作"呈没我了",据李校本改。

文。挂牌晚堂听审，各人暂回下处。

且说武城县的任直，挟着几匹厂绸在街上卖，撞见晁凤，问说："你在这里做甚？"晁凤将魏三认儿的事情仔细告诉了一遍。任直问说："这今相公今年十几了？"晁凤说："十六了。"任直掐着指头算了一算，说道："景泰三年生的，——是几月？"晁凤说："是十二月十六日子时。"任直又沉吟了一会，问道："就是才过去[1]的魏三呀？"晁凤说："可不就是他么！"任直说："他如今县门口卖酒，开粮食铺子哩。"晁凤说："就是。"任直说："他这一定有人调唆，不然，就是待诈钱。我且去卖绸，赶晚堂我来陪你。问明了就罢，问不明，我叫这光棍死不难！"晁凤说："你在这里做甚么？"任直说："我家里闲着[2]没的做，顿了几匹厂绸来卖，通卖不出去。我也使性子，正待回去哩。"晁凤说："日西没事，仗赖你来陪俺一陪极好，我专候着。"晁凤别了任直，回到下处吃了饭，都来道前候审。

徐宗师放炮开门，唤进听审人去，头一个就叫徐氏。问说："我记得当初曾叫你同了他族里的许多妇人验明，说是有孕，你还说是已有半肚，是个[3]男胎。这话都是你说的，怎么如今又有这事？"徐氏说："从那一年腊月初一日，晁奶奶就叫了我去守着，白日黑夜就没放出我来，怕我去的远了，寻我不见。每日等着，不见动静。直到十五日饭时，才觉的肚子疼。晁奶奶还叫了个[4]女先等着起八字。等

---

〔1〕 过去——同本作"听审"，据李校本改。

〔2〕 闲着——同本作"闲空"，据李校本改。

〔3〕〔4〕 个——同本作"人"。"个"与"人"盖因形近而讹，据文意酌改。

到十五日的二更天还没生,晁奶奶打盹,我说只怕还早,叫我拉着个枕头[1]来,我说:'奶奶,你且在这热炕上睡睡,待俺等着罢。'天打三更,晁奶奶睡梦中说话,就醒了,说:'梁和尚那里去了?'俺说:'没有甚么梁和尚。'晁奶奶说:'我亲见梁和尚进我房来与我磕头,他说:"奶奶没人伏侍,我特来伺候奶奶。"我说:"你是个出家人,怎么好进我卧房?"他径往里间去了。'晁奶奶正说着,里间里就孩子哭。我接过来看,是个儿子。我说:'奶奶大喜,是个小相公!'女先刻了八字,正正的子时。十六日清早,晁奶奶就叫我来报与老爷知道,老爷起的名字是晁梁。晁奶奶说:'我梦见梁和尚,正算计要叫他是晁梁,怎么大爷可可的起了这个名字!'"

徐宗师说:"梦见梁和尚是怎说?"徐氏道:"这梁和尚是晁奶奶家的门僧,在通州香岩寺出家。那咎被人杀了的晁源曾坑了这梁和尚的六百多银子,晁奶奶知道了,替晁源还了那和尚的银子。后来又从晁源手里要出原银,晁奶奶也没收,就舍在那寺里买谷常平粜粜,如今支生的够十万多了。那梁和尚发愿要托生晁家做儿,补报晁奶奶的恩。梁和尚十二月十六日子时那里坐化,这里是十二月十六日子时下地。这事奉过旨,替梁和尚建的塔,修的寺院,差司礼监亲自御祭。梁和尚的真身还不曾葬,留得遗言,等他自去葬他哩。这事这们有凭据的,他说是他的儿,腊月十六日酉时生的,晁奶奶使我拿了三两银子,买了他的来。我说:'若起初曾见他一面,滴瞎了双眼!

----

[1]　枕头——同本作"忱头"。"枕"与"忱"盖因形近而讹,据文意酌改。

曾到他家,跌折了双腿!'县官嗔我说誓。"

宗师说:"过去。"叫魏三。宗师看了他几眼,说道:"你说晃梁是你的儿子,他那些像你?"魏三说:"老爷岂不说'居移气,养移体'?他住的见是甚么房子? 吃的见是甚么东西? 穿的见是甚么衣服? 这要像小的,怎么得像? 若叫他跟着小的过几时穷日子,情管就像小的了。"宗师说:"你却指甚么是你的确证?"魏三说:"交银子与小的,抱孩子去的,都是这徐氏,这徐氏是活证。还有他原银为证。"宗师说:"他因何就问你买? 你却因何就肯卖与他?"魏三说:"他家乡宦死了,晃源被人杀了,族里人抢他的家事,这都是老爷问过的。他把个丫头装着怀孕,要寻一个新生的孩子,当是自己亲生的,哄那族人。这徐氏因平日也都认识,他见小的媳妇子怀着孕,他说:'你穷穷的,养活着孩子,累着手不好挣饭吃。我给你寻一个好主子,替你养活着,就不拘待多少年,脱不了还是你的儿子。我叫他给你三两银子,你又好做生意的本钱。'小的实是穷的慌〔1〕了,应承了他。及至临月的时候,徐氏白日黑夜守着。等到十二月十六日酉时,果然生的是个儿。徐氏使了块布子裹了裹,揣在怀里,脐也没断,就抱的去了。"

宗师问:"你那孩子身上也有些甚么记色〔2〕没有?"魏三说:"天已点灯的时候,忙忙的,那里看有甚么记号?"宗师说:"十二月的酉时也还是大亮有日色的时候,怎就看不见记号?"魏三说:"那腊月

---

〔1〕 慌——同本作"谎"。"慌"与"谎"盖因形近而讹,据文意酌改。

〔2〕 记色——标记,记号。同本作"记巳"。"色"与"巳"盖因形近而讹,据文意酌改。

短天,怎么得有日色?"

宗师说:"那三两银子是几时交与你的?"魏三沉吟了片刻,说:"徐氏抱了孩子回来,与了小的三两银子。"宗师说:"给你银子的时候是几时?"魏三说:"天有起鼓了。"宗师说:"你那原银在那里?"他从腰里兜肚内取出一封银来。宗师问说:"这是徐氏给你的银子么?"魏三说:"就是。小的拆也不拆,原封未动。"宗师问说:"你为甚么不动?"魏三说:"小的料得后来要合气,所以留着原银,好为凭据。"

宗师笑了一笑,说道:"我把你这个光棍奴才! 你在我手里支调! 拿夹棍上来夹起!"魏三说:"老爷,县官问得至公至明,徐氏合晁梁一些也没有闲话,断的叫晁梁侍奉他这养母终身才许他改姓回去,还叫他留下一个儿子奉晁家的香火。老爷若讨与小的这个儿子,是老爷天恩;若不讨与小的,小的饶不得儿子罢了,难道还夹小的不成?"宗师说:"快着实夹起来!"十二个皂隶两边拢起,每边敲了三十狼头[1]。

只见一个人跪在大门外面。宗师看见,一声叫那跪门的进来,却是任直。宗师问说:"你是甚么人? 因甚跪门?"任直说:"小的是武城县人,原起先年曾当乡约,如今顿了几匹厂绸,赶老爷考棚好卖。适遇着这件官司,小的偶然站住看看,见老爷夹这魏三,已是知道老爷明见万里了。但证不倒他,明日老爷行后,他据了县里的审单,这

----

[1] 狼头——一种刑具,即木锤。

事就成了疑案。老爷只问他景泰三年他在那里？景泰三年十二月他曾否有妻？叫他回话，小的合他对理。"

魏三套着夹棍，只是磕头，说："小的该死！"任直说："你景泰元年十月抢夺韩公子的银子，问了黄山馆驿的三年徒罪；你景泰四年十一月才回武城，景泰六年正月你才娶了刘游击的使女。这景泰三年十二月十六日酉时，这徐氏抱去的孩子，你是做梦么！"宗师着实的骇然，问道："魏三，你怎么说？"他只是磕头，说道："小的没的说，'饭饱弄箸——是死催的〔1〕'。"宗师说："你一定有人主使才做这事。你实说，你的主意为何？"他只磕头，不肯实说。宗师又叫使杠子〔2〕敲打，打了五十，他方说："老爷松松夹棍，待我实说就是。"宗师说："我叫人与你松了夹棍，你却要实说。若不是实话，我再夹起来，一顿就要敲死！"叫人且把夹棍松了。

魏三说道："因那一日新秀才送学，都先到县里伺候簪花。这晁梁的族人晁无晏、晁思才都在小的酒铺等候吃酒。晁思才说：'咱给他做满月，分地给咱，这能有几日？如今不觉的十六岁，进了学，这日子过的好快！'晁无晏：'那晷徐大爷说他有些造化，只怕也是〔3〕不可知的事。'晁思才说：'咱家多晷给他算算，有些好处，也是咱的光彩。'晁无晏说：'我就不记的他是甚么时。'晁思才说：'我记的么。

----

〔1〕 是死催的——此歇后语流行地区 s、sh 不分，死字在方言中与"屎"谐音。

〔2〕 杠子——同本作"扛子"。"杠"与"扛"盖因形近而讹，据文意酌改。

〔3〕 也是——同本作"他是"。"也"与"他"盖因形近而讹，据文意酌改。

景泰三年十二月十六日酉时生的。'晃无晏说:'只这三奶奶头里〔1〕进了学就是造化! 要是三奶奶没了,他还是个白丁,我也还有三句话说。如今进了学,这事就做不的了。又寻了这们一门丈人,越发动不得秤了。'晃思才说:'他就不进学,这事也说不响了。那晳徐大爷替他铺排的好不严实哩,你怎么弄他?'晃无晏说:'那么? 我说他那晳是假肚子,抱的人家孩子养活,搅得他醒邓邓的〔2〕,这家财还得一半子分给咱。'小的绰了这口气,记的他是十六岁,十二月十六日酉时生。小的又问说:'他是前街上李老娘收生的? 李老娘是俺亲戚。'晃思才说:'那是? 到是邪街〔3〕上徐老娘收生的。'小的掏换〔4〕的真了,想道:'一个女人家有甚么胆气? 小的到他门上澎〔5〕几句闲话,他怕族人知道,他自然给小的百十两银子买告小的。'不料的就弄假成真。小的家也尽够过的,神差鬼使的做这没天理的勾当,只望老爷饶这狗命罢!"宗师说:"你这奴才! 不是我问出真情,这一家的祀就被你绝了!"放下夹棍,拔下六根签,三十大板。

叫上晃无晏去。他跪在下面,不曾听见魏三说是甚话。宗师也不说甚么,拔〔6〕了四根签,叫拿下去打。晃无晏极力的辩,宗师说:

----

〔1〕 头里——山东方言,前面、之前。这里指晃夫人去世之前。
〔2〕 醒邓邓的——形容目瞪口呆的样子。
〔3〕 邪街——走向不正,即不是正南北或正东西的街道。
〔4〕 掏换——山东方言,寻求。这里是访察、寻访的意思。掏,同"讨"。
〔5〕 澎——山东方言,出人意外地说出。
〔6〕 拔——同本作"拔",据文意酌改。

"打你在魏三酒铺内那些话说得不好!"打过,宗师又向任直说:"你与这魏三有仇么?"任直说:"没有仇。"宗师又问:"你与晁家有亲么?"任直说:"也没有亲。只因受过晁夫人的恩,所以不平这事,故出来证他。"宗师想他:"你是那一年被傅惠、武义打的?买学田的事,就是你么?"任直叩头说:"就是小的。那一个约正是靳时韶。"宗师说:"你如今须发白了,我所以不认得你。晁思才,起去!一干人都在刑厅伺候。徐氏也回去罢。"任直说:"小的哩?"宗师说:"你还得到刑厅走一遭。"

次日,宗师将自己审的口词情节批刑厅成招拟罪。谁知这厅官的要诀,凡奉上司批词,只该立了严限,叫州县解了人来亲自与他审断,问了上去,切不可又批州县,把出入之权委于别人。万一问得不如自己意思,允了转详,自的心又过意不去;驳回再问,彼此的体面又甚是无光。

魏三的这件事,徐宗师已问得极是明白,又经这任直证倒,再遁不去的田地。况徐宗师亲笔写的口词甚又详尽,这批到刑厅,不过是招了口词,具一个招,加一个参语,将魏三拟一个徒罪,晁无晏拟一个杖罪,连人解将上去,定了驿分,这不是剪截[1]的营生?谁知这刑厅素性一些也不肯担事,即针鼻大的事情都要往州县里推,把魏三这件事仍往武城县批将下去。

那谷大尹听见徐宗师番了他的案,任直又证出了真情,那执拗的心性,恨不得要一口吞了晁梁合任直下去。见了刑厅的票,伴伴不理,也不

---

[1] 剪截——即简洁,直截了当。

说长说短,也不把魏三收监。原差禀说:"这是道里的人犯,还该送监。"谷大尹瞪了一双白眼,望着差人说道:"他有何罪,送他到监!"就要拔签打那差人。差人再三告禀,分付就叫原差保他出去。

徐宗师见三日不成上招去,一张催票行到刑厅,刑厅又行票到武城县来。后来学道一日一催,刑厅极得魂出,谷大尹只当耳边之风。学道又行票来,只要原人缴还上去,不要具招。刑厅愈加着极,只得差了几个快手拿了直行票子,方把魏三提到厅去,连夜具了招详,次早解到道里。徐宗师把他的详文扯将下来,用了官文封袋封了,批上写道"原详带回"四字,当时打发了差人回去。

适值济南府祖刑厅来见,徐宗师把自己审的口词情节,连了一干人犯差人守催着,要次日解报。那祖刑厅正在一家乡宦花园赴席,还不曾上坐,拆看了文书,晓得是因东昌刑厅问不上去,宗师计较的事情。又仔细看宗师写的口词情节甚是详悉,原不是难完的事件,借了乡宦的一座亭子上,摆了一张公座,安了提砚,叫过一干人去。先叫上晁梁去问了几声,又叫上任直去问了几声,就叫画供。魏三无力徒,晁无晏稍无力杖,馀人免供,伺候明早解道〔1〕。将口辞传进公馆内,叫书办做稿,即刻等完,送到席上呈看。赴席中间,稿已呈到。刑厅叫且住了戏,借过笔砚,就在席上改定了招,做了参语道:

> 看得魏三智奸过鬼,计毒逾蛇。止因图诈人财,冒认宦家孤子。究及生时不对,驾言原物无伦,本犯自已无说。至于晁梁所

---

〔1〕解道——同本作"解过"。"道"与"过"盖因形近而讹,据文意酌改。

生之日,本犯以别罪发配在徒,且是旷夫鳏处之日。未尝得妻,从何有子?任直之证确也。合配冲途之驿,用当郊遂[1]之投。晁无晏圮族[2]凶人,创谋异说,以致旁人窃听,平地兴妖。唯口启辜,亦应杖儆。

刑厅放了衙,仍把稿传到公馆,叫人灯下写出文来,磨对无差。祖刑厅起席回去,书办将真文呈看。次日将一干人犯解上道去。如此迅速,徐宗师已是喜欢,且招参做得甚好。徐宗师晚堂唤审,把魏三疮腿上又是三十大板,发夏津县暂监,取武城县长解到日,发界河驿三年徒罪。解夫不曾取到,魏三报已死在狱中。谷大尹甚是怀恨。

谁知晁梁合任直吉人天相,谷大尹报升了南京刑部主事。一则离任事忙,二则心绪不乐,只得也丢开[3]一边罢了。离了任,从兖州经过,徐宗师刚在兖州按临,便道参见。徐宗师留饭,那谷大尹还谆谆讲说晁梁是魏三儿子[4],魏三不曾冒认。徐宗师说:"只是生晁梁的时节,他还不曾有妻;他有妻的时节,晁梁已三岁矣。"谷大尹方才红了脸不曾做声。可见这做官的人凡事俱要详慎,不可任情。难道谷大尹与魏三有亲不成?只是起先不与他推情细断,据了自己的偏心,后来又不肯认错,文过饰非,几致绝了人家宗祀。挽救回来,倒也还该感激徐宗师才是。但不知他心下如何?

---

〔1〕 郊遂——指边远之地。
〔2〕 圮族——毁害族类。
〔3〕 丢开——同本作"去开"。"丢"与"去"盖因形近而讹,据文意酌改。
〔4〕 儿子——同本作"儿了"。"子"与"了"盖因形近而讹,据文意酌改。

第四十八回

不贤妇逆姑殴婿　护短母吃脚遭拳

两曲春山带剑,一湾秋水藏枪[1]。不是孙权阿妹[2],无非闵损亲娘[3]。浪说凤逑鸾配,空成蝶恋蜂狂。怒则庞涓孙膑,喜时梁鸿孟光。若使娴于姆训,庶几不坠夫纲。无那[4]有人护短,致教更不贤良。

再说薛素姐自到狄家,光阴似箭,日月如梭,不觉就是两月。这六十日里边,不是打骂[5]汉子,就是忤逆公婆。这狄宾梁夫妇,一则为独儿独妇,百事含忍[6];二则恐人笑话,打了牙只往肚里咽。又亏不尽那姑子李白云预先说了那前生的来历,所以绝不怨天尤人,甘心忍受。

---

〔1〕 枪——同本作"抢",据文意酌改。

〔2〕 孙权阿妹——即孙尚香,小说戏曲演为刘备的夫人。

〔3〕 闵损亲娘——指闵损的后母。损字子骞,春秋时期鲁国人,为孔子弟子,以德行著称。《艺文类聚》卷二十引《说苑》称,损少时受后母虐待,冬天身着芦花絮成的棉衣,被父亲鞭打他时发现。

〔4〕 无那——无奈。

〔5〕 打骂——同本作"打罗",据文意酌改。

〔6〕 含忍——同本作"含恐",据文意酌改。

狄宾梁家的觅汉李九强,叫他往仓房里量出稻子来晒。因他久在家中做活,凡事都也托他,不甚防备。况那一年得了杨春那二十两银子买了地,靠了大树,绝不沾霜,耕芸[1]锄种,俱是狄家的力量,打来的粮食春放秋收,利中有利,成了个觅汉中的富家。既然富足,也就该生礼义出来,谁知这样小人,越有越贪,抵熟盗生是其素性。量稻子的时候,乘狄宾梁不在跟前,便多量了两袋,寄在房客卖私盐的陈柳家中。

这陈柳若是个好人,拒绝了他,不与他寄放;其次,全全的交还与他;再其次,你便留他一半也可。谁知这陈柳比李九强更狠十倍,更贪几分!

李九强量完了稻子,锁了仓门,交还了匙钥,走到陈柳家取那寄放的稻子。陈柳说:"李哥,你来做甚?"李九强说:"我来抗那稻子了。"陈柳说:"抗甚么稻子? 你多昝买了稻池[2]打出稻子来了?"李九强说:"我没有稻池,这是主人家支与我的工粮。"陈柳说:"你的工粮放在你家罢[3],寄在我家做甚? 你休要弄的来历不明,犯不来[4]带累我住不成房子。稻子我收着哩,我去问声狄大叔,看该与你不。"李九强说:"陈柳子,你就不见人了? 这能值

----

〔1〕 耕芸——耕地和耘地。芸,通"耘"。
〔2〕 稻池——经过灌溉的稻田。
〔3〕 你的工粮放在你家罢——同本作"你的工钱不在你家罢",此依连图本,据李本校改。
〔4〕 犯不来——山东方言,不值得、没必要。

几个钱，就昧了心！"陈柳说："我怎么昧心？我只问声狄大叔，他说该与你，我就与你去了[1]。我待要你的哩！"李九强说："疢杭杭子的腔！罢，你问甚么问，你可倒那布袋还我。"陈柳说："我又没替狄大叔扛粮食，布袋怎么到俺家里？我就有布袋[2]，也只交给狄大叔，也没有给你的。"李九强说："罢呀怎么！你就使铁箍子箍着头？"

李九强敢怨而不敢言，怀着一肚皮仇气去了。陈柳也便没有颜面，另寻了别家的房子，搬开去了。李九强时刻图谋报仇，不得其便。陈柳虽然大卖私盐，谁知这久惯盐徒，都与这巡盐的民壮结成一伙，四时八节都与那巡役纳贡称臣，所以任凭那盐徒四处横行，壅阻盐法。

一日，绣江县的典史因盐院按临省城，考察了回来，一条腿摇跨在那马上，到了狄家客店歇住。下了马，要吃了饭去，[一]瘸一瘸的往里走，走到正房坐下。狄宾梁知是本县父母，流水杀鸡备饭，拨了李九强、狄周在那里服事。听见手下人凄凄插插的说："典史因拿私盐不够起数，蒙盐院戒饬了十板，甚是没有好气。"

李九强打听得陈柳这一日夜间正买了许多私盐藏在家里，尚未曾出去发脱，要得乘机报复，服事中间，说道："小人闻的四爷因私盐起数不够，受了屈回来。这绣江县要别的没有，若要私盐，休说每月止要四起，就是每月要四十起也是有的。只这明水地方拿的，还用不

---

〔1〕去了——同本作"去子"。"了"与"子"盖因形近而讹，据文意酌改。
〔2〕布袋——同本作"在袋"，"布"与"在"盖因形近而讹，据上文校改。

尽哩。"典史说："我着实问他们要,他们只说因巡缉的严紧,私盐不敢入境。昨日考察,被盐院戒饬了十板。"李九强说："小人听见人说道是四爷不教人拿,任人贩卖。"典史说："你看我是风是傻? 我一个巡盐官,我倒教别拿卖私盐的?"

李九强说："四爷,你要肯拿,这眼皮子底下就有一个卖私盐的都把势〔1〕哩。只是四爷你不敢拿他。"典史说："他既卖私盐,我怎么不敢拿他? 只怕他是连春元家,深宅大院的,我不好进去番的。除了他家,凭他甚么富豪,我不怕他。如今被火烧着自己的身子,还顾的人哩。你说,是甚么人? 我叫人拿去。"李九强说："差人拿不将他来。差人都合他是一个人,谁肯拿他? 四爷你肯自己去,堵住门子,一拿一个着。"典史说："这要番出盐来才是真哩。"李九强说："你看四爷! 要番不出盐来,这事还好哩?"

典史说："咱就去,回来吃饭。"骑上马,跟了许多人,叫了地方乡约,李九强引了路,一直奔到陈柳门口。差人堵住门,典史领人进去,何消仔细搜简,两只大瓮、两个席篓,还有两条布袋,大缸、小瓶,尽都是满满的私盐。

典史叫乡约地方取了抬秤,将盐逐一秤过,记了数,贴了封皮。把陈柳上了锁,带了地方乡约,说他通同容隐,要具文呈堂,转申盐院。这伙人慌了手脚,打点弥缝。两个乡约每人送了四两银子,地方送了二两银子,磕了一顿头,做了个开手,放得去了。诈了陈柳二十

---

〔1〕 都把势——都头,大头目。

两银,量责了十板,也放了开去。

陈柳知是李九强害他,纠合了地方乡约,一齐都与李九强为仇。李九强自知寡不敌众,将几亩地仍炤了原价卖与别人,把些粮食俱赶集卖了。腰里扁着银子,拿着火种,领了老婆,起了个三更走到陈柳门上,房上放上火,领着婆子一溜烟走了。陈柳房上火乘风势,烧了个精光。众人都疑心是李九强放的,又见李九强走了,这事再无别说。绣江县递了状,坐名告了李九强,出票拘人。幸得狄宾梁为人甚好,乡庄人都敬服他,又且儿子是个秀才,没人敢说他是李九强的主人,向他琐碎,然也不免牵着葛条,草也有些动惮。

薛教授听有此事,特来狄家看望。狄宾梁让过了茶,薛教授往后边看素姐。狄宾梁教人定菜暖酒,要留薛教授吃饭。狄周媳妇领了人在厨房料理,妆了一碗白煮鸡,还待等煎出藕来,两道齐上。及至妆完了藕,那碗里的鸡少了一半,极得狄周媳妇只是暴跳,说道:"这可是谁吃了这半碗? 满眼看着,这是件挡饯的东西,这可怎么处? 再没见人来,就只是小玉兰来走了一遭,没的就是他?"狄周媳妇正咕哝着,不料素姐正从厨房窗下走过,听见说是小玉兰偷了鸡吃,素姐扯脖子带脸通红的把小玉兰叫到房中,把衣裳剥脱了个精光,拿着根鞭子,像打春牛[1]的一般齐头子的鞭打,打的个小玉兰杀狠地

---

[1] 打春牛——宋孟元老《东京梦华录·立春》:"立春前一日……置春牛于府前。至日绝早,府僚打春。"春牛,立春日用鞭打的土牛。

动〔1〕的叫唤。

狄婆子说:"薛亲家外头坐着,家里把丫头打的乔声怪气的叫唤,甚么道理?"叫狄周媳妇:"你到后头看看。有甚么不是,已是打了这一顿,饶了他罢。"狄周媳妇走到跟前,问说:"怎么来?大嫂你这们生气?"素姐说:"怎么来!不长进,不争气!带了这们偷馋抹嘴的丫头来,叫贼淫妇私窠子们尿声颏气的!我一顿打杀他,叫他合私窠子们对了!"狄周媳妇说:"大嫂,你好没要紧!厨屋里盛就了一碗鸡,我只回了回头就不见了半碗。我说:'再没人来,只有小玉兰来走了一遭,没的就是他?'我就只多嘴说了这句,谁还说第二句来?娘说教你饶了他罢哩。"

素姐不听便罢,听了越发狠打起来,手里打着丫头,口里骂着道:"贼多嘴的淫妇!贼瞎眼的淫妇!你挽起那眼上的尿毛仔细看看,我的丫头是偷嘴的?贼多管闲事的淫妇!贼扯臭尿淡的淫妇!我打打丫头你也管着!"只管打骂不止。狄周媳妇说:"你打的那成?越扶越醉的!"使性子往前来了,那丫头越发怪叫。

老狄婆子自家走到跟前,说道:"素姐,你休这等的。丫头就有不是,已是这一顿了。我说饶了罢,你越发打的狠了。你二位爹都在外头坐着,是图好听么?"素姐双眉直竖,两眼员睁,说道:"你没的扯那臭淡!丫头纵着他偷馋抹嘴,没的是好么?忒也'曹州兵备——管的惩宽'!打杀了我替他偿命,没的累着你那腿哩!"老婆

---

〔1〕 杀狼地动——同本作"杀狼地动",据上文校改。

子道："素姐，你醉了么？我是你婆婆呀！你是对婆婆说的话么？"素姐说："我认的你是婆婆，我没说甚么；我要不认你是婆婆可，还有三句话哩！"狄婆子折身回去，一边说道："前生！前生！这是我半辈子积泊〔1〕的！"素姐说："你前生前生，我待不见你后世后世的哩！"依旧把那丫头毒打不止。

狄婆子说："狄周，你到前头对薛大爷说：大嫂把小玉兰丫头待中打死呀，俺娘说不下他来，请薛大爷进去说声哩！"薛教授道："我从头里听见人叫唤，原来是他打丫头！"看着狄希陈道："姐夫，你到后头说声，叫他别要打了。"狄希陈都都磨磨，蹭前退后，那里敢进去？狄宾梁笑道："仗赖亲家进去看看罢。他也不敢去惹他。"

薛教授到了后边，素姐还把那丫头三敲六问的打哩。薛教授见那丫头打的浑身是血，只有一口油气，薛教授连声喝住，素姐甚么是依！薛教授自己拉那丫头起来，那丫头的手脚都是捆缚住的。薛教授一边去拉，素姐一边还打，把薛教授的身上还稍带了两下。薛教授怒道："这们没家教！公婆在上，丈夫在下，自家的老子在傍，如此放肆！"望着狄周道："管家，烦你把这丫头送到我家去，已是打的不中了。是为怎么来？"狄周媳妇走到跟前，说道："俺爹叫留薛大爷吃饭，我妆了一碗鸡，回头少了一半。我说：'再没人来，就只小玉兰来了一遭，没的就是他？'就只这一句，要第二句话，也敢说个誓。"把那狄婆子怎样来劝，素姐怎样打骂，告诉了个详细。

---

〔1〕　积泊——后文也作"积剥"。即"积"，因积恶而得到的报应。

薛教授通红了脸说道："素姐，你休这等的！这们不省事、不贤惠，是替娘老子妆门面么？"素姐说："嫁出去的女，卖出去的地，不干你事！脱不了一个丫头，你又将的去了！刚才要不是你敦着腚、雌着嘴吃，怎么得少了鸡，起这们祸！"薛教授说："这有甚么祸？"长吁了两口气，往外走了。到了厅房，狄宾梁留他再坐，他也没肯坐下，送出大门去了。

狄宾梁合狄希陈俱回到后头。狄宾梁说："孩子不知好歹，理他做甚么？叫薛亲家闷闷渴渴[1]的，留他不住，去了。"狄婆子说："一个丫头，打了一二千鞭子，风了的一般！媳妇子说，骂媳妇子；婆婆说，骂婆婆。薛亲家闷闷渴渴的，是他闺女雌答的；咱怎么的来，他恼咱？"

狄希陈都抹了会子，蹭到房里。素姐说："我只说你急心疼，跌折了腿进不来了，你也还知道有屋子顶么？那老没廉耻的来雌嘴，我叫你留他吃饭来？平白的赖我的丫头偷嘴吃！"狄希陈说："你怎么就是没廉耻的来雌嘴？明日巧妹妹过了门，咱爹别去看看，也是雌嘴吃哩？媳妇子又没丁着丫头吃了鸡，不过是说了一声。这有甚么大事，嚷得这们等的？"素姐说："放你家那狗臭屁！你那没根基、没后跟的老婆生的没有廉耻，像俺好人家儿女害羞，不叫人说偷嘴！"狄希陈说："你睁开眼看看！谁是没根基、没后跟的老婆生的？我见那姓龙的撒拉着半片鞋，摇拉着两只蹄膀，倒是没后跟的哩！只怕俺

----
〔1〕 闷闷渴渴——后文也作"闷闷可可"。闷闷不乐，愁闷无语的样子。

丈母的根基我知不道，要是说那姓龙的根基，笑吊人大牙罢了！"素姐说："姓龙的怎么？强起[1]你妈十万八倍子！你妈只好拿着几个臭钱降人罢了！"狄希陈说："那么，俺娘就不拿着一个钱，那姓龙的替俺娘端马子[2]、做奴才还不要他，嫌他低搭哩！"素姐说："那么，你妈替姓龙的铪腔！"狄希陈说："你达[3]替俺那奴才铪腔！你妈替俺那奴才老婆铪屄！"

素姐跑上前把狄希陈脸上兜脸两耳拐子[4]。丢丢秀秀[5]的个美人，谁知那手就合木头一般，打的那狄希陈半边脸就似那猴腚一般通红，发面馍馍一般暄肿。狄希陈着了极，捞了那打玉兰的鞭子待去他，倒没打的他成，被他夺在手内，一把手采倒在地，使腚坐着头，从上往下鞭打。狄希陈一片声叫爹叫娘的来救人。

两个赛骂的时节，狄宾梁两口子句句听的真切，气的老狄婆子筛糠抖战。狄宾梁只说："理他做甚么？咱只推没听见罢了。你出去，轻了不是重了不是的，可怎么处？你忘了那李姑子的话了么？"狄婆子说："这气怎么受？李姑子说小陈哥是他冤仇，没的咱也是他的冤仇么？"狄宾梁说："看你糊突呀！咱是小陈哥的娘老子，咱儿是他的冤仇，咱也就是他的冤仇了。这是天意叫受他的。你听我说，休合他

〔1〕　强起——胜过，比……强。
〔2〕　马子——马桶。
〔3〕　达——爹，父亲。
〔4〕　耳拐子——耳光。
〔5〕　丢丢秀秀——形容身材纤细秀美。

一般见识。"

狄婆子只得忍耐。后来听的狄希陈叫爹娘救人,狄婆子跑进房去,素姐正坐着狄希陈的头,鹰拿寒雀,鞭子像雨点似的往下乱打。狄婆子把素姐推了个骨碌,夺过鞭子,劈头劈脸摔了几下子,他就手之舞之的炻着。狄婆子也像他骑着狄希陈的一般,使屁股坐着头打了四五十鞭子,打的那素姐口里七十三八十四[1]无般不骂。狄宾梁只是叫他婆子妆聋。

到了后晌,狄希陈也没敢往屋里去睡,在他娘的外间里睡了。到了二更天气,狄宾梁从睡梦中被一人推醒,说道:"快起去看火!"狄宾梁睁开眼,看见窗户通红,来开房门,门是锁的。百推晃不开,只得开了后墙吊窗走到前边,只见窗前门前都竖着秫秸,点着火,待着不着的烰[2]。知是素姐因狄婆子打了他,又恨打的狄希陈不曾快畅,所以放火[3]烧害。

狄宾梁连夜差狄周去请薛教授来看。薛教授说:"他活是你家人,死是你家鬼,我没有这们个闺女,我没有脸去看。我从此以后,我家里也不许他进门。"狄周回了话。狄宾梁长吁了两口气,看着人搬秫秸、泼水,乱轰着也没睡觉[4]。

---

〔1〕 七十三八十四——俗语曰:"七十三,八十四,阎王不叫自家去。"这里指咒人死去。

〔2〕 烰(ōu)——点火之后,因柴湿只冒浓烟不起火苗叫做"烰"。

〔3〕 放火——同本作"放穴"。"火"与"穴"盖因形近而讹,据文意酌改。

〔4〕 睡觉——同本作"睡教"。"觉"与"教"盖因同音而讹,据文意酌改。

薛教授知道他又〔1〕打女婿、放火,在家里恼得动不的。薛夫人说:"你恼他怎么? 自家的个孩子,你可怎么样的? 着人接回他来,慢慢的说他,你没的真个就弃了他不成?"薛教授道:"你再休题他,你只当死了他的一般!"薛夫人也没等的薛教授说肯,使了薛三省媳妇到狄家来接素姐。进来见了老狄婆子,只见一家子都胖唇撅嘴,像那苦主一般。薛三省娘子说要接素姐回去,狄婆子把狄希陈的夹袄一手脱将下来,叫薛三省媳妇:"看看俺那孩子的脊梁!"只见狄希陈脊梁上黄瓜茄子似的,青红柳绿,打的好不可怜。

薛三省娘子进去见了素姐,说是接他回去,叫他梳头。来厨屋里替他舀水,狄周娘子一五一十从头至尾告诉个详细。直待素姐梳完了头,穿完了衣裳,薛三省媳妇问说:"狄大娘,俺姐姐家去哩。吩咐叫姐姐住几日来?"狄婆子说:"我用他做甚么哩? 叫他家里只管住着,等他消消气,我去接他,叫他来。"薛三省娘子说:"狄大娘定个日子,好叫姐姐家去。这活络话怎么住的安稳? 咱家姐姐待几日不往俺那头去哩么?"狄婆子说:"那么,也敢说的嘴响,俺那闺女不似这等! 要似这们样着,我白日没工夫,黑夜也使黄泥呼吃〔2〕了他!"素姐说:"罢呀,我待不见打你那嘴哩!"狄婆子说:"你休数黄道黑的!待去,夹着腚快去!"素姐拜也不拜,伴长往家去了。

进了家门,薛教授屋里坐着,也没出来理他。薛夫人迎着说道:"你怎么来？你是风是气，还是替娘老子妆门面哩？"素姐说："我怎么他来？我骂了他句没根基、没后跟的老婆生的，罢呀怎么！伤着他甚么来？他就把姓龙的长、姓龙的短，提掇了一顿。我又骂了两句，他拿鞭子打我。我不打他，怕他腥么？"薛夫人说："你通长红了眼，也不是中国人了！婆婆是骂得的？女婿是打得的？这都是犯了那凌迟的罪名哩！"素姐说："狗！'破着一身剐，皇帝也对打！'没那燥屎帐！"

龙氏在傍，气的那脸通红，说道："这也怪不的孩子！他姓龙的长、姓龙的短，难说叫那孩子没点气性？我待不见他那孩子往咱家来哩？我也叫小冬哥提着姓相的骂！"薛夫人说："这是你贤惠，会教孩子！你那孩子不先骂婆婆，他就提着姓龙的骂来？他饶了没骂我合他丈人，这就是他省事。"

龙氏道："一个孩子知不道好歹，骂句罢了，也许他回口么？谁知不道我是姓龙的？我等小巧姐过了门，我叫小冬哥一日三场提着姓相的骂！他要不依，我也把小巧姐打顿鞭子！"薛夫人说："好有本事！会教道！只怕我死了，你打小巧姐；我要不死，你也且打不成哩！"龙氏说："我不打，叫小冬哥打！"

龙氏正在"洋子江心打立水，紧溜子里为着人"，只见薛教授猛熊一般从屋里跑将出来，也没言语，焰着龙氏脸上两个酽[1]巴掌，打的像劈竹似的响；腿上两脚，跺了个列趄[2]；又在身上踢了顿脚。

----

〔1〕酽——浓。这里形容狠、重。

〔2〕列趄——即趔趄，脚步不稳，晃动欲倒的样子。列，通"趔"，元曲中常见。

薛夫人说："这们些年,你从几时动手动脚的,虎拔八的行粗?"薛教授道:"叫我每日心昏,这孩子可是怎么变得这们等的? 原来是这奴才把着口教的! 你说这不教他害杀人么! 要是小素姐骂婆婆打女婿问了凌迟,他在外头剐,我在家里剐你这奴才!"

龙氏乔声怪气的哭叫。薛夫人道:"你不说你不省事,不会教道孩子,自己惹的,还怨人打哩? 自己悔不杀么!"龙氏走到自己房里闩上门,一边哭,一边骂说:"贼老强人割的! 贼老强人吃的! 你那眘不打我,我生儿长女的你打我! 我过你家那屄日子! 贼老天杀的! 怎么得天爷有眼死那老砍头的,我要吊眼泪,滴了双眼! 从今以后,再休指望我替你做活! 我抛你家的米,撒你家的面! 我要不豁邓〔1〕的你七零八落的,我也不是龙家的丫头!"薛教授又从屋里出来,待去跶〔2〕门,薛夫人双手拉住,说道:"你好合他一般见识?"又说:"姓龙的,我劝你是好,别教人拍面皮〔3〕,才是会为人的! 惹的人打开了手,只怕收救不住! 那巴掌连脚已是揭不下来了,再寻第二顿不好看相!"龙氏方才见经识经〔4〕,渐渐的收了法术。

素姐在家住了数日,薛教授话也不合他说句,冷脸墩打〔5〕着

----

〔1〕　豁邓——搅扰,混闹。
〔2〕　跶——用脚踹。
〔3〕　拍面皮——即打脸。同本作"拍面皮面",后一"面"字当为衍文,据文意酌删。
〔4〕　见经识经——比喻审情度势。
〔5〕　冷脸墩打——板起面孔,故意做出不理睬的样子。

他。只是薛夫人早起后晌,行起坐卧,再三教训,无般不劝。那被人换了心的异类,就如对着牛弹琴的一般,他晓的甚么宫商角徵羽的?他娘说的口干舌涩,他耳躲里一点也没进去。一连住了半月,狄家也没人说来接他。

薛夫人看了个吉日,备了两架食盒,自己送素姐上门。见了狄婆子,千赔礼,万服罪,倒也教狄婆子无可无不可〔1〕的。教素姐与他婆婆磕头,他扭扎鬼〔2〕的,甚么是肯磕。狄婆子道:"亲家,你没的淘气〔3〕哩!他知道甚么叫是婆婆,通是个野物!"

薛夫人见他强头别项〔4〕的,只得说道:"罢!罢!你往屋里去罢。你爹已是冷透了心,两个大些的兄弟恨的你牙顶儿疼。你要只是这们等的不改,我也只好从今日卖断这路罢了!"

薛夫人吃过茶,说了几句闲话就要起身。狄婆子再三苦留,薛夫人说:"亲家,将心比心,我有甚么颜面坐着扰亲家?就是亲家宽洪大量,不计较,我就没个羞耻么?"狄婆子说:"亲家说那里话!没的为孩子们淘气,咱老妯娌们断了往来罢?"薛夫人道:"我白日后晌教道了这半月,实指望他较好些〔5〕了,谁知他还这们强。没的说,

----

〔1〕 无可无不可——难置可否的意思。
〔2〕 扭扎鬼——即油炸鬼,油炸果子,一种条状的油炸面食。这里比喻素姐站得笔直,不肯弯下身子磕头的样子。
〔3〕 淘气——生气,找气生的意思。
〔4〕 强头别项——扬着头,扭着脖子。指发犟、不肯认错的情态。
〔5〕 较好些——该好一些。"较……些"在山东鲁南方言中表推断,等于说"该……些"。

只是难为亲家,求亲家担待罢了!"

　　狄婆子叫出巧姐来见薛夫人,留了拜钱,巧姐又从头谢了。薛夫人又请狄希陈相见,回说往书房去了。薛夫人别了回去。狄婆子将那送的两架盒子,一点也没收,全全的回还了去。送盒的人再三苦让,狄婆子道:"看我这们好媳妇儿,有脸吃他那东西?"来人只得将盒子抬回去了。从此素姐也通不出房,婆婆也绝不到他房里。

　　小玉兰打的成了创,浑身流浓溚水〔1〕动不的,还在薛家养活着。端茶掇饭,都是狄周媳妇伏事。薛三省、薛三槐两个的媳妇,薛教授都禁止了不许来看他。凡遇节令,也通不着人接他回去。狄希陈轻则被骂,重则惹打,浑身上不是绯红,脸弹子就是煅紫。狄宾梁夫妇空只替他害疼,他本人甘心忍受。那薛如卞、薛如兼与狄希陈只是同窗来往,因素姐悍恶不良,从不往后边看他姐姐。致的〔2〕人人看如臭屎,他却恬不在意,忤逆不贤,日甚一日。

　　后来还有许多事故,且听逐段说来。

第四十九回

小秀才毕姻恋母　老夫人含饴弄孙

　　家庭善事惟和气,和则致祥乖[1]则异。母慈子顺乐融融,
诸福备,凡事遂,小往大来都吉利。　　义方令子诚佳器,名家
淑秀真闺懿。莫言景福[2]不双临,名花植,麟儿出,堂上老萱
应健食。

——右调《天仙子》

　　再说晁梁进了学,与魏三打过了官司,不觉又过了一年,年已十
七岁。晁夫人择了正月初一日子时,请了他岳父姜副使与他行冠礼,
择二月初二日行聘礼,四月十五日子时与他毕姻。这些烦文琐事,都
也不必细说。

　　且说晁梁自从生他落地,虽是雇了奶子看养,时刻都是晁夫人照
管。两个里间,沈春莺合两个丫头在重里间居住,外层里间,贴[3]
后墙一个插火炕[4]与奶子合晁梁睡,贴窗户一个插火炕,晁夫人自

---

〔1〕　乖——同本作"乘"。"乖"与"乘"盖因形近而讹,据文意酌改。

〔2〕　景福——洪福,大福。《诗经·周颂·潜》:"以享以祀,以介景福。"

〔3〕　贴——紧靠。

〔4〕　插火炕——穿火炕,有烟道行经的热炕。

己睡。这晁梁虽是吃奶子的奶，一夜倒有大半夜是晁夫人搂着他睡觉。晚间把奶子先打发睡了，暖了被窝，方把晁梁从晁夫人被窝里抱了过去。清早奶子起来，就把晁梁送到晁夫人被内，叫奶子梳头洗脸。奶子满了年头，他一点也没淘气，就跟着晁夫人睡觉。睡到十三四，晁夫人嫌不方便，才教他在脚头睡，还是一个被窝。渐渐成了学生，做了秀才，后晌守着晁夫人在炕上读书，就似影不离灯的一般。从奶子去了，沈春莺就搬出外间炕上与晁夫人作伴。

晁梁见说替他下聘娶亲，他甚是欢喜。晁夫人叫了木匠收拾第三层正房，油洗窗门、方砖铺地、糊墙壁、札仰尘，收拾的极是齐整，要与晁梁作婚亲的洞房。晁梁说："咱前头住得好好的，又那〔1〕到后头待怎么？"晁夫人说："一个新人进门，谁家住〔2〕那旧房？你丈人家来的妆奁可也要盛的开。"说着罢了，他也没大理论。

四月十三日姜宅来铺床〔3〕，那衣饰器皿，床帐鲜明，不必絮聒。晚间，俗忌铺过的新床不教空着〔4〕，量上了一布袋绿豆压在床上。十五日娶了姜小姐过门〔5〕，晁梁听着晁夫人指教，拜天地，吃交巡酒，拜床公床母，坐帐牵红，一一都依俗礼。拜门回来，姜家三顿

---

〔1〕　那——同"挪"。
〔2〕　住——同本作"任"。"住"与"任"盖因形近而讹，据文意酌改。
〔3〕　铺床——婚俗，女子于婚礼前一二日到婿家铺设床帐，布置新房，就是"铺房"。宋孟元老《东京梦华录·娶妇》："前一日女家先来挂帐，铺设房卧，谓之'铺房'。"
〔4〕　空着——同本作"空者"。"着"与"者"盖因形近而讹，据文意酌改。
〔5〕　过门——同本作"道门"。"過"与"道"盖因形近而讹，据文意酌改。

送饭。

将次天晚上来，晁梁对晁夫人说道：“这天待黑上来了，屋里摆的满满的，咎在那里铺床？”晁夫人说：“铺甚么床？丫头教他外头来睡，你自己关门闭户的罢。”晁梁说：“娘合我的床、沈姐的床，都铺在那里？”晁夫人道：“我合你沈姐在炕上睡罢。怎么又铺床？”晁梁说："娘说新人该住新房，怎么又不来住了哩？”晁夫人道：“你合你媳妇儿是新人，谁是新人？”晁梁还不懂的，还只说是教他媳妇自己在新房睡哩。到了后响，他还在晁夫人炕上磨磨〔1〕。

晁夫人道：“这咱晚的了，咱各人收拾睡觉。小和尚，你也往你屋里去罢。”晁梁还挣挣〔2〕的脱衣裳、摘网子，要上炕哩。晁夫人道：“你往自家屋里去罢。你待怎么？”晁梁说：“娘是待怎么？叫我往那屋里去？”晁夫人道：“你看这傻孩子！你往后头你媳妇儿屋里合你媳妇儿睡去，我从今日不许[你]在我脚头睡了。”晁梁道：“真个么？”晁夫人道：“你看！不是真个，是哄你哩？”晁梁道：“这我不依！每日说娶媳妇儿，原来是哄我离开娘。这话我不依，这是哄我。”上了炕就往被子里钻。晁夫人道：“好诌孩子，别要睡倒，起来往后头去。”见晁夫人催的他紧了，把眼挤了两挤，呱的一声就哭，把个头拱在晁夫人怀里，甚么是拉的他起来？不由的晁夫人口里说着诌孩子，眼里扑簌扑簌的流泪。春莺起先见了只是笑，后来也缩搭缩搭

----

〔1〕 磨磨——磨蹭；消磨。

〔2〕 挣挣——同"怔怔"，发愣的样子。

的〔1〕哭起来了。

　　轮该晁凤娘子在屋里上宿。晁凤娘子说道:"这可怎么样着?不然,且教叔叔在这炕上睡罢。"晁夫人道:"你就没的家说! 可也要取个吉利。好儿,听娘说,你去合媳妇儿睡了,你明日早起来看娘。"晁梁听说,越发的痛[哭]起来了。

　　晁夫人说:"好诌孩子,你是待怎么?"晁梁说:"我不怎么,我只待还合娘睡。"晁夫人说:"你合我睡,你媳妇儿哩?"晁梁说:"俺媳妇儿合沈姐睡,我合娘睡。"晁夫人说:"好诌! 你怎么知文解字做秀才来? 你见谁娶了媳妇儿还合娘睡的?"晁梁道:"要不,合沈姐都往那屋里去,我合娘在大床上,俺媳妇儿合俺姐在那窗户底下炕上。"晁夫人说:"好儿,别要殴气,好好儿的往那屋里睡了,明日早起来看娘。"

　　晁梁倒沫,晁夫人发燥,春莺合晁凤媳妇怪笑的。晁夫人道:"这是人间的个大礼。你今年十七岁了,进了学,冠了巾,你还小哩?那里一个娘的话也不听? 这不眼下考科举哩,你没的〔2〕往省下进场〔3〕,京里会试,你也都叫娘跟着你罢? 你要做了官,也叫娘跟着你同上堂? 这天已是三更了,我害困,你急赶到屋里,打不了个盹就天明了。起来,我送了你屋里去。"扯着晁梁的手往外走,晁梁往后

----

〔1〕　缩搭缩搭的——形容哭泣时抽噎的样子。
〔2〕　没的——同本作"役的"。"没"与"役"盖因形近而讹,据文意酌改。
〔3〕　进场——同本作"进扬"。"埸"与"扬"盖因形近而讹,据文意酌改。

挣。晁夫人说:"好孝顺儿! 一个老娘母子,你挣倒了罢。"那个光景,通似逃学的书生不肯赴学的模样。无奈晁夫人拉着往外走,晁梁只得擦眼抹泪的去了。

晁夫人送下他,教他关上门,然后自己回到房中。晁夫人虽是强了他去了,心里也未免热呼辣的〔1〕。只是晁梁在自家屋里也没睡觉,哭了一大会子。晁夫人也没合眼,撞了明钟〔2〕。只见晁梁已来门外敲门,晁夫人叫人与他开了门。晁夫人说:"这们早起待怎么?你在我脚头再睡会子。"晁梁放倒头鼾鼾的睡到日头大高的,姜家来送早饭,方才起来。

晁夫人对着姜夫人告诉晁梁夜来淘气,姜夫人说是好,说是天性。到了晚上,又淘了无数的气,他不肯去,晁夫人千哄万哄的去了。从此每日晚间挨抹〔3〕到三四更才去,没等到五更就往晁夫人屋里来脚头一觉,成了旧规。晁夫人心里疼的慌,说道:"你听我说,别要这们晚去早来的。我等你媳妇儿过了对月〔4〕,我把这重里间替你拾掇拾掇,你合媳妇儿来住,我合你姐可在这外间里守着你。"

晁梁喜的那嘴裂的再合不上来。没等对月,他催着晁夫人把那里间重糊了仰尘,糊了墙,绿纱糊〔5〕了窗户,支了万字藤簟凉床、天

----

〔1〕 热呼辣的——山东方言,热乎乎的。
〔2〕 撞了明钟——失眠,彻夜未眠。
〔3〕 挨抹——后文也作"挨摸"、"挨磨"。山东方言,磨蹭,拖延。
〔4〕 对月——满月。
〔5〕 糊——同本作"楜"。"糊"与"楜"盖因形近而讹,据文意酌改。

蓝水纱帐子，单等过了对月就要来住。春莺说："只怕他娘子嫌不方便，不肯来。"晁夫人道："咱别管他。他叫咱替他收拾房，咱就替他收拾。等他媳妇儿不肯来，他就没的说了。"谁知他娘子知道收拾了房，更是喜欢，说道："一个七八十岁的老娘母子丢在一座房里，自家住着也放心么？清早黑夜守着些儿好。"

到了五月十五，姜小姐回去娘家，只住三四日就来了，与晁梁都搬到里间里来。早起后晌，都在晁夫人脚头睡会子才去，每宿合媳妇都还到晁夫人炕前看一两遭。若看外边，真像两个吃奶的孩子，不知背后怎么成精作怪，那姜小姐渐渐的皮困眼涩，手脚懒抬，干呕恶心，怕见吃饭，只好吃酸。晁夫人知道是有喜事，叫了静业庵陈姑子讽诵五千卷《白衣观音经》，又许与白衣大士挂袍。

光阴迅速，不觉又是次年四月十五日辰时，去昨年毕姻的日子整整一年，生了一个白胖旺跳的娃娃。喜的晁夫人绕屋里打磨磨[1]，姜夫人也喜不自胜。

晁夫人赏了徐老娘一两银、一匹红潞绸，姜夫人也赏了一匹红刘绢、一两银。那徐老娘把脸沉沉的，让他递酒，也没大肯吃，他要辞了回去。约他十七日早来洗三，他说："那晉俺婆婆来收生相公时，落草头一日，晁奶奶赏的是二两银、一匹红缎，还有一两六的一对银花。我到十七来与小相公洗三，晁奶奶你还照着俺婆婆的数儿赏我。"晁夫人道："这们十七八年了，亏你还记着，我就不记得了。"春莺说：

---

[1]　打磨磨——像推磨似的在地上转圈子。

"我倒还记的,你说的一点不差。你可〔1〕不记的那咎没有姜奶奶的赏哩。"徐老娘说:"你禁的我这点造化么?"晁夫人说:"这是小事。难得姜奶奶得了外孙,我得了孙子。我任从〔2〕折损了甚么,我管情打发的你喜欢。"徐老娘方回嗔作喜,去了。

转眼十七,三朝之期,姜夫人带了家人姜朝娘子来与娃娃开口,徐老娘也老早的来了。姜、晁两门亲戚来送粥米的,如流水一般。晁夫人叫了许多厨子,多设酒席管待内外宾朋;又着各庄上各蒸馍馍三石,每个用面半斤,舍与僧道贫人。徐老娘将娃娃洗过了三,那堂客们各有添盆喜钱,不必细说。照依晁梁那时旧例,赏了徐老娘五两银子、两匹罗、一连首帕、四条手巾,放在盆里的二两银、三钱金子。姜夫人放在盆里的一两银,两个妗子每人五钱。临后,姜夫人又是二两银、两个头机首帕,二位妗子每人又是五钱银。徐老娘抱着孩子,请进姜副使合姜大舅、姜二舅看外甥。姜副使爷儿三个甚是喜欢,姜副使又赏了老娘婆银一两,二位舅各赏了五钱。徐老娘抱了娃娃进去,姜副使请晁夫人相见道喜。晁夫人叫中堂设座,出见献茶,央姜副使与娃娃起名。姜副使命名"全哥",晁夫人谢了。吃过了茶,晁梁让到前厅上坐。姜副使点的戏是《冯商四德记》。

一个道士领过了斋供,说道:"扰了施主厚斋,无可答报。我有一个好方相送:你可将娃娃断下的脐带,用新瓦两片合住,用炭火煅炼存性,减半加入上好明净朱砂,研为细末,用川芎、当归、甘草各一钱,煎为浓汁,将药末陆续调搽乳上,待小儿咽下,以尽为度。大便黄黑极臭稠屎,浑身发出红点,一生不出痘疹,即出亦至轻。"晁夫人依他修合,煅过的脐带称重三分五厘,加了一分七厘朱砂,都与他陆续吃了。果如道士所言,发了一身红点。后来小全哥生了三个痘儿,这是后话。

再说晁、姜二位夫人差了媒婆各处雇觅奶子,急不能得。姜小姐又不会看孩子,每日都是姜朝媳妇帮贴,又甚不方便。一个媒婆老张领了一个媳妇子来,年纪约有二十多岁,黄白净儿,暴暴的两个眼,模样也不丑,只是带着一段凶相,胸膛上两个鼓溯〔1〕的奶,身上衣服也不甚褴褛,小小的缠着两只脚儿,怀里抱着个够三四个月的女儿。他说汉子编鬏髻,做梳妆,他与婆婆合气,要与婆婆分开另住,他汉子又不依,他赌气的要舍了孩子与人家做奶母,就是五年为满也罢,要等的他婆婆死了方才回去。晁夫人不待家〔2〕寻他,将言语支开他去了。

老张又自家回来,说道:"晁奶奶寻奶子这们紧,再有像这婆娘爽俐干净,又年小,又好奶,又不丑,情管奶的哥哥也标致。奶奶不要他,是嫌他怎么?"晁夫人道:"一个躲婆婆的人,这还是人哩? 叫孩子吃他奶! 这不消提他,你与我快着另寻,我重谢你。"老张去了。

----

〔1〕　溯——"膨"的借字。
〔2〕　不待家——山东方言,不愿意,不打算。"家"为语气助词。

到了次日，姜夫人教人领了两个奶子来与晁夫人看。一个：

　　婀娜来从道士处，未洗铅妆，绿鬓犹黄，突腮凹脸鼻无梁。

　　问道是何方娇婧？家住前冈，母在邻庄，烂柯人〔1〕是妾

儿郎。

　　　　　　　　　　　　　　　　——右调《丑奴儿令》

那一个：

　　面傅瓜儿粉，腰悬排草香。洛酥茄挂在胸膛，颈项有悬囊。

　　春山浓似抹，莲瓣不多长。薄情夫婿滞他乡，无那度年荒。

　　　　　　　　　　　　　　　　——右调《巫山一段云》

晁夫人看得那个黑的虽是颜色不甚白净，也还不似那乌木形骸；皂角色头发，洼跨脸〔2〕，骨挏腮〔3〕，塌鼻子〔4〕，半篮脚，是一个山里人家，汉子打柴为生，因坠崖跌伤了腿不能度日，老婆情愿舍了孩子僎〔5〕月钱养他。那一个白的虽是颜色不甚焌黑，也还不似那霜雪的形容；玄白相间的双鬓，烧饼脸，扫帚眉，竹节鼻子，倒跟脚〔6〕，是一个罪人的妻室，因丈夫充徒去了，不能度日，雇做奶子营生。

晁夫人口里不说，心里注意要那一个山人之妇，但不知他奶的好

----

〔1〕　烂柯人——南朝梁任昉《述异记》载：晋时王质伐木入山，有童子与一物如枣核，食之不饥。后欲归，视斧柯已烂尽。这里指樵夫。

〔2〕　洼跨脸——脸的鼻眼部向内凹陷。

〔3〕　骨挏腮——颧骨高耸，显得腮部突起。

〔4〕　鼻子——同本作"鼻乎"。"子"与"乎"盖因形近而讹，据文意酌改。

〔5〕　僎——通"撰"，赚。

〔6〕　倒跟脚——山东方言，走路时重心在后，使得鞋后跟向后歪斜的脚。

夛多寡何如。教他各人都挤出些奶来,用茶钟盛着,使重汤顿过,嗅[1]得那个白净老婆的奶有些膻气,又清光当的[2];嗅得那个黑色老婆的奶纯是奶香,顿的似豆腐块相似,且又乳汁甚多。晁夫人已有七八分定了。又叫他把孩子抱来一看,却原来是个女儿,方有两个月,焌青的头皮,莹白的脸,通红的唇,不似他娘那俊模样一点。晁夫人看见,问说:"你要做了奶子,这孩子怎么发付[3]?"他说:"如奶奶留下我可,这孩子寻给人家养活。"晁夫人又问:"万一没人肯要,你可怎处?"他说:"若没有人要的,只得舍了。"

晁夫人听见,好生不忍。晁凤两口子四十二三年纪,从无子女,忽然怀孕七个月,小产了一个丫头。晁夫人道:"晁凤媳妇儿,你把他这孩子养活着罢。"晁凤媳妇说:"这两个月的孩子,又不会吃东西,我给他甚么吃?"晁夫人说:"你虽是小产,已是七个月了,叫他咂几日,只怕咂下奶来也不可知的。"晁凤媳妇道:"奶奶要留下他可,我合晁凤商量。"

晁夫人把那一个白净婆娘赏了一钱银子,先自打发去了。春莺说:"这一个白净,模样又不丑,脚又不大,穿鞋面也省些,奶奶可不留下他,可留下这个丑的?"晁夫人说:"我也想来:一则是个徒夫老婆,提掇着丑听拉拉的;一则甚么模样? 青光当的[4]搽着一脸粉,

----

〔1〕 嗅——同本作"鱢"。字书无此字,据文意酌改"嗅"字。下文同此。
〔2〕 清光当的——清而不浓,水分较多。
〔3〕 发付——打发,安排。
〔4〕 青光当的——形容青白的颜色。

头上擦着那绵种油,触鼻子的熏人,斩眉多睃眼的,我看不上他。这一个虽是黑些,也还不什么丑[1]。脱不了是小厮,选那奶子的人材待怎么?你看他奶的自己的孩子,那像他一点儿?"

晁夫人问说:"你汉子姓甚么,叫甚么名字?"他说:"俺当家的姓吴,名字叫吴学颜。"晁夫人说:"他已是跌伤了腿,爽俐把你卖几两银子不好么?"回说:"他待不卖我哩么? 我说:'你看我好一表人才哩? 就把我卖二两银子,你坐着能吃几日? 不如舍了这孩子,替人家做奶子,挣的月钱,娘儿两个还好度日。'"晁夫人问说:"你还有婆婆么?"回说:"可不有婆婆,今年五十九了。"晁夫人问说:"就是你做奶子,这月钱能有多少,够养活两口人的?"回说:"他也还会编席,编盖垫子[2],也会编囤。"晁夫人问说:"他就会编席编囤的,伤了腿,怎么去卖?"回说:"他那瘸腿可好,他也不自家卖,都是俺婆婆赶集去卖。俺婆婆壮实多着哩。"

晁夫人都听在心里,说道:"你且住二日写文书。这媒婆姓甚么?"回说:"我姓魏,这里沈奶奶不是俺婆婆说的媒么?"晁夫人说:"阿! 你是老魏的媳妇儿么? 你从多咱替了你婆婆的职了?"回说:"我只出来够两三个月了,也没大往别处去,就只往姜奶奶[3]宅里

----

[1] 不什么丑——不怎么丑;不十分丑。

[2] 盖垫子——用去皮的树枝编成的用具,平面呈圆形,无帮沿,多用来放置食物。

[3] 姜奶奶——同本作"婆奶奶",据文意酌改。

走的熟。"晁夫人问说："你婆婆的眼也还漏明儿[1]?"回说："漏明儿倒好了,通常看不见! 头年里还看见日头是红的,今年连日头也看不见了,行动都着人领着。亏了大的丫头子今年十二了,下老实[2]知道好歹,家里合他奶奶做伴儿。"晁夫人道："我到也想他的,白没个信儿。"回说："怪得他好不想奶奶哩! 可是说不尽那奶奶的好处。"晁夫人笑说："你婆婆是老魏,你又不老,可叫你什么? ——叫你小老魏罢。"回说："俺婆婆是老魏,我就是小魏。"

晁夫人又问："老邹这向还壮实么? 他也久没到这里。"小魏回道："俺婆婆要不着老邹,那眼也还到不得这们等的,全是为他,一气一个挣。人旁里劝着,他又不听。"晁夫人问说："是怎么为他生气?"小魏说："俺婆婆那咎提下的亲,凡有下礼嫁娶的,他都背着俺婆婆吃独食。俺婆婆央他,教他续上我罢,他刺挠[3]的不知怎么样,甚么是肯! 这里头年里锅市周奶奶家姑姑出嫁,下礼铺床。周奶奶说:'老魏虽是他眼看不见,这媒原是你两个做的,该与他的礼合布。老邹,你与他稍了去,务必替我稍到,我还要招对哩。'他尽情[4]昧下,一点儿也没给。也是我到了周奶奶家,周奶奶问我,我说:'谁见他甚么钱、甚么布来?'气的周奶奶不知怎么样的。周奶奶说:'这们可恶! 我着人叫了他来,数落他那脸!'叫我说:'奶奶要叫他去,趁着

---

〔1〕 漏明儿——眼睛患了白内障之后尚能看见光亮。

〔2〕 下老实——山东方言,极,十分。

〔3〕 刺挠——皮肤发痒,不舒服。这里引申指心里不舒服,不情愿。

〔4〕 尽情——同本作"尽精"。"情"与"精"盖因形近而讹,据文意酌改。

我在这里叫他;我要不在跟前,他就说送去了,再紧紧,就说昧心誓。他有点良心儿么?'周奶奶说:'你说的是。'叫人叫了他来,从外头'长三丈阔八尺'的来了。

"我听见进来,我说:'周奶奶,你且问他,看他怎么说。我且躲在一边去。'他进来,趴倒地替周奶奶磕了头,问说:'奶奶着人叫我哩?'周奶奶说:'我待问你句话。我那旵叫你稍与老魏的布和钱,你给过他了没?'他老着脸说:'你看奶奶!奶奶忘不了他,教我稍与他的东西,我敢昧下他的?即时送给他了。他说眼看不见,不得来谢奶奶。我还替他稍了话来,回过奶奶的话了。没的奶奶忘了么?'周奶奶说:'可怎么他又指使他媳妇儿来要?'他说:'我已给过他了,他凭甚么来要?'周奶奶说:'你给他可,他媳妇儿见来没?'他说:'他怎么没见?老魏炕上坐着,他媳妇在灶火里插[1]豆腐。我说:"周奶奶家姑姑嫁了[2],这是周奶奶赏你的两匹布,两封钱,共是一千二百。"他娘儿两个喜的像甚么的。他媳妇儿还说:"周奶奶可是好!谁家肯使这加长衣着布赏人来?"老魏说:"你替我谢谢你邹婶子。"还让我吃了他两碗小豆腐子来了。我又没给他哩?真是长昧心痞,不当家豁拉的!'

"正说着,叫我猛跐丁的走到跟前。我说:'呃!老邹!你害汗病汗鳖的胡说了!你捣的是那哩鬼话?你给的是甚么布?是青的蓝的?是甚么一千二百钱?'他打仔[3]和我说誓:'我要没吃了你的豆

---

[1] 插——同"馇"。熬,煮。

[2] 嫁了——同本作"娶了",据上文校改。

[3] 打仔——山东济南一带方言,打算,准备。

腐,这颗子眼长碗大的疔疮;你要让我吃小豆腐,你嘴上也长碗大的疔疮!'叫我说:'谁这里说你没吃小豆腐儿么? 你可给布给钱来没?'他说:'你好聒拉〔1〕主儿! 我不送布合钱给你,你可不就让我吃小豆腐儿?'叫我说:'俺插着麦仁〔2〕,你成三四碗家攘颗你,你送的是甚么布合钱? 昨日西门里头王奶奶家送的烧酒、腊肉合粽子,我见你没送布合钱去,你打脊背里也都吃了去了! 但只说你忒狠,周奶奶费了这们一片好心,你昧下一半,给俺一半儿怎么? 我把俺那瞎婆婆抬到你家,有本事问你要!'他说:'你抬了去呀怎么? 我给他面吃。'我说:'甚么面? 是不见面!'周奶奶又是笑,又是恼,可也说了他几句好的,说:'我知道你那钱一定使了,你那布还有哩。你快拿了来,我添上钱还与老魏去,我还许你上门。你要这们没德行,明日叔叔下礼,我也不许你来。'他才给了两匹蓝梭布,周奶奶添上一千二百钱,叫我拿了去给与俺婆婆。"

晁夫人说:"这们可恶! 不是你自己见了周奶奶,这股财帛不瞎了? 你都往厨屋里吃饭去。二十四好日子,来写文书罢。可教谁来写哩?"小魏说:"他汉子走不的,还是〔3〕叫他婆婆来罢。"

过了两日,二十四日早饭以后,小魏将着老吴婆子来了,替晁夫人磕了头。晁夫人见他:

不黄不白的头发,不大不小的瘿囊。戴一顶老婆鬏髻,穿一

〔1〕 聒拉——闲扯;扯淡。
〔2〕 麦仁——碾去皮的麦粒,一种供煮食的食品。
〔3〕 还是——同本作"这是"。"还"与"这"盖因形近而讹,据文意酌改。

双汉子翰鞋。拳头似醋盆样大，胳膊如酱瓮般粗。浑身上数道青筋，胸脯前一双黑奶。不是古时节佘太君〔1〕的先锋，定是近日里秦良玉〔2〕的上将。

晁夫人叫小魏合他讲工钱，讲衣服。老吴婆子道："这就没的家说！有名的晁奶奶是个女菩萨，不相干的人还救活了多少哩，何况媳妇子看着小相公？我说，我敢说多少？奶奶但赏赏就过去界了。"晁夫人道："休这们说。凡事先小人后君子好，先君子后小人就不好了。还是说个明白，上了文书。我赏是分外赏你的。你要不说个明白，我就给你一千一万也只是该你的。"老吴婆子道："奶奶这分付的是。奶奶定住数就是了。"晁夫人道："我每年给你三两六钱银子，三季衣服。孩子生日，四时八节，赏赐在外。满了年头，我替他做套衣裳，打簪环、买柜、做副铺盖送出他去。就是这们个意思儿，多不将去〔3〕。"老吴婆子说："好奶奶，这还待怎么？同奶奶要多少才是够？可也要命担架呀！"晁夫人给了五十个钱，教晁书将着他寻人写了文书，晁夫人收了。管待了众人的酒饭，先支了一季九钱银子，赏了小魏三百媒钱。老吴婆子千恩万谢的，待抱他那个女儿去寻人抚养。

晁夫人问晁凤媳妇说："你合晁凤商议的是怎么？"回说："我教他哑了这二日，可不哑下奶来了？晁凤说：'只怕辛辛苦苦的替

〔1〕 佘太君——戏曲小说中宋初名将杨业的妻子。佘，同本作"蛇"，据文意酌改。
〔2〕 秦良玉——明石砫宣抚使马千乘妻，后代其夫之职，是明末著名的女将。天启元年曾率兵北上抵御后金(清)，崇祯三年又曾赴京师勤王。
〔3〕 多不将去——多不到哪里去。

他养活大了，他认了回去，"乌鸦闪蛋，闪的慌"。'"老吴婆子说："嫂子说那里话！这是小厮么？怕这里便宜杀他，认他回去过好日子，寻好亲家哩？"晁夫人说："这倒不消虑。我下意不的这们个旺跳的俊孩儿舍了。他就认回去了，您也是他的养身父母，孩子也忘不了你。"老吴婆子说："阿弥陀佛！我的活千岁上天堂的奶奶！俺山里没香，我早起后晌焚着松柏斗子〔1〕替奶奶念佛。我还有句话禀奶奶：除的家还许我来看看这媳妇子、浆衣裳、纳鞋底，差不多的小衣小裳，我都拿掇的出去〔2〕。"晁夫人道："你没的卖给我哩？你只别嘴大舌长的管闲事、说舌头，那怕你一日一遍看哩。"老吴婆子欢天喜地而去。

这吴奶子虽是个丑妇，后来奶的小全哥甚是白胖标致。又疼爱孩子，又勤力，绝不像人家〔3〕似的死拍拍的看着个孩子，早眠晏起、饭来开口箸来伸手的懒货，除了奶小全哥，顶一个雇的老婆子做活。厨房里做饭赶饼，上碾磨，做衣服，这还是小可〔4〕，最难得的不搬挑舌头，不合人成群打伙、抵熟盗生。只是惯会咬群〔5〕，是人〔6〕都与

---

〔1〕 松柏斗子——松树的果壳，可以做柴烧。以其形状如斗，故称。
〔2〕 拿掇的出去——拾得起来，做得。
〔3〕 人家——泛称，指别的做奶子的。
〔4〕 小可——山东方言，小事。
〔5〕 咬群——本指骡马等不合群，喜欢与同类厮斗。比喻与周围的人合不来，常闹纠纷。
〔6〕 是人——所有的人。

他合不上来,惹得那仆妇养娘、家人婢妾,个个憎嫌。话不投机,便是晁夫人,他也顶撞几句。

后来他的婆婆老吴,晁夫人用他在城里做活。他的汉子吴学颜虽然成了瘸子,却也行动得了,晁夫人也留他在乡里编席管园,为人梗直促僵,天生天化,真真是与他老婆一对。后来看小全哥满了五年,晁夫人齐整送他与吴学颜一处,却也还在宅里住的日多,在庄上住的日少。

看雍山庄的管家季春江老病将危,晁夫人自己出到庄上看他。他把庄上一切经管的首尾备细交与了晁夫人,说他儿子赌钱吃酒,近日又添上养了婆娘,凡事经他不得〔1〕,极力举荐说:"吴学颜是个好人,叫他管雍山庄子,能保他不与人通同作弊。"晁夫人果然叫他替了季春江的职掌,却也事事称职。

季春江病了八个月才死,见得吴学颜不负所举,病中甚是喜欢。这也是晁夫人一人有庆,凡事都是好人相逢,恶人回避。又见得晁夫人虽是个妇人,能在那两个奶子之中独拣这个丑妇,在格外识人。

后来还有出处,再看后回照应〔2〕。

　　评曰:如登艮岳,如入石季伦金谷园,万紫千红,珍禽奇兽,色色夺目。〔3〕

----

〔1〕　经他不得——不能让他经手。经,同本作"轻"。"經"与"輕"盖因形近而讹,据文意酌改。

〔2〕　照应——同本缺第十五叶,本回至"再看后回"即止。二字依连图本,据李本校补。

〔3〕　"评曰"句——同本因缺叶,无本回回后评语。此依连图本,据李本校补。

第五十回

狄贡士换钱遇旧　臧主簿瞎话欺人

花娘莫信已从良，刻刻须防本是娼。休恃新人恩倍厚，直思旧友技偏长。

守宫深恨缘樊缚，出阁惟图翩羽扬。说谎绣江臧主簿[1]，想来前世出平康。

再说狄希陈虽然做了一年多的秀才，文理原不曾通，不过徼天之幸，冒滥衣巾。若肯从此攻苦读书，还像小学生一般受那先生程乐宇的教诲，这样小小年纪，资质也算聪明，怕那文理不成？无奈那下愚不移的心性，连自己竟忘记了那秀才是别人与他挣的，居之不疑。兼之程先生又没有甚么超凡远见，学生进了学，得了谢礼，这便是收园结果，还与他做甚么恶人？凭他"五日打鱼，十日晒网"。

不料新宗师行了文书，要案临绣江岁考。他只道幸可屡徼，绝不介意。狄员外夫妇原是务农之家，那晓得儿子的深浅？倒是薛教授

---

〔1〕 臧主簿——同本作"臧主薄"，据回目校改。

替他耽愁,来请狄宾梁商议,说道:"如今同不得往年,行了条边之法[1],一切差徭不来骚扰。如今差徭烦,赋役重,马头库吏,大户收头,粘着些儿,立见倾家荡产。亲家你这般家事,必得一个好秀才支持门户。如今女婿出考,甚是耽心,虽也还未及六年,却也可虑。倒不如趁着如今新开了这准贡的恩例,这附学援纳缴缠四百多金,说比监生优选,上好的可以选得通判,与秀才一样优免。这新例之初,正是鼓舞人的时候。依我所见,作急与他干了这事。又在本省布政司纳银,不消径上京去。"

狄宾梁从来无甚高见,又向来自从与薛教授做了亲戚,事事倚薛教授如明杖一般,况且这个算计又未尝不是,狄宾梁深以为然。依其所说,粜粮食、卖绵花,凑了银子,自己同了狄希陈来到省下,先寻拜了学道掌案先生,商确递呈子援例。

那掌案先生是黄桂吾。狄宾梁领了狄希陈拜见,先送了一两贽仪。黄桂吾将援例的规矩对他说了仔细,又说:"廪膳纳贡,比附学省银一百三十两,科举一次免银十两。这省银子却小事,后来选官写脚色,上司见是廪监,俱肯另眼相待。所以近来纳监的都求了分上,借那廪增名色的甚多。就是我们书吏中,也尝尝的乞恩禀讨。"

狄宾梁问道:"如老哥们替人讨这廪生名色,约要多少谢礼?"黄桂吾说:"把那省下的银子尽数拿出来做了谢礼。本生图名,我们图

----

〔1〕 条边之法——即一条鞭法。《明史·食货志》:"一条鞭法者,总括一州县之赋役以及土贡方物,悉并为一条,皆计亩征银,折办于官,故谓之一条鞭法。"

利。外来的分上多有不效，不着亲切的座师、相厚的同年，当道的势要都有拿不准的。只是我们讨的，一个是一个，再没走滚。"狄宾梁问："小犬不知也可以仗赖么?"黄桂吾道："这极做的么！作候廪名色一百三十两，作科举一次银十两，共银一百四十两。"狄宾梁道："这银子不是叫我又添出来，不过还是援例的银内抽分的。一一奉命，日西即来回话。"

黄桂吾留狄宾梁父子小坐，又说："如今当十的折子钱通行使不动，奉了旨待收回去。行下文来，用这折子钱援例。咱九十个换，咱上纳时，八十个当一两。"狄宾梁问说："这折子钱那里有换的?"黄桂吾道："东门秦敬宇家当铺里极多。要是好细丝银子，还一两银子换九十二三个。"

狄宾梁辞了黄桂吾，回到下处，封了一百四十两银子。掌灯时分，还同狄希陈请出黄桂吾来，送了谢礼。黄桂吾收了，替狄希陈写了援例的呈子，竟作了候廪名色，又说科举一次，将呈也不令狄希陈亲递，替他袖了进去。众书更明白[1]向学道乞恩，学道惟命是听，准了呈子，行咨布政司。

狄宾梁同了主人家高没鼻子，预先的与事例房合库官并库里的吏书都送了常例，打通了关节，专候三八日收银。

狄希陈想起前年娶孙兰姬的当铺，正是那东门里边的秦敬宇，浙江义乌人。既说他家有当十的折钱，换钱之际，乘机得与孙兰姬一

---

[1] 明白——公开，明说。

面，也不可知。况且姑子李白云曾说，再待三年，还得一面，只怕这就是个偶凑机缘。

他不等狄宾梁知道，自己走到秦敬宇店内，柜台外边坐下，与秦敬宇拱了拱手。秦敬宇见他少年标致，更兼衣服鲜华，料道不是当甚衣饰的人物。秦敬宇问道："贵姓？有何事下顾？"狄希陈却瞒了他的本姓，回说："贱姓相，绣江县人。闻得贵铺有当十的折钱，敬要换些，不知还有否？"秦敬宇道："虽还有些，不知要换多少？"狄希陈说："约三百两。"秦敬宇道："只怕三百两也还有，便是不够，我替转寻。但这几日折子钱贵了。前向原是朝廷要收折子钱回去，所以一切援纳事例都用折钱。那有折钱的人家听了这个消息，恨不得一时打发干净，恐怕又依旧不使〔1〕了，一两可换九十文。若换得多，银色再高，九十一二个也换。如今折子钱将次没了，官府胶柱鼓瑟，不肯收银，所以这折子钱，一两银子还换不出七十七八个来。"

狄希陈说："我打听得每两可换九十三文，如何数目便这等差的多了？"秦敬宇道："适间曾告过了，如今就是小铺还有些，别家通长的换尽了。"狄希陈说："每两九十文何如？"秦敬宇道："这个敢欺么？别人家多不过是七十八文，小铺照依行使钱数，若是足色纹银，每两八十文算。相公再往别家去商量，不要说八十以上，就是与八十个的，相公也不消再来下顾，就近煝顾了别人。"狄希陈道："这是大行

---

〔1〕　不使——同本作"不便"。"使"与"便"盖因形近而讹，据文意酌改。

大市,你一定不是哄我〔1〕。你且把一锭元宝收下,待我再去取来。"
秦敬宇放在天平内兑了一兑,足数五十两,写了一个收帖,交与了狄
希陈,说道:"钱在家里,不曾放在铺中。如相公用得急,今日日西时
到家里去交易;如用得不急,明日早我在家拱候。"狄希陈想了一想,
说道:"明早我还有小事,不消在家等我,爽利明日晚上些罢。"与秦
敬宇约就,分别去了。

　　回到下处,把折钱腾贵的缘故与狄宾梁说了。狄员外道:"只
怕是他哄咱。这一两差十二三文,三百两差着好些哩。"狄希陈说:
"爹再往别处打听,要是他哄咱,咱倒出银子来往多数的去处
换去。"

　　吃了午饭,高没鼻子走到前来,问说:"咱换了折子钱了? 可是
咱自己有哩?"狄员外说:"咱自己没有,正待换钱哩。不知那里有换
的?"高没鼻子说:"十日〔2〕前换好来,每两换到九十二三文哩。今
乃钱贵了,好银子换七十八九个,银色差些,换七十七八个。如今没
了钱,还换不出来哩。东门里秦家当铺只怕还有,他还活动些,差不
多就罢了。西门外汪家当铺也还有,可是按着葫芦抠子儿,括毒〔3〕
多着哩。除了这两家子,别家通没这钱了。"

　　狄员外听在肚内,同狄希陈将城里城外的铺子排门问去,一概回

〔1〕 不是哄我——同本作"不易哄我",此依连图本,据李本校改。
〔2〕 十日——同本作"十目"。"日"与"目"盖因形近而讹,据文意酌改。
〔3〕 括毒——歹毒;刻薄。

说没有。直问到西门外剪子巷汪家铺内，问着他，大模大样，不瞅不睬〔1〕的，问说："要换多少?"狄希陈见他大意〔2〕，故说〔3〕要换一千两。汪朝奉道："这折子钱不过是纳例事用，如何要换这许多?"狄希陈说："有两个小价〔4〕甚是小心，所以每人都要与他纳个监生。"汪朝奉道："没有这许多了，多不过二三百两光景。"

狄员外说："就是二三百两也可，待我零碎再换。每两换多少数?"汪朝奉道："有带的银子么? 取出来看看。看了银色，再讲钱数。"狄员外取出一锭元宝来，汪朝奉接到手里看了一看，问说："银子都是一样么?"狄员外说："都是足色纹银。"汪朝奉道："既是纹银，每一两七十八文。"狄员外道："八十二文罢。"汪朝奉道："这银钱交易，那有谎说?"狄员外道："八十一文何如?"汪朝奉佯佯不理，竟自坐在柜内。狄员外道："八十个齐头罢。"汪朝奉〔5〕道："如今钱贵了，等几时贱些再与盛价纳监罢。"狄希陈道："既是换不出钱来，且叫他开着当铺营运着利钱，等候纳监不迟。"彼此看几眼散了。回到下处，方知秦敬宇说得不差，高没鼻子也是实话。

次早，狄希陈又拿了二百两银子，叫狄周跟着，约道秦敬宇已到铺中，狄希陈走到秦敬宇家内。客位里坐起，走出一个十一二岁的丫

----

〔1〕 不瞅不睬——同本作"不揪不采"，据文意酌改。

〔2〕 大意——形容自高身份，对人不恭敬的态度。

〔3〕 故说——同本作"做说"，据文意酌改。

〔4〕 小价——自己的仆人、小厮。价，音 jiè。

〔5〕 汪朝奉——同本作"汪朝本"，据上下文校改。

头来，说道："俺爹往当铺去了，家中通没有人。有甚话说，请往当铺说去。"狄希陈道："你到家里说去，我是明水镇的狄相公，你爹约我来家换钱哩。你后头说，家里知道。"丫头果然回家去说了。

孙兰姬听说，将信将疑，悄悄的走到客厅后边张了，看一些也不差，真真正正的一个狄希陈，在后边轻轻的咳嗽了一声。狄希陈晓得个中机括，把狄周支调了出去。孙兰姬猛然跑到外面，狄希陈连忙作了个揖。孙兰姬拜了一拜，眼内落下泪来。狄希陈问说："这几年好么?"孙兰姬没答应，把手往后指了两指，忙忙的进去了，教那丫头端出茶来。狄希陈吃过茶，丫头接了茶钟进去。孙兰姬把丫头支在后边，从新走到客厅后头，张看没有别人，探出半截身，去袖里取出一件物事，往狄希陈怀里一撩，狄希陈连忙藏在袖中。看得外面没人进来，速急[1]走到厅后与孙兰姬搂了两搂，亲了两个嘴。

狄希陈仍到前边坐下，取下簪髻的一只玉簪并袖中一个白湖绸汗巾、一副金三事挑牙，都用汗巾包了，也得空撩与孙兰姬怀内。恰好[2]狄周走进门来，狄希陈说："我们且自回去，等日西再来罢。"孙兰姬在后面张着狄希陈去了。

狄希陈在袖中捏那孙兰姬撩来的物件，里边又有软的，又有硬的，猜不着是甚么东西。回到下处，背静处所取出来看，外面是一个

----

〔1〕　速急——同本作"连急"，据李校本改。
〔2〕　恰好——同本作"拾好"。"恰"与"拾"盖因形近而讹，据文意酌改。

月白绉纱汗巾,也是一副金三事挑牙,一个小红绫合包,里边满满的盛着赵府上清丸并湖广香茶,一双穿过的红绸眠鞋。狄希陈见了甚是销魂,把那鞋依旧用原来汗巾包裹,藏裤腰之内。见狄宾梁说:"秦敬宇往店中去了,约在日西再去。"

孙兰姬差人替秦敬宇送午饭,教人合他说道:"有一人来家,说是约他来换钱的,回他去了。"秦敬宇说:"原约过日西关了店回去交易,如何便早来了?你叫家中备下一个小酌。也是三四百两交易,怎好空去得?"送饭的人回去说了。

孙兰姬甚是欢喜,妄想吃酒中间还要乘机相会,将出高邮鸭蛋、金华火腿、湖广[1]糟鱼、宁波淡菜[2]、天津螃蟹、福建龙虱[3]、杭州醉虾、陕西琐琐葡萄[4]、青州蜜饯棠球、天目山笋鲞、登州淡虾米、大同酥花、杭州咸木樨、云南马金囊[5]、北京琥珀糖,摆了一个十五格精致攒盒。又摆了四碟剥果:一碟荔枝、一碟风干栗黄、一碟

---

[1] 湖广——同本作"湖鹿"。"廣"与"鹿"盖因形近而讹,据文意酌改。

[2] 淡菜——贻贝的干制品。因煮晒时不加盐,故称。明杨慎《陞庵经说·夏小正》:"宁波有淡菜,其形不典。一名壳菜,亦以形近。"

[3] 龙虱——明屠本畯《闽中海错疏·介部》:"龙虱,似蟑螂而小,黑色,两翅六足。秋月暴风起,从海上飞来,落水田或池塘。海滨人捞取,油盐制,藏珍之。"

[4] 琐琐葡萄——葡萄的一种。明李时珍《本草纲目·果五·葡萄》:"西边有琐琐葡萄,大如五味子而无核。"

[5] 马金囊——元贾铭《饮食须知·果类》:"马槟榔味苦甘,性大寒,又名马金囊。"明李时珍《本草纲目·果三·马槟榔》:"马槟榔生滇南金齿、沅江诸夷地,蔓生,结实大如葡萄,紫色味甘。"

炒熟白果、一碟羊尾笋筷桃仁[1]。又摆了四碟小菜：一碟醋浸姜芽、一碟十香豆豉、一碟莴笋、一碟椿芽。一一预备完妥。知狄希陈不甚吃酒，开了一瓶窨过的酒浆。实指望要狄希陈早到，秦敬宇迟回，便可再为相会。

　　谁知这个见面的缘法也是前生注定，一些也教人勉强不得。狄希陈也怀是这个心肠，没等日西，吃了午饭，叫狄周拿了银子，走到秦敬宇家内，以为秦敬宇这赤天大晌午岂有不在铺中，早来家中之理？谁知秦敬宇因要留狄希陈小坐，恐怕家中备办不来，吃了饭，将铺子托了伙计，回家料理。

　　狄希陈跨进门去，秦敬宇接出门来，与了狄希陈一个闭气。让到客次坐下，吃了两道茶，狄希陈又取出二百两银子兑了。秦敬宇叫人拭卓，端上菜来。狄希陈再三固辞，秦敬宇再三固让。狄希陈还有不死的念头，将计就计，依允坐下。谁知秦敬宇在家，这孙兰姬别要说见他的影响，你就再要听他声咳嗽也杳不可闻。狄希陈忖量得无有可乘之机，还不"三十六计"，更待何时？推辞起席。秦敬宇问说："这钱如何运去？"狄希陈叫狄周回到下处，取两三头骡子、几条布袋，前来驮取。秦敬宇叫人从后边将钱抗了出来，从头一一见了数目[2]，用绳贯住，垛成一堆。待不多时，狄周将了头口，把钱驮得去

---

[1]　羊尾笋筷桃仁——筷，同"嵌"。本书第五十四回有"羊尾笋夹核桃仁茶果"，与此为同一食品。

[2]　数目——同本作"数日"。"目"与"日"盖因形近而讹，据文意酌改。

了。狄希陈也辞谢出门,翘首回环,玉人不见,甚难为情。秦敬宇又再三请他留号。狄希陈说:"我名唤相于廷,府学廪膳,今来府援纳准贡。"秦敬宇必欲[1]问他尊号,他说:"号是觐皇。"通是冒了他表弟的履历。

秦敬宇送了狄希陈回去,孙兰姬故意问说:"这个来换钱的,你认得他么?"秦敬宇道:"原不认得他。叙起来,他说是绣江县人,在明水镇住,府学的廪膳生员,名字叫是相于廷,号是相觐皇。"孙兰姬说:"呸!扯淡!我只说你认得他,叫我摆这们齐整攒盒待他!不认得的人,却为甚么留他?"秦敬宇说:"休道三百两的交易,也不可空了他去;这们个少年秀才,又是个富家,人生那里不会相逢?再见就是相知了。况我尝到绣江县讨帐,明水是必由之地,阴天避雨,也是好处。你那攒盒,他又不曾都拿去了,不过吃了你十来钟酒,这们小人样!"两个说笑了一会,秦敬宇依旧往铺中去讫。狄希陈只因冒了相于廷,恐怕露了马脚,便不好再到他家。从此一别,便都彼此茫茫,再难相见。

狄希陈换了折钱回去,心猿意马,甚是难为。等到初三纳银,布政司因接诰命,改到初八。初八又因右堂[2]到任,彼此拜往,吃公晏,又改至十三方才收了银子,出了库收,行文本县,取两邻里老并府学结状。父子在省整整的住了一月,方才回家。

这援例纳监,最是做秀才的下场头;谁知这浑帐秀才援例,却是

---

[1] 必欲——同本作"必于"。"欲"与"于"盖因同音而讹,据文意酌改。

[2] 右堂——即右布政使,与左布政使并为布政使司的长官,位在左布政使之后。

出身的阶级。狄希陈纳了准贡回去，离家五里路外，薛教授备了花红鼓乐，做了青绢圆领，备了果酒，前来迎贺。连春元父子、相栋宇父子、崔近塘、薛如卞兄弟并庄邻街里都备了贺礼，与狄员外挂旗悬扁。狄员外家中炤依进学的时节设了许多酒席，管待宾朋。坐首席的一位老秀才，号是张云翔，年纪九十一岁，点了一本《五子登科记》，大吹大擂，作贺了一日。

　　次日，往城里见县公，送了八大十二小一分厚礼。点收了绒簟二床、犀杯一只、姑绒一匹、蜜蜡金念珠一串，檐下留了茶。又送该房一两银，央他在县公面前撺掇，要与他扯旗挂扁，许过行了旗扁，还要重谢。该房怂恿，县公起先作难。该房禀说："这是朝廷开的新例，急用此项银两充饷。这初时节若不与他个体面，后来便鼓舞不动。"县公依允，即时分付做"成均升秀"的扁，"贡元"的旗，彩亭羊酒，差礼、工二房下到明水与狄希陈行贺。狄宾梁预先又央了该房，要请一位佐贰官下乡，好图体面。县尊委了粮厅臧主簿同来。狄宾梁在本家办了酒席管待主簿，间壁客店设席管待二位该房，前面店房管待行人。主簿、该房酒席都有戏子乐人。散席时候，二位该房，每位二两；一切行人俱从厚优谢。

　　次早，狄希陈仍备了礼谢县公，谢主簿。县公点收了银鼎杯二只、银执壶一把、绉纱二匹。主簿收了两匹潞绸、两匹山茧绸、一副杯盘、两床绒簟[1]、十两折席，让坐留茶。

[1]　绒簟——同本作"成簟"，据上文校改。

主簿自叙说也是准贡出身，他也是廪膳援例，科过了三遍举，说他遭际的不偶："甲子科场里本房已是荐了，只因二场表里多做了两股，大主考就把卷子贴出来了，挂出榜来，只中了一个副榜。丁卯那一科更造化低，已是取中了解元，大主考把卷子密密层层的圈了，白日黑夜拿着我的卷子看，临期把我的卷子袖在袖子里忘了，另中了一个解元。后来我见他那卷子，圈点的那如我的两篇？《孟子》的文章，抹了好几笔，三篇经文章也通没有起讲。叫我说：'这文章怎么中的解元！'我要合他见代巡。那大主考恐怕皇上知道，再三的央我说：'前程都有个分定的，留着来科再中解元罢。叫他把牌坊银子让了兄使。'我说：'岂有此理？既是老大人这等说，生员狗屁也不放了。'我仔细想来，头一科已是中了，神差鬼使的多做上两股，不得中；后一科已是中了解元，被人夺去。这是命里不该有这举人的造化了。遇着这纳贡的新例，所以就了这一途。敝县的县公合宗师都替我赞叹，都说可惜了的，也都不称我是甚么'斋长'〔1〕，都称我是'俊秀才'〔2〕。这'俊秀才'的名色也新呀。

"后来上京会试，吏部里又待考哩。其实拿着自己的本事考他下子来好来，吃亏那长班狗攮的撺掇说：'这准贡的行头，考得好的该选知州、知县、推官、通判哩。爷不消自己进去，受这辛苦做甚么？有

----

〔1〕 斋长——国子监生分班，其班长称为"斋长"。

〔2〕 俊秀才——《明史·选举志一》："迨开纳粟之例，则流品渐淆，且庶民亦得援生员之例入监，谓之民生，亦谓之俊秀。"这里是讽刺臧主簿不明例监称"俊秀"的由来。

专一替人代考的人，与他几两银子，他就替咱考了。'谁知造化低的人，撞见个不通文理的人，《四书》本经都不记的。出了个《孟子》题是'政事冉有季路'〔1〕。他做的不知是甚么，高高的考了个主簿。挂出榜来，气了我个挣！我说：'罢了，罢了，天杀的杀了我了！'无可奈何的选了这里来。

"说不尽敝堂尊认的英雄。我头一日到了任，他没等退堂，只是对着门子书办夸我，说：'你三爷真是一个豪杰，可惜做这们个官，不屈了这们个人品？我必欲扶持他，荐本还教升个知县。'每日准十张状，倒足足的批八张给我。咱读书的人心里明白，问的那事就似见的一般，大小人都称我是'臧青天'。咱把那情节叫管稿的做了招，我自提起笔来写上参语，看得某人怎么长，该依拟问徒；某人怎么短，该依拟问杖。多多的都是有力〔2〕，咱不希罕他一点东西，尽情都呈到堂上去。行下发落来，咱收他加二三，堂上又喜咱会干事，百姓又喜咱清廉。昨日已许过，我升的时节要与我剥靴哩。

"昨日考童生的卷子，二衙里到是个恩贡，只分了三百通卷子与他；四衙里连一通也没有；这七八百没取的卷子，通常都叫我拆号。我开了十个童生上去，一个也没遗，都尽取了。就是昨日委我与兄挂扁，这都是堂尊明明的炤顾。这要不是堂尊委了我去，兄为甚送我这礼？瞒不得兄，贵县自从我到，那样的'国顺天心正，官清民自安'

---

〔1〕 政事冉有季路——语出《论语·先进》。这里形容臧主簿之不学，将《论语》、《孟子》混为一谈。

〔2〕 有力——指家中有财力。

的。兄这青年就了这一途,省的岁考淘那宗师的气,京里坐了监,就热气考他下子。勤力自己进去,怕是进去,雇个人进去替考。只是要雇的着人才好,像我就是吃了人亏。这要走差了路头,再要走到正路上去就费事了。虽是堂尊许说,待他去了就要保升我坐转这里知县哩,你知道天老爷是怎么算计? 兄临上京的时节,我还到贵庄与兄送行,还有许多死手[1]都传授给兄。正是'要知山下路,须问过来人'。"

说完,狄希陈辞了回家。将臧粮衙的话从头学了一遍,说的狄员外满面生花[2],薛教授也不甚为异。后来传到[3]连举人耳躲,把个连举人的大牙几乎笑吊,骂了几声"攮瞎咒的众生"。正是:

酒逢知己千杯少,不遇知音不与谈。

狄希陈如何上京,如何坐监,且听下回再说。

---

〔1〕 死手——诀窍。
〔2〕 满面生花——同本作"满而生花"。"面"与"而"盖因形近而讹,据文意酌改。
〔3〕 传到——同本作"传道",据文意酌改。

第五十一回

　　程犯人釜鱼漏网　　施囚妇狡兔投罗

　　　天地寥寥阔，江湖荡荡空。乾坤广大尽包容。定盘打算、只
不漏奸雄。　　杀人番脱底，渔色巧成凶。安排凡事听天公。
要分孽镜、情法果曾同？

　　　　　　　　　　　　　　　——右调《南柯子》

　　再说武城县里有一人，姓程名谟，排行第三，原是市井人氏。弟
兄六个，程大、程二俱早年亡故，止剩弟兄四人。独程谟身长八尺，面
大身肥，洗补网巾为业，兼做些鼠窃狗盗的营生，为人甚有义气。他
那窃取人家物件，也不甚么瞒人。人有可惜他的，不与他一般见识；
有怕他凶恶的，又不敢触他的凶锋。大酒块肉，遇着有钱就买，没钱
就赊，赊买不来就白白的忍饥。邻舍家倒是那大人家喜他，只是那同
班辈的小户甚是憎恶。

　　紧邻有个厨子，名唤刘恭，也有八尺身躯，不甚胖壮，一面惨白胡
须。三个儿子，大的叫是刘智海，第二的是刘智江，第三的是刘智河。
这个刘恭素性原是个歪人，又恃了有三个恶子，硬的妒，软的欺，富的
嫉忌，贫的笑话，嘴尖薄舌，谈论人的是非，数说人的家务，造言生事，
眼内无人，手段又甚是不济。人家凡经他做过一遭的，以后再叫别的

厨子,别人也不敢去,他就说人抢他的主顾,领了儿子截打一个臭死。最可恶的,与人家做活,上完了菜,他必定要到席上同了宾客上坐。

一个蔡逢春中了举,请众乡宦举人吃酒。他完了道数,秃了头,止戴了一顶网巾,穿了一件小褂,走到席前,朝上面拱一拱手,道:"列位请了! 这菜做的何如? 也还吃得么?"众客甚是惊诧。内中有一位孟乡宦,为人甚是洒落,见他这个举动,问说:"你是厨长呀? 这菜做的极好。请坐吃三钟,何如?"刘恭道:"这个使的么?"孟乡宦道:"这有何伤? 咱都是乡亲,怕怎么的?"他便自己拉了一把椅子,炤席坐下,众人愕然。孟乡宦道:"管家,拿副钟箸儿与厨长。"他便坦然竟吃,狠的蔡举人牙顶生疼。客人散了酒席,一个帖子送到武城县,二十个大板,一面大枷枷在十字街上,足足的枷了二十个日头,从此才把他这坐席的旧规坏了。

他的儿子都是另住,他与他的老婆另在一个路东朝西的门面房内,与程谟紧紧间壁。这个老婆天生天化,与刘恭放在天平秤兑,一些也没有重轻。两口子妄自尊大,把那一条巷里的人家,他不论大家小户,看得都是他的子辈孙辈。

他门前路西墙根底下,扫除了一搭子〔1〕净地,每日日西时分,放了一张矮卓,两根脚凳设在上下,精精致致的两碟小菜,两碗熟菜,鲜红菉豆水饭,雪白的面饼,两双乌木箸,两口子对坐了享用。临晚,又是两碟小菜,或是肉鲜,或是鲞鱼,或是咸鸭蛋,一壶烧酒,二人对

〔1〕 一搭子——一段。

饮，日以为尝。夏月的衣服还也烟尝，惟是冬年的时候，他戴一顶绒帽、一顶狐狸皮帽套，一领插青布蓝布里绵道袍，一双皂靴，撞了[1]人趾高气扬，作揖拱手，绝无上下。所以但是晓得他的、见了他的，再没有一个不厌恶痛绝。

这程谟做些不明白的事件，他对了人败坏他行止。人家不见些甚么，本等不与程谟[2]相干，那失盗之人也不疑到程谟身上，偏他对人对众倡说必定是程谟偷盗。程谟一时没有饭吃，要赊取些米面，不是汉子，就是老婆，只除他两口子不见就罢，教他看见，他必定要千方百计破了开去[3]。

一日，一个粜米豆的过来，程谟叫住，与他讲定了价钱，说过次日取钱。那粜粮的人已是应允，程谟往里面取升，这刘恭的老婆对了那粜粮的人把嘴扭两扭，把眼挤一挤，悄悄说："他惯赊人的东西，不肯还人的钱价。要得紧了，还要打人。"程谟取出升来，那粜米豆的人变了卦，挑了担子一溜风走了。程谟晓得是他破去，已是怀恨在心。过了半日，又有一个卖面的过来，程谟叫住，又与他讲过要赊，那卖面的满口应承。程谟进房取秤，又喜刘恭两口子都又不在跟前，满望赊成了面，要烙饼充饥。谁知那刘恭好好在屋里坐着，听见程谟赊面，走出门前，正在那里指手画脚的破败，程谟取秤出来，撞了个满面。卖面的挑了担就走，程谟叫他转来，他说："小本生意，自来不赊。"头

----

〔1〕　撞了——遇见、碰上。
〔2〕　程谟——同本作"陈谟"，据上下文校改。
〔3〕　破了开去——同本作"破不开去"，据文意酌改。

也不回的去了。

程谟向刘恭说道："你这两个老畜生也可恶之极！我合你往日无仇，今世无冤，我合你是隔着一堵墙的紧邻。我没生意，一日不得饭吃，你升合不肯借我也自罢了，我向人赊升米吃，你老婆破了；我等了半日，再向人赊斤面吃，你这贼老忘八羔子又破了我的！"

看官听说，你想这刘恭两个雌雄大虫，岂是叫人数落、受人骂"老忘八羔子"的人？遂说："没廉耻的强贼！有本事的吃饭，为甚么要赊人的东西，又不还人的钱价？叫人上门上户的嚷叫，搅扰我紧邻没有体面！是我明白叫他不赊与你，你敢咬了我的鸡巴！我还要辇〔1〕了你去，不许你在我左边居住哩！"程谟不忿，捏起盆大的拳头，炤着刘恭带眼睛鼻子只一拳。谁知这刘恭甚不禁打，把个鼻子打偏在一边，一只眼睛乌珠打出吊在地上，鲜血迸流。刘恭的老婆上前救护，被程谟在胯子上一脚，拐的跌了够一丈多远，睡在地上哼哼。程谟把刘恭像拖狗的一般拉到路西墙根底下，拾起一块棒椎样的瓮边，劈头乱打，打得脑盖五花迸裂、骨髓横流。众街坊一来惧程谟的凶势，实是喜欢这两个歪人一个打死，一个偿命，清静了这条街道。

程谟见刘恭死停当了，对着众人说道："列位高邻，我程谟偿了刘恭的命，刘恭被我送了命，一霎时替列位除了这两害，何如？"众人说道："你既一时性气做了这事，你放心打官司。你的盘缠，我程嫂

---

〔1〕 辇——"撵"的借字。赶。

子的过活,你都别管,都在俺街里身上。"程谟趴倒〔1〕地,替众人磕了顿头,伴长跟了地方总甲去了。众人感他除了这刘恭的大害,审录解审,每次都是街里上与他攒钱使用,还有常送东西与他监里吃的。他的媳妇子虽是丑陋,却不曾嫁人,亦不曾养汉,与人家看磨做活,受穷苦辛。程谟驳了三招,问了死罪,坐在监中成了监霸,倒比做光棍的时候好过。

　　一年,巡按按临东昌,武城县将监内重犯金了长解,押往东昌审录。别个囚犯的长解偏偏都好,只有这程谟的长解叫是张云、一个赵禄,正路上把这程谟千方百计的凌辱。一日五六顿吃饭,遇酒就饮,遇肉就吃,都叫程谟认钱。晚间宿下,把程谟绳缠锁绑,脚链手扭,不肯放松。程谟说道:"我又不是反贼强盗,不过是打杀了人,问了抵偿。我待逃走不成? 你一路吃酒吃肉,雇头口,认宿钱,我绝不吝惜,你二位还待如何,只这般凌虐? 我程谟遇文王施礼乐,遇桀纣动干戈,你休要赶尽杀绝了!"张云、赵禄说道:"俺就将你赶尽杀绝,你敢怎么样?"程谟说道:"谁敢怎么样的? 只是合二位没有仇,为甚么二位合我做对的紧?"张云对赵禄道:"且别与他说话,等审了录回来,路上合他算帐!'鼻涕往上流',倒发落起咱来了!"

　　到了东昌,按院挂了牌,定了日子审录。张云、赵禄把程谟带到察院前伺候。程谟当着众人,就要脱了裤子阿〔2〕屎。众人说:

〔1〕 趴倒——同本作"叭倒",据文意酌改。
〔2〕 阿——同"屙",排泄。

"好不省事！这是甚么所在？你就这里阿屎！叫人怎么存站[1]？"程谟说："你看爷们！我没的不是个人么？这二位公差，他不依我往背净处解手，我可怎么样的？"别的解子们都说张云、赵禄的不是："这是人命的犯人，你没的不叫他阿屎？这叫他阿在这里，甚么道理？"张云见众人不然[2]，同了赵禄，押了程谟到一个空阔所在解手。

程谟看得旁边没有别人，止有二人在侧，央张云解了裤，墩下阿完了屎，又央张云与他结裤带。他将长枷梢望着张云鼻梁上尽力一砍，砍深二寸，鲜血上流，昏倒在地。赵禄上前扯他的铁锁，程谟就势赶上，将手扭在赵禄太阳穴上一捣，捣上了个碗大的窟窿，晕倒在地。程谟在牌坊石坐上将扭磕开，褪出手来，将脚上的铁镣拧成两截，提起扭来望着张云、赵禄头上每人狠力一下，脑髓流了一地，魂也没还一还，竟洒手倖长鄩都去了。程谟手里拿着磕下来的手扭做了兵器，又把那断了的脚镣开了出来，放开脚飞跑出城。

有人见两个公差打死在地，一片长板丢弃在旁，报知了武城知县。差人察验，知是走了程谟，四下差人跟捉，那有程谟的踪影？只得禀知了按院，勒了严限拿人。番役都上了比较，搜捕的万分严紧。

有人说："程谟的那个老婆，在刑房书手张瑞风家管碾子，只怕

----
[1] 存站——立身，站得。
[2] 不然——认为不应该，看不下去，即"不以……的做法为然"。

他知情也未见得。"三四个公人寻到那里。其实张瑞风家[1]把程谟的老婆叫将出来,众人见了这个蓝缕[2]丑鬼的模样,自然罢了。谁知合该有事,天意巧于弄人。张瑞风家抵死赖说没有程谟的老婆在家,这些差人越发疑心起来。又兼这张瑞风衙门里起他的绰号叫是"臭虫",人人都恼他的。众人齐声说道:"这是奉上司明文,怕他做甚? 到他里面番去!"

倒不曾搜着程谟的老婆,不端不正刚刚撞见一个三十以下的妇人,恰原来是那一年女监里烧杀的小珍哥。众人看见,你看我,我看你,都说:"这不是晁源的小老婆小珍哥是谁? 没的咱见鬼了?"小珍哥一头钻进屋去,甚么是肯出来。众人围住了房门,说道:"刚才[3]进去的那位嫂子,俺好面善,请出来俺见一见。"

张瑞风的老婆在帘子里面说道:"这是俺家的二房,临清娶的,谁家的少女嫩妇许你这们些汉子看? 你拿程谟,没的叫你看人家老婆来么?"众人道:"这说话的是张嫂子呀? 俺刚才见的那妇人,是监里晁监生的娘子,众人都认的是真。你叫他出来,俺再仔细认认,要果然不是他,等张师傅来家,俺众人替他磕头陪礼。他要再不饶,俺凭他禀了大爷,俺情愿甘罪。你必欲不叫他出来,俺别的这里守着,俺着一个去禀了大爷来要他。"张瑞风娘子道:"小珍哥托生了这八

---

〔1〕　张瑞风家——山东方言,张瑞风的老婆。
〔2〕　蓝缕——同本作"蓝绫"。"缕"与"绫"盖因形近而讹,据文意酌改。
〔3〕　刚才——同本作"刚挽"。"纔"与"挽"盖因形近而讹,据文意酌改。

九年哩,如今又从新钻出他来了? 你列位好没要紧! 你不过说当家的没在家,得空子看人家老婆呀!"众人说:"这意思不好! 私下干不的! 俺这里守着,着一个禀大爷去!"

果然着了一个姓于名桂的番役,跑到县里禀说:"小的们打听得程谟的老婆在刑房书办张寿山家支使,小的们扑到那里,张书办没在家,他家回说程谟的老婆没在他家。小的们竟到他里边番去,没番见程谟,只见一个媳妇子,通似那一年监里烧杀的施氏。小的们待认他认,他钻在房里,必不肯出来。张书办媳妇子发话,说小的们因他汉子不在家,乘空子看他老婆哩。"

县公问说:"这施氏是怎么的?"于桂禀说:"这施氏是个娼妇,名叫小珍哥,从良嫁了晁乡宦的公子晁监生。诬枉他嫡妻与僧道有奸,逼的嫡妻吊死了,问成绞罪。九年前女监里失火,说是烧死了,如今撞见了这妇人通是他。小的们一个错认罢了,没的小的们四五个人都眼离[1]了不成?"县公问说:"那时烧死了,有尸没有?"于桂说:"有尸。"县公说:"尸放了几日才领出去? 只怕尸领得早,到外边又活了。"于桂道:"若是那个尸,没有活的理,烧得通成灰了。"县官问:"尸后来怎么下落了?"于桂说:"晁乡宦家领出去埋[2]了。"县官说:"晁乡宦家见烧得这等,也不认得了。叫张寿山来!"同房说:"他今日不曾来。"

----

[1] 眼离——看错,认错。
[2] 埋——同本作"理"。"埋"与"理"盖因形近而讹,据文意酌改。本回"埋"字多误作"理",以下径改,不再出校记。

县官拔了两枝签,差了两名快手,从院里娼妇家寻得他来。快手也只说县官叫他,不曾说因此事。张瑞风来到,县官问说:"晁监生的妾小珍哥说是烧死了,如何见在你家?"张瑞风神色俱变,语言恍惚,左看右看,回说:"小珍哥烧杀了九年多了,没的鬼在小的家里?"县官说:"奴才!你莫强辩!"差了于桂,叫拿了他来,叫张寿山跪在一傍伺候〔1〕。待不多一会,将珍哥拿到。

县官问说:"这果然是小珍哥么?"小珍哥不答应,只管看张寿山。张寿山说:"这是小的临清婆的妾,姓李,怎是小珍哥?这人模样相似的也多,就果真是小珍哥,这又过了九年,没的还没改了模样?就认得这们真?"于桂等众人说道:"就只老相〔2〕了些,模样一些也没改。"县官教拿夹棍夹起。珍哥说:"你夹我怎么呀?我说就是了。那年烧杀的不是我,是另一个老婆。我趁着失火,我就出去了。"县官说:"你怎么样就得出去?"珍哥指着张瑞风道:"你只问他就是了。"

这县官是个有见识的,只在珍哥口里取了口辞,岂不真切?果被他哄了,叫上张瑞风审问。他支吾不说,套上夹棍,招称:"九年前一个季典史,叫是季逢春,每日下监。见珍哥标致〔3〕,叫出他一个门馆先生沈相公到监里与小珍哥宿歇,又叫出一个家人媳妇到监伏事。一日,女监里失了火,那家人媳妇烧杀了,小珍哥趁着

----

〔1〕　伺候——同本作"伺侯",据文意酌改。
〔2〕　老相——年纪显大。
〔3〕　标致——同本作"慓致"。"標"与"慓"盖因形近而讹,据文意酌改。

救火人乱,季典史就乘空把他转出去了,那烧杀的家人媳妇就顶了小珍哥的尸首,尸亲领出去埋了。后来季典史没了官回家,小珍哥不肯同去,留下小的家里。这是实情。"小珍哥绰了张瑞风的口气跟了回话,再不倒口。

县官据了口辞,申了合干上司,行文到季典史原籍陕西宝鸡县,提取季典史并沈相公、烧死媳妇子的本夫。这季典史家事极贫,年也甚老,那有甚么沈相公、家人娘子的夫主?本处官府追求不出,只得将季典史解到山东。

季典史极力辩洗,经了多少问官,后经了一个本府军厅同知才问出真情,方与这季典史申了冤枉。审得张瑞风自从珍哥进监,他倚恃刑房书办,垂涎珍哥姿色,便要谋奸。只因晁源见在,一惧晁源势力,不敢下手;一因晁源馈送甚厚,不好负心。后晁源已死,又因晁源家人晁住时尝进监与珍哥奸宿,张瑞风将晁住挟制殴打,将珍哥上匣凌虐,珍哥随与张瑞风通奸情厚。珍哥在监内,晁源在日原有两个丫头并晁住媳妇在监伏事。晁源死了,晁源母晁宜人将丫头、媳妇俱叫出监去。张瑞风随买了一个算卦的程捉鳖老婆在内与珍哥支使。买通了监里的禁子刘思长、吴秀、何鲸,哄的程捉鳖老婆吃醉了酒,睡熟的珍哥炕上,放起火来,将程捉鳖老婆烧死在内。珍哥戴了帽子,穿了坐马,着了快鞋,张瑞风合三个禁子做了一路,羽翼了珍哥,趁着救火走出,藏在张瑞风家内。张瑞风要瞒人耳目,故意往临清走了一遭,只说娶了一个姜。报了珍哥烧死,尸亲领出葬埋。天网不疏,致被捉获。申明了上司。

季典史完得官司，因年老辛苦，又缺盘费，又少人服事，衣食不敷，得病身死。还亏了几个旧时衙役攒了几两银子与他盛殓，送了他棺木还乡。张瑞风问了斩罪，三个禁子都问了徒罪，程捉鳖坐了知情[1]，也问了绞罪。由县解府，由府解道，张瑞风合珍哥各人六十板，程捉鳖合三个禁子每人四十板。过了两日，张瑞风棒血攻心死了。又过了一日，程捉鳖也死了。那日珍哥打得止剩了一口油气[2]，万无生理，谁知他过了一月，复旧如初。

晁夫人闻知此事，不胜骇异，也绝没人去管他。有人叫晁夫人把程捉鳖的老婆掘了出来，晁夫人道："人家多有舍义冢[3]舍棺木的，既是埋了，况又不在自己地内，掘他怎么？"

珍哥这事传了开去，做了山东的一件奇闻[4]。珍哥此番入监，晁家断了供给，张瑞风又被打死，只得仰给囚粮，苟延残命，衣服蓝缕，形容枯槁。谁知这八百两银子聘的美人，狼籍得也只合寻常囚犯一般。

第二年，按院按临本县，报了文册，临期送审。珍哥身边一文也无，又没有了往时的姿色可以动人怜爱，这路上的饭食、头口何以支

---

〔1〕坐知情——以知情不报论罪。

〔2〕油气——同本作"由气"，据上文酌改。

〔3〕舍义冢——同本作"舍义垄"，据文意酌改。

〔4〕做了山东的一件奇闻——校注者检得明谈迁《枣林杂俎·和集·借尸脱囚》云："崇祯五年，高平典史张口口，悦囚妇许氏，借丐妇尸为许氏，阴匿于官舍。秩满还富平，隶人发其事。逮张至，抵死。"此即第四十三回与本回事之所本。由谈迁所记，知此事发生于山西高平，作者在小说中将其移至山东武城。

持？审录必定要打，打了如何将养？把一个生龙活虎倚了家主欺凌嫡室的心性也消磨得尽净。无计可施，只得央了一个禁子走到晁家门上，寻见了晁凤，叫他转央晁夫人看晁源的情分，着个人炤管审录。

晁夫人道："我也只说这块臭肉，天老爷已是消灭了。谁想过了这们几年，从新又钻出来臭这世界！我不往家里揽这堆臭屎！我已是给他出过殡埋过他了，他又出世待怎么！谁去炤管他！晁凤，你要房钱去，凑二两银子你送给他，叫他拿着来回盘缠。你再问他：'这往后也过不出好日子来了，还活着指望甚么呢？趁着有奶奶，只怕还有人妆裹你；若再没了奶奶，谁还认的你哩？这去审录，说甚么不打四五十板子，这是活着好么？'"

晁凤问住房子的人家要了二两银，到了监里见了珍哥。穿着一条半新不旧的蓝布裤，白布膝裤子，像地皮似的两根泥条裹脚，青布鞋，上穿着一领蓝补丁小布衫，黄瘦的脸，蓬着头，见了晁凤，哭的不知怎么样的，说："我待怎么？可也看死的你大爷分上！奶奶就下的这们狠，通也就不理我一理儿！"

晁凤说："你别怪奶奶。你干出甚么好事替奶奶挂牌扁哩，指望奶奶理你？那年烧杀的说是你，奶奶买的杉木合的材，买的坟地，请了僧人念的经，二叔还持服领斋。谁都想便宜了别人，后来又钻出这们等的！这是二两银子，奶奶叫送与你来回盘缠。奶奶说：往后的日子也没有甚么好过的了，叫你自己想哩。"珍哥接了银子只是哭，又问："晁住这贼忘恩负义的强人在那里哩？"晁凤说："管坟上庄子的不是他么？吃的像个肥贼是的。"珍哥哭着骂道："我待不见那忘八羔子哩！事到其间,我也不昧阴了。你大爷在日我就合他好,如今就一点情分儿也没了,影儿也不来傍傍！怕牢瘟染上他呀？"

晁凤道:"你可别怪他。从那一年惹了祸出来,奶奶许过,他再到这监里来,奶奶待拧折他腿哩！"珍哥说:"他就这们听奶奶说？奶奶就每日的跟着他哩？你替我上覆奶奶,你说我只没的甚么补报奶奶。明日不发解,后日准起解呀！要是审录打不杀回来,这天渐渐的冷上来了,是百的望奶奶扎刮扎刮我的衣裳,好歹只看着你大爷分上罢！"晁凤长吁口气道:"我说只只是你也看看大爷的分上才好哩！"珍哥说:"我怎么不看大爷的分上？"晁凤说:"你坐监坐牢的已是不看分上了,又在监里养汉,又弄出这们事来！你亲口说养着晃住哩！这是你看分上呀？"珍哥道:"这倒无伤。谁家婆娼的有不养汉的来？"晁凤到家,回了前后的话。

果然次日武城县将监内重囚逐名解出。小珍哥有了这二两银子,再搭上这随身的宝货,轻省到了东昌,伺候按院审录。长解与他算计,把查盘推官的皂隶都使了银子,批打时好叫他用情。不料按院审到珍哥跟前,二目暴睁,双眉直竖,把几根黄须扎煞[1]起来,用惊堂木在案上拍了两下,怪声叫道:"怎么天下有这等尤物！还要留他！"拔下八枝签,拿到丹墀下面,鸳鸯大板共是四十,打得皮开肉绽,鲜血汪洋,止剩一口微气。原差背了出来,与他贴了膏药,雇了人夫,使门板抬了他回去。离县还有五里,珍哥恶血攻心,发昏致命,顷

----

〔1〕　扎煞——山东方言,形容张开的样子。

刻身亡。差人禀了县官,差捕衙相验明白,取了无碍回文,准令尸亲领葬。晁夫人闻知,差了晁凤、晁书依还抬到真空寺里,仍借了僧房,与他做衣裳,合棺木,念经发送,埋在程捉鳌老婆身傍。

却说珍哥自从晁源买到家中,前后里外整整作业了一十四年,方才这块臭痞割得干净。可见为人切忌不可取那娼妇,不止丧了家私,还要污了名节,遗害无穷。晁源只知道挺了脚不管去了,还亏不尽送在这等一个严密所在,还作的那业无所不为。若不是天公收捕了他去,还不知作出甚么希奇古怪事来!真正:

> 丑是家中宝,俊的惹烦恼。再要娶娼根,必定做八老〔1〕!

这晁源与珍哥的公案至此方休,后面再无别说。

----

〔1〕 八老——娼妓的假父或妓家的仆役,俗称"王八"。

第五十二回

名御史旌贤风世　悍妒妇怙恶乖伦

　　芝草何尝有种？甘泉从古无源。灵秀偏生白屋，凶顽多出朱轩。名曰妇姑夫妇，实为寇敌仇冤。请看薛家素姐，再观张氏双媛。

　　再说狄希陈自从与孙兰姬相会之后，将丢吊之相思从新拾起。若是少年夫妇琴瑟调和，女貌郎才，如鱼得水，那孙兰姬就镇日蠹在面前，也未免日疏日远。争奈那薛素姐虽有观音之貌，一团罗刹之心。狄希陈虽有丈夫之名，时怀鬼见阎王之惧，遇着孙兰姬这等一个窈窕佳人，留连爱惜，怎怪得他不拔肚牵肠！将他送的那双眠鞋，叫裁缝做了一个小小白绫面月白绢里包袱，将鞋包了，每日或放在袖内，或藏在腰间，但遇闲暇之时、无人之所，就拿出来再三把玩，必定就要短叹长吁，再略紧紧，就要腮边落泪。

　　那孙兰姬送的汗巾合那挑牙，狄希陈每日袖着。一日，素姐看见说道："你这是谁的汗巾？拿来我看！"狄希陈连忙把汗巾藏放袖内，说道："脱不了是我每日使的个旧汗巾，你看他则甚？"素姐说："怎么？我看你一块子去了么[1]？我只是要看！"狄希陈没可奈何，只

----

[1]　看你一块子去了么——等于说能看得你少了一块吗？一块子，一块，一部分。

得从袖中取将出来。素姐接到手内,把汗巾展开,将那金挑牙也拿在手内看了一看,说道:"你实说,这是谁的? 你要拿瞎话支吾,我搅乱的你狄家九祖不得升天! 我情知合你活不成!"

狄希陈唬的那脸蜡淬似的焦黄,战战的打牙巴骨,回不上话来。素姐见他这等腔巴骨子〔1〕,动了疑心,越发逼拷。狄希陈回说:"我的汗巾放在娘的屋里,娘把我的不见了,这是咱娘的汗巾赔了我的,你查考待怎么?"素姐说:"你多咱不见汗巾? 多咱赔你的? 我怎么就不知道? 你怎么就不合我说? 你这瞎话哄我!"把那汗巾卷了一卷,就待往火炉里丢。狄希陈说道:"这是娘的汗巾子,等寻着了我的,还要换回去哩,你别要烧了!"向素姐手内去夺。素姐伸出那尖刀兽爪,在狄希陈脖子上挞了三道二分深五寸长的血口,鲜血淋漓。狄希陈忍了疼,幸得把那汗巾夺到手内。素姐将狄希陈扭肩膊、拧大腿、掐胳膊、打嘴巴,七十二般非刑般般演试,拷逼得狄希陈叫菩萨、叫亲娘。

哄动了老狄婆子,听得甚详,知得甚切,料透了其中情节,外边叫道:"小陈哥,你拿我的汗巾子来! 我叫你不见了汗巾子,拿了我的去,叫人胡说白道的!"素姐屋里说道:"好! 该替他承认! 我没见娘母子的汗巾送给儿做表记!"狄婆子道:"你休要撒骚放屁的寻我第二顿鞭子!"狄婆子发起狠来。这素姐虽是口里还强,说到那鞭子的跟前,追想那遭的滋味,也未免软了一半。这狄希陈亏不尽母亲出了

---

〔1〕 腔巴骨子——情态,神情。

一股救兵,不致陷在柳州城里。

　　谁知狄希陈脱了天雷,又遭霹雳。老狄婆子悄悄的背后审问他的真情,他只伸着个头,甚么是答应。气的老狄婆子说道:"这们皮贼〔1〕是的,怎么怪的媳妇子打!"狠的把手在狄希陈脸上指了两指,说道:"这要是你爹这们乜谢地宁头〔2〕,我也要打!"狄希陈站了会子,始终没说,去了。素姐在屋里家反宅乱的鬼吵。

　　狄希陈又要收拾上京坐监,置办衣裳,整顿行李。狄员外不放心教他自去,要自己同他上京。选定了日子,要同狄希陈往关帝君庙许一愿心,望路上往回保护。狄员外起来梳洗已毕,去唤狄希陈,还正在南柯做梦。听见父亲唤他,想起要到庙中许愿,匆匆起来,连忙穿衣梳洗,跟了父亲同往关庙许了愿心。忽然想起孙兰姬的眠鞋,因起来忙迫,遗在床里边褥子底下,不曾带在身边,恐怕被素姐简搜得着,这与那汗巾又不相同,无可推托,其祸不小。面上失了颜色,身上吊了魂灵,两步趱成一步,撇了父亲,一头奔到房内。

　　谁知素姐到还不曾搜得,正在那里洗脸。狄希陈止该相机而行,待时而动,等他或是回头,或是转背,有多少的东西弄不到腰里?谁知那心慌胆怯了的人,另是一个张智〔3〕。人都不晓得这个诀窍,只说那番子手惯会拿贼,却不知那番子手拿贼的声名久闻于外,那贼一

----

〔1〕　皮贼——山东方言詈词,指性子慢,反应迟钝的人。
〔2〕　乜谢地宁头——侧斜着头颈。形容执拗、不听人劝说的样子。谢,同"斜"。乜斜,斜侧。宁,同"拧"。
〔3〕　张智——样子,举止。

见了他，自己先失魂丧智，举止獐徨，这有甚么难认？那狄希陈心里先有了这件亏心的事，日夜怀着鬼胎，惟恐素姐得了真赃，祸机不测，他就合那"失了元宝在冯商客店里"〔1〕的一般，没魂失措，也不管素姐见与不见，跑进房来，走到床上，从床里褥子底下见了那个白绫小包依旧还在，就如得了命的一般，也不管素姐停住了洗脸呆呆的站住了看他，他却将那包儿填在裤裆里面，夺门而出。

素姐拦住房门，举起右手，望着狄希陈左边腮颊尽力一掌，打了呼饼〔2〕似的一个焌紫带青的伤痕，又将左手在狄希陈脖子上一叉，把狄希陈仰面朝天，叉了个"东床坦腹"〔3〕，口里还说："你是甚么？你敢不与我看！我敢这一会子立劈了你！"狄希陈还待支吾，素姐跑到跟前，从腰间抽开他的裤子，掏出那个包来。素姐手里捏了两捏，说道："古怪！这软骨农的〔4〕是甚么东西？"旋即解将开来，却是一件物事。有首《西江月》单道〔5〕这件东西：

　　　　绛色红绸作面，里加白叚为帮。绒毡裁底软如棉，锁口翠蓝

---

〔1〕 失了元宝在冯商客店里——出自戏曲《三元记》、《四德记》。失银的为客商赵甲，捡银的为客人冯商，客店主人为王以德。此云"在冯商客店里"，盖作者记误。
〔2〕 呼饼——用手拍捏而成的一种圆饼状食品。
〔3〕 东床坦腹——南朝宋刘义庆《世说新语·雅量》载：晋郗鉴派门生至王导族中择婿，回来言说王家子弟个个矜持，独王羲之坦腹东床如无事一样。郗鉴赏之，因将女儿嫁与羲之。后因称女婿为"东床"。此语双关，形容狄希陈仰面朝天的样子。
〔4〕 软骨农的——绵软的，柔软的。
〔5〕 单道——同本作"单道道"，后一"道"字为衍文，据文意酌删。

丝线。　　　猛着莲弯窄短,细观笋末尖纤。嫦娥换着晚登坛,阁在吴刚肩上。

素姐紫糨了面皮,睁员了怪眼,称说:"怪道你撞见了番子手似的! 原来又把你娘的睡鞋拿得来了! 这要你娘知道说甚么? 不合那汗巾子似的又说是他的! 小玉兰,你把这鞋拿给他的娘看去,你说:'你多咱不见了他的鞋,又赔了他这鞋子?'你要不这们说,我打歪你那嘴!"小玉兰道:"我这们说,奶奶打我可哩?"素姐叫唤着说道:"他为甚么就打你? 他使了几个钱买的你,他打你!"小玉兰说:"姑娘哄我哩,奶奶没打姑娘呀?"

素姐自己拿着那鞋,挠着头,又着裤,走到狄婆子门口把鞋往屋里一撩,口里说道:"这又是你赔他的鞋! 这不是? 你看! 一定是合汗巾子一日赔的!"狄婆子叫丫头拾起来接在手里,仔细看了看,说道:"这不知是那个养汉老婆的鞋,你叫他休胡说!"素姐道:"汗巾子说是你的,鞋又是养汉老婆的了! 一件虚,百件虚;一件实,百件实! 是养汉老婆的,都是养汉老婆的;是你的,都是你的。这鞋又不认了!"

素姐这高声发落,虽是隔着一个院落,狄老婆子句句听得甚真。他又口里骂着婆婆比较那狄希陈,就像禁子临晚点贼的一般,逼拷的鬼哭狼号。狄婆子听见,疼的那柔肠像刀搅一样,说道:"小陈哥,他没的捆着你哩? 你夺门跑不出来么?"狄希陈说:"娘来看看不的么? 我怎么跑呀?"狄员外道:"你看他看去,把个孩子怎么样处制着哩。有这们混帐孩子,死心踏地的受他折堕哩!"老狄婆子悄悄说道:"你知不道,我也就数是天下第一第二的老婆了,天下没有该我怕的。或只见了他,口里妆做好汉,强着说话,这身上不由的寒毛支煞[1],心里怯怯的。"

正说着,又听见狄希陈怪叫唤说:"娘! 你不快来救我么?"老狄婆子只得走进房去,只见一根桃红鸾带一头拴着床脚,一头拴着狄希陈的腿,素姐拿着两个纳鞋底的大针,望着狄希陈审问一会,使针扎刺一会,叫他招称。狄婆子见了,望着狄希陈脸上使唾沫啐了一口,说道:"呸! 见世报忘八羔子! 做了强盗么? 受人这们逼拷! 嫖来! 是养汉老婆的鞋! 汉子嫖老婆,犯法么?"一边拿过桌上的剪子,把那根鸾带拦腰剪断,往外推着狄希陈说道:"没帐! 咱还有几顷地哩,我卖两顷你嫖,问不出这针跢[2]的罪来!"素姐指着狄希陈道:"你只敢出去! 你[3]要那一步儿,我改了姓薛,不是薛振桶[4]下来的闺女!"

狄希陈站着,甚么是敢动? 气的狄婆子挣挣的,掐着脖子,往外只一搡。素姐还连声说道:"你敢去! 你敢去,你就再不消进来!"狄希陈虽被他娘推在房门之外,靠了门框,就如使了定身法的一般,敢移一步么? 狄婆子拉他的手说道:"你去! 由他! 破着我的老命合他对了! 活到一百待杀肉吃哩!"这狄希陈走一步回一回头,恋恋

---

〔1〕 支煞——义同"扎煞"。参见第五十一回注。

〔2〕 跢(duò)——突然用力向肉里刺。

〔3〕 你——同本作"我",据文意酌改。

〔4〕 桶——詈词,同"捅"。

不舍,甚么是肯与他娘争点气儿!

　　素姐见狄希陈教他娘拉的去了,也不免的"张天师忘了咒——符也不灵了",骂道:"这样有老子生没老子管的东西,我待不见哩!一个孩子,任着他养女吊妇的,弄的那鬼! 说那踢天弄井待怎么? 又没瞎了眼,又没聋着耳躲,凭着他不管一管儿! 别人看拉不上管管儿,还说不是! 要是那会做大的们的,还该说:'这儿大不由爷的种子,亏不尽得了这媳妇子的济。这要不是他,谁是管得他的?'说这们句公道话,人也甘心。是不是护在头里,生生的〔1〕拿着养汉老婆的汗巾子,我查考查考,认了说是他! 连个养汉老婆也就情愿认在自家身上哩! 这要不是双小鞋,他要只穿的下大拇指头〔2〕去,他待不说是他的哩么? 儿干的这歪营生都揽在身上,到明日,闺女屋里拿出孤老来,待不也说是自家哩! '槽头买马看母子',这们娘母子也生的出好东西来哩! '我还有好几顷地哩,卖两顷给他嫖!'你能有几顷地? 能卖几个两顷? 只怕没的卖了,这两把老骨拾还叫他撒了哩! 小冬子要不早娶了巧妮子去,只怕卖了妹子嫖了也是不可知的! 你夺了他去呀怎么? 日子树叶儿似的多哩,只别撞在我手里! 我可不还零碎使针跺他哩,我可一下子是一下子的! 我没见天下饿杀了多少寡妇老婆,我还不守他娘那屄寡哩!"

　　素姐这大发小发,老狄婆子那一句不曾听见? 气的像癞蛤蟆一

---

〔1〕　生生的——明明白白的。
〔2〕　大拇指头——山东方言中大拇指与大脚趾共用此辞,这里指后者。

般,咽咽儿的咽气,只说:"我要这命换盐吃么? 我合他对了罢!"狄员外只说:"你'好鞋不踏臭屎',你只当他心风了,你理他做甚么? 亏了李姑子亲口对着你说的,这要对着别人说,你也不信。你气的这们等的,咱可怎么样?"狄婆子道:"咱千万是为孩子。看来这孩子在他手里像后娘似的,也逃不出命来!"狄员外道:"这眼下待不往京去哩? 且教他躲一日是一日的。打哩天老爷可怜见,小陈哥还完了他那些棒债,他好了也不可知的。"

从此一日狄希陈就没敢往他屋里去,都在他娘的外间里睡。只恐怕素姐还像那一遭似的暗来放火,爷儿三个轮替着醒了防他。还怕他等爷儿们去了有甚恶意,狄员外又到关帝庙里求了一签。那签上说道:

忆昔兰房分半钗,而今忽把信音乖。痴心指望成连理,到底谁知事不谐。

狄员外虽是求了圣签,又解不出是甚意味,好生按捺不下。素姐又在屋里不住口的咒念,狄员外两口子只推不曾听见,收拾行李停妥,单等吉日起身。薛教授先两日前治了看馔,摆了桌盒,同了两个儿子来与狄员外爷儿两个送行。素姐知道,就骂他爹,说他爹是老忘八,老烧骨拾的,把个女儿推在火坑里,瞎了眼寻这们个女婿,还亏他有脸往这里来。狄员外又只推听不见,慌忙叫人扫地,摆桌子,定菜接待。薛教授爷儿三个吃过茶,薛如兼进去后边见了丈母,都没往后边去看素姐。外边上了坐,坐到掌灯时分,散了。

次日,狄员外还叫狄希陈去辞他丈母、丈人。狄希陈到了薛家,薛教授会里去了,止见了薛夫人,叫薛如卞弟兄两个留狄希陈吃饭。狄希陈把汗巾睡鞋的事从头对着两个舅子告诉,把素姐打骂的事情也对两个舅子说了。薛如卞说:"这是你前生遭际,没奈何,忍受罢了。昨日送盒子的去,说他连爹都骂了,这不待中心风么? 不然,俺为甚么不到后头看看?"你说我应的,吃了酒饭,狄希陈辞了回家。

过了一宿,清早起来吃了饭,鞴完了行李,同了狄员外辞了家堂合老狄婆子,待要起身。狄员外叫狄希陈:"进屋里与你媳妇儿说声。"狄希陈果然往屋里对素姐作了一个揖,说道:"我合爹起身哩。"素姐身也没动,说道:"你这是辞了路,再不回头了! 要是撞见强人,割了一千块子,你必的托个连梦与我,我好穿着大红嫁人家!"狄希陈听他咒骂,眉也没敢皱一皱,出来了。却好薛教授爷儿们都来看送起身,又送了三两赆仪,作别起身。同去的是狄宾梁、狄希陈、狄周、尤厨子四个。

不说狄希陈上京坐监。却说薛夫人次日要接素姐回家,薛教授道:"你接这祸害来家待怎么?"薛夫人道:"你好平心〔1〕! 既知他是祸害,只该教别人受他的么? 女婿又没在家里,接了他回来好。"薛教授道:"你教他回来,只别教他见我!"龙氏听见,骂说:"贼老狠天杀的! 我待不看他哩!"薛教授问说:"姓龙的说甚么?"薛夫人道:"他没说甚么。"混过去了。差了薛三槐娘子接了素姐,跟了小玉兰回家。到了背地里,小玉兰把狄希陈那汗巾子合鞋的事从头告诉,又

----

〔1〕 平心——反语,即偏心。

说素姐拿着纳底的针浑身跺他姑夫，拿带子拴着腿，又不许他跑了。又说俺奶奶，到明日闺女屋里拿出孤老来，也认是自家的。薛夫人听的，气的要死火势，只不教薛教授知道。

过了两日，薛夫人因狄员外合女婿不在，治了酒席去看望狄婆子，只自己去了，也没教素姐同去。两亲家婆合巧姐，请了妹子崔近塘娘子来陪，倒喜欢说笑了一日。狄婆子也没对着提素姐一个字，管待的薛夫人去了。崔近塘娘子没往家去。

再说这明水村里有一个老学究，号是张养冲。两个儿子，两房媳妇，家中也聊且过的，儿子合媳妇都肯孝顺，乡里中也甚是称扬。张养冲得病卧床，两个儿子外边迎医问卜，许愿求神；两个媳妇在家煎茶熬药，递饭烹汤。服事了两三个月，绝无抱怨之心。张养冲死了，尽了贫家的力量，备了丧仪，出过了殡。这两个儿子，一个在家中照管个客店，一个在田中照管几亩庄田，单着两个媳妇在家管顾婆婆。

若是这妯娌两个也像别人家唆汉子纂舌头，搅家合气，你就每日三牲五鼎，锦绣绫罗供养那婆婆，那老人家心里不自在，说那衣裳齐整，饮食丰腴，成何事干？偏是[1]这妯娌两个，一个叫是杨四姑[2]，一个叫是王三姐，本是两家异姓，偶合将来，说那一奶同胞的姊妹更是不同。你恭我敬，戮力同心，立纪把家，守苦做活，已是叫公婆甚为欢喜；再兼之儿子孝顺，这公婆岂不就是神仙？

----

[1] 偏是——同本作"遍是"。"偏"与"徧"盖因形近而讹，据文意酌改。

[2] 杨四姑——同本作"扬四姑"，据下文校改。

因公公亡故，婆婆剩下孤身，这两房媳妇轮流在婆婆房中作伴，每人十日，周而复始。冬里与婆婆烘被窝、烤衣服、篦头修脚、拿虱子[1]、捉臭虫，走动搀扶，坐卧看视；夏里抹席扫床，驱蚊打扇，曲尽其诚。自己也有二亩多的稻地，遇着收成，一年也有二石大米。两个媳妇自己上碾，碾得那米极其精细，单与翁婆食用。稻池有鱼，每年圈里也养三四个猪，冬里做了腌腊[2]。自己腌的鸭蛋，抱[3]的鸡雏。两个老人家虽是贫生夫妇，竟是文王手下食肉的耆民。凡遇磨麦，先将上号的白面留起来，另与公婆食用。妯娌两个，每人偷了工夫喂蚕，每年或伙织生绢三匹，或各织两匹，穿着得公婆虽无纱罗绸段穿在身上，又通似文王手里衣帛的老人。后来两个媳妇侍奉婆婆，更是用心加意。后来婆婆得了老病，不能动履，穿衣喂饭、缠脚洗脸、梳头解手，通是这两个媳妇料理婴儿的一般。婆婆的老病渐次沉重，饭食减少，妯娌两个商议，说要割股疗[4]亲，可以回生起死。妯娌两个吃了素，祷告了天地，许了冬月穿单，长斋念佛，每人俱在左股上割下一块肉来，合拢作了一碗羹汤，瞒了婆婆，只说是猪肉。婆婆吃在肚内，觉得鲜美有味，开了胃口，渐渐吃得饭下。虽然不能起床，从新又活了一年零八个月，直至七十八岁身亡。这儿子媳妇倒不像婆

---

〔1〕虱子——同本作"风子"。"虱"与"風"盖因形近而讹，据文意酌改。

〔2〕腌腊——腌制后风干的腊肉。同本作"腌猎"。"腊"与"猎"盖因形近而讹，据文意酌改。

〔3〕抱——"菢"的借字，孵化。

〔4〕疗——救治。

婆是寿命考终,恰像是谁屈死了他的一般,哭得个发昏致命。

一个按院姓冯名礼会,巡历将完,例应保举那孝子顺孙、义夫节妇。他说这四样人原是天地间的灵根正气,复命表扬,原为扶植纲常,振起名教,鼓舞庸愚。近来世道没有了清议,人心没有了是非,把这四样真人都被那些无非无刺的乡愿、有钱有力的势要、作奸犯法的衙胥、骂街撒泼的搥拉占定了朝廷的懿典,玷辱了朝廷的名器。他行了文书下去,他说:"这四样人不要在势宦富贵之家寻觅。一来这富贵的人,凡百俱求无不得,只少一个美名,极力夤缘,不难幸致;第二件,这富贵之家,孝顺节义,处在这等顺境,这四件是他应为之事。行得这四件方才叫得是人,这四件事做不来,便不是人了。惟是那耳目不曾闻见诗书,处的俱是那穷愁拂郁的逆境,不为习俗所移,不为贫穷所诎,出乎其类,拔乎其萃,有能孝亲顺祖,易色殉夫,这方是真正孝子顺孙、义夫节妇,方可上疏举他。"

既是一个按院要着实举行,这诸司也不敢不奉行惟力,节次行将下来。当不得那末流之会,也无甚奇节异行之人,这张大、张二也将就当得起个孝子,这杨氏、王氏也庶几称得起个孝妇。街邻公举,里约咸推,开报了上去。考察[1]了下来,再那里还有出其右者?县里具文回府,府里具文回道,学道详了按台,按台上了本。旨意下了礼部,礼部覆过了疏,奉了旨,将张大名唤张其猷并妻杨氏,张二名唤张其美并妻王氏,俱着抚按建坊旌表,每人岁给谷三石、布二匹、绵花六

---

〔1〕 考察——同本作"没察",据文意酌改。

斤为尝,直待终身而后已。

按院奉了旨意勘合,行到绣江县来。依了旨意,原该建两个牌坊才是,县里说张其猷、张其美原是同胞兄弟,这杨氏、王氏又是嫡亲妯娌,希图省事,只盖一座牌坊,列了男妇四个的名字。不料按院郑重其事,复行该县,务要遵旨各自建坊,兴工动土,竖柱上梁,俱要县官自己亲临,不得止令衙役苟且完事。于是县官仰承上司的美意,在通衢闹市所在选择了地基,备办砖石,采取木料,鸠拨匠人,择了吉日起工。县官亲来破土,又亲自上梁。

这明水离县治四十里路,一个县官亲临其地,就如天神下降一般,轰动了阖镇士夫,奔走尽满村百姓,地方除道搭棚,乡约铺毡结彩。明水镇住的乡绅、举监、秀才、耆老都穿了吉服衣巾,先在兴工处所迎接陪奉县官。张其猷、张其美都奉旨给了孝子衣巾,儒巾皂服,甚是轩昂。须臾,县官将到,鼓乐齐鸣,彩旗扬拽。县官下了轿,就了拜毡,礼生赞拜行礼。礼毕,移就棚内,与众绅衿士民相见。张其猷兄弟庭参致谢,县官相待殊优。此日不特本镇的男女倾国而观,就是一二十里邻庄妇女,没有一个不瘸瘸摇摇、短短长长,都来聚观盛事。真是致得那些汉子老婆,有平日不孝,忤逆父母顶触公婆的,鼓动善心,立心[1]更要学好。就是有那不听父母教训,私妻向子的顽民,不知公姑名分,殴公骂婆的悍妇,再没有不思痛改前非,立心学好。所以这做官的人要百姓移风易俗,去恶归

------

[1]　立心——存心。

良,合在那鼓舞感化。

薛教授那日,虽是个流寓乡宦,也穿了吉服,俱在有事之中。看得这般盛举,又见没有不来看的妇人,且是这建坊的所在正是相栋宇的门前,连忙差薛三省回家,叫请薛夫人同了素姐,同薛如卞娘子连氏,都到相家看那建坊的齐整。薛夫人道:"这人家盖座牌坊有甚好看?却教带了少女嫩妇的往人家去呢!盖什么牌坊,轰动得这们等的?"薛三省说:"是张相公的两个儿[1]举了孝子,两个媳妇为他婆婆病割股救治,都举了孝妇,奉了朝廷旨意,叫官与他盖造牌坊哩。"薛夫人会得薛教授的主意,遂改口说道:"素姐,你快收拾,咱娘儿三个都看看来。"素姐说:"你两个去,我是不去的。"薛夫人道:"你爹敬意教人来接咱,咱为甚么不去?"素姐说:"这意思来混我么?我伶俐多着哩!我也做不成那孝妇,我也看不的那牌坊。我就有肉,情知割给狗吃,我也做不成那股汤!精扯燥淡!"佯佯不理,走开去了。

薛教授回家,问那不去的缘故,薛夫人把素姐的话学了一遍。薛教授长叹一声,点了两点头,往屋里去了。龙氏在傍说道:"这没要紧的话,不对他学也罢了,紧仔睃拉他不上[2],又挑头子[3]!"薛夫人道:"这怎么是挑头子?睃拉他不上,谁怎么他来?怪不的说你教坏了孩子呢!"薛教授正没好气,瞪着一双眼走出房来。龙氏抬头

----

〔1〕 儿——同本作"完"。"兒"与"完"盖因形近而讹,据文意酌改。

〔2〕 睃拉……不上——今山东方言作"睃拉不上……"。厌恶,看到就心生厌烦。

〔3〕 挑头子——山东方言,把已经搁下的事重新提起,借以引起事端的意思。

看了一看,见不是风犯[1],低着头,趄着[2]肩膀,往厨屋只一钻。薛教授瞪了一会子眼,说道:"便宜这私窠子! 踢顿脚给他好来!"

　　如此看将起来,素姐明知故为,逆姑殴婿,显是前生冤业。只怕后来还不止此,且等别回再说。

---

〔1〕　不是风犯——不是头,不是好的来头。
〔2〕　趄着——这里是斜着的意思。

第五十三回

欺绝户本妇盗财　逞英雄遭人捆打

凶德几多般,更是悭贪。欺人寡妇夺田园。谁料水来汤去,典了河滩〔1〕。　　跨上宝雕鞍,追赶戎蛮〔2〕。被他骡上采将翻。手脚用绳缚住,打得蹒跚。

——右调〔3〕《浪淘沙》

再说这晁家七个族人,单只有一个晁近仁为人也还忠厚,行事也还有些良心。当初众人打抢晁夫人的家事时候,惟他不甚作业,无奈众人强他上道〔4〕,他只得也跟了众人一同乱哄。后人便不能洗出青红皂白,被徐县公拿到街上,也与众人一般重责了三十。为这件事,人多有替他称屈,议论这徐县公这样一个好官,也有问屈了事的。

看官听说! 若当日众人要去打抢的时候,这晁近仁能拿出一段天理人心的议论,止住了众人的邪谋,这是第一等好人了。约料说他

〔1〕 "谁料"二句——用歇后语"卖豆腐点了河滩地——水里来,汤里去"之意。典,同"点",在豆浆锅中掺入卤水或酸浆使其凝结成块状。

〔2〕 戎蛮——同本作"绒蛮",据文意酌改。

〔3〕 右调——同本作"治调",据各回文字校改。

〔4〕 强他上道——裹挟他做了一路。

不听,任凭他们去做,你静坐在家,看他们相螃蟹一般的横跑,这是第二[1]等好人了。再其次,你看他们鹬蚌相持,争得来时,怕没有了你的一分么? 这虽不是甚么好人,也还强如众人毒狠。既众人去打,你也跟在里头,众人去抢,你也都在事内,你虽口里不曾说甚主谋,心里也还有些忸怩,县官只见你同在那里抢劫,焉得不与众人同打? 这教是县官屈打了他? 这样没主意随波逐浪的人,不打他便打那个?

只是他另有一段好处。那七个族人,晁夫人都分了五十亩地,五两银子,五石粮食[2]。那六个人起初乍闻了也未免有些感激;渐渐过了些时,看得就如他应得的一般;再过几时,那蛆心狡肚、嫉妒肺肠依然不改。那魏三出名冒认,岂曰无因? 恨不得晁夫人家生出甚么事来,幸灾乐祸,冷眼溜冰[3]。但只这些歪憋心肠,晁近仁一些也没有。但是晁夫人托他做些事件,竭力尽心,绝不肯有甚苟且。那一年托他煮粥巣米[4],赈济贫人,他没有一毫欺瞒夹帐。若数晁家的好人,也便只有他一个。

他原起自己也有十来亩地,衣食也是不缺的。这样一个小主[5],怎禁得这五十亩地的接济? 若止有了五十亩地,没有本钱去种,这也是"拿了银碗讨饭"。晁夫人除了这地土以外,要工钱有了

---

[1]　第二——同本作"弟二"。"第"与"弟"盖因形近而讹,据上下文校改。
[2]　粮食——同本作"精食"。"糧"与"精"盖因形近而讹,据上下文校改。
[3]　冷眼溜冰——后文也作"冷眼溜宾"。冷眼旁观,看别人的笑场儿。
[4]　巣米——同本作"籴米"。"糶"与"糴"盖因形近而讹,据文意酌改。
[5]　小主——小户人家。

五两的银,要吃饭有了五石粮食。那为人又是好些的,老天又肯暗中保护,地亩都有收成,这几年来成了一个小小的富家,收拾了一所不大的洁净房,紧用的家生什物都粗备。虽然粗布,却也丰衣;虽不罗列,却也足食。只是年过四十,膝下却无男女。

一日,对他老婆说道:"咱当初也生过几个孩儿,因你无有乳食,不过三朝都把与人家养活,如今都也长成。咱看人家有了儿子的,将咱的儿子要回一个来罢。"老婆接道:"你就说的不是了。人家从三朝养活起来,费了多少心勤哩。你白白夺来,心上也过去的么?我想给你娶个妾也罢。"晁近仁道:"娶妾可是容易的事?一来恐怕言差语错,伤了咱夫妻和气;二来咱老了,丢下少妇嫩妇哩,谁照管他?不如将兄弟晁为仁的儿子过继一个罢。'犹子比儿'〔1〕,这能差甚么?"定了这个主意,把那娶妾生子的事都撂在一边去了。

谁知好人不长寿,这晁近仁刚刚活到四十九岁,得了个暴病身亡。那晁为仁是他的嫡堂之弟,平素也不是甚么好人,撒刁放泼,也算得个无所不为。晁近仁生前说要过〔2〕他的儿子,岂不是名正言顺的事?谁知晁思才合晁无晏这两个歪人,他也不合你论支派的远近,也不合你论事的应该,晁无晏依恃了自己的泼恶,仗托了晁思才是个族尊,如狼负狈,倡言晁近仁没有儿子,遗下的产业应该合族均分。晁为仁到了这个田地,小歪人怕了大歪人,便也不敢在晁无晏、

---

〔1〕 犹子比儿——侄子堪比儿子。犹子,侄子。
〔2〕 过——过继,过嗣。

晁思才的手里展爪，请了晁夫人来到。

晁夫人主意要将晁为仁第二的儿子小长住过嗣与晁近仁为子。晁无晏唆调晁思才出来嚷闹，不许小长住过继，必要分他的绝产，狠命与晁夫人顶触。晁夫人道："老七，论此时你是晁家的叔，我不是晁家的大娘婶子么？事只许你主，不许我主么？这晁近仁的家事是谁家的？我的地与晁近仁，若晁近仁活着，晁近仁承管；晁近仁死了，没有儿，我与晁近仁的老婆种。既是你们不教晁近仁的老婆种了，我该收了这地回去。你们凭着甚么分得这地？就使这地不干我事，都是晁近仁自己的地，放着晁为仁亲叔伯兄弟，你们'山核桃——差着一格子'哩！老七，我再问你，你今年七十多的人了，你有几个儿，你有几个闺女？你是个有意思的人，见了这们的事该回头，该赞叹，可该拿出那做大的体段来给人干好事，才是你做族长的道理。没要紧听人挑挑[1]，出来做硬挣子[2]待怎么？依着我说，你只保守着没人分你的就好了，再别要指望分别人的！"

晁思才听说完了，痛哭起来："嫂子说的好话！我真扯淡！我是为儿是为女？干这们营生，替人做鼻子头[3]！列位，我待家去哩！这晁近仁的家当，您待分与不分，嗣过与不过，我从此不管，再别要向着我提一个字！"又望着晁夫人作了两个揖，说道："嫂子在上，多谢良言教诲！我晁思才如梦初醒。"说完，抽身回去。

----

〔1〕　挑挑——山东方言，挑唆，挑拨。
〔2〕　硬挣子——态度强硬，遇事出头为首的人。
〔3〕　鼻子头——鼻子在脸的最前方，因以比喻做首领出头的人。

这其馀的族人见晁思才去了，"稍瓜打驴——去了半截"，十分里头败了九分九厘的高兴。晁无晏起初还是挑出晁思才来做恶人，他于中取事。今晁思才叫晁夫人一顿楚歌吹得去了，众人没了晁思才，也就行不将去[1]了，陆续溜抽[2]了开交。

晁无晏只得拿出自己的本领，单刀直入，千里独行，明说不许过继。若必欲过嗣，也要把自己的一个独子小琏哥同小长住并过；若止过小长住，叫把晁近仁的地与他二十亩，城里的住房都腾出与他，番江搅海的作乱。——晁思才已是去了，其馀的族人都退了邪神，晁为仁也不敢把儿子出嗣——独自鳌了晁近仁的二十五亩地，占住了两座房，抢了许多家伙，洋洋得意。添了地土，多打了粮食，鲜衣美馔，他看得那八洞神仙也不似他守妻抱子的快活。

那晁近仁的老婆，一个寡妇种那三十多亩地，便是有人照管，没人琐碎，这过日子也是难的。这晁为仁平素原不是个轻财好义之士，一些也不曾得了晁近仁的利路，为甚么还肯替他照管！一来怕晁无晏计较，不敢替他照管；二来晁无晏也不许他去照管，要坐看晁近仁娘子守寡不住，望他嫁人，希图全得他的家产。

合他紧邻了地段，耕种的时候，把晁近仁的地土一步一步的侵占了开去。遇凡有水，把他的地掘了沟，把水放将过去；遇着旱，把自己的地掘了沟，把水引将过来；遇着蝗虫，俱赶在他的地内；自己地内的

---

[1] 行不将去——干不下去、做不成的意思。

[2] 溜抽——溜号，抽身而去。

古路都挑掘断了,改在晁近仁地内行走;又将自己地内凡是晁近仁必由之处,或密种了树,或深掘了壕,叫他远远的绕转;通同了里老书手,与他增上钱粮,佥拨马户,审派收头。别要说这寡妇,就是铜头铁脑,虎眼金睛,也当不起这八卦炉中的煅炼。今日二亩,明日三亩,或是几斗杂粮高抬时价,或是几钱银子多算了利钱。不上二年,把一个晁寡妇弄得精光。亏了一个好人,起先原养活晁近仁的儿子,后来自己又生两个儿子,此时怜念晁寡妇孤苦无依,遂养活了这个老者。

这晁无晏在顺风顺水的所在,扯了满蓬[1],行得如飞的一般快跑。家中有个绝大的犍牛[2],正在那里耕地,倒下不肯起来,打了几鞭,当时绝气。抬到家中剥了皮,煮熟了肉,家里也吃,外边也卖。别个吃肉的都也不见利害,偏他的媳妇孙氏左手心里长起一个疔疮,百方救治,刚得三日,呜呼尚飨了!草草的出了殡,刚过了三七,另娶了一个郭氏。这郭氏年纪三十以上,是一个京军奚笃的老婆,汉子上班赴京死在京里,这郭氏领了九岁的一个儿子小葛条,一个七岁女儿小娇姐,还夹了一个屁股,搭拉着两个腌奶头嫁了晁无晏。

这晁无晏只见他东瓜似的搽了一脸土粉,抹了一嘴红土胭脂,漓漓拉拉[3]的使了一头棉种油,散披倒挂的梳了个雁尾,使青棉花线撩着,缠了一双长长大大小脚儿,扭着一个摇摇颤颤的狗骨颅。晁无

----

[1]　蓬——同"篷",船帆。
[2]　犍牛——阉过的牛。
[3]　漓漓拉拉——不断地往下滴、流,等于说滴滴答答。

晏饿眼见了瓜皮[1]，扑着[2]就啃。眼看着晁无晏上眼皮不离了下眼皮，打盹磕睡[3]。渐渐的加上打呵欠，又渐加上颜色青黄，再渐加上形容黑瘦，加上吐痰，加上咳嗽，渐渐的痰变为血，嗽变成喘。起先好坐怕走，渐渐的好睡怕坐，后来睡了不肯起来。起初怕见吃饭，只好吃药，后来连药也怕见吃了，秧秧跄跄[4]的也还待了几个月，一交放倒睡在床上，从此便再扶不起，吃药不效，祷告无灵。阎王差人下了速帖，又差人邀了一遭，他料得这席酒辞他不脱，打点了要去赴席。这时小琏哥才待八岁，晓得甚么事体？

这郭氏见了晁无晏，故意的把眼揉两揉，揉得两眼通红，说道："天地间的人谁就没个病痛？时来暂去[5]，自然是没事的。但我疼爱的你紧，不由的这心里只是害怕。"

晁无晏道："'瘫劳气蛊噎，阎王请到的客。'这劳疾，么么指望有好的日子？只怕一时间挝挠不及[6]，甚么衣裳之类，你替我怎么算计；甚么木头也该替我预备，你别要忽略了。我活了四十多年纪，一生也没有受冻受饿的事。这二年得了晁近仁的这些产业，越发手里方便，过的是自在日子，又取了你一表的人材的个人，没得多受用几

---

〔1〕饿眼见了瓜皮——歇后语，隐"就当一景"，比喻饥不择食。
〔2〕扑着——同本作"朴着"。"撲"与"檏"盖因形近而讹，据文意酌改。
〔3〕磕睡——假寐，半睡眠状态。磕，通"瞌"。
〔4〕秧秧跄跄——后文也作"央央跄跄"。形容精神萎靡的样子。
〔5〕时来暂去——等于说有来有去。
〔6〕挝挠不及——抓不过来，拿不到手上。挝挠，抓挠，抓拿；同本作"挝境"。"挠"与"境"盖因形近而讹，据文意酌改。

年,气他不过! 最放不下的七爷七八十了,待得几时? 老头子伸了
腿,他那家事十停得的八停子给我。我要没了,这股财帛是瞎了的!
你孤儿寡妇的,谁还作你? 只是可惜了的! 我合你做夫妇虽是不久,
那恩爱比几十年的还自不同,我这病也生生是爱你爱出来的。咱虽
无千万贯的家财,你要肯守着,吃也还够你娘儿四五个吃的哩。你看
着我的平日的恩情,你将这几个孩子过罢,也不消另嫁人了。我还有
句话合你说,不知你听我不听。"

郭氏道:"你休说是嘱付的话我没有不听的,你就是放下个屁在
这里,我也使手拿着你的。你但说我听。"晁无晏道:"我一生只有这
点子儿[1],你是自然看顾他的,我是不消嘱付。我意思待把小娇姐
与小珪哥做了媳妇,你娘儿们一窝儿一块的好过,我也放心。不知你
意下如何?"郭氏道:"这事极好。人家多有做的,我就依你这们做。
小珪哥今年不八岁了? 只等他交了十六岁,我就叫小娇姐合他员房。
小葛条打发他回奚家去。"晁无晏道:"你说的是甚么话? 你的儿就
是我的儿,我的儿就是你的儿,咱养活。养多少哩? 休叫他回去,替
他娶亲,守着你住,没有多了的。"郭氏道:"哎[2]! 说那里话! 他
小,我没奈何的带了他来。他是咱晁家甚么人,叫他在晁家住着? 咱
晁家的人也不是好惹的。"

晁无晏道:"这倒没帐。老七虽是有些札手,这七十六七岁的老

---

〔1〕 这点子儿——这么小的儿子。这点子,这么一点儿,极言其小的意思。
〔2〕 哎——同本作"叹",据文意酌改。

头子,也'老和尚丢了拐——能说不能行'了。我倒还有句话嘱付你,若老七还待得几年,这小琏哥不又大些了? 我的儿也不赖的他[1],自然会去抢东西,分绝产,这是不消说了。要是老七死的早,小琏哥还小,你可将着他到那里,抢就合他们抢,分就合他们分,打就合他们打。这族里[2]头一个数我,第二个才数老七。没了我合老七,别的那几个残溜汉子老婆都是几个偎浓咂血[3]的攮包[4],不消怕他的。其次就是宅里三奶奶,这不也往八十里数的人了? 要是[5]老人家没了,这也是咱的一大股子买卖,只是他丈人姜乡宦札手。就是姜乡宦没了,他那两个儿也不是好惹的。这个你别要冒失,见景生情的。

　　"晁邦邦那一年借了赵平阳的二十两银子,本利都已完了。我是中人,文书我收着在皮匣子里头哩。他问我要,我说:'赵平阳把你的文书不见了。'我另教人写了个收帖给他,没给他文书。待我没了,你先去和[6]晁邦邦说,你说:'赵平阳着人来,说你取了他二十两本钱,这六七年本利没还一个,说俺是中人,他待告状哩。你要肯给俺几两银子,俺到官只推不知;你要不给俺几两银子,俺就证着说取银子是实,俺汉子是中人,他为俺汉子没了,要赖他的。'晁邦邦是

----

〔1〕 不赖的他——山东方言,不比他差。
〔2〕 族里——同本作"铁里",据文意酌改。
〔3〕 偎浓咂血——性格软弱,没有血性。这里是没有本事的意思。
〔4〕 攮包——等于说饭袋、盛饭的家伙。攮,"吃"的贬语。
〔5〕 要是——同本作"要见"。此依连图本,据李本校改。
〔6〕 和——同本作"利"。"和"与"利"盖因形近而讹,据文意酌改。

个小胆的,他一定害怕,极少也给咱十来两银。若是晁邦邦唬他不动,你可到赵平阳家,你说:'晁邦邦那年取银子的文书,俺家收着哩。你有本事问他要的出来,俺和你平使,四六也罢。'你休要忘了。"

晁无晏〔1〕正说着,把手推了两下子床,说道:"老天,老天! 只叫我晁二再活〔2〕五年,还干多少的要紧事,替小琏哥还挣好些家当! 天老爷不待〔3〕看顾眼儿,罢了,罢了!"郭氏道:"你有话再陆续说罢,看使着你。你说的话,我牢牢的记着,要违背了一点儿,只叫碗口大的冰雹打破脑袋!"晁无晏果然也就不说了。

过了一宿,睡到天明就哑了喉咙。一日甚于一日,后来说的一个字也听不出了。睡了几日,阎王又差了人来敦请。晁无晏像牛似的吽了几声,跟的差人去了。郭氏也免不的号叫了一场,与他穿了几件随身的粗布衣裳,新做了一件紫花布道袍、月白布棉裤、蓝梭布袄,都不曾与他装裹。使了二两一钱银买了二块松木,使了五百工钱包做了一口薄薄棺材。放了三日,穿心杠子抬到坟上葬埋。合族的男妇,都因晁夫人自来送殡,别人都不好不来。

晁思才见得出殡甚是苟简,棺木甚是不堪,抱了不平,说道:"小二官也为了一场人,家里也尽成个家事,连十来两银的棺材也买不起? 一个经也不念,纸幡也不做几首,鼓吹也不叫几名,拉死狗的一

---

〔1〕 晁无晏——同本作"晁你晏",据上下文校改。
〔2〕 再活——同本作"再又",据文意酌改。
〔3〕 不待——不想,不愿。

般！这姓郭的奴才安着甚么心肠？好不好我捯顿毛给你！俺孙子儿没了，连说也不合众人说声，顶门子就出，有这等的事！我就滴溜脚子卖这奴才！小琏哥我养活着他！"在坟上发的像酱块似的。

这郭氏不慌不忙走向前来，向着[1]众人问道："这发话的老头子是咱家甚么人？"众人说道："是七爷，咱户里的族长。"郭氏道："我嫁了晁二也将及一年，我也没见这位七爷往俺家来，我也没见俺往七爷家去，我自来没听见有甚么七爷七奶奶的！嫌材不好，这是死才[2]活着可自己买的！嫌出的殡不齐整，穷人家手里没钱！我也知不道咱户族里还有这几位，也不知是大爷、叔叔、哥哥、兄弟的，我只当就止一位三奶奶，来送了一两银子，我换了钱搅缠的抬出材来！我乜[3]早知道咱户里还有七爷这几位，我不排门去告助？也像三奶奶似的，一家一两，总上来七八两银子，甚么殡出不的？甚么经念不的？我肯把汉子这们等的拉出来了么？"

晁思才说："你这话也没理！你家死人，教俺助你！"郭氏道："俺家死人罢呀！累着你那腿哩，你奴才长奴才短的骂我！你凭着甚么提溜着腿卖？你一个低钱没有济助的，一张纸也割舍不的烧给那孙子，责备出的殡不齐整哩，又是不念经哩，撒骚放屁的不羞么？我劝你差不多罢！俺那个没了，没人帮着你咬人，人也待中不怕你了！你别嫌俺的殡不齐整，只怕你明日还不如俺哩！"

----

[1] 向着——同本作"到着"。此依连图本，据李本校改。

[2] 死才——詈词，等于说死鬼，死了的人。

[3] 乜——山东方言中的近指，等于说"这"。同本作"也"，据文意酌改。

晁思才气的暴跳,说道:"气杀我! 气杀我! 我从几时受过人这们气? 他说我明日出殡不如他,我高低要强似他!"郭氏道:"你怎么得强似俺呀? 你会做跷塑像,拿泥捏出俺这们个八九岁的儿来么?"晁思才道:"你说我没儿呀? 我用不着儿! 我自己打下坟,合下棺材,做下纸札!"郭氏道:"你打下坟,合下材,可也得人抬到你这里头。你没的死了还会自己爬?"

晁思才道:"怎么? 没的俺那老婆就不抬我抬罢?"郭氏道:"看你糊涂么! 你拿着生死簿子哩? 打哩你那老婆先没了可,这不闪下你了? 就算着你先没了,你这一生惯好打抢人家的绝产,卖人家的老婆,那会子你那老婆不是叫人提溜着卖了,就是叫人抢绝产唬的走了,他还敢抬你哩!"

晁思才道:"这是怎么说? 没要紧扯闲淡! 可是齐整不齐整,该我腿事么? 惹的这老婆撒骚放屁的骂我这们一顿!"望着众人道:"咱都散了,不消这里管他,我待不见老婆有本事哩么?"又走到晁夫人轿前说道:"既送到坟上了,嫂子也请回去罢。"晁夫人道:"你们先走着,我也就走了。"晁思才就替晁夫人雇了轿夫,郭氏将着小琏哥到轿前谢了晁夫人,然后晁夫人起轿看[1]行。晁梁同着族人,三个家人跟着,步行了走进城内。止有郭氏在坟,看着与晁无晏下葬完了,同了小琏哥回家。

郭氏将晁无晏的衣裳,单夹的叠起放在箱中,棉衣拆了絮套一同

----
〔1〕 看——同本作"着",据文意酌改。

收起;粮食留够吃的,其馀的都粜了银钱,贬[1]在腰里;锡器化成锭块,桌椅木器之类,只说家中没的搅用,都变卖了钱来收起。还说家无食用,把乡间的地,每亩一两银典了五十亩与人,将银扣在手内。过了几时,又说没有饭吃,将城里房子又作了五十两银典与别人居住。刷括得家中干干净净,串通了个媒婆,两下说合,嫁了一个卖葛布的江西客人,挟了银子,卷了衣裳,也有三百金[2]之数,一道风走了。小琏哥哄出外去,及至回家,止剩了几件破床破桌,破瓮破瓶,小葛条、小娇姐、郭氏绝无影响。

小琏哥等到日落时分,不见郭氏娘儿三个回来,走到门口盼望,只是悲啼。间壁一个开胭脂粉铺的老朱问其所以,知道郭氏已经跟人逃走,与了小琏哥些饭吃,合小琏哥到了家中前后看了一遍,一无所有,冷灶清锅,好不凄惨。老朱问他:"你户族里合谁人相近?我与你看了家,你可到那里报他知道,教他与你寻人,又好照管你。"小琏哥说:"我不晓得合谁相近,我只时常往俺老三奶奶家去。"老朱问说:"是大宅里老三奶奶么?"小琏哥回说:"就是。"老朱说:"我着俺小木槿子送你去,看你迷糊了。"将了小琏哥到宅里,见了晁夫人,他也知道与晁夫人磕了两个头,哭的一泪千[3]行,告诉说他娘将小葛条、小娇姐去的没影了。

---

〔1〕 贬——同"扁",揿。

〔2〕 三百金——同本作"三百个",据文意酌改。

〔3〕 千——同本作"于"。"千"与"于"盖因形近而讹,据文意酌改。

　　晁夫人问道:"他没有拿甚东西去么?"小璉哥哭说:"拿的净净的,还有甚么哩!"晁夫人又问他:"你往那里去了? 他走,你就不知道?"小璉哥说:"他说:'你到隅头[1]上看看去,有卖桃的,你教叫了来,咱买几个钱的吃。'我看了会子,没有卖桃的,我就往家去,他就不见了。"晁夫人说:"这天多咱[2]了,怎[3]有卖桃的? 这是好哄孩子去呆呆的看着,他可好慢慢的收拾了走。我看你那老婆斩眉多梭眼的,像个杀人的刽子手一般。那日在坟上那一荡说[4],说的老七这个主子还说不过他,投降书降表跑了。这可怎么处? 还得请了老七来怎么算计。"一边差了晁鸾去请晁思才来商议,一边叫晁书娘子拿点甚么子[5]来与小璉哥吃。

　　不多时,晁鸾请晁思才来到。晁思才见了晁夫人,没作揖,说道:"晁无晏的老婆跟的人走了?"晁夫人道:"据小璉哥子说,像走了的一般。"晁思才道:"这贼老婆! 狗受不得的气我受了他的! 他走了,只怕他走到天上,我晁老七有本事拿他回来! 放心,没帐,都在我身上! 说是跟了个卖葛布的蛮子去了,别说是一个蛮子,就是十个蛮子到的我那里! 嫂子,你叫人把咱那黄骒骒鞴上我骑骑,我连夜赶他去;你再把咱的那链给我,我伴怕[6]好走。"晁夫人都打发给他。

------

〔1〕　隅头——街巷相接拐弯的地方。
〔2〕　多咱——山东方言,什么季节。
〔3〕　怎——同本作"出",据文意酌改。
〔4〕　那一荡说——那一套话。荡,同"趟"。
〔5〕　甚么子——不定指,什么东西的意思。
〔6〕　伴怕——壮胆。

晁思才又问晁凤借了银顶大帽子、插盛合坐马子穿上，系着鞓带，跨着链，骑着骡一直去了。赶到五更天气，约有八十里路，只见一伙江西客人，都骑着长骡，郭氏戴着幅巾，穿着白毡套袜、乌青布大棉袄、蓝梭布裙，骡上坐着。一个大搭连，小葛条、小娇姐共坐着一个驼[1]婆，一个骡子驼着。晁思才从二三十步外看得真切，吆喝一声，说道："拐带了人的老婆那走！"郭氏说道："俺家晁老七来了！"

这些江西人知是郭氏夫家有人赶来，一齐大喊，叫："地方保甲救人，有响马截劫！"把晁思才团团围住在当中。那旷野之间，那有甚么地方保甲？反把晁思才拿下骡来，打了个七八将死，解下骡上的缰绳捆缚了手脚，叫他睡在地下。骡子也绊了四足，合那插盛、铁链，都放在他的身旁。拾起一块[2]石灰，在那路旁大石板上写道："响马劫人，已被拿获。赶路匆忙[3]，不暇送官正法，姑量责捆缚示众。"写完，撩下晁思才，众人加鞭飞奔去了。

把个晁老七打的哼哼的像狗嗤黄[4]一般，又捆缚的手脚不能动惮。那骡又只来嗅他的脸合鼻子嘴，偏偏的又再没个行人来往，可以望他解救。直捆缚到日出时候，只见几个行客经过，见他捆缚在地，向前问他。说其所以，那些人见了墙上的粉字，说道："你别要说

---

〔1〕 驼——通"驮"，背负。

〔2〕 一块——同本作"一那"，据文意酌改。

〔3〕 匆忙——同本作"匆给"，据文意酌改。

〔4〕 狗嗤黄——詈词，形容人呻吟哼叫的情态。嗤黄，《聊斋俚曲》作"唯黄"、"唯荒"，即哼叫、呻吟。

瞎话！他说你是响马，只怕到是真！"晁思才道："响马响马！没的是响骡不成！"内中有的说道："这是个混帐人〔1〕，做甚么响马？替他解开罢。咱待不往县里去哩么？"方都下了头口，替他解了绳，也把〔2〕骡腿解开，扶他上了骡子。同了众人同来到了县前，让那些解放他的人到酒饭店，款待他们。

正吃酒中间，两个人也进店吃酒，原与晁思才相识，拱了拱手〔3〕。晁思才让他同坐，那两人道："老七，你昨日日西骑着骡子，跨着链，带着插盛，走的那凶势，你今日怎么来，这们秧秧跄跄的？"晁思才道："休说，说了笑话！要不亏了这几位朋友，如今还捆着哩！"那几个人听他说这话，又知他实是武城县人，方才信他不是个响马。吃完散去。

晁思才依旧骑了骡子，回到晁夫人〔4〕家内，诉说了前事。晁夫人道："你每常说会拳棒，十来个人到不得你跟前，我当是真来，谁知几个蛮子就被他打得这们等的。早知道你是瞎话，我不叫几个小厮合你去？快暖上酒，外头看坐。快往书房里请你二叔去，来给你七爷暖痛。"晁思才道："我不好多着哩，不消去请学生。嫂子有酒，你叫人送瓶我家去吃罢。这老婆的事，咱也改日商量，我断乎不饶他。他

---

〔1〕 混帐人——不明事理、不精明的人。
〔2〕 把——同本作"他"。"把"与"他"盖因形近而讹，据文意酌改。
〔3〕 手——同本作"乎"。"手"与"乎"盖因形近而讹，据文意酌改。
〔4〕 晁夫人——同本作"见夫人"。"晁"与"见"盖因形近而讹，据上下文校改。

就再走十日,咱有本事拿他回来!"晁书娘子旁边插口[1]道:"七爷拿他,可稍把刀去。"晁思才道:"稍刀去是怎么说?"晁书娘子道:"拿着把刀,要再捆着,好割断了绳起来跑。"晁思才合晁夫人都笑。晁夫人道:"臭老婆!七爷着人打的雌牙扭嘴的,你可不奚落他怎么?快装一大瓶酒,叫人送给你七爷去。"

这晁无晏的下落还未说尽,且看后回,或有结局。

---

[1] 插口——同本作"插日"。"口"与"日"盖因形近而讹,据文意酌改。

第五十四回

狄生客中遇贤主　天爷秋里殛凶人

吉人合与吉人逢,千里崎岖路不穷。地隔燕齐称异域,谁知佳客遇贤东。　天不爽,鬼神公,分疏报善与遭凶。尤厨忤恶无人问,霆击头颅顷刻中。

——右调《鹧鸪天》

再说狄希陈跟了狄员外,带了狄周、尤厨子四个上京,一路平安。到了北京,进了沙窝门,在一庙中暂住,以便找寻[1]下处。寻到国子监东边路北里一个所在[2],进去一座三间北房,两间东房,一间西房,两间南房,一间过道,每月三两[3]房钱。床凳[4]桌椅器皿之类,凡物俱全。西房南头一个小角门通着房主住宅。那房主姓童,排行第七,京师通称,都叫他是"童七爷",年纪还在三十以下,守着一妻,十岁的个女儿叫是寄姐,四岁的个儿子叫是虎哥,使着个丫头叫是玉儿。

---

〔1〕 找寻——同本作"我寻"。"找"与"我"盖因形近而讹,据文意酌改。
〔2〕 所在——同本作"角在",据文意酌改。
〔3〕 三两——同本作"三西"。"两"与"西"盖因形近而讹,据文意酌改。
〔4〕 床凳——同本作"床兑"。"凳"与"兑"盖因形近而讹,据文意酌改。

这童七在顺城门外与陈内官合伙开着乌银铺，家中甚是过的。狄员外交了一个月房钱，着人把行李搬到童家房内。童七的媳妇，人都称为"童奶奶"。那童奶奶使玉儿送过两杯茶来，朱红小盘，细磁茶钟，乌银茶匙，羊尾笋夹核桃仁茶果。狄员外父子吃过茶，玉儿[1]接下钟去，又送过两钟茶来与狄周、尤厨子吃。童奶奶在前，寄姐在后，半开着西边角门，倚着门框站着。

狄宾梁见那童奶奶戴着金线七梁鬏髻，勒着镜面乌绫包头，穿着明油绿[2]对襟潞绸夹袄、白细花松绫裙子、玄色段扣雪花白绫高底弓鞋、白绫挑绣膝裤，不高不矮身材，不白不黑的颜色，不丑不俊的仪容，不村不俗的态度。那个女儿寄姐，生得眉清目秀，齿白唇红，穿着红裙绿袄，青段女靴。

这童奶奶见了狄员外，问道："这是狄爷么？"狄员外道："不敢。这一定是童奶奶，请作揖。诸凡仗赖，只是搅扰不安。"童奶奶道："狄爷好说。既来下顾，我们就是自家人一般。今日不知爷到，我们家爷就没得伺候，只得改日与爷温居哩。听见说还有大相公，在那里哩？请来见见儿。"

狄员外叫出狄希陈来作揖。童奶奶问说："这是爷第几的相公？"狄员外道："就只这一个小儿，今年十九岁了。"童奶奶道："好位齐整相公！就是大奶奶生的么？"狄员外笑道："也止有一个贱

---

[1] 玉儿——同本作"三儿"，据上下文校改。

[2] 明油绿——同本作"明油缘"。"绿"与"缘"盖因形近而讹，据文意酌改。

累〔1〕。"童奶奶道:"这好,足见爷的盛德。这一窝一块省多少口面哩。我家的爷只是待要娶个,只是说没人服事,怕做活使着我。叫我说:'你是少儿呀少女呀,你堕这个业? 有活,我情愿自己做,使的慌不使的慌,你别要管我。'狄爷你这们便家〔2〕,也只一位奶奶,可见我妇女人家说的不是么?"狄员外问道:"童奶奶有几位姑娘,几位公子?"童奶奶指着寄姐道:"这是小女,今年十岁了。快过来拜拜狄爷。"

寄姐走过门来,端端正正的拜了两拜。狄员外道:"好位齐整姑娘! 有了婆婆家不曾?"童奶奶道:"还没有接茶〔3〕哩。算命的只说他婚姻迟着些好,不要急了。"狄员外道:"守着皇帝爷的脚底下,这们个姑娘,怕选不中贵妃皇后么? 公子今年几岁了?"童奶奶道:"四岁了。才往姥姥家去,在家里可不叫他见狄爷么?"又说:"但用的甚么家伙,都问声儿。但是家里有的,就取过来使,没有的再买不迟。要是出去做甚么,没有人,过那边说声,我叫人闩过门去。"站着合狄员外家长里短说了个不耐烦,方大家散了。

将晚,童七爷从铺子里回来。童奶奶说:"咱东院里的房子有人住了,是山东绣江县人,姓狄,来送他儿子坐监的。爷儿两个,跟着一个管家、一个厨子。老爷子有六十岁年纪了。小相公才十九,好不标

---

〔1〕　贱累——对自己妻子儿女的谦称。这里指称自己妻子。

〔2〕　便家——殷实富足的人家。

〔3〕　接茶——旧时男女定亲,茶为男方聘礼中必备之物,故女方受聘许婚称做"接茶"。

致。我刚才合他说了半日话,好不和气的人。咱说了三两房钱,他一分也不下[1]咱的就送了一月的房钱过来。"童七道:"这天忒晚了,我爽利明日早起来过去拜他罢。"

童七睡过了夜,起来梳洗完了,换上朗素帽子、天蓝绉纱道袍、绫袜坛鞋,过来拜狄宾梁父子,相见甚是亲热。待过了茶,送出大门。这童七没到家,就往铺子里去了。

狄宾梁将着儿子[2]过去回拜。玉儿出来回说:"俺爷拜了狄爷,没回到家就往铺子里去了。"狄宾梁说:"我还到厅,请奶奶见。"玉儿进去说了,将狄宾梁父子请进客位坐下。待了一会,童奶奶另换了一身衣裳出来与狄宾梁父子相见。分宾主坐下,吃了两道茶,说了许多家常话,送到大门里边,作别而散。

狄宾梁料童七必定还要接风,又见童奶奶甚是亲热,随收拾了自己织的一匹绵绸、一斤棉花线、四条五柳堂出的大花手巾、刘伶桥出的十副细棉线带子、四瓶绣江县自己做的羊羔酒,差狄周送了过去。童奶奶甚是喜欢[3],叫进狄周去说:"只怕没有这理。狄爷来到我家,一钟水也不曾致敬,倒先收[4]狄爷的这们厚礼,只怕不好收。我暂留下,等我们爷来再商议[5]。"狄周道:"不消等童爷回来,童奶

----

〔1〕 下——落价,还价。

〔2〕 儿子——同本作"見子"。"兒"与"見"盖因形近而讹,据文意酌改。

〔3〕 喜欢——同本作"喜敬",据文意酌改。

〔4〕 收——同本作"救"。"收"与"救"盖因形近而讹,据文意酌改。

〔5〕 商议——同本作"嘀议"。"嘀"与"商"盖因形近而讹,据文意酌改。

奶就收了[1]罢。这不过是自己家里的土产,成甚么礼?"童奶奶然后把礼收了,赏了狄周八十文成化钱,千谢万谢的说了许多话。

过了两日,童七送了一大方肉,两只汤鸡,一盒澄沙馅蒸饼,一盒蒸糕,一锡瓶薏酒,说:"这几日合老公算帐,不得点空儿,太迟了又不安,先送了这些小嘎饭孝敬狄爷合狄大叔,略待两日再专请狄爷合狄大叔吃饭哩。"狄宾梁也赏了来人八十文钱,再三说了上覆。算计要添些别样蔬菜叫尤厨子做了,晚上等童七回家请来同坐。把肉做了四样,鸡做了两样,又叫狄周买了两尾鱼,六个螃蟹,面筋、片笋[2]之类,也够二十碗,请过童七来坐。又送了六碗菜,一碟甑糕蒸饼,一瓶羊羔酒与童奶奶。

从此两家相处,真是至亲一般。狄宾梁合狄希陈浆衣服、缀带子,都是童奶奶照管。寄姐合虎哥时尝过这边来顽耍。寄姐看的好纸牌,尝与狄希陈看牌耍子[3],有时赌栗子[4],或时赢钱,或时赢打瓜子[5],待半日家不过去,童奶奶自己来到角门口叫他。童七又在家中治了肴馔,请待狄宾梁父子,童奶奶也出来陪着吃酒,通像了童奶奶的兄弟一般。

渐渐的狄希陈专常往他家去,让到他的卧房炕上,童奶奶合寄姐

---

〔1〕收了——同本作"救了"。"收"与"救"盖因形近而讹,据文意酌改。
〔2〕片笋——同本作"井笋"。"片"与"井"盖因形近而讹,据文意酌改。
〔3〕耍子——同本作"要子"。"耍"与"要"盖因形近而讹,据文意酌改。
〔4〕栗子——把手指弯起来敲击人的头顶的动作。
〔5〕打瓜子——用手指击打别人胳臂而发声的动作。

三个看牌。又教给狄希陈看骨牌、下别棋，指着寄姐叫狄希陈是"你哥哥"，指着狄希陈叫寄姐是"你妹妹"，自己合狄希陈说话"咱娘儿们"。就是童七来家，也绝不嗔怪。间或狄宾梁去，也让到后边去坐，通不像待那外人。房钱等不到日子，狄宾梁都预先送了过去，每次俱还尽让，说道："狄爷离家又远，只怕别处用银子使，忙忙的待怎么？俺又且没处使银子哩。"

日子甚快，狄希陈坐监看看将满，打点收拾回家。

且按下这边，再说厨子尤聪履历。这尤聪原是盐院承差尤一聘的个小厮，从小使大，与他娶了媳妇。禁不得那媳妇原是人家的使女，用了五两财礼，两抬食盒，娶到家来。那新媳妇自然也有三日勤，又未免穿件新衣，缠缚脚手，少不得也洗洗脸，搽些胭粉，也未免使些油梳个光头。尤聪看了已说道是个观音，就是主父主母见了这乍来的光景，也都道是个成材。谁知一日两，两日三，渐渐的露出那做丫头的材料。女人"七出"〔1〕之条，第一是"盗"，他就犯了这第一件的条款。若是止在厨房里面撩锅里的肉，攒盆头的米合面，偷烧哺剂，切鸡藏起大腿，这都是那些〔2〕管家娘子旧规，人人如此，个个一般，何足为异？惟独这尤聪令正，他除那旧规的勾当干尽了不算，常把囤里的粮食，不拘大米小麦、菉豆秫穄、黄豆白豆，得空就偷，得偷就是一二斗，偷去换簪换针、换糕换饼、换铜钱、卖银子，日以为常。

〔1〕 七出——封建时代休妻的七种条件。据《仪礼·丧服》唐贾公彦疏，分别为无子、淫佚、不事舅姑、口舌、盗窃、妒忌、恶疾。

〔2〕 那些——同本作"那那"，据文意酌改。

整腿的腊肉,整坛的糟鱼,整几十个的腌蛋,整斤的虾米,他偷盗如探囊取寄。遇着布绢就偷,偷不着就是衣裳也偷几件,衣裳防备的紧了,就是摆褶[1]也扯你两幅,裙褶[2]也扯你两条。没有真赃,尤聪只是不信,说他媳妇是个天下第一的好人,无奈众人做弄[3],致他抱屈无伸。及至屡次有了真赃,再也没得展辩,尤聪说他媳妇不愿在里边做家人娘子,殴作[4]出来,因我不肯,故意这般作孽,希图赶他出门。尤一聘的夫妇说道:"既是如此存心,还留何用? 枉做恶人,不如好好发送他出去。"

那时尤聪积趱得几两银子在手,绝不留恋,领了媳妇欣然长往。赁了人家两间房子,每月二百房钱。八钱银买了一盘旱磨,一两二钱银买了一头草驴[5],九钱银买了一石白麦,一钱银张了两面绢罗,一百二十文钱买了个荸荠,三十五文钱买了个簸箕,二十五文钱做了个罗床,十八文钱买了个驴套,一百六十文钱买了两个篊子[6],四十文钱买了副铁勾担仗[7],三十六文钱钉了一连盘秤。银钱合算,共用了三两五钱四分本钱。一日磨麦二斗,尤聪挑了上街,除撰吃了

---

〔1〕 摆褶——同本作"摆摺",据文意酌改。

〔2〕 裙褶——同本作"裙摺",据文意酌改。

〔3〕 做弄——捉弄。同本作"做美"。"弄"与"美"盖因形近而讹,据文意酌改。

〔4〕 殴作——也叫"使作",因不满意而故意表现出来让人知道。殴,"呕"的借字。

〔5〕 草驴——母驴。

〔6〕 篊子——《聊斋俚曲》作"笁儿",无名氏《庄农日用杂字》作"院子"。一种用去皮的柳条制成的器具,形制与竹筐近似。

〔7〕 担仗——山东方言,一种挑东西的用具,用竹或木制成,两端有铁钩。

黑面,每斗还撺银三分,还撺麸子。

若是两口子一心做去,岂不是个养家过活的营生? 不料卖到第三日上,尤聪的老婆便渐渐拿出手段,拣那头拦的白面[1]才偷;市价一分一斤,只做了半分就卖。尤聪卖到后边,不惟不撺了钱,越发反折了本,只得折了二钱原价卖了那盘旱磨,另买了一副筐担,改了行卖大米、豆汁。

那老婆就偷大米、菉豆。禁不起这漏卮[2],待不得几日,又改了行卖凉粉、碁子。那老婆又偷那凉粉的材料与那切就的碁子。三日以后,只得又要改行,往那官盐店里顿了盐来,用袋装盛,背在肩上,串长街过短巷,死声咽气,吆喝:"盐哩!"卖到临了,原数半斤,只有六两[3],莫说撺钱,大是折本,又只得改行卖炭。

这卖炭的本主从山里驼炭上城,用十七两秤秤了炭,个半钱买的,使那十五两秤零卖出去,卖两个半钱,岂不也是个撺钱生意? 况又不比那麦面大米可以自己做吃,又可卖与别人,这又是个不怕穿窬[4]的宝货。谁知天下没有弃物,贼星照命的自有飞计。左邻住着个裁缝,生熨斗买的都是这老婆的贼炭;那对门住的打烧饼老梁,都是他受炭的窝主。十七两秤总秤的二百斤,十五两秤合来少了许

---

[1] 头拦的白面——磨面时经第一遍磨后筛出的面粉。头拦,也叫"头罗"、"头遍"。

[2] 漏卮——漏洞。

[3] 六两——明代衡制一斤为十六两,六两不足半斤。

[4] 穿窬——挖墙洞和爬墙头,指偷窃行为。窬(yú),翻越。

多,算起本钱,还差四五十个。

　　这尤聪再不说是老婆抵盗,只说是自己命运不好。柴不见烧就了,米不见吃就无,掠剩使[1]不离他的门户,神偏会吞他的东西。每日怨天骂地,说天爷没眼,某人又怎么过的,某人又怎么撰钱,某人做生意又怎么顺利,"偏老天爷不肯看顾俺两口子一眼,左做左不着,右做右不着,空放着这们个勤力俭用能干家的婆娘,只是强不过命,傲不过天! 天老爷! 你看顾我一眼,只教我堵堵主人家的嘴,这也不枉了赌气将出老婆来一场! 这如今弄的精手摩诃萨[2]受穷罢了,甚么脸见主人家!"再要改行没了资本,往衙门里与人替差使做倒包,也没有工钱,也不管饭食,只靠了自己的造化,诈骗得着就是工钱。

　　这尤聪倒也不是不肯诈骗的人,只是初入其内,拿不住卯窍[3],却往那里去撰钱? 把自己的一件青布夹袄当了二百五十文钱,家里籴米自己盘缠。不惟捞不上本钱到手,失误了掌轿,唤到堂上,十五大敲,也还扎挣着行动;次日又失误了公馆里铺设,疮腿上又是十五,便就没本事扎挣。当夹袄的钱又使得没了,家中籴了一斗米,老婆又偷粜了三升,只得又当了衣裳,在家养病。坐食了一月,衣服将次典完,再无门路可走,两口子雇与人家种园,吃了主人家的饭,每年还共有三石杂粮。

----

〔1〕　掠剩使——迷信说法,谓阴司有掠剩使,负责掠去生人所得中不应得的部分。
〔2〕　精手摩诃萨——精手,空手。摩诃萨,梵语指菩萨。
〔3〕　拿不住卯窍——把握不住时机,掌握不了其中的关窍。

这老婆偷惯了的手,没得甚么可偷;换东西吃惯了的嘴,没得东西可换。手闲嘴空,怎坐得过?随背了尤聪,与那同班种园的寮友干那不可教人知道的丑事,不图重价,或是几文钱,或是些微吃食,就奉让成交,也多有赊去不还帐的。尤聪[1]也都晓得,只是要做家翁的人,妆聋妆痴罢了。

一日,五更起来浇水,尤聪在北头开沟,老婆在南头汲水。那黑暗的时节,一个相知的朋友乘着那桔槔起落的身势,两个无所不为。忽然又来了两个,彼此相争起来,打成一块,惊动了主人,轰动了邻舍。尤聪做人不过,只得卖了老婆,离了这个去处与人做短工生活。

龙山镇上与一个胡举人割麦,一连割了四日。一日天雨,尤聪就在胡春元车房避雨。胡春元因请了先生教儿子读书,要寻一个人在书房做饭,要动得手起,又要工钱减省,只是个"半瓶醋"厨子的光景就罢了。尤聪一向跟随尤一聘经南过北,所以这煮饭做菜之事也有几分通路,所以卖凉粉、切碁子,都是他的所长。他自己学那毛遂,又学那伊尹要汤[2],说合的人遂把他荐到那胡春元门下。试了试手段,煎豆腐也有滋味,捍薄饼也能员泛[3];做水饭、插粘粥、烙火烧都也通路。讲过每年四石工粮,专管书房做饭答应。虽说人是旧的好,不如那人乍到,他也要卖精神、显手段、立行止、固根基,便也不

---

〔1〕 尤聪——同本作"尤息",据上下文校改。
〔2〕 伊尹要汤——语出《孟子·万章上》:"人有言,'伊尹以割烹要汤',有诸?"意思是说,有人说伊尹做了厨子,以便向汤有所求,有这回事吗?
〔3〕 员泛——圆圆的。员,通"圆"。

肯就使出那旧日心性,被他骗了个虚名。

天下的事,大约只在起头时节若立就了一个好名,你连连不好,将来这个"好"字也便卒急去不了的;若起初出了一个不好的名,你就连连改得好了,这个"好"字也便急卒来不到的。况且他拿了别人的物料演习自己的手段,酸咸苦辣试停当了滋味,便也可以将就。又是只在书房鬼混,在上的只管有饭吃就罢了,在下的和光同尘[1],成群打伙,他就有甚么不好,狐兔相为,怎得吹到主人耳躲?

一连待了三年,胡举人中了进士,选了河南杞县知县,挈家赴任,带了尤聪同往任所。到了官衙里,里边有了奶奶当家,米面肉菜都有奶奶掌管,谁该吃谁不吃都有奶奶主意,不许撒泼了东西,不许狼籍了米面,不许做坏了饭食。他不说是奶奶正经,他怨奶奶琐碎;不说他在书房答应时节放肆是他的徼幸,他说是主人如今改常。做的菜嫌他淡了,他再来不管长短,加上大把的盐,教人猛可的误吃一口哮喘半日;说他咸了,以后不拘甚物,一些盐也不着,淡得你恶心。

一日,叫他煮腿腊肉。他预先泡了三日,泡得那腊肉一些咸味也没了。说他腊肉煮得不好,他再来不泡便已好了,他又加上一大把盐。煮豆腐自然该加盐的,他却一些盐也不加。问他所以,他说:"昨日腊肉里加了些盐嫌说不好,如今豆腐里不曾加盐又说不是,这也甚难服事!"

最可恨的,不论猪肉羊肉、鸡肉鸭肉,一应鲜菜干菜,都要使滚汤

----

[1]　和光同尘——语出《老子》:"和其光,同其尘。"这里指成一块,做了一路。

炸过,去了原汤,把来侵在冷水里面,就是鲜鱼鲜笋,都是如此〔1〕。若不是见了本形,只论口中的味道,凭你是谁,你也辨不出口中的滋味是甚么东西。且是与主人拗别,分付叫白煮,他必定就是醋烧;叫他烧,他却是白煮。还有最可恨的,定要使那囫囵花椒,叫人吃在口内,麻辣得喉咙半日出不出气来。把海参汤做得焌黑,嫌他的不好,他说:"黑海参,如何不黑?"把腌肉煮成烀炭,把鸭子煮成了糨粘,常常的把大锅子的饭捣了锅底倾在灶内,成盆的剩饭倒在泔水瓮里。养活的鸡鸭,也不请问主人,任意宰杀。干笋成四五斤泡在水缸里面,吃不了的都臭烂丢掉〔2〕。背了人传桶里偷买酒吃,吃得稀醉。他私定了一连前重后轻的秤,与外边买办的通同作弊。衙里几个小童,他个个打转。买办簿上一日一斤香油,支派买到厨房,他一些也不与众人食用,自己调菜,炸火烧,煎豆腐,不胜受用,再有多的,夜间点了灯与人赌博。春月买得韭菜来,将那韭菜上截白头尽数切下,用麻汁香油加上蒜醋,自己受享,止将那韭叶定小菜煴豆腐。每顿三四升的落米,从传桶里边央那把衙门的人卖钱换酒。

一日,有个同年王知县经过,要来回拜时在衙内书房留他一饭,与尤聪算计治办,约得荤素二十器,两道汤饭。尤聪问道:"这王爷是个官么?"胡知县道:"这就是中牟县王大爷,怎么不是个官?"尤聪道:"这个我定是耽误了。"胡知县问他:"怎说?""旧规:官酒每一桌,

---

〔1〕 如此——同本作"如北"。"此"与"北"盖因形近而讹,据文意酌改。
〔2〕 丢掉——同本作"丢调",据文意酌改。

必用厨子八名。止我一个,如何做的来?"只得不留他罢了。

胡知县素性好吃羊肉,送的就收,没有就买,交与尤聪去做。他绝不管天热天冷,成了旧规:头一日先煮一滚,撩将出来泡在冷水盆内,次日然后下锅,直待响午方才与吃。他那拗性歪憋,说的话又甚是可恶,胡知县受他不得,打发他出来。腰里缠着十数两银子,搭连里装着许多衣裳,预先克落的腊肉、海参、燕窝、鱼翅、虾米之类,累累许多。行了数程,走到高唐地方,四顾无人,撞见了两个响马,拽满了弓,搭上箭,邪跨在那马上,做出那强盗的威势来。吓得那尤聪跳下驴来跪在地上,口口声声只叫"大王爷饶命"。全副行李,搭上腰里的银钱,上盖衣裳都剥脱了个精光。响马得了财物去了,尤聪弄得囊空身罄,只得乞丐回家。到了明水,也还东奔西撞的讨饭,适值狄员外家请了程乐宇教书,馆中要个厨子答应,仍讲了每年四石杂粮,专在书房指使。

这尤聪素性原是个至可恶的歪人,又兼之在胡家养惯了骄性,通忘了那外边日子难过,比在胡家更甚作恶。开口就说:"我在胡进士家许多年,没人敢说我一句不好。你这不过庄农小户,晓得吃甚东西?吃在口中,也辨不出甚好歹!"眯了眼的抛米撒面,作的那孽罄竹难书!年前两次跟了师生们[到]省城,听他做得那茶饭撒拉溜㳇[1],淘了他多少的气。只因狄员外是个盛德的人,不肯轻意与人绝交,因陪儿子坐监,只得又带了他上京。途中这样贵饭,他把整碗

----

〔1〕 撒拉溜㳇——形容碗盘盛不下,顺着边沿往下流淌的样子。

的面退还店家;恐怕便宜了主人的钱钞,哄得狄周回头转背,成两三碗的整面[1],整盘的肉包,都倾吊在泔水桶内。店中有看见的人,没有一个不诧异赞叹。及至到了京师,这米珠薪桂之地,数米秤柴还怕支持不起,他没有老狄婆子跟前查考,通像心风了的一般恨命撒泼。连那奢侈惯了的童奶奶也时常的劝他,说他碎米不该播吊,嫩黄牙菜边不该劈坏,饭该够数做,剩饭不可倒在沟中。他不惟不听,声声的在背后骂那童奶奶是个[2]淡屄。因狄周不管他的闲帐,不说他的短长,只是狄周是个好人,二人甚为相厚。

狄员外因一向尝扰童家,又因监满在即,又因九月重阳,要叫尤聪治酒一卓抬过童家厅上,好同童奶奶合家小坐,一来回席,二来作别,三来过节。预先与童七夫妇说了,叫狄周买办了鸡鱼肉菜之类。尤聪大烹小割,正做中间[3],只见西北起了一朵焌黑的乌云,白云拢了乌云的四面。云里边一声霹雳,把那朵乌云震开,满天焌黑。连打了几声雷,亮了几个闪,连雨夹雹倾将下来。那雷就似天崩地裂,做了一声的响;闪电就似几千根火把的烁亮,围住了那间厨房不散。尤聪他还说道:"这样混帐的天!谁家一个九月将好立冬的时节,打这们大雷,下这们冰雹!"狄周也说:"真是反常!往时过了秋分,再那里还有打雷的事!"

二人说论,那雷电越发紧将上来。只听得天塌的一声响,狄宾梁

---

〔1〕 面——汤面,面条。
〔2〕 是个——同本作"见个"。"是"与"见"盖因形近而讹,据文意酌改。
〔3〕 中间——同本作"巾间"。"中"与"巾"盖因形近而讹,据文意酌改。

合狄希陈震得昏去。苏醒转来，只见院子里被雷击死了一个人，上下无衣，浑身焌黑，须发俱焦，身上一行朱字，上书"欺主凌人，暴殄天物"。仔细辨认，知是尤聪被雷击死。进到厨房里面，只见狄周也烧得焌黑卧[1]在地上，还在那里掇气，身上也有四个朱字："助恶庇凶"。

狄员外见狄周不曾断气，将带的"琥珀镇心丸"研了一服温水灌下，慢慢的醒了转来。问他所以，他说[2]："只见一个尖嘴像鬼的人，两个大翅飞进厨房，将尤聪挕出门外，我也便不知人事。"方知尤聪因他欺心胆大，撒泼米面，所以干天之怒，特遣雷部诛他。狄周只该凡事救正，岂可与这样凶人结了一党，凡事与他遮盖？所以也与尤聪同遭雷殛。但毕竟也有首从，所以只教他震倒房中，聊以示儆，还许他活转。这天老爷处制岂不甚是公平[3]？

狄员外只得报了兵马司，转申了察院。题知了本，下了旨意，相验明白，方才买了棺材，抬出义冢上埋了。这日酒也不曾吃得，童七夫妇[4]都过来慰唁。把这事都传布了京城，那闲的们把本来都刊刻[5]了，在棋盘街上货卖吆喝，叫道："九月重阳，国子监门口冰雹霹雳，劈死抛撒米面厨子尤聪的报儿哩！"走路的听得这异事，两个

---

〔1〕卧——同本作"临"。"卧"与"临"盖因形近而讹，据文意酌改。
〔2〕他说——同本作"地说"。"他"与"地"盖因形近而讹，据文意酌改。
〔3〕公平——同本作"公子"。"平"与"子"盖因形近而讹，据文意酌改。
〔4〕夫妇——同本作"去妇"。"夫"与"去"盖因形近而讹，据文意酌改。
〔5〕刊刻——同本作"刊到"。"刻"与"到"盖因形近而讹，据文意酌改。

钱买一本,倒教人做了一个月极好的生意。

这正是那两句成语合得着:

> 万事劝人休碌碌,举头三尺有神明。

再续两句道:

> 请观作孽尤厨子,九月雷诛不顺情。

第五十五回

狄员外饔飧食店〔1〕　童奶奶恣恶庖人

凡事非容易,尤称行路难。严霜凋客鬓,苦雨湿征鞍。野饭如冰冷,村醪若醋酸。店婆〔2〕凶万状,过卖恶千端。泥灯浑是垢,漆箸尽成癍。臭虫沿榻走,毒蝎绕墙盘。若逢佳馆主,逆旅作家看。

尤厨子〔3〕作恶欺人,暴殄天物,被那天雷殛死。狄周瞒了主人,反与歹人合成一股,撒泼主人的东西,也被天雷震的七死八活,虽然救得回头,还是发昏致命。

这狄员外父子一连五六日都是童奶奶那边请过去吃饭。狄员外甚是不安,每日晌午同狄希陈多往食店铺里吃饭。童奶奶道:"狄爷这们多计较。能费甚么大事哩,只不肯来家吃饭? 这食店里的东西岂是干净的? 离家在外的人,万一屈持在心,这当顽的哩! 况又待不的一个月就好满了监起身哩。"

---

〔1〕 饔飧食店——到饭铺里吃熟食。飧,同"餐",同本作"餐",据目录校改。
〔2〕 店婆——同本作"店婆",据文意酌改。
〔3〕 尤厨子——同本作"尤厨一",据文意酌改。

狄员外道:"时来暂去〔1〕的就罢了,怎好扯长的扰起来? 况且童奶奶你家里也没有人,凡事也都是童奶奶你自己下手,叫我心里何安? 算着也还得一个多月的住,不然,还仗赖童爷替俺且寻个做饭的罢。"童奶奶道:"我听见大相公说,家里也没有甚么人做活,听说大婶是不上厨房的,有些甚么事件,也还都是狄奶奶上前。狄爷,你寻个全灶罢。"狄员外道:"怎么叫是全灶?"童奶奶道:"就是人家会做菜的丫头。像狄爷你这们人家极该寻一个。好客的人常好留人吃饭,就是差不多的两三席酒,都将就拿掇的出来了,省子〔2〕叫厨子,咱早晚那样方便哩。"

狄员外道:"买了来家,可怎么方略他?"童奶奶道:"狄爷你自己照管着更好。要不配给个家人,当家人娘子支使也好。只是这个不大稳当,一个全灶使好些银子哩,拐的走了,可惜了银子。"狄员外道:"也大约得多少银可以买的?"童奶奶道:"要是手段拿的出去,能摆上两三席酒来,再有几分颜色,得三十两往下二十五两往上的数儿。若只做出家常饭来,再人材不济,十来两、十二三两就买一个。"狄员外道:"不然,没人做饭,咱寻他一个罢。只是没得合家里商议商议。"童奶奶道:"这却我不得晓的,狄爷你自己拇量着。要是狄奶奶难说话,快着别要做,好叫狄奶奶骂我么?"

狄员外道:"这骂倒是不敢的。只是怎么童奶奶你家不买一

---

〔1〕 时来暂去——暂时,一时。

〔2〕 省子——山东方言,省得。

个?"童奶奶道:"我家有来,刚子[1]赶狄爷到半月前边,叫我打发了。十八两银子寻的,使了八年,今年二十六岁了。人材儿也不丑,脚也不甚么大,生的也白净,像留爷坐这们寻常的一桌酒儿都也摆出来。那几年好不老实的个孩子,如今,一来这臭肉的年纪也忒大了;二来也禁不的我们爷和他挤眉弄眼的,我看拉不上。那一日赶着他往铺子里去,做了八两银子,嫁与个屠子去了。我们爷后晌从铺子里回来,叫我也没合他说。我们小姑娘端了酒菜来,他爹说:'灶上的那里[2]去了?叫姑娘端菜哩!'我说:'灶上的跟了个宰猪的走了。'我们爷说:'有这等事!怎么不早合我铺子里说去?'叫我说:'人已去了,合你说待怎么?'我们爷说:'没拐甚么去?'我说:'没拐甚么。那屠子倒撩下八两银子去了。'我们爷说:'呵!你可不说卖了,叫我还瞎乱。其实留着指使也罢了。'叫我说:'一个丫头指使到二十六岁,你待指使他到老么?'他说:'我有甚么指使?只怕没人替你上灶。'叫我说:'你别要管。我情愿做,不难。'虽这们说,可不也忙手忙脚的。我家也还要寻一个哩。狄爷,你寻一个且别要动手,等到家里可,狄奶奶许了,你就收他;要是狄奶奶不许,使他七八年,寻个汉子给他,也折不多钱。那尤厨子也是雇的么?"

狄员外道:"可不是雇的?一年四石粮哩。那几年粮食贱,四石粮食值二两银子罢了;这二年,四石粮食值五六两银子哩。这还是小

---

〔1〕　刚子——刚刚的。
〔2〕　那里——同本作"那利"。"里"与"利"盖因同音而讹,据文意酌改。

事,这一年受他的那气,叫他洒泼的那东西,虽是雷劈了他,咱容他这们等的也是咱的罪过。看不见狄周么? 与他甚么相干? 只为他合尤厨子拧成一股,看他洒泼不管他,也就差一点没劈杀了哩!"童奶奶道:"可又来! 狄爷你听我主张,买一个不差。你只原封不动的交付与狄奶奶,那狄奶奶赏赐了,这是天恩;要不赏赐,别要只管絮絮叨叨的胡缠,这便一点帐也没有。我们爷要不是眉来眼去,兴的那心不好,我也舍不的卖他。好不替手垫脚的个丫头哩么!"狄员外道:"主意定了罢。仰仗童奶奶就速着去寻,好叫他做饭吃。"童奶奶道:"只怕做媒的马嫂儿待来呀,要不来,我着人叫他去。狄爷,你寻个中等的罢。"狄员外道:"要寻人,爽利寻个好的罢,要叫他做菜哩。若龌龌龊龊的,走到跟前〔1〕看了那脏模样,也吃不下他那东西去。"

童奶奶正站在角门口合狄员外说话,寄姐走来说:"妈妈呀,俺舅舅来了。"童奶奶随关过门去,与他哥哥骆校尉说了会话,又吃了些点心,别得去了。童奶奶说:"忘了一件要紧的事! 玉儿,你快着赶上舅爷! 你说住房子的马嫂儿,叫他快来。你说俺奶奶待他说说甚哩。多上覆舅爷,千万别要忘了。"玉儿跑到外头,正好骆校尉没曾去远,还合一个人站着说话哩。小玉儿一一的说了。骆校尉道:"你上覆奶奶,你说道:'舅爷知道了,到家就叫他来。'"

事有凑巧,骆校尉转了条胡同,恰好马嫂儿骑着个驴子过来,看见骆校尉,连忙跳下驴来,说道:"爷往那里去? 怎么不骑马,自家步

------

〔1〕 跟前——同本作"踉前"。"跟"与"踉"盖因形近而讹,据文意酌改。

行?"骆校尉道:"我从姑奶奶那里来。不远,走走罢。你来的正好,姑奶奶有要紧事合你说,叫你就去哩。"马嫂儿道:"我且不到家,先往姑奶奶家去罢。"骆校尉道:"这好。"替他打发了两个驴钱,叫他还骑上那驴。改路竟到童家,见了说道:"舅爷说姑奶奶叫我,是与姑娘题亲哩?"

童奶奶道:"不是价,另有话说。我待叫你还寻两个灶上的丫头,要好的,那撞辣赃丫头不消题!"马嫂儿道:"姑奶奶你要好的,只怕卒急寻不着。你怎么又要两个呀?"童奶奶道:"我自家要一个,你山东狄爷也要一个。"马嫂儿道:"狄爷还没去哩么? 他有带的厨子,怎么又寻上灶的? 这是待两当一〔1〕房里指使么?"童奶奶〔2〕道:"你只管替他寻灶上的,他房里不房里,咱别管他。他那里尤厨子昨日九月九下那雹子,叫雷劈杀了,如今通没人做饭。我这里管待他,又嫌不方便。"马嫂儿道:"哎哟! 这九月里的雷还劈杀人? 我听见人说,只当是说谎来,原是真个么? 雷劈的身上有红字,写他那行的罪恶。这尤厨子可是为甚就雷诛了?"童奶奶道:"可不有红字怎么? 我还过那边看了看,烧的像个乌木鬼儿似的,雌着一口白牙,好不怪疚的。那批的字说他抛米洒面,作践主人家的东西。"

马嫂儿道:"可惜了的,好个活动人儿! 那日我从这边过去看看,狄爷合相公都没在家,锅里熬着京米粥儿。叫我说:'怎么荒的

---

〔1〕　两当一——指既做全灶又做侍妾。

〔2〕　童奶奶——同本作"韦奶奶",据上下文校改。

年成这们等的了？大锅里熬着粥儿，也不让人让儿。'他说：'要不嫌可，任凭请用，没吃了我〔1〕。'拿过个碗来。没好吃〔2〕，足足的吃了他五碗。我说：'可吃的叫你们不够了。'他说：'你只顾吃，由他，多着哩！'"

童奶奶道："只这就不是个好人。怎么拿着主人家的贵米多多的做下粥，给不相干的人〔3〕吃？你说他那低心，天爷为甚么不劈他？"马嫂儿道："好奶奶，他这不是积福么？"童奶奶道："我只说这是堕孽！要把自家的米粮口里那肚里趱的，舍些儿给那看看饿杀的人吃，这才叫是积福哩！他这明是蛆心狡肚，故意的要洒泼主人家东西哩！你快听我说，好好的替你狄爷寻个好灶上〔4〕的，补报他那几碗粥，要不然，这教是'无功受禄'，你就那世里也要填还哩！"马嫂儿道："我这就往门外头〔5〕去，只怕那里有。我就去罢。"童奶奶道："这天多旮了你去？等着吃晌午饭。"

马嫂儿果然等吃了饭，去了。到日西时分回来说："我到了门外头，周嫂儿那老蹄子又出去了。他媳妇儿，那淫妇通是个傻瓜！问着他，连东南西北也不晓的！问说：'你妈哩？'他说：'俺妈不知〔6〕往那里去了。'叫我呆呆的坐着等他，等到那旮晚才来。说有几个哩，

---

〔1〕 没吃了我——山东方言，没吃了我的。"的"字在方言中语音脱落。
〔2〕 没好吃——山东方言，没的好吃，即特别好吃。"的"字在方言中语音脱落。
〔3〕 人——同本作"今"，据文意酌改。
〔4〕 灶上——同本作"妃上"，据文意酌改。
〔5〕 门外头——指北京安定门外。
〔6〕 不知——同本作"下知"。"不"与"下"盖因形近而讹，据文意酌改。

他明日清早叫我在家里等他。罢,我趁明快〔1〕往家去,明日来回姑奶奶的话。"童奶奶道:"你替狄爷打听要紧。他又不肯来咱家吃饭,只买饭吃,岂是常远的么? 我且有要没紧,慢慢的仔细寻罢了。"

马嫂儿去了。明日晌午,同了周嫂儿来到。童奶奶问说:"寻的有了?"周嫂儿道:"有两三个哩。一个是海岱门〔2〕里头卖布的冉家,一个是金猪蹄子家的,还一个是留守卫李镇抚家的。"童奶奶问说:"这三家子的,那家子的出色?"周嫂儿说道:"这手叚咱可知不道他的好歹。要只据着他口里说,他谁肯说手叚不济? 要看中了,只得要试他。"童奶奶道:"这手叚要好,是不消说第一件了。可也还要快性〔3〕,又要干净。要空做的中吃,半日做不出一样子来,诓的客们冷板凳〔4〕上坐着,这也是做哩! 再要不,醒哩醒齀的,这也叫是做哩!"周嫂儿道:"奶奶说的可是哩。但这个毕竟是咱守着看见的孩子们才好。这生帐子货〔5〕,咱可不知他的手叚快性不快性。他既叫咱发脱,岂有个不梳梳头,不洗洗脸的? 也定不住〔6〕他是醒齀不醒齀来。难为这三家子都不是俺两个〔7〕的主顾。"

童奶奶道:"这三个,你两个都见过了没"马嫂儿道:"我都没

〔1〕 明快——山东方言,天色尚亮。

〔2〕 海岱门——即哈德门,今崇文门。

〔3〕 快性——山东方言,做事快捷利落,不拖泥带水的意思。

〔4〕 冷板凳——同本作"令板凳"。"冷"与"令"盖因形近而讹,据文意酌改。

〔5〕 生帐子货——即生碴子货。含贬义,等于说不知根底、摸不透脾性的东西。

〔6〕 定不住——看不透,难以判定。

〔7〕 俺两个——同本作"掩两个"。"俺"与"掩"盖因形近而讹,据文意酌改。

见,周嫂儿都见来。"周嫂儿道:"要看外相儿倒都不丑。冉家的那个还算是俊模样子,脚也不是那十分大脚,还小如我的好些;白净、细皮薄肉儿的。他说是十七[1],像十八九二十的年纪。要图人材,单讲这一个罢。"童奶奶道:"还是看本事要紧。咱光选人材,娶看娘子哩么?咱要成,务必领了他来待我看看,留他两日,叫他做菜做饭试试,交银子不迟。"周嫂儿道:"待我合他说去。只怕他说丫头大了,不教领出来也不可知的。"童奶奶数了二十个黄钱,催他快去,来回骑了驴来。周嫂儿飞也似去了。马嫂儿没去,在这里等他。

周嫂儿去不多时,领了那丫头来到,还有一个老妈妈子跟着。那丫头怎生样的?有《西江月》一首:

> 厚脸丰颐塌鼻,浓眉阔口粗腰。脚穿高底甚妖娆,青褂蓝裙颇俏。　　前看胸间乳大,后观腿上臀高。力强气猛耐劬劳,正好登厨上灶。

童奶奶看那丫头粗粗蠢蠢,到不是雕儿豹儿的人,说道:"这孩子倒茁壮,有十几了?"那丫头说:"今年十八了。"童奶奶问说:"这寻你专是为炒菜做饭,你都去的[2]么?"那丫头道:"小人家的饭食,我到都做过来;只怕大人家的食性不同。又大人家的事多,一顿摆上许多菜,我只怕挝挠不上来。"童奶奶道:"不是我要,是山东的一个狄爷同他大相公来坐监,带着个厨子,昨日九月九下匮子的那一日叫雷

劈死了，急忙里要寻个人做饭。要回到家时，或是留客吃饭，或是一两席酒，这值不的叫厨子的事，都要叫你做做。自己拇量，可做的来做不来？"那丫头道："我刚才不说过了？一两席酒，我自己也曾做来，可只是人家有大小不等，看将就不将就哩。就是一碗肉罢，也有几样的做，也有几样的吃哩。"

童奶奶道："你这前后的话说的倒都是哩。你住两日儿，主人家试试你的手段，你也试试主人家的性格，看那缘法对与不对。"那跟的老妈妈子道："住两日只管住，这倒不碍哩。要说做甚么，这位姐姐可是去的。家里有这们四个哩，都是调理着卖这个的。家里奶奶子说：'老爷子，你要留下指使就留下，既不留下，就趁早儿给了人家，耽误了人家待怎么？'打发了这一个，还要打发两个出去哩。"

童奶奶道："那两个比这个哩？"老妈妈子道："那三个里头，有一个的模样比这个好，白净，脚也小；要论手段，都不如这一个。"童奶奶道："这说要多少银子？"老妈妈子说："要三十两银子哩。"童奶奶道："你说的就是那顶尖全灶的价了。手段还且不知道，他这人才，已就不是那全灶的人才。待两日试得果然是那全灶的本事，也不肯少与你，足足的兑上二十四两老银。若本事不济，再往下讲。玉儿，你到那边看看，狄爷合狄大叔在家，请过来。你说奶奶请狄爷合狄大叔说话哩。"

玉儿开了门，请过狄员外爷儿两个过来。作了揖，童奶奶道："清早我们爷出门的时节，就分付伺候爷吃饭，叫我紧着出去，爷合大叔已是吃过饭了。"狄员外道："这每日扰奶奶已是不安，又劳奶奶自己下厨房,这怎么当的起?"童奶奶道:"这是刚才领来的一个孩子,爷你看看。好么〔1〕咱留下他试他两日,合他讲钱成事。"狄员外上下看了两眼,说道:"倒也是个壮实孩子。童奶奶看中了可,咱会下〔2〕他罢。这马嫂儿我认的,这二位媒妈妈高姓呀?"童奶奶指着说:"这一个是媒人,姓周;那一个老妈妈是跟这孩子来的,我也还没问姓甚么哩。"那老妈妈说:"奶奶,我姓吕。"狄员外道:"就是老吕。你们都到我那边去。"童奶奶说:"你们说停当了,都过这边来吃饭。"狄员外说:"童奶奶,你不费心罢。我叫人买几个子儿火烧,买几块豆腐,就式式这孩子的本事。要是熰的豆腐好可,这就有八分的手段了。咱这小人家儿勾当,待逐日吃肉哩?"说着,三个妈妈子合那丫头都过去了。狄员外道:"童奶奶也到那边坐会子去,咱好大家合他说。"童奶奶道:"爷先请着,我就过去。"

狄员外叫人拾的火烧,买的豆腐合熟肉,黄芽白菜。那丫头没等分付,进到厨房,卷起胳膊刷了吊锅,熰上豆腐合黄芽菜,切切那肉,共盛了六塾浅,两盘火烧,搬到厨房炕矮卓上与众人吃;又盛了一塾浅豆腐,一塾浅黄芽菜,一碟子四个火烧,端到上房与狄员外狄希陈吃。狄员外尝那做的菜,咸淡的滋味甚是可口〔3〕;又叫他切碗肉来,又切的甚是方正。刚吃着,童奶奶过来了,笑道:"由昝试手段了。"看着那肉说道:"这孩子到动的手。我只见他这切的肉就看出

---

〔1〕 好么——意思是如果觉得好的话。

〔2〕 会下——见一见。这里引申指见识见识她的本领。

〔3〕 可口——同本作"可日"。"口"与"日"盖因形近而讹,据文意酌改。

好几分来了。"媒婆们吃了饭，每人与了二十四个驴钱，叫他后日来定夺。众人辞的去了。

　　狄员外合童奶奶说了一会子话。起来回去，狄员外叫那丫头："你跟了〔1〕童奶奶过去。"丫头果然跟过去了。童奶奶又合他说了前后〔2〕的话，又问说："你那家子曾收用过了不曾？"丫头道："收过久了。"童奶奶问："没生下甚么？"丫头说："也只稀哩麻哩的勾当，生下甚么！"

　　狄员外叫狄周买办肴品，要试全灶的手段，摆酒请童爷童奶奶。那丫头说着写了单帐，买了物件。那丫头不慌不忙，一顿〔3〕割切停当，该煴的煴，该炒〔4〕的炒，到了晌午，置办的一切完备。从铺子里请了童七回家，将酒席搬到童家那院，按道数〔5〕上来，只见做的颜色鲜明，滋味甚美。狄员外那心里极喜，童七合童奶奶都齐称赞。童奶奶道："这手段倒也罢了，还没试试家常饭的手段哩。"童七道："家常饭只比酒席少做了几样，有两样么？"童七、童奶奶、狄员外、狄希陈、寄姐五个围着八仙方桌〔6〕，传杯弄盏，吃至一更多天，方从角门散的去了。次日起来，叫那丫头做了早饭，接连做了午夜两餐，又甚爽快，又极洁净。这狄员外定了主意要寻。

----

〔1〕　跟了——同本作"跟匕"，匕为"跟"字同字字符，据文意酌改。
〔2〕　前后——同本作"可后"，据文意酌改。
〔3〕　一顿——一阵。
〔4〕　炒——同本作"妙"。"炒"与"妙"盖因形近而讹，据文意酌改。
〔5〕　道数——一道一道上菜的次序。道，同本作"這"，据文意酌改。
〔6〕　八仙方桌——即八仙方桌。桌，"桌的本字"。

第三日清早，马嫂儿、周嫂儿齐来讨下落，童奶奶一口价许定二十四两。周嫂儿道："奶奶，你许的这是中等的价钱。这孩子可是上等的手段哩。"童奶奶道："你合狄爷这们说罢了，你这话合我说哩？再要手段不济，可拿着这们些银子是买他人才哩，是买他的真女儿哩？"周嫂儿道："奶奶，你主张个二十七两银子罢。要是二十四两，这丫头成不下来。"童奶奶道："一分银子添不上去。我的性儿你是知道的，我是合你磨牙费嘴的人么？"周嫂儿道："我的奶奶！呀定〔1〕你就这们执古性儿，就真个一口价儿？俺两个的媒钱，奶奶你可赏俺多少哩〔2〕？"童奶奶道："你两个我也不少。员成了，我叫狄爷共称一两细丝银子给你。"周嫂儿道："走，咱拿着银子合他说着去。合谁去哩？"童奶奶道："狄爷，你就拿着银子自己去。"狄员外走过自己那边，兑足了二十四两文银，又封了一两媒钱，雇了四个驴，合狄周骑着。

周嫂儿见狄员外要的外甜〔3〕，故意说道："你老人家只怕还是空走这遭。童奶奶许了这一口价儿，分文不肯添。他老人家性儿乔乔的，俺们又不敢合他多说话，只得来了。那家子定是不依。"狄员外道："仔么不依？我不知道你京里的浅深罢了，你童奶奶甚么是不晓的，肯少还了你们价儿？你要拇量着这事成不的，我就不消去了，别说那瞎诓着我空走一遭的话。你要就是这们成了，我分外你每人

---

〔1〕 呀定——同本作"呀走"，据文意酌改。
〔2〕 哩——同本作"埋"。"哩"与"埋"盖因形近而讹，据文意酌改。
〔3〕 外甜——殷切。

再加二钱银子,你两个吃酒;要是不成,这驴钱我认。你休想干那岐瞒[1]夹帐的营生!"两个媒人道:"爷哟,怪道童奶奶合爷说的上话来,都是一样性儿!"

说着,将次走到。狄员外下了驴,说道:"你两个先去,说妥了来叫我,要不妥,我好往家走。若进他家里,要说不上来,羞羞的不好出来。我在这香铺里坐坐等着你。"马周两个媒人道:"你老人家怕到了那家子,当面不好阻却的又叫你老人家添银子的意思?"狄员外道:"神猜! 就是为这个。我在这里等着你。叫他写了文书,定了银子数儿。看了,我才到那里交银子哩。"马周两人道:"爷呀,人[2]还说我们京师人乖哩,这把京师人当炒豆儿罢了。"笑的去了。

通常说了前后的话。原来两个媒婆已是[3]先与冉家讲定了是二十四两,分外多少的,都是两个媒人[4]的偏手。这童奶奶还了个一定的价钱,再还那里腾那? 若是跳蹭去了,卖与本地的人也是不过如此,还没人肯出这们些媒钱,所以也就不做张智,写了二十四两的文书,拿到间壁狄员外看了,狄员外方辞了香铺,同到冉家布铺后边。三间齐整客舍,摆设的当的[5]着实华丽。献过了茶,问了些来历,

---

〔1〕 岐瞒——同"欺瞒"。
〔2〕 人——同本作"入"。"人"与"入"盖因形近而讹,据文意酌改。
〔3〕 两个媒婆已是——同本作"两个媒婆匕是","匕"为"婆"字同字字符,据文意酌改。
〔4〕 媒人——同本作"媒入"。"人"与"入"盖因形近而讹,据文意酌改。
〔5〕 当的——称得上,可以说是。

取出天秤，足足的兑了二十四两财礼，双手交将过去。那冉老头把文书画了押，叫两个媒人都画十字，交付狄员外收了。狄员外取出一两银来，又叫狄周数上四钱银子的黄钱与了两个媒人。那个端茶的管家，趴倒地替狄员外磕了头。狄员外知是讨赏之情，忙叫狄周数上二钱银子的钱与管家买酒。冉老头再三要留坐，狄员外苦辞，方肯送了出门。

狄员外袖了[文]书，同狄周回到下处，往那院里谢了童奶奶费心。又叫过那丫头替童奶奶磕了头，又与狄员外、狄希陈都磕头相见。童奶奶道："爷还替他起个名字，好叫他。"狄员外道："你家里叫你甚么？"他说："我家里叫是调羹。"童奶奶笑道："这到也名称其实的哩。"狄员外道："这'调羹'就好，不消又另起名字。"狄员外又与他札刮衣裳，到故衣铺[1]内与他买了一付没大旧[2]的布铺陈，问童七换了一付乌银耳坠、四个乌银戒指。把狄周移在北房西间宿卧，将厨房那与调羹居住。

京中妇人是少不得要人照管的，况调羹又是经主人照管过的。到了这边，狄员外不曾奉过内旨，怎敢矫诏胡行。这调羹虽是有童奶奶开说得明白，说过："老爷子[3]是个数一数二的元帅，断是不敢欺心。直待回家，毕竟奶奶许了，方敢合你成事。你也不可冒失[4]。

----

〔1〕 故衣铺——出售旧衣服的店铺。

〔2〕 没大旧——不十分旧。

〔3〕 老爷子——同本作"老爷了"。"子"与"了"盖因形近而讹，据文意酌改。

〔4〕 冒失——同本作"胃失"。"冒"与"胃"盖因形近而讹，据文意酌改。

休说在千里之外奶奶不晓的,但是做女人的,那心窍极灵,不消私行,也不消叫番子手躐访,凡汉子们有甚么亏心的事,一拿一个着[1]。休要大家没了主意,叫狄奶奶怨我。"又背地里嘱付狄希陈道:"狄大叔,我有件事合你说。这灶上的调羹,是狄爷算计要留着房里使用的,这却不可合他凄凄离离的。"狄希陈雌着牙笑。童奶奶道:"我说的是好话,你可不笑甚么?"说的调羹心里甚是明白,虽是孤恓冷净,枕冷[2]衾寒,但有了盼头,却也死心蹋地的做饭。

自从有了调羹,这狄员外下处饮食甚是方便,比那有尤厨子的时节[3]受他那拗东别西的犹气甚觉不同。住的坐满了监,辞了童奶奶,跟了狄员外要回山东。童奶奶又教导了他许多服事主母的道理,说道:"你要肯听我的话,你自有好处。"说完话,方才大家作别。童七又递了几盏[4]上马杯,拱手而散。

调羹后来结局,狄员外到家怎么光景,再等后回接说。

---

〔1〕 一拿一个着——同本作"一个一个着",据文意酌改。

〔2〕 枕冷——同本作"枕合"。"冷"与"合"盖因形近而讹,据文意酌改。

〔3〕 比那有尤厨子的时节——同本作"比那做厨子的时节",此依连图本,据李本校改。

〔4〕 递了几盏——同本作"吃了几盏",此依连图本,据李本校改。

第五十六回

狄员外纳妾代庖　薛素姐殴夫生气

妒妇寻常行处有,狠毒同狮吼。击残溺器碎揉花,即使恁般奇绝、不如他。　此是峨眉争爱宠,不觉心情懂。最奇吃醋到公房。抵死怕添丁分产、狠分张。

——右调《虞美人》

狄员外陪着狄希陈坐完了监,看定了日子起身。童七家预先摆酒送行,借了调羹做菜。狄员外将前后房钱都一一找算清结,将合用的家伙,借用的都一一交还,并无失损;将自己买添的并多馀的煤米,都送了童奶奶用。童七回送了三两赆仪、两匹京绿布、一封沉速香[1]、二百个角子肥皂、四斤福建饴糖。狄员外返璧了那赆仪,止收了那四样的礼。狄员外又与了玉儿二钱银子,一条半大的手巾。狄希陈梯己[2]送了寄姐一对玉瓶花、两个丝绸汗巾。寄姐回送了狄希陈一枝乌银古折簪。童奶奶赏了狄周三钱银,赏了调羹一双红

---

[1] 一封沉速香——沉,沉香。速,速香。沉香与速香合成的香料。一封,同本作"一十",连图本作"一千",俱非是。《红楼梦》第四十三回云"两星沉速",可见是散香。今酌改"一封"。

[2] 梯己——个人的积蓄。这里指用个人积蓄私下买送的礼物。

段子裤腿、三尺青布鞋面。

　　狄员外雇了四个长骡。那时太平年景,北京到绣江明水镇止九百八十里路,那骡子的脚价每头不过八钱。路上饭食,白日的饭是照数打发,不过一分银吃的响饱,晚间至贵不过二分。夜住晓行,绝无阻滞。若是短盘驴子,长天时节,多不过六日就到;因是长生口〔1〕,所以走了十日方才到家。

　　狄员外合狄希陈在前,调羹在后,狄周还在外边看卸行李。进到中门里边,不见狄老婆子的模样,只有狄周媳妇接着出来。狄员外爷儿两个一齐问说:"娘哩?"狄周媳妇回说:"在屋里哩。"狄员外心里想道:"不好,这是知道调羹的事了。"口里问说:"怎么在屋里〔2〕? 身上不自在么?"一边随即进去。只见老狄婆子也没梳头,围着被在床上坐的,说道:"来了罢,盼望杀人! 路上不十分冷么?"狄员外朝着床作了个揖,狄希陈磕了头,然后调羹叩见。狄员外说:"这是咱买的个做饭的,叫是调羹。"老狄婆子把脸沉了一沉,旋即就喜欢了。

　　狄员外问说:"你是怎么身上不自在? 从几时没起来?"狄婆子道:"我没有甚么不自在,就只这边的挖膊〔3〕合腿动不的。"狄员外说:"这是受了气了。为甚么不早稍个信去? 京里还有明医,好问他求方,或是请了他来。这可怎么处哩?"狄婆子道:"你躁他怎么? 只怕待些时好了。"

狄员外坐在床沿上,说不了的家长里短。狄希陈到了自己那院,见门是锁的,知道素姐往娘家去了。恰好狄周媳妇走过,狄希陈问说:"你大嫂从多咱家去了?"狄周媳妇道:"从你起身的那一日就接了家去,到今九个多月,就只来住了一夜半日,把娘气的风瘫了,就回去再也没来。"狄希陈跺了两跺脚,叫了两声"皇天",又仍往狄婆子屋里去了。

狄周收了行李,也进屋里与主母磕了头。狄婆子[1]问说:"尤厨子怎么不见他哩?"爷儿两个齐把那九月九下雹子雷劈的事说了一遍。狄婆子诧异[2]的极了,说道:"天老爷!这小人们知道甚么好歹,合他一般见识?有多少那大人物该劈不劈的哩。叫我这心里想:'有个尤厨子做饭吃罢,又买个老婆待怎么?'缘来有这们的古怪事!雷劈的身上有字,他有字没有?"狄员外说:"有八个大红字。陈儿,你念念与你娘听。"狄希陈道:"尤厨子的字是'欺主凌人,暴殄天物',狄周的字是'助恶庇凶'。"狄婆子惊问道:"怎么狄周的身上也有字哩?"狄员外说:"狄周也着雷劈杀了,是还省过来的。尤厨子劈在天井里,狄周劈在厨屋里。"狄婆子说:"你把他那字讲讲我听。"狄希陈道:"'欺主凌人',是因他欺主人家,又眼里没有别人;'暴殄天物',是说他作贱东西,抛撒米面。狄周的字是说他助着尤厨子为

---

[1] 狄婆子——同本作"狄婆了"。"子"与"了"盖因形近而讹,据文意酌改。

[2] 诧异——同本作"说异"。"詫"与"说"盖因形近而讹,据文意酌改。

恶,合他一溜子[1],庇护他。"狄婆子说:"这天矮矮的[2],唬杀我了!"

狄员外合狄希陈到家不提。再说素姐自从狄希陈上京那日,薛夫人怕他在家合婆婆殴气,接了他回家。薛教授因他不听教训,也甚是不喜欢他。他自从梦中被人换了心去,虽在自己家中,爹娘身上,比那做女儿的时节着实那强头别脑[3],甚是不同。吃鸡蛋,攘烧酒,也绝不像个少年美妇的家风。明水镇东头有三官大帝的庙宇[4],往时遇着上中下三元的日子,不过是各庄的男子打醮祭赛、享福受胙而已。近来有了两个邪说诬民的村妇,一个叫是侯老道,一个叫张老道。这两个老摇辣专一哄骗人家妇女上庙烧香,吃斋念佛,他在里边赖佛穿衣,指佛吃饭,乘机还干那不公不法的营生。除了几家有正经的宅眷禁绝了不许他上门,他便也无计可施,其馀那混帐妇人,瞒了公婆,背了汉子,偷粮食作斋粮,损簪环作布施,渐哄得那些混帐妇人聚了人成群合队,认娘女,拜姊妹,举国若狂。这七月十五日是中元圣节,地官大帝的生辰,这老侯、老张又敛了人家布施,除克落了,剩的在那三官庙里打三昼夜兰盆大醮,十五日夜里在白云

----

〔1〕　一溜子——一伙,一路。
〔2〕　矮矮的——就在面前,正在注视着人的意思。
〔3〕　强头别脑——强横执拗,不听别人劝告的意思。
〔4〕　三官大帝的庙宇——三官大帝,道教神名,其来历、名称诸说不同。流行的说法为,天官赐福紫微大帝,正月十五日上元生;地官赦罪清虚大帝,七月十五日中元生;水官解厄洞阴大帝,十月十五日下元生。庙宇,同本作"庙字"。"宇"与"字"盖因形近而讹,据文意酌改。

湖内放一千盏河灯。不惟哄得那本村的妇女个个出头露面,就是那一二十里外的邻庄,都挈男拖女来观胜会。

素姐住在娘家,那侯道、张道怕那薛教授的执板[1],倒也不敢上门去寻他,他却反要来寻那二位老道,恨命的缠薛夫人,要往三官庙里看会,白云湖里看放河灯。薛夫人道:"这些上庙看会的,都不是那守闺门有正经的妇人。况你一个年小女人,岂可轻往庙里去?"素姐说:"娘陪了我去,怕怎么的?"薛夫人道:"我虽是七八十的老婆子,我害羞,我是不去的! 再要撞见你婆婆,叫他说道:'好呀! 接了闺女家去是图好上庙么?'你婆婆那嘴,可是说不出来的人?"素姐说:"娘不合我去,罢,我自己合俺爹说去。"薛夫人道:"你说去,且看你爹叫你去呀不! 就是你爹叫你去,我也说他老没正经,不许你去!"

素姐撅着那嘴好[2]拴驴的一般。姓龙的说道:"怕怎么的? 孩子闷的慌,叫他出去散散心。在婆婆家又行动不的,来到娘家又不叫他动弹,你别[3]死他罢! 那人山人海的女人,不知多少乡宦人家的奶奶、官儿人家的小姐哩。走走没帐,待我合他说去。"薛夫人道:"极好! 只怕你说,他就叫他去也不可知的。"

龙氏叫小玉兰:"你到铺子里请爷进来。"玉兰出去说道:"后头请爷哩。"薛教授只道是薛夫人说甚么要紧的话,慌忙进来问薛夫

----

〔1〕 执板——古板。

〔2〕 好——山东方言,"和(合)"的音变,像,好像。

〔3〕 别——同"憋"。

人："你待说甚么?"薛夫人道："我没请你。谁请你去来?"玉兰道："俺龙姨待合爷说句话。"薛夫人晓得是说这个,口里没曾言语。薛教授道："他待说甚么? 他有甚么好话说!"薛夫人道："他打哩有好话说可哩? 你到后头看他说甚么。"

薛教授走到后边,龙氏不慌不忙从厨房里迎将出来,笑容可掬的说道："我有句话合你说:素姐姐这几日通吃不动饭,你可也寻个人看他看。他嫌闷的慌,他待往三官庙里看看打醮的哩。你叫他去走走罢。"薛教授道："你娘必定不合他去,可叫谁合他去哩?"龙氏道："叫两个媳妇子跟了他去。你要不放心,我合他去也罢。"薛教授道："还是你合他去好。"

龙氏喜得那心里,不由的抓抓耳躲挠挠腮的。素姐在后门外逼着听,也甚是喜欢。薛教授说龙氏道："你看,那脸上的灰也不擦擦。"龙氏拿着袖子擦那脸上。薛教授道："你靠这些[1],我替你擦擦。"龙氏得意的把头摇了两摇,仰着脸走向前来等着擦灰。薛教授就着势,迎着脸,括辣[2]一个巴掌,一连又是两个。骂说："我把你这个贼臭奴才! 甚么不是你鼓令[3]的? 小女嫩妇的,你挑唆他上庙! 你合他去罢!"龙氏道："你不叫去罢呀,打我怎么? 娘叫我合你说,我待合你说来么?"薛教授道："贼嘴的奴才! 该说的你娘岂有不说,叫你来说哩!"

----

〔1〕　靠这些——山东方言,往这边靠一靠、挪一挪。
〔2〕　括辣——象声词,打耳光的声音。
〔3〕　鼓令——鼓动,怂恿。

薛夫人听见后头嚷乱，走到后边。薛教授道："这贼嘴臭奴才！他待合小素姐往庙里看打醮的，说是你叫他合我说来！"薛夫人道："是我叫他合你说来。素姐合我说待往庙里去，我没许他。素姐待自家合你说去，我说：'就是你爹老没正经许你去，我也不许你去！'姓龙的说：'走走没帐，待我合他说去！'我说：'极好！只怕你说，他就叫他去也不可知的事。'他就支使小玉兰往外头叫你去了。你听不听罢了，打他做甚么？他也好大的年纪了，为这孩子开手打过三遭了。可也没见你这们个老婆，一点道理不知，又不知道甚么眉眼高低，还站着不往后去哩！"

素姐见打了龙氏，知道往庙里去不成的，眉头一蹙，计上心来，说道："俺爹睃拉我不上，我也没脸在家住着，我待回去看看俺婆婆哩。"薛夫人道："你听他哩！他可不是想婆婆的人。怎么这到家，不知算计待作甚么孽哩！别要叫他家去。"薛教授道："他说出这们冠冕的题目来，怎么好拦他？也只是待跟了他婆婆往庙里去。他到了他家，叫去不叫去，咱可别要管他。"叫了薛三省娘子送到家中。薛三省娘子再三撺掇着到了婆婆屋里，使性硼气的磕了两个头，回自己的房里来了。

吃了晚饭，睡了一夜，明日起来，正是七月十五。素姐梳洗已毕，吃了早饭，打扮的甚是风流。叫玉兰跟着，顺路一边走，一边使玉兰对狄婆子道："俺姑待往三官庙里去看打醮哩。"狄婆子说："少女嫩妇的，无此理，别要去！"素姐扬扬不采，竟自出门，同玉兰步行而往。又叫狄周媳妇赶上拦阻，他不惟不肯回来，且说："你叫他休要扯淡，情管替他儿生不下私孩子!"狄周媳妇回来说了,把狄婆子已是气的发昏。

他在庙里寻见了侯、张二位老道,送了些布施,夹在那些柴头棒仗[1]的老婆队里,坐着春凳[2],靠着条桌,吃着麻花、馓枝[3]、卷煎[4]、馍馍,呵着那川芎茶,掏[5]着那没影子的话。无千大万[6]的丑老婆队里,突有一个妖娆佳丽的女娘在内,引惹的那人就似蚁羊[7]一般。他旁若无人,直到后晌,又跟了那伙婆娘,前边导引了无数的和尚道士,鼓钹喧天,往湖里看灯。约有二更天气,一直竟回娘家,还说:"你们不许我去,我怎么也自己去了!"

狄婆子、薛教授两下里气的一齐中痰,两家各自乱哄,灌救转来,都风瘫了左边的手腿。薛教授与狄婆子同是七月十五日起,半夜得病,从此都不起床。婆婆因他气成了瘫症,他也从不曾回去看婆婆,只有薛夫人和两个管家娘子时常来往问候。

直至狄希陈这日从京中回家,薛夫人使了薛三省媳妇送他来到,

〔1〕柴头棒仗——七长八短、高高低低的意思。
〔2〕春凳——一种坐面很宽的长凳。
〔3〕馓枝——即"馓子",一种油炸食品。明李时珍《本草纲目·谷四·寒具》:"寒具,即今馓子也,以糯粉和面,入少盐,牵索扭成环钏之形,油煎食之。"今其制仍存。又,纯用面粉制成,油炸后呈长条栅状的食品亦称"馓子"、"馓枝"。
〔4〕卷煎——一种将鸡蛋摊作饼状,内卷菜或肉馅的食品。
〔5〕掏——闲扯。
〔6〕无千大万——后文也作"无千带万"。形容人数极多,等于说无数。大,山东方言读 dài。
〔7〕蚁羊——山东方言,蚂蚁。

好歹劝着见了见狄员外合狄婆子,也不问声安否,也不说句家常话,竟回自家房内。狄希陈就像戏铁石[1]引针的一般,跟到房中。久别乍逢,狄希陈不胜绻恋,素姐虽还不照[2]往时严声厉色,却也毫无软款温柔。狄希陈尽把京中买了来的连裙绣袄、乌绫首帕、蒙纱膝裤、玉结玉花、珠子宝石、扣线皮金[3]、京针京剪,摆在素奶跟前进贡。素姐着尽收了,也并不曾有个温旨,只是这一晚上不曾赶逐,好好的容在房中睡了。狄希陈也并不敢提问娘是因甚得病。

薛教授是不能起床,薛夫人是个不戴巾的汉子,薛如卞又是个少年老成,媳妇连氏又甚是驯顺,龙氏也不甚跳梁,薛三省合薛三槐两个也都还有良心,布铺的货又都是直头布袋[4],倒也还不十分觉苦。只是狄员外是个庄户人家,别又无甚生意[5],间壁的客店不过"戏而已矣"。狄希陈是个不知世务的顽童,这当家理纪,随人待客,做庄农,把家事都靠定了这狄婆子是个泰山,狄员外倒做了个上八洞的纯阳仙子。这狄婆子睡在床上动惮不得,就如塌了天的一般。

狄周是尤厨子的合伙,教天雷劈死的人,岂是个忠臣?他那娘子虽也凡百倚他,但不知其妇者视其夫,这等一个狄周"刑于"[6]出甚

---

[1] 戏铁石——吸铁石,磁铁。
[2] 照——比,同。
[3] 皮金——即皮筋,束发等用的绑具。
[4] 直头布袋——形容直进直出,没有滞货。
[5] 别又无甚生意——同本作"别人又无甚生意","人"字为衍文,据文意酌删。
[6] 刑于——《诗经·大雅·思齐》"刑于寡妻"高亨注:"刑,通型,示范。"刑于为"刑于寡妻"的省略说法,即示范于自己妻子的意思。

么好妻子来？只是当初有这样一个雷厉风行的主母，他还不敢妄为，如今主母行动不得，他还怕惧何人？

幸得这个调羹绝不像那京师妇人的常态：第一不馋，第二不盗，第三不淫，第四爱惜物件，第五勤事主母，第六不说舌头，第七不里应外合，第八不倚势作娇，第九不偷闲懒惰，第十不百拙无能。起先初到的时节，狄婆子也不免有些拈酸吃醋之情，虽是勉强，心里终是不大快活。密问狄希陈，知道狄员外与他一毫没帐，又闻得童奶奶许多的好言，又因他有这十件好处。起先这狄婆子病了，上前伏事都是巧姐应承，自从有了调羹，就替了巧姐一半，除做了大家的饭食，这狄婆子的茶水都是调羹照管。狄婆子故意试他，把那银钱付托与他收管，过十朝半月，算那总撒〔1〕，分文不差。故意寻他不是，伤筋动骨的骂他，他也绝无使性。这等寒夜深更，半宿的伺候，夜间起来一两次的点灯，扶着解手，顿茶煎药，与巧姐争着向前，也绝不抱怨。狄婆子不止一日，屡屡试得他是真心，主意要狄员外收他为妾。狄员外略略的谦了一谦，也再拜登受。狄婆子叫人在重里间与他收拾卧房，打了煤火热炕，另做了铺陈，新制了红绢袄裤，又做了大红上盖衣裳，择了吉日，上头成亲。

狄希陈倒也似有如无的不理，只是素姐放下脸来发作，说道："没廉耻老儿无德！鬓毛也都白了，干这样老无廉耻的事！爷儿两

---

〔1〕　总撒——所有的各项花费，即总账。

个伙着买了个老婆,乱穿靴[1]这们几个月,从新又自己占护[2]着做小老婆! 桶下个孩子来,我看怎么认! 要是俺的孩子,分俺的家事,这也还气的过;就是老没廉耻的也还可说,只怕还是狄周的哩!"

这话都句句的听在狄员外耳躲,狄员外只叫别使狄婆子知道,恐他生气着恼。又亏不尽调羹有个大人的度量,只当是耳边风一般。狄周娘子故意把话激他,他说:"凭他! 有气力只管说,理他做甚么?你知道有孩子没有孩子? 待桶下孩子来再辨也不迟。"

只素姐惟恐调羹生了儿子,夺了他的家私,昼夜只是算计,几次乘公公睡着时,暗自拿了刀要把公公的鸡巴割了,叫他绝了欲不生儿子,免夺他的产业,又好做了内官,再挣家事与他。亏得天不从人,狄员外每次都有救星,不得下手。又千方百计处置调羹。狄员外惟恐家丑外扬,千万只有一个独子,屈心忍耐。

这狄婆子平日性子真是雷厉风行、斩钉截铁的果断,叫他得了这们动惮不得的病,连自己溺泡尿、阿泡屎都非人不行。狄员外不曾回来的时节,嫌那丫头不中用,巧姐又还身小人薄,狄周媳妇一来又要抱怨,二来又要回避他,怕他对了汉子败坏,媳妇素姐这通是不消提起的了,所以也甚是苦恼。自从有了这调羹进门,这些一应服侍全俱倚仗他。他起五更睡半夜,与主母梳头缠脚、洗面穿衣、端茶掇饭,再也没些怨声,说道:"娘,你身上又没甚别的病,不过是这半边的手脚

----
[1] 乱穿靴——比喻性关系紊乱。
[2] 占护——山东方言,占有,视为禁脔。

不能动惮。我当面明间安了一把醉翁椅，上面厚铺了褥子。"每日替他光梳净洗，穿着了上盖衣裳。他的身量又大，气力又强，清晨后晌，轻轻的就似抱孩子一般。三顿吃饭，把桌子凑在椅前，就像常时一样与狄员外、狄希陈同吃。外边的事，狄婆子也可以管得着，也可以看得见，去了许多闷气，便就添了许多饭食。狄婆子说："千亏万亏，亏不尽寻了这个人，只怕也还可以活得几年。若不是这等体贴，就生生的叫人别变〔1〕死了！"

又待了许久，狄婆子见的调羹至诚忠厚，可以相托，随把家事与房中箱柜的钥匙尽数都交付他掌管。他虽也不能如主母一了百当，却也不甚决裂〔2〕。凡事俱先到主母前禀过了命，他依了商议行去，也算妥帖。且是薛如兼一过新年，与巧姐俱交十六岁，薛夫人恐怕巧姐跟着素姐学了不好，狄婆子又因自己有病，一家要急着取亲，一家要紧着嫁女。狄婆子自己不能动手，全付都是调羹料理。

家中有了这等一个得用的人，狄婆子也不甚觉苦，狄员外也不甚着极。只是素姐气得腹胀如鼓，每日间"奴才老婆"即是称呼，"歪辣淫妇"只当平话。且说："把我的家财都抵盗贴了汉子！"又说："公公宠爱了他，纵容他把我个强盗般的婆婆，生生被他气成瘫痪！与我百世之仇，我不是将他杀害，我定是将他药死！"又说："他挑唆那病老婆，把家财都赔嫁了那个小淫妇，到后来养活发送，我都要与那小窭

---

〔1〕　别变——窝憋，憋闷。

〔2〕　决裂——贸然行事，处理事情不圆满。

子均出,偏了一些,我也不依!"与巧姐做的八步大床[1]、描金衣柜、雕花斗卓,都用强将自己赔嫁的旧物换了他新的。狄员外都瞒了婆子,只得与巧姐另做。因那大床无处另买,别了二十两银子,问他回了出来。

一日,调羹在房里与狄员外商议说:"他夺换巧姐的妆奁,如今要打首饰,做衣裳,他若都夺得去了,一来力量不能另制,二则日期也迫。不如悄悄合娘说声,或在相家舅舅那边,或在崔姨娘那里,托他置办停当。等铺床的吉日,不消取到里边,就在外边摆设了去。"狄员外道:"这也却好。不然,那得这许多淘气。"不料房中密语,窗外有人,句句都被他听得去了,不消等得转背,就在窗外发作起来,骂说:"扯屄淡的臭淫妇!臭揾辣骨私窠子!不知那里拾了个坐崖豆[2]顶棚子的滥货来家,'野鸡戴皮帽儿——充鹰'哩!我换不换,累着那臭窠子的大屄事,你挑唆拿到别处去做去!你就拿到甚么相家骆驼家,我就跑不将去拿了来么?我倒一个眼睁着,一个眼闭着,容过你去罢了,你到来寻我!我要看体面,等着老没廉耻的挺了脚,我卖[3]你这淫妇!我要不看体面,我如今提留着脚叫个花子来赏

----

〔1〕 八步大床——也叫"拔步床"。床下有木制平座,上有顶架,四周设围,床前留有空间,与前面的床门围子形成廊屋,廊屋内设有桌、橱,可置放灯台、镜台和衣物等。

〔2〕 坐崖豆——形容娼妇坐以招人的姿态。崖豆,疑为"崖头"之讹。崖头,指山岭、土坡等处直立竖起如台阶的地方。

〔3〕 卖——同本作"买",据文意酌改。

了他去！"

　　狄员外合狄婆子，一个气的说不出话来，一个气得抬不起头来。这调羹欢喜乐笑的道："这娘不是没要紧，生那闲气做甚么？这风子的话也入得人耳躲么？为甚么合风子[1]一般见识？有爹有娘的，这嫁妆还说是换；你公母两个气的没了，可说连换也不消换了。"狄婆子听了调羹这话，倒也消了许多的气。素姐在窗外站着大骂小骂，站的害腿疼了，回到自己屋里，坐在椅上数落着找零。

　　却说狄希陈真是个不识眉眼高低、不知避凶趋吉的呆货。那母虎正在那里剪尾发威、张爪扑人的时候，你躲藏着还怕他寻着你哩，他却自家寻进房内。一只腿刚刚跨进房门，这素姐起的身，一个搜风巴掌打在狄希陈脸上，外边的人都道是天上打了个霹雳，都仰着脸看天。听见素姐骂说："你这贼杂种羔子！你就实说，你或是拾[2]或是买的？或是从觅汉短工罗[3]的？你就实说，我就安分罢了；你要不实说，我不依！"

　　狄希陈忍着疼，擦着眼，逼在那门后头墙上听着素姐骂，一声也不敢言语。素姐又一连两个巴掌，骂说："我把你这秦贼忘八羔子！荷肐膊[4]堵住你嗓子了？问着你不言语！你要是自己桶答下来

- -

〔1〕　风子——同本作"风了"。"子"与"了"盖因形近而讹，据文意酌改。
〔2〕　拾——山东方言，捡来。
〔3〕　罗——詈词，性交。
〔4〕　荷肐膊——荷麻茎皮纤维结成的疙瘩。荷麻，锦葵科植物，破碎后的茎皮纤维俗称荷洋、麻刀，可与熟石灰和泥泥墙。

- -

的,拿着你就当个儿,拿着我就当个媳妇儿! 为甚么倒把家事不交给你,倒交与个杂毛贼淫妇掌管,叫他妆人[1]? 你那种子不真正罢了,可为甚么骗了好人家的闺女来做老婆? 俺薛家那些儿辱没你? 你没娶过我门来,俺兄弟就送了你儿的一个秀才! 你那儿戴着头巾,穿着蓝衫,摇摆着支架子,可也该寻思寻思这荣耀从那里来的! 如今倒恩将仇报,我换件把嫁妆,我就有不是了? 我听说寻个秀才分上得二百两银子哩! 贼忘八羔子! 你就好好的问你爹要二百两银子给我才罢,要不,炤着小巧妮子的嫁妆,有一件也给我一件! 再不,叫你爹也给俺小再冬子个秀才,我就罢了!"狄希陈趑趄[2]着脚才待往外走,素姐说:"贼忘八羔子! 你敢往那去?"狄希陈揉着眼道:"我可问爹要银子给你去。"素姐说:"你且站着,我气还没出尽哩! 等我消了气,你就把二百两银子交到我跟前。少我个字脚儿,我合你到学道跟前讲讲!"

却说素姐的言语又不是轻低言悄语说的,那一句不到狄员外两口子的耳内? 就是泥塑木雕的人也要有些显应,况且要好的人家,有气只是暗忍,不肯外扬。狄老头也就将次生病,狄婆子越发添灾。

后来还不知怎生结局,再看后来衍说。

---

〔1〕 妆人——山东方言,即为人,使别人因受惠而心存感激。

〔2〕 趑趄——要走又不敢走,犹豫不前的样子。趄(zī),同"趑"。

第五十七回

孤儿将死遇恩人　凶老祷神逢恶报

　　善恶从来显报真。影随身,鬼无亲。来今去往,直捷不因循。巧令足恭愚耳目,天有眼,暗生嗔。　　众生造孽彻苍旻。祸相侵[1],自有神,谁教侪类,手斧拨同根?剩得身亡财复散,妻落莫[2],妾逃奔。

——右调《江神子》

　　再说晁思才是晁家第一个的歪人。第一件可恶处,凡是那族人中有死了去的,也不论自己是近枝远枝,也不论那人有子无子,倚了自己的泼恶,平白地要强分人的东西。那人家善善的肯分与他便罢,若稍有些作难,他便拿了把刀要与人斫杀拼命。若遇着那不怕拼命的人,他又有一个妙计:把自己的老婆厚厚的涂了一脸蚌粉,使墨浓浓的画了两道眉,把那红土阔阔的搽了两片嘴,穿了那片长片短的衫裙,背了一面破烂的琵琶,自己也就扮了个盖老[3]的模样,领了老

---

〔1〕　祸相侵——同本作"祸相浸",此依连图本,据李本校改。

〔2〕　落莫——即落寞。莫,通"寞"。

〔3〕　盖老——丈夫的市语。《事林广记》卷八《绮谈市语》:"亲属门:夫,厥良,盖老。"

婆在闹市街头撞来撞去胡唱讨钱,自己称说是晁某的或叔或祖,不能度日,只得将着老婆干这营生。那族里人恐怕坏了自己的体面,没奈何只得分几亩地或是分两间房与他。后来又有了晁无晏这个歪货拧成了一股,彼此都有了羽翼,但凡族里没有儿子的人家[1],连那"分"之一字也不提了,只是霸住了不许你讲甚么过嗣,两个全得了才罢。所以这晁思才与晁无晏都有许些的家事。晁近仁无子,他明白有堂侄应该继嗣,两个利他的家产,不许他过继侄儿,将他的庄田房舍都叫晁无晏掐了个精光,逼得个半伙子老婆[2]从新嫁了人去。

晁无晏并吞了晁近仁的家财,正当快活得意的时节,那晓得钻出一个奚笃的老婆郭氏来,不惟抵盗的他财物精光,且把个性命拐得了去,这真是"螳螂捕蝉,黄雀随后"。这晁思才若是个有些知识的人,看了这等的报应,岂不该把这没天理的心肠快忙改过,把这贪黩的算计一旦冰冷才是? 谁知那糊涂心性就如那做强盗响马的一样,你割头只管割头,我做贼只管做贼,那得有些悔悟?

那日赶郭氏不转,被那蛮子捆打了回来,到家呷了晁夫人送的一大瓶酒,烧了个热坑烙了一夜。次早仍到晁夫人家,说道:"天地间的人只该行些好事,做个好人,天老爷自然看顾看顾。这小二官子半世地里[3],嫂子,你想想他干了那点好事? 怎么不积剥得这们等

---

[1] 人家——同本作"入家"。"人"与"入"盖因形近而讹,据文意酌改。

[2] 半伙子老婆——山东方言,今说"半伙儿"、"半口子"。没有伴夫到头的女人。

[3] 半世地里——山东方言,半路上,不上不下的方位或状态。这里指中年丧命。

的？一个老婆跟的人走了，家里的些东西拐的没了。这老天爷往下看着，分明是为晁近仁的现报。我那日若不是听了嫂子的好话，几乎叫他鼓令的没了主意，却不也就伤了天理？"看官，你听他这些话，若是心口如一，这晁思才却不是个好人？谁知道口里只管是这般说，他心里另是一副肚肠。因晁无晏城里的房子、乡里的地土虽被郭氏典了与人，不过半价，或找或卖，还有许多所入，故捏出这片瞎话好哄骗晁夫人。

　　不料晁夫人信以为真，回说："老七，你终是有年纪老练的人。可不这天爷近来更矮？汤汤儿[1]就是现报。"晁思才道："这小琏哥，得一个可托的人抚养他成立，照管他那房产，庶不绝了小二官这一枝。嫂子一像避不得这劳苦似的。"晁夫人道："我这往八十里数的人了，小和尚自己还得别人照管哩，怎么照管他？放着晁无逸不是他亲叔伯大爷么？他就该照管哩，怎么不照管？"晁思才道："哎哟哎哟！这晁无逸两口儿，没的嫂子你知不道他为人？两口子都成个人么？这孩子到他手里，不消一个月，打的像鬼似的；再待一个月，情管周了生[2]！典出去的几亩地、几间房子，找上二两银子扁在腰里，这小二官儿可只是孤魂坛享祭去了。没奈何，只得做。我不着这义气的事除了我别人不肯做，还得我领了这孩子去照管。我到也不专为小二官儿，千万只是为咱晁家人少，将帮[3]起一个来是一个

---

〔1〕　汤汤儿——山东方言，碰一碰，触一触。
〔2〕　周了生——丧了命。
〔3〕　将帮——拉扯，抚养。

的。"晁夫人道:"你养活他也罢。况且你又没个孩子,叫这孩子合你做伴也极好。你叫了晁无逸来,同着他交付给你将了去。"晁思才道:"我不好叫他,这事该是他赶着我〔1〕的。嫂子,你差个人叫他声罢。"晁夫人说:"我待使人叫他去。"随即差了晁鸾去。

不多时,把晁无逸请了来到,大家把那照管小琏哥的事与他说知。他说:"俺自己几口子还把牙叉骨吊得高高的打梆子哩!招呼他家去,可也算计与他甚么吃。"晁夫人道:"他几个哩么?脱不过一个五六岁的孩子。城里放着房,乡里放着地,待干吃你的哩?"晁无逸道:"三奶奶你不知道么?他那里还有甚么地〔2〕,还有甚么房哩!叫那贼老婆都卖了钱,扁在腰里走了!"晁夫人:"他也没卖,是半价子典了。乡里也还有三十多亩没典出去的地哩。"晁无逸说:"他有地没地,我不敢招架他。第二的那是个好人?他的儿有好的么?养活一造子,落出个好来哩?三奶奶,你养活着他罢。"晁夫人道:"你是他叔伯大爷,不养活他,叫我养活哩!"晁思才道:"嫂子,我说的何如?这尚义气的事还是我晁老七,别人干不的!小琏哥,过来跟了我家去!"晁无逸道:"七爷,你待养活他极好。你可把他的房子合地可也同着俺众人立个帖儿,待孩子大了,或是怎么交给他才是。这等不明不白〔3〕的就罢了?"晁思才道:"你看么!你说他没一指地,没一间房,你不养活他;及至我看拉不上,将了他去,你又说他有地有

---

〔1〕 赶着我——等于说追着寻我,找着求我。

〔2〕 甚么地——同本作"甚么他"。"地"与"他"盖因形近而讹,据文意酌改。

〔3〕 不明不白——同本作"不明不自"。"白"与"自"盖因形近而讹,据文意酌改。

房了!"晁夫人说:"有合没,待瞒得住谁哩? 老七,你且将了他去,看怎么的同着众人立个字儿也不差。"

那小琏哥听见晁思才待将了他去,扯着晁夫人叫唤。他说:"只跟着老三奶奶罢,我不往老七爷家去。他恶眉恶眼的,我害怕他。"越发抱住了晁夫人的腿,么么是肯走。晁夫人说:"你且叫他这里住些时再去。可怜人拉拉的,你看他的腔儿!"晁思才说:"孩子这里住着罢了,他那地土房子可该趁早合人说说明白,或是转换了咱的文书。既说是孩子我养活,这就以我为主了。况我又是咱家的个族长。嫂子在上,没的我说得不是?"晁夫人道:"是不是我管不了的,你们自己讲去。孩子叫他待几日,慢慢的哄着,叫他去守着他那地合房子去。"留晁思才、晁无逸两个都吃了饭。

晁思才回到家中,老婆子问说:"事体怎样的了?"晁思才道:"小琏哥么么是肯来! 抱着他老三奶奶的腿乔叫唤,他说我恶模恶样的,害怕。"老婆子说:"可也没见你这老砍头的! 你既是要哄那孩子来家,你可别要瞪着那尻窟窿好哩! 这孩子不肯来,咱可拿么么名色承揽他的房产?"晁思才道:"房子合地,我已是都揽来了。三嫂合晁无逸都说同着众人立个字儿,王皮! 我不理他! 立甚么字儿?"老婆说:"不是家。你养活着孩子,承受他的产业,这可[1]有名。如今孩子叫别人家养活,他的地土你可揽了来? 晁无逸可是个说不出话来的主子? 你就是个爷爷人家,也要不越过理字才好。"晁思才道:"你

---

〔1〕　可——同本作"哥"。"可"与"哥"盖因形近而讹,据文意酌改。

说的是呀！我过两日再去叫他。他来便罢，他要不来，我门口蹾着，等他出来，我拉着他就跑。"老婆子说："休惯了他！投信打己他两个巴掌，叫他有怕惧。"

晁思才果然一连去晁夫人门上等了好几日。一日，小琏哥恰好走到外边，看见晁思才，撩着蹶子往后飞跑，说道："那日瞪着眼的那恶人又来了！"晁夫人道："是那个瞪着眼的人？"琏哥说："他那日没待将了我去么？"晁夫人道："呵！是你老七爷么？他来罢呀，你唬的这们等的是怎么？"琏哥说："他瞪着个眼往前凑呀凑的，是待拉我的火势哩。"晁夫人道："你往后见了他，你可别要害怕，他还待养活你哩。"琏哥说："我在老三奶奶这里罢，我不叫他养活。"

又过了几日，忽然一伙说因果的和尚，敲着鼓钹击子〔1〕经过。晁思才料得琏哥必定要出来看，故意躲过一边。只见小琏哥果然跑在门外，把一双小眼东一张，西一望，没见晁思才在跟前，放开心走在街上。正待听那和尚衍说，只见晁思才从背后掐着琏哥的脖子就走。琏哥回头，见是他那个有仁有义的老七爷，倒下就打滚，那里肯跟着走？晁思才狠狠的在脊梁上几个巴掌，提留着顶搭〔2〕飞跑。

----

〔1〕 击子——一种打击乐器，似锣而小，用薄木片敲击作声，俗称"当当翘"。亦用为京剧演出乐器，称为"京小锣"。

〔2〕 顶搭——男童自头顶直至脑后长留不剃的头发。与下文"顶脖揪"同义。

小琏哥似杀狼地动[1]的叫唤,走路撞见的,都道是老子[2]管教儿哩,说道:"多大点孩子,看提留吊了他的顶脖揪!"不由分说,采到家里,叫他跪着。小琏哥唬的像鬼呀似的[3]跪在地下。晁思才说:"我把这不识抬举不上芦苇的忘八羔子! 你那老子挺了脚,你妈跟的人走了,我倒看拉不上,将了你来养活,你扯般[4]不来,说我恶眉恶眼的! 我恶杀了你娘老子来?"那老婆子道:"哎! 可是个不知好歹没造化的孩子羔子! 你还摸不着哩,叫着还不肯来! 也罢,我说个分上,叫他起来罢。他要再不知好歹可,凭你怎么打,我一劝也不劝!"晁思才道:"既是你老七奶奶说,我且饶你。起去!"

琏哥眼里禽着泪,口里又不敢哭,起来站着。晁思才老婆说:"你不该与老七爷磕头么,就起去了? 过来磕头!"琏哥也只得过来与晁思才磕了两个头。晁思才吃喝道:"怎么? 不该与老七奶奶磕头么?"琏哥又跪下磕头。这时,可怜小琏哥:

本是娇生惯养子,做了奴颜婢膝人!

日间直等吃剩的饭与他两碗,也不管甚么冷热;晚间叫他在厨房炕上睡觉,也没床被盖。六七岁的个孩子,叫他大块的扫地,提夜壶,倒尿盆子,牵了个驴子沿了城墙放驴,作践的三分似人,七分似鬼,打

---

〔1〕 杀狼地动——同本作"杀狼地洞",据上下文酌改。

〔2〕 老子——同本作"怎子",据文意改。

〔3〕 像鬼呀似的——同本作"像鬼他的"。"似"与"他"盖因形近而讹,据文意酌改。

〔4〕 扯般——即扯班,拿架子,摆架子。

骂的肚里有了积气。晁思才把他那房子合乡间典出去的地都向典主找了银子,将那不曾典的地都卖吊了与人,把银子都扣在手内。两口子齐心算计,要把小琏哥致死,叫是斩草除根,免得后来说话。

再说晁思才那日揪把了小琏哥来家,晁夫人绝不晓得。不见了小琏哥到家,人只知道他出来看那些和尚就不曾回去,大家都说:"那和尚必定是放花打细泊的,看得孩子伶俐,拐的去了!"晁书、晁凤、晁奉山、晁鸾,又叫了许多住房的佃户,四散开寻那些僧人。寻到次日方才见,逼住了问他们要人。哄[1]了地方总甲,拿出绳来,正要拴锁,毕竟晁凤有些主意的人,说道:"事还没见的实,且休卒急。但[2]这孩子看你说因果,人所共见,今不见了,你岂不知?"

那些和尚道:"那日我们曾见一个孩子,约有七八岁的模样,穿着对衿白布裉子,蓝单裤,白靸鞋[3],正在那里站着,有一个长长大大六十多岁的个老头子,掐着脖子,往东行走。那孩子喊叫,地下打滚,那老头儿提留着那孩子的顶脖揪去了。"众人问说:"那老头儿怎么个模样? 穿甚么衣裳?"那些和尚说道:"那人惨白胡须,打着辫子,寡骨瘦脸,凸暴着两个眼,一个眼是瞎的。穿着海蓝布挂肩,白毡帽,破快鞋。"晁凤道:"说的这不像七爷么? 您在这里守着,我到那里看看去。"

----

〔1〕 哄——吴方言,聚集。
〔2〕 但——同本作"俱"。"但"与"俱"盖因形近而讹,据文意酌改。
〔3〕 靸鞋——一种无后帮的童鞋。

晁凤跑到那里,正见晁思才手拿着一根条子〔1〕,喝神断鬼的看着小琏哥拔那天井里的草。晁凤道:"七爷将了他来,可也说声,叫俺那里没寻! 要不是我拦着,地方把那些说因果的和尚拿到县里问他要人,这不是屈杀人的事么!"小琏哥认得晁凤,跟着晁凤就跑。晁思才将小琏哥拉夺回去,把手里拿的条子劈头劈脸的乱打,打的那小琏哥待往地下钻的火势。晁凤将那条子劈手夺下,说道:"多大的孩子,这们下狠的打他! 你待叫他住下,还是哄着他;打的他害怕,越发不肯住了!"晁凤跑到那里掣回了众人,对晁夫人说了。又说那晁思才将小琏哥怎打,说的晁夫人眼中流泪。后来晁思才两口子消不的半年期程,你一顿,我一顿,作祟〔2〕的孩子看看至死,止有一口油气,又提留着个痞包肚子。

大凡人该死不该死,都有个天命主宰,绝不在人算计。若那命不该死,他自然神差鬼使,必有救星。小琏哥已是将死的时候,晁思才两口子还撵他在门外街上看着摊晒烧酒的酵子。恰好晁梁往他大舅子的连衿家吊孝回来,骑着马,跟着晁奉山两三个人。小琏哥这个模样,晁梁合晁奉山也都认不得了,他却认得晁梁,唤道:"二爷呀! 你往那里去?"晁梁勒住马,认了一认,说:"你是小琏哥么? 你怎么这等模样了?"小琏哥痛哭。晁梁叫晁奉山数五十个钱给他,好买甚么吃。他说:"我不要钱,我心里只怪想老三奶奶的,我只待看看老三

----

〔1〕 条子——树条子,折下的树枝。

〔2〕 作祟——今称"作索",折腾,折磨。

奶奶去。"晁梁说:"你原来想老三奶奶么? 这有甚么难? 你就跟了我去。晁奉山,你合七爷说声。"晁奉山道:"待去就合他去罢,说他怎么! 他将了来时,他也没合咱说!"晁梁道:"你将着他慢慢的走,不消跟着马,看他没本事跟。"

晁梁先到家,合晁夫人说了。小琏哥待得[1]不多一会也就进去,看见晁夫人怪哭。晁夫人不由的甚是恓惶,说:"我儿,你怎么来?"小琏哥只说:"老三奶奶,你藏着我罢! 再别叫我往他家去了!"晁夫人道:"怪孩子,我叫你去来么? 谁叫你专一往街上跑,叫他撩着[2]了? 你肚子大大的是有病么? 你这央央跧跧的是怎么?"他说:"也是为病,也是饿的。"晁夫人说:"你拿肚子来我摸摸。"晁夫人摸他的肚子,说道:"可不是积气怎么? 亏了还不动惮,还好治哩。"晁梁娘道:"俺[3]那头有极好的狗皮膏药,要一贴来与他贴上,情管好了。"晁夫人叫晁书娘子说:"你看着去替他洗刮洗刮。"又叫春莺说:"你去寻寻,还许有[4]他二爷小时家[5]穿的裤子合布衫子,寻件给他换上。"晁书娘子看着他洗了澡,替他梳了头,换上了晁梁穿旧的一条青布单裤,一件大襟蓝布衫,晁书娘子又把他他自己儿子小二存的一双鞋叫他穿上,登时把个小琏哥改换得又似七分人了。晚

---

〔1〕 待得——同本作"待他",据文意酌改。

〔2〕 撩着——即"瞭着",看见,遇上。

〔3〕 俺——同本作"掩"。"俺"与"掩"盖因形近而讹,据文意酌改。

〔4〕 还许有——山东方言,还可能有,大概还有。许有,同本作"有许",盖为倒文,据文意酌改。

〔5〕 小时家——小的时节。

间也叫他在厨房炕上睡卧，只是有得铺盖，又有上宿的管家娘子照管。

次日，姜小姐叫人家去要狗皮膏药。姜乡宦与了膏药一个，又与丸药一丸，名为"烂积丸"，是个海藏里边的神方。用：

> 芦荟〔1〕一钱五分，天竹黄三钱，穿山甲面炒黄三钱，白矾七分，巴豆霜去油六钱，硼砂一钱，真番硇一钱，共为细末。明净黄蜡一两四钱，化开，将药末投入蜡内，搅匀作一大块，油纸包裹。用时为丸，菉豆〔2〕大，每服五丸，温烧酒送下。忌葱韭，发物〔3〕不食。

晁夫人看着叫人与他将肚子使皮硝水洗了，用生姜擦过，然后将膏药贴上，每日又服那"烂积丸"。不上五日，肚腹渐次消软，脸上的颜色也都变得没了青黄。又过了几时，发变得红白烂绽的个学生，送到学堂读书。十八岁上，还低低进了学，靠了晁梁过日。此是后事，不必说他。

且说那日晁思才叫小珰哥在街上看那晒的酒酵，不料他跟得晁梁去了。晁思才偶然出来，只见许多叫化子在那里把酵糟一边吃、一边装。晁思才气了个挣，一顿喝打的去了，回进家里前后找寻小珰哥，那有踪影？老婆子说："这一定倒在那里睡觉，被人把酵都拿将去了！寻着他老实打他几下，也叫他知有怕惧！"两口子齐寻，只寻

---

〔1〕　芦荟——同本作"芦会"，据文意酌改。

〔2〕　菉豆——同本作"录豆"，据文意酌改。

〔3〕　发物——中医指容易引发、助长某些病征的食物。

他不见。晁思才说:"一定跑到他老三奶奶[1]家去了!"老婆道:"他不认的路,断乎不去。他若去时,三嫂见他待死像鬼一般,也定是不留他的。"晁思才道:"只怕他不认得路,去不的。若是他能到那里,三嫂不嫌他,还拿药治他哩!我说紧紧儿断送了罢,只这么歇淡。留下这条根,后来叫他说话?待我往那里看他看去。"一直跑到晁夫人家内。

那小珤哥已是洗面梳头,换了衣服鞋脚,另是一个模样了。晁思才恨命的要领他回去,说:"管教得才收了些心,不要叫他再放荡了。"晁夫人道:"这孩子脱不了一肚子痞,也活不久,教他在这里住几日罢,可怜人拉拉的。"晁夫人拿定了主意,凭晁思才怎说,只是不与他将了回去。晁思才只得回家去了。后来打听得小珤哥病都好了,人也胖了,晁思才把这条肠子越发吊紧,日日来门前趄等[2],还要指望他出来,捉他回去。谁料小珤哥自己也再不敢出门外,晁夫人又送他到了书房,都从仪门里便门出入。晁思才极的那一个眼越发凸暴出来,几次家叫人魇镇,又绝无灵验。

一日,六月初一,早去城隍庙内烧纸祷告,若把小珤哥拿得死了,许下猪羊还愿。出得庙门,刚到文庙门首,扑的绊了一交,即时直蹬了眼,口中说不出话来。有熟人说与他老婆知道,那老婆来到跟前,见他挺在地上流沫,搀扶不起。顾了一个花子,拉狗的一般背在家

---

[1] 老三奶奶——同本作"老三嫂嫂",据上下文校改。

[2] 趄等——同本作"想等",据文意酌改。

内,灌滚水,棰脊梁,使鸡翎子往喉咙里探,那得一些转头?哮喘得如"吴牛向日"一般。明间安了一叶门板,挺放了三四日,断气呜呼。

一个小老婆,乘着人乱,卷了些衣裳并卖小璇哥的地价,一溜烟走了。这几家族人,恨他在世的时节专要绝人的嗣,分人的房产,只因他是个无赖的族长,敢怒而不敢言;乍闻得他死了,都说:"我们今日到他家分分绝产!"大家男男女女都蜂拥[1]一般赶去,将他家中的衣裳器皿分抢一空,只剩了停他的一叶门板,一个六十多岁的老婆。

大暑天气,看看的那尸首发变起来。众人分了东西,各自散去,也没人替他料理个棺木。老婆子待要把那住房当了与人,人都知他是个绝户老婆,他那些族人不可轻惹,没人敢来枙帐[2]。渐渐的那尸首臭街烂巷,走路的人合那四邻八舍薰得恶心掩鼻,无般不咒骂的。后来直待传到晁夫人耳内,叫晁凤与他三两二钱银买了一个松板棺材,里外都替他灰布得坚固,叫人替他入了殓,挂了桶门幡,叫了六个和尚念了一日经,停放了三日,仍邀了合族的人与他送殡。那抬材掘墓,上下使用都是晁夫人,也大约费了七两银子。

出殡回来,众人又要分他的房屋地土。议将晁夫人原先的五十亩地仍归还晁夫人管业,将晁思才自己置添的地与那城里宅都卖了,众人均分,还坐[3]那出殡买材的七两银子,补还晁夫人原数。

---

〔1〕　蜂拥——同本作"峰拥",据文意酌改。

〔2〕　敢来枙帐——同本作"来枙帐",此依连图本,据李本校改。

〔3〕　坐——山东方言,预先留下,扣除。

晁夫人道:"你们都分的净了,这个老婆子放在那里安插?"众人齐说:"老七在世,专好主张卖人的老婆。晁近仁的媳妇子也是半世的人了,也逼着他改嫁。虽是晁无晏顶了缸[1],那个不是他的主意?他又没有儿女,又没有着己的亲人,就使有地有房[2],也是不能守的,叫他寻一个老头子跟了人去。"晁思才老婆道:"我今年六七十的人,两根毛也都白了,谁家少人发送,叫我去挡凶哩?你众人既是分了我的房产,说不的[3],众人轮流养活着我。"晁夫人道:"这们个待死的老婆子,谁肯寻他?你们叫他嫁人!你们既要分了他的房业,说不的要轮流替着养活。"

晁无逸道:"俺众人分了他这点子就要养活他,他得了晁无晏的全分家事,一个六七岁的孩子,他还要摆制[4]杀他哩!这养活他还是小事,谁家那不出两碗稀饭与他吃?这们个搅家不良、挑三豁四、丈二长的舌头,谁家着的他罢?三奶奶,你是个极好的善人,人都说你是成佛作祖的,再有待族人厚的似你老人家么?你说你敢招架他不?'家有贤妻,男儿不遭横祸'哩!汉子们外头干那伤天害理的事,做家里老婆的人清早后晌的劝着些,难说道不听?老七还没等怎么样的,挑唆到头里!可说我也不是个好人,亏不尽俺那老婆肯苦口

---

〔1〕 顶了缸——代人受过或承担责任,叫做"顶缸"。这里是承受其过而遭受天谴的意思。缸,同本作"刚",据文意酌改。

〔2〕 有地有房——同本作"有他有房"。"地"与"他"盖因形近而讹,据文意酌改。

〔3〕 说不的——没什么可说的。

〔4〕 摆制——摆布,摆弄。

的劝我。那会子听着也难受,过后寻思着,有意思多着哩〔1〕! 这养活的话在别人跟前说,我是断不依的!"

晁夫人笑道:"打仔你媳妇儿教你养活他可哩,你没的也不听?"晁无逸道:"他劝的有理才听;要没有理可,难道也听他罢?"

后来晁思才这老婆无处投奔,人人都不敢招架他。晁夫人想那晁无逸评论的一点不差,若叫他到家,不消几日便搬挑的叫你嫡庶不和,母子相怨,上下离心,家番宅乱。又不忍教他恁般流落,只得叫看雍山庄的吴学颜与他收拾了一坐独院的房,每月与他一斗五升米、五升菉豆、一斗麦子,按月支给;园里的菜,场里的柴火,任他足用。吴学颜一一遵命,不敢怠慢。晁夫人合该少欠他的恩债,足足的养了十二年,他还对着雍山庄上的人说道:他的地土,连晁夫人也分了他的五十亩,他吃的都是他自己的东西。后来老病善终,晁梁都遵了母命以礼殡埋,开了晁思才的坟茔合葬。这许多年来方结局了晁无晏的孽帐,族人已觉得有好几分清净安宁,谁知待不多时,又有晁思才朝露之庆〔2〕。

当是晁家应转运,天教族蠹一时亡。

〔1〕　哩——同本作"理"。"哩"与"理"盖因形近而讹,据文意酌改。
〔2〕　朝露之庆——《汉书·李广苏建传》"人生如朝露"师古曰:"朝露见日则晞,人命短促亦如之。"晁思才为祸一族,故称其死为"庆"。

第五十八回

多心妇属垣着耳　淡嘴汉圈眼游营

南园红瘦绿肥时，风乍暖，晚霞垂。鱼鲜蟹熟酒初醺，招剧饮，把尊移。　传杯直到醉如泥，相浪谑，怕谁知？不料美人窗外听，来梦里，画双眉。

——右调《醉红妆》

再说薛家小冬哥看定了日子，要娶狄家巧姐过门。狄员外紧着制办妆奁，散碎物件，巧姐自己也会动手，调羹又极是体贴，老狄婆子不过是使口而已，倒也不甚操心。其馀衣服首饰之类，听了调羹的条陈，俱托了舅舅相栋宇家打造裁制。相栋宇的夫人又都是大有意思的人，免了狄员外许多的照管。

一日，相栋宇使了儿子相于廷来与他姑娘商量事体，又因薛素姐合了两场大气，每日吵闹不止，狄婆子不由得别着暗恼，手脚一日重如一日，相于廷因此也要来看望姑娘。来到见了狄员外夫妇，说完了正经的话，相于廷要别了回去。狄员外道：“你且别去。你哥我指使做甚么去了，也待回来的时节。今日咱家烧新烧酒哩，我今又买了几个螃蟹，又买了两个新到的活洛鱼，咱再叫他拍椿芽，畦里寻蒜苔去。再着人去请了你爹来，咱爷儿四个在葡萄架底下尝酒。再把你姑娘也抬了他去，叫他听着咱说话，看着咱可吃酒。"相于廷说："俺爹还等着我回话哩，我到家再来罢。"老狄婆子道："你姑夫留你，住下罢。你爹待不来哩么？"相于廷便就住下。

狄希陈也回来了，狄员外叫他到园内葡萄架下看着叫人收拾，又叫调羹做鱼炒蟹，理料晌饭，又着人去请相栋宇。

将次近午，调羹的鱼也做完，螃蟹都剁成了块，使油酱豆粉拿〔1〕了，等吃时现炒，又剁下馅子等着烙盒子饼，煮了菉豆撩水饭。诸事完备，小菜果碟都已摆在石桌上面，只单等相栋宇不来。一连请了好几遍，狄周回说："大舅家里陪着学里门子吃酒哩，打发门子去了才来。"相于廷说："门子下来是有甚事？待我回家看看去。"狄员外道："不消去，情管是往那里做甚么，顺路访访你，好扰你的酒饭。要有甚要紧的事，愁你爹不来叫你？"

直待了晌午大转，相栋宇吃的脸红馥馥的从外来了。见了老狄婆子，说了话，才到后边园内合狄员外、狄希陈相见了。相于廷问说："门子来做甚么？"相栋宇道："门子来说，廪缺出来了，叫你明日到学哩。"相于廷道："这一定是沈太宇的缺。但这缺该算着是薛大哥补，还到不的我跟前哩。"相栋宇道："门子说不是沈太宇的缺，沈太宇的缺已是薛大哥补了，文书也待中下来。这又另是个飞缺。他说是谁的来？我就想不起来了。是荆甚么的缺。"相于廷道："阿！是了！是荆在郿保举了。"狄员外问说："沈太宇是怎么出了缺？"相栋宇道：

----

〔1〕　拿——这里是腌渍入味的意思。

"沈太宇贡了。"狄员外道:"他多昝贡了? 我通不晓的,失了他的礼。昨日陈哥进了学,他出了人情,还自家又另贺。这失节〔1〕了是什么道理? 小陈哥想着些儿,别要再忘了。"

说着,一边斟酒上菜。头一道端上活洛鱼来。狄婆子坐在旁边一把学士椅上,另放着一张半桌〔2〕,也上了一块鱼尝新。都说是今年〔3〕的新活洛通不似往年的肉松、甜淡好吃。新到的就苦咸,肉就实拍拍的,通不像似新鱼。狄婆子道:"我村,我吃不惯这海鱼。我只说咱这湖里的鲜鱼中吃。"狄员外道:"人是这们羊性,他那里看着咱这里的湖鱼,也是一般希罕。"

第二道端上炒螃蟹来。相栋宇说:"咱每日吃那炉〔4〕的螃蟹,乍吃这炒的,怪〔5〕中吃。我叫家里也这们炒,只是不好。"狄员外道:"这炒螃蟹〔6〕只是他京里人炒的得法,咱这里人让他〔7〕。京里还把螃蟹外头的那壳儿都剥去了,全全的一个囫囵螃蟹肉,连小腿儿都有,做汤吃,一碗两个。"相栋宇道:"这可是怎么剥? 他刘姐也会不?"狄员外道:"怕不〔8〕也会哩。叫人〔9〕往厨房里看还有蟹

〔1〕 失节——失了礼节。
〔2〕 半桌——一种桌面呈半圆形的桌子,日常多靠墙放置。
〔3〕 今年——同本作"几年",据文意酌改。
〔4〕 炉——烘烤。这里指用文火煎炒至酥干。
〔5〕 怪——山东鲁南方言,很,极。
〔6〕 螃蟹——同本作"唠蟹",据上下文校改。
〔7〕 让他——同本作"譊",字书无"譊"字,据文意酌改。
〔8〕 怕不——山东方言,或许。
〔9〕 人——同本作"入"。"人"与"入"盖因形近而讹,据文意酌改。

没？要有，叫他做两个来。"丫头子说道："没有蟹了。他刚才说炒还
不够哩。"狄员外说："想着买了蟹可，叫他做给你舅看。"接连着都吃
了饭，狄婆子先着人抬到前边房里去了。又吃了一会子酒，相栋宇辞
了回去，狄员外也在前边住下了。

狄希陈说："大舅合爹都去了，咱可没拘没束的顽会子。"狄希陈
说："昨日打涿州过来，叫我背着爹买了一大些炮炗〔1〕，放了一年
下〔2〕没放，还剩下有好几个哩，咱拿来放了罢。"相于廷〔3〕说：
"极好！你取了来咱放。"狄希陈取出那炮炗来，有一札〔4〕长，小鸡
蛋子粗，札着头子，放的就似铳那一般怪响。狄希陈说："咱把这炮
炗绑在那狗头上，拿着他点上可放了他去，响了可，不知怎么样着？"
相于廷道："咱试试。咱可拣一个可恶的狗来叫他试，要是好狗，万
一震杀了可惜的。"狄希陈说："有理。咱叫了那灰包〔5〕母狗来。极
可恶他，只看见我就咬。"相于廷道："这咬主人家的狗，极该叫他试，
就是震杀了也不亏他。没的雷不该劈他么？"随叫觅汉哄了那灰包
狗来，先拿了一根带子把他嘴来捆住，然后拣了一个大炮炗缚在那狗
头上，用火点上信子，猛可里将狗放了开去。跑不上几步，"变"〔6〕

----

〔1〕　炮炗——爆竹，炮仗。炮仗，《金瓶梅词话》作"炮燺"，本书作"炮炗"，《红楼
　　　梦》作"炮张"，燺、炗、张，皆"仗"的俗字。
〔2〕　年下——过年前后，春节前后的一段时间。
〔3〕　相于廷——同本作"相十廷"，据上下文校改。
〔4〕　一札——手的拇指与中指展开来量物的长度，约二十馀厘米。
〔5〕　灰包——山东方言，本指患黑穗病的高粱、小麦等的病穗，因其呈灰里透白的
　　　颜色，借指灰白色。
〔6〕　变——方言象声词，爆炸的声音。

的一声，把个狗震的四脚拉叉倒在地下。二人拍手大笑，替他解了嘴上的带子。那狗死过去了半日，蹭挫蹭挫的渐渐的还性过来，趴起一恍〔1〕一跌的走了。

相于廷道："我夜来拿〔2〕了个老瓜〔3〕，捆着翅子哩。咱拿了来，头上也绑个炮烌，点上撒了他去，看〔4〕震得怎么样的。"狄希陈喜道："极妙！在那里放着哩？叫觅汉取去。"相于廷嘱付那差去的觅汉道："你到家寻着小随童，问他要。"觅汉去不一会，从外边拿着一个焌黑傻大的铁嘴老瓜往后来。狄希陈道："好大东西！你怎么拿住了?"相于廷："他可恶多着哩！在那树上清早后晌的对着我那书房窗户乔声怪气的叫唤。叫小随童撵的去了，待不的一屁脂拉子〔5〕又来了。叫我弄了个番弓〔6〕下上，快多着哩，当时就拿住了。"觅汉使两只手掐着他的身子〔7〕，狄希陈拿着头，相于廷绑炮烌。用火点上药线，把手往上一撒，老瓜飞在半空，就如霹雳一声，震的那老瓜从空坠地。看那脑袋，震的两半个，脑子也都空了。那老瓜大不如那灰包狗〔8〕有些耐性。

----

〔1〕 恍——"衝（冲）"的俗字。
〔2〕 拿——山东方言，逮，捕捉。
〔3〕 老瓜——即"老鸹"，乌鸦的俗称。
〔4〕 看——同本作"着"。"看"与"着"盖因形近而讹，据文意酌改。
〔5〕 一屁脂拉子——形容极短的时间。脂拉子，"渣"字的分写，放屁时带出的大便屑。因其量微，故用以形容细微、短促等意。
〔6〕 番弓——一种诱捕鸟兽的夹子，牵动饵食可使夹子翻转。因其形似弓，故称。
〔7〕 身子——同本作"身于"。"子"与"于"盖因形近而讹，据文意酌改。
〔8〕 灰包狗——同本作"灰色狗"。"包"与"色"盖因形近而讹，据上文校改。

相于廷说:"谁知这炮炛这们利害！我想嫂子这们不贤惠,搅家不良的,咱拿个炮炛绑在他头上,点了药线,与他一下子,看他还敢不敢!"狄希陈道:"你说不该么？只是咱不敢轻意[1]惹他。狗合老瓜不会回椎[2],只怕他会回椎哩。倒是他婶子仔本,咱把他绑上个炮炛震他下子试试,看怎么着。"相于廷道:"为甚么？他又不气婆婆,又不打汉子,又温柔,又标致,我割舍不的震他。"狄希陈道:"你割舍不的,敢仔[3]我也割舍不的。"相于廷道:"你割舍不的震俺嫂子,我也割舍不得气俺姑娘,打俺表兄哩。"

狄希陈道:"你嫂子倒也是个没毒的,不大计恨人。我要有甚么惹着他,我到了黑夜陪陪礼,他就罢了。他就只是番脸的快,脑后帐[4]又倒沫[5]起来。"相于廷说:"这怎么是脑后帐？这叫是'抽了鸡巴变了脸'。我教你一个妙法,你就完了事,你也别拿出来,只是放着。他浑深且不变脸哩。"狄希陈道:"不由的睡着了,就要吊出来。"相于廷道:"你搂着脖子,鳔的腿紧紧的,再也吊不出来。不止于他不变脸,你还可乘机变脸哩。还有个风流报复的妙法,只怕你没这们的本事,可惜了,瞎头子传己你。"狄希陈说:"我有本事哩！你传己我罢。"

相于廷道:"他倒沫寻趁你,你白日里躲着些儿[6],别大往屋里

---

〔1〕 轻意——轻易。

〔2〕 回椎——还手报复。

〔3〕 敢仔——同本作"敢任"。"仔"与"任"盖因形近而讹,据文意酌改。

〔4〕 脑后帐——事过即忘的意思。帐,同"账"。

〔5〕 倒沫——纠缠。这里指找碴、找事。

〔6〕 些儿——同本作"些见"。"兒"与"見"盖因形近而讹,据文意酌改。

去,像那死蛇似的缠腿。你要在家,他着丫头叫你,你不敢不来。你只别要在家,往那头寻我去不的么? 后响来家,到姑娘屋里挨摸会子,拇量着中睡觉的时节才进屋里去,看那风犯儿的紧慢。要不大紧,他没大发恶,流水的脱了衣裳,进到被窝子里头去;要是他发恶的紧了,这就等不的上床,按在床沿上,流水抗起腿来,挺硬的攮进去,且堵住了他的嗓子,叫他且骂不的,再流水的从根[1]拔稍一二十扯,且叫他软了手打不的。他只口合手先动不的了,你可投信给他一顿。你一边干着,一边替他脱了衣裳,剥掉了裤,解了膝裤子,换上睡鞋,他还下的来哩? 要再治的他丢两遭,叫他软瘫热化像死狗似的,你这一宿没的还怕他哩? 岂不睡一夜平安觉?"

狄希陈道:"这法倒也好,只是天长地久的日子,怎么是长法?"相于廷说:"怎么不是长法? 这苦着你甚么来? 这白日就躲,黑夜就干,他还有点空儿哩?"狄希陈说:"这法也不好。我听说女人的身子比金子还贵哩,丢一遭,待好些时保养不过来。会丢的女人,那脸是焦黄的,劳病了极是难治哩。叫他一宿丢两遭,他万一死了怎么样着?"相于廷道:"我说你干不的么! 这们不贤惠的人,你留着他做甚么? 不合死他呀!"狄希陈说:"这法只是不好。罢么,就不为他,可没的咱每日黑夜淘碌,死不了人么?"相于廷道:"看俺这混帐哥么! 你可过的是甚么日子? 恋着你那疼你的老婆哩! 你可说怕死,这下地狱似的,早死了早托生,不俐亮么?"狄希陈笑说:"砍头的! 我碍

---

〔1〕 根——同本作"恨"。"根"与"恨"盖因形近而讹,据文意酌改。

着你吃屎来？你送我这们绝命丹！"

　　相于廷道："要不，我再与哥画一策。嫂子鸡猫狗不是〔1〕的，无非只为你不听说。你以后顺脑顺头的，不要扭别。你凡事都顺从着，别要违悖了他的意旨。他说待上庙，你就替他收拾轿，或是鞴下马；待叫你跟着，你就随着旅旅道道〔2〕的走；待不用你跟着，你就墩着屁股家里坐着等。他待那庙里住下，你就别要催他家来；他待说那个和尚好，你就别要强惝给他道士；他待爱那个道士，你就别要强惝给他和尚。你叫他凡事都遂了心，你看他喜你不。"狄希陈笑道："你合他婶子这么好，原来都有这等的妙法！我就不能如此，所以致的你嫂子不自在。"

　　相于廷笑道："是呀，你兄弟媳妇儿待怎么样着就怎么样着，我敢扭别一点儿么？头年七月十五，待往三官庙看打醮，我就依着他往三官庙去，跟着老侯婆合老张婆子，坐着连椅，靠着条桌，吃着那杂油炸的果子，一栏面〔3〕的馍馍，对着那人千人万的扑答〔4〕那没影子的瞎话，气的你在旁里低着头飞跑，气的俺娘合俺丈人〔5〕都风瘫

----

〔1〕鸡猫狗不是——山东方言，看着什么都不顺眼，找碴儿生事。狗，同本作"佝"，据方言义校改。

〔2〕旅旅道道——后文也作"缕缕道道"。服服帖帖，老老实实。

〔3〕一栏面——用石磨磨面时，第一遍磨后筛出的面粉质量最好，叫做"头遍面"。以后再磨再筛，面粉质量逐次减等。一栏面又叫"一罗到底的面"，即精粗不分，把麸皮磨细后掺到里面的面粉。

〔4〕扑答——后文也作"铺答"。形容说话时嘴巴开合的样子，等于说淘、扯、巴、讲说。

〔5〕丈人——同本作"大人"。"丈"与"大"盖因形近而讹，据文意酌改。

了,我再不生一点气。到了后晌,又待看放河灯哩,前头道士和尚领着,后头无千带万的汉子追着,那脚又小,跟着一大些瘸瞎的婆娘摇呀摇的。这们许多婆娘们,就只俺媳妇儿又年少,又脚小,又标致,万人称赞,千人喝彩。"狄希陈笑道:"你说的狗屁!"

相于廷笑道:"咱这寡烧酒怎么吃? 我兼着说书你听,倒不好来?"狄希陈笑道:"那么你只造化,没撞着哩,可不叫你说嘴说舌的怎么? 你要撞见这们个辣拐子〔1〕,你还不似我哩。"相于廷笑道:"是实,我不如你有好性子,会挨。"

狄希陈道:"好生吃酒,另说别的罢,再不许提这个了。咱行个令吃,堵住你那口。再提这个,拿酒罚你。"相于廷道:"咱就行个令。咱今日不都吃个醉,不许家去。"狄希陈说:"这新烧酒利害,咱打黄酒吃罢。"相于廷道:"吃酒不论烧黄才是量哩。咱既吃了这半日的烧酒,又吃黄酒,风搅雪〔2〕不好,爽俐吃烧酒到底罢。"

狄希陈催着相于廷行令。相于廷道:"脱不了咱两个人,怎么行令? 咱打虎〔3〕罢。我说你打,你说我打,咱一递一个家说。我先说起:'遍游净土〔4〕访阇黎',常言四字。"狄希陈道:"你说的这番

〔1〕 辣拐子——含贬义,等于说辣货、难对付的家伙。
〔2〕 风搅雪——既喝白酒,又喝黄酒,白酒与黄酒在胃里搀和。
〔3〕 打虎——即"打灯虎",猜谜语。
〔4〕 净土——同本作"净上"。"土"与"上"盖因形近而讹,据文意酌改。下文同,不再出校记。

语[1]我先不省的,可怎么打?"相于廷[2]道:"凡庵观寺院,俱是'净土','土'字念'度'字。'阇黎'就是和尚。'遍游'是各处都要游到。"狄希陈说:"这是'串寺寻僧'。"相于廷道:"就是只四个字。该你出,我打你的。"狄希陈道:"'鸡屁股拴线',常言两字打。"相于廷笑道:"这[3]有甚难解? 是'扯淡'二字。我再出你打:'惧内掌团营',人物七字打。"狄希陈想了一会,说道:"我没处去打,我吃钟,你说了罢。"相于廷道:"是'怕老婆的都元帅'。"狄希陈笑说:"我也出与你打:'孩子跑在哥前面',《四书》五字打。"相于廷道:"这是'幼而不逊弟'。"

狄希陈说:"我不合你打虎,你哨[4]起我来了! 我合你顶真绩麻[5],顶不上来的一钟。"相于廷道:"这也好,你就先说。"狄希陈道:"你是客,你还先说。"相于廷道:"我就起:'两好合一好。'"狄希陈道:"'好教贤圣打。'"相于廷说:"'打翁骂婆。'"狄希陈道:"胡诌! 甚么'打翁骂婆',这是你杜撰的! 何不说'打爷骂娘'?"相于廷道:"你没打爷骂娘,我为甚么屈说你?"狄希陈说:"不准,罚一钟,另

---

[1] 番语——等于说外国话、异族言语。

[2] 相于廷——同本作"相宇廷",据上下文校改。

[3] 这——同本作"士",据文意酌改。

[4] 哨——嘲讽;戏弄。

[5] 顶真绩麻——一种文字游戏,要求所说文字为古语,下一句的首字必须用上一句的末字。真,"针"的同音借字。

说。"相于廷吃了一杯酒,另说道:"'打了〔1〕牙,肚里咽。'"狄希陈说:"'验实放行。'"相于廷:"念出路引来了!这不是那个'咽'字。该罚一杯。"狄希陈道:"咱说过也许续麻,音同字不同的也算罢了。"相于廷道:"阿,咱就算了。我也说个:'刑于寡妻。'"狄希陈道:"'妻贤夫祸少。'"相于廷道:"正是!哥知道就好讲话了。"

狄希陈道:"你行动就是哨我,我也不合你做这个。咱一递一个说笑话儿,咱使一个钟儿轮着吃。"相于廷道:"就依着哥说,咱就说笑话儿。我就先说:咱这绣江县里有几个惧内的人,要随一道会,算计要足十个人,已是有了九个,只少一个,再寻不着,只得往各乡里去寻。寻到咱明水地方,只见一个二十岁年纪的人,拿着一双女人的裹脚、一双膝裤子,在湖边上洗。那人说:'这人肯替老婆洗裹脚合裤腿子的,必定惧内,何不请他入会,以足十人之数?'向前说道:'俺城中齐了一道怕老婆的会,得十个人,已是有了九人,单少一个。今见老兄替令正洗裹脚,必定是惧内,敬请老哥入会,以足十人之数。'那人说:'我不往城里去。我为甚不在明水做第一个惧内的,倒往城里去做第十的?'"

狄希陈道:"我说你没有好话,果不然!咱只夯吃,不许多话。我合你说,你嫂子惯会背地里听人,这天黑了,只怕他来偷听。万一被他听见了,这是惹天祸!你么跑了,可拿着我受罪哩。"相于廷道:

---

〔1〕 打了——同本作"打子","了"与"子"盖因形近而讹,据文意酌改。

"那么,跑一步的也不是人! 咱拿出陈阁老打高夫人[1]的手段来,替哥教诲教诲! 兜奶一椎,抠定两脚,脊梁上一顿拳头,我要不治的他赶着我叫亲亲的不饶他!"

狄希陈道:"小爷! 你住了嘴,不狂气罢! 这他是待中出来的时候了。"相于廷道:"你唬虎谁哩? 我是你么? 谁家嫂子也降伏小叔儿来? 他不出来寻我,是他造化;他要造化低,叫他……"这句话没说了,只见素姐,一大瓢泔水,猛可的走来,照着相于廷劈头劈脸一泼,泼的个相于廷没头没脸的那泔水往下淌[2]。相于廷[3]把脸抹了一抹,蹬开椅子,往外就赶,素姐撩着蹶子就跑。相于廷直赶到素姐天井门口,素姐把门闩的声闩了进去,相于廷方才站住,说道:"好汉子! 你出来么! 我没的似俺哥,你掐把我?"素姐说:"小砍头的! 我叫你这一日嘴相没了皮的一般,一些正经话也不说,只讲说的是我! 你有这们本事,家去管自家老婆不的! 这天多昝了还不家去,在人家攘血刀子叨瞎话! 我不合你这小砍头的说话,我只合你哥算帐!"相于廷道:"你撵我,我偏不去! 我吃到明日,明日又吃到后晌,只是说你! 我得空子赶上,浑深与你个没体面。你只开门试试! 我

----

〔1〕 陈阁老打高夫人——陈阁老,明代大学士陈循。高夫人即其同年高谷的夫人。事见明陆容《菽园杂记》。又明冯梦龙所著戏曲《万事足》曾演其事,其情节亦见本书第六十二回。

〔2〕 淌——同本作"倘",据文意酌改。

〔3〕 相于廷——同本作"相十廷",据上下文校改。

这里除[1]着一木掀屎等着你哩!"狄希陈说:"他已是关上门了,你待怎么? 你到后头脱了这衣裳,擦刮擦刮,吃咱那酒去罢。"

二人从新又到后边吃酒。狄希陈说:"何如? 我说你再不听,这当面领过教了。你道是替我降祸,我要吃了亏,你看我背地里咒你呀不!"相于廷道:"他要难为你,你快去请我,等我与你出气。那安南国一伙回子,往北京进了一个大象。那象行至半路,口吐人言,说:'我是个象王。我不愿往京里去,只待在这里叫土人替我建祠立庙,我能叫风调雨顺,扶善罚恶。'土人们见他能说话,知他不是个凡物,果然攒了钱,替他盖了极齐整的大庙,人山人海的都来进香。果然是好人就有好处,恶人就拿着,就教他自己通说。一日,有夫妻二人同来进香。这个女人,谁知他平日异常的凌虐丈夫,开手就打,绝不留情。刚才进的殿门,只见那女人唇青脸白,通说他平日打汉子的过恶,捆得[2]像四马攒蹄一般。他汉子再三与他祷告[3],方才放他回来。他汉子说道:'你刚才不着我再三哀恳,你必定是死。你以后再不可打我。你若再要打我,我就叫象爷哩。'"狄希陈笑着,在相于廷胳膊上扭了两把。说说笑笑,二人不觉吃的烂醉,就倒在葡萄架下芦席上面。相于廷枕着个盒盖,狄希陈枕着相于廷的腿,呼呼的睡熟如泥块一般。

素姐待了一更多时候,不听见后边动静,又开出门来,悄悄的乘

----

〔1〕 除——本指用锨铲起的动作,这里指用木锨端着。
〔2〕 捆得——同本作"细得"。"细"与"细"盖因形近而讹,据文意酌改。
〔3〕 祷告——同本作"祷皆"。"告"与"皆"盖因形近而讹,据文意酌改。

着月色走来张探，只见二人都睡倒席上，细听鼻息如雷。又走到跟前，低下头〔1〕细看了详细，知道不是假妆睡着。回到房内，将狄希陈的砚池浓浓的磨了些墨，又拿了一盏胭脂，番回走到那里，先在相于廷脸上左眼污了个黑圈，右眼将胭脂涂了个红圈，又把他头发取将开来，分为两股，打了两个髻子，插了两面白纸小旗；也在狄希陈面上一般图画。都把他各人的衫襟扯起来，替他盖了面孔，然后悄悄的自己回去，闩上房门〔2〕睡了。

相于廷睡到黎明时候方才醒转，知道昨晚酒醉不曾回去，恐被爹娘嗔怪，趁天未大明，连忙起来，回家梳洗。狄家此时已经开了前门，相于廷出门家去，路上也还不大有人行走，就有一二人撞见的，扬起头来看着笑，一面就过去了。相于廷走回家内，恰好爹娘已经开了房门，正要梳洗，猛然看见，着实唬了一惊。相于廷见了父母惊惶，自也不知所以。相栋宇道："因甚将脸涂得这等模样？亏你怎在街上走得回家？"相于廷连忙取镜来照，也只道是狄希陈捉弄。

再说狄希陈醒了转来，天已大亮，不见了相于廷，知道他已回家去。恰好园里又再无别人经过，自己天井门口门尚未开，要且往爹娘房去。撞见调羹出来，又见狄周媳妇走过，二人拍手大笑。狄希陈挣挣的不知二人大笑是何缘故。狄员外听见窗外喧嚷，也慌忙跑了出来，见了狄希陈这个形状，不胜诧异。狄希陈取出他娘的镜来照了一

〔1〕　低下头——同本作"低下头"。"低"与"低"盖因形近而讹，据文意酌改。
〔2〕　闩上房门——同本作"门上房门"，据文意酌改。

照,说道:"再不必提,这一定是相于廷干的勾当！涂抹了我的脸,偷走回家去了。"

狄婆子说:"是甚么东西抹的？你近前来待我看看。"狄希陈走到面前,狄婆子道:"瞎话！这黑的是墨,红的是胭脂。相于廷在后边园内,那讨有这两件[1]东西？"狄希陈道:"他吃酒不肯家去,是待算计捉弄我了,家中预先带了来的。"狄婆子道:"这也或者有的。亏了没往外去,若叫外人撞见,成甚么模样？这孩子这等刁钻可恶！"狄员外道:"昨日我合他大舅散了,弟兄两个吃到那昝晚,我倒怪喜欢的,这们顽起来了？虽是也不该,可也顽的聪明,好笑人的。"狄婆子道:"把人的脸抹的神头鬼脸是聪明？还好笑哩！我只说是小孩儿家促恰[2],你看等他来我说他不！"

狄希陈吃过饭,只见相于廷从外边走来,刚作完揖,对狄婆子道:"姑娘,你看俺哥干得好事！哄得我醉睡着了,替我污了红眼黑眼,把头发揢了两个髽髻,插上两杆白纸旗。叫我不知道往家里跑,街上人看着我乱笑,到家把爹合娘都唬的[3]不认得我。这们[4]促恰,姑夫合姑娘不说他说么？"狄希陈说:"亏了爹合娘看着,我还没得合

----

〔1〕 两件——同本作"两件"。"件"与"件"盖因形近而讹,据文意酌改。

〔2〕 促恰——本指刁钻刻薄,这里用其刁钻之意,引申指喜欢捉弄人、恶作剧。参见第十五回"促狭"注。

〔3〕 唬的——同本作"號的"。"唬"与"號"盖因形近而讹,据文意酌改。

〔4〕 这们——同本作"的的",据文意酌改。

你说话哩,他倒给人个番戴网子〔1〕! 你是个人? 嗔道你突突抹抹的不家去,是待哄我睡着了干这个!"相于廷道:"干甚么? 你说的是那里话?"狄婆子道:"你哥污的两眼神头鬼脑的,打着两个篡〔2〕,插着白纸旗,是你干的营生,你还敢说哩!"相于廷道:"姑娘,是真个么?"狄婆子道:"可不是真个怎么? 我正待要上落〔3〕你哩!"相于廷道:"这不消说,必定是俺嫂子干的营生!"把昨日后响泼水赶打的事详细说了。

狄员外只是笑。狄婆子说:"你爹合你姑夫来了,你两个这们作了一顿业,我这前头似作梦的一般。"素姐门外头说道:"不干事,我没污你两个的眼,是天为你两个欺心,待污了眼,插上旗,伺候〔4〕着叫雷劈哩! 还敢再欺心么?"二人方知真是素姐所为,笑了一阵开手。

这虽也没甚要紧,也是素姐小试行道之端。至于大行得志之事,再看后回续说。

---

〔1〕　番戴网子——倒打一耙、反咬一口的意思。网子,即网罩,罩起头发不使散乱的发具。
〔2〕　篡——女性婚后在头上挽起的发髻。
〔3〕　上落——数落,责备。
〔4〕　伺候——同本作"司候"。"伺"与"司"盖因形近而讹,据文意酌改。

第五十九回

孝女于归全四德　悍妻逞毒害双亲

男子生当室,娇娃合有家。惟愿三从贤淑女,蘋蘩[1]瓜瓞[2]始堪夸,钟鼓乐无涯。　　特色狮嚎捋采,骄顽雌唱[3]推挡。岂若内官荣且乐,守甚么豺虎凶蛇,赌气割鸡巴!

——右调《破阵子》

再说薛教授家择了四月初三日过聘,五月十二日娶亲。狄家择于五月初十日铺床,一切床桌厨柜、粗苴器皿,都在本家收拾停当。至于衣裳、首饰、锡器之类,都在相栋宇家安排。狄员外夫妇只愁铺床的吉日,恐怕素姐跑将出来行出些歪憋的事,说出些不省事的话,便不吉利。

正在愁烦,可说薛夫人在家,要着人接了素姐回去看着铺床。薛教授道:"虽是咱家闺女,却是他家的媳妇。他家一个小姑儿今日铺床,做嫂子正该忙的时候,如何反接他回家?"薛夫人道:"你也是病

---

[1]　蘋蘩——《诗经·召南》有《采蘋》、《采蘩》二诗。《采蘩序》:"《采蘩》,夫人不失职也。"后因以"蘋蘩"借指协妇德或守妇职。

[2]　瓜瓞——《诗经·大雅·绵》:"绵绵瓜瓞。"比喻子孙繁盛。

[3]　雌唱——同本作"雎唱",据文意酌改。

的糊涂,忘了闺女的为人? 他那里铺床图个吉庆,叫他在那里不省事起来,亲家婆病病的,恼的越发不好。不如接他来家,自己家里,凭他不省事罢了。"薛教授道:"你说的极是,快叫个媳妇子接他去。"

薛夫人随叫了薛三槐娘子,先见狄婆子、狄员外。狄婆子道:"你家今日正忙哩,怎还有工夫到这里?"薛三槐娘子道:"俺娘多拜上狄大娘,叫接姐姐去哩。"狄员外道:"他不给他小姑儿铺床么?"薛三槐娘子走到狄婆子跟前,悄悄说道:"俺娘说:今日是这里姐姐的喜事,恐怕他韶韶摆摆[1]的不省事,叫接他且往家去。"狄婆子道:"你叫他收拾了去。脱不了这里也没有他的事。"

薛三槐[2]媳妇看着素姐收拾。梳了头,换了鞋脚,一脚蹽在尿盆子里头,把一只大红高底鞋、一只白纱洒线裤腿、一根漂白布裹脚,都着臭尿泡的精湿,躁得青了个面孔。正在发极,狄希陈一脚跨进门去。素姐骂道:"你是瞎眼呀是折了手呀? 清早起来,这尿盆子不该就顺着手稍出去么? 这弄我一脚可怎样的! 倒不如你叫强人卸割了,我做了寡妇,就没的指望! 你又好蠹在我的跟前!"薛三槐娘子道:"姐姐,你怎么来? 姐夫越发该替你端起尿盆子来了?"

只见小玉兰走进房来。薛三槐娘子道:"小臭肉! 姑的尿盆子你不该端出去? 放到这沓,叫姑蹽这们一脚! 你看我到家说了,奶奶打你不!"素姐道:"我叫他把个丫头捻出外头睡来么? 既是捻出丫

---

〔1〕 韶韶摆摆——山东章丘、桓台一带方言,傻傻瓜瓜。这里指不明人情事理。

〔2〕 薛三槐——同本作"薛三愧",据上下文校改。

头去了,这丫头的活路〔1〕就该他做!"薛三槐娘子道:"什么好人,叫他在屋里睡?是图他到外头好扬名哩!"素姐抖搜〔2〕着尿裹脚发恨。狄希陈唬的个脸蜡渣黄,逼在墙上。薛三槐娘子道:"姐夫,你且替我出去,叫姐姐看着你生气待怎么?这里姐姐待不眼下就过门了?要这们降罚二哥,我看你疼不疼?"素姐道:"那么?要是小巧妮子敢像我似的降俺兄弟,他不休了他,我也替他休了!"薛三槐娘子道:"极好!谁似俺姐姐这等公道!"

狄希陈得了这薛三槐娘子的话,拿眼看着素姐的脸色,慢慢的往外溜了出去,擦眼抹泪的进到他娘屋里。老狄婆子说道:"俺小老子!你一定又惹下祸了!今日是妹妹的喜事,你躲着他些怎么?"狄希陈道:"谁敢惹他来?他自家一脚插在尿盆子里,嗔我不端出去,骂我瞎眼折手哩!"狄员外道:"你可也是个不肯动手的人!两口子论的甚么?你问娘,我不知替他端了多少溺盆子哩!你要早替他端端,为甚么惹他咒这们一顿?"

正说着,薛三槐媳妇说道:"姐姐待往家去哩,爽利等婆过这里姐姐可来罢。"又问:"今日去那头铺床的都是谁们?"狄婆子道:"相家他妗子,崔家他姨,相家他嫂子,算计着是你姐姐共四位。如今你家姐姐去了,正愁单着一位哩。算计请他程师娘〔3〕,他不知去呀

----

〔1〕 活路——山东方言,活儿,体力劳动。

〔2〕 抖搜——抖动着解开缠缚。同本作"捔搜",据文意改。

〔3〕 程师娘——同本作"陈师娘",据下文校改。

不?"薛三槐娘子道:"狄大娘不去么?"狄婆子道:"我动的到去了。这怎么去?"薛三槐媳妇道:"狄大娘,你还自家去走走。这是姐姐的喜事,还有甚么大起这个的哩?叫刘姐替狄大娘梳了头,穿上衣裳,坐着椅子轿儿抬到那里,也不消行礼。一来看着与这里姐姐铺床,一来也走走散闷。怕怎么的?是别人家么?"狄婆子道:"什么模样?往那椅子上拉把〔1〕,抬着街上游营似的,亲家不笑话,俺那媳妇儿也笑话。"素姐在门外说道:"你去,由他!我不招你做女婿,我不笑话!"狄婆子也没理论,打发薛素姐们去了。

薛三槐娘子把那几位客合与狄婆子说的话都对着薛夫人说了。薛夫人道:"你说的极是。你流水快着回去,好歹请了狄大娘来走走。"薛三槐娘子复回身去再三恳请,狄婆子再三推辞。只见请程师娘的人回来说道:"程师娘说:'多拜上哩,家里有要紧的事,脱不的身。要早说还好腾那,这促忙促急〔2〕的可怎么样着?'叫另请人罢。"薛三槐娘子道:"这不是程师娘又不得来?还是狄大娘你自家去好。铺床是大事,狄大娘你不去,就是那头妗子和姨去?狄大娘,你不自家经经眼,不怕闷的慌么?"

狄婆子见程师娘〔3〕又请不来,薛三槐娘子又请的恳切,转过念来也便允了同去,喜的薛三槐娘子飞跑的回话去了。从厨房里叫将

---

〔1〕　拉把——后文也作"拉巴"。山东方言,拉,这里是拉抬、扶掖的意思。把,动词后缀。

〔2〕　促忙促急——后文也作"卒忙卒急"。匆匆忙忙。

〔3〕　程师娘——同本作"杨师娘",据上下文校改。

调羹来到，狄婆子说："你扎括我起来，我也待往你姐姐家铺床去哩。"调羹说："真个么？是哄我哩。"狄婆子道："可不真个。请程师娘又不来，亲家那头又请的紧，我又想趁着我还有口气儿到那里看看。"调羹说道："娘说的极是。我替娘收拾，头上也不消多戴甚么，就只戴一对鬓钗、两对簪子。也不消戴环子[1]，就是家常带的丁香罢。也不消穿大袖衫子，寻出那月白合天蓝冰纱小袖衫子来，配着蜜合罗裙子。"狄婆子道："这就好。"调羹又问："是坐轿去么？"狄婆子道："薛三槐媳妇也说来，我就坐了椅子去罢。至那里抽了杠，就着那椅子往里抬，省的又拉把造子。"

正算计着，相大妗子、崔三姨、相于廷娘子都一齐的到了，都问说："外甥娘子哩？"狄婆子说："家里接回去了。"相于廷娘子："不在这头做嫂子去铺床，可往那头充大姑子做陪客哩！"崔三姨说："这单着一位怎么样着？"调羹说："俺娘也待去哩。"众人都说："该去走走，怕怎么的？这们一场大事，你自家不到那里看看，你不冤屈么？"又问："巧姐呢？怎么没见他？"狄婆子说："怪孩子多着哩！这两三日饭也不吃，头也没梳，只是哭，恐怕他去了没人守着我，又怕我受他嫂子的气。叫我说：'你守着我待一辈子[2]罢？你守着我，你嫂子就没的怕我，不叫我受气了？'"他姨说："这是孝顺孩子不放心的意思。在他屋里哩？俺去看他看去。"相于廷娘子道："我也去看看巧

---

[1] 环子——耳环。同本作"还子"，据文意酌改。
[2] 一辈子——同本作"一止車子"。"輩"异体作"軰"，与"止車"盖因形近而讹，据文意酌改。

姑,回来合刘姐替姑娘扎括。"三人都往巧姐屋里去了。调羹替狄婆子梳头穿衣,收拾齐整。若不是手脚不能动惮,倒也还是个苗实[1]婆娘。

狄员外合相栋宇、相于廷、狄希陈爷儿四个在外边收拾妆奁。将近晌午,一切完备,鼓乐引导,前往薛宅铺床,狄婆子合四位堂客都也坐轿随行。惟有狄婆子抬到街上,那孩子与那婆娘们有叫大娘的,有叫婶子的,都大惊小怪的道:"嗳呀! 怎么坐着明轿[2]哩!"

薛家请的是连春元夫人、连赵完娘子,薛夫人、薛如卞娘子连氏并素姐共五位,迎接堂客进去。薛三槐媳妇、狄周娘子接过狄婆子的轿来往里就抬。狄婆子道:"这五积六受[3]的甚么模样! 可是叫亲家笑话。"众人都说:"狄亲家说的是甚么话! 这贵恙[4]只有怜恤的,敢有笑话亲家的理?"薛三槐娘子就要把狄婆子抬到当中。狄婆子说:"休,休! 你抬到我靠一边去,这里还要行礼哩。"薛夫人道:"这里就好,背肐拉子[5]待亲家的?"狄婆子对薛三槐娘子:"你们休要躁我。下边行礼,我像个泥佛似的上头猴着[6],好看么?"崔三姨说:"是呀,你依着狄大娘,临坐再抬不迟。"然后抬到东边墙下,

----

〔1〕苗实——同本作"万实",据文意酌改。

〔2〕明轿——没有围帘的轿,敞轿。这里指用杠子抬起的椅子。

〔3〕五积六受——山东方言,难受,极不舒服。这里是让人看了心中觉得别扭,不舒服的意思。

〔4〕贵恙——同本作"贵样",据文意酌改。

〔5〕背肐拉子——即"背旮旯子",偏僻的角落。

〔6〕猴着——今说"猴坐着"。山东方言,指没有坐相,坐的样子让人发笑。这里是坐着摆样子的意思。

朝西坐着。

众人都行过礼，就着狄婆子东边暂坐吃茶，等着巧姐屋里支完了床，然后大家进房摆设。惟连夫人不曾进去，陪着狄婆子在外边坐的。收拾完了，然后抬了狄婆子进房一看。

收拾停妥，方待递酒上座，众人又都要请龙氏相见。薛夫人道："只怕他使着手哩，少衣没裳的，怎么见人？你去叫他出来么。"众人且不递酒〔1〕，等〔2〕了一会，龙氏穿着油绿绉纱衫、月白湖罗裙、白纱花膝裤、沙蓝绸扣的满面花弯弓似的鞋，从里边羞羞涩涩的走出来与众人相会。薛夫人又叫他走到狄亲家跟前叙了些寒温，然后大家告坐上席，俱让狄婆子首坐。他因身上有病，又说客都是为他来的，让了相栋宇娘子一席，崔三姨二席。狄婆子三席，连春元夫人四席，相于廷媳妇、连赵完娘子都是旁坐。相于廷的媳妇、连赵完的娘子、薛如卞的娘子都与婆婆告座，相于廷娘子又先与狄、崔两个姑娘告坐。惟素姐直拍拍的站着，薛夫人逼着，方与狄婆子合他大妗子、三姨磕了几个头，俱都坐下。龙氏告辞，说后边没人照管，遍拜了几拜，去了。

上完三四道汤饭，素姐起来往后边去，相于廷娘子也即起来跟着素姐同走。素姐说："我害坐的慌〔3〕，进来走走，你也跟的我来了？"相于廷娘子道："你害坐的慌，我就不害坐的慌么？又没的话说，坐

----

〔1〕 递酒——同本作"连酒"。"递"与"连"盖因形近而讹，据文意酌改。

〔2〕 等——同本作"符"。"等"与"符"盖因形近而讹，据文意酌改。

〔3〕 害坐的慌——坐得感到难受。

的只打盹。"素姐说："咱往新人屋里坐会子罢。"两个把着手在那新支的床沿上坐下。素姐坐在左首，相于廷娘子把他挤到右边，说道："我是客〔1〕，我该在左手坐。"坐下说道："快取交巡酒来吃!"素姐说："嗔道你挤过我来，你待占这点子便宜哩。"相于廷娘子道："这床明日过一日，后日就有人睡觉了。"素姐坐着，把床使屁股晃了一晃，说道："我看这床响呀不，我好来听帮声〔2〕。"

相于廷娘子道："你听他待怎么？你与其好听人，你家去干不的么？谁管着你哩？"素姐说："我是你么？只想着干!"相于廷娘子道："我好干，你是不好干的？"素姐道："我实是不好干。我只见了他，那气不知从那里来，有甚么闲心想着这个!"相于廷娘子道："可是我正没个空儿问你，你合狄大哥相乌眼鸡似的是怎么说？他又极疼你，又极爱你，你只睃拉他不上却是怎？一个女人，在家靠爷娘，嫁了靠夫主哩。就是俺姑娘，我见他也绝不琐碎，俺姑夫是不消说的了，你也都合不来？"素姐说："这却连我也自己不省的。其实俺公公、婆婆极不琐碎，且极疼我，就是他也极不敢冲犯着我，饶我这般难为了他，他也绝没有丝毫怨我之意。我也极知道公婆是该孝顺的，丈夫是该爱敬的，但我不知怎样，一见了他，不由自己，就像不是我一般，一似他们就合我有世仇一般，恨不得不与他们俱生的虎势。即是刚才，人家的媳妇都与婆婆告坐，我那时心里竟不知道是我婆婆。他如今不

<hr />

〔1〕　客——同本作"容"。"客"与"容"盖因形近而讹，据文意酌改。
〔2〕　听帮声——即"听梆声"，参见第三十五回注。

<hr />

在跟前,我却明白又悔,再三发恨要改,及至见了,依旧又还如此。我想起必定前世里与他家有甚冤仇,所以神差鬼使,也由不得我自己。"

相于廷娘子道:"只怕是那娶的日子不好,触犯了甚么凶星。人家多有如此的,看了吉日,从新另娶;再不叫个阴阳生回背回背[1]。若只管参辰卯酉[2]的,成甚么模样?"素姐说:"我娶的那一日,明白梦见一个人把我胸膛开剥了,把我的心提溜出来,另换了一个心在内,我从此自己的心就做不的主了。要论我这一时,心里极明白,知道是公婆丈夫的,只绰见[3]他的影儿,即时就迷糊了。"相于廷娘子道:"狄大哥合你有仇罢了,你小叔儿合你怎么来?你污了他的眼,叫他大街上游营[4]。你是个人?"素姐笑说:"我倒忘了,亏你自家想着!你是个人?惯的个汉子那嘴就像扇车[5]似的,像汗鳖[6]似的胡铺搭,叫他甚么言语没纂着我?纂作的还说不够,编虎儿,编笑话儿,这不可恶?我待对着你学学,我嫌口疢,说不出来!"相于廷娘子道:"你小叔儿对着我学来,也没说错了你甚么。"

---

〔1〕 叫个阴阳生回背回背——叫阴阳生看看如何躲开凶神恶煞。回背,"回避"的音变,这里是躲避、躲开的意思。

〔2〕 参辰卯酉——比喻见不得面,不能一起相处。参见第八回"参商"注。参,参星。辰,辰星,即商星。卯,酉,俱指时辰。卯时日出,酉时日落。

〔3〕 绰见——远远地望见;影影绰绰地看见。

〔4〕 游营——同本作"游宫",据上文校改。

〔5〕 扇车——场间使用的扇去谷物糠秕和细土的风车。

〔6〕 汗鳖——后文也作"汗邪"。指人高烧无汗时神志不清、言语错乱的精神状态。

素姐说:"他胡说罢么!我见他说的可恶极了,叫我舀了一瓢臭泔水劈脸一泼,他夺门就赶。不是我跑的快,闩了门,他不知待怎么的我哩。"相于廷娘子道:"我没问他么?我说:'你待赶上,你敢把嫂子怎么样的?'他说:'我要赶上,我照着他奶膀结结实实的挺顿拳头给他。'"素姐说:"你当是瞎话么?他要赶上,实干出来。你没见他那一日的凶势哩!"相于廷娘子道:"我还问你,他巧姑不是你兄弟媳妇儿么?你见了他也像有仇的一般,换他的妆奁,千般的琐碎,这是怎么主意?"素姐说:"也是胡涂意思。我来到家里,我就想起他是俺兄弟媳;我在那头,也是看见他就生气。"妯娌二人说诘中间,薛夫人差人请他们入席。素姐正喜喜欢欢的,只看见狄婆子就把脸瓜搭〔1〕往下一放。

稍坐了一会,狄婆子不能久坐,要先起席,薛夫人苦留。崔家三姨合相大妗子都搀掇叫狄婆子仍坐了椅子抬回家。又约说在家等他两个明日助忙,后日又要伴送巧姐。两人都允了,说:"去呀,去呀。"狄婆子抬回家内,脱不迭的衣裳,调羹抱他〔2〕在马桶上溺了一大泡尿,方才摘鬆髻,卸簪环,与狄员外说铺床酒席的事件。不久相大妗子、崔三姨已都回了,相于廷〔3〕娘子竟回他自己家中去讫。

十二日,打发巧姐出门。这些婚娶礼节,脱不过是依风俗常规,不必烦琐。

---

〔1〕 瓜搭——象声词,放下门帘等的声音。这里形容面孔突然板起来的样子。

〔2〕 抱他——同本作"拘他"。"抱"与"拘"盖因形近而讹,据文意酌改。

〔3〕 相于廷——同本作"相子廷"。"于"与"子"盖因形近而讹,据上下文校改。

起初巧姐不曾过门之先,薛家的人都恐怕他学了素姐的好样来到婆婆家作业。不料这巧姐在家极是孝顺,母亲的教诲声说声听,又兼素性极是温柔,举止又甚端正,凭那嫂子恁般欺侮,绝不合他一般见识,又怕母亲生气,都瞒了不使母知。及至过了门,事奉翁姑即如自己的父母,待那妯娌即如待自己的嫂嫂一般,夫妻和睦,真是"如鼓瑟琴"。薛教授夫妻娶了连氏过来,叫自己的女儿素姐形容的甚是贤惠,已是喜不自胜;今又得巧姐恁般贤淑,好生快乐。

大凡人家兄弟,从一个娘的肚里分将开来,岂有不亲爱的?无奈先是那妯娌不和,枕边架说了瞎话,以致做男子的妻子为重,兄弟为轻,变脸伤情[1]。做父母的看了,断没有个喜欢的光景。连氏虽也是个贤妇,起先还未免恃了父亲是个举人,又自恃了是个长嫂,也还有些作态;禁不起那巧姐为人贤良得异样,感化得连氏待那小婶竟成了嫡亲姊妹一般。外面弟兄们有些口过,当不得各人的妻子也要枕头这[2]一顿劝解,凭你甚么的气恼也都消了。这薛教授两老夫妻[3],倒真是佳儿佳妇。薛夫人又甚是体贴巧姐的心,三日两头叫他回来看母。薛如兼也甚驯顺,尽那半子的职分。

狄员外与婆子两个见巧姐能尽妇道,又是良公善婆、纯良佳婿,倒也放吊了这片心肠。只是儿妇薛素姐年纪渐渐长了,胆也愈渐渐的大了;日子渐渐久了,恶也愈渐渐的多了,日甚一日,无恶不作。往

---

〔1〕 伤情——同本作"便情",据文意酌改。

〔2〕 枕头这——等于说"枕头这里"。"里"字在方言中语音脱落。

〔3〕 薛教授两老夫妻——同本作"薛教投出老夫妻",据文意酌改。

时狄婆子不病,人虽是怕虎,那虎也不免怕人;如今狄婆子不能动履,他便毫无拘束,目中[1]绝不知有公婆,大放肆无忌惮的横行。晓得婆婆这病最怕的是那气恼,他愈要使那婆婆生气,口出乱言,故意当面的胡说;身又乱动,故意当面的胡行。

那狄婆子起初病了,还该有几年活的时候,自己也有主意,凭他作业,只是不恼。旁人把好话劝他,一说就听。他合该晦气上来,那素姐的歪憋,别人还没听见,偏偏的先钻到他的耳朵;别人还没看见,偏偏的先钻到他的眼孔。没要紧自己勃勃动生气,有人解劝,越发加恼,一气一个发昏,旧病日加沉重。素姐甚是得计,反说调羹恃了公公的宠爱凌辱他的婆婆,气得他婆婆病重。算计要等他婆婆死了,务要调羹偿命。又说调羹将他婆婆柜内的银钱首饰都估倒与了狄周媳妇。

调羹平日也还算有涵养,被人赶到这极头田地,便觉也就难受,背地里也不免得珠泪偷弹。狄希陈一日在房檐底下,看见调羹揉的眼红红的从那里走来。狄希陈道:"刘姐,你又怎么来?你凡事都只看爹娘合我的面上,那风老婆你理他做甚?往时还有巧妹妹在家,如今单只仗赖你照管我娘,你要冤屈得身上不好,叫我娘倚靠何人?他的不是,我只与刘姐陪礼。"调羹道:"这也是二年多的光景,何尝我与他一般见识?他如今说我估倒东西与狄周媳妇,这个舌头难道压不死人么?这话听到娘的耳朵,信与不信,都是生气的。"狄希陈道:

----

〔1〕　目中——同本作"自中"。"目"与"自"盖因形近而讹,据文意酌改。

"咱只不教娘知道便了。"

谁知他二人立在檐下说话,人来人往,那个不曾看见,却有甚么私情?不料素姐正待出来,看见二人站着说话,随即缩往了脚,看他们动静。说了许久,狄周媳妇走来问调羹量米,三人又接合着说了些话。素姐走到跟前[1],唬的众人都各自走开。素姐发作道:"两个老婆守着一个汉子,也争扯得过来么?没廉耻的忘八淫妇!大白日里没个廉耻!狄周媳妇子,替我即时往外去,再不许进来!这贼淫妇,快着提溜脚子卖了!我眼里着不得沙子的人,您要我的汉子!"狄希陈见不是话,撒开脚就往外跑。素姐震天的一声喊道:"你只敢出去!跟我往屋里来!"狄希陈停住脚,唬得脸上没了人色,左顾右盼,谁是他个救星?只得像猪羊见了屠子,又不敢不跟他进去。

素姐先将狄希陈的方巾一把揪将下来,扯得粉碎,骂道:"我自来不曾见那禽兽也敢戴方巾!你快快的实说,那两个婆娘,那个在先,那个在后?你实说了便罢,你若隐瞒了半个字,合你赌一个你死我生!"可恨这个狄希陈,你就分辩几句,他便怎么置你死地?他却使那扁担也压不出他屁来,被他拿过一把铁钳,拧得那通身上下就是生了无数焌紫葡萄,哭叫"救人",令人不忍闻之于耳。

这般声势,怎瞒得住那狄婆子?狄婆子听得狄希陈号啕叫唤,对狄员外道:"陈儿断乎被这恶妇打死!你还不快去救他一救!"狄员外道:"一个儿媳妇房内,我怎好去得?待我往他门外叫他出来罢。"

---

[1] 跟前——同本作"衣前",据文意酌改。

及至狄员外走到那里呼唤,狄希陈道:"他不分付,我敢出去么?"狄员外道:"我又不好进屋里拉你,干疼杀我了!"只得跑去回狄婆子的话。

狄婆子不由的发起躁来,嚷道:"我好容易的儿,还有第二个不成!你们快抬我往他屋里去!"两个丫头把狄婆子坐了椅轿,抬到素姐房中。狄婆子道:"你别要打他,你宁可打我罢!"素姐见婆婆进到房中,一边说:"我放着年小力壮的不打,我打你这死不残的!"一边将狄希陈东一钳,西一钳,一下一个紫泡。狄婆子看见,只叫唤了一声:"罢了!我儿!"再也没说第二句,直蹬了眼,焌青了嘴唇,呼呼的痰壅上来。

素姐到这其间,还把狄希陈拧了两下。抬轿的丫头飞也似报与狄员外知道,狄员外也顾不得嫌疑,跑进房去,看了狄婆子这个模样,只是双脚齐跳,说道:"好媳妇!好媳妇!可杀了俺一家子了!"煎了姜汤,研了牛黄丸,那牙关紧闭,那里灌得下一些?流水差人往薛家去唤巧姐,刚还未曾进门,狄婆子已即完事。

巧姐拉了素姐拾头,只说:"你还我娘的命来!我今日务不与你俱生!"素姐还把巧姐一推一攘的,说道:"自有替他偿命的,没我的帐!"他绝没一些慌獐[1]。

薛教授听见素姐拷打丈夫,气死了婆婆,刚对了薛夫人说道:"这个冤孽,可惹下了弥天大罪!这凌迟是脱不过的!只怕还连累

---

〔1〕慌獐——同"慌张"。

娘家不少哩！"往上翻了翻眼，不消一个时辰，赶上亲家婆，都往阴司去了。

薛如兼正在丈母那里奔丧，听说父亲死了，飞似跑了回家。素姐乘着人乱，一溜烟走回娘家。薛夫人看见，哭着骂道："作孽万刮的禽兽！一霎时致死了婆婆，又致死了亲父！只怕你也活不成了！"龙氏道："没帐！一命填一命。小素姐要偿了婆婆的命，小巧姐也说不的替公公偿命！"

薛夫人正皇天爷娘的哭着，望着龙氏哕了一口道："呸！小巧姐打婆骂翁的来？叫他替公公偿命！"龙氏道："这是咱的个拿手，没的真个叫孩子偿了命罢？"薛夫人道："你就不叫他偿他，可也情讲，难道合人歪缠？缠的人动了气才不好哩！累不着娘家罢了，要累着娘家，我只把你一盘献出去！"素姐到了这个地位，方才略略有些怕惧。各家都忙忙的置办后事，狄员外催着女儿巧姐回家与公公奔丧，薛夫人也再三催逼了素姐回去。

至于丧间素姐怎生踢蹬〔1〕，相家怎生说话，事体怎样消缴，再听后回接说。

---

〔1〕 踢蹬——山东方言，本意指儿童活泼太过，引申指惹是生非、找碴闹事。

第六十回

　　相妗子痛打甥妇　薛素姐监禁夫君

　　琴瑟静，藁砧柔，三生石上，一笑定河洲。此言契洽两相投[1]。姻缘不偶，恩爱总成仇。　　心似虎，性如牛。春山两叶，一蹙有吴钩。杀机枕上冷飕飕。才郎因系，令正做牢头。

　　　　　　　　　　　　——右调《苏幕遮》

　　狄员外将狄婆子抬回正寝，一面合材入殓，一面收拾丧仪。狄希陈被薛素姐用铁钳拧得通身肿痛，不能走动，里外只有一个狄员外奔驰。调羹披了头，嚎啕痛哭，只叫"闪杀人的亲娘"。相家大舅合大妗子、相于廷娘子都一齐来到，痛哭了[一]场。

　　相大妗子问说："巧外甥没来么？外甥媳妇都往那去了？"调羹道："巧姐姐刚才往他家去了。他公公也是今日没了，他爹催他家去奔丧。"大妗子说："可也奇怪！怎么也就是这一会子没了？"调羹说："也是为他闺女。听说他闺女气杀了婆婆，只说了两句话就直蹬了眼，再没还魂。"相大妗子说："怎么？咱家的闺女知道奔他公公的丧，他就不知道与婆婆奔丧么？见婆婆倒下头，倒跑的家去了！"

---
　　[1]　两相投——同本作"两相扳"，据文意、音韵酌改。

小随童此时已经长成,起名"相旺"。相大妗子叫到跟前,分付说道:"你到薛家,你就说是我说,薛大爷没了,俺连忙打发姐姐家去奔丧,怎么把俺大嫂拦在家里,不叫回来与俺姑主丧?薛大娘怎么空活这们大年纪,不省的一分事?叫他即忙打发回来!"

相旺出门走不上数步,恰好素姐被他母亲催赶的来了。此时头上还戴着花朵,身上还穿着色衣,进的门看见相大妗子,也不由的跪下磕了两个头。相大妗子骂道:"不吃人饭的畜生!你就不为婆婆,可也为你的爹!还亏你戴着一头花,穿着上下色衣!你合你家那小老婆不省事罢了,你那娘母子眼看往八十里数的人了,也还不省事?你这贼野婆娘!你还我大姑子的命来!我不叫你上了木驴,戴上长板,我也不算!叫小陈哥来脱了衣裳我看!我把你这狠奴才!我要不替狄家除了这一害,你那软脓匜血[1]的公公汉子,他也没本事处治你!"

素姐说:"大妗子,你好没要紧!各人家里的事,累着你老人家的腿慌哩!没的是我打杀俺婆婆了?用着我戴长板,上木驴?他冤有头债有主的,他放着屋里小老婆争风吃醋的生气,你不寻着他替你大姑子报仇雪恨的,来寻着我!我可不是那'鼓楼上小雀——耐惊耐怕'的哩!脱不了你是待倒俺婆婆的几件妆奁,已是叫那贼老婆估倒的净了,剩下点子,大妗子你要可,尽着拿了去!俺待希罕哩么!"

----

〔1〕 软脓匜血——后文也作"软脓啘血"。形容人性格绵软不刚,没有血性。

相大妗子道:"你看这贼臭老婆! 我倒看外甥分上且不打你罢了,你倒拿这话来压伏我! 你婆婆放着大儿大女的,我来倒妆奁! 我只问你:俺家人头里还好好的,怎么没多会子就会死在你的屋里?"素姐说:"大妗子,你也是那没要紧扯淡! 谁家婆婆是不到媳妇儿屋里的? 没的是我打杀他来? 你告到官,叫仵作行[1]刷洗了,你捡捡尸[2]不的么!"

相大妗子道:"我把你这贼佞嘴小私窠子! 人家的婆婆都像活跳的进去,当时直挺挺的抬出来么? 我不叫人捡你婆婆,我只叫人验验你汉子的伤!"素姐说:"没的扯那精臭淡! 俺两口子争锋打仗,累的那做妗子的腿疼么? 可说,我让你骂了好几句了,你再骂,我不依了! 半截汉子不做,你待逼的人反了是好么?"相大妗子道:"我岂止骂你,我还待打你哩!"一把手采了他的鬏髻,握过头发来,腰里拿出一个预备的棒椎[3]就打。

相于廷娘子合相旺媳妇见相大妗子有些招架不住[4],假说解劝,上前封住[5]了素姐的手。相大妗子拿着棒椎[6],从上往下的打个不数[7]。素姐起初还强,渐次的嘴软,后来叫那"妗子"像救月

---

〔1〕 仵作行——就是"仵作",官衙中负责验尸的人役。

〔2〕 捡捡尸——检查一下尸体。捡,通"检"。

〔3〕 棒椎——同本作"棒推"。"椎"与"推"盖因形近而讹,据下文校改。

〔4〕 招架不住——同本作"招架不作"。"住"与"作"盖因形近而讹,据文意酌改。

〔5〕 封住——拢住,架住,抓住。

〔6〕 棒椎——同本作"俸推"。"棒"与"俸"盖因形近而讹,据上下文校改。

〔7〕 不数——无数。

儿一般。自从进门，这几年也并不知唤那公婆一声，直待此时被相大妗子打的极了，满口叫道："爹，快来救我！刘姐，你快来拉拉！狄周媳妇儿，你是好嫂子人家，你来劝劝！妗子，你不认的我了么？我是你亲亲的外甥媳妇儿，我是你外甥闺女的大姑子。妗子，你忘了么？"又叫狄希陈道："你好狠人呀！你过来跪着咱妗子罢！"又对着相于廷娘子道："你婶子！咱妯娌两个可好来！你就这们狠么？"

素姐口里一边叫救，相大妗子一边打，也足足打够二百多棒椎，打的两条胳膊肿的瓦罐般粗，抬也抬不起来。这当家子那一个不恨他痛如蛇蝎？从天降下这们一个妗子，不惟报了大姑子的仇，且兼泄了众人的恨。

见打的够了，狄员外远远的站着说："你妗子，看我的分上，你且饶他罢。"狄希陈又久已跪在跟前，声声只说："妗子，你只可怜见我罢！俺娘只我一个儿，妗子也只我一个外甥。妗子去了，我这只是死了！"相大妗子道："没帐！我还待叫他活哩么？我也不合他到官叫他丢你们的丑，我只自家一顿儿打杀他！他娘家不说话便罢，但要说句话，我把他这打翁骂婆，非刑拷打汉子，治杀了婆婆合他自己的爹，我叫他娘母合两个兄弟都一体连坐哩[1]！"

狄员外合狄希陈又再三讨饶。相于廷娘子见他打的够了，方才也妆说分上。相大妗子也便说道："贼小私窠子！你说我是不打么？我是胳膊使酸了，抬不起来！我到你婆婆的一七，我拿到你婆婆

---

[1] 哩——同本作"理"。"哩"与"理"盖因形近而讹，据文意酌改。

的灵前又是这们一顿,出出俺大姑子的气！你说往你娘家躲着,你薛家有几个人？俺相家人多多着哩！我权把扫帚〔1〕的领上二三十个老婆寻上你门去,我把那姓龙的贼臭小妇也打个肯心！"

素姐见住了手,那嘴又哓哓的〔2〕硬将上来,说道:"我从来听见人说打杀人偿命,气杀人不偿命！我就算着是气杀了婆婆,也到不得偿命的田地！只怕你平白的打杀我,你替我偿命哩！"相大妗子道:"他既是叫我偿命,我为甚么叫他自家好死？我不如一顿打杀他,合他对了不好么？"提了棒椎,又待赶去挦采。相于廷娘子推着素姐道:"嫂子,你还不往屋里去哩！"他才喃喃喏喏〔3〕的口里咽哝,喇喇叭叭〔4〕的腿里走着。

走到房里,使了小玉兰来叫狄希陈往房里去。狄希陈听见来叫,就似牵瘸驴上窑窊桥一般,甚么是敢动？相大妗子道:"还敢不省事！他不在外头守灵,往屋里守着你罢！不许进去！谁敢来叫！小奴才快走,我拧你的狗腿！"玉兰回去,素姐也只得敢怒而不敢言。

狄员外合家大小没有一个不感激相大妗子替他家降妖捉怪。相大妗子理料着,调羹收拾衣衾与狄婆子装裹,狄员外同相栋宇外边看

---

〔1〕 权把扫帚——权、筢、扫帚都是农家日常使用的工具,指顺手抄起的家伙。权,木权;同本作"杖",据文意酌改。把,木筢、竹筢。

〔2〕 哓哓的——形容不服气而高声争辩的样子。

〔3〕 喃喃喏喏——嘟嘟曛曛。

〔4〕 喇喇叭叭——即"拉拉巴巴",因行动不便而劈开两腿,挪步前行的样子。

着合材,相于廷陪着狄希陈守灵回礼。直乱到四更天气,方才将狄婆子入在材内。相大妗子婆媳大哭了一场,回去自己家内,约道明日绝早再来;又再三的嘱付狄希陈,叫他别进自己房去,防备素姐报仇。

再说素姐被他妗母痛打了一顿,回到自己房中。这样恶人凶性,岂有肯自家懊悔?又岂是肯甘心忍受?原算计叫狄希陈进去,把那一肚皮的恶气尽数倾泄在他身上,不料得了妗母的大力,救了这一个难星。待要自己赶来擒捉,一来也被打得着实有些狼狈,二来也被这个母大虫打得猥〔1〕了。他虽前世是个狐精转化,狐狸毕竟也还怕那老虎。但只那狐狸的凶性,岂是肯甘吃人亏的?见那狄希陈叫不进去,自己且又不敢出来,差了小玉兰回家,要吊了龙氏统领了薛三槐、薛三省两个的娘子,并薛如卞媳妇连氏,齐来与相栋宇婆子报仇,若再得薛夫人肯来将那老命图赖,更是得胜的善策。

玉兰回家,不敢对了薛夫人直道,悄悄的与龙氏说了。龙氏知道相栋宇的婆子把素姐下狠的打了一顿棒椎,且不去哭那薛教授,恨命的强逼薛夫人,又催促薛如卞媳妇并两个家人娘子,连自己五人,都要拿了柴头棒杖,赶来狄家回打相栋宇娘子。薛夫人道:"要去你们自去,我是断不去的!我怕巧姐看了样殴,气杀我,我还没个娘家的兄弟媳妇与我出气哩!平白地当时气死婆婆,又搭上自家一个老子,叫他一些无事,只怕也没有这般天理!打顿儿也畅快人心!"龙氏道:"娘既不去,我四个自去。好歹我替闺女报了仇来!"薛夫人道:

----

〔1〕 猥——同"畏",有了惧意。

"极好,极好! 我不拦你。"

　　龙氏当真叫连氏点起丫头仆妇,就此兴兵。连氏道:"我这不敢从命。公公热丧在身,不便出门。别说娘不去,就是娘去,我也是要拦的。"龙氏道:"你不去,罢! 我希罕你去! 你那摇头扭脑、纽纽捏捏的,也只好充数罢了! 薛三槐媳妇子合薛三省媳妇子,咱三个去! ——你弟兄三个跟着我同走。"薛三省娘子道:"龙姨,你自己去罢。俺两个势力不济,打不起那相大娘。要是相大娘中打可,俺素姐姐一定也就自己回过椎了,还等着你哩?"

　　龙氏哭道:"你好苦呀! 婆婆家人合你为冤结仇,连娘家的人也都恨不的叫你吃了亏! 你可怎么来? 只怕你抱了人家孩子掉在井里了!"嚎天震地的哭了一阵,禽着泪缩嗒着向着薛如卞、薛如兼道:"你两个看你爹的分上,你跟着我,咱到那里合他说三句话! 你一个一奶同胞的姐姐叫人打这们一顿,你没的体面好看么? 我一个老婆家待怎么? 我全是为你两个怕人笑话。一个姐姐叫人打得恁样的[1],你要不出头说两句话,你到明日还有脸往学里去见人么?"薛如卞道:"他要不是我的姐姐,他把我一个旺跳的爹两场气气杀了,我没的就不该打他么? 这是俺不好打他,天教别人打他哩!"龙氏道:"哎哟! 你小人儿家,只这们悖晦哩! 你爹八十的人了,你待叫他活到多咱? 开口只说是他气杀了,他要不气杀,他没的就活到一百?"薛如兼道:"你这们望俺爹死? 亏他气杀了,他要不气杀爹,你

---

　　〔1〕 恁样的——同本作"您样的"。"恁"与"您"盖因形近而讹,据文意酌改。

也一定就烧个笊篱头子〔1〕了!"

龙氏见央人不动,只得又大哭起来,哭道:"不睁眼的皇天!为甚么把孩子们都投在我那肚子里头,叫人冷眼溜宾的!我又是个女流之辈,三绺梳头两截穿衣的,能说不能行了!皇天呀!我要是个人家的正头妻可,放出个屁也是香的,谁敢违悖我?皇天呀!"哭个不了。

再说薛夫人合薛如卞弟兄三个,并家中一切上下的人,各人忙乱正经的事,凭那龙氏数黄道黑的嚎丧。小玉兰等得龙氏住了喉咙,问道:"怎么样着?去呀不去?我来了这们一日,去的迟了,俺姑又打我呀。"龙氏道:"你去罢,合你姑说,你说娘家的人俱死绝了,没有个人肯出出头的,叫他死心塌地别要指望了。"

小玉兰回家,把前后的话通长学了,给了素姐一个闭气。挣挣的待了半会子,骂道:"他们既死绝,不来罢了,没的你也使丁子钉住了,待这们一日?我拿着你这淫妇出出气罢!"跳起来〔2〕,那身上害疼,怎么行动?扎挣着去取鞭子,那两只胳膊甚么是抬得起来?只得发恨了一造罢了。那小玉兰没口的只替相老娘念佛。

素姐心里还指望狄希陈晚上进房,寻思不能动手打他,那牙口还是好的,借他的皮肉咬他两口,权当那相大妗子的心肝。不料狄员外

---

〔1〕 烧个笊篱头子——篱谐"离",烧笊篱头子即取其意,即希望将死的人尽快离开人世。参见第三十九回注。笊篱头子,笊篱去了柄的部分。

〔2〕 跳起来——同本作"眺起来"。"跳"与"眺"盖因形近而讹,据文意酌改。

同了他在那里守灵,连相于廷也不曾家去,陪伴宿歇。等到灯后,不见狄希陈进房,使了小玉兰出来叫他。狄希陈道:"我在此守灵哩。爷爷与相大叔俱在这里,我怎好去的? 等有点空儿,我就进去。"玉兰回去学说了。素姐骂道:"我叫你这没用淫妇总里死在我手! 难道我的胳膊就整辈子抬不起了? 你拉了他来不的么?"小玉兰道:"俺爷爷合相大叔都在那里,我敢拉他么?"素姐说:"我叫你由他!我只叫你死不难!"随自己出去,悄悄叫道:"你来,我合你说甚么。"狄希陈听得是素姐来叫,即刻去了三魂,软化了动惮不得。相于廷黑地里摸将出来,对了素姐的脸悄悄说道:"孝子是不敢进房的,你自己往屋里挨疼去罢。"素姐方知不是狄希陈,骂了几句"砍头的",去了。

次日清早,相大妗子合相于廷娘子又都早来奔丧。相大妗子问狄希陈道:"你媳妇儿怎么不来接我? 嗔我打他么? 着人叫他去!"狄周媳妇连忙答应,说:"是害身上疼,还[1]没起来哩。"相大妗子混混着也就罢了。相于廷娘子悄悄问他婆婆说:"我只说娘不知道,往屋里偷看他看去?"相大妗子答应了。

相于廷娘子进到房里,望着素姐道:"怎么还不起来? 打的伤了么?"素姐说:"你是好人么! 叫人这们打我,你拉也不拉拉儿!"相于廷娘子:"我拉你做甚么? 累你气杀俺姑娘的好情哩?"素姐说:"连你也糊涂了! 他屋里放着小老婆,他每日争风生气的,你不寻

---

[1] 还——同本作"道"。"遷"与"道"盖因形近而讹,据文意酌改。

他，拿着我顶缸！你们也把那淫妇打给他这们一顿，我也不恼。"相于廷娘子道："那么？他只没敢气着俺姑娘哩！他要欺心，怕他腥么，不打他？嫂子，你别怪我说，你作的业式大，你该知感俺娘打你几下子给你消灾，要不，天雷必定要劈。"素姐道："狗！天雷劈杀了几个呀？你见劈的怎么模样？"相于廷娘子道："你说没有劈的，咱家的尤厨子是怎么来？"素姐说："你知道他是劈来没？只怕是爷儿们把他打杀了，怕他家要人，只说是雷劈了，也不可知的事哩！"相于廷娘子道："你说的是甚么话！他合他有仇么？打杀他！亏了没有巡视的在跟前！"素姐说："怎么？巡视的在跟前才好哩，叫他替尤厨子偿了命我才喜欢哩！"相于廷娘子道："你休胡说！扎挣着起来替娘陪个礼，我劝着娘万事俱休的。姑娘已是没了，打造子[1]没的还会活哩？"

素姐伸出胳膊，露出腿来，打的像紫茄子一般肿的[2]滴溜着[3]，说道："你看，可怜杀人的，这怎么起的去？"相于廷娘子道："罢呀！你就起不去哩！相狄大哥叫你使铁钳子拧的遍身的血铺潦[4]，他怎么受来？"素姐道："你见来么？"相于廷娘子道："我没见，你小叔儿没见么？"素姐说："好贼欺心大胆砍头的！从几时敢给人看来！我这真是'势败奴欺主'的！罢呀怎么！浑深我还死不的，

---

〔1〕打造子——打了一回。造子，山东方言，一回、一遭、一阵。
〔2〕肿的——同本作"胅的"，据文意酌改。
〔3〕滴溜着——垂着，悬着。
〔4〕血铺潦——血泡。

等我起来看手段!"相于廷娘子也只当顽说了这几句,原来替狄希陈降了无穷的大祸。那一遭被素姐使鞭子打的浑身紫肿,脱与他娘看了一看,素姐知道了,夜间又另打了够三百。发放过,再要叫人看见伤痕,许说要从新另打。

却说狄希陈自从娶了这素姐的难星进宫,生出个吉凶的先兆,屡试屡应,分毫不爽。若是素姐一两日喜欢,寻衅不到他身上,他便浑身通畅;若是无故心惊,浑身肉跳,再没二话,多则一日,少则当时,就是[1]拳头种火,再没有不着手的。一日,身上不觉怎么,止觉膝盖上的肉战,果不然一错二误的把素姐的脚躧了一下,嘴像念豆儿佛的一样告饶,方才饶了打,罚跪了一宿。恰好这一日身上的肉倒不跳,止那右眼梭梭的[2]跳得有二指高。他心里害怕,说道:"这只贼眼这们的跳,没的是待抠眼不成!"怀着鬼胎害怕。到了黄昏,灵前上过了供,烧过了纸,又同他父亲、表弟睡了。相大妗子娘媳两个已早回去了。狄希陈心中暗喜,说道:"阿弥陀佛! 徼幸过了一日! 怎么得脱的过,叫这眼跳的不灵也罢。"

次早三日,请了和尚念经,各门亲戚都陆续到来。狄希陈收着几尺白素杭绸[3],要与和尚裁制魂幡,只得自己往房中去取。素姐一见汉子进去,通似饥虎扑食一般,抓到怀里,口咬牙撕[4]了一顿,幸

---

〔1〕 就是——同本作"梭是",据文意酌改。
〔2〕 梭梭的——即"嗦嗦的",抖动的样子。同本作"悛悛的",据文意酌改。
〔3〕 杭绸——同本作"杭细"。"绸"与"细"盖因形近而讹,据文意酌改。
〔4〕 口咬牙撕——同本作"口咬牙斯",据文意酌改。

得身子还甚狼狈,加不得猛力。他那床头边有半步宽的个空处,叫狄希陈进到那个所在,门口横拦了一根线带,挂了一幅门帘,骂道:"我只道一世的死在外边,永世不进房来了,谁知你还也脱离不得这条路! 这却是你自己进来,我又不曾使丫头去请,我又不曾自己叫你,这却是天理报应! 我今把你监在里边,你只敢出我绳界,我有本事叫你立刻即死! 打的有伤痕,你好给你表弟看;这坐监坐牢的,又坐不出伤来!"

狄希陈条条贴贴[1]的坐在地上,就如被张天师的符咒禁住了的一般,气也不敢声喘。狄员外等他拿不出绢去,自己走到门外催取,直着喉咙相叫,狄希陈声也不应,狄员外只得嚷将起来。素姐说:"不消再指望他出去,我送他监里头去了。"狄员外随即抽身回去,心里致疑道:"陈儿却往何处去了? 这等唤他不应? 媳妇又说把他送在监里去了,那里有甚么监? 这话也令人难解。"一面将自己收的白绢取出来用了,也且把那送监的话丢在一边。

住了一大会,和尚们请孝子去榜上金押、佛前参见,那里寻得见那孝子? 又歇了一会,亲戚街邻络绎的都来吊孝,要那孝子回礼,那里有那孝子的踪影? 到他房里找寻,并不见有去向。狄员外着起极来,又叫人去问。素姐回说道:"我已说过,不消指望他出去,我已送他在监里了。只管来皮缠则甚?"狄员外纳闷不已。等到天晚,僧人散了。掌灯已后,亦不见狄希陈出来烧纸哭临。相家一户人等都已

----

〔1〕 条条贴贴——"调贴"的重叠式,服服帖帖。条,"调"的借字。

回家去讫。

且莫说狄员外儿子不知下落,这一晚眼不合,足足的醒了一宵。却说狄希陈在那监里坐了一日,素姐将他那吃剩的饭[1]叫小玉兰送进两碗与他吃了。那原是他放马桶的所在,那狄希陈的拉屎溺尿倒是有处去的。到了临睡的时节,狄希陈问说:"这天[2]已夜深了,放我出去睡罢?"素姐骂道:"作死的囚徒! 你曾见监里的犯人夜间有出去睡的么? 我还要将你上枷哩!"叫小玉兰掇了一根凳子进去,叫狄希陈仰面睡在上头,将两只手反背抄了,用麻绳线带胸前、腰里、脚上三道绳带连凳捆住。狄希陈蚊虫声也不敢做,凭他像缚死猪的一般缚得坚坚固固[3]的。然后叫玉兰暖了一坐壶烧酒,厨房里要了一碗稀烂白顿猪蹄,大嚼了一顿,然后脱衣就寝。

狄希陈这一夜虽比不得那当真的枷床,在这根窄凳上捆得住住的,也甚是苦楚了一夜。到第二日清早,方才放了他起来。

恰好相大舅、相于廷、相大妗子、相于廷媳妇并崔家三姨都接次来到。狄员外说不见了狄希陈,个个惊异,人人乱猜。相于廷道:"他既说送在监中,就问他监在那里,这有甚难处的事? 待我去问他。我又不是大伯,他的房里,我又是进得去的。"

相于廷凶凶的走到他房门口,连叫着:"狄大哥哩?"不见答应,

〔1〕 饭——同本作"皈"。"饭"与"皈"盖因形近而讹,据文意酌改。
〔2〕 天——同本作"人"。"天"与"人"盖因形近而讹,据文意酌改。
〔3〕 坚坚固固——同本作"坚坚问问",据文意酌改。

又进到他房中。素姐还挠着头，又着裤。相于廷问说："俺哥在那里？没见他的影儿。"素姐说："贼砍头的！你昨日后响唬我这们一跳，我还没合你算帐。你哥合你一处守灵，倒来问我要人！"相于廷道："你说是送他在监，那监在那里？外边急等他做甚么哩，监在何处？快快的放他出来。"

素姐说："他监与不监，你管他做甚？你也要陪他坐监么？你娘打了我，你又来上门寻事！我'揉不得东瓜，揉你这马勃〔1〕'罢！"看了一看，旁里绰过一根门拴，举起来就抿〔2〕。唬的相于廷连声说道："好嫂子，你怎么来，这们等的？"唬的脸焦黄的去了。对着众人学他那凶势，众人又嗔又笑。

相大妗子道："'船不漏针。'一个男子人，地神就会吞了？拼我不着，恶人做到底〔3〕罢！等我问他要去！"仍带着相于廷娘子、相旺媳妇〔4〕走进素姐房内，向他问道："你把我的外甥弄到那里去了？快叫他出来！你不奔你婆婆丧罢了，你又把他的个孝子藏了！"素姐说："你老人家可是没的家扯淡！你的外甥亲如俺两口子亲么？他肚子底下两条腿，他东跑西跑的，我知他往那里去了，你问我要！"

相大妗子说："你自己对着你公公说，已是把他送在监里了。

〔1〕 马勃——菌类植物，子实体为黄棕色球形，约核桃大小，极易开裂。
〔2〕 抿——抡打。
〔3〕 做到底——同本作"做到底"。"做"与"做"盖因形近而讹，据文意酌改。
〔4〕 媳妇——同本作"媳婶"。"妇"与"婶"盖因形近而讹，据文意酌改。

你就快说,是甚么监? 是那里的监?"素姐说:"他只来这屋里寻,我说:'我监着他哩!'这是句堵气[1]的话,没的是真么?"相大妗子道:"怎么不是真? 人都看着他进屋里来,都没见他出去,就不见了。他可往那里去? 你们别要当顽,莫不他把这孩子弄把杀[2]了,藏在那床底下、柜里也不可知的!"将那床身的三个大抽斗扯出来,抽斗里没有;床底点灯熰着,又没看见;开了他四个大柜,里边又没影响。

相于廷娘子取笑道:"只怕狄大哥在这里头坐马子哩! 我拱开帘子看看。"揭起帘来,恰好一个端端正正的狄希陈,弄得乌毛黑嘴的坐在地上。相于廷娘子劈面撞见了姑表大伯,羞的满面通红,也没做声,抽身出房去了。

相大妗子晓的狄希陈在这里面,掀帘见了,相大妗子点头不住,长叹数声,连说:"前生! 前生!"又说:"天底下怎么就生这们个恶妇! 又生这们个五浓[3]!"又熰着狄希陈脸上哕了一大口,道:"他就似阎王,你就是小鬼,你可也要弹挣[4]弹挣! 怎么就这们等的? 你如今还不出来,等甚么哩?"相大妗子见他不动,说道:"怎么? 你是等他发放呀?"扯着他手往外拉,他扳着床头往里挣。

相大妗子喝道:"你出来! 由他! 他要再处制你,我合他对了!"

〔1〕 堵气——即赌气。
〔2〕 弄把杀——弄死,凌虐致死。
〔3〕 五浓——后文也作"伍浓"。等于说软蛋、窝囊废、只会受气的东西。
〔4〕 弹挣——挣扎,不束手就范的意思。

狄希陈说:"大妗子且消停着,他没分付哩。"相大妗子没理他,拉着往外去讫。气的个素姐挣挣的,一声也没言语。这也是古今天地的奇闻,出于这般恶妇,只当寻常的小事。

以后不知还有多少希奇,再看后回演说。

第六十一回

狄希陈飞星算命　邓蒲风设计诓财

崔生抱虎却安眠[1]，人类于归反不贤。日里怒时挥玉臂[2]，夜间恼处跺金莲。　　呼父母，叫皇天，可怜鸡肋饱尊拳[3]！谁知法术全无济，受苦依然枉费钱！

　　　　　　　　　　　　——右调《鹧鸪天》

却说相大妗子把狄希陈拉着往外拖，狄希陈回头看着素姐，把身子往后褪。素姐到此也便不敢怎么，只说得几声："你去！你去！浑深你的妗子管不得你一生，你将来还落在我手里！"相大妗子必竟把狄希陈拉出来了。狄员外是不消说得，相大舅终是老成，见了狄希陈也只是把头来点了几点，叹息了几声。

惟有相于廷取笑不了，一见便说："哥好？恭喜！几时出了狱

---

[1] 崔生抱虎却安眠——《太平广记》卷四三三引唐薛用弱《集异记》：蒲州崔韬游滁州，宿仁义馆。夜间有虎入门，脱去皮化为女子，与韬欢好。韬将虎皮丢入枯井，携女子而去。后韬带女子及儿去宣城做官，途经旧地，将皮取出，女子披而化为虎，食崔韬与其子而去。

[2] 挥玉臂——同本作"柜玉臂"，据文意酌改。

[3] 鸡肋饱尊拳——《晋书·刘伶传》："尝醉，与俗人相忤，其人攘袂奋拳而往。伶徐曰：'鸡肋不足以安尊拳。'其人笑而止。"鸡肋，喻瘦弱的身体。

门？是热审〔1〕恩例还是恤刑〔2〕减等？哥，你真是个良民。如今这样年成，儿子不怕爹娘，百姓不怕官府的时候，亏你心悦诚服的坐在监里，狱也不反一反！我昨日进去寻你的时候，你在那监里分明听见，何不乘我的势力里应外合起来？我在外面救援，岂不就打出来了？为甚却多受这一夜的苦？"

狄希陈道："毕竟我还老成有主意，若换了第二个没主意的人，见你进去，仗了你的势动一动身，反又反不出狱来，这死倒是稳的！看你那嘴巴骨策应得别人，没曾等人拿起门拴，脚后跟打着屁股飞跑，口里叫不迭的'嫂子'。这样的本事，还要替别人做主哩！"二人正斗嘴顽耍，灵前因成服行礼，方才歇了口。

素姐自此也晓得这几日相大妗子日日要来，碍他帮手，也便放松了不来搜索。过了一七，又做了一个道场，落了幡，闭丧在家。

薛教授平日的遗言，叫说等他故后，不要将丧久停，也不要呼僧唤道的念经，买一块平阳高厂的地，就把材来抬出葬了。薛如卞兄弟遵了父命，托连春元合狄员外两个寻了几亩地，看了吉日出丧。狄员外与狄希陈俱一一的致敬尽礼，不必细说。

出丧第三日，狄希陈也同了〔3〕薛如卞他们早往坟上复三。烧了纸回家，从那龙王庙门口径过，那庙门口揭一张招子道：

〔1〕　热审——明清时期，每年自小满后十日起，至立秋前一日止为热审期。此间审理的案件，凡流徙笞杖，皆可依例减等处理。

〔2〕　恤刑——明代称中央派往地方审录刑囚、清理冤滞的官员为"恤刑"。

〔3〕　同了——同本作"向了"。"同"与"向"盖因形近而讹，据文意酌改。

新到江右[1]邓蒲风飞星演禽，寓本庙东廊即是。

狄希陈心里想道："人生在世，虽是父母兄弟叫是天亲，但有多少事情，对那父母兄弟说不得、见不得的事，只有那夫妇之间可以不消避讳，岂不是夫妇是最亲爱的？如何偏是我的妻房，我又不敢拗别触了他的性子，胡做犯了他的条教，懒惰误了他的使令，吝惜缺了他的衣食，贪睡误了他的欢娱？我影影绰绰的记得《论语》里有两句[2]说道：'我竭力耕田，供为子职而已矣。父母之不我爱，于我何哉？'如此看将起来，这分明是前生注定，命合使然。这既是江右[3]的高人，我烦他与我推算一推算。若是命宫注定如此，我只得顺受罢了，连背地里抱怨也是不该的了。"于是要邀了薛如卞兄弟同进庙去算命，说道："我们这里打路庄板[4]的先生真是瞎帐，这是江右来的，必定是有些意思的高人。我曾听说禽堂五星又且极准。我们大家叫他推算一推算。"

薛如卞起先已是应允了同去，转了念说道："我还早到家去打点拜帖，好早出去谢纸，你自去叫他算罢。"果然作别散了。薛如兼在路上说道："我们死了父亲，遭了这般大故，倒也该叫他算算休咎。哥哥，你又不算来了。"薛如卞道："我初念原要叫他算算。我忽然想

---

[1]　江右——指江西省。
[2]　《论语》里有两句——原文出自《孟子·万章上》，是孟子援引曾子弟子公明高所说的话。这里以狄希陈误记为《论语》示其不学。
[3]　江右——同本作"江有"，据上下文校改。
[4]　路庄板——用绳子串起的两片竹板，可相击发声。

道，那外方的术士，必定有些意思的人，算出他妻宫这些恶状，我们当面听了甚么好看？所以我就转念回来。"

狄希陈见薛如卞两个回去，只得自己进去，寻见了邓蒲风，让坐了吃茶。邓蒲风请问八字，狄希陈说："是壬申正月廿日亥时生，男命。"邓蒲风铺了纸，从申上定了库、贯、文、福、禄、紫、虚、贵、印、寿、空、红；又从子、午、卯、酉上定了杖、异、毛、刃，本生月上安了刑、姚、哭三星。壬属阳，身宫从杖上逆起，初一安在巳上；命宫从杖上起，本生时顺数至卯时安于辰宫；然后把这财帛、兄弟、田宅、男女、奴仆、妻妾、疾厄、迁移、官禄、福德、相貌，都照宫安得停当；又定了大限、小限。

邓蒲风方才逐宫讲说："你这命宫里边，禄星入了庙，只吃亏了没有三台凤阁、八座龙楼的好星扶佐，有官不大，不过是佐二首领而已。财帛宫库星入垣，又别无凶星打搅。书上说道：'库曜单行命定丰。'兄弟宫天虚不得地，兄弟寡招。田宅宫贵星入垣，田宅即是父母，主父母成家，立守祖业。男女宫印星不入垣，天异作祟，子孙庶出。奴仆宫寿星得旺地，大得婢仆之力。夫妻宫天空失陷，天毛、天姚会合，主妻妾当权，夫纲失坠。书上说道：'夫妻宫里落天空，静户清门起女戎；再合天姚并毛宿，打夫搅舍骂公公。'据这书内的言语，这尊夫人倒是着实难讲。疾厄宫红鸾失陷，一生常有泡肿溃烂之灾。迁移宫内紫微旺相，八座龙楼[1]辅佐，宜于出外。这也是书上有

---

〔1〕 八座龙楼——同本作"八座龙池"，据上文校改。

的：'行走宫中遇紫微，喜事相逢恶事稀；祸患灾星皆退舍，暂时亮翅贴天飞。'

"这十二宫里边，第一是这迁移宫好。你这一身的枷锁，着骨的疔疮，'吊在灰窝里的豆腐'，缠缚的你动也动不得；你只一出了外，你那枷锁就似遇着那救人难[1]的观音，立时叫你枷开锁解；那着骨的疔疮就似遇着那华陀神医，手到病除，刮骨去毒；那豆腐上的灰土就似遇着仙风佛气，吹洗的洁白如故。这一宫妙得紧！官禄宫贯星失陷，幸得有三台星在旁，官虽不显，不愁不是朝廷的命官。福德宫文星得乐地，一生安足，只吃了天哭作祟。书上也有四句：'天哭遇文昌，强徒入绣房。福禄难消受，平空有祸殃。'外人只见你穿的是鲜衣，吃的是美食，住的是华屋，乘的是骏马，倒像你似神仙一般。谁知你这衣食房屋都被那天哭星浓浓的煎了几十瓮的黄柏水泡过，叫你自苦自知的，可惜了这文昌得地！相貌宫福星居旺地，这眉清目秀[2]是不必说的。从这小限起月令，今年止有此月晦气，尊制一定是新丧了，丁的是内艰[3]么？"

狄希陈不晓得甚么叫是内艰，睁了眼答应不来。邓蒲风问道："这持的服是令堂的么？"狄希陈方才省的，答应说："是。"邓蒲风又算道："古怪！怎么当了这样大故，又有牢狱之灾？亏不尽有解神在

---

[1]　救人难——同本作"救八难"。"人"与"八"盖因形近而讹，据文意酌改。

[2]　眉清目秀——同本作"眉清日秀"。"目"与"日"盖因形近而讹，据文意酌改。

[3]　丁的是内艰——为父母服丧，称为"丁忧"，又称"丁艰"。母亲去世，称为"内艰"；为母亲服丧，叫做"丁内艰"。

宫,对宫又有龙德相临,遇过了,如今难星出度。"说得狄希陈毛骨悚然,一声也不敢强辨,只说道:"还有个女命,并烦与他算算。"邓蒲风道:"一定是令夫人的了。说来,待我仔细与你合一合。"

狄希陈说道:"也是壬申,二月十六日丑时。"邓蒲风也照常安了宫分,从头解说:"命宫天贵星入垣,这是不消说有娘家的造化。财帛宫印星居旺,千斛金珠。兄弟宫寿星得旺,随肩兄弟多招。田宅宫天空失陷,父母不得欢心。男女宫红鸾失陷,子女艰难。奴仆宫天刃失垣,主仆离心。夫主宫贯星失地,杖星天毛、天姚俱聚在一处,原来天生地设的降老公的尊造。据在下看,这个星宫,贯星是天上的贯索,就是人间的牢狱,算相公的尊造有几日的牢狱之灾。我心里也不信,这等一位青年富贵的人,怎会到得牢狱里边? 一定是被令夫人监禁了几日,这是有的么?"

狄希陈红了脸,不肯招认。邓蒲风说道:"相公不要瞒我,杖星儿又不曾入庙,只怕这打两下儿,这是常常有的,脱他不过。毛、姚两个孽星合了一处,平地风波,你就'闭口深藏舌',叫你'祸从天上来',好不利害哩! 疾厄宫文昌居旺,一生无病,健饭有力,好一段降汉子的精神! 迁移宫天异失陷,不利出行,路逢贼盗,或遇恶人。官禄、福德两宫都也平稳。相貌宫天虚入庙,主先美后陋,还有残疾。"

狄希陈道:"据老丈这等说起来,在下的妻妾宫合该惧内,荆人的夫主宫应合欺夫,难道是天意凑合的? 也偕得老么?"邓蒲风道:"如胶似漆,拆也是拆不开的。祸害一千年,正好厮守哩。"狄希陈道:"我可以逃得去么?"邓蒲风道:"天生天合的一对,五百年撞着的冤家。饶你走到焰摩天〔1〕,他也脚下腾云须赶上。"

狄希陈道:"这飞星如此,不知俺两个八字合与不合?"邓蒲风掐算了一会,说道:"你二人俱是金命。这五行里面,只喜相生,不喜相克。这虽然都是金命,二命相同,必然相妒。即如一个槽上拴两个叫驴〔2〕,都是一般的驴子,便该和好才是,他却要相踢相咬。他那两雄就便较个强弱,或是平和了便罢。你是一雄一雌的相斗,天下自人及物,那有个雌败雄胜的理? 所以自然是你吃亏。相公,你听我劝你,你的五星已注定是该惧内的。今看两个的八字,又是个元帅的职分。你安分守命,别要再生妄想了。"

狄希陈道:"老丈原说是禽堂五星〔3〕,烦你再与我两人看看禽是甚么,只怕禽还合的上来也不可知。"邓蒲风又掐指寻文了一会,说道:"了不得,了不得! 这你二人的禽星更自利害! 你这男命,倒是个'井木犴'。这井木犴是个野狗,那性儿狠的异常,入山擒虎豹,下海吃蛟龙,所以如今这监牢都叫是'犴狴'。你是个恶毒的主禽,凭你是甚么别的龙虎狼虫,尽都是怕你的。谁想你这个令正,不当不正,偏生是一个'心月狐'。这井木犴正在那里咆哮〔4〕作威,只消心月狐放一个屁,那井木犴俯伏在地,骨软肉酥,夹着尾巴淋醋的一般

---

〔1〕 "饶你走到焰摩天"二句——语出《水浒传》第八十九回:"饶君走上焰摩天,脚下腾云须赶上。"焰摩天,佛教指欲界六天之三,后因以喻指极远之地。

〔2〕 叫驴——公驴。

〔3〕 禽堂五星——同本作"舍堂五星",据文意酌改。下文"禽"字同此,不再出校记。

〔4〕 咆哮(xiāo)——吼闹,叫嚣。

溺尿。唬这们一遭,淹头搭脑,没魂少识的,待四五日还过不来。请问是这等不是? 若是这等的,这八字时辰便不差了;若不如此,便是时辰不正,待我另算。”

狄希陈也不答应[1],只是点头自叹而已。邓蒲风道:“何必嗟叹? 这是前生造就,腾那不得的。除非只是休了,打了光棍,这便爽利。”狄希陈道:“我几番受不过,也要如此。只是他又甚是标致,他与我好的时候也甚是有情,只是好过便改换了。所以又舍不得休他。”邓蒲风道:“你又舍不得休他,又不能受这苦恼,只有‘回背’[2]的一法,便好夫妻和睦,再没有变脸的事了。”

狄希陈道:“怎么叫是‘回背’? 既有这法,何不做他一做? 但不知那里有会这法术的?”邓蒲风道:“在下就会。只是烦难费事,要用许多银钱,住许多日子,方才做得这个法灵,在下所以不敢轻许。”狄希陈道:“这约得多少日子,若干银两,便可做得?”邓蒲风道:“这事烦难多着哩,做不来的。”狄希陈道:“老丈,你试说一说我听,万一我的力量做得来也不可知。”邓蒲风道:“这第一件最要避人,防人漏泄。相公自己忖度得能与不能? 第二要一个洁静严密的处所。你有么? 第三得六七十金之费还不止。你有么? 第四,得令正我见一见,好寻替身演法。你能令我见么? 第五要你两人的头发,体里大小衣裳。你能弄得出么? 第六,我见过了令正,要寻这样一个仿佛的女

----

[1] 答应——同本作“合应”。“答”与“合”盖因形近而讹,据文意酌改。

[2] 回背——回避,躲避。同本作“四背”,据下文校改。

人来做替身。你那里去寻?"

　　狄希陈想了一歇,说道:"别的我倒也都不为难,只是这个人[1]的替身,这却那里去寻? 谁家的女人肯往这里来依你行法?"邓蒲风道:"这几件事,惟独这女替身的事容易,只消包一个妓者就是了。只是适间说令正生得标致,这便得一个标致替身,务必要聘那名妓了,这包钱便用多了。若是那丑货的人,便能用得多少? 倒只有一件至难的事,是得六十日工夫,这却万万不能的。"狄希陈道:"这六十日不过两个月期程,怎么倒不容易?"邓蒲风道:"我一个单身人,又不曾跟得小价,同一个女人静坐了行法,却是谁与我饭吃? 拼着饿了六日罢了,六十日怎么饿得过?"狄希陈道:"这饭食不难,要肯做时,在下自然供备了。"

　　邓蒲风道:"我一个行术的人,逐日要寻银钱养家,一日或撰一两二两,五钱七钱,阴雨风晴、截长补短的算来,每日一两是稳稳有的。若静坐这六十日,我倒有饭吃了,家中妻妾子女、父母兄弟吸这六十日风,不饿杀了?"狄希陈说:"这个我只欲按了日子包你的罢了。"邓蒲风道:"若果能如此,这法便好做了。只是这包我的银子,却要预先三日一送,不可爽约。那妓者的包钱,你自己支与他,这我却不管。"

　　狄希陈俱一一应允。商议道:"就是你住的这个去处,又是个独院,住持的刘道士我又与他相知。就借他的这房,不知可住得么?"

------

〔1〕　只是这个人——同本作"只女这个人",据文意酌改。

邓蒲风道："只要把门关闭的严密,也便罢了。"狄希陈道："既是有了所在,别的挨次了做去便是。妓者这本镇上也有好的,寻也容易。要看荆人的时节,我等他回娘家去,约你去乘便一看。别的合用之物,你细细的开出单来,我好预备。"

狄希陈就邀了邓蒲风回家待饭。吃完了仍回下处,开出要用的物件,写道:

计开新巾一顶,新网巾一顶并金圈,小白布衫一件,大白布衫一件,紫花布道袍一件,绰蓝布单裤一腰,白布裙一腰,夹布袜一双,厢履一双,线带一副,红布棉被一床,青布绵褥、红毡各一床,新枕一个,新铜面盆一个,新手巾一条,新梳栊一副,抿刷全,贝母、人参、黄连各四两,明净朱砂八两。每日三餐酒肉足用。其馀易得之物,随取随应,不可有误。

狄希陈俱一一应承。次日恰好素姐要回家去,狄希陈预先来与邓蒲风说了,约邓蒲风先在总截路口等候。邓蒲风果然从头至尾看了个透彻。邓蒲风肚中喝采,暗说:"怎么如此一个美人,藏蓄恁般的狠恶?"看过回了下处,适值狄希陈也来问信。邓蒲风道:"令正我倒看过了。只是这般一个美女,务必也要寻个像些模样的替身才好。这明水镇上,那有这样人?"狄希陈说:"这邪街上有一个魁姐,生的人才有八九分姿色,我去合他讲一讲,包他两个月,只不可说是用他演法,只合他讲包宿钱罢了。"大家都商议停当,狄希陈照单备完了衣巾等物,用十八两银、两套衣服,包了魁姐两个月。

邓蒲风择看了"天德合"的吉日,结坛行法,七七四十九日圆满法成。豫先送魁姐到坛，与邓蒲风扮演夫妇替身。邓蒲风的包钱，狄希陈十日一送。教狄希陈托了事故不回家中，每七日一到房内，晚入早出，入则就寝，起即外出。若素姐有时性起，只是忍受，切不可硬嘴触犯，便一七和如一七，七七则和睦美好。狄希陈一一听信。

恰好庄间狄员外大兴土木，创起两座三起[1]高楼，狄希陈托了管理为名，陪伴父亲在庄居住，依了邓蒲风的指教，七日一回看望。庄上离家十五里路，每次等至日色将落的时候方才起身，到家之时已是一更天气。素姐虽然凶暴，毕竟是个少妇，到了七日不见男子，也未免就有人欲之思。况且素姐每与狄希陈行事之时，也照依似常人一般好的，只是有那"用人靠前，不用人靠后"的僻性，这是与人相殊的去处。又且庄上有的是那鸡蛋，多的是那烧酒，每次回家，狄希陈必定白煮十数个鸡蛋，携带一大瓶浓酽的烧酒。进到房中，看见素姐，一个丘头[2]大惹，两只眼睛涎瞪将起来，乜乜屑屑的在跟前献那段殷勤，把那鸡子一个个自己亲手剥去了外边的硬皮，就如那粉团玉块一般，盛在那碗碟之内，豫先叫小玉兰筛热了烧酒，拿到跟前。素姐被那酒香触鼻，欲火攻心，明知与狄希陈是前世冤仇，到此田地，不得不用他一用。既要用他，便也只得假他个颜色。吃完了酒，解衣宽带，素姐露出七日久渴的情怀，狄希陈使尽七日养蓄的本事，一夜之间，大约三次。这夜间快活也还没有工夫，那有闲空且与狄希陈寻

---

〔1〕起——层。

〔2〕丘头——男性的阴茎。丘，同"尿"。

闹？黎明起来，素姐方待放下脸来，狄希陈已是抽头出去。狄希陈不知内中诀窍，只道当真法术灵奇，敬得那邓蒲风即如重生父母，再长爷娘。

再说这个邓蒲风生得人物颇颇清秀，白脸黄须，一双好手，又穿着了狄家的一弄新制的衣巾，打扮的更加清楚。那个魁姐在风尘之中，怎得这样标致帮衬的孤老？每日三钱宿钱，衣服在外，饮食丰腴，有甚不足？又兼邓蒲风走方上的人，有两个上好奇妙的春方[1]。一个膏药方，用：

> 蛇床子、草麻仁、谷精草、肉苁蓉、菟丝子、川山甲、大附子、紫稍花、麦门冬、肉桂、厚朴、木鳖、白芍药、白芷、杜仲、当归、玄参、生地、续断、黄芪、杏仁、防风、远志、虎骨、熟地、天门冬、地龙、鹿茸、马兰花，以上二十九味，各五钱；甘草一两；真香油二斤；黄蜡六钱；赤石脂，醋淬，龙骨，煅，倭硫，煅，阳起石，煅，各三钱；明雄黄四钱，水飞，共一处为细末；沉香、木香、母丁香各五钱，共为末；乳香，去油，没药，去油，血竭，各五钱，共为末；蟾酥，乳浸，鸦片，乳浸，各三钱；射香三钱，共为末；飞净黄丹一斤。用惯手老医熬炼得法，地埋[2]七日。每用七钱，摊于大红段上，命门、肾俞各一贴。如觉痒，用花椒煎汤洗之，不可强忍。每两

---

〔1〕 春方——配制春药的药方。
〔2〕 地埋——同本作"地理"。"埋"与"理"盖因形近而讹，此依连图本，据李本校改。

个月一换。此药增精和血,固肾壮阳,助神力,强筋骨[1],暖腰膝,润肌肤,华颜色,乌须发,扶衰老,治梦遗、滑精、白浊、白淋、手足痿痹、气结不开、嗝食[2]吞酸、风湿麻木、腰膝疼痛,妇人赤白带下、经脉不调,无不奇效。

还有一个龟头搽的秘宝奇方[3]:

急性子一钱二分、红仁栀子六分、蟾酥一钱,用人乳浸三日,以上陈老葱白劈破包固,漫灰火煨七次;真正鸦片一钱,制法与蟾酥同;当门射五分。先将前药四味研极细如尘,用醇黄酒半茶盅调匀,以重汤煮成为膏,方加射香于内,丸如黍米大,金箔为衣。先半日,将龟头洗净,用唾津研涂。龟热,以温水洗去入炉。少停,俟药力通彻,然后行事,行止任意,不必用解。一药可耐三日。

魁姐模样算得标致,却是个十分的淫货,明水镇上若大若少的人物,没有管起他一遭快活的。邓蒲风恃了这两件兵器,又兼没一些正经事干,在这空庙里与魁姐日夜干弄,把个魁姐制伏得即如孟获被孔明七擒七纵,倒心贴服。邓蒲风想得七七四十九日渐次将满,又恐狄希陈的父亲知觉,与魁姐商议停妥,顾了两个驴儿,即如李靖携了红拂,一溜烟走了。

---

〔1〕　筋骨——同本作"斤骨",据文意酌改。
〔2〕　嗝食——同本作"隔食",据文意酌改。
〔3〕　秘宝奇方——同本作"秘实奇方"。"寶"与"實"盖因形近而讹,此依连图本,据李本校改。

走到王家营黄河崖上，恰好遇着他的江西乡里邹太常的三只大座船，搭在船里。忘八同了狄周空赶了一路，明知邓蒲风在那船上，问也不敢问一声，干看了一歇回来了。忘八要兴词告状，只问狄希陈要人。张扬开去，传到狄员外耳中。一镇上的人只有向狄员外的，那有向忘八的？讲说着，狄员外赔了他一百二十两银子，打发忘八去了。幸得还瞒过了素姐，不使他知。

狄希陈也还妄想素姐还要似那几日绸缪，也不枉丢了许多银子。谁知素姐淫兴已阑，欲火已灭，仍旧拿出那平日的威风，使出那习成的手段，竖了两道双舞剑的蛾眉，突了两只张翼德的暴眼，伸出那巨五霸[1]的拳头，变成那卢丞相[2]的面色，依然打骂得狄希陈仍旧受罪。狄希陈又恼又悔。

后来邓蒲风浪游到四川省城，却好狄希陈正署县印，街上适然撞见，差人捉拿。邓蒲风脱命逃走，遗下了些行李。差人交到，当官打开验看，不想这两个秘方用一锦囊包裹。狄希陈起先再三求他不与，一旦得入手中[3]，甚是庆幸。方内药料俱是川中所有，依方修制，大有奇效。

再说狄婆子临死头一年，分给了狄希陈十封银子，共五百两。狄希陈央邓蒲风行"回背法"，不算打发忘八的一百二十两，自己偷用

---

〔1〕 巨五霸——传说为王莽时的巨人，"长丈，大十围"，见《汉书·王莽传》。

〔2〕 卢丞相——即唐代奸臣卢杞。《新唐书·奸臣传》称其"体陋甚，鬼貌蓝色"。

〔3〕 得入手中——同本作"得人手巾"。"人"、"中"与"入"、"巾"盖因形近而讹，据文意酌改。

过了一百五十两之数。狄希陈虽是个富家子弟,但不曾掌管银钱,那有这许多银子使用? 却是倾了锡锭,将他母亲所分的银子每封拆开,抵换了出来,封得如旧,素姐也不曾看出。

　　但事终无不败之理,再听后回衍说。

第六十二回

张茂实信嘲殴妇　狄希陈诳语辱身[1]

群居戏谑总非宜，弄假成真动杀机。捏造诳言图得胜，几教
夫妻[2]蛇影殒娇姿！　　话入耳中应细想，再三沉潜据理好
寻思。多少仓皇为孟浪，酿成一天奇祸悔难追！

　　　　　　　　　　　　——右调《定风波》

天地间的恶物，若没有制伏他的东西，这恶兽逼人，岂还成个世
界？猛恶莫如虎豹，谁知天生一种六驳[3]出来。那六驳生的不大，
相亦不凶，偏是那虎豹正在那里剪尾作威，一听见了他的声音，唬得
俯伏在地，垂头闭眼，抿耳攒蹄，直待那六驳劈开胸脯，取出心肝嚼
吃。那龙蛇蛟蜃，只略略番一番身，那几千百顷的高岸登时成了江
湖，几千百万人家葬于鱼鳖。他只见了寸把长的蜈蚣，就如那蛐
蟮[4]见了鸡群的一样。那赖象就如山大的一般凶物，撞着不可意

---

[1] 回目——同本作"狄希陈诳语辱身　张茂实信嘲殴妇"，与目录次序不同。据
目录校改。
[2] 夫妻——同本作"失妻"。"夫"与"失"盖因形近而讹，据文意酌改。
[3] 六驳——猛兽名。亦称"驳"。《尔雅·释畜》："驳，如马，倨牙，食虎豹。"驳，
同本作"驳"、"驳"。"驳"与"驳"、"驳"盖因形近而讹，据文意酌改。
[4] 蛐蟮——山东方言，蚯蚓。

的人，把鼻子伸将开来一卷，往上一丢，跌成肉酱。偏是那小小的老鼠惯会制他，从他那鼻孔中走到他脑袋里面叼吃他的脑髓，于是凡见了地上有个小小窟窿，把那蹄来踏住了窟窿，动也不敢一动。蝎子是至毒的东西，那蝎虎在他身边周围走过一圈，那蝎子走到圈边，即忙退缩回去，登时就枯干得成了空壳。坚硬如铁的磁石，被那米星大的金刚钻钻得飕飕的风响。天下那不怕天不怕地的汉子，朝廷的法度丢在脑门后边，父母的深恩撒在九霄云外，那公论清议只当耳边之风，雷电鬼神等于弁髦〔1〕之弃；惟独一个二不棱登〔2〕的妇人制伏得你狗鬼听提〔3〕，先意承志，百顺百从。待要指出几个证来，挂一漏万，说不尽这许多，且只说一两个大来历的。

汉高祖是个皇帝老官，那样的英雄豪杰，在芒砀山中连一个白帝子〔4〕都拦腰斩断，那个老婆吕雉，便有多大的神通？在他手内就如齐天大圣在如来手掌之中，千百个跟斗只是打不出去。像这样的皇帝，车载斗量，也不止汉高祖一个。

我朝戚太师〔5〕降得那南倭北虏〔6〕望影惊魂，任凭他几千万鞑

〔1〕　弁髦——古代男子行冠礼，依次加缁布冠、皮弁、爵弁。三加之后弃缁布冠而不用，并剃去垂髦。后因以"弁髦"喻弃置不用之物。弁，缁布冠。髦，童子下垂至眉际的头发。
〔2〕　二不棱登——山东方言，不精明、傻乎乎的意思。
〔3〕　听提——服帖，听话。
〔4〕　白帝子——白蛇。
〔5〕　戚太师——即明代著名将领戚继光。戚以战功累官至左都督，加太子太保衔，"太师"是民间对他的称呼。
〔6〕　南倭北虏——同本作"南倭北敌"。此依连图本，据李本校改。

子犯边[1]，只远远听见他的炮声，遥望见他的传风号带便即抱头鼠窜，远走高飞，真是个杀人不迷眼的魔王！怎样只见了一个言不出众貌不惊人的令正就魂也不附体了？像这样的大将军，也不止戚太师一个。

有一个高谷相公，往省城去科举，从一个村中经过。天色已晚，要寻一个下处，再四没处可寻。只见那合村男女忙劫的不了，问其所以，都说："这村中有一个乌大王的庙。这乌大王极有灵圣，每年今月今日，要合村的人选一个美貌女子，穿着的甚是齐整，用笙箫细乐、彩轿花红，送到庙里与那乌大王为妻。"那时正是乌大王成亲的吉日，所以合村之人，是男是女俱要到庙中供应，所以没有工夫下客。这相公闻知此事，说道："待我也到庙中观看。"背了行李走进庙中，只见庙中灯烛辉煌，酒筵齐备，一个十六七岁的美貌佳人先在那庙中伺候。

大约有一更时候，乌大王将到的时节，众人俱渐渐的回避尽了。高相公自己一个走进廊下睡卧，且看果然有甚么乌大王走来。须臾，鼓打三更，只听得飒飒风响，自远至近，渐到庙来。只见前边摆列着许多头踏[2]，又有许多火把纱灯，临后方是那乌大王坐着八轿，穿着红袍玉带，戴着金幞头，由中门而入，大声喝道[3]："怎得庙中有

---

[1] 几千万鞑子犯边——同本作"几千几万来犯边"。此依连图本，据李本校改。

[2] 头踏——仪仗。

[3] 喝道——同本作"说道"。此依连图本，据李本校改。

生人气？必有奸细潜藏,与我细加搜简!"只见一个鬼怪一脚跨进廊内,旋即缩退出来,禀道:"有相公在内。"乌大王佯然不睬,竟到殿上。

高相公也随即走到堂中,说:"高某一介贫儒,赴省科举,路由于此。知大王今夕成亲,愿效宾相之力,以成佳礼。"那乌大王喜道:"既是文人,愿藉为礼。"高相公将〔1〕那赞拜、合卺、牵红、撒帐之仪,甚是闲雅。礼成之后,乌大王与新夫人次序坐定,便让高相公隅坐俯觞。酒至半酣,高相公道:"小生携有鹿脯,可以下酒,愿献之大王。"乌大王喜允。高相公从廊下取出鹿脯,携了匕首,席上大刀阔斧,将鹿脯披切开来,与乌大王随切随吃。高相公用心得久,眼看得专,趁乌大王取脯之时,将那匕首熠着乌大王的手尽力使那匕首一刺〔2〕,正中右手。乌大王"嗡"得一声,一阵狂风,不知所往。

高相公见乌大王与那班群妖诸怪绝无踪影,挑明〔3〕了灯烛,将那馀剩的杯盘从新的大爵〔4〕,一面问那女子的来历。他说是邻村庄户之家,一来也是轮该到他身上,合做乌大王的夫人,二则也因是继母贪图众家的六十两财礼,情愿卖到死地:"今得相公救了性命,真是重生再长,感激不尽!"

〔1〕将——行。这里是主持的意思。
〔2〕一刺——同本作"一刾"。"刾"与"刺"盖因形近而讹,据文意酌改。同本"刺"字多讹作"刾",此后径改,不再出校记。
〔3〕挑明——同本作"桃明"。"挑"与"桃"盖因形近而讹,据文意酌改。
〔4〕爵——"嚼"的借字。

　　高相公吃到五更将荩〔1〕，只见合庄〔2〕的男子妇人〔3〕，都顶了香烛纸马，来与乌大王庆贺新婚。进得殿上，那还有甚么乌大王？单只有一个乌大王的夫人坐在上面，高相公坐在旁边。那新夫人的父母亲戚也都在内，问那乌大王的去向，那新夫人备细将那夜来之事告诉了众人。众人都一齐抱怨起来，说道："这乌大王是我这几庄的福德正神，保护我们庄上风调雨顺，国泰民安。你怎将我们的尊神杀害？"且是那新夫人的父母埋怨道："我的女儿已是嫁了乌大王，这乌大王即是我的女婿。你如何将我女婿杀了？况且这六十两聘礼我已使去许多，那里得来赔补？"众人都要打。

　　那高相公道："你这些愚人，我且不与你讲理。你们汹汹的要来打我，你们试想一想，那个乌大王，你们怕他如虎，情愿一年一个把自己的女儿都送了与他。我连一个乌大王都把他拿来杀了，叫他把这个女子都不敢领去，我岂是怕你们这些人的？你们快快的收了兵，不要惹我性起！我们大家跟了这条血迹去寻那乌大王，看他死与不曾。死了便罢，不曾死，爽利结果了他！"

　　内中有几个省事的老人家说道："这乌大王在我们这几个村中，轮流了〔4〕每年要一个夫人，也有了十多年了。看来也不是个正神，必定是个妖怪。只是我们奈何不得他，只得受他的罢了。今得这位

---

〔1〕　荩——同"尽"。
〔2〕　合庄——同本作"合中"，据文意酌改。
〔3〕　男子妇人——同本作"男子如人"。"妇"与"如"盖因形近而讹，据文意酌改。
〔4〕　轮流了——同本作"轮流不"，据文意酌改。

相公替地方除了这害，你们倒不知感，还要无礼起来，却是何道理？况且看这血迹，想是也伤得重了，我们作急的〔1〕各人持了兵器，跟了这位相公，顺了血迹，自然寻着他的所在。"

那新夫人的爹叫是郎德新，母亲暴氏，一齐说道："你们要寻乌大王，与我女儿同去。如乌大王尚在，还把女儿送了与他，这六十两财礼是不必提了。如没有了乌大王，等我另自嫁了女儿，接了财礼，尽多尽少，任凭你们拿去。千万不可逼我赔你们的银子。"又是那几个老人家，一个叫是任通，一个叫是曾学礼，一个叫是倪于仕，三个都说那新夫人父母的不是，说道："你收了六十两银子，卖那女儿，你原也不是人了。幸得你女儿不曾被乌大王拿得去，你该千欢万喜才是，你倒恨命的还要把女儿送到妖精手里！你也不叫是郎德新，你真是'狼的心'了！但这个婆子古怪得紧！人间做母亲，再没有不疼女儿的，怎么这个狠婆娘只是挑唆汉子卖弃了儿女，是何主意？"

那新夫人郎氏一边啼哭〔2〕，一边对众人哭道："他若是我的亲娘，你们便与他六百两、六千两，他也舍不得卖我到妖精手里！他是我的个后娘，恨不得叫我死了，省了他的陪送，他如何肯不揎掇？"众人道："原来如此！真真是有了后母就有了后父！"任通等道："你女儿不消同去。你只管使那六十两银子，这女儿我们另自有处，叫他得所，但与你恩断义绝，你两口子不要再来闲管！如今且不可误了正

---

〔1〕　作急的——赶紧的。同本作"作急极的"。原文当为"作极的"，后人改"极"作"急"并误刻上板，"极"字为衍文，今酌删。

〔2〕　啼哭——同本作"蹄哭"。"啼"与"蹄"盖因形近而讹，据文意酌改。

事,我们都去寻那乌大王,再作计较。"

众人也不下千数多人,都拿了长枪朴刀、朽弓败箭、短棍长镰、双叉扁斧。高相公寄放了行李,手执了匕刀。行了二十多里,寻到一座山上,深洞之中,里边睡着一个极大的雄猪,正在那里鼾鼾的掇气,见了一群人赶到,并了力,猛然朴将出来〔1〕。终是受伤太重,力量不加,被人一顿刺斫,登时死在地上。

众人进他洞内搜寻,只是人骨如山,髑髅堆积。那连年取去的夫人,并无影响。那红袍是一领红草蓑衣,金蟆头是一顶黄叶箬帽,白玉带是一条白草粗绳。众人放了一把火,烧了他的妖洞。把那口死乌大王八个人抬回庄上,用扛秤足足秤〔2〕了三佰六十斤,剥了皮,把肉来煮得稀烂,攒出钱来沽了许多酒,做的馍馍,请高相公坐了首位。倪于仕先开口说道:"郎德新受了银子,这女子已不姓郎,是姓'猪'了。高相公从猪手里夺了回来,这女子也不姓'猪',却姓高了。我们主张众人做媒,就与高相公作妾何如?"众人都说:"极是!"那郎氏随即倒身下拜,称说:"若得相公收留〔3〕,感恩不尽!"高相公说道:"我一贫如洗,尚无妻室,且说那纳妾的话?这不过是我无意中救人,何足挂意!"众人又再三撺掇,女子又再三不肯回他家去,高相公又不便带他同行。倪于仕家有寡母,将郎氏寄养倪于仕家。高相公中举回来,带了郎氏回去,成了夫妻。

----

〔1〕朴——同"扑"。

〔2〕秤——同本作"平",据文意酌改。

〔3〕收留——同本作"枚留"。"收"与"枚"盖因形近而讹,据文意酌改。

谁知这郎氏见了乌大王,唬得魂不附体;见了高相公,就如阎王[1]降小鬼一样。高相公当了乌大王,偏会一刀刺死;当了那乌大王降伏的夫人,抖搜[2]成一块,唬得只溺醋不溺尿。若不是后来撞见了一个吃生铁的陈循阁老,替高相公把那夫人教诲了一顿,高相公几乎绝了血祀。

但这样惧内的相公也比比皆是,不止高相公一人。从贵至贱,从上至下,可见天下那些红头野人,别再无人可伏,只有个老婆可以相制。

却说那狄希陈的为人也刁钻古怪的异样,顽皮挑佻[3]的倍尝[4],若不是这个老婆的金箍儿拘系,只怕比孙行者还要成精。饶你这般管教,他真是没有一刻的闲空工夫,没有一些快乐的肠肚,他还要忙里偷闲,苦中作乐[5],使促掐,弄低心,无所不至。观他做小学生时节,连先生还要捉弄他跌在茅坑,这旧性怎生改得?年纪渐渐大了,越发机械变诈,无所不为。

做秀才的时候,同了学官出到五里铺上迎接宗师,都在一个大寺等候。他悄地的把教官的马一蹭一蹭的牵到那极高的一座钟楼上面。宗师将近,教官正待乘马前迎,再四找寻,不见了那马。门斗寻

---

〔1〕 阎王——同本作"閆王"。"閆"与"閻"盖因形近而讹,据文意酌改。
〔2〕 抖搜——哆嗦,颤抖。
〔3〕 挑佻——轻薄。挑,同"佻"。
〔4〕 倍尝——即"背常",不同于常人。
〔5〕 苦中作乐——同本作"若中作乐"。"苦"与"若"盖因形近而讹,据文意酌改。

到钟楼之上，那马正好跕〔1〕在那里。谁知那马上楼还见易，下楼却难，只得费了许多的事，雇了许多的人，方才把那匹马捆缚了四脚扛抬得下来。那马又捆得麻木了四足，不能即时行动，宗师又来得至近，教官只得步行了数里。遍查不着这个牵马的人，谁知是这狄希陈的作用。

一日往学里去，撞见一个人拿了一篮鸡蛋卖。他叫住商定了价钱，要把那鸡蛋见一个清数。没处可放，他叫那卖蛋的人把两只手臂抄了一个圈，安在马台石顶上，他自己把那鸡蛋从篮中一五一十的数出，[放]在那人手抄的圈内。他却说道："你在此略等一等，我进去取一个篮来盛在里面，就取钱出来还你。"他却从东边学门进去，由西边棂星门出来，一直回到家中。哄得那卖鸡蛋的人蹲在那里，坐又坐不下，起又起不得，手又不敢开，叫那些孩子们你拿一个飞跑，我拿一个飞跑，渐渐的引得那教花子都来抢夺。只待得有一个好人走来，方替他拾到篮内。

城里边有一座极大的高桥，一个半老的人，挑了一担黄呼呼稀流薄荡的一担大粪要过桥来。他走到跟前，一把手将那挑粪的人扯住，再三叫他放了粪担，说道："我见你也有年纪了，怎挑得这重担过得这等的陡桥〔2〕？你扯出担子来，我与你逐头抬了过去。"那人道："相公真是个好心的人，甚是难为。但我这桥上是寻常行走的，不劳

---

〔1〕 跕——同"站"。
〔2〕 陡桥——高桥。

相公垂念。"狄希陈说："我不遇见就罢了,我既是遇见了,我这不忍之心,怎生过得去? 若不遂了我这个心,我觉也是睡不着的。'老者安之',我与你抬一抬有何妨碍?"不由那人不肯,替他扯出扁担,安在筐上。那人只得合他抬了一筐过那桥去。他却说道:"你在此略等一时,我做一点小事便来。"抽身而去。哄得那人久候不至,弄得两筐大粪,一在桥南,一在桥北。这样臭货,别又没人肯抬,只得来回七八里路,叫了他的婆子来抬过那一筐去,方才挑了回家。

夏月间,一个走路乏了的人睡在他门口的树下。他见那人睡得浓酣,轻轻的使那小棒抹了稠稠的人屎,塞在〔1〕那人的鼻内。那人从梦中被那大粪熏醒转来,东看西看,南嗅北嗅,愈抽愈臭,那晓得人屎却在他鼻孔之中!

学里先生鼻尖上生了个石疖〔2〕,肿痛难忍。他看见说道:"这鼻上的疖子,有一样草药,捣烂了敷在上面,立刻取效的,如何不治他一治?"学师道:"草药是甚名字? 好叫人寻来。"他说:"门生家极多,门生就合了送来。"走回家去,把那凤仙花,恐怕那红的令他致疑,故意寻那白的,加了些白矾在内,捣烂了叫他敷在上头。就如那做弄程乐宇故智,染得个学师的鼻子紫胀得那像个准头〔3〕? 通似人腰间

〔1〕塞在——同本作"寒在"。"塞"与"寒"盖因形近而讹,据文意酌改。
〔2〕石疖——《外科证治全生集·阳证门·石疖》:"石疖,夏秋头面生红疖。"同本作"石癤"。"疖"与"癤"盖因形近而讹,据文意酌改。下文"疖子"亦讹作"癤",径改。
〔3〕准头——鼻子头儿。

的卵头一样。晓得是被他将凤仙花来哄了,学师差了门斗与他说道:"狄相公送的敷药,敷上甚是清凉得紧,肿也消了十分之七,疼也止了。还求些须,爽利除了根,设酒总谢相公哩。"狄希陈口里答应,手里捣那凤仙花,心里想道:"人说凤仙花不论红白,俱能染上红色,原来却是瞎话。"捣完,交付门斗去了。

次日,学师又差了门斗说道:"第二剂药贴上,即时全愈。师爷甚是知感,特备了一个小酌,请相公过去一坐。"狄希陈心中暗道:"虽然不曾捉弄得他,吃他一席酒,又得了这个单方,也不枉费心一场。"那门斗〔1〕的"请"字儿刚才出声,狄希陈的"去"字儿连忙答应。换了一件新衣,即随了门斗前去。

到了明伦堂上,门子说道:"相公在此略候一候,待我传请师爷出来。"须臾,门子从里出去,又叫两三个门子进来,把仪门、两角门都紧紧的关了。狄希陈也便有些疑心,问道:"如何大白日里关了门则甚?"门子道:"师爷的席面是看得见的东西,再要来一个撞席的,便就'僧多粥薄',相公就吃不够了。"说话中间,学师从里面走将出来。狄希陈看见那学师的脸上血红的一个鼻子,情知这番捉弄不着,惹出事来了。学师道:"你这禽兽畜生!一个师长是你戏弄的?你却拿凤仙花染红了我的鼻子,我却如何出去见人!你生生的断送了我的官,我务要与你对命!"叫门子抬过凳来,按番凳上。时在初秋天气,还穿夏裤的时候,二十五个毛竹大板,即如打光屁股一般。打

---

〔1〕 门斗——同本作"開斗",据上下文校改。

完,分咐书办做文书申报学道,狄希陈方才害怕,苦死央求,学师只是不允。直待狄员外备了一分极厚的重礼,自己跪央,方才歇手。虽然使肥皂擦洗,胰子[1]退磨,也还告了两个多月的假,不敢出门。既是吃了这们一场大亏,也该把那捉弄人的旧性改了才是,谁知那山难改,性难移,"外甥点灯——还是炤舅"。

却说狄希陈有一个同窗叫是张茂实,素日与狄希陈彼此相戏。张茂实的妻家与狄希陈是往来相厚的邻居,没有丈人,止有丈母。张茂实的媳妇叫是智姐,狄希陈从小原是见过的。张茂实不曾娶智姐过门的时候,狄希陈时尝与张茂实取笑,说与智姐尝尝苟且。虽是相戏,也未免说得张茂实将信将疑。及至智姐过了门,成亲之夜,确然处子,张茂实倒也解了这狐疑。

一日,夜间大雨,清早开门,智姐的母亲在大门上看了人疏通阳沟。狄希陈也站在自家门口,相对了智姐的母亲说话。彼此说起夜间的大雨,智姐的母亲说道:"后晌还是晴天,半夜里骤然下这等大雨,下得满屋里上边又漏,下边又有水流进来。闺女接在家中,漏得睡觉的所在也没有,只得在一合[2]糜案上边睡了,上边与他打了一把雨伞。过了半夜,方才送他回家去了。"狄希陈听在肚里[3]。

恰好风波将起,事有因由。天晴了,狄希陈往园里去,劈头撞见张茂实走过。两个相唤了,也说下了这般骤雨。狄希陈随口应道:

---

〔1〕 胰子——用猪的胰腺加碱面等制成的黑色肥皂。
〔2〕 合——山东方言中的量词,常用作门、案板等板状物体的计数单位。
〔3〕 听在肚里——同本作"听有肚里"。"在"与"有"盖因形近而讹,据文意酌改。

"正是，我与你媳妇刚刚睡下，还不曾完事，上面漏将下来，下边水又流到床下。你丈母替我们支了一合糜案，上边张了一把雨伞。权睡了半夜，送得你媳妇去了。"张茂实想道："媳妇果然是昨日娘家接去，今早送回，一定是他看见了，故意取笑。"也不放在心上。

及至回去，智姐张牙暴口的呵欠。张茂实道："你夜间难道不曾睡着，这样的磕睡困倦?"智姐道："谁睡觉来？上面又漏，下边流进满地的水来，娘只得支了一合糜案，上边打了一把雨伞。蹲踞了半夜，谁再合眼来?"张茂实这个蠢材，你却也该忖量一忖量，妻子平日果否是这样人，再备问个详悉，动粗也不迟。他却不察来由，只听见这上漏下水，糜案打伞，合着了狄希陈的瞎话，不由分说，采将番拳桩〔1〕脚踢，声声只叫他招承。

这智姐从小娇生惯养，嫁与张茂实，拿着当刘瑾的帽顶一般看待。一霎间这等摧残起来，张茂实惟恐当真做了忘八，看看打成人命。张茂实的母亲说道："'拿贼拿赃，拿奸拿双。'你又不曾捉住他的孤老，你活活的打杀了媳妇，这是要偿命的!"张茂实把狄希陈与智姐两个的话告诉得分明，智姐方晓得是这个缘故。张茂实母亲道："既然事有实据，你越不消打了。快着人去唤了你丈母来，三对六面的审问，叫他没有话说。"张茂实方才歇手，哄了智姐的母亲来到。跨进门来，看见智姐打得三分似人，七分是鬼，皇天爷娘的叫唤起来。

张茂实骂道："老没廉耻! 老捱拉! 你叫闺女养汉挣钱，你也替

〔1〕 桩——音 chōng，撞。

他盖间房屋,收拾个床铺!却如何上边打着伞,下边支着麋案就要接客?孤老也尽多,怎么偏要接我的同窗!"那丈母烤着张茂实的脸"哕"的一声吐了一口道:"见鬼的小忘八羔子!这一定是狄家小陈子的枉口嚼舌!这是我清早看着人通阳沟,他在他门口站着,我对他告诉的。他就绰了这个口气来起这风波!你且消停,我合那短命的算了帐,再来与你说话不迟!我叫你这贼杂种一家子与我女儿偿命不过!"他连忙回到家中,寻下了一根不大不小又坚又硬的榆棍安在手边,叫人只说是要与人成一宗地,央狄相公过去看看文书。狄希陈原是平日走惯的,绝不想到这里。

这小智姐的母亲把狄希陈让到里面,关了中门,埋伏下女兵,棒椎一响,伏兵齐出,一边省问,一边捶楚。狄希陈自知罪过,满口求饶,打得"不亦乐乎",方才放了他回去。狄员外问他所以,他回说:"我与同窗张茂实顽了两句,他护他的女婿,他把我哄到他家,一大些老婆齐上,打得我甚是狼狈。"狄员外虽是疼护儿子,想道:"断乎有因,待我自己到他家里问他个始末根因。"方到门口,只见张茂实的丈母怒狠狠的出来,要往女婿家去相打,见了狄员外,站住一一告诉。狄员外只是满口陪情[1],并没有护短之意。

却说智姐的母亲复番身跑到张家,扯住张茂实磕头磕脑,挝脸挠腮,要扯他同到狄家对命。当不得张茂实的母亲贤惠,满口说他儿

---

〔1〕　满口陪情——同本作"满口感情",此依连图本,据李本校改。

的不是,再三向了亲家母面前伏礼,智姐的娘也便纳住了气[1],同了张茂实来到狄家。狄员外恐怕张茂实又来相打,藏住了狄希陈不叫出来,只是自家认罪。张茂实道:"我与狄大哥相好的同窗,原是顽戏惯的,只是他说的甚有的据,媳妇无心说出话来又一一相同。你只叫出狄大哥来,同了我丈母叫他自己说是怎的。"狄员外只得把狄希陈叫得出来。

张茂实见狄希陈被他丈母打得鼻青眼肿、手折腿瘸,从里摧拉着走将出来。见了张茂实,骂道:"你这疲杭杭子! 你无般不识的雌着牙好与人顽,人也合你顽顽,你就做弄我挨这一顿打! 你不是个人!"张茂实道:"我到做弄你! 你几乎做弄我打死媳妇,这人命也还定不得是有是无哩!"狄员外道:"你这畜生! 合人顽也要差不多的就罢,岂可顽得这般着相? 你既说得甚有凭据,张大嫂无意中说得与你的话又相投,怎怪得张大哥疑心? 只是张大哥该察一个详细,不该冒冒失失的就行起凶来。这再没别说,只是我与林嫂子再三陪礼,央林嫂子转劝令爱,不要着恼。陈儿也被林嫂子打了这等一顿,也偿得令爱的恨了。趁我在此,张大哥过来,你也与令岳母陪个礼,大家和好如初,别要芥蒂。"

张茂实果然与他丈母磕头礼拜了一顿。他的丈母倒也罢了,只是智姐嚎天痛哭,上吊抹头,饭也不吃。自己的母亲与婆婆再三劝

---

[1] 纳住了气——同本作"绷住了气",据文意酌改。

解，同张茂实三个轮流昼夜看守，直足足的奈何了二十多日，方才渐渐的转头。张茂实还齐整摆了酒，与他丈母、媳妇递酒赔话。亏不尽打的那日，张茂实的母亲只是说儿子的孟浪不是，并不曾挑唆起事，所以智姐也还可忍耐。

　　但吃了狄希陈这场大亏，后来曾否报复，且再看后回结束。

第六十三回

智姐假手报冤仇　如卞托鹰惩悍泼

世路原宽,恶趣偏逢狭道。无那伤心图必报,谁知轵里[1]人来到。借他刚剑,洒却[2]吾怀抱。　正得意徜徉,灾星突照。刑具备尝仍比较。幸有旁人相借箸[3],得脱解囹圄,有绣房飞鹞。

——右调《锦缠头》[4]

狄希陈被智姐的母亲林嫂子痛打了一顿,头一日还扎挣得起,到了第二三日,那被伤的所在发起肿来,甚是苦楚,不能行动。素姐着实畅快,说道:"这伙尖嘴薄舌,专好讲人闺门是非的汉子,怎得俱撞着这样一个林嫂子见教一场才好! 相于廷专好使嘴使舌的说我,不知几时着了我手,也是这般一顿方才解我积恨!"于是狄希陈睡在

---

[1] 轵里——即轵深井里,战国时侠士聂政的乡里。

[2] 洒却——同本作"酒却"。"洒"与"酒"盖因形近而讹,据文意酌改。

[3] 借箸——《汉书·张良传》说,郦食其向汉王建议复立六国之后以弱楚权,汉王将此事告诉张良。张良曰:"臣请借前箸以筹之。"箸,吃饭的筷子。后因以"借箸"指为人谋划。

[4] 锦缠头——同本作"锦缠道",据词牌名校改。

床,素姐不惟不为看顾,那打骂也还[1]时常不断。

智姐也被张茂实打得狼狈,卧床不起。幸有张茂实再三认错,满口赔礼,加意奉承,用心将养,智姐倒只有三分恼那老公,却有十二分恨狄希陈的做弄,千刀万剐,咒死骂生,茶饭中不住口,睡梦中不歇声,咒得那狄希陈满身肉跳,整日心惊,面热耳红,不住涕喷,那知都是智姐作念。过了几时,智姐当不起那丈夫自怨自艾,请罪负荆,渐渐消了积怒。世人曾有四句口号说得好:

> 夫妻没有隔宿怨,只因腰带金刚钻。走到身上三扑辣[2],杀人冤仇解一半。

所以夫妻和睦如初。狄希陈也久已平复,与张茂实两个依旧相好。

再说张茂实读书不成,收拾了本钱要做生意。见得有一个亲眷叫是宋明吾,原是卖水笔宋结巴的儿子。穷得度日不过,宋明吾的媳妇却卖了与人为妾。买他媳妇的那人姓孟,号赵吾,邻邦新泰县人,是个纳级的挥使[3]。这宋明吾挟制那孟指挥是个有禄人员,等他婆过门去,晚间孟指挥正待成亲,这明吾骑了孟指挥的大门一片声的村骂。这孟指挥若是个有见识的人,为甚么拿了钱婆这活汉妻做妾?即是前边失了主意,待他来骂的时候,舍吊了这几两财礼,把这个老

---

[1] 也还——同本作"也远"。"还"与"远"盖因形近而讹,据文意酌改。
[2] 扑辣——山东方言,拂,抚摸。
[3] 纳级的挥使——纳级,指用钱捐纳得官。挥使,即指挥使。明代军队驻防实行卫所制,指挥使为卫的长官。

婆白叫他将了回去,这也就消弭了祸端。不意又被那宋明吾的一班伙党作刚作柔的撮合,故意讲和,又与了他四两银子。刚刚睡得两夜,十六日放告的日子,叫他在巡道手里尖尖的告上一状,说他奸霸良人妇女。巡道准了状,批在县里。那县官甚是明白,审出真情,把宋明吾问了招回徒罪,解道覆审。

这孟指挥晦气已来,宋明吾邪运将到。孟赵吾道自己是个指挥,又道是供明无罪之人,戴着罗帽,穿了屯绢摆衣,着了皂靴。那巡道是个少年甲科,散馆的给事中转外,正是一团火烈的性子,见了这样妆扮,怒发冲冠,叫人扯毁衣裳,剥脱靴帽,把一部黑焌的胡子持的干净,问了先奸后娶。除断还了那老婆,又断了三十两的宿钱给主,问革了指挥,重责了四十大板,登时弄得身败名灭,家破人亡,仅能不死。

宋明吾把老婆叫人睡了几日,通尝得了三十八两老银,依然还得了个残剩的〔1〕淫妇。把这断来的银两拿了,竟到南京,顿了几件漆盒台盘、铜镜铁锁、头绳线带、徽扇苏壶、相思套、角先生之类,出了滩〔2〕,摆在那不用房钱的城门底下。这样南京的杂货原是没有行款的东西,一倍两倍,若是撞见一个利巴〔3〕,就是三倍也是不可知的。又兼他财乡兴旺的时候,不上几年,在西门里开了一座南京大

〔1〕 残剩的——同本作"残生的",此依连图本,据李本校改。
〔2〕 滩——"摊"的借字。
〔3〕 利巴——山东方言,外行。

店,撰得钱来买房置地,好不兴喧。这张茂实每日在那铺中[1]闲坐,百物的行情都被看在眼内,所以也要做这一行生理。收拾了几百银子,独上南京,回来开张贸易,不必细言。

且只说南京有一个姓顾的人家,挑绣的那洒线颜色极是鲜明,针鬓[2]甚是细密,比别人家卖的东西着实起眼。张茂实托了在行的店主,买了一套鲜明出色的裙衫,带了回家进奉那细君做远回的人事[3],寻了善手裁缝做制精洁。次年元宵佳节,智姐穿了那套得意的衣裳,在那莲华庵烧香,恰好素姐不因不由[4]的也到庵中。因是紧邻之女,又是契友之妻,都认识的熟人,二人欢喜相见。

住持的白姑子让二人方丈吃茶。素姐看见智姐的顾绣衫裙,甚是羡慕。智姐想起去年被狄希陈做弄打了一顿,怀恨在心,正苦无路可报,眉头一蹙,计上心来,说道:"狄大嫂,你的衫裙做出不曾?怎还不见穿着?"素姐道:"这一定是张大哥自己到南京定做的,我那得有这等的衣服?"智姐道:"我家又素不出门,那晓得有这华丽的衣服?这还是狄大哥说起南京有这新兴的顾绣,与了八两银子,叫我家与他稍了一套,与这是一样花头,一般颜色。到家之时,把这两套裙衫都送与狄大哥验看,这是狄大哥拣剩的。狄大嫂,你如何说是没有?"素姐不听便罢,听得这话,真是"怒从心上起,恶向胆边生",不

〔1〕　铺中——同本作"镈中"。"鋪"与"鎛"盖因形近而讹,据文意酌改。
〔2〕　针鬓——同本作"针蘭"。"鬓"与"蘭"盖因形近而讹,据文意酌改。
〔3〕　远回的人事——出远门回来的礼物。人事,人情,即礼品。
〔4〕　不因不由——等于说无缘无故。偶尔、凑巧的意思。

肯久坐,辞了智姐回家。智姐知他中计,也便辞了白姑子回去,只是
"眼观旌旆旌,耳听好消息"。

却说素姐回到房中,叫小玉兰各处寻那狄希陈不着。素姐自己
走到他的书房,番箱倒柜,无所不搜。幸得不曾搜出甚么细密东西,
只拿了几封湖笔,要去画样描鞋;又将那大部的《太平广记》拿了几
本,算计插针夹线。房中寻下一切刑具,专候一个受苦受难的陈哥到
家,便要三推六问。

狄希陈正从外面回来,浑身肉颤,两眼如梭。刚刚跨进大门,一
个铁嘴老瓜飞在上面,连叫数声,一泡大屎拉在头上,淋漓了一巾;进
到自己院内,一个蜘蛛大网,不端不正罩在面上,他也晓得是要晦气
临头。及至进房,那个女阎王已是在那里磨拳擦掌,专等施行。狄希
陈看见娘子的气色不善,三魂去了六魂,五魄去了十魄。素姐说道:
"你南京稍来的顾绣衣裳放在何处?你不与我,更与何人?你快快
拿出来便罢!可是孙行者说的有理:'你若牙崩半个不字,我叫你立
刻化为脓血!'"

狄希陈虽是生长富家,却是三家村的农户,除了银钱,晓得甚么
叫是顾绣?三头不辨两[1],说得像个挣头鸭子一般。素姐将狄希
陈肩膊上两三棍,骂道:"你还不快快的与我?还要故意妆这忘八腔
儿!"狄希陈道:"甚么叫是顾绣?可是甚么东西?你详细说个来历,
好叫我照了路分寻思。你这凭空打个霹雳,我还不知是那里响哩!"

---

[1] 三头不辨两——没有头绪,摸不着头脑。

素姐着实又是几下，骂说："你'蛇钻的窟宠蛇知道'，叫我说个来历！你那八两银子可是原与了何人？你央何人买来？两套之内你拣的那一套，你或见放在何处，或是与了你娘，或是与你那个奶奶，或是姑姑、妹妹、姐姐、姨姨、大娘、婶子，你可也说个下落！像个秦贼似的，没的我就罢了？你要不说，我还使铁钳子拧下你的肉来！你一日不拿出来，我监你一日；你十日不拿出来，我监你十日！你那妮子又一时到不得跟前，没人救你！"

狄希陈道："你是奶奶人家，你只可怜见明白的说了，我照样买给你罢。"素姐道："我只要那南京稍来的原物，我不要另买的！"一边把那书房里拿来的湖笔，拣了五枝厚管的，用火箸烧红，钻了上下的眼，穿上一根绳做成拶指，把狄希陈的双手拶上，叫他供招，拶得狄希陈乔声怪气的叫唤。又使界尺把拶子两边敲将起来。狄希陈道："是我买得来了！我放在一个所在，你放了我，待我自己去取来与你！"素姐道："你是哄我放你！你说在那里，我叫玉兰去取！如果见在，我放你不迟；你若是谎话，我又另用刑法！"

狄希陈本等不曾买甚么顾绣，你叫他从那里说来？可怜诸般的刑具受过，无可招成，果然晚间依旧送在那前日的监内，晚夜捆在那凳上[1]，权当匣床。那正月中旬天气，尚在七九的时节，寒冷是不消说的，前次尚半饥六饿的与他饭吃，这番连牢食也断了他的。狄员外只是极得磕头磕脑的空躁，外边嚷叫，他只当是不闻。这般一个泼

----
〔1〕　晚夜捆在那凳上——同本作"晓夜细在那凳上"。此依连图本，据李本校改。

妇,又不敢进他房去。调羹是他降怕了的败将,只看见他就夹了尾巴飞跑。这素姐又甚是恶毒,一日一比,也就打得身无完肤。狄员外着了极,只得去央薛夫人来解救。

薛夫人听见诧异,不敢深信,只得自来狄家看望。进他房去,果然狄希陈蓬了头,垢了面,真像个死罪重囚一般。薛夫人见了好生不忍,连忙叫狄希陈出来。谁知这个软监,虽没有甚么虎头门[1],谁知比那虎头门更自严谨,不奉了这个女禁子素姐的监牌,一步也是不敢动的。

先时薛夫人也还壮健,又有薛教授这个老板,他还有些怕惧;如今薛夫人老憨的[2]话也说不明白,又没了薛教授,那龙氏亦因没了薛教授的禁持,信口的把个女儿教道,教得个女儿如虎添翼一般,那里听薛夫人的解劝?还拿那言语冲撞薛夫人,说道:"人家两口子的事,那要做丈母的闲管!早是你这般护他,何不当初你嫁了他不好!"把个薛夫人气的只要昏去,使性回家,对了薛如卞兄弟并龙氏三个告诉素姐这些恶行。薛如卞与薛如兼只是低了头不应,只有龙氏哓哓的说道:"他小两口合气,你老人家原不该管他。使十来两家银子稍了衣裳来,不给媳妇儿[3],给了别人,这还怪媳妇儿打么?"薛夫人瞅了他两眼,也没理他罢了。

------

〔1〕 虎头门——饰有狴犴之形的狱门。明杨慎《龙生九子》:"俗传龙生九子……四曰狴犴,形似虎,有威力,故立于狱门。"
〔2〕 老憨的——山东章丘一带方言,老得。"憨"为语气助词。
〔3〕 媳妇儿——同本作"熄妇儿"。"媳"与"熄"盖因形近而讹,据文意酌改。

　　却说薛如卞低了个头,在他那房门口走来走去的不住,像心里想甚么的一般。原来素姐从小只怕鹞鹰,但凡行走,必定先要在那头上看得四下里没有鹞鹰飞过,方敢走动;如正走中间猛然一个鹞鹰飞过,便就双睛暴痛,满体骨苏,就要大病几日。薛如卞密密的寻了一只极大的苍鹰,悄悄拿到狄家,背地后交与狄周媳妇,叫他不要与人看见,只等素姐与玉兰不在房里,将这鹞鹰暗自放在他的房中,不可令人知道。狄周媳妇岂是喜他的人,果然将那鹞鹰藏过,也与调羹说了,只不晓得薛如卞是何作为。

　　等了一会,素姐果然叫玉兰拿着草纸跟了去上茅厕。狄周媳妇慌忙将那鹞鹰使衣服遮了,走到素姐门口,只见门是掩的。狄周媳妇把他房门推了一条缝,将衣裳遮的鹞鹰从门缝里放在他那房内,仍旧把房门与他关得严紧,真是神鬼不知。

　　须臾,素姐解手回来,小玉兰推进门去,只见一个簸箕大的鹞鹰在房里乱飞。玉兰才叫得一声"哎哟",素姐也刚跨进门去,那鹞鹰照着素姐劈脸一翅,飞出门去,唬的素姐"锥"的一声酥倒在地,去了三魂,散了九魄,一些不省人事。

　　玉兰喊叫起来,狄周媳妇合调羹都连忙跑来,见素姐焦黄了脸睡在地上,做声不出,问是怎么缘故。玉兰说:"我跟了姑茅厕回来,一个鹞鹰在屋里乱跳,我唬得叫唤了一声。俺姑才待进去,那鹞鹰照着俺姑的脸一翅子,飞出去了。"狄周媳妇道:"鹞鹰见开着门,屋里没有人,是待进屋里偷东西吃。怕他怎么? 就唬的这们样着!"玉兰道:"那里开着门来? 关得紧紧的。"狄周媳妇道:"你回时,这门还是关紧的么?"玉兰道:"可不这门还是关的哩。"狄周媳妇合调羹道:"这也古怪! 若是个小雀儿,或者是打窗户楗子,或是门槛子底下进去的,这鹞鹰比鹅还大,可是从那里进去的哩? 就是个鹞鹰罢呀,怕他怎的?"玉兰道:"俺姑极怕鹞鹰,只见他一遭,眼珠子疼好几日,身上也不好一大场哩!"正乱哄着,素姐才还省过来。狄周媳妇扶他上在床上,只是叫头疼眼痛,身上酥麻。到了这等乱轰,狄希陈坐在那床头的监里,声也不敢做,张也不敢探出头来张一张。

次日,素姐越发病得沉重。卧房里边,平日害怕的一个鹞鹰飞出,也自觉甚是害怕[1]。狄家叫人去请薛夫人来看他,薛夫人道:"我还少欠他的顶撞,再自家寻上门去? 任他怎病,我是再不上他门的。"龙氏道:"既是娘不肯去,我去看他看罢。"薛夫人道:"小老婆上亲家门去,你不怕人轻慢,只管请行,我不管你!"龙氏喃喃呐呐的道:"怎么? 大老婆头上有角,肚下有鳞么? 脱不了小老婆长着个屄,没的那大老婆另长的是屌[2]! 开口就是小老婆长小老婆短的哩! 不叫我去,罢! 我叫他弟兄们去看他!"着人唤了薛如卞三弟兄来到,说叫他去看素姐。薛如卞道:"甚么贤惠姐姐? 公爱婆怜,丈夫尊敬,我们做兄弟的走到那里,大家都见了欢喜,我们去的也有光彩。如今把一个丈夫囚禁在房,致得那公公在愁城里边过活,我是没有面目去的!"薛夫人道:"你们小伙子的脸厚,怕怎的? 你们看他

---

〔1〕 害怕——同本作"害伯"。"怕"与"伯"盖因形近而讹,据文意酌改。

〔2〕 屌——"屌"的俗字。

看去。"

　　薛如卞依了母命，走到素姐房中，只见素姐奄奄一息，病卧床中。问素姐道："姐姐是因怎的就害起病来？"素姐把那房中飞出鹘鹰，劈脸打了一翅的事告诉了一遍。薛如卞大惊，诧异道："怎便有如此等事？"着实嗟叹起来，意要流出几点眼泪方可感动得他，心生一计，把他父亲想了一想，不觉伤痛悲酸。素姐问道："你听见鹘鹰飞进房来，就这样恓惶，是为怎么？"薛如卞道："我不为怎么。"口里说着，眼里还流痛泪。素姐说："你一定有话说。你好歹与我说了便罢。"薛如卞只是待言不言的，薛素姐又只管催逼。薛如卞道："我不忍合姐姐说。我只见古本正传上说：'凡鹘鹰进房，俱是家亲引领外鬼，要来捉人魂灵。不出一月，便有死亡。'我因此痛忍不过，所以心酸。"素姐害怕道："那书上曾说也还可救么？"

　　薛如卞道："那书上记的极多。只有一个唐肃宗的皇后，叫是张良娣[1]，曾有鹘鹰飞进他宫去，叫钦天监占验是何吉凶。那钦天监奏道：'这是先皇合皇太后因娘娘欺凌皇上，不孝祖宗，所以带领急脚鹰神来取娘娘的魂魄。'张娘娘着实悔过，追思从前的过恶，在宫中佛阁前观音大士脚下忏悔罪愆，再也不敢欺凌夫主，许诵一万卷《药师佛经》。当晚得了一梦，说这欺凌丈夫合这不孝的大罪终不可赦，姑念改悔自新，彻回急脚鹰神，姑迟十年，再差内臣李显忠行刑显

----

〔1〕　张良娣——唐肃宗为太子时入东宫，封为"良娣"，后人因以称之。肃宗即位立为皇后，专断宫闱，肃宗惧之。肃宗死后被废为庶人，旋被杀。良娣，同本作"良姊"。"娣"与"姊"盖因形近而讹，据文意酌改。

戮。就只这张娘娘还活了十年,别再没有活的之理。"

素姐道:"虽是你姐夫我管教的略也严些,也还不算甚么难为他。就是公公婆婆,我骂几句也是有的,我也并没曾动手;倒是俺婆婆还打了我一顿鞭子,我不过咒了他些,我连手也没敢回。似我这样的媳妇也就罢了,没的就叫是堕业?"薛如卞道:"那神灵看的真,咱自家做的不觉。姐姐,你快快祷告忏悔,务要挽回过来!咱姐弟四个人,若姐姐有些好歹,叫俺们怎么过?"素姐说:"俺公公是不敢惹我的,我倒合他平似交儿,俺婆婆又没了,这是越发清净的。只是你姐夫,我不知怎么只是恼他!"

薛如卞故意说道:"俺姐夫已就不是人了,你只合他一般见识是待怎么?这鹞鹰飞进卧房,我曾合他在书房里看那书上,他岂不知是极凶极怪的事?你是个人可,也该急速祈祷才是。怎么姐姐这们病着,他连守也不守,竟往别处去顽?这还有人气哩?姐姐,你只管合他一般见识哩!"素姐道:"他倒也没往别处去顽,我监着他哩。"薛如卞道:"怎么监着他?监在那里?"素姐道:"我这床脚头帘子里不是监么?"薛如卞一边说道:"瞎话!待我看看。"一手揭开门帘,只见狄希陈蓬头垢面,真像个活囚相似,坐在地下。

薛如卞认了一歇,道:"呀!原来果真是俺姐夫!怎么这般模样?"叫他出来,他那里敢动?使手只指素姐。薛如卞问素姐道:"这是怎么话说?"素姐说:"这就是我监禁他的牢。也罢,既是神灵替你做主,你且出来罢。"

狄希陈得了这句分付,方才敢从床脚后那出帘来。到了亮处,薛如卞看了甚是惨人。又见他双眼血红,问说:"是害眼[1]么?"狄希陈不敢答应,素姐说:"是我使烟薰的。"薛如卞问道:"夜间还放出来睡觉么?"素姐说:"你见那监里的犯人放出家里去睡觉来? 我每夜把他上在匣上。"薛如卞问说:"匣在那里?"素姐说:"就是这天井里那条板凳。叫他仰在上面,把手乒绑在板凳底下,再用三道绳子紧紧的捆住,他还敢动得哩!"薛如卞问说:"他却怎么吃饭?"素姐说:"每日给他两碗饭吃,搭拉[2]着他的命儿。"薛如卞问说:"却怎么解手?"素姐说:"递个破盆子与他,叫小玉兰替他端。"薛如卞问说:"这监够几日了?"素姐道:"怕不也有十来个日子。"薛如卞又问:"狄大叔就不寻他么?"素姐说:"他只好干疼罢了,他也不敢来我这太岁头上动土。"

薛如卞想到狄希陈这等受苦的田地,不由得当真哭道:"姐姐没怪[3],我看你如此狠恶,天地鬼神都是震怒,特遣鹰神拿你,这断然忏悔不得的了! 我合你姊弟分离只在目下,疼死我也!"素姐道:"好贤弟! 我与你同父一母所生,你千万寻法救我! 我自此以后,我也不骂公公,我也不再凌虐丈夫,你只是与我忏悔!"

薛如卞道:"这只得请了三官庙陈道士来,叫他替姐念《药师经》,再三祈祷,央姐夫也替姐姐告饶。"素姐道:"三官庙陈道士一个男人家,我怎好自己参佛拜忏的? 咱请了莲华庵白姑子来,一个女

---

〔1〕　害眼——山东方言,眼疾,急性结膜炎的通俗说法。
〔2〕　搭拉——山东方言,今说"当郎"、"当悠",延续、存留的意思。
〔3〕　没怪——山东章丘一带方言,没与"莫"音略同,即"莫怪"。

僧,我好守着他念经,倒甚方便。"薛如卞道:"白姑子不知会念《药师经》不会?"素姐道:"这《药师经》是他久惯念的,他怎么不会?"薛如卞道:"既是白姑子会念,倒也甚便。"

素姐道:"兄弟,你就合他去讲讲,得多少日子,用甚么供献,咱好预备。"薛如卞道:"姐姐,你另叫人合他说罢,我合白姑子极划不来〔1〕。年时我往他庵里走走,他往外捻我,叫我臭骂了一顿。到如今我见了他,连话也不合他说句。"素姐道:"你不去,罢,我着薛三省媳妇子请他去,你到家就叫他来。"一边叫小玉兰舀水来与狄希陈洗脸,又叫他梳头,戴了巾帻,穿了道袍。穿着齐整,从新与薛如卞作揖。

素姐又告诉狄希陈偷叫人往南京稍买顾绣衣裳,不拿到家来,不知与了谁去:"我倒也不图穿那件花皮,只怕他养女吊妇的不成了人,所以只得管教他过来。那里知道这偏心的神灵爷,倒说我有不是了!像这们使十来两银子,不给自己媳妇穿,给了表子〔2〕,就不是我这们性子,换了别人,就是监不成,只怕他也要打几下子哩!"

薛如卞勉强为救狄希陈,合素姐说了些不由衷的假话,调羹合狄周媳妇方知薛如卞叫他送鹞鹰进去,原是为这个缘故。见果然放了狄希陈出监,又要请姑子念经忏悔,说报与狄员外知道。狄员外感之不尽,谢之有余,叫厨房快整杯盘,留薛如卞吃酒待饭,搬在素姐卧房

----

〔1〕 划不来——即合不来,不能在一起相处。

〔2〕 表子——即"婊子",妓者。明周祈《名义考·人部·乃表》:"俗谓倡曰表子,私倡者曰乃老。表,对里之称。表子,犹言外妇。"

桌上,狄希陈主席陪坐。

狄希陈见素姐与了一二分温柔颜色,就如当初安禄山在杨贵妃宫中洗儿的一般的荣耀,不惟绝无愁怨之言,且并无惨沮之色。这岂不是前生应受的灾愆?薛如卞口中不言,心里想道:"一个男子,到这等没志气的田地,真也是顽顿[1]无耻!死狗扶不到墙上的人,怎怪得那老婆恁般凌辱!"倒替他坐卧不安,勉强吃了些酒饭,辞了素姐起身。

狄希陈送他出来,请见了狄员外,狄员外谢那薛如卞千万不尽。见了狄希陈,狄员外就如重生再见的一般欢喜,狄希陈却恬不介意。薛如卞仍到客位里坐了一会,献过了茶,方与狄员外作别回家,果然叫了薛三省媳妇来见。素姐叫去莲华庵请白师傅到家,有要紧事与他商量。

薛三省娘子不敢怠慢,随即到了莲华庵中。恰好白姑子不在家里,往杨乡宦宅里宣卷去了。薛三省娘子来家回话,素姐见白姑子不曾请来,发了一顿暴躁,说薛三省娘子没用,该到杨家请他,赌气的叫狄希陈自去敦请。狄希陈道:"他在杨家内宅里边宣卷,我如何好进得去?我又合他家不甚熟识。这天已将晚,不如等他晚上回庵的时节,我自去请他来罢。"

素姐大怒,一谷碌爬将起来,揪着狄希陈的脖子就往那床脚后监里边推,骂道:"我要你这攮包杂种做甚?你不如还往监里坐着,免

----

〔1〕顽顿——不开窍,冥顽不化。顿,同"钝"。

得我像眼中丁一般生气!"薛三省娘子道:"姐姐快休如此! 你想请姑子念经是为甚么来? 你还是这般性子!"素姐听说,方渐渐的消下气去,免了狄希陈坐监。看天色也将次晚上来了,薛三省娘子仍往莲华庵去请那白尼姑。

至于来与不来,如何念经,如何忏悔,素姐果否改恶从善,俱在下回再为接说。

第六十四回

薛素姐延僧忏罪　白姑子造孽渔财

　　恶人造孽眼无天，贯满灾生法网悬。展转脱身逃不去，馈央乡宦许多钱。屈作直，白为玄，是非淆混倒成颠。竿牍〔1〕一函才递进，问官情面〔2〕自周旋。菩萨持公道，阎王秉大权〔3〕，虚灵正直无私曲，那个奸僧敢乱传？若使牒文通得到，发断阿犁一万鞭！

　　薛三省娘子复到莲华庵中，待了不多一会，只见白姑子领着徒弟冰轮合杨家一个觅汉，挟着一大篮馍馍、蒸饼，同到庵中。见了薛三省娘子，打问讯行礼。薛三省娘子道了来意，白姑子道："若说狄大嫂请我，我极该就去。前向同张大嫂来庵里与菩萨烧香，好个活动的人，见了人又喜洽，又谦和，可是一位好善的女人。但他的兄弟薛相公，我合他有个嫌疑，只怕到那里撞见不好意思。你到家问声，有甚么分咐，差人来庵里说罢。"薛三省娘子道："这是俺姐姐请你，各门

〔1〕竿牍——以竹简为书，即书札。竿，竹简。
〔2〕情面——同本作"情而"。"面"与"而"盖因形近而讹，据文意酌改。
〔3〕大权——同本作"大懽"。"權"与"懽"盖因形近而讹，据文意酌改。

另户的,有甚么碍处[1]?你只管去不妨。俺家有三位哥哥,不知是那一个得罪与你?是为甚么起的?"

白姑子道:"是你家的大相公,还合一位朋友到我庵中。我正叫了个待诏剃头,我流水[2]叫徒弟看茶与他吃了。我才[3]剃完头,叫那剃头的与我取取耳[4]。正取着,他一声骂那剃头的:'贼光棍,贼奴才,这们可恶!你快快的住了饶打!'把个剃头的骂的挣挣的,说:'我怎么得罪来,相公就这们破口的骂我?'他说:"可恶!你还强嘴!我平生最恼的是那按着葫芦抠子儿的人,你为甚么拿着把小杓子掏那葫芦?'叫我又是那笑,又是那恼,说:'该他甚么事?我为这两个耳朵聋聋的,叫他替我掏掏,又是按着葫芦抠子儿哩!'我就只说了这两句,没说完,他就秃淫秃揢的掘[5]了我一顿好的,亏不尽那位同来的相公劝得他去了。从这一遭,他再也没来。我路上撞见,通尝没合他作揖。"

薛三省娘子道:"原来为这没要紧的事!你只管到那头,由他。他不往那头去,撞不见。——就撞见可,这本乡本土的人,说开了话罢。这是甚么深仇么?咱同走罢。"白姑子道:"我本待不去,难为你这等请得紧。你先去着,我等明早自家到那里合狄大嫂说话

---

〔1〕 碍处——同本作"得处"。"碍"与"得"盖因形近而讹,据文意酌改。

〔2〕 流水——同本作"你水",据文意酌改。

〔3〕 才——同本作"攒"。"纔"与"攒"盖因形近而讹,据文意酌改。

〔4〕 取取耳——掏掏耳朵。

〔5〕 掘——山东方言,骂;斥责。

罢。"薛三省娘子道："这能几步子地哩？咱如今去走遭罢。"白姑子道："好嫂子！这天多昝了？你俗人家黑晚的街上走就罢了，像俺这出家的女僧，夜晚还在街上，叫那光棍挟制着，不说是养和尚，就说是养道士降着。依了他，还挤你个精光哩！如今咱这明水镇上还成个世界哩？"薛三省娘子道："不怕！你跟着我走，没帐没帐！撞见光棍，有我照着他哩[1]。我要不使的他发昏致命，软瘫热化的不算！"白姑子被薛三省媳妇缠绕不过，只得叫徒弟看了家，两人同往狄家前进。

来到门口，将好[2]掌灯时候。进到素姐房中，见素姐云鬓蓬松，香腮消减，伏枕卧床，不能强起。相见让坐，不必细说。白姑子开口先问："狄大嫂呼唤的恁紧，有甚么分付？"素姐说："有一件事，我待问你一声，看人说的是真是假。要是有人家卧房里头，又没见怎么进去，开开门，从里边飞出个鹞鹰来，这是吉是凶？"白姑子惊异道："好天爷！是谁家有这般事？"素姐道："这事不远，咱这镇上就有。"白姑子道："是咱们的亲戚么？"素姐道："不是亲戚，只是也认得的[3]。"

白姑子道："'鹞鹰进人房，流水抬灵床，不出三十日，就去见阎王。'那佛经上说道：'阴司阳世，原无二理。'阳间有甚么三司两院、府县都司，那阴间有阎王小鬼、马面牛头。那阳间的人或是被人告发，或是被官访拿，看那事的重轻：如系些微小事，不过差一个青夫甲皂;再稍大些的事,差那民壮快手;再大的事,差那探马;如遇那强盗响马,便就点差应捕番役,私下拷打的伏了,方才见官问那凌迟砍剁的大罪。那阴司的阎王,如遇那阳世间有等忠臣孝子、义夫烈妇、尚义有德的好人,敬差金童玉女持了幢幡宝盖,沙泥铺路,金玉搭桥〔1〕,就如阳世间府县正官备了官衔名启,自己登门请那有德的大宾赴那乡饮酒礼的一样。拘那无善无恶的平人,不过差个阴间过阴的无常〔2〕到他家叫他一声,他自然依限来见,不消费力。如拘唤那等差不多的恶人,便要使那牛头马面,如阳间差探马的一般。若是那一样打爷骂娘的逆子、打翁骂婆的恶妇、欺君盗国的奸臣、凌虐丈夫的妻妾、忘恩背主的奴婢、恃宠欺嫡的小老婆、倚官害民的衙役、使凉水拔〔3〕肉菜的厨子,这几样人,阴间看他就如阳世间的响马强盗一样,方才差了神鹰急脚,带了本家〔4〕的家亲,下了天罗地网,取了本宅的宅神土地甘结,预先着落停当,再行年月日时功曹,复将他恶迹申报,方才拿到酆都,碓捣磨研,油炸锯解,遍下十八层地狱,永世不得人身。所以这神鹰急脚,不到那一万分恶贯满盈,不轻易差遣。这是人间几可里〔5〕没有的事。咱明水镇这家子却是怎么来,就致

----

〔1〕 搭桥——同本作"打桥",此依连图本,据李本校改。
〔2〕 阴间过阴的无常——《醒梦骈言》第二回:"却说北路上有一种叫'走无常',原是个活人,或五日或十日忽然死去,到冥中走些差使,或一日或二日活转来,仍然是好好一个人。"是一种迷信说法。
〔3〕 拔——山东方言,把滚烫的食物或盛有食物的器皿放到凉水中降温叫"拔"。这里指故意将肉菜等的原味泡去。
〔4〕 本家——同本作"水家"。"本"与"水"盖因形近而讹,据文意酌改。
〔5〕 几可里——等于说日常、平时。

的阎王这们大怒哩?"

素姐听说,把这样〔1〕一个曹操般的恶物,唬得溺了一被褥的骚尿。问说:"不知犯了这们大罪,尚有甚么本事可以救的?"白姑子道:"这除非是观音菩萨的力量,将了药师王佛的宝经,与阎王面前极力申救,或者也还可救度。但只要那本人在菩萨面前着实的忏悔,虔诚立誓,改革前非,自己料得是那一件得罪,便在那一件上痛改,以后再不要重犯,这才做得那忏罪消灾的功德哩。"

白姑子一边说,一边要起来回去。素姐道:"你且请坐,还有话哩。你头里说的那些罪恶,不知也有轻重么? 难道都是一样的?"白姑子道:"我说的那许多罪恶,原不是说一个人身上的。若是一个人身上犯这们些天条,还等到如今哩? 像那为子的,单重在那打爹骂娘;为媳妇的,单重在打翁骂婆;为妻的,单重在凌虐丈夫;为臣的,单重在欺君盗国。只犯此一件,那阴司便不相饶。"

素姐又问:"人犯了这等大罪,必定要差神鹰,却是怎说?"白姑子道:"那阳间的强贼恶盗,必定差那应捕番役,却是那应捕番役惯能降那强贼恶盗。那强贼恶盗到了应捕番役的手里,他使那铁棍一顿把那强贼恶盗的两个臂膀打却折了,方才叫他动不得手,然后拷问。这强魂恶鬼,那牛头见了他,那牛头跪着只递降书;那马面〔2〕见了他,那马面倒头就递降表。因那牛头马面不敢拿他,所以专差那

----

〔1〕 这样——同本作"这㑼"。"样"与"㑼"盖因形近而讹,据文意酌改。
〔2〕 马面——同本作"马而",据下文校改。

神鹰急脚擒拿。那神鹰急脚只在那强魂恶鬼的头上旋绕着飞,得空先把那强魂用那鹰嘴啄瞎,临时〔1〕叫他一点不能看见,方叫那牛头马面一齐上前,套枷上肘,才得拿他到阴司受罪。情管那家子必定有一个人害眼疼的,这拿的就是他。但只是咱这地方,没有这们恶人。狄大嫂,你实合我说,是谁家?"

素姐唬得战兢兢的道:"实不敢相瞒,就是俺这家里。昨日清早,我到后边解手,门已关了,及至回来开进门去,从房里一个大们子〔2〕鹞鹰,照着我劈面一翅膀,飞了出去。我如今这两个眼珠子就像被人挖去的一般疼。白师父,你好歹快寻门路救我,我恩有重报。"白姑子道:"好俺嫂子! 你不早合我说,哄的我把话都说尽了,可是叫你见怪。这事也不一律,若是大嫂,情管没帐。久闻的狄大嫂甚是贤德,孝顺翁婆,爱敬丈夫,和睦乡里,怎么得遭这们显报? 只怕还为别人。"

素姐说道:"我自己忖量,也不该遭这等的事。我又没甚么不孝顺公婆,那咎俺婆婆没了,瞒不的你,我没替他戴白鬏髻、穿孝衣么? 就是在汉子身上有些差池〔3〕,也不过是管教他管教,这没的就是甚么大罪不成? 既是天老爷没眼偏心,可是说那庙里没有屈死的鬼哩? 白师父,你只是寻法救我便是。"白姑子道:"你既是叫我救你,我也

----

〔1〕 临时——至时,到那时候。

〔2〕 大们子——山东方言,今作"大黄们儿的"、"大行每"。大为"大黄"、"大行"的语音脱落,子为"的"字的音变。等于说很大的、老大不小的。

〔3〕 差池——差错。同本作"差他"。"池"与"他"盖因形近而讹,据文意酌改。

不敢虚套子哄你。你这罪过犯的较重大些,光止念经拜忏当不的甚么事。就相阳间的人犯下那死罪不赦的天条,那差不多的分上按捺不下来,务必要寻那当道显要的分上才好。你这个得请十位尼僧〔1〕,七昼夜捧诵药师佛老爷的宝经一万卷,你自己心里一些的恶念不生,斋戒沐浴,不住声昼夜七日念'救苦救难观世音菩萨',念一声佛,磕一个头。完了七昼夜功德,还得请下观音奶奶来面问他讨个下落,阎王依与不依,再好安插。"

素姐说:"就依白师父所说。可在那里设坛?"白姑子道:"只得就在咱家设坛才好。或在前边厅房里边,或就在这天井里搭棚也可,却早起后晌吃斋吃茶,添香点烛的多也方便。"素姐说:"在我家里倒也便易〔2〕,只是俺公公那老獾叨的哈哈唠唠,我受不的他琐碎。不然就在你那莲华庵倒也方便。就在佛爷殿上,那样省事。"白姑子道:"这也可以,你再自己算计。我且回庵去,明日再来合你商量建醮的日子,请的师父,定的经数。"说着,作别起身。素姐仍叫薛三省媳妇跟了白姑子,又叫了个觅汉点着火把,狄希陈也同着送了白姑子家去。

白姑子夜间一宿不曾合眼,碌碌动算计起发骗钱。次早起来,净洗了面,细细的搽了粉,用靛花擦了头,绵胭脂擦了嘴,戴了一顶青纬罗瓢帽,穿了一件栗色春罗道袍,天蓝纻丝跶鞋,白绒袜,跟了徒弟冰

---

〔1〕　尼僧——同本作"女僧"。此依连图本,据李本校改。
〔2〕　便易——山东方言,方便。

轮,早来到素姐房内。素姐叫厨房预备斋饭管待。白师父师徒一面同素姐合狄希陈打单[1]建醮,算计是白姑子合冰轮,水月庵秦姑子超凡、傅姑子妙莲,观音堂任姑子水云、惠姑子尧仁、祁姑子善瑞、刘姑子白水,地藏庵楚姑子阳台、管姑子宝僧,共是十位尼姑,就在莲华庵殿上启建道场,一连七个昼夜,齐诵一万一千遍《药师王佛真经》。素姐说:"怎么又添一千卷? 有这个零头却是怎说?"白姑子道:"你昨日对着我骂了你公公一声'老獾叨的',这一句不得一千卷经,怎么忏悔得过来?"素姐说:"爷哟! 这是我的口头语儿,没的也是罪过么?"白姑子道:"这个我不强你。你要自己打得过心去,不消念得一千卷也就罢了。"素姐说:"我是这般问声,怎么不念?"

白姑子道:"这经钱,要是论经数也可,或是包日子也可。斋是你管,忏钱、灯斗、供献、香烛、茶酒、拜忏,一条新手巾,一条新红毡,撒钹六尺新布,画字的礼儿,发七遍文书的利市,迎佛送佛的喜钱,取回佛旨来的谢礼,这都在外。"

素姐道:"这先明后不争的极好。论经数是怎么算,包日子是怎么包,你先说说我听。"白姑子道:"这《药师经》可长,同不得《心经》短,一个人尽力诵,一日诵不得十卷。诵这一卷,要一分五厘。十卷一钱五分,一百卷一两五钱,一千卷十五两,一万卷一百五十两银,又是一千卷,共该经钱一百六十五两。别项使用,就只取回佛旨来的谢礼,得四两也罢,五两更好看些。别的都厚薄随人,没有一定的数儿。

----

[1] 打单——开列使用物品的清单。同本作"打算"。此依连图本,据李本校改。

狄大嫂，没的你是别人？这几位师父们没的是世人么？他们也不好按着数儿要的，我住持着，每卷只做一分。俺师徒两个替狄大嫂赠二千卷，不敢领经钱，这不又去了二十两？叫他们把那一千卷零头儿搭上别要算钱，这不又去十两？共是八十两银子的经钱够了。"素姐道："这八十两银子也不打紧，俺婆婆死后留下几两银子，我且拿出来买命，我留下待怎么？只是你师徒二人，怎好[有]叫你干完了经的理？我也还照数送上。就是那一千卷也仍要算钱。"白姑子道："俺师徒两个断不可算上，就没个厚薄了？"

素姐道："你只虔诚建醮，救了我的命，我愁没钱使么？俺公公六七十的人了，能待几日？只天老爷看一眼儿，叫他早挺些时脚，那个不是我的？要是我不得这命，就是俺婆婆留下的这几两银子，我不豁撒[1]他个精光，我待开交哩？"白姑子道："狄大嫂，你说的极是。你这们好心，其实也不必念经，佛爷也是该保护你的。但请的这几位师父，他各人家都顶着火烟，靠着身子养家的。既是要建七昼夜道场，可就要占住了他们的身子哩。他们家里都有徒弟合支使的人，却也都要吃饭。把这经资先与他们一半，好叫他们籴米买柴的安了家，才好一盼心[2]的念经。这日用的斋供，可是家里做了送去？可就在庵里叫人做罢？要是叫人在庵里做，倒也方便。有庵里使熟的个女厨老翟就好，他又不肯泼撒人家的东西。"

---

〔1〕 豁撒——挥霍、抛洒、尽着使用的意思。

〔2〕 一盼心——一门心思、专心致志。

素姐问道："就是咱这明水人家么？"白姑子道："可不怎么？这就是翟福的媳妇子。"素姐道："原来是他！他尝往俺家做菜。他娘姓强，俺只叫他'老强婆子'[1]，他又吃斋，又叫他'老强道'。要是他倒也罢了，我每日供备着，那里做斋方便。得那庵里没有闲杂人才好，我好在那里住的。"白姑子道："我那坐禅的屋里，那昝你没合张大嫂在里头吃茶么？那里头甚么闲人进得去？常年永智寺的和尚天空，俺这尼僧们不会写字，只得央他替俺写写榜合吊挂子，如今有了观音堂任师父会写了字，这男僧们影也不上门了。"素姐道："得似这般清净，我在那里住着也极稳便。我如今先付你银五十两，每位师父且先付银五两安了家，好择日建醮。我这里收拾着往那里运米面食物。"

素姐开了厢，将他婆婆留下的银子取了一封出来，说是五十两，交付白姑子收去。白姑子道："也待我打开这封，当了狄大嫂的面看一看。这是众人众事的事，万一有甚差池，他众人们只说我里头有甚么欺瞒夹帐的勾当。"一边将封拆开见数，是十个锞子，内中明白显着有四个黑锭，与那六锭迥然不同。素姐自幼不曾大见过甚么银子，倒没曾理论。这白姑子串百家门，见得多，知得广，单单的拿起一锭黑的来看：平扑扑焌黑的面子，死纣纣[2]没个蜂眼的底儿。白姑子放在牙上啃了一啃，啃着软呼呼的，说道："这不是银子，像是锡

----

〔1〕 俺只叫他老强婆子——同本作"俺只叫他走强婆子"，据文意酌改。

〔2〕 死纣纣——死拍拍。

镪〔1〕似的。"素姐挣挣的说道："你再看别的何如?"拣了六锭真银,
四个锡锞。

　　素姐倒也还疑是老狄婆子放上的,谁知这狄希陈是被唬破胆的
人,白姑子只说了一句是锡镪,素姐只接过手来看了一看,他就焦黄
了个脸,通没了人色,从裤裆里漓漓拉拉的流尿,打的那牙巴骨瓜搭
瓜搭的怪响。素姐看了他一眼,说道:"了不得! 这情管又是你这忘
八羔子干的营生! 我再看看别的,要是都换了假的,我还念你娘那屄
经哩!"怒狠狠的又取了两封出来,一连拆开了封皮,每封里边都是
四个锡锭。再把那七封取出〔2〕,照例一般,那有二样?

　　狄希陈不及防备,被素姐飕的一个漏风巴掌,兜定一脚,踢了一
个嘴抢地。白姑子手里流水拉扯,口里连忙念着佛道:"阿弥陀佛!
不当家! 狄大嫂快休如此! 你今请僧建醮却是为何? 银钱小事,夫
者,妇之天哩! 打夫就是打天一般! 原来你是如此利害,所以动了阎
王怒〔3〕哩! 乡里人家多有倾下白铁锞子防那歹人的打劫,这只怕
是常时收拾下的,老施主不曾知道,当了真的留下也不可知,怎么就
知道是狄大哥干的事?"素姐道:"这要不是他干的营生,他为甚么唬
的那尿? 这分明是贼人胆虚! 这闷气我受不的,我要不打他几下子,
这暗气就鳖杀我了! 白师父,你且暂回庵去,待我发落了这事,消消

----

〔1〕　锡镪——熔铸的锡块。
〔2〕　取出——同本作"取由"。"出"与"由"盖因形近而讹,据文意酌改。
〔3〕　阎王怒——同本作"天王怒"。此依连图本,据李本校改。

气,我再使人请你去。"

白姑子就待走,狄希陈望着白姑子挤眼钮嘴,叫他别要回去,劝解素姐,替他做个救命星君。白姑子会意,道:"狄大哥,这银子或者是你不是你,你可也说说是怎么。你这们涎不痴的[1],别说狄大嫂是个快性人,受不的这们顿碌[2],就是我也受不的。饶我那昝拿着[3]汉子像吸铁石一般,要似这们个像生[4],我也打他几下子。"素姐道:"有话只该合明白人说,叫人心里自在!这不是白师父你亲眼看着?你不相干的人也说是受不的,也说是该打?只有旁边的人说这们几句公道话,咱本等有气,也就消了许多。常时但是合他合合气,他本人倒还没怎么的,那旁里的人有多少说长道短,扯那臭屄淡的!我本等待要少打,激得我偏打得多了。"

白姑子道:"正是如此。人没得合他有仇,好意打他么?那银子其实不干狄大哥事,但只为甚么妆这腔儿?倒像是狄大嫂平日不知怎么利害,唬的人这们等的。狄大嫂,你当着我在这里把话说开,你也再休絮叨,把这银子的事丢开手罢。"素姐叫那白姑子顺着毛一顿扑撒[5],渐渐回嗔作喜,狄希陈也渐渐转魄还魂。

----

〔1〕涎不痴的——形容反应迟钝或闷声不语的样子。

〔2〕顿碌——慢性。

〔3〕拿着——山东方言,对待。

〔4〕像生——墓前的石人称为"像生"。等于说没有性情的人。

〔5〕扑撒——义同"扑辣"。参见第六十三回注。

素姐拣了十个雪白银锞，用纸包了，交付白姑子拿去散与众人作一半经资。这白姑子把这五十两经钱拿回庵去，那里分与甚么众人！拣了个建醮的良辰，请了那别庵的八位秃妇，连自己师徒共是十人，启建法事。素姐动用米面柴薪，送去庵内。

狄员外明知是薛如卞要使那神道设教，劝化那姐姐回心，与白姑子先说通了主意，做成圈套。想说："倘得因此果得回心转意，便得清门净户，宅安家稳，儿子不受折磨，老身有了倚靠。"这等有钱之家，使得几两银子有甚希罕？闻知素姐要建醮忏悔，甚是喜欢，叫狄周媳妇与素姐说道，凡是道场所用之物，都问狄员外要，俱当一一应承。又与了三十两银子叫他做经钱，又说如要自到庵中，可请薛亲家婆合薛如卞娘子连氏、薛如兼娘子巧姐同去相陪。

素姐自从进了狄家的门，这们几年，没得他一口好气，止有这遭搔着他的痒处，笑了一面，说了一声"难为爹"的良心好话。狄员外就差了狄希陈往薛家请他丈母合连氏、巧姐先到家中，同了素姐好到庵去。薛夫人因是狄员外专意相请，也要指望这遭叫女儿改行从善，满口应承。

至期，娘儿三个先到了狄家，吃了早饭，四人同到莲华庵中，还有狄周媳妇合小玉兰、薛三省薛三槐两个的娘子跟随。外面薛如卞兄弟三个，狄希陈又请了相于廷，共是五人，同在庵中监醮。另叫了厨子在那里整备素筵。一连七日，薛夫人合素姐四位每日早去拈香，晚上辞佛回家。薛如卞合相于廷都每晚各回家中宿歇。惟狄希陈恐怕素姐见怪，只说晚间替素姐佛前拜忏，不回家去。

众姑子们每日掌灯时分关闭了庵门,故意把那响器敲动,鼓钹齐鸣,梵咒经声,彻于远近,却一面在那白姑子的禅房里面置备了荤品[1],沽了醇醪,整了精洁的饭食,轮流着几个在佛殿宣经,着几个洞房花烛,逐日周而复始,始而复周。狄希陈虽是个精壮后生,也禁不起群羊攒虎,应接不暇,未免弄得个嘴脸丰韵全消,骨高肉减。白姑子对着素姐们道:"常言说得好:'满堂儿女,当不得半席夫妻。'这一连几夜,倒是我们也还有轮替打盹的时节,这狄大哥真是那至诚君子,从晚跪在佛前磕头礼拜,不肯住一住儿,真是夫妻情重! 若是人间子女为父母的肯是如此,这也真是大舜复生,闵曾再出! 如今把人也累得憔悴不堪观了!"素姐道:"他若果真如此,这也还不像个畜生。"心里也未免暂时有些喜悦。

到第七日道场圆满,设了一个监牢,把素姐洗换[2]了浓妆,脱了艳服,妆了一个囚犯坐在牢中。白姑子穿了五彩袈裟,戴了毗卢九莲僧帽,执了意旨疏文,在佛前伏章上表。疏曰:

南赡部洲大明国山东布政使司济南府绣江县明水镇莲花庵奉佛秉教沙门,伏以乾坤肇位,分剂健顺之仪;夫妇宜家,允著刚柔之匹。惟兹妇德无愆,方见夫纲莫斁[3]。今为狄门薛氏,本以儒宗之女,傧为胄监之妻。河洲原是好逑,鸢占有素;葡架本非恶趣,狮吼无声。恃娇挟宠,未尝乏衾枕之缘;怙恶逞凶,讵真

----

〔1〕 荤品——同本作"晕品"。"荤"与"晕"盖因形近而讹,据文意酌改。

〔2〕 洗换——同本作"洗坏",据文意酌改。

〔3〕 斁(dù)——败坏。

有刀俎之毒。纵干妇人反目之条,宁犯神明杀身之律？不谓六庚妄报,兼之三尸谬陈,触天廷之峻怒,丑鬼奉符;扞冥室之严威,神鹰受敕。追悔何从？愿茹灰而湔胃;省愆曷既,徒饮泣以摧心！切思苦海茫茫,殊难挽救;仰仗慈航泛泛,犹易援拯。敢用敬求佛力,于焉普度人天。牒文到日,如敕奉行。

白姑子伏俯在地,过了半日,故妆醒了转来,望着素姐问讯,说道:"施主万千大喜！适间章奏天廷,俯候许久,不见天旨颁行。又过了一时,只见值日功曹押着重夫的一杠[1],两个黄巾力士还扛抬那杠不动。取开看时,都是下界诸神报你那忤逆公婆、监打丈夫的过恶,叠成文卷,满满的积有一箱。注该十八重地狱重重游遍,满日托生猪狗骡驴,轮回无已[2]。今奉佛旨救度,已准暂彻神鹰,听从省改;如再不悛,仍行擒捉。"

众尼僧都穿了法衣,拿了法器,从狱中将素姐迎将出来,从新打扮得浓妆艳抹,锦袄绣裙,众尼作乐称贺,名为"报喜"。素姐取出五两纹银相谢。这今当面送的,白姑子又不好打得夹帐,每人止分五钱,一会众人各甚欢喜。法事已完,白姑子等送佛烧榜,两边条桌摆开,盛筵打散,先送得薛夫人娘儿四个回去,又次打发薛相公四个先回。狄希陈托名看人收拾,落在后面与众尼姑吃酒取笑。

原来这个醮事,白姑子在素姐面前只说是请僧建醮,计卷还钱;

---

〔1〕 杠——箱柜。
〔2〕 轮回无已——同本作"轮回然已"。此依连图本,据李本校改。

他在那众姑子面前只说是包做道场七昼夜,完日讲送经资十两。先拿回来那五十两银,从里边称出八金,除了他师徒二位,其馀的八众尼僧每人一两,俱先分散。后来这六十两俱已一一收完,只不令众人知道。

这一件事,白姑子净净的得了一百两花银,米面柴炭、酱醋油盐不计其数,却也着实感激薛如卞的作成,买了两匹加长重大秋罗,两匹新兴金甲绫机,使毡包端了去谢薛如卞。原来白姑子骗他这许多银子,素姐是着实瞒人,再三嘱咐白姑子,千万叫他〔1〕不可与人知道,所以这白姑子放手大骗,绝无忌惮。倒也还亏他稍有良心,买了这四匹尺头作谢薛如卞。薛如卞也还不肯收他,白姑子再三苦让,止收了他一匹天蓝秋罗。

但素姐费了这许多银物,对了佛前发了这如许的大咒,不知果然回转心来孝顺公婆、爱敬丈夫不曾?白姑子得了这许多横财,不知能安稳飨用〔2〕与否?只怕又有别的事生出来,且看后回接说。

评曰:和尚尼姑白手骗人财物,应犯鬼神之怒而鬼神不怒,而反呵护之者,亦自有说。狄希陈抵换真银,按闺法必无生理,得白姑子一片言语,不激不随,便能消释弥天〔3〕罪过,不啻起白骨而肉之。百金之入,谓之买命钱亦可。姑子使人买命钱,鬼神如何致怒,如何不加呵护?

---

〔1〕 叫他——同本作"叫声"。此依连图本,据李本校改。

〔2〕 飨用——即享用。飨,通"享"。

〔3〕 弥天——同本作"弥大"。"天"与"大"盖因形近而讹,据文意酌改。

　　又评:白姑子如必要一百五十两,又恐素姐妇人水性,嫌多变卦,旋即自评自减,不致打脱主顾,真强盗,真强盗!使过素姐许多银子,不肯阿谀逢迎,妆出许多乔态,以明挽回天意之难,使素姐改恶从善,真菩萨,真菩萨!

　　白姑子说神鹰一段,不啻地藏王说法,使素姐心胆吓碎。

第六十五回

狄生遭打又陪钱　张子报仇兼射利

雪恨不烦刀剑,翻冤何用戈矛?欢洽尊前称好会,刲胸[1]不觉中吴钩,妙计可封留。　比较监牢不算,延僧建醮钱丢。一顿门拴相毒打,再三下气苦央求,三倍价高酬。

——右调《破阵子》

却说素姐自从鹰神下降,白尼姑建斋忏悔之后,待那丈夫狄希陈果然就好了十分三四。一时间性气起来,或是瞪起眼睛,或是抬起手脚,有时自己忽然想起那鹰神的利害,或是狄希陈微微的说道:"你忘记了那莲花庵打醮了么?"素姐便也渐渐的按下火去,缩转了手脚,丢下了棍子,止于臭骂几句便也罢了。这狄希陈毕竟是有根器的人,不等素姐与他几分颜色便就要"染大红"[2],时时如临深渊,刻刻如履薄冰,听于无声,视于无形,先意承志,依旧奉承[3]。

〔1〕刲(zhuān)胸——刲,刺,戳。同本作"刲朐"。"胸"与"朐"盖因形近而讹,据文意酌改。

〔2〕"染大红"句——今山东方言仍说"给你点颜色你就染大红"。本意指寻进尺,忘乎所以,这里指狄希陈察言观色,愈加小心侍奉。

〔3〕依旧奉承——同本作"依传奉承"。此依连图本,据李本校改。

　　一日，素姐见狄希陈坐在房中，素姐说道："我看你这个东西，待要说你不是个人，你又斩眉多棱眼的说话吃饭，穿着件人皮妆人；待要说你是个人，你又一点儿心眼也都没了。似这几日，我看菩萨的面上不合你一般见识，谁想娇生惯养〔1〕了你，通常不像样〔2〕了。这顾绣衣裳，你要是没曾与人，还在那里放着，你就该流水的取了来与我；你要是与了表子去了，你是个有怕惧的，你就该钻头觅缝的另寻一套与我。我这几日，我说我不言语，看你怎么样的。你把个贼头缩着妆那忘八腔儿，我依么？两好合一好，你要似这们等的，我管那甚么鹞鹰野鹊〔3〕的，我还拿出那本事来罢！"

　　狄希陈听见这素姐的发作，唬得三魂去了六魂，说道："这顾绣衣裳，我实不曾叫人去买，我连这顾绣两个字听也不曾听见。你只说是那里见来，或是听见谁说，我好到那里刨着根子，就使一百千钱，我高低买一套与你。"素姐说："你'蛇钻的窟垅蛇知道'，你叫我说？我限你三日就要！"

　　狄希陈戴了这顶愁帽，只是没有头发的墨儿〔4〕，却往那里钻研？再三向狄周媳妇合调羹手里打听。调羹说道："我们每日见他打你，恨不得替你钻到那地缝里去！若是我们知道甚么风信，岂有不

〔1〕娇生惯养——同本作"娇养生惯"。按"娇生惯养"为成语，"养生"二字倒文，据文意酌改。

〔2〕不像样——同本作"不使样"，据文意酌改。

〔3〕野鹊——后文也作"野雀"。山东方言，喜鹊。

〔4〕墨（wèn）儿——缝隙。

替你遮瞒的？他自正月十六日莲花庵里回来就合你闹起，情管是那里受的病根。你还到那里仔细打听。"狄希陈道："我若果真叫人买甚么顾绣，我可往那根子上去安插；我影儿也没有，我可往那里去打听？"调羹道："他既是从莲花庵回家就发作起头，这事白姑子一定晓的就里的始末，你还到他那里刨黄〔1〕。"狄希陈道："刘姐，你指教的极是。待我到他那里问他的详细。"

狄希陈穿了道袍，走到莲花庵外，两扇庵门牢牢的紧闭。敲了半日，走出一个半老的妇人来开了门，认得是狄希陈，让进庵内坐地。狄希陈问说："白师傅何在？我要请见，问他句说话。"那妇人道："白师傅是我的妹子，我是他的寡妇姐姐，久在这庵中帮他们做饭。白师傅从今日五更，因有点官事，合他徒弟冰轮都上城去了。"狄希陈道："一个出家的女僧，看甚么官司口舌，却师徒都上城去？"那妇人，人都称他是"老白"。那老白道："因庵里失了些盗，往捕衙递呈〔2〕哩。"

原来这白姑子与素姐建这忏悔道场，磕了一百多银子的拐〔3〕。天下的事，"若要人不知，除非己不为"。况且那小器量的人，一旦得了横财，那样足高气扬的态度，自己不觉，旁边的人看得甚是分明。因此轰动了镇上的一个偷儿，醮完第三日的晚上，拿出飞墙走壁的本

〔1〕 刨黄——刨根问底。
〔2〕 递呈——同本作"遇呈"。"递"与"遇"盖因形近而讹，据文意酌改。
〔3〕 磕了一百多银子的拐——经手人、中间人从中克落叫做"磕拐"。磕，同"克"。

事进到庵中,正见白姑子与徒弟冰轮在禅房里上下两张床上睡觉,老白自己在厨房炕上安歇。那偷儿取出两枝安息香来,在佛前琉璃灯上点着,一枝插在厨房,一枝插在白姑子卧房里面。这香原是蒙汗药做的,人的鼻孔内闻了这个气味,即便鼾鼾睡去,手脚难抬,口眼紧闭。

偷儿又在佛前琉璃灯口〔1〕点起烛来,只见香案上安着一个课筒。那偷儿即在观音菩萨面前跪下,叩了四叩,祝赞:"僧家的财物,本等不该偷盗他的,但他只该谨守菩萨的戒行,不该起这等的贪心。人家夫妇不和,你用智慧与他调停和睦,些微得他些经忏银钱便是,如何乘机设智,骗他这如许的资财? 路见不平,旁人许躧。弟子起心不平,今日要来偷他的回去。如果弟子该偷他的,望菩萨赐一上上之课;如果不该偷他的财物,只许他骗害平人,赐弟子一个下下之课。"把课筒在香烟〔2〕上薰了两薰,拿在手中晃了几晃,倒出那三个钱来。铺在桌上,一看课簿,真真"上上"两个大字。

偷儿喜不自胜,又磕了四个狗头相谢,走进房内,翻砖倒瓦。两个姑子睡得烂熟如泥〔3〕,一个老白睡得像个醉猪死狗。揭开他的厢子,止有衣裳鞋袜、汗巾手帕〔4〕之类,并没有那诓骗的百两多银。

〔1〕 琉璃灯口——同本作"琉璃灯曰"。"口"与"曰"盖因形近而讹,据文意酌改。
〔2〕 香烟——同本作"香案"。此依连图本,据李本校改。
〔3〕 睡得烂熟如泥——同本作"睡得烂熟如泥"。"熟"与"熱"盖因形近而讹,据文意酌改。
〔4〕 手帕——同本作"手帏",据文意酌改。

偷儿先把那精美的物件卷了一包,又在房内遍寻那银子不见。放出那两只贼眼的神光,在白姑子床上席背后揭开一看,只见墙上三个抽斗,都用小镘银锁[1]锁住,外用床席遮严。偷儿喜道:“这个秃科子[2],倒也收藏的妙!”扭开第一个抽斗,里面止有千把散钱。偷儿又把第二个抽斗扭开,却好端端正正那百十两银子,还有别的小包,也不下二三十两。偷儿叫了声“惭愧”,尽数拿将出来。衣架上搭着一条月白丝绸搭膊[3],扯将下来,将那银子尽情装在里面。又将那第三个抽斗扭开,里面两三根“明角先生”,又有两三根“广东人事”,两块“陈妈妈”,一个白绫合包。扯开,里面盛着一个大指顶样的缅铃,馀无别物。

偷儿将那“先生”、“人事”丢下,把缅铃藏在袖中。又见山墙下桌上放着一个雪白的锡尊,揭开,喷鼻的陈酒馨香。偷儿动了馋兴,扯开抽斗,桌子里面大碗的盛着通红的腊肉。偷儿暗道:“这等美酒佳肴,若不受用一番,却也被那观音老母笑话。”只怕药气将尽,醒将转来不当稳便[4],再取出两枝香来从新点上。走到厨房,通开煤火炉子,暖上了那一尊陈酒,又寻出几个冷饼烤在炉口,就着腊肉,吃得酒醉饭饱。心内却又想道:“佛家戒的是酒、色、财、气。如今我既得

---

[1] 小镘银锁——在表面錾槽,镶嵌银丝的小锁。镘(wàn),镶嵌。
[2] 科子——即“窠子”。本指暗娼,山东方言中常作为一般骂人的话使用。
[3] 搭膊——一种束衣裤的腰带,上面缝有口袋,可放钱物。
[4] 稳便——同本作“愢他”,据文意酌改。

了'财'〔1〕,吃了'酒',有了财酒,便可以不消生'气',所少的是'色'。白姑子虽然日逐家装乔作媚,毕竟有了年纪;那老白更是不消提起。何不将那小尼姑冰轮幸他一幸,完了这四件的前程?"

将冰轮的被子揭起,拿烛焟了一焟,只见两个盆大的奶头,黑墨般的个大屁股。偷儿看了,不能起兴。再把白姑子验看一番,奶头不甚饱满,身上倒还白胖。半老佳人可共,何必要那年少的冰轮? 偷儿抖搜那强盗的威风,脱了裤子,爬在白姑子身上,二十四解之中卖了个"老汉推车"之解。完事下来,把那壁上抽斗内的角先生拣那第一号的取了三根,先把白姑子的腿拍开,把一个先生塞在里面,又把冰轮与老白都叫了产门,每家俱荐一先生在内处馆。然后卷了细软,大踏步从容而出。

到了五更天气,三人俱各醒来,家中都有一个先生在内,都寻思不出是谁荐来的。白姑子疑是冰轮干的勾当,冰轮又道是白姑子做的营生,老白猜不出是那里的症候。白姑子扳倒席摸那个先生抽替〔2〕,锁已无存,内中恰少了三个师父;又摸了那盛银子抽斗,里边空空如也。心里慌道:"徒弟! 你醒了不曾? 床头边的抽斗是谁开了?"冰轮梦中答道:"这再没有别人! 师傅捉弄我,还要问人!"白姑子道:"你是几时干的营生? 我梦中也微有知觉,只是睡得太浓,动惮不得。那猛骨〔3〕你拿在那边去了?"冰轮道:"我不曾动甚么猛骨。师傅你倒估精,反来问我!"白姑子道:"我估精甚么来? 这角先

----

〔1〕　财——同本作"出",据上下文校改。
〔2〕　抽替——抽屉。替,"屉"的同音借字。
〔3〕　猛骨——缅铃的别称。

生是你放在我那里面的?"冰轮道:"师傅,你又来了! 你倒把角先生放在我里面,倒还问我!"白姑子道:"倒是好话,不是与你作耍。"冰轮道:"我也是好话,何尝作耍?"把那角先生在床边上磕得捣捣的响,说道:"师傅,你听! 这是甚么东西响? 天空只两宿不来,你就极的成精作怪的!"白姑子道:"谁合你且在这里雌牙扮齿! 猛骨你收过了么?"冰轮道:"你好好的放着罢了,我为甚又另收他?"白姑子道:"抽斗上的锁已没了,内中空空的没了银子。待我再摸摸那盛钱的抽斗,看是如何。呀! 这抽斗也没锁了! 内中钱还不曾失去,你快起来点灯照看!"

冰轮一谷碌爬起,穿了衣裳,登上裤子,佛前琉璃灯上点着了火。在厨房门口经过,老白问道:"你又点灯做甚? 你进来,我合你算账!"说道:"你年纪小,会浪,要不着和尚就要角先生。我半世的老人家,守了这几年的真寡,亏你拿这东西来戏弄我! 这一定是你这小寋子干这促侠短命的事! 难道你师傅是我妹子,好来做这个事不成?"冰轮说道:"师姨,你说是甚话? 我何常敢合师姨顽来? 我合师傅的被里边都有这件物事。床里边那几两银子,都扯开抽斗没了,我来点灯炤看哩!"老白怪道:"有这等的事?"一边也就起来。

房中炤看,见两只箱子都把箱盖靠在墙上,内中凡是起眼的东西尽情没了,又见炉台上面放着盛酒的空尊,吃剩的腊肉皮骨,佛前的烛台也没了,方才知是被盗。又各面面相觑,想那角先生怎生放在里面，三个人〔1〕没有一个觉得的。白姑子又说睡中明明觉道有人云雨，也觉道甚是快活，只是困倦，不能醒来。三个人拿了灯前后焰看，并无踪迹，门户焰旧关严，不曾开动。

这白姑子费了多少心思得了这些外物，把他一棒敲得干净，岂有轻饶宽放之理？所以师徒两人同进城去，在捕衙递呈。后来呈虽递准，这贼始终不曾拿住。白姑子凑处那应捕的盘缠，管待那番役的饭食〔2〕，伺候那捕衙的比较，足足的忙乱了两个月。当不起这拖累，只得苦央了连春元的分上与了典史，方才把番捕掣了回去。直待偷儿三四年后别案事发，方知偷儿姓梁名尚仁，他才把当日的事情细细对人告诉。

那日狄希陈去莲花庵寻他说话，他所以果然不曾在家。老白也只大概说了个失盗的纲领，不曾说到其中旨趣之妙。狄希陈因白姑子不曾在家，遂与老白叙说闲话，因问老白："从几时到庵？"老白回说："自因夫亡守寡，与白姑子同胞姊妹，三年前来到庵中，与他管家做饭。"这些烦言碎语，不必细叨。

狄希陈知老白不是时来暂去的人，这素姐正月十六日来庵中烧香，曾撞见何人，事中的原故，他或者一定晓得，遂问他道："昨日正月十六日，我家里的那一个曾来这庵中烧香，你可记得么？"老白道："这能几日，就不记得了？那日还有西街上张大嫂哩。"狄希陈道：

"那个张大嫂？南头是张茂实家，北头是张子虚家。这张大嫂却是谁的娘子？"老白道："我也不知他男人的名号，是新开南京铺的。"狄希陈晓得是张茂实娘子智姐，心里也明白晓得是中他的毒了。又故意问道："你怎知他开南京铺？"老白道："我听见狄大嫂问他身上穿的洒线衣裳怎有这般做手[1]，花样又佳，尺头又好。他说丈夫往南京买货稍来的新兴顾绣，所以知他是开南京铺的。"

狄希陈道："苦哉！'狭路相逢，冤家路窄'，原来吃的是这里亏！若不是老白透漏消息，就是纯阳老祖也参不透这个玄机！只是这个歪拉骨也恶毒得紧！我不过带口之言[2]顽得一顽，你丈夫虽把你打了几下，你的母亲已即时齐齐整整把我回了一席，你却又这等盛设先施，我却那里寻个母亲与我报冤泄恨？况且正在这里比较衣裳，后患还不知有多少！"前思后想："没奈何，只得还去求他，问他回得这般一套衣裳。家中挡得限过，便是祖宗保护，先母有灵了。但不知他还有多馀不曾？若没有副馀[3]，止他老婆的一件，好何他回买？他故意要我受苦，断是不肯回与我的，我却何处去寻这个盗狐白裘的穿窬[4]，偷了他老婆的那件衣服来才好？但只怎能到手？无可奈何，

---

[1] 做手——做工，手艺。

[2] 带口之言——后文也作"在口之言"。信口说出的作不得准的话。

[3] 副馀——多馀。

[4] 盗狐白裘的穿窬——《史记·孟尝君列传》载：孟尝君在秦国遭囚，因让门客中能为狗盗者夜入秦宫，盗出从前献给秦昭王的狐白裘转献于昭王幸姬，得善言开释。元庚天锡有《孟尝君鸡鸣度关》杂剧，明谢天瑞有《狐白裘记》传奇演其事。穿窬，挖墙洞，爬墙头，因指偷盗者。窬，音 yú。

只得到他那里淘一淘金。"

　　竟到他那铺中，可可的张茂实又不在铺内，止有他的伙计李旺在那里管店，让狄希陈店前凳上坐了。狄希陈问说："张大哥怎不在店中做生意，却往何处去了？"李旺道："适才往家中去取货物，想也不久就来。你寻他说甚么？"狄希陈道："我要问他买套顾绣衣裳。"李旺道："那讨顾绣来？这顾家的洒线是如今的时兴，每套比寻常的洒线衣服贵着二两多银哩。用了这贵贵的本钱，拿到这里卖给老鬼么？"狄希陈道："若是好货，难道没人买？"李旺道："咱这明水镇上的人，肯拿着七八两银子买套衣裳穿在身上？要是大红的，就是十两还出头[1]的银子哩。只这十来年，咱这里人们还知道穿件罯绢片子，当时像杨尚书老爷做到宫保，还只穿着领漂白布衫。几个挑货郎担子的就是希奇物了，那有甚么开南京铺的？到有仇家洒线，也合顾家比个差不多。用甚么颜色，你要一套罢，价钱少着二两多银子哩。"

　　狄希陈道："只得差不多才好。要是身分相去悬绝了，入不得眼。"李旺道："你只不要合顾家的生活比看，这也就好；你要是拿着比看，那就差远着哩。就是地子的身分颜色，也与寻常的不同。"狄希陈道："这顾绣衣裳，只怕你有稍来自己用的，凭你要多少银回一套与我，你买货再稍不迟。"李旺道："这东西那得来？昨日张大哥定做了两套，是天蓝绉纱地子，淘了多少气，费了多少事，还为这个多住了好几日，才得了两套。别再那得了有来？"狄希陈道："既是张大哥有

----

　　〔1〕　十两还出头——同本"还"字空缺，据文意酌补。

两套,你叫他回一套给我,我多与他些银子。"李旺道:"他为合他婆子合了气,敬意寻了这两套衣裳与他婆子赔礼的,只怕他不回给你。你拿两套仇家的洒线往家里看去,女人知道甚么仇家顾家?你只说是顾家,谁合你招对么?"狄希陈道:"也罢。你拣两套好的,我拿到家且挡一水去。"李旺拣了一件天蓝绉纱圈金衫,白秋罗洒线裙,一件天蓝秋罗地洒线衫,白绫连裙,用纸包裹。

狄希陈拿了这两套衣裳往家行走,心中一则以喜,一则以惧。喜是有了这套衣服拿到家中,但得看验中意,完了一天大事,是诚可喜;惧是素姐一双贼眼就如水晶琥珀一样,凡百物件经了他眼中一过,你就千年古代,休想混得他过。若是被他认出假的,这场晦气怎生吃受?一边袖着行走,一边心中千回万转,就如赴枉死愁城一般。

却好路口一个先生,正在那里出了地摊,挂了一副关圣的画像,与人在那里起课。狄希陈挨在人丛里面,央烦占验目下的灾祥。那先生占得狄希陈主有阴人作祟,灾祸只在目前。狄希陈唬得面无人色,说道:"这灾祸可有路逃躲么?"先生道:"没处逃躲。就如有根绳子将你的腿脚拴住了的一般,任你绕圈走十万八千里路,也只好走个对头。"狄希陈道:"你既能起课说我目下就有灾祸,你一定也就知那逃避之方。"那先生又替他起了一课,掐指寻文了一会,说:"这课像似你在那女人身上要做一件瞒心昧己的勾当,必定瞒他不过,还要吃场好亏。要是你不要瞒他,虽然这祸也是脱不过的,还觉轻些。"狄希陈袖中取出二十文钱来还了课资,怀着一肚子鬼胎家去。

　　进入房门,素姐正怒狠狠的坐在那里。狄希陈从袖中取出那两套衣服,两只眼睛看了素姐,眊眊稍稍[1]的说道:"我寻了许多去处,方才寻得这两套洒线衣裳,他说是真真顾绣,每套九两银,分文不肯短少。"一边将纸解开,双手递将过去。素姐何消细看,只把两只眼睛略略的瞟了一瞟,说道:"你的双眼珠子已是滴在地下,看不出好歹;我还有两个好好的清白眼睛,认的好歹! 你把稍来的好货送了你前世的娘,故意寻这粗恶的东西来哄我!"拿起那衣裳,焰着狄希陈的脸摔将过来,旁边靠着一根窗栓,跳起身绰在手里,说道:"甚么鹰神狗神! 我那怕即时就拘了我去,我且出出我心里的怒气!"手里使那窗栓,肩臂上煞实乱打。

　　可怪这狄希陈且莫说大杖则走,就是在严父跟前尚且如此,他却牢实实的[2]站定,等他打得手酸。亏不尽狄周媳妇听得房中声势凶恶,赶了进去,只见素姐手中栓如雨下。狄周媳妇把头一低,从素姐手下钻将过去,双关[3]把素姐抱住,说道:"大嫂,你才忏悔了几日,像打世人的一般狠毒! 你嫌不好,叫大哥与你另买就是,何必恁样?"又说狄希陈道:"这大哥可也怪人不得。你岂不知道大嫂的性子? 你就使一百银子,典二十亩地,也与他寻一件应心[4]的与

[1]　眊眊稍稍——形容心虚胆怯的目光、表情。
[2]　牢实实的——山东方言,老老实实的。牢,"老"的方言音变。
[3]　双关——两臂围拢。
[4]　应心——称心如意。

他。你却这'撩蜂吃螫',干挨了打,又当不得甚事。还不快快的拿了这个去问他换好的来哩!"素姐说:"他叫南京稍了顾家的洒线,送了他亲娘,他不知那里拾了这人家丢吊的东西[1]拿来给我!我合你们说,往后再别要提那打醮忏悔的旧帐,我如今正悔哩!过这们不出气的日子,活一百年待怎么?我且'有尺水行尺船',等甚么鹰神再来,我再做道理。寒号虫[2]还说是'得过且过'哩。"狄周媳妇撺掇着,叫狄希陈拿了看不中意的衣裳,快去换那真正的顾家绣作。狄希陈见素姐渐渐的消下怒去,方敢慢慢的那出房门。

素姐与狄周媳妇说道:"刚才若不是你抱住了我,我不打他个八分死不算!"狄周媳妇道:"你打他个八分死,你就不耽心么?"素姐说:"我耽那心待怎么?我要耽心,我倒不打他了!"狄周媳妇道:"你打杀了他,没的有不偿命么?他爹不言语,他娒子也合你说三句话。"素姐道:"说起他爹来,我倒不作他[3];说他娒子,我还有二三分的惧却[4]。"狄周媳妇劝了素姐,自往厨房去了。

狄希陈拿了这两件看过的衣服去寻李旺。张茂实[5]来店中走了一遭,仍旧回家去了。那素姐勒问狄希陈要顾绣的缘故,李旺不曾

---

〔1〕 东西——同本作"东酉"。"西"与"酉"盖因形近而讹,据文意酌改。

〔2〕 寒号虫——又名"鹖鴠"。明陶宗仪《辍耕录·寒号虫》:"五台山有鸟,名寒号虫,四足,有肉翅,不能飞……比冬严寒,毛脱如㲉,遂自鸣曰:'得过且过。'"

〔3〕 不作他——山东方言,不理睬他。这里是不惧他的意思。

〔4〕 惧却——惧怯。却,"怯"的俗字。

〔5〕 张茂实——同本作"张茂寔",据上下文校改。同本本回"实"多作"寔",后文径改,不再出校记。

晓得，见了张茂实，把狄希陈来访问的详细一一对张茂实说了。张茂实心里喜道："妙哉此人！回他的话正合我心。"留下话与李旺："如他要了这拿去的，一天的事便罢了。若拿回来还了，必定要买顾绣，你可这等这等，如何如何，将话来随机应变的答对。"

狄希陈店中坐下，拿出取去的衣裙，说："家中看不中意。"央说务必即回一套真正顾绣裙衫。李旺见狄希陈满面愁容，泪痕在眼，知是吃了亏的。正在白话，只见张茂实从家中走来，见了狄希陈，作了揖，说道："狄大哥好贵步，怎得来小铺闲坐？"狄希陈道："每日忙乱的不知是甚事，算计邀了薛家弟兄合相家表弟，再约几位相厚的同窗来与哥暖铺，一日一日的蹉跎过了。容日，容日。"张茂实道："我不才，读书无成，做了生意。若得有同窗光降，我也不敢辞，只求狄大哥预先说声，我预备根小菜，叫两个娼妇陪酒。"

李旺道："张大哥，你前日南京稍的那两套顾绣，你都做穿了不曾？"张茂实道："荆人早先已做回一套，还有一套没做哩。"李旺道："有一个相厚的弟兄要问你回一套，你要不回一套与他，叫他给咱的原价？咱待几日不往南京买货去哩？咱另稍新的家来。"张茂实道："这留下的一套，是待与舍弟下聘的衣裳。不然，为甚么稍一样的？好叫妯娌们穿出去一般颜色，一般花样哩。"李旺道："令弟下礼也还早哩，咱再稍也还不迟。这是咱的至厚弟兄，济他的急也是好事。"张茂实道："要是相厚的人，才是不好与他的。这二十多两银子的东西，咱好合他争么？咱只说没有，回绝了他罢。"李旺道："张大哥，你说是谁？就是狄大哥。为回这衣裳，一连来了两遭，你没在铺里。"

张茂实道："咱铺里有时兴仇家洒线,比顾家的更强,拿几套家里拣去。"李旺道："要仇家的倒好了,看不中。狄大嫂只待要顾家的哩。"张茂实道："狄大嫂曾见过顾家的么?"狄希陈道："我不知他见与不见,他只说这仇家的生活、地子不好,拿上手就看出来了。"张茂实道："狄大嫂好眼力! 我甚伏他。既是狄大嫂要,这是别人么? 休说还有一套整的,就是荆人做起的,狄大嫂要,也就奉承。狄大哥,你略坐坐,我即时家去取来与你。"

张茂实家去取衣,狄希陈向李旺请问价钱。李旺说："这是他自己的银子买的,我不晓的多少。听见他说一衫一裙,足要二十一两五钱银子哩。他这里有原来使用的底帐,待我查出你看。"从柜里边取出一本旧纸帐簿,掀开寻看,上面一行写道:"顾绣二套,银四十三两。"狄希陈只愿有了就好,那还敢论甚贵贱。

待了一会,张茂实取了这套衣裳在柜上,取开来看,拿出那仇家的洒线相比,就似天渊一般。狄希陈得了这套衣裳,就如拾了万锭元宝,再三问张茂实请价。张茂实道:"狄大哥,你说是那里话? 这套衣裳能值几两银子,我就送不起? 只谆谆的讲钱,这通不像同窗兄弟,倒与世人一般。要是世人,就与我一百两银子,我也不回与他去。"狄希陈道:"哥若不肯说价,我又不好拿去,我又实用得紧,你这倒不是爱我了。哥只济我这一时之急,我给哥银子,另稍来还哥,这就是莫大之恩。"

李旺又在旁说道:"若狄大哥不上门来回,你知不道,送狄大哥就罢了。狄大哥寻上门来,你不收价,狄大哥怎好意思的? 你依我说，你送另送，这个你还说了原价，好叫狄大哥安心的用。"张茂实道："这其实一个同窗家，没点情分？些微的东西就收钱，甚么道理？也罢，我也不记的真了，两套只四十一二两银子的光景，有上的帐来，不知这一时放在那里。你只管拿去，不拘怎么的罢了。"李旺道："原帐在柜里不是？刚才我给狄大哥看来，两套共是四十三银子，敢是二十一两五钱一套。"狄希陈道："我即如数奉上，不敢久迟。"千恩万谢，拿到家中。有了真货，胆就略觉壮些，取出献与素姐。

素姐接到手，略瞧得一瞧，笑了一面道："人是苦虫！要不给他两下子，他肯善便[1]拿出来么？我猜你这衣裳情管是放在张茂实家，我若要的不大上紧，你一定就与了别人。论起这情来也甚恼人，我还看菩萨分上罢了。你看个好日子，叫裁缝与我做了，我穿着好赶四月八上奶奶庙去。"

狄希陈只因作戏捉弄智姐打了一顿，却自己受了无限的苦楚，丢坏了许多的银钱，到此还不知可以结束得这段报应否？

其馀别事，再演后回。

[1]　善便——轻易。

第六十六回

嘴尖监打还伤臂　心狠赔酒又挨椎[1]

事凡已甚,便不可为;可为已甚,仲尼其谁? 希陈已甚,明苦暗亏;茂实已甚,一顿棒椎。事凡已甚,故不可为;必为已甚,后悔难追。

却说狄希陈得了那套顾绣衣裳,献与素姐看得中意,严厉中寓着温旨。狄希陈就如奉了钦奖也没有这般荣耀,感激那张茂实不啻重生父母,再养爷娘。心里想道:"张茂实娘子智姐真真的天下也没有这样好人! 前日吃了我的捉弄,受了一场横亏,没奈何往他手里'饭店回葱',若是换了第二个不好的人,乘着这个机会正好报仇个不了,他却一些也不记恨,将自己稍来下礼的衣裳慨然回了与我。这段高情,真是感深肺腑!"火急般粜了十六石绝细的稻米,得了三十二两银子,足数足色,高高的兑了二十二两纹银,用纸包了,自己拿到张茂实南京铺内。

张茂实和李旺都作了揖,让狄希陈在店前凳上坐了。张茂实问道："前日那套衣服,中得狄大嫂意么? 狄大嫂性儿可是有些难招架哩。"狄希陈道："说不尽! 得了张大哥的玉成,李哥的撺掇,完了这件事,可是感激不尽! 若不是以心相照的兄弟,谁肯把这千乡百里自己紧用的衣服回了与我? 李哥,你把天平取过来我使使。"李旺端过天平,狄希陈将二十两合二两的两个法马放在天平一头,从袖中取出那封银来,解开放在天平一头,将天平两头稳了一稳,用小牛角椎[1]敲了两敲,高高的银比法马还偏的一针。将银倒在纸上,双手递到张茂实跟前。

张茂实道："狄大哥,你原来为人这们小气。这能有多大点子东西,我就送不起这套衣裳与大嫂穿么? 那里放着我收这银子? 你就要还我,迟十朝半月何妨? 为甚么这们忙劫劫还不及的? 这银子也还多着五钱哩。我收了原价也还不该哩,没的好收利钱么?"狄希陈道："这衣裳会自家走? 不用盘缠么? 这五钱银只当是加上的盘缠。"李旺道："相厚的弟兄,那论的这个? 若要丁一卯二的算计起来,这二十一两多的本儿,待了这两个月,走了这二千里路,极少也撰他八九两银子哩,没的这也好合狄大哥说?"狄希陈道："是呀! 我就没想到这里。我还补上。"张茂实道："你别听李哥的话。这原本我还不肯收哩,再讲利钱!"李旺道："狄大哥他也不消再补利钱,看来张大哥也不好收。张大哥正拿银子籴不出大米来哩,狄大哥府上极

---

〔1〕 小牛角椎——同本作"小牛角惟"。"椎"与"惟"盖因形近而讹,据文意酌改。

细的大米,也照着下来的数儿[1]粜几石与张大哥,就彼此都有情了。"狄希陈道:"李哥说的有理。我就奉送。"

三人说了一大会话,狄希陈辞了回家,果然送了大斗两石细米驮到张茂实家。张茂实称了三两六钱银子,虚点了一枪,狄希陈再三不受,止说的一声"多谢,容补"罢了。张茂实合李旺做了一路,将五六两的一套裙衫多得了三四倍的利息,你不感激他,倒骂了许多"呆屄养的"。

再说素姐忏悔了鹰神以后,又得了一套心满意足的衣裳,果然看待那狄希陈十分里面好了有一二分的光景,平日间那许多的非刑也都不大用了。这狄希陈若从此自己拿出那做男子的体段,不要在他面前放僻邪侈,却不也就渐次收了他的野心? 争奈这样混帐戴绿头巾的汉子,没等那老婆与他一点好气,便就在他面前争妍取怜,外边行事渐次就要放肆。

张茂实将一套衣裳用计多卖了二十两银,他又为这件衣裳吃了无限的大亏,其实也该将就他罢了;只为他令正吃了亏,报怨不了,在那白云湖岸亭子里边设了一席齐整酒肴,请狄希陈吃酒,说是为他送了大米,谢他的厚情,叫了一个美妓小娇春陪酒。

这狄希陈若是知回背的人,晓的自己娘子的心性——凡在人家吃酒,惟恐有妓女引诱他的丈夫,把那跟随的人问了又问,还要不信,

---

〔1〕 数儿——同本作"颣"。颣为"颣"的异体,据文意酌改。

必竟还差了那小玉兰假说送衣裳，要钥匙，连看一两次方罢——你看见有妓女在坐，你只该慌忙领他两杯，托了事故走得回家。他若不肯放你，你得空子逃席也是该的。谁知这狄希陈的流和[1]心性，一见个油木梳[2]红裙粉面的东西，就如蚂蟥见血相似，甚么是肯开交？张茂实合李旺更又有心捉弄，把小娇春故意的让在上面，与狄希陈并肩坐了。狄希陈不知张茂实用的是计，合小娇春手舞足蹈，不亦乐乎。

饮到酣畅时节，素姐晓得酒在湖亭，张茂实平素又是个风飘子弟，必定席上有妓，差了小玉兰，只说家中寻衣厨的钥匙不见，叫他去寻。小玉兰走到席间，正见狄希陈在那里与小娇春猜拳赌酒。狄希陈抬起头来，看见小玉兰来到，就似那贼徒见了番快也不似[3]如此着忙。不由得迎出席前问道："你因甚事寻到这里？"小玉兰道："姑娘要紧开那衣厨，寻不见了钥匙，特差我来要哩。"

狄希陈道："总里[4]钥匙都在一个包内，放在抽斗里边。你回去说知就是。"又把小玉兰拉到个背净去处，再三嘱付："你到家中，对了姑娘切忌不可说这里有个女人！你如不说，我任凭你做下甚么不是，我自己也不打你，我也不合你姑娘说。我分付狄周媳妇厨房与你肉菜吃。你长大出嫁的时节，我与你打簪环，做铺盖，买梳头匣子，

[1]　流和——山东方言，附合别人，随从人后。
[2]　油木梳——妇女头上插戴的一种梳子，行院中人常用作头饰。
[3]　不似——同本作"不必"。此依连图本，据李本校改。
[4]　总里——所有的。

我当自家闺女一般，接三换九。养活下孩子，我当自家外甥似的疼他，与你送粥米，替你孩子做毛衫。你要不听我说，学的叫你姑娘知道，他要打我一下子，我背地里必定打你两下！我死，你也活不成！我就叫你姑一顿打杀了，还有你爷爷问你讨命哩！再不，我合那头薛奶奶。你忘了那一遭为你说舌头，差一点儿没打杀呀？"

狄希陈合小玉兰说话，不防张茂实逼在墙角里听，猛可的说道："狄大哥，你既叫这孩子替你瞒藏，你陪个软儿央及他才是，你可降着唬虎他！"又说："你到家对你姑说，这是我的表子，与你姑夫不相干，休要叫你姑吃醋。"狄希陈道："你张大爷哄你哩，你到家连你张大爷的这话也别说。"又自己到席上取了些果子点心，放在玉兰袖内。

小素姐的家法，只是狄希陈没有耳性[1]，好了创口忘了疼的。那小玉兰是领熟了他大教的，敢在他手里支吾么？你就响许他万两黄金，他也只是性命要紧。你就唬他，背后要打他，也只怕那现打不赊，落得骗了些果子吃在肚里，且又做了行财买免的供招。

进的门，见了素姐，学说："我到了那里，亭子上摆着一桌酒，张大爷还合一个大高鼻梁的汉子——我不认的他，又有一个穿水红衫子老婆，合俺姑夫在上面一溜家[2]坐着，合姑夫猜枚。姑夫见我进去，问我是做甚么。我说：'俺姑待开衣厨，寻不见钥匙，叫我来要

----

[1]　耳性——山东方言，记性，记忆力。
[2]　一溜家——山东方言，并排。

哩。'姑夫说:'钥匙包子,在抽斗里不是么?'把我叫到背地里嘱付,叫别合姑说有老婆。"将那狄希陈分付的话学了个通前彻后,一字不留。把个素姐气的挃耳挠腮,椎胸跺脚,发放小玉兰,叫他疾忙回去,叫狄希陈即刻流水回来:"若稍迟一刻的工夫,我自己跑到那里,砸了家伙,掀了桌子不算,我把一伙子忘八淫妇,我叫他都活不成!"

小玉兰哭丧着脸,走到湖亭席上。狄希陈唬得魂飞天外,张茂实以为中计欢欣。小玉兰说道:"抽斗里没有钥匙,叫姑夫快往家里自己寻去哩。"狄希陈唬的个脸弹子莹白的通长没了人色,忘了作别,披着衣裳往外飞跑。张茂实赶上,死拖活拽〔1〕的说道:"好狄大哥,怎么就上门子怪人? 虽是做的菜不中吃,酒又不好,可也是小弟的一点敬心。粗饭也没上了,这粗妓也还没奉陪一陪。"李旺又在旁着实挽留。

狄希陈在外一边挣一边说道:"二位哥体量我,到家就来。要扯了谎,就是个禽兽畜生!"张茂实只是扯住不放。狄希陈道:"张大哥,你请我是好,你这不是安心害我哩?"惹的那妓者小娇春呱呱的大笑,说道:"你二位叫我都不省的:那客极的这们等的,放他去也罢了,主人家只是不放;其实主人家既是这们苦留,做客的就住下再吃三钟,这都没有妨碍。不知怎么客只待去,主人家只待留? 这就叫我不省的了。"

小玉兰儿见张茂实只是拉着狄希陈不放,就擦眼抹泪的哭道:

---

〔1〕 死拖活拽——同本作"死拖活梗",据文意酌改。

"你放了俺姑夫去罢,是你的便宜。俺姑说来,要去的迟了,俺姑要自己来哩,打了家伙,掀了桌子,还叫你淫妇忘八都活不成哩!"狄希陈听见这话,越发往外死挣,口里只说:"你是张叔!张大爷!张爷爷!张祖宗!可怜见,你只当放生罢!你就不怕伤阴骘么?"张茂实还扯着胳膊不放。狄希陈看见旁里一个割草的小厮,腰里插着一张镰,拱倒腰绰在手里,口里说:"罢,罢!我卸下这只胳膊给你,我去罢!"拿起来只一割。亏不尽穿着一领白绸褙子,袖子虚空着没曾着肉,止割破了袖子,胳膊割了一道深口,没曾卸的下来。从袖中鲜血直流,张茂实方才放手。

狄希陈及至到家,浑身上下通是染了个血人。素姐见了这等形状,也未免把那算计酷打的心肠去了一半。小玉兰又把那狄希陈这样往外挣,张茂实怎样拉着不放,狄希陈着极,夺镰砍胳膊说了一遍。素姐不听便罢,听了"怒从心上起,恶向胆边生",拉过一条裙子穿上,腰里拽着[1]个棒椎就往外跑,小玉兰后头跟着也跑。调羹从厨房里看见素姐凶凶的往外去,正不知是何头路,急着人寻了狄员外来家,说知素姐飞奔往外去了,不知何故;又到狄希陈房里,见狄希陈使血染了个红人,知是胳膊受伤,慌乱着寻陈石灰合柳絮、明府骨头[2]与他搽敷。

----

〔1〕 拽着——即"掖着",塞着。

〔2〕 明府骨头——即墨鱼的骨头,药名"海螵蛸",中医认为有收敛疮口之效。明府,即"蟏蛸"。明郎瑛《七修类稿·辩证·伪墨艾纳》:"乌贼鱼暴干,俗名蟏蛸。"

再说张茂实放的狄希陈去了,合李旺、小娇春笑说:"这计何如?尖嘴小厮,做弄的我差一点儿没把俺婆子一顿打杀!叫我丈母当日打了一顿,做弄叫他婆子打了第二顿,坐软牢,丢了百五十两银子不算,这会说书,浑深又是一顿好打!"小娇春道:"嗔道叫我说怎么来?极的他这们等的,你只是不放。原来是用的计么?"张茂实道:"不是为计,我舍钱请他哩!且叫他这会子家里受罪,咱三个且这里自在吃酒。"

正在得意之际,只见一个二十岁上下的少妇,穿着家常衣服,雄赳赳的走进亭来。众人也不料就是素姐,各人彼此相看。素姐走到跟前,把桌子一掀,连碗掀在地上,跌得稀泥烂酱。一只手扯住张茂实的裤腰,从自己腰里扯出那拽着的棒椎,照张茂实身上你看那雨点儿似的打。张茂实使手招了一招,劈指头一下,打的五个指头即时肿的像了鼓椎。

张茂实道:"了不的!通没王法了!你是谁家的老婆,平白来这里打人?"素姐再不答应,只是轮椎。李旺起先还向前来劝,后来说道:"这不是别人,一定就是狄大嫂。"素姐才说:"忘八淫妇们!你早认的我好来!你攒谋杀了我汉子,还敢在这里吃酒!俺汉子已是断了气了!"张茂实死挣不脱。

李旺合小娇春听见狄希陈死了,只道是当真,夺门就跑。素姐拦着门说:"忘八淫妇!谋杀了人,你往那去?我待饶那一个哩!"李旺空大着个鼻子,雄赳赳的个歪人,见了素姐这们丢丢秀秀的美妇,李旺,李旺,把那平日的旺气不知往那里去了,东看西看,无门可出,只有亭后一个开窗，得了个空子，猛可的一跳，金命水命，就跳在湖中，踏猛子〔1〕赴水逃走。小娇春也只得跳在湖里逃命，可只不会赴水，汩没〔2〕得像个凫雏一般。

张茂实挨着打，口里只管说道："好狄大嫂！你怎么来？你打世人哩么，打的没点情分？"素姐说："贼砍头的！我合你不是世人是甚么？"张茂实道："好狄大嫂！咱倒的〔3〕同不的世人，我千山万水稍的心爱衣裳，狄大哥说声嫂子要，我双手就送。我将酒请人，并无恶意，这小娇春是我相处的，你那里放着只管打我？我合狄大哥是同窗，我大起〔4〕他，还是你大伯人家哩！"

张茂实口里似救月一般，素姐那里肯放！张茂实左架右招，素姐东打西椎〔5〕。幸得李旺赴水上崖，湿的身上就如个冒雨寒鸡，跑到张茂实家怪叫，喊的道："张大嫂，你还不快着去哩！狄大官娘子待中把张大哥使棒椎打杀呀！我赴水逃命来了！"

智姐听说丈夫被人使棒椎痛打，还那里顾的甚么体面，飞奔也似的奔到湖亭，正见素姐行凶，张茂实受痛。智姐骂道："贼砍头的！我说的话你白当不听！我这们再三的说凡事别要太过，已是够他的了，你拿着我的话当狗臭屁，可吃他这们场亏！这可是为甚么，使了

〔1〕 踏猛子——一头扎进水里。踏，山东方言音 zhɑ，通"扎"。
〔2〕 汩没——淹没。
〔3〕 倒的——"到底"的借字。毕竟。
〔4〕 大起——山东方言，大过……，比……大。
〔5〕 东打西椎——同本作"东打西推"。"椎"与"推"盖因形近而讹，据文意酌改。

钱又受疼呀？没的一个老婆，你就招架不住他么？叫他像拿鸡似的！"智姐往素姐手里夺那棒椎，那里夺的下？拍他那扯着裤腰的手，那里拍得开？智姐极了，把张茂实的一条白绸单裤尽力往下一顿，从腰扯将下来，露出那根三寸粗虎口长[1]软丢珰一根大吊，东摇西摆。素姐只得放了手，用袖遮了脸，一直的才出湖亭去了。

张茂实见素姐去的渐远，方敢骂道："你看这恶私科子浪淫妇么！打我这们一顿！这不是你这妙计，我还挨他的哩！"智姐说道："该，该！你往后我凡说甚么，你还敢不听么？"替张茂实戴上巾帽，穿了衣裳，叫人抬了打毁存剩的器皿，央央跄跄的同智姐走了回去。

素姐到家，只见狄希陈正上完了刀创药，用绢帕裹着，肿的一只胳膊瓦礶般红紫。素姐自己把汉子拷贼的一般毒打，他就罢了；见了别人把他的胳膊致得这样，心中也有些疼痛。家下的[2]都料得他猛熊一般出去打骂了别人，将这一肚皮恶气必定要出在狄希陈身上，谁知他便也不曾敲打，只骂道："你这污农头[3]忘八羔子！有本事养老婆，就别要这们害怕！你就来家，我有长锅呼吃了不成？为甚么对着人家自家砍自家的胳膊？你是待形容我那恶处，你做春梦哩！我薛老素不怕人败坏，我不图盖甚么贤孝牌坊！你问声，那年张家盖牌坊，老婆汉子的挤着看，我眼角儿也不看他！你背着我养老婆，天也不容你，神差鬼使的叫你自家砍那手！"

---

〔1〕三寸粗虎口长——同本作"三寸长虎口粗"，据文意酌改。
〔2〕家下的——等于说家里的人。
〔3〕污农头——义同"五浓"，参见第六十回注。

　　素姐每日咽哝带骂,絮叨个不了,狄希陈疮口发的又昼夜叫唤。狄员外寻人看视,百不见好。有人说府城西门外有个艾回子,是极好有名的外科。狄员外封了三两白金,差人牵了骡子,径上济南接他。

　　艾回子推着一把拉着一把[1]的,骑着骡子来了。看的狄希陈是房事冲坏了疮,外头不收口,只往里套[2],务要将外边死皮用药蚀去,然后再上细药生肌。要不早治,这只胳膊都要烂吊:"你没听府里南门上杨参将家一个家人媳妇,原是黄举人家的丫头。黄举人的娘子,病的临终嘱付:'这丫头服侍了这几年,好生替我寻主嫁他。'黄举人依他嘱付,许了杨参将的家人。收了他五两财礼,倒赔送了有十两多银子的东西。他嗔黄举人不留他在房里,来到杨家,百口良舌咒骂旧主人家,忽然长起蝼蛄疮[3]来。消不的两个月,长对了头[4],只是往里蚀。请我去看,我认的是报应疮,治不好的,我没下药来。果不其然,不消十日,齐割扎的[5]把个头来烂吊一边。

　　"西门里头马义斋长了对口[6],也是请我去治。我看了看,我

<hr />

〔1〕推着一把拉着一把——形容不愿做某件事,但迫于情势不得不去做的情态。这里是形容艾前川拿架子、作势的样子。

〔2〕套——侵溃的意思。

〔3〕蝼蛄疮——又称"蝼蛄疖"、"蟮拱头"。指生于头部的多发性疮疡。

〔4〕长对了头——疮疡部位在头或颈项交匝相接。

〔5〕齐割扎的——山东方言,齐齐的。

〔6〕对口——《外科正宗·痈疽门·痈疽原委论第一》:"对口者,生于项后,面对前口是也。"指生于颈项后面正中部位的痈疡,即对口疽。

说：'这声势大，难治呀。我只是破着[1]治，治好了，你是另拾的命；你要不好也别怨我，另托生托生新鲜。'旁边火盆上顿着番滚的水，使筷子[2]夹着棉花，把滚水往上撩，他觉也没觉。我日夜陪着他，费了有一百日的工夫，已是待中长平口了。

"那一日家中有件要紧事，我待到家走走，我千万的嘱付，我说：'这疮只待的半个月就通好了。我的功劳已是有了九分九厘，再得一厘，就是十全的大事完了。我去后，千万不可行房。要是发了，这疮就是神仙也救不活了。'我刚只来后，家里支使着一群大磐头丫头，搽胭抹粉，就是一伙子妖精，见我来了，书房里没了别人，没事到那里晃三回，不送茶也去送茶，不送水也去送水，在那跟前乜乜斜斜的引逗他。

"一个少年人，一百多日没有闲事，又是疮的火气助着，把我嘱付的话忘在九霄云外去了。合一个丫头小玉杏在床沿上正干，谁知一个小迎春就是一个刘六、刘七的老婆，把那帏屏使簪子札了个眼，看了个真实不虚，猛可丁的吆喝了一声：'小玉杏！娘叫你来与爹送茶，叫你来要爹做么？'马义斋没由分说，上前一手把小迎春拉到床沿上，复番身又是一下子。那消一大会子？当时气喘咳嗽，即时黑了疮口。到点灯的时候，长的嫩肉都化了清水，唬的可一替两替的使人寻我。

---

[1]　破着——豁上，尽一切努力而不计后果的意思。

[2]　筷子——同本作"快子"，据文意酌改。

"我那日偏偏的又吃两杯酒。我只听见说了一声叫我，跘了跘脚，说：'可罢了！'正一头酒的人，着了这唬，酒都唬的醒了。流水跑到那里看了一看，疮口像螃蟹似的往外让沫〔1〕哩！裂着瓢那大〔2〕嘴怪哭：'艾哥，你好生救我！我恩有重报！'叫我说：'别说我艾前川手段不济，只怕就是吕洞宾也要皱眉。我救不得你了，你快着叫人替你预备后事罢。'

"我只刚到家，他那里张了张口，完事了。我别说费了多少的药材，只这陪着你待了一百多日，把四下里的主顾都耽误了。他那没天理的老婆，不说自己管家不严，叫丫头送了汉子的命，倒说是我勒掯要钱，不与他汉子下药，耽误了他汉子的命了！将着一家大小，穿着孝，往我的铺子门首震天震地的哭，一日三遍到铺子门口烧纸送浆水。你说，这恼不杀人么？

"你的这疮明白是刀砍的，敷上刀疮药，这们少年血气旺的人，破着一个月，长得好好的。谁叫你自不谨慎，行了房，把疮弄得顽了？这要不费百日工夫，这条胳膊就要不姓狄了！"

狄员外听说，甚是耽心，送了一两开箱喜钱。那艾前川将疮用水洗净，说："要上加蚀药，将丁皮腐肉尽数蚀去，方好另上细药，才好生肌。这败肉得四五日的工夫方可蚀尽，可是要忍些疼儿。我今日住下，晚上替你敷上蚀药，再留下两帖膏药与你。我明日起早，你着

---

〔1〕 让沫——泛沫，冒沫。

〔2〕 瓢那大——像瓢那样大，是一种夸张的说法。那，"那样"的省语。

人且送我家去，我安一安家，收拾些药。这药都是贵物，还得到家折损些甚么才好修合哩。"狄员外道："这往返一百四五十里地哩，好辛苦走路呀？该用什么药，你开出单来〔1〕，咱叫人府里买去。家里我也叫人送粮米去安家。"艾前川道："这必定还得自己到家。一应珍珠、冰片、牛黄、狗宝〔2〕、朝脑、射香，都是我自己收着，没教别人经手。这升轻粉、打灵药、切人参、蒸天麻，都要一副应用的器具哩，这都要费措处。我自己不到家，怎么成得？脱不了这蚀败肉还得四五日的工夫，这四五日里边，我到家不都俱各完了？"

狄员外见留他不住，只得许他次早家去。明早起来，打发他吃了饭，鞴了骡子，叫了觅汉跟着，称了三两银子，叫他自家随便买药。他又不肯直捷收去，说道："不消银子。这药就只珍珠是贵药，我家里有收的。新近一个贩珍珠的客人来，我换了他有半斤，都是菀豆〔3〕大滚圆的珠子。这药使不的二两多银就够了。冰片，咱家里也有。除了这两件，别的甚么黄芪、甘草、芍药、当归，那能使几个钱？咱是一家人，何必论这个？"狄员外道："虽是家里有，可也要使钱买，把这银子收了倒好。"

这艾前川口里说着推辞的话，已是把银子袖到袖中去了。狄员外送他上了头口，说道："第四日准准的望你来到。"千叮万嘱而别。

狄希陈那日临睡的时节，艾前川与他洗净了疮，上了蚀药，贴了

〔1〕　开出单来——同本作"开出卑来"。"单"与"卑"盖因形近而讹，据文意酌改。
〔2〕　狗宝——狗的胆囊、肾脏或膀胱中的结石，中医用来治疗痈疮等证。
〔3〕　菀豆——同"豌豆"。

五虎膏。睡到五更，这疮一步步疼得紧将上来。狄希陈叫他父亲与艾前川说知，艾前川道："这要蚀去败肉，怎得不疼？我昨日已是说了。这坏了的疮，叫他起死回生哩。要一点苦也不受，你倒肯呀？"

及至艾前川行后，这疮一时疼似一时，一刻难挨一刻，疼的发昏致命，恶心眼花，只是愿死，再不求生。再要问他声所以，那里得个艾前川挝到跟前！

疼到半夜，一阵阵只要发昏死去，狄员外只得替他揭了膏药，用温汤洗净。只见那疮都变了焌黑的颜色，蚀有一指多深，把肉都番出朝外，渐觉疼稍可忍。

却说艾前川到得家内，那里甚么合药，拿着那狄家的四两花银，籴米称面的快活。跟去的觅汉见他第四日不肯起身，再三央请，他甚么肯动？见觅汉催得紧了，方说："那疮是个治不好的低物件，我看你家又是个舍不得钱的人家，这疮难治，我不去了。你牵了骡子去罢。"觅汉道："好你呀！这是说的甚么话？你不治可也早说，怎么耽阁这几日？你怎么就知道俺主人家是个舍不得钱的？俺主人家七十的人了，只有这一个小主人家，甚么是大事？你要钱明讲，怎么耽误着人家的病哩？"

艾前川道："你要叫我治这个疮，你流水家去，与我二十两银——先与我十两，其馀的十两立个帖儿，待我治好了谢我。要依我如此[1]，你到家拿了十两银合立的帖子来，我就去；要不依我，你就

---

〔1〕 依我如此——同本作"你我如此"，据文意酌改。

不消来,我待往泰安州烧香去哩。"

　　觅汉无可奈何,只得牵了骡子独自回家,将艾前川的说话一一对狄员外说了。

　　不知狄员外如何措处,其说甚长,再听后回衍说。

醒世姻缘传

书名题字／弥松颐

＊ 插 图 本 ＊

中　　国　　古　　典　　小　　说　　藏　　本

醒世姻缘传

西周生　辑著

袁世硕　邹宗良　校注

下

人民文学出版社

第 六 十 七 回

艾回子打脱主顾　　陈少潭举荐良医

一膏能值几？末药岂钱多。贪心如壑是疮科，惟愿将人全
产、往家驮。　　细君心亦恨，干仆怨难磨。毁伤厨柜与炉锅，
准〔1〕去紫花皮袄、没腾那〔2〕。

　　　　　　　　　　　　　　——右调《南柯子》

自从艾前川去后，狄希陈那疮疼的见鬼见神，杀狼地动〔3〕的叫
唤，只得将膏药揭去，末药洗净。虽然痛觉少止，那疮受了那毒药的
气味，焌黑的锁住了口，只往里蚀。等那艾前川到，一日即同一年，极
的个狄员外眼里插柴。等到第四日，狄员外就像卧不定的兔儿一般，
走进走出，甚是心焦。等到午转时候，远远的不见艾前川，只见跟他
去的那个觅汉骑了骡子回来。狄员外不见艾前川来到，问了一声，给
了个闭气。觅汉把自己那怎样央他，与他那要银子立文书，怎样刁
蹬〔4〕的情节一一说了。

----

〔1〕　准——抵偿，赔补。
〔2〕　没腾那——没有商量的馀地，没有二说。那，同"挪"。
〔3〕　杀狼地动——同本作"杀狼地动"，据上文校改。
〔4〕　刁蹬——刁难勒掯的意思。

狄员外乍然听见，那痛儿子的心盛，也不免躁极了一会。随即转念说道："罢，罢！这是用他救命哩，合他赌的气么？甚么是先与十两，后与十两，又好立张文书？我爽利就把这二十两银一总与了他。他若有本事一日治好了，也是这二十两谢礼。你去吃了饭，我设处〔1〕了银子，你把咱那黄骡合那青骒骒喂上，你骑着一个，牵着一个，快些回去接了他来。就今日赶不进城去，你就在东关里宿了，明日早进城。我赶日西专等你到。这骒只怕乏了，留下他罢。"

狄员外合觅汉正在大门外说话，一个后街上住的陈少潭走来。狄员外迎到街心，作了揖。狄员外道："陈老哥，你待往那去？家里坐坐吃茶。"陈少潭道："我还有点小事儿待做哩，改日扰茶罢。你脸上忙忙的是怎么？"狄员外道："我心里不自在，陈老哥，你就看出来了么？学生砍着胳膊，不知怎么把疮就发了。请了府里的艾回回来治，他说回家去配药，临去上了些细药面子，贴上一帖膏药，疼的个孩子杀毛树恐〔2〕的叫唤。我从新叫他揭了膏药，把那面子药洗了，疼觉住了些，把那疮弄的焌黑，只往里蚀。他倒挨磨了今日四日，他爽利来了。他说：'你要叫我治这个疮，你与我二十两银，先给我十两，再立十两的帖儿与我，好了再与我那十两。'你要钱可也自家来，你一边治着一边要不迟。这是甚么事？你且高枝儿上站着勒揩哩！"陈少潭道："他既是这们等的，你可怎处？"狄员外道："咱用他救孩子的命哩,咱说的么?什么先十两后十两哩!我爽利一总给他二十两去。他满了心,他可来呀!前日他来,送了一两开药箱的喜钱,临去又与了他三两银买药。"陈少潭说:"咱到里头坐坐。"

狄员外让到客位,拱手坐下,叫人家去看茶。陈少潭道:"这艾满辣号是艾前川呀?狄哥,你素日合他相厚么?"狄员外道:"那哩?也是听见人说,平日不认的他。"陈少潭道:"你不认的,你就冒冒失失的请他[1]?这外科十个倒有十一个是低人,这艾满辣是那低人之中更是最低无比的东西,你就合他打结交?他自来[2]治人,必定使那毒药把疮治的坏了,他才合人讲钱,一五一十的抠着要。他治坏了的疮,别人又治不好了,他'蛇钻的窟垅蛇知道'。

"历城县裴大爷,臁亮骨[3]使手蒯了个疮,疼的穿不得靴,叫他治治,他就使上毒药,差一点儿没把裴大爷疼杀。差了两个快手鹰左脚[4]锁了去,裴大爷没由他开口,就套夹棍。他那片嘴就像救月儿一般,说:'老爷这虽是个伤手疮,长的去处子[5]不好,汤汤儿就成了臁疮[6],叫那皮靴熏坏了,要不把那丁住的坏皮蚀的净了,这光骨头上怎么生肌?凡百的疮,疼的容易治,这疼一定是蚀净了败肉,

---

〔1〕 请他——同本作"请地"。"他"与"地"盖因形近而讹,据文意酌改。

〔2〕 自来——从来。

〔3〕 臁亮骨——外踝。

〔4〕 鹰左脚——即"鹰撮脚",老鹰抓着猎物的样子。

〔5〕 去处子——山东方言,地方,位置。

〔6〕 臁疮——生于小腿部位的疮疡,此指踝部疮疡。

医生能叫老爷即时就止了疼，次日就干了浓[1]，第二日就收口，第三日就好。如再治不好，领老爷的夹打不迟。'老裴说：'且放起他来！三日治不好，叫他死不难！'他弄上点子的药，熬了些水替他洗了，上上了些面子[2]，换上了帖膏药，那疼就似挡了去也没有这们快，可不只三日就好了？老裴说：'你在本县身上还这们大胆，你在平人手里还不知怎么可恶哩！你只别治杀了人，犯在我手里，我可叫你活不成！赏他一两银子去罢！'

"他的丈母也是长了个疖子，问他要了帖膏药，他也把那起疼坏疮的膏药与了他一帖，把个老婆子也只差了一点儿没疼杀。老婆子上门来发作，他可雌着嘴笑，叫他老婆兜脸打了几个嘴巴。他说：'我知道真个是他用来么？我当是他要给别人贴来。另拿帖膏药贴上，罢呀仵么？'

"只是马义斋[3]家好哩。马义斋可，别屈了他，他倒没治杀他。马义斋死了，他全家大小穿着孝，一日三遍往他铺子门口烧纸哭叫，作践了个臭死。捏着头皮儿，只怕老裴知道他治杀了人，合他算帐。论他实是有几个极好的方，手段也极去的，只是为人又歪又低。

"你昨日只该请南门外岳庙后的赵杏川好来[4]。是王府的医官，为人忠诚，可是外科的那些歪憋，他没有一些儿——但这外科们

---

[1] 浓——"脓"的借字。
[2] 上上了些面子——山东方言，敷上了一些药粉。上上，敷上、撒上的意思。
[3] 马义斋——同本本回俱作"马乂斋"，据上回校改。
[4] 好来——山东方言，用于假设句中，等于说"那样的话就好了"。

可也怪不的他，不肯使手段，人可也就不肯给钱——本事尽好，家里可穷。你这去要是艾满辣再勒掯不来，你就请了赵杏川来，你说是我荐的。治好了，你有四五两银子谢他，他就知感不尽的，不照依那歪屄养的又歪又吃大食。"

狄员外道："他既是这们歪憋，咱不请他，咱就请赵杏川罢仔么？"陈少潭道："你已是叫他治了会子，又与了他三四两银子买药去了，怎么又好换的？爽利叫他治罢。"狄员外道："要是再没别的好人，咱只得求他。既是有赵杏川这好相处的人，咱放着不合他相处，可合这歪人皮缠，为甚么？万一来到，咱一错二误的管待不周，或是他再另起甚么念头，他再使出甚么低手段来，这孩子可是难搭救了。咱就像马乂斋家往他铺子门口烧纸哭叫，就叫他偿了命，济的甚么事？陈老哥，就央你写个字儿，封二两银子，叫他家里安排安排，咱请了赵杏川来罢。"

陈少潭道："咱改了请赵杏川，那艾前川买药的三两银子只怕倒不出来呀。"狄员外道："那买药的三两银是咱不消提的了。"陈少潭道："这也罢了。你取个封套合个折柬儿来，我就在这里写个字罢。"

狄员外叫人取过文房四宝，陈少潭研墨舒纸，写道：

　　侍教生陈治道拜上杏川赵兄门下：久违大教，渴想渴想。有舍亲狄宾梁令郎长一创，生盛夸赵兄妙手，舍亲敬差人骒薄礼，专迎尊驾，幸即亲临敝镇。倘得痊愈，恩有重谢，不敢有违。速速！专候。治道再叩。

将书递与狄员外看了，封口严密，封了二两书仪，差了觅汉，星飞前去迎接赵杏川前来治创。觅汉骑着一个骡子,牵着一个骡子,飞奔而去。

却说艾前川料的狄家父子是个庄户人家,只晓得有个艾满辣是个明医,那里还晓得别有甚人? 且是那三两买药的银子是个管头[1],怕他再往那去? 单单等那觅汉回来,不怕他不先送这十两银子合那十两的文书。只见呆老婆等汉的一般,等了一日不到,已甚觉心慌;等了二日不来,看看的知道有些豁脱;等到三日不见狄家人到[2],艾前川自己已是又焦又悔,怎又当得个老婆走在耳躲边唧唧哝哝个不了,千声骂是"贪心的狠忘八",万声骂是"喂不饱的狠强人":"这们一个有体面大手段的人家,不会拿着体面去使他的钱,小见薄德的按着葫芦抠子儿! 你既是显了手段,叫人受着苦,你可还快着去治他呀! 你可又勒掯不去! 人受一口气,宁喂狼不喂狗的人,要是给人个好手段,别人叫他疼,你能叫他别疼,你可回家不去了,人还有想你的。你把人治的叫苦连天的,你可勒掯着人家不去,人可为着甚么想头还想你么? 稍来买药的三两银子[3],你使了他的,他说不请你看创了,他没有不来要这银子的! 咱先讲开,我的几件绢片子,我可不许你当我的,你就别处流水刷括了给他! 县上老裴张着网儿等你哩,要是嚷到他耳躲里,只怕你不死也去层皮!"番来覆去,这老

----

[1] 管头——等于说牵头、拿手。

[2] "等到三日"句——这里作者叙述有误。据前后情节,狄家的觅汉应是第二日前来索银。

[3] 三两银子——同本作"三前银子",据文意酌改。

婆的舌头絮叨个不了。

这艾回子平日是个惧内的人,如今吊了一股大财,且又要到出那三两银去,已是一肚子闷火,再搭上一个回回婆琅珰〔1〕着个东瓜青白脸,番撅着个赤剥紫红唇,高着个羊鼻梁,凸着两个狗颧骨,三声紧,两声慢,数说个无了无休,着极的人激出一段火性,把那柜上使手尽力一拍,嚷道:"没眼色的淡嘴贼私窠子! 你劈拉着腿去坐崖头挣不的钱么? 只在人那耳旁里放那狗臭屁不了! 我使那叫驴鸡巴捣瞎你妈那眼好来!"

看官听说,那回回婆毒似金刚,狠如罗刹,是受老公这样骂的?登时竖起双眉,瞪了两眼,吼的一声,伸过手去,把一顶八钱银子新买的马尾登云方巾捽将下来扯的粉碎,上边使那紫茄子般的拳头就揾,下边使那两只稍瓜长的大脚就踢,口里那说不出口听不入耳的那话就骂。这艾前川既是惹发了他的性子,你爽俐与他反乱一场,出出你那闷恼却不也好? 谁知见他咆哮起来,回嗔作喜,赔礼不迭。那回回婆既是开了手脚,甚么是再收救得住? 声声只说:"该千刀万剐的死强人! 从几时敢这们欺心! 我合你过你娘的甚么臭戾日子!"把一个药箱,拿起那压药鐭〔2〕的石狮子来一顿砸的稀烂,将一把药鐭在门槛底下别成两截;走到后面,把一个做饭的小锅、一个插小豆腐〔3〕的大锅打的粉碎;又待打那盆罐碗盏、缸瓮瓶坛,艾回子只得

〔1〕 琅珰——山东方言,搭拉,板着。
〔2〕 药鐭——药铡,切中草药的小铡刀。鐭,同"铡"。
〔3〕 小豆腐——大豆加水泡胀后磨成糊状,与切细的菜叶一同煮熟的一种食物。

跪了拉他。那回子平日是晓得些把势[1]的人，谁知触怒了凶神，甚么把势还待使得出来？叫他就像驱羊遣狗相似。

正在那里夫妻相打，觅汉请到了赵杏川，送了书礼，许了即时收拾药料衣装，时下就要起身。觅汉想道："赵医官收拾行李，必定也还有一会工夫。艾回子既然勒掯不去，另请了别人，他前日那买药的三两银子，主人家说舍吊不问他要，我如今到他那里问他要那银来。陈爷说他怕的是那历城县裴大爷，他若不与我时，我拾他两头，拉了合他往历城县门口声冤。他总不肯全付还我，就是二两一两也好[2]。"凶凶的走到那边。艾回子正与老婆合着气，看见那觅汉手里不曾拿着甚么书礼，又不曾牵着甚么马骡，满面怒容，料得不是甚么好的光景，勉强说道："管家，你此来是接我哩么？"

觅汉道："不用你了。你说的那话，我尽都与主人家说了。主人家说：你若用心看得好了，莫说二十两半现半赊，就是预先全送也有，就是再添十两，三十两也有！你把人使了毒药，叫人要死不活，你却支调来家，勒掯不去，情上恼人！赌气不叫你治，差了人往临清另请人去了，叫我来要那买药的三两银子哩！那一两原是送你开箱的喜钱，免追罢了。"

艾回子道："好管家，那一日我吃了几钟子烧酒，空心头[3]就醉

了,你又催逼着我起身,我酒醉中说了几句不中听的臭屁,谁料你就认了真,对着狄员外说。狄员外是错待了人的? 可不叫他怪么? 我见你去了又不回来,叫我想道:只怕是我那清早醉了,说了甚么不中听的话。叫你去了,俺婆子才一五一十的学给我。俺婆子抱怨,说我把财神使脚踢。我又后悔,没要紧大清早神差鬼使的吃了这血条子〔1〕,甚么脸儿见你员外? 羞杀人! 管家,你牵的是甚么头口? 我即时就合你去,一切用的药,我都收拾停当了。"

觅汉道:"俺员外没说接你去,只说:'你问他要了那三两买药的银子来。你若要不将来,我坐你的工价。'"艾回子道:"那银子我已尽数买过药了,那里还有银子? 这是员外不耐烦我的话。你没有生口,咱走到东关春牛庙门口,我自己雇上个驴去。我尽着力量治,治好了我也不敢望谢,只结个相识。"觅汉道:"俺往临清另请好明医去了,不用你治。你只把那银子给我拿了去。"艾前川道:"银子使了,你改日来取罢。"

觅汉道:"改日取罢! 你只再说不给,你试试!"艾前川道:"有银子肯不给你么? 实是买药使了。要不,你拿了药去。再不,你等着使了药,另撰了钱给你。"觅汉照着艾前川的胸膛猛割丁拾了一头,扯着就往县门口,吆喝道:"你骗了人家的钱来,勒掯着不替人治创,把人的创使低心弄的恶发〔2〕了,误了人的性命,咱往县里禀裴大

---

〔1〕　血条子——指烧酒。
〔2〕　恶发——山东方言,伤口破溃化脓。

爷去!"

艾前川口里强着,身子往后倒褪。那回回婆从里头提溜着艾前川一领紫花布表月白绫吊边的一领羊皮袄子,丢给那觅汉说:"那银子他已使的没了,你拿了这皮袄子去。他有银子,你赎与他;他没银子赎,你怕卖不出三两银子来么?"

觅汉道:"要不将银子去,员外坐我的工食哩。我要这穷嫌富不要的杭杭子做甚么?"回回婆道:"你拿了去,由他!这皮袄子是他的命,他出不去三日,情管就赎。我是恨他心狠,打脱了主顾,正合他为这个合气哩。你听着我说,你拿了他,好多着哩。"觅汉道:"既是你这娘娘子说,我就依着。破着不赎,算了我的工食,我穿着放牛看坡,也是值他的。"拿着去了。

艾前川无可奈何,极的只干蹬眼。三两银子换去了五两银子的一件皮袄,家里打了够五六两银子的器皿,受了老婆的够一布袋气,受了觅汉的许多数说,受那街上围着看的人说了多少不是。

觅汉拿着皮袄回到赵杏川家,恰好赵杏川收拾完备。留觅汉吃了饭,将两个骡子撒喂了草料,觅汉把那皮袄垫在自己骑的那头骡上,同着赵杏川加鞭前进。没到日西,到了明水家里。狄员外豫备下的酒饭,又着人去请了陈少潭来相陪。

那赵杏川大大法法的个身材[1],紫膛色,有几个麻子,三花黑须,方面皮,寡言和色,看那模样就是个忠厚人。吃了不多两杯酒,用

---

[1]　大大法法的个身材——山东方言,等于说大身量,高高大大的身材。

过了饭,同着陈少潭、狄员外去看狄希陈。解开缚胳膊的绢帕,揭了膏药,赵杏川端详了一会,说道:"这不是刀斧伤的创么?"狄员外道:"果是刀砍的来。"赵杏川道:"起先不谨慎,把创来坏了。叫谁看来?又叫人用了手脚,所以把创弄的恶发了。"狄员外道:"这创也还治的么? 若治好了,恩有重谢,不敢有忘。"赵杏川道:"这又不是从里边发的毒创,不过是皮肤受伤,只是叫人受了些苦,无妨的。这创容易治。"

寻下药吊子[1],赵杏川开了药厢,攒了一帖煎药,用黄酒煎服。狄希陈服下,当时止住了疼。又攒了一服药,煎汤把创来洗净,敷上末药,贴上膏药。次日揭开看,把那些败肉渐次化动。又用汤药洗净,从新上了药。次日,败肉都已化尽,又用药汤洗净,另上生肌散,另换膏药。三日以后,沿边渐渐的生出新肉,红馥馥的就如石榴子儿一般。十日以外,渐渐平复。赵杏川时刻将他守住,不许他私进家去,刚得二十日就收了平口。赵杏川仍旧陪了他十日,足待了一个月。叫他服了二十剂十全大补汤,终是少年血气旺的人,调养得壮壮实实的个人。

赵杏川要辞了回家。狄员外除这一月之内叫人往他家里送了六斗绿豆,一石麦子,一石小米,四斗大米,两千钱不在谢礼之内,又送了十二两银,两匹绵绸,一双自己赶的绒袜,一双镶鞋,二斤棉花线,十条五柳堂大手巾。赵杏川收了那四样礼,抵死的不收那十二两银。

----

〔1〕　药吊子——即药铫子,煎药用的砂锅。

狄员外再三固让,赵杏川道:"适间若是二三两,至多四两,我也就收的去了。送这许多,我到不好收得。原不是甚么难治的创,不过费了这一个月的工夫,屡蒙厚赐,太过于厚。"狄员外见他坚意不收,只得收回那十二两的原封,另送了四两脿敬,赵杏川方无可不可[1]的收讫。狄员外又盛设送行,请了陈少潭、相栋宇、崔近塘一伙亲友奉陪,尽欢而散。后来狄员外合赵杏川结成相知,遇麦送麦,遇米送米,连年不断,比那不收的十二两银过去了几倍。这些后来没要紧的事,不必烦琐。

却说那个觅汉叫是常功[2],诈了艾前川那件皮袄,也还指望他拿银子来赎去,不敢轻动他的。等到十月,过了小雪,及至十二月,到了小寒。不见他来赎取,凡遇赶集,瞒了狄员外把这皮袄插了草标去卖。这件东西,那有钱富家的人,一来谁家没有自己的羔皮,去买这见成来历不明的物事?那没钱的穷人,谁家有这三四两银子买这件皮道袍?穿在身上,又打不得柴,耕不得地。所以每集去卖,每集都卖不去。

到了次年正月初一日,常功想道:"这有幅子大袖的衣裳,那里见得只许有钱的人穿?那穷人不穿,只因没有。我既有这道袍,那见的穿他不得?"年前集上二十四个钱买了一顶黑色的羊毛毡帽,老婆亲手自做的一双明青布面沙绿丝线锁的云头鞋,将那帽戴在

----

[1] 无可不可——这里是不计较,不把脿仪看重的意思。
[2] 常功——同本本回俱作"尝功",据第六十九回校改为"常功"。常功作"尝功"为因避讳改姓之例。

头上，把鞋穿在脚下，身上穿了那艾前川的紫花布面月白绫吊边的羔皮道袍。艾前川身瘦却长，常功身肥却短，穿在身上，半截拖在地中。

初一五更起来，装扮齐整，先到了龙王庙叩头，祝赞龙王叫他风调雨顺；又到三官庙叩头，祝赞天官赐福，地官赦罪，水官解厄；又到莲花庵观音菩萨面前叩头，祝赞救苦救难。同班等辈之家，凡有一面相识之处，与夫狄家的亲友，只为穿了这件衣裳，要得衣锦夸耀，都去拜节。致得家家惊怪，人人笑谈，都猜不着他这件衣裳从何而得。

又到狄家与狄员外、狄希陈拜年。狄员外出来见了，正在诧异，问道："你那里这们件衣裳？古怪的紧！"谁知这穿了道袍的人，他便不肯照平时一样行礼，一连两三拱，拱到客位里边，将狄员外拉到左手站住，说道："讨个毡来，这新节必要拜一拜才是。"狄员外忍不住大笑，说道："你是醉了？"叫狄周好生打发他吃饭，狄员外抽身走进家去。常功拣了头一把交椅朝南坐下，只见众人都齐齐的看了笑话，他自己也觉得没有兴头，说道："人说'只敬衣衫不敬人'，偏我的衣衫也没人敬了。"

狄员外到家，对了调羹合狄希陈告诉了大笑。又说："他却是那里得来的？我绰见里边一似有月白绫做里的。"狄周道："他穿的是件羔儿皮袄子，还新新的没曾旧哩。从头年夏里接赵医官来家就有了这袄子。问他，他说是买的。每日赶集去卖，没有人买，他爽利自家穿了。"狄员外道："这事跷蹊。他那里买的？别要有甚么来历不明,带累着咱可。再不,只怕把赵杏川的皮袄偷了来也是有的。"狄周道:"不相干。他背[1]在他骑的骡上,赵医官见来。怎么听他那口气,一似鳖的艾回子的?"狄员外道:"那艾回子好寡拉主儿[2],叫他鳖这们件皮袄来? 这事别当小可。要从咱这觅汉们弄出事来,咱担不起。你叫了他来,咱查考他查考。"

狄周寻到他家,那里有他的踪影? 寻到三官庙里,正穿着那件皮袄,盍[3]着瓜子,坐着板凳听着人说书哩。狄周走到跟前,常功说道:"你来听说书哩? 这书说的好,你来这里坐着。"狄周道:"员外叫你说甚么哩,你流水的去。"常功道:"我清早赶头水[4]去与员外拜节,不瞅不采的,又叫人说甚么的?"狄周道:"为你清早去拜节,没的待你,请你去待你待哩。"

常功只得跟狄周到家。狄员外问道:"常功,你这穿的皮袄子是那里的?"常功道:"是我府里买的。"狄员外道:"你使了几多银钱买的?"常功道:"我使了一两银买的。"狄员外道:"那里的一两银? 你买的谁的? 你买这待怎么?"常功道[5]:"头年里我去接赵医官,到了南门里头,撞见个人拿着这皮袄卖。他说了二两,我还了他一两。我也只当合他顽顽,他就卖了。我只有六钱银子,还问赵医官借了四

---

〔1〕　背——捆缚。

〔2〕　寡拉主儿——等于说厉害角色,能说会道、不吃亏的人。寡,同"刮"。

〔3〕　盍——"嗑"的借字。

〔4〕　头水——第一拨的意思。

〔5〕　常功道——同本夺此三字,据李本校补。

钱银,添上买了。"

狄员外道:"你这瞎话哄我！你才认的赵医官,怎么好问他借银子？他甚么方便主儿,有四五钱银子借给你？"常功道:"谁问他借来？他见我商量,他说:'这皮袄便宜,该买他的。'我说:'只有六钱银子,不够买的呢。'他说:'你差多少,我借给你。'我说:'我只有六钱。'他就借了四钱给我,我就买了。"

狄员外道:"这又是买的了？你偷的那艾回子的皮袄呢？"常功道:"那里的瞎话？我偷甚么艾回子的皮袄？"狄周道:"你别要合员外强了,近里艾回子稍了字与员外,说他的皮袄被他眼不见就偷了来,叫员外快快的追了还他,要不,连员外都要告着哩。员外不信,只说是为咱没请他,他刁骂你哩,谁知他说的是实。"

狄员外绰着狄周的口气说道:"你且别说给他实话好来,看他再支吾甚么。你既是说了,把他的皮袄剥下,连人带袄押到府里交给他去。"常功道:"员外,你听那烂舌根的骚狗头瞎话！"怎么长,怎么短,他老婆怎么给我,我不要他的。他老婆怎么说,我才拿的来了:"他老婆不是证见么？说我偷他的呢！"狄员外道:"这就是了。我没去叫你要,你怎么去诈他？这们可恶！我给你一两银子,你好把这皮袄脱下,我叫人送还他去。你穿着又不腻称〔1〕,还叫番子手当贼拿哩。"

常功使性傍气,一边脱那皮袄,一边喃喃的说道:"撞见番子手,

------

〔1〕 腻称——山东方言,合身。

可也要失主认赃,没的凭空就当贼拿么?这是员外舍过的财了,我的本事降了来的,干员外甚么事?他那使毒药恶发了创,腾的声往家跑的去了,叫人再三央及着,勒揯[1]不来,二三十的鳖银子!这不是陈大爷举荐了赵杏川来,这大哥的命都还叫他耽误杀了哩!送给他去,也只是'驴膫子[2]上画墨线——没处显这道黑',只怕惹的他还屄声嗓气的哩!"狄员外道:"咱只将好心到人,他低心不低心,自有老天爷看着哩。狄周,你到明日拿两银子的钱给他。今日大初一的,且迟这一日。"

常功将这皮袄留下,狄员外叫狄周收了。正月初十日,狄员外叫狄周到府里买纱灯,叫把这皮袄稍还艾回子,说道:"那买药的三两银子,员外已是不要了,觅汉背着员外要了这皮袄去。不是见他初一日穿着,也还不知到哩。"艾回子道:"我正待穿着往外去,他不由分说,夺了就跑。袖子里还有汗巾子包着三四两银子。这一向蒙军门[3]老爷取在标下听用,一日两遍家进衙去,有病看病,不看病合军门老爷说会话儿,通没一点空儿去要。这两日正待合军门老爷讲了,着家丁问你家要去哩。"故意的掏掏袖子,就道:"汗巾包的四两银子哩?"又提起上下一看,说道:"你看!穿的我这二十两银子的衣裳有皮没毛的!"

狄周见他说话不中听,气的挣挣的站着。只见一个穿青的人

---

〔1〕 勒揯——同本作"勒揯",据上文校改。
〔2〕 膫子——雄性生殖器。
〔3〕 军门——对总督、巡抚的称呼。

走来，一屁股坐在店前的凳上，袖中取出一张票来，说道："巡道行到县里，军门老爷怒你治坏了管家的创，革退听用，追你领过的廪粮，限即日交哩。"艾回子听见，失了颜色，半日做声不出。才待要收那皮袄，狄周将那皮袄仍自抱在怀内，说道："你既是与军门老爷讲不的了，可也不怕你再差家丁去要，我还把这皮袄拿回去罢！你有三两银子去赎，你没三两银子，我把这皮袄给俺那驴穿，给俺那狗披着！你害汗病发疟子来？五黄六月里穿了皮袄往外走，他夺了你的！"

狄周拿着就走，艾回子就赶，说道："管家们怎么都不识顽，顽顽就快恼〔1〕了？"那个差人也随即赶到，说道："艾老爹，你别妆这腔款〔2〕哄人，你得空子好跑。咱到县里见见大爷，就完我的事了。"艾回子道："我是一筐一担的人家么？这能有多少东西，我就走了不成？"差人道："你这回子们转眼溜睛的，有个信行么？你要不去，我就与你个没体面。"一边就往腰里取绳，要往脖子上套。

狄周见那差人合他缠帐，拿着皮袄徉长来了。到下处，叫人挑着纱灯，把皮袄叠了一叠杀〔3〕在骡上，骑着家来。见了狄员外，把那艾回子可恶的腔款学说了一遍。狄员外道："这回人可也不省事，你们可也好合他一般见识。他撒骚放屁，理他做甚么？把这件衣裳丢给他就完事了。这可那里消缴哩？"狄周道："放着，由他！我到冬里

---

〔1〕　快恼——生气，恼怒。
〔2〕　腔款——同本作"腔疑"。"款"与"疑"盖因形近而讹，据文意酌改。
〔3〕　杀——捆绑结实。杀，同"煞"。

换个蓝布边,吊上个插青布面子,做出来我穿! 等他再合军门老爷讲可再处。"

这可见小人情状,只宜恶人行起粗来,他便惧怕;若是有好到他,他便越起波澜,这艾回子就是个狱样[1]。狄员外终不失个好人。

再有甚事,另有后回分解。

---

[1] 狱样——同本作"式样",据文意酌改。

第六十八回

　　侯道婆伙倡邪教　　狄监生自控妻驴

　　　父慈子孝庭帏肃,夫义妻贤恩爱笃。积庆福来多,门中杜六婆[1]。　　　六婆心最毒,不令家和睦。希陈富且儒,为妻自控驴。

　　　　　　　　　　　　　　　——右调《菩萨蛮》

　　再说明水镇上那两个道婆老侯、老张,他的丈夫、儿子没有别的一些营运,专靠定这两个老摆辣,指了东庄建庙,西庄铸钟,那里铸甚么菩萨的金身,那里启甚么圣诞的大醮。肯布施的,积得今生见受荣华,来世还要无穷富贵。那样悭啬不肯布施的,不惟来世就不如人,今世且要转贵为贱、转富为贫。且是那怕老公的媳妇,受嫡妻气的小老婆,若肯随心大大的布施,能致得他丈夫回心向善,不惟不作践那媳妇,且更要惧内起来。那做妾的人肯布施,成了善果,致得那夫主见了就似见了西天活佛一般,偏他放个臭屁也香,那大老婆说的话也臭,任那小老婆放僻邪侈,无所不为,佛力护持着赐了一根影身草,做

---

[1] 六婆——明陶宗仪《辍耕录・三姑六婆》:"六婆者,牙婆、媒婆、师婆、虔婆、药婆、稳婆也……若能谨而远之,如避蛇蝎,庶乎净宅之法。"

夫主的一些也看不见。——大约都是此等言语哄那些呆呆的老婆，哄得那些呆呆老婆如拨龟相似，跟了他团团的转。

那一等自己当家、银钱方便的女人，就自由自在几两几钱的舍与他。那一等公婆管家，丈夫[1]拘束，银钱不得凑手，粮食不能抵盗，便就瞒了公婆，背了丈夫，将自己的簪环首饰，或是甚么衣裳都抵盗了与他。至于人家的小妇，越发又多了一个大老婆碍眼，若说有光明正大的布施与他，这是确然没有这事，只是偷偷伴伴，掩掩藏藏，或偷主母的东西，或盗夫主的粮食，填这两个盗婆的溪壑。

妇女们有那堂堂正正的布施，这是不怕公婆知道，不怕丈夫拘管，那铸像铸钟的所在，建庙建醮的处所，自己的身子便也就到得那里，在那万人碑上、缘簿里边还有个查考，这两个盗婆于十分之中也还只可克落得六七分，还有三四分安在里面。惟这瞒了公婆、背了夫主的妾妇们，你就有成百成千的东西布施了去，他"生受"也不道你一声。布施的银钱，攒着买地盖房；布施的米粮麦豆，大布袋抗到家去，嗵[2]他一家的屁股眼子；布施的衣裳，或改与丈夫儿子穿着，或披在自己身上。两个盗婆合成了个和合二圣一般，你倡我和，两家过得甚是快活日子。

自从那一年七月十五，在三官庙与素姐相识以后，看得素姐极是一个好起发、容易设骗的妈妈头主子。但只是打听得是狄员外的儿

---

〔1〕 丈夫——同本作"丈犬"。"夫"与"犬"盖因形近而讹，据文意酌改。

〔2〕 嗵——拼命吃喝。这里是填塞的意思，含贬义。

妇,这狄员外的为人还也忠厚,凡事也还与人留些体面;那狄员外的婆子相氏好不辣燥的性子,这明水的人谁是敢在他头上动土的?所以千思万想,无处入脚。再想等素姐回去娘家时引他入门,也是妙着。谁知这素姐偏生不是别人家的女儿,却是那执鼓掌板道学薛先生的小姐。这个迂板老头巾家里,是叫这两个盗婆进得去的?所以两下张望,只是无门可入。后来老狄婆子故后,这两个婆娘伙买了一盘纸,齐去吊孝。狄家照了堂客一例相待。那时又有相家大妗子合崔家三姨相陪,况且素姐叫相大妗子打得龇牙扭嘴的,就有话也便没空说得。

　　过日,两个又到狄家。恰好不端不正跨进门去,劈头与狄员外撞了个满怀,待进又不好直进,待退又不好直退,那时的趑趄的光景也甚可怜。狄员外说:"侯老道合张老道,有甚么事齐来下顾哩?"两个道:"有句话,来见见狄大嫂。"狄员外道:"那孩子家,合他说甚么话?有话咱大人们说。"没叫他家去,把他一顿固让让到客位里边,与他宾主坐下,叫家人去看茶,问说:"二位有话请说。是待怎么见教哩?"两个盗婆说:"这二月十九日是咱这白衣庵白衣奶奶的圣诞,要建三昼夜祝圣的道场,是咱这镇上杨尚书府里奶奶为首。这白衣奶奶极有灵圣,出过布施的,祈男得男,祈女得女,再没有不感应的。俺曾会过狄大嫂,叫他舍助些甚,生好儿好女的。"狄员外道:"原来是说这个,极好,多谢挈带。"从袖中掏出一块钱来,说道:"这刚才卖麻的一百二十文整钱,二位就稍了去罢,省的我又着人送。"两个接了那钱,没颜落色的去了。

过了一向，两个又走到狄家。那时狄家还该兴旺的时节，家宅六神都是保护的，有这样怪物进门，自然惊动家堂，轰传土地，使出狄员外，不因不由复又撞了个满面[1]。狄员外问道："二位又到寒家，一定又是那位菩萨圣诞了?"两个道："这四月十八日泰山奶奶的圣诞，没的就忘记了?"狄员外道："正是，你看我就忘了。"从袖中取出一块钱来，说："这是五十文钱，拿出来待使还没使哩，且做了醮资罢。"两个道："俺还到后头请声狄大嫂，到那一日早到那里参佛。"狄员外道："二位不消合他说罢。孩子们没有主意，万一说的叫他当真要去，少女嫩妇，不成个道理。以后二位有话只合我说，再别要合孩子们说话，伤了咱的体面。"把两个道婆雌得一头灰，夹着两片淹尻跑了。

一连这们两遭，把那骗素姐的心肠吊起了一半，计无可施。幸得薛教授那老头子没了，等素姐回娘家的时候，这也有隙可乘。也一连撞了两次，谁知这薛教授的夫人更是个难捉鼻的人，石头上踏了两个猛子，百当踏不进去。

恰好薛夫人老病没了，知道素姐在娘家奔丧，这个机会万万不可错过。这两个盗婆算计素姐也还不十分着极，只是闻得白姑子起发那许多银钱，料定素姐是个肯撒漫的女人，紧走紧跟，慢走慢跟，就如那九江府吊黄鱼的渔父一样，睡里饭里，何尝有一刻放松？也又合买

---

〔1〕 满面——同本作"满而"，据文意酌改。

了一分冥钱,指了〔1〕与薛夫人吊孝走到薛家。薛如卞兄弟虽然是有正经,但是为他母亲烧纸,难道好拒绝他不成? 待他到了灵前,叫孝妇孝女答礼叩谢。

这素姐见了这两个道婆,就是见了前世的亲娘也没有这般的亲热,让进密室献茶。这两个道婆见得素姐这等殷勤,他反故意做势,说道:"俺忙得异常,要料理社中的女菩萨们往泰山顶上烧香,没有工夫,不扰茶罢。"素姐那里肯放,狠命的让进龙氏卧房,摆了茶果吃茶,仍要摆菜留饭。

素姐叙说前年七月建斋放灯,甚感他两个的挈带。两个亦说:"两次曾到府上,都撞见了员外外边截住,不放我们进内。那二月十九白衣菩萨的圣诞,建三昼夜道场,真是人山人海,只济南府城里的乡宦奶奶,举人秀才娘子,那轿马挨挤的有点缝儿么? 狄大嫂,你该到那里走走好来。员外不叫俺到后边说去,给了俺百十个钱的布施,撵出俺来了。四月十八顶上奶奶的圣诞,比这白衣奶奶的圣诞更自齐整,这是哄动二十合属的人烟,天下的货物都来赶会,卖的衣服首饰、玛瑙珍珠,甚么是没有的? 奶奶们都到庙上,自己拣着相应的买。"

素姐没等他两个说了,截着说道:"这们好事,你二位不该合我说声,挈带我出去走走么?"他两个道:"还说哩!俺可是没到那里

----

〔1〕 指了——借……的名色,以……为借口的意思。

呀？偏生的又撞见员外，又没叫俺进去，给了俺四五十个钱，立断出来了。员外那意思，一似俺两个不是甚么好人，见了大嫂就哄骗大嫂似的。这各人积福是各人的，替白衣奶奶打醮，就指望生好儿好女的；替顶上奶奶打醮，就指望增福增寿的哩。员外他知道甚么？"素姐怒道："好贼老砍头的！他怕我使了他的家当，格住你不叫见我，难为俺那贼强人杀的也宁[1]成一股子，瞒得我住住的不叫我知道！由他！我合俺这贼割的算帐！"

说着，那两个道婆一齐都要起身。素姐道："我难得见你二位，你再坐坐。吃了饭，合我再说会话儿你去。"两个道婆说："要没有紧要的事，俺也不肯就去，实是这十五日会友们待起身上泰山烧香，俺两个是会首，这些会友们眼罩子、蓝丝绸汗巾子都还没做哩，生口讲着也还没定下来哩，帐也都还没算清哩，这只四五日期程了。等俺烧香回来，俺也不敢再上那头去，只打听得大嫂往这头来可，俺就来合大嫂说话，还只怕这里相公嗔俺来的勤哩。"素姐道："怎么会里不着男人作会首，倒叫你两个女人做会首呢？"两个道婆："这会里没有汉子们，都是女人，差不多够八十位人哩。"素姐道："这会里的女人，也有像模样的人家么？"两个道婆说："你看大嫂说的好话呀！要是上不得抬盘的，他也敢往俺这会里来么？杨尚书宅里娘们儿们够五六位，北街上孟奶奶娘们，东街上洪奶奶、汪奶奶、耿奶奶，大街上张奶奶，南街上汪奶奶，后街上刘奶奶娘儿们，都是这些大人家的奶奶。

〔1〕 宁——"拧"的借字。

那小主儿也插的上么?"

素姐道:"咱这里到太安州有多少路?"道婆道:"人说有二百九十里路。这路好走,顶不上别的路二百里走。沿路都是大庙大寺,一路的景致,满路的来往香客,香车宝马,士女才郎,看不了的好处,只恨那路不长哩。"素姐问道:"那山上有景致么?"道婆道:"好大嫂,你看天下有两个泰山么?上头把普天地下的国度,龙宫海藏,佛殿仙宫,一眼看得真真的哩。要没有好处,为甚么那云南贵州、川湖两广的男人妇女,都从几千几万里家都来烧香做甚么?且是这泰山奶奶掌管天下人的生死福禄,人要虔诚上顶烧香,从天上挂下红来披在人的身上,笙箫细乐的往顶上迎哩!要不虔诚的,王灵官〔1〕就把人当时捆住,待动的一点儿哩?心虔的人,见那奶奶就是真人的肉脸;要不虔诚,看那奶奶的脸是金面。增福赦罪,好不灵验哩!山上说不尽的景致,像那朝阳洞、三天门、黄花屿、舍身台、晒经石、无字碑、秦松汉柏、金简玉书,通是神仙住的所在。凡人缘法浅的,也到得那里么?"

一席话说的个素姐心痒难挠,神情飞越,问道:"那些会里去的道友,都坐的是轿,骑的是马?得用多少路费?路上有主人家没有?"两个道婆说:"这烧香一为积福,一为看景逍遥。要死拍拍猴着顶轿,那就俗杀人罢了,都骑的通是骡马。会里雇的长驴,来回是八钱银子。要是骑自己的头口,坐八钱银子给他。起初随会是三两银

---
〔1〕 王灵官——道教的护法神,明代自永乐朝受朝廷祀奉。

子的本儿，这整三年，支生本利够十两了。雇驴下店报名，五两银子抛满使不尽的，还剩五两买人事用的哩。"

素姐说："像不是会里的人，也好搭上去不？"两个道婆说："这可看是甚么人哩。要是咱相厚的人，叫他照着众人本利找上银子，咱就合众人说着，就带挈的他去了。要是不相干的人，平白的咱就不叫他去。"素姐说："我待跟了去看看，与奶奶烧炷香，保护我来生不照这世里不如人，受汉子气。不知你二位肯叫我去不？"两个道婆说："得你去，俺巴不能够的哩。咱路上打伙子说说笑笑的顽不好呀？只是狄员外乔乔的，你三层大，两层小，只怕自家主不下来。"素姐说："不怕！我待去就去，他们主不得我的事。——他们也都有家里正经人跟着么？"两个道婆说："怎么没有？有丈夫跟着的，有儿的，有女婿侄儿的，家人的，随人所便。可只是使的是各人自己的盘缠。"素姐道："仗赖二位带挈，我着上十两银子，我也同去走走。"两个道婆说："你要去，我好添你这一分的行装合头口，十三日同往娘娘庙烧信香演社，你可别要误了。银子也就叫人送了去，好添备着做甚么。"

素姐合两个道婆都约定去了，这是八月初十的时候。素姐一心只在烧香上面，也甚是无心替他母亲奔丧。即刻把狄希陈叫到跟前，说道："我待往太安州替顶上奶奶烧烧香，你合我去呀？你要合我去，我好替你扎括衣裳。"狄希陈若是个有正经的人，把那义正词严有纲纪的话拦阻他，难道他会插翅飞去不成？争奈这狄希陈少年流荡心性，便也说道："这倒也好。有人同去么？"素姐说："刚才老侯老张说来,他会里女人们这十三日烧信香演社,十五日起身。叫我找入十两银子,一切搅裹[1]都使不尽,还有五两银子分哩;要不骑雇的驴,还坐八钱银子给咱。"狄希陈道:"只怕咱爹不叫咱去,可怎么样的?"素姐道:"你去对爹说,你说下来了,我有好到你。你要说不下这事来,你浑深也过不出好日子来!"狄希陈道:"咱爹极是疼我,待我去说,只怕依了也不可知。"素姐即着狄希陈回家去说:"我立刻等着你来回话。"

狄希陈不敢稽迟,回到家去见了他爹,把他媳妇要去随会烧香说了详细。狄员外道:"咱常时罢了,你如今做着个监生,也算是诗礼人家了,怎好叫年小的女人随会烧香的? 你就没见那随会社演会的女人们? 头上戴着个青屯绢眼罩子,蓝丝绸裹着束香捆在肩膀上面,男女混杂的沿街上跑,甚么模样? 他既发心待去,咱等收完了秋,头口闲了,去收拾盘缠,你两口儿可去不迟。别要跟着那老侯婆子,他两个不是好人。他两个连往咱家来了两次,我都没叫他进去,给了他百十个钱,打发的他去了。"

狄希陈即刻往素姐那里,把他爹的话对素姐说了。素姐不听便罢,听了不由怒起,即时紫胀了面皮,说道:"我只是如今就去! 我必欲去! 我主意待合老侯老张去! 怎么这一点事儿我就主不的呢? 你快早依随着我是你便宜! 你只休要后悔!"觉[2]的狄希陈这会子好

---

〔1〕 搅裹——用度,花费。

〔2〕 觉——"掘"的借字。参见第六十四回注。

不作难,垂首丧气,没了主意。

素姐也没等到黑,回到家去取了十两花银,次早仍回母家合龙氏说了。龙氏瞒着薛如卞兄弟,使人悄悄的唤了两个道婆来家,交与他那十两银子,要赌气不骑家里的骡子,叫他雇了驴儿,约定十三日清早到老张家取齐[1]。分派已定,也再不与狄员外、狄希陈商量。

十三日起了个早,梳光了头,搽白了粉,戴了满头珠翠,也不管甚么母亲的热孝,穿了那套顾绣裙衫,不由分说,叫小玉兰跟了,佯长出门而去。狄员外合狄希陈站在一旁干瞪着眼看,没敢言语一声。那随行逐队,跟了众人烧信香演圣驾的那百般丑态,不必细说。

事完回到房中,脱剥了那首饰衣服,怒狠狠坐在房中。狄希陈不及防备,一脚跨到房门。素姐骂道:"我当你跌开了脑袋,跌折了双腿,走不动[2]了没跟了我去,叫我自己去了! 谁知还有你么? 你没跟了我去,怎么也烧回信香来了? 也没人敢把我掐了块子[3]去呢?"狄希陈道:"你待去,你自家去罢呀。我戴着顶方巾,跟着你沿街上演社,成个道理么?"

素姐怒道:"阿! 你不跟了我去,你是怕我玷辱了你的体面么? 我可偏要坏你的体面哩! 我十五日起身,我叫你戴着方巾,穿着道袍子,路上替我牵着驴,上山替我掌着轿! 你只敢离我一步儿,我不立劈了你成两半个,我改了不姓薛! 我叫你挽起那两根狗屎眉毛认我

---

[1] 取齐——集合。

[2] 走不动——同本作"是不动"。"走"与"是"盖因形近而讹,据文意酌改。

[3] 块子——山东方言,一块,一部分。

认,叫你有这们造化！你若跟着我,谁不说'你看这们鬼头蛤蟆眼的个小厮,有这们等个媳妇!'我只说是你妆门面,这那里放着坏了你的面皮哩？我倒心里算计,你要跟我去科〔1〕,我把那匹蓝丝绸替你做个夹袄,剩下的替你做条夹裤,再做个绫背心子,好穿着上山朝奶奶。你倒乔起腔来了！我想来,那太山娘娘脱不了也是做女人,赌不信那太山爷爷要像你这们拗别扭手,那太山奶奶也没有饶了那太山爷爷的！王皮好来！我且'一朝权在手,便把令来行'！"

狄希陈背地里与他爹商量,狄员外道:"他的主意定了,你待拗别的过他哩？你就强留下他,他也作蹬〔2〕的叫你不肯安生。咱说得苦么？我叫人替你收拾,你和他只得走一遭去。"狄员外叫人收拾行李,稍的米面、腊肉、糟鱼、酱瓜、豆豉之类预先料理。

再说到了十四日早辰,龙氏合薛如卞的娘子说道:"你大姑子往太安州烧香,你妯娌们不该置桌酒与他饯饯顶〔3〕么？"连氏道:"真个么？几时起身？俺怎么通不见说起呢？"龙氏道:"你是甚么大的们？凡事该先禀你知道！他说了这两三日了,你不理论他,又说你不知道哩！"

连氏即忙进房合丈夫说知此事,要与素姐饯顶。薛如卞听知素姐要去烧香,他只说是自己同狄希陈自去,还把双眉紧蹙,说道:"再没见狄大叔合这个狄姐夫没有正经。少女嫩妇的,上甚么顶？你没

---

〔1〕　科——山东方言,同"可"。参见第三十三回注。同本作"呵",据李本校改。
〔2〕　作蹬——山东方言,找碴闹事,和人怄气。
〔3〕　饯饯顶——为去泰山进香的人饯一饯行。顶,指顶上,泰山极顶。

见坐着那山轿,往上上还好,只是往下下科是倒坐着轿子,女人就合那抬轿的人对着脸,女人仰拍着,那脚差不多就在那轿夫肩膀上! 那轿夫们贼狗头又极可恶,故意的趁和着那轿子一撅一撅的,怎么怪不好看的哩! 这是读书人家干的营生么? 这顶我劝你替他饯不成,叫他怪些也罢!"及至听见入在老侯婆的社里,已是十三日烧过信香,薛如卞道:"这成甚么道理!"叫人快接了素姐来家,也请狄希陈说话。

素姐也还道是与他饯顶,慨然而回,狄希陈又是不敢不同来的,一同前后进门。薛如卞问道:"姐姐待往太安州烧香去哩? 多咱起身? 合谁同去?"素姐把找银入会,十五日起身,老侯老张是会首[的话说了一遍]。薛如卞道:"依我说姐姐你去不的。这有好人家的妇女也合人随社烧香的么? 狄姐夫他是出了学,上了监生,不顾人笑话罢了,俺弟兄们正火磅磅[1]也还要去学里去见人哩! 这在家门子上沿街跑着烧信香,往太安州路上摇旗打鼓出头露面的,人说这狄友苏的婆子倒也罢了,只怕说这是薛如卞合薛如兼的姐姐,他爹做了场老教官,两个兄弟捴[2]着面,戴着顶头巾,积泊的个姐姐这们等!"

素姐已是大怒,还没发作,龙氏大怒道:"放的是狗臭大屁! 你姐姐怎么来? 就叫你为人不的人了! 他嫁出去的人,你好哩认他是

---

〔1〕 火磅磅——急急忙忙。

〔2〕 捴——"舰"的同音借字。

姐姐;你要不好哩,别认他是姐姐,别叫他上门! 他狄家浑深也有碗饭吃,累不着你甚么!"薛如卞道:"我说的好话,倒麻犯我起来! 这不姐夫这里听着,我说的有不是么?"龙氏一声大哭:"我的皇天呵! 我怎么就这们不气长! 有汉子,汉子管着;等这汉子死了,那大老婆又像蚂蚍叮腿似的;巴着南墙望的大老婆没了,落在儿们的手里,还一点儿由不的我呀! 皇天呵!"

薛如卞凭他哭,也没理论,让出狄希陈客位坐去了。薛如卞道:"姐姐待去烧香,料道姐夫你是不敢拦阻的。但你合他自家去不的么? 怎么偏只要入在那两个老歪辣的社里去,是待怎么?"狄希陈把狄员外的话合素姐怎样发作,对着薛如卞告诉。不料素姐逼在门外头听,猛虎般跑进门来。狄希陈扑门逃去,不曾捞着,扭住薛如卞的衣领,口里骂,手里打。薛如卞把衣裳褪下,一溜风走了。素姐也没回到后去,竟往狄门来了。狄希陈知道自己有了不是,在家替素姐寻褥套,找搭连,缝衮肚,买辔头,装酱斗,色色完备,单候素姐起马。

睡到次日五鼓,素姐起来梳洗完备,穿了一件白丝绸小褂[1],一件水红绫小夹袄,一件天蓝绫机小绸衫,白秋罗素裙,白洒线秋罗膝裤,大红连面的段子鞔鞋,脊梁背着蓝丝绸汗巾包的香,头上顶着甲马[2],必欲骑着社里雇的长驴。狄员外差的觅汉上前替他那驴子牵了一牵,他把那觅汉兜脖子一鞭打开吊远的,叫狄希陈与他牵了

〔1〕 小褂——同本作"小褂"。"褂"与"褂"盖因形近而讹,据文意酌改。
〔2〕 甲马——画在纸上的神像。清虞兆漧《天香楼偶得·马字寓用》:"俗于纸上画神佛像,涂以红黄采色而祭赛之,毕即焚化,谓之甲马。"

头口行走。致一街两岸的老婆汉子,又贪着看素姐的风流,又看着狄希陈的丢丑。狄希陈也甚是害羞,只是怕那素姐如虎,说不得他那苦恼,只得与他牵了驴儿,夹在人队里行走。

偏偏的事不凑巧,走不二里多路,劈头撞见相于廷从庄上回来。狄希陈只道他还不曾看见,连忙把只袖子把脸遮住。谁知相于廷已经看得分明,越发在路旁站住。等狄希陈走到跟前,相于廷道:"狄大哥,你拿了袖子罢,看着路好牵驴子走。带着袖子,看抢了脸。"素姐看见是相于廷说他,还拿起鞭子望着相于廷指了几指。然后一群婆娘豺狗阵一般,把那驴子乱撺乱跑,有时你前我后,有时你后我前。有的在驴子上抱着孩子;有的在驴子[1]上墩吊鬏髻;有的偏了鞍子坠下驴来;有的跑了头口,乔声怪气的叫唤;有的走不上几里,说肚腹不大调和,要下驴来寻空地阿屎;有的说身上不便,要从被套内寻布子夹屄;有的要叫儿吃乳,叫掌鞭来牵着缰绳;有的说麻木了腿骨,叫人从镫[2]里与他取出脚去;有的掉了丁香,叫人沿地找寻;有的忘了梳匣,叫人回家去取。跐蹬[3]的尘土扛天,臊气满地。

这是起身光景,已是大不堪观。及至烧了香来,更不知还有多少把戏,还得一回再说这进香的结束。

---

〔1〕 驴子——同本作"骡子",据前后文校改。
〔2〕 镫——同本作"凳",据文意酌改。
〔3〕 跐蹬——踩踏,踮扬。

第六十九回

招商店素姐投师　蒿里山希陈哭母

露面出头,女男混杂,轻自出闺门。招摇闹市,托宿荒郊,走镇又经村。　长跽老妪求妙诀,贴廿两花银。敬奉师尊,嗔夫哭母,放火禁挑灯[1]。

——右调《少年游》

狄希陈戴着巾,穿着长衣,在那许多妇人之中与素姐控驴而行。富家子弟,又是娇生豢养的儿郎,那里走得惯路?走的不上二十里,只得把那道袍脱下卷作一团,一只腋肋里夹住,又渐次双足走出泡来,疼不可忍,伸了个脖项向前,两只腿又只管坠后。素姐越把那驴子打的飞跑。

那觅汉常功在狄希陈身旁空赶着个骡子,原是留候[2]狄希陈骑坐的。常功见狄希陈走的甚是狼狈,气息奄奄,脚力不加,走向前把素姐驴子的辔首一手扯住,说道:"大嫂,你大哥已是走不动了,待我替大嫂牵着驴,叫大哥骑上骡子走罢。"素姐在那常功的肩上一连

----

〔1〕　放火禁挑灯——即"只许州官放火,不许百姓点灯"之意。

〔2〕　留候——同本作"问候",据文意酌改。

两鞭，骂道："他走动走不动，累你腿事！我倒不疼，要你献浅！你好好与我快走开去！"狄希陈只得仍旧牵着驴子往前苦挣。

内中有一个四十多年纪，穿着油绿还复过的丝绸夹袄、紫花布氅衣的个女人，在素姐后边同走，揭起眼罩，问那常功道："前边这位嫂子是谁家的？"常功道："是大街上狄相公的娘子。"那人道："那替他牵驴的是谁？"常功道："就是狄相公。"妇人道："你看那相公牵着驴，累的这们等的是怎么的？他就不疼么？"常功道："敢是两口儿家里合了气来，因此这是罚他的哩。"那妇人道："我就没见这个刑法！"把自己的驴打了一下，追上素姐，叫道："前边是狄嫂子呀？"素姐回过头来应道："是呀。"那妇人问道："那戴着巾替你牵驴的小伙子是谁呢？"素姐道："是俺当家的。"那妇人又问："这旁里牵着骡的，也是跟你的呀？"素姐道："是俺的觅汉。"那妇人道："你放着觅汉不叫他给你牵驴，可拿着丈夫替你牵驴！我见他瘸那瘸的，已是走不动了。既是戴着顶巾子，一定是个相公呀。这使不的，你休叫他牵驴。咱来烧香是问奶奶求福，没的倒来堕业哩？"素姐道："我待来随着社里烧烧香，他合他老子拧成一股，别变着不叫我来。我烧信香演社，他跟也不跟我一跟儿，合俺那不争气的兄弟，姐夫小舅儿背地里数说我败坏了他的体面了！我如今可叫他替我牵着驴跑，闲着那骡，我叫觅汉骑！"

那妇人道："狄嫂子，你听我说，这使不的。丈夫就是天哩！'痴男惧妇，贤女敬夫。'折堕汉子的有好人么？你听我这分上，请相公骑上骡子，叫这觅汉给你牵驴。"素姐说："也罢。要不是这位嫂子说,我足足叫你替我牵着头口走个来回哩！我还没敢问这位嫂子,你姓甚么?"那妇人道:"我姓刘。俺儿是刘尚仁,县里的礼房。我在东头住,咱是[一]条街上人家。我虽是小家子人家,没事我也不出到街上,所以也不认的狄相公。"两个成了熟识,一路叙话不提。

这狄希陈一别气[1]跑了二十七八里路,跑的筋软骨折,得刘嫂子说了分上,骑着骡,就是那八人轿也没有这般受用,感激那刘嫂子就如生身父母也还不同。

这日尽力走了一百里[2],宿了济南府东关周少冈的店内。素姐虽与许多人同走,未免多是人生面不熟的。那老侯老张又是两个会首,又少专功走来照管。偎贴了刘嫂子做了一处,又兼狄希陈是感激他的人,于是这几个的行李安放一处。

老侯老张看着正面安下圣母的大驾,一群妇女跪在地下。一个宣唱佛偈,众人齐声高叫:"南无救苦救难观世音菩萨! 阿弥陀佛!"齐叫一声,声闻数里。号佛已完,主人家端水洗脸,摆上菜子油炸的馓枝、毛耳躲[3],煮的熟红枣,软枣[4],四碟茶果吃茶。讲定饭钱每人二分,赶油饼,豆腐汤,大米连汤水饭管饱。众人吃完饭,漱口溺尿,铺床睡觉。

----

〔1〕 一别气——一口气。别,同"憋"。
〔2〕 一百里——连图本作"七十里"。按明水镇到济南府约一百一十里,到济南东关约一百里,同本是。
〔3〕 毛耳躲——一种制成猫耳状的面食,可油炸或煮食。毛,同"猫"。
〔4〕 软枣——柿的一种,色黑而小。清潘荣陛《帝京岁时纪胜·七月·时品》:"其羊枣黑色,俗呼为软枣,即丁香柿也。"

老侯老张因素姐是个新入会的好主顾,也寻成一堆,合刘嫂子四个一处安宿。狄希陈合别家的男子另在一处宿歇。老侯老张合素姐众人睡在炕上,成夜说的是那怎么吃斋念佛,怎么拜斗看经,这样修行的人,在阳世之间,任你堕罪作孽,那牛头不敢拿,马面不敢问,阎王正眼也不敢看他,任他拣着富贵的所在托生。素姐问道:"说阴间有甚么神鹰急脚,任凭甚么强魂恶鬼,再没有拿不去的?"老侯婆道:"狗! 甚么神鹰急脚! 要入在俺这教里,休说是甚么神鹰,你就是神虎神龙也不敢来傍傍影儿〔1〕。你待活着,千年古代的只管长生;你怕见活了,自家投到阎王那里,另托生托生新鲜。"

素姐说:"你这教里是怎么样的?"侯婆子道:"俺这教里,凡有来入教的,先着上二十两银子,把这二十两银支生着利钱,修桥补路,养老济贫。遇着三十诸天的生辰,八金刚四菩萨的圣诞,诸神巡察的日期,建醮念经,夜聚晓散。只是如此,再没别的功课。又不忌荤酒,也不戒房事,就合俗人一般。"素姐问道:"这教里师傅是谁?"老侯婆道:"就是我合张师父。俺两个我是师正,他是师副。"

素姐问道:"我也待入这教里,不知也许我入么?"老侯道:"你这们年小小的,及时正好修行。那有了年纪的人,日子短了,修行也不中用,只是免些罪业罢了,成不得甚么正果。只是你公公难说话,你那兄弟薛相公更是毁僧谤佛的。顶上奶奶托梦给我,说为你来烧香,

------

〔1〕 傍傍影儿——山东方言,照一照面,现一现身。

你那兄弟背地[1]好不抱怨哩。"素姐道："我的事他也管不的。俺汉子还管不的,休说娘家的兄弟呀。我只为他拦我拦,我罚他替我牵着驴跑够三十里地,要不是刘嫂子的话紧[2],我足足的叫他跑个来回,只管叫他跑细了腿!"老侯两个道："可也怪不得呢,人家的汉子,你要不给他个利害[3],致的他怕了咱,只针鼻子点事儿,他就头里[4]把拦住不叫咱做。为甚么我见他跑得可怜拉拉的,我只不替他说呢?后来我见他骑上骡子,原来是刘嫂子替他说了分上。"素姐道："我五更起来梳了头,央刘嫂子做个明府,我就拜二位为师。我只一到家就送上二十两银子,一分也不敢短少。"老侯两个唯唯从命。

素姐睡到五更,他比众人更是早起。狄希陈已先伺候。素姐梳洗已完,老侯婆两个也都收拾完备,把老侯两个让到上面,两把椅子坐着,素姐在下面四双八拜,叩了一十六个响头。老侯两个端然坐受。与众人叙了师弟师兄,大家叙了年齿,行礼相见。

狄希陈在旁呆呆的看,不知是甚么原故。素姐道："我已拜了二位师父,做了徒弟,我的师父就是你的师父一般,你也该过来与二位师父磕个头儿。"老侯两个道："要不是教中的人,这可不敢受礼。"狄希陈本待不过来磕头,只因不敢违拗了素姐,只得走到下面磕了四个

----

〔1〕背地——同本作"肯地"。"背"与"肯"盖因形近而讹,据文意酌改。
〔2〕话紧——一个劲地说话。这里指说了许多说情的话。
〔3〕不给他个利害——同本作"不给他不利害",据文意酌改。
〔4〕头里——赶在前面的意思。同本作"里头",据文意酌改。

头,这两个老歪辣半拉半受的罢了。素姐从此赶着老侯叫"侯师父",老张叫"张师父"。这两个道婆当面叫素姐是"徒弟",对着人叫是"狄家的徒弟",赶着狄希陈当面叫"狄相公",对着人称他"狄徒弟的女婿"。

素姐因与那些会友认了同门,又同走了许多路,渐渐熟识。也没有甚么杨尚书宅里的奶奶,都是杨尚书家的佃户客家〔1〕;也没有甚么孟奶奶、耿奶奶,或原是孟家满出的奶子〔2〕与或是耿家嫁出去的丫头,倒只有素姐是人家的个正气娘子。素姐甘心为伍,倒也绝无鄙薄之心。又行了一日,走了一百里路,宿在弯德〔3〕地方。脱不了还是下店安驾,宣偈号佛,不必絮烦。

再说又走了数十里,经过火炉地方。这火炉街上排门挨户都是卖油炸果子的人家。大凡香客经过,各店里的过卖都乱烘烘跑到街心,把那香头的驴子恨命的拉住,往里让吃果子,希图卖钱。那可厌的情状,就如北京东江米巷那些卖褐子毡条的陕西人一般,又像北京西瓦厂墙底下的妓者一般,往街里死活拖人。素姐这一伙人刚从那里走过,一伙走塘〔4〕的过卖虎也似跑将出来,不当不正的把老侯两道的驴子许多人拉住,乱往家里争夺,都说:"新出锅滚热的果子,纯

----

〔1〕 客家——山东方言,指租赁别人房屋居住的人家。
〔2〕 满出的奶子——因雇佣期满而解除了雇佣关系的奶妈。
〔3〕 弯德——今称"万德"。在泰山北麓,属长清县。
〔4〕 走塘——即走堂、跑堂。

香油炸的,又香又脆,请到里边用一个儿。这到店里还有老大一日哩〔1〕,看饿着了身子。"老侯两道说:"多谢罢。俺才从弯德吃了饭起身,还要赶早到店里报名雇轿子哩。"再三不住,只得放行去了。

素姐初次烧香,不知但凡过客都是这等强拉〔2〕,拉的你吃了他的,按着数儿刡钱。素姐只见各店里的人都攒拢〔3〕了拉那老侯两道,只道都是认得他的,问道:"这些开店的都与二位师傅相识么?怎么这等固让哩?"老侯两个顺口应道:"这些人家都是俺两个的徒弟。大家这等争着请我进去,我们怎能遍到?只得都不进去罢了。"

行到太安州教场内,有旧时下过的熟店宋魁吾家差得人在那里等候香客。看见老侯两个领了许多社友来到,宋魁吾差的人远远认得,欢天喜地的飞跑,迎将上来拉住老侯两个的头口,说道:"主人家差俺等了几日了,只不见来。想是十五日起身呀?路上没着雨么?你老人家这向身上安呀?"一直牵了他驴,众人跟着到了店里。宋魁吾看见,拿出店家胁肩谄笑的态度迎将出来,说些不由衷的寒温说话,洗脸吃茶,报名雇驴轿,号佛宣经。先都到天齐庙游玩参拜。回店吃了晚饭,睡到三更,大家起来梳洗完毕,烧香号佛过了,然后大众一齐吃饭。老侯两个看着一行人众各各的上了山轿,老侯两人方才上轿押后。那一路讨钱的、拨龟的、舍路灯的,都有灯火,所以沿路如

〔1〕　哩——同本作"裏",据文意酌改。

〔2〕　拉——本段三处"拉"字,同本均作"抗"。此依连图本,据李本校改。

〔3〕　攒拢——聚拢,凑集拢来。

同白昼一般。

素姐生在薛教授深闺之内,嫁在狄门富厚之家,起晚睡早,出入暖轿安车,如今乍跟了这一群坐不得筵席打得柴的婆娘,起了半夜,眼还不曾醒的伶俐,饱饱的吃那一肚割生割硬的大米干饭、半生半熟的咸面馍馍[1]、不干不净的兀秃[2]素菜,坐着抖成一块半截没踏脚的柳木椅子的山轿,抬不到红门,头晕的眼花撩乱,恶心呕吐。起先吐的不过是那半夜起来吃的那些羙[3]馔佳肴,后来吐的都是那焦黄的屎水,臭气熏人。抖的那光头蓬松四垂,吐的那粉面菜叶般青黄二色。

老侯与众人道:"这是年小的人心不虔诚,奶奶拿[4]着了。"那刘嫂子道:"我前日见他降那汉子,叫他汉子替他牵着驴跑,我就说他不是个良才。果不其然,惹的奶奶计较。咱这们些人,只有这一个叫奶奶心里不受用,咱大家脸上都没光采。"老侯两个说:"他既是知不道好歹,惹得奶奶心里不自在,咱没的看得上么? 说不的咱大家替他告饶。"那别会里烧香的人成千成万,围的封皮不透,乱说奶奶捆住人了,乱问道:"这是那里的香头? 为怎么来,奶奶就下狠的计较呢?"又有的说:"看这位香头还年小着哩,看身上穿的这们齐整,一定是个大主子。"同会的人答应道:"这是明水狄家媳妇,狄贡生娘

---

[1] 馍馍——同本作"磨磨",据文意酌改。
[2] 兀秃——本指水未到烧开的程度。这里指半温半凉的。
[3] 羙——"美"的俗字。
[4] 拿——迷信说法,指神鬼等怪罪于人。

子。这旁里跟着的不是狄相公么?"围看的人你一言我一语,都乱讲说。

素姐焦黄的个脸,搭拉着头坐在地上。一来听人讲说得紧,二来下了轿子,坐在地上歇了一会,那头晕恶心渐渐止了许多。素姐听不上那尿声嗓气,"咄"的一声,喝道:"一个人晕轿子,恶心头晕的呕吐,坐着歇歇,有那些死声淘气!甚么是奶奶捆着我!我抱着你们的孩子撩在井里了么?打伙子咒念我!还不散开走哩!我没那好,抾起土来照着那淡嘴尿养的脸澈倒好来!"一边站起来道:"我且不坐轿,我待自家走糙子哩!"放开脚就往上走。众人见他走得有力,同会的人方都上轿行走。

素姐既是步行,狄希陈岂敢坐轿?紧紧跟随,在旁扶掖。素姐原是狐狸托生,太山元是他的熟路,故是上那高山就如履那平地的一般容易,走那周折的山径,就如走那行惯的熟路一般不以为苦,把个狄希陈倒累得通身是汗,喘的如使乏的疲牛,渐渐后脚跟不上前脚,只是打软腿。又亏那刘嫂子道:"狄嫂子,你不害走的慌么?你合狄相公都坐会子轿,等要头晕再下来走不迟。"

果然那两顶轿歇下,素姐合狄希陈方才坐上。抬得不上十来步,狄希陈才坐得自在,素姐叫声"不好",脸又焦黄,依旧恶心,仍是头晕。只得又叫人放下了轿自己步行,狄希陈又得扶了素姐行走。

渐次走到顶上。那管香税的是历城县的县丞,将逐位的香客单名点进,方到圣母殿前。殿门是封锁的,因里边有施舍的银钱袍服、金银娃娃之类,所以人是进不去的。要看娘娘金面的人,都垫了甚么,从殿门格子眼里往里观看。素姐躐着狄希陈的两个肩膀,狄希陈两只手攞着素姐两只脚,倒也看得真实。也往殿里边舍了些银子。

烧香已毕,各人又都到各处游观一会,方才各人上轿下山。素姐依旧不敢上轿,叫狄希陈挽了走下山来。走到红庙,宋魁吾治了盒酒,预先在那里等候与众人接顶[1]。这些妇女一齐下了轿子,男女混杂的,把那混帐攒盒,酸薄时酒,登时吃的风卷残云,从新坐了轿回店。素姐骑着自己的骡子同行,方才也许狄希陈随众坐轿。到了店家,把这一日本店下顶的香头,在厂棚里面男女各席,满满的坐定,摆酒唱戏,公同钱行。当中坐首席的点了一本《荆钗》,找[2]了一出《月下斩貂蝉》、一出《独行千里》,方各散席回房。

素姐问道:"侯师傅,刚才唱的是甚么故事?怎么钱玉莲[3]刚从江里捞得出来,又被关老爷杀了?关老爷杀了他罢,怎么领了两个媳妇逃走? 想是怕叫他[4]偿命么?"众人都道:"正是呢。这们个好人,关老爷不保护他,倒把来杀了,可见事不公道哩!"说着,睡了觉。

明早吃了饭,收拾起身。宋魁吾送了老侯老张每人一把伞,一把藤篾子扇,一块腌的死猪子肉[5],一个十二两重的小杂铜盆。都收

----

[1] 接顶——同本本回两处俱作"接项",据文意酌改。

[2] 找——不用收费而附带演出。

[3] 钱玉莲——戏曲《荆钗记》的女主角。下文被斩的貂蝉和关老爷分别是《月下斩貂蝉》和《独行千里》中的人物。这里是说素姐等人不知所以,把几种戏的情节混为一谈。

[4] 叫他——同本作"他叫"。二字倒文,据文意酌改。

[5] 死猪子肉——病死的猪的肉。

拾了，上头口回程，还要顺路到蒿里山烧纸。

　　这蒿里山离泰安州有六七里远，山不甚高，也是个大庙。两廊塑的是十殿阎君，那十八层地狱的苦楚无所不有。传说普天地下，凡是死的人，没有不到那里的，所以凡是香客定到那里，或是打醮超度，或是烧纸化钱。看庙的和尚道士又巧于起发人财，置了签筒，签上写了某司某阎王位下的字样。烧纸的人预先讨了签寻到那里[1]，看得那司里是个好所在，没有甚么受罪苦恼，那儿孙们便就喜欢。若是甚么上刀山、下苦海、碓捣磨研的恶趣，当真就像那亡过的人在那里受苦一般，哭声震地，好不凄惨！天象起于人心。这般一个鬼哭神嚎的所在，你要他天晴气朗，日亮风和，怎么能勾？自然是天昏地暗，日月无光，阴风飒飒，冷气飕飕。这是自然之理，人又愈加附会起来，把这蒿里山通成当真的酆都世界。

　　却说那狄希陈母亲老狄婆子在世之时，又不打公骂婆，又不怨天恨地，又不虐婢凌奴，又不抛米撒面，又不调长咬短，又不偷东摸西，表里如一，心口一般。这样人死去，也是天地间妇人中的正气。若没甚么阎王，他那正气不散，必定往那正大光明的所在托生。若是果有甚么阎王，那阎王见了这般好人，一定是起敬致恭，差金童玉女导引他过那金桥转世去了，岂有死去三四年还在那蒿里山的理？但为人子的，宁可信其有，岂可信其无？也在佛前求了一签，注的分明，却在那五阎王的司里。这五阎王在那十个阎王之中是

----

　　[1] 寻到那里——同本作"寻倒那里"，据文意酌改。

有名的利害主儿。

狄希陈抽着这签，心中已是凄惨得紧；及至买了纸锞，提了浆酒走到那个司里，只见塑的那泥像，一个女人绑在一根桩上，一个使一把铁钩，把鬼妇人的舌头钩将出来，使刀就割。狄希陈见了，不由放声大哭，就像当真割他娘的舌头一般，抱住了那个受罪的泥身，把拿[在]鬼手里的钩刀都弄断了，真是哭的石人堕泪，人人伤心。同会的人也都劝道：“这不过是塑的泥像，儆戒世人的意思，你甚么认做了当真一般？闻得你母在世的时为人甚好，怎么得受这般重罪？”素姐插口道：“这倒也定不得哩！俺婆婆在世时，嘴头子可是不达时务，好枉口拔舌的说作人。别说别人，止我不知叫他数说了多少，声声口口的谤说我不贤良，又说我打公骂婆，欺侮汉子。只这屈说了好人，没的不该割舌头么？”刘嫂子道：“没的家说！要冲撞了媳妇儿就割舌头，要冲撞了婆婆可，该割甚么的是呢？”

众人说话，狄希陈还哭。素姐道：“你只管嚎！嚎到多昝？没的那阎王为你哭，就饶了他不割舌头罢？我待走路哩，你等着你爹死了可你再来哭不迟！”众人也都恼那素姐的不是，狄希陈也就再不敢哭了，跟了素姐出庙，骑上头口。

走了七日，八月二十一日日西的时分回到家中。他也不说请公公相见，一头钻在房里，调羹和狄周媳妇到往房里去见他。

龙氏收拾了一桌酒菜，叫巧姐与他大姑子接顶。次日，仍打扮穿了色衣，戴了珠翠，叫狄希陈合小玉兰跟随，同着众人往娘娘庙烧回香。家中带了二十两银,暗自送与侯、张两个师傅做入会的公费。侯、张两个道:"这是随心的善愿。你的银子没有甚么低假,都分两足数么? 你既入了会,以后还有甚么善事,一传〔1〕你要即刻就到;若有一次失误,可惜的就前功尽弃了。可只你公公不许我们进去,怎么传到你的耳躲?"素姐道:"以后凡有该做的善事,你只到俺娘家去说,自然有人说知与我。"侯、张二人各自会意。

　　大凡事体,只怕起初难做。素姐自从往太安州走了一遭,放荡了心性,又有了这两个盗婆引诱,所以凡有甚么烧香上庙的事件,素姐都做了个药中的甘草,偏生少他不得。只看后回,不一而足。

　　再看接说便知。

---

　　〔1〕 传——知会,通知。

第七十回

狠汉贪心遭主逐　贤妻巧嘴脱夫灾

休太狠,头上老天不肯。尝言细水能流永,万事俱关命。

行险只图侥幸,全把寡铜相骗哄。若无智妇能词佞,敲打还
追并。

——右调《谒金门》

再说狄希陈那年在京坐监,旧主人家童七,名字叫童有闾,号是
童山城,祖传是乌银银匠。其父童一品是个打乌银的开山祖师,使了
内官监老陈公的本钱,在前门外打造乌银。别的银匠打造金银首饰
之物,就是三七掺铜、四六掺铜,却也都好验看。惟这乌银生活,先把
来烧得焌黑,再那里还辨得甚么成色? 所以一味精铜打了甚么古折
戒指、肐膝[1]钮扣、台盏杯盘之类,兑了分两,换人家细丝白银,这
已叫是有利无本[2]的生意。谁知人心不足,每两铜还要人家三钱
工价,弄得铜到贵如银子。他又生出个巧计,哄骗那些愚人:他刊了
招帖,说:"本铺打造一应器皿首饰,俱系足色纹银,不换分文低假,

[1]　肐膝——同本作"肐搭",据下文校改。
[2]　有利无本——同本作"有利无木"。"本"与"木"盖因形近而讹,据文意酌改。

恐致后世子孙女娼男盗。四方君子用银换去等物，不拘月日，如有毁坏者，执此帖赴铺对号无差，或另用新物，照数兑换，止加工钱；如用银，仍照原数奉银，工钱不算。执帖为照。”

人换了他的东西，果然来兑换的，照了帖一一换去。所以把这个好名传开，生意大盛。起先是取老陈公的本钱，每月二分行利。一来这老陈公的利钱不重[1]，落得好用；二来好扯了老陈公的旗号，没人敢来欺负。不敢在老陈公身上敢使欺心，利钱按季一交，本钱周年一算，如此有了好几年的光景。老陈公信这童一品是个好人，爽利发出一千银子本来，与童一品合了伙计。本大利长，生意越发兴旺。这童一品恐怕别人揽了他的生意，学了他的手段，不肯别招徒弟，从小只带了儿子童有闿帮助。

童有闿总里排行叫是童七。这童七自十二岁跟了父亲打造生活，学做生意，不觉一十八岁。这年娶了亲，是毛毛匠骆佳才的女儿，锦衣卫白皮靴校尉骆有我的妹子。这童七命里合该吃着这件衣饭，不惟打造的生活高强，且做的生意甚是活动。

这年秋里，恰好童一品生病死了，老陈公依旧与童七仍做生意。不料到了冬间，这老陈公也因病身亡，把这个乌银铺的本钱一千两，分在大掌家小陈公名下。这小陈公也仍旧与童七开造银铺，生意也照常兴旺。当初童一品这样兴旺的生意，惟恐托人不效，只是自家动手。后来童七长大，有了父子两人，所有妇女，教他錾花贴金而已。

----

[1]　利钱不重——同本作“本钱不重”。此依连图本，据李本校改。

童七起先袭职的时候,也还不改其父之政。后来生意盛行,撰钱容易,家中就修理起房来。既有了齐整房舍,就要摆设桌椅围屏、炉瓶盆景、名人字画之类,妆作假斯文模样。渐渐又齐整穿着起来。住了齐整房屋,穿了齐整衣裳,京师虽是帝王辇毂所在,那人的眼孔比那碟子还浅,见他有了几个铜钱,大家把他抬起来,唤他都是"童爷",唤他的婆子都是"童奶奶"。唤来唤去,两口儿通忘了自己是个银匠,俨然便以童爷、童奶奶自居。

大凡亲戚们的气运,约略相同。童七买卖兴头,谁知童奶奶的父亲骆佳才也好时运。他是个做貂鼠的匠人,连年貂鼠甚贵,他凡做帽套,拣那貂鼠的脊梁至美的所在,偷大指阔的一条,积的多了,拼成帽套,用玄纺吊了里,人只看外面毛深色紫,谁知里边是千补万纳的碎皮,成二三十两的卖银,渐渐的也成了家事。挝着了一个锦衣大堂的痒痒〔1〕,把儿子骆有裁补了校尉,跟了人缉捕拿讹,也撰了许多横财,置房买地。人也都叫那骆佳才是"骆太爷",老婆是"骆太太",骆有裁是"骆爷",老婆是"骆奶奶"。两家好不兴旺。

却说这样又富又贵的童爷,穿了彻底的绸帛,住了深大的华堂,便不好左手拿了吹筒,右手拿了箝子,老婆扯着风匣,儿子扇着火炉。——这成甚么体段?所以倾银打造,童爷不过总其大纲,察其成数,童奶奶越发眼也是不见的。儿子小虎哥送在书馆读书,人有说他父亲是个银匠,他也不信。寄姑娘更是不消提起。俱是雇人打造,自

---

〔1〕 挝着了一个锦衣大堂的痒痒——奉承得锦衣卫堂官心中高兴的意思。

已通不经眼。

这乌银生活,当初童一品父子手里,每一两重的生活镕化将来,足足的有三钱银子。这雇的生人,他那管你的主顾? 连那三成银子尽数扁在腰里,打的生活一味光铜。那时运好的时候,一般有人成十成百的换去。戴坏了的,不过是兑换新货,还要另加工钱。谁知人的运气就如白昼的日光一般,由早而午,由午而夜,日头再没常常晌午的理。盛极必衰,理所必至。一般也还是先年的铜货,偏偏的嫌生道冷起来,生意比往日十分少了九分。这一分之中,换了去的,十个有九个来打倒〔1〕;先年换去的旧物,多有执了票只来换银,不肯换货。还要指望生意复兴,咬了牙只得换与他去。年终算帐,撰得不多,渐至于扯直、折本,一年不如一年,致得陈内官要收回本钱,不开了铺。

起先童七还支架子,说道:"年成不好,生意不济。不如收了铺子为妙。"及至陈内官当真要收起铺来,童七也不免的慌了手脚。陈内官差了名下的几个毛食〔2〕齐到铺中,教童七交本算帐。童七那里有甚见银? 支吾了些赊帐,四五百两打就的首饰,二三百两退回的残物,正经管头还少二百八九十两,差十一二两不到三百。毛食同了童七,拿了货帐,都到陈公那里回话。陈公将打成的首饰合那残货都称兑明白,叫人收在原来箱内,其赊帐与少的数目,叫童七讨了硬保,限一个月交还。童七也还不怕,果然到了一月,将家中的银凑兑完

---

〔1〕 打倒——算倒账,要求退货还钱。

〔2〕 毛食——帮闲的下人。

足,照数偿还,抽了保状。陈内官倒觉甚不过意,待了酒饭,用好话慰贴而散。

童七回家,买了几十斤红铜做了本钱,仍旧开那乌银的铺。运退的人,那里再得往时的生意? 十日九不发市,才方发市,就来打倒。虽是红铜,也用白银买的,雇人打造也用工钱,赁房开铺也用房价,这都算在折去的数内。

更不料"福无双至,祸不单行"。九月十六是陈公公母亲的寿日,陈公公新管了东厂[1],好不声势,来与陈太太做生日的如山似海。这本司两院的娼妇,齐齐的出来,没有一个不来庆贺。陈公道:"累你们来与太太磕头,我有件好物儿哩,赏了你们罢。"叫:"儿子们,你去把那童伙计交下的乌银肷膪儿、挑牙三事儿,你尽情取来给我。"一个毛食去了一大会,取了两大纸包来到。陈公说:"你打开包见个数儿。"谁想那铜杭杭子原待不的久,过了三伏的霉天,久放在那皮箱里蒸着,取将开来,尽情煅黑的都发了翡翠斑点[2]。陈公一见,甚是惊诧,道:"这就是童伙计交下的么?"毛食道:"可不就是他交下的怎么?"陈公公骂道:"这狗屁拍的! 了不的! 拿这精铜杭杭子来哄我呀? 你再看看,别的也是这个么?"那毛食又同了一个把那

皮箱抬到陈公公面前，逐件取上来看，那有二样？都是些"尧舜与人"[1]，绝无银气。陈公公骂道："这狗攮的好可恶！这不是欺我么？快叫厂里人往他家里拿这狗攮的去！替我收拾下皮鞭短棍，我把这狗攮的罗拐打流了他的！"

你想这东厂的势焰，又是内官的心性，岂有松慢了的？不过传了一声，说道："叫厂里人去拿了童伙计来！老公待问他甚么哩！"谁料堂上一呼，阶前百喏。亏了还看伙计两字的体面，只去了十来个人，也还不晓的陈公主意轻重何如，所以单把童七前推后拥，两个人架着来了，也不曾抢劫他的东西，凌虐他的妻子。

及至童七拿到，陈公公已请客上过坐了，差人带到班房里伺候。童七打听陈公因甚计较，百计打听不出一个信儿。——"太太生日，我已送过礼，磕过头了。若是嫌我礼薄，可为甚么又盛设留我的酒饭？要是为交的货物不停当，这已是过了这半年，没的又脑后帐撅撒[2]了？"

却好一个拐子头[3]小承恩儿出来说："叫看门的，有唱插秧歌的过来叫住他，老太太待听唱哩。"童七平日与这小承恩儿相熟，叫道："承官儿！"承恩回头看见，说道："童先儿，你可惹下了！你交的

---

〔1〕　尧舜与人——《孟子·离娄下》："尧舜与人同耳。"此用作歇后语，以"同"谐"铜"之音。

〔2〕　撅撒——败露，被发现。撅，同"决"。

〔3〕　拐子头——明沈榜《苑署杂记·民风二》："总角曰拐子头。"本指小儿头上的小髻，因代指小厮。

那银器首饰，今日老公取出来赏人，都变成精铜，上头都是铜绿。叫人寻下皮鞭木棍，要打流了你的罗拐哩！"

童七道："阿？原来是为这个？倒唬我这们一跳！我当着公公化给他细丝银子就是了。过了这们暑湿的天，你就是没动的元宝也要变的青黄二色哩，休说是经人汗手打造的东西，有个不变色的么？承官儿你来，我合你说句话。"拉到个屋肐拉子[1]里，悄悄从袖中取出够一两多的一块银子，递与他说："你买炒栗子炒豆儿吃。你替我多多上覆老太太，你说童有闾在太太合老公身上也有好来。嫌留下的首饰不真，我一五一十的赔上。这老太太的寿日，前后三个月不动刑，这才是老公公的孝顺，与老太太积福哩。我赔银子放不在我心里，我可挨不的打。我带着仙鹤顶上的血[2]哩！我服了毒，老太太的好日子不怕不利市拉拉的么？你好歹对老太太说声，我等着你回话。"

承恩把那块银子看了看，说道："是好银子呀？你别又是那首饰呵。"童七道："甚么话呀？一分低的，换一钱给你。你要对着老太太说的不打我呵，我家里养活着个会花哨的腊嘴[3]哩，人家出我二两银，没卖给他，我送了你罢。"承恩喜道："你可别要说谎。你真个与我那腊嘴，我宁可不要这银子。"童七道："光有了顽的没有吃的也没

---

〔1〕屋肐拉子——屋里的角落。

〔2〕仙鹤顶上的血——即鹤顶红，一种古人常用的毒药。

〔3〕会花哨的腊嘴——花哨，指随着人口中发出的拟音宛啭鸣叫。腊嘴，亦作"蜡嘴"，即桑扈，一种喙部淡白如脂或凝黄如蜡的鸟。

趣。你留下这银子,好大事呀?"承恩道:"你等着,我替你说去。"

　　承恩走到太太跟前,趴倒地磕了个头,说道:"小的禀事。"怎么长,怎么短,把童七的话禀了一遍。太太道:"这狗攮的可也可恶得紧!这精铜是拿着哄人的东西?别说老公,我也待打他哩!你合他说:我尽力替他讲,饶他的打,叫他快快的拿银子来,取了他的铜杭子去。你叫人拿盘点心,四碗菜,再给他素子酒〔1〕叫他吃着,分付人们别要难为他。你说是太太分付来。"

　　承恩得了这个赦诏,走到外边,看着童七故意说道:"老太太的好日子,这没要紧的事我不敢禀,还了你的银子罢。"童七道:"承官儿,你不希罕银子罢了,你没的也不希罕会花哨的腊嘴么?是养活熟化〔2〕的。你不给我说,罢,我把这腊嘴进给老公,老公没有不喜欢的。饶了打不消说的,只怕还不教赔银子哩。"承恩道:"你如今就把腊嘴取了来给我,我才给你说〔3〕。"童七道:"他们肯放松我一步儿么?谁去取?"承恩道:"你给我件照物儿,我往你家自己取去。"

　　童七家里果然有两个腊嘴,一个狠会哨的,一个不大会哨。主意是待与他那个不大好的,但事已急迫,无可奈何,只得与了他袖内的一个汗巾,叫承恩拿了自往他家去取。承恩飞马也似跑到他家。童七被厂里差人拿去,童奶奶着忙,门也不曾关闭。承恩走到他客位檐下,两个竹笼挂着两个腊嘴。承恩喜不自胜,端了一把椅子躐着,把

---

　　〔1〕　素子酒——一酒壶酒。素子,酒壶的别称。
　　〔2〕　熟化——山东方言,指动物已被驯化而与人相熟。
　　〔3〕　给你说——同本作"就你说",据文意酌改。

两个竹笼都取将下来拿在手里,叫了一声:"家里没人么？这是童伙计的汗巾子,老公等着要腊嘴,叫我拿着汗巾子来取哩。你留下汗巾罢,跟出来关上门。"童奶奶赶着问道:"老公差了这们些人叫他是怎么？"承恩一边跑,一边说道:"老太太寿日,请他赴席哩。"说着走的去了。童奶奶道:"这腊嘴养活了二三年,养活的好不熟化。情管在酒席上偏拉[1],叫老公知道,要的去了。"说着,倒也把这害怕的心丢开去了。

　　承恩去不多时,只见提溜着两个笼子,从那里花哨着来了。童七道:"呀！你还留个给我顽,你怎么都拿来了？"承恩道:"我摸量着你往后没心顽了,可惜了的撂了,爽利都给了我罢。汗巾子我留在你家来了。你等等儿,我可替你禀太太去。"承恩只到后边转了转背,出来说道:"太太分付,你原不该拿着精铜哄骗老公,其情可恶,极该着实打！太太因你做伙计一场,今日又是太太喜庆日子,等后晌太太合老公说,免你的打,叫你快着照数换了银子来。你要变了卦,换的银子迟了,太太就不管这事了。分付你们拿他的人,叫别要难为他哩。太太分付,叫人拿四碗菜,一盘点心,一素子酒给你吃哩。"

　　童七道:"承官儿,你哄我哩。你进去没多大一会,你就禀的这们快呀？"承恩道:"你管我快不快待怎么？你只给了我腊嘴,我还嫌替你禀的迟哩。"说不了话,果不然从后边一个人托着一个盘子,就是承恩说的那些东西,一点不少,叫道:"童先儿在那里哩？太太赏

---

〔1〕 偏拉——山东方言,夸耀。偏,同本双行小字原注"上声","谝"的借字。

你饭吃哩。"童七心里有事的人,那里吃得下去? 吃了没多点子,都与众人吃了。叫承恩传说:"童银匠吃过酒饭,磕头谢太太赏哩。"

却说童七在班房里伺候到三更时候,方才做完了戏,住了杂耍。送出客来散了,回到厅上,分付打发下人。差人把童七带将过去,禀道:"拿了童银来了。"陈公道:"今日太太喜庆的日子,我且不合这狗攮的说话。这半夜三更,打的叫挞挞的[1]也不好听。你替我带他往班房里,吊着那狗攮的,明日合他讲!"差人齐声答应,将童七带出去了。亏不尽太太预先分付叫人不要难为他,所以陈公虽然分付叫吊,差人毕竟遵奉太太的言语,陪他大家睡了。

陈公回到后边,从新又与他母亲磕头小坐,留下那唱插秧歌的老婆,打着锣鼓扭着身子唱。将吃到四更天气,方才收拾散席。太太道:"官儿,我有个分上要合你说哩。那童银你差人拿的来了,你听我说,你只教他赔你的银子,你别要打他罢。我的生日,我许下这外宅里一个月不动刑哩。他又是咱的个旧伙计,你又是我的个孝顺儿子,听了我这个分上罢。我已对着他许过口了。"陈公道:"这可怎么处? 他欺我多着哩! 拿着精铜当银子哄我,他把儿子不当瞎子待么? 罢,罢,太太说了,我任他怎么,我也不打他,只教他赔银子罢。儿子还有一句话禀太太:要饶了他打,他挨着又不赔银,可怎么处哩?"太太道:"你问他要个保人,限他两三个月。他要不给你银子,这就可恶了,我也就不管他。"陈公道:"也罢,也罢。就依着太太说。小厮们计着〔1〕些儿，明日再合我提提儿，看我今日酒醉忘了。"

到了次早，陈公因他母亲生日，告了前后三日的假，这日也还不该进朝。陪着太太吃了早饭，太太又从新嘱付了一遍。承恩把太太的话预先跑到外边都对童七学了。陈公吃了饭，要出前厅理事，太太又再三嘱付，惟恐他忘了。

陈公坐在厅上，叫带进童银来，又叫人将他所交的铜货抬到厅上。差人将童七用铁绳锁项，跪在阶前。陈公骂道："呃！你这狗屁拍的！你睁开那屁眼看我是谁呀？你着我当吃屎的孩子哄我！领了我的细丝银子，交精铜棍棒子给我！拿着这精铜杭杭子哄人家银子，兑分两也就罢了，还每两问人家要三钱工钱呀？你就不怕我可，你没的也不怕神灵么？你说有儿有女的哩，你就不怕男盗女娼，变驴变马？你填还的人家了么？我问你，你那里的门路儿寻了老太太的分上压量我？我不把这狗屁拍的打个足心，我这口气怎么出的！"

童七只是磕头，说道："老公在一人之下，万人之上，沧海是的大量哩，就合小的这们东西一般见识？老公可怜见，把手略抬一抬，小的就过去了；要不肯高抬贵手，也只是臭了老公席大的一块地。"

陈公道："狗屁拍的！你把我的一千两本钱使了这们些年，你只三分利钱算给我，你该还我多少〔2〕，你自家定数儿。限你三日我就要！你如违了我的限，我也顾不的甚么太太、太爷的了！"童七道：

----

〔1〕　计着——记着。计，"记"的借字。

〔2〕　多少——同本作"多小"。"少"与"小"盖因形近而讹，据文意酌改。

"老公在上，小的有句话禀：领了老公的一千两本钱，每年算帐就没交些利钱与老公？四时八节，老公生日，太太寿辰，小的就没点孝心？怎么老公又说起利钱来了？"陈公道："呃！狗攮的！你不讲利钱，罢了！我的本钱呢？我交给你的是铜来么？"

童七道："你看老公糊涂。要不是使铜，这银匠生活也撰钱么？每年老公也使着二百两的银子；小的送的礼，那一遭不勾好几两银子？这都是那里来的？"陈公道："狗攮的！你又合我强哩！你那加三工钱，这不是利钱么？"童七道："我说老公糊突，老公又嗔。说这加三工钱，算着有了三百六十两。雇的人不给他工食，不吃饭？老公得了总分儿，小的这们条大汉，只图替老公做干奴才，张着一家子的牙茬骨喝风罢？小的算着，这十五六年，老公你也使勾有三千往外的银子。俺老子合去世的老公手里的帐不算罢。小的劝老公差不多的也就罢了。"

陈公道："好狗攮的呀！孩子们，你听他这不是说连本儿都不给我了么？我要铜杭杭子做甚么！人不依好，太太说了，我家里不好打他，替我带到厂里去伺候着！我自家也不打你，发给理刑的去！"差人答应了一声，顿着铁锁〔1〕就往外拉。童七道："你漫着拉，我还有话禀老公哩。"陈公道："带到厂里去，别要理他！他是佞嘴，听他做甚么！叫掌案的先儿写个票儿，连那铜杭杭子兑个清数，连人发给理刑周百户，叫他照数替我严限的追！"

----

〔1〕　顿着铁锁——同本作"顺着铁锁"，据文意酌改。

童奶奶那夜等童七不回，只道他在陈公外宅通宵畅饮，不在意下。等到次日将午不回，方叫小虎哥到陈公外宅门口打听。恰好正撞见昨日去拿腊嘴的承恩，方把太太说分上饶了打他，他不肯赔那本钱，致的老公怒了，刚才佥了票，连铜合人都发到理刑的周家追去了[的话说了]。

虎哥回家，对童奶奶说了前后。童奶奶道："好混帐杭子呀！钱是什么，拿着命不要紧哩！这理刑衙门是甚么去处？这内官子的性儿，你惹发了他，你还待收的住哩！"拿过个首帕来趸了趸头，换上了件毛青布衫，脱了白绫裙子，问对门吴嫂儿借了条漂蓝布裙子穿上，腰里扁着几百钱，雇了个驴，骑到太仆寺街四眼井旁里管东厂陈公外宅，下了头口，打发了驴钱，往门里竟闯。

看门的拦住道："呀！那里这撒野的堂客？这是甚么去处，你竟往里闯！亏我看见，你要三不知的闯进去，老公正在厅上看着人摆卓子哩，你这不做弄杀我了！"童奶奶望着那人拜了两拜，说道："我不晓的新近立了规矩，我只还当常时许我不时的走来。"看门的道："你是谁？我不认的你。"童奶奶道："我是童伙计娘子。我来替当家的还银子哩，要亲见老公，还见太太。"从腰里扯出三百黄钱，值着四钱多银子哩，递与那看门的道："这几个钱送与爷买钟酒吃，烦爷替我禀声。"

那看门的见童奶奶为人活动，又有几分姿色，不忍的拒绝，最要紧又是那三百黄钱的体面，随满口答应道："这大街上不便，奶奶请到门房，屈待略坐一会儿，我替奶奶禀去。"那看门人把钱装在兜肚里面,蹭到厅前,洒着手旁里站着。

　　不多一会,陈公看见,问道:"你待禀甚么?"那看门的跪下禀说:"童伙计的娘子来见老公合太太哩。"陈公说:"他见我待怎么?有甚么话说?"那看门的道:"不知他待禀甚么。他只说他汉子没天理,拿着老公的银子,养活了他这们些年,不报老公的恩,当着太太的寿日顶撞老公,叫老公生气,他来替老公合太太磕头,认赔老公的银子。"陈公道:"他就是这们说么? 他说他汉子[1]没天理,负我的恩么?"看门的道:"可不是他说的怎么?"陈公道:"你说这童银狗攮的,人皮包着一付狗骨头,还不如个老婆省事哩! 那老婆也好个模样儿?"看门的道:"俊俊儿的,风流不丑。"陈公道:"你叫他进来。"

　　童奶奶走到阶下,磕了四个头。陈公问道:"你是童银的媳妇儿么?"童奶奶道:"小的就是。"陈公道:"你刚才说你男子汉没天理,负了我的恩。你只这两句话,就是有良心的人,我的气也就消了一半。"

　　童奶奶绰了这个口气,随道:"可不小的说来? 他硬着个脖子,听人句好话么! 说老公待交帐收铺子哩,没有银子交,算计待交那打就的首饰。小的这们再三的说:'那货低假,良心过不去,还不的老公。咱一家子顶的天,躧的地,养活的肉身子,那一点儿不是老公的? 你哄骗老公,就合哄了天的一样,神灵也不佑你。你有银就

----

〔1〕 他汉子——同本作"人汉子",据文意酌改。

一一的还了老公,老公见咱没饭吃,自然有别的生意看顾咱,浑深舍不的冻饿着你。你要没银子,你倒是老实在老公上乞恩[1],只怕老公可怜你这们些年的伙计,饶了你也不可知的。如老公必欲不饶,脱不了咱家所有的,那个不是老公赏的?咱变换了来赔上。你只别拿着这假杭杭子哄老公。'他那里肯听这话?只说:'没帐,没帐。咱老公家希罕这个哩?过过眼,丢在一边去了,还待[2]出世哩么?'天也不容他!叫老公看出来了还不认罪,还敢合老公顶嘴,这不是寻死么!"

陈公道:"你的意思是待怎么?"童奶奶道:"小的的意思,这们忘恩负义的人,发到理刑那里监追,打杀也不亏他;只是小男小女,都要靠着他过日子,天要诛了他,就是诛了小的一家子一般。望老公掣他回来,叫他讨个保,叫他变了产赔老公的,免发理刑追比。"陈公道:"这不难么。我看你好人的面,我知道有处[3]。你家去,我叫人写票子提他回来。"童奶奶千恩万谢,辞了出门。

陈公果然把童七从监里提出,分付道:"我看你媳妇儿是个好人,免你监追比较[4]。铜货六百两,量赔三百两,限两个月交完。再敢抗拒,全追不饶。"童七见把他发到周百户那里,自料家业凋零,更且性命不保,无门可救,只是等死。不料得他媳妇一片虚头奉承,

---

[1] 乞恩——同本作"吃恩",据文意酌改。
[2] 还待——同本作"还侍"。"待"与"侍"盖因形近而讹,据文意酌改。
[3] 有处——等于说有解决的办法。
[4] 比较——同本作"此较"。"比"与"此"盖因形近而讹,据文意酌改。

轻轻脱了虎口,免了三百两文银。人说"家有贤妻[1],男儿不遭横祸",况有智妇,何虑灾患不消?

　　但不知童七运气何如,将来怎生结束,且看后回再说。

---

　　[1]　贤妻——同本作"监妻",据文意酌改。

第七十一回

陈太监周全伙计　宋主事逼死商人

逢人尽说缙绅家，满口自矜夸。干坏朝廷好事，只知一地胡拿。　　性有刚柔，事应轻重，出自冈叉。人品只须妥当，管他没有鸡巴！

——右调《朝中措》

却说陈公这内官性儿，叫童奶奶拿着一片有理无情的话，蓟着他的痒痒，就合那猫儿叫人蓟脖子的一般，呼卢呼卢的自在，夸不尽童奶奶是个好人，不惟将童七当时提回讨保，且轻轻的饶了三百两银。童七尊敬那童奶奶就似刘先主奉承诸葛孔明的一般。只是人心不足，与他老婆商议，叫他怎么再弄个法儿，连这三百两也都饶了才好。

童奶奶道："你别要这只管的不足，那内官的性儿是拿不定的，杭好杭歹[1]。他恨你咬的牙顶儿疼，亏不尽我使了三百钱，那管门的其实是铺拉自家，可替咱说话？我绰着经儿，只望着他那痒处替他蓟，他一时自在起来，免了这三百两不叫咱赔，又宽了两个月限，你安知他过后不悔呢？三百两银，六个大元宝哩！他寻不出别的支节来，

----

[1]　杭好杭歹——一会儿好一会儿坏。

没及奈何的罢了。你再去缠他，或是过了他的限，他借着这个番过脸来说道：'我倒饶了你一半，宽限了两个月，你倒不依好！我不饶你，还要那六百两，也不准宽限，我即时就要哩！'你可怎么样的？这不过了十日多了？依我说，你先拿一百两银子，我听说佛手柑到了，你买上四个好佛手柑，再买上他一斤鲜橄榄，你送了去。你说：'我变转了一百两银子，放着等一总里交，怕零碎放在手边使了，先送了来与老公垫手儿使〔1〕。'他情管喜欢。你就还了他银子，咱还合他结个相知，还叫他往后救咱头疼脑热的。这是我的主意，你再寻思。"

童七道："奶奶主事，没有差了的。只怕他内官性儿，见咱银子上的容易，按着要起来，可怎么处呢？"童奶奶道："没帐。你替我〔2〕买佛手柑合橄榄去。你推病别去，待我自家去。"童七道："奶奶去情管好。我近来运退了的人，说出句话来就浊杀人的，连自家过后也悔的慌。"连忙走到福建铺里，一两八钱银买了四个五指的佛手柑，又鲜又嫩，喷鼻子的清香；一钱二分称了一斤橄榄。拿到家里，都使红灯花纸包了，叫虎哥使描金篾丝员盒端着〔3〕，自己两只袖子袖着两封银子，穿着油绿绸对衿袄儿，月白秋罗裙子，沙蓝潞绸羊皮金云头鞋儿，金线五梁冠子，青遍地锦箍儿，顾上了个驴，骑到陈公外宅。

还是那日看门的人，童奶奶走到跟前，笑容可掬，连拜了数拜，说道："那一日得不尽爷的力量，加上美言，我合老公说了话出来，寻爷

---

〔1〕　垫手儿使——放在手边随时使用。
〔2〕　你替我——同本作"你替把"，据文意酌改。
〔3〕　端着——同本作"端看"。"着"与"看"盖因形近而讹，据文意酌改。

谢谢儿,就寻不见爷了。"那人道:"我刚只出来,孩子说家里叫我吃晌饭哩,我刚只吃饭回来,你就去了。"童奶奶从袖中取出一个月白绫汗巾,吊着一个白绫肚青绸找口[1]的合包,里边盛着四分重一付一点油的小金丁香,一付一钱一个戒指,说道:"这个汗巾儿里边有付小金丁香儿,两个银戒指,烦爷替我稍给奶奶,也见我感激爷的意思。"那看门的道:"前日受了奶奶的厚礼,没有甚么补报,又好收奶奶的?既是与家里的,我又不好替他辞,可是叫奶奶这们费心。奶奶这来是待怎么?"

童奶奶道:"我变了几两银子,待来还老公,又寻了几个佛手柑与老公进鲜。俺家里一行[2]好好的,拿倒地就害不好,自己来不的。我怕几两银子极极的花费了,两个果子淹淹[3]了,我说:'等不的你好,我自家送去罢。'待叫这孩子来,怕他年小不妥当。"那看门的道:"老公在朝里,这几日且不得下来哩。奶奶,你见见太太不好么?我给你传声?"童奶奶道:"我得见太太,就是一样。"那看门的道:"奶奶,你跟进我来,你在宅门外听着我说话,你好绰着我的口气儿合太太说。"

果然那看门的领着童奶奶进了仪门,打大厅旁过道进去,冲着大

---

〔1〕 青绸找口——用青绸做的荷包口沿。找口,同本作"我日",连图本作"绒口",据文意酌改。

〔2〕 一行——一向。

〔3〕 淹淹——山东方言,即蔫,植物、水果等因失去水分而萎缩。淹,在方言中与"蔫"同音,用为其借字。

厅软壁一座大高的宅门,门外架上吊着一个黑油大桑木梆子。那看门的把那梆子邦的声敲了一下,里边一个老婆子出来问道:"说甚么?"那看门的回说:"看门的任德前见太太禀话。"老婆子道:"进来,太太正在中厅看着人收拾花草下窨。"

任德前禀道:"童银匠的娘子儿,他不知那里打听的说太太救了他汉子的打,他敬来替太太磕头,要见太太哩。"太太道:"我在口之言,给他说声罢了,平白地替我磕甚么头? 阿郎杂碎〔1〕的,我见他做甚么!"任德前道:"老公前日没见他么? 不阿郎杂碎的,倒好个爽利妇人,有根基的人家。这是骆校尉的妹子。"太太道:"他只怕不光为磕头,他只怕是缠我告免银子。"任德前道:"不是价。他还拿着银子来交哩。小的说:'老公朝里没下来,谁好收你的? 你且拿了家去。'他说:'我变换了这几两银子,家里极极的,像着了饥的鹞鹰一般,放在家里就花了。一时间银子上不来,违了限,叫老公计较,这不辜负了太太的美意么? 我陆续交给太太收着,交完了,可抽保状。'"太太道:"这是个有主意有意思的女人,我当是个混帐老婆来。你叫他进来。"

任德前出去,说道:"我说的话,奶奶你听见来? 你就跟着我这们说。"童奶奶答应了,不慌不忙走到正厅内,朝上站定说道:"太太请上,小的磕头。"太太说:"你来到我家是客,不磕头罢。"童奶奶道:

---

〔1〕 阿郎杂碎——山东方言,本指动物的内脏。现代指猥琐卑下的人。这里是醒里醒醒,不干净利便的样子。阿,方言音ē,阿郎,即窝囊,醒醒。杂碎,动物内脏。

"替太太磕破了这头，也报不过太太的恩来哩。要不是太太救着，俺娘儿们可投奔谁？太太可是活一千岁，成佛作祖的。阿弥陀佛！"一边说，一边吊桶似的上去下来，磕了四双八拜。

太太道："你端个小杌儿〔1〕来，让客坐下。"童奶奶道："好太太呀，太太跟前敢坐，待要折罪杀呀？"太太道："你矮坐着怕怎么？你坐着，咱娘儿们好说话。你摸在旁里〔2〕只管站着，不怕我心影么？不知怎么，我乍见了你就怪喜欢的。"童奶奶道："这是小的造化，投着太太的喜缘。"又朝上与太太磕头告坐。在那暖皮杌子上坐下，又说："刚遇着才到的佛手柑，不大好，要了两个儿进与太太合老公尝新。"太太道："新到的物儿贵贵的，你紧仔没钱哩，教你费这个事。"童奶奶道："孩子外头端着哩，太太分付声，叫人端进来。"太太说："既费了，叫人端进来去。"还是刚才那个老妈妈子，走到宅门内击了一声云板〔3〕，外边接着，分付道："把客送的盒儿端进来。"

不多一会，外边传进盒子，端到太太面前。揭开盒盖，满屋里喷鼻清香。太太说："好鲜果子！今年比年时到的早。不知进过万岁爷没有？收到我卧房里去。"太太合童奶奶家长里短，说的不了。说到赔银之事，都顺着那任德前的口气，随机应变的答应。太太甚是喜欢，叫人看饭相待。

九月将尽，正是日短的时候，不觉又是日西。童奶奶说："这是

---

〔1〕 杌儿——一种没有靠背的坐具。
〔2〕 摸在旁里——等于说不能坐定，无所依傍。
〔3〕 云板——一种两端为云头形的响器，击之以作传呼、报事之用。

一百两银,太太替小的且收下,待完了,抽保状出去。"太太说:"你留下,我替你交与老公就是。"童奶奶要辞家去,太太叫丫头:"端出我那竹丝小箱儿来。"丫头端出来开了,太太取了十个金豆,三十个银豆,递与童奶奶道:"这是宫里的,你拿到家里顽去。"童奶奶道:"这希奇物儿,太太赏这们些呀!"磕头不了,满口称谢。叫老妈妈送出客去。

　　童奶奶到家,对着童七说太太的好处。太太又对着陈公说:"童银的媳妇好个人儿,识道理,知好歹,通是个不戴帽儿的汉子。昨日来交了一百两银子,送了四枝佛手柑,一些橄榄。我赏了他几个豆儿,留他吃的饭去了。"陈公道:"我全是为他省事,我饶了他三百两银。后来我又悔的,轻易就饶他这们些! 我心里算计:他要违了我的限可,我还不饶他。他怎么老早的就交了一百两?"太太道:"他合我说来。他说变换了这几两银子,依着他汉子还要留着撰换〔1〕撰换,他恐怕又花了,辜负了你的恩,宁可随有随交罢。"陈公道:"好呀,这童银怎么就有这们个好媳妇儿! 他要等不满限还了我的银子,我还把那些铜杭杭子赏给他,叫他拿着再哄人去。"

　　后来果然童奶奶撙掇着,不过一月,还完了陈公的三百之数。陈公果然把那六百两假货还都给了他。每次还银,都是童奶奶自己去交,渐合陈太太成了相识,看门的任德前通成了一家人一般。童奶奶

---

〔1〕 撰换——做本钱周转生利。撰,同"赚"。

时常往来,进不的[1]一个钱东西,十来个回不住。童七常往陈公宅里见陈公磕头,献小殷勤。

童七做熟了这行生意,没的改行,坐食咂本[2],眼看得要把死水舀干,又兼之前后赔过了陈公的银七百馀两,也就极头么花[3]上来。后陈公赏出那铜东西来,他不胜之喜,寻思一遭,还是干那旧日的本把[4]营生。先有这见成打就的六百两货物,从新前门外另赁了[5]新铺,垒了炉子,安了风匣,雇了银匠,还做这乌银生意。童奶奶道:"咱做生意,只怕老公计较。他敢说:'我收了本钱,不合他做买卖,你看他赌气还开银铺!'通像咱赌他嘴的一般。咱还合他说声才好。"童七道:"咱可怎么合他说?"童奶奶道:"还得我自己进去,要是亲见了老公更好,只不知得出朝不。明日庙上你买点甚么又希奇又不大使钱的甚么东西儿,我拿着进去。"

童七果然十一月初一走到城隍庙上,踅了一遭,买了一个艾虎,使了三钱银子。这艾虎出在辽东金伏海盖四卫的地方,有拳头大,通是那大虎的模样,也能作威,也能剪尾,也能呜呜的吼,好在那扁大的葫芦里头睡。一座大房,凭你摆着多少酒席,放出他来,辟[6]的一

----

〔1〕 进不的——同本作"近不的",据下文校改。
〔2〕 咂本——靠吃本钱维持生计。
〔3〕 极头么花——后文也作"极头麻花"。形容焦急的样子。极,通"急"。
〔4〕 本把——本行。
〔5〕 另赁了——同本作"房赁了",据文意酌改。
〔6〕 辟——山东方言,威慑的意思。

个苍蝇星儿也没有。本地只卖的一钱银子一个。又使了三两银买了一个会说话的八哥儿，一个绝细的金漆竹笼盛着。

买到家来，过了一宿，次早把这两件奇物叫虎哥拿着，童奶奶扎刮齐整，雇个了驴，骑到陈公的外宅门首。恰好这初二日是该下厂的日子，陈公早从朝里出来，顺便看了太太才下厂去，此时正在宅里。门前伺候[1]着无千带万[2]的人。

童奶奶到得那里，下了驴，打发了驴钱。任德前早已看见，拨开众人，引得童奶奶竟进宅门。虎哥拿着那艾虎、八哥，在宅门外伺候。童奶奶进得宅门，正见太太倚着格子框[3]站着，陈公在厦檐[4]底下看着小小厮拿着两个黄雀，叫他那里含旗儿哩。童奶奶先与太太磕过头，又与陈公磕头。童奶奶道："你看呀！男子汉有句话，要在老公上乞恩，怕老公没得下来，叫我来禀太太罢。谁知老公在宅里哩。"陈公道："他待禀甚么？你替他说也是一样。"

童奶奶道："实禀太太合老公：小人的意思，好支虚架子儿[5]，没等一个钱，就支十个钱架子，其实禁不得磕打[6]。昨日还了老公

---

[1] 伺候——同本作"侗候"。"侗"与"伺"盖因形近而讹，据文意酌改。
[2] 无千带万——成千上万，是一种夸张的说法。
[3] 格子框——用作厅堂前墙的木槅扇。
[4] 厦檐——古代厅堂的前檐一般向外探出，自前檐后坐数步为前墙或用作前墙之用的木槅扇，前墙之前被房檐覆庇的部分叫做"厦檐"。
[5] 虚架子儿——同本作"虚架千儿"，据文意酌改。
[6] 禁不得磕打——经受不起折腾。禁，通"经"，经受，承受。

那点东西儿,也就刷洗了个精光。看看的抱着瓢[1]的火势,不料老公从云端里伸下手来待提拔哩,把那些铜杭杭子赏给了。这是俺家祖辈久惯的营生,梅洗[2]梅洗,把那旧的整治新了,拿着哄人,胡乱骗饭吃,还要在前门外寻点铺儿,开个小乌银铺。旧日的主顾想已是哄的怕了,再哄那新头子[3]。铺儿有了,一点家伙儿没有,还向老公乞恩,把那昝铺子里的卧柜、竖柜、板凳,赏借给使使。"陈公道:"你看这'有钱买马,没钱置鞍'的事么! 有本儿开铺子,倒没有厨柜了!"

童奶奶道:"可说甚么来! 要分外再有个钱可,敢还来缠老公哩? 除了这老赏的首饰,精手摩诃萨的,有个低钱么? 不敢望多,只再得一百两银接着手就好了,那得有来?"陈公说:"我听说你那住的房儿,小小可可的[4]到也精致,卖了使不的么?"

童奶奶道:"还说哩! 他可不每日只待卖那房子? 说:'为甚么拿着银碗讨饭吃?'小的说他:'这房儿是老公看顾咱的,是你祖父分给咱的呀。老公看顾你一场,你合我里头住,就合爷娘分给孩儿们的屋业,孩儿们守着,爷娘心里喜欢;孩儿守不住,卖得去了,虽是分倒给你的,爷娘心里喜欢么? 你诸务的没了,单只这两间房,驴粪球儿

---

〔1〕 抱着瓢——等于说讨饭、乞讨。

〔2〕 梅洗——赵红梅、程志兵云,梅洗为利用含有梅子、白矾、盐碱等物质的溶液给金银等制品上光抛光的技术手段,是。梅,含有酸性物质的梅子。

〔3〕 新头子——新顾客、买主。

〔4〕 小小可可的——地方不大,面积不大。

且外面光着。你再把这几间房卖了,咱可倒街卧巷的? 咱自作自受的罢了,可叫人说:'你看那陈公的伙计童银,一家儿卖了房讨吃哩!'人问:'那个陈公?''是见今坐东厂的陈公哩。'这可是替老公妆幌子〔1〕哩么?"

陈公道:"你说的是呀。他要不这们十分的狠,坏了生意,我也不收了本钱来。他作孽罢了,难为带累你这好人合他过苦日子。也罢,我借一百两银子给你,算你问我借的。你一年只给我十两银子的利钱,别落他的手。撰的钱你吃你穿的,别要管他。你撰的好了,你可慢慢的陆续抽本钱还我。那铺子里的厨柜没有了,连铺子都一齐赁了与人。我另有,我叫人寻给你,你叫人来抬去使。"

童奶奶一边磕头道:"小的就这里先谢了太太合老公罢。"起来〔2〕又道:"得了个艾虎儿合个八哥儿,来进与太太合老公看,在外头哩。"陈公道:"那里的艾虎儿呀? 夏里我这们叫人寻,没寻着。你是那里的八哥儿? 会说话么?"童奶奶道:"胡乱也说上来了。"陈公道:"好呀! 快叫人取进来!"童奶奶道:"八哥,你问太太安。"那八哥果然道:"太太安!"童奶奶又道:"八哥,你问老公安。"那八哥果然就问:"老公安!"童奶奶道:"八哥,你问太太老公千岁。"那八哥果然说道:"太太老公千岁!"

陈公甚喜,说道:"你也是个能人,那里寻着这宝贝儿〔3〕孝顺我

----

〔1〕 妆幌子——做招牌,装门面。这里用其反义。
〔2〕 起来——同本作"起夹"。"来"与"夹"盖因形近而讹,据文意酌改。
〔3〕 宝贝儿——同本作"实贝儿"。"宝"与"实"盖因形近而讹,据文意酌改。

哩?"陈公叫人把艾虎合八哥用心收着,让童奶奶到炕房暖和,好生待饭,又合太太说:"就把他先还的那一百两借与媳妇儿去,也不消问他要甚么文约儿。"又分付人查厨柜与他使,又分付人拿饭给跟的人吃。分派已毕,陈公[1]吃完饭,下厂去讫。

童奶奶合太太数黄道黑,直至再吃了晌饭,方才辞了太太,领了一百两银,骑着驴子,打着得胜鼓奏凯而回,对童七讲说详细。童七大喜,说道:"天爷哟! 那庙里没有屈死的鬼? 人开口起来说银匠是贼,像奶奶这个,刘六、刘七合齐彦明[2]也不要你,恐怕你贼过界去了!"童奶奶笑道:"你叫别人也贼么! 我偏着是银匠老婆才这们贼哩!"童七道:"咱实得百十两银接接手[3]才好哩,要不也就捉襟露肘了。咱明日就着人抬卧柜合厨去。"两口子欢天喜地,看就十一月十一日新开铺面。

时人大约势利,见他又领了陈公的本钱仍开银铺,都来与他把盏暖铺,依旧兴头。但时运退动的人就似日头没有从新又晌午的理,只有渐渐的黑将下去。况且他那精铜的物件,那个不带着两只眼睛? 闻的童七大名就害头疼,那个还敢来合他交易? 所以尝是好几日不得发市。那北京城甚么去处?真是米珠煤玉的所在,禁的伙计闲着

---

[1] 陈公——同本作"下公"。此依连图本,据李本校改。

[2] 齐彦明——即齐彦名,明正德时人,与刘六、刘七同为当时的农民起义首领,时人所谓的"贼"。

[3] 接接手——接济一下的意思。

吃饭，铺面[1]包着要钱？这童爷童奶奶见这光景不大得好，也不免有些心焦，不大自在。

这童七的老子童一品与老陈公合了下半世的伙计，童七又与小陈公合了上半世的伙计。打着陈公的旗号，人都说他是陈公的伙计，谁敢惹他？甚么门单火夫、牌头小甲，没人敢扳他半个字。他过着这"靠大树草不沾霜"的日子，那晓的以外的光景？后来人都知道陈公收了本钱，先是那铺面招牌、檐前的布幌都不敢写了"陈"字，"野鸡戴着皮帽——还充得甚么鹰"？所以那凡百的杂犯差徭，别人不能免的，都也不肯饶他。

支惯了架子的人，忝着个脂大肚，穿着彻底的绸帛，开着银铺，虚名在外，尖尖的报了个象房草豆商人。这在诸商之中还算最为轻省，造化好的，还能撰钱。预先领出官银，成百成千的放在家里开铺营运，撰的利钱就够了置办草料，净落下他的本钱。把银子从春夏的时候，有那要钱使的庄家，把银子散与他用了，算住了草是几分一百斤，豆是几钱一石，等秋间草豆下来的时候，平卖十个，只算他三双，这先有四分花利。与那管草豆的官儿通同作弊，哄骗朝廷：本等只直六钱，领价开他一两。所以这草豆商人从来不称苦累，但要自己有些本事，以外还有帮手，正是"单丝不线，孤掌难鸣"，这都是童七所不能的。当初若自知分量，这不是累人的差役？自己告辞也是辞得脱的，

---

[1]　铺面——同本作"铺向"，据文意酌改。

即不然，再叫童奶奶去央央陈公，合广西司说说也是不难的。他听了人的话，都说："这差不怕，是极好的，人还求之不得哩。"就把那前边所说之话哄的他心花乱开，痴心妄想要从此一天富贵。

谁知这造化将要低来的时候，凡事不由你计较。先是户部里没了银子，不惟不能预支，按季要你代一代，发去的又不能如数补还。那象是甚么东西？房子大的这样蠢货，他是肯忍饿的？象奴按了日子，一五一十的在那管草料的官支领；管草料的官标准了领状，如数问商人要。这商人却推与何人？

若是那真正大富的人家，虽把自己的银钱垫发，也还好贱买贵交，事也凑手。这童七番调〔1〕只是一个，童奶奶虽是个能人，这时节也就"张天师着鬼迷——无法可使"，只得在贩子手里"食店回葱"，见买见交。一遇阴天下雨，贩子不上城来，便就没处可买。象奴围住了门前乱嚷乱骂，一面把好几十文钱央他吃酒买饭，求他个且不做声；一面东跑西奔，往别处铺子里回买。连那铜行的生意绝无指望，先把家中首饰，童奶奶的走珠箍儿、半铜半银的禁步七事〔2〕、坠领挑排、簪环戒指，赔在那几只象的肚里，显也不显一显；渐至于吃了童爷童奶奶的衣裳，又吃了一切器皿；以至于无物可吃，只得吃了那所房子。

童奶奶因没钱买点东西，不好空了手时常去陈公宅里。陈太太

---

〔1〕　番调——翻过来调过去。等于说里里外外。番，同"翻"。

〔2〕　禁步七事——妇女裙上的诸种玉质或金属饰物。因行走时随裙动作响，可起到提醒女性不得大步失礼的作用，故称。

见他意思冷落，也就日远日疏；又闻知他跌落了日子，就叫人来催讨他的本钱。象奴又逼，陈家的毛食又催，误了草料，被那管草料的官节次打了几遭，方才再三苦缠，哀辞告退。这又不是审差的时候，却再那移与谁？

一日，又该支给草料的时节。家中上下打量，一无所有。稍停象奴又来逼命，没钱求告，又没草料与他，必定又要禀官，再要责打，如何受得？幸而不曾领了钱粮，倒番赔垫了千把银子，也累不着妻子。写了一张冤状揣在怀里，袖了一根捆毡包的大带，不等象奴来到，预先走出外边躲藏。

待不多时，象奴果然来到，只说童七躲在家中，跳跶着嚷骂。将晚，没有草料，象在那里嗷嗷待哺，象奴只得回去禀那本官，差了三四个人，分头捉拿商人童七。在他那两间房内到处搜寻，只无踪影。还道[1]他夜深必定回来，等了半夜，那有童七的影儿？

谁知这童七怀着状，袖着绳，悄悄的走到那管象房草料户部河南司主事宋平函私宅门首，两脚登空，一魂不返。黎明时节，本宅还不曾开门，总甲往城上打卯，由门前经过，看见了这希奇之物，叫了当铺小甲，本宅四邻，眼同公看。从怀中取出冤状，方知是草料商人童有阂因无力赔垫，被宋主事逼打难受，只得求了自尽。赔了一千三百的银子，并无领过官银，叫他妻子与他伸冤理枉。

总甲同了众人叫开了宋主事的大门，说知所以，传进宅内。宋主

---

〔1〕 还道——同本作"远道"。"还"与"远"盖因形近而讹，据文意酌改。

事正在那里与一个爱妾行房,受了一惊,后来阳痿不能再举,至于无子。这分外的事不必细说。宋主事连忙起来梳洗完毕,要取怀揣的冤状进看。总甲不肯发与,赏了总甲一两银子,叫书办抄了进去。宋主事一面差人报了南城察院,一面急急的上了本。旨意下部查究,堂上覆了本,议将宋主事降三级,调外用。尸着尸亲领埋。吊了前后四日,才从宋主事的门上解卸下来。

童奶奶合虎哥、寄姐并骆校尉家的男妇都穿了孝,每日在宋主事的门前大哭,烧纸,奠酒,招魂。宋主事情愿与他买棺装裹,建醮念经,伍弄[1]着出了殡。

童奶奶还亏陈太太看常,再三与陈公说,叫且别要逼他的银子,时常还赏他的东西。虎哥已长成十五岁,出条了个好小厮。后来央了陈公,送与一个住陈公房子的福建人新进士做了个小长班,甚是得所。进士观了政,选了户部主事,接次管差,虎哥极蒙看顾。所以童奶奶天无绝人之路,也还不至于十分狼狈。

但后来过的日子,虎哥合寄姐的行藏,都不知怎么结果,且听后回再说。

----
　〔1〕　伍弄——山东方言,哄骗。

第七十二回

狄员外自造生坟　薛素姐伙游远庙

　　自古贞娘，守定闺房，共籥灯禁步中堂。操持井臼，缉纴[1]衣裳。无违夫子，成列女，始流芳。　　谁知妖妇，不驯野性，闹穰穰举止飞扬。狐群狗伴，串寺烧香。玷门败祖，遭戮辱，受惊惶！

　　　　　　　　　　——右调《行香子》

　　狄老婆子亡后，停厝在家，未曾出殡。狄宾梁在祖坟应葬的穴内，择了上吉的日时，鸠了匠人，整造生坟。每日自己出到坟上，看了一切匠人兴作。那亲戚朋友都拿了盒酒去陪伴他管工，又携了酒肉犒劳那些夫匠，络绎不绝，直待的工完后止。

　　一日，坟已造完，众亲朋又都出了分金，要与狄员外庆贺寿圹。狄员外恳辞不住，在坟上搭棚摆酒，款待宾客。又背净所在另搭一棚，安顿家下女人，好理料厨子，置办品肴。调羹、狄周媳妇合几个丫头，还合住房子能干妇人，又请了相大妗子也到棚里照管。外边请了相栋宇、相于廷、崔近塘、薛如卞、薛如兼、薛再冬都来陪客。那日棚

----

[1]　缉纴——纺织缝纫。纴，纺织。

内约有三十桌酒席不止,真也是极忙的时候。

那日恰好是三月初三,离明水镇十里外有个玉皇宫,每年旧例都有会场,也有醮事。这些野猩猩妇人,没有不到那里去的。既是妇人都去,那些虚花浮浪子弟,更是不必说起。这素姐若也略略的省些人事,知道公公这日大摆喜酒,不相干的还都倩他来助忙料理,你是个长房媳妇,岂可视如膜外,若罔闻知? 老侯两个道婆只来说得一声,就如黄狗抢烧饼一样,也不管绊倒跌了狗牙,跟着飞跑。

相大妗子到了棚内,他眼四下一瞧,问道:"外甥媳妇没来么? 怎么没见他呀?"调羹倒也要与他遮盖,葫芦提[1]答应过去。但这等希奇古怪的事,瞒的住谁? 你一嘴,我一舌,终日讲论的都是这事。

偏生这一日又弄出一件事来。这侯、张两个道婆伙内有一个程氏,原是卖棺材程思仁的女儿,叫做程大姐。其母孙氏。这孙氏少年时节有好几分的颜色,即四十以后还是个可共的半老佳人,身上做的是那不明不白的勾当,口里说的是那正大光明的言语。依着他辣燥性气,真是人看也不敢看他一眼,莫说敢勾引他。街里上人认透了他的行径,都替他起了个绰号,叫是"熟鸭子"。

这程大姐渐渐长成,熟鸭子的勾当瞒的别人,怎瞒得过女儿? 况这女儿生性是个不良之人,母亲既是"好者",他就"甚焉者矣"[2]。或是抽他母亲的头儿,或自家另吃独食,大有风声。只怕那熟鸭子又

---

[1] 葫芦提——糊涂。这里是胡乱的意思。

[2] 甚焉者矣——《孟子·滕文公上》:"上有好者,下必有甚焉者矣。"为此语之所本。

臭又硬，是个泼恶的凶人，没人敢理论他。

　　这程大姐自小许与一个魏三封做媳妇。魏三封虽是个小人家儿子，长到十九岁，出落了一表人材，白白胖胖，大大长长。十八岁上中了武举第二名，军门取在标下听用。因程大小姐小他四岁，魏三封到了十九方才毕姻。程大姐虽然只得十五，却也是长大身材，人物着实的标致，倒也真是郎才女貌。

　　谁知合卺之夕，这程大姐把上下衣裳牢牢系了死结，紧紧拴扣坚牢。略略惹他一惹，流水使手推开，啼啼哭哭个不止。絮烦到了半夜，魏三封使起猛性，一把搂在怀中，采断了衣带，剥了裤子，露出那所以然的物事。朝了灯一看，有甚么相干是个处子？已是东一扇西一扇成了个旷荡门户，不知经了多少的和尚出入。魏三封怒从心起，一手采番，拳撞脚踢，口咬牙嘶，把个程大姐打得像杀猪相似的叫唤。

　　惊起魏三封的母亲老魏来，到房门口敲门，问道："这半夜三更，你因甚打人家孩子？花枝一般的美人，倒也亏你下得毒手！"魏三封暂住了打，去开门放他母亲进房。程大姐得空，扯了一条裤子围在下面。魏三封一手顿将下来，叫他母亲看："有这般烂货！"老魏看道："才得十四五的妮子，如何就这们等的！你也不必打他，你只叫他招得明白，赶五更没人行的时候，送他回去便休。"魏三封又逼拷招来。程大姐受打不过，把在家与他母亲"八仙过海，各使神通"的本事从头至尾，一一供招。许多秽亵之言，不堪写在纸上。

　　老魏同魏三封开了他的箱柜，凡是魏家下去的东西尽情留下，凡是他家赔来的物件一件也不留。五更天气，同了程大姐送到他家门上，一片声的敲门。老程婆子孙氏也料得魏三封已有武举头巾戴了，又要这顶绿头巾做甚？又恃女儿甚有姿色，只怕将错就错的也不可知。寻了尺把白杭细绢，拿了一只雄鸡，把那大针在那鸡冠上狠掇，掇的那鸡冠就如程大姐的那东西一般稀烂，挤出血来，滴在白绢上面，假妆是程大姐的破身喜红，教程大姐藏在身边，头两夜断不可依从，待两三夜后，等他吃醉的时节，然后依他；断然要把两只腿紧紧夹拢，不可拍开，把那绢子垫在臀下。画定计策施行。谁知魏三封是干柴烈火，如何肯依？他的圈套眼见得败露。

孙氏虽然授与了女儿的方略，这夜晚也甚不放心，两个眼跳成一块，浑身的肉颤成一堆。及至五更听得大门打得凶狠，心知是这事发作，战抖成一块，叫程思仁起去开了街门。只见程大姐蓬头燥脑，穿着一条红裤，穿了一件青布衫，带上系了那块鸡冠血染的白绢，反绑了手。魏三封自己拿了根棍子，一步一下，打送到他门前，把他赔的两个柜，一张抽斗桌[1]，一个衣架，盆架之类，几件粗细衣裳，都堆放在他门口。魏三封在门前跳达着，无般不识样的毒骂。

孙氏起先还强，说道："贼枉口拔舌的小强人！你自恃是个武举，嫌俺木匠玷辱了你，又争没有赔嫁！你诬枉清白女儿，我天明合你当官讲话，使稳婆验看分明！俺才交十五的个幼女，连东西南北也

---

[1] 抽斗桌——作为女子陪嫁物品的桌子，前面有两个抽屉，抽屉下面为不开门的桌洞，山东方言俗称"憋煞猫子"。同本作"油斗桌"，怀本"油"作"抽"，据以校改。

还不晓得,你屈枉他这个营生!"

　　那时天气渐次将明的时候,魏三封在街上骂,走路的站住围拢了看,四邻八舍都立在各人的门口听。孙氏昧了心,照着〔1〕魏三封强嘴。魏三封自恃着一个武举,又在军门听用〔2〕,又有几分本事,理又甚正,岂还容你强辩?出其不意,走向前一把手去将孙氏捽番倒地,照着那不该挨打的去处只管使脚乱踢。

　　孙氏起初泼骂,后只叫:"魏爷,有话你讲就是!你下狠打我,成得甚事?列位高邻只管袖手看,不肯来拉他把儿,叫他把我一顿打杀,没的不怕展污了街么?"这些邻舍方才渐渐的走将上来,将魏三封扯的扯,拉的拉,再三苦劝。

　　魏三封道:"只叫他叫出那烂桃小科子来,剥了裤子,劈拉开腿,叫列位看个分明,我才饶他!"众人道:"俺虽是没看的明白,俺也听的明白。"又对孙氏道:"你自己不长进罢了,你原不该又把闺女这们等的,他'庙里猪头——是有主的'。你不流水的认不是,还挺着脖子合人强哩!那邻舍事不干己,你没等的有人说说,你潵泼骂人,'茅厕里石头——又臭又硬'!人不合你一般见识罢了,这魏大哥是正头香主,指望着娶过媳妇去侍奉婆婆,生儿种女,当家理纪,不知那等的指望!及至见了这们破茬,但得已,肯送了来么?你还长三丈阔八尺照着他!若是别人知不道,你可合他昧着心强。他是面试的主儿，你不流水央及他，要经了官，孩子们禁的甚么刑法？没等的套上拶子，下头就拉拉〔1〕尿，口里就招不迭的哩！"孙氏道："好列位们呀！俺有这事没这事，也瞒的过列位么？"众人道："罢呀怎么！他既是屈了这好人了，凭你合他怎么罢，俺也不管了！"

倒是程思仁逼在门里，口里气也不出，身子也没敢探探，见众人要走了开去，只得出来说道："列位在上，休要合这老婆一般见识。看我在下没敢在列位上欺心，务必仗赖替俺处处。"众人又方才站住，说道："你教俺怎么替你处？你说说你自己的主意是怎么样的？"程思仁道："任凭魏姐夫分付甚么，我没有敢违悖的，尽着我的力量奉承，只是留下我的闺女。我还有几两棺材本儿哩，我替魏姐夫另寻一个标致的妾服侍魏姐夫。"孙氏骂道："没的放那老砍头的臭屁！俺闺女臭了么？瘸呀瞎呀？再贴给一个！有这们个闺女，我怕没人要么？俺闺女养汉来，没帐！浑深〔2〕问不的死罪！"

众人倒呵呵大笑起来，问魏三封："魏哥，你的主意何如？"魏三封道："我也不合他到官，我只拿出小科子来叫列位看看明白，我再把这老私科子踢给他顿脚，把这几件家伙放把火烧了，随那小私科子怎么样去！"众人道："老程，你那主意成不的。魏大哥，你听俺众人一言，看甚么着〔3〕：想他这娘儿两个，也羞不着他甚么，摇旗打鼓的，魏大哥你的体面也没有甚么好。'好鞋不蹹臭屎'，你撩给他，凭

---

〔1〕 拉拉——山东方言，液体成串滴落的样子。

〔2〕 浑深——同本作"浑是"。连图本"是"作"深"，据李本校改。

〔3〕 看甚么着——看看怎样。同本作"看什么看"，据文意酌改。

他去罢。这没有叫你立字给他的理,叫他立个字给你,你拿着另娶清门净户人家的闺女去。这家子凭他,不许题你魏家一个字儿。这家伙也不消烧他的[1],值几呀钱[2]的东西?烧了烟扛扛的[3],叫人大惊小怪。况又风大,火火烛烛的[4]不便。"

孙氏道:"罢呀怎么!我就立字给他。只不许说俺闺女有别的甚么事,只说是嫌俺闺女没赔送,两口子不和,情愿退回另嫁。"众人道:"就只你伶俐!魏大哥这们个顶天立地的汉子,倒是个傻瓜!你立这们个帖儿,倒拴缚着他,给他个'不应罪'的帽子砍着!"众人推着魏三封道:"魏大哥,你家去,叫他写了帖儿送上门去。如你的意,你就依他;不如你的意,你不准他的就是。俺也就不管他了,臭哄哄的在这里做甚么!"

魏三封也就随机应变,听众人劝得回来,好生气闷。这众人里面推出二位年高有德公正官贾秉公合李云庵,替他代书了伏罪愿退的文约,送与了魏三封收执,两下开交,彼此嫁娶各不相干。文书上面写道:

立退约,程思仁。因结发,本姓孙。生一女,十五春。今嫁与,魏三封。昨日晚,方过门。嫌破觑,不成亲。来打倒,怒生

---

[1] 不消烧他的——同本作"不消要他的"。连图本"要"作"烧",据李本校改。

[2] 几呀钱——山东方言口语,几个钱。同本作"几个钱",连图本"个"作"呀",据李本校改。

[3] 烟扛扛的——烟气腾腾的。

[4] 火火烛烛的——或者会发生火灾。火烛,失火,发生火灾。

嗔。踢丈母，打媒人。谋和处，仗高邻。情愿退，免公庭。凭另娶，选高门。人有话，嘴生疔。立文约，作证盟。

魏三封收了约，另娶了亲，不与程大姐相干。

这程大姐怕的是魏三封要打倒，今已打过倒，这块闷瘩已经割过；再怕的是百众皆知，坏了体面，不好说嘴降人，如今已是人所皆知，不消顾忌，倒好从心所欲，不必掩掩藏藏。母女争妍，好生快活。这些街邻光棍，不怕他还似往常臭硬撒泼，躧狗尾，拿鹅头，往上平走。这旧居住不稳宝殿，搬到两隅头路南赁了房子居住。程思仁仍开材铺，孙氏、程大姐各卖鳖鸡，弄得那条街上渐又不安稳上来。这行生意毕竟有些低歹，老两口撺掇程大姐择主嫁人。

适值有一个外郎周龙皋丧了偶，要娶继室。这周龙皋的前妻潘氏，原是做经纪潘瘸子的女儿，人材也算得个丑货，为人也算得起个不贤良。房中使着个丫头，又小又丑，他只说周龙皋合他有帐，整日棰楚，陆续也不知打过了几万。谁知他还满了这些棒债，偶然一日就不禁打起来，打不多百把，便把两只眼来一瞪，两只腿来一伸，跟了个无常飞跑去了！

潘氏见得丫头死了，丢在家中一孔井里泡了半日，又捞将起来，用绳挂在磨屋里面，说他自己吊死的。丫头的爹娘哥嫂赶了一阵，打家伙，骂主人。周龙皋禀了捕衙，拿去每人三十竹板，差了总甲乡约立刻领埋回话，一条人命化在水中！谁知人不敢奈何他的，那天老爷偏生放他不过。这潘氏行走坐卧，一饮一食，这丫头刻刻跟在面前。跟了不上一个月，这潘氏不为一些因由，好好的自己缢死。撇了一个大儿子周九万,年十七岁;两个小孩子,一个叫是雨哥,一个叫是星哥,都才十岁上下。

周龙皋出了殡,恨潘氏丑陋不贤,幸而早死,赌气发恨,不论门当户对,只要寻一个人物俊俏的续弦。媒婆也上门上户说了许多,周龙皋都相看得不中意。周龙皋道:"我见两隔头卖棺材的铺里一个极标致的女人,年纪约二十以下;一个有年纪些的女人,也好模样。你只替我寻的像那个人儿,我才称心。"媒婆道:"周大叔,你如不嫌,你娶了他何如? 俺也正替他躧看着主儿哩。"周龙皋道:"怎么? 莫非是个寡妇?"媒婆道:"周大叔,你难道不晓得这人么? 要好与你老人家科,俺从八秋儿来合你说了。"

周龙皋道:"我就不知道哩。你说是谁?"媒婆道:"这是程木匠的闺女,魏武举娶了去,嫌破茬送回来的,在娘家住了两三年,不知怎么算计,又待嫁人家哩。论人倒标致,脸像斧子苗花儿[1]似的,可是两点点脚。要不,你老人家娶了他也罢。"周龙皋道:"阿! 原来是他! 我每日听见人说,谁知就在这眼皮子底下。人家没娶唱的么? 他要肯嫁,我就娶,这有何伤?"媒婆说:"这就不难。俺去说,情管就肯。"

周龙皋打发媒婆吃了些酒饭,催去说这门亲事。媒婆到了那里,说得周龙皋家富贵无比,满柜的金银,整箱的罗叚,僮仆林立,婢女成

---

〔1〕 斧子苗花儿——斧子苗,《聊斋俚曲》作"芙芙子苗"。亦称"芙芙苗"、"大芙芙苗"。一年生草本植物,属旋花科,生长于田野、路旁,山东农村多见。开花呈喇叭形,白里透红,民间因多用来比喻女性美丽的面容。

行,进门就做主母。"周龙皋又甚是好性,前边那位娘子丑的像八怪似的,周大叔看着眼里拨不出来,要得你这们个人儿,只好手心里擎着还怕吊出来哩。"程氏问说:"不知有多大年纪?"媒婆道:"过年才交二十八,属狗儿的。这十一月初三是他的生日,每年家咱这县衙里爷们都来与他贺寿,好不为人哩。已是两考,这眼下就要上京。浑深待不的几个月就选出官儿来,你就穿袍系带,是奶奶了。"

孙氏道:"有撤下[1]的孩子么? 只怕没本事札刮呀。"媒婆道:"有孩子都大了。大哥今年十七,小的两个都十来岁了,都不淘气。"孙氏道:"阿!这十七的大儿,敢是他十一岁上得的呀!"媒婆道:"你看我错说了。这大哥哥可是他大爷生的,没娘没老子,在他叔手里从小养活,赶着周大叔就叫爹叫娘的,这年根子底下也就娶亲哩。"孙氏道:"是他亲哥的儿么?"媒婆道:"可不是亲弟兄两个? 只吊了周大叔哩。"孙氏道:"他既有哥,他怎么又是周大叔? 不是周二叔么?"媒婆道:"爷哟,你怎么这们好拿错?"

孙氏道:"实合你说,俺闺女只他自家,养活的娇,散诞逍遥的惯。到了这大主子家,深宅大院的,外头的进不去,里头的出不来,奶奶做不成,把个命来鳖杀了哩。咱别要扳大头子[2],还是一班一辈的人家,咱好展爪[3]。"媒婆道:"狗! 人家大,脱不了也是个外郎,甚么乡宦家么? 有规矩!"孙氏道:"咱长话短说,俺不扳大头子。有

---

〔1〕 撒下——同本作"撒下",据上文校改。

〔2〕 扳大头子——山东方言,结交有钱有势、有体面的人。

〔3〕 展爪——这里是不受难为,不感到拘谨的意思。

十七八的儿,必定有四五十了。俺花枝儿似的人,不嫁老头子。"

　　程大姐道:"这不在口说。我没的是黄花闺女么? 我待嫁,我要亲自仔细相相,我怕他么?"媒婆道:"这说的是。你叫他本人当面锣对面鼓的,大家彼此相相极好。老头子好不雄赳的哩! 别说年小的,只怕你这半伙子婆娘还照不住他哩! 我是领过他大教的! 他前边的那位娘子,是俺娘家嫂子说的媒,后来我接着往他家走。周大叔为人极喜洽,见了人好合人顽,我也没理论他。一日,咱西街上一个裁缝家不见了个鸡,裁缝老婆乔声怪气的骂哩:'偷鸡的叫驴子鸡巴合你妈! 叫骆驼鸡巴合你妈! 我还不叫驴子合骆驼合哩,我只叫周龙皋使鸡巴合!'叫我说:'怎么? 俺周大叔倒利害起骆驼合驴子了?'裁缝婆子说:'怎么你就没听见人说'周赛驴'么?'那一日,我又到了他那里,周大婶子往娘家去了,他又搂吼[1]着我顽。我可心里想着那老婆的话,我说:'拿我试他试,看怎么样着。'皇天,你见了,你也唬一跳! 叫我提上裤,夺门的就跑。他的性子发了,依你跑么? 吃了他顿好亏,可是到如今忘不了的! 这颜神镇[2]烧的磁夜壶,通没有他使得的!"

　　程大姐红着个脸,问道:"是怎么?"媒婆道:"夜壶嘴子小,放不下去么!"程大姐道:"这也是个疢杭杭子,谁惹他呀!"媒婆道:"你看

----

〔1〕　搂吼——搂,抱持。

〔2〕　颜神镇——山东益都县县名地。清雍正十二年(1734)于此设县,改称博山。今为淄博市博山区区治,是我国著名的陶瓷产地。

发韶〔1〕么？我来说媒，可说这话，可是没寻思，失了言。"程大姐道：
"这有何妨〔2〕？我这个倒也不惧，我嫁他。你约个日子请他过来，
俺两个当面相。你的话也都听不的。"媒婆道："明日人家婆亲，必定
是个好日子。就是明日不好么?"孙氏合程大姐俱应允了。媒婆回
周龙皋的一面之辞，不必细说。

到了次日午后，周龙皋换了一身新衣，同了媒婆竟到程木匠家
内。恰好程木匠替人家合材出去，不在家里。孙氏合程大姐将周龙
皋接入里面，看得周龙皋：

> 头戴倭毁龙王帽，身穿京纻土地袍。脚登宽绰绰壇鞋，腿绑
> 窄溜溜绒袜。寡骨脸上落腮胡，长鬖鬖冒东坡丰致；鹰嘴鼻火腾
> 蛇口，尖缩缩赛卢杞心田。年当半百之期，产有中人之具。

周龙皋看那孙氏的形状：

> 面中傅粉，紫膛色的胸膛；嘴上涂朱，白玉般的牙齿。鼓澎
> 澎一个脸弹，全不似半老佳人；饱撑撑两只奶膀，还竟是少年女
> 子。虽是一双跷脚，也还不大半篮；应知两片骚尻，或者妙同五
> 绝。见景生情，眉眼俱能说话；随机应变，笑谈尽是撩人。

又看那程大姐怎生打扮，何等人材，有甚年纪。只见他：

> 松花秃袖单衫，杏子大襟夹袄。连裙绰约，软农农莹白秋
> 罗；绣履轻盈，短窄窄猩红春毁。云鬟紧束红绒，脑背后悬五梁

----

〔1〕 发韶——山东方言，犯傻，上疯。
〔2〕 这有何妨——同本作"你有何妨"，据文意酌改。

珠髻;雪面不施白粉,耳朵垂贯八宝金环。腰肢不住常摇,恍似迎风弱柳;颈骨尽时皆颤,浑如坠雨残荷。十指春纤尽掠鬓,两池秋水屡观鞵[1]。开言喷一道香风,举步无片丝俗气。生就风尘妙选,苏小小[2]不数当年;习来桑濮行藏,关盼盼[3]有惭此日。

三人相见已毕[4],上下坐定。媒婆往后面端了茶来。吃茶已过,孙氏问道:"娘子是多昝没了?闺女丑陋,只怕做不起续娘子哩。你今年旬几十了?"周龙皋道:"我今年四十五岁,房中再没有人,专娶令爱过门为正,不知肯俯就不?"孙氏道:"大闺女二十五岁哩,要闺女不嫌可就好。我也主不的他的事。"程大姐道:"要嫁人家也不论老少,只要有缘法。"彼此你一言,我一语,男贪女貌,女贪男财,一个留恋着不肯动身,一个拴缚着不肯放走。

将已日西时分,孙氏料得女儿心里的勾当,把预备下的酒菜搬在卓上,暖了酒,让周龙皋坐。周龙皋道:"还没见喜事成与不成,就先叨扰?"孙氏道:"看来这事没有不成的。姐夫贵客,只是不该亵渎,看长罢了。"周龙皋坐了客位,孙氏、程大姐打横相陪。媒婆端菜斟酒,来往走动。周龙皋不知真醉假醉,靠在椅背上打呼卢。

----

[1]　鞵——"鞋"的俗字。
[2]　苏小小——南朝齐时的钱塘妓女,今西湖畔有苏小小墓。
[3]　关盼盼——唐代徐州名妓,后为礼部尚书张愔宠妾,后人多误为愔父张建封妾。愔死后,独居燕子楼十馀年不嫁。元侯克中有《关盼盼春风燕子楼》杂剧演其事。
[4]　已毕——同本作"以毕",据文意酌改。

天色又渐渐的黑了,足有起更天气。媒婆将周龙皋摇撼醒来,说道:"天已老昝晚了,你不吃酒,留下定礼,咱往家去[1]罢。"周龙皋道:"你先去罢。我醉得动不得了,再在椅子上打个盹儿好走。"媒婆道:"你可同着我留下定钱。"周龙皋从袖子里掏出来[2]了两方首帕、两股钗子、四个戒指、一对宝簪,递与媒婆手内。媒婆转递与孙氏,道:"请收下定礼。以后我就不敢合你['你']'我'的了[3],你就是程老娘,你闺女就是周大婶子了。我待家去哩,我明日到周大叔宅里去讨娶的日子罢。"孙氏道:"你稍待一会。"随往屋里取了二百黄钱递与媒婆道:"权当薄礼,等闺女娶时再谢。"

媒婆收得先行,周龙皋仍靠了椅子打盹。程大姐道:"他酒醉去不的了,你收拾个铺留他睡罢。"孙氏道:"另收拾什么铺?就叫他往你屋里睡罢,你待脱不了是他的人哩么?"

程大姐先往房里收拾铺盖齐整,周龙皋方才醒转,说道:"有酒筛来,我爽利再吃他两钟好睡觉。"孙氏将酒斟在一个大钟之内,周龙皋从袖中不知摸索了点子甚么杭杭子,填在口里,使酒送下,还装着醉。孙氏合程大姐扶到房中,娘女两个替他解衣摘网,放他在床上被内。周龙皋见孙氏出去,从新起来把程大姐搂在怀中。以至吹灯以后的事体,可以意会,不屑细说。清早起来,你欢我喜,择了个吉日

---

〔1〕 往家去——同本作"任家去"。"往"与"任"盖因形近而讹,据文意酌改。

〔2〕 掏出来——同本作"淘出来"。"掏"与"淘"盖因形近同音而讹,据文意酌改。

〔3〕 不敢合你你我的了——不敢以"你""我"相称。同本作"不敢合你我的了",后一"你"字脱漏,据文意酌补。

娶过门去。

　　这周龙皋年近五十，守了一个丑妇，又兼悍妒，那从见有甚么美色佳人？后来潘氏不惟妒丑，又且衰老。过了这等半生，一旦得了这等一个美人，年纪不上二十，人材可居上等，阅人颇多，久谙风花雪月之事，把一个中年老头子，弄得精空一个虚壳。刚得两年，周龙皋得了伤寒病症。调养出了汗，已经好了八分，谁知这程大姐甚不老成，晚间床上セセ泄泄的，致得周龙皋不能把持，番[1]了原病。程大姐不揪不采，儿子们又不知好歹，不知几时死去。到了晚间，程氏进房方才晓得。

　　自周龙皋死后，这程氏拿出在娘家的旧性，无所不为。周九万不惟不能防闲，且更助纣为虐。这日玉皇宫打会，这程氏正在里边逐队。素姐跟了这一起[2]人，致出甚么好事！

　　这程大姐因去上庙，惹出一件事来，自己受了凌辱，别人被了株连。其说甚长，些须几句不能说尽，还得一回敷衍。

　　

〔1〕　番——同"犯"。
〔2〕　一起——等于说一伙，一帮。

第七十三回

众妇女合群上庙　诸恶少结党拦桥

绮窗绣户金闺里,天付娇娃住。任狂且[1]恶少敢相陵,有紧紧深闺护。　冶容妖服招摇去,惹得群凶聚。摧花毁玉采香云[2],赤剥不存裙与裤。

——右调《探春令》

程大姐自到周龙皋家,倚娇作势,折毒孩子,打骂丫头,无恶不作。及至周龙皋死后,放松了周九万,不惟不与为仇,反且修起好来,只是合那雨哥作对。遇庙烧香,逢寺拜佛,合煽了一群淫妇,就如走草的母狗一般。大约十遭,素姐也有九遭在内。为头把脑,都是这侯、张两个盗婆。这些招僧串寺的婆娘,本来的骨格不好,又乘汉子没有正经,干出甚么好事?但虽是瞒了汉子作孽,毕竟也还惧怕那汉子三分。这程大姐就如没了王的蜜蜂、不怕猫的老鼠相似,还有甚么忌惮?"有夫从夫,无夫从子。"又说:"家有长子,国有大臣。"你看那周家长子的嘴巴骨头,自己先坐着一屁股臭屎,还敢说那继母的过

---

〔1〕　狂且——《诗经·郑风·山有扶苏》:"不见子都,乃见狂且。"指轻薄子弟。

〔2〕　香云——喻指年轻女性头上的乌发。

失？小雨哥、小星哥已是被他降破胆的，得他出去一日，稍得安静十二个时辰，又是不管闲帐的人。潘氏遗下的衣裳、金珠首饰尽已足用，两年来又无时无日不置办增添，叫他打扮得娇模辣样，四外招摇。逢人结拜姊妹，到处俱认亲邻，丑声四扬，不可尽述。

有一个伊秀才，名字唤作伊明，娘子是吴松江的女儿，嫁来时有小屋一所与女儿伴作妆奁。伊秀才随将此房出赁与人，月讨赁钱，以为娘子针线使用。这伊秀才是本镇一个坐第二把[1]金交椅的副元帅。家里放着家人小厮，偏不叫他经管，只着落在伊秀才身上，问他比较房钱。这伊秀才又是个极柔懦的好人，在那佃房居住的人家，不肯恶言泼语伤犯那些众人，宁可自己受那细君的鸟气。每月初一，正该交纳房钱的日子，伊秀才都是亲身按临，以便催督。伊秀才因自己不时要来，一时刮风下雨，无处存站，遂将北房一座留了尽东的一间，以为伊秀才的行馆。

原来凡遇初一，该伊秀才纳闷之日，正是这伙浪婆娘作乐之时。一日，伊秀才正在那间屋内坐等房钱。天将傍午的时节，只见一个住房的婆子同着一个盛妆美貌的女人从庙上烧香回转，开进北房西两间门去。天气暄热，那两个女人都脱了上盖衣裳，止穿了[2]小衫单裤，任意取凉。又听见似有男子笑声。因是篱巴夹的界墙，伊秀才悄地挖了一孔，暗自张看，原来是个男子，不是别人，却是本县的一个探

---

〔1〕第二把——同本作"笋二把"。"第"与"笋"盖因形近而讹，据文意酌改。
〔2〕止穿了——同本作"上穿了"。"止"与"上"盖因形近而讹，据文意酌改。

马——认得他的面貌，不知的他的姓名——搂抱了那个美妇着实亲热绸缪。那个住房的堂客也在旁边嬉笑起来。亲抱了一会，脱下那美妇的裤来，那汉子也精赤了身体，在一把圈椅上面，两下大逞威风。

那探马倒像似知道隔壁有人，不敢十分放肆。倒是那美妇肆无忌惮，旁若无人，欢声如雷，淫哇彻耳。探马悄悄说道："伊相公在那间房里，止隔得一层篱巴，叫他听见，不当稳便。你不要这等高声。"那美妇吆喝说道："伊相公不是俺汉子，管不得咱弯弯帐！我管把那相公活活浪杀！"又唤道："伊相公，你听见俺合屄不曾？你浪呀不浪？"探马那里伍[1]得他的口闭？伊秀才道："我浪得狠，可怎么处？"美妇道："你浪得狠，快往家去，搂着相公娘子，也像合我的一般合他一顿，情管就不浪了。"羞得个伊相公无可奈何，笑了一会，只得锁上门家去。

过了几日，伊秀才到了文会里，说起这事。一个刘有源说道："这再没有别人，定是周龙皋的婆子，程木匠的闺女程大姐。"伊秀才道："周九万是有体面的人，岂有叫他母亲在外边干这样败家坏门的事儿不成？"众人俱说道："周九万还算得好人。"刘有源道："周九万是甚么好人？他就先自己败伦，谁是知不道的？这个你就算是希罕，他明白就往人家去陪酒留宿，通合娼妇一般。咱后日的公酒，不然，咱去叫他来，合他顽一日也可。"伊明道："这要果然，到也极妙。只是怎好就去叫他哩？"刘有源道："封三钱银子，预先送与程婆子收

---

[1] 伍——同"捂"。

了,老程婆子就与咱接了送来。留他过夜,他就肯住下;不留他过夜,还送到老程婆子家里。常时周九万因他不回家去,也还查考他的去向,近来因他媳妇儿与程大姐时常合气,所以巴不能够他不回家去。"众会友道:"我们每人再把分资加上三分,与他三钱银子,接他来,合他吃一日酒,晚间就陪陈恭度宿了。"

果然当日刘有源垫发了三钱银子,用小套封了,送与程婆子收讫,约定后日接程大姐陪酒过宿。老程婆子收了定钱,许过就去。刘有源还把老程婆子抽了个头儿,老程婆子还取笑道:"这三钱银子算闺女的,还是算我的哩?"刘有源道:"你娘儿两个都算。"老程婆子笑道:"说是这般说,还算闺女的罢了。我这两片老淹臥也不值钱了!"刘有源回来,会友都还未曾散去,说知此事,大家还笑了一会。

到了后日,刘有源使人牵了头口,着人往程婆子家里把程大姐接到席间。穿着鲜淡裙衫,不多几枝珠翠,妖娆袅娜,通是一个妙绝的名唱。不惟惯唱吴歌,更且善于昆曲;不惟色相绝伦,更且酒豪出众。常言:

> 席上若有一点红,斗筲之器饮千钟;座中若无红一点,江海之量不几盏。

这一席酒大家欢畅,人人鼓舞,吃得杯盘如狗舔的一般,瓶盎似漏去的一样,大家尽兴而散。陈恭度同程大姐回到自己书房,收拾床铺睡觉。这些污秽之话,不必烦言厌听。

只是陈恭度虽是个秀才,其人生得村壮雄猛,年纪三十岁以下,在妇人行中大有勍敌之名,致得那妇人们千人吐骂,万人憎嫌。他自己夸嘴说："一夜能力御十女，使那十个团脐个个称臣纳贡，稽首投降。"他有一妻一妾，也因受不得他的罗唣，相继劳病身亡。所以陈恭度鳏旷了将半年，都也晓得程大姐被窝里伸手，床铺上拿人，是个有名的浪货，这陈恭度的汉子真是铜盆铁帚，天生的美对。

谁知第二日，这陈恭度淹头搭脑，前偃后合，疲困眼湿〔1〕，打呵欠，害磕睡，两个眼睛吊在半崖，青黄了个面孔，把那雄赳赳的威风不知消靡到那里去了。众会友都去与他扶头，见了他这个模样，大家俱笑起他来。他说："我从来不怕人，今日在程大姐手里递了降书降表，以后可为不得人了。"程大姐笑道："你比那喂脓呕血的脓包，你也还成个汉子。只是在我老程手里支不得架子罢了。"众人道："这程大姐若不着陈恭度，也管不饱；这陈恭度若不着程大姐，也没人降的怕。"程大姐道："他何常管我饱来？只点了点心罢了。"

内中有一郝尼仁道："气死我！这陈恭度不济，叫他这等说嘴，灭了咱好汉的威风！你使几文钱把你的屄拿到铁匠铺里多加些炉火，放上些纯钢，咱两个着一阵，看谁败谁赢！咱赌点甚么？"程大姐道："我也不加炉火，不使上钢，出上我这两片不济事的屄，不止你郝尼仁一个，除陈恭度是递了降书的不消上数，你其馀的这十来个人，一个一个的齐来。我要战败了你几个，我只吃了一个的亏，也算我输！我家里有姑绒袄子，扬缎潞绸袄子，凭郝尼仁拣一领心爱的穿。

〔1〕 疲困眼湿——山东方言，眼睛发涩，抬不起眼皮，打不起精神的样子。疲，同"皮"，指眼皮。湿，"涩"的音变。

我要把你们一个一个的战败了,你众人也攒下领袄子的钱出来,治一个大大的东道,咱众人顽一整日。谁要赖,谁就是儿是孙子!"众人道:"你要输了,俺不要袄子,咱言定都是四两银子。为甚么把袄子叫郝尼仁自家受用,咱可冷雌雌的扯淡!"程大姐道:"也罢,只不许赖了。"

郝尼仁扯着程大姐往里间就走。程大姐道:"咱不消往里去,你闩上大门,咱就当面同着众人干,看谁告饶就算输。"郝尼仁道:"真个呀?"程大姐道:"不是真个,难道哄你不成!"

郝尼仁拉过一把圈椅,靠了窗墙,合程大姐两个披挂上马。这两员猛将,从不曾吃早饭的时节战起,一冲一挡,一往一来,直战到巳牌时候,郝尼仁"哎哟"了一声,就往后退。程大姐把身子往前纵了一纵,把郝尼仁的腰往自己怀里搂了一搂,把自己的腿紧紧鳔了几鳔,把臀则着〔1〕郝尼仁偎了几偎。郝尼仁道:"实有本事,我怕你罢了!"程大姐那里肯放,说道:"你要我饶你,你可叫我亲娘,说:'不长进的儿再不说嘴,娘饶了儿罢!'"郝尼仁果然依着说了。程大姐还扯出〔2〕一只饱满莹白的奶来,扳倒郝尼仁的头,将奶放他口内,说道:"乖儿子,丢〔3〕的多了,吃娘的些奶补养补养!"

郝尼仁退去。程大姐道:"战败了我这顶天立地的大儿了,别的

---

〔1〕 则着——则,古代权衡器,引申为衡量,权衡。山东方言保存了这一古义,意为量着、准着、靠着。
〔2〕 扯出——同本作"批出"。"扯"与"批"盖因形近而讹,据文意酌改。
〔3〕 丢——同本作"去",连图本作"丢",据李本校改。

混帐儿们挨次着上来么?"这些人知道郝尼仁是一员虎将,往时马到成功,再没有输败的事,兼之使一根浑钢又大又长的铁棍打人,一上手就是几千,不知经了多少女将,跟斗番不出他的掌来。如今一败涂地,先有了一个馁心;又看了这般大战,又动了一个慕心;还没等上阵交锋,一个个都做了"齐东的外甥",只叫道:"娘舅救命!"

程大姐呵呵大笑,说道:"何如?再不敢说嘴了?你们待要拿出银来吃东道哩,还是叫我亲娘,都与我做儿子哩?"众人道:"这说不的,咱明日就齐分子,后日就吃。"果然践约,不必烦言。

看官,你道这般一个滥桃淫货,他的行径那个不知?明水一镇的人,倒有一半是他的孤老。他却在女人面前撇清捵厥[1],倒比那真正良人更是乔腔作怪。

那三月三日玉皇庙会,真是人山人海,拥挤不透的时节,可也是男女混杂,不分良贱的所在。但俱是那些游手好闲的光棍,与那些无拘无束的婆娘,结队出没;可也再没有那知书达礼的君子合那秉礼守义的妇人到那个所在去的理。每年这会,男子人撩斗妇女,也有被妇女的男人采打吃亏了的,也有或是光棍势众,把妇人受了辱的,也尽多这打了牙往自己肚里咽的事。

玉皇庙门前一座通仙桥,这烧香的人没有不从这桥上经过的。这些少年光棍成群打伙,或立在桥的两头,或立在桥的中段,凡有妇人走来,眼里看,手里指,口里评论,无所不至。人势众大,只好装聋

---

[1] 撇清捵厥——假装正经,故作清白。

作哑,你敢向那一个说话?

这一日有一个军门大厅刘佐公子,叫是刘超蔡,带领了二三十个家丁,也下到明水看会。同了无数的游闲子弟立在桥中,但是有过来的妇女,哄的一声,打一个圈围将栊[1]来。若是丑老村妪,不过经经眼,便也散开放去。若是内中有分把姿色的,紧紧圈将住了,一个说道梳得好光头,有的说缠的好小脚,有的说粉搽得太多,有得说油使得太少,或褒贬甚么嘴宽,或议论甚么臀大,指触个不了。那婆娘们也只好敢怒而不敢言。

看来看去,恰好正是老侯老张这两个盗婆领了一大群婆客,手舞足蹈的从远远走来。人以类聚,物以群分。侯、张两个的素行,这是"右仰知悉"[2],谁不知道?岂有大家娘子,宦门妇女,有与他两个合队之理?既与他合伙,必定就是些狐群狗党的东西。不端不正内中一个素姐,年纪不上三十,衣服甚是鲜明,相貌着实标致,行动大是风流,精光陆离,神采外露,已是叫人捉摸不定,疑贱疑娼,又疑是混帐乡宦家的宠妾,或者是糊突举人家的爱姬。人空口垂涎,也还不敢冒失下手。又钻出一个妖精程大姐来,梳了一个耀眼争光的头,焌黑的头发后边扯了一个大长的雁尾,顶上扎了一个大高的凤头,使那血红的绒绳缚住;戴了一顶指顶大珠穿的鬏髻[3],横关了两枝金玉古折大簪;右边簪了一枝珠玉妆就的翠花,左边一枝赤金拔丝的丹桂;

---

〔1〕　栊——同"拢"。
〔2〕　右仰知悉——古代谕告用语。这里是早已为人所熟知的意思。
〔3〕　鬏髻——即鬏髻,妇女头上的假发髻。

身穿出炉银春罗衫子，白春罗洒线连裙，大红高底又小又窄的弓鞋；扯了偏袖，从那里与素姐并了香肩，袅袅娜娜，像白牡丹一般冉冉而来。

走到桥中，这围住看的光棍虽与素姐面生，却尽与程大姐相熟，都说："程大姐，你来烧香哩？ 这一位却是那里的美人？ 怎么有这样天生一对？"众人哄的声都跟定了他走。素姐见得势头汹汹，倒有几分害怕，凭这些人的嘴舌，倒也忍气吞声。谁知道程大姐忘了自己的身分，又要在众人面前支瞎架子，立住骂道："那里的撒野村囚！ 一个良家的妇女烧香，你敢用言调戏！ 少挦那狗毛！"众人[1]都道："世界反了！ 养汉的婆娘也敢骂人哩！"程大姐到此田地还不见幾[2]，又骂道："好撒野奴才！ 你看谁是养汉婆娘？"众人也还不敢卒然动手，彼此相看，说道："这不是程木匠的闺女程大姐么？"众人道："不是他是谁？"众人道："好欺心的奴才，敢如此大胆！ 打那奴才！ 挦了奴才的髻！"

呼哨了一声，许多人蜂拥将来，更兼刘超蔡的那二十个家丁，愈加凶暴。只便宜了那丑陋蓝缕的婆娘，没人去理论，多有走得脱的，其馀但是略有半分姿色，或是穿戴的齐整，尽被把衣裳剥得罄净。最是素姐与程大姐吃亏得狠，连两只裹脚、一双绣鞋也不曾留与他，头发拔了一半，打了个七死八活，众人方才一轰散去，闪出了许多精赤

----

〔1〕 众人——同本作"众天"，据文意酌改。

〔2〕 见幾——即"见机"，识迹象，辨情势。幾，先兆，迹象。

的妇人。也还亏不尽有烧香的妇女围成了个圈子，你脱件衣裳，我解件布裙，粗粗的遮盖了身体。又雇了人分头叫往各家报信，叫拿衣服鞋脚来迎。

狄希陈合狄员外正在坟上陪客吃酒，汤饭也还不曾上完，只见一个人慌张张跑到棚内，东西探望，只问："狄相公哩？"狄希陈也不觉的变了颜色，问道："你说甚么？"那人道："你是狄相公呀？相公娘子到了通仙桥上，被光棍们打了个臭死，把衣裳剥了个精光，裹脚合鞋都没了。快拿了衣裳裹脚鞋接他去！快走！不相模样多着哩！我且不要赏钱，改日来要罢。"

这人也不及回避，当了席上许多客人高声通说，人所皆知。事不关心的人，视如膜外。头一个狄员外，薛如卞、薛如兼、薛再冬、相栋宇、相于廷、崔近塘只是跺脚。狄希陈魂不附体，走头没路的瞎撞。狄员外道："你还撞甚么哩？快收拾衣裳，背[1]个头口，拿着眼罩子，叫狄周媳妇子跟着快去哩！"又把自己的鞋指了两指，说道："想着，休忘了！"狄希陈就走。薛如卞把他两个兄弟点了点头，都出席装合狄希陈说话，长吁短叹的去了。相于廷也乘空逃了席。狄员外合相栋宇、崔近塘强打精神，陪客劝酒。

狄希陈走到那里，只见那些赤膊的老婆衣不遮体，团做一堆，幸喜无数老婆围得牢密，央及那男子人不得到前。狄希陈领着狄周娘子，拿着衣裳寻到跟前，只见素姐披着一条蓝布裙子蹲在地下。狄希

----

　　[1]　背——通"鞴"。为牲口套上鞍辔。

陈递衣裳鞋脚过去,顺便把狄希陈扯将过去,在右胳膊上尽力一口,把核桃大的一块肉咬的半联半落,疼得狄希陈只在地上打滚。众女人都着实诧异,问说:"咬他是何缘故?"素姐说:"我来上庙,他自然该跟了我来! 却在家贪图嘴头子食,恋着不肯跟我,叫我吃这等大亏!"狄周媳妇袖中掏出一条绵绸汗巾,把狄希陈的胳膊咬下的那块肉按在上面,地下抷了一把细土掩在血上,紧紧使汗巾扎住。素姐骂道:"没见献浅的臭老婆! 不来打发我穿衣裳,且乱轰他哩!"

素姐穿衣缠脚,别家也有渐渐来接的,或是汉子,或是儿子。那儿子自是不敢做声,凡是丈夫,没有不骂说:"臭淫妇! 贼摇辣! 整日上庙烧香,百当烧的这等才罢! 你到就替我吊杀,没的活着还好见人不成!"素姐替那些妇人说道:"怎么来! 就该吊杀! 养了汉么? 要你们男人做甚! 不该跟着同来? 都折了腿么?"那人们问说:"这位大嫂是谁家的?"人说:"这是狄员外的儿妇,狄相公的娘子。"人说:"这们大人家儿女,也跟了人胡走? 我要做了狄相公,打不杀他,也打他个八分死!"又有人道:"狄相公倒没打他八分死,狄相公被他咬的待死的火势哩! 那桥栏干底下坐着挨哼〔1〕的不是么?"说着,素姐穿着已完,戴了眼罩,骑了骡子,狄希陈一只手托着胳膊,往家行走。

坟上的众客虽也事不关心,毕竟满堂不乐,也都老早的散了。狄员外看着人收拾回家,又羞又恼,只是叹气。又见狄希陈把只胳膊肿

---

〔1〕 挨哼——后文也作"喔哼"、"唉哼"。山东方言,呻吟。

得大粗,知是素姐咬的,皇天爷娘的大哭,说:"俺家祖宗没有杀人放火,俺两口子又没坑人陷人,怎么老天爷这们狠报! 我的人,你倒伸了腿,伴长不管去了,撇下叫我活受! 你惹下这们羞人的事,还敢把汉子咬得这们等的! 小陈子,你要不休了他去,我情知死了,离了他的眼罢!"素姐道:"你休叫唤! 待休就休,快着写休书,难一难的不是人养的! 我紧仔待做寡妇没法儿哩! 我就回家去,写了休书,快着叫人送与我来,我家里洗了手等着!"把箱柜锁了,衣架上的衣服,旧鞋脚手,都收拾在一个厨里,上了锁。叫小玉兰跟着,又对狄希陈道:"是我咬了你一口! 你不死便罢,你要死了,叫你老子告上状,我替你偿命!"一边说,一边走回家去。

龙氏看见素姐形容狼狈,丰采顿消,说道:"你去上庙,不该叫你女婿跟着? 怎么冒冒失失的自家就去? 你女婿折了腿,是害汗病? 在家里坐着?"素姐道:"你看么! 我咬了他下子,老獾儿叨的还嗔我咬了他儿,说我惹下羞人的事了,要写休书休我哩!"龙氏道:"真个么?"素姐:"可不是真个怎么? 说他儿不休我,他就活不成,要离了我的眼哩! 我先来了。我说:'我到家等着休书罢!'叫我伴长的来了。"

薛如卞合薛如兼都在各人房里没出来。龙氏道:"呃! 你弟兄两个做甚么哩? 不出来看看? 你姐姐休回来了!"薛如卞在屋里答应说:"休回来,咱当造化低养活着他。我摘网子不好出去了。"龙氏又跑到薛如兼窗下说道:"呃! 第二的,你姐姐休回家来了,你还不出来看看哩?"薛如兼道:"为甚么休回来? 可也有个因由。"龙氏道:

"就是为他上庙。他倒不着他儿跟他跟儿,吃了人这们亏,倒说你姐姐惹下了羞人的事,又嗔你姐姐咬了他儿一下子,立断着要休。你姐姐来家等着休书哩。"薛如兼道:"果真如此,俺丈人合俺大舅子还有点人气儿;要是瞎话,也只好戴着鬼脸儿走〔1〕罢了!"

龙氏骂道:"好贼小砍头的!你姐姐做了贼,养了汉来?他就待休了!吃亏的没的只他一个?就只他辱没了人?也不过是被人打了几下子,抢了几件衣裳去了,又没吃了人别的亏,就那里放着休?我没本事处置你哥罢了,我没的连你也没本事处治?你就替我合你丈人合你姐夫说话,你还递呈子呈着那光棍,我便罢了;你要似你哥缩着头,我不依!当初原是换亲,他既休了你姐姐,你也就把你媳妇儿休了!"薛如兼道:"俺媳妇儿又没跟着人上庙,叫光棍剥脱的上下没绺丝儿,又没咬下我肉来,没有该休的事!"龙氏道:"我那管该不该,我心里待叫你休哩!"薛如兼道:"休不休,也由不得你,也由不得我,这是俺爹俺娘与我娶的。他替爹合娘持了六年服,送的两个老人家入了土,又不打汉子、降妯娌,有功无罪的人,休不的了!"龙氏道:"好货呀!不着你们,俺娘儿两个就不消过日子罢!我甚么十八儿的么?不敢见人呀?我自己合狄老头子说三句话去!"叫薛三省娘子跟着。

薛三省娘子道:"好俺姐!这天多晚了,你往那里去呀?狄大爷像佛儿似的,叫他一个不合你理论,我看你可怎么出来?听我说,你

---

〔1〕 戴着鬼脸儿走——羞于将面目示人的意思。鬼脸儿,参见第三十三回注。

别要去,等明日叫俺二位哥哥们到那里问声,别冒失〔1〕了。"龙氏道:"你可没的说! 我有儿么? 你姐姐也没有兄弟! 脱不了只俺娘儿两个寡妇! 呃! 我不去,叫两个哥哥哩!"望着薛三省娘子合薛三槐娘子多索了两多索〔2〕,说道:"你二位好嫂子,好姐姐,不拘谁,劳动一位跟我跟儿。你要拦我,这一夜就鳖杀我了!"薛三省娘子朝着薛如卞的窗户问说:"大哥,怎么样着? 去呀不?"薛如卞道:"任凭。待去就去,不待去就别去。脱不了俺是死了的。"

龙氏一把手扯着薛三省媳妇就往外走,径到狄员外家。那时太平景象,虽是掌灯的时节,大门未闭。龙氏径到狄员外住房窗下,问说:"狄亲家[在]家里哩? 我说句话。"狄员外问说:"是谁哩?"调羹往外来看了看,说:"我也不认的是谁。"龙氏道:"我是小春哥他们母亲。"调羹趣〔3〕到跟前,望着薛三省娘子看道:"原来是你,请到明间里坐。"

龙氏道:"说亲家主着,叫女婿休俺闺女,是真个呀? 问亲家:俺闺女犯的甚么该休的罪? 亲家说说叫我知道,我领了休书去。"狄员外在房里应道:"要我说你闺女该休的罪过,说不尽,说不尽! 如今说到天明,从天明再说到黑,也是说不了的! 从今日休了,也是迟的! 只是看那去世的两位亲家情分,动不的这事。刚才也只是气上来,说

〔1〕 冒失——同本作"胃失"。"冒"与"胃"盖因形近而讹,据文意酌改。

〔2〕 多索了两多索——指行了两个礼。多索,同"哆嗦",形容行礼的姿态。

〔3〕 趣——凑,慢慢走到。

说罢了!"龙氏道:"怎么说说就罢呀？待做就做，才是好汉哩！见放着我，又看去世的情分哩！"狄员外道："黑了，你家去罢。你算不得人呀!"

龙氏就待撒泼。薛三省娘子道："狄大爷满口的说没这事，你只管往前赶。我是待往家去哩!"就待往外跑。龙氏才合薛三省娘子雌没答样的往家去了。

见了素姐怎样说话，后来怎般回去，这事如何结束，再看后回接续。

第七十四回

明太守不准歪状　悍婆娘超度生夫〔1〕

兄弟同枝夫并穴，赤绠紫荆〔2〕相结。恩义俱关切，今古不渝如石铁。　性惰顿与人相别，棠棣〔3〕薨砧皆绝。缞斩仍腰绖〔4〕，咒念弟夫双泯灭。

——右调《惜分飞》

龙氏从狄家回去，扬扬得意，说道："你们没人肯合我去，我怎么自家也能合他说了话来！"薛如卞弟兄两个都在各人房内，依旧不曾出来。素姐问说："你去曾见谁来？说些甚话？"龙氏道："我一到大门，人就乱往里传，说：'薛奶奶到了。'你家那老调，一手拉着裙子，连忙跑着接我，说：'薛大娘没坐轿来么？是步行了来的？'流水往里让我，就叫人擦桌子，摆果菜，要留我坐。叫我也没理他。我问：'狄

〔1〕超度生夫——同本回目作"捏念活经"，据卷首目录校改。
〔2〕紫荆——南朝梁吴均《续齐谐记·紫荆树》载：田真三兄弟议分家析产，欲将堂前紫荆树破析为三，树忽萎死。三兄弟感此不再析产，紫荆树于是复荣。后因用为有关兄弟之典。
〔3〕棠棣——《诗经·小雅·棠棣》为宴兄弟之诗，后因以"棠棣"喻兄弟。
〔4〕缞斩仍腰绖——缞斩，即"斩缞"，为最重的丧服，以粗麻布为之，不缉边，使断处外露。绖，丧服中的麻布带子。

亲家呢？你叫他出来，我合他说三句话。'你公公躲在里间，甚么是敢出头，只说：'天黑了，不敢见罢。有甚么话，请凭分付。'又叫老调：'快替你薛大娘行礼留坐。'我说：'小女作下甚事，要写书休他？我敬来问其详细。'你公公说：'亲家听何人所言？岂有这个此理[1]！亲家是甚等之人，我敢兴这等的欺心？令小女他是想家之心，回家走走，不待住，就请回来。'我说：'既没敢有这事，我且去罢。'你公公又叫调羹死气白赖拉着，甚么是肯放，只说：'薛大娘上门怪人，略饮三杯，足见敬意。'叫我也没理他，来了。"素姐说："好汉子就休！怎么又不敢休了？我明日就去，我看他[2]怎么样着！"

薛如卞娘子悄悄的把薛三省媳妇叫到屋里，问道："他说的都是真个么？"薛三省媳妇道："你听他哩！有点影儿么？到了里头，狄大爷在里间里没出来。刘姐到门外头还不认的，见了我才知道是他。他说：'俺闺女犯的甚么该休的罪，亲家说的我知道，我就领了休书去。'狄大爷说：'你待叫我说你闺女该休的罪过，说不尽，说不尽！从如今说到天明，从天明又说到黑，也说不了的！从今日休了，也是迟了的！只是看去世的两位亲家分上，叫人碍手。刚才也只是气上来，说说罢了。'龙姐说：'见放着我，又看去世的情分呢！'狄大爷说：'黑了，你家去罢。你当不的人呀！'雌搭了一顿，不揪不采的来了。那头刘姐连拜也没拜，送也没送，叫我说：'你不去，我待去哩！'他才

〔1〕 岂有这个此理——即"岂有此理"。这里是形容龙氏胸无点墨，说话不通。

〔2〕 他——同本作"也"。"他"与"也"盖因形近而讹，据文意酌改。

跟着我来了哩。"连氏道："该,该! 直等的叫人这们轻慢才罢了!"那时天已二鼓,各人都收拾安歇。

次早,那侯、张两个道婆打听得素姐见在娘家,老鼠般一溜溜到龙氏房里。龙氏尚梳洗未完,素姐尚睡觉未起,在床嗳哟嗳哟的挨哼。侯、张两个道："你觉好了? 身上没大怎么疼呀? 可是你这娇生惯养的,吃这砍头的们这们一场亏! 咱商量这事怎么处,没的咱就罢了?"素姐道："可怎么样着处他呢?"侯、张两个说："像咱这们势力人家还没法儿处,叫以下的人就不街上走了! 这头放着两位响丁珰的秀才兄弟,那头放着狄相公这们一位贡生,锥上两张呈子,治不出他带把儿的心来哩! 如今咱这里大爷吃亏不肯打光棍,叫相公们往府里呈他去。如今周小外郎合秦省祭、逯快手、磨皮匠都往府里递呈子合状去了。咱吃这们一场亏,鼻子星儿不出点气也见不的人,往后没的还好出去么!"

素姐说："这头俺两个兄弟已都死了,这是不消想的。那头看我那好出气的汉子哩,递呈子呈人!"侯、张两个道："这头二位相公,你说他都死了是怎说?"龙氏接口道："一个姐姐叫人采打得这们等的,回到家来,两个兄弟没出来探探头儿,问声是怎么! 背地后里只是恨说辱没了他! 这不合死了的一般? 一个女婿,媳妇儿往远处庙里烧香,你要是个吃人饭的,你不该跟他跟儿? 昨日要是有他跟着,那光棍们敢么? 不肯跟了媳妇儿去,可在坟上替他老子陪客哩! 那亲家那老不省事,单这一日好请客么! 你既知道儿媳妇待去上庙,你改日请,迟了甚? 我听见人说,昨日他妗子在坟上棚里还扯那臭屎淡,说闺女不该出去上庙,该在家里替他公公助忙哩!"

侯、张两个道:"这可是不省事的话!谁家公公请客,教儿媳妇助忙来!"老侯说:"俺那咱过的日子,你不晓的,张嫂子是知道的。再有俺公公好客么?没有一日不两三伙子留客吃酒的,都是俺婆婆管,忙的那白沫子汗,我坐在屋里,头也不伸一伸儿!"老张说:"我那咱也是如此。待往那去,装扮上就去,凭他塌下天来我也不管他,径走!他不说还好,他要邦邦两句闲话,我爽利两三宿不回家来!"素姐问道:"你两三宿的不回家,可在那里?"老张道:"咱是汉子?怕没处么?脱不〔1〕咱是女人,那咨我又年小,又不大十分丑,那里着不的我?寻好几日家还找不着〔2〕我的影哩!"

素姐说:"您都是前生修的,良公善婆,汉子好性儿,娘家又有人做主,那像我不气长?我要似两三日不来家,不消公公汉子说话,还不够两个兄弟嘴舌的哩!第三的兄弟,他倒望着我亲,偏偏的是个白丁,行动在他两个哥手里讨缺〔3〕,可又是'燕公老儿下西洋'〔4〕!"侯、张两个道:"你再算计,依着我不该饶他。你要不治他个淹心〔5〕,以后就再不消出去;你要出去,除非披上领甲。"龙氏道:"披上身甲是待怎么?"素姐说:"俺傻娘娘!不披上甲,怕人指破了脊梁

---

〔1〕　脱不——即"脱不了",反正。"了"字在方言中语音脱落。
〔2〕　找不着——同本作"我不着"。"找"与"我"盖因形近而讹,据文意酌改。
〔3〕　讨缺——讨要缺乏的东西。
〔4〕　燕公老儿下西洋——歇后语,隐"自身难保"四字。燕公,后文也作"宴公";宴,通"晏"。
〔5〕　淹心——足心;称心。淹,"餍"的借字。

呀!"侯、张两个说完,要待辞了回去。龙氏杀狠的留着,赶的杂面汤,定的小菜,炒的豆腐,煎的凉粉,吃完才去。

龙氏送的侯、张两个出门,扬声说道:"呃! 二位薛相公躲在屋里瞅蛋[1]哩么? 别说是个一奶同胞的姐姐,就是同院子住的人叫人辱没了这们一顿,您也探出头来问声儿! 您就一个人守着个老婆,门也不出一步,连老婆也不叫出出头儿? 您大嫂罢么,是举人家的小姐! 小巧姐,你也是小姐么? 你就不为大姑儿,可也是你嫂子呀!"巧姐在屋里应道:"我替俺哥那胳膊还疼不过来,且有功夫为嫂子哩!"

龙氏道:"你兄弟两个别要使铁箍子箍着头! 谁保的住自家就没点事儿?"薛如卞在屋里应道:"别的事只怕保不住,要是叫人在当街剥脱了精光采打,这可以保的没有这事。"龙氏道:"有这事也罢,没这事也罢,你弟兄两个请出来,我有话合你们商议!"

薛如卞方出到天井,薛如兼见他哥已出来,也便跨出门槛。龙氏道:"是你姐姐也较干的差了点儿[2],您就这们看的下去呀? 昨日那吃了亏的女人们,有汉子的是汉子,没汉子的是娘家人们,都往府里告状去了。放着您这们两位大相公家,就没本事替姐姐出出气呀?"薛如卞道:"这怎么出的气呀? 年小的女人不守闺门,每日家上

----

〔1〕瞅蛋——山东方言有"鳖瞅蛋"一说,意谓甲鱼不食不动,以目不转睛地盯着蛋的方式孵化小鳖。这里是怨恨薛如卞兄弟不出房门的意思。

〔2〕较干的差了点儿——做得有不妥当的地方,做事有些儿差池。"较+形容词(或动词)+点儿(或些)",为山东鲁南一带方言的常用句式。

庙烧香，如今守道行文，禁的好不利害哩！说凡系女人上庙，本夫合娘家都一体连坐。且又跟着娼妇同走，叫人看着还有甚么青红皂白？可不打打谁？"龙氏道："罢，小孩儿家枉口拔舌！吃斋念佛的道友们，说是娼妇哩！你见谁是娼妇呀？"薛如卞道："谁是娼妇？周龙皋的老婆，唐皮的嫂子，还待教他怎么娼呀？要没有这两人在内，那光棍们也还不敢动手。俺如今藏着还怕人提名抖搜姓的，还敢出去照着人哩！"

素姐在房中睡着，句句听得真切，高声说道："我刚才没说么？我没有兄弟！我的兄弟害汗病、长瘤子、血山崩、天疱疮，都死绝了！你又没要紧叫出他两个来，叫他撒骚放屁，数落着揭挑这们一顿！可说你家里要没有生我的人，我可说永世千年的不上你那门！你那里做着朝官宰相，我羞了你纱帽展翅儿！我不希罕您递呈，夹着臭定快走！"薛如卞高声答应："是！"还回房中去讫。

龙氏叫天叫地的怪哭。素姐吆喝道："待怎么呀？没要紧的嚎丧！等他两个砍头的死了可再哭，迟了甚么！"一硌碌[1]跳起床来，叫玉兰舀水洗脸。梳完头，也没吃饭，领着小玉兰回家。巧姐的随房小铜雀进去说道："俺大妗子家去了。"薛如兼道："家去罢呀怎么！俺弟兄们且利亮利亮。"巧姐道："你好公道心肠！你弟兄们利亮，这一去俺哥可一定的受罪哩！受了你弟兄两个的一肚子气，必定都出到俺哥身上！"

----

〔1〕一硌碌——即"一谷碌"，猛然一翻身。硌，"谷"的俗字。

却说素姐进到房中,狄希陈挠着个头,肿的只胳膊大粗的,倒在床上哼哼。素姐说:"这不是甚么伤筋动骨的大病,别要妆那忘八腔儿! 你就是赖着我,也是枉费了你的狗心,没有叫我替你偿命的理! 你与我好好儿的梳了头,替我往府里递呈子去! 你要不把那伙子强人杀的呈的叫他每人打一百板,夹十夹棍,顶一千杠子,你就不消回来见我,你就缕缕道道的去了!"狄希陈道:"你看我胳膊,可怜见的,怎么抬的起来? 我待往前头走走,只头晕恶心,动的一步儿么?"素姐说:"你头晕恶心是攮嗓的多了,没的干胳膊事么? 你是好人,听我说,你要替我出了气来,咱可好生过日子。你也不是我的汉子,你就是我的亲哥儿弟兄。我给你些银子拿着,你就寻着那赵杏川,叫他替你治治创。"

狄希陈道:"我这胳膊疼得发昏致命的,怎么去的? 你叫薛大哥递不的么?"素姐骂道:"贼忘八羔子! 他要肯递,我希罕你么?"狄希陈道:"他怎么就不肯递? 等我合他说去。"素姐道:"你只敢去合他说! 你肯递就递,你如必欲不去,我自己往府里告状! 咱可讲开:我要告了状回来,你可再休想见我,咱可成了世人罢!"狄希陈道:"你管他怎么呀? 你只管俺三个人有一个替你递呈子报仇罢呀怎么?"素姐道:"我只待叫你出去递呈子,不希罕小春哥! 他已是死了,我没有价兄弟了!"

恰好相于廷来看望,狄希陈让他到卧房坐的。素姐也在跟前,相于廷问了狄希陈,又问素姐道:"嫂子,人说你打得动不得了,你这不还好好的么? 又说把头发合四鬓都捊尽了,这顶上不还有头发么?

人又说把小衣裳子合裹脚鞋都剥的没了,你这不还穿着好好的衣裳哩?"素姐骂道:"罢么! 小砍头的这们枉口拔舌! 我怎么来? 就叫人这们等的!"

狄希陈道:"相贤弟,你把家里那大马鞍子借我骑到府里。"相于廷问说:"你待往府里做甚么? 你这胳膊这们疼,怎么骑的头口? 又扯不得辔头,又拿不的鞭子。"狄希陈道:"我说去不的,你嫂子只叫我去递呈子呈着那些光棍们。"相于廷道:"好哥呀! 你亏了合我说声! 你要去告个折腰状? 怕丑丢不尽么? 还不'打了牙往肚子咽'哩! 守道行了文书,叫凡有妇女上庙烧香的,受了凌辱,除不准理,还要把本夫合娘家的一体问罪,女人当官货卖,男人问革前程。你躲着还不得一半,尚要撞他网里去?"素姐说:"没的家放屁! 谁养了汉来? '当官货卖,问革前程!'说起来,他家老婆就不上庙? 要是递呈子,敢仔别说是上庙,只说是往娘家去。"相于廷道:"就只你有嘴,别人没嘴么? 狄大哥,你听不听在你,你紧仔胳膊疼哩,你这监生前程遮不的风,蔽不得雨,别要再惹的官打顿板子,胳膊合腿一齐疼,你才难受哩!"素姐骂道:"小砍头的! 没的家臭声! 他紧仔怕见去哩,你又唬虎他!"相于廷道:"这倒是大实话,不是唬虎哩!"

相于廷去后,狄希陈都都抹抹的怕见走。素姐催了他几遍,见他不肯动惮,发起恶来,骂道:"死囚忘八羔子! 我只当是你死了! 你与我快走,你就永世千年别要进我的门槛儿! 你要只进一进来,跌折双腿,叫强人割一万块子,吊在湖里泡的胖胀了喂了鱼鳖虾蟹,生布心丁、温病一辈子! 我自家往府里,你睁着屄眼看我有本事告状不!

我告回状来,我叫十二个和尚、十二个道士,对着替你合小春子小冬子念倒头经[1],超度你三个的亡灵! 贼没仁义的忘八羔子!"一边收拾了行李,拿着盘缠。

龙氏在家寻死撒泼,强着薛三槐两口子跟着他同到了济南府门口,寻了个客店住下。次早,寻着了个写状的赵先儿商量写状。素姐合他说是三月初三日回娘家去,行在通仙桥上,被不知名一伙恶棍打抢首饰,剥脱衣裳,把丈夫的胳膊打伤,命在垂危。赵先依他口气,替他写了格眼状词。写道:

> 告状人,狄门薛氏,年二十,又零着四。为光棍,打抢大事:三月三,因回家去,通仙桥,光棍无数,走上前,将奴围住;抢簪环,吊了鬏髻;夺衣裳,剥去裙裤;赤着脚,不能行步。辱良家,成何法度? 乞正法,多差应捕。本府老爷详状施行。

素姐跟了投文牌,手里执着状递将上去。太守将状看了一遍,又把素姐仔细观看,问道:"这状是谁与你写的?"素姐道:"是这衙门前一个赵先儿写的。"

太守拔了一枝签,叫人拿赵先来见,问道:"这薛氏的状是你写的么?"赵先道:"是小人写的。"太守一面拔下四枝签,叫打二十,一面说道:"这等可恶! 状自有一定的体式,你割裂了这般胡说,戏弄本府!"赵先禀道:"小人是个武秀才,因无营运,要得写状度日。又

---

[1] 倒头经——人死之后,丧家延请僧道祷诵的超度亡灵的经卷。倒头,"死"的讳称。

想若与别人的状词写成一样,不见出众,所以另成一体。又想中式的时文也有一定的体式,如今割裂变幻,一科不同一科,偏中得主司的尊意,所以小人把这状词的格式也变他一变。那知道老爷不好新奇,只爱那古板。望老爷姑饶一次,以后照旧写作便是。"太守说:"既是个武生,姑且饶打,革退代书,不许再与人家写状! 赶了出去!"

随将素姐叫将上去,问道:"你丈夫是甚么人?"素姐说:"是个监生。"太守道:"你丈夫因何不告,叫你这少妇出官?"素姐说:"丈夫被光棍咬伤了胳膊,出来告不的状。"太守又问:"你娘家有甚么人?"素姐说:"有三个兄弟。"太守问:"都做甚么事?"素姐说:"两个秀才,一个白丁。"太守道:"怎么你三个兄弟又都不出来替你告?"素姐道:"那两个秀才兄弟可恶多着哩! 他还说我玷辱他。我被光棍辱了,他还畅快哩!"

太守道:"你那日出来做甚,被光棍打得着?"素姐说:"我回娘家去来。"太守道:"我记得那通仙桥在玉皇庙前,那三月初三是玉皇庙的大会。人众拥挤的时候,你这少妇为甚不由别路? 你倒是上庙烧香,这还是行好,其情可恕;你若是真回娘家去,这就可恶了!"素姐随说:"我实是上庙烧香,被光棍打了,不是回娘家去。"太守道:"你虽是上庙烧香,你又可恶! 你是少妇,该结了伙伴才去,你的人众,光棍自然不敢打你。你为甚么自己一个便去?"素姐说:"同去的人多多着哩! 侯师傅、张师傅、周嫂子、秦嫂子、唐嫂子,一大些人哩!"

太守道:"那些光棍为何不打众人,偏只打你?"素姐道:"都被打来! 那一个没打? 我说的这几个,打的更利害些。"太守道:"那侯师傅与张师傅是两个和尚,是道士呢?"素姐道:"是两位吃斋念佛的女人。"太守道:"你这小小年纪,不守闺门,跟了人串寺寻僧,本等该奉守道的通行[1],拶你一拶,敲一百敲,再拿出你丈夫来问罪才是!姑念你丈夫是个监生,两个兄弟是秀才,饶你拶,快回家去!以后再要出门,犯到我手里,重处不饶!我还要行文到绣江县去,处那两个为首的妖妇,拿那庙里的住持!"两边的皂隶一顿喝掇了出去。雌了一头灰,同了薛三槐夫妇,败兴而反。也没面目回到狄家,一直经[2]奔龙氏房内,没好拉气[3],喝神断鬼。一家除了龙氏助纣为虐,别人也都不去理他。

过得两日,果然济南府行下一张牌来,严禁妇女上庙,要将侯、张二道婆拿解究问,合家逃躲无踪。绣江县勒了严限,问地方要人。那禁止烧香的告示,都是以薛氏为由。告示写道:

济南府为严禁妇女入庙烧香,以正风俗,以杜衅端事:照得男女有别,内外宜防。所有佛刹神祠,乃僧道修焚之所;缁秃黄冠,举世比之淫魔色鬼。见有妇人,不啻如蝇集血,若蚁聚膻。所以贞姬良妇,匿迹惟恐不深,韬影尚虞不远。近有无耻妇人,不守闺门,呼朋引类,投师受戒,出入空门,致有狄监生妻薛氏,在玉皇庙通仙桥上被群棍劫夺簪珥,褫剥中衣。此本妇自供如此,其中受辱隐情,尚有不忍言者。除行绣江县务

---

[1] 通行——通告。
[2] 经——通"径",直。
[3] 没好拉气——山东方言,心中有气,说话做事态度生硬。

擒凶棍以正罪名,再拿侯氏张氏倡邪惑众之妇外,合行再申严禁。自示之后,凡系良人妻妾,务须洗涤肺肠,恪遵梱教〔1〕。再有仍前出外浪游,致生事变,本庙住持,与夫母两族家长,连本妇遵照守道通行,一体究罪施行,决无姑息,自悔噬脐〔2〕。须至示者。

这告示贴在本镇闹集之所与各庙寺之门,都将薛氏金榜名标。不特狄薛两家甚无颜面,就是素姐也自觉没有兴头,只恨丈夫兄弟不肯与他出头泄愤,恨得誓不俱生。

住了几日,要回家去,出到门前布铺里面,取出二两银子递与薛三省,问他要三匹斩缞孝布,三匹期服顺昌〔3〕。薛三省惊讶,问道:"这不吉之物,姐姐你要他何用?"素姐道:"你只与我便是,你管他则甚?我要糊裱围屏。"

薛三省只得照数与了他去。他叫玉兰拿了,回到自己房内。狄希陈还在床上哼哼唧唧的叫唤。素姐说道:"我与你讲过的言语,说过的咒誓,我是死了汉子的寡妇,我这不买了孝布与你持服哩!你快快出去!你要稍一挨迟,我一顿桃棍,只当是打你的鬼魂!"

------

〔1〕 梱教——即"阃教",妇女应遵守的道德规范。梱,同"阃",门槛,借指妇女居室。

〔2〕 噬脐——自己咬自己的腹脐,比喻后悔莫及。语出《左传·庄公六年》:"亡邓国者,必此人也。若不早图,后君噬齐。"杜预注:"若啮腹齐,喻不可及也。"

〔3〕 期服顺昌——指比斩缞之丧轻一等的丧服用布。

狄希陈还挨着不动。素姐跑到跟前，揪着头发往床底下一拉，把个狄希陈拉的四铺子着地〔1〕，哼的一声，像倒了堵墙的一般。又待拾起个小板凳来砍打，狄希陈才往外一溜烟走了。素姐还往外赶，门槛子绊了一交，也跌了个臭死，把半边身子通跌的动惮不得。

狄希陈慌的挠着头，自家往荣太医家取了两帖顺气和血汤来，自己煎了，走进房内，自己先尝了一口，递到素姐手中，说："你这身上不自在，我就像没有主儿的一般。我取了这药，是我亲手煎的，你勉强着吃口儿。"素姐从床上𧿧起来坐着，把药接在手内，照着狄希陈的脸带碗带药猛力摔将过去，淋了一脸药水，着磁瓦子把脸砍了好几道口子流血，带骂连打，把狄希陈赶的"兔子就似他儿"。

素姐将息的身子渐好起来，将两样孝布裁了两件孝袍、两条孝裙。玉兰缝直缝，素姐杀袍袖，打裙折，一时将两套孝衣做起。又与了玉兰几十文钱，叫薛三槐秤一斤麻，打了一根粗绳、一根细绳，把那孝衣孝裙都套着穿在身上，袖了几两银子，走到莲华庵寻着白姑子。白姑子问说："贵人少会呀！持是那个的服？"素姐说："俺汉子合两个兄弟都死了，你也不看我看去。我自己来，你还推知不道，特故问我哩。"白姑子一连嗐了几声，说道："我实是不知。我但知点信儿，我难道折了腿不成，就不去吊孝么？怎么来？这们年小的三位相公，

---

〔1〕　四铺子着地——四肢着地。指结结实实地俯倒在地。

可可的都一齐没了？甚么病来？"素姐说:"都是汗病后又心上长出丁创[1]，连住子[2]都死了!"

白姑子合冰轮倒也不甚疼那薛家的兄弟，想起狄希陈那建醮干过的勾当，甚是恓惶，倒放声哭了一阵。因素姐没点眼泪，两个姑子才没了兴头。素姐取出银子递到白姑子手内，说:"这是六两白银，你与我请十二位女僧，超度丈夫狄希陈，兄弟薛如卞、薛如兼，合在一处荐拔。这是我的个梯己道场，所以不好请你家去，就于明日在这庵里建起。扬幡挂榜，上边要写的明白。"白姑子只道是当真，连夜请尼姑写纸札，办斋供，脚不停地的，师徒两个足足的忙了一夜。素姐也没往家去，就在庵里宿了。

次早，十二位尼姑都一齐到了莲华庵里，写榜的写榜，铺坛的铺坛，念经的念经，吹打的吹打。扬出榜去[3]，上面明明白白真真正正写着:

　　狄门薛氏荐拔亡夫狄希陈，亡弟薛如卞、薛如兼，俱因汗病
　　丁创相继身死，早叫超生。

薛素姐身穿重孝，手执魂幡，不止佛前参拜，且跟着姑子街上行香。恰好薛家兄弟两个合相于廷，还有几位会友望客回来，劈头撞见素姐这般行径。薛家兄弟合相于廷因有众会友在内，佯为不识[4]。众会友幸还不认得是他，大家混过去了。众会友别去，止剩了薛、相

---

〔1〕丁创——即"疔疮"，一种形小而毒大根深的化脓性疮疡。

〔2〕连住子——一个接一个地。住，同"珠"。

〔3〕扬出榜去——同本作"恸出榜去"。"恸"一音yáng，盖因同音而讹，据文意酌改。

〔4〕佯为不识——同本作"扬为不识"。"佯"与"扬"盖因同音而讹，据文意酌改。

三人，大家惊诧，不知所以，都说："魂幡上的字样不曾看得分明，却不知超度何人？"再三都揣摩不着。薛如卞道："趁他在外行香，我们走到莲华庵去便知端的。"

将近庵门，高高悬着两首幡幢，一张文榜，上面标着三位尊名。薛如卞兄弟倒也不甚着恼，只是叹异了几声。转身回来，却好遇着素姐行香已毕，白姑子在前面领醮，看见薛家兄弟立在街旁，唬得毛骨悚然，魂不附体。回入庵中，众人齐说："刚才薛家二位相公合相斋长俱在街上，这是甚么原故？"素姐道："我怎并不看见？这一定因我荐度，你们建醮虔诚，他两个的魂灵回来受享。"白姑子合众人都道："果是如此，这等显灵！"大家倍自用心，不敢怠慢。晚上醮事已完，素姐陪了众姑子荤酒谢将，完毕方回。后来白姑子知道是素姐故意咒骂，自己到薛家对了他兄弟二人指天画地，说是实不知情，薛如卞也绝不与他计较。

从古至今，悍妻恶妇凌逼汉子，败坏娘家的尽多，但从未有这般希奇古怪之事。

只怕后来更要愈出愈奇，且看下回怎说。

第七十五回

狄希陈奉文赴监　薛素姐咒骂饯行

　　大抵人情乐唱随，冤家遇合喜分离。未闻石上三生笑，止见房中镇日椎。不信鸳鸯能结颈，直嫌[1]士女有齐眉。最是伤情将远别，一篇咒骂送行诗。

　　素姐替狄希陈、薛如卞、薛如兼建了超拔道场回去，悍性一些不改。只是那旺气叫那些光棍打去了一半，从此在家中大小身上倒也没工夫十分寻趁，专心致志只在狄希陈身上用工。狄希陈被他赶逐出去，咒骂得不敢入门，只在书房宿歇。天气渐渐的暄热，自己逍遥独处，反甚是快活，所以那被咬的创臂也都好了。

　　过了端午，那明水原是湖滨低湿的所在，最多的是蚊虫，若是没有蚊帐，叮咬的甚是难当，终夜休想合眼。就是小玉兰的床上，也有一顶夏布帐幔。这狄希陈既是革退了的丈夫，其实不许复入房门也便罢了，他却又要从新收用，说道：他房中的蚊子无人可咬，以致他着极受饿，钻进帐去咬他，又把小玉兰也被蚊虫咬坏。叫狄希陈仍到房中睡觉，做那蚊虫的饭食，不惟不许他挂吊帐子，且把他的手扇尽行

------

　　〔1〕直嫌——连图本作"嗔嫌"，同本是。

收起,咬得狄希陈身上就如生疥癞相似。这狄希陈从五月喂起,直到七月初旬,整整两月,也便作践得不像了人的模样。

谁知人心如此算计,天意另有安排。那年成化爷登极改元,择在八月上下幸学〔1〕,凡二千里内的监生,不论举贡俊秀〔2〕,俱要行文到监。文书行到县里,县官频催〔3〕起身。礼房到了明水,狄员外管待了他的酒饭,又送了五钱银子。打发礼房去讫,急忙与他收拾行装,凑办路费,择了七月十二日起身,不必细说。素姐只恨将狄希陈放了生去,便宜了这个仇人,苦了这些蚊子没了血食,甚是不喜,恶口凉舌,无般不咒。

起身之时,狄希陈进房辞他媳妇。素姐道:"你若行到路上,撞见响马强人,他要割你一万刀子,割到九千九百九十九下,你也切不可扎挣! 走到甚么深沟大涧的所在,忙跑几步,好失了脚吊得下去,好跌得烂酱如泥,免得半死辣活〔4〕,受苦受罪! 若走到悬崖峭壁底下,你却慢慢行走,等他崩坠下来,压你在内,省的又买箔卷你! 要过江过河,你务必人合马挤在一个船上,叫头口踢跳起来,好叫你番江祭海! 寻主人家拣那破房滥屋住,好塌下来砸得扁扁的! 我听见那甚爹说,京里人家多有叫臭煤薰杀了〔5〕的,你务必买些臭煤烧! 又说街两旁都是无底的臭沟,专常吊下人去,直等淘阳沟才捞出臭骨拾来,你千万与那淹死鬼做了替身,也是你的阴骘。这几件你务必拣一件做了来,早超度了我,你又好早脱生!"

素姐坐在一把椅上,逐件分付。狄希陈低着头,塔跶着眼,侧着耳朵,端端正正的听。狄周媳妇在旁听的不耐心烦,说道:"大嫂,你怎么来!他合你有那辈子冤仇?下意的这们咒他!你也不怕虚空过往神灵听见么?"又说狄希陈道:"他也咒的够了,你不去罢?还等着咒么?"素姐才说:"你去,你去!你只拣着相应的死就好!"狄希陈才敢与素姐作了两个揖,抽身出去。狄周媳妇道:"没帐,只管去!人叫人死人不死,天叫人死人才死哩!"

狄希陈辞了父亲,仍带了狄周,又新雇了个厨子吕祥,小厮小选子,主仆四人骑骡向京进发。那时虽是太平年景,道不拾遗,山崖不崩,江河不溢,人无疾病,可保无虞,只是起身之时未免被素姐咒得利害,煞也有些心惊。谁知狄周媳妇说得一些不差,平风静浪,毫无阻滞,一直进了沙锅门[1]国子监东路北童七的旧居。其门景房舍,宛然如旧,门上贴着国子监的封条,壁上悬着禁止喧哗的条示。狄周下了头口,问那把门的人,说是国子监助教王爷的私宅,赁的是邓公家的房。问童七的去向,那把门人说才搬来不多两月,不认得有甚童七。问了几家古老街坊,才知童七乌银铺倒了灶[2],报了草商,被

----

〔1〕 沙锅门——即沙窝门,广渠门。

〔2〕 倒了灶——倒闭关门。

累自缢身死。小虎哥做了户部司官的长班,寄姐还不曾许聘与人,家事只可过日。见在翰林院门口西去第五六家路南居住,门口有个卖枣儿火烧的,便是他家。

狄周谢了那说信的邻翁,复上了头口,竟往翰林院门口奔来。走到那西边第六门卖火烧的铺子,正待要问,只见一个妇人,身穿旧罗褂子[1],下穿旧白罗裙,高底砂绿潞绸鞋儿,年可四十光景,站在门口商量着买豆腐干儿。狄周认道:"这不是童奶奶么? 好意思儿,一寻一个着!"童奶奶道:"狄管家呀? 爷合大相公呢?"狄周道:"俺爷在家里没来,只俺大哥来了,头口上不是么?"又使手招狄希陈道:"请下来,这就是童奶奶。"狄希陈即忙下了生口,走到跟前,让进里边,彼此叙说数年不见之情,与夫家长里短,谁在谁亡。吃茶洗面,好不亲热。寄姐长成了个大大的盘头闺女,也出来与狄希陈相见。

狄希陈见童奶奶住着一座三间房,东里间童奶奶合寄姑娘住,西里间虎哥住着。眼下又要娶亲,小小一个院子,东边一间小房,打着煤炉,是做饭的去处。狄希陈见得没处住,就要起身往别处去。童奶奶道:"你且卸了行李,权且住下,等小大哥晚上回来,叫他在这近便处寻个方便去处,咱娘儿们清早后晌也好说话儿,缝补浆洗衣裳也方便。"狄希陈果然卸了行李,打发了骡夫,与了他三钱银子的折饭。童奶奶袖了几百钱,溜到外头央卖火烧老于的儿小麻子买的金猪蹄、华猪头、薏酒、豆腐、鲜芹菜,拾的火烧,做的菉豆老米水饭,留狄希陈

---

〔1〕 褂子——褂子。褂,"褂"的俗字。

们吃。

狄周已在外边另寻下处,就在翰林院里边一个长班家的官房。小小的三间,两明一暗,收拾糊括的甚是干净。里间朝窗户一个磨砖火炕,窗下一张着木金漆文几,一把高背方椅,一个水磨衣袈。明间当中一张黑退光漆卓,四把金漆方椅,上面挂着一幅仇十洲〔1〕画的《曹大家〔2〕修史图》。一个中门,一个独院,房西头一间厨房,东头一个茅厕,甚是清雅。问那房主,就是翰林院堂上的长班,姓李,号明宇,这房是他讨的官地铺盖的,后边是他的住房。

那日李明宇不在,只有李明宇的婆子李奶奶在家。双生两个小厮,才够四五岁。李奶奶约有二十六七年纪,好不家怀〔3〕,就出来合狄周答话,一团和气。说了一两一月的房钱〔4〕,连一应家伙在内。狄周也没违他的言语,就留了一月的房钱,一钱茶钱。

回来,狄希陈正合童奶奶坐着吃饭。狄周说:"已寻有了下处。"童奶奶惟恐他寻的远了,不大喜欢,说:"看呀!我说等俺小大哥回来合你寻近着些的,你可自家寻在那里了?"狄周说:"我肯寻的远了么?就是在翰林院里头,李家的房子。"童奶奶道:"这好,这好!这情管是李明宇。他的娘子是我的妹妹哩。要是那里,倒也来往

---

〔1〕 仇十洲——明代画家仇英的号。
〔2〕 曹大家——东汉史学家班昭。为班彪之女,班固之妹。因其夫为曹世叔,人称"曹大家"。家,音gū,通"姑"。
〔3〕 家怀——实在,不见外。
〔4〕 一月的房钱——同本作"一月初房钱",据文意酌改。

方便。"

狄周吃完了饭,合吕祥、小选子往那里搬行李。及赶[1]狄周回去,李奶奶叫人房门里外都挂了帘子,厨房炉子生好火,炕上铺了席,瓮里倒了水,碗盏家伙无一不备。收拾停当,请狄希陈过去。李奶奶迎出来,陪着吃茶,问了来历。狄希陈说起童奶奶来,李奶奶说是他认义的姐姐,小虎哥是他的外甥。有这段姻缘,更觉亲热。

待不多时,虎哥来拜,戴着朗素鬃[2]帽,软屯绢道袍,镶鞋净袜,一个极俊的小伙。与狄希陈叙了寒温,又见过了他姨娘李奶奶,说狄希陈前次原住他家房子,是山东的富家,父子为人甚是忠厚,李奶奶越发敬重。李明宇晚上回来,相见拜往,不必细说。

次日,狄希陈赴礼部投过文,见过了祭酒、司业及六堂师长,打开行李,送了童奶奶两匹绵绸、一匹纺丝白绢、二斤绵花线、两双绒裤腿子,送了李明宇一双绒袜、二双绒膝裤、四条手巾、一斤绵线。李明宇也是个四海朋友,李奶奶原是京师女人,待人亲热。狄希陈离了那夜叉,有了旺气,宾主也甚是相处得来。

第三日,童奶奶送了一方肉、两只汤鸡、两盒点心来看。狄希陈叫狄周添买了许多菜品,请李奶奶合童奶奶同坐。日西时分,李明宇、虎哥都各回家,都寻做一处,吃了一更多酒。后来李明宇家摆饭,童奶奶留坐,狄希陈回席,每次都是这几个人。

----
〔1〕 及赶——山东方言,待到,等到。
〔2〕 鬃——"凉"的俗字。

狄希陈在家里守着素姐,真如抱虎而眠,这就是他脱离火池地狱的时节。八月初七日,伺候圣驾幸过了学,奉圣旨颁下恩典,许侍班监生超选一级。狄希陈也要赴吏部考官,投了卷子,考定府经历行头。那年明水镇发水的时候,都听见水中神灵说他是成都府经历;府分尚然未定,这经历既是不差,这成都府将来必定不爽。想:"这家中受那素姐万分折锉,秦桧、曹操在地狱里受不得的苦都已受过,不如使几千两银子挖了选,若果是四川成都,离山东有好几千[里]地,撇他在家,另娶一房家小,买两个丫头,寻两房家人媳妇,竟往任所,岂不是拔宅飞升的快活? 童奶奶虽是个女人,甚是有些见识,为人谋事极肯尽心。先年调羹的事,管的甚是妥当。不免将我的真心吐露与他,合他商确〔1〕个妥当。"

一日,阴雨无事,狄希陈叫吕祥办了酒菜,做山东的面饭,请过童奶奶与李奶奶来闲话。吃酒中间,狄希陈言来语去,把家中从前受罪的营生一一告诉。童奶奶叹惜恓惶,李奶奶只说是狄希陈造言枉谤,说:"天下古今,断无此事! 极恶穷奇,必不忍为!"童奶奶道:"妹妹,你乍合狄大叔相处,知的不真。狄大叔虽是今日才告诉咱,这事我从那一遍就知道了。咱的管家合尤厨长都合我说来,说美女似的一个人,只这们个性子哩! 狄大叔,你算计的也不差,一个男子汉,娶妻买妾是图生儿长女,过好日子,要像这们等的,这天长地久的日子怎么挨? 没的把个命儿呜呼了哩? 狄爷还壮实么? 得他老人家高年长

---

〔1〕 商确——即"商榷"。确,通"榷"。

命,替你管着家,你就该做这个。"

狄希陈道:"家不家我也不管。浮财我是久已不希罕的,舍了的物。地土房子,没的怕他抬了去不成? 待一千年也是我的。好便好,不然我爽利舍了家,把爹也接了任上去,把家丢给他,凭他怎么铺腾。"童奶奶道:"这也无不可的。狄大叔自己主意。"李奶奶道:"我只信不及。谁家媳妇儿有这们凌逼男子的来?"狄希陈说:"李奶奶,你不信么?"露出左胳膊来说道:"看看! 这是镰刀砍的,差一点没丧了命!"又露出右胳膊来:"再看看! 这是咬的! 二位奶奶,你叫了俺那管家狄周合小选子,你背地里问他。我昨日家里起身,与其作揖辞他,他也想的到,把那七十二般的恶死,没有一件儿不咒到我身上的。"李奶奶道:"情管你也不守法度,一定在外边养女吊妇的。"童奶奶道:"没的家说! 一个男子汉,养女吊妇也是常事,就该这们下狠的凌逼么? 这是前生的冤业,今生里撞成一答[1]了。"吃酒说话,直到掌灯的时节,各自散了。

次日,又与童奶奶商量,定了主意,挖年选官,差狄周到家还得稍百数银子使用。狄周行后,狄希陈又央童奶奶替他寻妾。童奶奶仍旧叫了寻调羹的周嫂儿马嫂儿,与狄希陈四下拣选。谁知这们一个京城,要一个十全妥当的人儿也是不容易有的。不是家里父母不良,就是兄弟凶恶,或是女子本人不好。看来看去,百不中意。

每次相看,都央了童奶奶袖着拜钱,合两个媒婆骑着驴子串街

----

[1] 一答——一块儿。答,同"搭"。

道,走胡同,一去就是半日。狄希陈合寄姐坐在炕上看牌、下别棋耍子。玉儿也长成了个大妮子,虎背熊腰的也不丑,站在跟前看牌。说着,三个斗嘴雌牙。狄希陈也常给小玉儿钱,门口买炒栗子合炒豆儿大家吃,或叫他到玉河桥买熟食酒菜。出去一大会子,丢寄姐合狄希陈在家。常常童奶奶相人回来,街门不关,一直经进到房中,不见玉儿,只见寄姐合狄希陈好好的坐着顽耍。他两个也不着意,童奶奶也不疑心。问玉儿去向,回说差出买甚东西。买的回来,大家同吃。

　　一日,童奶奶又去相人,寄姐合狄希陈掷骰赌钱,成对的是赢,成单的是输,把狄希陈袖着的几十文钱赢得净净的。狄希陈说:“我钱输净了,你借与我几十文,我再合你掷。”寄姐说:“哟!你甚么有德行的人,我借给你?咱不赢钱,我合你赢打瓜子。我输了,给你一个钱;你输了,打你一瓜子。”狄希陈说:“我为甚么?你输了就给个钱,我输了就挨打呀?咱都赢瓜子。”寄姐仗着手段高强,应道:“罢呀怎么!”一连掷了几个对,把狄希陈的胳膊,寄姐一只手扯着,一只手伸着两个指头打。狄希陈掷了一对么红,喜的狄希陈怪跳,说道:“我可也报报仇儿!”寄姐捹着袖子,拳着胳膊,甚么是肯伸出手来。狄希陈胳肢他的脖子,拉他的胳膊,只是不肯叫打,说:“你再掷一对么红,我就叫你打。”狄希陈说:“也罢呀怎么!”一掷,又是一对么红。寄姐忙说:“我不依,你不依!”拿着骰子举了一举,口里默念了几句,递与狄希陈说道:“你要再掷一对四红,我可叫你打了罢。”

　　狄希陈也把骰子举了一举,口里高声念道:“老天爷,我合寄妹妹如此如此,这般这般,一掷就是一对四红!”寄姐红着脸道:“甚么如此如此,这般这般呀?"狄希陈道:"只许你念诵,不许我念诵罢?"一边掷下,端端正正掷出一对四红。寄姐与狄希陈俱甚喜欢。寄姐道:"我不赖你的,可叫你打下子罢。"伸出白藕般的手臂,带着乌银镯子。狄希陈接在手中,说道:"怪不得不叫打!我也舍不的打呢!"放在脸上蹭了几蹭,说道:"割舍不的打,咬下子罢?"放在口里印了一印。

狄希陈一边奚落,一边把手往寄姐袖子里一伸,淘出一个桃红汗巾,吊着一个乌银脂盒,一个鸳鸯小合包,里边盛着香茶。狄希陈说:"我没打你,你把这胭脂盒子与合包给了我罢?"寄姐道:"人的东西儿,给了你罢呢!我也淘你的袖子,看有甚么,我也要!"狄希陈伸着袖子,说道:"你淘,你淘!我又没甚么可取。"寄姐道:"谁说呀?掏出来,都是我的。"伸进手去,摸着一个汗巾。寄姐在他胳膊上扭了一下,说道:"我把你这谎皮匠!你说没有,这是甚么呀?"拉出来一个月白绉纱汗巾,包着一包银子。

寄姐把自己的汗巾撩到狄希陈怀里,说道:"咱就换了。"狄希陈道:"咱就换了,不许反悔。"寄姐说:"我只要汗巾,不要这包着的杭杭子!"解开汗巾结子,取出那包银来,约有八九两重,丢在狄希陈袖上。狄希陈仍把那封银子还丢在寄姐怀里,说道:"咱讲过的话,换了换了。你光要汗巾,不要这杭杭子?你倒好性儿,我娶了你罢!"寄姐说:"你这们好性儿,我嫁了你罢呀!我只是光要汗巾子,不要这个!"狄希陈说:"我只是叫你要,不许你不要呢!"正番缠着,童奶奶来到家里,问说:"你兄妹两个斗甚么嘴哩?"寄姐道:"我赢了他的汗巾子,他待把银子都撩给我。我希罕他的么?"童奶奶呃了一声,也没理论。

过了两日,二位媒人〔1〕又有一家相应的,去到狄希陈下处商议。狄希陈说道:"我一来也拣人材,我二来也要缘法。我自家倒选中了一门可意的,只怕你两个没本事说。"两个媒人道:"你要说那差不多的人,俺怎么就没本事说? 你要说那大主子,他不给人家做'七大八',俺敢仔没本事说。"狄希陈道:"你放着眼皮子底下一门好亲戚,他不消打听我,我不消相看他,你们不上点紧儿,可遥地里瞎跑。没的我这们个人,做不的个女婿么?"

周嫂儿伶俐,马嫂儿还蒙懂,说:"是谁家? 我们倒不晓的。"周嫂儿道:"狄大爷说的情管就是寄姑娘。俺见童奶奶说得话撅撅的〔2〕,拣人家,挑女婿的,俺倒没理论到这上头哩。"马嫂儿道:"哎! 你就没的家说! 他肯替人做小,他也不肯叫你带到山东去。"狄希陈道:"要只为这两件,都不必虑。我虽是家里有,拿着我就是仇人,我岂止舍了他,我还连家都舍了哩! 我是另娶的妻,我何尝是婆妾? 怕我带了家去,我家里恋着什么? 我这不家里取银子去了? 挖了选选出官来,我就从京中上任,我是爷,他就是奶奶。要是寄姑娘给了我,我还请了童奶奶都到任上,替我当家理纪的。我又没有母亲,甚么是丈母? 就是我的亲娘一样。我就不做官,我在京里置产,做生意,丁仔〔3〕要往

<hr>

〔1〕 媒人——同本作"煤人",据上下文校改。
〔2〕 撅撅的——硬生生的。
〔3〕 丁仔——注定。

家里火坑内闯么？我就做官不撰钱，那家里的银钱也够我过的。你去合童奶奶商议，依与不依，你就来回我的话。"周嫂儿道："管他依不依，咱合他说声去。他就不依，没的有打罪骂罪么？丁仔缘法凑巧，也是不可知的事。咱去来！"

二人走到童奶奶家。童奶奶问说："狄大叔在家里哩？多咱相去？"周嫂子道："嗔道诓着瞎走道儿，相了这们些日相不中，原来他肚子里另有主意。"童奶奶道："甚么主意？是待等等家里人来，探探家里的口气，又怕家里不给银子？"周嫂儿道："倒都不为这个。"蹴〔1〕在童奶奶耳边说道："他只待替你老人家做门贵客哩。"童奶奶道："他两个从小儿哥哥妹妹的，好做这个？他家里见放着正头妻，咱家的姑娘给人家做妾不成？且是他回山东去了，倒没的想杀我罢了哩！"

周嫂儿见童奶奶拒绝的不大利害，都是些活络口气，随即将狄希陈的话说加上了许多文彩，添上一大些枝叶，把个童奶奶说的"石人点头"，那童寄姐"游鱼出听"。随问寄姐道："姑娘，你听见来？这是你终身之事，又没了你爹爹，你兄弟又小，我终是个女人家，拿不定主意，说不的要你自己几分主张。你狄哥哥又不是别人，咱说面子话〔2〕呀？可就说可，不可就说不可，别要叫他心猿意马的。"

寄姐道："这事怎么在的我？只在妈的主意。要说从小儿在一

〔1〕蹴——同"蹵"，迫近。
〔2〕面子话——客套的话。

搭里相处，倒也你知我见的，省的两下里打听。总之这事只在妈的主意定了，我自己也主不的，兄弟也主不的。"童奶奶道："咱等你兄弟来家，合他商议商议，再叫他往前门关老爷庙〔1〕里求枝签再看看。"寄姐道："合兄弟商议倒是该的。放着活人呢，可去求那泥塑的神哩！"童奶奶道："你两个且消停这半日，等俺小大哥儿来家合他商议了，再看怎么样的。"两个道："他盼得眼里滴血的火势，俺且到那里合他说声，再等回话。"童奶奶道："这也是。你要不先到那里，只别把话说的太实了。"

两个媒人回到狄希陈下处，劈头子道："我说这事难讲，你只不信哩！俺想有个诀窍儿，只怕有二分意思。只是做这们费手的媒，狄大爷，你待赏多少钱哩？"狄希陈道："我要得合寄姑娘做了两口子，我疼甚么钱？该使一个的，我就给你两个。你们别要小气呀！"周嫂儿道："是了，舍着俺两个的皮脸〔2〕替狄大爷做去！紧子冬里愁着没有绵裤绵袄合煤烧哩。"狄希陈道："你放心！做成了，情管叫你二位暖和。"又叫吕祥："你收拾酒饭给两个媒妈妈子吃。"吃完辞别，约明早回话。狄希陈无时不在童家，这要做女婿的时节倒不好去的。这一夜，狄希陈番来覆去不曾合眼，专听好音。

次早，两个媒婆齐到童家讨问下落。童奶奶合寄姐已是自己定了十分主意，说合虎哥商量不过意思而已。媒人一到，童奶奶慨然应

---

〔1〕 前门关老爷庙——前门，即正阳门，为京师九门之首。关老爷庙在正阳门瓮城之内西北一侧。

〔2〕 皮脸——山东方言，等于说不怕羞的面皮。

允。又说："凡有话说，请过狄大爷来，自己当面酌议。从小守大的，同不的乍生子[1]新女婿。凡百往减省处做，不要妄费了钱，留着叫他两口儿过日子。"留两个吃了早饭。

狄希陈巴着[2]南墙望信。只见两个吃得红馥馥的脸弹子，欢天喜地而来。说他两个费了多少唇舌，童奶奶作了多少腔势，方有了几分光景。又学童奶奶说道："你合狄大叔说，往时不相干来往罢了，如今既讲亲事，嫌疑之际，倒不便自己上门了。有甚话，只叫你来传罢。"狄希陈喜的跳高三尺，先与了周嫂儿马嫂儿一两喜钱。"皇历上明日就是上吉良辰，先下一个定礼。至于过聘，或是制办，或是折干[3]，你二位讨个明示。娶的日子，我另央人选择。"

两个媒婆道："这事俺们已是问明白了。童奶奶说来，虽是日子累了，还有亲戚们，务必图个体面好看。插戴下茶[4]、衣服头面、茶果财礼[5]都要齐整，别要苟简了，叫亲戚街里上笑话。"狄希陈说："我山东的规矩与北京不同，我不晓的该怎么样着。狄周又往家里去了，这里通没人手，只怕忙不过来。"周嫂儿道："没人使倒不消愁的。俺两个的老头子合俺那儿们，好几个人哩，怕没人使么？"狄希

〔1〕乍生子——山东方言，不熟悉，陌生。
〔2〕巴着——同本作"把着"，据文意酌改。
〔3〕折干——把聘礼折合成现银。
〔4〕下茶——缔姻时男方向女家送的聘礼。明许次纾《茶疏·考本》："茶不移本，植必子生。古人结昏必以茶为礼，取其不移置子之意也。今人犹谓其礼曰下茶。"
〔5〕财礼——同本作"财里"，据文意酌改。

陈道:"这都在不的我〔1〕,你还合童奶奶那头商议去。"

这两个媒人走到童家,说狄希陈甚是喜欢,说:"姑奶奶玉成了这事,他永世千年也是忘不了的。明日就下个定礼。下茶过聘,首饰衣服该怎么着,任凭姑奶奶分付了去,务必要尚齐整,别要叫亲戚们笑话。"童奶奶道:"我合姑娘商议来。他在客边,又没人支使,下甚么茶?脱不了只他老老家合他舅舅、舅母,有谁笑话?咱住着窄别别的点房子,下了茶来也没处盛。衣裳首饰,陆续随时制办,也不在这一时。只叫他做两套妆新的上盖衣服,簪环戒指,再得几件小巧花儿,拣近着些的吉日娶过那边去。或过三日,或过对月,再看或是一处住,或是两下里,叫他别要费那没要紧的事。"周嫂儿道:"姑奶奶,这话我都对着姑夫说来,他只说是要齐整好看,别要疼钱。"

童奶奶道:"也是个不听说〔2〕的该子!他见不的我么,只传言送语的?你请了他来,我自家合他说。"周嫂儿道:"哎哟!我那样的请他来,他说:'常时罢了,谁家没过门的新女婿,好上门上户的?'"童奶奶道:"光着屁股看大的娃娃,又支起女婿架子来了!你两个别要管他,我住会儿自家合他说去。"也与了周嫂儿两个四钱银子,管待了酒饭,打发的去了。

童奶奶收拾了身上,自到狄希陈下处,从外头说着道:"狄大叔,呃!你说是新女婿不住我家去了,只叫人传言送语的好么?"狄希陈

---

〔1〕 在不的我——山东方言,由不得我主张。

〔2〕 不听说——山东方言,不听话。

道："周嫂儿学童奶奶说：'既是女婿，同不的往时，要避些嫌疑，不可再往那头去了。'"童奶奶道："你说这是甚么嘴？这们可恶！我还合他说你在客边，又没人手，脱不了是你两口儿的日子，你成精作怪的下甚么茶，过甚么聘？买两套目下妆新的衣裳，换几件小巧花儿、簪环戒指，拣近些日子，你两口儿团圆了罢，没要紧费那钱待怎么？"狄希陈道："我也说没人手，又不知道咱京里的规矩，我说都折过去了，也是周嫂说：'童奶奶不依，务要齐整好看，怕亲戚笑话。'"童奶奶道："你说那里有影儿？这们两头架话哩！你往后但是他的话，别要听他。凡事只往省处做。以后也不消只管与他钱，等姑娘过了门，给他几钱银子喜钱罢了。"

狄希陈道："明日送个定礼过去，再看日子送个些微聘礼合姑娘的衣服之类。"童奶奶道："这要是我常时的日子，我一分财钱也是不要的。如今的日子不成话说[1]了，又在儿手里过活，打发女儿出门，也得几两银子使。如今的年成又荒荒的，说不的硬话，只得把财钱也要收几两用。只是搅缠出女儿来就罢了，没的好指着女儿撰钱使呀？多也不过二十两够了。衣裳，如今时下就冷了，你或者买套秋罗，再买套纻丝，里边小衣括裳[2]，我陪上几件儿，农着[3]过了门，慢慢的你们可拣着心爱的做。"

狄希陈打发童奶奶去了，锁上房门，小选子跟着，走到东江米巷

---

〔1〕　不成话说——不像样子。
〔2〕　小衣括裳——小衣裳，内衣。
〔3〕　农着——将就着，凑合着。

临清店内,买了一连头机银花喜字首帕,又到安福胡同换了一对钗子、一对宝簪、四个戒指、一副手镯,又定了薛银匠到下处打造首饰。

次日,周嫂儿老早的合马嫂儿都到了狄希陈下处,等送定礼。使大红毡包盛着,小选子拿了,同两个媒人一同送到童家。童奶奶收了定礼,管待了小选子合媒人酒饭,又回了定礼,赏了喜钱,又合周嫂儿对了扯的舌头[1]。回来上复了狄希陈。

后来怎生过聘,何日娶寄姐过门,狄希陈曾否选官,俱在下回,此说不尽。

---

[1] 对了扯的舌头——对证了所说的谎话。

第七十六回

狄希陈两头娶大　薛素姐独股吞财

这个团脐，甚么东西！又不风病，非关气迷。翁姑罔妇，夫子不妻。泼悍弥甚，凶狠穷奇。建斋咒骂，魇镇施为。猢狲震怒，抠眼挝皮。瞽叟毁骂：淫妇歪私！且当果报，阿鼻泥犁！

狄希陈下了定礼，叫银匠薛和同打造首饰，叫裁缝刘一福裁制衣裳，叫珠花匠邸焕穿珠结翠花，各色催儹[1]齐备，看就十月十八日卯时亲迎新人过门。

狄希陈望眼儿穿，喜得十月天时光易过，转眼到了吉期。狄希陈公服乘马，簪花披红，童寄姐穿着大红纻丝麒麟通袖袍儿，素光银带，盖着文王百子锦袱，四人大轿，十二名鼓手，迎娶到寓。拜天地，吃交巡酒，撒帐，牵红，都有李奶奶合骆校尉娘子炤管，凡事都也井井有条。

三日前，喜得用了十二两银子买了一个丫头，十二岁，生得甚是眉清目秀，齿白唇红，生性又甚伶俐，伺候与寄姐使唤，取名叫是“珍

〔1〕 催儹——催赶，督促。儹，通“趱”，赶快。

珠"。狄希陈甚是得意,以为寄姐过门,诸凡或不希罕,得这们利便[1]丫鬟,无有不中意之理。谁知寄姐一进门来,看见珍珠,不知甚么缘故,就如仇人相见一般。就是珍珠见了寄姐,也只害怕,不敢上前,只愿退后。晚间睡觉,就捻出在外间地上[2]打铺,不许在房中宿歇。

寄姐三日回门,也不带他回去。没奈何,叫他端递茶水、倒马桶、铺炕叠被,寄姐别转了头,正眼也不看他。每日如此。狄希陈也不晓的是甚因繇,细问寄姐,连寄姐也自己不知所为,只是一见了他,恰像与他有素仇一般,恨不能吞他下肚里去。狄希陈虽与寄姐如鱼得水,似漆投胶,万般恩爱难以形容,倒只为这珍珠一事,放心不下。

一日,狄周从家里回来,拿了二百两银子,做的冬衣,说狄员外因调羹生了一个儿子,素姐故意在他窗外放炮燀,打狗拿鸡,要惊死那个孩子,又与调羹合气,说是孩子不是他公公骨血,是别处罗[3]了来的。狄员外因此受气,得病不起,势甚危急。银子便是稍来,叫且不要挖选,即刻回家,好图一见,如去的稍迟,家事便不可保。有相大舅的书在此。

狄希陈看了他母舅的书信,大约与狄周所说相同。狄希陈即刻到童家与他丈母商议。童奶奶道:"天下的事再有那件大似这个的?

----

[1] 利便——山东方言,做事干净利落。

[2] 地上——同本作"地土"。"上"与"土"盖因形近而讹,据文意酌改。

[3] 罗——山东方言詈词,指男女交媾。

既亲家得了重病，姐夫就该昼夜兼行，万一尚得相见，免得终天之恨。事在不疑[1]。"即忙收拾行李，叫狄周往骒店里顾觅长骒，托丈母将寄姐合珍珠并一切带不了的衣服俱炤管回去，留下了几十两银子与寄姐搅用，别的馀银交寄姐收贮，等选官时好用。

次早，别了寄姐，辞了童李二位奶奶，算足了房价，带了狄周、小选子、吕祥飞奔回去。

狄员外打发狄周行后，素姐时时殴作，狄员外常常发昏，请了相大舅保护狄员外，又请了相大妗子保护调羹。可可的这科相于廷中了乡试，自己家中又甚是匆忙，望狄希陈来到，巴的眼中滴血。看看的狄员外病势一日重似一日，相大舅道："外甥又等他不到，姐夫的病又日渐加增，旧时只有外甥一人，不拘怎样罢了，如今又添了这个小外甥儿，这家事就该分令[2]的了。如今不趁你有口气儿做了这事，万一外甥赶不到，你一口气上不来，这事后来不妥！"

谁知相大舅屋里说话，素姐逼在窗外，句句听得甚真，就在窗外发作道："我一生专恼的是这扯臭淡！俺姓狄，你姓相，怎么俺的家事用着老相来管！脱不了只俺一个儿，那里还有三窝两块！甚么是'有了小外甥儿，这家事就该分令'！你知道这点杂种是张三李四、赵六钱七的？就认做你的外甥！他们做孩子，料你替他们垫腰来？你知道这们真！家事产业都是我的，谁敢分我一点儿！"

----

[1]　事在不疑——面对此事，不容有别的打算。

[2]　分令——分家，析箸。令，同"另"。

相大舅问道:"外头发话的是谁呢?"素姐道:"是我呀!"相大舅道:"是外甥媳妇子么? 怎么这们撒野! 你公公说受了你的气得病不起,我还不信。你原来只们[1]放肆! 你说孩子不是你公公的,你就指出来说是谁的!"素姐道:"俺这们年小的人,还不会生个孩子,没见死不残的老头子会生孩子哩!"相大舅道:"通不是人! 合他说甚么话!"素姐道:"是话也罢,不是话也罢,你只公同着写个文书给我! 家事房产都是我的,不相干的人一缕线也分不出我的去! 调羹叫他挟拉着杂种嫁人家,我不留他在家丢丑败坏的! 我看这意思也成不的了,把各门合柜上的钥匙拿来给我!"呼呼的自己跑进狄员外房里,端皮厢,抬大柜,探着身子往床里边寻钥匙。

调羹气的在暗房[2]里怪哭,哭的孩子又没了奶。狄员外在床上气的像牛一般怪喘。相大妗子解劝调羹,相大舅解劝狄员外,恨不得把狄希陈一把手挝到跟前。街上一个打路庄板的瞎子走过,相大舅叫他进来与狄希陈起课,说是"速喜,时下就到"。相大舅打发了瞎子的课钱。

河道军门[3]差官与相于廷挂匾竖旗,相大舅与相大妗子又要回自家焰管,又不敢放心去了,恐怕素姐毒害调羹母子。正在作难,恰好狄希陈从京来到。父子相逢,狄员外倒也喜了一喜。相大舅把

---

〔1〕 只们——这们、这么。只,"这"的音变。

〔2〕 暗房——产房。迷信说法,生孩子的血光不能外露冲撞日月星三光,因此须将产房的门遮蔽严实,故称。

〔3〕 河道军门——明清时期掌管河道疏浚与堤防等事的官员,即河道总督。

狄员外合调羹母子俱交付了狄希陈,俱回自己家去。

素姐骂狄希陈道:"只说你在京里作了孽,着立枷枷杀了! 你不来家,不着我破死拉活[1]把拦着这点子家事,邪神野鬼都要分一股子哩! 你知道你又得了兄弟了? 一年罗一个,十年不愁就是十个! 你来了好,我只在你手里情囵囵家事! 有人分我一点,只合你算帐! 你那前生今世的娘合你那小老子,也只在你身上替我打发的离门离户! 你要留着他,你就合他过,把我休了家去!"狄希陈道:"你悄悄的罢,紧仔爹不得命哩! 看爹听见生气。"素姐道:"我怕他生气,我就不说了! 我正待叫他生气哩! 依着我的主意,那咎只不叫他留下这祸根不好来? 百当叫他桶下这羔子,恨不杀人么!"狄希陈道:"你说的是,咱慢慢商议。我依着你就是了。你也依我件儿,爹这们病重,你且是百的别要做声,有你说话的时候哩。"

狄员外床上声唤,狄希陈忙进房中。狄员外似待合狄希陈说话之意,又怕素姐偷听,将手往外指。狄希陈往外张看,素姐正在窗户台上伏着听哩。狄希陈扭了扭嘴,狄员外就束住口[2]没言语。

狄员外虽因狄希陈已回,病觉略有转头,毕竟有了年纪的人不禁磕打,几场气,病势入了腠理[3],不过挨日子而已。狄希陈通在狄员外房中宿卧,调羹也满月出了暗房,只是素姐时刻防闲,狄员外有

---

[1] 破死拉活——豁出去,不顾死活的意思。
[2] 束住口——同本作"柬住口"。"束"与"柬"盖因形近而讹,据文意酌改。
[3] 腠理——《素问·举痛论》:"寒则腠理闭。"注:"腠理者,肌肉之文理。寒气客之,则腠理闭而气不通。"

话也不能分付。白日相大舅在房，素姐不肯离窗外一步；晚间相大舅回家，素姐就在外间睡觉。

一日，素姐茅厕解手，狄员外把小玉兰支调开去，说道："调羹母子，你看我务要保全。西房稻子囤底下，马棚后头石槽底下，有你过活的东西。"这几句话刚只说了，素姐解手回来，见狄希陈两只眼擦得红红的，叫小玉兰又没在跟前，又见调羹也在狄员外房内抹眼，素姐把狄希陈叫到外间，再三审问："你们背后算计甚么？好话不避人，为甚么支出小玉兰去了，您都擦眼抹泪的？你招承就罢了，不招承，我合你成不的！"

狄希陈把脚在地上跺了两跺，叫唤了两声，说道："天爷，天爷！一个老子病的待死，连话也管着不叫说一声，要这命做甚么！你倒与我个早快性罢！"素姐道："你看！我倒没怎么的，他反跳搭起来了！"一手将狄希陈采番在地，拾起一个小板凳来，没头没脸的就打。亏不尽相大舅一脚跨进门来，连说："了不的！通是反了！"他还打了好几下子。

素姐外边嚷闹，狄员外房中叫唤了几声。可怜做了一世好人，叫这恶妇送了老命，呜呼哀哉！狄希陈方恨命的挣脱了，跑到房中，合调羹与狄员外妆裹，又叫相大舅把小孩子抱到家去，寻奶子喂养，防备素姐阴害。素姐且不披头变服，慌獐獐抬箱倒柜，番银子，寻铜钱，又走到调羹房里抄没他的衣物，又要摔死他的孩儿。幸得调羹所有的东西，所生的孩子，都得空子运到相大舅家内收藏，给了个"乌雅[1]闪蛋"。相大舅

----

[1] 乌雅——即"乌鸦"。雅，"鸦"的古字。

主持,叫也不必闭丧,排十三日同老狄婆子一同出殡,狄员外的遗命也是如此。建斋超度,开坟出丧,诸凡都也齐整,不必细说。

出过丧,谢毕了纸,素姐立逼调羹改嫁。调羹说道:"我没的恋你这等好人? 我还不改嫁了,离了你的眼睛? 但我原是京师人,你既将军来,还要领军去。你着人送我回京,任我嫁人便罢;你要我嫁在这边,我至死不依!"素姐道:"我恨不得你离了这地! 我情愿着人送你回去。但那孩子务必要留下与我。"调羹道:"你既说孩子不是你家种子,留他何用? 你要留下孩子,我情愿把命留下与你!"素姐道:"你要抱了孩子去,我也依你。"狄希陈又故意的与调羹合气,捻他起身。调羹使性跑到相大舅家中存住。

狄希陈推了别的事故,常到相大舅家看望娃娃,说道:"爹也病的重了,不曾替这小兄弟起个名字,每日只叫他'娃娃'。"调羹道:"已替他起有乳名,叫是'小翅膀',说是与你做羽翼的意思。"狄希陈将素姐晓得的庄田房屋都自己留用,但是素姐不知道的,都央相大舅父子作了明甫,都分与了小翅膀,就央相大舅与他收租炤管。狄希陈自己立了主意,也要送调羹到京,叫狄周两口子护送,与了他三百两银子,把[1]童奶奶买房子,就请童奶奶合调羹、寄姐同住。"我也就要推故起身,不在家中受罪。"回来对素姐面前,只说他嫁人去讫,小翅膀就半路没了。狄周果然一一从命,连媳妇子都留在京中,只说害病死了。

----

〔1〕 把——给;交给。

狄希陈打发调羹出了门，狄周媳妇又做了"调虎离山"，所以那终日受苦是不消提起，只这一日早晚的饭食通也没人炤管。素姐待做，便叫小玉兰上灶做饭，做的半生半熟，䐶䐶的又吃不下口；不待做，买些烧饼点心嗓[1]在自己肚里，也不管狄希陈吃饭不曾。后来小玉兰年纪到了二十多岁，不替他寻个汉子，赌气的背主走了，越发"和尚死了老婆——大家没有"。

狄希陈竟似个没有家业的穷人一般，一日三餐，一月三十日，倒有二十九日半在他母舅家过活，弄得家里通似孤魂坛一样孤恓。雇个老婆子来做饭，不是主人嫌他，便是他嫌主人，朝去暮来，朝来暮去，也不知换了多少。铁桶这般人家，只是去了两个有福之人，来了一个作孽之种，搅乱得眼看家败人亡！

狄希陈把地土租了与人，叫人纳租与素姐搅用，托了丧间欠人帐目无钱可还，要粜稻子变钱。粜到囤底，支开了狄周，自己摸那底下，摸出八十封银子，每封五十，共是四千。托了事故，只说来的促急，不曾赴吏部给假，还得回去打点，收拾行妆，将那四千两银都打成驮子，择日起身。素姐与汉子原无恩爱，又喜欢打发他不在跟前便于放肆，所以也巴不能够叫他远去。临行作别，脱不了没有甚么吉利好言相送，不必烦琐。

狄希陈依旧带了狄周、吕祥、小选子一同进京。寻到翰林院门口，知道童奶奶买了房子，搬到锦衣卫街背巷子居住。寻到那里，果

----

〔1〕 嗓——"搡"的借字，塞。

然一所小巧房屋,甚有里外,大有规模,使了三百六十两价银。调羹母子、童奶奶娘女、小虎哥、狄周媳妇、小珍珠,都在一处居住。小翅膀渐会说笑,吃的白胖一个娃娃。问小玉儿,说已嫁人去讫。一家热热闹闹,和和气气,倒似有个兴旺长进之机。

过了几日,狄希陈要在兵部洼儿开个小当铺,赚的利钱以供日用,赁了房屋,置了家伙,叫虎哥辞了长班,合狄周一同管铺掌柜,狄周娘子住在铺中做饭。后来虎哥娶了媳妇,也就住在店后掌管生意。狄希陈发了一千本钱,虎哥伶俐,狄周忠诚,倒也诸凡可托。

相于廷赴京会试,就在狄希陈家安歇。狄希陈推了相于廷在京,只说合他作伴,也不回家过年。第二年,相于廷中了进士,殿试二甲,授了工部主事。狄希陈指此为名,爽利在京过活,守着娘舅妗母,好不热闹。众人做成一股,单哄那个臭虫,瞒得素姐在家一些也没有风信。

当时狄员外未死,狄希陈在家,薛夫人在日,相大妗子未来任所,这几个虽也无奈他何,素姐也还嫌他碍眼,引诱他的人,如侯、张两个道婆之类,自是也不便长[1]上他门。如今这一班碍眼的冤家躲避的清清净净,他便再有甚么顾忌?任意所为,就如风狂的相似,不止于养活侯、张两个道婆在家,引类呼朋,加周龙皋老婆、白姑子之类,阵进阵出。狄员外在日所积的粮食绵花,不止供人蚕食,还拼命的布施与人,也就十去五六。向日禁止妇女上庙的守道与那奉行出告示

----

〔1〕　长——"常"的借字。

的太守都已升去,所以除了在家鬼混,就在庵观寺院里边打成了
战场。

正月初一日,薛如卞兄弟三人来与素姐拜节,要到狄员外夫妇喜
神面前一拜。这素姐那里供养甚么喜神!两个神主丢在卓下[1],
神主盝子[2]都拿来盛了东西,当器皿使用。把前边的客位借与一
个远来的尼姑居住,将一座新盖的卷棚收拾接待同类之人。因墙尚
未泥尽,将狄希陈进学纳监的贺轴都番将转来遮了那土墙[3]。狄
员外的喜神,也是番转遮壁之数。起先相大妗子不曾往任上去的时
节,老狄婆子的神像还高阁在板上,自从相大妗子行后,连狄婆子的
喜神都取来做了糊墙之纸!

二月十六日是素姐的生日,这伙狐群狗党的老婆都要来与素姐
上寿。老侯[4]荐了一棚傀儡[5]偶戏,老张荐了一个弄猢狲的丐
者,以为伺候奉客之用。素姐嫌那傀儡与猢狲的衣帽俱不鲜明,俱要
与他制办。将狄员外与老狄婆子的衣服尽行拆毁,都与那些木偶做
了衣裳;把狄希陈的衣服都裁剪小了,都炤样与那猢狲做的道袍夹
袄,把狄希陈原戴的方巾都改为猢狲的巾帻。对了众人取笑,说是偶
人通是狄员外狄婆子,猢狲通是狄希陈。一连演唱了数日,各与了那

---

〔1〕 丢在卓下——同本作"丢有早下",据文意酌改。
〔2〕 神主盝子——置放神主牌位用的木制箱盒。
〔3〕 土墙——同本作"上墙",据文意酌改。
〔4〕 老侯——同本作"老候",据上下文校改。
〔5〕 傀儡——同本作"愧儡",据下文校改。

戏子、丐者几两银钱，将傀儡中留了一个白须老者、一个半白头发的婆婆，当做了狄员外[1]的夫妇，留下了那个活猴当做狄希陈，俱着他穿了本人的衣帽，镇日数落着击打。

那两个偶人虽是面目肌发宛然人形，亏不尽是木头凋的，凭你打骂，不能动惮。那个猢狲是个山中的野兽，岂是依你打的？素姐忘记了是猴，只道当真成了自己的老公，朝鞭暮朴[2]，打得个猴精梭天摸地[3]的着极。这猴精日逐将那锁项的铁链磨来磨去，渐次将断。一日，又提了狄希陈的名字一边咒骂，一边毒打，那猴精把铁链尽力挣断，一跳跳在素姐肩头，啃鼻子，抠眼睛，把面孔挝得粉碎。幸得旁人再三力救，仅抠瞎了一只眼，咬落了个鼻珠[4]，不致伤命。猴精戴了半截铁锁，一跃上了房。厨房有饭，下来偷饭吃，人来又跳在屋上去了。揭了那房上的瓦片，炤了素姐住房门窗镇日飞击。

龙氏因素姐受伤，自己特来看望。想是那猴精错看了，当是素姐，从房上跳在龙氏肩上，挝脸采发，又钻在腿底下，把裤子都扯的粉碎。唬的龙氏只要求死，不望求生。又亏有人救了。毕竟还寻了那原旧弄猴的花子来，方才收捕了他去。

素姐受了重伤，将养了三个多月方才起床。弄得凹了一只眼，没了准头，露了一对鼻孔。自己炤镜嫌丑，贴上了一块白绢。面上许多

〔1〕狄员外——同本作"狄贝各"，据上下文校改。
〔2〕朴——通"扑"，击打。
〔3〕梭天摸地——山东方言，上窜下跳。
〔4〕鼻珠——鼻子头儿。

疤痕,往日那副标致模样弄得一些也都没了,自己再也不悔。原是打的猴精[1]着极,所以如此,倒恰像似当真吃了狄希陈的大亏一般,千恼万恨,不骂咒那猴精,只咒骂狄希陈,发恨要报仇泄恨。

寻了一个过路的男瞎子,砍了一个桃木人,做成了狄希陈的模样,写了狄希陈壬申正月二十日亥时的八字;又寻了狄希陈的头发七根,着里的衣服改做小衣,与桃人穿了。用新针七枚钉了前心,又用七枚钉了后心,又用十四枚分钉了左右眼睛,两个新丁钉了两耳,四个新丁钉了左右手脚;用黄纸朱砂书了符咒。做了一个小棺材,将桃人盛在里面,埋在狄希陈常时睡觉的床下,起了一坐小坟。叫素姐逢七自己到那桃人埋的所在痛哭,自然一七便觉头昏脑闷,二七没识少魂,三七寒热往来,四七增寒发热,五七倒枕椎床,六七发昏致命,七七就要"则天必命之"!素姐依法施为,先谢了他一两纹银,许过果有效验,再替他做海青一件。素姐钦此钦遵,敬心持法,逢七哭临,专等狄希陈死信。过了尽七,方才歇住。

两月之后,相旺从京中回来。以为狄希陈必定已死,谁知相旺取出狄希陈家书来,说:"狄大叔这一向甚是精神,陪着俺爷游西山碧云寺、金鱼池、高梁桥、天坛、韦公寺,镇日不在家中,吃得白胖的甚是齐整。"素姐不听便罢,听子[2]气得胀破胸膛,发恨要合那使魔镇的瞎子算帐,说他持法不灵,要倒回那一两银子。日逐在街门等候,或

---

〔1〕 猴精——同本作"侯绪",据上下文校改。

〔2〕 听子——山东济南一带方言,听着。

是有敲路庄板的经过,即便自己跑出街上以辨是否。

等了几日,可可的那个瞎子自东至西,戳了明杖大踏步走来。素姐把他叫住,哄他进了大门。那瞎子最是伶俐,料得是素姐与他打倒,站住了不肯进去。素姐说他魇镇不效,瞎长瞎短的骂他,又要剥他的衣裳,准那一两银子。那瞎子故意问说:"你是谁呀?你叫我做甚么魇镇呢?"素姐说:"你妆甚么瞎忘八腔儿!你两月前头,你没替我砍桃木人,钉了针妆在小棺材里边,埋在床底下,叫我逢七上坟哭一场,到了尽七就死无疑!哄了我一两银子,还许下你一领海青!他不惟不死,连一些头疼脑热[1]也没有,越发吃得像肥贼似的!你这瞎砍头的!你挽起眉毛认我认!我是薛家丫头,狄家媳妇,我的钱不中骗!你有银还我的银,你没银子,你说不的脱下衣裳当着!"

瞎子道:"你待剥我的衣裳呀?你也挽起毛来擘开眼认我认!我是史先儿,名字是史尚行!我且问你,你叫魇镇谁来,你说我的法儿不效?"素姐道:"我合汉子不合,叫你镇魇俺汉子,叫你魇镇谁哩!"史尚行道:"一个丈夫,也是魇镇叫他死的么?你这不是谋杀亲夫?该问凌迟的罪名哩!你倒寻着我哩!地方呀!总甲呀!这镇上没有乡约么?薛家丫头,狄家媳妇,许我一两银子、一领海青,央我行魇镇,镇魇杀他的汉子!我不肯行这事,哄我进门来要打我,剥我的衣裳哩!地方总甲、左邻右舍听着!我史瞎子穷么穷[2],不合混帐

[1] 头疼脑热——同本作"头疼恼热",据上文校改。
[2] 穷么穷——等于说穷固然是穷。

老婆们干这谋杀亲夫的勾当！皇天呀！"

这史先儿直着嗓子在门里头跳着嚷叫，但是来往的都站着瞧，围了许多人。素姐到此也便软了半截，恨不的掩他嘴闭，说道："疢瞎子，不问你倒银子，你去罢，着甚么极哩！"史先道："我去罢！你叫我干了这事，你问凌迟，我就该问斩罪哩！我不出首，这罪怎么免的？"素姐说："我没叫你魇镇汉子。你问我讨钱，没给你，你就撒泼放刁。我不怕你！"史先说："你没叫我魇镇汉子呀？壬申年正月二十日亥时，是那个私窠子的汉子？是那个坐崖头养万人的汉子？地方总甲，你不来么？我往县里递上首状，只怕你这镇上的地方总甲、乡约保长都去不伶俐！"

这史先只是撒泼，素姐又打发他不去，只得央了张茂实的丈母老林婆子来解劝史先，那史先依旧无所不说。林婆子又再三央浼，史先说："我今日挣的三百多钱，也把我抢去了！还有丈三尺布的一根缠带，一领新穰青布衫，都剥了拿到家去，我怎么去呀？"素姐说："别要听他！他甚么三百钱合缠带布衫呀！"史先瞋着两个瞎眼，伸着两只手，往前扑素姐道："没有罢呀怎么！我只合你到官儿跟前讲去！"看的人围的越发多了。林婆子在旁撺掇着，赔了史先一吊黄钱，再三劝着，方才离门而去。

这素姐明是造了弥天之恶，天地鬼神不容，遣这猢狲、瞽者相继果报。不知后来也略知儆省不曾，且看后来何如，再等下回接说。

第七十七回

馋小厮争嘴唆人　风老婆撒极[1]上吊

莫将饮食作寻常,一盏羊羹致国亡[2]。因下壶餐来国
士[3],忘陈醴酒去高良[4]。大凡美味应当共,但遇珍羞不可
藏。只为垂涎劳食指,唆人奔走又悬梁。

却说素姐做了古今的奇恶,也就犯了天下的公恶,真是亲戚畔
之,路人切齿。所以狄希陈在京开当铺,娶两头大,接了调羹母子到
京与童奶奶一伙同住,众人相约只要瞒哄素姐一人。

相进士家的家人相旺,原是从幼支使大的,往狄希陈下处时常走
动,都只是他一人。凡他走去,童奶奶、寄姐、调羹,便是狄希陈合虎

---

〔1〕　撒极——山东方言,也说"拿急",指因事着急。撒,同本作"撒",据卷首目录
　　　校改。
〔2〕　一盏羊羹致国亡——战国时中山君宴士大夫,因羊羹不遍,司马子期怒而投
　　　楚,因说楚伐中山,致中山亡国。事见《战国策·中山策》。
〔3〕　因下壶餐来国士——据《战国策·中山策》,楚伐中山,中山君亡命而逃,有二
　　　人持戈相随。中山君问其故,二人说:"臣有父,尝饿且死,君下壶餐饵之。臣
　　　父且死,曰:'中山有事,汝必死之!'故来死君也。"中山君叹道:"吾以一杯羊
　　　羹亡国,以一壶餐得士二人。"
〔4〕　忘陈醴酒去高良——醴酒,甜酒。高良,贤良之士。参见第十六回"穆生能见
　　　几"注。

哥,都不把他当外人相待,遇酒留饮,逢饭让吃,习以为常。

一日,相进士夫人央寄姐穿着一个珍珠头垫,相大妗子又叫调羹做着两件小衣裳,差了相旺去取。相旺跨进门去,天将晌午,调羹合小珍珠在厨房里边柴锅上烙青韭羊肉合子,弄得家前院后喷鼻的馨香,馋得相旺咽咽的咽涎沫〔1〕,心里指望必定要留他吃这美味,五脏神已是张了一个大口在那里专等。不料童奶奶将调羹做完的衣服、寄姐将穿完的珠垫各用包袱纸裹,交付相旺手内。相旺还要指望留他,故意问道:"狄奶奶不说甚么,我且回去罢?"童奶奶道:"我待留你吃饭,只怕太太家里等得紧。你且去罢,我改日留你。"把一个相旺大管家干咽了一顿涎沫。心中怀恨,便从此以后在相大妗子与相进士娘子面前时时纂捏是非。亏相大妗子只以亲情为重,不以小人之言为真,不放在肚里理论。可可的差他回山东家去,想道:"既是挑唆家里太太与奶奶不动,我乘机将狄大爷京中干的勾当〔2〕尽情泄露,叫这员猛熊女将御驾亲征,叫那调羹、寄姐稳坐不得龙床安稳,吃不下青韭羊肉香烘烘的合饼,岂不妙哉!"遂将狄希陈京中的细微曲折,合盘托与了素姐。

这素姐能有甚么涵养容得这样的事?暴跳如雷,即刻就要进京,算计番江搅海,大闹京师,狠命的央及相旺随往。相旺道:"我一则尚有许多事体未完,时下且不得就去;二则我也不敢跟狄奶奶去。狄

〔1〕 涎沫——即"唾沫"。涎,同"唾"。
〔2〕 勾当——同本作"勿当"。"勾"与"勿"盖因形近而讹,据文意酌改。

大爷一定说是我来透漏消息,请了狄奶奶去搅乱坛场〔1〕。狄大爷或者不好难为得我,我家太爷少爷一顿板子稳稳脱不去的。狄奶奶,你要去自去,去到那里,千千万万只不要说是我的多嘴。如有人疑在我的身上,狄奶奶你务必誓也与我说个,替我洗清了才好,也不枉了我为狄奶奶一场。”

素姐听允,只得回到薛家与龙氏说这原故。龙氏若是有正经的人,劝解女儿说道:“你为人原不该把汉子赶尽杀绝,使他没有容身之处。他一个男子汉,有血性,又有银钱,又有一双大脚,山南海北的会走。你‘此处不留他,另有留他处’。你只该自悔,不要恨人。”岂不也矬矬他的歪性?谁知这龙氏自从薛教授夫妇去世,没了两个有正经的老人家时时拘管,他便使出那今来古往、天下通行、不省事、不达理、没见食面〔2〕、不知香臭的小妇性子。他先骂在前头,千没天理,万没良心,“忘了结发正头之妻,另娶掇拉没根之妇,罪不可容;更兼拐了调羹同住,法不可赦。极该就去,立逼着他卖了这两个淫妇,方是斩草除根。我极该合你同去,只恨你这两个兄弟一定拦我!我叫小再冬跟子你去。”主意已定,收拾行李,托人看家,算计雇短盘头口就道。

小再冬合他两个哥哥说知。薛如卞回说:“既是主意定了,俺也

〔1〕　坛场——本意指僧道做法事的场所。山东方言常用其引申义,指局面、正常秩序。
〔2〕　食面——即世面。

不好拦你。但京中比不的咱这乡里,至尊坐着一位皇帝,以次阁老、尚书、侯伯、御史坐着几千几万,容不的人撒野。但犯着些儿的,重是剐罪,轻是砍头。咱姐姐这个行持[1],再没有不弄下[2]的。他自作自受没的悔,难为你初世为人,陷在柳州城里,你空直着脖子叫俺两个哥,就叫到跟前也救不的你。且是也要拍拍自己的良心[3],把人凌逼的到了这们个地位,人躲出去罢了,还又要寻到那里去!"

再冬说:"你说的唬杀我,我不合他去罢。"薛如卞道:"你既许过同行,怎么又好改口?你只见景生情,别要跟着姐姐胡做。得瞒就瞒,得哄就哄,侮弄着他走一遭回来就罢。你要不听俺的话,别说惹出大祸来带累杀你,相觐皇见做着工部,替他表兄出气,拿了你去呼给你顿板子,发到兵马司,把你递解还乡,你这点命儿是不消指望的了。谨慎着就是,俺也再无别话嘱咐。"再冬起初说跟他姐姐进京,甚是扬威耀武,叫两个哥这一顿说的败兴之极。幸得人还伶俐,转想两个哥所说之言甚是有理,深以为然。择日登程,砍着一顶愁帽。

再说狄希陈在京住了一年有馀,时常在兵部洼当铺里边料理生意,阴天下雨在自家下处守着寄姐顽耍,再与调羹、童奶奶闲话,三头两日看望母舅、妗母,与相进士相聚,甚是快活,倒也绝无想家之心,只有得离素姐为幸。一日夜间,忽然得了一梦,梦见素姐将狄希陈所住之房做了八百两银子,卖与一个刘举人去了,当时拆毁番盖。狄希

[1] 行持——即行止,为人处事的态度、方式。
[2] 弄下——做出来,惹出祸来。同本作"弄卞",据文意酌改。
[3] 良心——同本作"长心"。"良"与"长"盖因形近而讹,据文意酌改。

陈亲眼见他将马棚后一个大长石槽着了许多人移在他处,将地掘了下去,方方的一个大池,池内都是雪白的元宝,刘举人叫人都运到自己家去。狄希陈与他争论,说:"房子虽卖,这银子是我父亲所埋,亲自交付与我,你如何将银掘去? 你即不肯全付交还我,合你平分,也是应得的。"刘举人道:"你的妻子既将房卖与我,上上下下尽属于我,你如何妄争?"叫家人:"捎了毛,送到县里去枷号这个光棍!"狄希陈说:"我是明水镇祖旧人家,我岂是光棍? 我由学校援例,钦授四川成都府经历,我的嫡亲表弟见为工部主事,我岂怕你!"转眼却不是刘举人,却是丈人薛教授在那里指点拆房,那池中元宝都是些小刺猬乱跑。尽后边跑出一只狼来,望着狄希陈扑咬。惊醒转来,恰是一梦。当即与寄姐说知。

次日,又与调羹告诉。调羹道:"梦也虽不可信,但这梦也甚觉跷蹊。他这般为人,此事也是做得出的。你兄弟两人,一生的过活全是仗赖这点东西,万一果似所梦,这就坑死人哩!"狄希陈道:"若果有此事,我不在家,难道一个女人在家,谁就好买这房子?"调羹道:"若论别人,果真也不好买,就买了,你也合他说的话响。若果真卖与了刘举人这个歪憨东西,你合他缠些甚么青红皂白? 你这一年半不曾回去,两个老人家的坟一定也没人拜扫,巧姐姐也没个信息,你乘此到家看看也好。若是两个老人家的喜神合神主没人供养,你挱空子请了这来也好。"狄希陈道:"刘姐,你说的有理。你就替我收拾行李,我今日就合舅舅、妗母、相兄弟说声,看个日子就走。"果然吃过饭走到相家,说其所以。相栋宇夫妇也说该去。

狄周当铺管理不得脱身，相栋宇说："你叫他跟去，他还知道事体，也可以与你做得帮手。当铺中，我又闲着无事，我时常替你照管。"狄希陈感戴不浅，辞了舅妗表弟，别了童奶奶、调羹、寄姐，仍带了狄周、吕祥、小选子回去。这通南北二京的大路，你过我来，你行我住，你早我晚，错过了不撞见的甚多。素姐北上，狄希陈南下，不知何处相错，竟是不曾遇着。

素姐进了顺城门，一直走到锦衣卫后洪井胡同狄希陈下处，敲开门。再冬在门外照料行李。素姐是个女人，不用人通报，一直径到后边，抬起眼来，一窝都是生人。看见素姐进去，一个个都大惊小怪起来，问说："是那里来的？是做甚么？"素姐说："倒问我是那里来的！我做甚么！你们都是那里来的？在这里做甚么呢？那贼割一万刀子的强人在那里？不出来么！"童奶奶道："这古怪的紧！那里跑得这们一个风歪辣骨〔1〕来泼口骂人！"

调羹在后边做甚么，没出来。童奶奶叫道："呃〔2〕！你做什么哩〔3〕？不知那里来的一个侉老婆，你来看看呀！"调羹钻出头来，素姐瞎塌了个眼，又没了鼻子，风尘黑瘦的不似了昔日的形像，调羹倒还在厮认，素姐却甚是认得调羹，开口骂道："贼淫妇！贼摇辣骨臭肉！弄的好圈套！嫁的好人家！谁知把我的汉子霸占住了！"调羹方才知是素姐，随接口说道："你别要撒野！我不是你家人，不受你

---

〔1〕　风歪辣骨——同本作"风歪辣裹"，连图本"裹"作"骨"，是。据李本校改。

〔2〕　呃——同本作"呢"，据文意酌改。

〔3〕　哩——同本作"理"，据文意酌改。

的气了！这也奇的紧！我已嫁了人一年多了，你老远的又寻到我这里来！"

童奶奶是甚么人呀？斩[1]斩眼知道脚底板动的主儿，已是知道是狄希陈的大娘子，但心里想说："从来知道素姐是个标致的人，却又怎么瞎着个眼，少着个鼻子？"疑似未定，故问调羹道："外甥，你认的他么？你合他说话？"调羹道："这就是我前边狄家的儿媳妇儿，他不知怎么寻到我这里来了！"素姐道："你霸占着我汉子，我怎么不来寻你！"童奶奶道："你这位娘子别要胡说！他是我的外甥，我是他的姨娘。他从你山东来，没有投奔，就到了我家。我为他年小无靠的，劝他嫁夫着主的去了。他嫁的是个知县，往鄠都县到任去了，因路远没合他同去，留下叫我养活他。没的他嫁的这汉子也是你的汉子么？他霸占你的！"

素姐道："我的汉子是狄希陈，是个监生，从年时到京，叫淫妇们霸占一年半了！"童奶奶道："这话我不醒的[2]。"问调羹道："你果然见甚么狄希陈来么？"调羹道："你看么！我在京，离着山东一千里地，我见他甚么狄希陈呀！"童奶奶道："闻名不如见面。我的外甥每日说你这些好处，原来是这们个人儿！今日出了你家门，明日就合你不相干了！你来寻不的他了！"

素姐道："俺汉子寻的小老婆寄姐呢？童银的老婆呢？"童奶奶：

----

[1] 斩——"眨"的音变。
[2] 不醒的——不懂得，不明白。醒，"省"的借字。

"你又奇了！只怕你是风了！我姓骆，俺家是锦衣卫校尉，专拿走空〔1〕的人！"指着寄姐说道："这是我的儿媳妇儿，我的儿子往卫里办事没在家。你走便走，再要在这里胡说白道，我叫了我的儿来，拿你到锦衣卫里问你个打诈！"素姐见无对证，也就软了半截。

京中人不叫"爷"不说话的所在，山东人虽是粗浊，这明水更是粗浊之乡，再冬听见素姐在里边错了头脑，也便知道在外边察访。但是向了人低声下气，称呼他"爷"，然后问他，他自然有人和你说知所以。是不是穿了一领明青布大袖夹袄，缀了条粉糨白绢护领，一双长脸深跟明青布鞋，沙绿绢线锁了云头琴面，哭丧着个猱脸走到人跟前，劈头子就是呃的一声："这里有个狄监生在那里住？"那京师的人听见这个声嗓，诧异的就极了。有那忠厚的，还答应他一声："不知道。"有那不忠厚的，瞪起眼来看他两眼，说："那里来的这村杭子！只怕是个骚子〔2〕，缉事的不该拿他厂卫里去！"所以再冬空打听了半日，没打听出一点信来。

素姐叫调羹合童奶奶雌〔3〕了一头冷灰，只得含羞而出，依着相旺所说的去处，寻到兵部洼开当铺的所在，只见果然一个当铺。走到跟前，正见相栋宇戴着黑绉纱方巾，穿着天蓝绉纱袄子〔4〕，壇鞋绫袜，坐在里边。素姐道："这不是相大舅？你外甥狄希陈呢？"相栋宇

---

〔1〕 走空——讹诈，行骗。
〔2〕 骚子——明代对女真等北方少数民族的蔑称。这里指他们派来探事的间谍。
〔3〕 雌——同本作"雄"。"雌"与"雄"盖因形近而讹，据文意酌改。
〔4〕 袄子——同本作"夭子"。"袄"与"夭"盖因形近而讹，据文意酌改。

抬起头来看道："你是外甥媳妇？呃！你来做甚么？"素姐说："我来寻你外甥。"相栋宇道："你是多咱来的？外甥往家去了，你没撞见么？"素姐说："他几时去的？我怎么没撞见呢？他的下处在那里？"相栋宇道："他就在我宅里住，没别有下处。"素姐说："人道他在洪井胡同娶了童银的闺女小寄姐，合调羹一堆住着。我刚才寻到那里，只见了调羹，再没见别人。那家子姓骆，又不姓童，是调羹的姨娘家。调羹嫁的是个鄠都县知县，到任去了。因路远没带他去，留与他姨娘养活着哩。"相栋宇道："这事我通深[1]不知道，外甥也没合我说。"

素姐问："这当铺是谁的？"相栋宇道："你小叔儿[2]做着个穷部属，搅缠不来，我所以合个伙计，撰些利钱，帮贴你小叔儿做官。"素姐说："人说是你外甥开的，狄周掌柜。"相栋宇说："人的瞎话！人见外甥日逐在铺里坐着，狄周时常往来，就说的别了[3]。这里不是久站的，快往宅里去。"叫虎哥："你去叫顶轿子来。"让素姐坐上，薛再冬跟着，到了相主事私宅。

相主事娘子合大妗子接着。相栋宇恐怕[4]说又了话，抢着说了素姐来意："先到了洪井胡同，正见了调羹，已是嫁了鄠都知县，不曾随任。又到了当铺，我才雇了轿子送他回来。"相大妗子婆媳顺了相栋宇的口气说话，一味支吾他过去。又问他的眼睛因甚瞎了，又因

[1]　通深——通是，完全。
[2]　小叔儿——同本作"少叔儿"，据上下文校改。
[3]　说的别了——说得有了差错，走了样。
[4]　恐怕——同本作"恐相"，据文意酌改。

甚没了鼻头。他不肯说是把猢狲当了狄希陈时时毒打,只说是一个弄猴的走了猴,走到他家,他去擒捉,被猴抠了眼珠,啃了鼻子。大妗子叫人与他收拾卧房,铺设床帐叫他安歇,又安排了再冬住的所在。严谕了众人,不许说出狄希陈半个字的行藏,瞒的铁桶相似。

　　素姐只是放心不下。再冬耷头耷脑的[1],这样一个海阔京城,人山人海,门也是不敢出的,没处去打听风信。素姐几番要自己再往洪井胡同看他的破绽,大妗子道:"这是官衙,岂容女人出去? 你既进了这门,休想再要出去,只等你小叔儿升转,才是咱们离京回去之日。"弄得个素姐就是只猛虎落在陷阱里,空只发威,不能动惮,好生难过。从素姐进衙的次日,相栋宇自己到了童家,见调羹说知此事,大家倒笑了一场,只猜不着是那个滥嘴的泄了机关,致他自己寻到这里。

　　按下这头,再说狄希陈回到明水,竟到家门。清灰冷火,尘土满门,止有[2]一家住房佃户看守,其馀房屋尽行关锁。问知素姐自己上京寻找,狄希陈不胜凄凉,只得寻到崔近塘家住歇。安了行李,吃了饭,才到丈人家去,见了薛如卞兄弟,进去见了妹妹巧姐,兄妹甚是悲酸。龙氏出来相见,说道:"你京中买了房子,另娶了家小,接了调羹同住,弃吊了俺的女儿,你就再不消回来! 却又回家做甚[3]?"狄希陈再三抵赖。龙氏道:"见放着相家的小随童是个活口,你还强辩

------

〔1〕 耷头耷脑的——呆头呆脑的,傻乎乎的。

〔2〕 止有——同本作"正有"。"止"与"正"盖因形近而讹,据文意酌改。

〔3〕 做甚——同本作"俊甚",据文意酌改。

不认！你只指着你那旺跳的身子说两个誓，我就罢了！为甚么俺闺女才去，你倒回来？这不是你有心么？"薛如卞道："没正经，家去呀。一个客经年来到家，凉水不呵一口，上落〔1〕这们一顿！"薛如卞兄弟将狄希陈让到客位，再三留坐，狄希陈也没肯住下。

　　次日置了祭品，接了巧姐，同到狄员外夫妇坟上祭扫。又开进自己门去，遍寻狄员外夫妇的神主、喜神不见。再三寻找，狄员外的神主在一烂纸篓里，狄婆子的神主在一个箱底下垫着架箱的腿；又找寻喜神，都在卷棚内番过来贴着土墙。狄希陈看到此等景像，也不由不良心发现，痛哭一场。狄希陈叫人收拾房屋，从新供养起来。从崔近塘家搬回行李〔2〕，在家同狄周主仆四人打光棍居住。看那马棚石槽，依然如旧。

　　狄希陈将近两年不曾回去，多叫匠人修理房舍，也日逐没有工夫。便中打听得刘举人家大兴土木，掘地拆墙，开下地去，得了一池大银，约有五千之数。狄希陈也甚是诧异。在家住了两个多月，挂念素姐在京不知如何作孽，万一与调羹、寄姐争差违碍〔3〕，致出事来，大有不便。千着万着，做我不着，急急收拾行李，仍往京师。狄希陈要图安逸，从德州搭了座船由水路进发。

　　再说素姐嫁在狄家十有馀年，无拘无束，没收没管，散诞惯了的

〔1〕　上落——数落，责备。
〔2〕　行李——同本作"行季"。"李"与"季"盖因形近而讹，据文意酌改。
〔3〕　违碍——同本作"违得"。"碍"与"得"盖因形近而讹，据文意酌改。

野性。在家之时,遇着忧闷,或是南寺烧香,与甚么尼姑讲道;或是北寺〔1〕拜佛,与甚么和尚参禅。手腕发痒,拿过狄希陈来打顿出气〔2〕;嘴唇干燥,把狄希陈骂顿消闲。如今弄在相主事〔3〕宅内居住,除了那所宅子里边,外面是一步也没处去的。狄希陈又不在跟前,无人供他的打骂,好生气闷。时常在相主事娘子面前,央他在公婆和丈夫面前撺掇一声,他要到甚么隆福、承恩、双塔、白塔、香山碧云各处寺院〔4〕游玩一番,也是不枉来京一度。

相主事娘子道:"一个做官的所在,岂可容女人出去串寺寻僧?成何道理!"回绝了他,不肯与他陈说。素姐道:"别的庵观寺院,你说是有甚么和尚道士,不许我去,也便犹可;我听说京城里边有一座皇姑寺,里边都是皇亲国戚家的夫人小姐在内剃度修行,内相把门,绝无男子在内,不知多少夫人侍长都到那里游玩。这个所在,难道也不许我去走一遭?这务必要你作成。你与妗子肯陪我同行更是好事,如不肯相陪,我自己独行,事无不可。"相主事娘子又再三阻他。素姐道:"你做官的日子短,咱家里妯娌相处的日子长,你就拿出官儿娘子的脸来!你不要管他,你只替我在大舅合妗子面前尽力撺掇,相大叔面前替我圆成。"相主事娘子被他缠绕不过,只得替他在相主事面前说了前话。相主事只当戏谈，全不在意。

次日，素姐亲自见了相主事，问道："我要到皇姑寺一看，央他婶子讲说，不知讲过不曾？"相主事道："你见谁家见任的官放出女人上庙？咱家这们些景致，你见有绣江县知县、县丞的奶奶亲戚出来顽耍的没有？如闷的慌了，合娘坐着说话儿消闲，或与小婶儿看牌、下别棋、挞子儿[1]。等狄大哥来时，把你交付给他，可任你'皇姑寺'、'黑姑寺'，你可去。"素姐道："有那些闲话！你不叫我去，罢！做了几日官，开口起来就是做官的人家长，做官的人家短！我知道你又寻我使那胭脂黑墨污你那眼哩！"相主事道："还敢说！不是为污了俺的眼，肯瞎一个眼么！"素姐道："罢！您是甚么大的们？污了您的眼就叫我瞎眼？我倒又没了鼻子，可为怎么来？"相主事道："这又有报应。可是你前年打醮念经，咒骂狄大哥合薛大哥薛妹夫的果报。你念经咒他们，叫他无眼耳鼻舌身意，你只怕这耳朵合舌头身子都还不停当哩！"相主事笑着往外去。

素姐为不叫他往皇姑寺去，从此敦葫芦、挣马杓，发作道："您么是为做官图名图利，吃着牢食，坐着软监就罢了！我是为甚么？犯下甚么罪来？诓我在死囚牢里，一日关[2]着三顿饭吃，叫我不见天日？你叫我出去便罢，实要不叫我出去，我不是抹了头，[就是]一根绳子吊杀！把这点命儿交付与你，我那屈死鬼魂可也在北京城里游

---

〔1〕挞子儿——一种抓抛石子以定胜负的闺中或小儿游戏。挞，同"抓"。
〔2〕关——同"管"。

荡游荡！"整日发作，还只指望交〔1〕相主事放他出去。谁知相主事弇定〔2〕主意只是不理，凭他撒骚放屁，只当耳边之风。

一日，合当有事。为这不放他出去，又合相主事斗了会子嘴，也就罢了，大家收拾睡觉。素姐听得人都睡静，拿了一根束腰的丝线鸾绦，悄悄的走在相主事房门外，门上槛悬空自缢。亏不尽相主事要小解，脚踏上摸着没有夜壶，知是丫头忘了，不曾提进，叫起丫头开门去取。那丫头开了门，一只脚方才跨出，嗳哟的一声大喊，随说："不好！一个人扳着门上桯打滴溜哩！"相主事道："这可古怪！是甚么人呢？"相主事娘子道："再没别人，就是狄大嫂！"叫丫头道："你去摸摸他身上还热不热！"丫头说："我害怕，我不敢摸呢！"

相主事夫妇都连忙起来，摸他身上还是滚热的，嗓子里正打呼卢〔3〕。相主事娘子抱着往上撮〔4〕，相主事叫起爹娘并那上宿的家人媳妇。喜是十四日二更天气，正有月色，看的分明。相大妗子道："这不是没要紧么！这可是为甚么来！依着我，不消救他，替陈哥除了害罢！买个材妆了送他家去！"相大舅道："甚么话呀！快救下来，看束杀了！"相主事叫他娘子躲过，使人请薛三哥进来看着〔5〕解他。使人开了宅门，从夜梦中把再冬请得进来，只问："为怎么来？"相栋

------

〔1〕 交——"叫"的借字。
〔2〕 弇定——拿定。弇，"拿"的俗字。
〔3〕 打呼卢——这里指呼吸被阻断后发出的声响。
〔4〕 撮——用力向上推举。
〔5〕 看着——同本作"看看"，据文意酌改。

宇道："谁知他为甚么来！等救过他来科,你可问他是为甚么！"

两个家人娘子倒替着[1]往上撮,一个把绳剪断。虽然是救的快,也就吊的直眉竖眼的。解了套子,歇了一会[2],吐了几口痰,方才手之舞之的道:"扯淡！谁叫您们救下我来!"再冬问道:"姐姐,你为怎么干这们拙事？没的相大爷合相大娘有甚么难为姐姐来？你做这事,这若是救的迟了,你这不是琐碎相大哥么？你同着众人,你说说是为怎么？"素姐说:"我不为怎么,我只受不的叫我坐监!"再冬道:"阿弥陀佛！姐姐,你说的甚么话！不当家！姐姐,你待等姐夫呢,你耐着心等着。相大娘少你吃的,少你穿的？你怕见等,咱收拾往家去,相大娘也没有强拉着你的理。那里放着干这勾当？"

再冬只管数说,不隄防素姐飕的一声,劈脸一个巴掌,括辣辣通像似打了一个霹雳,把个再冬打得头晕了勾半宿。素姐骂道:"小砍头的！你也待学你那两个哥的短命,管着我哩！人家拿着当贼因似的防备,门也不叫我出出！别的寺院说有和尚[3]哩,道士哩,不叫去,罢么！一个皇姑寺,脱不了都是些尼僧,连把门的都是内官子,掐了我块肉去了？连这也不叫我去看看！我再三苦央,只是不依！我要这命待怎么？我把这点子命交付给了他,我那鬼魂你可也禁不住我,可也凭着我悠悠荡荡的在京城里顽几日才托生呀！你就有这们些瓜儿多子儿少的念诵我!"再冬道:"姐姐,你倒不消哩！好便好,

----

[1]　倒替着——山东方言,轮换着,轮流。

[2]　歇了一会——同本作"缺了一会",据文意酌改。

[3]　和尚——同本作"和何",据上下文校改。

不好，我消不得一两银子雇上短盘，这们长天，消不得五日，我撩下你，我自己跑到家里！"众人行说行劝[1]，扶素姐归了卧房，拨了两个家人媳妇伺候[2]看守。相大舅合相主事各人夫妇都回房宿歇。

　　不知后来若何结局，曾否放素姐出去游玩，再看下回，便知端的。

　　[1] 行说行劝——一边说，一边劝。
　　[2] 伺候——同本作"何候"，据文意酌改。

第七十八回

陆好善害怕赔钱　宁承古诈财挨打

愿与好人相遇,诸般有趣。一时间急难之中,倚作善神救护。　倒运伴随恶妪,强留下处。奔驰看景又赔钱,钱有数,愁无数。

——右调《一落索》

却说素姐得人解救,扶进卧房,次日害胸膈胀闷,脖项生疼,不曾起来梳洗,也不曾吃饭,足足睡了一日。相主事娘子时时进去看他,相大妗子也进房看望,说道:"你原是风流活动的人,把你关闭在衙舍里面,怎怪你害闷着急。外甥回家,只怕有事羁绊,又且不能就回。我与你小叔子商议,不然且送你回家,你可散心消闷。万一屈处〔1〕出你病来,好意番成恶意,也叫外甥后来抱怨。"素姐道:"若大妗子肯果真送我回家,真是重生父母,再长爷娘。"就在枕上〔2〕把头覆将转来,在枕上一连点了几点,说道:"我这里就与妗子磕头相谢,妗子千万不可食言。"

----

〔1〕 屈处——委屈而不得舒展;憋闷。

〔2〕 枕上——同本作"枕上",据下文校改。

相大妗子果然再三撺掇,与素姐札括衣裳,收拾行李,雇了四名夫,买了两人小轿,做了油布重围[1],拨了[2]一个家人倪奇同着再冬护送,择日起身。送行致赆,这些套数不必细说。素姐辞别出门,相主事又差了一名长班陆好善送到芦沟桥上回话。

素姐刚出得门,自己在轿中说道:"每日把我关闭在衙,叫我通是个'瘸和尚说法——能说不能行'!如今既是放我出门,由得我自己主张,由不得别人闲挠。我要寻一个主人家暂住两日,务要到皇姑寺一游。你如今且抬我到洪井胡同调羹那里一看,再到下处。"倪奇合陆好善道:"老爷临行不曾分付叫狄奶奶又另寻下处,只说叫小的们一直伺候狄奶奶到家,还说叫陆长班跟送到芦沟桥上,伺候得起过身,当日回话。不敢叫狄奶奶住下。且皇姑寺是宫里太后娘娘的香火院,不着皇亲国戚、大老爷家的宅眷,寻常人是轻易进不去的。就是大老爷家奶奶,也还有个节令,除了正月元旦,十五元宵,二月十九观音菩萨圣诞,三月三王母蟠桃会,四月八浴佛,十八碧霞元君生日,七月十五中元,十月十五下元,十一月冬至,腊八日施粥,这几日才是放人烧香的日子。不是这节令,就是大老爷宅眷有甚么还愿挂袍、悬幡进灯[3]的善事,问司礼监讨了小票行给把门的太监,才放进去哩。十来岁的小厮,通也不许跟到里面,好不严紧!这又不是节令,

---

〔1〕 重围——同本作"重围",据文意酌改。
〔2〕 拨了——同本作"废了",据文意酌改。
〔3〕 还愿挂袍悬幡进灯——同本作"还烦挂袍一幡进燈"。此依连图本,据李本校改。

狄奶奶且不看罢。"

素姐在轿子里发躁,说道:"我主意已定,你就是我的娘老子,你也拗不过我！你倒不如顺着道儿,撺掇叫我看玩一回,咱死心搭〔1〕地的走路。陆长班知不道我的性子,倪奇〔2〕你是知道的。您必欲阻拦,我只是交命给你！俺家也还有两个不长进的秀才兄弟,问你们讨起命了!"

倪奇与陆长班面面相看。陆好善道:"这只在管家主张,我是不敢主的。"倪奇说:"狄奶奶必欲住下,且不就行〔3〕,我只得回家且禀过再处。"素姐说:"你只敢去！你要往家一步儿,我拔下钗子来,照着嗓根头子〔4〕札杀在轿里,说是你两个欺心!"倪奇道:"狄奶奶,你忒也琐碎！待我回去禀个明白,任凭狄奶奶往那里去,俺跟着,使了小的们盘缠么?"素姐说:"这算琐碎么?你惹起我的性子来,我还琐碎哩!"陆好善说倪奇道:"罢呀！看的见狄奶奶也是不依说的,依着狄奶奶罢。这城里也没有方便下人的去处,倪管家,你跟着狄奶奶往洪井胡同去,我先到俺家收拾收拾,请狄奶奶到我那里屈处三日罢,好叫俺老奶奶子陪着走动。"倪奇道:"狄奶奶,这们着罢?"素姐道:"你们只肯叫我住下可,凭你抬我那里去。"

倪奇道:"洪井胡同谁家？去,我可不认的。"再冬道:"我知道,

---

〔1〕　搭——音 tà,同"撘"。

〔2〕　倪奇——同本作"倪童",据上下文校改。

〔3〕　且不就行——同本作"且不就得"。此依连图本,据李本校改。

〔4〕　嗓根头子——后文也作"颡根头子"。山东方言,喉咙。

你跟着我走。"转湾抹角,走到前日那个调羹住的所在,只见双门紧闭,上加铁锁[1],竖贴锦衣卫封条,无处可问,败兴而回。原来相大舅料得素姐毕竟还有这一撞,恐怕露出马脚,预先透信与他,叫他都暂回骆有我[2]家且避,所以无人在家。

折回轿来,竟往陆长班家去。陆好善住在草帽胡同,也是自己买的房子。只见:

> 临街过道,三间向北厅房;里面中门,一座朝南住室。厨屋与茅厕相对,厢房同佛阁为邻[3]。布帘画丹凤鸣阳,粉壁挂八仙过海。前行五十多岁的魔母,应是好善的尊堂;后跟三十年纪的妖娆,莫非长班的令梱[4]。盐木樨,点过绍兴茶;折瓜钱,忙买蓟州酒。狄奶奶倒也家怀,不嫌亵渎;陆夫人兼之和气,甚喜光临。

素姐到了陆好善的门首,陆好善的母亲媳妇欢天喜地,让到后边,把再冬、倪奇让过客位,杀鸡秤肉,做饭买酒,极其款待,不必细说。

素姐说起要往皇姑寺去,正苦不是节令,无门可入。恰好陆好善门旁住着一个铜匠,姓支名一骥,一片声叫起屈来,与人相打。陆好

---

〔1〕 上加铁锁——同本作"上如铁锁",据文意酌改。
〔2〕 骆有我——同本作"骆有义",据上下文校改。
〔3〕 为邻——同本作"为怜",据文意酌改。
〔4〕 令梱——同"令阃",对别人妻室的敬称。梱,同本作"捆"。"梱"与"捆"盖因
    形近而讹,据文意酌改。

善只道是抬素姐的轿夫彼此嚷闹,出门看去,却原来是定府〔1〕虞候伊世行采着支一骥打。这伊世行从小与陆好善是同窗兄弟,一向相知。陆好善扯住伊世行的手道:"伊老哥,为甚么生气? 别要动手,看小弟分上罢。一定是失误了甚么生活呀?"伊世行也就放了支一骥,与陆好善相唤,随告诉道:"老太太的大轿上四个铜环,放在大厅里,不知甚么不值钱贼狗攮的倒偷了〔2〕三个去。与了他六钱银子,又与了他三分酒钱,叫他配上三个轿环,足足的整三个月了,每日诓着我跑。哥你说,咱府里到这草帽胡同,来回就是十四五里地,那咎还是十来日一遭,五六日一遭,这几日叫我一日一遭,光驴钱使了多少? 昨日发神赌咒的许着今日有,哄的我来,越发躲的家去不出来了! 这恼不杀人么?"

陆好善说:"支一骥,你真是可恶! 不成人的狗攮的! 收了银子三个多月,不给人家配出来,诓着人老远的来回跑,不打你打狗么? 打下子还敢叫冤屈哩! 伊老哥,看小弟分上,限他三日叫他配出来。再要扯谎,伊老哥,你打了他不算,我捻了他不给他房住。专常惹的人打骂,咱房东也不成体面。"伊世行道:"要是迟的三日,小弟也不着极。后日早辰,太太合恭顺〔3〕吴太太待往皇姑寺挂幡去哩,没有轿坐,发放了小弟一顿好的。我为甚么才扇了他两巴掌来? 我说太

〔1〕 定府——明定国公徐氏的府邸。
〔2〕 偷了——同本作"倫了"。"偷"与"倫"盖因形近而讹,据文意酌改。
〔3〕 恭顺——指明恭顺侯吴氏。

太且坐坐别的轿罢,太太又嫌别的轿坐不惯哩。新做的绢轿围,单等着钉环哩,你就一本一利倒银子还我,我也是不依的。你只连夜赶出来便罢,不然,我带到你兵马司去!"支一骥道:"我合你有仇[1]么?家里放着现成的铜,我打给你,误不了你明日晌午钉,后日叫太太坐就是了。"伊世行说:"你就快打!我这里守着你,我也且不家去。"

陆好善道:"伊老哥往小弟家里坐去,叫他生炉子化铜。"伊世行说:"不好。我要转转儿,他溜的没了影子,这才是'脖子里割瘿袋——杀人的勾当'哩!"陆好善道:"这也要防备他。"随进家去,取出茶来,在铜铺里与伊世行吃了,又说:"哥别往那去,小弟叫家里备着素饭哩。"伊世行再三辞谢。

说话中间,陆好善把伊世行拉到铺子外头,悄悄的问道:"太太真个后日往皇姑寺去呀?"伊世行道:"可不是真[个]怎!是合吴太太许的幡,也是日夜催趱的完了,后日准要去哩,已差人合寺里说去了。哥有甚么分付?"陆好善道:"有事仗赖。哥来的极好,天使其便。相爷的姑表嫂子从山东来,只待往皇姑寺看看。相爷不叫他去,他恼的上了一吊。如今打发他往家去,他撒极不走,只待去走走才罢。如今见在小弟家里住着哩,哥看怎么样的带挈他进去看看,完了这件事也罢。"

伊世行想了一想,说:"这事不难。禀声太太,带他去看看就是了。"陆好善道:"他衣服又不甚么齐整,又没女人们跟随,又不知怎

---

[1] 有仇——同本作"有能",据文意酌改。

么没有鼻子，疢头怪脑的。见了太太，叫太太重了不是，轻了不是的，不好相处。"伊世行道："要不叫他混了进去，叫他不要言语。太太见了，只说他是吴府的人；吴太太见他，只说俺府里的人。谁待查考点名哩么？众人磕头可，叫他也混在里头趴下磕个头，溜在一边子去。万一查问，我在旁招架着。"陆好善道："这就极好，我就谢哥的玉成。不知明日二位太太甚么时候起身？"伊世行道："要去，明日早些往府门口卖饼折的铺子里等着，等太太轿出来，您可跟着走。脱不了吴太太是到俺府里取齐哩。"二人商议已定。

陆好善到家，对素姐道："狄奶奶不晓得这皇姑寺[1]的法度，差不多的人进不去。如今寻了个方法，可是叫狄奶奶屈尊些哩。"素姐道："你只有方法叫我进去，任凭叫我做甚么，我都依着。"陆好善道："刚才外边叫冤屈的是咱住房子的铜匠，误了定府轿环，叫伊世行打了两下子。定府徐太太合恭顺侯吴太太后日往皇姑寺挂幡，狄奶奶不嫌亵渎，混在管家娘子队里进去看看罢。却要小心才好，弄出来不当顽的！"陆好善的娘合媳妇子道："狄奶奶乍大了[2]，小不下去，必定弄出来。俺娘儿两个没奈何，陪他走一遭去。"陆好善依允。

次早起来梳妆吃饭，素姐换了北京鬏髻，借了陆好善娘子的油绿[3]素纱衫子，雇了三匹马，包了一日的钱，骑到徐国公门首卖饼折的铺内。伊世行已着了人班那里照管。等了不多一会，吴太太已

----

〔1〕 皇姑寺——同本作"黄奶寺"，据上下文校改。

〔2〕 乍大了——山东方言，娇惯得架子大了，气派大了。乍，娇惯。

〔3〕 油绿——同本作"蒲绿"。此依连图本，据李本校改。

到。又等了一会，只见徐太太合吴太太两顶福建骨花大轿，重福绢金边轿围，敞着轿帘。二位太太俱穿着天蓝实地纱通袖宫袍，雪白的雕花玉带。前边开着棕批，后边抗着大红柄洒金掌扇，跟着丫头家人媳妇并虞候管家小厮拐子头，共有七八十个，都骑马跟随。陆好善同倪奇、小再冬直等两府随从过尽，方才扶素姐合陆家婆媳上了马，搀入伙内，跟了同行。转街过巷，相去皇姑寺不远，望见：

> 朱红一派雕墙，四绕青松掩映；翠绿千层华屋，周遭紫气氤氲。狮子石镇玄门，兽面金铺绣户。禁宫阉尹，轮出司阍；光禄重臣，迭来掌膳。香烟细细，丝丝透越珠帘；花影重重，朵朵飞扬画槛。莲花座上，高擎丈六金身；贝叶[1]堂中，娇养三千粉黛。个个皆陈妙常道行，灌花调鹤，那知蚤晚参禅；人人是鱼玄机[2]行藏，斗草闻莺，罔识晨昏念佛。满身纱罗段绢包缠，镇日酒肉鸡鱼豢养。惹得环佩朝来，千乘宝车珠箔卷；轮蹄晚去，万条银烛碧纱笼。名为清净道场，真是繁华世界！

两顶大轿将到寺门，震天震地的四声喝起，本寺住持老尼率领着一伙小尼迎接。谁知那二位夫人虽是称呼太太，年纪都还在少艾之间。徐太太当中戴一尊赤金拔丝观音，右边偏戴一朵指顶大西洋珠翠叶嵌的宝花。吴太太当中戴一枝赤金拔丝丹凤，口衔四颗明珠宝结，右戴一枝映红宝石妆的绛桃。各使扇遮护前行，丫鬟仆妇，黑鸦

---

〔1〕 贝叶——古代天竺用以缮写佛经的树叶。同本作"贝薬"，据文意酌改。

〔2〕 鱼玄机——字幼微，一字蕙兰，唐代女诗人。初为李亿妾，后入长安咸宜观为女道士。因杖杀侍女绿翘事，为京兆尹温璋所杀。

鸦的跟了一阵。素姐合陆家婆媳挽在里面,就如大海洒沙一般,那里有处分别?随了两家太太登楼上阁,串殿游廊,走东过西,至南抵北,无不周历。素姐心满意足,喜不自胜。

游玩已遍,上边管待二位贵人,下边也是一般的服事。茶果水陆具陈,汤饭荤素兼备。众人上坐,素姐三人也在席中;众人举箸,素姐三人也便动口。不费半文布施,不用一分饭钱,饱看了希奇齐整的景致,享用了丰洁甘美的羹汤。这也就是素姐的一生奇遇。

吃完了斋供,二位太太换了便服,辞了佛爷,别了众位师傅,仍自上轿回府。素姐三人落在尽后,随到分路所在,撇了众人回到陆家,甚是感激陆长班的美意。

陆长班家中叫了女厨,预先置了酒席,候素姐寺里回来,要与素姐送行,好打发他明日走路。素姐赴席中间,全无起身之意,说:"明日还要到高梁桥一看,回来起身,一总重谢。"陆好善倒也素知本官的心性,倪奇也知道主人的规矩,着实撺掇他起身。谁知素姐主意拿定,不肯就行;又兼陆好善的母亲妻子帮虎吃食,狐假虎威,陪看皇姑寺,煞实有趣,也要素姐再走一遭。陆好善心知不可,但是母亲的意思还好违背,也奉了老婆的内旨,还敢不钦此钦遵?这却没有两个太太带挈,有人管待,这却要自己"乃积乃仓,乃裹糇粮"〔1〕,才好"爰方启行"。连忙打肉杀鸡,沽酒做菜,定蒸饼,买火烧,预先雇了一顶肩舆,两匹营马,以为次日游玩之用。

----

〔1〕　"乃积乃仓"二句——语出《诗经·大雅·公刘》。糇粮,干粮。

清早起来，尚未梳洗完备，只见相主事见陆好善第三日不去回话，心里着疑，差了家人宁承古来陆长班家察问。看见倪奇尚在未行，又知素姐住在陆长班家内，宁承古道："了不得！您也不要命哩！爷的法度，你们不晓的么？叫你送狄奶奶家去，叫你送到陆长班家里来了！陆好善，你忒也大胆！你通反了！分付叫你送到芦沟桥，当日还等着你回话！你是甚么人家？把爷的嫂子抬到家来，成三四日家住着！你命是盐换的么？"

宁承古一面发放，一面就走。陆好善合倪奇尽力的把宁承古再三的苦死央回，说道："老爷的法度，俺们是不晓的？狄奶奶不肯走，要看皇姑寺，说声不好去，就要交命，寻死撒泼的，这是好惹的么？如今又待往高梁桥去哩！宁管家，你是个明白人，我让到家里，还没人晓得的；要在个客店里住下，摇旗打鼓的好么？你瞒上不瞒下的，你就不为我，你可也为你同僚倪管家呀。没的俺两个合你有仇么？你回老爷话，只说：'那一日就出城去了，陆好善送去还没回来。芦沟桥有他个母舅在那面，只怕撞见了，留他住两日也是有的。'千万仗赖！我这里替管家磕头！你进去见见狄奶奶，我另有处。"

宁承古跟着陆好善进去见了素姐。没及开言，素姐说道："这是你爷见陆长班不回话，差你来查考捻我哩？可说我没出来，由的你爷；我出了你爷的门，由的我，由不得你爷了！没的你爷在京里做官，不叫京里有路行人罢？你到家替我拜上，你说我去还早哩！住半年也不止，三月也不止！没盘缠了你爷的，叫他休大扯淡！"宁承古道：

"狄奶奶,你要不是俺爷的亲戚,可是你老人家半年三个月的住着,干俺甚事?你老人家是俺爷的表嫂,却在俺爷的个长班家里住着,俺爷[1]可甚么体面,怎么见那长班呢?"

素姐骂道:"咄!臭奴才,替我快走!别寻我挦你那贼毛!我吃他一日饭,还他一日饭钱,累不着你家的腿!"陆好善道:"狄奶奶息怒。还好合管家说,仗赖[2]管家瞒过还好;要合老爷说了,小的担不起。这是狄奶奶补报小的么?宁管家,你只看俺两个薄面,好歹替俺遮盖。这是二两银子,宁管家[3]你沽一壶吃罢,你只当积了福。狄奶奶,你就收拾行李,高梁桥是往芦沟桥的顺路,你一过就看了,省的又往返五六十里路。"

陆好善再三央及宁承古,即时催了轿夫,打发素姐上了轿。素姐再三叮咛说:"务必要由高梁桥经过,不可错了路头!"陆好善与轿夫打了通儿,只从顺成张翼门[4]正路行走。抬到一座庙前,陆好善道:"住下轿,狄奶奶要进去看看哩。"素姐问说:"这就是高梁桥么?怎么不大齐整,灰头土脸的呢?"陆好善道:"狄奶奶说的甚么话!有名的高梁桥,这们齐整,还说不齐整哩!"素姐果然下了轿子,进去看了一遭。和尚送了一钟茶,素姐给了二钱香钱。出来上轿,说道:"你可不早说!没甚么好看,也不齐整。亏了是顺路,不然,这不叫

---

〔1〕　俺爷——同本作"掩爷",据上下文校改。
〔2〕　仗赖——同本作"使赖",据上文校改。
〔3〕　宁管家——同本作"寄管家",据上下文校改。
〔4〕　张翼门——即"彰义门"。

我瞎跑这遭子？"

　　不说素姐被宁承古察问一番，虽然硬着嘴强，毕竟也觉得没趣，从看了假高梁桥，一头钻在轿里，逼直的到了芦沟桥〔1〕，陆好善辞了回来；再说宁承古从陆好善家回去，得了陆好善二两银，满口替他遮瞒，说道："我到了那里，关着门，只是打不开。打了半日，陆长班的娘出来开门，问他：'陆长班在那里，这几日不往宅里去？'他娘说从前日往宅里来就没回去，'听见人说差他送甚么狄奶奶往芦沟桥去了。那里是他舅舅家，只怕留他住两日。'"相主事也就罢了，再没搜求。

　　过了几日，长班房伙你一嘴，我一舌，说："陆好善大胆，把狄奶奶留在家里住了三四日，耍皇姑寺、高梁桥，沿地里〔2〕风。宁管家去查，才荒了，再三央及宁管家别说，才打发狄奶奶走了。听的还送了〔3〕二两银子与了宁管家哩。"长班既在那里萋歊〔4〕，管家们岂有不知道的？打伙子背地里数说，拿宁承古的讹头。这宁承古若是个知进退的人，与那同僚们好讲，再劈出一半来做个东道，堵住了众人的嗓根头子，这事也就罢休。他却恶人先要做，大骂篡舌头的，血沥沥咒这管家们。既然打伙子合起气来，这些管家们的令正谁是不知道的？七嘴八舌动起老婆舌头，禀知了相主事的娘子，对着相主事

----

〔1〕 芦沟桥——同本作"芦沟板"，据上下文校改。

〔2〕 沿地里——同"遥地里"，到处。

〔3〕 送了——同本作"追了"，据文意酌改。

〔4〕 萋歊——同"嘁嚓"，小声说话；议论。

说了。

相主事大怒，当时将宁承古唤到跟前，审了口辞，说的倒也都是些实话，按倒地下，足足"才丁"〔1〕了二十大敲，发恨要将陆长班责革。相大妗子道："你也别要十分怪人。你那表嫂的性子，你难道不晓得的？他的主意定了，连公公婆婆都不认的主儿，他听倪奇合陆长班的话么？你发放他几句罢了，休要打他，也别革他。他替咱管待亲戚，有甚么不是么？"相主事说："娘不知道，他心里可恶！他这是堵我的嘴哩。"

正说话中间，传说已将陆长班叫到。相主事出到厅上，说道："我叫你送狄奶奶到芦沟桥上就来回话，没分付叫抬到你家去成三四日住着！我衙里出去个男人也使不的，别说是个女人！你这样欺心可恶！"

陆长班只是磕头，禀道："京城里一两一石米〔2〕，八分一斤肉，钱半银子一只鸡，酒是贵的。小的图是甚么，让到小的家里住着？那日从宅里出去，就只是不肯走，叫寻下处住下。小的合倪管家只略拦了一句，轿里就澌泼，拔下钗子就往嗓子里札，要交命与小的两个。倪管家说：'既狄奶奶要住下，我回家禀声爷去。'狄奶奶说：'你只〔3〕前脚去，我随后就死！'小的说：'下在客店里不便。不然，让到小的家里去，有小的寡妇娘母子可以相陪，房儿也还宽快。'住了二

〔1〕才丁——"打"字的拆写。
〔2〕一石米——同本作"一石朱"。"米"与"朱"盖因形近而讹，据文意酌改。
〔3〕只——同本作"又"，据上文校改。

日,小的撺掇着叫小的母亲媳妇儿伺候,到皇姑寺走了走。他次日又不肯起身,又待往高梁桥去,回来才走。小的说:'高梁桥是往南的正路,狄奶奶走着就看了,省的又回来往返。'正倒着沫,宁承古来到。没等宁管家开口,那一顿泼骂,骂的宁管家只干瞪眼。小的说:'宁管家,你回宅也不消对着爷学,省的爷心里不自在。你只说起身去了罢。'谁知狄奶奶这们个利害性子,好难招架呀!"

相主事道:"他临行,倪奇打发你饭钱来没?"陆好善道:"小的只打发的狄奶奶离门离户的去了,这就念佛,敢要饭钱哩?"相主事道:"你那几日也约着搅计了多少银子?"陆好善道:"敢仔也费了够五六两银子。"相主事道:"为甚么费了钱,又叫我不自在?"陆好善道:"费几两银子希罕么?只苦打发不动哩!"相主事问道:"他还说甚么来?"陆好善道:"倒没说甚么,就只问小的母亲合媳妇儿:'说是你狄爷在京里娶了童银的女儿小寄姐,买的丫头,养活了他丈母一家子,见在洪井胡同住着?'小的母亲说道:'只听的儿子说狄爷在相爷宅里居住,没听见有这话。狄奶奶休听人的言语,只怕人说的不真。'狄奶奶道:'这话是相旺回家去亲口对着我说,有不实的么?'"相主事分付陆好善起去,又说:"宁承古我已打过二十板了。"

相主事回到后边,对了父母告诉说素姐此番进京,"因小随童回去对着他泄了机关,所以叫他来作践了这们一顿。溯本穷源,别人可恕,这小随童恨人!"相大妗子道:"要果然是他泄露,这忘八羔子也就万分可恶!临起身我还再三叮咛嘱付他,叫他:'别对你狄奶奶说一个字的闲话。叫他知道一点风信都是你,合你算帐!'他还说:'狄奶奶的性子我岂不知道？我合狄大爷有么仇？'百当还合他说了，叫他来京里像风狗似的咬了一阵去了！"旁边一个丫头小红梅说道："再没别人，就是他说的。那日太太合奶奶叫他去取做的小衣裳合珠垫子，回来撇着嘴说：'罢呀怎么！每遭拿着老米饭、豆腐汤，死气百辣〔1〕的惴人〔2〕，锅里烙着韭黄羊肉合子，喷鼻子香，馋的人口水往下直傤〔3〕，他没割舍的给我一个儿尝尝！只别叫我往山东去，我要去时，没本事挑唆了狄奶奶来，叫他做一出"李奎〔4〕大闹师师府"也不算好汉！'俺还说他：'你这们争嘴，不害羞么？'他说：'君子争礼，小人争嘴。情上恼人呢！'"相大妗子道："等这馋狗头来，我合他说话！"

过了几日，狄希陈、吕祥、狄周、小选子、相旺都从河路到了张家湾，都径到了相主事家内，方知素姐已经雇了轿，差了倪奇由旱路送他回家，所以不曾与狄希陈相遇。相妗子又说素姐先到洪井胡同〔5〕，寄姐合调羹不肯相认，混混了造才，来了；又撞到当铺，又怎么待往皇姑寺，没得去，上吊澉泼。又问狄希陈道："你在家没打听出来是谁合他说的？"狄希陈望着相旺拱一拱手道："是老随炤顾我的。"相大妗子道："好，好！相旺，你自家讨分晓！你不是害你狄大

----

〔1〕　死气百辣——即"死乞白赖"，缠着人纠缠不休。
〔2〕　惴人——山东方言，强吃使肥的意思。惴，方言音 chuài，清蒲松龄《日用俗字》作"䬶"；马益《庄农日用杂字》作"踹"。
〔3〕　傤——同"淌"。
〔4〕　李奎——即《水浒传》中的黑旋风李逵。奎，"逵"的同音借字。
〔5〕　洪井胡同——同本作"洪非胡同"，据上下文校改。

爷,你明是做弄你爷的官哩!"当时留狄希陈吃饭,狄周料理着往洪井胡同送运行李。狄希陈吃完饭,辞了相栋宇夫妇家去。

这相旺争嘴学舌,相主事紧仔算计待要打他,只为他从家里才来,没好就打。一日,合一个小小厮司花夺喷壶,恼了,把个小司花打的鼻青眼肿。嚷到相主事跟前,追论前事,二罪并举,三十个板子,把腿打的劈拉着待了好几日。童奶奶后来知道,从新称羊肉,买韭菜,烙了一大些肉合子,叫了他去,管了他一个饱。他也妆呆不折本[1],案着[2]绝不作假,攘嗓了个够。

狄希陈两次来往,都不曾遇着素姐这个凶神,倒像是时来运转。但只好事不长,乐极生变。

后又不知甚么事故,且看下回衍说。

---

〔1〕 妆呆不折本——山东方言,为了眼前利益故意装傻。
〔2〕 案着——即按着,把着。形容守定而食的可咽情态。

第七十九回

希陈误认武陵源　寄姐大闹葡萄架

酒后夜归更漏改，倦眼不分明。绿云鬓髻是珍珍，乘间可相亲。　只道好花今得采，着肉手方伸。谁知是假竟非真，百口罪难分。

——右调《武陵春》

大凡世上各样的器皿，诸般的头畜，一花一草之微，或水或山之处，与人都有一定的缘法，丝毫着不得勉强，容不得人力。即如宋朝有一个邵尧夫[1]，道号康节先生，精于数学，卜筮起课，无不奇中，后来征验，就如眼见的一般。一日，这康节先生在门前闲看，恰好有他的外甥宋承庠走过，作了揖，康节让他家坐。宋承庠道："横街口骨董店内卖着一柄匕首，与他讲定了三钱银子，外甥要急去买他，且不得闲坐。"康节沉吟了一歇，说道："这匕首，其实不买也得。于你没有甚么好处，买他何干？"

宋承庠不听他母舅言语，使三钱银子买了回来，送与康节观看。

---

〔1〕　邵尧夫——邵雍，字尧夫，北宋人，谥康节，著名哲学家，相传能推知过去未来之事。

花梨木鞘,白铜事件[1],打磨的果真精致。宋承庠道:"舅舅叫我不要买他,一定是起过数[2]了。舅舅与我说知,我好隄备。"康节道:"匕首虽微,大数已定,岂能隄备? 我写在这里,你等着匕首有甚话说,你来取看。"宋承庠白话了一会,也就去了。

过了一向,宋承庠特地走来,寻着邵康节,说道:"前日买的那匕首,忽然不知去向,想是应该数尽了。"康节叫小童从书笈中寻出一幅字来,上面写道:

　　某年月日,宋某用三钱银,大小若干件,买匕首一把。某月某日某时用修左指甲,将中指割破流血;某年月日用剔水中丞[3]蝇粪,致水中丞坠地跌碎[4];某年月日将《檀弓》一本裁坏,以致补衬;某月日时用剔牙垢,割破嘴唇下片;某年月日被人盗卖与周六秀才,得钱二百文。宜子孙。

再说一个杨司徒[5]奉差回家,撞见两个回子赶了百十只肥牛,往北京汤锅里送。牛群中有个才齐口的犍牛[6],突然跑到杨司徒轿前跪着不起。杨司徒住了轿,叫过两个回子问他所以,说:"此牛

---

〔1〕 事件——什件,即装饰物。
〔2〕 起过数——起过课,算过卦。
〔3〕 水中丞——文具名,即贮水供磨墨用的水盂。宋龙大渊《古玉图谱·文房部》:"水丞,贮砚水的小盂,亦名水中丞。"
〔4〕 跌碎——同本作"趺碎"。"趺"与"跌"盖因形近而讹,据文意酌改。
〔5〕 司徒——古代官名,后用作户部尚书的别称。
〔6〕 才齐口的犍牛——牛的乳齿脱落后,生出的门齿、前臼齿与臼齿齐平叫"齐口",此时的牛正处于壮年期。犍牛,阉过的牛。

牙口尚小，且又精壮，原何把他买去做了杀才？"回子说道："此牛是阜城一个富户家大牸牛[1]生的，因他一应庄农之事俱不肯做，又会抵人，作了六两八钱银卖到他汤锅上去。"杨司徒道："看他能跑到我轿前跪下，分明是要我救他。我与你八两银，买他到我庄上去罢。"回子也便慨然依了。

杨司徒将牛交付了随从的人，夜间买草料喂养，日间牵了他随行。到了家中，发与管庄人役，叫他好生养活调理，叫他耕田布种。谁知此牛旧性一些不改，喂他的时候，他把别的牛东一头西一头抵触开去，有草有料，他独自享用。你叫他耕一陇的地，布一升的种，打一打场，或是拽拽空车，他就半步也不肯那动。打得他极了，他便照了人来头碰角抵，往往的伤人。管庄的禀知了杨司徒。

一日，杨司徒因别事出到庄上，忽然想起这个牛来，叫人把他牵到跟前。杨司徒道："你这个孽畜，如此可恶！回子买你到汤锅上去，你在我轿前央我，加上利钱赎了你来。你使我八两银子，空吃我这许多时草豆，一星活儿不肯替做，我该白养活你不成？"叫人："替我牵去，叫他做活！再如此可恶，第一次打二百鞭；再不改，三百鞭；再要不改，打五百鞭；打五百鞭不改，剥皮[2]杀吃！"

分付已完，这牛顺驯而去。那日正在打场，将他套上碌轴[3]，他也不似往时踢跳，跟了别的牛沿场行走。觅汉去禀知了杨司徒。

----

[1]　牸（bó）牛——母牛。刘师培《物名溯源续补》："牝牛亦名牸牛。"
[2]　剥皮——同本作"利皮"，据文意酌改。
[3]　碌轴——即碌碡，农村打场、脱粒用的石磙。

司徒叹道："畜类尚听人的好话，能感动他的良心，可见那不知好歹、丧了良心的人，比畜类还是不如的！"这牛从此以后，耕地他就领犅〔1〕，拉车他就当辕，打场他就领头帮。足足的做了十年好活，然后善终。司徒公子叫人把他用苇席卷而埋之。

再说天下的名山名水，与你有缘，就相隔几千百里，你就没有甚么顺便，结社合队，也去看了他来。若与你没有缘法，你就在他跟前一遭一遭的走过，不是风雨，就是晚夜；不是心忙，就是身病；千方百计，通似有甚么鬼神阻挠。所以说一饮一食，莫非前定。

观这样琐碎事情都还有缘法相凑，何况人为万物之灵。合群聚首，若没有缘法，一刻也是相聚不得的。往往有乍然相见，便就合伙不来，这不消说起，通是没有缘法的了。便就是有缘法的，那缘法尽了，往时的情义尽付东流，还要变成了仇怨。

弥子瑕与卫灵公两个，名虽叫是君臣，恩爱过于夫妇。弥子瑕吃剩的个残桃递与卫灵公吃，不说他的亵渎，说他爱君得紧，一个桃儿好吃，自己也不肯吃了，毕竟要留与君吃。国家的法度：朝廷坐的御车，任凭甚么人，但有僭分坐的，法当砍了两脚。一夜，弥子瑕在朝宿歇，半夜里知他母亲暴病，他自己的车子不在，将灵公坐的御车竟自坐到家去。法司奏知灵公，说他矫驾君车，法当刖足〔2〕。灵公说："他只为母亲有病，回看心忙，连犯法危身也是不暇顾的，真真孝子，

---

〔1〕 领犅——即领犋。拉犁耕地时，行走在垄沟中的牲畜负重最甚，居于引领的地位，因称"领犋"。犅，"犋"的俗字。

〔2〕 刖足——同本作"则足"，据文意酌改。

不可以常法论他。"后来弥子瑕有了年纪,生了胡须,尽了缘法,灵公见了他就如芒刺在背一般,恨不得一时致他死地,追论不该把残桃献君,又不应擅坐朝廷的车辆。可见君臣父子、兄弟夫妻、朋友婢仆,无一不要缘法。

却说童家寄姐从小儿与狄希陈在一处,原为情意相投,后才结了夫妇,你恩我爱,也可以称得和好。寄姐在北京妇人之中,性格也还不甚悍戾。不知怎生原故,只一见了丫头小珍珠,就是合他有世仇一样,幸得还不十分打骂。至于衣穿饮食,绝不照管,只当个臭屎相待。童奶奶见女儿不喜欢这个丫头,便也随风倒舵,不为照管;又看得这丫头明眉大眼,白净齐整,惟恐狄希陈看在眼里,扯臭淡与他女儿吃醋。调羹虽然是个好人,一个正经主人家看似眼中丁一般,旁人"添的言,添不的钱",中得甚用?

狄希陈倒甚是惜玉怜香,惟恐小珍珠食不得饱,衣不得暖,饥寒忧郁,成了疾病。但主人公多在外,少在里,那里管得这许多详细?且是惧怕寄姐疑心迁怒,不过是背地里偷伴温存,当了寄姐,任那小珍珠少饭无衣,寒餐冷宿,口也是不敢开的。寄姐与狄希陈两个也算极其恩爱的,只为这个丫头,狄希陈心里时时暗恼,几次要发脱了他,又怕寄姐说是赌气,只得忍气吞声。寄姐又为这个丫头,时刻不肯放松,开口就带着刺,只说狄希陈背后合他有帐,骂淫妇长,就带着忘八的短;忘忘八臭,必定也就说淫妇的脏。

北京近边的地方,天气比南方倍加寒冷。十月将尽,也就是别处的数九天寒,一家大小人口,没有一个不穿了棉袄棉裤,还都在那煤炉热炕的所在。惟独小珍珠一人连夹袄也没有一领，两个半新不旧的布衫，一条将破未破的单裤。幸得他不像别的偎侬〔1〕孩子，冻得缩头抹瞎的。狄希陈看不上眼，合童奶奶说道："天也极冷了，小珍珠还没有棉衣裳哩。"童奶奶道："我也看拉不上，冻的赤赤哈哈〔2〕的。合寄姐说了几次，他又不雌不雄。"

正说着，恰好寄姐走到跟前。童奶奶道："你看寻点子棉衣裳，叫这孩子穿上。刚才他姑爷说来。"寄姐道："一家子说，只多我穿着个袄，我要把我这袄脱了，就百〔3〕没话说的了！"走进房去，把自家一件鹦哥绿潞绸棉袄，一件油绿绫机背心，一条紫绫棉裤，都一齐脱将下来，提溜到狄希陈跟前，说道："这是我的，脱下来了，你给他穿去！"唬的狄希陈面如土色，失了人形。倒亏童奶奶说道："你与他棉衣也只在你，你不与他也只在你，谁管你做甚么？你就这们等！"

寄姐道："我没为怎么，我实不害冷。这一会子家里实是没有甚么，有指布呀，有斤棉花呢？你就有布有棉花的，这一时间也做不出来。我要不脱下来叫他穿上，冻着他心上人，我穿着也不安！赌不信，要是我没绵衣裳，他待中就推看不见了！"狄希陈道："你别要这们刁骂人。休说是咱的一个丫头，就是一个合咱不相干的人，见他这

---

〔1〕 偎侬——本意指窝囊、无能、没出息。这里指因病或体格单弱而嘘寒怕冷、肢体不得舒展的样子。

〔2〕 赤赤哈哈——后文也作"嗤嗤哈哈"。人受冻发抖时不由自主地吸气呼气的声音。山东方言因指人冻得不堪的样子。

〔3〕 百——凡百的，等于说一切都、什么都。"的"字在方言中语音脱落。

十一月的天气还穿着两个单布衫,咱心里也动个不忍的念头。没的我合他有甚么皮缠纸裹的帐么? 你开口只拴缚着人?"

寄姐道:"你说他没有棉衣裳,我流水的脱下棉袄棉裤来,双手递到你跟前,叫你给他穿去。我也只好这们着罢了,你还待叫我怎么!"朝着小珍珠跪倒在地,连忙磕头,口里说道:"珍姐姐! 珍姑娘! 珍奶奶! 珍太太! 小寄姐不识高低,没替珍太太做出棉袄棉裤,自家就先周札上了,我的不是! 珍太太! 狄太爷! 可怜不见的饶了我,不似数落贼的一般罢! 你家里放着一个又标致,又齐整,又明眉大眼,又高梁鼻相的个正头妻,这里又有一个描不成画不就的个小娘子,狗揽三堆屎,你又寻将我来是待怎! 你不如趁早休了我去,我趁着这年小还有人寻,你守着那前世今生的娘可过!"

童奶奶吆喝道:"别这等没要紧的拌嘴拌舌,夫妻们伤了和气! 我还有个旧主腰子,且叫他穿着,另买了布来,慢慢的与他另做不迟。"寄姐道:"我不依他穿人的旧主腰子! 我也不依另做! 只是叫他穿我的棉裤棉袄! 只这一弄衣裳,叫我穿,他就不消穿! 叫他穿,我就不消穿! 没有再做的理! 这十冬腊月,上下没绺丝儿的不知够多少哩! 似这有两个布衫的,冻不杀! 不劳你闲操心!"

两口子你一句,我一句,合了一场好气。往时虽也常常反目,还不已甚;自此之后,寄姐便也改了心性,减了恩情,但是寻趁小珍珠,必定要连带着狄希陈骂成一块。白日里发起性来,狄希陈也还有处躲避;只是睡在一头,往往澈刁闲嘴,狄希陈便无处逃躲,每每被寄姐把个身上抓的一道一道的血口。

十月已过，渐次到了冬至，小珍珠依旧还是两个布衫，一条单裤，害冷躲在厨房。寄姐又碎嘴碎舌的毒骂。狄希陈看了小珍珠这个寒鸡模样，本等也是不忍，又兼有实实的几分疼爱，心如刀割一般。心生一计，差了小选子悄悄的把小珍珠的母亲叫了他来，狄希陈要与他说话。

再说小珍珠的老子姓韩名芦，是东城兵马司的挂搭皂隶。母亲戴氏，是个女篦头的，有几分夏姬的颜色，又有几分卫灵公夫人的行止。韩芦侵使了兵马的纸赎银子，追比得紧，只得卖了女儿赔补。小选子寻着了戴氏，见了狄希陈，说了些闲话。狄希陈与他说道："你的女儿不知因甚缘故，只与他主母没有缘法。虽也不曾打他，但是如今这等严寒，还不与他棉裤棉袄。我略说说，便就合我合气。你可别说是我叫你，你只说是你自己来，看见他没有棉衣，你可慢慢的说几句。我悄地与你银子，做了棉衣送来，只说是你自家做的。"

戴氏领略了言语，狄希陈与了他二两银子，故意躲过别处，不在家中。戴氏将银子买了一盒香芋，一盒荸荠，前来看望，见了寄姐合童奶奶、调羹人等。小珍珠从厨房出来，缩着脖子，端着肩膀，紧紧的抄着胳膊，冻的个脸紫紫的，眼里吊泪。戴氏道："你怎么来，这们个腔儿？为甚么不穿棉袄棉裤？是妆俏哩么？"小珍珠不曾言语。童奶奶道："这向穷忙的不知是甚，空买了棉花合布，日常没点功夫替他做出来，他自己又动不的手。"戴氏道："既是有了棉花合布，这做是不难的，我破二日工夫，拿到家里，与他做了送来罢。"寄姐道：

"哄你哩！也没棉花，也没有布！我处心〔1〕不与他棉裤棉袄的穿。叫他冻冻，我心里喜欢！"戴氏道："好奶奶，说的是甚么话！因为家里穷，怕冻饿着孩子，一来娘老子使银子，二来叫孩子图饱暖。要是这数九的天还穿着个单布衫子、破单裤〔2〕，叫他在家受罪，又投托大人家待怎么？孩子做下甚么不是，管教是管教，要冻出孩子病来，我已是割吊了的肉，奶奶，你不疼自家的钱么？"寄姐道："你说的正是！我不疼钱，你倒疼割吊的肉么！"寄姐说着，伴长进屋里去了。

童奶奶收拾的酒饭让戴氏吃，戴氏道："看着孩子受罪的一般，甚么是吃得下的？我不吃这酒饭，我流水家去，看他老子别处操兑弄点子袄来，且叫这孩子穿着再挨！"童奶奶把他那空盒子回了他一盒白老米，一盒腌菜，又与了他六十文成化钱，戴氏也一点儿没收，拿着空盒子，丧着脸，撅着嘴去了。

戴氏到了家，把银子交与韩芦，走到故衣铺内，用四钱五分银买了一件明青布夹袄，三钱二分银买了一条绰蓝布夹裤，四钱八分银称了三斤棉花，四钱五分银买了一匹油绿梭布，四钱八分银买了一匹平机白布，做了一件主腰，一件背搭〔3〕，夹袄夹裤从新拆洗，絮了棉套。制做停当，使包袱包着，戴氏自己挟了来到狄希陈下处，叫小珍珠从头穿着。

----

〔1〕 处心——故意地。
〔2〕 破单裤——同本作"被单袴"。袴，同"裤"。"破"与"被"盖因形近而讹，据文意酌改。
〔3〕 背搭——即背褡，背心，马甲。

童奶奶合调羹看了这一弄衣服,约也费银二两有馀,岂是一个穷皂隶家拿得出来的,也都明白晓得是狄希陈的手脚。但愿瞒得过寄姐,便也罢了。但寄姐这个狐狸精,透风就过,是叫人哄骗得的?寄姐冷笑了一回,说道:"好方便人家!不费措处,容易拿出这们些衣裳来!既是拿出这许多衣裳来的人家,就不该又卖了女儿。叫人信不及!这哄吃屎的孩子哄不过,来哄我老人家!你捣的是那里鬼儿?"

戴氏扯脖子带脸通红的说道:"混话的!买了人家孩子来,数九的天不与棉衣裳穿,我看拉不上,努筋拔力[1]的替他做了衣裳,不自家讨愧,还说长道短的哩!我破着这个丫头,叫他活也在你,叫他死也在你!你只叫他有口气儿,我百没话说;要是折堕杀了,察院没开着门么?朝里没悬着鼓么?我自然也有话讲!我卖出的孩子,难说叫我管衣裳!这衣裳通共使了二两四五钱银子,说不得要照着数儿还我!要不给我,咱到街上与人讲讲!"寄姐的性气,岂是叫人数落发作的人?你言我语,彼此相强。童奶奶合调羹做刚做柔的解劝,叫戴氏且去,说:"俺家的丫头,自然没有叫你管衣裳的理。等狄爷回来,叫他炤数还你的银子。"戴氏也便将错就错的去了。

狄希陈后晌回来,寄姐合他嚷骂碰头,说道:"你待替你娘做甚么龙袍凤袄,我又没曾拦你,为甚么弄神弄鬼,做了衣裳叫淫妇的妈拿了来,骂我这们一顿!我知道你这囚牢忘八合小淫妇蹄子有了帐,

----

[1] 努筋拔力——十分用力费劲。

待气杀我哩！狠强人！眼里有疔疮，拿着我放不在心上！我把小蹄
子的臭屄使热火箸通的穿了，再使麻线缝着！我叫这杂意杂情的忘
八死心塌地没的指望！"屈的狄希陈指天画地，血沥沥的赌咒，又要
把珍珠的棉袄衣裳剥脱下来。

　　调羹是他降怕了的，不敢言语。还是童奶奶说道："罢么姑娘！
你年小不知好歹，这北京城里无故的折堕杀了丫头，是当顽的哩！你
没见他妈是个刁头老婆么？"寄姐道："没帐！活打杀了小蹄子淫妇，
我替他偿命，累不杀您旁人的腿事！"童奶奶道："累不杀旁人腿事，
你替人偿命，他狄姑夫少了个娘子，我没了闺女，怎么不干俺事呀？"
寄姐道："罢么！不劳你扯淡！普天地〔1〕下，我没见丈母替女婿争
风的！"童奶奶骂道："没的家小妇臭声！看拉不上，我倒好意的说
说，惹出你这们臭屁来了！我就洗着眼儿看你，你只别要倒明日裂着
大口的叫妈妈！你还不知道京城的利害哩！"调羹再三劝解，方才大
家歇了嘴，不曾言语。

　　从此寄姐与小珍珠倍加做对，没事骂三场，半饥六饿，不与饱饭，
时时刻刻防闲狄希陈合他有帐。若论狄希陈的心里，见了小珍珠这
个风流俊俏的模样，就是无双小姐说王仙客〔2〕的一般："恁般折挫，
丰韵未全消。"却也实安着一点苟且之心。只是寄姐这般防备，如此

〔1〕　地——"底"的借字。
〔2〕　无双小姐说王仙客——唐刘无双与表兄王仙客相爱事，参见第四十三回"押
　　　衙道士茅山药"注。至明代，陆采曾撰戏曲《明珠记》演其事。

寻衅,总有此心,也不过"赖象嘿〔1〕瓜子——眼饱肚中饥",却从那里下手? 所以恃着没有实事,便敢嘴硬,指着肉身子说誓。只是寄姐不肯信他。

一日,三月十六,相栋宇的生日,狄希陈庆寿赴席。寄姐料得且不能早回,等到起更以后,等别人都睡了觉,寄姐炤依小珍珠梳了一个髽髻,带着坠子,换了一件毛青布衫,等得狄希陈外面敲门,寄姐走到厨房门槛上,背着月亮,低着头坐着门槛打盹。

狄希陈走到跟前,看见穿着青,打着髽髻,只道当真就是珍珠,悄悄的蹲将倒去,脸对着脸偎了一偎,一边问道:"娘睡了不曾?"一边将手伸在怀内摸他的奶头,又往裤腰里伸下手去摸了一摸,说道:"了不的! 你叫谁弄的这们稀烂,又长了这们些毛?"寄姐咄的一声,口里说道:"我叫小陈哥弄的稀烂来! 贼瞎眼的臭忘八,你可赖不去了! 你每日说那昧心誓,你再说个誓么!"拉着狄希陈的道袍袖子,使手在狄希陈脸上东一巴掌〔2〕,西一巴掌,打的个狄希陈没有地缝可钻。

寄姐手里打着,口里叫骂,惊动了童奶奶、小调羹,都从新穿上衣裳,起来解劝。寄姐告诉着数说,童奶奶笑道:"你可也忒刁钻! 但是听他姑夫的口气,还像似没帐的一般。半夜三更,你只管打他待怎么?"再三拉巴着,寄姐才放了手没打。

----

〔1〕 嘿——"嗑"的借字。
〔2〕 巴掌——同本作"把掌",据下文校改。

及至狄希陈进了房，睡倒觉，寄姐仍把狄希陈蒯脊梁，挝胸膛，纽大腿里子[1]，使针札胳膊，口咬奶膀，诸般刑罚，舞旋[2]了一夜。把小珍珠锁在尽后边一间空房之内，每日只递与他两碗稀饭，屎屎都在房里痾[3]溺，作贱的三分似人，七分似鬼。把狄希陈的阳物，每日将自己戴的一根寿字簪子当了图书，用墨抹了，印在阳物头上。每日清早使印，临晚睡觉，仔细验明，不致磨擦，方才安静无事；如磨擦吊了，必定非刑拷打。渐渐的把个寄姐性格变成了个素姐的行藏。狄希陈受了苦恼，也就不减在素姐手里一般。

调羹心中不忍，对童奶奶道："俺大哥家中田连阡陌，米麦盈仓，广厦高堂，呼奴使婢，那样的日子都舍吊了不顾，抛家弃业，离乡背井，来到这里住着，无非只是受不得家里的苦楚，所以另寻了咱家的姐姐，图过自在日子。如今又像家里一般朝打暮骂，叫他一日十二个时辰没一个时辰的自在。汉子们的心肠，你留恋着还怕他有走滚哩，再这们逼拷他，只怕他着了极。"童奶奶倒也说调羹的言语为是，背地里劝那女儿。寄姐回道："似这们杂情的汉子，有不如无！我这们花朵似的个人，愁没有汉子要？我还要打发他乡里住去哩！"果然就与狄希陈日夜缠帐，把个狄希陈缠得日减夜消，缩腮尖嘴，看看不似人形。

谁知狄希陈五行有救，寄姐经信两月不行，头晕恶心，口干舌涩，

---

〔1〕　纽大腿里子——大腿里子，即大腿内侧。纽，同"扭"，拧。

〔2〕　舞旋——后文亦作"伍旋"。折腾；摆弄。

〔3〕　痾——同"屙"。

眼困神疲,手酸脚软,怕明喜暗,好睡懒行。望见大米干饭,腌菜汤,水煎肉,穿炒鸡,白面饼,枣儿,栗子,核桃,好酒,就是他的性命;见了小米粥,素菜,黑面饼,粗茶淡饭,就是他的仇人。又想吃甜酸的果品,狄希陈寻到刑部街上,买了蜜梅奉敬。听见人说四川出的蜜唧[1],福建的蝌蚪汤,平阴的全蝎,湖广的蕲蛇,霍山的竹狸,苏州的河豚,大同的黄鼠,固始的鹅,莱阳的鸡,天津的螃蟹,高邮的鸭蛋,云南的象鼻子,交趾的狮子腿,宝鸡县的凤肉,登州的孩儿鱼,无般不想着吃。狄希陈去寻这些东西,跑的披头散发,投奔无门,寻得来便是造化,寻不着就是遭瘟。虽是也甚琐碎,却也把狄希陈放松了一步。

童奶奶合调羹因寄姐害病,出不得房门,瞒了他把小珍珠开了锁,照常吃饭穿衣,收在童奶奶房里宿歇。不惟小珍珠感激,狄希陈也甚是顶戴。但只时光易过,寄姐这活病不久就要好来。

不知小珍珠后来若何结果,再看后回接说。

评曰:希陈与素姐、寄姐与小珍珠,冤家聚头,合当如此。但世人不是冤家的,也常如素姐之打希陈、寄姐之打小珍,与希陈一样,何也?总之男子汉着了"畏"、"爱"二字,此等魔君自然作怪,往往而然。作者托言前世冤家,为世人开一遮掩之径耳。可怜,可怜!

---

[1] 蜜唧——亦作"蜜蝍",以蜜饲的初生鼠。唐张鷟《朝野佥载》卷二:"岭南獠民好为蜜蝍,即鼠胎未瞬,通身赤蠕者,饲之以蜜,钉之筵上,嘬嘬而行,以箸挟取啖之,唧唧作声,故曰'蜜蝍'。"

第八十回

童寄姐报冤前世　小珍珠偿命今生

前生作孽易,今生受罪难。携灯如影不离般。如要分明因果,廿年间〔1〕。　　主母非真相,丫头是假缘。冤家凑合岂容宽?直教丝毫不爽〔2〕,也投缳。

——右调《南柯子》

却说寄姐害了这个活病,只喜吃嘴,再出不得门,足足的到了十个月,生了一个白胖的小厮,方才病能脱体。满月出房,知道童奶奶放了珍珠,不惟与狄希陈合气,合小珍珠为仇,且更与母亲童奶奶絮叨。把个小珍珠琐碎的只愿寻死,不望求活;只待吐屎,不愿吃饭。

一日,寄姐合调羹闲话,说起小珍珠来。调羹说道:"你的心性算是极好。就是这丫头身上,你不过是口里的寻衅,你也从无开手打他,这也是人家难有的事,但是把人致的疲〔3〕了。丫头有甚么不

---

〔1〕 廿年间——同本作"甘年间",据文意酌改。
〔2〕 丝毫不爽——同本作"丝毛不爽",据文意酌改。
〔3〕 疲——同"皮"。山东方言,因经历的次数多而习以为常。

是,你倒是量着他的罪过,打他几下子就丢开手,照常的支使他。你却赌气的又不指使,又不打他,你只骂骂刮刮,显的是你琐碎;顿断他的衣食,又显的是你不是。你可听我的言语,以后别要这等。况且丫头也不敢在你身上大胆。我看他见了你,合小鬼见了阎王的一般。"

寄姐道:"这事真也古怪!我那一日见了他,其实他又没有甚么不是,我不知怎么,见了他我那气不知从那里来,通像合我有几世的冤仇一般。听见说给他衣裳穿,给他饭吃,我就生气;见他冻饿着,我才喜欢。几遭家发了恨待要打他,到了跟前,只是怕见动手。我想来,必定前世里合他有甚么仇隙。每次过后,也知道自己追悔;到了其间,通身飚不得我。合他为冤计仇,通似神差鬼使的一样。就是他主人家,俺从小儿在一堆,偏他说句话,我只是中听;见他个影儿,我喜他标致。人嫌他汗气,我闻的是香;人说他乜斜[1],我说是温柔。要不是心意相投的,我嫁他么?如今也不知怎么,他只开口,我只嫌说的不中听;他只来到跟前,我就嫌他可厌。他就带着香袋子,我闻的就合躐了屎的一样。来到那涎眼的,恨不得打他一顿巴掌。"调羹道:"既是自己知道这们等的,就要改了。这改常是不好,就是没了缘法,也不是好。"

寄姐正好好的合调羹说话,怀里奶着孩子,小珍珠端着一铜盆水,不端不正走到面前。猛然见了寄姐,打了个寒噤,身子酥了一酥,两只手软了一软,连盆带水吊在地下,把寄姐的膝裤、高底鞋、裙子着

---

[1] 乜斜——带着色相,不正经。乜,同"斜"。

水弄的精湿,铜盆豁浪的一声,把个孩子唬的吐了奶,跳了一跳,半日哭不出来。寄姐那副好脸当时不知收在何处,那一副急性狠心取出来甚是快当,叫喊道:"不好! 唬杀孩子了! 又不是你们的妈,又不是你们的奶奶,我好好的锁他在房,三茶六饭供养他罢了,趁着我害病,大家献浅请他出来,叫他使低心,用毒计,唬杀孩子,愁我不死么!"

一只手把珍珠拉着,依旧送在后边空房之内,将门带上,使了吊[1]扣了,回来取了一把铁锁锁住,自己监了厨房,革了饭食。调羹、童奶奶得空偷把两碗饭送进与他。若关得紧,便就好几日没有饭吃。童奶奶合调羹明白知道小珍珠不能逃命,只是不敢在他手里说分上。

一日将午的时候,寄姐不在面前,童奶奶袖了几个杠子火烧[2],要从窗缝送进与他。唤了几声不见答应,童奶奶着了忙,走到前头说道:"姑娘,拿钥匙来给我! 丫头像有话说了[3],我们看看去!"寄姐道:"话说不话说,我怕他么!"童奶奶自己走进房去,用强取了钥匙,同着调羹开了锁,门里边是闩的,再推不开。二人将门掇下,弄开了闩关[4]。这小珍珠用自己的裹脚宁成绳子,在门背后上程[5]上吊挂身死。摸他身上如水冰般冷,手脚挺硬。童奶奶只叫:

---

[1] 了吊——山东方言,又称"带挂儿",一种从外面关闭房门的金属扣具。
[2] 杠子火烧——也叫"杠子头火烧"。一种烤制的硬面面食。因制作时用杠子反复用力压制,故称。
[3] 有话说了——发生意外的婉转说法。
[4] 闩关——同本作"闩开"。此依连图本,据李本校改。
[5] 上程——山东方言,即门上程,门框上端的横木。

"罢了！这小奶奶可弄下事来！却怎样的处?"童奶奶合调羹慌做一团,寄姐佯然不保[1]。

　　童奶奶差了小选子,跑到兵部洼当铺里叫了狄希陈回家。狄希陈知是珍珠吊死,忙了手脚,计无所出,只是走投没路。寄姐喝道:"没算计的忘八！空顶着一顶屎巾子,有点知量[2]么！这吊杀丫头也是人间常事,唬答得[3]这们等的！拿领席来卷上,铺里叫两个花子来拉巴出去就是了,不消摇旗打鼓的!"

　　狄希陈道:"你说也是呀。只怕他娘老子说话,可怎么处?"寄姐道:"咱又没打杀他的人,脱不是[4]害病死的[5],给他二两银子烧痛钱丢开手。他要兴词告状,你可再合他相大爷商议。再不,把这两间房[6]卖了,另般到背净去处住着,他还没处寻咱哩!"

　　狄希陈道:"你主的都也不差。但这们个大丫头死了,使领席卷着,从咱这门里抬出去,街坊上看着也不好意思的。万一后来他娘老子知道,也疼忍不过。咱那里没丢了钱?使几钱银买个薄皮材与他装罢么。"寄姐道:"凭你几百两要买沙板合材,我也不管!"狄希陈听见这话,就打倒褪[7]。童奶奶合调羹齐声说道:"席卷不成模样,还

　　〔1〕 保——"睬"的俗字。
　　〔2〕 知量——智谋,打算。知,同"智"。
　　〔3〕 唬答得——山东方言,唬得。答,动词后缀。
　　〔4〕 脱不是——山东方言,脱不了是,不过是。"了"在方言中语音脱落。
　　〔5〕 害病死的——同本作"害痛死的",据文意酌改。
　　〔6〕 两间房——同本作"两开房",据文意酌改。
　　〔7〕 打倒褪——山东方言,向后退缩。褪,同"退"。

得使二两银子买个材来装他装好看。"从当铺里叫了狄周回来，拿着银子走到棺材铺里，使了二两七钱银买了一口松板棺材，雇了四个人扛了回家。

一个间壁紧邻——留守后卫当军的刘振白，从来妒人有，笑人无，街坊邻人没有一个是应上他心的。邪着一个眼，黑麻着一个脸弹子，尖嘴薄舌的说人长短，纂人是非，挑唆人合气。狄周买了材来，可可的这个低物站在门口称豆芽菜。看见这件东西，问狄周道："你家买这个东西，是那个用的？"狄周回说："一个丫头害病死了，要发送他出去。"刘振白又问道："这丫头是山东带来的么？"狄周道："就是这京里人。"刘振白道："丫头既死，该与他父母说知，省得后来说话，带累街坊不便。"狄周道："这丫头没有父母的。"刘振白："害的是甚么病？医人是谁？曾有人调治他不曾？"狄周道："害的是干血劳。吃汪太医药，只是不效，必竟医治不好，死了。"

刘振白道："那时曾见韩芦的老婆拿着两个盒子，就是来看他女儿，不就是这个丫头么？"狄周沉吟了一会，方才说道："韩芦的女儿，他已是赎回家去。这死的另是一个，不是韩芦女儿。"狄周一边说着，一边也就进家去了。

从来说道："若要人不知，除非己不为。"狄周虽是极力的支调，怎能瞒得住人？刘振白又绰号叫做"钻天"，岂是依你哄的？细微曲折，都被他打听明白。心生一计，走到狄希陈门里，唤出狄周来与他说道："我有一事央你，仗赖你在狄大爷面前与我好生玉成。有几张极便宜米票，得银十两，就可买他到手，下月领米，可有五六两便宜。

望狄大爷借用一时〔1〕，下月领出米来，狄大爷除了十两本钱，多馀的利息我与狄大爷平分。"狄周道："论街坊情分，休说十两，若有时，就是二十两何妨？但一时手内无钱，目下起复〔2〕，就该选官，手里空乏，一个钱也没有。可可的造化低，把个丫头又死了！调理取药，买材雇人，请阴阳洒扫，都是拿衣服首饰当的。"

刘振白道："你进去替我说声。万一狄大爷合我相厚，借给我也未可知的。"狄周道："说是我没有不说的。但有钱没钱，我是知道的。"刘振白道："你别管有无，你合狄大爷说，借十两银子给我，好多着哩，便宜的不可言。没有零碎的，把收住的整封动十两也罢；再不，把当铺里撺的利钱动十两给我也可；一半银子一半钱也罢；就光是钱也好。你圆成出来，我重谢你。"狄周道："你请厅房坐着，待我说去。若有，你也不消谢我；没时，你也别要抱怨。"刘振白道："你说去，情管有。我拇量着不好回我的。"狄周进去，将刘振白的来意言语一一说了。

狄希陈正是心焦的时候，那里想到别处的事情？说道："混帐！没要紧！我认得他是谁？问我借银子！你说与他，你说自家正少银子使〔3〕，没处借哩！"狄周就待回话。童奶奶道："你且住。这人的来意不好。这不是借银子，这是来拿讹头，要诈几两银子的意思。你要不与他，他就有话说了。"狄希陈听说，挣挣的还没言语，寄姐道：

---

〔1〕 借用一时——同本作"借川一时"。"用"与"川"盖因形近而讹，据文意酌改。

〔2〕 起复——指服父母之丧期满之后出来做官。

〔3〕 自家正少银子使——同本作"日家止少银子使"，据文意酌改。

"我打杀人了？来拿讹头！我不怕他！舅舅是锦衣卫校尉,姑表小叔儿见做着工部主事,我怕他么！随他怎么着我,我不怕！你说与他去！"调羹道:"狄周,你合他休这们说,你只好好回他。你说:'一个紧邻,要有时,极该借的;一时手里无钱,你千万的休怪。'"

狄周依着调羹的言语,又加上了些委曲,回了刘振白的话。刘振白冷笑了一声,说道:"天下的事,料不定哩！我说再没有不借与我的,谁想就不借给我哩！管家,你再进去说声,没有十两,就是八两何如？再没有,六两五两何如？有时,你送给我去。我也再不好上门来了。"伴长抽身出去。

狄周回了话。狄希陈也没着在意里,且忙着小珍珠入殓。钉了材盖,雇了四个人,两条穿心杠子,叫他抬出彰义门外义冢内葬埋。狄周跟着棺材,抬出大门,刘振白在前拦阻,说道:"你这抬材的花子,你得了他几个钱,往枯井里跳？这是兵马司韩皂隶的女儿,他妈妈是个女待诏,专一替大老爷家太太奶奶篦头修脚,搂腰收生。活活的打杀了,不叫他娘老子知道,偷抬出去埋了！叫他告起状来,你这四个花子躲在一边去了,可拿着俺紧邻受累！你还快快的把这材来抬进去,待他娘老子没有话说,再抬出来埋也不迟！"那花子见他这等说得利害,沉沉的把口棺材歇下肩,放在大门外面。

刘振白道:"这凶器也不是放在当街上的。城上察院爷早晚这是必由之路,看见时,狄大爷也不便。还抬到里头去放着。"狄周道:"这是甚么东西？抬出来了,又好抬进去的？"狄希陈悄悄的合狄周说道:"刚才姥姥倒也说来,他果然是拿讹头。你合他说,咱与他十两银子罢。"

狄周把刘振白拉到没人的所在,合他说道:"'远亲不如近邻。'你倒凡百事肯遮庇,倒出头的说话?刚才借银,实是没有,不是不借你。如今转向别人借十两银子给你,仗赖你把这件事完全出去。后来他娘老子有甚话说,也还要仗赖你哩。"刘振白道:"我不是为不借银子。借与我是情,不借与我是本分。要为这个,就成了嫌疑,通是个小人,还算得是君子么?狗也不是人养的了!亏了你也没借给我。谁知十两不勾,还得二十两哩!我还有个小德行,这二十两银子也还有人借给,不劳狄大爷费心!"狄周道:"二十两也是小事,都在我。你只玉成了俺的事,银子不打紧,我就合主人家说去。"刘振白道:"你早肯替我说说好来,只迟了点子!"

狄周将刘振白十两不肯,变脸要二十两的话说了一遍。狄希陈道:"咱说的么?既是惹下祸了,只得拿了银子受苦,我到家称给他去。"狄希陈到家称银,寄姐见白豁豁的五两四锭,问是那里用的。狄希陈将刘振白拦住材不叫走,十两不依又加十两的事对寄姐说了。寄姐不听便罢,听了遏不住的怒气,跑到大门上嚷道:"'天有不测风云,人有旦夕祸福。'人家的丫头害病死了,拿讹头诈人家银子!贼没廉耻的强人,他叫走,罢;不叫走,狄周,你替我请了舅爷来!见做着锦衣卫校尉,专缉访拿讹头的!一个亲外甥叫人成几十两诈了银子去,再怎么见人?再到相大爷那里叫几个长班来合他说话!"刘振白句句听知。

狄希陈将银子递与狄周,叫他瞒了寄姐交与刘振白。刘振白道:

"刚才二十两倒也勾了,如今又添上锦衣卫校尉合工部的长班,使用还得二十两,通共得四十两才勾哩!"一边走着,自对那花子说道:"你好生这里守着! 你要把材那动一步儿,你这四个人死也没处死哩! 狄管家事忙不得去,我去替狄管家请几个锦衣卫真正缉事的校尉来!"说着往东去了。

狄希陈忙叫狄周将刘振白赶上,再三央他回来,许他三十两银。刘振白道:"四十两不多,趁早些儿好;要再待会子再打出甚么又来,又添的多了,疼的慌!"狄希陈道:"银子是人挣的,你休叫家里知道,跑到当铺里再取二十两来,狠一下子给了罢。"

狄周跑到当铺取了二十两银子,连家里的共是四十两,密密的交付。刘振白收了,说道:"狄大爷,你休要害怕,这银子我必定还你,实不是骗你的。花子们,抬着快走! 我仔细查来,实是害病死的,没有别的违碍,埋葬了,由他。有人说话,有我老刘哩!"花子道:"你老人家头里说的这们利害,俺每人得了他二钱银子的钱,俺担得起这利害么? 俺去再问声铺里总甲来不迟。"刘振白道:"问什么总甲地方的? 快抬着走! 我主着,每人再给你三钱银子,凑着五钱数儿,便宜你们!"花子道:"成不得。这事要犯了,察院里板子不是顽的! 二十板送了命,五钱银子还勾不得买卷[1]哩!"花子再三勒掯,刘振白又着实的说合,四个花子[2]足足的共诈到八

---

〔1〕　买卷——穷人死后没钱买棺材,买领席子或箔卷了代棺,叫做"买卷"。
〔2〕　花子——同本作"化子",据上文校改。

两文银。那先的八钱铜钱不算，分外加了酒饭，方才将材抬出城去葬了。

回来，叫阴阳生正在洒扫，却说韩芦两口子不知那里打听得知，领着叔叔大爷、姑娘妗子奔到狄希陈家，磕头打滚，撒泼骂人。戴氏拉着寄姐拾头拫脸，淫妇摇拉的臭骂，拿着黄烘烘的人屎，洒了寄姐一头一脸。童奶奶合调羹躲在房里，使桌子顶了门。狄希陈躲在街上，央了刘振白进去解劝。

韩芦的男妇正待打门窗，砸家伙，抢东西，刘振白吆喝道："了不的！那里这们红头发野人，敢在京城里撒野！亏你是兵马司皂隶，还不知道法度！有理的事，你讲；要讲不来，放着衙门你告！那里放着你打抢？我的儿子是这铺的总甲，没在家里；要是儿子在时，拿你吊在铺里！察院恼的是打抢，你还不住了手哩！"韩芦一干男妇方才束住不敢动手，扯着刘振白手，告诉小寄姐折堕他的女儿："冬天不与棉衣，每日不与饭吃，锁在空房。如今活活打死，将尸首都不见了！"一边哭，一边说，实也惨人。

刘振白道："你说的或者也是实话。但俺当着总甲，又是紧邻，俺实实不知怎么样折堕。你就到官，脱不得了也只问俺紧邻，俺也只从公实说。就是打杀也罢，折堕杀也罢，主人家有偿命的理么？我对别人说不信，你在兵马司里这事也见得多，有偿命的没有？你听我说，上道来讲，中间无人事不成。依着我说，叫他给你些甚么儿，忍了疼丢开手。这事又告不出甚么来，你又是官身，旷上几日役儿，官儿不自在，你又少撰了钱。吃烧饼还要赔涎沫，你合人打官司,就不使个钱儿? 老韩,你公母两个想我的话说的是也不是?"

韩芦道:"你老人家说的也是。依你可怎么讲?"刘振白道:"我主着,叫狄大爷给你两口儿十两银,这分外的人,每人五钱。你心下如何?"韩芦还没得开口,戴氏跳着哭道:"与我一百两,一千两,我也不依! 我一个欢龙活虎花枝似的个女儿,生生的打杀了,给我几两银子罢! 死过去,也没脸见我的女儿! 没志气的忘八,你就快别要应承! 你要没本事替女儿报仇,我舍着命,合这蹄子小妇拼了命!"韩芦道:"女儿叫人打死了,没的我不痛么? 可也要人讲。我看这位老爷子也是年高有德的人,你两句浊语丧〔1〕的去了,你就撞倒南墙罢!"戴氏道:"贼忘八! 你就请讲! 你就拿着女儿卖钱使,我连你都告上!"又照着韩芦的胸膛拾头。韩芦妆着相打的模样,悄地里把戴氏胳膊上捥了一下,戴氏省了腔〔2〕,渐渐的退下神去。

韩芦道:"这位爷高姓?"刘振白道:"我姓刘。"韩芦道:"刘老爷好意,看讲的来讲不来,咱各自散了,干正经营生去。"刘振白道:"你家奶奶子这们等性气,咱可怎么讲?"韩芦道:"这到不理他。咱是男子人,倒叫老婆拘管着,还成个汉子么?"戴氏道:"汉子! 女儿是汉子生的么? 你只前手接了银子,我后手告着你!"韩芦道:"有我做着

---

〔1〕 丧——山东方言,堵;噎。
〔2〕 省了腔——会了意思,懂了窍。

主儿,那怕你告一千张状,还拶出你的尿来哩!"

那跟的一个韩辉是韩芦的叔伯兄弟,一个应士前是韩芦娘舅,一个应向才是韩芦的表弟,应士前的儿,还有三个老婆,都是胡姑假姨[1]之类。这班人听见刘振白许说每人与他五钱银,所以也都只愿讲和,不愿告状,都大家劝那戴氏。

戴氏随机应变,说道:"要讲和息,我自己就要十两! 俺汉子合众人,我都不管!"刘振白道:"你只有这个活落口气,我就好替你讲了。韩大嫂,我主给你五两,你看我分上何如?"戴氏道:"我不告状,不告蹄子淫妇出官,这就是看了刘爷的分上,少我一分也不依!"刘振白笑道:"少一分不依,只怕少一钱少一两也就罢了。"戴氏道:"倒别这们说。试试看我依不依!"

刘振白讲到其间,两下添减,讲定与韩芦十五两,戴氏足足的十两,分文不少。韩辉一伙男妇,每人一两。狄希陈唬破胆的人,只望没事,再不疼银。寄姐也收英风,藏了猛气,没了那一段的泼恶,也只指望使几钱银子按捺了这件事。轻轻易易的照数打发了银子,大家还好好的作揖走散。

过了三日,寄姐见珍珠已死,他的父母又都没有话说,以为太平无事,拔了眼中钉,且足快活,重整精神,再添泼悍,寻衅调羹、童奶奶,嗔他那日不极力上前,以致戴氏采发呼屎,泼口辱骂。正在琐碎,小选子进来说道:"小珍珠老子领着两个穿青的,请爷说话哩。"狄希

----

[1] 胡姑假姨——不存在血缘关系的认义亲戚。

陈倒还是"林大哥——木木的"[1]，童奶奶听见，随说："不好！吃了忘八淫妇的亏，又告下来了！这是来拿人的！"

狄希陈道："这事怎处？我躲着不见他罢。"童奶奶道："你一个汉子家不堵挡，没的叫他拿出老婆去罢？你出去见他，看是那里的状。一定是察院批兵马司，这事也容易销缴。"狄希陈道："他得咱这们些银子，哄着咱又告下状来。我必定补状追他的银子还咱。"童奶奶道："这是咱吃他的亏了，只好'打牙肚里咽'罢了。他说给银子，咱还不敢认哩。人命行财，这就了不的。弄假成真，当顽的哩！"狄希陈道："我乍到京里，不知衙门规矩，该怎么打发？骆大舅又差出去了，只得还请过刘振白来，好叫在里边处处。"童奶奶道："这说的也是。他得过咱这们些银子，又没干妥咱的事，他这遭也定是尽心。"

韩芦合差人见狄希陈半日不出去，在外边作威作势的嚷道："俺到看体面，不好竟进去的。你倒不瞅不采的，把我们半日不理，丢在外边！"狄希陈一面叫人去请刘振白，一面出去相见。那差人作揖让坐，不必细说。坐首位的差人道："这就是狄爷呀？"狄希陈应道："不敢。"差人道："童氏是狄爷甚么人？"狄希陈道："这童氏也就是房下。"差人说道："狄爷会顽。房下就是房下，怎么说也就是？这个'也'字不混的人慌么？"狄希陈道："是房下。二位老哥有甚见教？"

---

[1] 林大哥木木的——歇后语。林大哥，即"林"字。木木的，"林"字的拆写。像木头人一样没有反应的意思。

差人道："察院老爷要会会令正奶奶,差小弟二人敬来专请。"狄希陈道："察院老爷怎么知道房下? 为甚么要合房下相会?"差人道："是这位老韩在察院老爷保举上奶奶贤惠慈善,所以察院老爷说道:'这南城地方有这们等的堂客,怎么不合他会会? 叫书房快写帖儿请去。'"狄希陈道："有察院老爷的帖儿么?"差人道："有帖儿,我取给狄爷看。"即去袜靿内取出一个牌夹,夹内取出一个连四纸,蓝靛花印的边栏。上面写道:

南城察院为打死人命事,仰役即拿犯妇童氏,干证刘芳名,同原告韩芦,即日赴院亲审毋迟。年月日。差惠希仁、单完。限次日销。

狄希陈见了宪牌,方知察院拿人,呆呆的坐着。差人道："奶奶在里边哩? 俺们还自己请去。"

正说话,刘振白来到。差人惠希仁道："还是老刘忠厚,没等俺们上门去请,自己就来了。"刘振白故意问道："二位是那衙门公差? 不得认的。"单完接口道："是一点点子察院衙门的小衙役儿,奉察院爷的束帖来请狄奶奶。怕没人伺候狄奶奶,叫你老人家跟跟狄奶奶哩。刘芳名是尊讳呀?"刘振白道："这可是没要紧! 怎么又带上我呢? 只怕是重名的。"惠希仁道："尊号是振白不是? 要是就不差了。"刘振白道："你看这造化低么? 好好的又带上我呢! 察院衙门当顽的? 出生入死的所在! 这是怎么说?"

韩芦道："刘爷休怪。你既做着个紧邻,每日敲打孩子,逃不过你老人家眼目。借重你老人家到跟前,公道证证儿。刘爷没的合我有仇呀,合这狄奶奶有仇呢? 万物只是个公道。冤有头,债有主,狄爷倒是个当家人,我怎么不告狄爷呢? 童奶奶倒是狄奶奶的母亲,我怎么也没告他呢? 可要天理,他二位实没打我女儿。狄奶奶下狠的打时,他二位还着实的劝哩。刘爷,你要偏向了狄爷,俺女儿在鬼门上也不饶你;你偏向了我,狄爷罢了,那狄奶奶不是好惹的。"刘振白道:"可说甚么呢? 只沾着狄奶奶的点气儿,我只是发昏。那日硬抬着材要埋,我做着个紧邻,耽着干系,我说:'消停,还是他娘老子到跟前,这事才妥。'狄爷倒没言语,狄奶奶骂成一片,光棍长,光棍短,说我诈钱,一声的叫请做锦衣卫校尉的舅爷,又叫人唤相爷家长班,缉访我到厂里去。这可何如? 没等动弹就请紧邻了。"

惠希仁道:"老刘,闲话少讲,有话留着到四角台上说去。请狄奶奶出来,齐在个去处,屈尊狄奶奶这一宿儿,明日好打到,挂牌听审。"刘振白道:"二位请到舍下,根菜壶酒,敬一敬儿。这里吊得牙高高的,看得见的事。做官的人扳不动他,还是咱这光棍做的朋友。"惠希仁合单完齐道:"混话! 甚底根菜壶酒合你做朋友哩! 拿出锁来,先把这刘芳名锁起来,合他顽甚么顽? 进去拴出童氏来!"

单完从腰里掏出铁锁,往刘振白脖子里一丢,圪登的一声,用锁锁住。刘振白道:"我不过是个证见,正犯没见影儿,倒先锁着我呢! 阎王拿人,那牛头马面也还容人烧钱纸,泼浆水儿。怎么二位爷就这们执法? 狄爷也还年幼,自小儿读书,没大经过事体,又是山东乡里人家,乍来到京师,见了二位爷,他实是害怕。二位爷见他不言不语的,倒像说他大意[1]的一般。二位爷开了我的锁,留点空儿与我,好叫我与狄爷商议商议,怎么个道理接待二位爷。没的二位爷赌个气,空跑这遭罢?图个清名,等行取么?我脱不过是个证见,料的没有大罪。我也有房屋地土,浑深走不了我。你把狄大爷交给我合老韩守着,走了,只问我要。叫老韩到家叫了他妈妈子来,里边守着狄奶奶。他也浑身不会土遁的。这皮缠了半日,各人也肚子饿了。我待让到家去,没有这理。谁家倒吃起证见的来了?老韩又是个原告苦主。说不的,狄大爷,你叫家下快着备饭管待二位爷,咱再商议。打发二位爷个欢喜,咱明日大家可去投文听审去。"差人也便放了刘振白的锁。

但不知如何款待,如何打发欢喜,怎么见官,寄姐果否吃亏,其话甚长,还得一回说了。

----

[1] 大意——山东方言,摆架子,因小瞧别人而漫不经心的样子。

第八十一回

两公差愤抱不平　狄希陈代投诉状

砒霜巴豆,蛇虎妖狐,数毒恶,仍非彼类;论险阻,还是吾徒。
看小小一腔方寸,多少奸谋!　恨人最是贪夫,冠虎犹吁。先
自己诈收白镪,又唆人横索青蚨。那怪得当管首诉,原状刁诬?

——右调《两同心》

惠希仁将刘振白的脖锁开了,说道:"我倒看体面,不好说长道
短的。你看这狄爷,他倒已而不登的[1]起来,可是个甚么腔儿!"

却说差人与狄希陈在厅上说话,童奶奶、寄姐、调羹都在中门后
暗听。知道票上单拿童氏一人,又听见叫人进去锁那堂客出来,童奶
奶已是唬得抖战,寄姐看看的脸就合蜡渣似的黄,脚下一大洼水。调
羹口虽不言,心里想道:"还只说他是动了兴,原来不是动兴,却是唬
的溺尿!"

童奶奶等不进狄希陈来,又见他没个见识打发,叫那差人渐没体
面上来,只得叫小选子请他进来,与他商议。惠希仁道:"狄奶奶没
曾见面,狄爷你又进去了,'侯门似海'的,没处寻你。狄爷,你请出

----

〔1〕 已而不登的——形容心中糊涂却装作明白的样子,等于说呆头呆脑的。

狄奶奶来交付给俺们，凭你往那里去，俺们就不管你了。"

　　童奶奶听见差人叫寄姐出去方放狄希陈进来，心里焦躁，随抖了抖袖子，拉了拉衣裳，看了看鞋，不慌不忙走出厅上，朝上站下，问道："上边二位爷就是公差呀？"惠希仁、单完连忙站起，说道："俺们就是公差。"童奶奶道："请坐。"叫人端了一把椅子，朝北坐下，说道："童氏是小女。"指着狄希陈道："这就是小婿。不幸把个丫头死了。一个人的病痛，这是保得住的么？害病死了，就说是人打杀。人家拿着一大羣银子买将个丫头来，必定是图好，难道是买了图打杀来？谁合他有甚么前世的冤仇不成？就是丫头有甚么不中使，也只是转卖倒曹[1]，也没个打杀的理。就不疼别家的人，也可疼自家的银子。丫头病着，请医买药，不知费了多少钱，百样治不好，死了。又没处去寻他娘老子，只得埋了。他娘老子可才领着许多的老婆汉子来到，抢东西，打家伙，把小女打了一顿好的，呼的满头满脸都是屎。说也罢，实是他家死了个人，疼忍不过，别要合他一般见识，给他几个钱，叫他暖痛去。他诓钱到手，又告下来了。你又不告男人，单单的把个少妇嫩妇的告上！"

　　韩芦插口道："你给我钱！你给了我多少钱？你没打杀我的女儿，你凭甚么给我钱呀？男子人实没打我的女儿，我为甚么带累着好人？察院衙门是请他赴席哩？你老人家倒是他的母亲，论理该告上你，我还说与你不相干，只单合你女儿说话。众位爷公道评评，我是

------
　　[1]　倒曹——转卖到别人家去。曹，同"槽"。

个没天理的人?”

童奶奶道:"你且休说闲话。既告准了状,差下人来了,'官差吏差,来人不差'。这小婿混帐! 你可算计该怎么款待,该怎么打发。挣头科脑〔1〕,倒像待阿屎似的! 叫人安桌儿,留二位爷坐。再问声二位爷,这老韩合他同坐否? 要不同坐,我另待他。小女要就该出来相见,实是叫老韩的婆子打伤了,动不的,睡着哩。二位爷上过饭,还有个薄敬,虽是穷人家,必定也要措处。奉承得二位爷喜欢,可也好叫小女〔2〕仗赖。二位爷请坐,我到后边撺掇饭去。"

惠希仁、单完齐口称道:"真是有智的妇人,胜似蠢劣的男子十倍! 奶奶,你早出来见俺们见,合俺们说两句儿,俺们也不躁。狄爷,听说你该选府经历哩? 府首领也不是闲散的官,你这个模样干不的。"单完道:"怎么干不的? 就请童奶奶做幕宾,情管做的风响。童奶奶请进去罢,有甚么话,俺只合童奶奶商议,狄爷当个招头儿〔3〕罢了。要是狄爷这个调儿,俺也不敢取扰。既是童奶奶分付,俺们不敢相外,扰三钟。"

说完,童奶奶方抽身进去。随后端出四碟精致果品,按酒小菜、肴馔汤饭次第上来,极其丰洁,沽得松竹居的好酒,着实相让。原来外边说话,童奶奶已差了吕祥到菜市口买办齐备。吕祥主作,调羹助忙,所以做的甚是快当。吃的两个差人心满肚饱,刘振白合韩芦这两

〔1〕　挣头科脑——愣头愣脑。科,同"磕"。
〔2〕　小女——同本作"少女",据文意酌改。
〔3〕　招头儿——摆设;幌子。

个帮虎吃食的,也极甚餍足。

差人道:"酒饭已足。合童奶奶说声,怎么分付?"说了进去,童奶奶叫请狄希陈商议。狄希陈还怕他似前阻挡,不敢动身。惠希仁道:"俺既会过童奶奶了,狄爷只管进去无妨。"狄希陈方敢折身回去。童奶奶道:"这两个差人,咱约着送他个甚么礼儿?"狄希陈道:"我又没合人打惯官司,这样事我通来不的。该送他多少,姥姥你主定就是了。"童奶奶道:"这拿的是妇女,要他看体面哩,少了拿不出手〔1〕。每人得十五两银子给他。"狄希陈道:"姥姥见的是。咱就给他每人十五两罢。"童奶奶道:"我只问过了你,我就好打发他。你出去陪客罢。"狄希陈仍到外面陪差人坐的。

童奶奶称了二两银子,封了两封,叫吕祥故意走到客位里说道:"外边一个人要请惠爷说句话,我不认的是谁。"惠希仁道:"怎么个人?"吕祥道:"有三十多岁,穿着软屯绢道袍子。"惠希仁道:"可是谁呢?只怕是同班的朋友。待我出去看看。"惠希仁起身走,吕祥也跟了出来,把惠希仁请到个背静去处,说道:"奶奶叫多拜上二位爷:童氏出官,全要仗赖二位爷照管,别要失了体面,谢每位爷薄礼十五两。当着韩芦合老刘不好拿出这们些来的,每位当面且先送一两。晚上些,请二位爷不叫他两个知道,请二位爷过来说话。叫虙的二位知道。"

惠希仁道:"你合奶奶说:这人命事,却是批兵马司问明呈解的。

韩芦递状的时节禀的话利害,察院爷要自家审了口词才发问哩。俺起初接了票子,指望的也不是这数儿;及至见了狄爷,俺越发指望的多了。童奶奶这们个待人,俺有话说甚么? 合奶奶说,除先送一两,再每人二十两罢。姑娘出官,一切前后的事,都是俺两个管,只叫姑娘不失了一星儿体面[1]。我知道了,你回奶奶话去。"惠希仁复身回去,望着单完道:"是吴仁宇叫出咱那比较来了,你见他见去。"单完是衙门人,省得腔的,已是知道就里,说道:"哥既见过他就是了,我不消见他罢。"

吕祥回过话,童奶奶先行,小选子后边端着那一两一封的两分礼。童奶奶道:"有劳二位爷。这是个薄礼,送二位爷买瓜子炒豆儿吃。明日见官,多有仗赖。"惠希仁道:"童奶奶的高情,本等不该争,不薄我们些儿?"童奶奶道:"本该厚礼,穷人家办不起,望二位爷将就。我这就叩谢过二位爷罢。"惠希仁道:"奶奶,你只这们待人有礼,俺们本等有话也说不出口了。"望着单完道:"单老哥,这是咱两个的勾当,你怎么说?"单完道:"凡事只在哥主。哥只说怎么样,兄弟没有不依的。"惠希仁道:"罢,罢。见了狄爷这们老实可怜人儿的,童奶奶又这们贤达,咱结识个亲戚罢。姑娘我只在童奶奶身上情,俺明日来请姑娘见官。"

彼此说通,狄希陈送出大门,拱手作别。刘振白对差人道:"我

---

[1] 不失了一星儿体面——同本作"不算有德行失了一星儿体面","算有德行"四字为衍文。此依连图本,据李本校改。

又没得款待,远送当三杯罢。"送差人往东边去了。见狄希陈已进门去讫,刘振白道:"二位爷是怎么?通不是咱算计的话了!"惠希仁道:"不好,事体决撒了。我且不合你说,俺还得安排另铺谋哩。不是可二两银就打发下来了么?"

支调了刘振白回去,惠希仁合单完说知所以。单完道:"罢了,死个丫头,也不为大事,这数也不少了。老狄是个妈妈头主子,那奶奶子是个'遇文王施礼乐,遇桀纣动干戈'的神光棍,拿着礼来压服人,这不是咱哥儿两个,第二个人到不得他手里。惠老嫂也就算是极有本事的,我看起来还到不的他手里。"惠希仁道:"俺那个是攮包,见了他只好递降书的罢了。到好合那单奶奶做一对的。"单完道:"说起俺那个来,只好叫他合的在门后头趴着,敢照将〔1〕么!"

惠希仁道:"咱顽是这们说,咱且说正经话。女人虽是个光棍老婆,也见过食面,有见识有正经的人。这刘芳名狗攮的可恶!明白是诈他的钱,挑三活四〔2〕的。他要果然每人再送咱二十两银,咱扶持他打这刘芳名老狗头一顿板子,韩芦问他个招回。"单完道:"哥说的是。委实不公道,气的人慌呢!咱且各人回家看看,买点东西抹抹奶奶们的嘴。我家里等着哥,起更时,咱往那里去。"各人分手作别。

童奶奶家里再备酒食,依数封下二十两两封银子,专等惠希仁、单完两个。至起鼓以后,惠希仁两个刚到狄家门首,正待敲门,刘振

----

〔1〕 照将——招架;见面。

〔2〕 挑三活四——后文也作"挑三豁四"。山东方言,挑拨了这个又去挑拨那个。活,同"惑",蛊惑;挑弄。

白黑影子里从他门内跑到跟前,说道:"二位爷,深更半夜又来做甚么? 是待打背弓呀? '要吃烂肉,别要恼着火头',怎么倒瞒起我来了?"惠希仁道:"来的正好。老刘实是个趣人,省我们上门上户的。走! 走! 铺里坐坐去。察院老爷嗔俺违了限,正差人出来催拿原差哩!"刘振白道:"怪呀! 这事是我作成二位的,我倒肯走了? 拿我送铺呢!"惠希仁道:"我也知道你不肯走,拿你到铺里坐一夜,好撑撑[1]差人的眼。俺这也来请童氏哩。"刘振白道:"我等着童氏,同往铺里去。"单完道:"察院老爷恼的把良家妇女弄在铺里,男女混杂。俺这请他母亲陪着,不拘在俺哥儿两个家里权待一夜,明日见官回话,显的俺没敢怠缓误事。"刘振白道:"我也同往二位爷家住一宿罢。"惠希仁啰道:"混帐杭杭子! 说不许男女混杂,你又待挤了去哩! 别听他,拿出锁来扣上脖子,拉着走! 交给铺里人,叫好生看着,走了不是顽的!"刘振白走着,呵呵的笑道:"好意思儿,倒自己弄着自己哩! 这坐一宿铺,不是好笑的事么?"惠希仁合单完道:"你交下快着来。我先坠着[2]童氏,省的[3]被得躲了。"

　　单完锁刘振白去远,惠希仁敲门去。狄希陈先迎出来,童奶奶也随后出见,对小选子道:"天色晚了,快着端菜来,暖上酒。"惠希仁道:"扰的多了,天色又晚,不劳赐酒罢。"童奶奶道:"没备甚么,空坐坐儿。单爷怎么没来哩?"惠希仁道:"同已是到尊府门上,偶然有件

---

〔1〕撑撑——同"挡挡"。
〔2〕坠着——后文也作"缀住"。盯住,监视着。
〔3〕省的——同本作"者的",据文意酌改。

事儿，去做些甚么，不远，也就来呀。"童奶奶道："有个薄礼，我各自封着哩，二位爷没有甚么相倍〔1〕呀？"惠希仁道："俺两人名虽异姓，实胜同胞。说起关张生气，提起管鲍打罕。只愿有钱同日使，不愿没钱各自挨。等等儿，当面同送好看。"

说话中间，单完也就敲门来到。童奶奶献过茶，摆上菜，叫人端上两封礼来，叫狄希陈每人一封递到手里。两个见那签上写是"菲仪二十两"，接在手里颠着沉沉的，心里甚是喜欢，齐声说道："要论起奶奶这们贤达，狄爷这们老实，不该收这个礼，就照管姑娘个妥当才是。只是衙门中人，使了顶首〔2〕买了差使，家里老婆孩儿都指着要穿衣吃饭哩，所以全不做的情，只好一半罢了。实说，俺两个起初每人指望三十两，后来见了狄爷，俺每人指望要五十两。后来奶奶你老人家出来，俺有话还敢对着你老人家放闲屁的？咱'君子不羞当面'，斗胆问声，奶奶，这银子足数呢？有铅丝没有？"童奶奶道："好二位爷，甚么话？过了河拆桥还不是好人哩，没过河就拆桥？"单完道："奶奶说的有理。显的咱哥儿两个倒是小人了。"童奶奶道："二位爷请宽坐，多吃杯儿。明日来，只说声，我就打发小女出去。我也还请几位亲戚陪陪，我家去罢。"惠希仁道："奶奶别要家去，请这里坐坐，有话合奶奶商议哩。狄爷'姓林'，木木的，合他说不的话。"童

----

〔1〕　相倍——互相瞒着不想让对方知道的事。倍，同"背"。
〔2〕　顶首——承应隶职使用的银钱。明吴应箕《江南汰胥役议》："隶快之在官者，各有买窝之银，今所谓顶首也。往时不过以十计，近且以百计矣。"

奶奶也没陪酒,旁边席外〔1〕坐着。

　　惠希仁道:"收了咱的礼,咱是一家人了。实说,丫头是怎么死的?"童奶奶道:"实合二位爷说,丫头极好,又清气,又伶俐。先买丫头,后娶小女。不知甚么缘故,只合小女结不着喜缘,小女见了就生气。要说打他,我就敢说誓,实是一下儿也没打;要是衣服饭食,可是搛当〔2〕他来。紧仔不中他意,端着个铜盆,豁朗的一声撩在地下,一个孩子正吃着奶,唬的半日哭不出来。把他送到空屋里锁了二日,他得空子自己吊杀了。"

　　惠希仁道:"死了合拿出去,他娘老子没到跟前么?"童奶奶道:"不知道他住处,天气又热,只得叫人抬出去了。刚只埋了回来,他娘老子可领着一大伙汉子老婆的来了家里,打打括括的,把小女采打了不算,呼的身上那屎,可是从没受的气都受勾了。又没个人合他说说。小婿是二位爷晓得的,又动不得他,只得请了刘振白来,做刚做柔的才打发去了。"

　　惠希仁道:"丫头死了没合他说,这是咱家的不是。他既来到,给他点子甚么,伍住他的嘴也罢了。穷人意思,孩子死了,又没得点东西,旁里再有人挑挑,说甚么他不告状? 这也是咱失了主意。"童奶奶道:"不瞒二位爷说,刘振白圆成着,他得了好几两银子去了。"惠希仁道:"得了银子又告,这们可恶! 一定银子也不多。"童奶奶

----

〔1〕　席外——同本作"廣外",此依连图本,据李本校改。
〔2〕　搛当——减缩。

道："二位爷是咱一家人，他得的银子也不算少。汉子十五两，老婆十两，跟了来打的三个汉子，四个老婆，每人都是一两。这还算少么？"

惠希仁道："这事气杀人！断个'埋葬'，也不过十两三钱。诈了人家这们些钱，还不满心呀？"单完道："情管刘振白管了造子事，狄爷合童奶奶没致谢他致谢，所以才挑唆他告状，这事再没走滚。"童奶奶道："他先得了咱的银子，才替咱讲事哩。"惠希仁问道："怎么个诈法〔1〕？诈了多少？"童奶奶道："抬出材去，他拦着不叫走，口里说着刁话。材抬出门外，又回不来了，足足的叫他诈了四十两。还替抬材的四个花子诈了八两哩。"

惠希仁道："这没天理的狗弟子孩儿〔2〕！这就可恶的紧了！韩芦诈钱告状，都是他挑唆的。他合我们说的话，可恶多着哩！这弟子孩儿，不饶他！你们在俺两个身上情，管你们打上风官司，叫这狗骨头吃场好亏！'要人钱财，与人消灾'哩，要了人这们些钱，还替人家挑事！我们刚才到这里，他还来诈我们哩！刚才单老哥可是把他拴在铺里去了，谁想这一拴倒拴着了，明日不消来了。我们在察院门口专候着，狄爷到那里，替狄奶奶递张诉状，就诉上是他挑唆韩芦告状，说他诈过银子多少两。不怕他！察院老爷极喜人说实话的。"

童奶奶道："这诉状可叫谁写？"单完道："别的没有，要写状子的

---

〔1〕　怎么个诈法——同本作"怎么今诈法"，据文意酌改。

〔2〕　弟子孩儿——詈词，婊子生养的孩子。弟子，即婊子，娼女。宋朱彧《萍洲可谈》卷三："近世择姿容，习歌舞，迎送使客侍宴女子谓之'弟子'。"

多。一个赵哑子写的极好,得五钱银给他。狄爷,你早些去,我合你寻他。你要自己去,他见你村村的,多问你要钱。"童奶奶道:"这状还得小女自己递么?"惠希仁道:"姑娘且不消出去,叫狄爷递上就罢了。明日递了诉状,后日准出来,大后日出了票,咱次日就合他见,早完下事来伶俐。天也忒晚了,有灯笼借个,我们去罢。"童奶奶道:"夜深凉快,二位爷多请钟儿。我叫人点灯笼送二位爷去。"单完道:"罢,我们自己走好,都是同路,省得管家自己回来不好走。这两日好不夜紧哩。"各人分手相别。

狄希陈到家,笑道:"天,天!俺明水人还嫌我刁钻古怪,来到北京城,显的我是傻子了。天下有这们个傻子?你们公道说说。"童奶奶道:"不傻也有些呆呆的。咱且商量个光景。倒也是有人照管了,只是衙门里边官的心性,一时的喜怒,咱怎么拿得定?姑娘又没见过官,怎么说的过这两个光棍?别要叫孩子吃了亏。疼杀我不打紧,你还要做官,只怕体面不好看呀!放着他相大爷这们个名进士,见做着部属,他不为嫂子,可也为他哥呀。他没的好问咱要钱?极该央他央,求他出个字儿。咱有这个墙壁,合他见官,可也胆壮些。要不,这肚里先害了怕,话还说的成溜哩么[1]?"

狄希陈道:"姥姥,你叫我不拘使多少银子我也依,你指与我,叫我不拘寻谁的分上我也依,我可不能求俺这个兄弟。我实怕他合大妗子笑话。敢说:'你为家里的不贤会,专替你招灾惹祸的,你躲到

---

〔1〕 成溜哩么——同本作"我溜哩么"。"成"与"我"盖因形近而讹,据文意酌改。

京里来另寻贤德的过好日子。如今贤会的越发逼的丫头吊杀了。'我受不的他这笑话。"

寄姐道:"罢么我妈!你好似这们等的!自作自受,谁叫我逼死他前世的娘来!他有不恨我的,肯替我寻分上?叫他使了这们些银子,他还疼不过哩,又叫他再寻分上使钱!不妨事,我也想来:丫头是自家吊杀的,我又没动手打杀他。就说我打杀了他,可也得捡出伤来,才好叫我替他偿命。要捡不出伤来,破着拶一拶,再不,再撺一二百撺,浑深也饶了我。我只当发了个昏,遭了个劫。昨日生小京哥,差一点儿没疼过去了,我只当又生个孩子。使过他的钱,一个一个的记着。我了了官司,我往芦沟桥沙窝子上搭个棚,舍上我的身子,零碎挣了来还他。料着我也还挣了钱来。只怕我还勾了他的,我还报报娘的恩哩!"

童奶奶道:"罢,怪丫头汗邪了,胡说的甚么!"寄姐道:"我见我的妈这们求他,我要这们赌赌气呢!"童奶奶道:"别胡说!这也不是甚么赌气的话。好人有做这个的么?"狄希陈道:"一个丫头生生的逼杀了,受气使钱,我哼也没敢哼声,姥姥叫央他相大叔,我说的,他合大妗子笑话,咱另寻分上。这有甚么伤着你来?就说出这们的话!"寄姐又待言语,童奶奶喝道:"罢,都不许再说闲话!三四更天了,快些睡觉,早起来。他姑爷还要往察院前写状递上哩!"方才各人闭口收拾。

刚只合了眼,童奶奶合调羹已先起来。点上灯,调羹包的扁食,通开炉子,顿滚了水,等狄希陈梳洗完了才下。打发狄希陈吃完了饭，汗巾里包着银子，小选子跟着，夹着小帽、青衣裳，安排诉状。走到南城察院门口，寻了一会，只见惠希仁合单完远远的走来，作揖谢扰，不必细说。惠希仁道："单老哥，你陪狄爷去写状罢，我还做些别的。递状时还等我到，好大家照管照管狄爷。"

单完同狄希陈专寻赵哑子，只见赵哑子住的所在，同单完合狄希陈寻到他家。赵哑子正在门前闲站，望着单完领着个戴巾的[1]来到，晓得是央他写状。但狄希陈见赵哑子相貌不扬，心里想道："难道这样人心中果有甚么识见，写得出甚么动人的状来？若是写的不好，岂不误了正事？"把单完悄地的拉到门外，问道："这人果然写得状好，不致误事才好。"单完道："这是我从小同窗的兄弟，原是[2]大有根基的子孙。说起来，当今皇帝都还合他有亲。饱饱的一肚才学，顺天府考了几遍童生，只是命运不好，百当没得进学。若论他本事，命运好时，连举人进士也都中了，还在这里写状哩？因他肚里有些本事，所以朋友们赠了他一只《西江月》。我念与你听，你就见得我话不虚传。待我念来：

> 广读"赵钱孙李"，多描"天地玄黄"。一篇文字两三行，情愿弃儒写状。　铺纸惯能说谎，挥毫便是刁言。尝尝激怒问词官，拿责代书廿板。"

狄希陈道："这便极好，无刁不成状哩。能放刁撒谎，这官司便

---

〔1〕　戴巾的——同本作"戴叩的"。"巾"与"叩"盖因形近而讹，据文意酌改。
〔2〕　原是——同本作"原有"，据文意酌改。

就赢他。"二人番身进内,各在板登上坐下。单完道:"这是山东狄爷,是吏部候选府经历,央你写张诉状[1]。你用心给他写写,不可潦草了。狄爷,你说与他情节。"

狄希陈道:"在下原籍大明国南赡部洲山东等处承宣布政使司济南府绣江县人,家住离城四十里明水镇。家父姓狄,名宗羽,号宾梁;先母相氏,就是现任工部主事相于廷的姑娘……"单完截住话,问道:"这狄爷不合相爷是姑表兄弟么?"狄希陈道:"他是舅舅之子,我是姑姑之儿,正是姑表,实不相欺。"单完道:"亏了俺没敢放肆,原来合狄爷另有叙处哩。天渐晚了,察院待击二点呀,狄爷,你长话短说,叫他快写状罢。"狄希陈道:"不说个来历明白,这状怎么写?"

单完道:"写状不用这个,待我替你说罢。赵兄弟,你老实听着。狄爷来京听选,娶的是咱京里的女儿。一个十五岁丫头,为没给他做衣裳,赌气的这四月十七日吊杀了。一个邻舍家刘芳名,欺他是外处人,诈了他四十两,抬材的诈了八两,丫头的娘老子诈了二十五两,领来的汉子老婆诈了七两,打发了事。刘芳名说这块肉没骨头,好尽着啃,挑唆丫头的老子韩芦不告男人,单告狄奶奶童氏一个。刘芳名就做证见。或是童氏自己诉,或是狄爷出名诉,你见的透,该怎么样就是。"

赵哑子[2]道:"这没叉路,劈头诉着刘芳名,说他诈财无餍,挑

---

〔1〕 诉状——同本作"诉状"。"诉"与"新"盖因形近而讹,据文意酌改。

〔2〕 赵哑子——同本作"赵鸦子",据上下文校改。

唆韩芦单告女人,因察院爷不拘妇女,所以不告上男人,好叫女人出官,尽力诈骗。就是本夫出名代诉,写上诈去银子数目。"狄希陈道:"虽是他诈了银去,只怕问官说是行财,不大稳便。"赵哑子道:"这位察院爷只喜人说实话,这上头不大追求。你情管我这状递上去,只是叫他吃了亏就是。狄爷,你要三两银子谢我。"单完道:"察院待中上堂,你快着写罢。先给你五钱银,官司果然赢了,我保着叫狄爷再给你二两。官司若平和,没帐,就只这五钱拱手。"

赵哑子铺开格眼,研墨搐笔,不加思索,往上就写。刚才写完,察院三声云板,冲堂开门。惠希仁忙忙的跑来,问说:"状写完不曾?"单完道:"方才写了,只没得读一遍,不知说的不曾?"赵哑子道:"没帐,快赶上递罢! 我写字自来不差,差了我管!"狄希陈换了青衣,单完、惠希仁拥簇着,跟进投文牌去。

"一纸入公门,九牛拔不出。"官断十条路,输赢何似,胜败难期。专听下回再说。

第八十二回

童寄姐丧婢经官　刘振白失银走妾

为人知足,梦稳神清。无烦恼,菜根多味;少争竞,茅屋安宁。直睡到三竿红日,与世无营[1]。　　口贪心攫搏如鹰,溪壑难盈。四十金,肚肠无厌;一夹棍,神鬼多灵。子拐妾奔仍卖屋,三十才丁。

——右调《两同心》

狄希陈跟了投文,将状沓[2]在桌上,跪在丹墀[3],听候逐个点名发放。点到狄希陈跟前,察院看那状上写道:

告状人狄希陈,年三十一岁,山东人,告为朋诈事:陈在京候选,有十四岁使女,因嗔不与伊更换夏衣,于本月十二日暗缢身死。恶邻刘芳名,欺陈异乡孤弱,诈银四十两,唆使使女父韩芦

----

〔1〕 无营——无所求。汉蔡邕《释诲》:"安贫乐贱,与世无营。"

〔2〕 沓——重叠置放。

〔3〕 丹墀——同本作"丹犀",据文意酌改。

等诈银二十五两,抬材人诈银八两。贪心无餍,唆[1]韩芦单告陈妾童氏,希再诈财。伏乞察院老爷详状施行。

察院看了状,道:"你这是诉状,准了,出去。"狄希陈准出状去,单完对惠希仁道:"亏了咱哥儿两个都没敢难为狄爷,原来是工部相爷的表兄!"惠希仁道:"原来如此! 前日表兄陆好善往芦沟桥上送的,就是狄爷的夫人狄奶奶么?"狄希陈道:"那就是房下。原来陆长班是惠爷的表兄哩?"惠希仁道:"相爷合察院爷是同门同年,察院爷没曾散馆的时节,没有一日不在一处的。就是如今也时常往来,书柬没有两三日不来往的。这事怎么不则相爷要个字儿?"狄希陈道:"我料着也是有理没帐的事,又去搅扰一番? 合他见见罢了。"惠希仁道:"察院爷凡事虽甚精明,倒也从来没有屈了官司事,但只有个字儿恃着,稳当些。狄爷,你回家合童奶奶商议,没有多了的。我们等诉状票子出来,再合狄爷说去。"大家作别走散。

正好陆好善从庙上替相主事买了十二个椅垫,雇了一个人抗了走来,撞见惠希仁、单完两个,作揖叙了寒温。惠希仁问道:"相爷有一位表兄狄希陈,是么?"陆好善道:"果是至亲。贤弟,你怎么认的?"惠希仁道:"有件事在我们察院里,正是我合单老哥的首尾。因看相爷合哥的分上,绝没敢难为他。凭他送了我们十来两银子,俺争也没敢争。刚才撺掇着他递过诉状去了。"陆好善道："甚么事情？我通没听见说，就是相爷也没见提起。嗔道这们几日通没见往宅里去。为的是甚么事儿？"惠希仁道："家里吊杀了个丫头。那丫头的老子告着哩。"陆好善道："没要紧的！既是吊杀了丫头，悄悄的送点子甚么[1]给他娘老子罢了，叫他告甚么！"惠希仁道："送点子甚么！诈了八九十两银子了，还告状哩！"陆好善道："这事情管有人挑唆。"惠希仁道："哥就神猜！可不是个紧邻刘芳名唆的怎么！诈了四十两银还不足哩！"陆好善道："再有这人没良心！你只被他欺负下来了，他待有个收煞哩！"说完，拱手散去。

　　到了相主事宅内，相主事正陪客待茶。送出客去回来，陆好善交了椅垫。相主事道："从正月里叫你买几个椅垫子使，这待中五月了，还坐著[2]杭杭子做甚么？拿到后边去罢。"陆好善道："狄大爷这向没来么？"相主事道："正是呢，他这们几日通没到宅里，有甚么事么？"陆好善道："爷没闻的呀？小的风闻得一似吊杀了个丫头，被丫头的老子在南城察院里告着哩！"相主事道："我通不晓的。这也古怪，为甚么倒瞒着我呢？"

　　相主事回到宅里，对着父母道："怪道狄大哥这们几日不来，原来家里吊杀了个丫头，叫人诈了许多银子，还被丫头的老子告在南城察院里。"相栋宇道："你看这不是怪孩子？有事可该来商议，怎么越

---

〔1〕 送点子甚么——同本作"追点子甚么"，据文意酌改；下文同此。

〔2〕 著——山东方言，音 zhuò，"这个"的合音。

发不上门了?"相大妗子道:"他的小见识我知道。家里遭着这们个母大虫,为受不的躲到这里,听说寻的这个,在那一个的头上垒窝儿[1]。他家没有第二个丫头,就是小珍珠。情管不知有甚么撕挠帐[2],家反宅乱的,把个丫头吊杀了,怕咱笑化他,没敢对咱说。这不是傻孩子? 有瞒得人的? 快使人请了他来,去!"

　　相主事即时差了相旺前去,正见狄希陈递了诉状,正从南城来家,走的通身是汗,坐着吃冰拔[3]的窝儿白酒。童奶奶合调羹没颜落色的坐着,寄姐在旁里也谷都着嘴奶小京哥。

　　童奶奶见了相旺,问:"相太太、太爷、大奶奶安[4]?"相旺也回问了起居,又道:"太爷太太问狄大爷这向甚么事忙,通没到宅里?请就过去说甚么哩。"狄希陈道:"这向有件小事穷忙,没得去。你多拜上太爷、太太合你爷,我过两日就到那里。"相旺道:"太爷合俺爷听见狄大爷有点事儿,才叫我来请狄大爷快着过去,趁早儿商议哩。"狄希陈道:"你爷知道我有点甚么事儿,叫你请我?"相旺道:"知道狄大爷家吊杀了丫头,叫他老子告着哩。"狄希陈道:"你爷这也就是钻天! 我没工夫合他说去,他从那里就知道了?"

----

〔1〕　在那一个的头上垒窝儿——山东方言,步那一个的后尘,学了那一个的样子去做的意思。

〔2〕　撕挠帐——山东方言,纠缠不清的事。

〔3〕　冰拔——山东方言,冰镇。用冰块、凉水等给处于温热状态的食物降温叫做"拔"。

〔4〕　问相太太、太爷、大奶奶安——同本作"问相太太、大爷、太奶奶安",据上下文校改。

童奶奶道:"这天热,旺官儿,你也到前头厅上脱了衣裳,吃碗冰拔白酒[1],凉快会子,可合你狄大爷同走。"待了一会,打发相旺吃了酒饭。因他是好争嘴的人,敬意买的点心熟食,让他饱餐。吃毕,同狄希陈到了相主事宅内,见了母舅妗子合相主事已毕,你问我对,说了前后始末根由,不必再为详叙。

相主事道:"李年兄合我极厚的同年,不问我要个字儿给他,冒冒失失的就合人打官司,这事当顽的哩!"留狄希陈吃午饭,许过临审的先一日与他出书。狄希陈辞了回家,说知所以。

寄姐那几日虽然嘴里挺硬,心里也十分害怕。一个女人被人独名告着,拿出见官,强着说"破着挨一拶,挨一百撺,挨二百撺",那莹白嫩嫩的细指头,使那大粗的檀木棍子,用绳子杀将拢来,使木板子东一下,西一下,撺这一二百下子,说不怕必竟是咬牙瞪眼的瞎话。听见相主事要出书与察院,口里支着架子,说:"有理的帐,我希罕他的那书么?"不由的鼻子揸呀揸的,嘴裂呀裂的心里喜欢,口里止不住只是待笑。倒是童奶奶说道:"你胡说甚么哩!你求也没求他求,他请将你去,要给你出书,你不希罕他!你要不是至亲,你不得一百两银,你寻的出这分上来么?"寄姐方才回嗔作喜,说道:"我说是这们说,谁就当真的说不希罕来?"调羹道:"我是这们个直性子,希罕就说希罕,不是这们心口不一的。"

再说惠希仁、单完次日领出狄希陈诉状的票来,上面首名就是刘振白,其次才是韩芦、韩辉、戴氏这一班人。先到狄希陈家,与狄希陈票子看了,二人分头去拿一干人犯。都已叫齐,伺候投文听审。

再说刘振白从那日起更天气,被单完送到铺里。原来城上的差人走到本管地方,那些铺里的总甲火夫,就是小鬼见了阎罗大王也没有这等怕惧。只因单完分付了一声,说是:"要紧人犯,好生看守。走了不当顽耍!"所以这铺里总甲分付花子们,把这刘振白短短的一根铁索,一头扣在脖项,一头锁在个大大的石墩,又怕他使手拧开逃走了开去,将手也使铁靠子靠住,丝毫不能动转。四月将尽的天气,正是那虼蚤臭虫盛行的时候,不免的供备这些东西的食用。在铺里锁到次日,不见家中有一个人出头,只得央了一个坐铺的花子到家里说知。

谁知这刘振白不止在那亲戚朋友、街坊邻舍身上嘴尖薄舌,作歹使低,人人痛恨,就在自己老婆儿子身上,没有一点情义,都是那人干不的来的刻薄营生。那日晚上,家中止知他在自己门口探望狄家的动静,等了更许不见他进去,他儿子刘敏出来打听,只见门是开的,父亲刘振白不知去向。次日早辰,方知被差人吊在铺里。刘敏跑到那里,看见刘振白像猢狲拔橛一样锁在一块石上。刘敏问道:"这是为何被人吊在铺里?"刘振白道:"你看!昨日[1]我见狄家的小厮使手势把差人支到外头,递了话进来,狄家送了一两银子,争也没争就罢了。我道他一定有话说,后响必定偷来讲话。我说我等着他。到起

---
[1]　昨日——同本作"胙日",据文意酌改。

鼓以后,果不然两个差人来了,叫我撞了个满怀。他老羞变成怒的,倒把我拴在铺里,这不好笑? 你到家,快送饭我吃,再弄点子甚么给这铺里人,好央他松放我松放儿。"刘敏应允回家。

这刘敏原来是刘振白嫡妻所生,年二十三岁,素性原不是个成材。又兼刘振白那乔腔歪性,只知道自己,馀外也不晓得有甚么父母妻子,动不起生榰实砸,逐日尽是不缺。要说甚么衣服饮食之类,十分没有一二分到的妻子身上。后来又搭识上了个来历不明的歪妇,做了七大八小。新来乍到,这刘振白"饿眼见了瓜皮——就当一景",掀上掇下,把嫡妻越发不希罕了。

这嫡妻一来也是命限该尽,往日恁般折挫,偏不生气害病;晦气将到身上,偏偏的生起气来。谁知这世上倒是甚么枪刀棍棒来到身上,躲得过更好,躲不过挨他下子,到还也不致伤人。原来这言不的语不得的暗气,比那枪刀棍棒万分利害。所以周瑜顶天立地〔1〕,官拜大都督,掌管千百万狼虎雄兵,禁不得孔明三场大气,气得个身长九尺、腰大十围的身躯,直挺挺的倘在那头大尾小四方木头匣内。这刘振白的长夫人,一个混帐老婆而已,能有多大气候? 禁不起几场屈气,也就跟了周都督往阴司去了。

这刘敏虽生在这寡恩少义的老子手内,有一个知疼着热的亲娘母子,二人相偎相靠,你惜我怜,还好过得日子。自从母亲病死,那十

〔1〕 顶天立地——同本作"项天立地",据文意酌改。

来岁的孩子,自己会得甚么料理[1]?还亏不尽有个外婆娘舅勉强照管,不致堕折身死,长成了个大人。

这刘振白素性是个狼心狗肺的人,与人也没有久长好的。占护[2]的那个婆娘不过香亮了几日,渐渐的也就作践起来,打骂有馀,衣食不足。是你正经的妻子,他没奈何,任了命受你折磨罢了;这等放野鹁鸽的东西,他原是图你的好跟了你来,你这们待他,他岂有忠心待你?所以也是离心离德[3]的,只恨牢笼之内无计脱身。

刘敏从铺里出来,心里想道:"父子之恩,不该断绝。只是父亲不慈,致我亲娘气死,又把我不以为子。如今趁他吊在铺里,不如把他诈来的四十两银子拿了逃到外州远府,自苦自挣,且教他老光棍过自在日子。"主意已定,回家说道:"父亲从昨日后晌被差人吊在南城第三铺内,至今不曾吃饭。叫姨娘快些做了饭,再拿五钱银子,着姨娘自己送去,着我在家快些写状,赶察院晚堂投上,好救父亲出来。"

那婆娘信以为真,即忙做的老米干饭,煎的豆腐,炒的白菜,都使盆罐盛了。又将那四十两内称了五钱银,一同拿到铺内。刘振白道:"怎么刘敏不来,你自己来到这里?"回说:"他在家里写状,要赶察院

---

〔1〕 料理——同本作"叫理"。"料"与"叫"盖因形近而讹,据文意酌改。
〔2〕 占护——同本作"估护"。"估"与"占"盖因形近而讹,据文意酌改。
〔3〕 离心离德——同本作"离小离德",据文意酌改。

晚堂投递，救你出铺哩。”刘振白还道当真，心里也还喜了一喜。吃完饭[1]，把五钱银子分与了铺里的众人。

那婆娘回到家门，只见街门使铁锁锁住。只道刘敏出外做甚，可以就回，单单的提了盆罐，站着呆等。等不见来，站得两腿酸疼，那见有甚么刘敏的踪影？等了个不耐心烦，问对门开肥皂铺的尼炟道：“你老人家没见俺家大相公往那里去了？”尼炟回说：“我见他背着个褥套，抗着把伞，忙忙的往东去了。我见他走的忙，也没问他那去。”那婆娘心里有些着忙，端开门，只见钥匙丢在门内。进到家中，见箱柜番成一堆，四十两银子没了影响，被褥铺盖，道袍[2]雨伞，俱已无存。知是刘敏用计拐去，慌獐獐仍回铺里，对刘振白说知所以。

刘振白是甚么主儿？听见，带着锁，抱着石墩子，离地跳有三尺高，怪骂：“蹄子揠辣骨！奴才臭淫妇！没廉耻来我跟前献勤，不在家里看守着，被他拐的财物走了！我好容易挣的东西，这坐铺是怎么来！明日见官，吉凶还不可保，你就轻意贴了你孤老！臭淫妇！还不快着遥地里寻去，还夹着臭屄站着哩！你要寻不着他，你就不消见我，你也就跟了你娘的汉子去罢！还合你过甚么日子！”

那婆娘身子一边往家走，心里想道：“这刘敏又没个老婆系恋，老子又没点恩义在他身上，吃碗饭还骂的狗血喷了头，这是不消说，拿着银子跑了。他倒脱了虎口，过他好日子去了，这海大的京城，八

〔1〕 吃完饭——同本作“吃况饭”，据文意酌改。
〔2〕 道袍——同本作“道礼”，据文意酌改。

十条大街,七千多胡同,叫我那里寻他？寻他不着,待老砍头的出来,我也断是活不成的!"再三寻思,没有别法,三十六计,走为上策:"我认识的也还有人,那里过不的日子,恋着这没情义老狗攘的!"回到家,把几件银簪银棒,几件布绢衣裳,吊数黄钱,卷了卷,夹在胎肢窝〔1〕里,仍旧锁上大门,脚下滕空,不知去向。

惠希仁两个齐完了诉状的人,同狄希陈、刘振白先走,寄姐坐着两人轿子,童奶奶合他娘家亲戚许多人〔2〕陪着。相主事也差了相旺到察院前看打官司。待的不多一会,察院打点开门。狄希陈一干犯证跟进投文,差人搭〔3〕上票子,旁边书办一一点过名去。点到童氏跟前,有只《黄莺儿》单道童氏的模样:

> 之子好红颜!翠眉峰,柳叶弯。乌绫帕罩云鬒暗。春纤笋鲜,金莲藕尖,轻盈盈移步公堂畔。怕多般,呼名娇应,嘴揾布青衫。

察院将一干人犯个个点过名去,见一人不少。本等原是爽快人物,又因接了相同年的来书,也不等挂牌,也不拘晚堂听审,头一个叫刘芳名,问道:"童氏的丫头是因甚死的?"刘芳名道:"小的是他紧邻,早晚只听见童氏打那丫头。四月十二日,见他家买进棺材去。待了一会,妆上抬的出来葬埋。丫头的父母到童氏家哭叫,童氏着人叫过小的去劝他散了,所以告状牵上小的作证。"察院问道:"你是童氏

〔1〕　胎肢窝——即胳肢窝,腋窝。胎,同"胁"。
〔2〕　合他娘家亲戚许多人——同本"戚许"二字空白,此依连图本,据李本校补。
〔3〕　搭——同"沓"。

的左邻还是右邻？"刘芳名道："小的是右邻。"察院道："为甚不告两邻作证，止告你一人？"刘芳名没得说。察院道："下边跪！"

叫韩芦："你有甚说？"韩芦道："小的女儿卖与狄希陈为义女，今年十六岁了。狄希陈因女儿生有姿色，日逐求奸，小的女儿贞烈不从。这狄希陈的妻童氏恨他不从，日夜殴打，活活把小的女儿打死，不令小的知道。尸首都不知下落了。"察院道："他去奸你女儿，你女儿不从，做妇人的倒不喜他，倒打死他！既是女儿被他打死，你且不告官，你且诈财！"韩芦道："小的听见女儿被他打死，同了妻去看，没见尸首，小的两口子哭了一场，回家告状，并不敢诈钱。说小的诈财，谁是证见？"察院道："奴才！还敢强嘴！你是十五两，你的妻戴氏十两，你带去的三个男子，四个妇人，每人一两。刘芳名亲手交付与你。刘芳名证得这等明白，你还抵赖！取夹棍上来！"韩芦道："小的实说，实有这银子。他人命行财，小的收了他银子才好告状。小的原封未动，见放在家里。"察院分付："且饶你夹，下边跪！"

叫刘芳名上来："你这奴才，这等可恶！人家的丫头死了，你欺生诈他四十两银，还与挑事！叫他的父母到跟前，又共诈银三十二两，还又唆他告状，叫他单告一个妇人，好大家诈他的钱！"刘芳名道："小的诈他一个钱，滴了眼珠子，死绝一家人口！小的也没叫他父母告状，他父母也没有诈他的钱。只因狄希陈叫小的到跟前劝了他劝，故此告上小的作证。"察院道："奴才强辩！韩芦自己招得分明，你还抵赖！夹起来！"

两边皂隶狼虎一般跑将上来，采将下去，鹰拿寒雀一般，不由分说套上夹棍,十二名皂隶两边背起,把个刘芳名恨不得把他娘养汉爹做贼的事情都要说将出来,遂把那起先诈银四十两,见狄希陈软弱可欺,悔恨诈得银子不多,随心生一计,叫了他父母来,诈了他银子三十二两,他父母谢了他五两。又教他告状:"若告上男子,因老爷每次状上妇女免拘,不拘妇女,不能多诈银子,所以单告一个女人,叫他无可释脱。这是实情。"

察院一一写了口词,放了夹棍。叫上韩芦同刘芳名,每人三十个头号大板;又叫上应士前[1]、应向才、韩辉,每人十五;又叫童氏上去,发放道:"怎么一个丫头,你凌逼他叫他吊死?这等悍恶,可恶!拿拶子拶起!"唬的童氏那平日间的硬嘴不知往那里去了,口里不叫老爷,只叫:"亲妈救我!"察院也明白是唬他一唬,说道:"本等该拶,还该一百敲。姑且饶你!"分付:"狄希陈、童氏,开释宁家;刘芳名、韩芦、韩辉、应士前、应向才,带到南城兵马司,听票追赃;其馀的妇人四口,姑放回家,一应纸罪俱免。"原差将一干人犯带付南城兵马司,当官取了收管回话。

兵马司将一干人都收了监。候至次日早堂,察院行下一张票去,上面写道:

> 南城察院为打死人命事,仰南城兵马司官吏照票事理。即将发去后开犯人韩芦等吓诈赃银,勒限照数追完,依时值籴米,交本城粥厂煮粥赈饥;将追过银数,籴过米石,限五日内同本厂

案收,一同具由报院毋迟。计开:韩芦夫妇共诈银二十五两,刘芳名诈银四十两,韩辉诈银一两,应士前诈银一两,应向才诈银一两;又妇人四口,各诈银一两,着落各妇亲属名下追。

兵马司蒙票遵行,将韩芦等提出追比。韩芦的二十五两用去的不多,除谢了刘芳名五两,还剩有十八两银子在家。戴氏遍向那篦头修脚的主顾奶奶家,你五钱,我一两,登时凑足了二十五两,倒还有几两多馀,被兵马勒了加二的火耗,扯了个直帐。韩辉、一班妇女,其银不多,都已纳完,各准〔1〕讨保在外。惟这刘振白儿子拐银逃走,小老婆又背主私奔,家中再没有别人,死煞坐在监中呆等,那得有鬼来探头? 三日一比,比了两限。兵马道:"你既家下无人,叫人押他出去,讨一个的当保人保他出去,叫他自己变产完官。"差人押他到家,街门锁闭。将门撅开进去,止剩得些破碎衣裳,粗造家伙,尽数卖了值不上四五两银。住的到是自己的几间房子,也还值五六十两不止,贴了招子出卖。

但这刘振白刁歪低泼,人有偶然撞见他的,若不打个醋炭,便要头疼脑热,谁敢合他成得交易? 一个侄儿叫是刘光宇,倒是顺天府学的秀才,刘振白平日待他即如仇敌一样,在一个皇亲家教书,推了不知,望也不来望他一望。差人押了几日,寻不出保人,变不出产业,只得带回见官。兵马也无可奈何,仍着落原差带出他来措处。家中留下的破碎物件,日逐

---

〔1〕 准——同本作"惟",盖因"准"与"惟"形近,下句又有"惟"字而讹,据文意酌改。

卖了来的,只好同差人吃饭也还不够,那得償下上官? 差人极了,只得教他将左右对门的邻舍告在兵马司里,强他买房。

刘振白果然递了状。及至准出状来,左邻就是狄希陈。为狄希陈的事,所以追他的赃,岂可又叫狄希陈买他的房子? 况又知道狄希陈是工部相主事的表兄,相主事新经管了街道,正是兵马的本官上司,兵马还敢惹他? 他的右邻是个南人,见做中城察院书办,又是兵马的亲临上司。对门是个锦衣卫指挥,虽是军政,空闲在家,倒也没有势焰,但兵马司也是不敢惹他的。差人持了官票,连这三家的门上脚影也不敢到,将票缴了。

兵马怒道:"这等可恨! 朦蔽着叫我准出状去,出票拘人,幸得差人伶俐,暗自销了原票! 万一将票被他们看见,名字出在票上,差人拘唤,我这官儿休想还做得成! 这分明是做弄我的主意!"将那押了讨保的差人合刘芳名每人十五板,再限五日不完,连原差解院。没奈遍央了合城的牙子[1],情愿减价成交。——"若是惧怯我的素行,不妨当官交价,文契着兵马用了印[2],我便歪憨,也没处使。"

恰好三边总督提塘报房一向都是赁房居住,时常搬移,甚是不便。新到的提塘官是个宁夏中卫的指挥,在总督上递了呈子,说:"报房一向赁房,搬移不便,岁费房价零算无几,总算不赀。合无将旷兵月粮内动支银两,于北京相应处所买房一处,修葺坚固,不惟提

[1] 牙子——职业的买卖经纪人,即买卖中介绍、说合的人。
[2] 用了印——同本作"用了甲"。"印"与"甲"盖因形近而讹,据文意酌改。

塘发报得有常居,所费赁钱足当买价;凡系本部院差人进京,即在此房安寓,省又另寻下处,以致泄漏军机。"

总督深以为然,交了二百两,准他来京随便置买。经纪说合,作了五十八两官价买做报房。及至立契交价,刘振白再三倒褪,只求打脱。指挥使性不买,说道:"我又不曾短少他的银子,没得他的甚么便宜,为甚么强买他的?"差人发躁道:"你房子卖不出去,连累我上了比较! 幸得有人出了你足心足意的价钱,你又变卦不卖,这明白是支吾调谎! 我被你赂累直到几时?"

带去司里回话,差人将那房子有人出到五十八两,已是平等足价,他临期又变卦不卖,这明白是支吾延挨[的话说了一遍]。兵马着恼,差人押到书房,勒他写了文契,使了本司的方印钤盖,差人交与指挥。那指挥收了文约,兑了五十八两足色官银,差了一个家人亲到兵马司,当官交到刘振白手内。兵马兑了他四十四两赃银,剩的十四两,交还他自己收去。差人交铺,暂候听详。

押到外面,他放声哭道:"这房若是卖与别人,我要白使他几两银子,这房还要白赖他回来;如今做了总督的官房,只好罢休了!"方知他临期变卦,原来是这个主意。兵马将银籴了米运到粥厂,回了察院,文书批允释放。

狄希陈谢了相主事出书赢子[1]官司,又齐整摆了两席酒,封了两封各五两席仪,请惠希仁、单完两个,谢他衙门照管。

----

〔1〕 赢子——吴方言,赢了。

刘振白将剩的十四两银子,被原差要了二两,雇人叫招子找寻逃走的婆娘,又四散访缉那拐银的儿子。火上弄冰,不禁几日弄得精空,连饭也没有得吃。气那四十两银买米煮粥,倒叫别人吃去,自却忍饥。看银包内还有一钱九分凿口[1]剩下,抖成一处,买了一张粥票,一日两餐吃粥。

这刘振白诈了狄希陈四十两银,数也不少。若是他父母来打抢,你替他调停劝解,安于无事;就再挑唆他父母又诈了许多银去,从此歇手,岂不是心满意足的营生?却要贪心无厌,用出毒计唆他告状,不知还要诈他多少才罢。谁知天理不容,鬼神不愤,人财两空,故有尽失,察院夹打,兵马比限。可见:

　　万事劝人休计较,一生俱是命安排。

----

〔1〕 凿口——从整块银上凿下的散碎银子。

第八十三回

费三千援纳中书[1]　降一级调出外用

人生饮啄，冥冥神鬼安排着。招不即来辞不脱，簿中注定，点点无容错。　成都府里为莲幕，明明此说繇河伯。谁许夤缘求好爵？徒劳心计，空委三千壑。

——右调《醉落魄》

狄希陈完了刘振白官司，使了许多银子，受了无数狑气，也便晓得这北京城里不是容易住的地方。起过复，要赴部听选。他守制的时候，正是守选点卯之时，点到起复，倒成了个资深年久，头一个便该选他。只恐果如幼年那水神的言语，选到四川成都府去，七八千里[2]远路，过川江，下三峡，好生害怕。央了相知到吏部房里[3]察问，知此番大选有七个府经历缺，除了山东二缺不选本省，还有南直常州，浙江金华，北直河间、真定，河南南阳，都是附近美缺。狄希陈心内喜道："这五个缺，无论地方美恶，只是不往四川成都府去，便是

---

〔1〕　中书——明清时内阁有中书科，设中书舍人，为从七品，负责文书缮写。

〔2〕　七八千里——同本作"七入千里"。"八"与"入"盖因形近而讹，据文意酌改。

〔3〕　吏部房里——同本作"吏部房利"。"里"与"利"盖因同音而讹，据文意酌改。

造化。"

那日正去吏部点卯,恰好骆校尉从湖广出差回来,带了些湖广人事来望童奶奶合狄希陈。问知狄希陈点卯选官,正待开口说话,只见狄希陈从吏部点卯回来,叙礼留坐,整酒款待。吃酒中间,骆校尉道:"依我在下的愚见,狄姑夫,你不该选这个官。这府经历不是你做的。你富家子弟自在惯的性儿,你在明水镇上住着,人仰着头往上看你,你又不欠私债,你又早纳官粮,关门[1]高坐,谁敢使气儿吹你?你做了这首领官,上边放个知府,同知、通判、推官都是你的婆婆,且合你守着鼻子抹着腮的,你都要仰着脸看他四位上司。你就都能奉承得好,四位上司,你拿得定都是好性儿?三位合你好,只一位合你话不来,就要受他的气。

"你住的那衙舍,一个首领的去处,有甚么宽快所在?且不是紧挨着军厅[2],就是紧靠着刑厅,你敢高声说句话呀,你敢放声咳嗽声?你要不先伍着人的嘴,先不敢打个人,还怕那板子响哩。

"家里做秀才,做监生,任他尚书阁老,只是打躬作揖,叫太宗师。你做了首领,就要叫人老爷,就要替磕头,起来连个揖还不叫你作哩。堂上合刑厅但有些儿不自在,把笔略掉掉儿,就开坏了考语,

---

〔1〕关门——同本作"关再",据文意酌改。

〔2〕军厅——即府同知,因其主管清军、巡捕等事,故称。同本作"军听",据下文校改。

巡抚巡按考察,大不好看的事都有了。只是〔1〕那没日子过的人,别管他体面不体面,做上只个官,低三下四,求几个差委,撰几两银子养家。你姑夫要只个官,可是图名,可是图利? 要是图名,这低三下四,没有甚么名;要是图利,你姑夫是少银子人家?

"就刚才你姑夫说的这几个缺,北直隶还近,别的也都老远的。我替你姑夫算计,你既不图利,只是为名可,你加纳个京官做。你要舍的银子,爽利加他中书,体面也好,银带、鸂鶒补子,写拳头大的帖子拜人。题了钦差出去,凭他巡抚巡按,都是平处。你到绣江县去,数你头一位见任京官。

"况如今又开了新例,中书许加太仆少卿〔2〕。你爽利再加撩〔3〕给他几两银子,加了卿衔,金带黄伞,骑马开棍,这比经历何如? 你要十分舍不得钱,少使几两,加纳个甚么光禄署丞、鸿胪序班,也还强是首领。只是这两行难选,且打点不到,仍要转出外头去做县丞主簿,不如这中书,纳完银就题授了,且又不外转。

"别的纳粟中书,也还怕人不大作兴。你姑夫见放着相大爷在京,相大爷的三百名同年都是姑夫的相知。别说别的,你只穿着锦绣,夹着鞍笼,拖着牙牌穗子,逐日合这伙子拜往赴席,好看不好看? 相大爷名望又高,将来不是调吏部,定是调兵部。深深俸儿,就可以

---

〔1〕 只是——"这是"的音变。下文"只个官",同"这个官"。
〔2〕 太仆少卿——即太仆寺少卿,明清时为太仆寺卿的佐官。太仆寺设于北齐,历代相沿,掌管舆马及马政。
〔3〕 加撩——同本作"如撩",据文意酌改。

转得京堂,京中也有日子住哩。这不又有这等好靠山？这京官汤汤儿就遇着恩典,虵封两代,去世的亲家公亲家母都受七品的封。要肯把本身的恩典移封了爷爷奶奶,这就是三世恩荣。你有的是银子,你山里多的是石头,或在镇上,或是城里,青云里起的牌坊盖的两座,这也不枉了驰驰名。我说的是呀不是,你姑夫再想。"

骆校尉这一席话,把个狄希陈说得心花顿开,挝耳挠腮的乱跳,恨不得一会子就把个中书加到身上。童奶奶说到援纳京官,省得把寄姐远到外任,煞老实[1]的撺掇。狄希陈又合他娘舅表弟商议。这骆校尉的言语未常不可,料狄希陈的家事又是做得起的,所以虽不能极口的赞成,也并不曾明白的拦阻。狄希陈遂定主意,不往吏部听选,打了通状,一派专纳中书,将年前驮来的四千两头倾囊倒箧,恰好搅缠了个不多不少。纳完了银子,出了库收,咨回吏部,当日具稿画题。不三日奉了旨意,授了武英殿中书舍人。

一伙报喜的京花子,约有二三十人,一齐赶将来家,嚷作一块,说:"狄爷是平步青云,天来大[2]的喜事！快每人且先挂一匹大红云纻,再赏喜钱!"又嚷道:"叫快摆桌席,快叫戏子款待!"嗔狄希陈家不疾忙答应,打门窗,拷椅子,回喜变嗔,泼口大骂,唬得狄希陈越发不敢出头。众人见狄希陈不出拢帐[3],越发作起恶来,骂的管骂,打家伙管打家伙,又选出几个最无赖的泼皮,脱了衣裳,摘了网

---

〔1〕 煞老实——即"下老实",实实在在。
〔2〕 天来大——山东方言,如天一般大。
〔3〕 拢帐——揽事。这里指招揽接待。

巾,披撒了头发,使磁瓦勒破了头皮,流得满面是血,倘卧正厅当中,声声只叫唤:"狄中书家打杀报喜的人了!"街上几千人围着门看。

童奶奶叫小选子去请骆校尉来打发他们。他知道是差人调兵,把个中门紧紧的拦住,莫说一个小选子,就是十个小选子也飞不出去。童奶奶先封出五两银来,他道轻薄,没有体面,更觉打凶,开口要千两,实价定要八百两,再看人情,五百两是再不容少的了。——"如不依此数,内中选一个没家业无有挂恋的死在你家,除抢了家事,还合你打人命官司!"

童奶奶添到五十两,四匹红尺头,自己出来央他,他一发越扶越醉起来。内中有做刚的做柔的,讲到每人十两,二十七个共做二百七十两;内中两个为首的叫"大将",每将各偏十两,共二百九十两。狄希陈不肯出这许多,众人必欲要这些数目,依旧打嚷。

正是举家束手无策的时候,恰好不前不后,相主事喝道而来。看见门口围了许多人,听见一片声嚷骂,下了马,进到厅上,二三十个凶徒正在那里作恶。原来工部管街道的司官,合五城都属他所管,逐铺的总甲接替迎送。相主事问道:"这是些甚么人?因甚如此?"这些光棍还不晓得相主事新管了街道,也不晓得是个甲科部属,只说也是资郎〔1〕混帐官儿,佯佯不睬,还说:"皇帝还不打报喜〔2〕的哩!尚书阁老、六科十三道老爷,十载寒窗,十四篇文字,这般辛苦挣得官

----

〔1〕 资郎——出钱捐纳而获得官职的人。
〔2〕 报喜——同本作"保喜"。"报"与"保"盖因同音而讹,据文意酌改。

来，我们去报个喜，还成几百两赏我们！你不动动手儿得了这般美官，拿出五六十两银子来赏人！我们就报个'凤仪韶舞'，他也谢我们几十两银子！难道你连个'凤仪韶舞'也不如了？"

相主事问长班："甚么叫做'凤仪韶舞'？"长班禀道："是本司院里的乐官。"相主事怒道："只样可恶！与我把住大门，不许放出一个人去！着人叫本地坊总甲来！"众光棍道："你老人家少要替人生气。看气着你老人家身子，值钱多着哩！瞎了银子，可没人赔你老人家的，不可惜了？"又有的说："呵！把着大门哩！你就作揖唱喏，杀鸡扯嗓儿的，待央及的我们出去哩！"

长班见光棍们放肆，喝道："作死的狗因们！睁开狗眼看，这是街道工部相爷！花子们作甚么死哩！"光棍们听见这话，大眼看小眼，挽起头发，坎上帽子，披上布衫，就待往外跑。大门倒扣，怎么出得去？相主事道："叫众人过来！"这些光棍不知起初的旺气都往那里去了，齐齐跪下一院子，磕头没命，也不叫老人家休要生气，只说老爷将就饶命。相主事道："你这伙光棍都该打死！我罪不加众，你把为首的举出来，我饶你众人；不然，我都发到兵马司去，每人三十板，四个人一面连枷，枷号二月示众[1]！"众举出一个为首的，叫是师先行[2]。相主事道："你这伙许多人，为首的不止一个。再举一个，饶你众人。"你推我赖，又举了一个，叫是古会。

----

[1] 示众——同本作"不众"。"示"与"不"盖因形近而讹，据文意酌改。

[2] 师先行——同本作"帅先行"，据下文校改。

相主事正发放着，恰好总甲已到。相主事道："地方容这些光棍作恶，用你总甲是做甚的！把这两个为首的师先行、古会带到南城兵马司，交付寄监，听候发票究问。其馀协从，赶出去！"这些花子跪在地下，爷爷伯伯的叫唤，捣的那狗头澎澎的响，只叫："狄爷可怜见，出来替小的们说说儿！小的们都是些滴了眼珠子的瞎子们，狄爷不盼的〔1〕合小的们一般见识。狄爷这是喜事，后来还要入阁加宫保哩！"

童奶奶也下狠的撺掇狄希陈出来，望着相主事替他们讨饶，免发到兵马司去，赏他十来两银子做个开手，放他们去罢。狄希陈方才出到厅上。众花子迎着狄希陈，只是磕头央及。狄希陈到厅作了揖，相主事道："狄大哥，你这事也奇！为甚么叫这些花子奴才胡言乱语的骂着，也不着个人合我说去？这不是我自己来，这奴才们待肯善哩？"狄希陈道："可恶多着哩！他拦着门，可也容人出得去，可合你说呀？论放肆可恶，处他是极该的；但这小人无知，饶他罢。"相主事道："这是甚么话！他连我还放肆起来，不是长班吆喝住，他还不知有多少屁放哩！'报"凤仪韶舞"也赏几十两，没的不如"凤仪韶舞"么？'说我'不要替人生气，看气坏了身子，瞎了钱，没人赔你！'像这样话，不气人么？不枷杀两个，这奴才们也不怕！"众人齐道："小的该死，只望老爷饶狗命罢！"狄希陈受了童奶奶的指教，下狠的替他们求宽。相主事也要将错就错的做个开手，说道："姑饶发问。"

〔1〕 不盼的——山东方言，不屑，不属于。盼，音xì，在方言中与"屑"同音。

众人就如拾了几万黄金也没有如此欢喜,先替相主事,后替狄希陈磕了千八百个头,念了八万四千声佛,往外就走。狄希陈道:"众人且站住。家里取出十两银子来,叫这花子们买酒吃。"众光棍身子不动,口里说道:"好狄爷!这个小的们断不敢领!狗还知道衔环结草哩,小的们连个狗也不如了?狄爷别要费心。"相主事笑道:"油嘴奴才!刚才说你不如'凤仪韶舞',如今他又不如狗了!"后边封出银来,光棍们半推半就的接到手内,谢了相主事、狄希陈,欢声如雷而散。留相主事到后边吃饭,商议谢恩见朝、到任见阁老一切的事体。

相主事别了回去,狄希陈忙着做员领,定朝冠、蠞头、纱帽,打银带,做皮靴,买玎珰锦绥,做执事伞扇。与寄姐做通袖袍,打光银带,穿珠翠凤冠,买节节高霞佩。收了个投充的拜帖书办、四名长班。中书科出了礼仪到任的告示,大门首贴着不许坐卧喧哗的条示,内府中书科的大红纸靛花印的封条。鸿胪寺报了名,谢恩见朝,然后到任。

恰好六七个裁缝将那许多吉服锦绣并寄姐的衣裳都已做完交进,银带凤冠等物俱各赶完。正要逐件试过,恰好骆校尉来到。吃过了茶,骆校尉见旁边放着许多做完的衣服,问道:"衣服都成了?试过不曾?趁着裁缝在外头,试的不可体[1],好叫他收拾。"谁知正合着狄希陈的尊意,欣然先要把圆领穿上。骆校尉道:"这穿冠服都有一定的先后。你是不是没穿靴,没戴官帽,先穿红圆领?这通似末上开场的一般。你以后先穿上靴,方戴官帽,然后才穿圆领。你可记

----

〔1〕　不可体——不合身。

着,别要差了叫人笑话。"

　　狄希陈将圆领逐套试完,自己先脱了靴,摘了官帽,然后才脱圆领。骆校尉笑道:"这个做官的人可是好笑,怎么不脱圆领,就先脱靴摘官帽的呀?"狄希陈道:"你说先穿靴,次戴纱帽,才穿圆领。这怎么又不是了?"骆校尉道:"我说穿是这们等的,没的脱也是这们等的来?你可先脱了圆领,拿巾来换了官帽,临了才脱靴。你就没见相大爷怎么穿么?"狄希陈道:"我只见他那带一个囫囵圈子,我心里想:'这个怎么弄在腰里?没的从头上往下套?没的从脚底下往腰上束?'我只是看那带,谁还有心看他怎么穿衣裳来?我见长班[1]把那带不知怎么捏一捏儿就开了,挂在腰里,又不知怎么捏捏儿又囫囵了。我看了好些时,我才知道这带的道理哩。"骆校尉道:"你既是不大晓的,你爽利不要手之舞之的。脱不了有四个长班,你凭那长班替你穿。这还没甚么琐碎,那穿朝服、祭服还琐碎哩。"童奶奶道:"哥可是聪明。咱家倒也没有甚么做官的,哥凡事都晓得。"骆校尉道:"咱家虽没有做官的,我可见的多。这锦衣卫堂上,一年至少也见他千百伙子。"

　　狄希陈笑道:"一个人吃川炒鸡,说极中吃。旁里一个小厮插口说道:'鸡里炒上几十个栗子黄儿,还更中吃哩。'那人问说:'你吃来么?'小厮道:'我听见俺哥说。'问:'你哥吃来么?'说:'俺哥跟外郎。'问:'外郎吃来么?'说:'外郎听见官说中吃来。'"

----

　　〔1〕　我见长班——同本作"我是长班"。"见"与"是"盖因形近而讹,据文意酌改。

　　骆校尉把脸弄的通红,说道:"我倒说你是好,你姑夫倒砌[1]起我来了。"狄希陈道:"你说是看见官儿这们穿,我说个笑话儿,怎么就是砌你?"寄姐道:"罢!人见来还好哩,还强起你连见也没见!"狄希陈道:"哥儿你漫墩嘴[2]呀。凤冠霞帔,通袖袍带,你还没试试哩。你别要也倒穿了可。"寄姐道:"浑是不像你,情管倒穿不了!"狄希陈道:"且别赌说。我见人上轿都是脸朝外,倒褪着[3]进去;我没见有回头朝里,钻进去转磨磨的。"寄姐道:"不干你事!我不合人一样,待是这们转转过来,怎么样着呀?"

　　狄希陈道:"是,是。你说的有理。这天待中黑呀,舅来了这们一日,你快着撺掇拿酒来吃罢。"寄姐方才回到厨房,叫人安卓摆菜,请骆校尉吃酒。狄希陈照席[4]、童奶奶、寄姐两头打横。吃到起更天气,骆校尉要起身回去,狄希陈合童奶奶再三相留。骆校尉道:"这天也老晉晚的,我的酒也够了。姑夫要起五更进朝谢恩哩,早些歇息,五更好早起来。这向圣上坐的朝早,宁只早去些,在朝房里等会儿不差。"骆校尉固辞了回去。

　　这狄希陈从平地乍上了青天,寄姐想一想也就是七品京官的娘子,童奶奶也就是中书的丈母,大家心里都是着了喜的人,且是调羹在厨房里管待骆校尉,忙乱了半日,没得来同吃三钟酒,[于]是重整

---

〔1〕　砌——同"湒",用水冲。引申指拿别人开玩笑,寻开心。
〔2〕　漫墩嘴——等于说不要不高兴。漫,同"慢"。墩嘴,努嘴、不高兴的样子。
〔3〕　倒褪着——同本作"倒腿着"。"褪"与"腿"盖因形近而讹,据文意酌改。
〔4〕　照席——即对席,坐在与正席相对的位置上。照,对,朝向。

杯盘,再办家讌[1],吃一个合家欢乐。小钟不已,换了大钟。这们些年,也从来尝尝吃酒,没有这一遭喜欢快乐的狠。正是酒落欢肠,大家沉醉,直吃到三更将尽,方才打散。酒色两个字看来是拆不开的,一定狄希陈合寄姐睡在床上,乘着酒兴,断是又贺了贺喜。

酒醉乏了的人,放倒头一觉睡去,那里还管得进朝谢恩?两个且往栩栩园捉蝴蝶耍子[2]去了。若是童奶奶合调羹睡得轻醒,也好叫他们一声,都又是醉了酒、落了夜的人,都跟了往栩栩园顽耍。吕祥、小选子,里边主人家吃酒不睡,这下人岂有先睡的理?脱不了也是等到三四更天。主人家合家吃酒,这下人是肯干吊着下巴等的?小选子也会走到后面,成大瓶的酒,成碗的下饭偷将出来,任意攘颣。及至收拾睡倒,也便做了"陈抟的兄弟陈扁"[3]。

交了五更,四个长班齐来敲门。那狄希陈的两片门扇,比那细柳营的壁门[4]结实的多着哩,打到五更三点,敲肿了四个人的八只手不算,还敲碎了砖头瓦片一堆。小选子从睡梦中棱棱挣挣的起来,揉着眼替长班开了门。长班嚷道:"怎么来,就睡的这们死?不好!天

---

[1] 讌——同"宴"。

[2] 往栩栩园捉蝴蝶耍子——《庄子·齐物论》:"昔者庄周梦为胡蝶,栩栩然胡蝶也。"此处因以"栩栩园"为梦乡,以"捉蝴蝶耍子"喻入梦。

[3] 陈抟的兄弟陈扁——陈抟善睡,参见第四回注。抟与"团"同音,故这里戏称陈抟的兄弟为陈扁。

[4] 细柳营的壁门——汉文帝时,周亚夫为将军,屯军细柳。文帝至细柳劳军,因无军令,不得入。帝使使者持节诏将军,亚夫方传令打开壁门。事见《史记·绛侯周勃世家》。

待中明了,快请爷进朝!"一边鞴马,一边点灯笼,从新又打中门。及至叫醒了人,开了门,梳洗完毕,东方已大明了。长班只是跺脚,口里只说:"怎么处? 这可了不得!"及至搀拥狄希陈上了马,打着飞跑。走到长安街上,那大众〔1〕已是散朝出来。

狄希陈道:"这误了进朝,明日补朝也不妨么?"长班道:"好爷呀,说的是甚么话? 快寻人写本,上本认罪! 要是爷的阴骘好,得罚半年几个月的俸儿,这就够了! 这不消去了,请爷回去罢。"即忙到中书科里,叫了写本的来,只推五更进朝起早,马眼叉,跌伤了腿,误了谢恩,认罪求宽。书办照依写完了本,次早逯会极门上去。

原来鸿胪寺当日已同科道面纠过了。将狄希陈的本上批了严旨,姑着降一级,调外任用。奉了旨意,一家方才垂首丧气,都悔晚上吃酒,原是乐极生悲。

相栋宇、相主事虽也着恼,还也不说甚么。倒是骆校尉来到,怨妹子,恼外甥,自己打脸咒骂,说道:"我可有酒癖,可是有馋癖? 一个人五更里待进朝起早,我可敦着屁股嗤血条子不动,这羞恼不杀人么! 我这多嘴尸养的,没要紧下老实的撺掇他援例,叫人丢这们几千银子! 这可怎么处?"

狄希陈像折了脖抢骨〔2〕似的,搭拉着头不言语。童奶奶道:"干哥甚么事? 哥这们着极! 哥叫援纳京官,这没的不是好? 难道

---

〔1〕　大众——同本作"大象"。"象"与"象"盖因形近而讹,据文意酌改。

〔2〕　脖抢骨——山东方言,即"脖腔骨",颈椎。抢、腔,皆为"项"的音变。

是害人来不成！哥没等起更，老早的去了，这有哥甚么不是？哥去了，家里从新又吃，可就吃的没正经了。待中交四更才睡觉，睡倒可就起不来了！"骆校尉道："他姑夫两口儿罢了，年少不知好歹。姑娘，你是个极有正经有主意的人，可怎么也这么等的？"童奶奶道："你可说！甚么禁的'神差鬼使造化低'么？"

狄希陈道："这事我不依！难道[有]骗了我这们些银子，一日官不叫我做的理！说不的，倒出银子给我！"骆校尉鼻子里嗤了一声，说道："你倒好性儿！朝廷做着你的老子，他也不依你话！"童奶奶问道："这降一级调外任，不知还降个甚么官儿？"骆校尉道："从七降正八，县丞、府经历、按察司照磨〔1〕。"狄希陈道："要得降个县丞，倒也还好。我见那昝俺县里一个臧主簿来给我挂扁，那意思儿也威武。这县丞不比主簿还大么？"

骆校尉道："我说你没本事做府经历，你又有本事做县丞哩！这县丞受的气比府经历还不同哩！这磕头叫人老爷是不消说的。遇着个长厚的堂官，还许你喘口气儿；要遇着个歪憋刻薄的东西，把往衙里去的角门封锁〔2〕的严严实实的，三指大的帖儿到不得你跟前。你买根菜，都要从他跟前验过，闲的你口臭牙黄，一个低钱不见。端午中秋，重阳冬至，年节元宵，孩儿生日娘满月，按着数儿收你的礼。你要送的礼不齐整，好么只给你个苦差，解胖袄，解京边，解颜料，叫

〔1〕 按察司照磨——为各省按察使司的首领官，主管按察使司内部机构照磨所，负责档案的管理、归类等事。
〔2〕 封锁——同本作"封销"。"销"与"销"盖因形近而讹，据文意酌改。

你冒险赔钱;再要不好,开坏你的考语,轻则戒饬,升王官;再好,还是赶逐离任;再要没天理,拿问追赃。你好歹降个按察照磨做去,三司首领,体面也就好了。先不磕头叫老爷,这是头一件好处。合府官可以平处,委署州县印儿。堂官大了,他也就不大琐碎人,为自家衙门体面,也不肯叫首领官吃了亏的,十分苦差到不了身上。穿着豸补,系着印绶,束着白鱼骨带,且假妆御史唬人。"狄希陈道:"这意思儿好呀! 一似我干得的。但不知如何就可以得的?"骆校尉道:"这有何难? 放着相大爷一个名进士,磕头碰脑,满路都是同年,这有甚么难处?"

于是狄希陈拿定主意,要降按察司照磨。与相主事商议,相主事慨然应允,寻了路头,有了十分可就之机。察有河南按察司的个照磨见缺,说妥要将狄希陈降补。及到临期,忽然钻出一个,势力比狄希陈的更大,本事比狄希陈的更强,轻轻的把一个讲定的缺,文选司顾不得相主事的情面,降补了一个建言的给事去了。又察有贵州的一个见缺,要将狄希陈降补。亏不尽相主事再三央恳,说他是北人,贵州路太遥远,不能前去。又过了几日,降补的官不敢十分迟得,也不曾与相主事商议,忽然邸报后面写道:

吏部一本为缺官事:成都府缺经历,推未任[1]武英殿中书舍人狄希陈降补。奉圣旨:是。

相主事见了这报,又惊又异,差相旺来与狄希陈说知。狄希陈乍

---

〔1〕 未任——同本作"未在"。"任"与"在"盖因形近而讹,据文意酌改。

闻也未免懊恼,想到那幼小年纪淹在那水中[1]的时节,水里的神灵已豫先注定他是四川成都府经历,因是个朝廷命官,神灵倒也还肯保佑他。过了这许多年岁,费了许多机关,用了这几千银子,印板一般没腾那,还是那水神许定的官职,注就的地方。所以狄希陈只是叹了口冷气,细细回想将来,到也免了着恼。如今断了妄想,死心蹋地打点四川成都上任。

仍要赴朝谢恩,至期一夜不曾稳睡,略略睡着,就像有人推醒他的一般。就是寄姐、童奶奶、调羹,都像有根棍棒支开了两只眼睛的相似。外边吕祥、小选子,刚刚交过四更就来敲门催起。到朝门下,等了个不耐心烦,方才谢恩已毕,回到下处伺候领凭。

从新改换八品服色,退了那四名长班合那拜帖书办,另做了成都府的执事,又得延请个幕宾先生。算计童奶奶合调羹或是随任,或是留京;兵部洼的当铺怎生收拾,这都要个妥当,方可远行。又要打听往四川的路程,或是旱路,或是水路。要算计回家祭祖,又虑寄姐没处着落,且怕素姐坚意同行,不能择脱;待要不回山东,径往任所,家中的产业却也要料理个安稳。况且一个爷娘的坟墓,怎好不别而行?

狄希陈一些也自己算计不通,低了个头,倒背了个手,走过东走过西的不住。寄姐裂着嘴笑他。童奶奶道:"这姑娘真是孩子气!一个心焦着极的人,你可笑他? 虽说这远去预先是神灵许过的,去了

---

〔1〕 那水中——同本作"卯水中"。"那"与"卯"盖因形近而讹,据文意酌改。

那些银子,这一定也是个定数;但是弄的手里空空的,这们远路,带着家眷走,可也要好些盘缠哩。这都不是焦心的事么? 你可还笑他!"狄希陈道:"佛爷,佛爷! 人不知道,只是我合你老人家说的上话来! 你老人家但只开口就是投机的。"童奶奶道:"虽这们说,你焦的中甚用? 焦出病来才是苦恼哩。车到没恶路,天老爷自然给人铺排。既是叫咱往那们远去,自然送到咱地头。你且放宽了心,等我替你算计,情管也算计不差甚么。"

但不知这个女军师如何算计,果否不差,只听下回再说[1]。

---

[1] 再说——同本作"耳说",据文意酌改。

第八十四回

童奶奶指授方略　骆舅舅举荐幕宾

笑彼乡生，目不识丁。援例坐监，乍到北京。诸事不解，一味村行。若非丈母，心地聪明。指与正路，说透人情。几乎躁死，极吊眼睛。幕宾重客，不肯躬迎。呼来就见，如待编氓！这般村汉，玷辱冠缨。缴还纱帽，依旧深耕！

童奶奶说狄希陈道："你一个男子人，如今又戴上纱帽做官哩，一点事儿铺排不开，我可怎么放心叫你两口儿这们远去？你愁没盘缠，我替你算计，家里也还刷括出四五百银子来。问相太爷要五百两，这不有一千两的数儿？你一切衣裳是都有的，不消另做。买上二十匹尺头拿着，别样的小礼，买上两枝牙笏、四束牙箸、四副牙梳、四个牙仙；仙鹤、獬豸、麒麟、斗牛补子，每样两副；混帐犀带买上一围；倒是刘鹤家的好合香带多买上几条，这送上司希罕。像甚么洒线桌帏、坐褥、帐子、绣被、绣袍、绣裙、绣背心、敞衣、湖镜、铜炉、铜花觚、湖绸、湖绵、眉公布、松江尺绫、湖笔、徽墨、苏州金扇、徽州白铜锁、篾丝拜匣、南京绉纱，这总里开出个单子来，都到南京买。如今兴的是你山东的山茧绸〔1〕，拣真的买十来匹，留着送堂官合刑厅。犀杯也得买上四只；叫香匠做他两料安息香、两料黄香饼子。这就够了，多了也不好拿。领绢也往南首里买去。北京买着纱罗凉靴、天坛里的鞋。这不当头的大礼小礼都也差不多了？你到南京，再买上好玉簪、玉结、玉扣、软翠花、羊皮金，添搭在小礼里头，叫那奶奶们喜欢。

"你把当铺里的本钱拨五百两给相太爷，抵还他借的那五百银子。当铺里有了相太爷的五百本钱，这不就合相太爷是伙计了？有了相太爷在内照管，咱这铺子就可以照当的，叫狄管家合小大哥开着。他刘姐也不消拖拉着个孩子过江过海的跟了你去。当铺撰的利钱儿，俺娘们家里做伴儿过着。你一个做官的人，不时少不了人上京。有甚么使用，稍甚么东西，有个铺儿撰着活变钱也甚方便。

"既是狄管家两口儿不跟了你去，有家小的家人还得寻两房。使几两银子买个全灶，配给吕祥做了媳妇，到衙里好做饭吃，就是摆个酒儿也方便。你知道八九千以外的食性是怎么样的？再买个十一二的丫头子房屋里指使。没的你两口子在屋里，清早后晌，好叫媳妇子们进去的？

"家里他姓薛的奶奶，依着我说，不消叫他去。我倒不是为我家的姑娘，我家的姑娘也是个数一数二的主儿，我怕他降下他去不成？

〔1〕　"如今"句——明末山东益都颜神镇人孙廷铨《山蚕说》："野蚕成茧，昔人谓之上瑞，今乃东齐山谷，在在有之……弥山遍谷，一望蚕丛。"清赵吉士《寄园寄所寄》："明季崇祯时，臣僚闻土恶其华丽，遂以茧绸为服始盛行。""茧绸"即山茧绸，用野生柞蚕的丝织成的绸，其兴则始于明末崇祯时。

可是他舅舅说的,你那官衙里头窄鳖鳖的,一定不是合堂上就合那厅里邻着。逐日炒炒闹闹,打打括括的,那会儿你'豆腐掉到灰窝里——吹不的打不的'。你这不好不从家里过去的理,你替他薛奶奶也打条带儿,做身通袖袍儿,买两把珠子,穿两枝挑牌,替他打几件甚么花儿,再买上几匹他心爱的尺头。玉簪、玉结,这些小物件也买上几件,这也见的来京里住了这二三年,选了官回去的意思。

"你可别说不合他去。你也别说怎么路远,怎么难走,你满口只是说待合他去。他说起路远来,你说:'路那里远?不上二千里地。'他说路上难走,你说:'一些也不难走。你待走旱路就坐上轿,你待走水路就坐上船。'你说:'我要不是自己敬来〔1〕接你,我就从京里上任,近着好些路哩。'你可叫吕祥合小选子在他跟前说,那路够一万里远,怎么险,怎么难走,川江的水怎么利害,栈道底下没底的深涧,失了脚掉下去,待半月十日到不的底哩!你可又合小厮们打热椎〔2〕合气,嗔他多嘴。他自然疑心,就不合你去了。你只带着吕祥、小选子,狄周还得送你到家,再带着些随身的行李。别的人合多的行李都不消到家。这们远路,断乎莫有〔3〕起旱的事,必径是雇船。张家湾上了船,你从河西浒也罢,沧州也罢,你可起旱到家,叫船或是临清,或是济宁泊住等你。狄周送你上了船回来。我替你算计的,这也何如?"

----

〔1〕 敬来——山东方言,特意来,专来。

〔2〕 打热椎——挥拳相斗。这里是吵架的意思。椎,山东方言指拳。

〔3〕 莫有——没有。莫,山东章丘一带方言,"没"的音变。

狄希陈道："天,天! 你老人家早替我铺排铺排,我也不消这们纳闷。这就像刊板儿似的,一点儿也不消再算计,就是这们等行!"

狄希陈叫童奶奶念着,他可写。仔细开出单来,该北京买的买了,该南京买的东西,下边注一"南"字。照了单,先替薛素姐打带做袍,并其馀的一拢物件。再其次,叫媒婆寻家人两口子,买全灶,买使女。还叫了周嫂儿、马嫂儿来,四出找寻。领了一个两口子,带着个四五岁的女儿。

那汉子黄白净细了粜子〔1〕,约有二十七八年纪,说是山东临清州人,名字叫是张朴茂。其妻焌黑〔2〕的头发,白胖的俊脸,只是一双扁呼呼的大脚,娘家姓罗。女儿也是伶俐乖巧的个孩子,因是初三有新月时候生的,所以叫是勾姐。因受不的家里后娘屈气,使性子来京里投亲,不想亲戚又没投着,流落在京,情愿自己卖身。作了三两身价,写了文契。狄希陈也没叫改姓,就收做了家人。"新来媳妇三日勤",看着两口子倒也罢了。

次日,两个媒婆又领了个十二岁的丫头来到。那丫头才留了头,老大瓜〔3〕留着个顶搭,焦黄稀棱挣几根头发,扎着够枣儿大的个薄揪。新留的短发,通似六七月的栗蓬,颜色也合栗蓬一样。荞面颜色

---

〔1〕 细了粜子——山东方言,细高个儿。

〔2〕 焌黑——同本作"悛黑"。"焌"与"悛"盖因形近而讹,据文意酌改。

〔3〕 老大瓜——山东方言,脑袋瓜,头颅。老,"脑"的音变;同本作"者",盖因形近而讹。大,方言音 dài,"袋"的借字。

的脸儿,洼塌着鼻子,扁扁的个大嘴,两个支蒙灯碗耳躲[1]。脚喜的还不甚大,刚只有半截稍瓜长短。穿着领借的青布衫,梭罗着地[2],一条借的红绢裙子系在胳肢窝[3]里。

两个媒人合他的[4]娘母子,外头跟着他爹。周嫂儿叫了那丫头替童奶奶磕头,那丫头把身子扭了一扭,不肯磕头[5]。他娘说道:"这孩子从小儿养活的娇,可是说的,像朵花儿似的。培养了这们大,说不的,着了极只待割舍罢了。"童奶奶道:"这孩子不好,我嫌丑。你还拣俊些的领了来。"寄姐道:"丑俊到也别管他,待要看娘子哩,要俊的?丑的才是家中宝哩。"他娘道:"这孩儿,不当家,那里放着丑?这要生在大人家,搽胭抹粉儿的,再穿上绌棉衣裳,戴上编地锦云髻儿,这不像个画生儿哩?"寄姐说:"好画生儿!年下画了来贴在门上!你说多少钱,我好还你。"他娘说:"价钱有几等说哩。带出去合不带出不同,或留在房里用,或大了嫁出去,又另一说。"

童奶奶说寄姐道:"俺小姑娘!你待怎么,只是要他?叫他说的割碜[6]杀我了!"寄姐道:"我妈,你管我怎么?丑不丑在我!你没

---

〔1〕 支蒙灯碗耳躲——像灯碗一样伸展开来的大耳朵。支蒙,今山东方言说"支绷"、"支棱",竖起、挺出的意思。

〔2〕 梭罗着地——山东方言,拖拉到地上。

〔3〕 胳肢窝——山东方言,腋窝。

〔4〕 他的——同本作"地的"。"他"与"地"盖因形近而讹,据文意酌改。

〔5〕 磕头——同本作"榼头"。"磕"与"榼"盖因形近而讹,据上文校改。

〔6〕 割碜——山东方言,后文也作"砢碜"。让人感到难堪、恶心。

听说俊的惹烦恼么？你说卖的实价儿,别要管我,我只是要。"他娘道:"这孩子今年十二了,你一岁给我一两五钱银子罢。"寄姐道:"你汗鳖了？说这们些!"他娘道:"好奶奶,这十八两银子说的多么？应城伯家要这孩子做通房〔1〕,情愿出我二十五两银,我不合那大勋臣们打结交。周嫂儿合马嫂儿,你没见么？"

周嫂儿道:"这里偏着不做房里的,你说十八两也忒多了点子。你就擦头皮儿〔2〕来。"童奶奶道:"擦头皮儿得二两银子。"寄姐道:"二两他也不肯。就给你四两。俺是京里人家,这待往任上去哩,做完了官就回来。这二位老奶奶还在家里不去,这是不带出去的。这房里只我自己一个还闲得腥气〔3〕哩,不用他做通房。使他到十七八,嫁出他去。就是这们个价儿,你卖不卖凭你。实说,我喜你这孩子丑,衬不下我去,我才要他哩。要是描眉画眼的鬼伶精儿,我不要他呀!"他娘道:"我看奶奶善静,不论钱,只管替孩子寻好主儿。奶奶,你看我容易？给六两罢,我让奶奶十二两银。"媒婆说着,做五两银讲说停妥。叫他老子外头寻人写立文契,家里先管待媒婆合丫头娘儿们吃饭。

还没吃了,丫头的老子也没写成文书,拍搭着那中门,只说:"领出孩子来罢,我不卖了!"两个媒婆慌忙出去,说道:"这们好良善人家,给你的银子又不少,你变了卦是为怎么？"他老子道:"好良善人

〔1〕　通房——被主人收纳为妾的丫头。
〔2〕　擦头皮儿——去掉虚的,从实处讲起的意思。
〔3〕　闲得腥气——闲得没有事做的意思。

家！你这媒婆们的嘴，顺着屁股扯谎，有个半边字的实话么？亏我外头去寻人写文书，要不，这不生生的把个孩子填到火坑里来了！"寄姐道："快叫他领了去！不卖就罢，有这些屎声嗓气的！'王妈妈背厢儿——快替我离门离户的'！"

两个媒婆对他娘说道："你老头子不知外头听了谁说的话，这们等的！这是我们几十年的主顾。俺们住锦衣卫骆爷房子的，这是骆爷的妹子，俺们叫'姑奶奶'哩。这狄奶奶是姑奶奶的女儿，我们叫'姑娘'。为狄爷做了官，我们才叫'狄奶奶'。这狄奶奶，俺们看生看长的，真是个蚂蚁儿也不肯捻杀了，蝎子螫着他老人家，还不肯害了他性命，叫人使箸夹到街上放了。虼蚤臭虫成群家咬他老人家，他老人家知道捻杀个儿么？"寄姐吃喝道："罢！老婆子没的浪声！我怎么来，就有成群的臭虫虼蚤咬我？又咒骂叫蝎子螫我！叫他领着丫头夹着屁股臭走！我路上拣着好的买！"他娘领着那丫头，两个媒婆也跟了出去。寄姐道："两个媒婆妈妈子还没吃了饭哩，打发他出去，回来把饭吃伶俐了去。"

周、马两嫂儿送他出去，待了老大会子，回来说道："你说这人扯淡的嘴不恼人么！他寻人写文书去，不知甚么烂舌根的说咱家里怎么歪憋，怎么利害，丫头买到家里，没等长大就要收用；丫头不依，老婆汉子齐打，紧紧儿就使绳子勒杀。勒的半死不活的，钉在材里就埋。娘老子来哭场，做弄儿[1]送到察院里打个臭死，歪捆卷儿，还

----

[1] 做弄儿——同本作"做美儿"。"弄"与"美"盖因形近而讹，据文意酌改。

赖说诈了银子[1]，追的人卖房卖地、妻零子散的哩！"童奶奶道："这不可恶，屈死人么？他说是谁说的？这只该合他对个明白！要不，往后来怎么再买丫头？他见我使的小玉儿，我全铺全盖的陪送他出去，这是谁家肯的？你两个刚才就该根问他个的实。你说：'你听的谁说来？咱合他对去。'对出谎来，打他那嘴！"

周嫂儿道："俺两个可是没再三的问他？他秦贼似的，肯说么？只说：'给我一千两银子，我只不卖死孩子怎么！'可是气的俺没那好，屎臭的唾沫，老婆汉子一个人哕了他一脸。俺说：'你既不卖给他孩子，你可别诳他的饭吃！'他说：'已是写文书讲就了，谁知道俺那忘八听人的话来？'"

寄姐道："咱这左近一定有低人，看来买丫头买灶上的，他必定还破你。已后往那头舅爷家说去，我叫那低狗攘的没处去使低去！"周嫂儿两个道："这好，俺有相应的，往那头说去。说停当了，俺自己还不来哩，只叫舅爷家使人来说。我叫那歪砍半边头的只做梦罢了！"童奶奶叫人把那饭从新热了热，让他两个吃完，嘱付两个上紧寻人："你狄爷的凭限窄逐[2]，还要打家里祭过祖去，这起身也急。辛苦些儿，说不的，多给你点子媒钱就有你的。"两个媒婆作辞谢扰而去。

到了次日午后，只见骆校尉家差了个小厮林莺儿来到，说："周

嫂儿说了个灶上的，倒也相应，请过姑奶奶去商议哩。"童奶奶连忙收拾了身上，雇了个驴，一溜风回到娘家。骆校尉接着，让到家里，问说："姑娘还待买个灶上的哩？"童奶奶道："孩子千乡百里的去，你知道那里的水土食性是怎么样的？不寻个人做饭给他两口儿吃么？"骆校尉道："这丫头可那里着落他哩？没的放在外甥房里？"童奶奶道："算计配给吕祥儿罢。"骆校尉道："我只知道有个吕祥儿，我还不知道这吕祥儿是他狄姑夫的甚么人。"童奶奶道："是个厨子。那偺他不跟着个尤聪么？敢仔是尤聪着雷劈了，别寻了这吕祥儿。一年是三两银子的工食雇的。如今咱家有人做饭，这些时通当个自家小厮支使哩。"

骆校尉道："姑娘，你凡事主意都好，你这件事替他狄姑夫主张的不好。买一个全灶，至少也得廿多两银子。他又不是咱家里人，使这们些银子替他寻了媳妇，你合他怎么算？"童奶奶道："我叫他另立张文书，坐他的工食。坐满了咱家的财礼银子，媳妇儿就属他的；坐不满银子，还是咱的人。好不好，提溜着腿子卖他娘！汉子可恶，捻出汉子去留下老婆。"骆校尉道："你姑娘，这事不好。还另算计，别要冒失了。我相那人不是个良才，矬着个橛子〔1〕，两个贼眼斩〔2〕

---

〔1〕 矬着个橛子——徐复岭《醒世姻缘传作者和语言考论》云，"吕祥"谐音为"驴相"，此盖形容吕祥头部形状，是。指吕祥脸长而下巴粗短突出。橛子，即葫芦把子。

〔2〕 斩——"眨"的借字。眨，山东方言音 zhǎn。

呀斩的。那里一个好人的眼底下一边长着一左[1]毛，口里放肆，眼里没人？这人还不该带了他去，只怕还坏他狄姑夫的事哩。说寻丫头给他做媳妇儿，他晓得不晓得？"

童奶奶道："这是俺娘儿们背地里商量的话，没人合他说。"骆校尉道："要是他不晓的，爽利不消干这事。我听说昨日买的那个媳妇儿，也做上饭来了。他狄姑夫到家可，本乡本土的再寻个两口子家人，也尽够用了。吕祥儿带去也得，不带去也得。"童奶奶道："一人不敌二人智，哥说的有理。咱回了他，且不寻罢。"童奶奶坐了会子，吃了饭，走到口儿上，骑了个驴回家去了。将骆校尉的话对寄姐[2]、狄希陈说了，止了不寻全灶。

这吕祥虽是正经主人家没合他当面说，家里商量，窗外有耳，自然有人透漏与他知道。见寝了这事，大失所望，作孽要辞了狄希陈回去。狄希陈怕他到家再像相旺似的挑唆素姐出马，这事就要被他搅乱的稀烂，只得再三的留他。他说："我家放着父母兄弟，我不千乡万里的跟着远去。"见狄希陈留他，他说："必欲叫我跟去，一月给我一两银子，算上闰月。先支半年的与我，我好收拾衣裳。"狄希陈道："就是路远，难道从三两就长到十二两么？给你六两银罢。"吕祥不肯。童奶奶道："八九千里地跟了去，十二两也不多，给他也罢。"吕祥道："童奶奶可知道人的艰苦。要不是路远，我也不争。"就鹰撮

---

〔1〕　左——"撮"的同音借字。

〔2〕　寄姐——同本作"奇姐"。"寄"与"奇"盖因形近而讹，据上下文校改。

脚跟住狄希陈,当时支了六两文银,买的缸青做道袍并一切夹袄、鞋袜之类。

常对了小选子合张朴茂面前发作,说道:"寻全灶与我做媳妇儿,不知怎么算计,变了卦不给寻了!我看着,这一家子的刀把子儿都是我手里揝[1]着哩!我只到家透出一点风信儿来,我叫到任去的到不成任,做奶奶的做不成奶奶!咱把天来番他一番!"

小选子合张朴茂的媳妇到后边对着童奶奶合调羹说了。童奶奶道:"亏了倒底男人的见识、眼力比妇人强。他舅爷说他不是好人,果真不是好人。差一点儿没吃了他的亏!但只算计的这个法儿也毒得紧,这到叫人难防备哩!"后来童奶奶对了骆校尉告讼,骆校尉鼻子里冷笑了一声,说道:"一些也没帐!你们如今且都依随着他,临期我自然叫他学不的嘴,弄不的手段。"此在后回,这且不消早说。

一日,骆校尉到了狄希陈家,小林莺拿着个青布表蓝杭绅里子[2]的帽套囊子。骆校尉接过帽囊,取出一顶貂皮帽套,又大又冠冕,大厚的毛,连鸭蛋也藏住了,一团宝色的紫貂。拿在手里抖了一抖,两只手挣着自己先迎面看了一看,问狄希陈道:"姑夫,你看这顶帽套何如?"狄希陈道:"好齐整帽套!我京里也看够了几千百顶,就只见了兵部职方司老吴的一顶帽套齐整,也还不照[3]这个前后一样,他那后边就不如迎面的。"

----

〔1〕 揝——同"攥"。

〔2〕 蓝杭绅里子——同本作"蓝杭细里子"。"细"盖"绅"字之讹。

〔3〕 不照——不如,比不上。

　　骆校尉道:"穷舅没甚么奉敬,贺礼赆仪都只是这顶帽套。姑夫留着自己用,千万的别给了人。我实合你说,你留着自己戴,凭他谁的比不下你的去;你要给人,叫人看出破绽来,一个低钱不值。你说这帽套前后都一样,你说老吴的帽套后头不如前面的,这你就是认得货的了。老吴的帽套是三个整皮子,拣一个好的做了迎面,那两旁合后边的自然就差些了。这帽套可是拣那当脊梁骨上一色的皮毛,零碎趱够了,合了缝做成的,怎么得前后不一样? 这拼凑的你就是吕洞宾、韩湘子也认不出来,谁不说是顶一等的好帽套?你要给人,叫人看出来,一个屁也不值了。这不容易,这是好几年的工夫哩。姑夫,你到明日叫人做帽套呵,你可防备毛毛匠,别要叫他把好材料偷了去。这帽套,你姑夫至少也算我一斤银子的人事哩。"狄希陈道:"我没一点什么儿孝敬大舅,怎好收这们重礼?多谢! 我自有补报。"

　　骆校尉又问:"一切事体都收拾了不曾?"狄希陈说:"事体都也有了眉眼。昨日给了凭科里四两银子,央他凭上多限了两个月。还没得往张家湾写船去哩。大舅,你要没勾当,拿几两银子,腾那点工夫替我跑一遭去。"骆校尉道:"你这得个座船儿才好。使几两银子买张勘合儿,路上好走。有竟到四川的船更方便些,没有竟去的,雇到南京再雇也好。"

　　狄希陈道:"这雇船的事央了大舅应承去了,只当这件事也算完了。要紧的待请个人儿,还寻不着哩。"骆校尉道:"这到是难处的事。怎么说呢? 你要是甚么大官,衙门事多,有来路,费二三百两请一个大来历〔1〕的去。你这首领衙门,事也看得见,来路是看得见的。要是银子少了,请出甚么好的来?提起笔拿搦不出去,这倒不如不〔2〕了。怎么得肚儿里又有勾当,价儿不大多的这们个人才好。也只是嫌路远哩。"

狄希陈道:"说不的,这一件事也仗赖大舅替我做了罢。"骆校尉道:"这事该央央相大爷。他有甚么相处的妥当人儿,举荐个儿就好。我就打听有了人,那人的肚子里的深浅,我也不知道甚么。这北京城里,头上顶着一顶方巾,身上穿着一领绢片子,夸得自家的本事通天彻地,倒吊了两三日,要点墨水儿也没有哩!——我想起一个人来,他不知还在京里没?我寻他一寻去。要是这人肯去,倒是个极好的人。"

狄希陈问道:"这人姓甚名谁?何方人氏?"骆校尉道:"等我寻着他,合他说了,待他肯去,再与你说不迟。要是寻不见他,或是他不肯去,留着气力暖肚子不好?空说了这长话做甚么?"留骆校尉吃了酒饭,要辞了去寻访这人。

原来这人姓周名希震,字景杨,湖广道州人,一向同一个同乡郭威相处。郭威中了武进士,从守备做起,直做到广西征蛮挂印总兵,都是这周景杨做入幕之客〔3〕,相处得一心一意,真是知无不言,言无不尽。后来苗子作乱,郭大将军失了一点点的机儿,两广总督是个

〔1〕 大来历——同本作"大来力"。"历"与"力"盖因同音而讹,据文意酌改。
〔2〕 不如不——山东方言,不如不这样做的意思。
〔3〕 入幕之客——同本作"人幕之客"。"入"与"人"盖因形近而讹,据文意酌改。

文官大臣,有人庇护,脱然就了事,单单的把郭大将军逮了进京。郭大将军要辞谢了周景杨回去,周景杨说道:"许多年来与人共了富贵安乐,到了颠沛流离的时节,中路掉臂而去,这也就不成个须眉男子。况且他是武将,若离了我这文人,孤身到京,要个人与他做辨本揭帖,都是没有人的。"于是连便道也不回家,跟随了郭大将军一直进京。郭大将军发在锦衣卫勘问,得了[1]本揭做得义正辞严,理直气壮,仅仅问了"遣戍"[2]。奉旨允了部招,正还不曾定卫。

后来刑部上本,将郭大将军定了四川成都卫军,拘金起解[3]。郭大将军心里极是难舍,怎好又烦他远往蜀中?且是一个遣戍的所在,那里还措得修仪谢他?这周景杨又要抵死合他作伴,说:"你虽是遣戍,你那大将的体面自在。借了巡抚衙门效用些时,便可起用,这必须还得用我商议才好。我何忍不全始终?"所以都彼此主意不定的时候。

原来郭大将军每在锦衣卫审讯的时候,骆校尉见这周景杨竭力的周旋,后来问知是他的幕客,着实钦服他的义气。与接谈叙话,成了相知,于是要举荐了他同狄希陈去。打听得他住在湖广道州会馆,敬意寻到[4]他的下处。事该凑巧,可可的遇见他在家中。骆校尉

---

〔1〕得了——山东方言,多亏了。

〔2〕遣戍——同本作"遣成",据下文校改。

〔3〕起解——同本作"妻解"。"妻"与"起"盖因同音而讹,据文意酌改。

〔4〕寻到——同本作"寻道"。"到"与"道"盖因同音而讹,据文意酌改。

圈圈套套[1]说到跟前，他老老实实说了详细，慨然应允，绝没有扯一把推一把的套辞。

骆校尉道："既蒙俯就，将脩仪见教个明白数目。"周景杨道："我相遒[2]了郭大将军约有一二十年，得他的馆谷，家中也有了几亩薄田，倒不必有内顾，只够我外边一年用的罢了。大家外边浓[3]几年，令亲升转，舍亲也或是遇赦，或是起用的时候了。"骆校尉道："这是周爷往大处看，不争束脩厚薄的意思了哩。周爷也得见教个数儿。"周景杨问道："令亲家里便与不便哩？"骆校尉道："往时便来。如今先丢了这一股援中书的银子，手里也就空了。"周景杨道："我专意原是为陪舍亲，令亲倒是稍带的，八十也可，六十也可，便再五十也得，这随他便罢了。若是有我在内照顾，多撰几两银子倒也是不难的。"又问道："令亲在山东城里住、乡里住？"骆校尉道："舍亲居乡住。说那乡的地名叫是明水，说也是山明水秀的所在。"

周景杨道："山水既秀胜，必定人也是灵秀的。不然，若是寻常乡里人家，便要有村气。人一村了，便就不可相处。令亲是秀才援例，还是俊秀援例？"骆校尉道："舍亲原是府学生员援的例。如今管街道的工部主事相爷就是舍亲的表弟。"周景杨道："既蒙下顾，小弟

---

[1] 圈圈套套——婉转。
[2] 遒——"随"的古字。
[3] 浓——凑合，将就。

就是这等许了。但要说过，到成都，令亲凡事小弟一一不敢推辞，却要许我不时到舍亲那边住的。但得令亲与舍亲同行得更妙。令亲想定是带家眷的，还是水路，还是旱路？"骆校尉道："舍亲带有家眷，算定要从水路去，但还不曾写船。"周景杨道："我劝舍亲必定也还带房家眷，或是附在令亲船上，或是各自雇船。我们再另商议。"骆校尉道："舍亲冒了个富家子弟，从不曾出外，小弟极愁他，放心不下。今得周爷这们开心见诚，久在江湖走的，况且又有郭爷结了相知，小弟就放心得下了。小弟暂别〔1〕，同了舍亲，另择吉日专来拜求。"辞去，回了狄希陈的话，将周景杨的来历始末、说的那些话并定的束脩数儿都一一说了。

狄希陈倒也喜欢，只说到那八十两束脩的去处打了一个迟局〔2〕，说道："俺那乡里程先生这们好秀才，教着我合表弟相觑皇、两个妻弟，一年只四十两银子。别说教书使气力，只受我那气，也四十两〔3〕银子也就不容易的。这就比程先生多两倍子哩！且是程先生四十两束脩俺三家子出，这止我一个人出哩。"骆校尉道："怪道他问你乡里住、城里住，是秀才援例、是白丁援例，恐怕你村！你果就不在行了。你还使四十两束脩请程先生去罢怎么！相大爷怎么也不请程先生，又另使二百两银子请幕宾哩？"狄希陈道："我是在口之言，既大舅许过他这些，咱就给他这些罢。叫他多咱来，我看他看是怎么

〔1〕　暂别——同本作"蹔别"。"暂"与"蹔"盖因形近而讹，据文意酌改。
〔2〕　打了一个迟局——山东方言，犹豫了一下，迟疑了片刻。
〔3〕　四十两——同本作"四千两"，据上文校改。

个人,咱好留他的。"骆校尉道:"你姑夫这话柳下道儿去了〔1〕！一个幕宾先生,你叫他〔2〕来看看！你当是在乡里雇觅汉哩？你去合相大爷商议该怎么待,你就依着行罢。我如今也没工夫,等下回与你再议。"

---

〔1〕 柳下道儿去了——山东方言,沿着错路走得远了的意思。引申指办错了事,打错了主意。

〔2〕 叫他——同本作"同他",据上文校改。

第八十五回

狄经历脱身赴任　薛素姐被赚留家

年来躲在京师住,惟恐冤家觅聚。刻刻耽忧惧,祷词只愿无相遇。　锦囊着着都成趣,最喜阳牵阴却拒。机深难省悟,飘然另合鸳鸯去。

——右调《惜分飞》

狄希陈送了骆校尉回来,对着童奶奶众人说道:"这大舅真是韶道[1],雇个主文代笔的人,就许他这们些银子。我说叫他来我看看,说了我一顿村,又说我不在杭。"童奶奶道:"你呀,我同着你大舅不好白拉[2]你的。我虽不是甚么官宦人家的妇女,我心里一像明白的,这做文官的幕宾先生,一定也就合那行兵的军师一样,凡事都要合他商议,都要替你主持哩。人没说是'三请诸葛亮'哩?请一遭还不算,必然请他三遭,他才出来哩!你叫他来你看看罢?你当是昨日买张朴茂哩!你嗔他许的银子多了,他没说那人也没丁住你要八十两?六十两也罢,五十两也罢,他是这们说。你尊师重友的,你自

---

〔1〕　韶道——山东方言,傻,呆。
〔2〕　白拉——山东方言,抢白,数说。

然也不好十分少了。我想这里你该择一个好日,写一个全柬拜帖,下一个全柬请帖,定住那一日请,得设两席酒儿,当面得送五六两聘礼,有尺头放上一对儿,再着上两样鞋袜,越发好看些。同着你大舅去拜请。你大舅陪酒,叫他坐个独席儿,你合大舅两个坐张桌儿也罢了。还得叫两个小唱,席间还得说几句套话,说:'该扮个戏儿奉请,敝寓窄狭,且又图净扮[1]好领教。'临行先几日,还得预先给他二十两银子,好叫他收拾行李。这都看我说的是呀不是,你再到那头合相大爷[2]说说,看是这们等的不是。你就去罢,这日子近了,这不眼看就待领凭呀?"

催着狄希陈到了相主事家,说了些打点起身的正经话。相主事道:"你是首领官,堂上是有不时批词的,你不得请个代笔的人儿?大哥,你自己来的?这要出了名,打发堂官喜欢,凡有差委,或署州县印,都是有的。你要头上抹下弄上两件子去丢了,你这就干不得了。"狄希陈道:"倒也寻了个人,正是为这个来合贤弟商议哩。"相主事问道:"是那里人?肚儿里可不知来的来不的?你这也不用那十分大好的,得个'半瓶醋儿'[3]就罢了。讲了一年多少束脩?是谁圆成的?"

狄希陈道:"是骆有莪举荐的。湖广甚么道州人。他开口说八十两也罢,就是六十五十也罢。骆有莪主张说叫别要违他的,就给他

---

〔1〕 净扮——山东方言,清净;安静。
〔2〕 相大爷——同本作"相太爷"。此依连图本,据李本校改。
〔3〕 半瓶醋儿——比喻一知半解,没有真才实学的读书人。

八十。"相主事道："这人可不知一向在那里？曾做过这个没有？可也不知怎么个人儿，好相处不好？"狄希陈道："我还没见他哩。我说叫了他来我先看他，骆有禓合家里都说我村，说我该先拜他，下请柬，摆独席酒儿，还送他五六两银子聘礼，还得对尺头鞋袜之类，预先得给他二十两银子，好叫他收拾行李。我这来合贤弟商议，该怎么行？"

相主事道："这都是谁说的？"狄希陈道："这都〔是〕他童老老〔1〕说的。我信不及，特来请教。"相主事道："这主持的极妥当，一点不差，就照着这么行。"

狄希陈道："我只嫌这八十两忒多。他既说五十两也罢，咱就给他五十两何如？"相主事道："只怕好物不贱，贱物不好呀。你还没说，他一向曾在那里？"狄希陈道："他一向是广西郭总兵的幕宾。郭总兵拿了，他陪了郭总兵来京。新近郭总兵不问了成都卫的军么？"

相主事道："郭总兵就是郭威呀？一连两个本合投各衙门的揭贴，做的好多着哩！不紧不慢，辨得总督张口结舌回不上话来，没奈何，叫他辨了个军罪。没的郭威这本就是他做的？他要做出这本来，这是个大八丈，只怕不肯五六十两银子跟了你们远去。他姓甚么，叫甚么名字？"

狄希陈道："骆有禓说来，我记的不大真了。叫是甚么周甚么杨。"相主事道："不消说就是他，是周景杨，名字是周希震。他希慕

----

〔1〕　童老老——同本作"童奶奶"。此依连图本，据李本校改。

那杨震，所以就是景杨[1]，他的字是四知。他可为甚么这们减价成交，跟了你八九千里地去?"狄希陈道："他说专一是为陪郭总兵，合我去倒是稍带的。"相主事道："这就是，我心里就明白了。八十两就别少了他的，当天神似的敬他。你说我怎么知道他? 俺那房师转了京堂，秦年兄为首管事，那帐词做的极好，他说是他的个乡亲周景杨做的，说是郭总兵的幕宾。他有刻的诗儿，我所以知道他的名字，又知道他的字是四知。这人我也会他会儿。"

狄希陈道："亏不尽来合贤弟商议，差一点儿没慢待了他! 等我请过了他，我将着他来会贤弟。"相主事道："甚么话! 大哥的西宾，我也是该加敬的，别说是个名士。我竭诚拜他，我也还专席请他。"后来相主事果然一一践言，不必细说。狄希陈听了相主事言语，方才心悦诚服，不敢使那三家村的村性，成了礼文，送了[2]聘赘。

再说骆有我问狄希陈要了十两银子，叫吕祥跟随到了张家湾，投了写船的店家，连郭总兵合狄希陈共写了两只四川回头座船。因郭总兵带有广西总兵府自己的勘合，填写夫马，船家希图揽带私货，支领禀给，船价不过意思而已，每只做了五两船钱。狄希陈先省了这百金开外的路费，便是周景杨"开宗明义章"[3]功劳，且路上有何等的

----

[1] 景杨——同本作"景易"，据上下文校改。
[2] 送了——同本作"遂了"，据文意酌改。
[3] 开宗明义章——《开宗明义》，儒家经典《孝经》第一章的篇名。等于说开卷第一回、开篇。

风力〔1〕好走。将船妥当了回来,狄希陈合郭大将军甚是欢喜。狄希陈方知周景杨实该尊敬,不该是叫他来参见的人。又另摆酒专请郭大将军,周景杨作陪,也请相主事与席。因先请周景杨不曾用戏,童奶奶主意也只叫了两个小唱侑觞。

郭大将军在京娶了两房家小,一位姓权,称为权奶奶;一位姓戴,称为戴奶奶。也有买的丫头。寄姐也都齐整摆酒,预先请来相会。权奶奶也都回席,彼此来往。内里先自成了通家,外边何愁不成至契?择了八月十二日,两家一齐开船。那些起身光景,具赆送行,都不必烦琐。

再说吕祥,虽是如了他的意思增了工食,且又预支了半年,他心里必竟不曾满足,只恨不曾与他婆得全灶为妻,在人面前发恨:跟回家去,白使半年的工价,还要将京中的事体务必合盘托出,挑唆素姐与他出这口怨气。

骆有我合童奶奶都送到船上。灯下吃酒中间,骆校尉说道:"第一文凭要紧,多使油纸包封,不可错失。我一向只听得说,也不曾见那文凭怎么模样。姑夫,你取出来咱看一看。"狄希陈开了一只拜匣,将凭取出,递到骆校尉手中。

骆校尉暗在桌下把狄希陈轻轻踢了一下,狄希陈会了意思。骆校尉将凭展开一看,读了一遍。读到"成都府推官狄希陈",问

----

〔1〕　风力——威势;权势。

道："姑夫,你是经历,怎么又是推官,这不错了么?"狄希陈故意吃了一惊,说道："可不错了! 这怎么处? 那日领出来,我只见有我名字,我就罢了,就没看见这官衔。我想官员到任,全凭的是这文凭。这文凭既写上是推官,我就执着这文凭去到推官的任,他部里肯认错么?"

骆校尉道："姑夫,你说的通是红头发野人! 这是他凭科里书办一时间落笔错了,写了推官,你去到推官任! 那推官除了进士,其次才是举人,也有监生做的么? 但是他那里见有一推官做着,你去到他的任,推官做不成,经历还弄成个假的。姑夫真是大造化! 怎么神差鬼使的我就要凭看看,看出差来了? 别说是到了那里,你就走少半路儿看出差来,也是进退两难的。"

狄希陈说："如今也就难处了。咱已上了船,就是郭总爷他也不肯等咱。"骆校尉道："这倒不难。姑夫,你只管走着,留下凭,我合他说去,这说不的要递呈子另换。你到家祭祖,不还得待几日? 及至那咱,这凭也换出来了。赶到家正好,也没误了你走路。"

狄希陈道："这也罢,只得又烦劳大舅的。咱留下狄周,换了凭,叫他赶了去。"骆校尉道："狄周干不的,他知道吏部门〔1〕是朝那些开的? 管了这几年当,越发成了个乡瓜子〔2〕了。还是吕祥去的。他在京师住的久,跟着你吏部里点卯听选,谁不认的他? 先是他的嘴

----

〔1〕 吏部门——同本作"吏部问",据文意酌改。

〔2〕 乡瓜子——乡巴佬。

又乖滑,开口叫人爷,人有话谁不合他说句? 留下吕祥罢。"狄希陈
道:"可是我到家祭祖,炸饯盘,摆酒,炸飞蜜果子,都要用着他哩。
把个中用的人留下了?"骆校尉道:"你姑夫只这们躁人,凡事可也权
个轻重。领凭到是小事,炸飞蜜果子倒要紧了?"童奶奶道:"你大舅
说的是。中用的人,拣着往要紧处做。留下吕祥跟了俺们回去,叫他
换了凭再赶。"

次日五鼓,船上作了神福〔1〕,点鼓开船。童奶奶合寄姐洒泪而
别。骆校尉辞了狄希陈,仍到郭大将军、周景杨船上再三嘱托,然后
带了吕祥仍回京中。吕祥的一切衣服行李都已放在船上,就只拿了
一个被囊回京去。骆校尉回去,次日故意说去凭科换凭,将吕祥养在
家内,也常到相家走动。相主事也只道〔2〕是当真。

狄希陈合郭大将军两只座船顺风顺水,不十日到了沧州。约就
郭大将军合周景杨在临清等候。郭大将军因临清相知甚多,也得留
连数日,却也两便。狄希陈雇了轿夫,狄周、小选子、张朴茂雇了生
口,带着随身的行李,由河间、武定竟到明水。

狄周先一程来到家里。素姐没在家中,正合一大些道友在张师
傅家会茶。狄周寻到那里,说狄希陈"钦降了成都府经历,衣锦还
乡,坟上祭祖,专自己回来迎接大嫂一同赴任,共享荣华。替大嫂打

---

〔1〕 作了神福——后文也简称"作福"。举行祭赞神福的仪式。作,这里指举行仪
　　式。参见第十四回"神福"注。
〔2〕 只道——同本作"知道",据文意酌改。

的银带,做的大红出水麒麟通袖袍,穿的大珍珠挑牌。还替大嫂买了许多鲜明尺头,叫大嫂好拣着自己做衣裳穿。又替大嫂买的福建大轿,做的翠蓝丝绸官伞。俺大哥也就随后到了,请大嫂流水回去开了门,好叫人打扫"。

素姐听见狄周这一场热嘴,也不免的喜欢,口里也还骂着道:"我只说你们爷儿们拯折踝子骨、害汗病都死在京里了!你们又来了!"一边骂着,不由的抬起屁股,辞了师友,他在前走,狄周后跟,回家开门。狄周叫了觅汉,家前院后的打扫。素姐还问道:"你大哥真个替我买了这么些东西么?"狄周道:"这不大哥眼看就到了,我敢扯谎不成?"

素姐又问道:"怎么我往京里去寻你爷儿们,你爷儿们躲出我来,及至我回来寻你,你又躲了我进去,合我掉龙尾儿似的?挑唆你相大哥送在我软监里,监起我两三个月!不是我撒极,如今待中监死我呀!"

狄周道:"这大嫂可是屈杀人!大哥在京里,听见咱家里人去说大嫂坏了个眼,又少了个鼻子,恼的俺大哥四五日吃不下饭去,看看至死。俺们劝着,说:'你恼也不中用,快着回去自己看看是真是假,你可再恼不迟。'大哥说:'你说的是。'没等收拾完行李,雇了短盘驴子,连夜往家来了。及至到了家,清灰冷火的锁着门,问了声,说大嫂往京里去了。可是哭的俺大哥言不的语不的。那头薛老娘还刁骂俺大哥,说京里娶下小了。极的俺大哥甚么誓不说?连忙上了上坟,插补插补了屋,说:'咱可往京里就你大嫂去。'丢盔撩甲的跑到京里,进的门去,劈头子撞见[1]大舅,问了声,说大嫂又回来了。又问了声大舅:'你外甥媳妇儿真个坏了个眼?'大舅说:'也没大坏,只是吊了个眼珠子,弄的个眼眶鄙塌拉[2]的。'又问:'少了个鼻子?'大舅说:'也没少了个鼻子,那鼻梁还是全全的,只是鼻子头儿没了,露着两个指顶大一点小窟珑儿。'俺大哥拍着屁股哭哩:'可罢了我这画生儿的人了!'大舅说:'外甥,你好不通呀! 我抠了你媳妇儿的眼,啃了你媳妇儿的鼻子来? 你对着我哭! 两三个月没见舅合妗子,礼也不行一个,且哭你画生儿的人哩!'"

素姐说:"我还问你件事。姓刘的娘儿两个,您爷儿们弄神弄鬼发付在谁家哩?"狄周道:"大舅说大嫂[3]曾见他来? 我踪着道儿寻着看他看,再那里有影儿? 大妗子说:'情管是你大嫂扯谎诈咱哩,别要理他!'"素姐道:"我听见说相旺到京,为他对着我学舌,你相大哥打他来?"狄周道:"诓着大嫂老远的来回跑,不打他打谁呀?"

素姐道:"大舅大妗子没说我上吊?"狄周道:"说来么。这岂有不说的理?"素姐问:"怎么说来? 你学学我听。"狄周道:"这一定没有甚么好话,学他待怎么!"素姐道:"不好的话也罢,你只是学学我

---

〔1〕 撞见——同本作"㡍见"。"撞"与"㡍"盖因形近而讹,据文意酌改。
〔2〕 眼眶鄙塌拉——山东兖州一带方言,指眼窝凹陷,眼睑下垂的样子。鄙,"瘪"的借字。
〔3〕 大嫂——同本作"那嫂",据文意酌改。

听。"狄周道:"甚么话呀?脱不了说:'不贤惠,揽家不良!自家家里作不了的孽,跑这们远近[1]来人家作孽哩!'依着大妗子说:'别要救了下来,除了这祸根罢!'相大哥说:'为甚么揽下这堆臭屎?拿掀除的离门离户的好!'"素姐道:"这气不杀人?人好容易到京,出来看看儿,只是把拦着不放出来!我不吊杀罢?活八十,待杀肉吃哩么!"

狄周道:"有饭没有?我吃些,还要迎回大哥去哩。今日不消等,看来是明日到。"素姐因狄周许的他快活,也因狄希陈久别乍回,未免有情,也曾叫人发面做馍馍,秤肉杀鸡,泡米做饭。

及至次日午转,狄希陈座着大轿,打着三檐蓝伞,穿着天蓝实地纱金补行衣,本色厢边经带,甚是轩昂齐整。到了家中,与素姐行礼。素姐见了,不由的将喜容渐渐消去,怒气勃勃生来,津津乎四六句儿骂将出来,将那察考狄周事体,一桩桩一件件从头勘问。幸得狄周对答的说话,预先迎着都对狄希陈说了,所以狄希陈回的话都与狄周一些不差。还没得勘问了,崔近塘、薛家兄弟随即来拜,亲友也就络绎不绝。看看日落西山,掌灯就寝,一宿夜景不必絮烦。

次早梳洗完毕,狄希陈将京中替素姐制办的衣妆袍带、珠翠首饰、冬夏尺头,满满的托了四大绒包。素姐乍然见了,把嘴裂了一裂,把牙雌了一雌,随即放下那脸,说道:"你看你咬的我这鼻子、抠的我这眼!我可称的穿这衣服、戴这头面?我想起来,合你万世沉冤!"

----

〔1〕 远近——道路的距离。同本作"近远",据文意酌改。

唬得个狄希陈口呆眼瞪,不知他那话是那里根由。

狄希陈一面收拾祭祖,一面收拾南行,口口声声只说是要合素姐同往。素姐也忽然要去,忽然中止。当不的狄希陈说不尽那路上的风光,任中的荣耀,路远不上二千,计日且消半月,哄的个素姐定了八九分的主意要行。狄希陈心里忖道:"童奶奶的锦囊,素日是百发百中,休得这一遭使不着了!"

小选子炒着要绵衣裳。素姐道:"说不上二千地,半个月就到了,九月天往南首里走,那里放着就炒着要绵衣裳? 你是待拿着压沉〔1〕哩么?"小选子道:"谁说只二千里地,走半个月呀? 差不多够一万里地,今年还到不的哩! 可不走半个月怎么!"素姐道:"你那里的胡说? 你爷说的倒不真了?"小选子道:"俺爷说的不真,我说的真呀! 俺爷是怕奶奶不去,哄奶奶哩! 八千里怪难走的路哩! 走水路就是川江,那江有个边儿呀? 有个底儿呀? 那船还要打山洞里点着火把走,七八百里地,那船缉着头往下下,这叫是三峡。像这们三个去处哩! 起旱就是栈道踢步〔2〕,几万丈的高山,下头看不见底的深涧。山腰里凿了窟垅,插上橛子,堂〔3〕上板,人合马都要打上头走哩! 这们样的路是八百里!"素姐骂道:"攮瞎咒小屄养的! 你又没到,你怎么就知的这们真?"小选子道:"我没到,我可听见人说来呀!"素姐又问:"你听谁说?"选子道:"谁没说呀? 京里说的善么?

---

〔1〕 压沉——山东方言,指仅起充分量、充重的作用。
〔2〕 踢步——梯级形的栈道。踢,同"梯"。
〔3〕 堂——铺。

奶奶,你待不走哩么?"素姐道:"哎! 好低心的忘八羔子! 哄着我去,是待安着甚么心哩! 小选子,你叫了狄周来!"

选子将狄周唤到。素姐问道:"这到那里够多少路呀?"狄周道:"也够八九千里。"素姐又问:"是水路,是旱路?"狄周道:"也走旱路,也走水路。"素姐说:"我从小儿听说有八百连云栈,是那里?"狄周道:"这就是往那里去的路上。大嫂,你待不往那走哩么?"素姐恨道:"亏了这小厮! 这不是跟了这低心的忘八羔子去,到那没人烟地面,不知安着甚么心算计我哩!"

狄希陈拜客回家,素姐千刀万剐咒骂,口咬牙嘶的作践,只逼拷叫他说出是甚么心来。狄希陈道:"你再打听打听,休听那忘八羔子们的瞎话。"素姐说:"真是该骂那淘瞎话使低心的忘八羔子!"狄希陈道:"他们又没走过,不过是听人的瞎话,耳朵里就冒出脚来了。你问那走过那路的,看是不是。"素姐又未免将信将疑,也且放过一边,把那八分去的主意番将转来,成了八分不去的主意了。

狄希陈紧着备完了祭品,坟上搭了席布大棚,摆了酒席,央了本镇上几个秀才充做礼生,以便祭祖行礼。

却说素姐从替狄家做了这们几年媳妇,从不曾到坟上参见祖先。公婆出丧,都推托害病,不曾送葬。这番因有了这一弄齐整行头,不由的也欣然要去。梳了光头,戴了满头珠翠,雪白大员的珠子挑牌,拔丝金凤衔着,搽着杭州官粉,用水红绢糊着那猴咬的鼻子窟垅,内衬松花色秋罗大袖衫,外穿大红绉纱麒麟袍,雪白的素板银带,裙腰里挂着七事合包,下穿百蝶绣罗裙,花膝裤,高底鞋。看了后面,依旧是个袅袅娜娜的个佳人,只是看了前面,未免是个没鼻子少眼睛的个鬼怪。猴坐上一顶骨花大轿,张上一把三檐翠伞,前呼后拥到坟上,也只得各坟上拜了几拜。然后狄希陈冠冕红袍,象牙白带,礼生前导,一柄洒金掌扇遮在后边。礼生唱了"就位,鞠躬,兴,伏,礼毕",然后回到棚内,谢那陪祭诸宾,盛设款待。

　　素姐女客棚内,崔家三姨已经去世,除了他薛家亲眷,便都是那一班吃斋念佛的道婆。每人抗了两个肩膀,两合[1]大嘴,都在那里虎咽狼食。侯、张两位师傅自从收了素姐这位高徒,因他上边没有公婆拘管,下边不怕丈夫约束,所以淤济[2]的这两个婆娘米麦盈仓,衣裳满柜,要苦房[3]就送稻草,夹箔幛[4]就是秫秸。怕冷炕欺了师傅的骚尻,成驴白炭、整车的木柴,往"惜薪司"上纳钱粮的一般,轮流两家供备。听见素姐要往四川随任,两人愁的就如倒了钱树一般,只苦[5]没有个计策可以攀辕卧辙。在棚内因说起蜀道艰难,素姐有个害怕不去之意,这侯、张两个更附会得万分利害,说他两位曾到峨眉烧香,"过那山峡,坏了船,几乎落在那没有底的江中。过那八百里连云栈,析了木概,塌了堂板,不亏观音菩萨把我们两个使手心托住,在空飘摇十朝半月,有个倒底的时候么? 其实这去处,但得

---

〔1〕　两合——等于说两扇、两片。合,山东方言中的量词,用于数指门或门状物的数量。

〔2〕　淤济——山东方言,供备;接济。

〔3〕　苦房——同本作"厨房"。此依连图本,据李本校改。

〔4〕　箔幛——山东方言,用高粱秸秆夹起来的篱笆墙。

〔5〕　苦——同本作"若"。"苦"与"若"盖因形近而讹,据文意酌改。

已不该跟了去。看是甚么显宦哩么？住着个窄鳖鳖的首领衙里，叫你腰还伸不开哩。你告诉俺说在京里闷的上吊，你这只好抹头罢。你修得已是将到好处，再得二三年工夫，就到成佛作祖的地位；要是撩下了，这前工尽弃，倒恼杀俺了！"

素姐说："我也想来，已是待要不去。俺那个又说的路上怎么好走，走不上半个月就到，不过甚么江，也没有栈道。怕他哄我，我正要[1]问声二位师傅，谁知二位师傅都是走过的。不知二位师傅那咱走了几多日子？"侯、张两个道："日子走的到[2]也不多，从正月初一日起身往那里走，到了来年六月十八日俺才来到家。还闰着个月，来回就只走了一年零七个月。"

素姐道："好贼蛆心搅肚的忘八羔子！使这们低心，待哄了我去，要断送我的残生！"侯、张两个道："他也没有甚么恶意，不过说往远处去打不的光棍，用着你合他做伴儿。"素姐说："师傅，你不知道，这天杀的有话说！那年我做了个梦，梦见我在空野去处自家一个行走，忽然烟尘杠天[3]。回头看了看，只见无数的人马，架着鹰，牵着狗，拈弓搭箭，望着我捻了来。叫我放开腿就跑。看看被他捻上，叫我趴倒地，手脚齐走。前头可是隔着二条大江，那江番天揭地的浪头。后头人马又追的紧了，上头一大些鹰趸着。叫我极了，没了去

---

〔1〕 正要——同本作"止要"。"正"与"止"盖因形近而讹，据文意酌改。

〔2〕 到——同本作"到道"，当为"道"字旁改"到"而误刻。"道"字为衍文，今删。

〔3〕 杠天——冲天。

路,铺腾[1]的往江里一跳,唬得醒了,出了一身瓢浇的冷汗。我曾对他说了说,他心里想着,听说这路上有江,他待算计应我的梦。我跟前又没个着己的人,有人都是他一条腿的。他抛我到江里,赌着我娘家有替我出气的兄弟哩!这明白因我修道虔诚,神灵指引,起先拿梦儆我,如今又得二位师傅开导,真是'皇天不负好心人',可见人只是该要学好!"薛大官娘子连氏,薛二官娘子巧姐,还有那正经的女人,端端正正,嘿嘿无言,静听这一班邪人的胡说。

散席回家,素姐恼恨狄希陈设心谋害,又是旧性复萌,日近日陈,整日寻事打嚷。幸得狄希陈白日周旋人事,晚间赴席饯行,幸的无甚工夫领他的盛爱。他既然坚意不去,这就如遇了郊天大赦一般,还不及早鳌鱼脱钓,更待何时?且又怕吕祥来到作浪兴波,那时要去不能,所以也卒忙急撩甲丢盔,前去赴任。

不知吕祥回来,素姐又是如何举动,此回已尽,再听下回。

---

[1] 铺腾——山东方言中的象声词,同"扑通"。

第八十六回

吕厨子回家学舌　　薛素姐沿路赶船

大凡妇女贵安详,切勿单身出外乡。虽是运逢星驿马[1],
无非欲赶顺风樯。奸徒唆激真难近,夫婿恩情岂易忘? 不是好
人相搭救,几乎道士强同床。

吕祥跟了童奶奶、骆校尉回京,骆校尉托名呈换文凭,日逐支调。
吕祥住在那都城热闹的所在,又离主人,又预支了工食,闲着身子,拿
着银钱,看他在那棋盘街、江米巷、菜市口、御河桥一带地方里闲撞。
骆校尉支吾了半个多月,料得狄希陈已是离了家里,方说凭已换出,
算计打发吕祥回家。适值相大妗子因崔家小姑子出丧,要赶回家送
殡,遣牌驰驿,就稍带了吕祥回家。

吕祥想道:狄希陈等文凭不到,断没有就去上任之理。赍凭回
去,这是他莫大的功劳。借口预支的工食因自己在京换凭,都已盘缠
食尽,这要算在主人狄希陈的身上,从新另支六两。送他几站,托些
事故辞回;若不如他意,他便拿出挑唆素姐的妙着,给人个绝命金丹。

----

〔1〕 星驿马——同本作"星日马",据文意酌改。

算计[1]得停停当当，铁炮相似的稳当，所以沿途游衍，绝不着忙。

临到家十馀里外，遇见了个卖糖的邻家，问他道："你听见我主人家定在那日起身？"那卖糖的道："狄相公起身赴任，将已半月还多。"吕祥心里着忙，道："岂有文凭不到，便可起身之理？他只离了虎口，我的妙计便无可施，岂不是虚用了一片好心？"垂首丧气，辞了相大妗子，独自回家。知道狄希陈果真行了一十六日，极的个吕祥咬唇咂嘴，不住的跺脚。

见了素姐，说道："我不曾换的凭来，怎么就等也不等，竟自去讫？一定是约在那里等我，叫我星夜赶去。快快收拾盘缠，我就好收拾行李。"素姐道："你爷行时，不曾叫你前赶，亦不曾说在那里等你，也没说换甚么文凭。只说你在京可恶，捻出不用你了。"吕祥道："奶奶这说是听得谁道？爷还说回家祭祖，内外挡馇[2]，一步也不可离我。只因我吏部里认的人多，换凭是大事，没奈何留我在京。我这如今不见拿着凭哩？我看没有凭怎么去到任！"素姐道："你爷儿两个说的叉股子话，我这就不省的。你拿那换的凭来我看看。"

吕祥将凭递上。素姐接凭在手，当面拆了封皮。何常有甚么文凭在内？刚刚只有一张空白湖广呈文。吕祥方道："不消说，这是我不谨慎，走泄了话，弄下的圈套防备我哩！我船上的行李，没替我留下么？"素姐问道："没见说有甚么船上行李留下。您这都是干的甚

---

[1]　算计——同本作"等计"。"算"与"等"盖因形近而讹，据文意酌改。

[2]　挡馇——同本作"挡饽"。"馇"与"饽"盖因形近而讹，据文意酌改。

么神通？"吕祥道："这爷就不是了！不带我去罢呀,哄着我京里差不多住起一个月,盘缠够三四十两银子。我船上的行李可替我留下,怎么也带了我的去了？可是扯淡！你京里另娶不另娶,可是累我腿哩！怕我泄了陶[1],使人缀住[2]我,连我的衣裳都不给了！"

素姐道："怎么是另娶不另娶？你说说我听。"吕祥道："爷在京里另娶了奶奶,另立了家业,合奶奶不相干了。"素姐道："是怎么另娶哩？真个么？是多咱的事？"吕祥道："多咱的事？生的小叔叔待中一生日[3]呀！"素姐："瞎话呀！这一定是我来了以后的事,怎么就有勾一生日的孩子？我信不及。你说娶的怎么个人儿？"吕祥道："白净富态,比奶奶不大风流,只比奶奶多个眼合鼻子。"素姐道："贼砍头的！我天生的没鼻子少眼来,他强似我！你说他够多大年纪了？"吕祥道："奶奶,你可是琐碎。你年时没都见来么？"素姐说："捣的甚么鬼！我那里见他去？"

吕祥道："奶奶,你年时到京,你没先到那里？你见咱家刘姨合小爷来呀！那个半伙老婆子是俺爷的丈母,那个年小的就是另娶的奶奶。那童老娘没说是他儿媳妇儿么？这都是奶奶你眼见的。奶奶临出京,你没又到了那里？他锁着门,可是相太爷恐怕奶奶再去,败露了事,叫他预先把门锁了。那房子就是爷使四五百两银子买的。

---

〔1〕 泄了陶——泄露了藏掩,即泄露了不想叫人知道的秘密。陶,同"韬",掩藏;这里指掩藏以来,不想让人知道的事。

〔2〕 缀住——以事牵缠,使不能脱身的意思。

〔3〕 一生日——山东方言,一周岁。

听说奶奶你还到了兵部洼当铺里,那当铺也是爷开的,只吃亏了相太爷外头拦着,奶奶没好进去,后头狄周媳妇合童大姊子都在铺子后头住着,另做饭吃。"

素姐气的脸上没了血色,道[1]像那《西湖小说》上画的那个骷髅相儿一般,颤多梭的[2]问道:"狄周是多咱另娶的媳妇呀?"吕祥道:"狄周没另娶媳妇呀。"素姐道:"那一年他两口子去送姓刘的那私窠子,狄周自家回来,说他媳妇子死了。他没死么?"吕祥道:"他死了甚么媳妇子! 他留下他媳妇子伺候刘姨合小爷,甚么死! 他寻思一窝一块的,刘姨、小爷、童老娘、奶奶、小叔叔都一搭里[3]同住[4]。"素姐道:"吕祥! 你当着我叫的那童老娘合那奶奶这们亲哩!"吕祥道:"你看! 谁不赶着他叫老娘合奶奶? 只我叫哩么?"素姐问说:"人都赶着他叫奶奶,可赶着我叫甚么呢?"吕祥道:"也没听见人叫奶奶甚么。总然是撩在脑门后头去了,还叫甚么呀? 除的家倒还是爷提掇提掇,叫声'那昝姓薛的',或说'那姓薛的歪私窠子',别也没人提掇。"

素姐又问:"如今那伙私窠子们呢?"吕祥要甚狄希陈的罪过,不说调羹和童奶奶都还在家,只说:"如今写了两只大官船,兵部里讨的火牌勘合,一家子都往任上去了。丫头、家人和家人媳妇子,

---

[1] 道——同"倒"。

[2] 颤多梭的——哆哆嗦嗦的。

[3] 一搭里——一处。

[4] 同住——同本作"同仕",据文意酌改。

也有三四十口人哩。"素姐道:"他可怎么又替我做的袍,打的带,张的蓝伞,可是怎么呢?"吕祥道:"奶奶,伶俐的是你,你却又糊涂了!家里放着老爷老奶奶的祖坟,爷做官,没的不到家祭祭祖?既然要回家住几日,不买点子甚么哄哄奶奶,爷也得利亮起身么?"素姐道:"他既一家子都去罢,可又怎么下狠的只待缠了我去呢?"吕祥道:"奶奶,你问爷的心里是真是假?这是'反将计',奶奶也不知道了?"

素姐道:"你且消停说罢!我这会子待中气破肚子呀!我可有甚么拘魂召将的方法,拿了这伙子人来,叫我剁搭一顿出出我这口气!那忘恩负义的贱杂种羔子!不消说,我啃他一万口肉!狄周这番江祭海的,宁成股子哄我,我还多啃他几口!情管爷儿们新近持了卧单,教打伙子就穿靴[1]!吕祥,你算记算记,他去了这半个多月,咱还赶的上他不?"

吕祥道:"怎么赶不上?我待不赶了去取我的行李,找我的工食[2]么?"素姐道:"你算记妥着,我也待去哩!"吕祥道:"这有甚么难算计的事?咱不消顺着河崖上去,咱一直的起早,径到济宁问个信儿。他的船要过去了,咱往前赶;要是船还没到,咱倒迎来。脱不了他有勘合,逢驿支领口粮虆给。只往驿里打听,就知是过去没过去了。"素姐道:"咱拿出主意来,即时就走!你拣两个快骡喂上,我收

---

〔1〕 穿靴——义同"乱穿靴"。参见第五十六回注。

〔2〕 找我的工食——同本作"我我的工食",据文意酌改。

拾收拾,咱即时起身! 你只扶持着叫我赶上,你的衣裳工食都在我身上。"

吕祥道:"还有一说。我来家把爷的机密事泄漏了,我又跟着奶奶赶了去,奶奶合爷合起气来,爷不敢寻奶奶,只寻起我来,我可怎么禁的?"素姐说:"我只一到,先把你的行李合你的工食打发的你来了,我再合他们算帐不迟!"吕祥道:"这还得合那头老娘说声,跟个女人才好。"素姐道:"说走就走,不消和他说! 除惹的他弟兄们死声淘气的,带着个老婆还坠脚哩! 你快喂头口,快吃饭,咱今日还赶王舍店宿,明日赶炒米店。你看咱拴上甲马似的走的风响!"

素姐就只随身衣服,腰里扁着几两银子,拿着个被囊。鞴了两个骡,合吕祥一个人骑着一个。刚只三日,到了济宁。寻了下处,走到天仙闸上问了闸夫,知道狄希陈合郭总兵的两只座船,从五日前支了廪给过闸南去,将次可到淮安。素姐心忙,也没得在马头所在观玩景致,柴家老店秤买胭脂,吃了些饭,喂了头口,合吕祥从旱路径奔淮安。驿里打听,又说是五日前两只座船支了人夫廪给,都已应付南行。

素姐这追赶兴头也未免渐渐的懒散。又见那黄河一望无济,焦黄的泥水,山大的浪头掀天泼地而来,又未免有十来分害怕,对吕祥道:"河水凶险,差了五六日路,看来是赶他不上,也只得是凭天报应他罢。你去打听那里有甚河神庙宇,我要到庙里烧纸许愿,保护他遭风遇浪,折舵番船,蹄子忘八一齐的喂了丈二长的鲇鱼!"

吕祥走去问人,说是东门里就是金龙四大王[1]的行宫,今日正有人祭赛还愿的时候,唱戏乐神,好不热闹。吕祥回了素姐的话。素姐甚是喜欢,一来要许愿心,二来就观祭赛。买了纸马金银,吕祥提了,跟着寻到金龙大王庙里。素姐在神前亲手拈香,叫吕祥宝炉化纸。素姐倒身下拜,口里祷告:"上面坐着三位河神老爷,一位是金龙四大王,那两边两位,我也不知是姓张姓李。弟子山东济南府绣江县明水镇住,原籍河南人,姓薛,名唤素姐。嫁与忘恩负义、狗肺狼心、蛆心搅肚、没仁没义、狠似庞涓、恶似秦桧,名字叫狄希陈,小名小陈哥为正头妻。弟子与他养娘奉爹,当家把业,早起晚眠,身上那衣,口里馋食,叫他成了家业,熬出官来。他偷到京师另娶了老婆,带着新老婆的丈母合他老子撇下的亲娘,坐着船往四川赴任,丢下弟子在家。弟子赶了他这一路,赶的人困马乏,百当没得赶上。河神老爷有灵有圣,百叫百应,叫这伙子强人番了船,落了水,做了鱼鳖虾蟹的口粮,弟子专来替三位河神老爷重挂袍,杀白鸡白羊祭赛。要是扯了谎,还不上愿心,把弟子那个好眼滴了。"

那日正当有人唱戏还愿,真是人山人海。因还不曾开戏,人都闲在那里,都围了殿门听素姐祷祝。有得说:"狄希陈可恶,不该停妻

---

〔1〕 金龙四大王——即南宋会稽诸生谢绪。绪行四,居钱塘安溪,读书于金龙山之望云亭,本谢太后之侄。宋亡,赴苕溪死,葬金龙山麓。元至正二十七年(1367),吴王朱元璋部下傅友德与元将蛮子海牙战于吕梁洪,传有金甲神人助战,元师败绩。朱元璋梦神人为谢绪,因于次年诏封为金龙四大王。事见《古今图书集成·神异典》、《清朝文献通考·群祀考》等。本回云金龙四大王为"金家的兀术四太子",乃民间误传。

娶妻。"有得说："狄希陈虽然薄幸,为妻的也不该对着神灵咒的这般刻毒。"有得说:"这老婆瞎着个眼,少着个鼻子,嘴像朴刀似的,也断不是个贤惠的好人。看他敢对着河神老爷这们咒骂汉子,家里在汉子身上岂有好的理? 不另娶个,撩他在家里待怎么? 这只是我没做大王老爷,要是我做着大王老爷呵,我拿的叫他见神见鬼的通说!"素姐也只妆不曾听见,凭这些人的议论。

将次近午,众人祭赛过了,会首呈上戏单,阄了一本《鱼篮记》[1]。素姐因庙中唱戏,算计要看这半日回到下处,明日起身回家。叫吕祥问住持的道士赁了一根杌凳,好躧了观看。背脊靠了殿檐的牌栅,脸朝了南面的戏楼,甚是个相意好看的所在。吕祥站在凳旁伺候。

再说这河神的出处。居中坐的那一位正是金龙四大王,传说原是金家的兀术四太子。左边坐的叫是柳将军,原是个船上的水手,因他在世为人耿直,不作非为,不诬谤好人,所以死后玉皇叫他做了河神。右边坐的叫是杨将军,说就是杨六郎的后身。这三位神灵,大凡官府致祭,也还都用猪羊。若是民间祭祀,大者用羊,小者用白毛雄鸡。浇奠都用烧酒,每祭都要用戏。

正在唱戏中间,这三位尊神之内,或是金龙大王,或是柳将军,或

----

〔1〕 鱼篮记——明代戏曲,叙包公审辨变幻为女子的鲤鱼精,使张真与牡丹有情人竟成眷属的故事。

是杨将军，或是柳将军与杨将军两位，或是连金龙大王，都在[1]队里附在那或是看戏的人，或是戏子，或是本庙的住持，或是还愿的祭主身上，拿了根杠子沿场舞弄，不歇口用白碗呷那烧酒。问他甚么休咎，随口答应，都也不爽。直至戏罢送神，那被附的人倒在地上，出一通身冷汗，昏去许久，方才省转。问他所以，他一些也不能省说。

这日正唱到包龙图审问蟹精的时节，素姐就像着了风的一般，腾身一跃，跳上戏台，手绰了一根大棍左旋右转，口里呷着烧酒。人有问甚么事体，随口就应。自己说是柳将军，数说素姐平生的过恶，人人切齿。说金龙四大王与杨将军都替他说分上，央柳将军别要与妇人一般见识。柳将军说他设心太毒，咒骂亲夫，不肯轻恕。这话都从素姐口中说出。

吕祥见素姐被神灵拿倒，在那戏台底下跪了磕头，替素姐百般讨饶。求了半日不见饶恕，心里想道："预支了半年六两工食，做了一领缸青道袍，一件蓝布夹袄，一件佀青坐马，一腰绰蓝布夹裤，通共攒计了四两多银。如今带在船上去了，只当是不曾骗得银子的一般。手中银钱又都浪费已尽，回家怎生过得？不如趁这个时候，回到下处，鞴上两个骡子，带了他的被囊，或者还有带的路费在内，走到他州外府。两个骡至贱也卖三十两银，用四五两娶一个老婆，别的做了本钱做个生意，岂不人财两得？谅他一个女人，能那里去兴词告状？时不可失,财不可舍!"走回下处,还从容吃了饭,喂了生口,打发了饭钱,鞴了行李。主人家倒也问他那位堂客的去向,他说:"堂客是我的浑家,在大王庙看戏未来,要从庙中起身。"主人也就信以为实。吕祥骑着一个,手里牵着一个,加上一鞭,欠了欠屁股,把那唐诗套上两句:

　　一骑红尘厨子笑,无人知是"贝戎"[1]来。

　　素姐在那台上吃烧酒,舞木棍,口里胡说白道。只等唱完了《鱼篮》整戏,又找了一出《十面埋伏》[2]、《千里独行》、《五关斩将》[3],然后烧纸送神,素姐方才退神歇手。幸喜女人禁得摆弄,昏了不多一会,也便就省了转来。一个眼东看西看,走下台来,南寻北寻,那得还有吕祥的踪影?旁人对他说那神附的光景,与他自己口内说的那从来的过恶,素姐一些不曾记得。吕祥不见,又不记得原寻的下处是甚地方,天色渐渐晚来,算计没处投奔。旁边看的人也都渐次散去。

　　亏不尽内中有一个好人,有名唤是韦美。这韦美详细问了他来历,说道:"你且在这里殿檐底下坐了等等,或者跟你的那人就来寻找也是有的。若傍晚不来,这是拐了你行李头口走了。我且回家去

〔1〕　贝戎——"贼"字的拆写。

〔2〕　《十面埋伏》——演汉将韩信用十面埋伏之计大败西楚霸王项羽,致项羽自刎于乌江的戏曲。

〔3〕　《千里独行》、《五关斩将》——均为据《三国志演义》小说改编的戏曲,分别演关羽千里走单骑、过五关斩六将的故事。

看看,将晚我还来看你。若跟你的人毕竟不来,这是逃走无疑。这城里侧近有个尼姑庵,我且送你到那里存歇,再做区处。"

素姐在殿檐底下呆呆的坐着傻等,看着那日头往西边一步步的低去。及至收了日色,推上月轮,那住持说道:"跟你的人如今不来,这是有好几分逃走的意思。韦施主又不见走来,娘子也就该算计那里投奔。天气太晚,不当稳便。"

素姐一个草上飞的怪物,到了这个田地也便束手无策[1],说道:"刚才那位姓韦的善人说这侧近有个尼姑庵。不然,烦你送我到那边去,我自然知谢你。"住持[2]道:"我是一个道士,怎好领着个堂客往尼姑庵[3]去?岂不起人的议论?"素姐道:"你先走两步,前边引我,到那尼姑庵门口站往,我自己敲门进去。"住持道:"我也却使不得。你在这庙里被神附了说话,不知经了几千的眼目。我在前走,你在后跟,掩得住谁的口嘴?"素姐说:"这天色渐渐晚了,你又不肯送我尼姑庵去,我自己又不认的路径。没奈何,这庙中有甚么清净的闲房借我一间,暂住一夜,明日再寻去向。"住持道:"房倒尽有,又没有铺盖,又没有床凳,怎么宿得?就只我的房里窗下是个暖炕,上面是张凉床。一男一女同房宿歇,成个甚么嫌疑?让自己住了,我又没处存站。你还是请出外去,自己另寻妥当去处。"

----

〔1〕 束手无策——同本作"束手无策",今校改。

〔2〕 住持——同本作"住时",据上下文校改。

〔3〕 尼姑庵——同本作"尼姑奄",据上下文校改。

　　素姐疑迟作难的时候,只见韦美提溜个半大篾丝灯笼[1],跟了个十一二岁丫头,忙忙的来到。问说:"那个堂客去了不曾?"素姐道:"跟我的人等不将来,正苦没有投奔。"韦美道:"快请出来,跟了我去。"住持道:"韦施主,你领那里?去向说个明白。万一有人寻找,别说是我的庙里不见了妇人,体面不好。"韦美瞪了眼骂道:"牛鼻子贼道!没处去,留在你的庙里罢?有人来找寻的,你领他去寻我便是!"

　　韦美提了灯笼在前,素姐居中,丫头随后,转湾抹角,行不多远,来到一个去处:

　　　　高耸耸一圈粉壁,窄小小两扇朱门。几粒松对种门旁,半园竹直穿墙外。金铺敲响,小尼维问是何人;玉烛挑明,老居士称为我侬。慨然让将进去,且看说出甚来。

　　老尼姑迎到廊下,让到方丈献茶。素姐低头不语。韦美将那从头彻尾的根由[2]说得详细,不必烦琐。说素姐:"是有根茎人家,丈夫见在成都到任。他的山东省会,去我们淮安不远。你可将他寄养在此,我着人找捉那逃拐的家人,再做道理。捉他不着,我差人到他家里报信,自然有人来接他。非是不留他到我家去住,他虽然少了鼻子眼睛,也还是个少妇,不当偤[3]便。他身边有无盘费不必管他,

　　---

〔1〕提溜个半大篾丝灯笼——同本作"提说人半大篾丝灯笼",据文意酌改。
〔2〕根由——同本作"恨由",据文意酌改。
〔3〕偤——"稳"的俗字。

我着人送菜米来供他日用,不过依赖你们合他做伴而已。你们若嫌没人与他做饭,我就留这个带来的使女在此伏事做饭亦可。"老尼道:"一个人的饭食能吃的多少?施主也不消送米,也不消留人伏事。放心叫他只管住着,只等得人来接他为止。"韦美辞谢了老尼,带了使女回去。

老尼因看韦美的分上,十分相待。叫人炒的面筋豆腐,蒸的稻米干饭,当晚饱餐了一顿。老尼就让他到自己卧房,同榻而睡。素姐跟了侯、张两个道婆吃斋念佛,讲道看经,说因果,讲古记,合老尼通着脚讲颂了半夜,方才睡熟。

次早起来,素姐洗过了面,要梳枇〔1〕梳头。老尼道:"这件物事倒少,怎生是好?"只得叫小尼走到韦美家里,借了一副梳枇前来。素姐梳洗完毕,在佛前叩了首,口里喃喃喏喏的念诵。据小尼听得,都是咒骂人的言词,学与老尼。那老尼将疑将信,便也不甚快活,却也仍旧款待。

却说韦美凭着素姐说的那含含糊糊的下处体问将去。排门挨次,查问道〔2〕一个姓姚的人家,叫是姚曲周,说:"昨日曾有一个,这人瞎只眼,少一个鼻头,合一个鬼头蛤蟆眼、油脂腻耐的个汉子下到我家。拴下头口,放下了两个被套,忙忙的饭也不吃,都出去,说是往城内金龙四大王庙里还愿去了。待了许久,妇人不见回来,只有那男

〔1〕 梳枇——梳子。
〔2〕 道——通"到"。

子来到。吃完饭，喂饱了头口，打发了我的饭钱，然后鞴了头口要走。我问他：'那位堂客怎么不见?'他说：'那是我的浑家，贪了在大王庙看戏，叫我来鞴了骡子，到那里就他起身。'"

韦美道："那是甚么夫妇? 原是主母家人。昨日到大王庙还愿，那妇人被柳将军附在身上，在那里[1]闹场。这个人乘空来到你家，拐了骡子逃走去了。妇人没了归落，我只得送他到尼姑庵，住在那里[2]。"姚曲周道："这却费嘴。我因你韦大爷你自己来，我不好瞒你，一五一十实对你说了。若这妇人告起状来，牵连着我，衙门受累费钱，且[3]又误了生意，这怎生了得!"韦美说："我既然照管他在尼姑庵里，我自然叫他不必告状，断也不叫连累着你。"姚曲周道："若韦大爷耽待，我便知感不尽了!"恨命苦留韦美吃酒。

韦美辞了他来，走到尼姑庵内寻着素姐，说："曾寻着了你昨日的主人，原来是姚曲周家。他说你是他的妻子，在庙里贪看[4]戏文，叫他回去吃饭喂骡，牵了头口，就着你庙里起身。看来这是欺你是个孤身妇女，独脚螃蟹自己不能行动，拐了骡子远方走开去了。你耐心且在这庵中住着，等我转往各处替你打听个下落，设法送你回去。"素姐道："若得如此，恩有重报，我与你认义了兄妹。"韦美道："何消认义? 我自家的姊妹也多得狠在那里。只因你流落他乡，没

----

〔1〕 在那里——同本作"任那里"。"在"与"任"盖因形近而讹，据文意酌改。
〔2〕 那里——同本作"那哩"，据文意酌改。
〔3〕 且——同本作"目"。"且"与"目"盖因形近而讹，据文意酌改。
〔4〕 贪看——同本作"舍看"，据文意酌改。

有投奔，既是遇着了〔1〕我，落难的人，我怎好不照管你的？"说完，合老尼、素姐作别了家去，即时叫人送了一斗白米，十斤麦面，一瓶酱，一瓶醋，一瓶淮安吃的豆油，一大盒干菜、豆豉、酱瓜、酱茄之类，一百买小菜的铜钱，两担木柴。叫人送到庵中，老尼一一的收讫。

素姐住在尼姑庵内，一日三餐，倒也安稳。老尼又叫他甚么打坐参禅，礼佛拜忏，却又容易过的光阴。韦美各处替他打听，只没有真实的信音，将近半月期程。后来吕祥不知可曾打听得着，素姐有无回家，这回不能说尽，再听下回接说。

---

〔1〕 遇着了——同本作"避着了"，据文意酌改。

第八十七回

　　童寄姐撒泼投江[1]　　权奶奶争锋[2]吃醋

　　　　劝君休得娶京婆,贞静无闻悍性多。满口只图叨酒肉,浑身惟爱着绫罗。争风撒泼捐廉耻,反目行凶犯诮诃。权媪戴姬童寄姐,三人歪憋不差多。

　　狄希陈从沧州别了童寄姐到家祭祖,原约过少则五日、多则十日,便可回来上船。童寄姐合郭总兵的两只座船到了临清,在浮桥口湾住。郭总兵日逐会通家,拜相识,赴席请人,忙了几日,寄姐单单的住在船上。起初郭总兵有事,寄姐也还不甚心焦。后来郭总兵公事完了,日逐过寄姐的船来问信,那里等的狄希陈来到? 一连等了十四日,方才回到船上。买丫头,雇家人,又足足耽搁了两日,方才开船起行。

　　因违了寄姐的限期,寄姐已是逐日鸡猫狗不是[3]的寻闹,说狄希陈恋着家里那瞎老婆,故意不肯起身,叫寄姐住在船上孤清冷落,

────────────

　　〔1〕 投江——同本作"投河",据卷首目录校改。
　　〔2〕 争锋——同本作"争风",据卷首目录校改。
　　〔3〕 鸡猫狗不是——山东兖州一带方言,看着什么都不顺眼,无故找碴的意思。

────────────

如呆老婆等汉一般。许过稍羊羔酒、响皮肉〔1〕与寄姐尝，又忘记不曾稍到。怕人说是争嘴，口里不好说出，心里只是暗恼，指了别的为由，只骂狄希陈是狗叨了脑子的忘八。说那寄姐的不贤良处，也就跟的素姐七七八八的了。

一路行来，过淮安，过扬州，过高邮、仪真大马头所在，只要设个小酌，请郭总兵、周景杨〔2〕过船来坐坐，回他的屡次席。只因恼着了当家小老妈，官动也不敢动，口也不敢开。喜得顺风顺水，不觉得到了南京。歇住了船，约了郭总兵、周景杨，同进城去置买那一切礼物。住了两日，各色置买完备，然后开船起行。

寄姐将那买来送礼的物件，尽拣好的，如洒线袍裙、绣衾、锦帐、玉簪、玉花之类，上色鲜明尺头，满满的拣了两大皮箱。狄希陈心里想道："凭他收起，临时要用，自然取他出来。"谁知他住在船上没得事做，将那配袍的绣裙一条一条的剪将开来，嵌上皮金，缝完打摺，钉带上腰；整匹尺头都裁成了大小衣服；玉花都妆了翠叶，穿了珠子；上好的玉簪都自己戴起。狄希陈心里想道："苦哉，苦哉！你若早说如此，我在南京尚可添买。哄得我离了南京，将这有数的礼物都把我剪裁坏了，我却再往那里去买？这一到成都，堂上〔3〕三厅，这样四分礼，却在那里摆布？"满腔的愁苦，口里又不敢说得，只是暗恼。

----

〔1〕 响皮肉——一种用猪皮制成的肴品。
〔2〕 周景杨——同本作"周景陽"，据上下文校改。下同，不再出校记。
〔3〕 堂上——指知府。同本作"堂十"，据文意酌改。

　　一日,寄姐又将一匹大红六云纻丝裁了一件秃袖衫,剩的裁了一腰夹裤。狄希陈忍不住道:"这匹大红云纻用了九两多银子买的,是要送上司头一件的表礼。可惜如此小用! 没了送上司的礼物,如何措手? 况我在北京又与你做的衣裳不少,却把这整尺头都裁吊了。"寄姐把那不贤惠臭脸一放放将下来,气的像猪肝颜色一样,骂道:"臭贼! 不长进的忘八! 你没本事挣件衣服给老婆穿,就不消揽下老婆! 你既揽下老婆,不叫穿件衣裳,难道光着屁股走么? 你是那混账不值钱的老婆生的,不害羞;我是好人家儿女,知道羞耻,要穿件衣裳,要戴点子首饰! 你既不肯教老婆打扮,我光着屁股走就是了,羞你娘的臭屁脸!"一面口里村卷〔1〕,一面将那做的衣裳扯的粉碎,把那玉簪玉花都敲成烂酱往河里乱撺,骂道:"咱大家不得! 没见食面淫妇生的!"

　　狄希陈虽是被薛素姐打骂惯的,到了寄姐这个田地,未免也有些血性上来,说道:"你毁坏我这许多礼物都是小事,你开口只骂我的娘,我的娘又没惹你,你又没见他的面,你只管骂他怎的! 你家里没放着娘么?"寄姐道:"俺母是好人家儿女,骨头尊重,生的好儿好女,不似你娘生你这们杭杭子! 合我妈使天平兑兑,比你娘沉重多着哩!"狄希陈道:"我没见〔2〕银匠贼老婆骨头尊重! 俺娘生我这们七八品官的儿子,生个女儿是秀才娘子;不照依银匠贼老婆,生的儿子

〔1〕　村卷——泼骂。卷,山东方言,斥骂。
〔2〕　没见——同本作"没兑",据文意酌改。

雇与我管铺子,生的丫头子卖与我做小妇奴才!你看我这杭杭子!我清早到任,我只赶晌午,我差皂隶快手把满城的银匠都拿到衙门来,每人二十板,刺'窃''盗'字,问徒罪[1],打的那些银匠奴才们只望着我叫老爷饶命!我再下下狠,把银匠的老婆、银匠的丫头子都拿到衙门来,拶的尿屎一齐阿!"

寄姐[2]性子像生菩萨似的,岂容狄希陈揭着短骂这们一顿?扯着狄希陈就挝脸磁头,揪巾子,扯衣裳,拉着齐跳黄河,口里喊叫道:"前船、后船,梢公、外水,拦头、把舵!众人都一齐听着!山东狄希陈跑到京里赁俺房住,见我标致,半夜把我的爹杀了,把娘也杀了,图我的家财,霸占了我的身子!京里缉事的严,住不的,买了假凭,往七八千里去做假官哩!他昨日往家去,嗔他家里的老婆留他,他把家里的老婆杀了,逃走来了!他私雕假印,用的假勘合!你是甚么杭杭子?奉那里差?打着廪给,拨着人夫的走路!我是证见,列位爷们替我到官跟前出首出首,只当救我的狗命!我既是泄露了他的天机,他没有饶我的,不是推我在河里,就是使绳子勒杀我,他狠多着哩!我的一个丫头,他强奸他不依,一顿绳子勒的半死不活的,使棺材妆了出去!叫邻舍家知道了,拿讹头,告到察院衙门,带累的拿出我去见官!这是我跟你一场,你封赠我的!"

狄希陈道:"阿弥陀佛!神灵听着哩!"寄姐骂道:"贼昧心的忘

[1] 问徒罪——同本作"间徒罪"。"问"与"间"盖因形近而讹,据文意酌改。

[2] 寄姐——同本作"一姐",据上下文校改。

八！我屈着你甚么来,你念佛叫神灵的?我穿你件子衣裳,你那偏心忘八就疼的慌〔1〕了！只许你家中的老婆,你买这们些衣服尺头珠翠宝石给他就罢了！我还明眉大眼、高梁鼻相,趁的穿！你家里那老婆瞎着个臭尿眼,少着个鼻子,两个大窟坨看到颡根头子,搽着个莹白的脸,抹着个通红的唇裂到两耳根,不像个庙里的鬼哩?那里放着买这们些东西给他！那里放着守他这们一向才来！人说'和尚死老婆——大家没',我合那小妇臭浪蹄子'姑子死和尚'——也是'大家没'！"

狄希陈道:"你说我杀了他逃出来了,怎么我又偏疼起他来了〔2〕呢?"寄姐道:"我不许你强嘴！我待怎么说,就怎么说,只是由的我！我只是不合你过！你齐这里住下船,写休书给我,差人送的我家去就罢了！咱'将军不下马,各自奔前程'！你做你那猴官去,有我这们个老婆,愁嫁不出你这们个杭杭子来么?孩子我也不带了去。要不,我抱着孩子扯着你,咱娘儿三个一齐的滚到黄河里头就罢了！"狄希陈道:"呀,呀！这不扯淡?你待跳黄河你自家跳呀,你又抱着孩子拉着我呢！我合孩子的命贵,不跳黄河。你命不值钱,动不动就跳河跳井的！"

寄姐越发撒起泼来,把孩子一把揣在怀里,拿了根丝䌷汗巾子束了束腰,一手扭着狄希陈的衣领就往舱外头钻。狄希陈一边往后挣,

---

〔1〕　疼的慌——山东方言,心疼。
〔2〕　来了——同本作"求了"。"来"与"求"盖因形近而讹,据文意酌改。

一边从怀里夺孩子。张朴茂的媳妇子,新寻的家人伊留雷媳妇子,新寻的丫头小河汉、小涉淇,四个人齐齐的拉着寄姐不叫跳河,唬得小京哥乔叫唤,往怀里钻。

寄姐怪骂道:"臭浪淫妇们! 谁希罕你们拉我? 我跳了河,忘八淫妇们过自在日子倒不好么?"张朴茂老婆道:"奶奶,你消消气罢。两口子合气是人间的常事,那里放着就要跳河?"寄姐骂道:"没志气的淫妇浪声! 我是你么! 叫人这们揭挑着骂,还觍着尻脸活呀!"张朴茂媳妇道:"奶奶,你骂我也罢。'相骂没好口,相打没好手',只许你百声叶气〔1〕的骂俺爷么?"望着伊留雷媳妇子说:"你去叫一个舣〔2〕着小船,赶赶头里郭总爷的座船,叫他等等儿,请过权奶奶合戴奶奶来劝劝咱家奶奶。河跳不成,别要气的没了奶,饿着叔叔不是顽的!"伊留雷老婆就使了他汉子,舣着那小船,赶了郭总兵的船去。

原来这一日不知是个甚么日子,合该是牛魔王的夫人、翠微宫主、九子魔母〔3〕合地杀星顾大嫂、孙二娘这班女将当直。郭总兵的管家卜向礼远远的望见伊留雷舣船赶来,走出船头上等看。伊留雷赶到跟前,卜向礼问道:"你来得这们凶凶的是做甚?"伊留雷道:"奶奶合爷合气,只待抱着小相公拉着爷往河里跳,家里四五个人劝拉不住的,请权奶奶合戴奶奶过船去劝劝俺奶奶哩。"卜向礼摇着手道:"俺这里正待请过狄奶奶来劝权奶奶合戴奶奶哩。"伊留雷道:

〔1〕 百声叶气——各样言辞,各种腔调。

〔2〕 舣——"划"的俗字。

〔3〕 九子魔母——同本作"九子魔毋"。"母"与"毋"盖因形近而讹,据文意酌改。

"是怎么?"卜向礼道:"你把小船拴在船稍上,你上来自己听不的么?"

伊留雷起初来的心忙,也便听而不闻。及至卜向礼说了这句,原来郭总兵船上也嚷成一片。只听得一个说道:"没廉耻的臭小妇!你拍拍你那良心,从在船上这一个多月了,汉子在我床上睡了几遭?怎么你是女人,别人是石人木人么?你年小,别人是七八十的老婆子么?你就把占得牢牢的!你捞了稠的去了,可也让点稀汤儿给别人呵口!没良心的淫妇!打捞的这们净!"

伊留雷悄悄的问卜向礼道:"这说话的是那一位?"卜向礼说:"这是权奶奶。"又听得戴奶奶说道:"真是不知谁没廉耻,不知谁没良心!我咒也敢合你赌个!我从小儿不好吃独食,买个钱的瓜子炒豆儿,我也高低都分个遍。不说你货物儿不济,揽不下主顾,只怨别人呢!这不他本人见在?我那一遭没催着他往你那里去?他本人怕见往你那里去,我拿猪毛绳子套了交给你去不成?这是甚么营生,也敢张着口合人说呀?碜不杀人么?"

权奶奶道:"我又没霸占汉子,我到疚!西瓦厂墙底下的淫妇才碜哩!"又听郭总兵说道:"你两个不要嚷了,这是我的不是。原因戴家的床上宽些,睡的不甚窄狭,所以在戴家的床上多睡了几夜。这倒其实空睡的日子多,实际的日子少。在权家床上虽是睡的日子少,夜夜都是有实际的。况且我们做大将的人,全要养精蓄锐,才统领的三军,难道把些精神力气都用到你们妇人身上?桅舱里面住的是周相公,周相公是自己的通家,相处也年久了,这也便罢。却也还有家人家丁合船上一干人等,听了成甚道理?这也还好说是自己船上的人。狄友苏的船紧紧跟在后面,他也娶的是京师妇人,好不安静,何常像你两个这等合气?"

权奶奶道:"你别要支你那臭嘴!怪道你做官不济!为甚么一个挂印总兵,被人捻的往家来了?管着大小三军,够几千几万人,全要一个至公至道才服的人。你心里喜的,你就偏向他;你心里不喜的,你就吝他,这也成个做大将的么?我床窄,睡不开你,把你挤下床去了几遭?你合他空睡,你当着河神,指着你那肉身子赌个咒!你合我有实际来?你也指着肉身子设个誓!你那借花献佛、虚撮脚儿的营生,我不知道么?你北京城打听去!权家的丫头都伶俐,不叫人哄呀!"

戴奶奶道:"你既知道是借花献佛、虚撮脚儿,你爽俐别要希罕!为甚么又〔1〕没廉没耻的这们争?"权奶奶道:"你看这蹄子淫妇说话没道理!我争野汉子哩,没廉耻?"戴奶奶道:"就是自己的汉子,把这件事说在口里丢不下,廉耻也欠!"两个你一句,我一句,争骂不了。

郭总兵道:"我在广西做挂印总兵,一声号令出去,那百万官兵神钦鬼服,那一个再有敢违令的?还要不时穿耳游营、割级枭首。怎么这样两个臭婆娘便就束缚不住他?"叫小厮:"把我的铺盖卷到桅

------

〔1〕 又——同本作"文",据文意酌改。

舱里,合周相公同榻,再不与这两个臭婆娘睡! 闲出他白醭〔1〕来!"
郭总兵使性,竟抽身往隔壁舱来,合周相公告诉白话。这权、戴二位
奶奶见主人公不在跟前,你不愤我,我不愤你,从新又合气〔2〕起来。

　　郭总兵道:"看起来,倒还是那广西的苗子易治。这京师的妇
人,比苗子更撒野,我们男子人又不好十分行得去。"叫过小厮党童
来,说道:"分付厨上安排酒菜,差一个人舣了小船到后边狄爷船上,
请过狄奶奶来与二位奶奶和解和解。"党童道:"不消另又差人。狄
爷的伊管家来在这里许久了,烦他顺便请声就是。"郭总兵问道:"他
来此何干? 适间两个嚷闹,都被他听见,成甚道理? 你叫他来,我自
己问他。"

　　党童将伊留雷叫到跟前。郭总兵问道:"你几时到船上的? 来
此何事?"伊留雷道:"我家奶奶与爷合气,只要抱了小相公扯了爷同
跳黄河,家里两个家人媳妇、两个丫头,八只手都扯他不住。敬来请
二位奶奶过去劝劝。不料二位奶奶也在这里合气,小的就不敢再开
口得。"郭总兵合周景杨两个都拍手大笑。郭将军道:"我还要央你
回去,请你家奶奶来我船上劝劝我家这两个人,谁想你家奶奶也在那
里嚷闹。你回去与你爷说,叫你爷快快的与奶奶赔礼。我一个大将
军,八面威风的人也还耐他们不过,只得递了降书。你爷是个书生,
叫他就快些输服了罢。"

----

　　〔1〕　白醭——在适当温度下,富含营养物质的液体聚生的白色菌体。
　　〔2〕　合气——同本作"大气",据文意酌改。

周景杨道："这目下就到九江了，我破费些甚么治两个东道，外边我们三人，里边他们堂客三人。我们虽不好与他们当面和解，与他们三个遥劝一劝，你们二公各人再背后随便赔礼。到那快活的时节，都只不要忘了我老周。"

伊留雷辞了郭总兵、周相公，仍旧舣了船回去。寄姐还在那里澈泼不止。张朴茂的老婆抱着京哥怪哭，寄姐坐在船板上海骂。狄希陈起先那些昂气都不知敛藏那里去了，只是满口告饶，认说自己不是，原不该还口回骂。"你只看京哥分上，不要合我一般见识。你撩在水里的衣裳，打毁的玉器，我都一件件的赔还，半点也不敢短少。"

寄姐说道："你这没心眼的忘八，狠多着哩！我是故意的待作贱你，你晓的么？你到南京，上船去买东西，你那鼻子口里也出点气儿问我声：'这是南京地面，我待进城买甚么去哩，你待要甚么不？'问也不问声，厥厥屁股佯长去了！我说虽是没问我，一定也替我买些甚么呀。谁知道买了两日，提起这件来，是送堂上的；提起那件来，是送刑厅的。我难道连个堂上合刑厅也不如了？"

狄希陈道："我心里也想来，不是着他大舅主张着纳甚么中书，丢这们些银子，弄的手里醮醮的[1]，我有不替你买得么？我可又想，我北京替你做的衣裳可也够你穿的，到了衙门里头又没处去，咱做官撰了钱来再做也不迟。"寄姐说："你没钱也罢，你只替我买一件儿，或是穿的，或是戴的，难道这点银子儿也腾那不出来？这个也别

[1] 醮醮的——乏乏的，窘窘的。

提，使二三两银子哩。你从家里钉了丁子一般住这们一向，跑了来到船上，你把那羊羔酒稍上两瓶，也只使了你一钱六分银；把那响皮肉秤上二斤，算着使了一钱。难道你这二钱多银子的家当也没了？可也是你一点敬我的心。”

狄希陈道："这天是多咱？羊羔酒陈的过不的夏，新的又没做。这响皮肉，也拿的这们远么？"寄姐道："我的哥儿！你哄老娘，是你吃的盐比老娘多？老娘见的事比你广！你揭挑说我爹是银匠，可说我那银匠爹是老公公家的伙计。羊羔酒可说放的过夏，响皮肉五荒六月〔1〕里还好放几日斯挠〔2〕不了。这八九月天气，拿不的了？"狄希陈道："千言百语，一总的是我不是。你只大人不见小人的过！"

狄希陈满口的赔礼，小寄姐不肯放松一句，只是饶过不说跳河。两家人媳妇劝道："奶奶罢呀，'杀人不过头点地。'爷这们认了不是，也就该将就了。只管这们等，到几时是个休歇？"寄姐此时火气也渐觉退去，撒泼的不甚凶狠，劝着奶了奶孩子，挽了挽头，只是使性子没肯吃饭。又劝说："这一日没吃下些饭去，可那里有奶给孩子吃呢？"千央万及的，又将错就错吃了四五碗蝴蝶面，晚上也还合狄希陈同床睡了。

按下这头，再说那壁。郭大将军合周相公说了半日话，掌灯以后，周相公搀掇着还过官舱那边去了。到了权奶奶床前，正待摘网

〔1〕　五荒六月——夏历的五六月，指炎夏季节。
〔2〕　斯挠——山东方言，食物发霉变质，叫做"斯挠"。

巾,脱衣裳,上床宿卧,权奶奶道:“你待怎么? 快别要汗鳖似的,夹着狗屁股替我臭走! 以后我这床边儿上也不许你傍傍! 不敢欺,咱是咬折丁子[1]的老婆。咱就万年没有汉子,浪一浪儿狗屄,不是人养的!”郭总兵道:“‘此处不留人,更有留人处。’这可与我不相干。我来,你赶我出去,可再不许说闲话了。”一面说,一面走到戴奶奶床前。

戴奶奶骂道:“你就快别要汗邪,离门离户的快走! 怎么来? 人脸上没有肉,可也有四两豆腐! 难道叫人这们砢碜拉拉的[2]争,我又好留你的? 我就浪的荒了,使手搓也不要你! 你只拣着那浪淫妇的去处去替他杀浪,我害羞!”郭总兵怒道:“可恶,那里凭我! 要在那里睡,便在那里睡!”就待脱袜上床。戴奶奶道:“推你不出去,死乞白赖的塞在人床上! 明日只别要惹人的屄声颡气的,我不饶你!”

权奶奶怒道:“谁是屄声颡气? 我本等不要汉子,我赌气偏要合汉子睡两夜! 你饶得了便宜,你还拿发[3]着人! 不许在他床上睡,过我这床上来!”郭总兵道:“我既臭走[4]来了,还敢回去傍的床边哩?”权奶奶道:“你不过来么?”郭总兵道:“是遵你的命,不过去了。”戴奶奶道:“如今这们可怜人拉拉的央及人睡觉,头里别要这们十分的拉硬弓怎么!”

---

[1] 咬折丁子——说话算话。丁子,即“钉子”。
[2] 砢碜拉拉的——不知羞耻的,羞死人的。拉拉,语词后缀,无义。
[3] 拿发——山东方言,挟制;压伏。
[4] 臭走——同本作“只走”,据上文校改。

权奶奶雄赳赳跑将来,说道:"你待去就去。你待来,我偏不叫你合他睡!"拉着郭总兵死嘬〔1〕。戴奶奶道:"刚才我本等不待留他,我如今可偏要留他哩!"也拉着郭总兵死嘬。一个拉着郭总兵左胳膊,一个扯着郭总兵右胳膊;一个往东拉,一个往西拉,两个老婆把个郭总兵拉的像五车子争的一般。

那官舱与后舱相邻,只隔得一层板壁,纸糊的不甚严密,露有簪脚粗的一条大缝。灯光之下,被那稍婆张看的分明,看是两个扯着郭总兵的手分头争拽。稍婆在板壁那边叫道:"二位奶奶消停,放缓着! 一个做武将的人,全靠着〔2〕两根手臂拉弓搭箭的,你拉脱了他的骨节,你们倚靠了那个过日子呢?"权、戴二人听见稍婆说话,略略都松了一松手,郭总兵秃着头,跋着鞋,跑到隔壁舱里。也不敢〔3〕来官舱里要枕头铺盖,说说笑笑,与周相公同床睡,枕了个〔4〕牛皮跨箱睡了。

周相公道:"今晚倒也权过了一宵,这也不是长法。狄友苏的尊宠此时亦不知安静了不曾? 我明日办个小东,替这三位奶奶做个'和事老人'。"郭总兵道:"你怎样和事? 他们又不曾在一处相闹。你的东道却办在那个船上? 我与你算计不通。你办了东道,或在我们自己船上,狄友苏的老妈不肯过来;或是办在狄友苏船

〔1〕 嘬(chuài)——"拽"的音变。
〔2〕 全靠着——同本作"今靠着",据文意酌改。
〔3〕 不敢——同本作"人敢",据文意酌改。
〔4〕 个——同本作"人",据文意酌改。

上，我们的两个又不肯过去，这不反又增一番的淘气？"周景杨道："我自有道理。不拘摆在那厢，叫他三个只听得一声说请，走来不迭。既在一处吃酒，难道不交口的不成？定然说话。难道日里说了话，夜来又好变脸？狄友苏娘子既要出来赴席，也一定要老公撺掇，彼此商量，才好出门。这岂不是和劝？"郭总兵道："怎好叫你费钞？仗赖你出名，我出银子。"周景杨道："我出了一遭东道，怕你合狄友苏两个不两次回席？两边的堂客也不好白吃我的，也是回席两遭。闷闷坐的在这船上，岂不是消闲解闷之方？"郭总兵道："这也有理。你便为起首来。"

座船将次到了九江，周景杨开了一个鸡鱼酒肉的大单，称了一两五钱银子，差了管家卜向礼上岸照单置办，叫厨子安排〔1〕两卓酒。叫卜向礼先对权奶奶道："这彭蠡湖内有座大姑山，是天下名胜第一个所在，上面极齐整的庙宇，不可错过，这也是千载奇逢。周相公办了一卓酒在上面，要请二位奶奶同狄奶奶都到上面游玩一番。"权奶奶道："周相公在客边，为甚么费事？多拜上周相公，若是戴奶奶不去，我就去；若戴奶奶去时，我便不好去得。只多上覆周相公罢。"卜向礼又将周相公的话说与戴奶奶。那戴奶奶半推半就的腔调，合权奶奶再没二样。看来臭肘一肘，临时都是"请"字儿不曾出声，"去"字儿连忙答应的主顾。

晚间泊船，又差卜向礼与狄希陈说知。外面说话，寄姐舱里听得

------

〔1〕 安排——同本作"安权"，据文意酌改。

甚真,心里极其喜悦。把两个家人媳妇喜的挝耳挠腮[1]。狄希陈
道:"管家略坐片时,我到里边说知了,回你的话。"狄希陈进到舱内,
对寄姐说道:"今晚可到得九江,这彭蠡湖中有一座大姑山,天下有
名的胜景。周相公办下东道,请你合二位郭奶奶同到上面看看。这
也是凡人不容易到的。"寄姐妆着蹦脸,鼻子又忍不住待笑,口里强
着说道:"看我过的那好日子哩,去游山玩水! 多拜上他,我不去
呀。"狄希陈道:"他是个客边,费了事请咱,怎好不去? 这船里闷
了这一向,你只当上去散散心也是好的。"寄姐道:"我不去,怎么呀!
吃了人的,可也回回席。我为的人[2]么?"狄希陈道:"你别管他,你
只管上山,我管回席。替你回的不齐整了,凭你合我算帐。"寄姐忍
着笑道:"我不去呀!"

　　二位管家娘子恨命的揎掇,说道:"周相公是个客,费心请奶奶
去游山,奶奶不去,倒像似怕回席的一般。怎么不去? 爷回说明日
去就是了,可只顾的根问。"狄希陈出去对着卜向礼道:"多拜上周
相公,明日就去。只是扰周相公,心里不安。"寄姐里面说道:"管
家别听他说,我不去呀。我身上有件衣裳呀,头上有根簪子呀? 倒
像似跟人的丫头似的!"卜向礼说:"狄奶奶说不去,我就这们回了
周相公的话,省的又雇轿子。"寄姐听说,恐怕当真的打脱了,再就

----

〔1〕　挝耳挠腮——同本作"挝耳搅腮"。此依连图本,据李本校改。
〔2〕　为的人——山东方言,出面或以自己的名义送人钱物、回复别人的情面,叫做
　　　"为人",也叫"装人"、"做人"。

没敢做声。

卜向礼回了周相公话。船到了大姑山下，泊住了船，叫人上山收拾两处坛场，雇了十来乘山轿，临期分头邀请。狄希陈乘着这个机会，在寄姐面前献殷勤，攀说话，穿衣插戴，极其奉承。"严婆不打笑面"，寄姐到此地位，有好几分准了和息的光景。

再说权、戴两人拿腔作势，心上恨不得一时飞上山去，口里故意拿班[1]，指望郭总兵也要似狄希陈这般央及。谁知郭总兵才做到挂印元帅，还不曾到那怕老婆的都元帅田地，说道："待去的，快些收拾就去；不待去的，在船上看家[2]。两个都待去，都快些收拾；如都不待去，都在船上看守。我同周相公、狄友苏上山游玩一番，及早还要开船走路。"权奶奶道："我本等不待去的，只怕负了周相公的美意，勉强走一遭去。"戴奶奶道："我也怕负了周相公美意，只得去走一遭。若不是周相公的体面，只怕八个大金刚还抬不动我哩！"

二人将次穿着完备，约同了寄姐，都是家常淡服，平素浅妆。搭扶手，安跳板，登在岸上，三人见完了礼，问了动定，依次上了肩舆，抬到山上。郭总兵、周景杨、狄希陈也随后步了上去。果然是座名山，许多景致，观之不足，玩之有馀。寄姐开言，权、戴二人也不由接话，起初蹦脸，渐渐开颜。

---

〔1〕 拿班——摆架子，装腔作势。
〔2〕 看家——同本作"看婆"。此依连图本，据李本校改。

　　看景已完,酒肴交上,内外吃到日转斜阳,方才收樽席散,前后下山,各人回自己船上。只因遣兴陶情,以后彼此怒气潜消,不止狄希陈与寄姐和好如初,权奶奶与戴奶奶也暂时歇气,轮流荐枕,挨次铺床。凡到甚么马头热闹所在,寄姐、戴奶奶、权奶奶、郭总兵、狄希陈次第回席。幸得一路无言,不致番唇撅嘴。

　　此系沿途光景,至于别项事情,再听下回接说。

第八十八回

薛素姐送回明水　吕厨子配死高邮

恨命[1]追船急若梭,追着意待如何? 神灵不愤起风波。托身附话,作怪兴魔。被拐一双骡。　便宜得处莫夸多,逆旅扬州雉入罗。歪心犹自不消磨。告官下毒,重犯金科。牢洞把尸拖。

——右调《青玉案》

薛素姐住在尼姑庵内,把那骂公婆打汉子的恶性都收藏没有用处。韦美按日供柴,计时送米,恐怕吃了秃老婆的小菜,还不时送钱买办。素姐吃了韦美家的茶饭,却与老姑子浆洗衣裳,与小姑子制造僧履,淘米做饭,洗碗擦锅,好生勤力。

只说做和尚的个个贪狠,原来这做姑子的女人,没了两根头发,那贪婪狠毒便也与和尚一般。这个庵里的老尼,从天上掉下这个女人,吃了别人家的饭,安安静静、倒心伏计的与你做活,却该十分庆幸才是。他却要师徒几个都指靠了素姐身上,要韦美供备米粮,自家的米缸豆瓮,整日开也不开。起先送来的米一斗可吃八日,渐至斗米只

---

[1] 恨命——同本作"怅命"。"恨"与"怅"盖因形近而讹,据文意酌改。

吃了三日。韦美也略略查考，老尼道："这位女善人，起初时节想也是心绪不佳，吃饭不动。如今渐渐的怀抱开了，吃了不饱，饱了就饥。韦施主，你为人为彻，这也是收束不住的事了。"

依了韦美的念头，有钱的人家，多费了几斗米倒也不放在心上。禁不得那浑家日逐在耳边头咕咕聒聒[1]，疑起心来。更兼韦美沿地里打听那吕祥的踪迹，没有下落。走到姑子庵内，对素姐说道："你在此住了这将近两月，拐骗的又寻找不着，天气又将冬至数九的时候，你家下又没有人寻到这边。我要备些路费，差个女人送你回去，不知你心下如何？"素姐道："若肯送我回去，又着个女人作伴，感恩非浅！我身边还有带得盘缠，算起来也还够到得家里，只仰仗差人雇头口便好。"

老尼道："你家中又没了公婆，丈夫又见在远处做官，'瞎子迷了路'，你'在家也是闲'。这等寒冷天气[2]，男子人脚下缠了七八尺的裹脚，绒袜棉鞋，羊皮外套，还冷得像良姜[3]一般；靴底厚的脸皮，还要带上个棉眼罩；呵的口气，结成大片的琉璃。你吹弹得破的薄脸，不足三寸的金莲，你禁得这般折挫？下在店家，板门指宽的大缝，窗楞纸也不糊，或是冷炕[4]，或是冰床。你带的铺盖又不甚温

---

[1] 咕咕聒聒——念叨，数说。
[2] 寒冷天气——同本作"冷寒天气"。"冷寒"二字倒文，据下文校改。
[3] 良姜——即凉姜，冬天里卖的生姜。姜色黄白，故山东方言常用以形容人青黄的面色。
[4] 冷炕——同本作"冷坑"。"炕"与"坑"盖因形近而讹，据文意酌改。

厚,你受得这般苦恼?依我好劝,只是过了年,交了三月,你再回去不迟。饭食是不消计论,若韦施主供送不便,小庵中四方施主的斋供,也不少这女菩萨的一碗稀粥。"

韦美道:"我要送狄大娘回去,是完我一场的事,岂吝惜这吃的升斗之米?若说路上寒冷,这狄大娘你自己主意,我便不好强你。"素姐道:"思家心切,寒冷我也顾他不得。路上辛苦,到底是免不得的。丈夫虽不在家,尚有家事用人料理。韦恩人,你还做主送我回去。"韦美道:"既是主意已定,我连忙收拾打点便是。"

老尼见留素姐不住,年节将来,没有了人做活,没有供米,好生不喜。背地仍十分苦留,说天冷唬他不住,又说路上满路的响马,劫了行李还要吃人,女人年少标致的捉去压寨,丑老的或是杀了煮吃,或是拿去做活受苦。大约都是此等话头。幸得素姐狠似响马的人,那里还怕甚么响马?一心只是回家。韦美去买了一个被套,做了一副细布铺陈,做了棉裤棉袄、背心布裙之类。农隙之际,将自己的空闲头口拨了两个[1],差了一个觅汉宋一成,雇了一个伴婆隋氏。当日家里办了一桌荤素酒菜,请素姐同老尼到家送行起身。

原来只韦美的娘子是一个绝色的佳人,平素极爱洁净。见了素姐少了个鼻子,焌黑的两大窟咙,身子陪坐,把个头别转一边,就是低了不看。勉强陪了一会,止不住往外飞跑。刚到门,呼的一声,呕吐了一地,头眩恶心不住,扶进卧房睡下。素姐吃完起身,韦美的娘子

----

[1] 两个——同本作"两人"。"个"与"人"盖因形近而讹,据文意酌改。

也不曾出送，止有韦美合老尼送上头口。风餐水宿，不日到了明水。一路平安，无有话说。

只是素姐那日自家中起身，并不曾说与一个人知道。住房的人只见吕祥回家，当时不多一会，素姐和吕祥都不知去向，遥地里被人无所不猜，再没有想到是赶狄希陈的船只。龙氏家中求神问卜，抽签打卦，薛如卞弟兄两个又不肯四下出招子找寻，每日娘儿们家反宅乱。

那日素姐忽然到了家，跟着宋一成合伴婆隋氏，衣裳不整，面带风尘，脚沾黄土。龙氏听见素姐回家，飞风跑来，相抱而哭，方知道是赶船不上，吕祥拐了骡，将身流落尼庵，幸得遇着好人，差人送回。家内着实款待那宋一成合隋氏，留住了三四〔1〕日，每人与了二两盘缠，又每人是二两犒赏。轧了一百斤绵绒，四匹自织绵绸，四十根大花布手巾，着了一个觅汉鲍恩回去谢韦美看顾。

素姐回到家中，两脚躧了实地，刻刻时时，心心念念，算计不出个法来把狄希陈拉到面前口咬牙撕一顿，泄泄他的恨气。

再说吕祥自从那日撇下〔2〕素姐，凭他在戏场上与河神作闹，他且回到店家吃的酒醉饭饱，屁股骑着坐骡，手里牵着看骡，一直径到扬州城里，寻了店家宿下。说他是个贩骡马的客人，赶了一群骡马，约有三十匹头口，来到离淮安三十里外，撞见山上的一伙大王，尽行

〔1〕　三四日——同本作"四三日"。"四三"二字倒文，据文意酌改。
〔2〕　撇下——山东方言，抛下，扔下。

劫去，被他苦死央及，拣了三头不济的骡子还他。因没盘费，在淮安金龙大王庙里卖掉了一头骒骡，今止剩得两个，要寻主顾发脱。连住了几日，因他说得价钱不对，凡来看的，都讲不上来，去了。

　　一日，这吕祥合该晦气。淮安府军厅里人，来了两个下关子〔1〕的公差，同在一个下处。见了两个牙行领了两个人看骡，吕祥在傍说价。一个六岁口的黑骟骡，说了五十两银；一个八岁口的黄儿骡，说了二十五两。那经纪把吕祥看了两眼，说道："这骡情管不是你的。不然，你怎么说的都是没捆〔2〕的价钱？"那两个差人也在傍边观看，问说："你这位客人是何方人氏，来此卖骡？"吕祥道："我是山东兖州府人，姓吴，久惯贩头口生理。只淮扬一带，我一年十二个月倒有十个月住在这里。"差人道："你说淮扬是你久住之地，总漕军门的衙门是在那厢？漂母祠、韩信的钓台、琼花观、迷楼、竹西亭〔3〕都在甚么所在？"

　　吕祥道："你真是个没趣的朋友！你们是个闲人，到处里游山问水的顽耍。俺只做生意的人，'针头削铁'，有闲空工夫？吃着主人家的贵饭，住着主人家贵房，放着生意不做，且去上甚么钓台，游甚么迷楼去？"差人道："你说久在淮扬，咱且不要题那淮安，你且说你扬州的旧主人家是谁？"吕祥道："这就是我的熟主人家。"差人问那主

---

〔1〕　下关子——赍送关文。关子，即关文，官府之间的平行公文。
〔2〕　没捆——山东方言，没数，不着边际的意思。
〔3〕　竹西亭——唐杜牧《题扬州禅智寺》诗有"谁知竹西路，歌吹是扬州"句，后人因筑竹西亭，其地在今江苏省扬州市北。

人,店家也只得含糊答应。差人道:"你这主人家别要把祸揽在身上。这人不巧〔1〕!"吕祥骂道:"贱瞎眼的狗头! 我那里放着不巧?我不巧,我偷你娘的屄来了!"差人道:"你那里放着不巧? 一似在淮安府金龙大王庙做过不巧来! 你是跟那瞎一个眼少鼻子妇人的人,那妇人被金龙大王附在身上,你乘空拐了骡子逃在这里,你还强嘴?"

　　吕祥听见只话,恨不得再生出几个口来合人折辨。怎禁的贼人胆虚,一双眼先不肯与他做主,眊眊稍稍,七大八小起来。其次那脸上颜色又不合他一心,一会红,一会白,一会焦黄将去。再其次他那舌头又不与他一溜,搅粘住了,分辨不出一句爽利话来。差人道:"你那个瞎眼的妇人如今现在尼姑庵内住着,告了状,四散拿你。我们两个正是淮安军捕衙门的番当〔2〕,缉了你这两个多月〔3〕,你却逃在这里!"腰里掏出麻绳,登时把吕祥五花绑起,要带去空庙里栲打,哄动了满街人。

　　地方巡视人役传布了,本处的番手走来店内,见淮安差人将吕祥捆绑,问道:"你二位是何衙门的差役,缉到这里?"淮安差人说道:"只人是跟一个山东妇人来的。那日金龙大王庙里有人还愿,那妇人在庙烧纸,站住了看戏,被大王附在身上在那里闹场。他回到下处,把那妇人的行李骡子拐带来了。那妇人幸得遇了个好人,送在个

---

〔1〕　不巧——山东淄博一带方言,行为不端,为人不地道。

〔2〕　番当——番子手,负责缉捕人犯的差役。

〔3〕　两个多月——同本作"两多个月"。"多个"二字倒文,据文意酌改。

尼姑庵里寄住，告了状，正在严限缉拿，他却躲在此处。"扬州捕快道："二位取出海捕的批文来看。"淮安差人道："批文留在家里，不曾带来。"扬州捕快道："你既没批文，怎就擅拿平人做贼？这是假充公差，拿绳来吊起！"

那吕祥跪在那扬州差人的面前哭道："二位爷爷就是我的救命星君！不是二位爷爷作主，我这孤身单客，有冤何处去诉！"扬州差人道："你且消停！我方略〔1〕了这两个，再与你说话！"一边取出铁索，要拴那两个公差。淮安差人道："我奉淮安军捕衙门来扬州府关子关人，你敢锁我！你后日再不必到我淮安！我约同了合衙门兄弟，你们但有到那里的，见一个打一个，见十个打十个！"扬州差人道："你的公文下了不曾？有甚么船票〔2〕么？"淮安差人取出船票来看，说："关文已经投过，单等领人。"扬州差人道："原来真是公门兄弟，我们实是不知，千万恕罪！二位老兄此来原是下关，没有领批拿贼。既是我们地方缉获，让我们拿他罢。二位兄回去，只在淮安本衙门也泯没不得二位老兄的功绩。我们同去拷问他便是。"带了吕祥，拴了店主人，牵了两头骡子，都到一座空庙里边。

吕祥还待支吾强辨，扬州番役把吕祥的衣服剥脱干净，馄饨捆起，一根绳拴在树的半中腰里，铁棍皮鞭，诸刑咸备，不忍细说，打了个不数。这吕祥只得把那跟狄希陈到京听选，恼恨不与他全灶为妻，

---

〔1〕 方略——处置；处理。
〔2〕 船票——即传票，传唤原被告、干证人等到案听审的小票。

挑唆素姐赶船，被河神附在身上，乘空拐骡逃走，一一招得明白。带去江都县见了捕官，夹打了一顿，录了口词。呈在堂上，又夹打了一顿，将骡子发在马厂寄喂，吕祥送监。关行绣江县查问，查得吕祥招承的说话一些也不差，回了关文。江都县将吕祥取出监来画供，问了三年刺配。呈详本府，转详解道，那每处夹打说也惨人，不必烦琐。允了详，定发高邮州盂城驿摆站〔1〕。详下本县，叫了乐工把吕祥那左小臂上大大深深的刺了两个"窃盗"字样，起了文书，抄了招稿，打了二十个送行竹板，佥了长解，押发前行。交付了驿官，打发到驿的收管。

原来这徒夫新到了驿里，先送了驿书驿卒、牢头禁卒常例，这下边先通了关节，然后才送那驿官的旧例。礼送得厚的，连那杀威棒也可以不打，连那铁索也可以不带，连那冷饭也可以不讨，任他赁房居住，出入自由，还可告了假回家走动。遇着查盘官点闸〔2〕，驿丞雇了人替他代点。这是那第一等的囚徒。若是常例不缺，驿丞的旧例不少，只是那为数不厚，又没有甚么势要的书启相托，这便些微打几下接风棍棒，上了铁索，许他总网巾，打伞络，讨饭糊口。这是第二等的囚徒。若是年少精壮，膂力刚强，拈的轻，掇的重，拖得坏，打得墙，恨命的当一个短工觅汉与那驿丞做活，这也还不十分叫他受苦。这是那第三等的囚徒。若是那一些礼物不送，又没有甚么青目书札相

----

〔1〕　摆站——将判徒流的人犯发配到驿站中服劳役，叫做"摆站"。

〔2〕　点闸——查点；点名。

托,又不会替驿丞做甚么重大的活,这是不消说起,起初见面定是足足的三十个[1]杀威大板,发在那黑暗的地狱里边,饭不许你讨碗吃在肚里。要死了伶俐,阎王[2]偏生不来拘唤;要逃了出去,先不曾学得甚么土遁水遁的神通。真是与鬼不差,与人相异。这是那第四第五第六等的囚徒。

这吕祥先在京师,凡是替狄希陈买办东西,恨命克落。喜得狄希陈不大会得算帐,两三年里边,他也"锺徐丘"[3]了好几两银。但这样人得了这样利,原得的不难,看得他便容易,这手拃来,那手撒去,也不大有甚么攒积[4]。就是狄希陈临行,他虽然挟制预支了六两工食,做了三两多的衣服,剩下的,在京里住了一个多月,又算回家狄希陈怕他咳拨,必定仍还与他银子,所以都一汤的大铺大腾地用了。来到家就跟了素姐赶船,素姐乖滑,将那大块多的银子扁在自己腰间,不过将那日逐使的那零星银子交他使用。及至到了淮安,所馀也是有数的。到了扬州,指了两个骡,算计要卖许多银两,主人家只管赊与他饭吃。后来犯事到官,腰里也还有七八钱银未使,被应捕搜得去了,两个骡子变价入官了。在监里的时候,讨那囚犯们的残汤卤醋,救饿充饥,仅不得死。发配在路,长解耽着干系,怕他死了讨不得

---

〔1〕 三十个——同本作"三十人"。"个"与"人"盖因形近而讹,据文意酌改。

〔2〕 阎王——同本作"闺王"。"阎"与"闺"盖因形近而讹,据文意酌改。

〔3〕 锺徐丘——歇后语,隐"落"字。《百家姓》有"锺徐丘骆"句,骆与"落"同音,因借指"落"。

〔4〕 攒积——蓄积。山东方言指蓄积的财物。

收管，煞要费事，只得每日些微买碗粥汤叫他挨命。交付了驿官，他却再那里有个板滓〔1〕送甚么常例？打的那棒疮烂见了骨头，要讨个铜钱买个膏药，也是可怜见没有的。这不消说得，稳稳的是第六等囚徒就是这吕祥一个。

你说没有钱使，又没有分上，或者小心下气些儿，也还有人怜你。他却矬着一葫把子〔2〕，毛尾多梭〔3〕的一双眼睛，不可人意的一副歪脸，他眼里还没有那个驿丞。那驿丞问道："据那抄来的招上，你也就是极可恶的人，这是真也不真？"吕祥道："我知道么？说我是真就是真，说不真就不真。"驿丞道："你这话是答应我的么？"吕祥道："我我们话儿，在北京城里不知答应〔4〕多少大老爷们哩，偏老爷你又嫌我答应的不好哩！"驿丞道："京里大老爷们依你这们答应，我官儿小，偏不依你这们答应！真就说真，说不真就说不真，你待说不说的呢？拿下去，使大板子着实打！"吕祥道："老爷且别打，迟了甚么来？"驿丞道："快些打了罢！我性子急，慢甚么慢！"吕祥道："只怕打了揭不下来呀！"驿丞道："揭不下来，叫他烂在腿上！"不由他调嘴，尖尖的三十大敲。敲来敲去，敲的个吕祥的嘴稀软不硬叫老爷，口里屎滚尿流。打完，叫人拖在重囚牢里，白日加靠，夜晚上匣，不许松放。

他对了那些牢头禁子说道："我也不是无名少姓，我也不是真正偷骡。龙图阁大学士吕蒙正[1]是我的大爷，侄儿是举人。我家里也有二三千金的产业。只是这一时'龙游浅水遭虾戏，虎落深坑被犬欺'！你只留我口气儿，你们的便宜。我昨日遇着俺家里人往淮上卖曲的，稍信到家去了，待不的一个月，情管就有人来。那时我有恩的报恩，有仇的报仇。喜欢也在你们，后悔也在你们！"说得那驿卒们欲信不可，不信不能，背后说道："天下事都不可知。看他在本官面前大意拉拉的，一定是有些根基的物件。万一叫他死了，官的嘴番来覆去，有甚么正经？没人说话便罢，有人说话，往我们身上一推，告状要起人来，这也不同小可！他既说家里人到，有恩的报恩，我们遭着这样的刁恶的人，也不消十分的拘禁，轮流每日给他几碗粥吃。等到一月两月没有人来，再做话说。"所以吕祥虽是被驿丞打了三十，倒也还不受以下人的大亏。

但这些禁卒怎的每日供他的饭食？做好做歹，在驿丞面前周旋，将他上了锁，脚上带了脚镣，放他出街讨饭。他这个傲气，别人讨两碗，偏他一碗也讨不出来，常是一两日水米不得沾牙。兼之低心憨赖，在那同锁的囚徒里面一味咬群，众人合了一股，大家作贱。若不

---

[1] 吕蒙正——北宋河南洛阳人，字圣功。太宗、真宗时曾三次任宰相。因戏曲《破窑记》而为民间熟知。此处吕祥称吕蒙正是他的大爷，意在渲染吕祥的狂妄无知。

是有个救星,这个狗命料想也是难逃。谁想这等歪人,遭了这等颠沛,他那死期不到,自然钻出一个救命〔1〕老官。

　　旧驿丞推升了扬州府的仓官,新来的驿丞姓李,山东滨州人。择了吉日,一般也出了张条红纸到任的告示,升堂画卯。头一班一个驿书参见,第二班几个马夫,第三班就是徒夫。众徒夫磕过一头,吕祥又另自磕头。李驿丞问道:"这个徒夫,系我山东人说话。"吕祥道:"小的是济南府绣江县人。"李驿丞道:"原来是同府的人。你犯了什么事,问这里徒罪?"吕祥没的回话。众徒夫说道:"他来这里做贼,刺〔2〕了字,所以问的是这里徒夫。"李驿丞道:"为犯别事还可,这刺字的贼徒,可容不得情!"吕祥道:"小的虽是刺字,通是屈情,那里有点实情气儿? 小的是个数一数二的厨子,觅给明水狄监生家里做活。狄监生选了四川成都府经历,先来家里祭祖,留下小的在京里领凭。小的领了凭回来,狄监生等不的,去了,把小的行李工钱俱没留下。狄监生的娘子合小的往前赶船,赶到淮安没赶上〔3〕。没的小的的工钱行李不要么? 赶了他两个骤,还没得卖出去,叫扬州府的番子手拿住,屈打成招,说我是贼。爷详情,这就是贼吗?"李驿丞笑道:"这是拐带,那是甚么贼? 你且去,看我有处。"众人带着锁,依旧讨饭去了。

---

〔1〕　救命——同本作"敕命"。"救"与"敕"盖因形近而讹,据文意酌改。

〔2〕　刺——同本作"剌"。"刺"与"剌"盖因形近而讹,据文意酌改。以下径改,不再出校记。

〔3〕　没赶上——同本作"役赶上"。"没"与"役"盖因形近而讹,据文意酌改。

这李驿丞单身上任，不曾带得家小，止跟着两个家人。紧到年跟底下，把一个会做饭上厨的家人病倒。那高邮孟城驿[1]的驿丞虽是散曹，颇有交际，新年有来拜节的客，多有该留他坐的，卒急寻不着个会上灶的。这吕祥乘这个机会，便做了毛遂官人，对了那一个不病的家人说道："闻说那一位管家极能做菜，如今有了贵恙，没人服侍李爷。我在下不才，这把刀的手段，也没有人比下我去的。我不惟会做饭，我且能会摆酒。我不止于会摆酒，凡一应这些拖炉油炸，我无所不会。李爷何不将我开了锁镣，把我当一个内里人使唤？本乡本土的人，不胜似使这边的生头？你若是说得李爷依了，凡厨下头一分好东西，我先敬了你，其次才孝敬李爷。"家人应允，来对李驿丞说了。

李驿丞道："他前日自己说是个数一数二有名的厨子，我也想着要用他。我但见他贼模贼样，是个凶恶不好的人，我所以不曾言语。"家人道："他是咱同府的人，隔咱不足一百多路。他敢半点欺心，我赶到他家火底下，驴合的来[2]！咱如今年下见没人指使，怕他怎么？放他出来，叫他洗括洗括，当铺里查件旧棉袄旧棉裤叫他换上，再买顶帽子，买双鞋给他。"驿丞道："没见他怎么等的，这先使两数多银子哩。"家人道："他要好，叫他穿着替咱做活；他要可恶不老实，呼顿板子给他，剥了衣裳，还叫他去做那徒夫。他说会炸果子，这

---

[1] 孟城驿——同本作"孟城驿"。今江苏省高邮市有孟城驿博物馆，内存孟城驿相关史料，据以校改，下同。

[2] 驴合的来——同本作"驴合他娘"。此依连图本，据李本校改。

年下正愁没甚么给人送秋风礼哩,这乌菱、荸荠、柑橘之类,都是他这里有的,咱炸些咱家里的东西送人,人看着希罕。"李驿丞道:"也罢。你合他说妥着,讲开一年给他两数银子制衣裳,这眼下给他札括的衣帽算上钱。"家人将言都对吕祥说了,吕祥喜不自胜。即时叫人替他开了锁镣,跟着家人见了李驿丞,又将前后的言语申说了一遍,许他一年给他一两二钱工食,吕祥也不敢争竞[1]。果然与他从头至尾换了衣帽鞋袜,专在厨房做饭。新来媳妇,也未免有三日之勤。

　　将次到了十二月中旬天气,李驿丞要叫他炸果送礼。开单秤的香油、糖、蜜、芝麻、白面各色材料俱全,定了十二月十六日开手。他果然做了七八样的果品,虽也不是那上等精致的东西,也都还搪塞得过。与人送礼,自家摆卓,"老婆当军",充数而已。到了年下,叫李驿丞开了一个大单,买了许多鸡鱼藕笋、腐皮面筋之类,一顿割切起来。把菠菜捣烂,宁出汁来染的绿豆腐皮,红曲染红豆腐皮,靛花[2]染蓝豆腐皮,绵胭脂染粉红豆腐皮,鸡蛋摊的黄煎饼,做的假肉、假鸡、假猪肠、假牌骨、假鸡蛋、假鹅头,弄了许多跷蹊古怪的物件。那个李驿丞生在滨州涝洼地面,又住在穷乡远村的所在,乍见了这等奇怪的东西,不呵叱他一顿,逼他丢掉一边,倒着实的称起他好来,把个吕祥喜得就如做了几篇得意的文字一样,满脸带着那笑。

　　正月新年,有来拜节的客人,多有不必留坐的,这李驿丞因要卖

----

　　〔1〕 争竞——山东方言,争论;争执。
　　〔2〕 靛花——中药名,即青黛。

弄他的希奇肴品,恨了命款留。那高邮州的人物生在一个今古繁华所在,又是河路马头,不知见过了多少食面,一乍见了这个奇物,筷子也不敢近他一近。李驿丞又再三的话让,说是他家的小价的妙手。吕祥见李驿丞作兴他的手段,便就十分作起势来。天是"王大",你就做了"王二",把两个正经管家反倒欺侮起来,开口就骂,行动就嚷,说管家是个真奴才,他是央借的人客。那年扬州荒旱,米是极贵的价钱,他成斗的趱起盆头米来换酒换肉,日逐受用,只瞒得一个李驿丞不知。家人外边得点甚么常例,他乔做家公,挟制了要去分使。

高邮州的吏目敛解钱粮上京,缺官巡捕。这盂城驿的旧驿丞姓陈,虽升了大使,不曾到任,候缺空闲。府堂上求了戏子分上,替他讨来高邮代捕。到任以后,吏目驿丞原也不相上下,可以交际往来。又兼陈大使原是这驿里的旧令尹,所以李驿丞合他相处,下帖请他,叫吕祥用心做菜,不可苟简。

这吕祥心怀不善,记恨初来时节被他三十板之仇,想要乘机报复。偷空出去买了几钱砒礵,凡是陈驿丞的汤饭之内,都加了砒礵细末。幸加不甚多,不致暴发。待了片时,陈驿丞肚内渐渐发作起来,起初溃乱,后来搅痛,只得辞席回去。李驿丞见他病势凶恶,也就不敢固留。

陈驿丞到得衙内,唇口发青,十指焌黑,知是中了毒药。喜得名胜之地,多有良医,请入来诊视脉息,知是中了砒礵毒,即时杀了活羊,取了热血灌下,又绞粪清灌去,方才吐出恶物,幸得不死。

陈驿丞疑是李驿丞要谋他的巡捕,所以下此毒手。病了几日起来，州堂上递了呈子，指名呈李驿丞，说他谋害人命。州官准了呈子，差人拘审。李驿丞指天画地，血沥沥的发咒。陈驿丞道："我与你共卓而坐，同器而食，如何偏我中毒？这不是你的手脚，更是何人？"州官问道："那日酒肴是甚么人摆的？"这李驿丞忽然想悟，禀道："实禀老爷，驿丞的两个家人，那个会上灶的家人病倒，没人做饭。徒夫中一个吕祥，原是个厨子，又是驿丞同府的人，是吕祥做的。"陈驿丞道："据了此说，便与李驿丞无干。这吕祥配发到驿，大使因他是个凶恶贼徒，照例打了他三十板。定是他怀恨报仇。"

　　州官拨了一枝签，差人即时将吕祥拿到。他也自知事不可掩，脸都没了人色。州官问说："药陈驿丞的毒药是谁下的？"吕祥平素刁佞，到这时也便支吾不来。套上夹棍，不上五六十敲，从头至尾，招得与陈驿丞所说半点不差。夹棍上又敲了一百，重责了四十大板，发驿再徒三年。将李驿丞问了一分米，因他不应擅役徒夫。李驿丞也就从此绝了炤管。吕祥将养好了，仍旧带了锁镣街上讨饭。恨李驿丞捻他出来，对人面前发恨，称言务要报仇。

　　一日，淮安府推官查盘按临，审录囚犯。点到吕祥跟前，吕祥禀说李驿丞卖法纵徒，雇他上灶做饭，"讲过每年十二两工食，欠下不与。因要工钱触怒，以此昼夜凌虐，命在须臾"。李驿丞站在傍边，等他禀完了话，过去跪下，把这从前以往的实话，对查盘官禀了个明白。推官大怒，分付："这等恶人，还要留他在世！驿官，带出去自己处死，不消回话！"

　　驿官谢了推官，领他到驿，发在牢内，禁住人不许与他饭吃。他还想那起初有人轮流管他吃用，不以为意，佯长跟了下狱。谁知此番奉了推官意旨，又兼他恶贯满盈，阎王催符来至，禁不得三四日断了茶水，把一条绝歪的狗命顷刻呜呼。报了州官，将尸从牢洞里拖将出去，拉到万人坑边，猪拖狗嚼，蝇蚋蛄嘬。这是那作恶的下场，完了个畜生的话本。

再有别人，另看下回结束。

第八十九回

薛素姐谤夫造反　顾大嫂代众降魔

红颜慢认是吾妻,狡毒有希奇。万狠莫堪比拟,豺虎合蜂蛇。　诬叛逆,谎兴师,耸刁词。官非明断,证不公平,九族[1]诛夷。

——右调《诉衷情》

再说薛素姐从淮安吃了一场大亏回来,头一个恨狄希陈,这是要食肉寝皮,其仇是不可解的。其次就恨狄周,恨他回家不该做成一路哄他。再其次,又恨相大妗子不说狄希陈在京另娶,及至他自己到京,禁住了人不许半星透露,都是相大妗子的主谋。日夜寻思,都要一个个从头报复。但狄希陈远在七八千里之外,狄周送狄希陈上了船,仍回北京管当,素姐不曾知道,只说都往四川去了,这目下怎能报复得着? 心里想道:"'义不主财,慈不主兵。'必定要如此如此,这般这般,不怕他远在万里,可以报我之仇,泄我之恨。"夜间千思万转,定了这个主意。

起了个五更,叫了个觅汉跟着头口,一直径到绣江城内,县门口

----

〔1〕　九族——同本作"天族",据文意酌改。

寻了店房住下。访了一个极会写状的讼师,合他说道:"我要在县里递张首状,央你写得详细,我送你一两纹银。"讼师说:"你且将情节说来,看系何事,我好与你写。"

素姐说:"我是薛氏,嫁与监生狄希陈为妻。狄希陈不安本分,合家人狄周每日谋反。久在京师潜住,又娶了一个红罗女[1]为妻,剪草为马,撒豆成兵,呼风唤雨,移斗换星,驾云喷雾,无所不为。昨日狄希陈领着这红罗女一班反贼,都往四川成都府调兵,妆着假官,使着假勘合,回家邀我同去。我怕带累,没肯许他。这是要十灭九族的事,我待出首免罪哩。"讼师道:"这事别当顽耍,有实据才好。这要问出谎来,你不消说是诬告加三等,还要拿写状子的打哩!且问证见是谁?"素姐道:"我是他的老婆,再有我知的真么?汉子谋反,老婆出首,这也还另要见证么?"

讼师本等不敢与他写这大状,只图他那许的一两银子不是等闲撰的,大了胆与他写道:

告状人薛氏,年三十七岁,本县人,告为出首免罪事:氏夫狄希陈,从幼不良,无所不为。假称坐监为名,潜住京师,另娶妖妇红罗女童氏为妻,演习邪教,剪草为马,撒豆成兵,谋为不轨。本年八月内,假充职官,伪造勘合,带领妖妇童氏、妖徒狄周,前往

----

[1] 红罗女——明叶权《贤博编》:"近有红罗女、马祖师,各扇惑为变。其术大抵与嘉靖初马御史大狱事相类,用盆水洗面照之,顾见其形,以移易愚人耳目,竟服从之。"叶权为明代隆庆、万历间人,所言也为此时之事。可见红罗本为人的绰号,这里用为妖妇的代称。

四川调兵,强氏同行入教。氏恐株连,不敢同往。似此反贼作乱,若不预先出首,恐被连累,后悔难追。伏乞行文剿捕,免氏并坐。上告本县老爷详状施行。被告狄希陈、狄周、童氏。

县官看状,说道:"他既潜住京师,做这些歹事,怎么往八九千里外四川去调兵?你这状一定另有个主意,不是实情!"县官看了状尾的代书名字,照名差人拘来,问道:"你怎么与这妇人写如此谎状呢?"代书道:"据小的看来,其实是谎。但他自己的妻子出首,又是谋反的事情,小的怎敢与他格住不写?"县官道:"你这也虑的是。"叫薛氏:"你有主人家么?"素姐说:"县门口郜家下。"县官差人唤了主家来到,把这个妇人保下去,好生看守伺候。准状拘审,分付该房出了信票,差了快手拘那狄希陈的左右两邻、乡约地保,赴县察究。

差人持票下乡,左邻陈实[1],右邻石钜,乡约杜其思,保长宫直,一干人都已叫齐,差人缴票回话。晚堂听审,县官坐了堂,这就是头一起。先叫陈实,次叫石钜,再次叫杜其思,又次叫宫直。

县官问道:"怎么你明水地方有此等兴妖作怪谋反的人,两邻不举,乡约保长不报? 这是怎么说?"陈实头一个开口禀道:"昨日老爷差人下乡拘唤小的们,见票上的朱语,是出首免罪事。打听差人,说是薛氏出首他丈夫谋反。老爷问作反的人,一定是狄监生狄希陈么?"县官道:"就是。"陈实道:"这不止小的一人,这石钜是右邻,杜其思是乡约,宫直是保长,你众人都公道回老爷的话,狄希陈果真作

---

[1]　陈实——同本文下文或作"陈寔",据此校改,不再出校记。

反来?"众人齐道:"这狄希陈是个监生。他父亲是狄宗羽,老爷县里有名的良民,死过才三年多了。止有这狄希陈一个儿子,也是个老实人,自来[1]没听见他兴妖作怪,又会谋反。"素姐道:"他不会[2]兴妖作怪,没曾谋反? 你们都是合他一伙的人,肯对着老爷说实话么? 他昨日往四川调兵回到家里,你们那一个没合他往来通气呀?"县官道:"他往四川去做甚么?"众人道:"他新选了四川成都府经历,他去到任,何常是调甚么兵!"

县官叫门子取过新《缙绅》来,看得成都府经历狄希陈,号友苏,山东绣江县人,准贡。县官又问:"这妇人告这一张状,他的主意却是为何?"陈实道:"这妇人的父原是个教官,两个兄弟多是有名的好秀才。偏他至不贤惠,殴公骂婆,打邻毁舍,降汉子比仇人不同,致的丈夫逃在京里,住了这三年多。闻的另娶了一个妾,姓童。昨日选了官,回家祭祖,住了半个月去了。后来一个跟狄监生的厨子吕祥,不知怎么过了舌,合吕祥去赶狄监生,赶到淮安没赶上,被吕祥把骡子都拐去了。前日扬州府江都县没行关子到老爷县里查么?"县官想道:"就是他? 你们再说。"

众人又说道:"想是没得赶上,所以告这状[3],指望老爷动文书提他回来的意思。"县官道:"良家妇女,怎么鼻子都没有的? 我那边,凡有私奔的妇人被人捉回,方割了鼻子哩。"众人道:"老爷说这

---

[1] 自来——同本作"自求"。"来"与"求"盖因形近而讹,据文意酌改。

[2] 不会——同本作"石会",据文意酌改。

[3] 告这状——同本作"后这状"。"告"与"后"盖因形近而讹,据文意酌改。

鼻子的事,其话又长。前年他的丈夫不在家内,他买了一个猴,将他丈夫的巾帽衣裳都改把[1]与那猴子,妆成他的丈夫,将那猴日夜的椎打。把猴打得极了,拧断了铁锁跑到肩上,先抠了眼,后咬了鼻子。"

再说素姐来县告状,又不曾对人说知。龙氏差了薛三省媳妇送了一盒点心与素姐吃,只见素姐中门封锁。问那外面住房的人,都说:"不知去向。风闻得像是往城里递状告人去了。"薛三省媳妇回家,对龙氏说知。龙氏料得薛如卞、薛如兼断是使不动[2]的,只得差了薛再冬,叫他扁着吊数钱,寻到城内陪他姐姐。走了四十里,寻到县前,正见素姐在一家下客的门口,凳上坐了看街。

再冬备问详细,方知是出首狄希陈谋反,状已准过,差人拘唤两邻约保去了。差人拘齐了人,投文见官。这再冬若是一个有识见达时务的人,料得[3]姐姐告这般刁状,躲得远远的还恐怕寻将你来,他却挽扶了素姐,跪在月台底下听审。听得乡约众人禀说被猴抠眼咬鼻子的事,他下边高声说道:"你们众人又不是他家的家人觅汉,你们怎么知得这等真?"县官问道:"下面说话的是甚么人?"乡约禀道:"是薛氏的弟。"县官说:"采上来!"说道:"我心里疑惑,人世间那里有此等的妇人,做这样违条犯法的事?原来是你这奴才拨唆主使!

----

〔1〕　改把——山东方言,改制。
〔2〕　使不动——支使不动,不听吩咐。
〔3〕　料得——同本作"斜得"。"料"与"斜"盖因形近而讹,据文意酌改。

状上又没你的名字,你擅入我的衙门,箝制乡约,这等大胆!选大板[1]上来!"拔了六枝签,分付:"着实重打!"霎时把个小再冬打的皮开肉绽[2]。

薛素姐下面叫屈声冤,只叫:"南无观音菩萨!本县城隍!太山圣母[3]!别要屈了好人!"县官大怒,叫人拿上来,一拶一百敲,将再冬枷号一个月示众,将素姐放拶赶出。

薛素姐因手指拶烂,肿痛难忍,不能回家,又因再冬被责枷号,没人照管,只得仍在店家歇住,顾了一个人回家说信。龙氏放声哭叫,强逼薛如卞兄弟恳央县官释放薛再冬的枷号。

薛如卞兄弟到此地位,明知理亏,但只是义不容辞,怎忍坐视,即刻起身赴县,寻着了素姐,又去寻看再冬,焦黄一个齷齪脸,蓬着个头,希烂的一只腿,枷在县前。枷上左边一条告示,上写着"枷号唆使亲姊诬告本夫谋反犯人薛再冬示众",右边一张封条,上写"绣江县某日封",上面一张横示:"枷号一个月满放。"看见那薛如卞兄弟来到,裂着个瓢大的嘴怪哭[4],只说:"二位哥哥救我!"薛如卞说:"何如?我的话你再不听!你前年跟了姐姐往北京[5]去,我那样的嘱付你来!这诬告人谋反是甚么事?你直脖子往里钻,这可甚么救

---

〔1〕 大板——同本作"大钣",据文意酌改。

〔2〕 皮开肉绽——同本作"皮开肉縦"。"绽"与"縦"盖因形近而讹,据文意酌改。

〔3〕 圣母——同本作"圣毋"。"母"与"毋"盖因形近而讹,据文意酌改。

〔4〕 怪哭——同本作"惟哭"。"惟"与"恠"盖因形近而讹,据文意酌改。

〔5〕 北京——同本作"比京"。"北"与"比"盖因形近而讹,据文意酌改。

你？家里有这们争气姐姐，俺躲着还不得一半，'晏公老儿下西洋'，也救得人么？"再冬道："这两日只怪恶心，饭通吃不下去。二位哥哥若不早救，这死只在目下！"薛如卞、薛如兼寻了别的下处，晚间着了人看管再冬。

次早，兄弟两个戴了儒巾，也没敢穿公服，止穿了青衣，具了一个禀帖，跟了投公文的进去，投上禀帖，听候点名发落。县官读禀帖道：

　　本县儒学廪膳生员薛如卞、附学生员薛如兼，禀为认罪乞恩事：胞姐薛氏不遵家训，诬告本夫；胞弟薛如衡擅入公门，搀越禀话，俱罪不可文。蒙老父师如天之度，仅以薄惩，薛氏赶逐免究，如衡枷号示众。在老父师三尺之法不可原，在卞等[1]一气之情不忍恝。冒昧乞恩，谬希开网。伏乞老父师怜宥施行。

县官看完，吩咐唤二薛生上来："薛氏是亲姐么？"薛如卞答道："是。"县官道："做秀才的人，况且又是名士，齐家是第一义，怎么任他这等胡做，劝也不劝他一声？这还可以借口说是女兄，又经出嫁。至于薛再冬是二生的弟，这是可以管束的，怎么也放他出来胡做？"薛如卞一言不答，只是痛哭流涕。县官也晓得他的苦情，叫人抬进薛再冬的枷来。县官道："我本待枷你一月，待你棒疮渐好，再打三十板放你。如今你两兄与你求饶，姑且宽恕。以后再要主使薛氏出来越理犯分，定是不饶！出去改过！"

发落完毕，回到下处。薛如卞兄弟从又换了衣巾，进去谢了县

----

〔1〕卞等——同本作"下等"，据文意酌改。

官,同了素姐、再冬回家。素姐两手肿烂,左手扯不得缰绳,右手拿不得鞭子,抄了手〔1〕,就如骑木驴的一般。回到家内,龙氏前来看望,一个爱女搇得稀烂的八个指头,一个爱儿打得流脓沥血的两条大腿,扯着硪头打滚的叫唤。

薛如卞道:"姐姐在上,兄弟在下,俺弟兄两个觍着脸受那县官数说,声也没敢回他一声,全全的救出来了。事体可一而不可再,往后相这等的状,姐姐千万不可再告。就姐姐要告这样状,兄弟,你要千万的拦阻,千万别要撺掇。县官堂上吩咐的话姐姐不曾经听见,兄弟,你是听见的。你如不怕,俺两个是再不能救你的了。"再冬道:"姐姐告上状,差人来叫两邻乡约,我才寻到县里。干我甚事? 说我挑唆姐姐告状!"薛如卞道:"差人来叫两邻乡约,也叫你来不曾? 你跟进衙门去,还搀言接语的禀话,你还要强嘴哩!"龙氏道:"多亏了大爷二爷的分上,救出我的儿合女来,我这里磕头谢罢! 念讼〔2〕的够了,望大爷二爷将就!"把薛如卞、薛如兼拆辣〔3〕的一溜烟飞跑。

素姐扎煞两只烂手,挠着个筐大的头,骑着左邻陈实的门大骂,说:"我又没使长锅呼吃你娘,呼吃了你老子,抱着你家孩子〔4〕撩在井里! 那用你对着瞎眼的狨官,证说我这们些嚼舌根

---

〔1〕 抄了手——两手交互插入衣袖内的动作叫"抄手"。
〔2〕 念讼——山东方言,叮咛;絮叨。同本作"念话",此依连图本,据李本校改。
〔3〕 拆辣——山东方言,即"雌拉",斥责,训斥。拆,"雌"的音变。
〔4〕 孩子——同本作"咳子"。"孩"与"咳"盖因形近而讹,据文意酌改。

的话，叫我吃这们顿亏！"上至三代宗亲，下至孙男弟女[1]，无不恶口凉舌、赃言秽语的骂。骂得个陈实火性发了又按捺下去，按捺了又发将上来。这其间，若只有一个不贤之妻在旁挑一挑，愁那灾祸不起？

谁知这陈实的妻赵氏，虽是个小人家女儿，素性柔和，又极贤惠。见陈实性起，再三委曲劝道："我们与这样恶妇为邻，就是老天爷叫我不幸。好好的，官差人叫了咱去，要不实说，致官计较；说了实话，他岂有喜咱之理？他这不贤惠泼恶的名声人所皆知，受了他骂，何足为辱？胜了他，那里便见得刚强？'男不与女斗'，天下皆然。你[2]走将出去，难道好合他同打同骂不成？且你与狄大哥父往子交，非止一日，你不看僧面也看佛面。你依着我说，将街门紧紧的顶上，凭他怎么骂，只当耳边风。叫他骂的牙酸口困，他自然的夹着屁股走。等狄大哥后日回来，你见了他，那样的光彩。他见了你，自然羞的没处躲。你要出去合他男女混杂斗一斗口，别要说狄大哥回来不好相见，就是旁人也说你不是。"

陈实道："你说得也是。只是他越扶越醉的，我气他不过！"赵氏道："他就合心疯了的一样，为甚么好人合疯老婆一般见识？"陈实果然听了赵氏的言语，紧闭[3]街门，饱饱的吃了他一肚的村卷。

---

〔1〕 孙男弟女——山东方言，即子孙后代。
〔2〕 你——同本作"亦"，据文意酌改。
〔3〕 紧闭——同本作"紧闲"。"闭"与"闲"盖因形近而讹，据文意酌改。

素姐骂来骂去,陈实只不出头,自也觉得没有兴趣,遂又骂到右邻石钜门口。只石钜的媳妇张氏,天生也是个不贤惠的妇人,邻舍街坊躲着他,他还要寻上门去的主顾,他依你在他门首乔声怪气的恶骂? 素姐骂陈实的时候,他听见说道:"这是狄家那个少鼻没眼的老婆骂陈家哩。骂了陈家,情管就来我家门首嚷骂。"寻了一个三号不大不小、不粗不细的棒槌放在手下,准备若来毁骂,算计要将素姐一把采倒,屁股坐着头,从腰至腿,从腿至腰,着实请他一顿。他要上吊,合他同时伸头;他待跳河,合他同时伸腿。算计停当,专待素姐降临。听见素姐在陈实门首嚷骂,陈实不肯出头,这张氏气得脖子青筋暴流,合大腿一般粗细。不消一回,素姐骂到自己门前。张氏卷了卷袖[1],紧了紧裙,手提溜着个棒槌,往外就跑。

谁知道这张氏虽不贤惠,却石钜甚有主意,将张氏双手抱住,说道:"哎呀! 俺男子汉没有火性,你老婆家到有火性了! 这狄家的疯老婆是个人么? 你趁的合他炤[2]? 这们样的疯狗,躲着他还怕不得不净[3]。那院里陈嫂子比你矮,陈哥比你弱么? 要是中合他炤,陈嫂子肯抄着手[4],陈哥肯关着门? 凡事忍一忍,就能消了百祸。你气头子上[5]棱两棒槌,万一棱杀了,你与他偿命,我与他偿命?

---

〔1〕 卷了卷袖——同本作"卷了卷仙",据文意酌改。
〔2〕 合他炤——同本作"念他炤",据文意酌改。
〔3〕 不得不净——即不得净,不能安静。
〔4〕 抄着手——这里是袖手旁观的意思。
〔5〕 气头子上——山东方言,盛怒的时候。

你与他偿了命，我没了老婆；我与他偿了命，你没了汉子。咱为甚么？他骂了陈家，又骂咱家，他骂了咱，情管还骂杜其思合宫直家去哩。宫直合杜其思罢了，只怕宫直的老婆可不是个饶人的货。叫他两个去炤一帐，咱可卖个哈哈笑儿。"

张氏道："你这就是不长进脓包话！叫人骑着门子骂，说关着门子别理他！叫人听着，你可是贼呀，你可是忘八呢？"石钜道："贼也罢，忘八也罢，咱且眼下没祸。可想着那一年生不下孩子来，他公公狄大叔年夜里打着火把，沿坡里替你寻药，你也不该合他一般见识。"张氏听说这话，方消了气，拿了棒槌进回家去，纳了丈夫的劝解。

素姐又骂了个心满意足，收拾了骂本，骂到乡约杜其思门上。见一连骂了两家，没有人敢出来炤将〔1〕，扬扬得意，越发骂的十分厉害，百分砢磣，人说不出来的，他骂的出来；人想不到的事，他情〔2〕想的到。把个杜其思骂的极头麻化〔3〕的，出来合他分解，被素姐不由分说，往怀里钻了一钻，一只手揪着杜其思的胡子，一只手往杜其思脸上巴掌就如雨点般下。口里骂着"贼忘八，贼强人"，喊叫："杜乡约打良人家妇人哩！我叫俺两个秀才兄弟呈着你！列位街邻，仗赖往俺家里叫声人去！"一边骂，一边采打。幸得两手挣的稀烂，采打的不大利害。

----

〔1〕　炤将——照面；对应。

〔2〕　情——山东方言，情管，总是能。

〔3〕　极头麻化——山东方言，形容发急而面红耳赤的样子。极，同"急"。

杜乡约口里说道："你看狄大嫂！你不知礼罢了，难道我[做]乡约的人也不知礼？谁好打你？俺可也看狄大哥、看那头二位薛相公的体面，没有人肯打狄大嫂的理。狄大嫂，你放手，休这等的。我合狄大哥父来子往，我长起狄大哥好几岁，我还是大伯人家哩。"素姐骂道："你是人家的鸡巴大伯！膦子大伯！我那屁屎大伯！你证着叫官捞我这们一顿，把我的心疼的兄弟枷号着打这顿板子，你还是大伯哩！"杜乡约道："你看狄大嫂糊涂！狄大哥本等没有谋反，我没的昧着心说他谋反，叫他十灭九族了罢？你薛三哥是为他自己多说，拿上去打了枷号的。你下头别要声冤叫屈，官也不肯捞你。这该我甚么事？"

素姐那里肯听，还使巴掌蹦星般[1]往杜其思的脸上打。围着看的众人不忿，齐声说道："这位嫂子也甚是不通！杜乡约就有甚么不是，你骂他不回口，打了他不回手，这也就该罢了！你赶尽杀绝[2]的，他是你的儿么？他只好看着狄相公合二位薛相公分上罢，要不一路申，申到县里，怕没有第二顿么！"素姐放了杜其思，就待炻着众人。杜其思得空子跑到家里，顶上门，还有甚么樊哙撞得开哩！众人见杜其思关进门去，都各走散。

单只剩了一个素姐，骂了几句，只得没揪没采，骂到保长宫直门口。却好宫直往捕衙点卯，不在家中。宫直的老婆顾氏，绰号叫是

----

[1] 蹦星般——山东方言，今说"崩呀星儿的"。形容像灶膛里崩出的火星那样稀稀疏疏的。等于说一下又一下的。

[2] 赶尽杀绝——同本作"赶不杀绝"，据文意酌改。

"蛇太君"[1]，极高的个身量，极肥极大的个身材，极大的两只小脚，胳膊有汉子的腿粗，十个指头有小孩子的胳膊大。每常挑着一担水，或是扛着大斗七斗粮食，就如当顽的一般。专常借人家磨使，他两扇磨一齐掇着径走。素姐在他门上骂了一会，这顾氏不慌不忙，从家中走将出来。看了一看，说道："我道是谁，原来是狄大嫂！为甚事这们发怒？"素姐道："你那汉子贼强人！贼忘八！昧心丁！血汗病！证着叫官拶我这们一顿！我要合他对命！"顾氏一面说道："原来如此。这怎么怪的狄大嫂撒极？请狄大嫂进我家坐，我替狄大嫂磕头赔礼。"一手攥着素姐右手，着力一捏，捏的素姐疼的杀猪的般叫唤。使左手招了一招，顾氏乘着手势放了右手，接过左手紧紧往里捏拢，疼的素姐在地上打滚。

顾氏道："狄大嫂，你可有些虚火[2]！让你家坐倒不好来，就这们叫唤？"素姐住了骂，说道："你好让呀！人的两只拶烂了的手，你使力气攥人的！"顾氏道："我实知不道狄大嫂是拶了的手，我就捏着手往家里让，谁知狄大嫂这们害疼？狄大嫂，你伸出手来，我是看看。"素姐不知是哄，伸出右手。顾氏接在手，故意看道："可不拶得烂烂的？但我刚才并没肯着实捏。"学着道："我就只这们捏捏儿，没的就这们疼？"又捏的素姐只待打滚。

---

〔1〕　蛇太君——应作"佘太君"，蛇、佘二字同音。佘太君是小说戏曲《杨家将》中人物，曾挂帅印，率杨门女将征西，故这里取以为喻。参见第四十九回注。

〔2〕　虚火——《聊斋俚曲集·墙头记》作"虚喝"。山东方言，故意张大其辞，把自己的一分病痛说成十分，叫做"虚火"。

顾氏道:"狄大嫂,你不济呀！做不得女中豪杰。软脓咂血也成的么？你伸出左手来我看看。"素姐说:"你还待捏我么？我不听你呀！"就待抽身回去。顾氏道:"没有上门怪人的理。我高低让狄大嫂到家吃钟茶儿。"伸进两个指头,抠出素姐一根[1]胳膊来攥着,往家竟走。素姐被他拉的就似狗含着个尿脬相似,那里一点儿流连？拉到家里,同在一根凳上坐着,拉着素姐的手假妆亲热,带说带数落,带说闲话,带叙家常,只托是无心,棹过来一捏,转过来一捏。素姐待抽身回去,那里抽动分毫？素姐道:"宫嫂子,我知道你的本事,我家去罢!"顾氏道:"狄大嫂,你不再坐坐？"素姐苦辞,顾氏仍扯着素姐的手往外送。送到街上,临放手又着实捏了一下。素姐叫唤了一顿,方才去讫,口中喃喃喏喏的骂私窠骂淫妇不绝。

顾氏一面说道:"狄大嫂这是还不释然,再回来待我陪礼。"往前就赶。素姐跑,不防备绊了一交[2],把一只鞋跌吊一边。素姐趴起来,也没敢拾鞋,光着脚,托拉[3]脚绳[4]一溜烟飞跑。顾氏提溜着素姐的鞋往前赶[5],口里说道:"狄大嫂,你住下,我拾了鞋送给你哩。"素姐甚么是敢住下？跑到家顶上门,头也不出。顾氏又将素姐的一只鞋挑着回家,喜的前街后巷的人拍掌大笑。

----

〔1〕 一根——同本作"一根",据文意酌改。

〔2〕 绊了一交——同本作"纠了一交",据文意酌改。

〔3〕 托拉——即拖着,拖拉着。"着"字在山东方言中语音脱落。

〔4〕 脚绳——裹脚带子。

〔5〕 往前赶——同本作"行前赶",据文意酌改。

　　素姐此日没敢出来,次早走到相大妗子家。相大妗子还没起来,他跪在宅门底下,只叫:"相太太可怜见,还我的汉子来！大家哄他在京,替他另娶老婆,瞒着我,不叫我知道！把汉子打发的没有去向,到的〔1〕致的俺不成人家！相太太杀了我了!"相大妗子听知,说道:"这老婆风了！媳妇子们,还不快些让进他来〔2〕哩!"管家娘子、丫头养娘出来了一大群,好劝歹劝,甚么是肯起来？口里只放刁撒泼,说瞒他另娶,养活着调羹母子,都是相大妗子主意。相大妗子也就睡不稳那龙床,起来穿上衣服,没缠脚,没梳头,出来让他进去,着实分辩。素姐越扶越醉,口里无所不说。相大妗子无可奈何,只得凭他在外作践,关了宅门进去。素姐直琐碎到午后才去。

　　及至次日清早,素姐仍旧相家作践,再三央他不住。相大妗子差人去合薛如卞兄弟说,央来劝他姐姐回去。薛如卞兄弟是顾体面的人,料得即来解劝也定无济于事,宛谢不肯前来。又只得凭他作践了半日,直到日西才去。

　　以为他此后也便不好再来,谁知次早黎明天气,又来照旧嚷骂。相大妗子发极,自己走到中门,说道:"你也没理的紧！你汉子娶妾不娶妾,别说我是他妗子,我就是他娘,他'儿大不由娘',我也管不的他！你怎么来作践我？我看外甥合姐夫姐姐分上,不合你一般见识,你连上门来骂我三日！我七八十的老婆子,你倒会欺侮我！你既

----

〔1〕　到的——同"到底",毕竟。
〔2〕　让进他来——同本作"让遁他来",据文意酌改。

不识的我是你的妗子，我也就不认的你是我外甥媳妇！谁家有外甥媳妇三四日上门骂妗子的礼？丫头媳妇子们，拿着棒槌鞭子，都出来替我打这泼妇！只别打他的头，只打他身上！"

相妗子分付未完，豺狗阵跑出一群妇女，或执马鞭，或执短棍，或执棒槌，约有十五六个。素姐见势不好，折身夺门就跑，那些妇女就赶，拖的拖，拽的拽。素姐方才慌说："好嫂子！好姐姐！我与你们无仇无恨，您积福放我去罢！"内中做好做歹，放他出门，结了此局。

后来不知何状，再看下回。

第九十回

善女人死后登仙　纯孝子病中得药

　　从古钟灵多不偶，闺闱却有高贤。懿徽[1]馨竹不胜传。诸祥皆毕集，五福赐从天。　　寿迈古今臻大耋，仅让舜有华年。承欢孝子且翩翩。倚庐成毁瘠，丹药寄神仙。

——右调《临江仙》

　　常言道："年年防俭，夜夜防贼。"这两句话虽是寻常俗语，却是居家要紧的至言。且说这"年年防俭"：做庄家的人恃着年岁收成，打得盆盆盒盒的粮食，看得成了粪土一般，不放在眼内，大费大用，都要出在这粮食身上。地方官又不行常平之法[2]，偏是好年成人越肯费，粮食又偏不值钱。一石细米、一石白麦，粜不上五六钱银；穄秫[3]、荞麦、黄黑豆、杂粮，不上二三钱一石。粜十数石的粮食，济不得一件正事。若是有远见的人，减使少用，将那粮食囤放收藏，遇

〔1〕　懿徽——美善。用以称颂妇德。
〔2〕　常平之法——一种靠官府的力量调节丰歉年成米价的方法。宋高承《事物纪原·利源调度·常平》："汉宣帝时数丰稔，耿寿昌奏诸边郡以谷贱时增价籴入，贵则减价粜出，名曰'常平'，此其始也。"
〔3〕　穄秫——同本作"獨秫"，据上下文校改。

有荒年饥岁，拿出来粜卖那贵的价钱。人人如此，家家若是，岂不是富庶之邦？这个弊病，江北之地多有如此。所以北边地方不必连年荒去，只猛然间一年不收，百姓们便就慌手慌脚，掘草根，刮草皮，人类相食，无所不至。

如今要说这晁夫人的结果，且没工夫说那别处的光景，单只说那武城县的收成。自从成化爷登基以后，真是太平有象，五谷丰登，家给人足，一连十馀年都是丰收年岁。但天地运数有治有乱，有泰有否，当不得君王有道，成化爷是个仁圣之君，所以治多乱少，泰盛否衰。直到十四年上，年前十二月内一连三场大雪。从来说"腊雪培元气"，把麦根培植得根牢蒂固。到了正月，又是三场时雪。《月令广义》里边说道："正月见三白，田公笑嚇嚇。"交过清明，麦苗长得一尺有馀，甚是茂盛。雨雪及时，地上滋润，春耕完毕，棉花、穧秫、谷、黍、稷、稻都按时布种，雇人锄田。交过四月，打到人腰的麦苗，一虎口长[1]的麦穗。农书说道："谷三千，麦六十，便是十分的收成。"这成化十四年的麦子，一穗中连粒带屑，足足的七十有馀。这些庄农人户，看得麦子眼底下即有十二分收成，惟恐怕陈粮压掉了囤底，撑倒了仓墙，尽数搬将出去减价成交，单等收那新麦。

谁知到了四月二十前后，麦有七八分将熟的光景，可可的甲子日下起雨来。整日的无夜无明，倾盆如注，一连七八日不住点[2]。刚

------

〔1〕一虎口长——拇指和食指伸开量物的长度，约十七八厘米。

〔2〕不住点——山东方言，雨下个不停，叫"不住点"。

得住，住不多一时，从新又下。农家说道："撺火秀麦也要雨，拖泥秀谷也要晒。"只因淫雨不晴，将四乡的麦子连秸带穗弄得稀烂，臭不可当；稷秫、棉花、黍、稷、谷、稻之类，着水浸得如浮萍蕴草。夏麦不收，秋禾绝望，富者十室九空，贫者挨门忍饥，典当衣裳，出卖儿女。看得成了个奇荒极歉的年岁，百姓们成群合伙，递了灾伤呈状。

县官惟怕府道呈报上去，两院据实代题，钱粮停了征，米麦改了折，县官便没得鸟弄[1]，捺住了呈子，只是不与申报；钱粮米麦，照旧勒了限，五日一比，比不上的，拶子夹棍一齐上。人不依好！这等的荒年，禁不起官法如炉，千方百计的损折，都将本年的粮银完足十分之数。又有本年分的漕米四千三百石，若有为民的县官，将这样灾伤申报上去，央两院题本改了折色，百姓也还可存济。但是改折了，却问何人去要铺仓的常例？问那个要解剩的馀米？所以只是按着葫芦抠子。百姓们当不起官的比较，宁可忍饥饿死，不敢拖欠官粮。但是完得粮的，毕竟还是喘得气出的人；有那一样只愿死不愿活的真穷汉，连皮骨也都没了，他那里还有甚么漕米与你？

起先比较里长催头[2]，后来点拿花户[3]。拿将出去，打顿板子，两三个人连枷枷将出来，棒疮举发，又没有饭吃，十个定死五双。

---

〔1〕　没得鸟弄——等于说没有赚头，无法从中得到羡馀。鸟，同"屌"。
〔2〕　催头——官府催收钱粮时临时指定的催收人。清黄六鸿《福惠全书·钱谷·滚单落户》："五户中以欠数最多者为催头。其单，甲长领给最多者。催头逢卯，执单赴比。比后又交与下手欠数多者为催头。"
〔3〕　花户——在册的应纳粮户。

满眼里看见的,不是戴枷的花户,就是拖锁的良民;不是烂腿的里长,就是枷死的残骸。

晁梁在家庭之内,与晁夫人说起这惨凄的情状,母子两人着实动念算计,要将这催不完的粮米,替这些穷人包了;但不知所欠多少,惟恐欠得太多,力量来不得,不能成其美事。着人到户房里查了所欠的实数,还有一千三百石未完。喜得力量还可支持,遂命晁梁次早即往县里递了一张呈子。呈道:

> 本县儒学廪膳生员晁梁,呈为愿代完纳所欠漕米,以存子遗事:窃照[1]本县今岁水灾,亘古所无。穷民素无积贮,输纳丁粮之后,业已皮尽髓枯,所欠漕米,实难输纳。今细查欠数,尚少一千三百石有零。梁奉母命,节减家口饔飧,搜括累年藏贮,愿代穷民以完正额,伏乞尊师释缧绁而宽敲比。切感上呈。

原来这晁梁在诸生之内,绝不出入衙门,干预公事;四时八节,与县官交际的常仪都是极重的厚礼,所以得为县官尊礼之人。那日晁梁在仪门候见,听事吏即时传禀。县官致意:"请在宾馆暂坐,候堂事一完,便出相见。"果然停不多时,县官出到宾馆迎待。也不曾叫晁梁行礼,长揖让坐。

晁梁禀出替百姓完粮的缘故,县官又喜又惊,看了呈子,着实奖美。问道:"百姓们所欠的粮米不知的数多少?"晁梁道:"尚有一千

---

[1] 窃照——在下知道。为呈文的例语。窃,自己的谦辞。同本作"切照",据文意酌改。

三百石。"县官道:"兄既自认代完,可以几日完得?"晁梁道:"百姓们先前还有糠秕草子得吃,今并糠秕草子都尽,不惟皮毛无存,就是几根白骨也支不住了。若再比他们的粮米,不是作乱,定都是填了沟壑。门生奉老母之命,不得已极力搜括,为武城存下几个孑遗。这还要费力搜括,乞限二十日可完。"县官道:"二十日也不为久。既承教,学生就将美意出示晓谕,停了比较。但不可出延于二十日之外,致粮道提下米来,把这场极大的美事劳而无功。若米完了,学生必要申报上司,务求两院题本钦奖。倘明年收成,还叫百姓照数偿还。"晁梁道:"门生母子的本意,也不望求知于上司,也不望求偿于百姓。只望桑梓苟安,便是人己两利。"县官奖许不已,吃了两道茶,送出回家。

县官即刻分付户房出示晓谕。告示写道:

武城县为愿代完纳所欠漕米、以存孑遗事:照得本县夏遭淫雨,岁罹奇荒。本县为斯民父母,血气犹存,眼光具在,非不知吾民颠连已甚,皮骨不存,无奈下情不能上达,正供难以捐除,体恤有心,点金无术,致不得不勒限严比[1],忍用桁杨[2]。今有儒学廪膳生员晁梁具呈前事,呈称:"本县今岁水灾,亘古所无[3]。穷民素无积贮,输纳丁粮之后,业已皮尽髓枯,所欠漕米,实难输纳。今细查欠数,尚少一千三百石有零。梁奉母命,

〔1〕 勒限严比——同本作"勒恨严比"。"限"与"恨"盖因形近而讹,据文意酌改。
〔2〕 桁杨——夹脚与脖颈的刑具,因泛指刑具。
〔3〕 亘古所无——同本作"豆古所无",据上文校改。

节减家口饔飧，搜括累年藏贮，愿代穷民以完正额。"乞要"释缧绁而宽敲比"等情到县。据此义举，合亟行晓谕。为此示仰催头、花户人等知悉：既有晁生为尔等代输粮米，此后免行赴比。倘尔民良心不死，明岁收成照数还补，以无负本生好义之美。特示。

晁梁回家，将递呈代米的事回了母亲晁夫人的话。晁夫人甚是喜欢，即时传了各庄的管家进城，按了积贮的多寡，出谷碾米，以完官粮。管庄人仰体晁夫人的美意，不敢怠慢，前后十二日之期，尽将一千三百十四石五斗八升之米陆续交完。县官差人押运赴了水次，放了收头宁家。

县官择日要亲到晁家，与晁夫人合晁梁挂扁。那日正是十月初一，晁夫人的寿辰，县官具了彩亭门扁。县官率了佐贰典史，都穿了吉服，亲到晁家，与晁夫人挂了一面绿地金字"菩萨后身"门扁，又与晁梁挂了一面粉地青书"孝义纯儒"门扁。晁梁设酒款待，因赴乡饮，不得久坐。

这武城县各里的里老收头、排年什季〔1〕，感激晁夫人母子的恩德，攒了分资，成群打伙散在各庙里，请了僧尼道士，都与晁夫人做寿生道场，保护他务活一百二十年纪。晁夫人又将城中每年常平出入的米谷发出来平粜济民，又叫各庄上将那漕米碾下的细糠运进城来，

---

〔1〕 排年什季——里甲中按年计季轮流当差的人。《明史·食货志一》："岁役里长一人，甲首一人，董一里一甲之事。先后以丁粮多寡为序，凡十年一周，曰'排年'。"

舍与那籴不起米的贫户。

胡无翳每年凡遇〔1〕晁夫人的生日，都来庆寿。这一年冬间，百姓们不惟遇此荒年，且又兼多杂病。胡无翳这几年来潜心医道，成了个极好的名医。晁夫人留他在真空寺久住几时，发出三十两银，央胡无翳到临清买地头生药，合了丸散〔2〕，要舍药救人，胡无翳应允住下。也是胡无翳手段高明，又是这些病人应有救星，手到病除，一百个人吃了药，到有九十九个好的。到了次年开春，农事将动，晁夫人又借与他们牛粮子种，劝他们复业归农。

这武城县官，福建人，姓柯名以善。本等不是个循良，怎禁得本治内〔3〕有这等一个岁岁，救苦难的菩萨，所以将那行过的歪事，未免有几分愧心；未行的善念，也有几分感动。深悔如此荒年，将百姓下狠的敲比。将晁夫人历年行过的善事，目下代民完纳漕米、平粜济民、舍药疗病，做文书申报了合干上司。那上司们因连岁饥荒，富家宦室拥了钱谷，把两扇牢门实逼逼的关紧，不要说眼看那百姓们饿死，就是平日莫逆的朋友，也没有肯周济分文；不要说那朋友，就是父族母族妻族的至亲，看他饿得丝丝凉气，冻得嗤嗤哈哈〔4〕的，休想与他半升米一绺丝的周济。上司厌恶这等薄恶的风俗，一闻有这样一个积德累仁的女范文正公，怎有心里不景仰的？大家歌舞作兴起

〔1〕　凡遇——同本作"几遇"。"凡"与"几"盖因形近而讹，据文意酌改。
〔2〕　丸散——同本作"九散"。"丸"与"九"盖因形近而讹，据文意酌改。
〔3〕　本治内——同本作"本治行"。此依连图本，据李本校改。
〔4〕　嗤嗤哈哈——同本作"强强哈哈"。"嗤"与"强"盖因形近而讹，据文意酌改。

来,要劝化众人尚义,撺掇两院会稿具题,把晁夫人母子节年的救荒善事奏上一本。成化爷批了温旨,下部议覆。

那部里房科,就是那承行的司官,也都指望晁梁去打点,方肯与他覆,好请给恩典。岂知这晁夫人的母子不过是行自己的阴德,原不图闻达的人。等了个把月,不见动静,把红本高高的阁在一个所在放着。想成化爷是那样的英明皇帝,知道天下有这等的好人,抚按如此举荐,也是心中时刻放不下的事,等那覆本上来,竟没了消耗。忽半夜里一个严旨批将下来,那司官胆大,还不把〔1〕放在心里,迟了两三日,方才淡括括的〔2〕覆将上去。成化爷大怒,不依部覆,内旨〔3〕批出说:

> 郑氏救荒活众,古义士有所不能;晁梁能承顺母志,孝义可风。郑氏进原阶三级,给与三品诰命;晁梁特授〔4〕文华殿中书舍人,支俸管事。该部迟延不覆,显有需索情弊,姑不深求。堂上官罚俸三个月,司官革职为民,并承行吏书,刑部提了问〔5〕。

京花子们知了这个信,星夜来到武城县报喜。晁夫人都款待打发去了。不多几日,果然吏部咨行抚院,着起送晁梁赴京授官,兼领晁夫人的诰命。武城县奉了帖文,亲自到晁梁家劝驾。晁梁具呈本

---

〔1〕 还不把——同本作"这不把",据文意酌改。

〔2〕 淡括括的——等于说轻描淡写的、不郑重其事的。

〔3〕 内旨——同本作"内首",据文意酌改。

〔4〕 特授——同本作"持授"。"特"与"持"盖因形近而讹,据文意酌改。

〔5〕 提了问——同本作"把了问"。此依连图本,据李本校改。

县,呈称:

　　本县儒学廪膳生员晁梁,呈为辞免本身恩遇以安愚分,以便侍奉衰母事:窃生〔1〕谬叨圣恩,以奉母赈荒代粮一事,给母三品诰命,授生文华殿中书舍人,支俸管事。此诚千载奇逢,人生希遘,求且不能,宁敢矫情陈免?但生实有本怀,敢据情陈恳:生母诰封宜人郑氏,今年享寿一百四岁。生腹中失怙〔2〕,四十年来,朝夕在母膝下,昼则伴食,夜则侍寝。岁考乡试,生母不忍令生独往,每每偕生以行。今因母年纪高大,行路艰难,于是甘谢功名,三次不赴科考。今着生赴京受职,一百四岁之老母在堂,偕往则老人之筋力未能,独行则游子之心胆立碎。于是万万不敢祗承恩命。啜菽饮水,舞彩承欢,享圣天子舜日尧天,过于轩冕。恳乞尊师曲体人情,善为辞脱。至于老母蒙恩纶诰,此奉旷荡皇恩,维风劝世之典,容专差生男生员晁冠赴京候领。为此具呈,须至呈者。

　　柯知县无奈他着实坚辞,只得据了他的原呈,具文申报。两院亦再四劝驾,不久与他具本回覆。奉了温旨,许他养母终身,赴京受职。晁冠带了得用的家人,赍了许多银子,送了撰文的礼币与写诰轴中书的常礼,打点一应该用的使费。等至九月里,用了宝,连夜赶回,要在十月初一日趁晁夫人寿旦迎接诰命。

----

〔1〕 窃生——同本作"切生",据文意酌改。

〔2〕 腹中失怙——在腹中失去父亲。即言自己为遗腹子。

却说晁夫人一百零四岁的寿辰，兴旺人家，那个不来趋奉？又恭逢这般[1]盛典，不要说有整齐酒席款待，就是空来看看，也是平生罕见的奇逢。于是沾亲带故、平日受过赈济、平粜过米粮，城里城外的士民百姓，十分中到来了九分九厘。原起[2]有备下的酒席，只因来得人客太多，不能周备，只得把肴菜合成一处，每人一器，两个馒首，一大杯茶，聊且走散，另卜了日子治酒请谢。

晁梁自己题了本，求自动工本，为母建百岁馀龄牌坊[3]。奉了旨，雇人兴工盖造。县官亦亲自上梁，也有许多亲朋作贺。这一日，晁夫人甚是喜欢。正是三月三日，不暖不寒的天气，客去以后，还与春莺、晁梁夫妇、孙子晁冠闲坐叙话，交了二更，方才就寝。

晁夫人睡去，梦见月光皎洁，如同白昼一般。街门旌旗鼓吹，羽盖幡幢导引着一位戴金冠朝衣的一位天神，手捧黄袱包裹的敕书，至门下马。进堂朝南正立，叫晁夫人设香案，换衣接诏。晁夫人排完了香案，换了朝衣，跪于香案之前。天神宣诏，声音极其清亮，读的是文章说话。晁夫人不甚省记，止记诏书说道："福府洞天之主，必需积仁累德之人。尔郑氏，善行难名，懿修莫状。是用[4]特简尔为峄山山主。"云云。天神宣诏已毕，与晁夫人作贺行礼，请晁夫人自定赴职之期。晁夫人信口许他三月十五日子时辞世。晁夫人仍同了晁

---

〔1〕 这般——同本作"这殷"。"般"与"殷"盖因形近而讹，据文意酌改。
〔2〕 原起——原本；本来。
〔3〕 牌坊——同本作"坊牌"，盖为倒文，据文意酌改。
〔4〕 是用——因此。是，这，此。用，因。

梁,送那天神出门上马,看那天神随着仪从,腾空向东南而去。

晁夫人得此异梦,醒来正是五更。晁梁四十馀年,依旧在晁夫人里间作房。晁夫人醒时,晁梁亦从梦中魔醒。晁夫人将晁梁叫起,立在床前,告诉他梦中之事。晁梁道:"儿刚才所做之梦,与娘梦见的一字无差。因梦往佛阁上〔1〕安放天诏,一脚踏在空里,所以惊醒。"晁夫人道:"既是咱娘儿两个同梦,此事必然是真。我既许过他三月十五日子时辞世,这不过十来日的光景,你可凡事料理,不可临期无备,一时卒忙卒急的〔2〕。"

晁梁合姜氏也都哭了。晁夫人道:"怪带孩子气!我活了一百单五岁,古往今来,普天地下,谁有似我的?你两口儿还哭,是待叫我做彭祖〔3〕么?"晁梁道:"俺的心里,敢仔指望叫娘做彭祖才好。"晁夫人道:"你哥虽是我的长子,淘气长孽,我六十岁没过个舒摊〔4〕日子。自从得了你,后来你又娶了媳妇,我倒散诞逍遥的过了这四五十年。这要你哥在,他凡事把拦着,只知道剥削别人的,他也不叫我行这些好事。你两口儿又孝顺,又凡事的妥当〔5〕,我也没有话嘱付你们。常平籴粜的事,千万别要住了。你看这们些年,天老爷保护着咱,那一年不救活几万人?又没跌落下原旧的本钱去。小琏哥两口

---

〔1〕　佛阁上——同本作"佛阁生",据文意酌改。

〔2〕　卒忙卒急的——同本作"卒忙卒急了",此依连图本,据李本校改。

〔3〕　彭祖——传说中的人物。据说他善养生,年寿至八百岁。

〔4〕　舒摊——山东方言,心情舒畅,生活舒舒服服的意思。摊,同"坦"。

〔5〕　妥当——同本作"安当",据文意酌改。

儿好看他,你孤身人没有帮手,叫他替你做个羽翼。也是咱晁家的后代,况且他又是个秀才,好合你做伴读书。万一后来同住不的,好割〔1〕好散,别要叫他过不得日子。陈师娘是个苦人儿,既养活着他,休叫人下觑〔2〕他,别叫他不得所。指望你再生个儿,过给你哥,你偏偏的不肯生。停在乡里这们些年也不是事〔3〕,替我出殡,带他出去罢。就是我,也别停的久了,多不过五七,且坟是鳖停当的,开开就好葬的了。”

晁夫人欢欢喜喜的嘱付,晁梁合媳妇、春莺哭哭啼啼的听闻。说话未了,天已渐明,晁夫人还打了个盹方才起来。也没等晁梁料理,叫人将打就的杉木寿器抬到手边,用水布擦洗干净;做就的妆老衣服〔4〕,吊上绳晒了一晒,里外衣带俱验看坚固;看着叫人做白绫孝幔、白布桌帏;又叫人买的平机孝布,叫了四五个裁缝,七手八脚忙做孝衣;叫绳匠打绳做荣冠,将一切丧仪都收拾得甚是齐备。街上不论亲戚朋友,但闻得晁夫人预备后事,就如他的娘老子将死一般,亲朋都来看望,不识认的都来探听。

晁夫人又不头痛脑热,又不耳聋眼花,光梳头,净洗面,炤常的接待人客,陪茶陪饭,喜喜笑笑,那像一个将要不好〔5〕的人?人都还

---

〔1〕 割——山东方言音 gā,即割合,相处,交往。

〔2〕 下觑——山东方言,不作为尊长对待;轻视,不以为意。

〔3〕 不是事——山东方言,不是最终的结果;不妥当。

〔4〕 妆老衣服——人死后穿着的衣裳,即寿衣。

〔5〕 不好——“死”的讳称。

说:"'春三月,不圆梦。'春梦有甚么准成?"

晁梁请了僧道,在各庙里诵经建醮,祈佛保安。又忏佛求神,愿夫妻儿子各减十年阳寿,保佑母亲再活三十年;又许下桥破就修,路洼就补,逢荒就赈,遇生就放,穿单吃素,念佛烧香,无所不许。从做梦日起,昼夜像那失奶的孩子一般,不住声唉哼,饭也不吃,黑瘦的似鬼一般。晁夫人道:"晁氏门中,上自祖宗,下至儿孙,都是你一个人继祖承祧[1]的。你是个读书人,不明礼,不往明白大处想,这们糊涂? 天诏叫我做峄山山神,这是往好处去,倒不喜欢,还要烦恼?"强逼着晁梁吃了两碗稀粥。

光阴迅速,转了转眼已是三月十四日。但是亲朋,都来与晁夫人诀别。晁夫人都有好话相慰,又将箱柜里的衣服首饰酌量着都分散与人留做思念。及至日落,几个族里的妇人合女儿尹三嫂,守候晁夫人升仙,其馀的作了别,渐都散去。晁夫人在静室中沐浴更衣,欣然坐等。

这三月十四日晚上,星月交辉,风清气爽。收拾了灵床,挂了孝帐,交过三更,晁夫人移在灵床端坐。果然东南上一阵阵香气袭人,仙乐逼耳,晁夫人闭上眼,坐化而逝。合家大小,放声举哀。

晁夫人生前分付,叫他死后还把身子睡倒床上,不要说是坐化,煽惑凡人,也不叫僧道建醮超度。晁梁都一一遵行。晁梁不忍,直待三日入殓,颜色如生,香气经久不散。四日成服,阖城大小,男男女

---

〔1〕承祧——同本作"承佻"。"祧"与"佻"盖因形近而讹,据文意酌改。

女,老老幼幼都换了素服,罢了市,都来哭临。城里城外,大小庵观寺院,成群合伙[1]瞒了晁梁,都替晁夫人建醮超度。

县官做了祭帐,率领了佐贰、学官,都来与晁夫人祭奠。晁梁请了乡宦陪候。要备酒相等,满城寻觅,要买几片猪肉,几只鸡鹅,那里有处去买?问其原故,是为晁夫人去世,屠户罢市,不肯杀猪。县中七八日没有投文告状的人。县官申报了病故命妇的文书,两院三司、守巡两道、府堂三厅、府属十八州县都来与晁夫人烧纸上祭。

晁梁只知道在家奔丧,那知外面合城的百姓都攒了钱,举出三四个公直老人为了领袖,买了人家一所空屋,四周筑起墙来,门口建了精致的一座牌坊[2],内中建了五间正殿,东西各三间配房,正殿两头各建了道房两间,厨房锅灶俱各完全。殿中做了朱红佛龛,供桌香案,塑了晁夫人的生像,凤冠霞帔[3],通是天神一般。求了彭状元阁老[4]的碑文,匾书“救世活民晁淑人祠”。剩的钞子,在闹市口买了几间店屋,每月可得赁价一两五钱。去临清访了[5]两位有德行的尼僧,来与晁夫人奉祀香火。乡民布施的粮米吃用不尽,店房的赁价与这两个尼僧置买小菜。本县乡宦奶奶们舍施袍服的,舍施幡幢的,舍施案衣的。本县两个富商,一个李炤,舍了一床万喜大红宫锦

---

〔1〕 成群合伙——同本作“成君合伙”。“群”与“君”盖因形近而讹,据文意酌改。

〔2〕 牌坊——同本作“牌功”。“坊”与“功”盖因形近而讹,据文意酌改。

〔3〕 凤冠霞帔——同本作“凤冠霞披”。“帔”与“披”盖因形近而讹,据文意酌改。

〔4〕 彭状元阁老——彭时,字纯道,明正统戊辰科状元,成化间官吏部尚书、文渊阁大学士,谥文宪。

〔5〕 访了——同本作“坊了”,据文意酌改。

帐幔；一个高瞻，舍了两根高大船桅，竖作旗竿，悬挂了二十四幅金黄布旗。墙周围种了榆树，门前两旁、甬路夹道都种了松柏。也是晁夫人阴灵保护，许多树都极茂盛，没有一株枯焦干槁了的。

晁梁举了十三日丧，暂时停闭，收拾出丧诸事，又要坟上盖创庐墓的房舍，又要雍山庄上与晁源发丧。哀毁的人，又兼了劳苦，看看骨瘦如柴，饮食减少，咳嗽吐痰，渐渐不起。择就了五月初一出丧，日子渐渐的近了，晁梁愈病愈极，愈极愈病。请了两个太医调理，不过是庸医而已，那里会治得好人？

四月初八日，晁夫人的祠堂落成开光。为首的乡民来请晁梁到那里瞻礼，晁梁方才知道乡里们有这盖祠堂的事。勉强着了巾帻，出来与乡耆相见，又只得扶了病，到祠堂行礼。及至到了那边，看得金碧辉煌，十分壮丽，心里又痛又感，一面叩谢众人，一面号啕痛哭。呕了两声，吐了一洼鲜血，便觉昏沉。家人扶在驴上，挽他回去。

将到家里，望见一个道人，长须白面，年可四十上下，在他大门左边坐着个棕团，看见晁梁将到，端然不动。晁梁见那道人坐在门下，不好骑了驴子竟进大门，慌忙下了头口，望着道人说道："师傅稳便，不敢奉揖罢。想是待要化斋，请进里面奉屈。"道士道："贫道不为化斋。知道施主是孝子，特来送药。"晁梁听说，更加起敬，固请入内款留。道士从葫芦内取出丸药三粒，如菀豆大，碧绿的颜色："作三次用东流活水送下。"

晁梁接药在手，再三让他进去。道人说："尚有一位道友在那厢,不好撇他〔1〕独自守候。"晁梁一面说道:"既是师傅道友,何妨请来同吃素斋?"一面伸了头向东望。回转头来,不见道人去向,方知道士不是凡人。依法服药之后,精神日增,病势日减。夜梦见晁夫人平常梳洗,说道:"我老人家的好话不听,无益之悲,致成大病。不是我央孙真人送药救治,如何是了?"再三嘱付,叫他以后保重。晁梁醒来,方知道士果是神仙,原来是母亲的显应。耸动得人越发尊奉那个祠堂。

晁梁遵了遗命,自己在城内与母亲奔丧,使儿子晁冠往雍山庄上为哥哥晁源出殡。晁夫人行了一生好事,活了差不多舜帝的年纪,方才结局。

不知晁梁将来若何作为〔2〕,再看后回分解。

---

〔1〕 不好撇他——同本作"不好撒他",据文意酌改。

〔2〕 若何作为——同本作"若何为作"。"为作"二字倒文,据文意酌改。

第九十一回

狄经司^{〔1〕}受制嬖妾　吴推府^{〔2〕}考察属官

纱帽笼头,假妆乔,几多蹶劣^{〔3〕}。总豪门,强宗贵族,受他别掣。笑人绕指软如绵,自夸劲节坚如铁。又谁料、惯呈身变化,真两截。　　膝多绵,性少血;气难伸,腰易折。在绣阁香闺,令人羞绝。风流吃苦自家知,打牙偷咽喉咙咽^{〔4〕}。看这班、惧内大将军,无所别。

——右调《满江红》

却说童寄姐自从跟了狄希陈往四川任上,当初在家,他的母亲童奶奶虽不是甚么名门大族的女妇,他却性地明白,心不糊涂,凡是寄姐有鸷悍不驯的时节,再三的说他,说他不改,他常呵叱,所以寄姐也还有些忌惮。后离了他的母亲,坐在船上,一则无人管束,得以逞其

〔1〕 经司——明代各省布政使司、按察使司之下皆设经历司,故经历亦可称"经司"。

〔2〕 推府——推官为知府的佐贰官员,故称"推府"。同本卷首目录作"推官"。

〔3〕 蹶劣——山东方言,由躺、坐的状态疾起时手脚用力的动作。这里指作势的样子。

〔4〕 "打牙"句——"打"字同本空白,据连图本补。"偷咽"之"咽"为简化汉字,本作"嚥",音 yàn。"喉咙咽"之"咽",音 yè,哽咽。

骄性;二则与狄希陈朝夕坐在船上,相厮相守,易于言差语错,动辄将狄希陈打骂;三则自从为那衣裳珠玉[1]的事合了气,狄希陈慌了手脚,递了降书降表,越发放了胆;四则日逐与那权奶奶、戴奶奶相处——京师女人那不贤惠、降老公、好吃嘴、怕做活,一千一万,倒像一个娘肚里养的——越发看了不好的样式。且是因有前生夙仇,今生报复,于是待那狄希陈倒也不像是个夫主,恰像似后婆的不贤良继母待那前窝里不调贴[2]的子女一般。一个男子汉的脸弹,做了他阁巴掌的架子,些微小事就是两三巴掌搧将过去。忘八乌龟,做了和尚尼姑掐素珠念阿弥陀佛的相似。家人媳妇[3]的不是,脱不过也要把狄希陈株连在内;寻衅丫头,说不得也把狄希陈波及其中。

在船上整整坐了四个半月,除非寄姐与权、戴二奶奶会酒,或是狄希陈合郭总兵、周相公白话,这便是狄希陈松快受用的时节。除了这个机会,无往不是遭磨受难之时。就是行个房事,你也拿不住[4]他的性子。他的龙性无常,他一时喜快,你慢了些,他说你已而不当[5],慢条思理的;他一时喜慢,他又说你使性棒气,没好没歹[6]的。他一时兴到,你失了奉承,说你有心刁难;他一时兴败,你不即时

---

〔1〕 为那衣裳珠玉——同本作"为郡衣裳珠玉"。"那"与"郡"盖因形近而讹,据文意酌改。
〔2〕 不调贴——山东方言,不驯顺;不听话。
〔3〕 家人媳妇——同本作"家人息妇",今酌改。
〔4〕 拿不住——猜不准;揣不透。
〔5〕 已而不当——后文也作"倚儿不当"。不在意,漫不经心。
〔6〕 没好没歹——山东方言,说话、做事没有分寸,等于说没轻没重。

收兵,又说你故意琐碎。往往的半夜三更,不是揭了被罚狄希陈赤身受冻,就是使那三寸金莲一连几跶跶下床来,不许上床同睡。常常的把狄希陈弄成外感,九味羌活汤、参苏饮、麻黄发汗散,如常修合了不断。

薛素姐固是个阎王,这童寄姐也就是个罗刹。幸得狄希陈渐渐的有了救星,离成都不远,只有了三站之地,央了便人[1]传了信与本衙衙役。这成都是四川省会之地,财赋富足之乡,虽是个首领衙门,却有几分齐整,来了十二名皂隶、四个书办、四个门子、八名轿夫、一副执事、一顶明轿,齐齐的接到江边。望见狄希陈座船将到,各役一字排开,跪在岸上,递了手本。船上家人张朴茂分付起去,岸上人役齐声答应。狄希陈在船上甚是得意。郭总兵也不免叹道:"'得志犬猫强似虎,失时鸾凤不如鸡',我虽是个挂印总兵,这一时不见有甚么八面威风,且不如个府经历如此轩昂哩!"人役另坐了小船,跟在大船后面,直到成都城外。狄希陈与周相公商议,择了二月初二日卯时到任,家眷仍在船上住歇。

初一日,狄希陈自己进城宿庙。到任以后,着人迎接家眷入衙,差人与郭总兵另寻公馆。初二日,狄希陈到过了任,向成都县借了人夫马匹搬接家眷,又迎接郭总兵合家眷属到了公馆。风俗淳厚的地方,乡宦士民都不妄自尊大,一般都来拜贺,送赆见,送贺礼,倒比那冷淡州县更自不同。送的那油盐酱醋、米面柴薪、鸡鱼鹅鸭、鲜菜果

----

〔1〕 央了便人——同本作"夬了便人"。"央"与"夬"盖因形近而讹,据文意酌改。

品、猪羊牛鹿堆满衙舍,胀满了寄姐的眼睛,压倒了寄姐的口面。狄希陈又参见上司,回拜客人,不得常在衙里合他厮守,所以衙内这几日倒也安静。

过了十朝半月,狄希陈公事已完。一个新到任的首领,堂官还不晓得本事如何,又没有甚么状子批来审问,未免多得空闲在家。寄姐从此又常常的炒闹,撒泼生冤,打家伙,砸矼〔1〕盆,嚷成一片,习以为常。住的衙舍与那刑厅紧紧隔壁,彼此放个屁,大家都是听见的。亏不尽那个刑厅姓吴,名以义,进士出身,与相主事同门同年,又是同省各府的乡里。狄希陈来时,相主事写了恳恳切切的书,说他姑娘止有一子,系至亲的表兄,央托吴推官加意培植。狄希陈到任参见,吴推官见了书甚是亲热,后堂待茶,自称小弟,称狄希陈为仁兄。狄希陈辞让,吴推官道:"相年兄的至亲,便是兄弟。"极其殷勤。

再说凡事叫人青目抬举的,毕竟有几分身分叫人青目得起,抬举得来,方可青目看他,使手扶他。若是一堆臭屎阿在那里,乍然看见,掩了鼻子放开脚飞跑还怕看在眼内污了眼睛,谁还肯去青目?若是一只死狗,你恨命的扶他上墙,那死狗的前腿定是巴不住,后腿定是上不来,你就有扛鼎拔山的气力,断抬举不起那稀烂的东西。

这狄希陈虽是有了相主事这般气势的书托了刑厅〔2〕,要他另

---

〔1〕 矼——"缸"的俗字。
〔2〕 厅——"厅"的俗字。

眼看待,却有何难?怎禁得有这样一个奇奇怪怪的小老婆,在那刑厅的卧榻之旁,无明无夜昏[1]盆打酱,打骂不休。不要说刑厅是上司,经历是属官,就是在你爹娘隔壁,你这样肆无忌惮,也定是要责罚的了。就是有这样一个邻家,不住的打骂,也定是住不安稳,不是叫你避他,定是他情愿避你,也受不得日夜的咶聒。看了同年的体面,饶了你重处,开你个"不谨",打发你个"冠带闲住",难道这是屈你不成?

谁知狄希陈官星有分,另有生成造化。这刑厅的家教,就是经历的闺门。少年中了甲科,声誉货利[2],看得是不求而至的东西,单单只重的是色,也不看看自己有上唇没下唇,就要吹箫。家里放着一个生菩萨般标致、虎狼般恶毒的一个大奶奶,只因离了他的跟前,躲在京中观政,忘记了利害,不顾了法度,只图了眼下娶了二位小妈妈。虽说是"二雄不并栖",谁知这二雌也是并栖不得的东西。御河桥寻的下处,前后娶了这两个进门,先娶的起名"荷叶",后娶的起名"南瓜"。

娶南瓜的二日,吴推官合南瓜尚睡觉不曾走起,荷叶雄纠纠[3]走进房内,拾起吴推官的一只趿脚鞋来,揭去棉被,先在吴推官光屁股上两下;南瓜穿衣不及,也在光屁股上两下。口里骂道:"杂情的忘八!没廉耻的蹄子小妇!知道个羞儿么?日头照着窗户,还搂着

----

〔1〕昏——"挥"的音变。摔;扔。
〔2〕声誉货利——同本作"声舆货利",据文意酌改。
〔3〕雄纠纠——同本作"雄斜斜"。"纠"与"斜"盖因形近而讹,据文意酌改。

脖子鳔着腿的睡觉！老娘眼里着不下沙子的人，我这个容不的！"嚷骂个不住。

南瓜是新来晚到，不知深浅，干教他打了两下，不该叫人看的所在都叫他看了个分明，含忍了不敢言语。这吴推官若是个有勾当的男子，扭起鼻子，竖起须眉，拿出那做主人公的纲纪，使出那进士的势力声罪致讨，重则赶逐，轻则责罚，岂不是教妇初来，杀缚他的悍性？谁知一些也不能，凭他打，任他骂，屁也挤放不出一个，雌了一口白牙荏骨只笑。

后来南瓜渐渐的熟滑，又看了荷叶的好样，嘴里也就会必溜必辣[1]，骂骂括括[2]的起来。吴推官合荷叶睡觉，南瓜便去掀被子打屁股，骂忘八淫妇；吴推官合南瓜睡觉，这荷叶是不消提起，照例施行。镇日争锋打闹，搅乱得家宅不安，四邻叫苦。吴推官无可奈何，只得分了班，每人五日。分班之后，仍旧你争我斗，又说："你的五日都是实受，我的五日多有空闲。偏心的，该长碗大的疔疮；不公道的，该长斗大的瘤子；偏吃了东西的，烂吊了产门！"依然整日鬼炒。

吴推官没有法，只得另打了宽炕，另做了阔被，三人一头同睡。吴推官将身朝里，外边的不是手臂，就是大腿，多是两三下，少是一两下，扭的生疼。将身一硞硽番转朝外，那里边的从头上拔下簪子，不管脊梁，不论肩膀，就是几锥。弄得个吴推官不敢朝里，不敢朝外，终

---

〔1〕 必溜必辣——象声词，义同"噼里啪啦"，不依不饶，连珠般说话的样子。

〔2〕 骂骂括括——骂骂咧咧。

夜仰面朝天，或是覆身向地。有时荷叶趴在身上，南瓜就往下拉；有时南瓜趴在身上，荷叶就往下扯。整夜就像炼魔演猢狲相似，弄得眼也不合，这也算是极苦。谁知这吴推官以为至乐，每每对了同年亲友，自相夸诩不已。

观政已毕，授了四川成都府推官。家乡是其便道，雇了座船，带了荷叶、南瓜、一干丫鬟仆妇，先到家乡祭祖辞坟，并迎接大奶奶赴任。船到家乡，上岸进宅，荷叶、南瓜也还没敢当先出头，穿着青素衣服，混在家人媳妇队内，一同站立。吴推官与大奶奶相见行礼。吴推官道："向在京中，干了一件斗胆得罪的勾当，在奶奶上请过罪，方敢明说。"大奶奶道："你且先说明了，再请罪不迟。万一得的罪大，不是可以赔礼销缴得的，赔过礼就不便了。"吴推官道："也是人间的常事，没有甚么大得罪，容赔过礼再说，谅得奶奶定是不计较的。"

吴推官跪下就磕下头去，大奶奶将身躲过，说道："你既不说，我也不合你行礼。"吴推官磕头起来，说道："因念奶奶身边没人伏侍，年小丫头又不中用，空叫奶奶淘气。京中寻了两个老婆，专为伺候奶奶。但没曾讨了奶奶的明示，这是得罪。"一面叫过两人来在奶奶上磕头。指着荷叶道："这是先寻的，名字就叫荷叶[1]。"指着南瓜道："这是后寻的，名字就叫南瓜。"大奶奶也没大老实看[2]，将眼瞟了一瞟，说道："极好！极该做！名字又起的极好！荷叶、南瓜，都是会

---

〔1〕 就叫荷叶——同本作"叫就荷叶"，"叫就"二字倒文，据文意酌改。下文"就叫南瓜"同此。

〔2〕 没大老实看——没怎么仔细端详。

长大叶的！"大奶奶当时沉下脸来,就不受用。

一面家人媳妇、丫头过来磕头。大奶奶道:"这都是奴才的奴才,替我磕甚么头！都往厨房里去！丫头伏我的丫头管,媳妇子伏我的媳妇子管,不许合我的丫头媳妇子同起同坐！"分付完,也没陪吴推官坐,抽身进房里去了。

荷叶、南瓜站在墙跟底下,又不敢进,又不敢退,又不知是恼,又不知是怕,两个脸弹子黄一造,白一造。吴推官也没颜落色。走进房去,大奶奶也不言语,也不秋采。雌着〔1〕说话,大奶奶也不答应。只得走了出来,悄悄的叫了个旧家人媳妇,分付道:"你可请问奶奶,把这两个发放在那里存站。只管这里搣着〔2〕也不是事。"媳妇要奉承家主公,走进房内问道:"新来的他两个,奶奶分付叫他在那里?还倚着墙站着哩。"大奶奶道:"扯淡的奴才！他京里大铺大量〔3〕的也坐够了,站会子,累杀你了?叫他往佛堂里去供养着！再不,叫他进神主龛去受香火！"媳妇子道:"爷既做了这事,'生米成了熟饭'的勾当,奶奶,你不抬抬手,可怎么样的?"大奶奶道:"我一心〔4〕火哩,听不上屄声！夹着臭屄走！"媳妇子望着吴推官摆了摆手,竟往厨房去了。

吴推官正是无可奈何的时节,家人传进说:"老爷到了,在前厅

----

〔1〕 雌着——在斗气的氛围中赔着笑脸的样子。

〔2〕 搣着——戳着;竖着;站着。

〔3〕 大铺大量——形容舒服自在,无拘无束的样子。

〔4〕 一心——等于说"一肚子"。

坐着哩。"这老爷原来是大奶奶的父亲,是个教官乡宦,年有六十馀岁,素称盛德长者,姓傅,名善化,号劝斋。吴推官听说丈人来望,甚是喜欢,一面走进房内,合大奶奶道:"爹在外面,你可分付厨下备饭留坐。"大奶奶将头一别,也不做声。出来又分付厨房,一面出外迎接,相见行礼,叙了寒温,道了喜庆。吴推官将京中娶妾委婉对丈人说了,又说:"媳妇儿心中不喜,求丈人在面前劝他。"献过了茶,让到内宅叙话。荷叶、南瓜依旧在墙下站立,未敢动身。吴推官请大奶奶出来见他父亲,大奶奶回话说:"身上不快,改日相见。"

　　吴推官且让丈人坐下,说道:"小婿因没人伏侍令爱,京中寻了两个人来家。过来,与老爷磕头。"荷叶、南瓜齐齐走到当中,叩了四首。傅老爷立受还揖。两个依旧退立墙下。傅老爷道:"两个这不是站处,避到后边去。"这两个站了半日,得了老爷的赦书,还不快跑,更待何时? 走到后边房内,坐了歇息。

　　老爷在外间里问道:"女婿大喜回家,闺女便有甚病不出相见?"大奶奶在房中应道:"女婿大喜回来,你不知女儿正坎上愁帽哩!"老爷道:"坎上甚么愁帽? 若果有甚么该愁人的事,正该对我告讼,怎反不出来相见?"大奶奶方才走出来相见,说道:"刚才见爹的两个妖精,伸眉竖眼,我多大点勾当,张跟斗[1]打的出他两个手掌去么? 怕寻一个还照不住我,一齐寻上两个! 这不坎上愁帽子么?"

　　老爷道:"我道是别的甚么愁帽子来,原来为此! 女婿既然做了

----

〔1〕　张跟斗——摔跤。张,山东方言,摔倒。

官,你就是夫人。做夫人的体面,自是与穷秀才娘子不同。若不寻两个妾房中伺候,细微曲折,难道都好还指使你做不成?这是尊敬你的意思,你怎么倒不喜欢,倒说是坎上愁帽?你曾见做官的那个没有三房四妾?只见做长夫人的安享荣华,免了自己劳顿,只有受用,不坎愁帽。女婿久出乍回,这等大喜,你因娶了妾,就是这等着恼,传扬出去,人就说你度量不大,容不得人。量小福亦小,做不得夫人。你听我好言,快快别要如此,好生看那两个人。你贤名从此大起,叫人说某人的媳妇、某人的闺女,如何容得妾,好生贤惠。替人做个榜样,岂不替为父母的增光?今因女婿娶妾,似这等生气着恼,一定还要家反宅乱。叫人传将出去,亮〔1〕也没人牵我的头皮〔2〕。外人一定说道:'他母亲是谁?这般不贤良的人,岂有会生贤惠女儿的理?'"

大奶奶道:"娶妾也是常事,离家不远,先差个人合我说知,待我不许你娶,你再矫诏〔3〕不迟。说也不合我说声,竟自成两三个家拉到家里来。眼里没人,不叫人生气么?"吴推官道:"我若没有不是,我刚才为甚么与你赔礼请罪?等爹行后,我再赔礼。"

说话中间,大奶奶渐渐消了怒气,同陪傅老爷用过酒饭。傅老爷辞回,又再三嘱咐了一顿,方才送出回家。大奶奶分付叫人收拾后层房屋东西里间,与荷叶、南瓜居住。荷叶改名马缨,南瓜改名孔桧,不许穿绸绵、戴珠翠。吴推官在京中与两个做的衣服首饰,追出入库。

---

〔1〕 亮——"谅"的借字,估计;忖度。

〔2〕 牵……头皮——吴方言,提名道姓地数落、议论。

〔3〕 矫诏——假托诏令。山东方言指违背指令,按自己的心意去做。

轮流一递五日，厨房监灶，下班直宿。做下不是的，论罪过大小，决打不饶。制伏的这两个泼货，在京里那些生性不知收在那里去了，别说是争锋相嚷，连屁也不敢轻放一个。在家在船，及到了任上，好不安静。每人上宿五夜，许吴推官与他云雨一遭，其馀都在大奶奶床上。

这吴推官若是安分知足的人，这也尽叫是快活的了。他却乞儿不得火向，饭饱了便要弄起箸来，不依大奶奶的规矩，得空就要做贼。甚至大奶奶睡熟之中，悄悄的趴出被来，干那鼠窃狗偷的伎俩，屡次被大奶奶当场捉获。有罪责罚的时节，这吴推官大了胆替他说分上。大奶奶不听，便合大奶奶使性子，渐至出头护短，甚至从大奶奶手中抢夺棍棒。把个大奶奶一惹惹得恶发起来，行出连坐之法：凡是马缨、孔桧两个有一人犯法，连吴推官三人同坐，打则同打，骂则同骂，法在必行，不曾饶了一次。除了吴推官上堂审事，就是大奶奶衙里问刑，弄得个刑厅衙门成了七十五司〔1〕一样，人号鬼哭，好不凄惨！

起先与那经历邻墙，还怕那经历衙中听见，虽也不因此收敛，心里还有些不安。及至狄希陈到了任，起初时节，寄姐怕刑厅计较，不敢十分作恶；大奶奶又怕狄经历家笑话，不肯十分逞凶。及至听来听去，一个是半斤〔2〕，一个就是八两，上在天秤，平平的不差分来毫去，你也说不得我头秃，我也笑不得你眼瞎，真是同调一流雷的朋友。有时吴推官衙里受罪，狄希陈那边听了赞叹；有时狄希陈衙里挨打，

〔1〕　七十五司——泰山神东岳大帝管辖的冥府职司。明清时全国各地的东岳庙中，冥府职司分别为七十、七十二、七十四、七十五、七十六司等不等。
〔2〕　半斤——同本作"半觔"，盖因同音而讹，据文意酌改。

吴推官听了心酸。有时推官、经历一同受苦,推官与经历的奶奶同时作恶,真是那狮吼之声山鸣谷应,你倡我随。

一日,十一月十五日,吴推官早起,要同太守各庙行香,大奶奶早起要神前参佛。夫妇梳洗已完,穿衣服已毕,那轮该上灶的孔桧,挠着个头,麻胡[1]着个脸,从后边跑出来。大奶奶道:"好奴才!我已梳洗完毕,日头半天大晌午的,你把头蓬的似筐呀大,抹得脸像鬼一般!两个奴才齐与我顶着砖,天井里跪着!"

吴推官若是有识量见几的人,这一次不曾株连到你身上,你梳了头上堂,跟了行香,凭他在衙里怎生发落,岂不省了这一场的事?他却不揣,对了大奶奶说道:"马缨他老早的自己梳洗,又伺候我们梳洗完备。奶奶饶他起来,也分个勤惰。"大奶奶双眉倒竖,二目员睁,说道:"我说过的,一人有罪,三人连坐!今日为你待出去行香,不曾数到你身上,你到替别人说起话来!马缨这奴才,只管他自己起来梳洗,难道不该走到后面叫一声?若是做家主的平日有家教、有规矩,奴才岂不晓得今日是个望日,主人公要出去行香,主人婆要参神拜佛,且别挺着脚睡觉,早些起去?如今三个拧成一股,眼里没人,我可不论甚么行香不行香哩!"叫吴推官也进卧室里去跪下。吴推官不敢违拗,顺顺的走进房内,朝了眠床,登时做了个半截汉子。

太守堂上打了二点,登时发了三梆。差人雪片般来请,又禀说:

---

[1]　麻胡——山东方言,眼睑下垂,脸部肌肉僵硬,常用以形容人不高兴时的面部表情。这里指睡意惺忪,眼睛不能完全睁开的样子。

"太爷合两厅都上在轿上，抬到仪门下等候多时。"一替一替的打得那梆子乱响。可怪那吴推官空有须眉，绝无胆气，大奶奶不曾分付甚么，焉敢起来？倒还是大奶奶晓些道理，发放道："既是堂上同僚们都在轿上等候，便宜你，且放起来！"

吴推官跪得两腿麻木，猛然起来，心里又急着待要出去，只是怎么站立得起来？往前一抢，几乎不跌一交。待了老大一会，方才慌慌忙忙上轿，赶做一伙。见了三位同僚，虽把些言语遮饰，那一肚皮的冤屈闷气，两个眼睛不肯替他藏掩。人说得好："但要人不知，除非己不为。"这吴推官惧内行径久已闻知于人，况这些家人那一个是肯向主人，有严紧口嘴的？门子屡请不出，家人不由得说道："惹了奶奶，见今罚他跪在房内，不曾发放起来，怎生出得去？"

这各人的门子听了这话，都悄悄的走在轿旁，尽对各人的本官说了。这各同僚们其实只扫自己门前雪，把灯台自己照燎，他们却瞒心昧己，不论自己，只笑他人，你一言，我一语，指东瓜，说槐树，都用言语讥诮。激得那吴推官又羞又恼，勉强忍了气，行过了香，作别回了本厅。坐堂金押，投文领文已完，待了成都县的知县的茶，送了出去，然后本府首领——经历、知事、照磨、简较、县丞、主簿、典史、驿丞、仓官、巡简，成都卫千百户、镇抚、僧纲、道纪、医学、阴阳，也集了四五十员文武官员，都来参见。

庭参已毕，吴推官强自排遣，说道："我们都个须眉男子，往往制于妇人。今日天寒雨雪，我要将各官考察一番。不是考察官评，特考某人惧内，某人不惧内，以见惧与不惧的多寡。众官都北向中立，待我逐个点名。自己也不必明白供说,各人将出公道良心,不可瞒心昧己,假做好汉。有如此的,欺人即是欺天。点到跟前,惧内的走往月台东站,不惧内的走往月台西站。本厅就是头一个惧内的人,先自就了立东向西的本位。"

一个个点到跟前,大约东边站立的十有八九,西边站立的十无一二。惟独点到[1]狄希陈的名字,仓皇失措,走到东边不曾立定,又过西边;西边不曾立定,又走到台中朝北站下;行站不住。吴推官问道:"狄经历或是就东,或是就西。不西不东,茫无定位,却是何故?"狄希陈向前禀道:"老大人不曾分付明白。兼怕小老婆的人,不知应在那一方站?"吴推官笑了一回,想道这也难处,"内中还有似这等的,都在居中朝北站罢。"原来怕小老婆的止有狄希陈一个。

只见临后一个光头和尚,戴着僧帽;一个道士,戴着纶巾,都穿着青绢员领,牛角黑带,木耳皂靴,齐上来禀道:"道人[2]系僧纲道纪,没有妻室,望老爷免考。"吴推官道:"和尚道士虽然没有老婆,难道没有徒弟?怕徒弟的也在东边站去。"只见这两个僧道红了脸,低着头,都往东边站在各官之后。看那西边,只有单单两个官站在一处:一个是府学的教官,年已八十七岁,断了弦二十二年,鳏居未续;一个是仓官,北直隶人,路远不曾带有家眷。

吴推官道:"据此看将起来,世上但是男子,没有不惧内的人。

---

〔1〕 点到——同本作"站到",据文意酌改。

〔2〕 道人——此是僧、道自称,僧人也称"道人"。宋叶梦得《避暑录话》卷下:"晋宋间佛学初行,其徒犹未有僧称,通曰道人。"

阳消阴长的世道,君子怕小人,活人怕死鬼,丈夫怎得不怕老婆? 适间本厅实因得罪了房下,羁绊住了,不得即时上堂。堂翁与两厅的僚友俱将言语讥讪本厅,难道他三个都是红头发的野人,不生在南赡部洲大明国的人? 所以本厅取信不及。一则是无事,我们大家取笑一番;一则也要知知这世道果然也有不惧内的人么? 看将起来,除了一位老先生断了二十多年的弦,再除一个不带家眷的,其馀各官也不下四五十位,也是六七省的人才,可见风土不一,言语不同,惟有这惧内的道理到处无异。怎么太尊与他三个如此撇清? '吾谁欺? 欺天乎?'"

　　一个医学正科,年纪五十多岁的个老儿,禀道:"堂上太爷也不是个不惧内的人。夏间冲撞了太奶奶,被太奶奶一巴掌打在鼻上,打得鲜血横流,再止不住。慌忙叫了医官去治,烧了许多驴粪吹在鼻孔,暂时止了;到如今成了鼻衄的锢疾,按了日子举发,怎还讥诮得老爷? 就是军厅的胡爷,也常是被奶奶打得没处逃避,蓬了头,赤着脚,出到堂上坐的。粮厅童爷的奶奶更是利害。童爷躲在堂上,奶奶也就赶出堂来,便要行法教诲。书办、门子、快手、皂隶,跪了满满的两丹墀,替童爷讨饶。看了众人分上,方得饶免。衙役有犯事的,童爷待要责他几下,他还禀道:'某月某日,奶奶在堂上要责罚老爷,也亏小的们再三与老爷哀告,乞念微功,姑恕这次。'童爷也只得将就罢了。老爷虽是[1]有些惧内,又不曾被奶奶打破鼻子,又不曾被奶奶

---

〔1〕　虽是——同本作"谁是"。"雖"与"誰"盖因形近而讹,据文意酌改。

打出堂上，又不求衙役代说人情，怎么到还笑话的老爷？"吴推官道："此等的事，我如何倒不曾闻见？若知道他们这等一般，适间为甚么受他们狙气？"医官道："老爷察盘考审，多在外，少在内，以此不知。"吴推官道甚是感激那个医人。后来有人要谋替他的缺，吴推官做了主，不曾被人夺去。此是后事。

当时考察完毕，吴推官道："今日之事，本厅与诸公都是同调。"真是：

　　临行不用多嘱付，看来都是会中人。

第九十二回

义徒从厚待师母　逆妇假手杀亲儿

衰世人情薄似霜,谁将师母待如娘?日日三餐供饮食,年年
四季换衣裳。费物周贫兼养老,用钱出殡且奔丧。只嫌蔑义狼
心妇,诈索铜钱自杀郎。

武城县有个秀才,姓陈,名六吉,取与不苟,行动有常。因他凡事
执板,狷介忤俗,邑中的轻薄后生都以怪物名之。别无田产,单以教
书为事,家计极是萧条。所有应得贽礼束脩,绝不与人争长竞短,挈
少论多;与那生徒相与,就如父子一般。

那个陈师娘更是个贤达妇人,待那徒弟就如自家儿子也没有这
般疼爱。严冬雪雨的时节,恐怕学生触了寒冷,鞋上蹈了污泥,或煮
上一大锅小米稀粥,或做上一大锅浑酒。遇着没有甚么的时节,买上
四五文钱的生姜,煮上一大壶滚水,留那些学生吃饮。衣裳有抓破
的,当时与他们补缉;有绽裂的,当时与他缝联。又不肯姑息,任从学
生们顽耍荒业。先生不在,这师娘拿些生活,坐在先生公座上边替先
生权印,管得学生们牢牢的坐定读书。又怕学生们久读伤气,读了一
会,许静坐歇息片时。

北方的先生肯把这样情义相待学生的,也只有陈先生一个,其实

又得贤师母之力居多。先年晁源曾跟他受业,晁思孝是个浑帐不识好歹的老儿,晁夫人却是这陈师娘的同调。二贤相遇,臭味自投。原是通家,只因内近相处,愈加稠密。

当初晁思孝做秀才时候自顾不暇,那有甚么从厚的节礼到那先生?就是束脩的常例,也是三停不满二分[1],陈先生也绝不曾开口。后来晁思孝做了官,晁源做了公子,陈先生的年纪喜得一年长似一年。谁知先生一日一日长来,学生倒要一日一日的小去。学生小去便也罢了,又谁知学生既小,束脩也就不多。

当时的学生,"冠者五六人,童子六七人",尽成个意思;后来那"冠者五六人"有改了业的,有另从了师去的,止剩了"童子六七人"而已。北边的学赆[2]甚是荒凉,除那宦家富室,每月出得一钱束脩,便是极有体面;若是以下人家,一月出五分的,还叫是中等;多有每月三十文铜钱,比比皆是。于是这陈先生的度日甚是艰难。

晁源处在富贵之地,若肯略施周济,不过九牛去了一毛,有何难处?他那靡丽熏心的时节,还那里想起有这个失时没势、残年衰朽的师傅、师娘?远远的撇撩在九霄云外去了。亲受业的徒弟尚然如此,那徒弟的父亲更自不消提起。只有晁夫人是个不肯忘旧、念人好处的人,凡是便人回家,不是二两,就是一两,再少也是五钱,分外还有布匹鞋面、针头线脑之类。除非没便人才罢,如有便人,再没有一

---

[1] 三停不满二分——将应交的束脩均为三份,交出的尚不足二份。三停,均分作三份。分,同"份"。今山东方言尚有"三停里去了二停"之说。

[2] 学赆——先生教书所得的报酬,即束脩。

遭空过。好年成时候，小米、菉豆每石不过五六钱银，寄得五钱银子，也就可以买米一石，就有好几时吃去。源源相接，得晁夫人这个救星，年来不致饥寒。晁夫人回家，与陈师娘朝夕相处，早晚送柴送米，更是不消提起。

晁梁长了六岁，要延师训蒙。晁夫人重那陈先生方正孤介，又高年老成，决意请他教习晁梁。收拾了家中书舍，连陈师娘俱一处同居。也不曾讲论束脩，晁夫人没有不从厚之理。

原来陈先生有一男一女，那儿子已长成四十多岁，百伶百俐，无所无知，"子曰"、"诗云"亦颇通晓。更有人所难及的一般好处，是教训父母。倒也不肯姑息，把爹娘推两个跟斗，时常打几下子，遇衣夺衣，遇食夺食。后又生了儿子，渐渐长大做了帮手，越发苦的老两口子没有个地缝可钻。陈先生年渐高大，那有精神气力合他抵斗？只得要寻思退步避他的凶锋。问晁夫人要了几两银子，在郓都县枉死城东买了一间松木盖的板屋，移到那坡里居住，省了这儿子的作践。

陈先生的女儿嫁的是个兵房书手，家中过活亦是浓济而已。虽料得其兄不能养母，也为母亲身边也还有趱下的几两银子，晁夫人与做的几件衣裳，用不尽的几石粮食，可以养他的馀年。谁想这陈师娘的公子比他妹子更是聪明，看得事透，认的钱真，说道："妇人'有夫从夫，无夫从子'。放着我如此顶天立地的长男，那里用你嫁出的女儿养活！"叫了几个人，挑的管挑，运的管运，也不曾雇顶肩舆，也没有叫个驴子，把个年老的娘跟了他走到家内，致的晁夫人甚是不忍。

到了儿子家中,那儿子的忤逆固也不忍详细剖说,却也没有这许多闲气说他。妈妈子吃不尽自己挣的粮食,穿不了自己挣的衣裳,那媳妇、孙子你一言,我一语,循环无端[1]骂道:"老狗! 老私窠! 我只道你做了千年调[2],永世用不着儿孙,挣的衣裳裹在自己身上,挣得银钱扁在自己腰里,挣的粮米饱了自己脊皮[3]! 为女婿那大肌巴合的闺女自在,多馀的都贴了女婿! 如今却因甚底又寻到儿子家来,三茶六饭叫人供养? 吃了自在茶饭,牛眼似的睁着两个大屄窟垅,推说看不见,针也不肯拿拿! 有这闲饭,拿来喂了个狗,也替人看看家,养活这废物待怎么!"把个陈师娘一气一个昏。

陈师娘带去的几件衣裳、几石粮食,都被这孝子顺孙拿去准酒钱、充赌债。晓的陈师娘还有几两银子带在身边,儿子合媳妇同谋,等夜间母亲睡熟,从裤腰里掏摸。陈师娘醒来,持住不与,儿子把陈师娘按在床上,媳妇打劫。陈师娘叫唤,轰动了孙子,跑进房来三个抢夺,压在陈师娘身上,差一些儿不曾压死,气的陈师娘哭老公也没这般痛。

看官试想,一个老婆婆,有衣有物的时节还要打骂凌辱,如今弄得精打光的,岂还有好气相待不成? 晁夫人倒也时常着人看望,时常

---

[1] 循环无端——这里是无休无止的意思。

[2] 做了千年调——等于说做好了一生生活的安排。

[3] 脊皮——指肚皮。

馈送东西。儿孙媳妇每每拿出那抢夺银子的手段，凭你送一千一万，也到不得那陈师娘跟前。

一日冬至，晁夫人叫人送了一大盒馄饨与陈师娘吃，看见陈师娘穿着一件破青布夹袄，一条破碎蓝布单裤，蹲在北墙根下向暖。看见是晁家的人，一头钻在房内。媳妇腾了盒子，致意了来人回去。媳妇等得汉子回来，烧滚了锅，将馄饨煮熟，母子夫妻，你一碗，我一碗，吃了个痛饱，捞了半碗破肚的面皮给陈师娘吃。陈师娘不吃肚饥，待吃气闷，一边往口里吃，一边痛哭。

晁家的管家将陈师娘的形状对晁夫人说知。晁夫人待信不信，差人先说知，要接陈师娘到家久住几日。差人前去，恰值儿子媳妇都不在家。陈师娘对着晁家的人告诉个备细，说："我这衣不蔽体，一分似人，七分似鬼，怎生去得？"家人到家，一一回话。

晁夫人伤感了一会，叫家人媳妇拿了晁夫人自己的一件青绸棉袄，一件褐子夹袄，一条蓝绫裙，一双本色绒膝裤，一个首帕，一顶两人轿子，分付家人媳妇："到了那里，别要管他儿子合媳妇阻挠，用强的妆扮了他来。"家人媳妇依命而行。

果然他的媳妇说道："这等身命，怎好往高门大户去得？家里放着现成棉花布匹，我又不得闲，他又眼花没本事做。待等几日，等我与他札括上衣裳再去不迟。"家人媳妇道："再等几日，待你札刮上衣裳，陈奶奶已是冻死，就去不成了。"家人媳妇不由他说，替他拢了拢头，勒上首帕，穿上膝裤，掏了把火烤了烤绵袄与他换上，穿上裙，簇拥着往外上轿。陈师娘道："待我收拾了这件破夹袄，回来好穿。再弄的没了,这只是光着脊梁哩!"家人媳妇道:"拿着,给我奶奶做铺衬[1]去,叫俺奶奶赔陈奶奶个新袄。"家人媳妇卷了卷,夹着就走,媳妇劈手就夺。家人媳妇也没叫他夺去[2],夹着来了。

陈师娘进门,见了晁夫人,就是那受苦的闺女从婆婆家来,见了亲娘,哭的也没有这痛。晁夫人慌忙让到热炕上,盖上被子坐着。春莺、晁梁媳妇姜氏、晁梁、小全哥都来拜见。晁夫人也没叫陈师娘下炕来回礼。陈师娘炕上打个问讯,说:"不当家!"说话吃饭,甚是喜欢。

晁夫人因里间是晁梁的卧房,不便合陈师娘同房住宿,收拾了一坐小北房[3],里间里糊得甚是洁净,磨砖插火炕儿,摆设的桌椅面盆、火笼梳匣、毡条铺盖、脚布手巾,但凡所用之物,无一不备。又拨了一个年小干净丫头,日里伺候,夜间暖脚。次日上身加了棉衣,下边做了棉裤。与晁夫人姑媳虽则睡不同床,却是食则共器。

住到十二月二十以后,陈师娘要辞回家去,说:"年近岁除,怎好只管打搅?无妨过了节再来也可。"晁夫人道:"陈师娘,你莫怪我小看,你那儿孙媳妇也是看得见的。我再接的你迟了,今年九里[4]这

们冷天,只怕你老人家就是寿长也活不成。你往后把那家去的话高高的收起,再别要提。你住的这三间房,就是你的叶落归根的去处。有我一日,咱老妯娌两个做伴说话儿。我年纪大起你,跑在你头里,我的儿是你的徒弟。你那昝,他先生怎么教他来? 养活了孤苦师娘,没的算过当么? 况且你那徒弟合你那徒弟媳妇,一个孝,一个贤,我做的事,他两口儿不肯违悖我的。但只既是一锅吃饭,天长地久,伏事不周,有甚差错,师娘别要一般见识,谅谅就过去了。"

陈师娘听罢,没说别的,只说:"受的恩重,来生怕报不了!"从此陈师娘在晁夫人家住,成了家业〔1〕。晁梁夫妇相待都甚是成礼,春夏即备单夹之衣,秋冬即制棉絮之袄,没有丝毫缺略。陈师娘的女儿并儿子、孙子、媳妇都络绎往来看望,一来要遮饰自己的不孝,二来也图晁夫人的款待。

如此者日月如梭,不觉过了七个寒暑。晁夫人弃世升天,陈师娘失了老伴。虽也凄凉,却晁梁夫妇一一遵母所行,不敢怠慢。大凡奴仆待人,都看主人的意旨,主人没有轻贱人客的心,家人便不敢萌慢怠之意。所以上下都像晁夫人在世一般。

晁梁遵母遗命,五七出殡,与父亲合葬。出过殡,晁梁即在坟上起盖了小小三间草屋,在那里与爹娘庐墓〔2〕。媳妇姜氏合二奶奶春莺也出在坟上庄屋里居住,以为与晁夫人坟墓相近之意,好朝夕在

〔1〕　成了家业——这里是视同自己家里,当成了安身立命的地方的意思。
〔2〕　庐墓——父母死后,在墓旁搭盖小屋居住,守护坟墓三年,叫做"庐墓"。

坟头烧香供饭。留陈师娘在城居住,拨下仆妇养娘,嘱付他用心伺候。

六月初二日是陈师娘生日,姜氏同春莺进城与他拜寿。原来陈师娘从三年前右边手脚不能动履,梳头洗脸,都是倩人。晁夫人在日及姜氏在城,都是叫人与他收拾的干干净净,衣服时常浆洗,身上时常澡浴。老人心性渐渐的没了正经,饮食不知饥饱,都是别人与他撙节[1]。自从姜氏居庄,伺候的人虽然不敢欺心侮慢,只是欠了体贴,老人家自己不发意梳梳头,旁人便也不强他;自己不发意洗洗脸,旁人便也不撺掇。上下衣裳也不说与他浆洗替换,床铺也不说与他拿拿蚤虱,饮食也绝不知撙节他,凭他尽力吃在肚里。众人倒也记的初二是他寿辰,蒸的点心,做的肴品,算记大家享用,不料姜氏合春莺进城。

及至二人到家,进入陈师娘住房门内,地下的灰尘满寸,粪土不除,两人的白鞋即时染的焌黑。看那陈师娘几根白发蓬得满头,脸上汗出如泥[2],泥上又汗,弄成黑猫乌嘴[3]。穿着汗塌[4]透的衫裤,青夏布上雪白的铺着一层虮虱。床上腥离腥腍,差不多些像了狗窝。姜氏着恼,把那伺候的人着实骂了一顿,从新督了人扫地铺床,又与陈师娘梳头净面,上下彻底换了衣裳。叫人倒了马桶,房中点了

---

[1] 撙节——山东方言,节省下来留待后用的意思。这里指缩减。
[2] 汗出如泥——同本作"汗出加泥"。"如"与"加"盖因形近而讹,据文意酌改。
[3] 黑猫乌嘴——山东方言,形容脸上嘴边带着污垢灰尘的样子。
[4] 塌——"溻"的借字,汗湿。

几枝安息香，明间里又熏了些芸香、苍术，然后与陈师娘拜了寿，陪着用了酒饭。要辞回坟头庄上，又说伺候的人不知好歹，要接陈师娘同到庄上，便于照管，叫人预先收拾。回去合晁梁说知，叫人扫括了卧室，差了佃户进城，抬轿迎接陈师娘出庄，依旧得所。

　　光阴迅速，不觉将到三年。胡无翳一为晁夫人三年周忌，特来烧纸；二为梁片云临终言语，说叫把他的肉身丘[1]在寺后的园内，等他的后身自己回来入土。如今晁梁明白是梁片云的托化，原为报晁夫人的恩德转生为子，今为晁夫人养生送死，三年服孝已完，又有了壮子，奉祀已不乏人，尚不急早回头，重修正果，同上西天，尚自沉沦欲海，贪恋火坑，万一迷了本来，怎生是好？且要晁梁住持本寺，自家年纪虽高，精力未衰，仍要云游天下名山，亲观胜景。为此数事，所以专到山东武城县内，先在真空寺旧居卓了锡[2]。闻得住持说晁梁自从母亲出丧之日，就在那里庐墓，至今不曾进城，胡无翳仍到他门上，果然冷落凄凉，不可名状。唤了个小厮，叫他引到庐墓的所在。晁梁二人相见，不觉悲喜交驰。设斋款待，不必絮烦。

　　晁梁要送他到本庄弥陀庵宿歇，胡无翳坚辞不去，要与晁梁同在那庐墓房内宿歇，可以朝夕谈心。于是胡无翳将那梁片云的往事细细开陈，将那生死轮回从头拨转。最动人处，说晁夫人身居天府，"你若肯出家修行，同在天堂，仍是母子。"只这几言，说得晁梁心花

----

〔1〕　丘——人死后因无葬地或其他原因而暂不下葬，将尸棺用砖块、土坯等垒成馒头状的地上坟，这种安厝死者的方式称为"丘"或"丘起来"。

〔2〕　卓了锡——僧人居停称为"卓锡"。卓，竖立不动。锡，僧人所持的锡杖。

顿开,一点灵机晔晔透露。胡无翳说得已往之事,晁梁俱能一一记忆,真似经历过的一般。只因陈师娘在堂,遵奉母命尚未全得始终,又不曾与兄晁源立得后嗣,坟上墓表诰命、华表碑碣尚未竖立,请宽限以待,只是不敢爽信。

过了半月,三月十五日,晁夫人三年忌辰。在坟上搭棚厂,请僧建脱服道场,也集了无数的亲友,都来劝晁梁从吉。晁梁遵国制,不敢矫情,醮事完毕,换了淡素的衣裳,坟上哭了个发昏致命,然后内外至亲,各自劝了晁梁合姜氏进城。陈师娘依旧同到家内。晁梁挨门谢客,忙劫劫唤了石匠,完那坟上的工程。

却说陈师娘年纪八十一岁,渐渐老病生来,将次不起。当日晁梁做书房的所在通着东街,晁梁叫人开出门去,要与陈师娘停柩举丧。陈师娘沉重,预先唤了他的子女诸人,都来看守。断气之后,妆老的衣裳、附身的棺椁、陈家一户人等的孝衣、灵前的孝帏孝帐,都是晁夫人在生之时备办得十分完全[1],盛在一个楎子卷厢之内,安置楼上。姜氏叫人抬将下来,众人照分披挂。他那儿子孙子合那贤良媳妇,恰像晁家当得这般一样。只有他的女儿,且不哭他的母亲,只是哭晁夫人不止。

放了一七,晁家的亲朋眷属都为晁家体面,集了人山人海的都来送丧。葬完了,晁梁仍把这儿孙妇女让回家中,将陈师娘平日存下的衣裳、用过的铺盖,都尽数叫他们分去。一个子,一个孙,一个媳妇,

---

〔1〕 完全——同本作"全完"。二字倒文,据文意酌改。

一个闺女,四个人面,倒有八个狗心,各人都爱便宜,算记要抢上分。不曾打开厢柜,四个人轰然扑在上面,你打我夺,你骂我争,采扭结成一块,声震四邻。

晁梁道:"脱不了是你至亲四口,又无外人相争,何用如此?你们尽数取将出来,从公配成四分,或是议定,或是拈阄,岂不免了争竞?"陈师娘的儿子说:"子承父业。父母的物件,别人不应分去,一丝一缕,都该我一人独得。"那孙子说:"祖父的产业传与儿孙,有儿就有孙子。奶奶生前,你不认得他姓张姓李,你糠窝窝〔1〕也没给他个吃。他死后,你有甚么脸分他的衣裳?我休说往年我来这里看奶奶,那一遭是空着手来?年时我也使三个钱,买了个西瓜孝顺奶奶;年下又使了两个钱,买了两个柿子。你从来有个钱到奶奶口里不曾?"陈师娘的女儿又说:"您们好不识羞!娘的几件衣裳,是你那一个做给他的呀?脱不过是晁大娘,是晁二哥、晁二嫂做的,你们有甚么嘴脸分得去!我出嫁的女儿,无拘无束,其实应该都给了我去。"

晁梁道:"师姐这话也说不通。还是依我的,均匀四分,拈阄为妥。"师姐道:"这四分就不公道。他亏了就只一个老婆一个儿,打哩有十个老婆十个儿,匀成二十分罢?就不都给我,也只该配成两分。从来说'父母的家当,儿一分,女一分'的。依公道,我合俺哥平分,嫂子合侄儿在俺哥的分里劈〔2〕给他。"那媳妇道:"这话熏人,我只

---

〔1〕　糠窝窝——用碾小米碾下的细糠掺了别的东西蒸成的窝窝头,一种穷人吃的极粗粝的食物。

〔2〕　劈——分割,将一份破成几份叫做"劈"。

当狗臭屁！'嫁出的女,泼在地里的水。'你分我的家当？你打听打听,有个李洪一嫂[1]没有！你赶的我极了,只怕我贤惠不将去,我拿出李洪一嫂的手段来!"那小姑儿说:"我没听见有甚么李洪一嫂,我倒只听见有个'刘二舅来吃辣面'是有的!"你一言,我一语,争竞不了。那侄儿又照着他姑娘心口里拾头,四个人扭成一块,打的披头散发。

晃梁道:"呀,呀! 好没要紧! 我倒是取好,倒要叫我人命干连的! 脱不了师娘也没穿甚么来,人所共知的。这几件破衣拉裳[2],都别要分,我叫人抬到师娘坟上,烧化给师娘去。"叫人:"盖上柜,还抬上楼去。列位请行。要打要骂的,请到别处打骂去。我从来没经着[3]这们等的,我害怕!"那师哥道:"俺娘的衣裳,你做主不分,烧了罢?"晃梁道:"我做的衣服,我就做的主。"那师嫂道:"你做的衣裳? 没的俺婆婆是光着屁股露着奶头来的? 我计的往你家来时,衣裳穿不了,青表蓝里梭布夹袄,蓝梭布裤,接去的媳妇子还夹拉着[4]来了。这浑深不是你晃家做的,你也做主烧了罢? 俺婆婆在你家这们些年,替你家做老婆子支使,煮饭浆衣裳,缝联纳鞋底,你也给个工钱儿么?"晃梁道:"我也不合你说。惹出你这话来了,还合你

[1] 李洪一嫂——南戏《白兔记》中人物,李洪一的妻子,李三娘的嫂子,在剧中百般虐待自己的小姑李三娘。
[2] 破衣拉裳——破旧衣裳。拉,"烂"的音变。
[3] 经着——遇到;碰上。
[4] 夹拉着——山东方言,放在腋窝处,用胳膊夹着。

说甚么话？我叫人把这几件子衣服抬到陈师哥家,凭你们怎么分去,这可与我不相干了!"那陈师姐自己跑到县里兵房内叫了汉子,在晁家大门上等着,同到陈师哥家分衣裳不题。

那陈师嫂变了脸,要向日来来的那个破袄,又要陈师娘穿来的那个破蓝平机单裤。晁梁察问,说:"当日实有这件破袄,是媳妇子赌气夹了来家。合陈师娘换下的一条破裤,都拆破做铺衬[1]使了。"那师嫂甚么肯罢? 放刁撒泼,别着晁梁足足的赔了他一千老黄边,才走散了。出门跟着那柜衣裳,抬到陈家,也还争夺打闹。因妹夫是县里的兵房,平日又是不肯让人的善物,又有邻舍家旁边讲议,胡乱着不知怎样的分了。这般不义之物,况又不多,能得济人甚事? 不多两日,穿的穿,当的当,仍是精空。

那儿子平素与一班扛夫赌博。赢了,按着葫芦抠子,问那扛夫照数的要钱;如输了时,将那随身带的猪皮样粗、象皮样黑、狗脏样臭那个丑屁股准帐。后来收了头发,出了胡须,那扛夫不要了屁股,也只要见钱。一时间没处弄钱还他,想得母亲曾向晁梁赖得有钱一千,待要好好的问他母亲要用,料得母亲断是不肯;待要算计偷盗,又不知那钱安放何处。且住着三间房屋,母亲又时刻不肯离他的卧房,无从下手;就是着了手偷得来用,定然晓得是他。知道母亲的心性,见了钱就合命一般的要紧,良心也不顾,天理也不怕,这等白赖来的钱,岂是叫他偷去就肯罢了的?

----

〔1〕 做铺衬——同本作"做補衬"。"铺"与"補"盖因形近而讹,据上文校改。

　　左思右想，料得他的钱定是放在枕下，或是放在床里褥底。心生一个巧计，说那皮狐〔1〕常是盗人家的钱物，人不敢言喘，不免妆了一个皮狐，压在他的身上，压得他头昏脑闷，脚困手酸，却向他床上搜简铜钱。又想那皮狐上去押人的时节，定是先把尾巴在人脸上一扫，觉有冰冷的嘴在人嘴上一侵，又说皮狐身上甚是骚气〔2〕，他却预先寻下一个狐尾，又把身上衣服使那几日前的陈尿浸透，晒干了穿在身上。他的母亲久已不合老公同睡，每日都是独寝。他却黑暗里伏在他母亲床下，等他母亲上床睡倒，将已睡着，他却悄悄的摸将出来，先把那狐尾在他娘的脸上一扫。他娘在梦中，已是打了个寒噤。趴在身上，四脚向上着力使气，压得他母亲气也不能出转；又把自己的嘴冻冷如冰，向他母亲嘴上布了收气。他母亲果然昏沉，不能动弹。却使两只手在那床里床头四下捞摸，绝没一些影响。他母亲又在睡梦中着实挣挫，只得跳下床来〔3〕，蹺蹄蹑脚往自己铺上去了。

　　他母亲方才挣醒，隔壁叫他醒来，他故意假妆睡熟。知道他母亲必定说那被狐押昧〔4〕的事，醒来说道："亏不尽得娘叫我醒来，被皮狐〔5〕压得好苦！因娘叫得紧，才跳下走了。上床来，觉有冷物在脸上一扫，又把冰冷的嘴亲在我的嘴上收气。"他娘道："这不古怪？我

----

〔1〕　皮狐——山东方言，狐狸的俗称。
〔2〕　骚气——山东方言，骚味熏人；有骚味儿。
〔3〕　跳下床来——同本作"挑下床来"，据文意酌改。
〔4〕　押昧——即"魇昧"，施用法术使人神志不清，昏昏沉沉。
〔5〕　皮狐——同本作"狐皮"。二字倒文，据上下文校改。

也是这等被他压了，所以叫你。我还觉的在我床上遥地里掏摸。咱这房子当时干净[1]，怎么忽然有这个东西？我想这还不是甚么成气的狐仙，这也还是个贼皮狐，是知道我有千钱，待要偷我的。不想我那钱白日黑夜缠在我那腰里，掏摸不着。只说在你身边，故此又去押你。"儿子说："真是如此！亏了不曾被他偷去，今夜务要仔细。"

晚间临睡，那儿子依旧妆了皮狐，又使尾巴扫脸，冷嘴侵唇，压在身上。伸进手去在被里乱摸，摸得那钱在他母亲腰里围着。钱绳又壮，极力拉扯不断，不能上去，又不能褪将下来。正无可奈何，他母亲还道是当真的皮狐，使气力叫儿子起来相救。喊干了喉咙，那得答应？想起床头有剪刀一把，拿在手中，尽气力一戳[2]，只听的"哎哟"了一声，在床上跌了一阵就不动了。摸了一把，满手血腥。赤着身起来，吹火点灯，照见那是甚么皮狐？却是他亲生公子。剪刀不当不正，刚刚的戳在气嗓[3]之中，流了一床鲜血，四肢挺在床中。慌了手脚，守到天明，寻了老公回家，说此缘故。夫妻彼此埋怨了一场，使那一千钱，用了四百买了一口薄皮棺材装在里面，扛抬埋葬，把一千钱搅缠得一文不剩，搭上了一个大儿。这真是：

万事劝人休碌碌，举头三尺有神明。谁说天爷没有眼？能为人间报不平。

---

[1] 干净——这里是没有邪物作祟的意思。
[2] 一戳——同本作"一戮"。"戳"与"戮"盖因形近而讹，据文意酌改。下同。
[3] 气嗓——山东方言，也叫"气嗓头"，即咽喉。

第九十三回

晁孝子两口焚修　峳山神三番显圣[1]

　　修行不必尽离家，只在存心念不差。种粟将来还得粟，锄瓜
应教自生瓜。庞老庞婆同鹤驭，黄公黄母总龙沙。试看在家成
佛子，峳山亲见五云车。

　　晁梁庐了三年墓，在坟上建了脱服道场，谢完了吊祭亲友，谒
见[2]县官学师。坟上立了墓表、诰命碑碣，华表牌坊、供桌香案，又
种了三四千株松柏，按了品级，立了翁仲[3]冥器。在坟上住了三年
不曾进城，儿子晁冠终是少年，不能料理[4]家事，以致诸凡阙略，从
新都自己料理了一番。

　　二奶奶沈春莺此时已是六十五岁，姜氏也将近五旬，都是晓得当
家过日子的人了，外边再有儿子晁冠撑持了门户。晁无晏的儿子小
琏哥，名唤晁中相，一向是晁夫人恩养长大，读书进学，娶妻生子，同
居合爨，又是晁冠的帮手。于是晁梁自视以为没有内顾之忧，要算计

----

〔1〕显圣——同本作"显理"。"聖"与"理"盖因形近而讹，据卷首目录校改。
〔2〕谒见——同本作"谒兄"。"见"与"兄"盖因形近而讹，据文意酌改。
〔3〕翁仲——立于墓前的石人。
〔4〕料理——同本作"理料"。二字倒文，据文意酌改。

往通州香岩寺内与胡无翳同处修行,以便葬梁片云的身子。择了吉日,制了道衣,要起身往通州进发。

妻房姜氏劝道:"你做了半生孝子,不能中举中进士,显亲扬名,反把禀受父母来的身体发肤弃舍了,去做和尚道士?父母虽亡,坟墓现在,你忍得将父母坟墓不顾而去?你虽说晁冠长成,有人奉祀,毕竟是你的儿子。你出家修行去了,你倒有儿子在家,只是父母没有了儿子。我听见你读的书上:'逃墨必归于杨,逃杨必归于儒[1]。'你读了孔孟的书,做了孔孟的徒弟,这孔孟就是你的先生。你相从了四五十年的先生,一旦背了他另去拜那神佛为师,这也不是你的好处。

"胡师傅这许多年来,每年都来看望。你往时有娘在堂,你不便相离远去;今娘既辞世,礼尚往来,你只当去回望他。收拾些礼物,带些银钱,雇只船,由水路到他那里。一来谢他连年看望之情,二来看那事体如何,葬埋了梁和尚,完了你前生之事。不必说那为僧为道的勾当,你只把娘生前所行之事一一奉行到底,别要间断,强似修行百倍。你如必欲入这佛门一教,在家也可修行。爹娘坟上你那庐墓的去处,扩充个所在,建个小庵,你每日在内焚修,守着爹娘,修了自己,岂不两成其便?我也在那庄上建个小佛阁儿,我修我的,你修你的,咱两个宾客相处。家事咱都不消管理,尽情托付了小全哥两口儿。

----

〔1〕"逃墨"二句——语出《孟子·尽心下》。杨即杨朱,战国初期魏国人,主张"贵生""重己",孟子称其"拔一毛而利天下不为也"。墨即墨翟,春秋战国之际鲁国人,主张"兼爱""非攻",反映了劳动者阶层的观点和立场。

把这坟上庄子留着,咱兄妹二人搅计。你爽利告了衣巾[1],全了终始。我的主意如此,不知你心下如何?"

晁梁道:"胡无翳几次开说,说我的性灵透彻,每到半夜子时,从前想我前生之事,一一俱能记忆。至于梳洗饭后,渐又昏迷。我所以说:'既是报了娘的大恩,还去完我的正果,葬我的前身。'你刚才一番说话,又甚是有理。我倒有了儿子,可以付托,得以出家;只是我既出家,我的爹娘依旧没了儿子,这话甚是有理。叫我在坟上修行,守着爹娘坟墓,你也各自[2]焚修,此话更好,就依你所言。如今目下,待我且往通州香岩寺内谢见了胡无翳,合他盘桓些时,一边就把梁片云的法身安了葬,回来商量创庵。"于是收拾了行李合送胡无翳的礼物,赍带了几百银子,跟了一个庖人吴友良、家人晁鸾、晁住的儿子晁随——小厮馆童,雇了一只三号民座,主仆四人望通州进发。

那时闸河水少,回空粮船挤塞,行了一月有馀,方才到彼。晁梁将近五旬年纪,日逐守着母亲,除往东昌岁考、省城乡试,其馀别处并无一步外游,这是头一次远出。船到了通州河下,先使晁鸾寻着了香岩寺,见了胡无翳,说晁梁已到,坐船见泊河下。胡无翳喜不自胜,说本夜梦见梁片云从远处云游回寺,合胡无翳行礼相拜,送胡无翳土宜,里面有一匹栗色松江纳布。不意日中便有晁梁来到。带领了许多人与晁梁搬运行李,自己连忙同众人接到船上。晁梁远远望见胡

---

〔1〕 告了衣巾——辞去县学生员的名色。
〔2〕 各自——山东方言,独自;单独。

无翳来到，叫人布了跳板，上岸迎接，挽手下船，极其喜悦。看着人把行李搬在岸上，尽数发行，然后与晁梁同行回寺。分付船家暂行歇息一晚，明日寺中备饭相犒，找结船钱。

晁梁入寺安歇，梳洗更衣。胡无翳领了他到正殿[1]参佛，及各处配殿合伽蓝、韦陀面前拈香，又到长老影身[2]跟前拜见，晁梁方入方丈，与胡无翳行礼。家人晁鸾取出备下的礼物，恰好一匹定织改机栗色细纳的绒布，胡无翳着实惊讶。

晁梁澄心定虑了一会，将那寺中房廊屋舍、园圃庭堂，合他住过的禅房榻炕，都能想记无差。胡无翳仍把梁片云的住房扫除洁净，请晁梁居住。晁梁想起他的前生曾在山墙上面写有晁夫人的生辰在上，细观不见。原来这梁片云住室，胡无翳晓得晁梁是他的后身，有此显应，所以每年凡遇梁片云坐化的忌日，都将墙垣糊括，床炕修整，另换帐幔，重铺毡条，所以把那记下晁夫人生辰糊在下面。后来晁梁揭了许多层纸，当日的字迹宛然，一些不爽，那字的笔法就与晁梁今生的笔画如出一手。

晁梁到寺半月，歇息未定，又因梁片云的殡厝浮图[3]是奉太后敕建的，若要下葬，还得启知太后，方敢动手。谁知这梁片云肉身经今将五十年，一些没有气味，自从晁梁到寺，次日走到龛前看了一会，

---

[1]　正殿——同本作"王殿"。"正"与"王"盖因形近而讹，据文意酌改。
[2]　影身——画像。
[3]　浮图——梵语 Buddha 的音译。这里指墓塔。梁片云圆寂后虽未焚化殓于墓塔之中，但其肉身也厝于塔形的龛中，所以也称"浮图"。

便从此发出臭气,日甚一日,熏得满寺僧众无有一人不掩鼻而过之。人都晓得是梁片云的显应,要催晁梁作急与他安葬。

香岩寺自从当日长老圆寂,就是一个大徒弟,法名无边,替职住持。这无边恃着[1]财多身壮,又结交了厂卫贵人,财势双全,贪那女色,就是个杀人不斩眼的魔君。河岸头四五十家娼妇,没有一个不是他可人。或竟接到寺中,或自往娼妇家内。他也不用避讳,任你甚么嫖客也不敢合他争锋。他也常是请人,人也常是回席,席上都有妓者陪酒,生葱生蒜齐捱,猪肉牛肉尽吞。谁知恶贯不可满,强壮不可恃。这些婆娘相处得多了,这无边虽然不见驴头落,暗地教他骨髓枯。患了一个金枪不倒的小病,一个大光头倒在枕上,一个小光头竖在被中。那小光头越竖,大光头越倒;大光头越倒,那小光头越竖。谁知小能制大,毕竟战那小光头不过,把个大光头见了阎君。二师兄诚庵替了大师兄的职业,做了住持。

这诚庵替职的时候已是鱼口方消,天疱疮[2]已是生起。他却讳疾忌医,恨命要得遮盖,一顿轻粉[3]把疮托得回去。不上几个月期程,杨梅疯毒一齐举发。可煞作怪,只偏偏的往一个面部上钻。钻来钻去,应了他《心经》上的谶语[4],先没了眼,后没了鼻,再又没了

---

[1] 恃着——同本作"待着",据下文校改。
[2] 天疱疮——梅毒的俗称。与中医学所称的皮肤疮疡类病证不同。
[3] 轻粉——中药名,治疗疥癣、梅毒等的外用药。明李时珍《本草纲目·石二·水银粉》:"水银乃至毒阴物,因火煅丹砂而出,加以盐、矾炼而为轻粉。"
[4] 谶语——同本作"識语"。"谶"与"識"盖因形近而讹,据文意酌改。

舌,不久又没了身。身既不存,那里还有甚么耳、甚么意? 轻轻的又把第二的师兄超度在离恨天[1]上。

还剩下一位第三的师兄,法名古松。这古松清清气气的个模样,年纪约二十四五之间,略通文墨,写一笔姜立纲[2]楷字,他还带些赵意[3]。他见这两个师兄都是色中饿鬼,他笑他说道:"既是断不得色欲,便就不该做了和尚。既要吃佛家的饭食,便该守佛家的戒律。何可干这二尾子营生?"后来长成了年纪,两个师兄贪色死了,轮该他做长老。他执板不肯嫖,风流又绝不得色,把自己积蓄的私财、分得两个师兄的衣钵打叠了行李,辞了佛祖,别了罗汉,说知了韦陀,拱手了本寺土地,作谢了同行的众人,明明白白带了行装,竟回他固安原籍。蓄了头发,娶了两个老婆,买了顷把腴田,顶了本县户房的书缺。跳出伽蓝圈套外,不在如来手掌中。

这本寺的住持长老,再没有争差违碍,稳如铁炮的一般轮到胡无翳身上。这胡无翳将这寺内历年败坏的山门,重整僧纲,再兴禅教。

---

〔1〕 离恨天——佛教谓须弥山上有三十三天,离恨天在最高处。后多指抱恨以终者的归宿之处。

〔2〕 姜立纲——字廷宪,明代书法家,其楷书曾盛行一时。

〔3〕 带些赵意——赵即赵孟𫖯,字子昂,元代著名书法家,其书体势紧密,圆润道媚。此指带有赵字的笔意、风神。

自先五蕴皆空〔1〕，不由得众人也就六根清净〔2〕，仍旧成了个不二法门。

当日替梁和尚建龛的皇太后久已宾天〔3〕。胡无翳题知了一本，准了下葬。依了原旧规模，备了坐化禅龛，拆开砖塔，只见梁片云的肉身神色鲜明，眼光莹洁，躯壳和软，衣服未化，绝无臭气，仍是香气袭人。晁梁自己同着众人将尸抬入棺内，入在地中，建了七层宝塔，做了道场。

这晁梁在香岩寺内将有两月光阴。胡无翳见他没有落发出家的本意，每每将言拨转，又使言语明白劝化。晁梁将姜氏所说之言，明白回覆了胡无翳。人的言语，说到那词严义正有理的去处，人也就不好再有别话说得，只得听他罢了。

晁梁又住了半月，辞胡无翳回家，约定晁梁回去自己创庵停妥，明年正月灯节以后仍到寺中，暂代胡无翳住持香火，胡无翳要到庐凤、淮扬、苏松、常镇、南京、闽浙等处游览一年〔4〕。订期已定，再三嘱付晁梁不可爽约。

晁梁将拿带去使剩的银子，还有三百多金，要留下与胡无翳使

用。胡无翳道："本寺的养赡还支用不了,尽有赢馀,无用再有别
项。"晁梁说道："既无用处,与我寄放在此,省我明岁来时累我行
李。"胡无翳方才收进房去。胡无翳仍雇了船,自己送晁梁直到家
内,要指点替晁梁夫妇创庵。

晁梁到家以后,住在河路马头,木料易办;有钱的人家,物力是不
消费事的;从来不枯克人,说声雇夫鸠工[1],也称得"庶民子
来"[2]。仅三月之间,两处的庵都一齐创起。虽不十分壮丽,也不
十分鄙俚。虽然小恰恰的[3]规模,那胡无翳久在禅门,又兼原是苏
州人氏,所以做得事事在行,件件合款。择了修行上吉的成日,胡无
翳送了他夫妇各自进了本庵,然后辞了晁梁,仍回通州本寺。

晁梁把自己的庵起名南无庵,娘子住的庵起名信女庵,各自苦行
焚修。春莺也常住在信女庵内念佛看经。晁梁夫妇二人从此不入城
中,一切亲朋丧亡喜庆,都是晁冠两口子往还。从此都断了血味,持
了长斋。夫妇也常相见,只如宾客一般。

另拨了人往雍山庄上料理。那[4]雍山庄管家吴克肖,原是老
管家吴学颜的儿子。吴学颜老病死了,这吴克肖老实偓僮,向主奉
公,与他老子无二,所以就叫他袭了父职,督理庄田。如今把他掣回

---

〔1〕　鸠工——同本作"鸠上"。"工"与"上"盖因形近而讹,据文意酌改。
〔2〕　庶民子来——《诗经·大雅·灵台》:"经始灵台,经之营之……经始勿亟,庶
　　民子来。"朱熹集传:"虽文王心恐烦民,戒令勿亟,而民心乐之,如子趣父事,
　　不召自来也。"
〔3〕　小恰恰的——小小的;并不弘敞的。
〔4〕　那——同本作"把",据文意酌改。

坟上，要托他管理收租，以为晁梁夫妇修行支用；又叫他管理常平义仓籴粜，不得断了晁夫人几十年的善果。一切事体，渐渐的要安排有了头绪。

转眼腊尽春回。过了一鸡二犬三羊四猪五马六牛七人八谷[1]的吉日，烧过了灯，晁梁拣了十九日的良辰，辞了生母春莺、妻房姜氏，仍带了前日的随行仆从，由旱路径上通州，践那订下之约。

晁梁到了香岩寺内，与胡无翳相见，甚是喜欢。住了三日，胡无翳收拾锡杖衣钵、棕帽蒲团、日持的经卷，跟了一名行童，将寺中紧要事件并晁夫人所发的常平资本，并见在积聚仓粮，俱一一交付晁梁代管。又分付了合寺僧人，俱要听从晁梁的指教，不可败坏山门。晁梁也与胡无翳再三订约，必以一年为期，千万回寺。这一年之内，清明、中元二节，晁梁还要回家祭扫。十月间因要籴粜常平粮食，便也不好回去。相约已定，亲送了胡无翳上船方回。晁梁在香岩寺替胡无翳住持之事，说也不甚要紧，且[2]略过一边。

再说那武城县合县士民，从四年前与晁夫人创了祠堂，那香火之盛不消说起。晓得晁夫人死后登仙，做了峰山圣姆，这些善男信女，平日曾受过晁夫人好处的，都成群合伙，随了香社，要往峰山与晁夫人进香。每年三月十五是晁夫人升仙的诞日，那烧香的仪注，大约与

---

[1] "一鸡"句——明谢肇淛《五杂俎·天部二》："岁后八日，一鸡，二猪，三羊，四狗，五牛，六马，七人，八谷。此虽出东方朔《占书》，然亦俗说。"所言与本书次第不同。

[2] 且——同本作"丘"，据文意酌改。

泰山进香不甚相远。

一班道友，男男女女，也不下七八十人。三月初六日，从祠堂里烧了信香，一路进发。三月十三日，宿了邹县。十四日，起了四鼓，众人齐向峄山行走。

离店家不上五六里之地，只见后面鼓吹喧阗。回头观看，灯火烛天，明亮有如白昼，旗幡绰约，羽盖翩翩[1]，摆列的都是王者仪从，渐渐的追近前来，前导的喝令众人避路。这些香头都道是鲁王驾出祭扫，退避在道旁站定，看他驾过。仪从过尽，又是许多金甲金盔的神将，骑马摆队；武将之后，又有许多峨冠博带的文官，执笏乘马，前列导引；再次又有许多女官，各执巾帨、冒盝[2]、盥盆、妆奁等具，尽是乘马前行；临后方是一顶大红销金帏幔的棕辇，辇前一柄曲把红罗伞罩住，两旁四五对红罗团扇遮严；辇后又是许多骑马的侍从。香头们又猜是鲁王妃归宁父母，不敢仰视。直待大众过尽，方敢行走。看那前面的人，其行如飞，渐次不见。

末后一个戴黄巾的后生，挑着一头食箱，一头火炉、茶壶之类，其担颇重，力有未胜，夹在香头队内往前奔赶。这伙香头便与那黄巾后生扳话[3]，问他挑向何处。黄巾后生回说：“往峄山公干。”众人因问他：“前面过去的是那位王妃、郡主，这般严肃齐整？”黄巾后生说

----

〔1〕　翩翩——飘忽摇曳的样子。印本或改"翩翩"，无据。
〔2〕　冒盝——盛帽子的盒具。冒，"帽"的古字，帽子。
〔3〕　与那黄巾后生扳话——连图本作"与那黄巾扳话"，同本作"与那黄巾后生"，据文意酌改。

道:"你们这伙人不是从东昌武城来的么? 这过去的娘娘正是你们同县的乡里,如何竟不相识?"

众人惊讶,细问他的来历。黄巾后生因说:"这是峄山圣姆,是你武城县晁乡宦的夫人。他在阳世间多行好事,广结善缘。丈夫做官,只劝道洁己爱民,不要严刑峻罚;儿子为人,只劝道休要武断乡曲,克剥穷民。贵籴贱粜,存活了无数灾黎;代完漕米,存留了许多百姓。原只该六十岁的寿限,每每增添,活了一百五岁。依他丈夫结果,原该断子绝孙;只因圣姆是个善人,不应使他无子,降生一个孝子与他,使他奉母馀年。如今见做着峄山圣姆,只是位列仙班,与天下名山山主颉颃〔1〕相处。因曲阜尼山偶缺了主管,天符着我峄山圣姆暂摄尼山的事。因明日是圣姆的诞辰,念你们特地的远来,怕山上没有地主,故暂回本山料理。"

众人问道:"你是甚人,知得如此详细?"黄巾后生道:"我就是圣姆脚下的管茶博士。"众人道:"果真如此,你也就是山中的神道,生受〔2〕你传信与我们。"众人随把带来的楮锭纸钱即时焚化,酬谢他传信之劳。顷刻之间,那黄巾后生不知去向。众人惊讶不已,只恨不曾扳住驾辇,亲见圣姆一面。

天明日出,到了山下。寻了僧房作寓,准备次早朝见圣姆。那主僧问道:"列位施主是山东武城人否? 共是〔3〕六十八人,果否是

----

〔1〕 颉颃——同本作"颃颉"。"颃"与"颉"盖因形近而讹,据文意酌改。

〔2〕 生受——等于说有劳、多谢。

〔3〕 共是——同本作"其是"。"共"与"其"盖因形近而讹,据文意酌改。

真?"众人惊道:"你如何预先知道我们是武城县人,又知我们是六十八众?"主僧说道:"今日黎明时分,小僧已待起身,觉身不快,又复睡着。梦见一黄巾力士向小僧说道:'快起来打扫处所,有娘娘东昌武城县的乡里六十八人,我领来你家安歇,照顾你的饭钱。你当小心管待,不可怠慢。'"众人更自毛骨悚然,因告讼适间所见之事,彼此诧异。山僧方才知道峄山圣姆是武城县人,有如此显应。

那峄山原是天下的胜景,烧香的男妇,游观的士女,络绎往来的甚多。传布开去,从此结道场,修庙宇,妆金身,塑神像,祈年祷雨,作福禳灾,日无虚刻。这是后事,也详说这些不尽。

次早十五,众人斋戒了一夜,沐浴更衣,到殿上烧香化纸,祷告参神,谢娘娘家乡保佑;又谢昨早途间不识娘娘驾过,有失回避,望娘娘宽宥;又望娘娘护持乡里风调雨顺,五谷丰登。拜祝已毕,众人暂辞出殿,观看山景。回店吃了午饭,复又进殿,辞了圣姆下山。众人一步九回,好生顾恋。顺路看了孔林,谒了孔庙。

行至罡城坝上,摆渡过河,一行人众分作两船而过。登了岸,众人下了船,船上一个人,约有三十年纪,瞪着眼,朝着岸,左手拿着一个匣子,篦头家伙插着一个铁唤头[1];右手擎起,举着一个酱色银包。问他不能做声,推他不能动转,竟像是被人钉缚住的一般。船上人惊讶起来。

原来这人是剃头的待诏,又兼剪绺为生,专在渡船上乘着人众拥

---

[1] 铁唤头——剃头匠人走街串巷时招徕顾客的铁质响器。

挤之间,在人那腰间袖内遍行摸索,使那半边铜钱磨成极快的利刃,不拘棉袄夹衣,将那钱刀夹在手指缝内,凭有几层衣服,一割直透,那被盗的人茫无所知。这一日见有这许多香客在船,料得内中必有钱银可盗,故也妆扮了过渡的人,混在队内。摸得一个姓针名友杏的香头,腰间鼓鼓囊囊有些道路,从袖中掏出兵器,使出那人所不知手段,一件夹袄,一件布衫,一层双夹裤腰,一个夹布兜肚,一割就开,探囊取物。及至众人下了船去,这个偷儿不知是何缘故,做出这般行状,烘动了众人。

那针友杏看见那银包是他的原物,低下头去看自己的衣裳,从外至里割了一条大口,摸那银包,踪迹无存。对了包内的数目,分厘不差。给还了针友杏收去,这个偷儿方才省得人事。问他所以,他说:"得银之际,甚是欢喜。正待下船之时,被一个戴黄巾的后生脑后一掌,便昏迷不知所以。"船家要捉他送官,问他"刺配"。众人都说:"这分明是峄山圣姆的显灵,说我等至诚,又远来进香,你却因何〔1〕将他割了绺去?所以将他捉去。但想圣姆在生之日,真是〔2〕蝼蚁也不肯轻伤一个;既是不曾盗去,若再送官刺配〔3〕,也定是圣姥所不忍的。不若仰体圣姆在生之日的心,放释了他去。"那船家还要搜夺他自己的银钱〔4〕,留下他箆头的家伙,也都是众人说情,放他上岸去了。

----

〔1〕 因何——同本作"固何"。"因"与"固"盖因形近而讹,据文意酌改。
〔2〕 真是——同本作"直是"。"真"与"直"盖因形近而讹,据文意酌改。
〔3〕 刺配——同本作"配刺"。二字倒文,据上文校改。
〔4〕 他自己的银钱——同本作"他的自己银钱"。"的自己"三字倒文,据文意酌改。

　　众人风餐露宿,夜住晓行,三月二十一日回到武城,各回家去。约定各人斋戒,明早齐到晁夫人祠堂烧回香。

　　那时清明已过,冬里无雪,春里缺雨,人间种的麦苗,看看枯死。县官在远处请了一个道士,风风势势[1],大言不惭,说雷公是他外甥,电母是他的侄女,四海龙王都是他亲戚朋友,在城隍庙里结坛,把菩萨的殿门用法师封条封住,庙门口贴了一副对联,说道:"一日风来二日雨,清风细雨只管下。"又把城隍土地、社伯山神、龙王河伯都编写了名字,挂了白牌,鬼捵厥[2]一日一遍点卯,诡说都着众神坛下伺候[3],每日要肥狗一只、烧酒五斤、大蒜一辫[4]。狗血取来绕坛洒泼[5],狗肉醮了浓浓蒜汁,配着烧酒攮在肚中。吃的酒醉,故妆作法,披了头,赤了脚,撒上一阵酒风。酒醉将过,又仗了狗肉烧酒之力,合那轮流作法扮龙女的娼妇无所为,越发祈得天昏地暗,沙卷风狂,米价日日添增,水泉时时枯涸。

　　众香头在晁夫人祠堂内烧了回香,一齐祷告,说:"前日在山上时节,已向娘娘面前再三恳祈,望娘娘保佑乡里风雨调和。今一冬无雪,三春无雨,麦苗枯死[6],秋禾[7]未种,米价日腾一日,眼看又是

〔1〕　风风势势——山东方言,疯疯癫癫,言语行动悖于常理。
〔2〕　鬼捵厥——胡乱编排诀咒以驱催鬼神。捵,编造。厥,"诀"的借字。
〔3〕　坛下伺候——同本作"都下伺候",据文意酌改。
〔4〕　一辫——将大蒜的地上茎交织编结起来的一串叫"一辫",一辫蒜一般为五十头。辫,量词。
〔5〕　洒泼——同本作"酒泼"。"洒"与"酒"盖因形近而讹,据文意酌改。
〔6〕　枯死——同本作"估死"。"枯"与"估"盖因形近而讹,据文意酌改。
〔7〕　秋禾——同本作"扶禾",据下文酌改。

荒年。仰仗娘娘法力，早降甘霖，救济[1]百姓。"

香头祷毕出门，正值法师登坛做作。每日被那娼妇淘碌空了的身子，又是一顿早辰的烧酒，在那七层卓上左旋右转，风磨了的一般，眼花头晕，焉得不脑栽葱搠将下来？把一只小膊、一条小腿都跌成了两截，头上谷都都[2]从头发里冒出鲜红血来，把个牛鼻子妖道跌得八分要死，二分望生，抬到道士厨房安歇养病。人又说是晁夫人显灵，这却无甚凭据。道人人等禀过了知县，官拆了坛场，逐了娼妇，停了法师的供给。

次早，众香头又齐赴晁夫人祠堂祷请。众人方才祷毕，出得门来，只见东北上起起[3]乌云腾腾涌起，煞时住了狂风。隐隐雷声震响，渐渐闪电流光，不一顿饭顷，丝丝细雨不住的下将来。辰时下起，午时住了一歇，未时从新又下，直至次日子时；卯时又复下起，到了申时还未雨止。下得那雨点点入地，清风徐来，细雨不骤。春时发生的时候，雨过三日，那麦苗勃然蒸变，日长夜生，撺茎吐穗。接次种了秋苗，后边又得了几场时雨，还成了十分丰熟的年成。

后来那个祈雨的道士将养了三四个月，挣扎得起来，禀那县官索讨那悬定的赏赐，说雨是他祈的。县官也不肯自己认错，肯说自己请的法师祈雨无功？替他出了信票，敛地方上的银子谢他，务要足十两

---

[1] 救济——同本作"救流"，此依连图本，据李本校改。
[2] 谷都都——形容冒出的样子。谷，"汩"的借字，水流的声音。
[3] 起起——阵阵。

之数。乡约承了县票，挨门科敛，银钱兼收。乡约克落之馀，剩了十两之数，交到县中，县官交与道士。那道士得了这十两非义之财，当时称肉打酒，与庙中道士吃了将近一两，吃得个烂醉如泥。可煞作怪，当夜不知被那个偷儿挖了一个大洞，将那九两多的银钱偷了个洁净。

那法师在县上递了失盗呈词，县官着落庙中道士追捕。比较了几次，那住持道士正在抱屈无伸，四月朔日，县官赴庙行香。方才拜倒，一个在旁扯摆折的小门子失了色，竖了眼睛，附说起话来。说："妖道侮嫚神祇，亵渎庙宇，我故将他跌折手足。峤山神降的时雨，他又贪冒天功[1]，刮削民间膏血，我故使人盗去。道士容留匪人，假手打过二十，已足蔽辜，可以开释无干。将妖道即时驱逐出境！"

县官不胜恐惧，再三请罪，然后小门子渐渐醒来。县官方才不敢护短，分付地方赶逐法师起身。人才知道当日的时雨，原是晁夫人的感应。真是善人在世，活着为人，死了为神，的是正理。

这是晁夫人生死结果，后不再说。其馀别事，再听下回分解。

---

〔1〕　贪冒——同本作"贪胃"。"冒"与"胃"盖因形近而讹，据文意酌改。

第九十四回

薛素姐万里亲征　狄希陈一惊致病

崎岖世路数荆门,从古行人苦载奔。接海江流还有峡,连云栈道下无根。腥雨驱云催瘴厉,蛮风呼浪拥江豚。瞿塘散峡涛如吼,滟滪成堆石似蹲。历尽险途皆不畏,夫人南至便消魂。

常说"朝里无人莫做官",又说"朝里有人好做官"。大凡做官的人,若没有个倚靠居在当道之中,与你弥缝其短,揄扬其长,夤缘干升,出书讨荐,凭你是个龚遂、黄霸这等的循良,也没处显你的善政;把那邋遢货荐尽了,也荐不到你跟前;把那罢软东西升尽了,也升不到你身上。与一班人同资同俸,别人跑出几千里路去,你还在大后边蹭蹬。若是有了靠山,凭你怎么做官歪憨,就是吸干了百姓的骨髓,卷尽了百姓的地皮,用那酷刑尽断送了百姓的性命,因那峻罚逼逃避了百姓的身家,只管有人说好,也不管甚么公论;只管与他保荐,也不怕甚么朝廷。有了靠山做主,就似八只脚的螃蟹一般,竖了两个大钳,只管横行将去。遇见他的,恐怕他用钳夹得人痛,远远的躲避不迭。捧了那靠山的粗腿,欺侮同辈,凌轹上司,放刁撒泼,无所不为。

这靠山第一是"财",第二才数着"势"。就是"势"也脱不过要"财"去结纳,若没了"财",这"势"也是不中用的东西。所以这靠山，也不必要甚么着己的亲戚、至契的友朋合那居显要的父兄伯叔，但只有"财"挥将开去，不管他相知不相知、认识不认识，也不论甚么官职的崇卑，也不论甚么衙门的风宪，但只有书仪送进，便有"通家侍生"的帖子回将出来，就肯出书说保荐、说青目。同县的认做表弟表兄，同省的认做敝乡敝友，外省的认做年家故吏——只因使了人的几两银子，凭人在那里扯了旗号，打鼓筛锣的招摇于市。何况狄希陈是相主事的亲亲嫡嫡的表兄，又见有亲亲的一个母舅，这比那东扯西拽的靠山更自不同。

吴推官看了相主事同年的分上，又因与狄希陈同做"都元帅"的交情，甚加青目。一个刑厅做了主张，堂上知府也就随声附和，不时批下状词。又有周相公用心料理，都应得过上司的心，倒有了个虚名在外。

成都县知县升了南京户部主事，吴推官做了主，再三又与知府讲情，申了文书，坐委狄希陈署印。狄希陈官星又好，财命正强，一个粮厅[1]通判恨命的夺他不过，县印毕竟着落了狄希陈。

接印到手，可可的一个纳粟监生，家有十万贯家财，娶的妻房，是蜀府[2]一个大禄仪宾[3]的女儿吴氏，夫妇一向和美，从来不曾反目。后来监生垂涎人家娶小，吴氏窥其意向，不待监生开口，使了六十两聘礼，娶了个布政司郑门子的姐姐为妾，也有八分人材。这吴氏

〔1〕　粮厅——即通判。因通判有督粮之责，故称。
〔2〕　蜀府——明代成都的蜀王府。
〔3〕　大禄仪宾——大禄，厚禄。仪宾，宗室诸王的女婿。

也不晓得妒忌，嫡庶也甚是相安。谁知这监生得福不知，饭饱弄箸。

城内有一个金上舍，有个女儿金大姐，嫁与一个油商的儿子滑如玉为妻。这滑家原是个小户，暴发成了富翁。这金上舍贪他家富，与他结了姻亲。金上舍的妆奁越礼僭分，也叫算是齐整。五六年之后，这滑家被一伙强盗进院，一为劫财，二为报恨，可可的拿住了滑如玉的父子，得了他无数的金银，只是不肯饶他的性命，父子双亡。婆媳二人彼时幸得躲在夹壁之内，不曾受伤，也不曾被辱。族里无人，只剩两个寡妇，老寡妇要替媳妇招赘一个丈夫，权当自己儿子，掌管家财，承受产业。

监生家里见有娇妻美妾，巨富家资，若能牢牢保守得住，也就似个神仙八洞。谁知贪得无厌，要入赘与金大姐为夫，与那老滑婆为子。瞒了吴氏，也不令郑氏闻知，事事讲妥，期在毕姻[1]。吉日良辰俱已择定。被一个泄嘴的小童漏了风信，被吴氏采访[2]了个真实不虚，监生也只得抵赖不过。

吴氏再三拦阻，说道："你将三十年纪，名门大族之家，从新认一个油博士的老婆为母？你若是图他的家财，你自己的家财取之不尽，用之有馀；你若图他的色，替你娶的新妾模样不丑，尽有姿色。若嫌不称你意，无妨凭你多娶。却是因何舍了自己的祖业，去住人家不吉房廊？弃了自家的妻妾，占人家的妇女？既是他父子二人都被人杀

---

[1]　毕姻——同本作"婢姻"。"毕"与"婢"盖因同音而讹，据文意酌改。

[2]　采访——同本作"採妨"，据文意酌改。

在那个房内,毕竟冤魂不散,厉鬼有灵。你住了他的房屋,搂了他的妻子,用着他的资财,使着他的奴婢,只怕他父子的强魂不敢去惹那恶盗,两个魂灵的怨气杀在你的身上!快快的辞脱,切切不可干这样营生!"

若监生是个有心路的人,听了吴氏这一席的言语,断该毛骨悚然,截然中止才是。谁知"对牛弹琴","春风不入驴耳"。口里阳为答应,背后依旧打点要做滑家的新郎。

吴氏知道他不曾停止,又与他说道:"你既是一心要做这事,我也不好苦苦拦你,家中房屋尽多,你不妨娶他到家。就是那老婆子,你也接他来家,用心养活。你只不要住在他家。你依我便罢,你如必不依我,我情愿一索吊死,离了你的眼睛,免得眼睁睁看了你人亡家败。"监生那个牛性,那肯听他的好说?到了吉日,更了公服,披了红,簪了银花,鼓乐导引,竟到滑家成亲,唤得老滑婆娘长娘短,好生亲热。

吴氏这夜等监生不回,使人打听,方知监生已在滑家做了新郎。指望次日回来,还要用言劝谏,一连六七日,那里得有回来的音耗?夜间气上心头,一根绳悬梁自缢,不消半个时辰,吴氏登了鬼路。

次早人才知觉。娘家先在成都县里告了状子。狄希陈准过状子,与周相公商议。周相公道:"这样纳粟监生,家里银钱无数,干了这等不公不法的勾当,逼死了结发正妻,他若不肯求情行贿,执了法问他抵偿,怕他逃往那里去!这是奇货可居,得他一股大大的财帛,胜是那零那碎合的万倍。把事体张大起来,差人飞拿监生并金氏母子。"

狄希陈一一从命。差了四个快手,持了票,雪片拿人;一面着落地方搭盖棚厂,着监生移尸听检。监生自恃了自己有钱,又道不过是吊死人命,又欺侮狄希陈是个署印首领小官,不把放在心上。先着了几个赖皮帮虎吃食的生员,在文庙行香的时节,出力讲了一讲。狄希陈道:"秀才不许把持衙门,卧碑[1]有禁。况且人命大事,不听问官审理,诸兄都要出头阻挠,难道良家寡妇该他霸占? 异姓数万金的家产应他吞并? 结发正妻应他痛殴逼死? 这样重大事情,诸兄不要多管。"说得些秀才败兴而散。

又使了五十两银子,央了个举人的人情。阴阳生投进书去,狄希陈拆开看了,回书许他免动刑责,事体从公勘问,不敢枉了是非。监生才晓得事体有些难处,略略着了些忙。

快手齐完了人,早辰投了拘票,点到监生跟前。还戴了儒巾,穿着青绢道袍、皂靴,摇摆过去。狄希陈怒道:"那有杀人凶犯还穿了这等衣裳,侮蔑官府!"叫人剥去衣裳,扯了儒巾,说道:"看出书的春元分上,饶你这三十板子!"把差人每人十五板。

监生渐渐的知道害怕,只得央那快手中久惯与官府打关节的,与狄希陈讲价。狄希陈起先不肯,推说犯罪重大,情节可恨,务要问他"霸占良家妇女,吞并产业,殴死嫡妻"之罪。监生着忙,许送狄希陈

----

〔1〕卧碑——明代洪武、清代顺治年间,朝廷都曾颁布生员不得干涉词讼、妄言军民大事等禁令,刻石横立于学宫内明伦堂侧,因称"卧碑"。

五百两银。讲来讲去,讲过暗送二千,明罚三百,还要求郭总兵的书来[1],方准轻拟。监生无奈,只得应允。都是那关说的快手,照数陆续运进经历司衙中。送了郭总兵一百两,周相公五十两,求了一封书。协差的经历司皂隶送了二十两,送了家人二十两。

上下打点停妥,然后挂牌听审。审得吴氏自缢是真,监生并无殴打之情。赘人寡妇,据人房产,有碍行止,且又因此致妻自缢,罚谷二百石备赈,追妆奁银一百两,给吴氏的尸亲。吴氏父母俱无,只有一个亲叔,又且度日贫寒,得了狄希陈如此判断,甚是知感。

监生这场官事,上下通共搅计也有四千之数,脱不了都是滑家的东西。狄希陈自从到任以来,虽也日有所入,不过是些零星散碎之物;如今得此大财,差不多够了援例干官的一半本钱,感激周相公锦囊妙计,着着的入他套中,也谢了周相公五十两。狄希陈甚是欢喜。

但是天下的财帛也是不容易担架的东西。往往的人家没有他倒也安稳,有了他便要生出事来,叫你不大受用。成都一个附省的大县,任你怎样清官,比那府经历强胜十倍。不止那二千之物,那一日不日进分文?宦囊也尽成了个体面。整日与寄姐算计,待得署印完日,求一个稳当人情,干升一个京官,或是光禄,或是上林,携了银子到京,再开一个当铺,另买齐整大房居住。且是寄姐从到成都,又生了一个儿子,叫是成哥。那时寄姐财帛锦绣淹满了心,又没有甚么争

---

[1]　求郭总兵的书来——同本作"求郭总兵的书夹"。"來"与"夾"盖因形近而讹,据文意酌改。

风吃醋之事,所以在狄希陈身上渐觉不大琐碎,于是狄希陈就与神仙相似。

谁知人的愁喜悲欢,都要有个节次,不可太过。若是喜得极了,必定就有愁来;若是乐得极了,定然就有悲到。这是循环之理,一毫不容爽的。狄希陈正当快乐,那梦想中也不晓得有一个难星,渐渐的要到他身命宫内。

却说薛素姐那日从淮安赶船不着,被吕祥拐了骡子,流落尼姑庵内,虽遇着好人韦美,差了觅汉送他回家,然也受了许多狼狈。一肚皮恨气,满望回到家中,诬告他谋反大逆,再没有不行文书前去提取回家之理,不料被那乡约两邻证了一个反坐。本待要骂骂街,泄泄气,又被宫直的老婆"蛇太君"[1]挫了半生的旺气。若得作践相妗子一场,也还可杀杀火气[2],谁知不惟不能遂意,反差一点点没叫一伙管家娘子捞着[3]挺顿骨拐[4]。这样没兴一齐来的事,岂是薛老素受得的?恨得别人不中用,都积在狄希陈一人身上,梦想神交,只要算计报仇雪耻。但远在七八千里路外,怎能得他来到跟前?

且是连次吃亏以后,众人又都看透了他的本事。看狄员外体面的,狄员外去世已久;看狄希陈分上的,狄希陈又不在家中。娘家的

----

〔1〕 宫直的老婆蛇太君——同本作"石钜的老婆蛇太君"。此依连图本,据李本校改。

〔2〕 杀杀火气——同本作"杀杀水气",据文意酌改。

〔3〕 捞着——同本作"捞管",据文意酌改。

〔4〕 挺顿骨拐——即打顿棒槌。骨拐,本指身体表面的突起之处,因槌衣用的棒槌突起如瓜,故言。

三个兄弟,两个秀才因素姐甚不贤惠,绝其往来;小再冬受过一番连累,凡事也就推避不敢向前。至亲是个相家,人家买茄子还要饶老,他却连一个七老八十的妗母也不肯饶。所以这些左邻右舍、前里后坊,不惟不肯受他打街骂巷〔1〕,且还要寻上他的门去。杂役差徭,乡约地方恼他前番的可恶,一些也不肯留情,丁一卯二的派他平出。虽是毒似龙、猛如虎的个婆客,怎禁得众人齐心作践,于是独自个也觉得难于支撑。

一个女人当家,况且又不晓得当家事务,该进十个,不得五个到家;该出五个,出了十个不够。入的既是有限,莫说别处的漏卮〔2〕种种皆是,只这侯、张两个师傅,各家都有十来口人,都要吃饱饭,穿暖衣,用钱买菜,还要饮杯酒儿,打斤肉吃。这宗钱粮,都是派在薛素姐名下催征。

当时狄员外在日,凡事都是自己上前,田中都是自家照管,分外也还有营运。以一家之所入,供一家之所用,所以就觉有馀。如今素姐管家,所入的不足往年之数,要供备许多人家的吃用。常言"大海不禁漏卮",一个中等之产,怎能供他的挥洒〔3〕?所以甚是掣襟露肘。娘家的兄弟都是守家法的人,不肯依他出头露面,游荡无依。虽然有个布铺,还不足自己的搅缠,那有供素姐的浪费?于是甚有支持

----

〔1〕　打街骂巷——同本作"打街驾巷"。"骂"与"驾"盖因形近而讹,据文意酌改。

〔2〕　漏卮——山东方言,江河湖海向地下漏水的孔隙。下文"大海不禁漏卮"用其本义,这里引申指漏洞。

〔3〕　挥洒——同本作"挥酒"。"洒"与"酒"盖因形近而讹,据文意酌改。

不住之意，只得算计要寻到狄希陈四川任所。但只千山万水，如何去得？淮安一路的黄河，是经亲自见过的凶险。如欲不去，家中渐渐的不能度日。

正在踌躇不下，恰好侯、张两个道婆引诱了一班没家法、降汉子、草上跳的婆娘，也还有一班佛口蛇心、假慈悲、杀人不迷眼的男子，结了社，趱了银钱，要朝普陀，上武当，登峨嵋，游遍天下。素姐闻有此行，喜不自胜。打点路费，收拾衣裳，妆扮行李，回去与龙氏商量，要薛三省的儿子小浓袋跟随。龙氏因路途太远，又虑蜀道艰难，倒也苦苦相留，叫他不去。薛如卞兄弟却肯在旁撺掇，说道："妇人家出嫁从夫，自是正经道理。丈夫做官，妻子随任，这是分所应为之事，却要阻他不行，理应该去。小浓袋一人不够，此行倒应三弟陪行。"素姐闻言甚悦。

小再冬说道："我从向日被县官三十大板，整整的睡了三个大月。如今疮口虽合，凡遇阴天雨雪，筋骨酸疼。我还想着再寻第二次？千山万水[1]走到那里，姐姐怀着一肚子的大气，见了姐夫，还有轻饶素放的礼？必定就是合气。姐夫常时还是没见天日的人，又且在家惧怕咱娘家有人说话，凡事忍耐就罢了。他如今做了这几年官，前呼后拥，一呼百喏的，叫人奉承惯了的性儿，你还像常时这们作践，只怕他也就不肯依。娘家人离的远，远水救不得近火。姐姐作践

---

〔1〕　千山万水——同本作"下山万水"，据文意酌改。

的姐夫极了,姐夫不敢惹姐姐,拿着我杀气[1]。他人手又方便,书办、门子、快手、皂隶,那行人是没有的?呼我顿板子[2],只说是姐夫小舅子顽哩。我在天高皇帝远的去处,去告丁官儿么?他再要狠狠,带姐姐带我,或是下些毒药药杀,或是用根绳子勒杀,买两口材妆上。他要存心好,把材稍的回来,对着你娘儿们说俺害病死了。你娘儿们,我看来,也没有个人替俺出得气的。他要把心狠狠,着人抬把出去,或是寻个乱葬冈,深也罢,浅也罢,掘个坑子埋了;或是寻把柴火,把两口棺材放成一堆,烧成灰骨,洒的有影无踪,那魂灵还没处寻浆水吃哩!依我说,姐姐极不该去;不依我说,请姐姐千里独行,我是不敢去的。"

龙氏骂道:"贼砍头强人割的!不得好死的促寿!你常时叫你去,你待中收拾不迭的就跑!你明是恋着老婆,怕见出门罢了,说这们些不利市的狗屁!那小陈哥吃了狼的心肝、豹子的胆?他就敢这们等的?他做一百年官,就不回来罢?"再冬道:"他回来只管回来,怕你么?"龙氏道:"我问他要人可,他说甚么?"再冬道:"他怎么没的说?他说害病死了。"龙氏道:"我问他要尸首可呢?"再冬道:"他说:'这是一步的远?活人还走不的,带着两口材走?我已是埋了。'"龙氏道:"我告着问他要!"再冬道:"那做官的人,几个是肯替人申冤理枉的?放着活人不向,替死人番胎?放个乡宦不向,替老婆出力?我

---

〔1〕　杀气——山东方言,消气;出气。
〔2〕　呼我顿板子——同本作"呼我等板子",据文意酌改。

主意定了不去,姐姐就怪我也罢!"

素姐道:"我希罕你去! 我那个口角叫你去来? 好便好,不好时,我连小浓袋还不叫他去哩! 我自己走的风响! 我少眼没鼻子的,我怕人算计么?"再冬道:"这就是姐姐的郊天大赦!"连忙作揖,道:"我这里谢姐姐哩!"素姐道:"希罕你那两个臭揖! 磕头不知见了多少哩!"

再冬既不肯行,定了小浓袋跟素姐长往。素姐回家收拾行李去讫。薛三省媳妇再三的打把栏[1],说道:"人有贵贱,疼儿的心都是一般。三哥害怕不敢去,可叫俺的孩子去呢! 俺的孩子多大了? 十四五的个奶娃娃,叫他南上天北上地[2]的跑! 我养活着几个哩? 给人家为奴作婢[3],黑汗白流,单只挣了这点种子。我宁只是死,叫他去不成!"合龙氏一反一正的争竞。

薛如卞兄弟两个都不出头管管。龙氏骂道:"呃! 您两个是折了腿出不来呀,是长了嗓黄[4]言语不的? 听着媳妇子这们合我强[5],头也不出出儿,蚊子声儿也挤不出一点儿来! 这也是我养儿养女的么?"薛如卞道:"他疼儿的心胜,一个十四五才出娘胎胞的孩子,叫他跟着远去,他女人们的见识,怎么不着极? 咱慢慢开导给他,

---

〔1〕 打把栏——出面阻拦。

〔2〕 南上天北上地——山东方言,天南地北;极远的地方。

〔3〕 为奴作婢——同本作"为奴作婳",据文意酌改。

〔4〕 长了嗓黄——长,山东方言,生。嗓黄,即"嗓癀",侵入咽喉部位的炭疽病,咽部形成脓疱或痈疡,不能发声。

〔5〕 强——音 jiàng,山东方言,争吵;争辩。

容他慢慢的想,合他汉子商议,他自然有个回转。是不是嚷成一片!"薛三省媳妇方才闭了嘴,龙氏也就停了声。

果然合薛三省商议。薛三省道:"论起来,一个没离了娘老子的孩子,叫他这们远出,可也疼人。你现吃着他的饭,穿着他的衣,别说叫往四川去,他就叫往水里钻,火里跳,你也是说不得的。况且去的人也多着哩,不止是他一个,也不怕怎么的。三哥说的那些话,这是恋着三嫂,怕见去,说着唬虎姐姐哩。你问狄姐夫他那魂哩,敢也不敢! 只怕乍听的姐姐到了,唬一跳,猛哥丁唬杀了也是有的哩。你别要拦护,叫他跟着走一遭去罢。孩子家,也叫他从小儿见见广,长些见识。"媳妇子听了这席言语,方才允从。又兼小浓袋自己也愿情待去,要跟着遥地里走走,看看景致。龙氏、素姐齐替他札刮衣裳。

过了几日,素姐领着小浓袋,跟着侯、张两个道婆,一班同社的男妇起身前进。路上小浓袋照旧叫素姐是姑娘,素姐认浓袋是亲侄,寝则同房,食则共卓。一路遇庙就进去烧香,遇景就必然观看,遇酒就尝,逢花即赏。侯、张两个的使费,三停倒有两停是素姐出的。素姐感侯、张两个的挈带,侯、张两个感素姐的周全,两相契洽。

到了淮安,素姐央了侯、张两位师父,三人陪伴一处,走进城内。先到了向日寄住的尼姑庵中,寻着老尼相见,也觉的甚是亲热。素姐也送了个像模样的人事,老尼也淡薄留了素斋,陪了素姐三位同到韦美家中。适值韦美正在家内,一见老尼,又见素姐,又惊又喜。知是要各处烧香,顺便就到任所。送了韦美许多土仪之物,谢不尽他昔日看顾送回之义。

　　韦美收了人事,叫他的细君速忙设酌款待。那韦美的细君终是怕素姐那两个焌黑的鼻孔,头也不敢抬起来看,话也怕见与他接谈。匆匆吃完了酒饭,告辞回船。韦美收拾了许多干菜、豆豉、酱瓜、盐笋、珍珠酒〔1〕、六安茶之类,叫人挑着,自己送上船去。起先原是萍水相逢,这次成了他乡遇故,恋恋难舍。再三嘱付素姐,叫他一路百事小心,诸凡谨慎。又嘱侯、张两位,叫他凡百焐管。又嘱素姐后日回来,千万仍来看望,不可失信。素姐跟了这伙香头,涉历这许多远路,经过多少山川,看了无数景致,那平平常常的事体固多,奇奇怪怪的事变也不少,只是没有这许多的记撰。

　　再说狄希陈在成都县里署印。那远方所在,及至部里选了新官,对月领凭赴任〔2〕,家乡游衍,路上耽延,非是一日可到,至快也得十个月工夫。狄希陈将寄姐以下家眷尽数接在县衙,每日三梆上堂,排衙升座,放告投文,看稿签押。黑押押的六房,恶磣磣的快手,俊生生的门子,臭哄哄的皂隶,挨肩擦背的挤满了丹墀。府经历原是个八品的官,只该束得玳瑁明角箬叶鱼骨的腰带,他说自己原是中书谪降,还要穿他的原旧服色:鸂鶒锦绣,素板银带,大云各色的员领。坐了骨花明轿,张了三檐翠蓝的银顶绸伞,摆了成都县全副头踏,甚是轩昂。县印署得久了,渐渐的忘记了自己是个经历,只道当真做了知县;又忘记了自己是个纳粟监生〔3〕,误认了自己是个三甲进士,乔

----

〔1〕 珍珠酒——用红曲酿制的酒,色赤。
〔2〕 赴任——同本作"赴在"。"任"与"在"盖因形近而讹,据文意酌改。
〔3〕 纳粟监生——同本作"细粟监生"。"纳"与"细"盖因形近而讹,据文意酌改。

腔怪态,作样妆模,好不使人可厌。只是五日京兆[1],人也没奈他何。

正当得意为人之际,素姐朝过了南海观音,参过了武当真武,登过了峨嵋普贤,迤逦[2]行来,走到成都境内。依了侯、张两个的主意,倒也叫他在府城关外寻一个店家住下,使小浓袋先到衙里说明,好打点拨人夫牵抬轿马,摆了执事,差人迎接入衙,方才成个体统。素姐道:"我正要出其不意,三不知撞将进去,叫他凡事躲避不及,可以与他算帐。"

素姐主意已定,别人也拦他不住,只得任他所为。雇了一个人挑了行李,雇了一顶两人竹兜[3],素姐坐在里面,小浓袋挽轿随行。打听得狄希陈的家眷都在成都县里,素姐叫人肩了轿,竟入县门。一伙把大门的皂隶拥将上来,盘诘拦阻,鸡力谷录[4]打起四川的乡谈,素姐、小浓袋一些也不能懂得。素姐、小浓袋回出那山东绣江的侉话来,那四川的皂隶一句也不能听闻。到是那两个轿夫说:"这是老爷的夫人,从山东绣江县来的。还有同行的许多男妇,都在船上,泊在江边。"皂隶不敢怠慢,一面开了仪门,放他抬轿进去,一面跑到

[1] 五日京兆——《汉书·张敞传》记载:京兆尹张敞因杨恽案受到牵累,贼捕掾絮舜于是不肯为敞办案,说:"今五日京兆,安能复案事?"张敞遂收舜下狱并将其处死。后因以"五日京兆"比喻任职时间短暂。
[2] 迤逦——同"迤逦",曲折连绵。逦,"逦"的俗字。
[3] 竹兜——有座位没有轿厢的竹制小轿。
[4] 鸡力谷录——即"叽里咕噜",象声词,形容方言的语音语调。

衙门口速急传梆，报说："山东济南府绣江县明水村有奶奶来到，轿已到了后堂。"

狄希陈不听便罢，言才入耳，魂已离身。正在吃完了饭，要上晚堂，恰好小成哥拘〔1〕到跟前，望着狄希陈扑赶，狄希陈接在怀内，引着顽耍。一听了有家乡奶奶来到，把眼往上一直，把手往下一松，将小成哥丢在地下，将身往傍一倒，口中流沫，裤里流尿，不醒了人事。衙内乱成了一块。

素姐在衙门外等发钥匙开门，只听衙内喧说，不见发出钥去。素姐在外大嚷大骂，抱了一块石子自己砸门。开门进来，看了众人围了狄希陈忙乱，传出叫快请明医速来救治。素姐初到，看了狄希陈这般病势，绝无怜恤之心，惟有凶狠之势。寄姐平素泼恶，未免也甚胆寒。家人媳妇、丫头养娘，唬得面无人色，斗战筛糠。正是先声夺人之魄，岳动山摇。

且不知医人何时来到，狄希陈曾否救转，生死何如，素姐怎样施行，寄姐怎生管待，且听下回结束。

----

〔1〕 拘——牵引。这里是牵引着衣服任其前行的意思。

第九十五回

素姐泄数年积恨　希陈挨六百沉椎

　　世间谁似丈夫亲？为请师婆致怒嗔。满脸哭丧仍蹶嘴,双眉攒蹙且胖唇。杀气雄威神鬼怕,棒椎尽力自家轮。不是书门相急救,看看打死狄希陈。

　　狄希陈正在七死八活,不知人事,医人又卒急不能前来。合家正当着急,素姐进到衙中,也绝不见有惊惶怜恤之状,一味只是嚷骂。故意妆了不知,察问寄姐是甚的人,原何得在衙内?又察考小京哥合小成哥两个孩子是何人所生,又嗔寄姐合家人媳妇、丫头人等不即前来参见,骂成一块,嚷作一团。正当嚷骂中间,衙门击梆传事,说已请得医官来到。素姐还嚷骂不肯回避。后见一群妇女俱各走开,只得也自避到后面。

　　家人同了医官,替狄希陈仔细胗视。医官道:"这是暴惊入心。速备活猪心伺候。待药到,研为细末,将猪心切破,取热血调药,姜汤送下,自然无事。"医官回去,送了一丸朱砂为衣的镇惊丸,约有龙眼大。如法调灌,狄希陈渐渐的眼睛转动,腹内通响,吐了许多痰涎,渐觉省得人事。

　　看见素姐,用手伸去扯他,素姐将狄希陈的手尽力一推。狄希陈道:"前向接你同行,你坚执不来;如今千山万水,独自怎生来得? 不知受了多少辛苦! 与甚人同路? 那个跟随? 忙快备饭。"狄希陈语语温柔,薛素姐言言恶骂。

童寄姐见他不是善物,未免有好几分胆怯。到是张朴茂的媳妇罗氏,走到寄姐跟前,使了个眼势〔1〕,把寄姐吊〔2〕到背静处所,悄悄说道:"你因甚么见了他便有些馁馁的? 别说他不过是一个少眼没鼻子的东西,他就是条活龙,也不过是一个。咱是一统天下的,别说合他恶照〔3〕,就是轮替着斗他生气,也管教气杀他。人不依好,你越软越欺,你越硬越怕。他打,你就合他打;他骂,你就合他骂。你要打过他,俺众人旁里站着看;他要打过你,俺众人妆着解劝,封住了他的手,你可拣着去处尽力的打。

"你说:'做官的京里娶我,三媒六证,过聘下茶,没说家里还有老婆! 你就是他的老婆,可已是长过天疱顽癣〔4〕,缉瞎了眼,蚀吊了鼻子。《大明律》上'恶疾者出',恶疾还有利害过天疱疮的么? 你要十分安分,我合你同起同坐,姊妹称呼,咱序序年纪,谁大谁是姐姐,谁小谁是妹妹。家照旧是我当,事依旧是我管。我把好衣服与你穿,好饭食与你吃,一月之内,许汉子合你睡两三遭。这是上一等的

---

〔1〕 眼势——即"眼色",传情示意的目光。
〔2〕 吊——"调"的借字。
〔3〕 恶照——硬碰硬地干。
〔4〕 天疱顽癣——即"天疱疮",参见第九十三回注。同本作"天泡顽癣",据下文校改。

相处。你要不十分探业〔1〕,我当臭屎似的丢着你。你穿衣我也不管,你吃饭我也不管,汉子不许离我一步儿。这是第二等的相处。你再要十分歪憋,我就没那好了! 多的是闲房,收拾一坐请你进去住着,弄把严实些的铁锁锁住了门,一日断不了你两碗稀粥。你有命活着,我也不嫌多;你没命死了,我也不嫌少。做官的升了时节,你死了,万事皆休;你要不死,只得送你程老〔2〕。没的留着你那活口,叫你往家去铺塔〔3〕呀? 赌不信,你只依着我硬帮起来!'他只还敢这们等的无礼,我就不信了。"

寄姐听说,满面是笑,说道:"是呀。果然'一个不敌两人智'是实。人不依好,你说的有理。"

寄姐折身回去,素姐正在那里乔腔骂狄希陈不叫寄姐合媳妇子、丫头替他磕头。狄希陈望着寄姐道:"姐姐才来,你合他行个礼儿。"寄姐没等素姐开口,抢着说道:"谁是姐姐呀? 叫我奶奶的不知多少,我还不自在哩,'姐姐''姐姐'的呢! 待行个礼,过来行就是了! 说呀说的,待指望叫我回他的么!"

素姐正气的言语不出,狄希陈又叫家人媳妇合丫头们与奶奶磕头。罗氏承头〔4〕说道:"不是年,不是节,为甚么又替奶奶磕起头来?"狄希陈道:"是家里来的奶奶呀。"罗氏道:"倒没有这们说哩!

----

〔1〕 探业——山东方言,安分;听话。
〔2〕 送你程老——等于说把你送到死地、把你害死。老,"死"的委婉说法。
〔3〕 铺塔——编排;瞎说。
〔4〕 承头——出头;站出来。

一家子一位奶奶罢了,有这们些奶奶呀? 少鼻子没眼睛的都成了奶奶,叫那全鼻子全眼的可做甚么呢?'家无二主,国无二王',待磕的请磕,我这头磕不成。"众人见罗氏说出这话,伊留雷的老婆更是敲敲头顶脚底板儿动的主子,晓得其中主意,也就接口说道:"罢呀! 一个人管的专,两个人管就乱了。"

素姐是个皇帝性儿的人,岂是肯受人这般狼气? 绰[1]过一根鞭杆,就待要照着狄希陈劈头劈脸的打去。寄姐上前一手将鞭夺住,骂道:"了不的! 那里这们个野杭杭子! 新来乍到,还不知道是姓张姓李,就像疯狗似的!"寄姐不曾隄防,被素姐照着胸前一头拾来,磕个仰拍叉,扯回鞭去,照着寄姐乱打。罗氏众人齐说:"反了! 打奶奶哩!"一拥上前,把素姐抱的抱,扯的扯,封手的封手。寄姐得空,爬将起来,拿着素姐手内的鞭杆,把素姐按番在地,使屁股坐着头,拿着鞭子从头抽打。把个素姐打的起初嘴硬,渐次嘴软,及后叫姐姐,叫亲妈,叫奶奶,无般不识的央及。

狄希陈苦劝不住,只得跪着讨饶。哄的衙门口围了成千成万的衙役潜听,东西邻着县丞、主簿的衙舍,满满的扒着两墙头的女人窃看。打的素姐至极无奈,无意中打出一个屁来。原来素姐这辈子是人,那辈子原是皮狐。那皮狐的屁放将出来,不拘甚么龙虎豺狼,闻见气亮,只往脑子里钻。熏的寄姐丢了鞭子,直蹶子就跑。素姐跳起来,依旧撒泼恶骂。寄姐道:"你别骂,我合你好讲;你再骂,我就再

---

〔1〕 绰(chāo)——抄;抓。

打!"素姐怎么肯听？依旧狠骂。

　　寄姐卷了卷袖,脱了裙子,拿着一根库里传更的筹,赶上前一手揪着脑后衣领,捧番在地,骂道:"我就把你这臭贼小妇一顿打死,料想这里也没有[1]与你讨命的人！我破着不回你山东去,打死没帐!"素姐慌道:"我怕你,我实不敢了！你有话,我听着!"寄姐道:"我可不合你说话了！你听甚么话,且打了可再讲!"

　　狄希陈跪着,打都磨子[2]的死拉。素姐住了骂,着实苦淋淋的哀告。罗氏众人又都做好做歹的假劝,说道:"他既是认了不是,又说再不敢了,奶奶你且饶他这遭。等他再敢,奶奶你再打,迟了甚么？奶奶只看俺众人的分上,饶了他罢。"寄姐还没慨然应允。罗氏又说薛素姐道:"俺也实不知道你当真的是个甚么人。俺们进宅来,伏事的就是这现在的奶奶。俺头顶的也是这位奶奶,脚躧的也是这位奶奶。别说没曾见你,连耳朵里听也没听见有你。你新来乍到的,熟话也没曾熟话,你就这们乔腔怪态的？你想你又没带了多少人来,我听说还有跟的个小厮,番调也只你两个。你就当真的是位奶奶,'牡丹虽好,也得绿叶扶持'哩！你自家一个,就歪歪[3]到那里去？"

　　素姐道:"奴才也跟着欺心！你这老婆们都是半路寻的,知不道有我罢了;狄周那贼奴才,可也是我手里的家人。他往那里去了,影

----

〔1〕　这里也没有——同本作"也没有这里"。五字倒文,据文意酌改。
〔2〕　打都磨子——山东方言,形容身体转过来转过去晃动的样子。
〔3〕　歪歪——山东方言,今方言也说"横(音 hún)理"。不讲道理,放纵自己,按自己的心性胡做的意思。

儿也没他?"狄希陈道:"狄周行了几程,拐了些银子走了,没在这里。"素姐说:"狄周走了,跟你到家的张朴茂、小选子哩? 他两个也不知道有我么?"狄希陈道:"这媳妇子不是张朴茂的么?"素姐道:"可又来! 你汉子,家里我三茶六饭的养活了将一个月,他就没合你说家里有我? 我就不能降发你那主子,我可也打的你这奴才!"跑到跟前要打罗氏。罗氏站住,动也不动。素姐伸手,罗氏使手拨拉[1]。寄姐道:"我的媳妇子,谁敢打! 他要打,你也动手!"素姐被人降怕了的人,果然束回手去。

寄姐道:"你既然知道好歹,拿个坐来,叫他坐下,我合他好讲。"对素姐道:"我有三等待你的法儿:上等,中等,下等。你待拣那一等哩?"素姐不言语。寄姐道:"你不言语,是待叫我拿下等待你呀? 这个不难。老娘的性子别人没经着,你问问做官的,他经着来! 惹的我用那一等,待开了头,你叫我另改可是不能的! 你快着拣一等好的认了便宜!"素姐道:"我悔不尽的'孤军深入',撞在你这伙子强人的网里! 我待跳的呀,飞的呀? 就待死,也只是干死了! 我敢只望你上等待我才好。"

寄姐道:"你要叫我上等待你,这事不难。你把刚才来到的歪憋,从此尽数收起,再别使出一点儿来! 我也不说甚么先来后到,咱论年纪,姊妹称呼。你也别要多管闲事,饭来开口,拣好饭与你吃;衣来伸手,拣好衣裳与你穿;汉子十朝半月,也许合你睡。"素姐接口

---

〔1〕 拨拉——山东方言,拨开的动作。

说:"这睡不睡,我倒不放在心上,不希罕这丑营生! 我要把这件事放不下可,从早里也生下孩子了。"

寄姐道:"人家娶老婆不图生孩子,留后代,是舍饭给他吃,舍衣裳给他穿哩? 再说,家仍是我当,不许你乱插杠子[1];事还是我管,不许你乱管闲事;媳妇子丫头由我教诲,不许轻打轻骂的。我分咐他们,赶着你叫薛奶奶。"素姐接说:"既赶着我叫薛奶奶,我听你娘家姓童,叫他们也赶着你叫童奶奶。"

寄姐道:"这也可以依你的,就叫他们赶着我叫童奶奶。咱同起同坐。这是上等的相待。还有中等的相待:你不十分作孽,我也不躐践你,可也不尊敬你。你有饭吃也罢,没有饭吃也罢;衣裳你冷也罢,热也罢,与我绝不相干;凭你张跟斗,舒直立[2],都不与老娘相干,请你自便。这是第二等相待。还有下一等的相待:你要还像刚才这般没人样,放泼降人,有天没日头[3]的,可说这是山高皇帝远的去处,咱那亲娘亲老子,就使破了咱的喉咙也叫不到跟前! 拣尽后头坐空房,收拾的里头干干净净的,请进你去住着。你一定也不肯善变进去,我使几个人抬进你去。寻把严实些的锁儿,把门锁上。你一定还要掇门,砸窗户,刨墙,剜窟窿,我爽利把你的手脚儿犒[4]住。一日

---

〔1〕乱插杠子——山东方言,插手;插足其间。
〔2〕"张跟斗"二句——比喻不安其分,寻衅闹事。张,翻。舒直立,即竖直立,拿顶。
〔3〕有天没日头——比喻言行肆无忌惮,没有分寸。
〔4〕犒——"拷"的借字。同本作"搞",此依连图本,据李本校改。

两碗稀粥就是你的饭食。你待活,多活几日;不待活,你少活几日。替你买薄皮子棺材的钱也还有。妆在里边,打后头开个凹口子拉把出去。脱不了他这四川乡俗好烧人,再买些柴火,烧的连骨殖也没影儿。你那跟你的小使,待要剪草除根也不是难事。不回到你山东,越发没帐;总然回到山东,你就有娘家说话,只说娘儿两个不服水土,害病死了。你家就有人兴词告状,这没影子官司,也打不出甚么来。何况我知道你家有个生你的娘母子,可说那下州小县没见天日的老婆,俺这北京城里的神光棍老婆眼里不作他〔1〕。你三个兄弟,一个个他也是恨你气杀老子、气杀婆婆,不理你的。一个又是俺家的女婿,他也不合你滑快。一个又是个抐头〔2〕,两句喝掇,只好伍着眼别处流泪罢了。你也算是极孤苦的人儿,你持着甚么,敢这们行凶作恶的?"

素姐听说,放声大哭。只说:"悔杀我了! 天老爷! 我一条神龙,叫我离了大海;一个活虎,神差鬼使的离了深山! 叫这鱼鳖虾蟹、猪狗猫兔都来欺我呀!"寄姐道:"俺也不是鱼鳖虾蟹,也不是甚么猪儿狗儿,狸猫兔子的。咱两个也算得起丁对丁、铁对铁的。张飞、胡敬德〔3〕,剃了胡子,都也不是善茬儿〔4〕。你省的了? 媳妇子丫头们,以后赶着都叫薛奶奶。我不分咐,都不许欺心。快看卓儿,端菜

〔1〕 不作他——不睬她;不拿她当事儿。
〔2〕 抐头——缺少心眼,无能的人。
〔3〕 胡敬德——唐开国功臣尉迟恭,字敬德。小说戏曲与民俗著作多称其"胡敬德"。
〔4〕 善茬儿——同本作"善的儿",据文意酌改。

摆饭。外头跟的人,叫人都好生照管。众人都过来,与薛奶奶磕头。收拾西里间与薛奶奶住,挂帐子,铺毡条,收拾新铺盖。请下来,咱姊妹两个也行个礼儿。"

素姐擦了泪,起来走到下面。寄姐随机应变的道:"咱也不消序,一定你长起我。你是姐姐人家,你请转过左边去。"两个平磕了四个头。寄姐道:"我说你下县里人村。礼数可也有个往还,你也该让我往左边去,回个礼才是。怎么也就没个遵让?"素姐果然把寄姐让在左首,行了个礼。狄希陈也作了个揖,素姐也还了一拜。三人同桌酒饭,狄希陈让素姐居上,寄姐在东,自己在西,两旁打横。

这素姐若是个通人性的东西,乍到的时节,也略看个风势,也要试试浅深,再逞你那威风不迟。绝不看个眼色,冒冒失失的撩一撩蜂[1],惹的个哄的一声,螫了个八活七死。既是惹了这等下贱,爽俐硬帮到底,别要跌了下巴,这也不枉了做个悍泼婆娘。谁知甚不经打,打的不多几下,口里就不住的爷爷奶奶央及不了。不着临了那一个臭屁救了残生,还不知怎生狼狈。刚才打过,若是个当真有气性的人,我就合他一千年不开口说话!谁知被人[2]这等狠打了一顿,又被人如此杀缚[3]了一场,流水就递降书,疾忙就陪笑脸,说声拜就拜,说声吃酒就吃,满口说自己不是,只说寄姐原来是个口直心快的好人。吃完酒饭,进到上房西间,看得铺陈齐整,帏帐鲜明,摆设完

----

〔1〕　蜂——同本作"峰"。"蜂"与"峰"盖因形近而讹,据文意酌改。
〔2〕　被人——同本作"祝人",据文意酌改。
〔3〕　杀缚——山东方言,教训;威胁;斥责。

备,越发忘了那被打之羞。

素姐心内算计,指望这头一夜狄希陈必定进他房中宿歇,他要关了门零敲碎打,以报宿仇。寄姐说狄希陈做官事忙,久已不在家中睡觉,打发出外边书房去了。一连三日,素姐也不曾作业。寄姐说道:"你既守我法度,安静了这几日,你也一定知我本事的了,我与你扎刮衣裳。"寻出几匹尺头,与素姐另换上下内外衣裳,素姐又甚是喜欢。又过了几日,寄姐又与素姐做的大袖锦衫、通袖袍裙、洒线衫子,越发把个素姐喜的尿流屁滚,叫的"好妹妹"、"亲妹妹",燕语莺声,听着也甚嫌砢碜。寄姐也时常的给他个甜头,叫他悬想。不惟不与寄姐怀恨,反渐渐的抱着寄姐粗腿起来,望着寄姐异常亲热。寄姐凡有生活,争夺着要与寄姐去做。寄姐[1]偶然手生了疮,死塞着[2]争与寄姐梳头。寄姐或是头疼发热,一日脚不停留的进房看望,坐在他病床沿上与他作伴。寄姐的尿盆马桶,争着要与他端。寄姐禁不起他小心下意,极其奉承,也就渐渐的合他成了一股。家人媳妇、丫头养娘原无甚么正经,"马听锣声转"的,见寄姐合他相好,也都没人敢欺侮了他,倒茶端水,一般伏侍。

狄希陈托了忙冗事故,每日多在外边,少在内里。不惟素姐捞他不着,也省了寄姐多少的折磨。三朝两日,深更夜静,等得素姐睡着之时,悄悄开了宅门,进来与寄姐宿歇。睡到天色黎明,又[3]翘蹄

---

〔1〕 寄姐——同本作"可姐",据上下文校改。

〔2〕 死塞着——拼命地抢着;硬挤进去。

〔3〕 又——同本作"文"。"又"与"文"盖因形近而讹,据文意酌改。

捻脚,偷出外边书舍,连吃饭也不进里边。收的礼物,赚的银钱,都瞒了素姐那一只单瓜,偷运进来与寄姐收藏。

　　日光撚指,不觉又是二十个日头。侯、张两个师父看完了成都合属的景致,才从绵州天池山回来,要进衙与素姐相见。寄姐原是京师活泼妇人,在官衙幽闭日久,恨不得有个外人来往,藉此解闷消愁[1],也就向狄希陈面前撺掇,叫请他进衙款待,也是个他乡故知,况也得他一路挈带,伴了自家的人来。

　　这狄希陈往日莫说老婆说出的言语不敢不钦此钦遵,就是老婆们放出像素姐那般的臭屁,也要至诚诚捧着嗅他三日。这二十日之内,素姐不得空,擒捉不到跟前;寄姐因素姐新来,勉强假妆贤惠,他竟忘了自己的官衔是提督南赡部洲大明国的都督大元帅,任凭寄姐撺掇,素姐又执意要他进来,又是万里外本家来的乡里,况且当初进香时节,泰安州路上,狄希陈也曾四双八拜认他两个为师,这个其实该请他进衙,盛款一饭,留住一宵,每人送二三两路费,不为过当。他却拿出官腔,又恨他往时凡事挑唆素姐作恶,就是昔年泰安路上,素姐罚他牵了头口步行,都是这两个婆娘主意;素姐远来寻闹,也都是他两个的鼓令,有甚好情留他进内?于是把两眉一蹙,把脸沉将下来,说道:"这一个有司衙门,出锁入封,还怕人说不严谨。男子人来往尚且不可,何况是乔妆怪扮的老婆?就是周相公,进来住了这一个多月,郭总爷连次请他一会,我今日才放他出去了。这个不必放他进

----

[1]　解闷消愁——同本作"解闷消秋"。"愁"与"秋"盖因形近而讹,据文意酌改。

来,我每人送他五钱路费,差人打发他起身,这也不叫是失理。"

狄希陈是这等违背内旨,若是往时这一位夫人,却也断没有轻饶之理。如今有了两人,素姐奈着寄姐不好动手,寄姐碍着素姐不好开口。素姐怒容可掬,只说:"你不叫进来便罢,只是由他!"寄姐道:"你放进不放进,不与我相干。我是北京人,他是山东人,我合他无亲无故,说着你不听就罢!"这狄希陈若是个知向背[1]、会听话的人,也就该快些回转,也不为迟。却是顽皮心性,打着才疼,不打不怕。必要随他主意,封了两封五钱的路费,叫人送将出去,回说:"有司风宪衙门,不便有妇人出入。这是每人五钱薄礼,路上一茶。就此起身,不必久等。"回将出去,那侯、张两个弄了个满面羞惭,抱愧而去。

已将日落时节,素姐恼巴巴不曾吃饭。寄姐因撺掇不听,也就不大喜欢。起鼓以后,各人收拾回房,狄希陈也就出到外面。素姐将衙门匙钥看在眼内,临睡取在身边。约得人俱睡定,悄悄的拿了一个应手棒椎,拿了匙钥,自己将衙门开将出去,寻到狄希陈的书房。灯光透出,房门未关。掀帘进去,狄希陈却才睡倒,一个蓬头小门子正在那里覆盖衣裳。

素姐取出棒椎,先将门子拦肩一下。那门子"嗳呀"了一声,夺门跑出。素姐折身回去,将门拴上,又拉过一张椅来顶紧,走到床边,

---

[1] 知向背——知道迎合或背弃。这里指揣度别人的心意而迎合、趋从。同本作"知向皆"。"背"与"皆"盖因形近而讹,据文意酌改。

把狄希陈的衣裳铺盖尽行揭去,屁股坐着头,轮得棒椎员员的,雨点般往身上乱下。狄希陈吆喝:"救人!"素姐道:"你好好的挨打便罢,如再要叫唤,我就打你致命,今日睹一个你死我生!"

狄希陈当真也就不敢再喊,只说:"饶命!"那门子听见打得甚是凶狠,恐怕人命干连,走到衙门口重重传梆,说道:"前日从家乡新来的那位奶奶,开了衙门,寻到外边书房,拿着一个棒椎,顶了房门,如今将次把老爷打死! 快些出来救援!"

寄姐听说,三魂去了九魄。也才是脱了衣裳,小成哥含着奶头,尚不曾睡着。寄姐着了忙的人,把小成哥揪了奶往旁里一推,推的小成哥怪哭。拉过一条裤子就往身上穿,左穿穿不上,右穿穿不上,穿了半日,方才知是裤子。及至拉过袄来,又提不着袄领。伍旋了半日,方才穿了上下衣裳。下的床来,又寻不见着地的鞋〔1〕。门子一替一替的传进梆来,说:"出去快救! 这会子只听得打,不大听得做声了!"

寄姐也没得换鞋,坎上了一顶冠子,叫一个丫头看着小成哥,自己领着两个家人媳妇、几个丫头,竟出宅门,传叫衙役回避。寄姐推那房门,甚是顶得结实,不能抗动分毫。窗户又甚坚固,推撬不开。

素姐见外边有人救护,越发狠打。寄姐着极,说道:"事到其间,也就顾不得体面,叫衙役来弄开门罢!"传了一声,来了一大伙子,抗

---

〔1〕 着地的鞋——即复履,白日在地上走动穿着的鞋。当时的妇女日间着复履下地行走,晚上睡眠时换穿软底眠鞋。

门的抗门,弄窗户的弄窗户,弄开了一叶隔断间木板。寄姐头一个钻将进去,说道:"你怎么来!下狠打世人哩么!"去夺他的棒椎。他只说寄姐要去与狄希陈回席,方才放手,说道:"好妹妹!冤有头,债有主,不干你事!他太欺心,我饶他不过,今日合他对了命罢!"寄姐道:"你合他对了命,俺孤儿寡妇的,怎么回去呀?"看那狄希陈倘在床上,只有一口油气,丝来线去的呼吸。

外边一个上宿的书办隔窗禀道:"老爷被打伤重,小人们在外边暗数,打过六百四十棒椎。快寻童便灌下,免得恶血攻心。传到外边,孟乡宦家有真正血竭[1],求他须些方可救活。"寄姐即时分付,叫人外边寻童便,一面拿帖问孟乡宦求讨血竭。

只见狄希陈一阵一阵的发昏,口里漾出鲜血。寄姐要着人抬他进去,倒还是那个书办禀道:"奶奶不必把老爷抬进衙去。观其下得这等毒手,岂可还叫老爷进虎穴?里边一时隄防不及,必死毒手无疑。倒还是外边小人们看守,可保无虞,又好教人调治。奶奶要出来看望,小人们暂时回避就是。"寄姐道:"这说的有理,我就没想到。你是个甚么人?叫甚么名字?"那人道:"小人是值堂书办,名字吕德远。"寄姐道:"外边事体,就累你照管。等爷好了,另有酬你处。"

吕德远又叫暖下好酒,伺候等童便来,好合成一处的灌下。不多一会,传了两碗童便进来,倒也清莹,绝无骚气。挽了一茶钟纯酒,灌

---

[1] 血竭——中药名。为麒麟血藤分泌的树脂,状如干血,故称。治跌打损伤、瘀痛等证。

下肚去。歇有一钟热茶时分,狄希陈方睁开眼睛。看见许多女人围着,开口说道:"打杀我了! 我如死了,好歹叫他替我偿命!"

素姐使得乏乏的,坐在一旁说道:"我有本事打杀人,也怕偿命么? 我刚才实要照你致命去处结果了你,我想叫你试也利亮,便宜了你! 不如我零碎成顿的打,叫你活受! 你这些年欺心作孽,死有馀辜! 我还没得报仇,养得你性子骄骄的! 别说他两个你也曾拜他为师,就止于我的师父,千乡万里送了我来,你连饭也不留他吃顿,每人丢给四五钱银子,捻着就走! 我说着,能呀能的〔1〕! 我来了二十多日,我屋里你门也不躐躐〔2〕,推托事故,往外头来挺尸!"寄姐道:"可是你的不是。我那样的说该让进他来待他个饭,每人送二三两银子给他。别说别人的话你不听,连我的话你也不听了! 要是我当时的性子,我也不饶你!"

狄希陈喴哼着说道:"我的不是! 悔的迟了!"正说着,闭了眼,搭拉了头。寄姐问他是怎么,他喴哼说:"恶心,眼黑。"寄姐忙叫人问吕德远。他说:"还有不曾用完的童便,再搅热酒灌下。"果然又灌了一碗,狄希陈方又渐渐转来。却又要了血竭来到,热酒研化下去。待不一会,浑身骨节只听得对凑般响。

响声已住,狄希陈说通身就似去了千百斤重担的一般,住了恶心,也不眼黑,只觉得通身受伤去处,登时发出青红肿来。问吕德远,

---

〔1〕　能呀能的——山东方言,形容不把别人放在眼里,自作主张时指手画脚的样子。

〔2〕　你门也不躐躐——同本作"你们也不躐躐",据文意酌改。

说："是毒伤外攻，不往里溃，可保无事。请奶奶放心回宅。小人们在老爷房内上宿，种上了火，待半夜起来，再把血竭调灌一服，通常无事。"

寄姐交付与他，催促了素姐进内。吕德远又悄悄的对张朴茂说道："新来的奶奶，观其这般狠毒，下狠手杀夫，合奶奶说知，二位相公都要万分隄备，免得有失。"说与寄姐，也甚是知感。

狄希陈受了如此痛殴，不知何日得痊，怎生下落，且听下回结束。

第九十六回

两道婆骗去人财　众衙役夺回官物

居家应切忌,莫与六婆亲。善缝青眼罩[1],惯送绿头巾。生出无穷事,骗去许多银。领人行岔路,便已降邪神。能使良人贱,饶教富者贫。半途要夺去,有趣这班人。

寄姐将狄希陈交付了书办吕德远合门子盛于弥,嘱付他上宿夜间好生听着,有甚缓急,即速传梆。狄希陈渐次醒了人事,只苦浑身疼痛,不能番身。睡到半夜,越发声唤起来,说恶心要吐。吕德远合盛于弥连忙[2]在火盆里面顿了暖酒,将血竭调了灌下,旋即平安睡到天亮。

寄姐早起梳了头,自己抱了小成哥,叫人领了小京哥,出到外面书房看望。狄希陈说:"半夜依旧恶心,甚得吕德远合盛门子的力,又饮了血竭暖酒,方才止了恶心。只是浑身疼痛,不能动转。世间有如此狠人,下这等毒手,打我这样一顿! 不是你急忙相救,我这命昨晚已是断送他手!"寄姐道:"'没有高山,不显平地',你每日只说是

----

〔1〕青眼罩——同本作"清眼罩"。此依连图本,据李本校改。
〔2〕连忙——同本作"达忙"。"连"与"达"盖因形近而讹,据文意酌改。

我利害,你拿出公道良心,我从来像这般打你不曾? 零碎扇你两耳瓜子是有的,身上扽两把也是常事,从割舍不的拿着棒椎狠打恁样一顿。我叫人熬下粥儿了,你起来坐着吃两碗。"狄希陈说:"我心里还恶影影的里〔1〕,但怕见吃饭。"

寄姐正合狄希陈说着话,只见素姐挠着头〔2〕,又着裤,跑将出来,吼说道:"你不快叫人请进二位师傅来,是待等我第二顿么?"狄希陈唉哼着道:"只怕他起过身了,那里赶去?"素姐道:"就去到天上,你也说不的要替我赶回来! 要赶不回来时,你别要你那命!"狄希陈只使眼看寄姐,又不敢说叫人赶去。寄姐道:"他既说叫赶他回来,你就着人赶去,你看我待怎么?"狄希陈分付:"叫差的当人往江上,将昨日来的两个道妈妈子好歹赶回来,还有话说。"素姐道:"你家有这等道妈妈子么? 别要轻嘴薄舌的! 赶去的人称呼是二位奶奶!"

张朴茂传到外边,悄悄的分付去人,说:"昨因是不曾留这两个老婆进内,所以老爷吃了这顿好打。如再赶不回来,其祸不小,千万必须赶回才是。"差了两个快手,一个名字叫是胥感上,一个叫毕腾云〔3〕。

两人承了旨意,赶到江边,恰好正在收拾起身。两个快手向前说:"衙中传出,说昨日老爷偶然有事,不曾留得二位奶奶进衙款待,

---

〔1〕 恶影影的里——恶影影的,山东方言,恶心搅动;不舒服。里,同"哩"。同本作"恶影影里的"。"里的"二字倒文,据文意酌改。

〔2〕 挠着头——同本作"抛着头"。"挠"与"抛"盖因形近而讹,据文意酌改。

〔3〕 毕腾云——同本作"毕縢云",据下文校改。下同,不再出校记。

心甚不安。今特差人请二位奶奶进衙，另要申敬。"

侯、张两个道婆心里其实是要转来，故意又要推托，说道："你的官府合前日到的奶奶，都是俺两人的徒弟。俺教他修身了道，他公母两个才得修到这步地位，享这高爵厚禄，无限荣华。昨日俺从千乡万里，舍着命老年入川，送他媳妇儿来到任里。做了官就不认的师傅了？你就不待俺们顿饭，你可也留俺到里边给杯空茶吃吃，叫俺同伴们看着也与俺两个增些体面。谁知一顿捻将出来，每人丢给五钱银子。你见俺们是这样行持哩？俺这是在路上，不得不收敛，没敢奢华。你还不知俺家里过的日子，十方的钱粮供着俺们吃用，百家的细绢供着俺们的衣穿。张大嫂瞒着汉子送柴，李大娘背着公婆[1]送炭。俺不耽着强盗的利害，俺享用着强盗的风光。他那官儿就放在俺们的眼里呀？昨日那每人五钱银子，俺极待使性子不收，看着女徒弟的体面，只得收他来了。俺们还想讨他的第二顿的小觑，番身回去？你就是抬八人轿儿来接，俺也是不回的了！"

那胥感上、毕腾云再三恳央，同伴的众人又再三的撺掇，侯、张两个方才许了回去，叫众人再等他半日。两个快手一人守候，一人跑去唤了两顶肩舆小轿，簇拥两个道婆坐在里面。两快手扶了轿杠，说是老爷的师傅，将轿直进仪门，抬到宅门首下轿。素姐亲自接了进去，彼此见礼。寄姐慢腾腾的从内出来相见。素姐怕侯、张两个叫出不好听的名来，连忙说道："这是我的妹妹哩。"彼此也行礼相见。

----
〔1〕 背着公婆——同本作"背着公要"。"婆"与"要"盖因形近而讹，据文意酌改。

　　侯、张两个又寻狄希陈相会。寄姐还不言语,素姐道:"我为他没叫请二位师傅进来,请了他顿小小的棒椎儿,动不的,睡着觉挺尸哩!"侯、张道:"爷哟! 你的家法还这等利害么? 他如今做官的人了,差不多将就他些〔1〕罢了,就打的他这们等的? 他雌牙挏嘴的倘着,俺两个可有甚么脸在这里坐着哩?"素姐道:"狗! 要不打他雌牙裂嘴的,他也还不肯叫人请您回来哩!"

　　寄姐分付叫人摆果碟,定小菜,整肴办饭,款待二位乡亲。素姐见寄姐叫他乡亲,慌忙说:"你不知道,这都是咱家做官的师傅哩。"寄姐道:"我心狠,干不的吃斋念佛的营生,没有师傅。"

　　端上菜来,寄姐待陪不陪的〔2〕。留完了饭,素姐让侯、张两个在衙内前后观看一回,又让他两个进自己房去,扯着手,三人坐着床沿说梯己亲密的话儿。侯婆子悄声问道:"这就是你的二房呀? 眉眼上也不是个善的,你合他处的下来呀?"素姐道:"起为头他也能呀能的,后来也叫我降伏了。如今他既是伏了咱,我也就好待他。"侯婆说:"虽是也要好待,也不可太于柔软,那人不是善茬儿。'人不中敬,吊不中弄。'只怕躐惯你的性儿,倒回来欺侮你。"素姐道:"不敢,不敢。他那魂哩!"

　　两个又道:"你真个把做官的打的动不得么?"素姐道:"我怕他腥气,不打他! 打够七百棒椎。是我常时〔3〕也打,奈不过人们拉拉

　　--------------------------------

〔1〕 将就他些——同本作"将就些他","些他"二字倒文,据文意酌改。

〔2〕 待陪不陪的——虽是陪人吃饭,却自高身份,摆出不是特意相陪的样子。

〔3〕 常时——同本作"常事"。"时"与"事"盖因同音而讹,据文意酌改。

扯扯的,再没得打个心满意足的,没照依这一顿,可叫我打了个足心自在! 我不知他身上疼与不疼,我只知道使的我只胳膊生疼,折了般是的,抬也抬不起来。"侯婆道:"人不依好。在路上我没合你说来?到了衙里,头上抹下就给他个下马威。人是羊性,你要起为头立不住纲纪,倒底就不怎的。你没见公鸡么? 只斗败了,只是夹着尾巴溜墙根,看见还敢回头哩?"张道婆道:"你打他这们一顿,他那小娘子就不疼? 没说甚么?"素姐道:"我也料他有话说,谁知他一声儿没做。他倒也说不该回出你二位去。"又问道:"二位师傅,这回去盘缠还够呀?"

　　侯、张两个道:"咱家里算计,来回不过八九个月的期程。咱这一来,眼看就磨磨了七个月,回去就快着走,也得四五个月,就把一年的日子磨磨了,正愁没有盘缠哩。"素姐道:"不消愁。二位师傅,我叫他每人送二十两盘缠。"侯、张道:"不当家,他送就肯送这们些? 俺又没有敬意送了你来。"素姐道:"怎么? 使了他卖地卖房子的钱了? 脱不了是没天理打着人要的。'卖豆腐点了河滩地——汤里来,水里去'呀怎么!"侯、张道:"虽是这们说,财帛又没在你手里,他不肯,你也就'灯草拐'〔1〕了。"素姐道:"他不依? 不依又是一顿!"

　　侯、张道:"他在那里睡哩? 俺寻着看他看去。"素姐道:"雌牙裂嘴,鬼呀似的,看他待怎么!"侯、张道:"恨这们没情歹意,可也不该

----

〔1〕　灯草拐——用灯芯草茎做的拐杖。《金瓶梅词话》第二十六回:"灯草拐棒儿,原拄不定。"这里用为歇后语,隐"拄不定"或"拄不得"。拄,"主"的谐音,拄不得,即做不得主。

看他去。合他一般见识待怎么？俺既进在里头，咱看看是。"素姐要
了钥匙，陪着侯、张两个，要出去看狄希陈，也叫寄姐同了出去。寄姐
道："我叫丫头跟着恁去罢，小成哥哭着待吃奶哩。"叫过小涉淇、小
河汉两个跟了出去。

　　狄希陈道："起动二位，千山万水的将帮了他来。"素姐道："亏了
他千山万水将了我来！你还不放进他来给他钟水喝哩！"侯、张道：
"狄老爷，你怎么来？身上不好，唉唉哼哼的？俺刚才也劝俺的徒
弟来，俺好善的说他来么？"狄希陈道："多谢，多谢！实亏不尽二位！
还不得二位苦口劝着，一顿就结果了哩，还有这口残气儿喘么？"素
姐道："你这也倒是实话，却不是哄哩！"

　　狄希陈道："二位远来，到这里再多住几日？"侯、张道："俺各处
都也烧过香、看完景了。正待开船过江，狄老爷你差的人就到了，俺
又不好不进来的。已过扰的久了，俺就告辞罢。狄老爷，你做官也有
好几年了，一定也就大升三级。咱家里再相会。俺也再合顶上奶奶
说，好歹保护你升做极好的官。"狄希陈道："我心里只待要做个都
堂[1]，你二位得只[2]遂了我的愿，我倾了家也补报不尽的。"侯、
张道："这不难，都在俺两个身上情。要顶上奶奶肯看顾，这事
难么？"

　　素姐道："我合你说呀，二位师傅路远，出来的日子久了，没有盘

---

〔1〕　都堂——本指明代监察机关都察院的堂官。因各省总督、巡抚例兼都察院
　　　　衔，故这里指督、抚等封疆大吏。
〔2〕　得只——山东方言，但只，只要。

缠。每人待问你借二十两银子哩，你好歹腾那给他。"狄希陈道："我做着甚么官哩，一时就那得出四十两银来？"素姐瞪着那"赁单爪"[1]，说道："你说没有呀？四十两银值你的命么？就不问你要，看他两个也倒不得讨吃家去！我只看你是要财不要命的！他既说没有银，二位师傅就请行罢，我待做甚么哩！"狄希陈连忙答应道："你请二位回后头坐去，我努力刷括给二位去。"素姐道："每位除二十两银子外，每人还要两匹尺头。这们老远合我来，你不该每人做两件衣服？这也消我开口！"狄希陈说："都有，都有。我叫人收拾[2]。"素姐方才把侯、张两个让进后边，专候狄希陈的尺头银子。

素姐进去，吕德远合盛门子进门伺候。狄希陈长吁短叹，眼里满满的含着泪。吕德远禀道："老爷身上不安，正是气血伤损的时候，极要宽心排遣，不可着恼，使气血凝滞不行。"狄希陈道："两个婆娘，合他有甚相干？逼我每人送二十两银，两匹尺头。这叫人怎么气得过？"吕德远道："这送与不送，只在老爷自己做主，也十分强不得老爷。"狄希陈道："凡事依我做得主，倒都没事了！我刚才略略的迟疑了一迟疑，便就发了许多狠话。他却是说得出话，便就干得出事来的主子。我流水倒口应承，方才免了眼下的奇祸。"

吕德远又道："这两个妇人，一向在老爷、奶奶身上果然也有好处么？"狄希陈道："神天在上，要是受下他的好处，把头割给他，咱也

---

〔1〕赁单爪——歇后语。黄肃秋云："疑为隐去'眼'或'目'字，但不知所出。"
〔2〕叫人收拾——同本作"回人收拾"，据文意酌改。

是甘心无怨的！不知被他多少祸害！好好的良家的妇女，引诱着串寺烧香、遇庙拜佛。布施银钱，搬运粮米，家中作恶，都是这两个婆娘的挑唆。昨夜这场奇祸，一定又是这两个泼妇路上挑唆来的。叫我拿银子贴备仇人，怎么不令人生气！"吕德远道："听老爷这般说，这两个婆娘，止于新来的奶奶喜他，老爷是恼他的。果真如此，事有何难？老爷依小人的算计，不叫老爷在衙受恼，又替老爷出了昨日的怨气。"

狄希陈道："你有甚么方法，便得如此的妙处？"吕德远道："老爷快叫人兑出足足的四十两银来，分为二封；再叫人寻出四匹上好的尺头，都送到奶奶面前。当面叫奶奶验看明白，分送了二人，即时打发了他出去。奶奶要银，就送了他银；要尺头，就送了他尺头。奶奶还有甚么不足，可以与老爷合得气呢？岂不免了老爷内里受气？小人带领几个人，跟他到江岸上，将银子尺头尽数夺他回来，还分外的羞辱他一顿，替老爷泄泄这口冤气。"狄希陈道："这事当顽耍的？叫他知道，你这分明是断送了我的命了！"吕德远道："若是叫他晓得，自然是当不起的，还好算得手段？这是[1]神鬼莫测的事，怕他甚的[2]？都在小人身上。老爷壮了胆，只管做去。"

狄希陈还有些狐疑不决。吕德远[3]道："若老爷衙中银子尺头一时不得措手，小人外边去处来。"狄希陈道："银子尺头倒也都有。

---

〔1〕 这是——同本作"这事"。此依连图本，据李本校改。
〔2〕 怕他甚的——同本作"泊他甚的"。"怕"与"泊"盖因形近而讹，据文意酌改。
〔3〕 吕德远——同本作"吕德之"，据上下文校改。

你只好生仔细做去便了。"叫人取出银子,吕德远外面库里要了天平,高高兑了二十两两封银子,用纸浮包停当;又是每人一匹绫机丝䌷、一匹绒纱、四方蜀锦汗巾,使毡包托了,送到素姐面前。

素姐道:"'莫信直中直,须防人不仁。'拿天平来,我把这银子兑兑,别要'糟鼻子不吃酒——枉耽虚名'的。"要了天平进去,逐封兑过,银比法马都偏一针。又叫二位师傅:"你仔细验验成色,路上好使。"侯、张道:"我买甚么哩么〔1〕? 有差些成色的,俺也将就使了。"素姐道:"甚么话呀? 我好容易要的银子哩,路上着人查着〔2〕使假银子的,这倒是我害二位师傅了。"侯、张两个将两封银子逐件验看,都是绝伦的细丝。素姐又看那汗巾,说道:"这汗巾我却没说,是他分外的人事。他要凡事都像这等,我拿着他也当得人待。"

侯、张道:"既是济助了俺的盘缠,又送了俺这们好尺头、好汗巾,俺就此告辞罢。趁着这没有风,过江那边宿去,明日好早走。为师傅的没有甚嘱付,你是孤身人,娘家没在这里,俺两个又不在跟前,凡事随机应变,别要一头撞倒南墙。"合素姐作了别,又请寄姐相谢。

寄姐叫丫头回话说:"奶奶奶小叔叔,放不下哩,请随便行,不见罢。脱不也是个降伏的二房,辞他待怎么!"侯、张晓得在素姐房内私下说的那话一定被人听见,所以说出这个话来,有甚颜面相见? 回

---

〔1〕 我买甚么哩么——同本作"买我甚么哩么"。"买我"二字倒文,据文意酌改。
〔2〕 着人查着——同本作"着人束着"。"查"与"束"盖因形近而讹,据文意酌改。

话了声"拜上二奶奶",往外就走。寄姐房内发作道:"怪塌拉骨蹄子!夹着狗屁走罢了,甚么二奶奶三奶奶!你家题主[1]点名哩么?"侯、张也都假妆不曾听见。

骂得讪讪的[2]走到外边,齐到狄希陈书房再三致谢,说:"来得路远,可是没稍一点甚么来送给狄老爹,叫你送这们些盘缠,又送了尺头、汗巾子,可是消受不起。俺刚才又再三再四的嘱付徒弟,这比不的在家,凡事要忍耐,两口儿好生和美着过,再休动手动脚的。丈夫是咱家做女人的天,天是好打的么? 他一定也是听俺的话的。"狄希陈道:"他别人的话不听,你二位的是极肯听的么。多谢! 我这又起不去,谢不的二位,我只心里知道罢。"

侯、张两个又道:"俺刚才在徒弟屋里坐了会,也说了几句话,大约都是叫徒弟合人处好望和美的事。你那位娘子不知自己听差了,又不知是人学的别了意思,像着了点气的。刚才俺说辞他,谢谢扰,他推奶孩子没出来。俺听的骂了二句,可也不知骂的是谁。他要是错听了怪俺们么[3],狄老爹,你务必替俺辨白辨白。这们待了俺,俺就不是个人? 还敢放甚么狗屁不成? 可是说'树高千丈,叶落归根'。你明日做完了官,家里做乡宦可,俺止合一个徒弟相处好呀,再添上一个好呢?"狄希陈道:"合一个相处就够我受的了,不敢再劳合两个相处。"张老道说:"咱趁早出去罢。"朝着狄希陈戳了两拜,千

---

〔1〕 题主——义同"点主",参见第十八回注。这里作点名解。

〔2〕 讪讪的——没趣,难为情的样子。

〔3〕 么——山东济南一带方言,什么。

恩万谢,到后堂依旧坐了肩舆,还是胥感上、毕腾云两个快手送去。

出了城门,望那江边尚有一里之远,回看城门已经数里之遥,从树林中跑出七八个人来,齐声吆喝:"快放下轿,里头坐的人出来!我们奉老爷将令,快将诈骗过成都县里的银子尺头、蜀锦汗巾尽数放下,饶你好好过江,活命回去。若说半个'不'字,将你上下内外衣裳剥脱罄尽,将手脚馄饨捆住,丢在江心!"侯、张两个出在轿外,跪在尘埃,只说:"可怜见万里他乡,本等借有几两银子,要做路费,将就留下一半,愿将一半奉上,尺头也都奉献。"众人道:"不消多话!快快多送上来!只饶狗命就是便宜你了!"

侯、张两个都是要钱不要命的主子,岂是轻易肯就与他?众人见他不肯爽俐,喝声下手,众人都上,侯、张方才从腰里各人掏出一大封银来,又从轿内取出汗巾、尺头,尽数交纳。众人方道:"姑且饶恕!快快即刻过江,不许在此骚扰,也不许再坐轿子!快叫轿夫回去!"众人还押了侯、张两个上了船,站立看他上了那岸,空舡回来,方才进回城内。

再说童寄姐打发侯、张两个去了,发作说道:"真是人不依好!我说千乡万里,既是来了,这也可怜人的。你既是知道了好歹,我倒回头转意的待你,你倒引了两个贼老婆来家,数黄瓜道茄子的,我倒是二房了!大房是怎么模样呀?我起为头能呀能的,如今叫你降伏了?我叫你奶奶来,叫你妈妈来?降伏了我!'人不中敬'?我说你还是敬着我些儿,是你便宜,你只听着那两个贼老婆试试!来了几日,把个汉子打起这们一顿,差一点儿没打杀了!我只为叫那昏君经经那踢跶的高山，也显显俺那平地，我不做声罢了，你倒越发张智起来！那两个强盗蹄子是你的孤老么？一定有大鸡巴合的你自在，你才一个人成二三十两的贴他的银子〔1〕，贴他的尺头！是做强盗打劫的财帛？叫你拿着凭空的撒！我只待喝掇夺下他的，我恼那伍浓昏君没点刚性儿，赌气的教他拿了去！你既自己说'人不中敬'，咱往后就别要相敬，咱看谁行的将去！下人们都听着，以后叫他薛奶奶，叫我奶奶，不许添上甚么'童'字哩，'银'字哩的！"

素姐从屋里接纽着个眼〔2〕出来，说道："我从头里听见你像生气似的，可是疼的我那心里说：'紧仔这几日他身上不大好，没大吃饭，孩子又哑着奶，为甚么又没要紧的生气?'叫我仔细听了听，你可恼的是我。你说的那话，可是你自己听的，可是有人对你说的？我就是痴牛木马，可也知道人的好处，我就放出这们屁来？咱姊妹们也相处了半个多月，你没的还不知道我那为人？要是他两个，我越发誓也敢替他说个。你见他这们两个妈妈子哩，在家里可，那大乡宦奶奶、小姐、娘子，够多少人拜他做师傅的哩。可是争着接他的，也挨的上去〔3〕么？他模量〔4〕着这是好人，人孝敬他些甚么，他才肯收你的哩。你要是有些差池的人，你抬座银山给他，他待使正眼看看儿哩？

------

〔1〕 贴他的银子——同本作"姑他的银子"，据下文校改。

〔2〕 接纽着个眼——一只眼因眼睑下垂仅露一条缝隙的样子。接，"睞"的借字，眼睑。今山东淄博一带方言中，仍称因斜视或视力严重丧失而以睞眼为常态的人为"睞溜眼"。

〔3〕 挨的上去——排得上队。挨，山东方言，挨号；排队。

〔4〕 模量——山东方言，"拇量"的音变。参见第四回注。

家里住着片青云里起的楼瓦房,那粮米成仓的囤着,银子钱散在地下,有个数儿? 你见他穿着粗辣[1]衣裳,人也没跟一个哩? 他不穿好的,是为积福;不跟着人,是待自己苦修。你知不道他浅深,就拿着他两个当那挑三豁四的浑帐人待他,这不屈了人? 他两个倒只再三的嘱付,说:'你二位,我也不知道你是怎么称呼? 谁是姐姐,谁是妹妹?'叫我说:'我大他十来岁多,我是姐姐。'他两个说:'真是有缘有法的。别说性儿相同,模样儿也不相上下。'我倒还说:'我拿甚么比俺的妹妹? 他先全鼻子全眼的就强似我。'这就是俺三个在屋里说的话,谁还放甚么闲屁? 我料着要是你自己可,你没有听差了话的。情管不知是那个混帐,耳躲听的不真,学的别了,叫你生气。不论有这话没这话,只是让进他两个往屋里去私意说话,就是我的不是。妹妹,你怎么耽待[2]我来,合我一般见识? 我与妹妹陪礼。"

素姐连忙就拜。寄姐道:"你没这话就罢呀,陪甚么礼?"素姐道:"妹妹不叫我陪礼,你只笑笑儿,我就不陪礼了。你要不笑笑儿,我就拜你一千拜,齐如今[3]拜到你黑,从黑拜到你天明,拜的你头晕恶心的,我只是不住。"寄姐见他那妾势[4]腔款,不由的笑了一声,也就没理论,罢了。

掌灯以后,寄姐又开了宅门,出去看望狄希陈。那狄希陈越发浑

----

〔1〕 粗辣——山东方言,粗劣;不精致。
〔2〕 耽待——山东方言,对待;恩遇。
〔3〕 齐如今——从现在。齐,同"起";从,自。
〔4〕 妾势——即"妾似的"。势,"似"的借字。"的"字在方言中语音脱落。

身发出肿来，疼的只叫妈妈。寄姐说道："那两个老捼辣，你合他也有帐么？填还他这么些东西！就是你挣的，可你也辛苦来的，就轻意给人这们些〔1〕？"狄希陈道："天爷，天爷！这话就躁杀人！咱也这们几年了，难道我的性子你还不知道？人要不挖住我的颊腮，上锅腔子〔2〕燎我，我是轻易拿出一个钱来？他在旁哩当着那两个老私窠子，雄纠纠的逼着问我要。若是你在跟前，我还有些挂墙〔3〕，壮壮胆儿。你又不合他出来。我要打个迟局，他跳上来，我还待活哩么？他自己就够我受的了，那两个恶货都是他一伙子人，我不拿着钱买命，没的命是盐换的？"

寄姐道："我一来也看不上那两个老蹄子，怕见合他出来；二来小成哥子咬着个奶头，甚么是肯放？两个老蹄子在他屋里，不止挑唆叫他打你，还挑唆叫他降我哩！他说已是把我降伏了，不敢能呀能的。老蹄子说：'正该，正该。"人不中敬，吊不中弄。"'你说这不可恶？"狄希陈道："你自己听见么？"寄姐道："他三个屋里说话，伊留雷媳妇子合小河汉在窗户外头听的。"狄希陈道："何如？我说是他挑的！在家没的没打么？可也没有这们打的狠！以后你要不替我做个主儿，我这命儿丧在他的手里！常时在家，他才待要下毒手，娘就护

〔1〕 给人这们些——同本作"拾人这们些"。"给"与"拾"盖因形近而讹，据文意酌改。

〔2〕 锅腔子——山东方言，灶膛。

〔3〕 挂墙——山东方言，也叫"挂墙子"，在危房、危墙的一侧修建的支撑垛墙。这里是依靠的意思。

在头里；娘没了，爹虽自家不到跟前，可也是我的护身符；刘姐也是救星，狄周媳妇也来劝劝。昨日就叫他尽力棱了一顿！留着我，你娘儿们还好过，别要合他拧成股子。"寄姐道："你只怪人，再不说你，那不是冷了人的心？昨日不亏我撞甚么似的撞进来，今日还有你哩？"

狄希陈道："不是说你合他拧成股子打我，只是说你别要理他。我见你这一向下老实合他话的来。"寄姐道："你可怎么样着？'严婆不打笑面'的，你没见他那妾势的哩！他明白合二个老摇拉一问一对的说了我，见我知道了，他刚才那一顿盖抹，说的我也就没有气了。你只以后躲着他些儿，别拿出〔1〕在船上待我的性子来待他，也就没有事了。"狄希陈道："他的龙性同不得你。一会家待要寻趁起人来，你就替他咮〔2〕屁股，他说你舌头上有刺，札了他的屁股眼子了。"

狄希陈正合寄姐说着话，小选子进来说道："送那两个老婆的人回来了，吕书办待自家禀爷甚么话哩。"寄姐就起身进回衙去。

不知侯、张两个怎生送到船上，曾否渡过江去，吕德远要禀甚事，这回说不尽了，再听下回再说。

---

〔1〕　别拿出——同本作"你拿出"。此依连图本，据李本校改。
〔2〕　咮——"舐"的俗字。

第九十七回

狄经历惹火烧身　周相公醒醐灌顶

　　何物毒婆娘？恶心肠，狠似狼，火攻忍在夫身上[1]！烧红脊梁，成了烂疮。　　流浓[2]汰血居床上，好堪伤！旁人不愤，屎尿劈头浆！

　　　　　　　　　　　　——右调《黄莺儿》

　　寄姐进衙内去了。吕德远手里擎着个包袱，袖里袖着两封的二十两银子，来到书房。狄希陈在床上睡着，问道："你拿的甚么东西？"吕德远道："是刚才两个老婆子得去的银纽，小人着人问他要回来了。"狄希陈吃了一惊，道："你怎么问他要得回来？他就肯善善的还与你不成？"吕德远道："小的们料他也定是不肯善与，也费了许些的事，才问他要得转来。小人着了快手贾为道、毕环两个，带了各人自己的子弟，共有六个人，在城外半路里边，等他轿到，喝他走出轿来，他双膝跪下哀求，用强留了他的。"

　　狄希陈道："贾为道两个曾说出我知道不曾？"吕德远道："怎肯

----

〔1〕　忍在夫身上——同本作"忍面大身上"。此依连图本，据李本校改。
〔2〕　浓——同"脓"。

说是老爷晓得！这是扮了强盗劫了他的。"狄希陈道："苦哉！他岂肯轻舍了这许多银物？必定要回到县里递失盗状，缠我与他缉捕追赔。他必定还要进到衙里告诉他的苦楚。万一走漏了消息，我这残命定是难逃！你这害我不小！"吕德远道："若做出这等事来，这也是真真的害了老爷。但小人岂不能虑到这个田地？叫他留下了银纽，将轿子都叫他回进城来，押了两个婆娘上了船，看他过了那岸，方才回报老爷。又分付了门上的军人，如有两个山东半老妇人，老爷分付不许放进城门；又分付了大门皂隶，拦阻不许放入。他除非是会插翅飞进来告诉不成？"狄希陈道："得他过江去了，不来搅扰，日下倒也罢了。万一后日我回到家去，如何是处？"

吕德远道："老爷只管送了他的银纽，打发他离了门户。难道他路上的拐带走失、翻船被盗，都要老爷递甘结，保他一路的平安不成？"狄希陈道："这也有理。夺他银子的时候，胥感上与毕腾云两个在那里？"吕德远道："毕腾云就是毕环的叔子〔1〕。众人跑出来截轿的时节，他两个故意妆了害怕，远远的跑开去了。"狄希陈道："这事也做得周密。只是要谨言，千万不可对里边家人们说。泄漏了机关，不当耍处〔2〕！"吕德远道："小人们岂有敢泄漏的理？倒是老爷要自己谨言才好。就是童奶奶面前，也不可泄漏一字。"狄希陈道："我岂肯自己泄漏？"吕德远道："不然。听得管家们说老爷有些混帐，不等

---

〔1〕　叔子——湘、赣、闽方言，叔父。

〔2〕　不当耍处——同本作"不当要处"。"耍"与"要"盖因形近而讹，据文意酌改。

奶奶略有些温存，恨不得将外边没有的事都与奶奶说了，叫奶奶将人恶口的咒骂。"随把那包袱里的尺头、汗巾合那两封银子，都叫盛门子收藏别处，慰劳了吕书办众人。

狄希陈足足的卧床将养了二十多日，方才勉强起来，出堂理事，赴各衙门销假。吴推官打点待茶，赶开了众人，悄悄问道："仁兄，你忒也老实。'小杖则受，大杖则走。'你也躲闪躲闪儿，就叫人坐窝子[1]棱这们一顿？"狄希陈道："那日经历已是脱了衣裳睡倒了，他挤到屋里，给了个凑[2]手不及，往那里逃避？"吴推官道："仁兄，你只敢脱了衣裳先就睡了，这就是粗心。女人们打汉子，就乘的是这点空儿。或是哄咱先脱了衣裳睡下，或是他推说有事，比咱先要起来，这就是待打咱的苗头来了。凭他怎么哄，咱只说：'奶奶不先睡，我敢先睡么？''我倒不先起去开门，放丫头生火扫地的，敢叫奶奶先起去么？'你只别叫他先起来，别叫他后睡。咱穿着衣裳，还好跑动；他光着屁股，咱还好招架。我这不是相厚的乡亲，也不传给仁兄这个妙法。"

狄希陈道："经历那敢在衙里睡来？是在衙门外书房里睡觉。他偷了钥匙，自家开出门来，赶了人个不穿裤。"吴推官道："我还强似仁兄。我惧的是贱荆一个结发嫡妻，怕他些儿罢了。那两个小妾，我不怕他。在京里观政，贱荆在家，两个也为了为王。后来贱荆到

---

[1] 坐窝子——山东方言，坐在住的地方不动。这里指不知道挪移躲避。
[2] 凑——"措"的音变。

了,就狗鬼听提[1]的都不敢了。那像仁兄,连妾也这们怕他?"

狄希陈道:"贱妾为王的时节,也是经历的妻还不曾到。昨日叫经历吃亏的是经历的妻,不是前日那为王的妾。"吴推官大惊道:"大老嫂多咱到的?"狄希陈道:"到有一月多了。"吴推官道:"大老嫂既到了,二老嫂也减些利害么?"狄希陈道:"'山难改,性难移',怎么减的?"吴推官道:"苦呀! 两下里齐攻,要招架哩!"

狄希陈道:"招架甚么? 只是死挨罢了! 闻说新官有将到的信了,回到经历自己衙内,合老大人邻着墙,他怕老大人听见,或者收敛些也不可知。"吴推官道:"这个别要指望。我这衙里要是安静的,这倒也可以唬吓他,说刑厅利害,别要惹他,惹的他恼,不替人留体面;就是我也好可以持故作威[2],镇压他镇压。如今我衙里,'晏公老儿下西洋——己身难保'的,你唬虎他,他也不信,我也不敢作威作势的镇压。还是咱各人自家知道,好歹躲着些儿稳当。"彼此笑了一场,开门辞出。

却说成都县新选的县官姓李,名为政,湖广黄冈县人。少年新科进士,领了凭,便道回家,自黄冈起马,前来赴任。狄希陈将素姐、寄姐合一班家眷,尽数仍回本司衙门居住,狄希陈自己在县,同周相公料理交代文册。不日与新官交代明白,回到衙门,仍做那经历的本等勾当。

----

〔1〕　狗鬼听提——疑为"狗兔听提","鬼"为"兔"的讹字。

〔2〕　持故作威——同本作"特故作威"。"持"与"特"盖因形近而讹,据文意酌改。

　　素姐从家乡乍到了官衙,也还是那正堂的衙舍,却也宽超[1]。如今回到自己首领衙宇,还不如在自己明水镇上家中菜园里那所书房,要掉掉屁股,也不能掉的圆泛。吴推官查盘公出,那边衙内没了招灾揽祸的本人,颇极安静。众人故把那刑厅间壁的势力压伏着他,也不免有些畏惧。这般野猴的泼性,怎生受得这般闷气? 立逼住狄希陈,叫他在外面借了几根杉木条,寻得粗绳,括[2]得画板,札起大高的一架秋千。素姐为首,寄姐为从,家人媳妇、丫头养娘,终日猴在那秋千架上,你上我下,我下你上,循环无端打那秋千顽耍。

　　狄希陈再三央说:"间壁就是刑厅,千万不可高起。恐那边看见,不当稳便。"寄姐众人都也听了指教,略略高扬,便就留住。惟这素姐故意着实使力,两只手扳了彩绳,两只脚躧了画板,将那腰一蹲一伸,将那身一前一后,登时起在半空之中,大梁之上。素姐看得那刑厅衙内甚是分明,刑厅的人看得素姐极其真实。不止一日。

　　吴推府查盘完毕,回到衙中,素姐也绝不回避。分明亦见[3]吴推府戴着魂亭[4]样绉纱巾子,穿着银红秋罗道袍,朝了墙看。素姐在上边摆弄,吴推官在下面指手画脚的笑谈。一日,吴推府做了一只《临江仙》词,说道:

　　　　隔墙送过秋千影,还教梦想神萦。而今全体露轻盈,堆鸦蝉欲颤，舞鹤蝶争轻。　　褭娜细腰欺弱柳，应知莲瓣难停。遥看俊貌拟倾城。只嫌来往遽，愿住少留情。

写在一个折简之上，用封筒〔1〕封了，上写"狄经历亲拆"，差人送了过来。狄希陈看那"隔墙送过秋千影"，知道是为这边有人打秋千的缘故，所以写此帖来。但那词里的句读念他不断，且那"影"字促急不能认得。曾记得衫子的"衫"字有此三撇，但怎么是"隔墙送过秋千衫"？猜道："一定打秋千的时候，隔墙摔过个衫子到他那边，如今差人送过来了。"遍问家里这几个女人，都说并没有人摔过衫子到墙那边去。狄希陈又叫人问那字的来人，问他要送过来的衫子。来人回说没有，方回了个衔名手本去了。

心里纳闷，敬〔2〕着了人往郭总兵公馆请了周景杨来到，拿出吴推官的原帖，叫他看了解说。周景杨看得是个《临江仙》词，逐句解说与他。狄希陈对后边两个婆子说了。寄姐道："老吴看见的一定是我。若是薛家姐姐，先是没鼻少眼，怎么夸得这等齐整？"素姐道："你秋千打得不高，他那边何尝看见你？夸的也还是我。"

以后素姐凡打秋千，起得更高，要在吴推官面前卖弄。他那边看的女人不止一人，凭他褒贬，有得说是风流俊俏〔3〕，有的说是少个眼睛。一日，吴推官又着人送了一个柬帖过来，上面写道：

----

〔1〕　封筒——封套；札封。

〔2〕　敬——山东方言，特意。

〔3〕　风流俊俏——同本作"风流俊悄"。"俏"与"悄"盖因同音形近而讹，据文意酌改。

金莲踏动秋千板,彩索随风转。红裙绿袄[1]新,乍看神魂撼。细睨参,却原来少一个眼。

狄希陈拆开细看,又读不能成句,只念得临了一句"细睨参[2],却原来少一个眼"。寄姐道:"这情管是个《清江引》。你照着《清江引》的字儿,你就念成句了。"狄希陈念成了一只《清江引》。

素姐把吴推官背地里恶口凉舌,无所不咒,但只依旧顽耍秋千,不肯住歇。一日,吴推官又着人送过一个封口的柬套。狄希陈看那里面写道:

喜杀俺东邻娇艳,淡抹浓妆,丰韵悠扬。远远飘来粉泽香。

刚好墙头来往看,不耐端详,空有红颜,面部居中止鼻梁。

——右调《丑奴儿令》

狄希陈再三读不成句,寄姐也除了《清江引》别再不识牌名,又只得请了周相公讲读。周相公笑道:"里边女眷,有人少鼻头的么?"狄希陈道:"想帖上有此意么?"周相公从头讲了一遍,说道:"吴刑厅虽是个少年不羁之士,心里没有城府,外面没有形迹,终须是个上司。隔了一堵矮墙,打起秋千,彼此窥看,一连三次造了歌词,这也是甚不雅。以后还该有些顾忌才是。"

狄希陈将周相公的议论说与后边。素姐连吴刑厅、周相公、狄希

----

[1] 红裙绿袄——同本作"红裙绿㳠"。"袄"与"㳠"盖因同音形近而讹,据文意酌改。

[2] 细睨参——同本作"细端详",据上文校改。

陈三个人骂成一块,咒的惨不可闻。还是寄姐说道:"周相公是个老成的人,他往常凡说甚事,都有道理,这事应该听他。我们也顽够了老大一向,叫人把这秋千架子拆了也罢。"素姐道:"好妹妹! 千万不可拆去! 这促织匣子〔1〕般的去处,没处行动,又拘着这狡官的腔儿,不叫我出外边行走,再要不许我打个秋千顽耍,这就生生闷死我了!"寄姐道:"顽耍也有个时节,难道只管顽么? 也不害个厌烦? 我的主意定了要拆。"

素姐虽是个恶人,却不敢在寄姐身上展爪,也便没再敢做声。等得寄姐往房中奶孩子去了,方走向狄希陈说道:"这秋千,我只在你身上情,不许拆了我的! 要是不依,我不敢揉那东瓜,我揉马勃,只是合你算帐! 咱两个都别想活!"狄希陈知道寄姐的执性,说拆定是要拆,一定栏他不住〔2〕;素姐出的告示又这们利害,又是个说出来做出来的主子,搭拉着头,砍上了顶愁帽。

狄希陈还没得央及寄姐,求他别拆秋千,次日刚只黎明,寄姐早起,使首帕瑬了瑬头,出到外面,叫张朴茂、伊留雷、小选子七手八脚,看着登时把个秋千拆卸馨净。极的个素姐在屋里又不敢当时发作,只咬的那牙各支各支的恨狄希陈。

恰好狄希陈从他跟前走过,他说:"你既拆了我的秋千,外边这

〔1〕 促织匣子——喂养蟋蟀的木盒,这里用以极言住处之狭小。促织,蟋蟀的俗称。
〔2〕 栏他不住——同本作"栏他不主"。"住"与"主"盖因同音形近而讹,据文意酌改。

景致可要任我游耍！前向我进来的促急，还有海棠楼、锦官楼两个去处我没曾到得。你送我到那边走一遭去。"狄希陈没敢答应，站了一会。素姐道："你温鳌妆燕似的不做声，是不叫我去么？不叫我去，你可也回我声话！这长嗓黄一般不言语就罢了么？"狄希陈道："待我到外边问声人，看这堂上三厅合首领衙里也有女人出来看景致的没有？要是曾也有人出去，我打发你出去；要是别衙里没有女人出去，这我也就不敢许了。这会子叫我怎么当时就能回话呀？"素姐道："你这就是相家那伙子人的臭屁声！我合别人家伙穿着一条裤子哩么？别人去，才许我去！我不许你打听别人，只是要凭的我！"狄希陈也没答应，抽身往外去了。

寄姐梳洗了出来，素姐道："这府城里有海棠楼合锦官楼，都是天下有名的景致。妹妹，你不出去看看？你要出去，我陪着你；你要不去，我自己出去走遭。他要拦阻我，不叫出去，我可定不饶他！妹妹，你只别管闲帐，与你不相干。"寄姐道："一个汉子，靠着他过日子的人，你不饶他，叫我别管呢！你再像那日下狠的打他，我就不依了！"

素姐说："我打听的你自从我到了，你才觉善静了些。你常时没打他呀？"寄姐道："你叫他本人拿出良心来说说，我照依你这们狠打他来？"素姐说："妹妹，你不知道[1]，贼贱骨头，不狠给他顿，服不下

---

〔1〕 不知道——同本作"不先道"，据文意酌改。

他来。他叫[1]出去就罢了，他要不叫我出去，只怕比那遭更还狠哩！"寄姐道："也难说！那一遭我没隄防你，叫你打着他了。这如今守着我，你看我许你打不！"寄姐也只当他是唬虎之言，又恃着自己是个护法伽蓝，也不着在意里。

狄希陈外边待了一会，回到寄姐房中。寄姐道："你叫他出去看甚么海棠楼哩么？"狄希陈道："他只是这们难为人。一个做官的人，叫老婆出去遥地里胡撞，谁家有这们事来？只嗔我不答应！"寄姐道："你要不放他出去，你就小心着，躲[2]着他些儿。他安的心狠多着哩！"狄希陈道："我好生躲避着他。要是他禁住我，你是百的快着搭救，再别似那一日倚儿不当的，叫他打个不数。"

从此，狄希陈便也刻刻隄防，时时准备。在里边合寄姐睡觉，毕定是把门顶了又顶，闩了又闩。如在外边自己睡觉，必定先把房门顶关结实，然后脱衣去网；着里的小衣，遵依了吴推官的宪约，不敢脱离。素姐不得便当下手，屡次才待寻衅发作起来，不是寄姐上前拦护，[就是]狄希陈推着有甚官事，忙忙的跑出外面，成日家躲着。素姐越发怀恨更深。

一日，是粮厅的寿日。狄希陈因夺掌了他的成都县印，恐他计较，正待寻一个枝节[3]奉承他奉承，买转他的心来，除备了八大十

----

〔1〕　叫——山东方言，让；同意。
〔2〕　躲——同本此字处空白。此依连图本，据李本校补。
〔3〕　枝节——山东方言，今说"枝头子"，借口。

二小的套礼之外,十五两重的三只爵杯,十六两重的一柄银如意,二十四两重的一把银壶,三十二两重的一面洗手盆,要送他祝寿[1]。又求了蜀殿下[2]的一个画卷,请周相公进衙做的前引后颂。一一都收拾停妥,妆了两大绒包,专等粮厅正点[3]消息。

狄希陈穿了吉服,在外边与周相公说话。若是在外面等粮厅开了门,送过礼见了出来,外边脱了衣服,岂不也脱了这场大灾?却神差鬼使,恐留周相公清辰早饭不甚齐整,特地自己进来,到寄姐房内再四的嘱付。素姐见他进到寄姐房内,慌忙取了个熨斗,把炉子里的炭火都搝[4]在里面,站在房门口布帘里面。等得狄希陈出寄姐房来,从后边一把揪住衣领,右手把一熨斗的炭火,尽数从衣领中倾在衣服之内。烧得个狄希陈就似落在滚汤地狱里的一样,声震四邻,赶拢了许多人。偏生那条角带再三揪拔不开,员领的那个结又着忙不能解脱。乱哄哄剥脱了衣裳,把个狄希陈的脊梁,不专那零碎小疮,足足够蒲扇一块烧得胡焦稀烂。轰动了周景杨,也避不得内外,急跑进来,叫:"快拿盐来!"使水泡了浓浓的盐卤,用鸡翎醮了,扫在烧的疮上。狄希陈觉得通身渗凉,略可禁受。

周景杨问是素姐将火故意烧害丈夫,高声骂道:"世间那有此等恶妇!天雷不诛,官法不到,留这样恶畜在世!狄友苏,你也过于无

---

〔1〕 送他祝寿——同本作"道他祝寿"。"送"与"道"盖因形近而讹,据文意酌改。

〔2〕 殿下——明代的蜀王。殿下,对诸王的尊称。

〔3〕 正点——同本作"口占",前一字模糊不清。据文意酌改。

〔4〕 搝(qiān)——夹取。

用！如此畜类,就如狼虎蛇蝎一样,见了就杀,先下手为强！受他的毒害,还要留在世上?"素姐在房骂道:"贼扯淡的蛮囚！你挣人家二两倒包钱使罢了,那用着你替人家管老婆！他不杀我,你替他杀了我罢!"周相公道:"我就杀你,除了这世间两头蛇的大害,也是阴骘！我这不为扯淡,古人中这样事也尽多！苏东坡打陈慥的老婆[1],陈芳洲打高相公的老婆[2],都是我们这侠气男子干的事,杀你何妨！我想狄友苏也奇得紧,何所取义,把个名字起做狄希陈？却希的是那个陈？这明白要希陈季常陈慥了！陈季常有甚么好处,却要希他?这分明是要希他怕老婆！且是取个号,又叫是甚么友苏！是要与苏东坡做友么？我就是苏东坡,惯打柳氏不良恶妇！你敢出到我跟前么!"

周景杨只管自己长三丈阔八尺的发作,不隄防被素姐满满的一盆连尿带屎,黄呼呼劈头带脸,浇了个"不亦乐乎",还说道:"我这敢到了你跟前,你敢怎么的我!"众人见泼了周相公一脸尿屎,大家乱作一团。周相公待要使手抹了脸上,又怕污了自己的手,待要不使手去抹他,那尿屎只要顺了头,从上而下流到口内。

---

[1] 陈慥的老婆——即下文所说的柳氏。宋洪迈《容斋三笔·陈季常》:"陈慥字季常……自称'龙丘先生',又曰'方山子'……其妻柳氏绝凶妒,故东坡有诗云:'龙丘居士亦可怜,谈空说有夜不眠。忽闻河东狮子吼,拄杖落手心茫然。'"

[2] 陈芳洲打高相公的老婆——陈循,字德遵,号芳洲。高相公即高谷,字世用,与陈循为同年进士。参见第五十八回"陈阁老打高夫人"注及第六十二回正文。

狄希陈倘在一根偏凳上面，一边哎哼害痛，一边看了周景杨止不住嗤嗤的笑。寄姐喝道："韶道呀！人为你报不平，惹得这们等的，还有甚么喜处？用着这们笑！"叫张朴茂、伊留雷请周相公到外面伺候洗括，叫媳妇子们流水烧汤，叫小选子伺候端水，房里生上火。

周相公沐了头面，浴了身体，拿出狄希陈内外衣裳、上下巾履更换齐整，对了张朴茂众人说道："好利害得紧！我那里也算是妇人为政的所在，没有这等毒恶婆娘！我想妇人至恶的也不过如高夫人、柳氏罢了，所以我一时间动了不平之气。谁知撩这等的虎尾！"周相公倒也不甚着恼，只是赞叹而已。

狄希陈被人烧得要死不活，还管甚么周旋人事？周相公叫人取出礼去，央了照磨[1]禀知粮厅，说他偶然被了火毒，不能穿衣，代他给假送礼。粮厅点收了后边四样银器。又央照磨与他在堂上、两厅跟前给假。狄希陈在衙养病，郭总兵与周相公都也时常进来看望[2]。

抚院牌行成都府，说："省城缺毁甚多，叫作急修整坚固，听候本院不时亲到城上稽察。"堂上太守酌量了城工[3]的多寡，分派了本府首领合成都县佐贰典史、成都卫经历、知事，各照派定信地，分工管修。府三厅合成都知县各总理一面，俱各递了依准，克日兴工。惟有狄希陈把个脊梁弄得稀烂，被也不敢粘着，那里穿得衣裳？剩了这工

---

〔1〕 照磨——府级衙门中负责档案管理的首领官。
〔2〕 进来看望——同本作"进求看望"。"来"与"求"盖因形近而讹，据文意酌改。
〔3〕 城工——同本作"城王"。"工"与"王"盖因形近而讹，据文意酌改。

没人料理，太守心里甚不喜欢，问是感得甚病。回说是被炭火所伤，不能穿得衣服。只得改委了税课大使[1]代理。

一日，太守合三厅都在城上看工。都是府首领、县佐贰，就是卫首领也还风力有权，也还有皂隶可使，修得那城上颇是坚固，工完又早。那税课大使东不管军，西不管民，匠人夫役在他手下的，都没有甚么怕惧。别人每日修得一丈，他一日尽力只好六尺；别人砖灰颜料只使得八分，偏他十分也不足用。若人手方便，或分人管理，或跟随催督，再有顽梗的夫匠，不要论那该管不该管，且拿出那委官的气势，扳将倒挺他几板，他也还知些畏惧。先是人手最不方便，几个手下的巡拦，难道且不去四下里巡绰商货[2]，且跟到城上来闲晃不成？

太守见他的工完得甚迟，又修得不好，着实把那大使呵斥了一顿，要打他跟的下人，大使嗑了一顿响头才罢。迁怒到狄经历时常害病，不理官事，甚有计较之情。又说："因甚自不谨慎小心，以致被了汤火？闻说他的惧内，出于寻常之外。前日署县时，将近一月睡在衙里，不出来理事，闻得是他媳妇子打的。不知怎样的打，打得这样重，一月不起！闻说从家乡来了一个，更是利害。"

吴推官道："先随了来的是妾，姓童，京里娶的；昨日新来的，是他的嫡妻。"太守问道："闻说随来的是妻，姓童；昨日来的是妾，姓薛？"吴推官道："不然。先来的是妾童氏，京师人。晚生曾考察过

---

[1]　税课大使——府级衙门中从九品的属官。
[2]　商货——同本作"商货"。"商"与"商"盖因形近而讹，据文意酌改。

来,他自己供的脚色如此。后来的是他的正妻。堂翁说他姓薛,他的姓是随时改的。到的时候姓薛,不多时改了姓潘,认做了潘葛丞相[1]的女儿,潘公子的姊妹;如今又不姓潘,改了姓诸葛,认了诸葛武侯的后代。"太守笑道:"吴老寅翁惯会取笑,一定又有笑话了。"吴推官笑道:"不是潘公子的姊妹,如何使得好棒椎,六百下打得狄经历一月不起?他还嫌这棒椎不利害,又学了诸葛亮的火攻,烧得狄经历片衣不挂!"

太守合军、粮二厅一齐惊诧,道:"只道是他自己错误,被了汤火,怎么是被妇人烧的?见教一见教,倒也广一广异闻。"吴推府道:"满满的一熨斗火,提了后边的衣领,尽数倾将下去!那是正穿着吉服,要伺候与童寅翁拜寿。一时间衣带又促急脱不下,把个脊梁尽着叫他烧,烧的比'藤甲军'可怜多着哩!"太守都道:"天下怎有这般怪事?有如此恶妇?老寅翁与他是紧邻,他难道也没些忌惮,敢于这等放肆?"吴推府笑道:"晚生衙内也不忌惮他,他衙里也就不忌惮晚生了。"军厅道:"他衙内不顾上司住在间壁,就唱《鹦鹉记》[2],又唱《三国志》,绝无怕惧。可从不曾见老寅翁衙里扮出这两本戏来。"大家倒也笑了一场。

太守却灯台不照自己,说道:"我们等狄经历好了出来的时候,

----

〔1〕 潘葛丞相——明代戏曲《鹦鹉记》中人物。

〔2〕 《鹦鹉记》——明无名氏撰写的戏曲作品,叙周景王苏皇后被陷害事。金陵唐氏富春堂刊行,收入《古本戏曲丛刊》第一集。

分付叫他整起夫纲，不要这等委靡！他若毕竟阘茸不才，开坏[1]他的考语，叫他家去，冠带闲住。官评就是吴老寅翁开起。"吴推官笑道："还是堂翁自己开罢，晚生不好开坏他的考语。万一叫他反唇起来，也说晚生被人打破鼻子，成了鼻齄，吹上甚么驴粪；或再说晚生被人打的躲在堂上，蓬着头，光着脚，半日不敢家去；再说甚么被人捻到堂上，央书办、门子说分上，晚生就没话答应他了。还是我不揭他的秃，他也不揭我的瞎罢。"

太守还道吴推官是真话。童通判伶俐，笑道："这个老寅翁倒是不怕他说的。只怕他说道：'不出来大家行香，却在卧房中短站。'这便应他不得了。"同僚们又笑了一顿。

但不知狄希陈何日好了脊梁，太守果否如何分付，其话尚多，此回不能详悉。

---

〔1〕 开坏——同本作"闻坏"，据上下文校改。

第九十八回

周相公劝人为善　薛素姐假意乞怜

人家撞着不贤妻，是彼今生造化低。屎去浇头真异样，火来烧背最跷蹊。他逐他离他自做，我撺我掇我休题。不是周生拦得甚，薛姬解出锦江[1]西。

狄希陈在家将养火创，足足待了四十多日，不曾出来供职。一日，创好销假[2]，军厅老胡、粮厅老童都只说了几句闲话而已。刑厅老吴取笑道："前日我再三叫你小心回避，你却不听我的好言。前日闲话，堂翁说老嫂姓薛。我说：'老嫂原初姓薛，后来改了姓潘，使的好棒椎；后来嫌棒椎不利害，又改了姓诸葛，惯使火攻。'堂翁嗔仁兄伍浓不济[3]，专常被老嫂打的出不来，不成个人品，叫小弟和他都开坏了仁兄的考语，叫仁兄家里冠带闲住去。我说：'堂翁只管开他的劣考，我也不许他说我的头秃，我也不敢笑他的眼瞎。'他如今

---

〔1〕　锦江——岷江的分支，流经成都。蜀人织锦，传说濯于江中则锦色鲜艳，故称。这里代指成都。

〔2〕　销假——同本作"消假"，据下文校改。同本本回"销假"多作"消假"，此后径改，不再出校记。

〔3〕　伍浓不济——窝囊，没用。

既合孔明认了一家,这利害不当耍[1]的。你要是不万分谨慎,只怕再一次做'藤甲军'不难。"狄希陈道:"这事老大人自己晓得罢了,以后还望老大人与经历遮护。"吴推官[2]道:"你这就是不济[3]。咱这们个顶天立地的男子,有本事怕老婆,没本事认着么?"狄希陈道:"堂上老大人既有这话,只怕当真开了劣考,这就辜负了老大人几年培植的功夫。"吴推官道:"堂翁是不藏性[4]的人。你上去销假,他当面一定就有话说。我刑厅是根本之地,我不先开劣考,他也不好异同得的。"

堂上报了二梆,狄希陈谢了茶,辞别而出。不多一会,太守上堂,狄经历过去销假。行完了礼,太守下了地屏[5],对狄希陈问道:"脊背上的火创都已尽愈么? 世间怎得生这般恶畜! 你做男子的,在父母跟前,也还要'大杖则走',怎么袖了手,凭他这般炮烙?"狄希陈道:"那日经历已经穿完了衣服,不曾防备,遂被他的毒手。"太守道:"如此毒物,你守在跟前,这真是伴虎眠一般。天下没有这等恶妇尚可姑容之理! 你补一张呈来,我与你断离了他去,递解了回家,与你除了这害,你心下何如?"狄希陈禀道:"这是老大人可怜经历之意,叫经历还可苟延性命。只是经历后日官满还乡,他仇恨愈深,经历便

〔1〕 不当耍——同本作"不当要"。"耍"与"要"盖因形近而讹,据文意酌改。
〔2〕 吴推官——同本作"具推官",据上下文校改。
〔3〕 不济——山东方言,不好;错处。
〔4〕 不藏性——直爽,有话直说。
〔5〕 下了地屏——离开公座来到案前平地上。

就吃受不起。”太守道：“他若是你的妻，他便奈何得你；我替你断离了他去，他与你是路人了，你还怕他做甚！”狄经历道：“虽不与他做夫妻，却也合他同乡井。他朝夕来以强凌弱，经历便也吃受不起。”太守道：“一个汉子，怕得老婆如虎一般，那里还成世界！快补呈来，不必过虑！”

太守虽然分付得甚严，狄希陈并不曾敢爽俐答应。太守料得他必然变卦，差了一个直堂书办，押了狄经历，勒限补呈，呈完，不拘时候，传进衙内。狄希陈央了书办稍缓片时，“容我退进私衙，再为商议。”书办应允，暂时且退。

狄希陈将太守所说言语，分付补呈，要将素姐断离的事体悄悄与寄姐说知。寄姐道：“若果能把他离断开去，这倒也天清地宁，太平有象。只怕断离的不伶不俐，越发中了深恨。放虎归山，没有不伤人性命的理；又你见做着官，把个老婆拿出官去，当官断离，体面也大不好看。我这也不好主的，你自己拿定主意，或是与周相公商量。可行则行，可止则止，不可冒失。我昨日又打听出一件事来，还没得向你告诉，却也不知是真是假。说咱来了以后，吕祥到了家，合他过了舌，他就合吕祥来赶咱。赶到淮安没赶上，往河神庙里许愿心咒咱，叫河神拿着。通说吕祥得空了，拐着行李〔1〕合骡跑了；他流落在淮安，住到冬底下才往家去。又往县里首着咱造反，往四川来调兵。县里叫的两邻乡约审的虚了，拶了一拶，撺了一百撺，把他一个兄弟打了

〔1〕 行李——同本作“行字”。“李”与“字”盖因形近而讹，据文意酌改。

三十板,枷号了一个月。我也还信不及,叫我留心看他那十个指头,可不都是活泛泛的[1]黑疤!"狄希陈道:"越发做这样事! 你是听的谁说[2]?"寄姐道:"再有谁呀? 是跟他来的那小厮合他们说的。"

狄希陈出到书房背静去处,叫了张朴茂、伊留雷、小选子问他那话。他们学那小浓袋的言语,与寄姐所说句句相同。狄希陈回复了寄姐,说道:"真有此事。我又复问了他们一番。"也留心看素姐的手指。素姐伶俐,爽俐把两只手望着狄希陈眼上一汝[3],说:"你看我那手待怎么? 我这是长冻疮的疤拉[4],没的是谁拶我来? 一个家大眼小眼的看呢!"

狄希陈也没言语,悄悄合寄姐说道:"罢,罢! 咱也顾不得后来仇恨,也顾不的眼下体面。既是堂上有这们个好心,趁着这机会,叫他给咱除了这害罢!"快叫人请了周相公来,合他说了太守的言语,又告诉了他乍听的新奇,说:"太守见今差了书办,立逼着等候呈子,如今特央周相公起稿。"

周相公说的话也甚多,写不了这些烦言碎语,大约与寄姐说的相同。又说:"这要断离的呈稿,我是必然不肯做的。天下第一件伤天害理的事,是与人写休书,写退婚文约,合那拆散人家的事情。

----

〔1〕　活泛泛的——等于说嫩嫩的、结成不久的。
〔2〕　听的谁说——山东方言,听谁说的。
〔3〕　一汝——即"一撸"。本指扯住袖口向外伸手的动作,这里引申指一送、一递。
〔4〕　疤拉——山东方言,疤痕。同本作"疤抗"。"拉"与"抗"盖因形近而讹,据文意酌改。

"敝乡有一个孙举人,在兴善寺读书。一日,住持的和尚有伽蓝托梦说:'孙尚书在寺读书,早晚在我殿前行,我们无处回避,你可在我们殿前垒一座照壁[1],我们可以方便。'住持起初还也不信,后来一连梦了几次,住持不敢怠惰,买了砖灰,建了影壁。孙举人问知所以,甚是喜欢,便以尚书自任,随就歪憋起来。

"一日,住持和尚又梦见伽蓝说道:'你把我殿前的照壁拆去不用。孙举人撺掇他的同窗休了媳妇,且他同窗的休书文稿,都是他手笔改定,阴司将他官禄尽削,性命亦难保矣。'果然次年会试,在贡院门前被人挨倒在地,躧得象个柿饼一般。

"又有一事,也出在敝乡一个寺里。一位陆秀才,在隆恩寺读书,从本寺土地门经过,凡遇昏夜行走,那个主僧长老看见土地庙内必有两盏纱灯出来送他,非止一日。也就知他是个贵人,甚是将他敬重。后来见他在庙门经过,没有纱灯迎送,以为偶然。一连几次都是如此,主僧和他说道:'我一向敬重你,每见你晚夜时候从土地庙门经过,都有两盏纱灯迎送,所以知你是个贵人。这一连几次不见了纱灯迎送,你必定行了亏心事体,伤了阴骘,被阴司里削了官禄,以致神灵不礼。你可急急忏悔!'

"陆秀才再三追想,不得其故。只有一月前,也是个同窗,家中一妻一妾。其妻是个老实的人。其妾是个娼妇,买嘱了合家大小,弄成了圈套,说那妻有甚么奸情。那同窗不察虚实,意思要休了他。但

---

[1] 照壁——筑于门前的墙屏,起遮蔽、装饰的作用。

那妻家是个大族，又事体虽弄得大有形迹，没有显证，决杀不得〔1〕。知陆秀才是有主意的人，又是同窗中的至契之友，特地与他商量。

　　"人家的家务事情，就是本家的正经家主，经了自己的耳躲眼睛，还怕听的不真，内中还有别故；看得不切，里边或有别因。你是个外姓之人，不知他家深浅长短，扯淡报那不平？本人倒说只是不曾有甚显迹，他却说道：'合家大小，众口一词，都说是真，这也就是国人皆曰可杀了。你还要等甚么显证？若等得显证出来，你绿头巾已经戴破，又好换新的了！'那同窗道：'只嫌他是大家，怕他有人出来说话，只是没有实据，对他不住。'陆秀才：'好好的高墙，没了瓦片〔2〕，去了棘茨〔3〕，墙头都耙成了熟道，还待甚么才是实据？他家没人说话便罢，若有人说话，要我们同窗做甚？我为头领，邀众人出来鸣鼓而攻。这当忘八的事，岂是容得情的？抵死也要与他一着！'说得个同窗的主意定了八九分的规模，到家再被那娼妇激上几句，凑足了十分主意，创了一个休书的稿，与陆秀才看。陆秀才还嫌他做的不甚扎实，与他改得铁案一般，竟把个媳妇休将回去。

　　"娘家的人当不起休书里面写得义正词严，连〔4〕自己的娘家，

---

〔1〕　决杀不得——决杀，即"决撒"。决裂；了断。杀，"撒"的方言音讹。不得，连图本作"不下"。

〔2〕　瓦片——同本作"死片"。"瓦"与"死"盖因形近而讹，据文意酌改。

〔3〕　棘茨——山东方言，棘刺。亦称"棘子"、"棘棵子"。带刺的酸枣棵，农家多插置墙头防人越墙。

〔4〕　严连——同本二字漫漶，此依连图本，据李本补。

把这'莫须有'的事,都也信以为真。可怪那个媳妇拙口钝腮,只会短[1]了个嘴怪哭,不会据了理合人折辩,越发说他是贼人胆虚了。

"陆秀才想得:'再无别事可伤阴骘,必定为这件事干了神怒,削了我的官禄。'再三悔过,向那同窗极力挽回,说:'神灵计较,其事必系屈情。我系旁人,尚蒙天谴;你是本人,罪过更是难逃。'说得那同窗冷汗如流,好生惶惧,亲到丈人家再三赔礼,接了媳妇回家,毁了休书。陆秀才也自到佛前忏罪。

"从此那个主僧见陆秀才晚夜来往,土地依旧有纱灯迎送。陆秀才从此收敛做人,不敢丝毫坏了心术,凡事谨了又谨,慎了又慎,惟怕伤了天理。后来主僧见他两盏纱灯之外,又添了两盏。后来陆秀才做到兵部尚书,加太子太傅,封妻荫子,极其显荣。

"还有浙江一个新近的故事,如今其人尚在,也不好指他的姓名,只说个秀才罢了。这秀才家中极贫,是个卫里的军馀[2],十八岁进了学,无力娶妻,只有一个寡母。母亲织卖头发网巾。浙江网巾又贱,织得十顶,刚好卖得二钱银子。这十顶网巾,至少也得一个月工夫。家中有搭半亩大的空园,秀才自己轮钯挝镢,种菜灌园,母子相依度日。禁不得性地聪明,功夫勤力,次年岁考取了案首,即时补廪。一个乡间富家庄户,请他教书。他却少年老成,教法又好。庄户

---

〔1〕 短——连图本作"撇"。
〔2〕 卫里的军馀——军户人家尚未正式入伍的男子。卫里,同本作"卫理"。"里"与"理"盖因形近同音而讹,据文意酌改。

极其恭敬,束脩之外,往家中供送柴米,管顾衣裳。庄户凡遇有事进城,必定寻买甚么鲜品管待先生。

　　"次年科举之年,庄户道:'先生这等用功,为人又好,今年定是高中的。我家有一小女,若不嫌我庄户人家,我愿将小女许与为妇,一些也不烦聘礼,只在我祖先祠内点一对烛,送一盒面,此便是定礼。秀才回家,与母亲说知。母子得与富室连姻,甚是欢喜。果然拣择了吉日,央了一位媒,送了一对寿烛,一盒喜面,做了定礼。这点烛送面,是他浙江的乡风,凭有甚么厚礼作定,这两件是少不得的。就如你山东风俗,夫家过聘的时节,必定办了祭礼,在女家祖宗上致祭告知,这是一般的道理。秀才在庄户家做先生的时候,尚且极其尊敬,况如今做了不曾过门的娇客,这好待是不必提的。

　　"到了七月半后,庄户备了进场的衣服,出路的行李,赍的路费,收拾的自己杭船,携带的一切日用之类,无不周备。先着人往杭州寻的近便洁净下处,跟的厨子家人。又不时往秀才家供给不缺。

　　"秀才进过三场,回到家内。庄家凡百的周济,洗了耳朵,等揭晓的喜报。果然不几日间报到,秀才中了第七名。喜得个庄户废寝忘餐,诤道自己的眼力,能在尘埃中识得英雄。急忙收拾金银,叫女婿家中支用。带去省中盘缠,也有好几百两。秀才赴省去后,庄户的亲戚朋友,日逐家都来作贺,庆他女婿中了举人。他也就以举人丈人自任。

　　"秀才省下完事回家,见得自家的光景比旧大不相同,来提亲的络绎不绝,都是显要之家。起初母子也还良心尚在,都回说已经定过了亲,目下正当纳聘过门的时候。不晓得的媒人仍旧还来作伐,说到一个尚书的小姐,富贵双全,才貌两胜。母子变了初心,竟许与尚书做了女婿,纳聘下礼,毁了起初与庄户的誓盟,赖说并不曾定他女儿。庄户气得只是要死,不愿做人。

"秀才连捷中了丁丑[1]进士,选知县,行取御史,巡按应天,死在任上。尚书的小姐模样到也齐整,自己生不出个儿子,又不许娶个妾。但是娶进门的,至久不过一月,前后也打死了十数多人。

"那庄户的女儿立心等候,必定要嫁一个进士才罢。等到二十七岁,果然一个进士断了弦,娶他为继。进士做到宪长[2],庄家女儿又贤,又有才,自己生了五子,个个长成。两个妾生了三子,共是八个。

"如此看来,这妻是不可休的,休书也是不可轻易与人写的。这呈稿我断然不敢奉命。况尊嫂如此悍戾,不近人情,这断不是今生业帐,必定是前世冤仇,今世寻将来报复。天意如此,你要违了天,赶他开去,越发干天之怒,今生报不尽,来世还要从头报起。倒不如今世里狠他一狠,等他报完了仇,他自然好去。"

狄希陈道:"说的甚是有理。但堂上差人立逼要呈,要断离这事,我却如何回他?"周相公道:"你的妻子,你不愿离异,也由得你。莫说是太守,凭他是谁,也强不得的事。"

----

〔1〕 丁丑——同本作"下丑"。"下"与"丁"盖因形近而讹,据文意酌改。

〔2〕 宪长——都察院的最高长官左都御史。都察院本由御史台沿革而来,御史别称宪台,故言。

这些周折也废〔1〕了许多的时节，那个书办又来催促要呈。周相公只是拦阻，说道："你务要听我这个言语。我看他作恶异常，这恶贯也将满的时候，叫他自己满好，因甚你去与他满贯？"一篇话说得狄希陈回心转意，不肯递呈。

寄姐见狄希陈只管与周相公讲话，请狄希陈进去，问他事体如何。狄希陈把周相公劝他的说话学与寄姐知道。寄姐说："这周相公真是个好人！要是个小人气量的，想着那尿屎浇头，等不得有这一声，还揎掇不及的哩。这好人的话，你就该听他。"狄希陈里边说话，书办外边又催。

却说周相公与狄希陈讲论，不防备小浓袋听了个通前彻后，真实不虚，想道："这事情，一定姑娘不曾晓得，要是偷干的营生；若是姑娘知道，岂还有在衙安静之理？但我既然知了详细，怎好不合姑娘说知，好叫他作急的挽回，许口改过，这事还可止得。况且趁周相公在此，再加劝解。若果递了呈子，'一纸入公门，九牛拔不出'。太爷的官法，容得甚情？就是姑夫自己，也做不的主了。"于是央了小选子传与素姐，说："浓袋待要见薛奶奶哩。"

素姐走到中门边，浓袋道："外边的事，姑娘知道呀？"素姐道："我知道外边甚么事，你失张倒怪〔2〕的？"浓袋道："堂上太爷要呈子的事呀！"素姐道："太爷要呈子不要，累着我的腿哩！我知道他待

---

〔1〕　废——同"费"。用的意思。
〔2〕　失张倒怪——等于说大惊小怪。

怎么?"浓袋道:"好姑娘呀! 你还不知道么? 姑夫今日上堂去销假,太爷说姑娘使棒椎打姑夫,又使火烧姑夫,一遭就睡一两个月不出去,嗔姑夫不休了姑娘。如今差了书办,立逼着问姑夫要呈子,差人拿出姑娘去,当官休断,递解还乡。如今正合周相公商议,央周相公做呈子。周相公再三的劝着姑夫,不肯做呈子。姑夫也疑疑思思[1]的,只是那书办催的紧。姑娘,你还不快着算计哩!"素姐恨道:"阿! 欺心的杂种羔子! 干这个么! 今日可叫他死在我手里罢!我看甚么狨官[2]替人休得我! 要果然叫出我去,我当面不给那狨官个没体面,我不姓薛!"折回身就往里走。

浓袋一手把素姐扯住,说道:"好姑娘呀! 如今真火烧着身哩,你还这们一笼性儿[3]! 绣江县的亏,姑娘你没吃过么? 你就是个活虎,他人手众,你待跳得出去哩?"素姐道:"他是太爷罢呀,怎么休别人的老婆呀?"浓袋道:"你看姑娘好性儿么! 他讲的是国法,说姑娘使棒椎打姑夫,使火烧姑夫,这是犯了法的事,待处姑娘哩!"素姐道:"凭他怎么休,我只往自家衙里来,只合这忘八羔子算帐!"浓袋道:"姑娘,你出了官,他还依你进衙里来么? 当堂写了公文,起了批,佥了差人,即时就押解起身了,谁还依你停一时儿哩!"素姐道:

[1] 疑疑思思——山东方言,犹豫不决、拿不定主意的样子。
[2] 狨官——山东方言,品行低劣的官员。狨,音 róng,今山东方言读作"熊",贬词,人品低劣、无能笨拙的意思。
[3] 一笼性儿——等于说一副脾气、一副性子。

"我只是不走！我个女人家，他好怎么的我〔1〕？"浓袋道："姑娘，你不走，你禁的使乱板子往下砍么？"素姐道："我路上作践那差人，他不敢不放我回来。"浓袋道："姑娘，你只说这们躁人的话！你听！这不又是那书办催呈子哩？事情这们紧了，你还只皮缠，可说到了其间，你那本事都使不的。姑娘你没听《水浒》？像那林冲〔2〕、武松、卢俊义这们主子〔3〕，都打不出解子的手掌哩！你可不作践他，放你回来怎么哩！"

素姐道："递呈凭他递去！我如不知道，好诓出我去；我已知道了，凭他怎么，又诓不出我去。他好进到里头拿我不成？"浓袋道："只别叫姑夫递一呈子；要是姑夫递了呈子，太爷据了呈子，就出票子拿人了。那堂上的差人，等会子等不出去，就进去自己下手，套上铁锁，拉着就跑，他顾甚么体面么？"素姐道："我合周蛮子讲话！这是他恨我泼了他一头的屎，是他挑唆的！"浓袋道："我刚才没说么？亏不尽他再三的拦阻。他还说了一大些不该休了老婆，不该替人写休书的古记〔4〕哩。又是他挑唆的！"

素姐说："小砍头的！我乍大了，你可叫我怎么一时间做小服低的？"浓袋道："这事还得姑娘自己输个己〔5〕，认个不是，以后还

---

〔1〕　怎么的我——山东方言，等于说怎样处置得我。
〔2〕　水浒像那林冲——连图本作"水浒传那林冲"。
〔3〕　这们主子——山东方言，等于说这样的人、这种人。
〔4〕　古记——故实，掌故。
〔5〕　输个己——服个输、认个错的意思。

得挫挫性儿，央央姑夫合童家的姑娘，叫姑夫上堂去央央太爷，止了这事。姑娘再谢谢周相公。如此还好。要是按不住，这八九千里地往家一解，姑娘，你自作自受没的悔，我难为初世为人，俺娘老子只养活着我一个，我还想得到家么？"说着就怪哭的。素姐哕了一口，骂道："你妈怎么生你来，这们等的！名字没的起了？偏偏的起个'浓袋'！这倒也不是'浓袋'，倒是'鼻涕'罢了！塌了天，也还有四个金刚抗着哩，那里唬答的这们等的？你去着〔1〕，我合你姓童的姑娘说去。"

见了寄姐，说道："好咱姊妹的情长！别人下这们狠罢了，咱是一路的人，你也下意的？"寄姐故意道："你说的是那里甚么话？我老实实不懂的。"素姐把那太守差人要呈子，待休了递解回去，反倒告诉寄姐。寄姐故意的也把那太爷扯淡，休不得别人的老婆，及那拿不出去，休了不走的那些胡话混他。谁知他被那浓袋〔2〕指拨了个透心明白，心里又寻思，越害怕起来，再三的央寄姐替他收救。寄姐道："我可实不曾听他说此事，咱请进他来问他个详细。"差了小选子请狄希陈进来。狄希陈是被他唬掉了魂〔3〕的人，恐又知道小浓袋合他说了许久的话，晓得事有泄漏，祸不可测，怎么还敢进去？等狄希陈不进，又叫小选子催请。狄希陈越催越怕。里边见不进去，越发紧催。

----

〔1〕 去着——等于说到一边儿去、去到一旁等着。

〔2〕 浓袋——同本作"老袋"。据上下文校改。

〔3〕 魂——同本作"魄"。"魂"与"魄"盖因形近而讹，据文意酌改。

寄姐道："外头脱不了只有周相公，你没见他么？你出去，同着周相公合他说去。"素姐果然自己出到外头。周相公见他出去，站起来不曾动身。狄希陈只道他出去拿他，将身只往周相公身旁藏掩，要周相公与他遮护。素姐望着周相公道："周相公，你前日也不该失口骂我，我也不该泼你那一下子。这些时悔的我像甚么是的，我这里替周相公赔礼。周相公，你真是个好人，我有眼不识泰山。俺那强人待下这们毒手，周相公，你要是个见小记恨人的，你八秋儿撺掇他干了这事，你还肯再三再四的劝他么？"又望着狄希陈道："小陈哥，贼强人！贼砍半边头的！谁家两口子〔1〕没个言差语错呀？夫妻们有隔宿之仇么？你就下的这们狠递呈子休我？别说着我〔2〕也没犯那'七出'之条，休不动我〔3〕；你就枉口拔舌，弃旧怜新的休了我去，你想想那使烧酒灌醉了我的那情肠，你没得不疼我的？贼强人！贼促寿！你就快快的别兴这个念头！我从今已后，我也不打你，我疼你。我虽是少鼻子没眼，丑了脸，没的我身上也丑了么？才四十的人，我也还会替你生孩子。等我要再打你，再不疼你，周相公是个明府，你可再递呈子也不迟。"

狄希陈唬得失了色，回不出话来。周相公说道："这事不与狄友苏相干。这是堂上太尊见狄友苏两次告假，每次就是四五十日，所以刑厅说起，说初次被你打了六七百的棒椎，今又被你使猛火烧他的背

---

〔1〕　子——同本作"了"。"子"与"了"盖因形近而讹，据文意酌改。
〔2〕　别说着我——连图本作"别说我"。
〔3〕　休不动我——同本作"休要动我"。此依连图本，据李本校改。

脊。因此太尊晓得,所以说从古至今凶恶的妇人也多,从没有似你这般恶过狼虎的;所以差了人逼住狄友苏,叫他补呈,要拿出你去,加你的极刑,也要叫你生受,当官离断,解你回去,嘱付解子断送你的性命。我劝狄友苏,说你这般作业,天没有不报你的理,留着叫天诛你,狄友苏不必自做恶人。所以我劝他不要递呈。只是那堂上的差人逼住了,不肯歇手,无可奈何。你既自己晓得罪过,许要痛改前非。若果真如此,'人有善念,天必从之',不特免了人间的官法,且可免了天理的雷诛。杀牛杀猪的屠子,回心转意,向善修行,放下屠刀,就到西方路上。你只不要心口不一,转背就要变卦。"

素姐道:"我从来说一句是一句,再不变卦! 我要变了卦,那猪,那狗,都不吃屎的东西,不是人生父母所养! 我赌下这们咒誓,周相公,你还不信么?"周相公道:"正是如此。你请进去,这事都在我身上,待我与你消缴。"素姐望了周相公,拜了两拜,又望了狄希陈道:"小陈哥,一向我的不是,我也同着周相公拜你两拜。"这二十多年,狄希陈从不曾经着的礼貌,连忙回礼。你可也安详些儿,着忙的人,不觉作下揖去,往前一抢,把个鼻子跌了一块油皮。素姐往后去了。

太守上了晚堂,狄希陈只得同了书办,上堂回话。太守见了,问道:"想是因你写呈,又被他打坏鼻子了。"狄希陈道:"这是经历自己一时之误,与他无干。"太守道:"呈子完了,可递上来。"狄希陈道:"薛氏嫁经历的时候,父母俱全;如今他的父母俱亡,这是有所往无所归;且自幼都是先人说的亲,由先人婚嫁,两处先人俱已不在,又不忍背了先人之意；且是机事不密，被人泄漏了消息，他却再三的悔罪，赌〔1〕了誓愿，要尽改前非，自许〔2〕如不悛改，任凭休弃，于是衙中众人再四的劝经历在老大人上乞恩，且姑止其事。"太守道："他既自己悔过认罪，你又追念先人，这都是好事。"分付了书办，不必追呈，发放了狄希陈回去。周相公尚在衙中，学说了与太守回答的说话。狄希陈虽是乡间老实之人，他也会得添话说谎，又学太守说："'只怕他是怕一时的刑法，故意哄你，免过一时，仍要旧性不改。我差人时时在你衙前打听，如他再敢作恶，我也不必用呈，竟差人捉他出来，也不休弃，也不递解，只用布袋装盛，撩他在大江里去。'太尊又问：'他家还有甚人在此？'我说：'还有个小厮小浓袋。'太尊道：'你可做下两条布袋，如有再犯，连那小浓袋也撩在江中，剪草除了他的根蒂！'"

周相公晓得狄希陈后边这些说话是他造出来唬虎人的，也遂附会说道："这太尊惯好把人撩在江中。这几日之内，据我知道，撩在江里的，足有十四五个人了！"浓袋偪〔3〕在门外偷听，唬的只伸舌头。

小浓袋听了这话，不知学与素姐不曾，素姐也不知果否改过，只听下回再道。

---

〔1〕　赌——同本作"睹"。"赌"与"睹"盖因形近而讹，据文意酌改。

〔2〕　自许——同本作"目许"。"自"与"目"盖因形近而讹，据文意酌改。

〔3〕　偪——音 bī，紧贴。

第九十九回

郭将军奉旨赐环　狄经历回家致仕

人言蜀路难，只此剑门道。两人萍水缘，连舟相结好。去时尔喜我悲酸，来日此欢彼烦恼。悲者今建牙[1]，喜者结小草[2]。首尾四年间，荣瘁不可保。要知凡事皆循环，展转何烦苦怀抱[3]！

郭总兵失了机，上了辨本，减死问了成都卫军，在成都住了三年光景，与狄希陈来往相处，倒都像了亲眷。只是大将有了体面，又不好在那督府衙门听用，所以碌碌无所见长。

一日，他际遇该来的时候，却是镇雄、乌撒两个土官[4]知府，原系儿女亲家，因儿女夫妇不和，各家的大人彼此护短。起初言差语

---

〔1〕　建牙——出师前树立军旗。引申指执掌兵权。
〔2〕　结小草——中药远志的地上部分，俗称小草。南朝宋刘义庆《世说新语·排调》："谢公始有东山之志，后严命屡臻，势不获已，始就桓公司马。于时人有饷桓公药草，中有远志。公取以问谢：'此药又名小草，何一物而有二称?'谢未即答。时郝隆在坐，应声答曰：'此甚易解，处则为远志，出则为小草。'"此处用上事，指得到一个庸碌的结局。
〔3〕　怀抱——同本作"怀狍"。"抱"与"狍"盖因形近而讹，据文意酌改。
〔4〕　土官——同本作"土官"，据下文校改；同本本回"土官"多作"土官"，后径改，不再出校记。

错,渐次争差违碍,后来至于女家要离了女婿,夫家要休了媳妇。彼此相构,兼之下人搬挑,仇恨日深,嫌疑日甚,私下动起干戈,兴起杀伐,也就管不得有甚么王法。乌蒙府的土官也是他两家的至戚,与他们讲和不来,恐怕被他们连累,申报了抚按上司。抚按行文再三诫谕〔1〕,那里肯听?抚台怒道:"你土官世受国恩,不服王化,擅自称兵,杀戮〔2〕百姓,这通是反民!"差了标下中军参将,领了三千员名马部官兵前去抚剿,相时而动,依抚即抚,不依抚就剿。抚院虽是恁般行去,也还是先声恐吓他的意思,叫他就〔3〕这抚局。

谁知这个参将是山西大同府人,姓梁名佐,原是行伍出身,一些也不谙事体。看得土官的力量十分是不济的,可以手到就擒,张大其事,要得冒功徼赏,把那抚院要抚的本心瞒住了不肯说出,恃了蛮力,硬撞进兵。谁知那土官虽偏安一隅,却是上下一心,法度严整,那三千兵马那得放在他的眼睛?且是他这合气的两家,虽然自己"阋墙"〔4〕,他却又"外御其侮"。

梁佐领了兵马,耀武扬威,排了阵势。那两家的兵马也都出来应敌,他却不伤一个官兵,他也不被官兵杀去一个,左冲右挡,左突右拦,他只费了些招架。官兵前进,土兵渐退,官兵越发道他真个不济,

〔1〕诫谕——同本作"诫论"。"谕"与"论"盖因形近而讹,据文意酌改。
〔2〕杀戮——同本作"杀琴",据文意酌改。
〔3〕就——趋赴,接受。
〔4〕阋墙——内部相争。《诗经·小雅·常棣》:"兄弟阋于墙,外御其务。"务,通"侮"。

只是前赶。赶到一个死葫芦峪里，土兵从一个小口出去得罄净，方使灰石垒塞了个严固。等得官兵尽数进在峪内，后边一声炮响，伏兵突起，截断了归路，把梁佐领的三千兵马尽情困在峪中。四周峭壁，就都变了野雀乌鸦，也不能腾空飞去。幸喜得峪中正有山果〔1〕的时候，且是有水的去处，虽是苦恼，却也还可苟延。

乌蒙土官又将失利的塘报飞驰到了抚院，说梁佐的兵马全师覆没，尽困在山峪之中；虽不曾杀害，若不早发救兵，必致饿死。抚院唬得魂不附体，慌了手脚，即刻传请三司进院会议。那两司中都是些饮酒吃肉的书生，贪财好色的儒士，那有甚么长虑？却顾看那几个都司，名虽是个武官，都是几个南方纨裤子弟；也有世职，不过是世禄娇养的子孙，用人情求了几荐，推了今官，晓得甚么叫是弓马刀枪？也有武科，不过记了〔2〕几篇陈腐策论，瞒了房师的眼目〔3〕，推了这官，晓得甚么是《六韬》、《三略》？穿了员领〔4〕，戴了纱帽，掌印的拖了印绶，夹在那两司队里，倒也尽成个家数。若教他领些兵去与那土官的兵马厮杀，这是断然没有的事。武将文臣，彼此看了几眼，不着卵窍的乱话说了几句，不冷不热的兀秃茶呷了两钟，大家走散。

抚院计无所出，退进后堂，长吁短气，一面星飞题本，一面算计调兵。旁边一个书吏禀道："昨日这个事体原也不甚重大，可以就抚，

---

〔1〕 山果——同本作"出果"，据下文校改。
〔2〕 记了——同本作"记子"，据文意酌改。
〔3〕 眼目——同本作"照自"，据文意酌改。
〔4〕 员领——同本作"冒领"。"员"与"冒"盖因形近而讹，据文意酌改。

必定是梁中军激成此事。今有成都卫问来的郭总兵，闻他在广西挂印的时节，制伏得那苗子甚是怕他，所以人都称他是'小诸葛'。若老爷行到卫里，取他上来，委他提兵去救援，许他成功之日，与他题覆原官。"抚院大喜，说道："我到忘了。此人真是有用之器。推毂拜将，岂可叫卫官起送之理？待我即刻亲自拜求。"传出仪从伺候，要往郭总兵下处拜恳。

抚院到了门口，郭总兵坚辞不出，回说："不在下处，上峨眉、武当去了。"抚院不信，进到他的客次，再三求见。郭总兵故意着了小帽青衣，出来相会。抚院固让，郭总兵换了方巾行衣，方才行礼。送了十两折程，讲说土官作乱，梁参将全军失利，要央郭总兵领兵救援，功成题荐。郭总兵再三推托，说："偾军[1]之将，蒙朝廷待以不死，荷戈远卫，苟安馀年，以全腰领，不敢胜这大任。望老恩台另选贤能，免致误事。"抚院再四央求，叫取拜毡，即时将郭总兵拜了四拜，郭总兵然后免强应承，当时回拜了抚院。

抚院即日行过手本，拨标下五千员名官兵听郭总兵随征调用。又拨自己亲丁[2]一百名，与郭总兵作为亲丁。牌行布政司支银六万两，与郭总兵为兵粮支用；又行经过[3]道府，预备官兵宿所。兵马粮料，书写掾房，任郭总兵在两司考用。又送了二十匹[4]战马，

----

〔1〕　偾（fèn）军——溃败的军队。

〔2〕　亲丁——同本作"亲下"，据文意酌改。下文同此，径改，不再出校记。

〔3〕　经过——同本作"耀过"，据李本校改。

〔4〕　二十匹——同本作"二十四"。"匹"与"四"盖因形近而讹，据文意酌改。

四副精坚盔甲,自己的令旗令牌,都使手本交付明白。

郭总兵克期扬兵,遣了五万人马的传牌,四路并进。抚院亲自教场送行,送了蟒段四表里,金花二树,金台盏一副,赆仪一百两。又三司都在远处送行,各有赆礼。

郭总兵临行问抚院道:"老恩台遣郭某此行,且把主意说与郭某知道。主意还在剿除,还是招抚?"抚院道:"军中之事,不敢遥制,只在老先生到那里时节,相机而行,便宜行事。"郭总兵道:"容郭某到彼,若梁参将与三千官兵不曾杀害,止是困在那边,这是尚有归化之心,事主于抚。若梁参将的官兵困在山峪中,他虽不曾杀害,以致困饿而死,情虽可恨,罪有可原,抚与剿择可而用。若是杀害了官兵,心已不臣,罪无可赦,总他摇尾乞怜,法在必剿。郭某主见如此,老恩台以为何如?"抚院大喜,以为至当:"到彼即照此行。"

郭总兵将五千兵分了四路,传令日住晚行,高竿上缚十字,每竿悬灯四盏,照得一片通红。沿路增灶,虚张五万人的声势。将近的路程打听,说梁佐的官兵尚困在山峪,内中山果甚多,秋田成熟,泉水不缺,可以久住无妨,只是前后没有出路。又走了一程,捉住了他二十名探马。郭总兵将四个为首的着了人监守在个空庙里面,不许他交往外人,走漏消息。

郭总兵也差了四个探子,叫那边十六个巡兵:"领到峪中,亲见梁参将。曾否遇害,官兵有无伤损,你还着几个人同来回我的话,就领这质当〔1〕的四个人回去。"把那十六个人都赏了酒饭,好好的都打发起身。这二十个人被郭总兵拿住时节,自分必死,不料得这散监了四人,又好好的放了十六个人回去,又叫还来领那四个监的回家,又敢竟差四个单身探子深入打听,正不知是何主意。欢欣回去,领着四个人见了两处的土官,说了前后的来意。

土官说道:"我们兄弟之邦,又是儿女姻亲,一时被小人挑激成了嫌疑,私下两家相打,杀了自己的几个家人,何烦官兵致讨?就是负固不伏的劲敌,官兵初到之时,也还许他一条自新之路。昨日来的那员将官,也不问个来由,也不量个深浅,带了几个不见天日的残兵,摆了一个九宫八卦的阵势,又差错摆得不全,一味的蛮闯。我们若与他一般见识,杀的他片甲不留。只为朝廷恩重,不肯负了本心。我们越退,他们越进。我们无可退了,只得请他到山峪里边暂屈尊他几日。里边无限的山桃枣栗、柿子核桃之类,可以食人;豆谷尽多,可以喂马;渴了有水,冷了有火,阴雨山岩之下尽有遮避。你吃过酒饭,我着人送你到那边,亲与他们相见。我这里一人也不肯伤害他们。只是可怪,你那抚院老爷发兵遣将,也拣选几个强壮的好兵,也挑选个拿得出手的好将,这也好看。兵是不消说起,不知那里弄了这等一个猢将,他在此日日乞哀,说他是抚院老爷标下的甚么中军。看他的猢腔,一定是个火头军。那有这等个猢食杭杭[1]做得中军之理?你如今领兵来的,却又是怎么样个人?比昨日那个中军也还好些么?"

---

[1] 猢食杭杭——贬词,等于说没用的东西。

那四个道:"此番不比那人,是原任广西挂印郭总兵老爷亲提大兵〔1〕到此。"土官道:"郭总兵名字叫做郭威,广西失了机,拿进京去了,怎得来此?"四人道:"朝廷为他有功,免了他的死,问在我们成都卫军。抚院老爷特地聘请了来的。"土官道:"若果是他,闻名倒是好的,但不知见面果是何如。"差了人送这四个人到山峪里面,见了梁中军合那三千兵马,人人都在,个个见存,只是弄得个人疲马瘦,箭折刀弯。见了四人,知是郭总兵提兵救援,还不敢定有无生路。四人辞了出来,仍旧又见了土官,每人赏了一个二两重的银钱,在那十六人中拨了四个送这四人回去。见了郭总兵,将那土官通前彻后的话,不敢增减一字,学说了个详细。

郭总兵知道梁佐的官兵见在,且的知这两家土官不是决意造反,也还是骑墙观望。将那四个人取了出来,分付道:"来人说话,据那土官之言,不是造反,是被小人挑激生变,要得徼幸成功,这是实话。我亲提数万精兵,见今压在你的境上。我在广西镇守,苗子们怕我用兵如神,你们岂无耳目?我岂不能一鼓荡平,张大其事,说甚么不封侯拜将?只是自己良心难昧,天理不容。我所以且不进兵,先与议抚。你那土官能就我的抚局,你那身家性命、富贵功名,都在我身上保你。若不肯就抚,我大兵齐进,悔之晚矣!这事重大,不是你们下

---

〔1〕 大兵——同本作"太兵",据文意酌改。

人口内可以传说得的，还是我们自己亲说方好。论理[1]，该你们两家本官来我营中就见方是。但你那本官怎敢轻信来到我的营中？我明日自己亲到你那所在，将营札于城外，我自己角巾私服，跟三四名从人，也不带一些兵器，亲与两家本官说话。叫你本官也不必多差人役迎接，只是你两个人迎至半路，导引前行，不可有误。如差役不迎，营门紧闭，这便是不肯就抚，我便随即进兵。"也赏了八个人酒饭，打发出营去讫。

过夜，郭总兵传令叫四更造饭，五更拔营，直逼土官城下。还是每人四盏灯笼。土官在城上瞭望，如果有数万人马相似。郭总兵果然便服方巾，跟了四名随从，连周相公也扮了家人在内，馀外又跟八个士卒同行。土官果然差了远近探马，探得郭总兵人马在城外扎住不动，止是自己单骑微行，即忙差了仪从旗仗、鼓吹细乐，迎接郭总兵进城。两个土官在城门之内，冠带迎接。

郭总兵进了察院，土官参见礼毕。郭总兵责备他只因私愤擅动干戈，又阻拒官兵。两土官再三辩说："先是小人挑激起衅，官兵卒临，止是退避免祸，并无阻拒之情。见今俱在山中屯住，并不敢致折损一人。"要请郭总兵亲临峪口，逐个验还。大约说的都是对那四个人先说的话。郭总兵见事体原不重大，求抚是真，传下令去，叫人马退二十里下营。

----

〔1〕　论理——同本作"论埋"。"理"与"埋"盖因形近而讹，据文意酌改。

　　郭总兵用过了饭，两个土官方信了是真，送郭总兵出城，亲到了那梁佐受困的峪口。逐名放了出来，果然一个不少。郭总兵传令，叫这三千员名官兵总归大营屯扎。两土官亲送郭总兵回营，谢了罪，又谢了招抚。郭总兵叫他回去，各将那挑激起衅的小人解赴辕门，每人打了二十五板，释放宁家。即时班师振旅，自己殿后起身。又叫两个土官不许多带人马，随后三日之内，亲到省城向抚台谢罪。

　　这样一个极难极大的题目，他只当了一个小小的破题做了。往返不上二十，带去的那六万两银不曾支动分文，二十匹战马、四副盔甲、一应兵马令旗等项，全璧归赵。又要回梁佐三千人马，都使手本一一交付回去，不惟一人不杀，且亦不曾捆打一人。把个抚按两院、都布按三司喜得不知怎样。也还虑那两家土官哄得官兵来后，仍要谋为不轨。果然三日之内，都单骑来省，在抚院两司跟前服礼请罪。安然无事回去，感激郭总兵不肯自己冒功，保全了他两家千数人的生命，两处百万的生灵，只是建了郭总兵的生祠供奉。

　　抚台把这郭总兵不动金钱、不劳兵力，轻易把两个土司就了安抚，要回了三千陷没的官兵[之事具本上呈]，保举郭总兵，求皇上不次起用，不惟酬劳他的大功，且是资国家的捍御[1]。又[参]参将梁佐违悖方略，激变土司，以致没师辱国。

　　先是四川抚按题上本去，说土官作乱，陷没官兵，见委遣戍总兵官郭威提兵进剿，朝廷之上也老大吃惊。就是仰仗天威，平静得来，

----

　　〔1〕　捍御——同本作"忓御"，据文意酌改。

也不知要费几百万钱粮,伤几百万士卒,调天下多少人马,迟延多少日时,劳朝廷多少忧虑。今知一钱不费,一人不杀,只把那下人两个每人打了二十五板,结了如此大局。虽朝堂之上贿赂成风的时候,也只得公道。难为兵部覆了,免戍放还,遇缺推用,特旨起了原官中府金书,将梁佐差锦衣卫扭解来京究问。

邸报抄传,京花子报了喜。郭大将军急忙收拾起行,只是苦无路费。周相公又要跟了郭总兵进京,狄希陈又不能离脱,都是欢喜中又有这不遂心的事。正也费处,恰好直堂书办填完了进表的贤否出来,抄了送与狄希陈看。上面开那考语道:

家政纷如乱丝,妻妾毒于继母。

开那实事道:

一、本官不能齐家,致妻妾时常毒打辱骂。与刑厅相邻,致本厅住居不宁。

一、本官被妻薛氏持椎毒殴,数至六百不止,卧床四十馀日不起。

一、本官被妻薛氏将炭火烧背成疮,卧床两月,旷废官职。

那时恰值周相公在座。狄希陈看那考语不甚通晓,看那实事略知大义。周相公接在手中看了一遍,说道:“事也凑巧。这考语已经开坏,不日就转主官[1]。不如早些我们合了伴,大家回去,省得丢你在此,以致举目无亲。”

----

〔1〕 主官——同本作“王官”,据文意酌改。

狄希陈又央周相公将那考语、实事细细讲了一遍,回家与寄姐商量。寄姐离了童奶奶将近四年,也甚是想念,宦囊也成了个光景。"周相公已去,郭总兵与权、戴二奶奶都要相离,千乡万里,孤另另在此何干?既考语已坏,总然留恋,待不多时[1],怎如与郭总兵、权奶奶、戴奶奶、周相公同来同去?且借了他新起的势焰,路上又甚安稳。"说得狄希陈心允意肯,次日即央周相公做了致仕文书,堂上合三厅同递。堂上批了"转申",军粮厅批了"候府详行缴",刑厅批了[2]"本官年力富强,正是服官之日;且瓜期[3]久及,何遂不能稍需?暂病不妨调摄,仍照旧供职。此缴"。

狄希陈也不曾理论,一面收拾起程,一面候那详允。恰好收拾得完,致仕的申详允下。合郭总兵仍旧写了两只座船,头上挂了郭总兵"钦命赐环"的牌额,贴了中军都督府的封条。抚院送郭总兵的夫马勘合,两家择了吉日,同时上船。抚院二司都亲到江楼与郭总兵送行,都司参游等官都披执了在远处候送。

却说那时逼死媳妇的监生带了四五个家人,领了十来个无行生员,赶到江边,朝了狄希陈的座船,说曾诈过他四千两银,要来倒去。若不退还,要扭他去见两院三司。起先好说,再次喧嚷,后来朝了船

---

〔1〕 总然留恋待不多时——同本作"总然留总不多时",据李本校改。
〔2〕 批了——同本作"扯了",据文意酌改。
〔3〕 瓜期——《左传·庄公八年》:"齐侯使连称、管至父戍葵丘。瓜时而往,曰:'及瓜而代。'"后因以"瓜期"指官吏任期届满。

大骂〔1〕。围了许多人，再三劝他不住。狄希陈唬得不敢出头，童寄姐气得筛糠斗战，薛素姐甚是畅快，只说："贼狼强人！诈人家这们些银子，要几两送送俺师傅，疼的慌了！可怎么来？也有天理〔2〕！"

周相公见那班人越扶越醉〔3〕，说道："你这班人也甚是无理。他若果然诈了你的银子，他做官时候你如何不在两院手里告他？他如今致仕还乡，你却领了人挟仇打诈。且问你：你若不是造下弥天大罪，你为甚的却将四五千金的与人？他在我们船上，我们钦命回朝，正是喜庆的时候，你〔4〕却来辱骂，是何道理？"监生道："我自问狄经历退钱，不与郭老先生相干。他好退便退，不肯退时，趁两院两司都在席上送行，我到那席上声冤叫屈！"周相公道："你就去声冤叫屈，也不怕你！我闻说那时罚了你二百石谷，见在仓里备赈，交代册上都是明白开上的。断了一百两妆奁还了尸亲，又有尸亲的活口。你挟了这些仇气，敢来报复？"

周相公差了一个人，分付叫他如此如此，这般这般，叫他飞马快去。这监生恃了那几个歪秀才的声势，那里肯听周相公的说话，只管在那江边乱嚷，越发照了船丢泥撒石，撩瓦抛砖。只是因无跳板，不

---

〔1〕　朝了船大骂——同本作"朝了船夫骂"，据文意酌改。
〔2〕　天理——同本作"天埋"。"理"与"埋"盖因形近而讹，据文意酌改。
〔3〕　越扶越醉——本指醉酒的人，别人越是搀扶，他却越显露出醉态。后比喻别人越是迁就、规劝，反而越发无休无止，变本加厉。同本作"越指越醉"，据文意酌改。
〔4〕　你——同本作"那"，据文意酌改。

得赶上船来。

待了不多一会，只见七八个穿青的公差走近前来，站住看那些人嚷骂了一会，说道："果真如此！刑厅吴爷叫来请相公们去，有话合吴爷去讲，不要在此打抢！"一个扭住了监生，两个扭住了两个为首的生员，其馀的取出绳来，把那四个监生的家人都上了锁。还有四五个胁从的生员见势不好，撒腿就跑。那江边沙滩之上，穿的又都是那低头浅跟的鞋袜，跑得甚不利便，又被捉回来了两个，一顿扯拽进城去了。

却是周相公差了郭总兵的人，持了郭总兵的名帖，说："监生强霸人家良妇，吞并人家产业，以致逼死了嫡妻。狄经历署县事时准了他的词状，问真了情节，量罚他二百石谷子备赈收仓，交盘册见在；又断了一百两妆资银子给了尸亲。他却怀恨，领了许多无耻秀才，带了家人，来到船上打抢。"吴推官大怒，拔了八枝[1]快手的签，叫来快拿，赴厅听审。吴刑厅审了口供，将监生罚他修盖了馆驿的五间大厅；将四个家人每人三十板，伙修养济院的房屋；四个秀才都发到学里，每人戒饬二十板。给了差人回帖，又勒取了监生的风火甘结，如狄经历沿途凡有盗贼水火，都要监生承管。监生这一番又约去了有五六百金。

郭总兵赴席回来，作福开船，与狄希陈一路行走。素姐自从离了府门，上在船内，不怕了甚么递解，不怕使甚么布袋妆盛撩在江内，依

---

〔1〕 八枝——同本作"八校"，据文意酌改。

旧放开了心，从新[1]纵放了胆，心心念念，刻刻时时，要在狄希陈身上出这许多时的恶气。只是船中地方有限，人的眼目甚多，没有空隙下手。又要唆哄小京哥往船边感堂[2]上顽耍，要推他下江里去，又禁不起众人防备，行不得这个的低心。周相公的方略，叫狄希陈夜晚不要在自己船上宿歇，叫且与他同床，免人暗算。狄希陈月令[3]还好，都也依他指教。素姐没处下的毒手，好生心躁。

　　船到了湖广，郭总兵、周相公都因好些年不曾回家，料理周旋，足足住了一月。狄希陈也不曾在自己船上等候，都在周相公、郭总兵两家过日。郭总兵家中事完，周相公也料理停当，郭总兵然后同了大奶奶合家中先有的两个妾，许多家人合娘子丫头，又添写了一只官座船，同往北京上任。

　　又同行了几时，船到了山东境内，狄希陈要在本家住下。素姐是不消[4]说起，恨不得一步跨到家中，干他那遂心恰意的勾当。寄姐又只待竟且回京，与他母亲相会。狄希陈也就自己没了主意，与周相公商量。周相公道："他这几时的积恨，只奈了我们众人大家防备，所以不得下手，又兼他是个孤身，所以也还有怯意。你若与他回去，他有了党羽，你没了帮扶，隄防不了这许些，只怕你要落他的虎口。

---

〔1〕　从新——同本作"从心"。"新"与"心"盖因同音而讹，据文意酌改。
〔2〕　感堂——大船的船舷。感，"檻"的借字。《字汇补·舟部》："巨舟之两旁曰檻堂。"
〔3〕　月令——农历十二个月的时令、物候。借指人的运命、气数。
〔4〕　不消——同本作"不清"。"消"与"清"盖因形近而讹，据文意酌改。

你不若且同了我们众人还到京师里去。脱不了你京师也有房屋,也有当铺,令弟合庶母都在京中。在京中过日,有何不可?"

周相公此言,大拂素姐之意,甚合寄姐之心。定了主意,同到京师。大家的算计,以为素姐必定不肯同去,一定留住家中。谁料他的主意,一为不曾报的狄希陈的冤仇,要的随便下手;二为前次进京,不曾叫他各处顽耍〔1〕个畅快。因此两件,亦甚欢喜相从。众人见他同去,虽甚芒刺在背,却好怎样当面阻他?只得要依他的行止。

狄希陈议定叫家眷的座船〔2〕只管北行,自己起早到家上坟拜扫,单身再往北赶。素姐说道:"儿子回家上坟,媳妇理当同往。我也且不上京,同来同去。"又是大家算定的着数〔3〕,说道:"两人不必同回。船上没人看守,谁回谁住,谁去谁留,议出一个回家。"素姐又虑回到家中,再要自己上京,便也就不容易。且怕狄希陈再似前番,京城里海样的地方,躲在一边,没处寻找,倒是进退两难。——"还是合这伙人丁成一堆,此事稳当。"只得让了狄希陈自己回去。只是千算万算,总不如他的尊意,怀恨更深。

狄希陈带了几个家人,小浓袋也要跟回家去。狄希陈到了明水,久不回家之人,亲朋往还,不必细说。上坟祭祖,这也是正经勾当,也不消烦琐。

相于廷后来调了兵部,转了郎中。资俸深了,升了四川副使,已

---

〔1〕 顽耍——同本作"顽要"。"耍"与"要"盖因形近而讹,据文意酌改。

〔2〕 座船——同本作"座般"。"船"与"般"盖因形近而讹,据文意酌改。

〔3〕 算定的着数——算计好的步骤、招数。同本作"算之的说数",据李本校改。

经携带了家眷回家。因调羹母子在京无人照管,又因相大舅、相大妗子都要随到任上,要将这几年与小翅膀管的庄田,收贮的许多粮食,都要交还与调羹自己收管,所以同了调羹母子回到家中。调羹也就在分与他的那房内居住。相大妗子俱还照管,又得薛如兼合巧姐着实的看顾。小翅膀已经八岁,起名狄希青,请了先生读书。狄希陈又悲又喜。

狄希陈与调羹商议,说:"暂往京去,也只是要躲他的虎口,原也不是定了的住处。待我回去,等他定了宁贴的去处,我再定安身逃命的所在,再安排刘姐合兄弟的行藏。"住了几日,留了百十两银子与调羹计较[1],辞了相栋宇夫妇合相觐皇[2],又去辞薛如卞兄弟合巧姐。

小浓袋回家,将素姐在任里作的那业贯都学了个不出。这龙氏把那偷开宅门打狄希陈六百多棒椎,合那使熨斗盛着火炭倒在狄希陈衣领之内,此等之事一字不提,单说狄希陈要在府堂递呈子,叫太爷当官休弃,递解还乡,扯着狄希陈磕头打滚。

侯、张两个道婆又寻见狄希陈告诉:"送的那尺头银子,刚只出了城,被一大些强人尽数的打劫去了。俺们专等徒弟回来照数赔俺们的,他如今又且不来家里。"要狄希陈且先赔他一半。狄希陈道:"你那咱怎么不回去合我说知? 我替你拿贼,追他好来。"侯、张道:

---

〔1〕 计较——这里是搅缠、使用的意思。较,本为"校"的俗字,同"较"。

〔2〕 相觐皇——同本作"相觐是",据上文校改。

"那强盗们得了东西,怕俺们到官告他,一根皮鞭捻的俺没住住脚儿,上了船,看着俺过了江,那贼们才散了。俺还待再过江来合你说知,社里众人又不肯家[1]等了。"狄希陈道:"我这一时自己的盘缠都没有哩,你等徒弟来家,叫他补付你罢。"狄希陈忙忙的赶船去了。

不知何日赶上,何样光景,怎生结局,再看下回收煞。

----

[1]　不肯家——山东方言,不肯,不同意。"家"为语气助词。

第一百回

狄希陈难星退舍　薛素姐恶贯满盈

诸恶不可作,半虚空有人登纪,分毫不错。业镜高悬明照胆,事事都教着落。有馀辜,来生搜索。每当狭路遇冤家,且延入深闺归绣幕,报复以强欺弱。　　夭乔蠢动皆人若,一般家赋性含灵,忍将杀却? 显报当前,借红颜索命,皮刀急脚。猛番身再求媒妁,假说是同心,还毒似穷奇梼杌相凌虐,百样诸刑拷缚。

——右调《贺新郎》

狄希陈由旱路赶船,直到了河西浒,还等了一日,方才郭总兵合素姐的座船才到。先与郭将军、周相公相见已毕,方回自己船上。当面说了几句套话,又说:"相觐皇已升了四川副使,今已回家。"又说:"侯、张两个从成都出去,路上撞着强盗,将所送的银子、尺头劫去。"又悄悄与寄姐说知:"调羹母子已跟了大妗子回到家中,小翅膀起名希青,请了先生,今见上学读书,长成了好大的学生。薛妹夫也时常照管。临来,又留了百十两银子与他娘儿们搅缠。我回去的促急,又没稍点甚么送巧妹妹,剩了七八十两银子,我就只留下够盘缠的,别的都留给他了。从咱往四川去了,他家里添了两个外甥,都极好的两个学生。"素姐也向了家人们问他娘家的事体。又问龙氏曾合狄希陈嚷闹来没,又说:"我两个师傅路上失了盗,这没的你不该赔他么?"又说做了一场官回去,问那家人送与龙氏的是甚么人事,都问了个详细,议论带骂,叨骚〔1〕了不住。

狄希陈在船上,又走了七八日,到了张家湾,泊住了船。郭总兵遣了钦取中军都督府同知的传牌,打到会同馆〔2〕里,本府衙役、长班来了许多人迎接。狄希陈也预先稍信到京,叫收拾房子。骆有我合狄周都也接出京来〔3〕。素姐看见狄周,真是"仇人相会,分外眼睁",说不尽那许多怪态。

骆校尉因说:"有富平的典史,被按院赶逐,没了官,他又钻到京里,改名换姓,又干那飞过海的营生,被厂卫里缉了事件。如今奉了严旨,行五城兵马,宛、大二县合锦衣卫缉事衙门:凡有罢闲官吏,不许潜住京师。定了律文,有犯的定发边远充军。如今正在例头子〔4〕上,好不严紧哩。"狄希陈听了这信,不由的进退两难。又是骆校尉算计说:"这漷县〔5〕、通州都是河路马头,离京不远,尽有生意可做,可以活变〔6〕的钱。通州去处更大,姑夫且在通州赁块房子住下,再看道理不迟。"

----

〔1〕 叨骚——即叨叨,说起来没完。这里引申指数说、斥责。
〔2〕 会同馆——负责接待藩属贡使的机构,隶属于兵部。
〔3〕 接出京来——同本作"接出来京",据文意酌改。
〔4〕 例头子——律例刚开始实施的时候。例,本指公布法律时所附的罪例,这里指律文。
〔5〕 漷县——明代县名,清初废入通州,为漷县镇。
〔6〕 活变——靠经营周转。

狄希陈主意已定,暂住通州。就央骆校尉进城寻了一所房子,每月三两房钱,还有桌椅床帐借用,房也甚是齐整。狄希陈一边搬房,一边在船上治办酒席,请郭总兵、周相公合郭夫人并权、戴二位奶奶人等,内外送行。

待了一日,郭总兵同着周相公合家眷进京。狄希陈合家都在通州暂住,骆校尉也要辞了回去,要打发媳妇子合童奶奶的婆媳下通州来看望。狄希陈又叫狄周也跟了骆大舅回去,置办下程送郭总兵合周相公温居之敬。骆校尉去了。

再次一日,童奶奶合小虎哥娘子、骆校尉娘子,来了三顶小轿,狄周媳妇也跟了下来。素姐见了别人还倒没敢甚么作恶,只是见了狄周媳妇不由怒从心起,骂道:"欺心的忘八淫妇!逃去的也没逃走,死了的也没死了!我叫忘八淫妇拿着我当孩子戏弄!有日子哩,你不死,我又不死,咱慢慢弄猢狲似的咱耍着顽!你们捣的那鬼已是都败露了,调羹那私窠子合小杂种还躲我怎么!"童奶奶故意道:"这不是那一年往咱家去的那个没鼻子的媳妇儿么?怎么又来到这里?"寄姐道:"这是你女婿寻下一位娘子,姓薛,大起我好几岁,我赶着他叫姐姐哩。亏他千乡万里的,跟着一伙烧香的汉子老婆,就寻到任上去了。"童奶奶们都也合他行了个礼。童奶奶赶着素姐叫"薛家姑娘",骆校尉娘子合虎哥媳妇都是一样称呼。素姐本等不待下气,只是叫寄姐斗败了的鸡,不敢展翅,见景识景,叫童奶奶也跟着[1]称

---

〔1〕　跟着——同本作"眼着"。"跟"与"眼"盖因形近而讹,据文意酌改。

呼"姥姥",叫骆校尉媳妇是"舅娘",小虎哥媳妇是"你妗子"。

混混了两日,打发了这伙婆娘回了家。寄姐在通州宁贴了几日,要算计到家里看看,还住几日。只是狄希陈怕寄姐去了,没了降素姐的人,必定要遭他的毒手,算不出个躲避两便之方。

谁知这狄希陈合该这目下的日子还好,神差鬼使,素姐自己发意说:"妹妹的母亲就是我的母亲,妹妹的舅娘就是我的舅娘,我要合妹妹一同回家看望看望。"狄希陈得不的这声,连忙撺掇,寄姐也只得承当。狄希陈还与了素姐二三十两银子,叫他随便买甚么使用,又收拾了许多汗巾丝带、膝裤首帕、蜀扇香囊等物,叫他做人事拜见之用。那会子〔1〕打发得他喜欢,也便把口来裂一裂,牙雌一雌,露了个喜态〔2〕。两顶轿,雇了十来个驴,张朴茂两口子、小涉淇、小选子、小京哥、狄周媳妇,还有京里下来的两个人,一行人都往京中去了。狄希陈独自在家,散诞逍遥,游玩景致,信步出城,走到香岩寺内。

却说胡无翳托晁梁暂管了住持事务,游遍了天下的名山。到了四川眉州峨嵋山上,只见那峨嵋山周遭有数百里宽阔,庵观寺院不下千数个所在,总上来也有万把个僧人。其中好歹高低,贤愚不等,也说不尽这些和尚的千态万状,没有一个有道行的高僧可以入在胡无翳眼内的。末后寻到一个高崖幽僻之处,一个性空长老,一部落腮胡

----

〔1〕 那会子——山东方言,那时候。

〔2〕 喜态——同本作"喜熊"。"态"与"熊"盖因形近而讹,据文意酌改。

须,貌如童子,每日坐关不出。胡无翳知道他是个高僧,就在他那庵中住了锡[1],沐浴更衣,竭诚到他关前求见。性空喜道:"师兄来路甚远,道途不易。"就如旧相识一般。每日隔着禅关与胡无翳讲讨佛法,开陈因果,指点轮回,接引得胡无翳见性明心,灵台透彻,尽知过去未来之事。知道自己前生合梁片云都是地藏王菩萨面前的两个司香童子,因人间有还戏愿的,这两个童子贪看做戏误了司香,所以罚在阎浮世界[2]做了戏子,一个扮生,一个扮旦。幸得遭了株连之祸,入了空门,喜有善根不泯,精持佛戒,看看还成正果。又知性空长老原是佛子转生,下世来度脱善男信女,总都不是凡人。胡无翳在峨眉山上与性空住了三个月期程,辞别回寺。性空知道他尘梦未了,又与晁梁有约,便不相留。

狄希陈游玩香岩之日,胡无翳回不多时。偶然相遇,胡无翳相视而笑,且说:"久别多时了。"让进方丈款坐。恰好晁梁也在那里,三人共坐,叙说来由。胡无翳望着晁梁说道:"晁居士,你定性想来,冰是甚么?水是甚么?"晁梁定了一会,把狄希陈看了两眼,对胡无翳说道:"弟已晓得[3]水是未成的冰,冰是已成的水,本是一源,异了支派。"随着香积厨备了素供,留狄希陈吃斋。

胡无翳道:"檀越一月之内,主有杀身伤命之灾,却要万分回避。"狄希陈道:"师傅未卜先知,决也不是凡人。不知可以逃躲得

---

〔1〕　住了锡——暂时住下,居停。参见第九十二回"卓了锡"注。
〔2〕　阎浮世界——即南赡部洲,泛指人间世间。阎浮,梵语Jambu的音译,大树名。
〔3〕　晓得——同本作"烧得"。"晓"与"烧"盖因形近而讹,据文意酌改。

么?"胡无翳道:"你的冤家相守了你半生,你的该死也不止于一次。但是这一次要在你致命处害你,只怕逃不出命来。"狄希陈再三央说:"我身边实有一个冤家,委实的时刻算计谋害。师傅既能前知,必能搭救。"胡无翳掐算[1]了一会,说道:"喜得还有救星。小僧与檀越前世有缘,有难之日,小僧自去相救,不肯误了檀越的性命。"狄希陈、胡无翳、晁梁三人作别而散。

胡无翳对晁梁说道:"不意隔了一世,别了多年,又在此旧游之地相遇。"晁梁回光返照,真真灼灼,知这狄希陈前世是他的长兄晁源托生至凡。又问胡无翳说:"他目下有杀身伤命之灾,却是那世的冤仇,这般利害?"胡无翳道:"这是他前世在你家的时候,围场里射死了个仙狐,又将他的[2]皮张剥去,所以这仙狐誓必报仇。前世奸人的妻子,虽是被那本夫杀害,却也得了那仙狐的帮助方能下手。转世今生,如今那仙狐也托生了女人,为了他的正室,方得便于报复。此番必然得我搭救方可逃生,不然就也难逃性命。"胡无翳将他平生所做之事及晁夫人留银在寺,常平籴粜的原由,告诉了晁梁一遍。

晁梁问道:"据他如此为人,这般行事,必定该堕落轮回,怎生还得人身,且又托生男子?据他方才自道,又做了朝廷的命官。这个报应却是怎生的因果?"胡无翳定了一会,说道:"他三世前是个极贤极善的女子,所以叫他转世为男,福禄俱全,且享高寿。不料他迷了前

----

[1] 掐算——用拇指点着其他指节占卜凶吉。同本作"栖算"。"掐"与"栖"盖因形近而讹,据文意酌改。

[2] 他的——同本作"也的"。"他"与"也"盖因形近而讹,据文意酌改。

生的真性,得了男身,不听父母教训,不受师友好言,杀生害命,利己损人,弃妻宠妾,奸淫诈伪,奉势趋时,欺贫抱富,诬良谤善,搬挑是非,忘恩负义,无所不为,所以减了他福禄,折了他的寿算。若依了起初的注定,享用岂止如此? 幸得今生受了冤家的制缚,不甚凿丧了良心,转世还有人身可做,不然也就几乎往畜生一道去了。"丢下此处[1],再说那边。

素姐跟了寄姐进京,还到那洪井胡同房内。素姐笑道:"你们做的好严实圈套。这不是我那年来的所在么? 怎么不见调羹去向呢?"童奶奶也只是支吾过去便了。素姐那乖唇蜜舌,又拿着那没疼热[2]的东西,交结得童奶奶这伙子人不惟不把他可恶,且都说起他的好来,还说他为人[3]也不甚十分歪憋,只是人赶的他极了,致的他恶发了,看来也不是个难说话的。依随着他上庙就去上庙,游山就去游山,耍金鱼池,看韦公寺,风魔了个足心足意。住了二十五日,方才同了寄姐回到通州。狄希陈接到家内,置酒洗泥[4],不必细说。

狄希陈想那胡无翳指定的晦气日期,说在一月之内。如今二十五日,灾难只在眼前,所以加倍小心,要一奉十,不敢一些触犯。谁想素姐也怕狄希陈合寄姐的防备,故妆了深情厚貌,不肯照依往时露出那不平的声色。狄希陈就如那父母爱之、喜而不忘的一般,便要手舞

------

〔1〕　丢下此处——同本作"去下此处"。"丢"与"去"盖因形近而讹,据文意酌改。
〔2〕　没疼热——山东方言,没有怜爱之心。这里是不觉得心疼的意思。
〔3〕　说起他的好来还说他为人——同本"来还说"三字空白,据李本校补。
〔4〕　洗泥——即洗尘,设宴迎接。

足蹈,心里还道胡无翳说的不灵。

又过了三日,狄希陈从茅厕里解手回来,一边系那衣带,一边看了个老鸦在房脊上朝了狄希陈怪叫,不防备素姐在里间卧房之内,将那墙上挂的撒袋取了一张弓,拈了一枝雕翎铲箭,照得狄希陈真寔不差,从窗眼里面飕的一箭。只听得狄希陈"嗳哟"了一声,往前一倒,口里言语不出,只在地下滚跌。素姐喜道:"此番再无可活之理,方才报了我的冤仇!"家中大小忙了手脚,正不知怎样搭救。待要拔了箭干,又怕箭眼无法可以堵塞,血流不止,必至伤生,好生着忙。

却说那日胡无翳对晁梁道:"晁居士,我暂失陪,我去救了你前世的令兄回来。"晁梁道:"我也可以同去一看么?"胡无翳道:"不嫌劳步,同去正好。"两个走到他的门前,正在那里乱纷纷寻人搭救。胡无翳近前说道:"管家,到里边说去,道香岩寺的胡和尚合晁相公在外面,亲来送药。"狄希陈虽在发昏之际,心里也还明白,叫即忙请进。胡无翳亲手从袖中取出从四川带来的一块药,咬下指顶一块,放在口中细嚼,方才一手拔箭,一手将那口嚼之药捻成头大尾尖的模样,纳在那箭眼之内,一些也不曾出血。将狄希陈扶到外面客位之中,胡无翳又将血竭冲了一碗,热酒灌下。狄希陈稍稍的止了疼,定了心慌,留胡无翳、晁梁吃饭。

素姐知道狄希陈被胡无翳救得转头,在里边秃长秃短的大骂。胡无翳使指头在茶钟内蘸了一蘸,在卓上画了一个青肚蝎子,用指一弹,只听得素姐在后面磕头打滚的叫唤。人见从空中掉下一个大蝎,照他嘴上蜇得相朱太尉〔1〕一般。自己顾疼不迭，那里还会骂人？

胡无翳再三要把狄希陈接到寺中养病，说："这箭疮正在软肋致命之处，必得一百日方得全好。这百日之内，最忌的劳碌气恼、饥饱忧愁。如有触犯，不可再救。"晁梁也再三撺掇。狄希陈应允同往。也不曾与寄姐商议，竟将狄希陈使床抬回寺中，晁梁让他在自己房内同住。一月之外，疮口渐有平复之机。寄姐时常着人供给，胡无翳道："以后不消供送。我寺中收有他前世留下的东西，用之不尽的哩。"寄姐合狄希陈都不晓得胡无翳是那里说话。

狄希陈日渐平复，时刻与胡无翳、晁梁三人白话，将素姐从前已往的恶事，都尽情告诉与胡、晁两人知道，说："此番幸得师傅救了性命。再次如此，却难逃命。"务求胡无翳指一条逃避的生路。胡无翳道："这是你前世种下的深仇，今世做了你的浑家，叫你无处可逃，才好报复得苦噎。如要解冤释恨，除非倚仗佛法，方可忏罪消灾。"狄希陈道："我前在家中，也曾遇了一位方外的高人，也费了许多银子，回背的不见效验。"胡无翳道："此番管你有效。只是你要听我的指教，从此戒了杀生，持了长斋，绝了贪嗔。这都要在菩萨案下立了终身的誓愿，再虔诚持诵《金刚宝经》一万卷，自然福至祸消，冤除恨解，还叫你知道前生做过之事。"狄希陈道："我知道师傅是个圣僧，我岂敢有不依师傅之理？师傅与我择个吉日，我就在佛前受戒，不敢

〔1〕　朱太尉——《西游记》中阎王治下有崔判官、朱太尉。此盖以"朱"谐"猪"，言素姐被蜇后嘴唇突起。

有违。虔诵《金刚宝经》，务足一万卷之数。就在寺中久住，不敢私自回家，必求师傅的显应。"

狄希陈也是那艰难险阻备细尝过的人，所以也肯发恨持戒。净了身体，吃了长斋，每日早起晚住，虔诵那《金刚般若波罗蜜经》，一日务足四十遍之数。诵得久了，狄希陈口内常有异香喷出，恶梦不生，心安神泰。素姐渐觉心慌眼跳，肉战魂惊，恶梦常侵，精神恍惚，饮食减少，夜晚似有人跟捉之意，不敢独行。狄希陈诵到将完之日，素姐渐渐的害起病来；及至狄希陈诵经已完，素姐越发卧床不起。

胡无翳选择了十二众有戒行的高僧，自己领斋，建七昼夜完经道场。结坛[1]建醮，做得法事甚是森严。醮词写道：

南赡部洲大明国直隶顺天府通州香岩寺奉佛秉教沙门，伏以阴阳乃二气之先，刚柔攸系；夫妇居五伦之内，健顺靡乖。如谓反常，是为逆理。兹有山东济南府绣江县明水村信官狄希陈，运际无辰，遭逢不偶。娶妻薛氏，从幼结缡，长而合卺。素乏齐眉之敬，惟恣反目之凶。恶语咒诅，直等闺门之谑；毒椎狠殴，聊当房闼之私。渐至擅用弓刀锷镞，伤残性命；甚且诬投状牒罗钳，颠覆宗祊。明知孽报之因，定是冤愆之债；第此不共戴天之恨，奚为好逑同穴之人？于是本官忏罪投诚，悔眚讼过，虔诵《金刚般若波罗蜜经》一万卷，仰干鸿造，消灭宿愆，一切冤家，尽为解释。是直怨相报，不在夫妇之间；庶阖辟有仪，驯协阴阳

----

〔1〕 结坛——同本作"结檀"。"坛"与"檀"盖因形近而讹，据文意酌改。

之则。为此具牒，如牒奉行。

胡无翳穿了袈裟，戴了毗卢僧帽，在佛前宣牒作法。狄希陈跪在佛前，俯伏在地，听胡无翳与他诵念解冤神咒。

那时已交三更时分，狄希陈似梦非梦，到了一个极森严的公署，上面坐着一位王者模样的尊神，两边侍卫森严，二个鬼卒押了狄希陈跪在阶下[1]。王者叫简他的纪录，一个着绿袍的判官呈上一本文册，说他那许些过恶，大约都是胡无翳告诉晁梁的那些说话。因他在围场中伤害其外的生灵不等，将泰山圣姥名下听差的仙狐不应用箭射死，又剥了他的皮张，弃掉了他的骸骨。仙狐在冥司告过了状，见世领了小鸦儿先偿了害命之仇，转世配成夫妇，以报前世杀生害命之冤，再泄剥皮弃骨之恨。薛氏是奉天符报仇，不系私意。

王者叫拘薛氏到案。只见薛氏病瘦如柴，奄奄一息，诉："前世偶因下班回洞，从他围场经过，被鹰犬围住，不能脱身，见了本相，躲在他马下，求他救免。他反拔出箭来，照肋一箭，登时射死。又将皮张剥去，将骸骨弃毁。地主[2]罚他转世为狐，叫我转世托生猎户。简察文簿，又说他上世的善报未尽，除减削了，也还不该轮到畜生道里。又说我孽愆不尽，还不应即转男身。叫他转男，叫我转女，以为夫妇，以便报复前仇，六十年的冤家厮守。"王者说道："适奉佛旨，他虔诵《金刚宝经》万卷，又有神僧胡无翳与他忏悔牒文，一切冤愆，尽

---

〔1〕　阶下——同本作"揩下"。"堦"与"揩"盖因形近而讹，据文意酌改。
〔2〕　地主——神名。《史记·封禅书》："地主，祠泰山梁父。"

行消释。"再叫判官备细简［察］，还有甚么冤仇，拘来发落。

只见寄姐押到跟前，说是他前世嫡妻计氏。他宠妾弃妇，逼勒计氏吊死，合该今生为他的侧室，以便照样还冤。又见小珍珠项中带了脚绳，说被童氏凌虐不过，投缳自尽，要寄姐偿命。王者叫判官察簿，简得小珍珠即狄希陈前生所宠之妾小珍哥，诬谤嫡妻计氏，致计氏怀忿缢死。今世做他的丫头，这是冤冤相报，无可偿还。

尤聪、吕祥两个饿鬼，都来向狄希陈索命。察得尤聪暴殄天物，大胆欺心，天理不容，震雷击死；察得吕祥蛆心蛇眼，鼠窃狗偷，搬挑口舌，背主逃拐，又使毒药害人。二人俱合死于非命，不与狄希陈相干。

又有许多人，都是被狄希陈前世因私债私仇逼死，又有无数被狄希陈前世杀害的生灵，都来向狄希陈讨命。王者都一一的发放，说："薛氏遵奉佛旨，仗托宝经功德，速赴冥司，察炤应得去处托生，不得逗留缠绕。"发放童氏："前生虽然他也薄幸，先爱后疏，致你死于非命；既有人偿了你命，你的冤恨已消，以后和好成家，不得再为反目〔1〕。"发放小珍珠："你前世以妾欺妻，妻因你死；他今生以主虐婢，婢为主亡。适得相报之平，还有甚么饶舌？吊死鬼魂，法应等候替代；既有佛旨早准许〔2〕免代托生，无可再说……尤聪、吕祥，生系凶人，死为刁鬼。押发酆都地狱，受罪完日，贬入畜生之内。狄希陈，

---

〔1〕 反目——同本作"反日"。"目"与"日"盖因形近而讹，据文意酌改。

〔2〕 准许——同本作"推许"。"准"与"推"盖因形近而讹，据文意酌改。

察有善待庶母、存养庶弟、笃爱胞妹之德,延寿一纪,考福善终。"

发落已毕,狄希陈猛然省转,身子依旧俯伏菩萨面前,胡无翳也才宣了牒文,做完法事,谢佛起来。狄希陈对胡无翳说道那梦中所见之事,一一说了详细。交了五鼓,完了[1]七昼夜的道场。

再说素姐病得一日重如一日,饮食日减,皮肉日消,半个月不能起床。不惟没了那些凶性,且是连那恶言恶语都尽数变得没了。

寄姐见狄希陈在香岩寺足住了十个月不曾到家,起初不以为事,自从那日狄希陈所见之后,甚是想念,不由得自己甚是疼爱起来。

道场既完,狄希陈又住了几日。胡无翳对他说道:"你前世名唤晁源,这晁梁居士[2]是你同父异母之弟。"又将他前后一切事情,都合他说了一遍,都与他梦中所见不差。也仔细追想,若有忽迷忽悟的机关。又说:"你已得了《金刚宝经》的功果,将你一切冤仇尽都解释。你只除了今生再不作恶,切忌了杀生害命。若前世的冤家,已是与你打发尽了。你可从此回去,算计往后过好日头的道理。"

狄希陈道:"前日被他那一暗箭,虽蒙师傅救了我的性命,得了残生,但我的真魂已是唬得离了躯壳,情愿在此与师傅、晁弟终身相处,不敢回去见他。"胡无翳道:"你只管回去不妨。他如今被八个金刚逐日轮流监管,手也不能抬起,口也不能张开,与你相守,也是有限的时光,不必怕了。"狄希陈再三的谢了菩萨,叩辞了胡无翳,作别了

----

〔1〕 完了——同本作"元了",据下文校改。

〔2〕 晁梁居士——同本作"是梁居士"。"晁"与"是"盖因形近而讹,据上下文校改。

晁梁,回到下处。素姐睡在床上,只有丝丝油气,尽没那些的凶顽了[1]。寄姐也甚比昔日加了疼顾。素姐又添了半身不遂的风症。

那罢闲官吏的禁革,缉访更严。狄希陈又进不得京,住在通州,别无事干,算计还是回在本乡,复理旧业。素姐已是喜欢,寄姐又肯撺掇,还雇了大船,由了河路,从德州起旱回家,收拾祖居,再整田地。薛素姐[2]回去,病了几日,见了阎王,狄希陈以礼殡葬。寄姐扶了堂屋,做了正经奶奶,接了调羹同宅居住。请了程乐宇的儿子程雪门,教训狄希青和小京哥——起名狄振先——叔侄读书,与薛家照常来往。

狄希陈原是故旧人家,宦囊也看得过,住在远村,恼不着里书什么。只欠不下官粮,其余甚么杂役差徭,也轮不到他身上。又将原旧祖房拆了,尽行番盖,也要算计将那马棚后面石槽底下那埋的[3]五千两银子掘他出来。使了十数个人将那石槽掀起,等到夜晚人静,月上之时,领了调羹、寄姐合自己至亲三口,轮钯扨镬[4],掘深二尺,果见两片石板,盖着两支大瓮。掀了石板,只见瓮中满满两瓮清水,那有甚么银子的踪影?

原来昔年狄希陈在京做梦,梦见素姐将房卖与了刘举人,眼见他

----

[1] 尽没那些的凶顽——此句各本漶漫不清,系据同本辨得。
[2] 薛素姐——同本作"岂素姐",据上下文校改。
[3] 埋的——同本作"理的"。"埋"与"理"盖因形近而讹,据文意酌改。
[4] 扨镬——用镬头刨地。山东方言,用镬头刨地叫"扨"。镬,同"镢",也叫"镢头",一种刨地的农具。

将这石槽底下银子掘了搬回家去。梦中刘举人还与狄希陈争持相骂。狄希陈赶了回来，打听得刘举人果然修盖宅舍，得了一窖藏金，足有五千之数。原来这财帛的物件，看他是个死相东西[1]，他却能无翼而飞，不胫而走；他又能乘人的衰旺，自己会得来往。想是狄希陈做梦之时，那银子已是走去之日。况且这银子又有个一定，你命里该有一斗，走遍天下，也只有得十升。狄希陈做了三四年官回到家内，算那除盘搅以外，净数带回家的，不多不少正合那石槽底下五千之数。可见人有得那横财的，都也是各人的命里注定，不能强求。调羹眼同看见，这般重大石槽底下，岂是一手一足弄的神通？这明白知是天意，埋怨[2]得何人？

狄希陈的好处，将小翅膀分就的产业之外，又与他置添了千把东西，乡里们倒也敬他的友爱。后来狄希青、狄振先、小成哥——起名狄开先，巧姐的两个外甥：一个薛志清，一个薛志简，都是狄希陈请师教成。虽都不曾发得科第，都做了考起的秀才。

这狄希陈若不是得了他前世的良朋超度，仗了菩萨的力量，素姐还有三十年的魔障，搅害得你九祖不得升天，兄弟不能相顾，家业飘零，身命不保[3]，怎能有这般的结果，活到八十七岁善终？所以有词为证：

交友须当交好人，好人世世可相亲。请君但看胡无翳，不恨

---

〔1〕　死相东西——没有生命的东西，等于说死物。

〔2〕　埋怨——同本作"理怨"，据文意酌改。

〔3〕　家业飘零身命不保——同本"零身命"三字空白，据李本校补。

前生拐骗银。 相解救,说缘因〔1〕,冤家忏悔脱离身。若非佛力神通大,定杀区区狄小陈。

说这晁源姻缘事故已完,其馀人等,不用赘说。只劝世人竖起脊梁〔2〕,扶着正念,生时相敬如宾,死去佛前并命,西周生遂念佛回向演作无量功德。

---

〔1〕 说缘因——同本作"一说缘因",据文意酌改。

〔2〕 脊梁——同本作"春梁"。"脊"与"春"盖因形近而讹,据文意酌改。